ELIZABETH GEORGE
Nur eine böse Tat

Buch

Eines Abends versucht Barbara Havers verzweifelt, Inspector Thomas Lynley zu erreichen. Sie benötigt dringend seinen Rat, denn für ihren Nachbarn und Freund Taymullah Azhar ist eine Welt zusammengebrochen: Seine Freundin Angelina hat ihn verlassen und ihre gemeinsame Tochter Haddiyah mitgenommen. Als Barbara ihren Kollegen Lynley endlich erreicht, kann der sie nur wenig beruhigen. Er macht ihr klar, dass sie nicht viel für Azhar tun kann. Fünf lange Monate vergehen, bis Angelina plötzlich wieder vor Azhars Wohnungstür steht. Es stellt sich heraus, dass sie sich in der Zwischenzeit in Italien aufgehalten hat, wo sie mit ihrem neuen Liebhaber Lorenzo zusammenlebt. Wutentbrannt beschuldigt sie Azhar, die kleine Hadiyyah entführt zu haben, die seit ein paar Tagen vermisst wird. Barbara würde am liebsten sofort selbst nach Italien aufbrechen, um vor Ort zu ermitteln. Stattdessen wird Lynley geschickt, der dort schnell eine Spur entdeckt …

Weitere Informationen zu Elizabeth George
sowie zu lieferbaren Titeln der Autorin
finden Sie am Ende des Buches.

Elizabeth George

Nur eine böse Tat

Ein Inspector-Lynley-Roman

Ins Deutsche übertragen
von Charlotte Breuer
und Norbert Möllemann

GOLDMANN

Die Originalausgabe erschien 2013 unter dem Titel
»Just One Evil Act« bei Dutton,
a member of Penguin Group (USA) Inc., New York.

Dieses Buch ist auch als E-Book erhältlich.

Verlagsgruppe Random House FSC® N001967
Das FSC®-zertifizierte Papier *Salzer Alpin* für dieses Buch
liefert Salzer Papier, St. Pölten, Austria.

2. Auflage
Taschenbuchausgabe September 2015
Copyright © 2013 by Susan Elizabeth George
Copyright © der deutschsprachigen Ausgabe 2013
by Wilhelm Goldmann Verlag, München,
in der Verlagsgruppe Random House GmbH
Umschlaggestaltung: UNO Werbeagentur, München
Umschlagmotiv: plainpicture/Design Pics
NG · Herstellung: Str.
Druck und Bindung: GGP Media GmbH, Pößneck
Printed in Germany
ISBN 978-3-442-47617-6
www.goldmann-verlag.de

Besuchen Sie den Goldmann Verlag im Netz

Für Susan Berner –
die eine wunderbare Freundin,
ein Vorbild in allem
und seit fünfundzwanzig Jahren
die beste Leserin überhaupt ist

Die Welt wird immerdar durch Zier berückt.
Im Recht, wo ist ein Handel so verderbt,
Der nicht, geschmückt von einer holden Stimme,
Des Bösen Schein verdeckt?

William Shakespeare, *Der Kaufmann von Venedig*

15. November

EARLS COURT
LONDON

Thomas Lynley hätte sich nie träumen lassen, dass er einmal mitten unter zweihundert kreischenden Menschen – alle mit einem eher unkonventionellen Kleidergeschmack – in der Brompton Hall auf einem Plastikstuhl sitzen würde. Heavy Metal wummerte aus Lautsprechertürmen von der Größe eines Hochhauses am Strand von Miami. An einem Imbissstand hatte sich eine lange Schlange für Hotdogs, Popcorn, Bier und Erfrischungsgetränke gebildet. Eine Ansagerin rief in Abständen mit schriller Stimme über den Lärm hinweg den Spielstand und die Fouls aus. Und in der Mitte, auf einer mit Klebestreifen auf dem Betonboden markierten ovalen Bahn, rasten zehn behelmte Frauen auf Rollschuhen herum.

Angeblich war es nur ein Schauwettbewerb, dazu gedacht, die breite Öffentlichkeit mit den Feinheiten des Flat Track Roller Derby als Frauensportart vertraut zu machen. Aber offenbar hatte man es versäumt, das den Spielerinnen mitzuteilen, denn die legten sich ins Zeug, als ginge es um Leben und Tod.

Sie hatten interessante Namen. Sie waren mit den dazugehörigen, angemessen furchteinflößenden Fotos in dem Programm ausgedruckt, das unter den Zuschauern verteilt worden war. Lynley hatte sich beim Lesen der Kampfnamen ein Grinsen nicht verkneifen können: Vigour Mortis, The Grim Rita, Grievous Bodily Charm.

Er war hier wegen einer der Spielerinnen, Kickarse Electra.

Sie spielte allerdings nicht bei den Electric Magic aus London, sondern gehörte zum Team aus Bristol, einer Gruppe ziemlich wild aussehender Frauen, die sich den hübsch alliterierenden Namen Boadicea's Broads gegeben hatten. Die Frau, die mit bürgerlichem Namen Daidre Trahair hieß, arbeitete als Großtierärztin im Zoo von Bristol, und sie hatte keine Ahnung, dass Lynley sich mitten unter den johlenden Zuschauern befand. Er wusste noch nicht, ob er es dabei belassen sollte. Vorerst verließ er sich ausschließlich auf sein Bauchgefühl.

Da es ihm am Mut gemangelt hatte, sich allein in diese unbekannte Welt vorzuwagen, hatte er einen Begleiter mitgenommen. Charlie Denton, der Lynleys Einladung, sich im Earls Court Exhibition Centre aufklären, fortbilden und unterhalten zu lassen, gern angenommen hatte, stand gerade im Gedränge am Imbissstand.

»Das geht auf mich, M'lord«, hatte er gesagt und dann hastig »Sir« hinzugefügt, eine Korrektur, die eigentlich längst nicht mehr nötig sein sollte. Denn Charlie Denton stand seit sieben Jahren in Lynleys Diensten, und wenn er nicht gerade seiner Leidenschaft für das Theater frönte und an Bühnen im Großraum London Vorsprechproben absolvierte, fungierte er als Butler, Koch, Flügeladjutant und Faktotum in Lynleys Leben. Er hatte an einem Theater im Norden von London den Fortinbras gegeben, aber das nördliche London war eben nicht das West End. Und so führte er tapfer sein Doppelleben fort, überzeugt, dass sein Durchbruch kurz bevorstand.

Jetzt amüsierte er sich gerade über irgendetwas, das sah Lynley ihm an, als er sich seinen Weg zurück zu der Stuhlreihe bahnte, in der sie saßen. Vor sich her trug er ein volles Papptablett.

»Nachos«, verkündete Denton, als Lynley stirnrunzelnd etwas betrachtete, das aussah wie orangefarbene Lava auf einem Berg Tortilla-Chips. »Für Sie ein Hotdog mit Senf, Zwiebeln und Relish. Kein Ketchup, das sah mir ein bisschen verdächtig aus, aber das Lager-Bier ist gut. Lassen Sie's sich schmecken!«

All das sagte Denton mit einem Funkeln in den Augen, aber es konnte auch das Licht sein, das sich in seinen runden Brillengläsern spiegelte, dachte Lynley. Denton wartete darauf, dass Lynley den angebotenen Imbiss ablehnte und sein wahres Gesicht zeigte. Und es amüsierte ihn, dass sein Arbeitgeber wie ein alter Kumpel neben einem Typen saß, dem der Bauch über die weite Jeans quoll und die Dreadlocks bis auf den Rücken reichten. Lynley und Denton waren auf den Mann angewiesen, der sich Steve-o nannte, denn der wusste alles über Flat Track Roller Derby – zumindest alles, was sich zu wissen lohnte.

Er sei mit Flaming Aggro liiert, hatte er ihnen strahlend erklärt. Und seine Schwester Soob gehöre zu den Cheerleadern, die sich in Lynleys Nähe in Stellung gebracht hatten und wesentlich zu der allgemeinen Kakophonie beitrugen. Die Damen waren ganz und gar in Schwarz gekleidet, aufgepeppt mit grell pinkfarbenen Tutus, Haarspangen, Kniestrümpfen, Schuhen oder Westen. Sie schrien ohne Unterlass »Break'em baby!« und wedelten mit ihren pink- und silberfarbenen Pompons.

»Toller Sport, was?«, sagte Steve-o immer wieder, während Electric Magic Punkte einheimste. »Die meisten Punkte macht Deadly Deedee-light. Solange sie keine Strafpunkte sammelt, haben wir den Sieg in der Tasche.« Dann sprang er auf und brüllte: »Gib Gas, Aggro!«, als seine Freundin inmitten des Pulks vorbeiraste.

Lynley zog es vor, sich Steve-o gegenüber nicht als Fan der Boadicea's Broads zu erkennen zu geben. Es war purer Zufall gewesen, dass er und Denton unter den Fans von Electric Magic gelandet waren. Die Anhänger der Boadicea's Broads saßen auf der gegenüberliegenden Seite des mit Klebeband markierten Rings. Auch sie wurden von Cheerleadern angefeuert, die ebenso wie ihre Kontrahentinnen ganz in Schwarz gekleidet waren, allerdings mit knallroten Accessoires. Sie schienen mehr Erfahrung im Geschäft zu haben, denn zur Untermalung ihrer

Schlachtrufe warfen sie eindrucksvoll ihre Beine in die Luft und vollführten akrobatische Tanzfiguren.

Eigentlich mied Lynley derartige Veranstaltungen wie die Pest. Hätte sein Vater ihn begleitet – natürlich piekfein gekleidet, mit ein bisschen Hermelin oder Samt am Kragen, um keinen Zweifel an seiner gesellschaftlichen Position zu lassen –, er hätte nicht länger als fünf Minuten durchgehalten. Beim Anblick der Frauen auf Rollschuhen hätte er einen Herzinfarkt erlitten, und wenn er gehört hätte, wie Steve-o die englische Sprache malträtierte, wäre ihm das Blut in den Adern gefroren. Aber Lynleys Vater lag schon lange im Grab, und Lynley amüsierte sich derart köstlich, dass ihm vom vielen Grinsen schon die Wangen wehtaten.

Als er den Handzettel mit der Einladung zu dem Spiel vor ein paar Tagen zwischen seiner Post gefunden hatte, hätte er sich nicht träumen lassen, dass er in so kurzer Zeit so viel lernen würde. Er wusste mittlerweile, dass man die Jammerinnen der beiden Teams im Auge behalten musste, erkennbar an dem Stern auf dem Helm. Die Jammerin konnte als Einzige punkten, und die meisten Punkte wurden während eines Power Jams erzielt, wenn die Jammerin des gegnerischen Teams auf der Strafbank saß. Steve-o hatte ihm Sinn und Zweck des Packs begreiflich gemacht und was es bedeutete, wenn die Lead-Jammerin sich im vollen Lauf aufrichtete und mit den Händen auf die Hüften klopfte. Was es mit der Spielposition auf sich hatte, die Pivot genannt wurde – die jeweilige Spielerin war an dem gestreiften Helm zu erkennen –, erschloss sich ihm immer noch nicht ganz, aber es bestand kein Zweifel daran, dass es beim Roller Derby sowohl auf Strategie als auch auf Geschicklichkeit ankam.

Während des Spiels London gegen Bristol hatte er hauptsächlich Kickarse Electra beobachtet. Sie war eine durchsetzungsfähige Jammerin und fuhr ausgesprochen offensiv, als wäre sie auf Rollschuhen geboren. Das hätte er der stillen nachdenklichen Tierärztin, die er sieben Monate zuvor an der Küste von Cornwall kennengelernt hatte, nie zugetraut. Dass sie beim Dartspielen unschlagbar war, wusste er. Aber das hier? Das hätte er nie vermutet.

Einmal, während eines Power Jams, war sein Vergnügen an dem wilden Sport unterbrochen worden. Sein Handy hatte in seiner Brusttasche vibriert, und er hatte nachgesehen, wer ihn anrief. Zuerst dachte er, die Met würde ihn zum Dienst zurückbeordern, denn die Anruferin war seine Partnerin Detective Sergeant Barbara Havers. Aber sie rief von zu Hause aus an, es war also vielleicht doch nichts vorgefallen, um das er sich würde kümmern müssen.

Er hatte das Gespräch angenommen, bei dem infernalischen Lärm allerdings kein Wort von dem verstanden, was Havers sagte. Also hatte er nur in den Hörer geschrien, er würde sie so bald wie möglich zurückrufen, das Handy wieder eingesteckt und die Sache vergessen.

Zwanzig Minuten später gewann Electric Magic das Spiel. Die Teams gratulierten sich gegenseitig. Dann liefen alle durcheinander in der Halle herum, Rollschuhläuferinnen, Zuschauer, Cheerleader und Schiedsrichterinnen. Niemand schien es eilig zu haben zu gehen, was Lynley gerade recht war, denn er hatte vor, sich ebenfalls ein bisschen unters Volk zu mischen.

Er wandte sich an Denton. »Von jetzt an kein ›Sir‹ mehr.«

»Wie bitte?«, fragte Denton.

»Wir sind als Kumpel hier. Alte Schulfreunde. Das kriegen Sie doch hin, oder?«

»Wer, ich? Eton?«

»Der Rolle dürften Sie doch gewachsen sein, Charlie. Und nennen Sie mich entweder Thomas oder Tommy, suchen Sie sich's aus.«

Dentons Augen weiteten sich. »Ich soll… Ich ersticke bestimmt schon bei dem Versuch.«

»Charlie, Sie sind doch Schauspieler, oder?«, sagte Lynley.

13

»Die Rolle ist oscarverdächtig. Ich bin nicht Ihr Arbeitgeber, Sie sind nicht mein Angestellter. Wir werden uns jetzt gleich mit jemandem unterhalten, und Sie werden in der Rolle meines alten Freundes brillieren. Das nennt man…« Lynley suchte nach dem richtigen Wort. »…Improvisation.«

Charlies Miene hellte sich auf. »Darf ich mich richtig reinhängen?«

»Wenn's sein muss. Gehen wir.«

Gemeinsam näherten sie sich Kickarse Electra. Sie unterhielt sich gerade mit einer Spielerin des Londoner Teams, Leaning Tower of Lisa, einer Amazone, die auf Rollschuhen mindestens eins neunzig groß war. Die Frau wäre überall aufgefallen, aber neben Kickarse Electra, die selbst auf Rollschuhen einen Kopf kleiner war, wirkte sie besonders beeindruckend.

Als Leaning Tower of Lisa die beiden Männer erblickte, rief sie aus: »Da kommen ja zwei richtige Leckerbissen! Ich nehme den Kleineren.« Sie rollte auf Denton zu, legte ihm einen Arm um die Schultern und drückte ihm einen Kuss auf die Schläfe. Denton lief puterrot an.

Daidre Trahair drehte sich um. Sie hatte ihren Helm abgenommen und sich ihre Schutzbrille auf den Kopf geschoben. Aus ihrem französischen Zopf hatten sich einige aschblonde Strähnen gelöst. Die Brille, die sie unter der Schutzbrille getragen hatte, war völlig verschmiert, was ihre Sicht jedoch nicht zu behindern schien, wie Lynley aus der Farbe schloss, die ihr Gesicht annahm, als sie ihn sah. Allerdings konnte er die Röte unter der bunten, glitzernden Kriegsbemalung, die sie ebenso wie ihre Teamkolleginnen dick aufgelegt hatte, nur gerade so erahnen.

»Mein Gott«, sagte sie.

»Man hat mich schon mit schlimmeren Namen bedacht.« Er hielt den Handzettel hoch. »Wir haben die Einladung angenommen. Großartig, übrigens. Hat uns gut gefallen.«

Leaning Tower of Lisa sagte: »Ist das euer erstes Mal?«

»Ja«, sagte Lynley. Dann wandte er sich wieder Daidre zu. »Sie haben mir gar nicht erzählt, was Sie für ein As sind. Wie ich sehe, brillieren Sie in dieser Disziplin ebenso wie beim Darts.«

Daidres Röte wurde noch intensiver. Leaning Tower of Lisa fragte sie: »Du *kennst* die Typen?«

»Ihn«, nuschelte Daidre. »Ihn kenne ich.«

Lynley streckte seine Hand aus. »Thomas Lynley«, stellte er sich vor. »Und der, dem Sie da Ihren Arm um die Schulter legen, ist mein Freund Charlie Denton.«

»Charlie, aha«, sagte Leaning Tower. »Der sieht ja zum An-beißen aus. Bist du auch so nett, wie du aussiehst, Charlie?«

»Ich würde sagen, ja«, sagte Lynley.

»Und steht er auf kräftige Frauen?«

»Ich schätze, er nimmt sie, wie sie kommen.«

»Er ist nicht besonders gesprächig, was?«

»Sie wirken vielleicht etwas einschüchternd auf ihn.«

»Ach, es ist doch immer wieder dasselbe.« Leaning Tower ließ Denton lachend los und gab ihm noch einen Schmatzer auf die Schläfe. »Falls du's dir anders überlegst, du weißt ja, wo du mich findest«, sagte sie zu ihm, dann gesellte sie sich zu ihren Mitspielerinnen.

Daidre Trahair hatte das kurze Gespräch offenbar genutzt, um ihre Fassung wiederzugewinnen. Sie sagte: »Sie sind wirk-lich der Allerletzte, den ich bei einem Roller-Derby-Bout er-warten würde, Thomas.« Dann streckte sie Denton ihre Hand entgegen. »Charlie, ich bin Daidre Trahair. Wie hat Ihnen das Spiel gefallen?« Die Frage war an beide Männer gerichtet.

»Ich hatte keine Ahnung, dass Frauen so gnadenlos sein kön-nen«, sagte Lynley.

»Denken Sie an Lady Macbeth«, sagte Denton.

»Hm. Stimmt auch wieder«, sagte Lynley.

Sein Handy vibrierte in seiner Tasche. Er nahm es heraus und warf einen Blick darauf. Es war wieder Barbara Havers. Er über-ließ den Anruf der Mailbox, während Daidre fragte: »Ruft die

Arbeit?« Ehe er antworten konnte, fügte sie hinzu: »Sie sind doch wieder im Dienst, oder?«

»Ja«, sagte er, »aber heute Abend nicht. Heute Abend würden Charlie und ich Sie gern zu einem Gläschen… oder was auch immer einladen. Falls Ihnen der Sinn danach steht.«

»Oh.« Sie schaute sich zu den auf dem Track herumwuselnden Rollschuhläuferinnen um. »Eigentlich«, sagte sie, »gehen wir nach einem Spiel immer alle was zusammen trinken. Das gehört dazu. Würden Sie sich uns gern anschließen? Die Mädels da drüben…«, sie zeigte auf die Spielerinnen von Electric Magic, »gehen ins Famous Three Kings in der North End Road. Es wird ziemlich laut zugehen.«

»Ah«, sagte Lynley. »Ich – das heißt, *wir* – hatten eigentlich an etwas gedacht, wo man sich gepflegt unterhalten kann. Könnten Sie vielleicht ausnahmsweise mal von der Tradition abweichen?«

»Ich wünschte, ich könnte«, erwiderte sie bedauernd. »Aber wir sind mit dem Bus hier. Es wäre ziemlich kompliziert. Ich muss ja wieder nach Bristol zurück.«

»Heute Abend noch?«

»Äh, nein. Wir übernachten in einem Hotel.«

»Wir könnten Sie zu Ihrem Hotel bringen«, erbot er sich. Und als sie immer noch zögerte, fügte er hinzu: »Wir sind wirklich ganz harmlos, Charlie und ich.«

Daidre schaute erst Lynley, dann Denton, dann wieder Lynley an. Sie schob sich ein paar Strähnen aus dem Gesicht, die sich aus ihrem Zopf gelöst hatten. »Ich fürchte, ich habe nichts Richtiges… Na ja, normalerweise machen wir uns nicht ausgehfein nach einem Spiel.«

»Wir werden schon einen Ort finden, wo es nicht darauf ankommt, wie Sie gekleidet sind«, sagte Lynley. »Sagen Sie ja, Daidre«, fügte er leise hinzu.

Vielleicht lag es daran, dass er ihren Namen benutzt hatte. Vielleicht lag es an seinem veränderten Ton. Jedenfalls willigte sie nach kurzem Überlegen ein. Aber sie würde sich umziehen müssen, und vielleicht sollte sie auch besser ihre Kriegsbemalung entfernen?

»Mir gefällt die Kriegsbemalung durchaus«, sagte Lynley. »Was meinst du, Charlie?«

»Sie steht für eine klare Aussage«, bemerkte Denton.

Daidre lachte. »Sagen Sie mir lieber nicht, welche. Ich brauche nur ein paar Minuten. Wo finde ich Sie?«

»Vor dem Gebäude. Ich hole nur eben meinen Wagen.«

»Woran erkenne ich denn Ihren Wagen?«

»Sie werden ihn erkennen«, versicherte ihr Denton.

CHELSEA
LONDON

»Jetzt verstehe ich, was Ihr Freund gemeint hat«, sagte Daidre, als Lynley ausstieg. »Was ist das für ein Auto? Wie alt ist es?«

»Das ist ein Healey Elliott«, erklärte er ihr und hielt ihr die Tür auf. »Baujahr neunzehnhundertachtundvierzig.«

»Seine große Liebe«, bemerkte Denton vom Rücksitz aus, als Daidre einstieg. »Ich hoffe, dass er mir den Wagen mal vererbt.«

»Keine Chance«, sagte Lynley. »Ich habe vor, dich um Jahrzehnte zu überleben.« Er legte einen Gang ein und fuhr zur Ausfahrt des Parkplatzes.

»Woher kennen Sie beide sich?«, wollte Daidre wissen.

Lynley antwortete erst, nachdem er in die Brompton Road eingebogen war und sie am Friedhof vorbeifuhren. »Von der Schule her«, sagte er.

»Er war bei meinem älteren Bruder in der Klasse«, sagte Denton.

Daidre drehte sich kurz zu Denton um, dann schaute sie

Lynley stirnrunzelnd an. »Ach so«, sagte sie, und Lynley hatte das Gefühl, dass sie mehr sah, als ihm lieb war.

Er sagte: »Er ist zehn Jahre älter.« Dann warf er Denton im Rückspiegel einen Blick zu. »Stimmt's, Charlie?«

»In etwa«, sagte Denton. »Hör mal, Tom, würde es dir was ausmachen, wenn ich mich für heute verabschiede? Ich habe einen verteufelt langen Tag hinter mir, und wenn du mich am Sloane Square rauslässt, kann ich von dort zu Fuß nach Hause gehen. Ich muss morgen ganz früh in der Bank sein. Vorstandssitzung. Der Chef ist völlig aus dem Häuschen wegen einer chinesischen Übernahme. Wir wissen ja, wie das ist.«

Verteufelt?, sinnierte Lynley. *Tom? Bank? Vorstandssitzung?* Fehlte nur noch, dass Denton sich vorbeugte und ihm verschwörerisch zuzwinkerte. Er sagte: »Bist du dir wirklich ganz sicher, Charlie?«

»Absolut. Heute war ein langer Tag, und der morgige wird noch länger.« Zu Daidre sagte er: »Der schlimmste, anspruchsvollste Arbeitgeber, den man sich vorstellen kann. Er erwartet, dass man ständig auf Abruf ist.«

»Ah, verstehe«, sagte sie. »Und Sie, Thomas? Es ist ja schon spät, und wenn Sie lieber...«

»Ich würde gern noch ein Stündchen oder zwei mit Ihnen verbringen«, sagte er. »Also am Sloane Square, Charlie. Sicher, dass du zu Fuß gehen willst?«

»An so einem lauen Abend gibt's doch nichts Schöneres«, erwiderte Denton. Dann sagte er nichts mehr – Gott sei Dank, dachte Lynley –, bis sie zum Sloane Square kamen. Dort rief er: »Also dann: hipp, hipp!«, worauf Lynley die Augen verdrehte, froh, dass Denton sich das *Hurrah* gespart hatte. Er würde ein Wörtchen mit ihm reden müssen. Sein Akzent war schon schlimm genug. Doch das Vokabular war wirklich grenzwertig.

»Ein lieber Kerl«, bemerkte Daidre, als sie Denton nachschaute, der den Platz überquerte und auf den Venusbrunnen zusteuerte. Von dort aus war es ein kurzer Spaziergang zu

Lynleys Villa in Eaton Terrace. Denton schien regelrecht zu hüpfen. Offenbar, dachte Lynley, vor lauter Begeisterung über seine kleine Vorstellung.

»Als *lieb* würde ich ihn nicht unbedingt bezeichnen«, sagte Lynley. »Er wohnt bei mir. Ich habe ihm seinem Bruder zuliebe ein Zimmer vermietet.«

Vom Sloane Square aus war es nicht mehr weit zu ihrem Ziel, einer Weinstube am Wilbraham Place, drei Häuser entfernt von einer teuren Boutique an der Straßenecke. Der einzige freie Tisch stand gleich neben der Tür, was Lynley in Anbetracht der Kälte nicht besonders gefiel, aber daran ließ sich nichts ändern.

Sie bestellten Wein. Ob sie eine Kleinigkeit essen wolle, erkundigte Lynley sich bei Daidre. Sie verneinte. Er selbst hatte auch keinen Appetit. Nachos und Hot dogs, sagte er, hielten erstaunlich lange nach, das müsse er wirklich zugeben.

Sie lachte und befühlte den Stiel einer einzelnen Rose, die in einer Vase auf dem Tisch stand. Sie hatte Hände, wie man sie bei einer Ärztin erwarten würde, dachte er. Ihre Fingernägel waren sehr kurz geschnitten, und ihre Finger wirkten kräftig, nicht feingliedrig. Er konnte sich denken, wie sie ihre Hände beschreiben würde. Bauernhände würde sie sagen. Oder Zigeunerhände. Oder die Hände eines Goldwäschers. Aber nicht die Hände einer Aristokratin, die sie ja auch nicht war.

Plötzlich schien es, als wüssten sie nach all der Zeit, die vergangen war, seit sie sich das letzte Mal gesehen hatten, nicht, worüber sie reden sollten. Er schaute sie an. Sie schaute ihn an. Er sagte: »Tja«, und dachte, was für ein Idiot er war. Er hatte sie unbedingt wiedersehen wollen, und jetzt saß sie vor ihm, und das Einzige, was ihm zu sagen einfiel, war, dass er sich nie ganz sicher war, ob ihre Augen hellbraun, dunkelbraun oder grün waren. Seine eigenen Augen waren braun, sehr dunkelbraun, ein starker Kontrast zu seinem Haar, das im Sommer strohblond, aber jetzt, im Herbst, einen ganzen Tick dunkler war.

Sie lächelte ihn an und sagte: »Sie sehen richtig gut aus, Thomas. Ganz anders als an dem Abend, als wir uns zum ersten Mal begegnet sind.«

Wie recht sie hatte, dachte er. Denn an jenem Abend war er bei ihr eingebrochen, dem einzigen Haus auf der Klippe bei Polcare Cove, von der ein achtzehnjähriger Kletterer in den Tod gestürzt war. Lynley war auf der Suche nach einem Telefon gewesen. Daidre war nach Cornwall gefahren, um sich ein paar Tage lang von ihrer anstrengenden Arbeit zu erholen. Er erinnerte sich an ihre Empörung, als sie ihn in ihrem Haus erwischt hatte. Und er erinnerte sich daran, wie schnell diese Empörung umgeschlagen war in Sorge um ihn. Sie hatte ihm nur ins Gesicht schauen müssen.

Er sagte: »Es *geht* mir auch gut. Natürlich gibt es gute und schlechte Tage, aber inzwischen mehr gute als schlechte.«

»Das freut mich«, sagte sie.

Wieder schwiegen sie eine Weile. Er hätte alles Mögliche sagen können. Zum Beispiel: »Und Sie, Daidre? Wie geht es Ihnen? Und Ihren Eltern?« Aber das konnte er nicht, denn sie hatte zwei Paar Eltern, und es wäre taktlos gewesen, das Thema anzuschneiden. Ihre Adoptiveltern hatte er nie kennengelernt. Ihre leiblichen Eltern dagegen schon – in ihrem alten Wohnwagen an einem Bach in Cornwall. Ihre Mutter war todkrank gewesen und hatte auf ein Wunder gehofft. Womöglich war sie inzwischen gestorben, aber er wollte lieber nicht nachfragen.

Plötzlich fragte sie: »Seit wann sind Sie eigentlich wieder zurück?«

»Im Dienst?«, sagte er. »Seit dem Sommer.«

»Und wie gefällt es Ihnen?«

»Anfangs war es schwierig«, sagte er. »Aber damit war zu rechnen.«

»Natürlich.«

Wegen Helen blieb unausgesprochen. Der Gedanke an seine Frau, die vor zwei Jahren Opfer eines Mordanschlags geworden war, war ihm unerträglich, über sie zu reden undenkbar. Ein Thema, an das Daidre nicht zu rühren wagte. Und er auch nicht.

Er sagte: »Und bei Ihnen?«

Sie zog die Brauen zusammen, wusste nicht, was er meinte. Dann sagte sie: »Ah! Meine Arbeit. Es läuft ganz gut. Zwei unserer Gorillaweibchen sind trächtig, aber das dritte nicht, da müssen wir aufpassen. Wir hoffen, dass es keine Probleme gibt.«

»Wäre denn normalerweise in so einer Situation mit Problemen zu rechnen?«

»Das dritte Weibchen hat kürzlich ein Junges verloren. Gedeihstörung. Das könnte zu Schwierigkeiten führen. Wir müssen abwarten.«

»Klingt traurig«, sagte er. »Gedeihstörung.«

»Ja.«

Wieder schwiegen sie. Schließlich sagte er: »Ihr Name stand auf dem Handzettel. Ihr Derbyname. Haben Sie vorher schon mal in London gespielt?«

»Ja«, sagte sie.

»Ah.« Er ließ den Wein im Glas kreisen. »Es hätte mich gefreut, wenn Sie mich angerufen hätten. Sie haben doch noch meine Karte, oder?«

»Ja, die hab ich noch«, sagte sie, »und ich hätte natürlich anrufen können. Aber… Ich hatte einfach das Gefühl…«

»Ich kann mir vorstellen, was Sie für ein Gefühl hatten«, sagte er. »Dasselbe wie damals, wage ich mal zu sagen.«

Sie schaute ihn an. »Leute wie ich sagen nicht ›wage ich zu sagen‹, verstehen Sie.«

»Ah«, sagte er.

Sie trank einen Schluck Wein. Dann betrachtete sie das Glas, anstatt ihn anzusehen. Er dachte, wie anders sie doch war, wie vollkommen anders als Helen. Daidre besaß weder Helens unbefangenen Humor noch ihre Unbekümmertheit. Und doch

21

besaß sie etwas Unwiderstehliches. Vielleicht, dachte er, war es ihre Lebensgeschichte, die sie so lange geheim gehalten hatte.

Er sagte: »Daidre«, als sie gleichzeitig »Thomas« sagte.

Er ließ ihr den Vortritt. »Könnten Sie mich vielleicht zu meinem Hotel fahren?«, fragte sie.

BAYSWATER
LONDON

Lynley war nicht dumm. Er wusste, dass es genau das hieß, nämlich, sie zu ihrem Hotel zu fahren. Das war ein Zug an Daidre Trahair, den er schätzte. Dass sie sagte, was sie meinte.

Sie dirigierte ihn zur Sussex Gardens, nördlich vom Hyde Park. In der verkehrsreichen Straße, die auch nachts stark befahren war, gab es zahlreiche Hotels, die nur durch ihre Namen auf den scheußlichen Leuchtreklamekästen zu unterscheiden waren, von denen London zunehmend verschandelt wurde. Sie warben für Hotels, die zwischen annehmbar und abscheulich rangierten, mit schmuddeligen weißen Gardinen an den Fenstern, schlecht beleuchteten Eingangsbereichen und angelaufenen Messingbeschlägen an den Türen. Als Lynley vor Daidres Hotel hielt, glaubte er zu wissen, an welchem Ende der Skala von annehmbar bis abscheulich es einzuordnen war.

Er räusperte sich.

Sie sagte: »Ich nehme an, es entspricht nicht ganz Ihren Ansprüchen. Aber ich habe ein Bett, und es ist ja auch nur für eine Nacht. Das Zimmer hat ein eigenes Bad, und die Kosten für das Team halten sich in Grenzen. Also … Sie wissen schon.«

Er schaute sie an. Das Licht einer Straßenlaterne in der Nähe seines Wagens ließ ihr Haar schimmern wie einen Heiligenschein, was ihn an Renaissancegemälde von Märtyrerinnen erinnerte. Es fehlte nur der Palmzweig in ihrer Hand. Er sagte: »Es widerstrebt mir, Sie hier aussteigen zu lassen, Daidre.«

»Es ist ein bisschen muffig, aber ich werd's überleben. Glauben Sie mir, es ist viel besser als das letzte Hotel, in dem wir abgestiegen sind. Um Klassen besser.«

»Das meinte ich nicht«, sagte er. »Jedenfalls nicht nur.«

»Ich weiß.«

»Wann reisen Sie morgen früh ab?«

»Um halb neun. Aber wir schaffen es eigentlich nie, pünktlich loszufahren, weil alle total verkatert sind. Ich bin wahrscheinlich die Erste, die auf den Beinen ist.«

»Ich habe ein Gästezimmer«, sagte er. »Wollen Sie nicht da übernachten? Wir könnten zusammen frühstücken, und ich würde Sie pünktlich hier abliefern, damit Sie mit Ihren Teamkolleginnen nach Bristol fahren können.«

»Thomas…«

»Charlie macht übrigens Frühstück. Er ist ein ausgezeichneter Koch.«

Sie antwortete nicht gleich. Schließlich sagte sie: »Er ist Ihr Hausdiener, nicht wahr?«

»Wie kommen Sie denn darauf?«

»Thomas…«

Er wandte sich ab. In einiger Entfernung stritt sich ein junges Paar auf dem Gehweg. Sie hatten Händchen gehalten, jetzt jedoch schüttelte die Frau die Hand des Mannes ab wie ein klebriges Bonbonpapier.

Daidre sagte: »Kein Mensch sagt mehr *verteufelt*. Wenn er nicht zufällig bei den *Drei Musketieren* mitspielt.«

Lynley seufzte. »Er übertreibt es manchmal ein bisschen.«

»Er ist also Ihr Hausdiener?«

»O nein, er ist absolut sein eigener Herr. Ich versuche seit Jahren, ihn davon abzubringen, aber er geht voll in der Rolle des Dieners auf. Ich glaube, er hält es für ein ausgesprochen gutes Training. Wahrscheinlich hat er sogar recht.«

»Er ist also kein Diener?«

»Gott, nein. Ich meine, ja und nein. Er ist Schauspieler, oder wäre es zumindest, wenn es nach ihm ginge. Bis sein Traum in Erfüllung geht, arbeitet er für mich. Ich habe kein Problem damit, wenn er zu Vorsprechterminen fährt, er hat kein Problem damit, wenn ich nicht zu einem Abendessen erscheine, an dem er den ganzen Nachmittag in der Küche gearbeitet hat.«

»Hört sich an, als würden Sie zusammenpassen wie Topf und Deckel.«

»Eher wie die Faust aufs Auge.« Lynley wandte den Blick von den sich streitenden jungen Leuten ab, die jetzt einander mit ihren Handys vor der Nase herumfuchtelten. Er schaute Daidre an. »Er wird also da sein, Daidre. Er wird den Anstandswauwau spielen. Und, wie gesagt, wir könnten beim Frühstück noch ein bisschen miteinander plaudern. Und auch während der Fahrt hierher. Natürlich könnte ich Ihnen auch ein Taxi bestellen, falls Sie das vorziehen.«

»Warum?«

»Ein Taxi?«

»Sie wissen schon, was ich meine.«

»Ich habe einfach das Gefühl … dass zwischen uns noch etwas offen ist. Oder noch nicht abgeschlossen. Oder einfach nur ungeklärt. Ehrlich gesagt, weiß ich nicht so recht, was es ist, aber ich denke, Sie spüren es genauso wie ich.«

Sie schien darüber nachzudenken, und ihr Schweigen ließ Lynley Hoffnung schöpfen. Doch dann schüttelte sie langsam den Kopf und legte die Hand auf den Türgriff. »Lieber nicht«, sagte sie. »Außerdem …«

»Außerdem?«

»Ich bin nicht so, Thomas. Ich kann das nicht mal eben so locker.«

»Das verstehe ich nicht.«

»Doch«, sagte sie. »Sie verstehen das schon.« Sie beugte sich zu ihm herüber und gab ihm einen Kuss auf die Wange. »Aber

ich möchte nicht lügen. Ich habe mich sehr gefreut, Sie wiederzusehen. Vielen Dank. Ich hoffe, das Spiel hat Ihnen gefallen.«

Ehe er antworten konnte, war sie schon ausgestiegen. Sie
eilte ins Hotel. Sie drehte sich nicht noch einmal um.

BAYSWATER
LONDON

Er saß immer noch vor dem Hotel in seinem Wagen, als sein
Handy klingelte. Er spürte immer noch ihre Lippen an seiner
Wange und die Wärme ihrer Hand auf seinem Arm. Er war so
tief in Gedanken versunken gewesen, dass er beim Klingeln des
Handys zusammenzuckte. Im selben Augenblick fiel ihm ein,
dass er Barbara Havers nicht wie versprochen zurückgerufen
hatte. Er warf einen Blick auf seine Uhr.

Ein Uhr. Das konnte nicht Barbara sein. Und wie Gedanken
es so an sich haben, dachte Lynley in der Zeit, die er brauchte,
um das Handy aus der Tasche zu holen, an seine Mutter, an
seinen Bruder, an seine Schwester, und er dachte an nächtliche
Notfälle, denn um diese Zeit rief niemand irgendjemanden an,
nur um zu plaudern.

Als er das Handy endlich herausgefischt hatte, war er davon
überzeugt, dass sich in Cornwall, wo sich sein Familiensitz befand, eine Katastrophe ereignet hatte, wahrscheinlich durch die
Hand einer ihm unbekannten Bediensteten namens Mrs Dan-
vers, die das Haus in Brand gesteckt hatte. Doch dann sah er,
dass es Barbara war, die ihn anrief. Hastig sagte er ins Handy:
»Barbara, es tut mir leid.«

»Verfluchter Mist«, schrie sie. »Warum rufen Sie mich nicht
zurück? Ich sitze hier, und er ist allein da drinnen. Und ich weiß
nicht, was ich tun soll oder was ich ihm sagen soll, denn das
Schlimmste ist, dass kein Schwein ihm helfen kann, was ich von

25

vornherein wusste. Aber ich hab ihn angelogen und ihm versprochen, dass wir irgendwas unternehmen würden, und jetzt brauche ich Ihre Hilfe. Es muss doch irgendeine Möglichkeit geben ...«

»Barbara.« Sie klang vollkommen aufgelöst. Es musste etwas Schlimmes vorgefallen sein, denn es passte nicht zu ihr, so herumzustammeln. »*Barbara.* Beruhigen Sie sich. Was ist los?«

Es sprudelte nur so aus ihr heraus, ohne Sinn und Verstand. Sie sprach so schnell, dass Lynley kaum mitkam. Und ihre Stimme klang merkwürdig. Entweder hatte sie geweint – was ihm unwahrscheinlich erschien –, oder sie war betrunken. Letzteres jedoch war wenig plausibel in Anbetracht der Dringlichkeit dessen, was sie ihm berichtete. Aus den hervorstechendsten Details reimte Lynley sich Folgendes zusammen:

Die Tochter ihres Nachbarn und Freundes Taymullah Azhar war verschwunden. Als Azhar, Professor für Mikrobiologie am University College in London, nach Feierabend nach Hause kam, hatte er festgestellt, dass fast alle Habseligkeiten sowohl seiner Tochter als auch seiner Frau aus der Wohnung verschwunden waren – nur die Schuluniform seiner Tochter, ein Stofftier und ihr Laptop lagen noch auf ihrem Bett.

»Alles andere ist weg«, sagte Havers. »Als ich nach Hause kam, saß Azhar auf der Türschwelle. Mich hatte sie auch angerufen, also Angelina, irgendwann am frühen Nachmittag. Ich hatte eine Nachricht auf dem AB. Ob ich mich heute Abend um ihn kümmern könnte, wollte sie wissen. ›Hari wird sehr unglücklich sein‹, meinte sie. Das hat sie genau richtig gesehen. Nur dass er nicht unglücklich ist, er ist am Boden zerstört. Der ist fix und fertig, ich weiß gar nicht, was ich tun oder sagen soll, und Angelina hat sogar dafür gesorgt, dass Hadiyyah diese Giraffe dagelassen hat, und wir beide wissen auch ganz genau, warum. Die ist nämlich ein Andenken an einen Urlaub mit ihrem Vater. Die beiden waren am Meer, und Azhar hatte die Giraffe an einer Bude auf dem Vergnügungspier gewonnen. Und dann hat jemand versucht, sie ihr wegzunehmen ...«

»Barbara«, sagte Lynley streng. »*Barbara.*«

Sie war völlig außer Atem. »Sir?«

»Ich bin schon unterwegs.«

CHALK FARM
LONDON

Barbara Havers wohnte in Nordlondon nicht weit vom Camden Lock Market entfernt. Um ein Uhr nachts kam es nur darauf an, den Weg zu kennen, denn es herrschte so gut wie kein Verkehr. Aber um in Eton Villas einen Parkplatz zu finden, brauchte man viel Glück. Da mitten in der Nacht, wenn alle zu Hause in ihren Betten lagen, nicht einmal das Glück half, parkte Lynley kurzerhand in der Einfahrt.

Hinter einer gelben Edwardianischen Villa, die Ende des zwanzigsten Jahrhunderts in ein Mietshaus mit mehreren Wohnungen umgewandelt worden war, befand sich Barbaras Bleibe, ein Holzhäuschen, das früher einmal Gott weiß welchem Zweck gedient hatte. Es besaß einen kleinen offenen Kamin, was vermuten ließ, dass es zu Wohnzwecken errichtet worden war, allerdings war es offenbar nur für eine Person gedacht, und zwar für eine, die sehr wenig Platz brauchte.

Als er auf dem mit Steinplatten ausgelegten Weg um die Villa herumging, warf Lynley einen Blick in die Erdgeschosswohnung, wo Barbaras Freund Taymullah Azhar wohnte. Durch die Glastüren fiel helles Licht auf die Terrasse. Aus dem Telefongespräch hatte Lynley geschlossen, dass Barbara ihn von zu Hause aus angerufen hatte, und als er den Garten erreichte, sah er, dass auch in ihrem Häuschen noch Licht brannte.

Er klopfte leise an. Er hörte, wie ein Stuhl verrückt wurde. Dann wurde die Tür aufgerissen.

Auf den Anblick, der sich ihm bot, war er nicht vorbereitet. Er sagte: »Gütiger Himmel. Was haben Sie denn gemacht?«

Alte Trauerriten kamen ihm in den Sinn, bei denen Frauen sich das Haar abschnitten und sich Asche aufs Haupt streuten. Ersteres hatte sie getan, auf Letzteres jedoch hatte sie verzichtet. Dafür lag auf ihrem Küchentisch jede Menge Asche verstreut. Anscheinend saß sie schon seit Stunden da, und das Glasschälchen, das ihr als Aschenbecher diente, quoll von Kippen über.

Barbara sah aus wie ein emotionales Wrack. Sie stank wie ein kalter Kamin. Sie trug einen uralten, erbsengrünen Morgenmantel aus Chenille, und ihre nackten Füße steckten in ihren knallroten Turnschuhen.

»Ich hab ihn allein gelassen«, sagte sie. »Ich hab ihm versprochen zurückzukommen, aber ich bring's einfach nicht über mich. Ich weiß nicht, was ich ihm sagen soll. Ich dachte, wenn Sie hier wären … Warum haben Sie mich denn nicht zurückgerufen? Haben Sie nicht gemerkt … Verdammt noch mal, Sir, wo zum Teufel … Warum haben Sie nicht angerufen?«

»Es tut mir sehr leid«, sagte er. »Ich konnte Sie am Telefon nicht verstehen. Ich war … Spielt keine Rolle. Erzählen Sie mir, was passiert ist.«

Lynley nahm ihren Arm und führte sie zurück an den Tisch. Er sammelte den überquellenden Aschenbecher, eine unangebrochene Packung Players und eine Schachtel Streichhölzer ein und legte alles auf die Anrichte. Dann setzte er Teewasser auf. Im Küchenschrank fand er Teebeutel und Süßstoff. Aus der mit schmutzigem Geschirr gefüllten Spüle förderte er zwei Henkeltassen zutage. Er spülte sie und trocknete sie ab. Dann öffnete er den kleinen Kühlschrank, der wie erwartet vollgestopft war mit Schachteln aus Schnellimbissketten und Fertiggerichten, aber es gab auch eine Tüte Milch, die er auf den Tisch stellte.

Währenddessen saß Barbara stumm am Tisch, was vollkommen untypisch für sie war. Seit er Barbara Havers kannte, war sie nie um einen Kommentar verlegen gewesen, ganz besonders in einer Situation wie dieser, als er nicht nur Tee zubereitete, sondern auch noch in Erwägung zog, ihr ein paar Scheiben Toastbrot zu servieren. Ihr Schweigen irritierte ihn.

Er stellte die Teekanne auf den Tisch. Stellte eine Henkeltasse vor Havers hin. Eine volle Tasse mit kaltem Tee, der längst mit einem Film überzogen war, räumte er weg.

Havers sagte: »Das war seine. Ich hab dasselbe gemacht. Wieso fällt uns eigentlich nie was Besseres ein, als Tee zu kochen?«

»Es ist eine Beschäftigung«, erwiderte Lynley.

»Wenn du nicht weißt, was du tun sollst, mach Tee«, sagte sie. »Ich könnte einen Whisky gebrauchen. Oder einen Gin. Gin wär gut.«

»Haben Sie welchen?«

»Natürlich nicht. Ich will nicht so werden wie all die alten Damen, die ab fünf Uhr nachmittags Gin trinken, bis sie ins Koma fallen.«

»Sie sind keine alte Dame.«

»Noch nicht, aber bald.«

Lynley lächelte. Ihre selbstironische Bemerkung war schon ein kleiner Fortschritt. Er setzte sich zu ihr an den Tisch. »Schießen Sie los.«

Barbara erzählte ihm von einer Frau namens Angelina Upman, die anscheinend die Mutter von Azhars Tochter war. Lynley hatte sowohl Azhar als auch dessen Tochter kennengelernt, und er wusste, dass die Mutter des Kindes, bevor Barbara in ihr Häuschen eingezogen war, eine Zeitlang verschwunden gewesen war. Er wusste jedoch nicht, dass Angelina Upman im vergangenen Juli wieder bei Azhar und Hadiyyah aufgetaucht war, und er hatte erst recht keine Ahnung davon gehabt, dass Azhar und die Kindsmutter nicht verheiratet waren und Azhars Name in der Geburtsurkunde des Mädchens nicht erwähnt war.

Lynley bemühte sich, Barbaras Schilderungen zu folgen.

Dass Azhar und Angelina Upman nicht geheiratet hatten, war keineswegs dem Zeitgeist geschuldet. Azhar hatte seine Ehefrau wegen Angelina verlassen, und die hatte sich geweigert, in eine Scheidung einzuwilligen. Mit seiner Ehefrau hatte Azhar bereits zwei Kinder. Wo die alle wohnten, wusste Barbara nicht.

Sie wusste allerdings, dass Angelina Azhar und Hadiyyah vorgegaukelt hatte, sie sei zurückgekehrt, um ihren rechtmäßigen Platz in deren Leben wieder einzunehmen. Sie habe das Vertrauen von Azhar und Hadiyyah gewinnen müssen, um ihre Pläne zu schmieden und schließlich in die Tat umzusetzen.

»Deswegen ist sie zurückgekommen«, sagte Barbara. »Um sich das Vertrauen von uns allen zu erschleichen. Auch meins. Ich bin schon immer 'ne Hohlbirne gewesen. Aber diesmal ... hab ich mich selbst übertroffen.«

»Warum haben Sie mir nie von alldem erzählt?«, wollte Lynley wissen.

»Wovon genau?«, fragte Havers. »Denn dass ich 'ne Hohlbirne bin, wissen Sie ja bereits.«

»Von Angelina«, sagte er. »Von Azhars Ehefrau und den anderen Kindern, von der Scheidung oder vielmehr von der nicht erfolgten Scheidung. Von allem, was damit zu tun hat. Warum haben Sie mir das nie erzählt? Denn das alles hat Sie doch bestimmt zutiefst ...« Er brach ab. Barbara hatte noch nie über ihre Gefühle für Azhar oder für dessen kleine Tochter gesprochen, und Lynley hatte sich auch nie danach erkundigt. Aus Höflichkeit, wie er fand, aber jetzt musste er sich eingestehen, dass es schlichtweg so am einfachsten gewesen war.

»Tut mir leid«, sagte er.

»Tja. Sie waren halt ziemlich beschäftigt. Sie wissen ja.«

Er wusste, dass sie auf seine Affäre mit ihrer beider Chefin bei der Met anspielte. Er hatte sich sehr diskret verhalten. Isabelle ebenfalls. Aber Barbara war nicht dumm, sie war nicht von gestern, und sie bekam alles mit.

Er sagte: »Ja. Nun, das ist vorbei, Barbara.«

»Ich weiß.«

»Hm. Ja. Das dachte ich mir.«

Havers drehte mit beiden Händen ihre Teetasse, die eine Karikatur von Camilla zierte, mit Betonfrisur und breitem Grinsen. Unbewusst bedeckte sie die Karikatur mit einer Hand, als täte die Duchess of Cornwall ihr leid. Sie sagte: »Ich wusste nicht, was ich ihm sagen sollte, Sir. Als ich von der Arbeit nach Hause kam, hockte er vor meiner Tür. Ich glaub, er hatte da schon seit Stunden gesessen. Nachdem er mir erzählt hatte, was passiert war, hab ich ihn in seine Wohnung gebracht und mich umgesehen, und ich schwöre Ihnen, als mir klar wurde, dass sie alles mitgenommen hatte, wusste ich einfach nicht, was ich tun sollte.«

Lynley dachte über die Situation nach. Sie war mehr als kompliziert, und das wusste auch Barbara. Deswegen war sie so paralysiert. Er sagte: »Gehen wir zu ihm, Barbara. Ziehen Sie sich an, dann gehen wir rüber.«

Sie nickte. Sie kramte ein paar Sachen aus ihrem Kleiderschrank und hielt sie sich vor die Brust. Auf dem Weg zum Bad drehte sie sich zu ihm um und sagte: »Danke, dass Sie keinen Kommentar zu meinen Haaren gemacht haben, Sir.«

Lynley betrachtete ihren kurzgeschorenen Kopf. »Ah ja«, sagte er. »Ziehen Sie sich an.«

CHALK FARM
LONDON

Jetzt wo Lynley da war, ging es Barbara Havers schon wesentlich besser. Eigentlich hätte sie in der Lage sein müssen, die Sache selbst in die Hand zu nehmen, aber Azhars Kummer war zu viel für sie gewesen. Azhar war ein verschlossener Mann, und in den knapp zwei Jahren, die sie ihn kannte, hatte sie ihn nie anders erlebt. In der Tat hatte er sich so wenig in die Karten sehen lassen, dass sie sich manchmal gefragt hatte, ob er überhaupt welche hatte. Ihn jetzt so am Boden zerstört zu erleben machte Barbara fix und fertig.

Wie die meisten hatte auch sie bei Angelina Upman nur das gesehen, was sie sehen wollte, und alle Warnsignale ignoriert. Derweil hatte Angelina Azhar wieder in ihr Bett gelockt. Sie hatte ihre Tochter dazu verführt, sie abgöttisch zu lieben. Sie hatte Barbara dazu verführt, über alles, was mit Angelina selbst zu tun hatte, bereitwillig Stillschweigen zu wahren, und sie damit zur unwissentlichen Komplizin gemacht. Und dass Angelina jetzt mitsamt ihrer Tochter verschwunden war, war das Ergebnis.

Barbara zog sich an. Sie schaute in den Spiegel. Sie sah furchtbar aus. Vor allem ihr Kopf. Keine Spur mehr von dem teuren Haarschnitt, den sie sich erst kürzlich gegönnt hatte, nur kahle Stellen und unkrautartige Büschel. Das katastrophale Ergebnis dieser Selbstverstümmelung würde sich nur beheben lassen, indem sie sich den Kopf kahl rasierte, aber dazu hatte sie jetzt leider keine Zeit. Sie ging zurück ins Wohnzimmer und wühlte in ihrer Kommode, bis sie eine Skimütze fand. Die setzte sie auf, und dann machte sie sich zusammen mit Lynley auf den Weg zum Vorderhaus.

In Azhars Wohnung hatte sich nichts verändert. Nur dass Azhar, anstatt reglos dazusitzen und ins Leere zu stieren, jetzt ziellos hin und her lief. Als er sie hohläugig anschaute, sagte Barbara: »Azhar, ich habe DI Lynley von der Met mitgebracht.«

Azhar kam gerade aus Hadiyyahs Zimmer, die Stoffgiraffe an die Brust gedrückt. Er sagte zu Lynley: »Sie hat sie mitgenommen.«

»Barbara hat mir alles erzählt.«

»Man kann nichts tun.«

»Man kann immer irgendwas tun, Azhar«, sagte Barbara. »Wir werden sie finden.«

Sie spürte, wie Lynley ihr einen Blick zuwarf, der ihr sagte, dass sie Versprechungen machte, die weder er noch sie würde halten können. Aber Barbara sah das anders. Wenn sie diesem Mann nicht helfen konnten, dachte sie, welchen Sinn hatte es dann noch, Polizist zu sein?

Lynley sagte: »Dürfen wir uns setzen?«

Ja, ja, selbstverständlich, sagte Azhar, und sie gingen ins Wohnzimmer, das Angelina erst kürzlich renoviert hatte. Jetzt fiel Barbara auf, was ihr gleich hätte auffallen müssen, als Angelina ihr stolz das Ergebnis ihrer Anstrengungen vorgeführt hatte: Es sah aus wie aus einer eleganten Wohnzeitschrift – alles passte perfekt zusammen, wirkte jedoch unpersönlich und seelenlos.

Sie nahmen Platz. »Nachdem Sie weg waren, habe ich bei ihren Eltern angerufen«, sagte Azhar.

»Wo wohnen die denn?«, fragte Barbara.

»In Dulwich. Natürlich wollten sie nicht mit mir reden. Ich habe das Leben einer ihrer beiden Töchter ruiniert. Sie wollen nichts mit einem ›Dreckskerl‹ wie mir zu tun haben.«

»Nette Leute«, bemerkte Barbara.

»Sie wissen nichts«, sagte Azhar.

»Sind Sie sich da ganz sicher?«, fragte Lynley.

»Nach dem zu urteilen, was sie gesagt haben, und wie ich sie kenne, bin ich mir sicher. Sie wissen nichts über Angelina. Mehr noch, sie wollen nichts wissen. Sie haben gesagt, sie hat sich die Suppe vor zehn Jahren selbst eingebrockt, und wenn sie ihr jetzt nicht schmeckt, können sie nichts daran ändern.«

»Sie haben noch eine andere Tochter?«, sagte Lynley, und als Azhar ihn verwirrt anschaute und Barbara fragte: »Was?«, fügte er hinzu: »Sie sagten eben, Sie hätten das Leben einer der beiden Töchter dieser Leute ruiniert. Kennen Sie die Schwester? Und könnte Angelina sich vielleicht bei ihr aufhalten?«

»Ich weiß nur, dass sie Bathsheba heißt«, sagte Azhar. »Ich bin ihr nie begegnet.«

»Könnten Angelina und Hadiyyah bei ihr sein?«

»Soweit ich weiß, sind die beiden verfeindet«, sagte Azhar. »Ich bezweifle es also.«

»Hat Angelina Ihnen das mit der Feindschaft erzählt?«, fragte Barbara scharf. Lynley und Azhar wussten beide, worauf ihre Frage abzielte.

»Wenn ein Mensch verzweifelt ist«, sagte Lynley, »wenn jemand so etwas plant – und diese Sache muss sehr gut geplant gewesen sein, Azhar –, kommt es oft vor, dass alte Feindschaften begraben werden. Haben Sie bei der Schwester angerufen? Haben Sie ihre Telefonnummer?«

»Ich kenne nur ihren Namen. Bathsheba Ward. Mehr nicht. Tut mir leid.«

»Kein Problem«, sagte Barbara. »Damit können wir schon mal was anfangen. Das ist eine Spur, die wir…«

»Barbara, Sie sind sehr liebenswürdig«, fiel Azhar ihr ins Wort. »Und Sie ebenfalls«, sagte er zu Lynley. »Dass Sie mitten in der Nacht hierhergekommen sind… Aber ich bin mir der Aussichtslosigkeit meiner Situation bewusst.«

»Ich habe Ihnen gesagt, dass wir sie finden«, sagte Barbara aufgebracht. »Und das werden wir auch.«

Azhar schaute sie mit seinen ruhigen, dunklen Augen an. Dann wandte er sich Lynley zu. An seinem Gesichtsausdruck ließ sich ablesen, dass ihm etwas klar war, was Barbara nicht zugeben und womit sie ihn auf keinen Fall konfrontieren wollte.

Lynley sagte: »Barbara hat mir erklärt, dass Sie und Angelina nicht geschieden sind.«

»Da wir nie geheiratet haben, kann es auch keine Scheidung geben. Und da ich von meiner ersten Frau nie geschieden wurde, hat Angelina mich nicht als Hadiyyahs Vater angegeben. Was natürlich ihr gutes Recht war. Ich habe das akzeptiert als Konsequenz dafür, dass ich mich von Nafeeza nie habe scheiden lassen.«

»Wo wohnt Nafeeza?«, fragte Lynley.

»In Ilford. Nafeeza und die Kinder wohnen bei meinen Eltern.«

»Könnte es sein, dass Angelina dorthin gefahren ist?«

»Sie weiß nicht, wo sie wohnen, sie kennt ihre Namen nicht. Sie weiß nichts über sie.«

»Könnten sie denn hierhergekommen sein? Könnte es sein, dass sie sie ausfindig gemacht haben? Dass sie sie von hier fortgelockt haben?«

»Zu welchem Zweck?«

»Um ihr zu schaden, zum Beispiel.«

Das war ein Gedanke, den Barbara gar nicht so abwegig fand. Sie sagte: »Das wäre durchaus möglich, Azhar. Es ist doch denkbar, dass die beiden entführt wurden. Dass hier was ganz anderes passiert ist. Vielleicht sind sie gekommen, um sich Angelina zu schnappen, und haben Hadiyyah gleich mitgenommen. Dann haben sie alles eingepackt und Angelina gezwungen, bei mir anzurufen. Wär doch möglich.«

»Klang sie wie jemand, der unter starkem Stress steht?«, wollte Lynley von Barbara wissen.

Natürlich nicht, dachte Barbara. Sie hatte so geklungen wie immer, nämlich ausnehmend höflich und zuvorkommend. »Sie könnte sich ja verstellt haben«, sagte sie, obwohl sie selbst hörte, wie verzweifelt das rüberkam.

»Ich weiß nicht«, sagte Azhar. »Wenn man sie gezwungen hätte, diesen Anruf zu tätigen, wenn sie entführt worden wäre – zusammen mit Hadiyyah –, hätte sie bei ihrem Anruf irgendetwas durchblicken lassen. Sie hätte Ihnen ein Zeichen gegeben. Aber das hat sie nicht getan. Sie hat ganz bestimmte Dinge zurückgelassen – Hadiyyahs Schuluniform, ihren Laptop, die kleine Giraffe. Das heißt doch, dass die beiden nicht zurückkommen.« Seine Augen waren feucht geworden.

Barbara fuhr zu Lynley herum. Er war der mitfühlendste Polizist der gesamten Metropolitan Police, vielleicht sogar der mitfühlendste Mann, dem sie je begegnet war. Doch sie sah ihm an, was in ihm vorging. Trotz des tiefen Mitgefühls, das er für Azhar empfand, wusste er, wie die Realität aussah, mit der sie konfrontiert waren.

»Sir«, sagte sie. »*Sir*.«

Er sagte: »Wir können natürlich bei Angelinas Verwandten anrufen. Aber abgesehen davon … Sie ist die Mutter des Kindes, Barbara. Sie hat nichts verbrochen. Es gibt kein Scheidungsurteil und keine Sorgerechtsregelung, wogegen sie verstößt.«

»Was ist mit einem Privatdetektiv?«, entgegnete Barbara. »*Wir* können vielleicht nichts tun, aber ein privater Ermittler schon.«

»Wo finde ich denn so jemanden?«, fragte Azhar.

»Ich kann das übernehmen«, erklärte Barbara.

16. November

VICTORIA
LONDON

»Auf gar keinen Fall«, lautete Isabelle Arderys Antwort auf Barbaras Bitte um ein paar Tage Urlaub. Als Nächstes verlangte sie eine Erklärung für Barbaras Kopfbedeckung, bei der es sich um eine gestrickte Pudelmütze handelte. Die Mütze war ein modischer Fauxpas und für eine Polizistin ein Ding der Unmöglichkeit. Die schicke Frisur, die vor dem Kahlschlag ihr Haupt geziert hatte, hatte sie sich auf dringendes Anraten – besser gesagt, auf Befehl – ihrer Chefin hin zugelegt, weswegen Isabelle Ardery jetzt einen Fall von offenem Ungehorsam witterte.

»Nehmen Sie die Mütze ab«, sagte Ardery.

»Was die Urlaubstage betrifft, Chefin ...«

»Darf ich Sie daran erinnern, dass Sie gerade erst Urlaub hatten?«, fauchte Ardery. »Wie viele Tage lang haben Sie sich von Inspector Lynley herumkommandieren lassen, als er seinen kleinen Ausflug nach Cumbria gemacht hat?«

Das konnte Barbara nicht leugnen. Sie hatte Lynley tatsächlich bei einer privaten Ermittlung unterstützt. Assistant Commissioner Sir David Hillier hatte ihn in geheimer Mission in die Nähe von Lake Windermere geschickt, und Ardery hatte Wind davon bekommen, dass er Barbara um Hilfe gebeten hatte. Sie war nicht gerade begeistert gewesen. Folglich fand sie die Vorstellung, dass Detective Sergeant Havers erneut außerplanmäßige Ermittlungen anstellte, etwa so reizvoll wie einen Wiener Walzer mit einem Stachelschwein.

»Nehmen Sie die Mütze ab«, wiederholte Ardery. »Auf der Stelle.«

Barbara wusste, dass das nur zu noch mehr Stress führen würde. Sie sagte: »Chefin, es handelt sich um einen Notfall. Etwas Persönliches. Eine Familienangelegenheit.«

»Und welchen Teil Ihrer Familie betrifft das? Soweit ich informiert bin, haben Sie eine einzige nahe Verwandte, Sergeant, und die wohnt in einem Pflegeheim in Greenford. Sie wollen doch nicht im Ernst behaupten, dass Sie für Ihre Mutter polizeiliche Ermittlungen durchführen sollen, oder?«

»Das ist kein Pflegeheim, sondern ein privates Seniorenheim.«

»Gibt es dort Pflegepersonal? Braucht sie Pflege?«

»Selbstverständlich gibt es dort Pflegepersonal, und selbstverständlich braucht sie Pflege«, erwiderte Barbara. »Aber das wissen Sie ja.«

»Um was für eine Art polizeiliche Ermittlung hat Ihre Mutter Sie denn nun gebeten?«

»Also gut«, sagte Barbara. »Es geht nicht um meine Mutter.«

»Sagten Sie nicht, es handle sich um eine Familienangelegenheit?«

»Okay, das stimmt nicht ganz. Es geht um einen Freund, der in großen Schwierigkeiten steckt.«

»Da hat er ja etwas mit Ihnen gemeinsam. Muss ich Sie noch einmal auffordern, diese lächerliche Mütze abzunehmen?«

Es führte kein Weg daran vorbei. Barbara zog sich die Mütze vom Kopf.

Ardery starrte sie an. Sie hob eine Hand, wie um eine apokalyptische Vision abzuwehren. »Was«, sagte sie gepresst, »hat das zu bedeuten? Ist etwa jemandem die Schere ausgerutscht? Oder handelt es sich eher um eine unausgesprochene Botschaft an Ihren Vorgesetzten, in dem Fall also an mich?«

»Nichts würde mir ferner liegen, Chefin«, entgegnete Barbara. »Und es ist nicht der Grund, warum ich mit Ihnen reden möchte.«

»Das ist mir klar. Aber *ich* möchte mit Ihnen darüber reden. Und wie ich sehe, kleiden wir uns auch wieder wie eh und je. Ich frage Sie noch einmal: Was wollen Sie mir mit diesem Aufzug sagen, Sergeant? Denn meine Interpretation lautet, dass es etwas mit Ihrer Zukunft als Verkehrspolizistin auf den Shetland-Inseln zu tun hat.«

»Sie wissen genau, dass Sie mir nicht vorschreiben können, welche Frisur ich trage und wie ich mich anzuziehen habe«, erwiderte Barbara. »Was interessiert Sie das alles überhaupt, solange ich meine Arbeit ordentlich mache?«

»Genau das ist der springende Punkt«, konterte Ardery. »*Wenn* Sie Ihre Arbeit ordentlich machen. Was man in letzter Zeit weiß Gott nicht behaupten kann. Und was Sie ja offenbar auch in den nächsten Tagen oder vielleicht sogar Wochen nicht vorhaben. Derweil Sie, wie ich annehme, allerdings Ihr Gehalt beziehen wollen, um das private Seniorenheim zu bezahlen, in dem Sie Ihre Mutter untergebracht haben. Was genau also wollen Sie, Sergeant? Bei der Met angestellt bleiben und ein regelmäßiges Gehalt beziehen, oder einem nicht-existenten Verwandten zuliebe auf Schnitzeljagd gehen wegen eines Problems, über dessen Natur Sie sich bisher auf bemerkenswerte Weise ausgeschwiegen haben?«

Sie saßen einander an Arderys Schreibtisch gegenüber. Durch die Tür zum Korridor drangen Geräusche herein. Kollegen gingen vorbei und unterhielten sich. Hin und wieder wurde es still, woraus Barbara schloss, dass man ihren Streit mit Superintendent Ardery bis nach draußen hörte. Nachschub für die Gerüchteküche, dachte sie. DS Havers kriegt mal wieder ihr Fett weg.

Sie sagte: »Hören Sie, Chefin. Ein Freund von mir sucht seine Tochter. Das Kind wurde von seiner Mutter abgeholt und …«

»Das Mädchen befindet sich also nicht direkt in Gefahr, oder? Und wenn die Mutter, indem sie ihre Tochter mitgenommen hat, gegen einen Gerichtsbeschluss verstößt, dann kann Ihr

Freund ja seinen Anwalt oder das nächste Polizeirevier oder was weiß ich wen um Hilfe bitten, denn es ist nicht Ihre Aufgabe, in der Gegend herumzufahren und Menschen in Not beizustehen, es sei denn, Ihr Vorgesetzter erteilt Ihnen den Auftrag dazu. Habe ich mich klar genug ausgedrückt, Sergeant Havers?«

Barbara schwieg. Innerlich kochte sie vor Wut. Am liebsten hätte sie geschrien: »Bist du vom wilden Affen gebissen, du blöde Kuh!«, aber sie wusste, wo sie mit so einer Bemerkung landen würde. Dagegen wären die Shetland-Inseln das reinste Paradies. Zögernd sagte sie: »Ja, haben Sie.«

»Schön«, sagte Ardery. »Dann gehen Sie jetzt an die Arbeit. Und die besteht in einer Sitzung mit der Staatsanwaltschaft. Reden Sie mit Dorothea. Sie hat den Termin vereinbart.«

VICTORIA
LONDON

Dorothea Harriman war nicht nur die Sekretärin der Abteilung, sondern auch das modische Vorbild, an dem Barbara sich orientieren sollte. Aber Barbara hatte noch nie verstanden, wie Dee Harriman es schaffte, bei ihrem mageren Gehalt immer wie aus dem Ei gepellt auszusehen. Dee hatte ihr mehr als einmal erklärt, es komme nur darauf an, seine Farben zu kennen – was auch immer das bedeutete – und ein Händchen für die richtigen Accessoires zu haben. Außerdem schade es nicht, sich über die besten Outlet-Läden auf dem Laufenden zu halten. Das ist kinderleicht, Detective Sergeant Havers. Wirklich. Ich bring's Ihnen bei, wenn Sie wollen.

Barbara wollte nicht. Sie vermutete, dass Dee Harriman jede freie Minute damit zubrachte, die Straßen Londons auf der Suche nach Klamotten abzuklappern. Wer zum Teufel wünschte sich so ein Leben?

Als Barbara auf dem Weg zu Isabelle Ardery Dorotheas Zimmer durchquert hatte, war diese so taktvoll gewesen, nichts zu der Pudelmütze zu sagen. Sie war ganz entzückt gewesen von der modischen Frisur, die einer der Starfrisöre von Knightsbridge Barbara vor einiger Zeit verpasst hatte. Aber nach einem entgeisterten »Detective Sergeant Havers!« hatte ein Blick von Barbara genügt, um sie verstummen zu lassen.

Zwischenzeitlich hatte Dorothea sich wohl irgendwie mit Barbaras Erscheinung abgefunden. Zweifellos hatte sie den Streit im Chefzimmer mitgehört und hielt die Informationen, von denen Ardery gesprochen hatte, schon bereit.

Sie reichte Barbara einen Zettel mit einer Telefonnummer. Diese Nummer solle sie anrufen, erklärte sie ihr. Der Mitarbeiter der Staatsanwaltschaft, mit dem sie zu tun gehabt habe, als sie sich abgesetzt habe, um Detective Inspector Lynley oben in Cumbria zu helfen…? Er warte bereits auf sie. Es gehe um die Zeugenaussagen, die abgeglichen werden müssten. Sie erinnere sich doch sicherlich?

Barbara nickte. Natürlich erinnerte sie sich. Der Mann war Staatsanwalt mit Büro im Justizpalast Middle Temple. Sie werde den Mann anrufen, sagte sie, und sich unverzüglich an die Arbeit machen.

»Tut mir leid«, sagte Harriman mit einer Kopfbewegung zu Arderys Tür. »Sie ist heute nicht gut drauf. Ich weiß auch nicht, warum.«

Barbara kannte den Grund. Weiß der Kuckuck, wie oft Isabelle Ardery und Thomas Lynley sich zu einem Schäferstündchen getroffen hatten. Jetzt, wo es damit vorbei war, würden sie sich im Yard alle warm anziehen müssen.

Sie ging zu ihrem Schreibtisch und ließ sich auf den Stuhl fallen. Sie betrachtete die Telefonnummer, die Harriman ihr gegeben hatte. Just in dem Moment, als sie die Nummer eintippen wollte, hörte sie, wie über ihr jemand ihren Namen sagte, ein simples »Barb«. Sie schaute hoch und direkt ins Gesicht ihres Kollegen Detective Sergeant Winston Nkata. Er betastete gerade die Narbe an seiner Wange, ein Andenken an seine Jugend als Gangmitglied in den Straßen von Brixton. Wie immer war er tadellos gekleidet. Als würde er nur in Begleitung von Dee Harriman einkaufen gehen. Barbara fragte sich, ob er alle halbe Stunde in irgendeinem Hinterzimmer verschwand, um sein Hemd heimlich aufzubügeln. Nicht eine einzige Falte, keine schief sitzende Naht.

»Ich hab gefragt.« Seine Stimme war weich, sein Akzent eine Mischung aus seinen karibischen und afrikanischen Wurzeln.

»Was?«

»DI Lynley. Er hat mir erzählt... was... dein neuer Stil. Du weißt schon, was ich meine. Mir ist das eigentlich egal, aber ich dachte mir, dass irgendwas passiert sein musste, also hab ich ihn gefragt. Außerdem« – er machte eine Kopfbewegung in Richtung Arderys Zimmer – »war das nicht zu überhören.«

»Ah. Okay.« Er redete offenbar von ihrem Haar. Tja, das würden alle tun, entweder offen oder hinter ihrem Rücken. Zumindest war Winston wie immer so anständig, sie direkt darauf anzusprechen.

»Der Inspector hat mir erzählt, was los ist«, sagte er. »Mit Hadiyyah und ihrer Mutter. Ich weiß, dass sie... was sie dir bedeutet, Barb. Ich hatte mir schon gedacht, dass die Chefin dir keinen Urlaub geben würde, also...« Er legte ein Blatt eines Abreißkalenders auf ihren Schreibtisch und schob es ihr zu. Es stammte von einem dieser Schreibtischkalender mit irgendeinem Sinnspruch für jeden Tag. Auf dem Blatt stand: »Wenn du Gott zum Lachen bringen willst, unterbreite Ihr deine Pläne.« Der Spruch, dachte Barbara, passte perfekt zu der Situation. Unter dem Spruch stand in Winstons gestochen sauberer Handschrift ein Name. *Dwayne Doughty*, samt Anschrift in der Roman Road im Stadtteil Bow. Sie schaute Winston an. »Ein Privatdetektiv«, sagte er.

»Wo hast du denn den so schnell aufgetrieben?«

»Wo man alles findet: im Internet. Auf seiner Homepage gibt es eine Seite mit Kommentaren von zufriedenen Kunden. Die kann er natürlich selbst da reingeschrieben haben, aber ich würde sagen, es lohnt sich vielleicht, dir das mal anzusehen.«

»Du hast gewusst, dass sie mich zum Innendienst verdonnern würde, was?«, sagte Barbara mit zusammengekniffenen Augen.

»Hab's zumindest geahnt«, sagte Winston. Auch diesmal verkniff er sich netterweise jeden Kommentar zu Barbaras Äußerem.

19. November

BOW
LONDON

An den folgenden beiden Tagen konzentrierte Barbara Havers sich voll und ganz darauf, bloß nicht in irgendein Fettnäpfchen zu treten. Das bedeutete Stunden tödlicher Langeweile mit dem Mitarbeiter der Staatsanwaltschaft, die nur einmal unterbrochen wurde, als ihr Gegenüber sie zum Mittagessen im eindrucksvollen Speisesaal von Middle Temple einlud. Sie hätte das Essen vielleicht genießen können, wenn der Typ nicht angefangen hätte, den Fall bis ins kleinste Detail mit ihr zu diskutieren, aber sie machte gute Miene zum bösen Spiel und bemühte sich sogar, ein bisschen Humor in das Gespräch einfließen zu lassen, das ihr in Wirklichkeit nur auf die Nerven ging. So einen Job hasste sie wie die Pest, und sie vermutete, dass Superintendent Ardery ihr diese Aufgabe absichtlich aufs Auge gedrückt hatte, um sie für das zu bestrafen, was sie sich angetan hatte.

Ihr war nichts anderes übrig geblieben, als sich den Schädel kahl zu rasieren. Mit den winzigen Stoppeln, die jetzt nachwuchsen, sah sie aus wie irgendetwas zwischen einem Skinhead und einer Boxerin. Sie verbarg ihre »Frisur« unter wechselnden Wollmützen, von denen sie sich auf dem Berwick Street Market einen Vorrat zugelegt hatte.

Derzeit gab es zwei Fälle, an denen sie hätte mitarbeiten können, wenn es Ardery denn in den Kram gepasst hätte. Eine Ermittlung wurde von DI Philip Hale geleitet, die andere von DI Lynley. Aber Barbara wusste, dass ihr, bis Isabelle Ardery zu dem Schluss gelangte, dass sie für ihre Sünden genug Buße getan hatte, nichts anderes übrig blieb, als sich mit dem Kerl von der Staatsanwaltschaft herumzuschlagen.

Zwei Tage nach Barbaras Streit mit Ardery war die Arbeit am frühen Nachmittag erledigt. Barbara witterte ihre Chance und ergriff sie beim Schopf. Sie rief Azhar am University College an und teilte ihm mit, dass sie ihn aufsuchen würde. Wo sind Sie?, fragte sie ihn. Bei einer Besprechung mit vier Examenskandidaten im Labor, erwiderte er. Bleiben Sie, wo Sie sind, sagte sie, ich komme. Ich habe etwas herausgefunden.

Das Labor war leicht zu finden. Lauter Leute in weißen Kitteln, überall Computer, Dunstabzugshauben und Warnungen vor Biogefährdung, eindrucksvolle Mikroskope, Petrischalen, Schachteln mit Objektträgern, Glasvitrinen, Kühlschränke sowie alle möglichen rätselhaften Apparaturen und Gegenstände. Als Barbara eintrat, stellte Taymullah Azhar sie höflich seinen Studenten vor. Ihre Namen hatte sie schon wieder vergessen, kaum dass er sie ausgesprochen hatte, und das lag vor allem an Azhar.

Seit Hadiyyahs Verschwinden sah sie ihn jeden Tag. Sie brachte ihm Essen, wovon er jedoch kaum etwas anrührte. Jetzt sah er so schlimm aus wie noch nie, wahrscheinlich machte er nachts kein Auge zu, dachte sie. Anscheinend ernährte er sich nur noch von Kaffee und Zigaretten. Genau wie sie.

Sie fragte ihn, wie lange er noch im Labor zu tun habe, und erklärte ihm, dass sie jemanden ausfindig gemacht habe, der ihnen vielleicht helfen könne. Ein Privatdetektiv, fügte sie hinzu. Als Azhar das hörte, sagte er, sie könnten sofort aufbrechen.

Auf dem Weg nach Bow berichtete Barbara Azhar, was sie über den Mann, den sie aufsuchen wollten, in Erfahrung gebracht hatte. Ungeachtet der positiven Bewertungen angeblich »zufriedener Klienten« hatte sie ein bisschen geforscht, was keine große Herausforderung gewesen war angesichts des Unsinns, den die Leute heutzutage über sich ins Netz stellten. Sie wusste, dass Dwayne Doughty zweiundfünfzig Jahre alt war, dass er am Wochenende Rugby spielte, dass er seit sechsundzwanzig Jahren verheiratet war und zwei Kinder hatte. Den Fotos nach zu urteilen, die er auf seiner Facebookseite gepostet hatte, erfüllte es ihn mit Stolz, dass in seiner Familie jede Generation erfolgreicher war als die vorherige. Seine Eltern hatten in den Kohleminen von Wigan geschuftet, und seine Kinder hatten ein Studium an einer der neueren Universitäten abgeschlossen. Wenn das bei den Doughtys so weiterging, würden seine Enkel – falls er denn welche bekommen sollte – entweder in Oxford oder Cambridge mit Spitzenleistungen glänzen. Kurz, eine ehrgeizige Familie.

Das Gebäude hingegen, in dem sich Doughtys Büroräume befanden, zeugte nicht von besonderem Ehrgeiz. Das gesamte Erdgeschoss wurde eingenommen von einem Bettenladen namens Bedlovers Bedding & Towels, der allerdings gerade geschlossen und mit einem rostigen, blauen Rolltor verrammelt war. Der Bettenladen befand sich in einem schmalen Haus, eingequetscht zwischen einem Laden für Sofortkredite auf der einen und einem Supermarkt namens Bangla Halal Grocers auf der anderen Seite.

Seltsamerweise war weit und breit kein Mensch auf der Straße. In einiger Entfernung traten zwei Muslime in traditioneller Kleidung aus einem Gebäude, aber das war's auch schon. Die meisten Läden waren geschlossen. Kein Vergleich mit der Londoner City, wo sich Tag und Nacht Menschenmassen über die Gehwege wälzten.

Links neben dem Bettenladen befand sich eine Tür, die unverschlossen war, wie sie feststellten. Dahinter führte über fleckiges Linoleum eine Treppe nach oben.

Im ersten Stock gab es nur zwei Türen. An der ersten hing ein Schild mit der Aufschrift *Bitte klopfen*, an der anderen, die man anscheinend ohne zu klopfen öffnen durfte, hing ein handgeschriebener Zettel mit der Bitte, beim Eintreten aufzupassen, dass die Katze nicht rauslief. Sie entschieden sich für erstere Tür. Auf ihr Klopfen hin rief eine Männerstimme: »Ja, ja, treten Sie ein!«, mit einem Akzent, der seine proletarische Herkunft nicht verleugnen konnte.

Barbara hatte Azhar bereits erklärt, dass sie nicht vorhatte, sich als Polizistin vorzustellen. Am Ende würde der Mann noch die falschen Schlüsse ziehen und das Ganze für eine verdeckte Ermittlung halten. Das wollte sie auf jeden Fall vermeiden.

Doughty war gerade dabei, Fotos auf einen digitalen Bilderrahmen von der Sorte zu laden, die alle zehn Sekunden ein anderes Bild zeigte. Auf seinem Schreibtisch lagen neben der Bedienungsanleitung diverse Kabel und eine Digitalkamera. Mit zusammengekniffenen Augen versuchte er, die Erklärungen zu entziffern, eine Hand zur Faust geballt und die andere bereit, die Bedienungsanleitung jeden Moment zu zerknüllen.

Er schaute Barbara und Azhar an und sagte: »Das hat irgendein sadistischer Chinese geschrieben. Weiß gar nicht, warum ich mich damit abgebe.«

»Verstehe«, sagte Barbara.

Wenn sie nicht schon gewusst hätte, dass Doughty Rugby spielte, hätte seine Nase ihn verraten. Sie sah aus, als wäre sie schon mehrmals gebrochen worden und als hätte sein HNO-Arzt schließlich aufgegeben und ausgerufen: »Ach, soll sie doch machen, was sie will!« Und das tat sie. Sie bog sich erst in eine und dann abrupt in die andere Richtung und ließ das Gesicht ihres Besitzers so schief wirken, dass man kaum den Blick davon abwenden konnte. Alles andere an dem Kerl war durchschnittlich: mittelkräftig, mittelbraunes Haar, mittelschlank. Abgesehen von seiner Nase war er der Typ Mann, den man überall übersehen würde. Die Nase jedoch machte ihn unvergesslich.

»Miss Havers, nehme ich an?« Er stand auf. Also auch mittelgroß, dachte Barbara. »Und das ist der Freund, den Sie erwähnten?«

47

Azhar trat auf den Mann zu und streckte die Hand aus. »Taymullah Azhar«, sagte er.

»Mister?«

»Azhar genügt.«

Hari, dachte Barbara plötzlich. Angelina nannte ihn Hari.

»Es geht also um ein verschwundenes Kind?«, sagte Doughty. »Ihr Kind?«

»Ja.«

»Nehmen Sie Platz.« Doughty zeigte auf einen Stuhl vor seinem Schreibtisch. Ein zweiter Stuhl, der nicht zu dem anderen passte, stand unter dem Fenster, als würde er benutzt, um heimlich das Treiben auf der Straße zu beobachten. Doughty stellte ihn neben den ersten Stuhl, sorgsam darauf bedacht, beide Sitzmöbel in einem Winkel zueinander anzuordnen.

Währenddessen sah Barbara sich in dem Büro um. Irgendwie hatte sie damit gerechnet, ein Detektivbüro zu betreten, wie man es aus zahllosen Krimis kannte. Aber dieser Raum mit seinem olivgrünen Schreibtisch, den olivgrünen metallenen Aktenschränken und den olivgrünen Bücherregalen wirkte eher wie das Arbeitszimmer eines Offiziers. In den Regalen standen Bücher mit gleichfarbigen Rücken und Examensfotos der beiden Kinder Doughtys. Auf dem untersten Brett lagen säuberlich gestapelte Zeitschriften. Auf dem Schreibtisch stand ein Foto von einer Frau etwa in Doughtys Alter, wahrscheinlich seiner Gattin.

Alles war ordentlich, von dem Londoner Stadtplan und der Englandkarte an der Wand über die Ablagekörbe bis hin zu den Kästchen für die Post und für Visitenkarten. Außer den Fotos war eine eingestaubte Plastikpflanze auf einem der Aktenschränke der einzige Zimmerschmuck.

Gemeinsam unterbreiteten Barbara und Azhar dem Mann die Einzelheiten der Situation. Er machte sich laufend Notizen, und seine gezielten, präzisen Fragen stimmten Barbara zuversichtlich. Zweifellos kannte der Mann sich mit dem Gesetz aus.

Leider bedeutete das aber auch, dass er nur sehr wenig für sie tun konnte.

Barbara konnte ihm ein bisschen mehr erzählen, als Azhar ihr und Lynley hatte sagen können, als sie sich am Abend des Verschwindens seiner Tochter zusammengesetzt hatten. In der wenigen freien Zeit, die Isabelle Ardery ihr zugestanden hatte, war es ihr gelungen, Bathsheba Ward ausfindig zu machen, Angelina Upmans Schwester.

»Sie wohnt in Hoxton«, sagte Barbara und nannte Doughty die Adresse, die er sich in Blockschrift notierte. »Verheiratet mit einem Mann namens Hugo Ward. Zwei Kinder, aber das sind ihre, nicht seine. Ich hab sie angerufen, und sie hat so ziemlich alles bestätigt, was wir über Angelina und ihre Familie bereits wissen. Der Kontakt wurde vor zehn Jahren abgebrochen, als Angelina mit Azhar zusammengezogen ist. Sie behauptet, sie hätte keine Ahnung, wo ihre Schwester sich aufhält, und noch weniger Interesse daran, das rauszufinden. Da sollten wir ein bisschen nachhaken. Kann ja sein, dass Bathsheba lügt.«

Doughty nickte, während er sich Notizen machte. »Die anderen Angehörigen?«

»Die Upmans wohnen in Dulwich«, sagte Barbara. Sie spürte, dass Azhar sie anschaute, während sie fortfuhr: »Ich hab da angerufen, weil ich wissen wollte, ob sie vielleicht was von Angelina gehört hatten. Scheint nicht der Fall zu sein. Aber Bathsheba hat wohl die Wahrheit gesagt: Sie können einander nicht ausstehen.«

»Sie scheinen sich ja ausführlich mit diesen Leuten unterhalten zu haben«, sagte Doughty, während er Barbara forschend ansah.

»Mit dem Vater. Ausführlich nicht unbedingt. Ich hab ihn nur gefragt, wo Angelina ist. Hab behauptet, ich wär eine alte Schulfreundin. Er hatte keine Ahnung und hat sich auch noch damit gebrüstet. Könnte natürlich sein, dass er sie deckt, aber er schien nicht der Typ zu sein, der sich auf so was einlässt.«

Doughty wandte sich an Azhar. Er schlug eine frische Seite in dem Notizblock auf, auf dem er sich alles notiert hatte, was Barbara ihm hatte sagen können. Als Überschrift schrieb er in Blockschrift VATER auf das Blatt. Barbara hatte nicht gesehen, welche Überschrift er für ihre Informationen gewählt hatte. »Nennen Sie mir jeden Namen, der Ihnen im Zusammenhang mit Angelina Upman einfällt«, bat er Azhar. »Es ist mir egal, um wen es sich handelt, woher sie ihn kennt oder wann sie mit der Person zu tun gehabt hat. Dann machen wir dasselbe mit Ihrer Tochter. Mal sehen, was dabei rauskommt.«

BOW
LONDON

Nachdem der Mann und die Frau gegangen waren, stand Dwayne Doughty am Fenster. Er wartete, bis sie aus dem Gebäude traten. Sie verschwanden um die Ecke zu seiner Linken. Für alle Fälle wartete er noch dreißig Sekunden. Dann verließ er sein Büro und ging in den Nebenraum.

Er achtete nicht darauf, ob die Katze rauslief. Es gab keine Katze. Das Schild diente nur dazu zu verhindern, dass jemand übereilt eintrat. Eine Frau saß an einem Tisch mit drei Computermonitoren. Sie hatte Kopfhörer auf und sah sich eine Aufnahme des Gesprächs an, das Doughty gerade geführt hatte. Er sagte nichts, bis die Personen in dem Video sich mit Handschlag verabschiedeten und die Frau – Barbara Havers – sich noch einmal in seinem Büro umsah.

»Was meinst du, Em?«, fragte er.

Emily sah ihn auf dem Bildschirm zum Fenster gehen und heimlich nach draußen lugen. Sie langte nach einer Plastikdose mit zu Stiften geschnittenen Möhren und steckte sich einen davon in den Mund. »Polizistin«, sagte sie. »Vielleicht eine von seinem örtlichen Revier, aber ich würde schätzen, dass sie ein höheres Tier ist. Von irgendeiner Sondereinheit, wie auch immer die heißen. SO und dann eine Nummer. Bei der Met ändert sich alles so schnell, da komm ich gar nicht mehr mit.«

»Und der Typ?«

»Der scheint mir echt zu sein. Was erwartet man von einem, dessen Tochter entführt wurde – und zwar von der eigenen Mutter? Die Mutter wird dem Kind nichts zuleide tun, das weiß er. Er ist also einerseits verzweifelt, aber nicht in Panik wie jemand, der befürchtet, dass sein Kind irgendeinem Perversen in die Finger geraten ist und man *sofort* was unternehmen muss.«

»Und?«, fragte Doughty, wie immer neugierig, wie die Sechsundzwanzigjährige den Fall einschätzte.

Sie lehnte sich zurück. Gähnte und kratzte sich energisch den Kopf. Sie trug ihr Haar männlich kurz, und sie kleidete sich wie ein Mann. Tatsächlich wurde sie oft für einen Mann gehalten, und ihre Freizeitaktivitäten passten auch eher zu einem Mann als zu einer Frau: Wasserski, Snowboarden, Steilwandklettern, Windsurfen, Mountainbiking. Sie war Doughtys rechte Hand, die beste Schnüfflerin weit und breit und eine noch geschicktere Aushorcherin, eine Frau, die am frühen Morgen mit einem fünfzehn Kilo schweren Rucksack fünfzehn Kilometer joggen und trotzdem pünktlich zur Arbeit erscheinen konnte.

»Ich würde sagen, normale Vorgehensweise«, sagte Em. »Aber sieh dich vor, pass auf dich auf und halt dich ans Gesetz.« Sie schob sich von den Monitoren zurück und stand auf. »Wie war ich?«

»Deine Einschätzung ist vollkommen korrekt«, sagte er.

30. November

BOW
LONDON

Elf Tage später erhielten Barbara und Azhar einen Anruf des Privatdetektivs und machten sich auf den Weg zu seinem Büro. In der Zwischenzeit war Dwayne Doughty in Chalk Farm gewesen, um sich Azhars Wohnung anzusehen. Er war durch die Wohnung gegangen und hatte das Wenige, das es zu untersuchen gab, untersucht. Er hatte sich Hadiyyahs Schuluniform angesehen und Azhar gefragt, warum die Stoffgiraffe des Mädchens zurückgelassen worden war, obwohl alles andere, was seiner Tochter gehört hatte, verschwunden war. Er hatte nachdenklich genickt, als Azhar ihm erzählt hatte, er habe einmal eine Giraffe so wie diese hier für Hadiyyah an einer Bude gewonnen, die ein paar Rüpel ihr jedoch abgenommen hatten. Doughty hatte Hadiyyahs Laptop mitgenommen mit der Begründung, er werde ihn von einem Mitarbeiter eingehend untersuchen lassen.

Jetzt saßen sie in seinem Büro auf denselben Stühlen wie beim letzten Mal. Es war früher Abend.

Doughty hatte persönlich Bathsheba Ward aufgesucht, die Schwester. Leider konnte er wenig mehr berichten, als Barbara bereits selbst herausgefunden hatte. Immerhin wussten sie jetzt, dass Bathsheba in Islington ein Geschäft für Designermöbel namens WARD betrieb. »Alles ziemlich nobel«, sagte Doughty. »Da steckt jede Menge Kohle drin, die offenbar von ihrem Mann kommt.« Hugo Ward, so erklärte er ihnen, dreiundzwanzig Jahre älter als Bathsheba, hatte, ein halbes Jahr nachdem er Bathsheba Upman kennengelernt hatte, seine frühere Frau und seine beiden Kinder sitzenlassen. Bathsheba hatte bei strömendem Regen auf der Regent Street nach einem Taxi Ausschau gehalten, und er hatte ihr galant seinen Schirm angeboten. »Liebe auf den ersten Blick«, sagte der Privatdetektiv mit einer wegwerfenden Handbewegung, und einen Augenblick später zu Azhar: »Nichts für ungut. An Sie und die Ihre hab ich nicht gedacht.«

»Kein Problem«, sagte Azhar leise.

Anscheinend war es bei den Upmans ein Familienhobby, sich verheiratete Männer anzulachen, dachte Barbara. Interessant, dass beide Schwestern dieselbe Schiene gefahren waren.

»Außer einem verächtlichen Blick habe ich aus Bathsheba weiter nichts rausbekommen, als ich nach der Schwester gefragt habe«, sagte Doughty. »Die sind sich spinnefeind. Sie war bereit, mir eine Viertelstunde ihrer ›wertvollen Zeit‹ zu opfern, wie sie das nannte, aber am Ende waren's nur zehn Minuten. Sie ist entweder die beste Lügnerin, der ich in zwanzig Jahren über den Weg gelaufen bin, oder sie hat keinen Schimmer, wo Angelina steckt.«

»Also weiter nichts?«, fragte Barbara.

»Überhaupt nichts.«

»Und Hadiyyahs Laptop?«

»Oberflächlich betrachtet sieht er gesäubert aus.«

»Oberflächlich?«

»Gelöschte Daten retten? So was braucht Zeit. Das geht nicht ruckzuck. Wenn dem so wäre, bräuchten wir keine Experten. Hoffen wir also, dass wir auf irgendwas stoßen. Die Festplatte wurde gesäubert, dafür gibt es bestimmt einen Grund. Vielleicht finden wir raus, welchen.«

Azhar nahm einen Ordner aus seiner Aktentasche. Angelinas Kreditkartenabrechnung sei gekommen, sagte er. Vielleicht enthalte sie ja etwas, das ihnen weiterhelfen könne? Er reichte sie

Doughty, der sich eine billige Lesebrille aus Plastik aufsetzte, wie man sie bei Woolworth kaufen konnte. Doughty warf einen Blick auf die Abrechnung und sagte: »Diese Rechnung vom Dorchester könnte interessant sein. Für ein Zimmer ist der Betrag zu gering, aber...«

»Tee und Kuchen«, sagte Barbara. »Angelina hat mich eingeladen. Hadiyyah war auch mit. Die Rechnung ist von Anfang des Monats, nicht wahr?«

Doughty nickte. Er überflog weiter die Abrechnung und nannte den Frisörsalon, wo Barbara ihren unglückseligen Haarschnitt verpasst bekommen hatte. Sie erklärte, dass Angelina sich dort von einem Starfrisör namens Dusty die Haare schneiden ließ. Doughty machte sich eine Notiz und bemerkte, mit diesem Dusty müsse man auch reden, denn es sei nicht auszuschließen, dass Angelina kurz vor ihrem Verschwinden ihre Frisur und Haarfarbe geändert habe. Es gab mehrere Abbuchungen durch Boutiquen in Primrose Hill, aber keine mehr nach der vom Frisörsalon, was darauf hindeutete, dass Angelina Upman die Kreditkarte seitdem nicht mehr benutzt hatte, um keine Spuren zu hinterlassen.

»Womöglich hat sie sich eine neue Karte besorgt. Womöglich auch einen neuen Namen«, sagte Doughty. »Vielleicht hat sie sich sogar einen neuen Pass oder einen neuen Personalausweis ausstellen lassen. Falls ja, hat sie es wahrscheinlich so gemacht wie die meisten: Sie hat einen Namen gewählt, für den sie leicht die erforderlichen Papiere beschaffen kann. Kennen Sie den Geburtsnamen ihrer Mutter?«

»Nein, leider nicht«, sagte Azhar. Er wirkte niedergeschlagen. Er wusste so wenig über die Frau, die sein Kind geboren hatte. »Aber ich könnte vielleicht bei ihren Eltern anrufen...«

»Ich kümmere mich darum«, sagte Barbara. Warum war sie bei der Polizei?

»Nein, überlassen Sie das mir«, sagte Doughty. Er legte die Kreditkartenrechnung in eine Mappe mit der Aufschrift *Up-*

man/Azhar und der Jahreszahl, wie Barbara bemerkte. Dann nahm er die Lesehilfe ab, stützte die Ellbogen auf den Schreibtisch und schaute erst Azhar, dann Barbara, dann wieder Azhar an. »Ich muss Sie das fragen, und nehmen Sie es bitte nicht persönlich. Haben Sie ihr vielleicht einen Grund gegeben wegzulaufen? Sagen wir mal so. Sie beide scheinen sich ziemlich nahezustehen. Sie scheinen gute Freunde zu sein, doch meiner Erfahrung nach steckt meistens mehr dahinter, wenn ein Mann und eine Frau gute Freunde sind. Wahrscheinlich gibt es irgendeinen gebildeten Ausdruck für das, was Sie beide einander bedeuten, aber den kenne ich nicht. Was ich wissen möchte, ist – haben Sie beide etwas getan, was Sie nicht hätten tun sollen? Und hat Angelina Sie dabei erwischt, es rausgefunden, Sie deswegen zur Rede gestellt oder was auch immer?«

Barbara spürte, wie sie puterrot anlief. Azhar beantwortete die Frage. »Natürlich haben wir nichts dergleichen getan. Barbara ist nicht nur mit mir, sondern auch mit Angelina gut befreundet. Und ebenso mit Hadiyyah.«

»Weiß Angelina, dass zwischen Ihnen nichts läuft?«

Am liebsten hätte Barbara gesagt: Sehen Sie mich doch an, Sie Idiot!, aber ganz gegen ihre Gewohnheit fühlte sie sich zu gehemmt, um ihrem Ärger Luft zu machen. Sie hörte Azhar sagen: »Natürlich weiß sie, dass zwischen uns unmöglich etwas …« Worauf Barbara am liebsten gefragt hätte: Wieso? Doch die Antwort darauf kannte sie ja.

»Also gut. War nur 'ne Frage«, sagte Doughty. »Man muss halt allem nachgehen, jeden Stein umdrehen, jedes Laken ausschütteln – Sie verstehen.«

Mit Klischees kannte er sich aus, dachte Barbara, das musste sie ihm lassen.

»Abgesehen von dem Laptop«, fuhr der Privatdetektiv fort, »ist da noch Ihre Familie. Die Ihre Tochter mitsamt ihrer Mutter entführt haben könnte, damit Sie zu Ihrer Frau zurückkehren.«

»Das ist vollkommen undenkbar«, entgegnete Azhar.

»Was? Die Entführung oder die Rückkehr zu Ihrer Frau?«

»Beides. Wir haben seit Jahren nicht miteinander gesprochen.«

»Reden, mein Freund, ist nicht immer vonnöten.«

»Trotzdem möchte ich nicht, dass sie in die Sache hineingezogen werden.«

Barbara schaute Azhar an – zum ersten Mal, seit Doughty sie auf die Natur ihrer Beziehung angesprochen hatte. »Es könnte doch sein«, sagte sie, »dass Angelina sie aufgespürt hat, Azhar. Sie hat einmal mit mir über Ihre Kinder gesprochen. Sie meinte, Hadiyyah würde sie gern kennenlernen. Wenn es ihr nun gelungen ist, sie zu finden? Wenn sie gemeinsam irgendwas ausgeheckt haben, was dann? Wir müssen das überprüfen.«

»Nein, wir müssen das nicht überprüfen.« Azhars Stimme klang hart wie Stahl.

Doughty warf die Arme in die Luft. »Dann müssen wir uns also auf den Laptop und den Geburtsnamen der Mutter konzentrieren. Und Letzteres, muss ich Ihnen sagen, wird uns wahrscheinlich nicht sehr weit bringen.« Er nahm eine Visitenkarte aus einer Schreibtischschublade und reichte sie Azhar. »Rufen Sie mich in ein paar Tagen an, dann sage ich Ihnen, was ich bis dahin rausgefunden habe. Wie gesagt, viel wird es nicht sein, doch es besteht immer eine kleine Chance, dass man auf irgendwas stößt. Aber selbst wenn… Sie wissen ja, dass das eigentliche Problem darin besteht, dass Sie keinerlei Anrecht auf irgendetwas haben, nicht wahr?«

»Glauben Sie mir, das weiß ich nur zu gut«, sagte Azhar.

BOW
LONDON

Nachdem Taymullah Azhar und seine Begleiterin gegangen waren, führte Doughty dasselbe Ritual durch wie beim letzten Mal. Er ging nach nebenan, wo Em an ihrem üblichen Platz saß und sich die Videoaufnahme von Doughtys Gespräch mit den beiden ansah. Sie trug einen dreiteiligen Herrenanzug im Stil der vierziger Jahre. Die Krawatte hatte sie gelockert, die Weste jedoch nicht aufgeknöpft. Am Kleiderständer in der Ecke hingen ein Herrenmantel und ein Filzhut. Darunter stand ein ordentlich zusammengerollter schwarzer Regenschirm.

Wenn man Em ansah, was Doughty durchaus gerne tat, würde man nie darauf kommen, dass sie es sich zum Hobby gemacht hatte, in anonymen Sexbars Männer aufzureißen. Sie stoppte die Zeit, die es dauerte vom ersten Blick bis zum Vollzug. Ihr Rekord waren dreizehn Minuten. Seit zwei Monaten versuchte sie, den Rekord zu brechen.

Doughty hatte schon oft versucht, mit ihr über ihr gefährliches Steckenpferd zu reden. Sie hatte jedes Mal die Augen verdreht und abgewinkt. Worauf er jedes Mal sagte: »Ah, alles klar, ich hab's kapiert. Du bist sechsundzwanzig. Hatte ganz vergessen, dass man in dem Alter unsterblich ist.«

Jetzt sagte er zu ihr: »Was haben wir?«

»Sie hat ihre Spuren gut verwischt«, sagte Em. »Wir brauchen den Geburtsnamen. Die Scotland-Yard-Tussi hätte den doch ganz leicht rausfinden können. Warum hattest du was dagegen?«

»Weil sie nicht weiß, dass wir wissen, dass sie von der Met ist. Außerdem … weiß nicht. So ein Bauchgefühl.«

»Du und dein Bauchgefühl«, sagte Em.

»Abgesehen davon nehme ich mal an, dass es dir nicht besonders schwerfallen wird, den Geburtsnamen der Frau rauszukriegen. Wie sieht's denn aus mit dem Laptop von der Kleinen?«

»Da bin ich dran, aber ich fürchte, wir brauchen Bryan.«

»Hattest du nicht gesagt, nie wieder?«

»Ja. Es wäre ein Segen, wenn du jemand anders auftreiben könntest, Dwayne.«

»Er ist der Beste.«

»Es muss doch irgendwo einen Zweitbesten geben.« Sie rollte mit ihrem Stuhl vom Schreibtisch weg und griff gedankenverloren nach ihren Schlüsseln. Es waren nur drei – Haus, Auto, Büro –, und sie hatte die Angewohnheit, sie am Schlüsselring kreisen zu lassen, wenn sie nachdachte. Aber jetzt ließ sie sie nicht kreisen, sondern betrachtete den Schlüsselanhänger – Tweety mit einem Gesichtsausdruck, der besagte: Ich bin ein Kanarienvogel, mit dem nicht zu spaßen ist. Sie sagte: »Was ich gern wüsste...«

»Ja?«, ermunterte Dwayne sie. Es kam nicht oft vor, dass er Em nachdenklich erlebte. Normalerweise war sie immer in Aktion. Schließlich sagte sie: »Ich krieg deine krummen Tricks mit, Dwayne. Was hast du vor?«

Doughty lächelte. »Du verblüffst mich immer wieder. Kein Wunder, dass Bryan mit dir ins Bett will.«

»Gott. Der Typ hält mich von der Arbeit ab.«

»Ich dachte, du stehst auf Männer, die es dir ordentlich besorgen.«

»Kommt auf die Männer an. Aber einer wie Bryan Smythe...« Sie schüttelte sich und warf Tweety auf ihren Schreibtisch. »Wenn man dem den kleinen Finger reicht, reißt der einem gleich den ganzen Arm ab. Ich kann es nicht ausstehen, wenn Männer so hemmungslos direkt sind.«

»Das werde ich mir merken.« Er tat so, als würde er es in sein iPhone eintippen. »›Bryan, versuch's mit List und Tücke.‹« Dann sagte er, mit einer Kopfbewegung zu ihrem Telefon: »Ich lass dich dann mal in Ruhe arbeiten. Vorrangig: der Geburtsname der Mutter. Was glaubst du, wie lange du dafür brauchst?«

»Gib mir zehn Minuten.«

»Alles klar.« Er ging zur Tür, und als er die Hand auf die Türklinke legte, sagte sie seinen Namen. Er drehte sich um. »Ja?«

»Du hast meine Frage nicht beantwortet. Das mit Bryan war ein guter Ablenkungsversuch, aber er hat nicht funktioniert.«

»Welche Frage meinst du?«, entgegnete er mit Unschuldsmiene.

Sie lachte. »Also wirklich. Egal, was du vorhast oder wie viel du dem armen Kerl dafür in Rechnung stellen willst – können wir ausnahmsweise mal sauber bleiben?«

»Großes Ehrenwort«, sagte er feierlich.

»Na, das klingt ja *sehr* beruhigend.«

17. Dezember

SOHO UND CHALK FARM
LONDON

Seit drei Stunden schleppte Barbara Havers sich auf der Oxford Street von einem Geschäft ins nächste und fragte sich, ob es besser gewesen wäre, Bing Crosby zu erschießen, ehe er dazu kam, »The Little Drummer Boy« aufzunehmen, oder lieber dem Komponisten rechtzeitig den Hals umzudrehen, ehe er die Chance hatte, sich die Schnulze auszudenken. Wahrscheinlich wäre Letzteres die bessere Option gewesen. Wenn Bing nicht gewesen wäre, hätte nämlich garantiert irgendjemand anders jedes Jahr vom ersten November bis zum vierundzwanzigsten Dezember einmal stündlich das Ram-pa-pam-pam geträllert.

Das verdammte Lied verfolgte sie, seit sie in der Tottenham Court Road aus der U-Bahn gestiegen war. Im U-Bahnhof hatte ein Straßenmusikant es am Fuß der Rolltreppe in ein Mikrofon gehaucht, und der vermaledeite Ohrwurm dröhnte aus sämtlichen Lautsprechern der Stadt – bei Accessorize, vor Starbucks und an jedem Eingang von Boots. Selbst der blinde Geiger, der seit Jahrzehnten vor Selfridges stand, fiedelte den sentimentalen Schlager. Es war die reinste Tortur.

Barbara machte ihre Weihnachtseinkäufe. Da ihre Verwandtschaft aus genau einer Person bestand, war das normalerweise eine überschaubare Angelegenheit, die sie per Telefon oder Katalog erledigte. Die Bedürfnisse ihrer Mutter waren bescheiden, Wünsche hatte sie praktisch keine. Sie verbrachte ihre Tage damit, sich Videos anzusehen, in denen Laurence Olivier mitspielte – je jünger er in den Filmen war, desto besser –, und dazwischen widmete sie sich den jeweiligen Handarbeiten, die im Seniorenheim in Greenford tagtäglich angeboten wurden. Die Leiterin war eine Frau namens Florence Magentry – Mrs Flo für diejenigen, die ihre Dienste in Anspruch nahmen –, und auch ihretwegen machte Barbara Weihnachtseinkäufe. Normalerweise hätte sie auch ihre Nachbarn beschenkt, vor allem Hadiyyah. Aber es wusste immer noch niemand, wo das Mädchen sich befand, und mit jedem Tag, der verging, schwand die Hoffnung, es herauszufinden.

Barbara versuchte, nicht an Hadiyyah zu denken. Der Privatdetektiv gab sich alle Mühe, das Mädchen aufzuspüren, sagte sie sich. Wenn Azhar Neuigkeiten hätte, wäre sie die Erste, die davon erfahren würde.

Auch für ihn suchte sie nach einem Geschenk. Es sollte etwas sein, das ihn aufmunterte, und sei es auch noch so flüchtig. Seit Hadiyyah und ihre Mutter verschwunden waren, wurde er immer schweigsamer und hielt sich so wenig wie möglich in seiner Wohnung auf. Barbara konnte ihn gut verstehen. Was sollte der Mann auch tun? Nichts. Es sei denn, er machte sich selbst auf die Suche nach seiner Tochter. Aber wo hätte er anfangen sollen? Die Welt war groß, und Angelina Upman hatte ihre Flucht sorgfältig geplant und keine Spuren hinterlassen.

Nachdem sie das Ram-pa-pam-pam noch mindestens siebenmal über sich hatte ergehen lassen müssen, fand sie endlich ein passendes Geschenk für Azhar. In der Nähe der Bond Street wurde an mehreren mit bunten Lichtern geschmückten Ständen alles von Blumen bis zu Hüten angeboten. Einer der Händler verkaufte Brettspiele, darunter eins, das sich Cranium nannte. Barbara nahm es in die Hand. Ein Denkspiel?, überlegte sie. Ein Spiel zum Thema Gehirn? Ein Spiel, wozu man Köpfchen brauchte? Genau, sagte sie sich. Es war bestimmt das Richtige für einen Professor der Mikrobiologie. Sie zahlte und flüchtete. Kurz bevor sie die U-Bahn-Station erreichte, klingelte ihr Handy.

Sie klappte es auf, ohne auf die Nummer des Anrufers zu schauen. Es spielte keine Rolle, wer anrief. Sie hatte Bereitschaft, und im Moment hätte sie nichts dagegen gehabt, aufs Revier bestellt zu werden. Es war eine Möglichkeit, sich abzulenken.

Aber es war nicht die Met, sondern Azhar, wie Barbara mit freudiger Erregung feststellte. Er habe ihr Auto in der Einfahrt gesehen, sagte er, ob sie etwas dagegen habe, wenn er kurz rüberkomme?

Sie befinde sich leider in der Oxford Street, antwortete sie. Aber sie mache sich sowieso gerade auf den Heimweg. Ging es um... Hatte er etwas gehört... Sollte sie irgendetwas...?

Er sagte, er werde auf sie warten. Er sei zu Hause und habe gerade mit Mr Doughty telefoniert.

»Und?«, fragte Barbara.

»Ich erzähl's Ihnen gleich.« Sein Ton sagte ihr, dass er keine guten Nachrichten hatte.

Sie legte den Weg in ziemlich kurzer Zeit zurück, ein Wunder angesichts der Tatsache, dass sie die lahme Northern Line nehmen musste. Als sie mit ihren Einkaufstüten über den Gartenweg zu ihrem Bungalow ging, kam Azhar aus dem Haus. Ganz der Kavalier, nahm er ihr zwei Tüten ab. Sie bedankte sich und versuchte, weihnachtliche Laune zu verbreiten, aber sie sah ihm an, dass sie seinen Ton am Telefon richtig gedeutet hatte.

Sie fragte ihn: »Was wollen Sie trinken, Tee oder Gin? Hab beides da. Es ist zwar noch ein bisschen früh für Gin, aber was soll's. Den haben wir uns verdient.«

Er lächelte. »Ach, wenn der Islam mir doch erlauben würde zu trinken.«

»Man kann doch mal ein bisschen schummeln«, sagte sie. »Aber ich will nachher nicht diejenige sein, die Sie in Versuchung geführt hat. Also Tee. Am besten stark. Ich spendiere Ihnen auch noch ein Rosinenbrötchen dazu, und glauben Sie mir, das mach ich nicht bei jedem.«

»Sie sind viel zu gut zu mir, Barbara«, sagte er, doch sein Lächeln war mechanisch. Er war einfach die Höflichkeit in Person.

Barbara schaltete das künstliche Feuer in ihrem kleinen Kamin ein und legte Mantel, Schal und Handschuhe ab. Bei der Mütze zögerte sie. Ihr Haar war wieder nachgewachsen, aber sie sah immer noch so aus, als hätte sie gerade eine Chemo hinter sich. Azhar war von Anfang an viel zu diskret gewesen, um die Katastrophe, die sie mit ihrem Haar veranstaltet hatte, auch nur mit einem Wort zu kommentieren. Wahrscheinlich würde er sich auch jetzt nicht anders verhalten und kein Wort darüber verlieren, warum sie sich den Schädel kahl rasiert hatte. Also dachte sie, was soll's, und warf die Mütze zu den anderen Sachen auf das Schlafsofa.

Sie setzte Tee auf und legte ein paar Rosinenbrötchen unter den Grill im Backofen. Die Tatsache, dass sie sogar Butter für die Brötchen und Milch für den Tee im Kühlschrank hatte, gab ihr das Gefühl, eine perfekte Gastgeberin zu sein. Vor ihrem Einkaufsbummel hatte sie ihre Hütte sogar halbwegs aufgeräumt. Und so konnte Azhar sich an den Tisch setzen und den Blick schweifen lassen, ohne vom Anblick ihrer Schlüpfer beleidigt zu werden, die über der Spüle zum Trocknen an der Leine hingen.

Schweigend wartete er ab, bis sie Tee, Tassen, Brötchen und alles andere auf den Tisch gestellt hatte. Aber anstatt ihr endlich von dem Anruf zu erzählen, erging er sich in Smalltalk über ihre Weihnachtseinkäufe, erkundigte sich nach dem Wohlergehen ihrer Mutter und brachte sein Mitgefühl mit Inspector Lynley zum Ausdruck, der bereits das zweite Weihnachtsfest ohne seine Frau verbringen musste. Endlich rückte Azhar damit heraus, dass er auf Dwayne Doughtys Bitte hin nach Bow gefahren war. Er hatte mit guten Neuigkeiten gerechnet, hatte geglaubt, Doughty wolle ihm ganz persönlich den Beweis für seine Fähigkeiten als Privatdetektiv präsentieren.

»Aber er wollte mir bloß die Rechnung überreichen«, sagte

Azhar leise. »Und er hat das Geld in bar verlangt. Wahrscheinlich weil er fürchtete, dass es jetzt in der Weihnachtszeit zu lange dauern würde, bis ein Scheck per Post bei ihm eintraf.«

»Was hat er Ihnen denn gesagt?« Am liebsten hätte Barbara auch noch gefragt, warum er sie nicht gebeten hatte, sie zu dem Detektiv zu begleiten. Doch sie beherrschte sich. Schließlich war Azhars Tochter verschwunden, und Barbara Havers mitzunehmen, um etwas zu erfahren, war weiß Gott nicht so wichtig wie die Frage, ob es eine Spur von Hadiyyah gab.

Azhar sagte: »Er hat den Geburtsnamen von Angelinas Mutter herausbekommen. Ruth-Jane Squire. Aber weiter ist er nicht gekommen, denn er hat keinen Hinweis darauf gefunden, dass Angelina den Namen für irgendetwas benutzt hätte – einen neuen Pass, einen neuen Führerschein, eine gefälschte Geburtsurkunde oder für was auch immer man einen falschen Namen braucht.«

»Und das war alles?«, fragte Barbara. »Das ergibt doch überhaupt keinen Sinn, Azhar. Diese Typen – also, Privatdetektive –, die nehmen es doch nie so genau mit dem Gesetz. Die durchsuchen Mülleimer, zapfen Telefone an, hacken sich in E-Mail-Konten ein, fangen Post ab, die haben ihre Spezis …«

»Spezis?«

»Na ja, Spezialisten eben, zwielichtige Gestalten, die sie dafür bezahlen, dass sie sich für sonst wen ausgeben, um an Informationen zu kommen. Zum Beispiel ein kleiner Anruf beim Hausarzt: Verzeihen Sie, hier spricht Sozialarbeiter soundso, ich betreue Miss Upman. Könnten Sie mir vielleicht sagen, ob es stimmt, dass Ihre Patientin an Syphilis erkrankt ist, Sir?«

Azhar sah sie entgeistert an. »Und welchem Zweck soll das dienen?«

»Das dient dem Zweck, an Informationen ranzukommen. Weil die Menschen reden, wenn man so tut, als hätte man einen guten Grund, ihnen Fragen zu stellen. Diese Spezis bringen es fertig, amtlicher zu klingen als die Leute vom Amt. Ich hätte gedacht, dass Doughty eine ganze Reihe von solchen Typen an der Hand hat.«

»Er hat eine Partnerin«, sagte Azhar. »Sie hat die Aufgabe übernommen, Fluggesellschaften, Taxiunternehmen, Mietwagenfirmen und die U-Bahn zu überprüfen. Sie hat nichts gefunden.«

»War die Frau da? In Doughtys Büro? Hat sie Ihnen das selbst gesagt?«

»Er hat mir ihren Bericht vorgelegt. Sie selbst war nicht anwesend.« Azhar runzelte die Stirn. »Wäre das wichtig gewesen? Dass ich mit ihr persönlich gesprochen hätte?« Er nahm ein Rosinenbrötchen, betrachtete es eingehend, legte es wieder zurück. »Ich hätte Sie mitnehmen sollen, Barbara, das sehe ich jetzt ein. Sie hätten an so was gedacht. Ich … ich war einfach aufgeregt. Als er anrief und sagte, wir müssten uns so bald wie möglich treffen, er wollte mir seine Neuigkeiten nicht per Telefon übermitteln …« Azhar wandte sich ab, und Barbara sah ihm seine Enttäuschung an. »Ich dachte, er hätte sie gefunden. Ich dachte, sie sitzt da in seinem Büro, vielleicht sogar zusammen mit Angelina, und dass wir miteinander reden und vielleicht zu einer Einigung kommen könnten.« Er schaute sie wieder an. »Das war dumm von mir, wie so vieles in meinem Leben in den letzten Jahren.«

»Sagen Sie nicht so was«, entgegnete Barbara. »Das Leben ist, wie es ist, Azhar. Wir treffen Entscheidungen, und die Entscheidungen ziehen Konsequenzen nach sich, so ist das nun mal.«

»Das stimmt natürlich«, sagte er. »Aber schon meine erste Entscheidung war unüberlegt und irrational. Ich habe sie gesehen, verstehen Sie. Auf der anderen Seite der Cafeteria.«

»Angelina?« Barbara stockte fast der Atem vor Aufregung. »*Wo?*«

»An dem Tag gab es reichlich freie Plätze. Trotzdem habe ich mich zu ihr an den Tisch gesetzt.«

»Ach so. Damals, als Sie sie kennengelernt haben«, sagte Barbara.

»Ja, als ich sie kennengelernt habe«, erwiderte er. »Ich habe sie gesehen und beschlossen, sie zu fragen, ob ich mich zu ihr setzen könnte, obwohl ich kein Recht dazu hatte.« Er überlegte, vielleicht, weil er nach den richtigen Worten suchte, oder weil er sich fragte, wie es sich auf seine Freundschaft mit Barbara auswirken würde, wenn er sie aussprach. »In dem Augenblick habe ich beschlossen, eine Affäre mit ihr anzufangen. Es war – ich war – nur von meinem Ego gesteuert. Und unglaublich dumm.«

Barbara wusste nicht so recht, wie sie darauf reagieren sollte, denn die Information musste sie erst einmal verdauen. Es ging sie eigentlich überhaupt nichts an, wie die Affäre, aus der Hadiyyah hervorgegangen war, ihren Anfang genommen hatte. Aber die Tatsache, dass etwas der Vergangenheit angehörte und sie nichts anging, bewahrte sie nicht davor, sich Gedanken darüber zu machen und ihre eigenen Schlüsse zu ziehen. Und weder ihre Gedanken noch ihre Schlussfolgerungen gefielen ihr, weil beides mit ihr selbst zu tun hatte, weil es sie dazu brachte, sich zu fragen, wie es sein mochte, eine Frau wie Angelina Upman zu sein, bei deren Anblick ein Mann wie Azhar Entscheidungen traf, die seine Welt erschütterten.

»Das tut mir alles wirklich leid«, sagte Barbara. »Natürlich nicht, dass es Hadiyyah gibt. Das tut Ihnen doch bestimmt auch nicht leid, oder?«

»Natürlich nicht.«

»Also, wie sieht's aus? Sie haben Doughty für seinen Aufwand an Zeit und Arbeit bezahlt, und wie geht's jetzt weiter?«

»Er meint, dass sie schon irgendwann wieder auftauchen wird. Deswegen rät er mir, Angelinas Eltern einen Besuch abzustatten. Er glaubt, dass sie sich irgendwann bei ihnen melden wird, weil Menschen normalerweise nicht den Kontakt zu ihren Angehörigen meiden, wenn es keinen triftigen Grund mehr dafür gibt.«

»Und der Grund wären in dem Fall Sie?«

»Er meint, wenn die Eltern sich von Angelina losgesagt haben, weil ich sie nicht geheiratet habe, als sie von mir schwanger war, dann sollte ich jetzt zu ihnen gehen und ihnen versprechen, Angelina zu heiraten, und dann würde alles gut.«

Barbara schüttelte den Kopf. »Woher zum Teufel hat er denn diese Weisheit? Aus einer Kristallkugel?«

»Er kommt darauf wegen ihrer Schwester. Er sagt, von Bathsheba haben die Eltern sich schließlich nicht losgesagt, obwohl sie sich genau wie Angelina auf eine Affäre mit einem verheirateten Mann eingelassen hat. Aber der Mann hat Bathsheba geheiratet. Deswegen meint Mr Doughty, wenn ich mich bereit erkläre, Angelina zu heiraten, werden die Eltern mir alles sagen, was sie über ihr Verschwinden wissen. Egal, ob sie jetzt schon etwas wissen oder es erst irgendwann mal erfahren.«

»Und wie kommt Doughty auf die Idee, die könnten etwas wissen?«

»Weil niemand spurlos verschwindet«, sagte Azhar. »Dass Angelina das gelungen ist, lässt darauf schließen, dass ihr jemand dabei geholfen hat.«

»Ihre Eltern?«

»Mr Doughty sieht das folgendermaßen: Sie gehören zu der Sorte Leute, die bei Ehebruch ein Auge zudrücken, solange das Paar am Ende vor dem Altar steht. Er sagt, ich soll das ausnutzen. Er sagt, ich soll mich daran gewöhnen, Leute zu benutzen.«

Er schenkte ihr ein trauriges Lächeln, und seine Augen wirkten so müde, dass Barbara ihn am liebsten in die Arme genommen und in den Schlaf gewiegt hätte. Leute zu benutzen gehörte nicht unbedingt zu Azhars besten Fähigkeiten, nicht einmal jetzt, wo er verzweifelt um sein Kind kämpfte. Sie war sich nicht sicher, ob er der Situation gewachsen sein würde.

Sie sagte: »Also. Wie lautet der Plan?«

»Ich fahre nach Dulwich und rede mit ihren Eltern.«

»Dann lassen Sie mich aber diesmal mitfahren.«

Seine Miene hellte sich auf. »Meine liebe Freundin Barbara, ich hatte so sehr gehofft, dass Sie das sagen würden.«

19. Dezember

DULWICH VILLAGE
LONDON

Barbara war noch nie in Dulwich gewesen, aber als sie mit Azhar dort eintraf, dachte sie, dass sie es sich zum Ziel setzen sollte, eines Tages in dieses Viertel zu ziehen. Dulwich gehörte zwar zum südlich der Themse gelegenen Borough of Southwark, hatte jedoch keinerlei Ähnlichkeit mit diesem Stadtteil. Es war der Inbegriff eines *grünen Viertels*, auch wenn die Bäume, die die Straßen säumten, jetzt kahl waren. Aber die ausladenden Äste ließen den herrlichen Schatten erahnen, den sie im Sommer spendeten, und die prächtigen Farben, die die Baumkronen im Herbst schmückten. Und sie standen am Rand von makellos sauberen Gehwegen, keine Spur von Kaugummis, die sämtliche Bürgersteige im Zentrum sprenkelten.

Die Häuser in diesem Teil der Welt waren vornehme, weitläufige, teure Villen. In der Einkaufsstraße gab es Delikatessenläden, noble Damenboutiquen und zu Barbaras Verblüffung sogar Kosmetiksalons für Männer. Grundschulen waren in guterhaltenen viktorianischen Gebäuden untergebracht, und der Dulwich Park, das Dulwich College und die Dulwich Picture Gallery zeugten von einer Gegend, in der die obere Mittelschicht sich zu Cocktailpartys traf, während ihre Kinder in sündhaft teuren Internaten erzogen wurden.

Barbara fühlte sich, gelinde gesagt, *etwas fehl am Platz*, als sie ihren alten Mini durch die Straßen des Viertels lenkte. Sie konnte nur hoffen, dass das Haus der Upmans nicht ganz so vornehm war. Sonst käme sie sich vor wie eine Asylbewerberin, die in einem von einer wohlmeinenden christlichen Organisation gespendeten Auto vorfuhr.

Aber sie hatte Pech. Als Azhar murmelte: »Das scheint es zu sein«, hielt sie an der Ecke Frank Dixon Close vor einer Villa im Neogeorgianischen Stil: perfekte Symmetrie, riesig, Backstein, weiße Fensterrahmen, frisch gestrichene schwarze Regenrohre und Dachrinnen. Vor dem Haus ein säuberlich gemähter, unkrautfreier Rasen, der durch einen zur Haustür führenden Plattenweg geteilt wurde. Kleine Außenlampen beleuchteten gepflegte Blumenbeete. In den Fenstern standen elektrische Kerzen als Weihnachtsschmuck.

Nachdem Barbara den Mini geparkt hatte, nahmen sie beide das Haus in Augenschein. Schließlich sagte sie: »Hier wohnen jedenfalls keine armen Schlucker.« Sie sah sich um. Alle Häuser in der Straße rochen nach Geld. Das reinste Paradies für Einbrecher.

Sie klopften an die Tür, aber nichts rührte sich. Nach einiger Suche entdeckten sie hinter einem Weihnachtsgesteck aus Ilex eine Klingel. Nachdem sie sie betätigt hatten, rief jemand im Haus: »Humphrey, kannst du mal aufmachen, Darling?« Kurz darauf wurden mehrere Sicherheitsschlösser entriegelt, dann wurde die Tür geöffnet, und Barbara und Azhar standen Angelina Upmans Vater gegenüber.

Azhar hatte Barbara erzählt, dass Humphrey Upman Bankdirektor war und seine Frau Kinderpsychologin. Nicht erwähnt hatte er, dass der Mann Rassist war, was dessen Miene jedoch sofort verriet. Mit bebenden Nasenflügeln und geschürzten Lippen musterte er Azhar, als fürchtete er um die Sicherheit des Vaterlands, und blockierte die Tür, um zu verhindern, dass der Fremdling sich Zugang zu seinem Haus verschaffte, um sich am Familiensilber zu vergreifen.

Als er jedoch fragte: »Und? Was wollen Sie?«, wurde klar, dass er sehr wohl wusste, wen er vor sich hatte.

Barbara nahm die Situation in die Hand, indem sie ihren Polizeiausweis zeigte. »Wir wollen mit Ihnen reden, Mr Upman«, sagte sie, während Upman den Ausweis inspizierte.

»Was sollte die Metropolitan Police von mir wollen?« Er gab ihr den Ausweis zurück, machte jedoch keine Anstalten, die Tür freizugeben.

»Lassen Sie uns eintreten, dann werde ich Ihnen das gern erklären«, erwiderte Barbara.

Upman überlegte. Dann zeigte er auf Azhar: »Aber der bleibt draußen.«

»Eine äußerst interessante Forderung, aber kein guter Start für unser Gespräch.«

»Ich habe ihm nichts zu sagen.«

»Kein Problem, das wird auch nicht von Ihnen verlangt.«

Als Barbara sich fragte, wie lange das Wortgefecht wohl noch dauern würde, rief die Ehefrau von drinnen: »Humphrey? Wer ist denn da…« Ihre Stimme erstarb, als sie ihrem Mann über die Schulter sah und Azhar erblickte.

Azhar sagte zu ihr: »Angelina ist verschwunden. Seit einem Monat. Wir versuchen…«

»Uns ist durchaus bewusst, dass sie weg ist«, fiel Upman ihm ins Wort. »Lassen Sie mich eins klarstellen, damit Sie Bescheid wissen: Falls unsere Tochter tot wäre – wenn unsere Tochter tot ist –, würde uns das nicht im Geringsten interessieren.«

Barbara hätte ihn gern gefragt, ob er schon immer von so viel väterlichem Wohlwollen erfüllt gewesen sei, doch ehe sie dazu kam, sagte seine Frau: »Lass sie rein, Humphrey«, worauf er, ohne sie eines Blickes zu würdigen, blaffte: »In diesem Haus ist für Gesindel kein Platz.«

Barbara war völlig klar, dass das auf Azhar gemünzt war.

»Mr Upman«, sagte sie, »noch ein solches Wort und…«

Wieder schaltete seine Frau sich ein: »Wenn du fürchtest, dich anzustecken, verzieh dich in ein anderes Zimmer. Lass. Sie. Rein.«

Upman zögerte gerade lange genug, um alle wissen zu lassen, dass seine Frau später für ihre Frechheit bezahlen würde. Dann drehte er sich auf dem Absatz um, verschwand und ließ es zu, dass sie die Tür öffnete und den beiden Einlass gewährte. Sie führte Barbara und Azhar ins Wohnzimmer, das stilvoll eingerichtet war, wenn auch ohne jede Spur eines persönlichen Geschmacks – bis auf den des Innenarchitekten. Durch die Terrassentüren hatte man einen Blick in den Garten, wo niedrige Gartenlampen Wege, einen Springbrunnen, verschiedene Statuen, Blumenbeete und Rasenflächen beleuchteten.

In einer Zimmerecke stand ein Weihnachtsbaum. Er war noch nicht geschmückt, aber eine Lichterkette auf dem Boden und eine Kiste mit Christbaumschmuck neben dem Kamin ließen erkennen, dass sie Ruth-Jane Upman bei ihren vorweihnachtlichen Vorbereitungen gestört hatten.

Sie bot ihnen keinen Sitzplatz an. Offenbar sollten sie nicht lange bleiben. »Haben Sie Grund zu der Annahme, dass meine Tochter tot ist?«, fragte sie ohne erkennbare Gefühle.

»Sie haben also nichts von ihr gehört?«, sagte Barbara.

»Natürlich nicht. Als sie sich mit diesem Mann zusammengetan hat« – ein flüchtiger Blick in Azhars Richtung –, »haben wir uns mit ihr überworfen. Sie ließ sich nicht zur Vernunft bringen. Also haben wir den Kontakt zu ihr abgebrochen.« Sie wandte sich an Azhar. »Hat sie Sie endlich verlassen? Na ja, was hatten Sie denn erwartet?«

»Es ist nicht das erste Mal, dass sie mich verlassen hat«, antwortete Azhar würdevoll. »Wir sind hierhergekommen, weil es mein aufrichtiger Wunsch ist …«

»Sieh mal einer an – sie hat Sie schon einmal verlassen? Aber da – wann auch immer das gewesen sein mag – sind Sie nicht zu uns gekommen, um sich nach ihr zu erkundigen. Was führt Sie diesmal hierher?«

»Sie hat meine Tochter mitgenommen.«

»Ach? Und welche?« Dann, als sie etwas in Azhars Gesichtsausdruck wahrnahm, fügte sie hinzu: »O ja, Mr Azhar, wir wissen alles über Sie. In Bezug auf Sie hat Humphrey seine Hausaufgaben gemacht – und ich habe sie benotet.«

»Angelina hat Hadiyyah mitgenommen«, sagte Barbara ungehalten. »Ich nehme an, Sie wissen, welche von Mr Azhars Töchtern Hadiyyah ist.«

»Ich nehme an, es ist die ... die ... Angelina zur Welt gebracht hat.«

»Und sie ist diejenige, die jetzt sicherlich ihren Vater vermisst«, sagte Barbara.

»Wie dem auch sei, ich habe kein Interesse an ihr. Oder an Angelina. Und offen gestanden auch an Ihnen nicht. Wir – weder ihr Vater noch ich – haben auch nur die leiseste Ahnung, wo unsere Tochter ist, wohin sie unterwegs sein könnte oder wo sie in Zukunft einmal landen wird. Noch Fragen? Ich würde nämlich gern meinen Weihnachtsbaum zu Ende schmücken, wenn es Ihnen nichts ausmacht.«

»Hat sie sich bei Ihnen gemeldet?«

»Ich sagte doch gerade ...«

»Was Sie *sagten*«, fiel Barbara ihr ins Wort, »ist, dass Sie keine Ahnung haben, wo sie ist, wohin sie unterwegs ist und wo sie mal landet. Sie haben aber nichts darüber gesagt, ob Sie mit ihr gesprochen haben. Wobei sie Ihnen ja nicht unbedingt mitgeteilt haben muss, wo sie sich derzeit aufhält.«

Ruth-Jane erwiderte nichts darauf. Bingo, dachte Barbara. Aber sie dachte auch, dass sie von Angelina Upmans Mutter auf gar keinen Fall irgendetwas Brauchbares erfahren würden. Vielleicht hatte sie mit Angelina gesprochen, womöglich hatte sie eine SMS, einen Brief, eine Postkarte oder irgendetwas dergleichen mit der Botschaft »Ich hab ihn verlassen, Mum« erhalten. Aber sie würde den Teufel tun und das zugeben.

»Mr Azhar möchte wissen, wo seine Tochter ist«, sagte Barbara ruhig. »Das verstehen Sie doch sicher, oder?«

Die Frau wirkte vollkommen gleichgültig. »Ob ich das verstehe oder nicht, spielt überhaupt keine Rolle. Meine Antwort bleibt dieselbe. Ich habe keinen persönlichen Kontakt zu Angelina.«

Barbara nahm eine Visitenkarte aus ihrer Brusttasche und hielt sie der Frau hin. »Bitte, rufen Sie mich an, falls Sie von ihr hören«, sagte sie. »Jetzt, wo Weihnachten vor der Tür steht, könnte das ja durchaus passieren.«

»Das mag vielleicht Ihr Wunsch sein«, entgegnete Ruth-Jane Upman. »Aber auf die Erfüllung Ihrer Wünsche habe ich keinen Einfluss.«

Barbara legte die Visitenkarte auf den Sofatisch. »Denken Sie darüber nach, Mrs Upman.«

Azhar sah aus, als wäre er drauf und dran, die Frau anzuflehen, doch Barbara gab ihm mit einer Kopfbewegung zu verstehen, dass ihr Auftritt hier beendet war. Es hatte keinen Zweck, noch länger mit der Frau zu diskutieren. Vielleicht meldete sie sich, wenn sie von Angelina hörte, vielleicht auch nicht. Es stand nicht in ihrer Macht, die Frau dazu zu zwingen.

Sie gingen zur Tür. Im Flur hingen gerahmte Fotografien an den Wänden, darunter drei Schnappschüsse in Schwarzweiß. Barbara blieb stehen, um die Bilder zu betrachten. Auf allen dreien waren zwei Mädchen abgebildet. Auf einem bauten sie an einem Strand eine Sandburg, auf einem fuhren sie auf einem Karussell, eine auf einem großen, die andere auf einem kleinen Pferd, und auf dem letzten Bild hielten beide einer Stute und deren Fohlen Möhren hin. Das Interessante an den Fotos war allerdings nicht die Aufnahmetechnik. Auch die Rahmen waren nichts Besonderes. Das Interessante waren die beiden Mädchen.

Das konnten nur Angelina und Bathsheba sein, dachte Barbara. Sie fragte sich, warum bisher niemand erwähnt hatte, dass es sich bei den Schwestern um eineiige Zwillinge handelte.

20. Dezember

ISLINGTON
LONDON

Es blieb noch eine letzte Möglichkeit, der sie nachgehen konnten, dachte Barbara. Das tat sie am folgenden Tag während ihrer Mittagspause, und zwar ohne Azhar darüber zu informieren. Der war schon entmutigt genug. Vielleicht war der Fall ja für Dwayne Doughty abgeschlossen, aber ehe sie nicht alle erdenklichen Möglichkeiten überprüft hatte, war Barbara nicht bereit zu akzeptieren, dass Hadiyyah und ihre Mutter für immer verschwunden bleiben sollten.

Bei New Scotland Yard hatte Barbara in letzter Zeit bemerkenswert wenig Ärger gehabt. An ihrer derzeitigen »Frisur« ließ sich nun mal nichts ändern, aber sie war zu dem Schluss gekommen, dass es ratsam wäre, sich mit Detective Superintendent Ardery gut zu stellen. Also kleidete sie sich neuerdings, wenn auch vielleicht nicht tadellos, so doch zumindest unauffällig. Sie trug Nylonstrümpfe, und ihre Pumps waren stets blankpoliert. Auf Arderys Anweisung hin arbeitete sie sogar, ohne zu murren, an einem neuen Fall mit John Stewart zusammen, obwohl sie dem Mann mit wachsendem Vergnügen den Hals hätte umdrehen können. Und sie verkniff es sich, im Treppenhaus der Met zu rauchen. Sie war so brav und folgsam, dass es sie schon fast krank machte, und deswegen war es an der Zeit, sich einer kleinen Nebentätigkeit zu widmen.

Sie fuhr zu WARD. Zwar hatte sie auch die Privatadresse von Angelinas Schwester, aber sie fürchtete, dass sie dort ebenso

75

willkommen sein würde wie bei den Eltern. Wenn sie die Frau an ihrem Arbeitsplatz aufsuchte, hatte sie wenigstens das Überraschungsmoment auf ihrer Seite.

WARD lag an der Liverpool Road, praktischerweise ganz in der Nähe des Business Design Centre. Der Laden war eins dieser fürchterlich trendigen Etablissements, in denen auf großen Flächen so wenige Produkte ausgestellt waren, dass Barbara sich fragte, ob die Lokalität in Wahrheit der Geldwäsche diente anstatt dem Verkauf von Designermöbeln. Die Eigentümerin war anwesend, wie Barbara erfahren hatte, als sie am Vormittag angerufen hatte, um einen Termin zu vereinbaren. Wohlweislich hatte sie Bathsheba Ward verschwiegen, dass es sich bei ihrer vermeintlichen Kundin um eine Polizistin handelte, und ihr stattdessen mit Bemerkungen wie: »Ich habe schon so viel von Ihnen gehört«, reichlich Honig um den Bart geschmiert.

Sie hatte im Voraus ein bisschen über die Frau recherchiert. Das war ihr gelungen, während sie so getan hatte, als würde es sie Gott weiß wie viel Zeit kosten, für DI Stewart einen Bericht in die Polizeidatenbank einzugeben. Der hatte ihr aus lauter Bosheit eine Aufgabe übertragen, die jede Tippse hätte erledigen können. Doch anstatt zu schmollen, sich mit ihm anzulegen oder einen Tobsuchtsanfall zu kriegen, hatte sie höflich gesagt: »Kein Problem, Sir«, und ihm ein freundliches Lächeln geschenkt, als er sie misstrauisch beäugt hatte. Sie hatte also Zeit gehabt, Bathsheba Ward, geborene Upman, unter die Lupe zu nehmen, und als sie jetzt den Verkaufsraum betrat, wusste sie, dass Bathsheba nicht an der Uni, sondern an der Hochschule für Design studiert hatte, nachdem sie wegen ihrer Größe als Model gescheitert war und sich auch in der gnadenlosen Welt des Modedesigns nicht hatte durchsetzen können. Mit ihren Designmöbeln hatte sie jedoch umwerfenden Erfolg; sie hatte bereits mehrere Preise gewonnen, und im Internet waren Fotos von den prämierten Möbelstücken zu bewundern. Die Krönung ihrer Karriere war der Erwerb von zwei ihrer preisgekrönten Stücke durch das Victoria & Albert Museum und das Museum of London. Zur Erinnerung an diese großen Erfolge hingen in Bathshebas Büro Plaketten und aufwendig gerahmte Artikel aus Hochglanzmagazinen.

Als Barbara Bathsheba gegenüberstand, war sie zutiefst irritiert. Die Ähnlichkeit mit ihrer Schwester war so verblüffend, dass Barbara dachte, die beiden Frauen könnten sich ohne Weiteres jeweils für die andere ausgeben. Bei näherem Hinsehen jedoch zeigte sich, dass Bathsheba ein Spiegelbild von Angelina darstellte: Besondere Merkmale waren genau umgekehrt verteilt. Bathsheba hatte einen Schönheitsfleck am linken, Angelina am rechten Auge. Dasselbe galt für ein Grübchen. Allerdings fehlten Bathsheba die für Angelina typischen Sommersprossen, was jedoch auch damit zu tun hatte, dass sie sich vorwiegend in geschlossenen Räumen aufhielt.

Außerdem fehlte ihr Angelinas Herzenswärme, wobei diese Herzenswärme auch eine List gewesen sein konnte, um Barbara einzuwickeln, damit sie die unzähligen Details nicht mitbekam, mit denen Angelina von Anfang an ihre Flucht vorbereitet hatte. Wahrscheinlich war davon auszugehen, dass beide Frauen so durchtrieben waren wie Anacondas, die hungrig hinter dem Sofa lauerten. Barbara nahm sich vor, umsichtig zu sein, die Augen offen zu halten und auf alles gefasst zu sein.

Sie hätte sich keine Sorgen zu machen brauchen. Als sie Bathsheba eröffnete, dass sie den Termin unter einem falschen Vorwand ausgemacht und nicht die Absicht hatte, ein 25.000 Pfund teures Möbelstück für ihre topmoderne Wohnung in Wapping an der Themse zu kaufen, war Mrs Ward äußerst verärgert und versuchte nicht, das zu verbergen.

»Man hat mich bereits wegen dieser Sache angesprochen«, sagte sie. Sie saßen an einem Konferenztisch, auf dem Bathsheba vor Barbaras Ankuft einige Hochglanzfotos von einigen ihrer Arbeiten ausgebreitet hatte. Sie waren sagenhaft schön, wie Barbara ihr versicherte, ehe sie die Bombe platzen ließ und den wahren Grund dafür nannte, dass sie die wertvolle Zeit der Möbeldesignerin in Anspruch nahm. »Dieser Privatdetektiv, den der... Ex meiner Schwester angeheuert hat. Ich habe ihm gesagt, dass ich keine Ahnung habe, wo Angelina sich aufhält oder mit wem sie derzeit Tisch und Bett teilt – und glauben Sie mir, sie lebt garantiert wieder mit irgendjemandem zusammen. Sie hätte bei mir nebenan einziehen können, und ich hätte es nicht bemerkt. Ich habe sie seit Jahren nicht gesehen.«

»Aber ich nehme an, Sie würden sie wiedererkennen«, sagte Barbara.

»Eineiige Zwillinge haben nicht notwendigerweise die gleichen Gedanken, Sergeant...« Sie warf einen Blick auf Barbaras Visitenkarte, die sie in den manikürten Fingern hielt, während sie zu ihrem Schreibtisch ging, auf dem mehrere gerahmte Fotos standen, eins von einem spitzgesichtigen Mann, wahrscheinlich ihr Gatte, und zwei von jungen Männern, einer mit einem Kleinkind auf dem Arm, wahrscheinlich die Sprösslinge ihres spitzgesichtigen Mannes aus erster Ehe. »...Havers«, las Bathsheba von der Karte ab, die sie auf ihren Schreibtisch warf.

»Sie ist spurlos verschwunden«, sagte Barbara. »Sie hat alles mitgenommen, und bisher konnten wir nicht klären, wie es ihr gelungen ist, nicht nur ihren Krempel, sondern noch dazu Hadiyyahs Sachen da hinzuschaffen, wo auch immer sie Unterschlupf gefunden hat.«

»Vielleicht hat sie ihren ›Krempel‹« – Bathsheba sprach das Wort mit einem Ausdruck des Ekels aus – »ja auch von Oxfam abholen lassen und alles gespendet. In dem Fall würde sie wohl kaum eine Spur in Form von Transportquittungen hinterlassen, meinen Sie nicht?«

»Das wäre eine Möglichkeit«, räumte Barbara ein. »Aber das gilt auch für die Variante, dass sie irgendeinen Helfer hatte, der das Zeug für sie irgendwo hingebracht hat. Wir konnten auch nicht ermitteln, wie sie überhaupt aus Chalk Farm weggekommen ist. U-Bahn, Taxi, Mietwagen. Es ist, als hätte sie sich einfach fortgebeamt. Oder jemand anders hat das Beamen besorgt.«

»Also, ich jedenfalls nicht«, sagte Bathsheba. »Und wenn Sie niemanden gefunden haben, der ihr geholfen haben könnte, dann sollten Sie vielleicht anfangen, Schlimmeres zu ahnen, als Sie es bisher tun.«

»Wie zum Beispiel?«

Bathsheba schob sich mit dem Stuhl vom Schreibtisch weg. Sowohl der Stuhl als auch der Schreibtisch waren von ihr entworfen: glatt und modern und mit diversen Einlegearbeiten aus exotischen Hölzern. Sie selbst war ebenfalls glatt und modern, sie hatte das gleiche lange, blonde Haar wie ihre Schwester und ein Händchen dafür, ihre schlanke Figur zu betonen. Sie sah aus, als würde sie sich täglich Stunden unter Anleitung eines persönlichen Trainers abrackern. Sie sagte: »Haben Sie oder dieser Mann – dieser Detektiv – schon mal daran gedacht, dass Angelina und ihre Tochter möglicherweise beseitigt wurden?«

Die Bemerkung kam so beiläufig, dass Barbara einen Moment brauchte, um zu verstehen, was Bathsheba meinte. »Sie meinen ermordet? Von wem denn, wenn ich fragen darf? In der Wohnung gab es keinerlei Anzeichen für Gewaltanwendung, und sie hat auf meinem AB eine Nachricht hinterlassen, und da klang sie durchaus nicht so, als hätte ihr jemand ein Messer an die Kehle gehalten und sie dazu gezwungen, so zu tun, als würde sie das Weite suchen.«

Bathsheba hob ihre wohlgeformten Schultern. »Für die Nachricht habe ich natürlich keine Erklärung. Ich frage mich nur … warum ihm alle so bereitwillig glauben.«

»Wem?«

Bathshebas Augen – blau und groß wie die ihrer Schwester – weiteten sich. »Das muss ich Ihnen doch wohl nicht sagen …?«

»Reden Sie von Azhar? Was soll er denn getan haben? Sie glauben also, er hat Angelina und Hadiyyah ermordet – seine eigene *Tochter*, Herrgott noch mal – und spielt seit fünf Wochen die oscarverdächtige Rolle des gramgebeugten Vaters? Was hat er denn Ihrer Meinung nach mit den Leichen angestellt?«

»Begraben, nehme ich an.« Sie lächelte maliziös. »Sie sehen doch sicher ein, dass es möglich wäre. Wir – ihre Familie – haben seit Jahren keinen Kontakt zu Angelina. Wir würden es überhaupt nicht mitbekommen, wenn sie verschwindet. Ich sage nur, dass es möglich wäre.«

»Das ist absolut lächerlich. Haben Sie Azhar mal kennengelernt?«

»Einmal. Aber das ist lange her. Angelina hat ihn mit in eine Weinstube gebracht, um mit ihm anzugeben. So war sie, mein Schwesterherz. Immer darauf aus, mir unter die Nase zu reiben, was ihr alles gelang, was sie einzigartig machte. Ehrlich gesagt, sie konnte es genauso wenig ertragen, ein Zwilling zu sein, wie ich. Unsere Eltern haben uns damit regelrecht gefoltert. Bis heute sind wir uns unseres Namens nicht sicher. Für unsere Eltern waren wir immer nur ›die Zwillinge‹. Manchmal, wenn wir Glück hatten, waren wir ›die Mädchen‹.«

Barbara war nicht entgangen, dass Bathsheba in der Vergangenheit gesprochen hatte, und sie machte sie darauf aufmerksam. Was auch immer sich daraus schlussfolgern ließ, es konnte die Frau nicht beirren. Sie sagte, sie habe ihre Schwester nicht mehr gesehen, seit diese vor zehn Jahren triumphierend zu einer Verabredung in einem Starbucks in South Kensington erschienen war, um zu verkünden, dass sie schwanger war.

»Das war das letzte Mal«, sagte Bathsheba. »Meine Schwester hätte kein anderes Gesprächsthema mehr gehabt als dieses Kind.«

»Sie selbst haben keine Kinder?«, fragte Barbara hinterlistig.

»Zwei, wie Sie sehen können.« Sie zeigte auf die Fotos auf ihrem Schreibtisch.

»Die sehen ein bisschen zu alt aus, um Ihre sein zu können.«

»Kinder müssen nicht unbedingt… wie heißt es doch gleich? … Früchte der eigenen Lenden sein.«

Barbara fragte sich, ob diese Frau überhaupt Lenden hatte. Und sie fragte sich, was genau die verdammten »Lenden« beim *Homo sapiens* sein sollten. Aber sie begriff, dass es zwecklos war, das Gespräch in diese Richtung zu lenken. Das einzige interessante Thema, das noch blieb, war Bathshebas Überzeugung, dass ihre Schwester vor Azhar in die Arme eines anderen Mannes geflüchtet war. Ob Bathsheba sich dazu etwas präziser äußern könne, fragte sie. Ob sie beispielsweise wisse, dass Angelina Azhar schon einmal verlassen und ein Jahr an einem Ort verbracht hatte, den Azhar und Hadiyyah als Kanada bezeichnet hatten, bei dem es sich aber um irgendeinen Ort auf dem Planeten gehandelt haben konnte.

»Das wundert mich gar nicht«, antwortete Bathsheba leichthin.

»Warum nicht?«

»Ich vermute mal, dass dieser Mann, wie auch immer er heißt, Angelina auf Dauer gelangweilt hat. Wenn Sie also davon überzeugt sind, dass er ihr nichts angetan hat, und Sie sie finden wollen, sehen Sie sich bei Männern um, die auf ähnliche Weise anders sind als Angelina, zum Beispiel so anders wie dieser, wie auch immer er heißt.«

Am liebsten hätte Barbara Bathsheba am Kragen gepackt, ihr *Taymullah Azhar* ins Gesicht geschrien und sie gezwungen, den Namen so oft auszusprechen, bis sie kapierte, dass er ein menschliches Wesen war und keine unaussprechliche Krankheit. Aber was hätte das genützt? Bathsheba hätte einfach eine andere Möglichkeit gefunden, ihre Verachtung für Azhar zum Ausdruck zu bringen, hätte sich entweder auf seine Herkunft oder seine Religion verlegt, um ihre Vorurteile loszuwerden. Außerdem hätte Barbara ihr gern gesagt, dass Mr Spitzgesicht auch nicht gerade aussah wie ein Hauptgewinn. Zumindest hatte ihre Schwester sich einen gutaussehenden Mann ausgesucht, hätte Barbara ihr am liebsten entgegengeschleudert. Stattdessen sagte sie höflich: »Azhar. Ihre Schwester nennt ihn

Hari. Es kann doch nicht so schwer sein, sich das zu merken, oder?«

»Azhar. Hari. Wie auch immer. Ich wollte nur sagen, dass Angelina sich immer für Männer interessiert hat, die – anders waren als sie.«

»Auf welche Weise?«

»Egal, auf welche. Andersartigkeit macht Angelina zu etwas Besonderem. Ihr Leben lang war sie immer nur bestrebt, genau das zu sein: etwas Besonderes. Ich kann ihr das nicht mal übelnehmen. Unsere Eltern wollten, dass wir einander möglichst nahestanden. Einander treu ergeben, in der Lage, die Gedanken der anderen zu lesen und so weiter und so fort. Vom Tag unserer Geburt an wurden wir gleich gekleidet und gezwungen, immer zusammen zu sein. ›Seid stolz darauf, dass ihr Zwillinge seid‹, hat meine Mutter immer gesagt. ›Andere Leute würden einen Mord begehen, einen identischen Zwilling zu haben‹.«

Barbara fragte sich, ob es auch Leute gab, die einen Mord begingen, *weil* sie einen Zwilling hatten. Die Theorie, dass Angelina ermordet worden war, ließ nicht nur ein einziges Szenario zu. Wenn denkbar war, dass Azhar seine Geliebte und seine Tochter um die Ecke gebracht hatte, war ebenso denkbar, dass Bathsheba dasselbe mit ihrer Schwester und ihrer Nichte gemacht hatte. In London waren schon merkwürdigere Dinge passiert.

»Sie scheinen sich gar keine Sorgen um Ihre Schwester zu machen«, bemerkte Barbara. »Und auch nicht um Ihre Nichte.«

Bathsheba lächelte mit perfekter Unaufrichtigkeit. »Sie scheinen überzeugt davon zu sein, dass Angelina noch lebt. Diese Einschätzung nehme ich zur Kenntnis. Was meine Nichte angeht – ich kenne sie nicht einmal. Und niemand von uns hat die Absicht, sie kennenzulernen.«

BOW
LONDON

Doughty war der nächste letzte Strohhalm, weil Barbara, wie sie sich eingestehen musste, ein Nein nicht akzeptieren konnte, und wenn auch nur die geringste Chance bestand, dass sie das nicht tun musste, würde sie diese Chance wahrnehmen wie ein Seil, das Ophelia von einer Brücke aus zugeworfen würde auf die vage Möglichkeit hin, dass sie es sich noch anders überlegen sollte, wenn sie vorbeitrieb. Und so fuhr sie gegen Abend nach Bow.

Die Gegend hatte sich nicht verbessert, seit sie das letzte Mal hier gewesen war, allerdings waren mehr Leute in den Straßen unterwegs. Das Roman Cafe & Kebab in der Roman Road war brechend voll, und im Halal-Supermarkt konnte der Kassierer die Preise nur mit Mühe so schnell eintippen, wie Hausfrauen in Tschadors die Waren aufs Band warfen. Der Laden für Sofortkredite machte gerade zu, aber die Tür, durch die man zu Doughtys Büro gelangte, war noch offen, und Barbara ging hinein. Im ersten Stock traf sie Doughty im Gespräch mit einem androgynen Geschöpf an, das sich später als Doughtys Angestellte Em Cass entpuppte, von der Azhar erzählt hatte. Die beiden tauschten einen argwöhnischen Blick aus, wie es Barbara schien, als sie sie bemerkten. Sie benahmen sich ein bisschen wie heimliche Liebhaber, die sie ja vielleicht auch waren, dachte Barbara. Bis Doughty sein Gegenüber mit Emily anredete, hatte Barbara vermutet, dass der Detektiv ein Faible für junge Männer hatte. Sie hatte sich auf der ganzen Linie geirrt. Die beiden hatten sich über einen Triathlon unterhalten, bei dem ein Typ namens Bryan Em begleiten sollte, und zwar bewaffnet mit Stoppuhr, Mineralwasser und Müsliriegeln. Doughty amüsierte sich über das Missverständnis, Em Cass dagegen nicht.

Sie machten gerade Feierabend, erklärte Doughty Barbara. Sie hätte anrufen und einen Termin vereinbaren sollen. Jetzt hätten sie leider keine Zeit.

»Ja, stimmt, tut mir leid«, sagte Barbara. »Ich war zufällig in der Gegend und dachte, ich probier's einfach. Hätten Sie vielleicht fünf Minuten Zeit?«

Die beiden schienen das stark zu bezweifeln, nicht nur das mit dem Zufall, sondern auch das mit den fünf Minuten. Normalerweise verirrte man sich nicht in die Nähe der Roman Road, und nichts, was die beiden taten, dauerte nur fünf Minuten, es sei denn, sie reichten den Scheck eines Klienten bei der Bank ein, was viel weniger Zeit in Anspruch nahm.

»Fünf Minuten?«, wiederholte Barbara. »Ich schwör's.« Sie nahm ihr Scheckheft aus der Tasche. Eine tote Motte fiel heraus. Kein gutes Zeichen, aber Doughty übersah es. »Ich bezahle Sie natürlich.«

»Und es geht um …?«

»Dasselbe wie beim letzten Mal.«

Wieder tauschten die beiden einen Blick. Wieder fragte sich Barbara, was da vor sich ging. Privatdetektive waren bekannt für alle Arten von Betrügereien. Und sie waren dafür bekannt, dass sie die Früchte ihrer Arbeit an verschiedene Boulevardzeitungen in London verkauften. Falls Doughty oder seine Assistentin in diesem Spiel mitmischten, gab es vielleicht etwas, was sie vor ihr verbergen wollten, dachte Barbara.

Doughty seufzte. »Fünf Minuten.« Er hielt seine Bürotür auf.

»Und was ist mit ihr?«, fragte Barbara und zeigte auf seine Angestellte.

»Sie muss zum Triathlontraining«, sagte er. »Sie müssen schon mit mir vorliebnehmen.«

»Was genau macht sie eigentlich für Sie?« Barbara folgte ihm in sein Büro, während Emily Cass die Treppe hinunterlief.

»Emily? Computerkram. Recherche. Anrufe. Informationen sortieren. Hin und wieder mal Leute befragen.«

»Gibt sie sich auch schon mal als jemand anders aus?«

So zugeknöpft, wie er plötzlich wirkte, war anzunehmen,

dass Emily Cass noch über andere Talente verfügte als Schwimmen, Radfahren und Marathonlaufen.

»Hören Sie«, sagte Barbara. »Ich habe mit Azhar gesprochen. Ich weiß, was Sie ihm erzählt haben. Es gibt keine Spur von den beiden. Aber niemand verschwindet, ohne irgendeine Spur zu hinterlassen, und ich wüsste nicht, wie das Angelina Upman gelungen sein sollte.«

»Ich auch nicht«, erwiderte er geradeheraus. »Aber so ist es tatsächlich. So was kommt vor.«

»Vielleicht, wenn sie allein verduftet wäre. Einverstanden. Sie haut ab, ohne dass jemand was davon mitbekommt oder vielmehr, ohne dass es jemanden interessiert. Aber das ist nicht der Fall. Es gibt jemanden, den das sehr interessiert. Und sie ist nicht allein. Sie hat ein neunjähriges Kind bei sich – ein Kind, das sehr an seinem Vater hängt. Angelina will nicht gefunden werden, okay, aber irgendwann wird Hadiyyah anfangen, nach ihrem Vater zu fragen. Sie wird wissen wollen, wo ihr Vater ist und warum sie ihm, verdammt noch mal, keine Postkarte schicken.«

Doughty nickte, doch dann sagte er: »In solchen Situationen kriegen Kinder alles Mögliche über ihre Eltern erzählt. Das wissen Sie, nehme ich an.«

»Wie zum Beispiel?«

»Zum Beispiel: ›Dein Dad und ich lassen uns scheiden‹ oder ›Dein Dad ist heute Morgen im Büro tot umgefallen‹ oder was weiß ich. Tatsache ist, sie hat es geschafft unterzutauchen, das habe ich dem Professor erklärt, und wenn da noch was zu machen ist, dann weiß ich nicht, was. Da wird er sich jemand anderen suchen müssen.«

»Er hat mir gesagt, dass Sie den Geburtsnamen von Angelinas Mutter ermittelt haben. Ruth-Jane Squire.«

»Das war nicht besonders schwierig. Das hätte er auch selbst rausfinden können.«

»Sie wissen ebenso gut wie ich, dass ein gewiefter Bluffer mit solchen Informationen – Namen, Adressen, Geburtsdaten und so

weiter – alles überprüfen kann: Bankkonten, Kreditkarten, Brief-
kästen, Handyabrechnungen, Telefonrechnungen, Pässe, Führer-
scheine. Und Sie wollen immer noch behaupten, es gibt keine
Spur?«

»Genau das behaupte ich«, sagte Doughty. »Das mag mir
nicht gefallen, dem Professor gefällt's noch weniger, und Ihnen
gefällt es auch nicht, aber so sieht's aus.«

»Wer ist Bryan?«

»Wer?«

»Ich habe eben gehört, wie Emily einen Bryan erwähnt hat.
Ist er Ihr Bluffer?«

»Miss … Havers?«

»Supergedächtnis, Kumpel.«

»Bryan ist mein Computerexperte. Er hat den Computer aus
dem Zimmer des Mädchens überprüft.«

»Und?«

»Das Ergebnis bleibt dasselbe. Die Kleine hat den Laptop benutzt. Die Mutter nicht. Das heißt, dass nichts auch nur entfernt Verdächtiges darauf zu finden war.«

»Und warum hat dann jemand die Festplatte geputzt?«

»Vielleicht um Verwirrung zu stiften, um es so aussehen zu
lassen, als wäre etwas auf dem Laptop gewesen, das unbedingt
gelöscht werden musste. Aber da war nichts drauf. So.« Doughty
stand auf, und die Botschaft war klar: Die Audienz war beendet.
»Sie hatten Ihre fünf Minuten. Meine Frau wartet zu Hause mit
dem Abendessen, und wenn Sie einen ausgiebigeren Plausch
mit mir wünschen, werden wir das auf ein andermal verschie-
ben müssen.«

Barbara musterte ihn. Es musste noch etwas anderes geben,
wenn nicht hier, dann woanders. Aber wenn sie nicht vorhatte,
dem Mann brennende Bambussplitter unter die Fingernägel
zu schieben, war im Moment nicht mehr bei ihm zu holen. Sie
nahm einen Kuli aus ihrer Tasche und klappte ihr Scheckheft auf.

Doughty hob eine Hand. »Schon gut. Das geht aufs Haus.«

15. April

LUCCA
TOSKANA

Der beste Ort für die Begegnung wäre ein Wochenmarkt, dachte er. Davon gab es reichlich in und um Lucca, den besten in der Altstadt, die innerhalb der mächtigen, alten Stadtmauer lag. Der *mercato* auf der Piazza San Michele, der an manchen Wochentagen abgehalten wurde, war jedes Mal überfüllt von Menschen, die aus allen Stadtteilen herbeiströmten und sich zwischen den Ständen drängten, an denen alles feilgeboten wurde, von Halstüchern bis zu Käselaiben. Aber die Piazza San Michele war auch das Zentrum der von der Mauer umringten Altstadt, was die Fluchtmöglichkeiten von dort stark einschränkte. Er hatte also die Wahl zwischen dem *mercato* auf dem Corso Giuseppe Garibaldi, nur einen Steinwurf entfernt von der Porta San Pietro, oder dem, der sich von der Porta Elisa bis zur Porta San Jacopo hinzog und der reine Wahnsinn war.

Für seine endgültige Entscheidung zwischen den beiden Möglichkeiten spielten die Atmosphäre des jeweiligen Orts und die Sorte Leute eine Rolle, die diese Märkte frequentierten. Der Markt auf dem Corso Giuseppe Garibaldi zog in erster Linie Touristen und betuchte Einheimische an, die bereit waren, sich die dort angebotenen Gaumengenüsse etwas kosten zu lassen. Aus diesem Grund gingen die drei nur selten dort einkaufen. Es kam also nur der andere Markt in Frage.

Dieser fand in einer engen, gewundenen Gasse statt, die sich an der Innenseite der Stadtmauer entlangzog. In dem dortigen

Gedränge kam man nur unter Einsatz der Ellbogen vorwärts, wobei man gleichzeitig höllisch aufpassen musste, dass man nicht auf einen Hund oder einen Bettler trat, und das inmitten einer Kakophonie aus Geplauder, Gezänk, Straßenmusik, Marktgeschrei und Leuten, die in ihre Handys brüllten. Je länger er darüber nachdachte, desto mehr kam er zu dem Schluss, dass er der perfekte Ort war. In diesem Gewühl würde nichts und niemand auffallen, und der *mercato* hätte den zusätzlichen Vorteil, dass er ganz in der Nähe des Hauses in der Via Santa Gemma Galgani lag, wo sich die Großfamilie jeden Samstag zum Mittagessen zusammenfand. An schönen Tagen wie diesem wurde das Mittagessen im Garten eingenommen, in den er neulich von der Straße aus einen Blick erhascht hatte.

Alle würden als Erstes vermuten, dass das Kind zu diesem Haus gelaufen war. Es war die nächstliegende Schlussfolgerung, und er konnte sich genau vorstellen, wie es ablaufen würde. Papà würde sich umdrehen, feststellen, dass die Kleine nicht mehr in Sichtweite war, sich aber zunächst nichts dabei denken. Denn bis zu dem Haus war es nicht weit, und in diesem Haus wohnte ein Junge im selben Alter wie seine Tochter. Sie nannte ihn kurz Kusin Gugli, weil das Italienische noch neu für sie war und sie Guglielmo nicht aussprechen konnte. Aber das schien dem Jungen nichts auszumachen, denn er konnte ihren Namen ebenso wenig aussprechen. Außerdem beruhte die Freundschaft der beiden Kinder ausschließlich auf dem gemeinsamen Fußballspielen, und dafür brauchte man keine Worte. Da reichte es, wenn es einem Spaß machte, einen Ball auf ein Tor zu schießen.

Sie würde sich nicht vor ihm fürchten, wenn er sich ihr näherte. Zwar kannte sie ihn nicht, aber wahrscheinlich hatte man ihr beigebracht, dass die gefährlichen Fremden diejenigen waren, die vorgaben, Hilfe bei der Suche nach einem entlaufenen Haustier zu brauchen, oder die von jungen Kätzchen in einer Kiste erzählten – gleich hinter dem Auto da auf dem Parkplatz, *cara bambina*. Diejenigen, die nach Geilheit rochen, die

Schmuddeligen, die aus dem Mund stanken, diejenigen, die dem Kind unbedingt etwas zeigen und es an einen geheimnisvollen Ort locken wollten… Aber in dieses Bild passte er in keiner Weise. Was er zu bieten hatte, war sein Aussehen – *ein Gesicht wie ein Engel,* hatte seine Mutter immer geschwärmt – und eine Botschaft. Er sollte nur ein einziges Wort sagen, das würde genügen. Es war ein Wort, das er noch nie gehört hatte, obwohl er drei Sprachen beherrschte, aber man hatte ihm versichert, es würde dem Kind genügen, um ihm die Geschichte abzukaufen. Sobald die Kleine das Wort hörte, würde sie verstehen, um was es ging. Aus diesem Grund war ausgerechnet er für den anstehenden Job ausgewählt worden.

Und weil er gut war, hatte er sich die Zeit genommen, die für die Ausführung des Jobs notwendigen Informationen zu sammeln. Die meisten Familien hielten sich, wie er wusste, an feste Handlungsabläufe, weil es ihnen das Leben erleichterte. Es hatte sich also gelohnt, die betreffende Familie einen Monat lang zu beobachten und zu beschatten und sich genaue Aufzeichnungen zu machen. Dann hatte er das Datum für die Durchführung des Plans festgelegt. Er war bereit.

Sie würden ihren Lancia außerhalb der alten Stadtmauer auf dem Parkplatz in der Nähe des Piazzale Don Aldo Mei abstellen. Dort würden sie sich für zwei Stunden trennen. Mamma würde zur Via della Cittadella eilen, wo sich das Yogastudio befand, während Papà und die Bambina durch die Porta Elisa in die Altstadt schlendern würden. Die Mamma hatte den längeren Weg, aber sie brauchte nur ihre Yogamatte mitzunehmen, und sie mochte die Bewegung. Der Papà und die Bambina waren jeweils mit einem Einkaufsbeutel bewaffnet, die am Ende ihres Spaziergangs über den Markt prall gefüllt mit Einkäufen sein würden.

Er kannte die drei inzwischen so gut, dass er fast voraussagen konnte, wie die Frau an dem Tag gekleidet sein würde und welche Farbe die Einkaufstaschen der beiden andern haben würden. Papà würde ein grünes Einkaufsnetz bei sich haben und die Bambina einen orangefarbenen Stoffbeutel. Sie waren eben Gewohnheitstiere.

An dem Tag, für den die Aktion geplant war, postierte er sich schon früh auf dem Parkplatz. Es war das achte Mal, dass er der Familie folgte, und er war sich sicher, dass sich alles genauso abspielen würde wie üblich. Er hatte keine Eile. Denn wenn er einen Auftrag ausführte, musste er darauf achten, dass alles perfekt lief und dass mehrere Stunden vergehen würden, ehe jemand merkte, dass irgendetwas nicht stimmte.

Seinen eigenen Wagen hatte er auf dem Parkplatz am Viale Guglielmo Marconi abgestellt. Um eine Parkbucht direkt bei der Porta San Jacopo zu ergattern, war er mehrere Stunden vor der Eröffnung des Markts hergekommen. Auf dem Weg zum Piazzale Don Alto Mei hatte er sich ein großes Stück *focaccia cipolle* gekauft. Nachdem er es verzehrt hatte, hatte er ein starkes Minzbonbon gelutscht, um den Zwiebelgeruch loszuwerden. Er nahm einen Stadtplan aus seiner Schultertasche und breitete ihn auf der Motorhaube eines geparkten Autos aus. Wer ihn beobachtete, würde ihn für einen ganz normalen Touristen halten.

Die Familie traf zehn Minuten später als gewöhnlich ein, was er jedoch nicht als Problem erachtete. Wie immer trennten sie sich am Tor. Mamma machte sich auf den Weg zum Yogastudio, und Papà und die Bambina betraten die Touristeninformation, wo es eine Toilette gab. Diese Leute waren nicht nur sehr beständig, sondern obendrein unglaublich praktisch. Das Wichtigste wurde zuerst erledigt, und auf dem Markt gab es keine Toiletten.

Er begab sich auf die andere Straßenseite und wartete auf die beiden. Es war ein herrlicher Tag, sonnig, aber nicht so unerträglich heiß, wie es in drei Monaten sein würde. Die Bäume auf der Mauer hinter ihm hatten frisches, grünes Laub und spendeten dem Markt ein wenig Schatten. Eine leichte Brise wehte.

Am Mittag würden die Stände in der schmalen Gasse in der Sonnenhitze brüten. Am späten Nachmittag würde das Sonnenlicht die historischen Gebäude gegenüber der Stadtmauer bescheinen.

Er zündete sich eine Zigarette an und rauchte genüsslich. Er hatte die Zigarette fast aufgeraucht, als Papà und Bambina aus der Touristeninformation kamen und auf den Markt gingen.

Er folgte den beiden. Er war ihnen oft genug von der Porta Elisa bis zur Porta San Jacopo gefolgt, um zu wissen, wo und wann sie stehen bleiben würden, und er hatte sich sehr sorgfältig die Stelle ausgesucht, an der er in Aktion treten würde. Kurz vor der Porta San Jacopo, am Ende des Markts, stand regelmäßig ein Straßenmusikant. Dort blieb die Kleine jedes Mal mit einer Zwei-Euro-Münze in der Hand stehen, um dem Mann zuzuhören und schließlich, wenn Papà zu ihr stieß, die Münze in den Hut zu werfen. Aber diesmal würde sie nicht mehr da sein, wenn Papà eintraf.

Der Markt war wie immer überfüllt. Niemand bemerkte ihn. Wo Papà und Bambina stehen blieben, verweilte auch er. Sie kauften Bananen und Trauben und diverse Sorten Gemüse. Während Papà frische Pasta kaufte, hüpfte die Bambina zu einem Stand mit Küchenutensilien und sagte fröhlich: »Einen Kartoffelschäler, bitte.« Er selbst erstand eine Käsereibe, dann ging es weiter zu dem Stand mit den bunten Schals und Tüchern. Kurz darauf hielten Vater und Tochter sich länger an einem Stand auf, wo es *tutti per 1 Euro* gab, von Plastikeimern bis hin zu Haarspangen. Es folgten Stopps an einem Schuhstand, wo die Schuhe säuberlich aufgereiht standen und zum Anprobieren einluden, so man saubere Füße hatte. An anderen Ständen wurden Dessous, Sonnenbrillen und Ledergürtel feilgeboten. Papà probierte einen Gürtel an, den er durch die Schlaufen an seiner Jeans fädelte. Er schüttelte den Kopf und gab den Gürtel wieder zurück. Inzwischen war die Bambina schon weitergegangen.

Vorbei an einem Fleischerstand, wo ein Schweinskopf auf den

Wurstauslagen thronte, ging die Kleine in Richtung Porta San Jacopo. Von jetzt an, das wusste er, würde alles nach dem gewohnten Muster ablaufen. Er nahm den sorgfältig gefalteten Fünf-Euro-Schein aus der Tasche.

Der Straßenmusikant stand an seinem angestammten Platz knapp zwanzig Meter von der Porta San Jacopo entfernt. Wie immer war er von einer kleinen Menschenmenge umringt. Sein kleiner Pudel vollführte Kunststücke, während er auf seinem Akkordeon italienische Volksweisen spielte und dazu in ein Mikro sang, das am Kragen seines blauen Hemds befestigt war. Es war dasselbe an den Manschetten abgewetzte Hemd, das er jede Woche anhatte.

Er gesellte sich zu den Zuhörern. Nach dem zweiten Lied trat die Kleine vor, um ihre Zwei-Euro-Münze in den Hut zu werfen. Das war der Moment. Er näherte sich der Stelle, an der die Bambina sich durch den Kreis der Zuhörer schieben würde, um auf ihren Papà zu warten. Dort würde er sie abfangen.

»Verzeihung«, sagte er zu ihr auf Italienisch. »Könntest du ihm das hier bitte geben …?« Er hielt den sorgfältig zur Hälfte gefalteten Fünf-Euro-Schein hoch, zusammen mit einer Grußkarte, die er aus seiner Jackentasche gezogen hatte.

Sie runzelte die Stirn. Biss sich auf die Lippe. Schaute ihn an.

Er machte eine Kopfbewegung in Richtung des Huts, der vor dem Straßenmusikanten auf dem Boden lag. »Bitte«, wiederholte er mit einem Lächeln. Und dann: »Lies das hier. Ist nicht weiter wichtig, aber …« Anstatt den Satz zu beenden, schenkte er ihr noch ein Lächeln. Die Karte, die er ihr reichte, steckte nicht in einem Umschlag. Es wäre ganz einfach, sie auf seine Bitte hin aufzuklappen und die Botschaft darin zu lesen.

Dann fügte er das Wort hinzu, von dem er wusste, dass es sie überzeugen würde. Ein einziges Wort, und ihre Augen weiteten sich vor Überraschung. Von da an wechselte er ins Englische.

»Ich warte auf dich hinter der Porta San Jacopo. Du hast absolut nichts zu befürchten.«

17. April

BELGRAVIA
LONDON

Es war ein verdammt merkwürdiger Tag gewesen. Barbara war es seit Langem gewohnt, dass Lynley ein stilles Wasser war, aber selbst sie hatte es überrascht, dass ihr seine neueste Beziehung verborgen geblieben war. Wenn man es denn überhaupt Beziehung nennen konnte. Denn sein soziales Leben schien sich seit der Affäre mit Isabelle Ardery darin zu erschöpfen, dass er regelmäßig Sportveranstaltungen besuchte, und zwar in einem Sport, von dem sie noch nie gehört hatte.

Er hatte darauf bestanden, dass sie sich das ansah. Es sei eine Erfahrung, die sie nicht so schnell vergessen würde, hatte er gesagt. Sie hatte das zweifelhafte Vergnügen, ihren Horizont zu erweitern, so lange wie irgend möglich vermieden. Aber am Ende hatte sie nachgegeben. Und so hatte sie einem eintägigen Roller-Derby-K.O.-Turnier beigewohnt und das siegreiche Team bestaunt, lauter extrem durchtrainierte Frauen aus Birmingham, die aussahen, als würden sie kleine Kinder fressen.

Während des Turniers hatte Lynley Barbara die Feinheiten des Sports erläutert – die Positionen, die Aufgaben der einzelnen Spielerinnen, die Fouls und das Punktesystem. Er hatte ihr erklärt, was ein Pack war und welches Ziel das Pack gegenüber der Jammerin verfolgte. Und er war wie alle anderen – Barbara eingeschlossen – laut protestierend aufgesprungen, wenn eine Spielerin einen Ellbogen ins Gesicht bekommen hatte und kein Foul gepfiffen wurde.

Nach mehreren Stunden in dem Trubel fragte sie sich, was das Ganze eigentlich sollte, und ihr kam der Verdacht, dass Lynley sie nur deshalb zu dem Spektakel eingeladen hatte, um ihr eine Möglichkeit zu geben, ihre Aggressionen loszuwerden. Aber nach der x-ten Runde – Barbara hatte es aufgegeben mitzuzählen – rollte eine Spielerin mit leuchtend gelben Blitzen auf den Wangen, knallrotem Lippenstift und pfundweise Glitzerstaub um die Augen auf sie zu. Als die sportliche Lichtgestalt den Helm abnahm und sagte: »Wie nett, Sie wiederzusehen, Sergeant Havers!«, sah Barbara sich Daidre Trahair gegenüber, und da fiel endlich der Groschen.

Zuerst dachte Barbara, ihr wäre die Rolle der Anstandsdame zugedacht. Wahrscheinlich hoffte Lynley, dass Barbaras Anwesenheit die Tierärztin geneigter machen könnte, eine Einladung zum Abendessen zu akzeptieren. Doch dann stellte sich heraus, dass Lynley und Daidre Trahair sich, seit sie sich im vergangenen November kennengelernt hatten, regelmäßig trafen. Mit ihr war er also an dem Abend zusammen gewesen, als er Barbara nicht zurückgerufen hatte. Zuerst hatte er sich das Roller-Derby-Spiel angesehen, und anschließend waren sie noch zusammen in eine Weinstube gegangen. Allerdings hatte sich zwischen den beiden in all den Monaten nicht viel mehr abgespielt, wie Lynley klarstellte, als sie nach dem Turnier auf die Skaterinnen warteten.

Daidre Trahair gesellte sich zu ihnen. Was als Nächstes passierte, war offenbar dasselbe, was sich jedes Mal abspielte, wenn die beiden sich trafen. Daidre lud ihn – und Barbara – zu einer Nachfeier mit den Spielerinnen ein, die in einem Pub namens Famous Three Kings stattfinden würde. Lynley lehnte dankend ab und lud sie – und Barbara – seinerseits zum Abendessen ein. Daidre sagte, sie sei nicht passend gekleidet für einen Restaurantbesuch. Lynley entgegnete – und Barbara durchschaute schnell, dass da eine neue Komponente ins Spiel kam –, das mache überhaupt nichts, er habe nämlich bei sich zu Hause etwas vorbereitet. Wenn sie – und Barbara natürlich – seine Einladung annähmen, würde es ihm ein Vergnügen sein, Daidre später in ihr Hotel zu fahren.

Kluger Schachzug, dachte Barbara, und beschloss, sich nicht dadurch gekränkt zu fühlen, dass Lynley sie benutzte. Sie hoffte nur, dass er nicht selbst gekocht hatte, denn dann würde ein Abendessen auf sie zukommen, das sie noch lange in Erinnerung behalten würden...

Daidre zögerte. Sie schaute erst Lynley, dann Barbara an. Eine Amazone sprach sie an und fragte, ob sie Lust hätten, sich mit ihnen im Pub ein paar hinter die Binde zu kippen. Außerdem wartete dort jemand namens McQueen auf Daidre, um sie wieder zum Dartspiel herauszufordern. Das war die Gelegenheit zur Flucht für Daidre, aber sie ergriff sie nicht. Sie sagte – während ihr Blick zwischen der Frau und Lynley hin und her ging –, sie könne diesmal leider nicht mitkommen, ihre Freunde hätten sie zum Abendessen eingeladen... ob Lisa sie bei den anderen entschuldigen könne? Lisa warf einen wissenden Blick in Lynleys Richtung. Alles klar, sagte sie. Bleib sauber.

Barbara war drauf und dran, sich zu verziehen, jetzt wo sichergestellt war, dass Daidre mit zu Lynley kommen würde, doch er wollte nichts davon wissen. Außerdem hatte sie ihren Mini vor seiner Garage geparkt, sie musste also sowieso in die Richtung, ehe sie den geordneten Rückzug antreten konnte.

Auf dem Weg nach Belgravia machten sie höflichen Smalltalk über das Wetter. Als Nächstes unterhielten sich Daidre und Lynley über Gorillas, wobei Barbara der tiefere Sinn des Gesprächs verborgen blieb. Irgendein Gorillaweibchen war in glücklichen Umständen. Aber einer der Elefanten hatte Probleme mit einem Fuß. Es gab Verhandlungen über den Besuch irgendwelcher Pandas, und der Berliner Zoo wollte unbedingt ein Eisbärjunges kaufen, das im vergangenen Frühjahr das Licht der Welt erblickt hatte. Ob es schwierig sei, wollte Lynley wissen, Eisbären in Gefangenschaft zu züchten? Fortpflanzung in

Gefangenschaft sei immer schwierig, erwiderte Daidre. Dann verstummte sie plötzlich, als hätte sie aus Versehen etwas Zweideutiges gesagt.

Sie hielten vor den ehemaligen Stallungen, die zu Garagen umgebaut worden waren. Da Barbara ihr Auto wegsetzen musste, damit Lynley in seine Garage kam, machte sie Anstalten, sich bei der Gelegenheit gleich zu verabschieden. Lynley sagte: »Seien Sie nicht albern, Barbara. Ich weiß doch, dass Sie vor Hunger umkommen.« Dabei warf er ihr einen Blick zu, der zweifelsfrei bedeutete, dass sie ihn in dieser Stunde der Not auf keinen Fall allein lassen dürfe.

Barbara hatte keinen Schimmer, wie sie ihm unter die Arme greifen sollte. Sie kannte Daidre Trahairs Geschichte. Sie wusste, wie unwahrscheinlich es war, dass die Tierärztin sich mit Lynley auf mehr einlassen würde – wie weit auch immer ihre Beziehung bisher gediehen war. Ohne eigenes Verschulden besaß der arme Mann einen Adelstitel, einen Stammbaum, der bis zu dem von Wilhelm dem Eroberer eingeführten Reichsgrundbuch zurückreichte, sowie eine endlos verzweigte Familie in Cornwall. Wenn er sich an einen Tisch setzte, auf dem für jeden sechzehn silberne Besteckteile bereitlagen, wusste er instinktiv, welche Gabel er wann benutzen musste und welchem Zweck jeder zusätzliche Löffel und überhaupt sämtliche Besteckteile dienten. In Daidres Familie dagegen wurde wahrscheinlich immer noch mit Messer und Fingern gegessen. Da, wo sie herkam, gehörten altes Familienporzellan und Kristallweingläser nicht zum Alltag.

Zum Glück hatte Lynley all das bedacht, wie Barbara erleichtert feststellte. Im Speisezimmer war der Tisch mit schlichtem weißem Porzellan gedeckt, und die Messergriffe sahen aus, als wären sie aus Bakelit. Wahrscheinlich hatte er das Zeug extra für diesen speziellen Abend gekauft, dachte Barbara. Schließlich kannte sie das Tafelsilber, das er gewöhnlich benutzte.

Das Abendessen selbst war einfach. Das hätte jeder zubereiten können, obwohl Barbara locker darauf gewettet hätte, dass dieser *Jeder* nicht Thomas Lynley gewesen war. Doch sie ließ die Version durchgehen, dass er höchstpersönlich die Suppe umgerührt, mit umgebundener Schürze den Salat angerichtet und mit Hilfe eines Rezepts die Quiche gebacken hatte. In Wirklichkeit war er natürlich in die King's Road gerast und hatte alles bei Partridges gekauft. Falls Daidre das wusste, ließ sie es sich nicht anmerken.

»Wo ist denn Charlie?«, fragte Barbara, als sie und Daidre mit Weingläsern in der Hand nutzlos herumstanden, während Lynley zwischen Küche und Speisezimmer hin- und hereilte.

Charlie Denton habe sich den Tag freigenommen, um nach Hampstead zu fahren, sagte Lynley, und dort einer Matinee-Vorstellung von *Der Eismann kommt* beizuwohnen. »Aber ich erwarte ihn jeden Augenblick zurück«, versicherte er ihnen vergnügt. Auf keinen Fall sollte Daidre fürchten, dass er sich auf sie stürzen würde, falls Barbara unerwartet beschloss aufzubrechen.

Was sie bei der ersten Gelegenheit tat, die sich ihr bot. Als Lynley die beiden Damen in den Salon führte, um ihnen einen Digestif anzubieten, fand Barbara, dass sie ihre Pflicht gegenüber ihrem Vorgesetzten zur Genüge erfüllt hatte und es an der Zeit war, nach Hause zu fahren. Es sei zwar noch früh am Abend, verkündete sie salopp, aber der Nachmittag beim Roller Derby habe sie total geschafft, und sie müsse jetzt ins Körbchen.

Sie sah Daidre zu dem Tisch zwischen den beiden Fenstern gehen, auf dem in einem silbernen Rahmen ein Hochzeitsfoto von Lynley und seiner Frau stand. Barbara warf Lynley einen kurzen Blick zu, verwundert darüber, dass er es nicht hatte verschwinden lassen. An alles hatte er gedacht, nur daran nicht.

Daidre nahm das Bild in die Hand, so wie jeder es getan hätte. Barbara und Lynley schauten einander an. Ehe Daidre sich umdrehen und eine Bemerkung darüber machen konnte, was für eine hübsche Frau Helen Lynley gewesen war, sagte

Barbara übertrieben laut: »Dann mach ich mich mal auf die Socken, Sir. Und danke für den kleinen Happen.«

Daidre sagte: »Ich sollte auch allmählich aufbrechen, Thomas. Vielleicht könnte Barbara mich an meinem Hotel absetzen?«

Erneut ein kurzer Blickaustausch zwischen Barbara und Lynley, aber er rettete die Situation, ehe sie sich eine Ausrede ausdenken musste. »Unsinn«, sagte er. »Ich fahre Sie. Jederzeit.«

»Das Angebot sollten Sie annehmen«, sagte Barbara. »Ich
würde bis morgen früh brauchen, um all die leeren Pizzakar-
tons von meinem Beifahrersitz zu räumen.«

Nachdem das geklärt war, verabschiedete Barbara sich hastig.
Im Hinausgehen sah sie, wie Lynley zwei edle Cognacschwen-
ker füllte. Ups, dachte sie. Besser, er hätte Teetassen für den
Cognac benutzt. Ein Abendessen in einem vornehmen Speisezimmer war eigentlich schon zu viel des Guten gewesen.

Sie fand die Tierärztin sehr sympathisch, fragte sich jedoch,
was Lynley von ihr wollte. Eine gewisse Spannung zwischen
den beiden war deutlich zu spüren, aber erotisch kam sie Barbara nicht vor.

Egal, dachte sie. Das ging sie nichts an. Letztlich war ihr jede
Frau recht, mit der Lynley anbandelte, Hauptsache, er ließ sich
nicht wieder mit Isabelle Ardery ein. Barbara war heilfroh, dass
sie dieses Kapitel hinter sich hatte.

Sie dachte an nichts Bestimmtes, als sie nach Hause kam und
den Panda vor der gelben Villa stehen sah. Er stand in zweiter
Reihe neben einem uralten Saab, und fast alle Bewohner der
Villa, hinter der sich Barbaras kleiner Bungalow befand, standen
in Grüppchen auf dem Gehweg, als warteten sie darauf, dass jemand in Handschellen abgeführt wurde. Barbara parkte hastig
und verkehrswidrig. Als sie ausstieg, hörte sie jemanden sagen:
»Ich weiß nicht… Ich hab nichts gehört, bis die Polizei kam.«
Sie beeilte sich, sich unter die Wartenden zu mischen.

»Was ist denn hier los?«, fragte sie Mrs Silver, die im zweiten Stock wohnte. Wie immer trug sie eine Schürze samt passendem Turban, und sie kaute nervös auf einem Holzstäbchen herum, an dem Schokoladenreste klebten.

»Sie hat die Polizei angerufen«, sagte Mrs Silver. »Vielleicht war es aber auch jemand anders. Oder er hat sie selbst gerufen. Zuerst gab es ein fürchterliches Geschrei. Wir haben es alle gehört. Sie haben beide geschrien. Und der andere Mann auch. Ein Ausländer. Ich weiß nicht, in welcher Sprache der rumgeschrien hat – ich hab kein Wort verstanden. An meinen Ohren kann es jedenfalls nicht gelegen haben, denn die waren so laut, dass man es in der ganzen Straße gehört hat.«

Barbara konnte sich keinen Reim darauf machen. Sie sah sich nach anderen bekannten Gesichtern um, und dabei fiel ihr auf, dass jemand fehlte. Dann drehte sie sich zur Villa um. Im Erdgeschoss brannte Licht, und die Terrassentüren standen offen.

Es schnürte ihr die Kehle zusammen. »Ist Azhar…?«, murmelte sie. »Ist etwas mit ihm…?«

Mrs Silver schaute sie an. Las etwas in Barbaras Gesicht. »Sie ist zurückgekommen, Barbara. Aber nicht allein. Irgendwas ist passiert, und sie hat die Polizei gerufen, um die Sache zu klären.«

CHALK FARM
LONDON

»Sie« konnte sich nur auf eine Person beziehen: Angelina Upman. Sie war also zurück. Barbara wühlte in ihrer Umhängetasche, bis sie ihren Polizeiausweis fand. Damit würde sie in Azhars Wohnung kommen, egal, wer da drin das Sagen hatte.

Sie schob sich durch die Menschenansammlung. Öffnete das Tor und durchquerte den Vorgarten. Als sie sich der Terrassentür näherte, hörte sie Geschrei. Sie erkannte Angelinas Stimme sofort.

99

»Bringen Sie ihn endlich zum Reden!«, fuhr sie gerade jemanden an. »Er hat sie garantiert nach Pakistan geschafft! Zu seiner Familie! Du Monstrum! Deiner *eigenen* Tochter so etwas anzutun!«

Dann Azhars von Panik erfüllte Stimme: »Wie kannst du so etwas sagen...?«

Dann die Stimme eines Fremden, der mit starkem Akzent sprach: »Warum verhaften Sie den Mann nicht?«

Als Barbara eintrat, schienen alle Anwesenden zu Salzsäulen zu erstarren: Zwei uniformierte Constables standen zwischen Taymullah Azhar und Angelina Upman. Ihre Wimperntusche war um die Augen herum verschmiert, und ihr Gesichtsausdruck verbissen. Der Mann in ihrer Begleitung sah gut aus, er hätte glatt Modell stehen können für die Skulptur eines Athleten. Er hatte dichte Locken, breite Schultern und einen kräftigen Brustkorb. Er hatte die Fäuste geballt, als würde er Azhar am liebsten einen Kinnhaken verpassen, wenn er nah genug an ihn herankäme. Einer der Constables hielt den Mann zurück, während Azhar und Angelina einander anbrüllten.

Azhar bemerkte Barbara als Erster. Er wirkte schon seit Monaten schrecklich mitgenommen, aber jetzt sah er noch schlimmer aus. Seit ihrem letzten Gespräch mit Dwayne Doughty verausgabte er sich ohne Rücksicht auf seine Gesundheit, nahm immer noch mehr Doktoranden an, reiste zu jeder Konferenz, die möglichst weit entfernt von Chalk Farm abgehalten wurde. Erst am Abend zuvor war er aus Berlin zurückgekehrt und hatte bei Barbara an die Tür geklopft, um zu fragen, ob es etwas... irgendetwas Neues gebe. Es war jedes Mal seine erste Frage, und jedes Mal erhielt er dieselbe Antwort von ihr.

Angelina drehte sich um, als sie Azhars Gesichtsausdruck bemerkte. Der Mann neben ihr folgte ihrem Blick. Zum ersten Mal sah Barbara sein Gesicht. Ein Blutschwamm zog sich von seinem rechten Ohr bis auf die Wange. Sein einziger Schönheitsmakel.

Der Constable, der den Mann zurückhielt, ergriff das Wort: »Verlassen Sie bitte das Haus, Madame.«

Barbara zeigte ihm ihren Ausweis. »DS Havers«, sagte sie. »Ich wohne im Gartenhaus. Was ist passiert? Kann ich irgendwie helfen?«

»Hadiyyah«, brachte Azhar mühsam hervor.

»Er hat mein Kind!«, schrie Angelina. »Er hat Hadiyyah entführt! Er hält sie irgendwo versteckt! Verstehen Sie das? Aber natürlich verstehen Sie das, denn Sie haben ihm verdammt noch mal dabei geholfen, oder?«

Barbara versuchte zu begreifen. Wem sollte sie wobei geholfen haben?

»Sagen Sie mir, wo sie ist!«, schrie Angelina. »Sagen Sie mir sofort, wo sie ist, verdammt!«

»Angelina, was ist passiert?«, fragte Barbara. »Hören Sie, ich habe keine Ahnung, was passiert ist.«

Plötzlich redeten alle gleichzeitig auf sie ein. Als den Constables klar wurde, dass Barbara eine Freundin der Familie und nicht im Auftrag von Scotland Yard anwesend war, versuchten sie, sie aus dem Haus zu schaffen, aber mittlerweile wollte sowohl Azhar als auch Angelina, dass sie blieb, wenn auch aus sehr unterschiedlichen Gründen, die jedoch, abgesehen von Angelinas Tränen und Azhars Ausruf: »Ich will, dass sie das mit anhört, sie kennt meine Tochter sehr gut!«, unausgesprochen blieben.

»Deine Tochter, deine Tochter«, zischte Angelina. »Ein *Vater* würde seinem Kind so etwas nicht antun!«

Hadiyyah war auf einem Marktplatz in Lucca verschwunden, wie Barbara erfuhr. Und das bereits vor zwei Tagen. Wie jede Woche war sie zusammen mit Lorenzo – offenbar Angelinas neuer Liebhaber – auf den Wochenmarkt gegangen, um Einkäufe zu erledigen. Hadiyyah hätte wie sonst auch bei einem Straßenmusiker auf Lorenzo warten sollen, aber als er dort ankam, war sie nicht da, und er war auch nicht auf die Idee gekommen, nach ihr zu suchen.

101

»Und warum nicht?«, fragte Barbara.

»Was spielt das denn für eine Rolle?«, schnaubte Angelina. »Wir wissen genau, was passiert ist. Wir wissen, wer sie entführt hat. Hadiyyah würde *niemals* mit einem Fremden mitgehen. Und niemand kann sie auf einem Markt, wo es von Menschen nur so wimmelt, gegen ihren Willen fortgezerrt haben. Sie hätte geschrien und sich gewehrt. Du hast sie entführt, Hari, und ich schwöre bei Gott, dass ich ...«

»*Cara*«, sagte Lorenzo, »nicht.« Er machte einen Schritt auf sie zu. »Wir finden sie«, sagte er. »Ich verspreche es.« Daraufhin brach Angelina erneut in Tränen aus. Jetzt machte auch Azhar einen Schritt auf sie zu.

»Angelina«, sagte er. »Hör mir zu. Wir müssen unbedingt...«

»Ich glaube dir kein Wort!«, schrie sie.

»Haben Sie die Polizei in Lucca eingeschaltet?«, fragte Barbara.

»Natürlich habe ich die Polizei verständigt! Was glauben Sie denn? Ich habe sie angerufen, und sie sind gekommen, und sie haben nach Hadiyyah gesucht und suchen immer noch nach ihr. Und was finden sie? *Nichts*! Eine Neunjährige ist spurlos verschwunden. *Er* hat sie. Weil sie mit niemand anderem mitgegangen wäre. Bringen Sie ihn zum Reden! Er soll mir endlich sagen, wo sie ist!«, flehte sie die Constables an, die sich zu Barbara umdrehten, als erwarteten sie Hilfe von ihr.

Am liebsten hätte Barbara gesagt: »Genauso, wie sie mit *Ihnen* mitgegangen ist? Genauso wie *Sie* Azhar gesagt haben, wo Hadiyyah war?« Stattdessen wandte sie sich an Angelinas Begleiter. »Beschreiben Sie mir ganz genau, was passiert ist«, sagte sie. »Warum haben Sie nicht nach ihr gesucht, als sie nicht an der verabredeten Stelle auf Sie gewartet hat?«

»Wollen Sie *ihn* etwa verdächtigen?«, schrie Angelina.

»Falls Hadiyyah verschwunden ist ...«

»*Falls*? Was unterstehen Sie sich?«

»Angelina, bitte«, sagte Barbara. »Falls Hadiyyah verschwunden ist, dürfen wir keine Zeit verlieren. Wir müssen ganz genau wissen, was vorgefallen ist.« Sie wandte sich an Lorenzo. »Warum haben Sie nicht sofort nach ihr gesucht?«

»Wegen meiner Schwester«, sagte er. Als Angelina sich darüber ereiferte, dass er sich überhaupt zu einer Antwort herbeiließ, wo sie doch alle genau *wussten*, wer ihre Tochter entführt hatte, sagte er sanft zu ihr: »Bitte, Angelina. Ich möchte etwas sagen.« Dann erklärte er in gebrochenem Englisch: »Meine Schwester wohnt nahe beim *mercato*. Bei ihr treffen wir uns nachher immer. Als Hadiyyah nicht bei dem Musiker war, dachte ich, sie ist da hingegangen. Zum Spielen.«

»Und warum haben Sie das gedacht?«, fragte Barbara.

»*Mio nipote* …« Er schaute Angelina hilfesuchend an.

»Sein Neffe wohnt da«, sagte sie. »Hadiyyah und der Junge spielen oft zusammen.«

Azhar schloss die Augen. »All die Monate«, stöhnte er. Und zum ersten Mal seit dem Verschwinden seiner Tochter sah Barbara, dass er Mühe hatte, seine Tränen zurückzuhalten.

»Ich hatte meine Einkäufe erledigt«, sagte Lorenzo. »Ich dachte, ich sehe Hadiyyah bei meiner Schwester.«

»Kennt sie den Weg zum Haus Ihrer Schwester?«, wollte Barbara wissen.

»*Sí*, sie geht da oft spielen. Angelina kommt zum *mercato* und …«

»Von wo?«

»Piazzale …«

»Ich meine, womit war sie beschäftigt? Was haben Sie gemacht, Angelina?«

»Wollen Sie jetzt *mich* beschuldigen …«

»Natürlich nicht. Wo waren Sie? Ist Ihnen auf dem Weg zum Markt etwas aufgefallen? Wie lange waren Sie weg?«

Sie sei beim Yoga gewesen. Da gehe sie regelmäßig hin.

»Sie kommt anschließend zum *mercato*, wir treffen uns dort wie immer und gehen zu meiner Schwester. Hadiyyah war nicht da.«

Anfangs hatten sie angenommen, Hadiyyah hätte sich auf dem großen Markt verlaufen. Oder sie hätte sich durch etwas ablenken lassen. Sie waren noch einmal zu der Stelle gegangen, diesmal zusammen mit Lorenzos Schwester und ihrem Mann, und hatten sich, als Hadiyyah nicht dort war, auf die Suche nach ihr gemacht.

Zuerst hatten sie den Markt und die Altstadt abgesucht. Dann hatten sie die Suche außerhalb der alten Stadtmauer fortgesetzt, in den neuen Stadtteilen von Lucca. Sie waren auf die mächtige Stadtmauer gestiegen. Auf dem ehemaligen Bollwerk waren Bäume gepflanzt und Rasenflächen angelegt worden, wo Kinder gern herumtollten. Aber Hadiyyah war weder auf der Mauer gewesen noch auf ihrem Lieblingsspielplatz in der Nähe der Porta San Donato, wo man ein Kind hätte vermuten können, das sich beim Warten auf die Eltern gelangweilt hatte.

Barbara schaute zu Azhar hinüber, als das Wort *Eltern* fiel. Er sah aus, als hätte er einen Schlag ins Gesicht bekommen.

Da hatten sie angefangen, das Undenkbare zu denken, und die Polizei angerufen. Angelina hatte zusätzlich bei Azhar in London angerufen. Er sei für ein paar Tage nicht am College, hatte man ihr mitgeteilt. Dann hatte sie festgestellt, dass er weder über sein Handy noch über seinen Festnetzanschluss zu erreichen war. Und da sei ihr klar geworden, was passiert war.

»Angelina«, sagte Azhar verzweifelt. »Ich war auf einem Kongress.«

»Wo?«, fragte sie.

»In Deutschland. In Berlin.«

»Können Sie das beweisen, Sir?«, fragte einer der Constables.

»Selbstverständlich kann ich das beweisen. Der Kongress dauerte vier Tage. Es gab den ganzen Tag Sitzungen und Podiumsdiskussionen. Ich habe einen Vortrag gehalten und ich …«

»Du bist von Berlin nach Italien gefahren, um sie zu entführen, stimmt's?«, sagte Angelina. »Ganz einfach. Genauso hast du es gemacht. Wo ist sie, Hari? Was hast du mit ihr angestellt? Wo hast du sie hingebracht?«

»Du musst mir zuhören«, sagte Azhar. Dann wandte er sich an Angelinas Begleiter, den er bis dahin ignoriert hatte: »Bitte, sagen Sie ihr, dass sie mir zuhören soll. Ich konnte euch nicht finden, Angelina. Ich habe es versucht, ja. Vor ein paar Monaten habe ich jemanden dafür bezahlt, dass er euch sucht. Aber er hat keine Spur gefunden. Bitte, glaub mir.«

»Madam«, sagte der Constable. »Das ist ein Fall, der vor Ort überprüft werden muss, nicht hier. Die italienische Polizei muss ihre Suche über Lucca hinaus ausdehnen. Die Kollegen dort werden auch überprüfen können, ob Mr Azhar an diesem Kongress ...«

»Haben Sie eine Ahnung, wie einfach es ist, für einen Tag von so einem verdammten Kongress zu verschwinden?«, sagte sie. »Er hat sie aus Italien entführt. Womöglich ist sie irgendwo in Deutschland. Warum in Gottes Namen hört denn keiner auf mich?«

»Wie soll ich sie denn entführt haben?«, fragte Azhar und warf Barbara einen gequälten Blick zu.

Sie sagte: »Angelina, denken Sie doch mal nach: Sie haben Hadiyyahs Pass und ihre Geburtsurkunde mitgenommen. Ich habe selbst nachgesehen. Azhar hat mich an dem Abend, als Sie ihn verlassen haben, um Hilfe gebeten. Ohne Papiere hätte er Italien gar nicht mit ihr verlassen können.«

»Sie stecken doch mit ihm unter einer Decke«, entgegnete Angelina. »Sie haben ihm geholfen, stimmt's? Sie kennen sich mit so was aus, Sie haben ihm falsche Papiere für sie besorgt.« Dann brach sie in Tränen aus. »Ich will meine Tochter wiederhaben!«

»Ich schwöre dir, ich habe sie nicht, Angelina«, sagte Azhar, dem fast die Stimme versagte. »Wir müssen sofort nach Italien fahren und sie suchen.«

ILFORD
GREATER LONDON

Weder Angelina noch ihr Liebhaber – der Lorenzo Mura hieß, wie Barbara inzwischen wusste – dachten daran, nach Italien zurückzukehren, ehe sie nicht in London jeden sprichwörtlichen Stein umgedreht hatten. Das war das Ergebnis eines viertelstündigen Gesprächs mit den beiden. Nichts, was Azhar vorbrachte, um zu beweisen, dass er an dem Kongress in Berlin teilgenommen hatte – Unterlagen von dem Kongress, Hotel- und Restaurantrechnungen, das Flugticket nach Berlin –, konnte Angelina davon überzeugen, dass in einem Entführungsfall Zeit der entscheidende Faktor war und dass sie ihre Zeit besser damit verbringen würde, in Italien eine Suchaktion zu organisieren, als sich in Chalk Farm ein Schrei-Duell mit Azhar zu liefern.

Sie würde nach Ilford fahren, verkündete sie. Als Azhar das hörte, wirkte er so angewidert, dass Barbara schon fürchtete, er würde sich übergeben. Sie sagte: »Ilford? Was zum Teufel ist denn in Ilford?«, worauf Azhar geantwortet hatte: »Meine Frau und meine Eltern.«

»Sie glauben, er hätte Hadiyyah zu seinen Eltern gebracht?«, fragte Barbara. »Bleiben Sie auf dem Teppich, Angelina. Wir müssen...«

»Halten Sie die Klappe!«, schrie Angelina. Ehe die beiden Constables eingreifen konnten, stürzte sie sich auf Azhar. »Dir traue ich *alles* zu!«

Barbara packte sie am Arm, um sie wegzuziehen, und als Angelina mit der anderen Faust ausholte, sagte sie: »Also gut. Wir fahren nach Ilford.«

»Barbara, das können wir nicht...«, brachte Azhar mühsam hervor.

»Wir müssen«, sagte Barbara.

Inzwischen waren die beiden Constables heilfroh, dass jemand von Scotland Yard anwesend war und die Sache in die

Hand nahm. Netterweise schickten sie noch die Gaffer vor dem Haus weg, ehe sie sich auf den Weg machten, so dass Barbara und ihre Begleiter relativ unbemerkt in Azhars Auto steigen konnten.

Die Fahrt nach Ilford verlief, ohne dass jemand etwas sagte. Barbara hörte Lorenzo mit Angelina auf dem Rücksitz flüstern, aber da sie es auf Italienisch taten, verstand sie sowieso kein Wort.

Azhar konzentrierte sich auf die Straße und umklammerte das Steuerrad so fest, dass seine Knöchel ganz weiß waren. An seinen kurzen, flachen Atemstößen konnte Barbara ablesen, wie sehr ihm das Ganze zusetzte.

Azhars Eltern wohnten in der Nähe der Green Lane, gleich um die Ecke von einem Gemüsemarkt namens Ushan's Fruit & Veg. Es war eine dieser typischen Londoner Straßen mit Reihenhäusern, die sich nur durch ihre jetzt von Straßenlaternen erleuchteten Vorgärten unterschieden. Anders als in zentraler gelegenen Vierteln war diese Straße nicht zu beiden Seiten von parkenden Autos gesäumt. Hier konnten sich die meisten Familien kein eigenes Auto leisten.

»Welches Haus?«, fragte Angelina, als Azhar auf halbem Weg in der Straße hielt.

Lorenzo half ihr aus dem Wagen und legte ihr schützend eine Hand auf den Rücken. Azhar ging voraus und klingelte an der Haustür. Ein halbwüchsiger Junge öffnete. Es war ein schrecklicher Augenblick, wie Barbara an Azhars versteinerter Miene ablesen konnte. Sie wusste, dass er seinem Sohn gegenüberstand. Und sie wusste, dass er diesen seit zehn Jahren nicht gesehen hatte.

Es war jedoch nicht zu übersehen, dass der Junge keine Ahnung hatte, wer die Leute waren, die da vor dem Haus standen. Er sagte: »Ja?«, und schob sich mit dem Handballen eine Strähne aus der Stirn. Barbara sah, wie Azhar eine Hand hob, als wollte er den Jungen berühren, sie aber dann wieder sinken ließ. Dann

107

sagte er: »Sayyid. Ich bin dein Vater. Würdest du diesen Leuten hier bitte sagen, dass kein kleines Mädchen zu euch gebracht wurde?«

Der Mund des Jungen öffnete sich leicht. Er schaute von Azhar zuerst zu Barbara, dann zu Angelina. Als er schließlich etwas sagte, zeigte sich, dass er gut unterrichtet war in Bezug auf die Familiengeschichte. »Welche ist die Hure?«

»Sayyid«, sagte Azhar. »Bitte, tu mir den Gefallen. Sag diesen Leuten, dass kein neunjähriges Mädchen zu euch gebracht wurde.«

»Sayyid?«, ertönte eine Frauenstimme hinter dem Jungen. »Wer ist denn da?«

Der Junge antwortete nicht. Er schaute Azhar in die Augen, als forderte er ihn heraus, sich der Frau, die er verlassen hatte, zu erkennen zu geben. Als Azhar nicht reagierte, trat Sayyid zur Seite. Im nächsten Augenblick standen Azhar und seine Frau einander gegenüber. Ohne ihren Sohn anzusehen, sagte die Frau: »Sayyid, geh auf dein Zimmer.«

Barbara hatte eine Frau im Salwar Kamiz, der traditionellen pakistanischen Kleidung, erwartet. Auf keinen Fall hatte sie jedoch mit so einer Schönheit gerechnet, denn sie hatte immer gedacht, Azhar hätte eine unscheinbare Frau verlassen, um mit einer außergewöhnlich gut aussehenden Frau zusammenzuleben. Männer, dachte sie. Männer würden ein altes Modell immer nur gegen ein neueres und besseres eintauschen. Aber diese Frau stellte Angelina, zumindest in puncto Schönheit, weit in den Schatten: schwarze Augen, markante Wangenknochen, sinnliche Lippen, eleganter langer Hals, perfekte Haut.

Azhar sagte: »Nafeeza.«

Nafeeza sagte: »Was willst du hier?«

Angelina antwortete an Azhars Stelle: »Wir wollen Ihr Haus durchsuchen.«

»Bitte, Angelina«, sagte Azhar ruhig. »Du wirst doch einsehen, dass…« Dann wandte er sich an seine Frau. »Nafeeza, bitte entschuldige das alles. Ich würde nicht hier … Würdest du diesen Leuten bitte sagen, dass meine Tochter nicht hier ist?«

Nafeeza war nicht groß, aber als sie sich aufrichtete, strahlte sie Kraft und Größe aus. »Deine Tochter ist oben in ihrem Zimmer«, sagte sie. »Sie macht gerade Hausaufgaben. Sie ist eine sehr gute Schülerin.«

»Das freut mich zu hören. Du bist bestimmt … Sie ist dir sicherlich eine … Aber ich spreche nicht von …«

»Sie wissen ganz genau, von wem er redet«, fauchte Angelina.

Barbara zückte ihren Polizeiausweis. Sie konnte die Quälerei nicht länger mit ansehen. Sie wandte sich an Nafeeza. »Können wir kurz reinkommen, Mrs …?« Mit Bestürzung stellte sie fest, dass sie keine Ahnung hatte, wie sie die Frau ansprechen sollte. »Madam«, rettete sie sich, »wenn wir vielleicht kurz reinkommen dürften? Wir suchen nach einem verschwundenen Kind.«

»Und Sie glauben, dass dieses Kind sich in meinem Haus befindet?«

»Nein, eigentlich nicht.«

Nafeeza schaute sie alle der Reihe nach an, und sie ließ sich viel Zeit damit. Dann trat sie von der Tür zurück. Sie betraten einen mit Schuhen, Jacken, Rucksäcken, Hockeyschlägern und Fußballtrikots gefüllten Hausflur, von dem eine Treppe in den ersten Stock führte, und gingen dann durch eine Tür zur Rechten in ein kleines Wohnzimmer.

Dort saß Sayyid, der offensichtlich nicht in sein Zimmer gegangen war, auf der Sofakante, die Arme auf die Oberschenkel gestützt, die Hände zwischen den Knien hängend. Über ihm an der Wand hing ein großes Foto, auf dem es von Mekka-Pilgern wimmelte. Der einzige andere Zimmerschmuck waren zwei gerahmte Schulfotos auf einem kleinen Tisch. Azhar ging zu dem Tisch und nahm die Fotos. Betrachtete sie mit sehnsüchtigem Blick. Nafeeza durchquerte das Zimmer, nahm ihm die Fotos aus den Händen und legte sie mit dem Gesicht nach unten auf den Tisch.

Sie sagte: »In diesem Haus befinden sich nur zwei Kinder, nämlich meine.«

»Ich will nachsehen«, sagte Angelina.

»Du musst ihr klarmachen, dass ich die Wahrheit sage«, sagte Nafeeza zu Azhar. »Du musst ihr erklären, dass ich keinen Grund habe zu lügen. Was auch immer passiert ist, es hat nichts mit mir oder meinen Kindern zu tun.«

»Ah, das ist sie also«, sagte Sayyid. »Das ist also die Hure?«

»Sayyid«, ermahnte ihn seine Mutter.

»Es tut mir leid, Nafeeza«, sagte Azhar. »Alles. Was gewesen ist. Was ich dir angetan habe.«

»Es tut dir *leid*?«, fauchte Sayyid. »Du wagst es, Mum was von leidtun zu verzapfen? Für uns bist du ein Stück Dreck! Und wenn du vorhast …«

»Schluss jetzt!«, sagte seine Mutter. »Geh auf dein Zimmer, Sayyid.«

»Willst du etwa zulassen, dass die da« – er zeigte verächtlich auf Angelina – »in unserem Haus nach ihrem Bastard sucht?«

Azhar schaute seinen Sohn an. »So darfst du nicht …«

»Sag mir nicht, was ich zu tun und zu lassen hab, du Wichser«, schrie Sayyid, sprang auf und stürmte aus dem Zimmer. Er ging jedoch nicht nach oben, sondern blieb im Hausflur, wo sie ihn kurz darauf telefonieren hörten. Er sprach auf Urdu. Azhar und Nafeeza schienen zu wissen, worum es bei dem Telefonat ging, denn sie schauten sich an. Er sagte noch einmal: »Es tut mir leid.«

»Du weißt nicht, was Leid ist.« Dann schaute Nafeeza wieder die anderen an und sagte in würdevollem Ton: »Die einzigen Kinder hier in diesem Haus sind die zwei, die dieser Mann gezeugt und im Stich gelassen hat.«

Barbara beugte sich zu Azhar hinüber und fragte leise: »Mit wem telefoniert der Junge?«

»Mit meinem Vater«, sagte Azhar.

Verflucht, dachte sie. Die Situation konnte nur schlimmer werden. Sie wandte sich an Angelina. »Wir vergeuden hier nur unsere Zeit. Sie sehen doch, dass Hadiyyah nicht hier ist, Herrgott noch mal. Ist Ihnen nicht klar, dass seine Familie ihm genauso wenig wohlgesinnt ist wie Ihre Familie Ihnen?«

»Sie sind heimlich in ihn verliebt«, schäumte Angelina. »Ihnen traue ich genauso wenig über den Weg wie einer Giftschlange.« Sie drehte sich zu Lorenzo um. »Du siehst oben nach, und ich …«

Im selben Augenblick kam Sayyid zurück ins Wohnzimmer. Er warf sich Lorenzo entgegen und schrie: »Verschwindet aus unserem Haus! Raus hier! Raus!«

Lorenzo fegte ihn weg wie eine lästige Fliege. Azhar wollte dazwischengehen, aber Barbara hielt ihn am Arm fest. Es fehlte noch, dass eine Prügelei entstand und irgendein Nachbar die Polizei rief.

»Hören Sie gut zu«, sagte sie zu Angelina. »Sie haben genau zwei Möglichkeiten: Entweder Sie glauben Nafeeza, oder Sie durchsuchen das Haus und erklären sich der Polizei, sobald die hier eintrifft. Denn wenn ich Nafeeza wäre, hätte ich den Hörer in der Hand, sobald Mr Universum auch nur den dicken Zeh auf die Treppe setzt. Sie verschwenden Ihre und unsere Zeit. Denken Sie nach, verflixt noch mal. Azhar war in Deutschland. Das hat er nachgewiesen. Er war nicht in Italien, und er hatte keine Ahnung, dass Sie dort waren. Sie können also entweder weiter hier ein Riesentheater veranstalten, oder wir können nach Italien fliegen und den Carabinieri da unten Dampf machen, dass sie nach Hadiyyah suchen. Entscheiden Sie sich. Und zwar ein bisschen plötzlich.«

»Ich glaube es erst, wenn …«

»Verflucht noch mal, sind Sie noch ganz dicht?«

»Sie dürfen das Haus durchsuchen«, sagte Nafeeza ruhig und zeigte dabei auf Barbara. »Aber nur Sie.«

»Reicht Ihnen das?«, fragte Barbara Angelina.

»Woher soll ich wissen, dass Sie nicht mit ihm unter einer Decke stecken? Dass Sie das alles nicht mit ihm gemeinsam ...«

»Weil ich Polizistin bin, verdammt noch mal, und weil Ihre Tochter mir viel bedeutet! Dass Sie Hadiyyah mitgenommen und ihr den Kontakt zu ihrem eigenen Vater verweigert haben, ist doch wohl das Allerletzte! So etwas würde er nie tun! Er ist nicht wie Sie. Und ich bin auch nicht wie Sie, das wissen Sie ganz genau. Wenn Sie also nicht hier in diesem Zimmer bleiben, während ich mich davon überzeuge, dass Hadiyyah nicht hier ist, werde *ich* die Polizei anrufen, und dann sind Sie wegen Hausfriedensbruch dran. Hab ich mich klar genug ausgedrückt?«

Lorenzo flüsterte Angelina etwas auf Italienisch ins Ohr, eine Hand zärtlich in ihren Nacken gelegt. »Also gut«, sagte sie schließlich.

Barbara ging die Treppe hoch. Es würde nicht lange dauern, das Haus zu durchsuchen, da es ziemlich klein war. Zwei Kinderzimmer, Elternschlafzimmer, Bad, Küche, Toilette, Wohnzimmer. Barbara erschreckte Azhars große Tochter, die in ihrem Zimmer über ihren Hausaufgaben saß, aber sonst war niemand im ersten Stock.

Als sie wieder nach unten kam, sagte sie: »Nichts. Gehen wir.«

Angelinas Augen füllten sich mit Tränen, und einen Moment lang tat sie Barbara tatsächlich leid. Doch sie schüttelte das Gefühl ab. Es ging um Azhar. Und dem stand in wenigen Minuten eine Konfrontation mit seinem Vater bevor. Sie mussten von hier verschwinden, ehe es dazu kam.

Sie hatten kein Glück. In dem Augenblick, als sie das Haus verließen, kamen zwei Männer in traditioneller pakistanischer Kleidung von der Green Lane her die Straße heruntergestürmt. Einer der beiden war mit einer Schaufel, der andere mit einer Spitzhacke bewaffnet. Man brauchte kein Sherlock Holmes zu sein, um zu erraten, was sie vorhatten.

»Ins Auto«, sagte sie zu Azhar. »Schnell!«

Er rührte sich nicht von der Stelle. Die Männer schrien beim Näherkommen irgendetwas auf Urdu. Der Größere der beiden musste Azhars Vater sein, dachte Barbara, denn sein Gesicht war wutverzerrt. Der andere war etwa im selben Alter, vielleicht ein selbsternannter Rächer.

»*La macchina, la macchina*!«, rief Lorenzo Angelina zu. Er riss die Autotür auf und schob sie hinein. Barbara rechnete damit, dass er ebenfalls einsteigen und die Türen verriegeln würde, aber das tat er nicht. Anscheinend war er ein Typ, der gern mitmischte, wenn es zur Sache ging. Er mochte nicht Azhars Freund sein, doch eine kleine Prügelei würde er sich nicht entgehen lassen.

Von dem Durcheinander aus Urdu und Italienisch verstand Barbara zwar kein Wort, aber die Pakistani hatten es eindeutig auf Azhar abgesehen, und sie würde nicht zulassen, dass sie ihm ein Haar krümmten. Als die beiden Alten mit erhobenen Waffen näher kamen, schubste sie Azhar zur Seite und brüllte: »Polizei!« Die beiden ließen sich nicht beeindrucken. Lorenzo schlug zu.

Sie hörte ihn auf Italienisch Flüche ausstoßen. Er war geschickt mit den Fäusten und noch geschickter mit den Füßen, und ehe die Angreifer wussten, wie ihnen geschah, waren sie überwältigt und entwaffnet. Sie rappelten sich jedoch wieder auf, als Sayyid aus dem Haus gerannt kam, mit einem Schrei auf Azhar losging und ihm einen Faustschlag gegen den Hals versetzte. Aus dem Nachbarhaus kamen eine ältere Frau und zwei Männer.

Jemand kreischte. Barbara kramte ihr Handy aus der Tasche und tippte den Notruf ein. Klar, dass ihr Polizeiausweis diese Kerle nicht beeindruckte.

Azhars Vater riss Sayyid von ihm weg und stürzte sich selbst auf seinen Sohn. Als Lorenzo dazwischengehen wollte, wurde er von dem Mann mit der Spitzhacke angegriffen. Die ältere

Nachbarin schrie immer wieder etwas, was sich für Barbara anhörte wie ein Name, während sie verzweifelt versuchte, Azhar und seinen Vater voneinander zu trennen. Barbara warf sich zwischen Lorenzo und dessen Angreifer. Nafeeza kam aus dem Haus und packte Sayyid am Kragen. In dem Moment kamen drei mit Baseballschlägern bewaffnete Teenager um die Ecke, und auf der anderen Straßenseite stießen zwei Frauen lauthals Verwünschungen aus.

Erst der Polizei in Gestalt von vier uniformierten Constables gelang es, die Lage in den Griff zu bekommen. Es war allein Barbara zu verdanken, dass alle mit einer Vernehmung auf dem Revier davonkamen und keiner verhaftet wurde. Am Ende hatten sie viel Zeit vergeudet, einander unnötig Verdruss bereitet und nichts dazugelernt. In fast vollkommener Stille fuhren sie zurück nach Chalk Farm.

Azhar sagte nichts. Angelina weinte.

18. April

VICTORIA
LONDON

»Sie haben wohl endgültig den Verstand verloren!«, lautete Isabelle Arderys Kommentar zu Barbaras Ansinnen. »Gehen Sie an die Arbeit, Sergeant, und verschonen Sie mich mit dem Thema.«

»Sie wissen doch, dass die einen Verbindungspolizisten brauchen«, konterte Barbara.

»Ich weiß nichts dergleichen«, blaffte Ardery. »Und ich werde weder Sie noch sonst jemanden zu einer Ermittlung ins Ausland schicken!«

Sie war gerade dabei, ein Telefonat zu beenden, als Barbara das Zimmer betreten hatte. Zweifellos plante sie eine große Feier. Die Nachricht war eine halbe Stunde zuvor von ganz oben gekommen, als Assistant Commissioner Sir David Hillier sich in die niederen Gefilde ihrer Abteilung begeben und vor versammelter Mannschaft verkündet hatte, dass Isabelle Ardery die Abteilung nun nicht mehr nur kommissarisch, sondern mit allen Rechten und Pflichten leite. Hochrufe ertönten von allen Seiten und *Lasst die Korken knallen*! Welche Hürden Isabelle Ardery in den vergangenen neun Monaten auch im Weg gestanden haben mochten, sie hatte sie offenbar überwunden.

Am frühen Vormittag war Azhar zusammen mit Angelina Upman und Lorenzo Mura nach Italien aufgebrochen. Barbara war wild entschlossen, ihnen so bald wie möglich zu folgen. Sie hatte sich genau überlegt, wie alles vonstatten gehen sollte, und soeben ihrer Chefin ihre Pläne unterbreitet.

115

Barbara fand die Sache vollkommen logisch. Eine britische Staatsbürgerin war auf fremdem Boden verschwunden, womöglich gar entführt worden. Im Falle eines solchen Verbrechens wurde gewöhnlich ein Verbindungspolizist entsandt, um kulturelle, sprachliche und rechtliche Differenzen zwischen den beteiligten Ländern zu überbrücken. Barbara wollte dieser Verbindungspolizist sein. Sie kannte die betroffene Familie. Jetzt brauchte sie nur noch Detective Superintendent Arderys Segen, und dann würde sie sich auf den Weg machen.

Ardery jedoch sah die Sache anders. Sie ließ Barbara ausreden, hörte sich die ganze Geschichte an, doch als Barbara geendet hatte und auf das ersehnte »Selbstverständlich müssen Sie sofort in die Toskana fahren« wartete, wies Ardery sie stattdessen auf »einige wichtige Details« hin, die sie »anscheinend übersehen« habe.

Erstens war die britische Botschaft nicht involviert. Niemand hatte dort angerufen oder war dort erschienen oder hatte ein Telegramm, eine E-Mail, ein Fax oder ein Rauchsignal geschickt, und ohne Mitwirkung der Botschaft mischte Scotland Yard sich nicht in Angelegenheiten ein, die die englische Polizei nichts angingen.

Zweitens, so Ardery, bestand die Aufgabe eines Verbindungspolizisten darin zu *verbinden*, was in dem Fall bedeutete, die Familie in Großbritannien über den Fortgang der Ermittlungen im Ausland auf dem Laufenden zu halten. Aber die Eltern des Kindes weilten schließlich beide in Italien. Oder zumindest befanden sie sich auf dem Weg dorthin. Die Mutter des Kindes *wohnte* sogar in Italien, wie Barbara selbst berichtet hatte. Irgendwo in Lucca, nicht wahr? Oder in der Nähe von Lucca. Und ihr Lebensgefährte war, wenn Ardery Barbara richtig verstanden hatte, Italiener, oder? Die Kindsmutter hatte also gar keinen Grund, einen Verbindungspolizisten anzufordern. Folglich bestand auch kein Grund, Detective Sergeant Barbara Havers zur Unterstützung bei was auch immer in die Toskana zu schicken.

»Was auch immer?«, entfuhr es Barbara. »Ein neunjähriges Mädchen ist entführt worden. Ein neunjähriges *britisches* Mädchen. Niemand hat etwas beobachtet, obwohl es mitten auf einem belebten Markt passiert ist. Auf einem dichtgedrängten Markt mit Hunderten von Zeugen, von denen niemand etwas gesehen hat.«

»Vorläufig«, entgegnete Ardery. »Die italienische Polizei kann unmöglich bereits alle vernommen haben. Wie lange wird das Kind schon vermisst?«

»Was spielt das denn für eine Rolle?«

»Ich hätte nicht gedacht, dass ich Ihnen das erklären muss.«

»Verdammt, Sie wissen genau, dass es in solch einem Fall auf die ersten vierundzwanzig Stunden ankommt. Es sind aber schon achtundvierzig vergangen.«

»Und ich versichere Ihnen, dass die italienische Polizei sich dessen bewusst ist.«

»Die haben Angelina gesagt...«

»Sergeant.« Bisher war Arderys Ton bestimmt, aber nicht unfreundlich gewesen, jetzt klang sie jedoch gereizt. »Ich habe Ihnen die Sachlage erläutert. Sie unterstellen mir Befugnisse, die ich gar nicht habe. Wenn ein anderer Staat...«

»Welchen Teil der Geschichte haben Sie eigentlich nicht kapiert?«, fiel Barbara ihr ins Wort. »Hadiyyah wurde in aller Öffentlichkeit entführt. Womöglich ist sie inzwischen tot.«

»Das ist durchaus möglich. Und sollte das der Fall sein...«

»Sie müssten sich mal reden hören!«, schrie Barbara. »Wir reden hier von einem Kind. Von einem Kind, das ich persönlich kenne. Und Sie sagen mir ›durchaus möglich‹, als ginge es darum, dass ich einen Kuchen zu lange im Ofen gelassen habe. Durchaus möglich, dass er inzwischen verbrannt ist.«

Ardery sprang auf. »Beherrschen Sie sich!«, sagte sie. »Sie sind viel zu sehr persönlich in diese Sache verstrickt. Selbst wenn die Botschaft sich melden und verlangen würde, dass wir jemanden nach Italien schicken, wären Sie die Letzte, die ich dazu ausersehen würde. Ihnen fehlt jede Objektivität in dieser Sache, und wenn Sie nicht begreifen, dass Objektivität in einer Verbrechensermittlung das A und O ist, dann sollten Sie noch mal zurück auf die Polizeischule gehen.«

»Und was wäre, wenn einem Ihrer Söhne so etwas zustieße?«, fragte Barbara. »Wie objektiv wären Sie dann wohl?«

Darauf folgte Isabell Arderys abschließende Bemerkung: »Offenbar haben Sie endgültig den Verstand verloren!«, gefolgt von der Aufforderung an Barbara, an ihre Arbeit zu gehen.

Wutentbrannt stürmte Barbara aus dem Zimmer. Sie wusste nicht einmal mehr so genau, worin die Arbeit eigentlich bestand, an die sie zurückgehen sollte. Sie ließ sich auf ihren Schreibtischstuhl fallen und starrte auf ihren Computerbildschirm, um ihrer Erinnerung auf die Sprünge zu helfen. Aber sie konnte an nichts anderes denken, und sie würde nichts auf die Reihe kriegen, solange sie sich nicht auf den Weg nach Italien machte.

LUCCA
ITALIEN

Commissario Salvatore Lo Bianco befolgte dasselbe Ritual, sooft er das Glück hatte, zum Abendessen zu Hause zu sein. Mit einer Tasse *caffè corretto* stieg er auf den Turm, in dem er mit seiner Mutter wohnte, um sich in dem quadratischen Dachgarten am Sonnenuntergang zu ergötzen. Er liebte es zu sehen, wie das Rot der untergehenden Sonne die uralten Gebäude der Stadt liebkoste. Aber noch mehr als die Sonnenuntergänge genoss er die friedlichen Minuten ohne seine *mamma*. Mit ihren sechsundsiebzig Jahren und ihrer schmerzenden Hüfte schaffte sie es nicht mehr auf das Dach des Torre Lo Bianco, in dem die Familie schon seit Generationen lebte. Ein Fehltritt auf den letzten beiden schmalen, metallenen Treppen würde den sicheren Tod für sie bedeuten. Salvatore wollte seine Mutter nicht in Gefahr bringen, auch wenn er das Zusammenleben mit seiner Mutter fürchterlich anstrengend fand, im Gegensatz zu ihr, die ihr Glück kaum fassen konnte, dass sie ihn endlich wiederhatte.

Ihren Salvatore wieder zu Hause zu haben bedeutete nämlich, dass sie recht behalten hatte, und recht zu behalten war ihr wichtiger als zufrieden oder frei von Sünde zu sein. Seit dem Tag, an dem er diese Schwedin mit nach Hause gebracht hatte, die er vor achtzehn Jahren auf der Piazza Grande kennengelernt hatte, trug sie Schwarz, und als würde das nicht ausreichen, um ihr Missfallen kundzutun, befingerte sie, seit er ihr telegrafiert hatte, dass er und Birgit sich scheiden lassen würden, von morgens bis abends einen Rosenkranz – angeblich betete sie unablässig zu Gott, er möge dafür sorgen, dass Birgit zur Besinnung kam und ihren Mann anflehte, er möge in das Haus in der Via Borgo Giannotti gleich außerhalb der Stadtmauer zurückkehren, das sie gemeinsam gekauft hatten. Aber in Wirklichkeit löste sie das Gelübde ein, das sie der Jungfrau Maria gegeben hatte: Wenn du die blasphemische Ehe meines Sohnes mit dieser *puttana straniera* beendest, werde ich bis an mein Lebensende jeden Tag einen Rosenkranz beten. Oder fünf. Oder sechs. Wie viele es waren, wusste Salvatore nicht genau, es waren jedenfalls nicht wenige. Er hätte seine Mutter gern darauf aufmerksam gemacht, dass die katholische Kirche eine Scheidung nicht anerkannte, aber im Grunde seines Herzens war er doch ein guter Sohn, der seiner Mutter die Freude nicht verderben wollte.

Salvatore trat mit seinem *caffè* an den Rand des Dachgartens und inspizierte seine Tomatenpflanzen. Die kleinen grünen Früchte würden hier oben in der Sonne gut reifen. Er schaute zur Via Borgo Giannotti hinüber. Er hatte derzeit eine Menge Sorgen, und eine davon hieß Birgit.

Natürlich hatte seine Mutter recht behalten. Birgit war auf

119

der ganzen Linie ein Fehler gewesen. Es mochte ja stimmen, dass Gegensätze sich anzogen, aber sie beide waren wie zwei gleiche magnetische Pole, die einander abstießen. Anfangs hatte er sich über Birgits Unkenntnis der italienischen Kultur amüsiert. Er hatte geglaubt, dass die Gegensätze zwischen der italienischen und der schwedischen Kultur mit der Zeit verschwinden würden, aber er hatte sich geirrt. Wenigstens war Birgit nach der Trennung nicht mit den beiden gemeinsamen Kindern nach Stockholm gezogen, und dafür war er ihr dankbar.

Seine zweite Sorge galt diesem verschwundenen Kind. Diesem verschwundenen *britischen* Kind. Schlimm genug, dass es sich um ein ausländisches Kind handelte, dass es aber ausgerechnet aus England kam, machte die Sache noch schlimmer. Er brauchte nur an Perugia zu denken, wo eine britische Austauschstudentin ermordet worden war, oder an die in Portugal vermisste kleine Madeleine. Jeder würde verstehen, dass er in Lucca auf keinen Fall etwas Ähnliches erleben wollte. Journalisten überall, noch dazu ausländische, Fernsehübertragungswagen direkt vor der Questura, hysterische Eltern, amtliche Nachfragen, Anrufe von der Botschaft, Kompetenzgerangel zwischen den verschiedenen Polizeiabteilungen. So weit war es zwar bisher noch nicht gekommen, aber ein solches Szenario war auch nicht auszuschließen.

Salvatore war zutiefst beunruhigt. Das Mädchen war seit drei Tagen verschwunden, und die einzigen Hinweise, die sie hatten, kamen von einem halb betrunkenen Akkordeonspieler, der an Markttagen in der Nähe der Porta San Jacopo musizierte, und einem stadtbekannten jungen Drogensüchtigen, der regelmäßig vor demselben Tor auf dem Boden saß, vor sich ein Schild mit der Aufschrift *ho fame*, als könnte er damit die Leute davon überzeugen, dass er sich mit ihren Spenden etwas zu essen kaufen würde, anstatt das Geld für den nächsten Schuss auszugeben. Von dem Akkordeonspieler hatte Salvatore erfahren, dass das Mädchen jeden Samstag kam, um ihm eine Weile zuzuhören. Die *piccola bella*, wie er sie genannt hatte, gab ihm jedes Mal zwei Euro. Aber an dem Tag hatte sie sieben Euro in seinen Hut geworfen. Zuerst die übliche Münze. Dann hatte sie noch einen Fünf-Euro-Schein dazugelegt. Er hatte den Eindruck gehabt, dass ihr jemand den Schein zugesteckt hatte. Auf die Frage, wer das gewesen war, hatte der Akkordeonspieler geantwortet, das wisse er nicht. Einer aus der Menge eben. Zusammen mit seinem Pudel tue er sein Bestes, um die Leute zu unterhalten, aber die Einzigen, die er wahrnehme, seien diejenigen, die ihm ein bisschen Geld gäben. Aus diesem Grund kannte er auch die *piccola bella*, wenn auch nur vom Sehen und nicht mit Namen. Weil sie mir immer eine Münze in den Hut wirft, Commissario, sagte er mit bedeutungsschwangerem Blick. Zweifellos wusste er, dass Salvatore Lo Bianco sich eher einen Finger abgehackt hätte, als sich seinetwegen von einer Münze zu trennen.

Die Frage, ob ihm an dem Tag irgendetwas Ungewöhnliches an dem Mädchen aufgefallen sei, hatte der Akkordeonspieler zunächst verneint. Nach kurzem Nachdenken jedoch sagte er, möglicherweise habe ein dunkelhaariger Mann ihr den Geldschein gegeben, der vorher hinter ihr gestanden habe. Andererseits konnte es auch die alte Frau mit den runzligen Hängebrüsten gewesen sein, die neben dem Mädchen gestanden habe. Aber er könne dem Commissario nicht mehr sagen, als dass der Mann dunkelhaarig gewesen war und die Frau Hängebrüste gehabt hatte, was auf etwa achtzig Prozent der Stadtbevölkerung zutreffe. Von der Beschreibung her hätte die alte Frau genauso gut Salvatores Mutter sein können.

Von dem jungen Drogensüchtigen hatten sie noch ein paar weitere Einzelheiten erfahren. Carlo Casparia, die Schande einer angesehenen Familie aus Padua, hatte Salvatore erzählt, das Mädchen sei direkt an ihm vorbeigelaufen. Obwohl er mit dem Rücken zu den Ständen gesessen hatte, so dass er die Leute anbetteln konnte, die auf den Markt strömten, war er sich sicher, dass es sich um das Mädchen auf dem Foto handelte, das in der ganzen Stadt an Wänden und Türen und in Schaufenstern hing. Die Kleine war nämlich stehen geblieben und hatte sich umgesehen, als suchte sie jemanden, und als sie sein *ho fame*-Schild gesehen hatte, war sie noch einmal zurückgekommen und hatte ihm die Banane geschenkt, die sie bei sich gehabt hatte. Dann war sie weitergelaufen. Und danach war sie einfach verschwunden. Hatte sich anscheinend in Luft aufgelöst. Denn es gab keine weiteren Spuren oder Hinweise.

Nachdem die Mutter unter hysterischen Anfällen klargestellt hatte, dass das Kind nicht ausgerissen, auch nicht bei Spielkameraden oder sonst wo aufzufinden war, dass sie – die *mamma* und ihr Liebhaber – jeden Winkel nach der Kleinen abgesucht hatten, hatte Salvatore die üblichen Verdächtigen einsammeln lassen. In der Questura im Viale Cavour hatte er acht Sexualtäter gründlich vernommen, außerdem sechs bekannte Pädophile, einen rückfälligen Dieb, der auf seinen Prozess wartete, und einen Priester, den Salvatore schon seit Jahren verdächtigte. Dabei war zwar nichts herausgekommen, aber die Lokalzeitung hatte Wind von der Sache bekommen und die Geschichte gebracht. Es war noch keine große Geschichte – sie war Gott sei Dank bisher weder in den Regionalblättern noch in den landesweit erscheinenden Zeitungen erschienen –, aber sie würde es werden, wenn er dieses Kind nicht bald fand.

Er trank seinen Kaffee aus. Riss sich von dem Sonnenuntergang los und ging zur Treppe. Sein Handy klingelte, und er warf einen Blick aufs Display. Er stöhnte, als er die Nummer erkannte, und überlegte, was er tun sollte.

Er konnte den Anruf natürlich ignorieren und die Mailbox anspringen lassen, aber das war nicht unproblematisch. Der Anrufer würde nicht lockerlassen und es die ganze Nacht über immer wieder versuchen. Am liebsten hätte er das Handy im hohen Bogen weggeschleudert.

»*Pronto*«, sagte er stattdessen mit einem Seufzer.

Er hörte, was er erwartet hatte. »Komm nach Barga, *topo*, und zwar *stante pede*. Es wird Zeit, dass wir beide uns mal unterhalten.« Nur einer nannte ihn *topo*, Ratte.

BARGA
TOSKANA

Piero Fanucci konnte natürlich nicht in einer Stadt in der Nähe von Lucca wohnen. Das hätte allen das Leben erleichtert, aber der Pubblico Ministero war kein Mann, der es anderen leicht machte, am allerwenigsten Polizisten, die nach seiner Pfeife tanzten. Es gefiel dem Staatsanwalt in den Hügeln der Toskana. Also wohnte er auch dort. Wenn jemand, mit dem er über eine Ermittlung reden wollte, an einem Aprilabend eine einstündige Fahrt auf sich nehmen musste, um sich mit ihm zu treffen, dann ließ sich daran nichts ändern.

Wenigstens wohnte er nicht in der Altstadt von Barga, denn das hätte bedeutet, dass man, um zu ihm zu gelangen, endlose Treppen steigen und sich in einem Labyrinth aus winzigen Gassen hätte zurechtfinden müssen, die zum Duomo hinaufführten. Zum Glück lag Fanuccis Haus an der Straße nach Gallicano. Es war eine gefährliche Straße, die sich in Haarnadelkurven von einem Dorf im Tal emporwand, aber immerhin kam man mit dem Auto dahin.

Salvatore wusste, dass der Mann allein sein würde, wenn er eintraf. Seine Frau würde unterwegs zu einem ihrer gemeinsamen sechs Kinder sein, ihre Strategie, die Ehe mit Fanucci zu ertragen, seit ihre Kinder geheiratet und das Elternhaus verlassen hatten. Auch Fanuccis Geliebte würde nicht da sein – eine leidgeprüfte Frau aus Gallicano, die bei den Fanuccis putzte und kochte und auf ein Wort – *resta* – des Hausherrn hin des-

123

sen Schlafzimmer aufsuchte, nachdem sie ihr einsames Mahl in der Küche beendet und die Reste seines einsamen Mahls abgeräumt hatte. Nein, Fanucci würde sich mit seinen geliebten Cymbidien befassen, denen er sich mit einer zärtlichen Fürsorglichkeit widmete, die er seiner Familie vorenthielt. Und Salvatore würde jede einzelne dieser Orchideen bewundern müssen, die gerade blühte. Ehe er das nicht ausgiebig und zur vollen Zufriedenheit getan hatte, würde der Staatsanwalt ihm nicht enthüllen, aus welchem Grund er ihn nach Barga bestellt hatte.

Salvatore parkte vor dem schmiedeeisernen Zaun, der die tadellos gepflegte Gartenanlage umgab, in deren Mitte sich Fanuccis terracottafarbene Villa befand. Das Tor war wie immer verschlossen, aber Salvatore kannte die Zahlenkombination, mit der es sich öffnen ließ.

Er folgte einem Weg, der zur nach hinten gelegenen Terrasse führte, von wo aus man einen fantastischen Blick ins Tal und auf die gegenüberliegenden Hügel hatte. In den Dörfern, die sich an die Hügel schmiegten, gingen gerade die Lichter an. In einer Stunde würden sie wie Pailletten auf einem schwarzen Umhang glitzern.

Am anderen Ende der Terrasse war das Dach des Gewächshauses zu sehen, das auf dem tiefer gelegenen Rasen stand. Salvatore stieg eine Treppe hinunter und folgte einem Kiesweg zu einer Laube aus Weinranken, die eine Sitzgruppe überdachte. Auf dem Tisch standen eine Flasche Grappa, zwei Gläser und ein Teller mit Fanuccis Lieblingsbiscotti. Aber er erwartete Salvatore natürlich im Orchideenhaus, um zunächst dessen Komplimente zu seinen Zuchterfolgen entgegenzunehmen. Salvatore holte tief Luft und trat ein.

Fanucci war gerade dabei, die Blätter von etwa einem Dutzend Pflanzen einzusprühen, die auf einem Regal an der Seite des Orchideenhauses aufgereiht standen. Seine Brille saß ihm auf der Nasenspitze, und zwischen seinen Lippen klemmte eine selbstgedrehte Zigarette. Über seinem Gürtel wölbte sich ein beachtlicher Bauch.

Fanucci blickte weder von seiner Tätigkeit auf, noch sagte er ein Wort des Grußes. Das gab Salvatore Gelegenheit, seinen Vorgesetzten ein paar Minuten lang zu beobachten und einzuschätzen, was ihn erwartete. Denn Fanucci, von den einen *il drago*, von anderen *il vulcano* genannt, war berüchtigt für seine Launenhaftigkeit.

Und er war der hässlichste Mann, den Salvatore je gesehen hatte, so dunkelhäutig wie die Bauern in der Basilicata, wo Salvatore aufgewachsen war, das Gesicht mit hässlichen Warzen bedeckt, an der rechten Hand einen sechsten Finger, mit dem er beim Reden herumwedelte, um am Gesicht seiner Gesprächspartner das Ausmaß ihres Abscheus ablesen zu können. Während Fanuccis von Entbehrungen geprägter Jugend war seine Erscheinung ein Fluch gewesen, aber mit der Zeit hatte er gelernt, seinen Nutzen aus ihr zu ziehen. Inzwischen hätte er die Mittel, um etwas an seinem Aussehen zu ändern, doch er tat es nicht, weil seine Hässlichkeit ihm nützlich war.

Salvatore sagte: »Prachtvoll wie immer, *magistrato*. Wie heißt diese hier?« Er zeigte auf eine pinkfarbene Blüte mit gelben Sprenkeln, die nach innen verliefen wie Sonnenstrahlen, die die Nacht vertrieben.

Fanucci warf einen kurzen Blick auf die Orchidee. Ein Stück Asche fiel auf sein weißes Hemd, das bereits mit Olivenöl und Tomatensoße bekleckert war – was Fanucci jedoch nicht weiter zu stören schien. »Ach, die, die bringt's überhaupt nicht. Eine Blüte pro Jahr. Die gehört auf den Müll. Du hast keine Ahnung von Pflanzen, *topo*. Manchmal denke ich, du lernst was dazu, aber du bist ein hoffnungsloser Fall.« Er stellte seine Sprühflasche ab, zog an seiner Zigarette und hustete. Es war ein tiefer, feuchter Husten, und sein Atem ging keuchend. Er würde sich noch eines Tages umbringen mit seiner Raucherei. Bei der Polizei gab es nicht wenige, die diesen Tag herbeisehnten. »Wie geht's der *mamma*?«, fragte Fanucci.

»Wie immer«, sagte Salvatore.

»Die Frau ist eine Heilige.«

»Zumindest möchte sie, dass ich das glaube.«

Salvatore ging an dem Regal entlang und brachte seine Bewunderung für die Orchideen zum Ausdruck. Die Luft im Orchideenhaus war erfüllt vom Geruch nach Blumenerde. Salvatore hätte die feuchte, krümelige Erde gern in den Händen gespürt. Diese Erde hatte etwas Ehrliches, das ihm gefiel. Sie war einfach, was sie war, und sie tat, wozu sie da war.

Fanucci beendete seine abendliche Orchideenpflege und ging nach draußen, gefolgt von Salvatore. Am Tisch füllte er zwei Gläser mit Grappa. Salvatore hätte lieber ein Wasser getrunken, aber er nahm den Grappa an, wie es von ihm erwartet wurde. Einen Biscotto lehnte er jedoch ab. Er tätschelte sich den Bauch und murmelte etwas von den Folgen der guten Küche seiner Mutter – obwohl er in Wirklichkeit peinlich genau auf sein Gewicht achtete.

Er wartete darauf, dass Fanucci ihn darüber aufklärte, warum er ihn an diesem Abend nach Barga zitiert hatte. Natürlich stand es ihm nicht zu, den Staatsanwalt zu bitten, zur Sache zu kommen und seine Zeit nicht mit Geplänkel zu vergeuden. Fanucci würde dieses Treffen ganz nach seinem persönlichen Gusto gestalten. Es hatte keinen Zweck, ihn zu drängen. Also erkundigte Salvatore sich höflich nach Fanuccis Frau, nach seinen Kindern und Enkelkindern. Sie plauderten über den viel zu nassen Frühling, der hinter ihnen lag, und über die Aussicht auf einen langen, heißen Sommer. Und sie überlegten, wie man beim bevorstehenden Bandwettbewerb auf der Piazza Grande in Lucca die Menschenmenge kontrollieren könnte.

Schließlich, als Salvatore schon fast die Hoffnung aufgegeben hatte, vor Mitternacht zurück nach Hause zu kommen, kam Fanucci darauf zu sprechen, warum er Salvatore zu sich gebeten hatte. Er nahm eine zusammengefaltete Zeitung von einem der Stühle, schlug sie so auf, dass die Schlagzeile auf der Titelseite zu sehen war, und sagte: »Und jetzt müssen wir hierüber reden, *topo*.«

Bestürzt nahm Salvatore zur Kenntnis, dass Fanucci eine Frühausgabe der am kommenden Tag erscheinenden *Prima Voce* in die Finger bekommen hatte, der führenden Tageszeitung der Provinz. *Seit drei Tagen verschwunden* lautete die Schlagzeile über einem Foto des verschwundenen Mädchens. Die Kleine war sehr hübsch, was der Geschichte zusätzliches Gewicht verlieh. Und was dafür sorgen würde, dass sie noch länger in den Schlagzeilen bleiben würde, war die Tatsache, dass das Kind irgendwie in Verbindung mit der Familie Mura stand.

Als Salvatore das las, begriff er, warum er nach Barga gerufen worden war. Bei seinem Bericht an Fanucci über das Verschwinden des Mädchens hatte er die Familie Mura nicht erwähnt, denn Fanucci hätte sich genauso wie die Zeitung sofort auf diese Information gestürzt und Salvatore das Leben schwer gemacht. Die Muras waren eine der ältesten Familien Luccas, ehemalige Seidenhändler, die, bereits zweihundert Jahre bevor Napoleon seine unglückselige Schwester als Regentin der Stadt einsetzte, einflussreich gewesen waren. Die Muras könnten also bei der Ermittlung für viel Ärger sorgen. Bisher hatten sie sich zurückgehalten, aber niemand, der klar im Kopf war, würde sich auf ihr Schweigen verlassen.

»Du hast nichts von den Muras erwähnt, *topo*«, sagte Fanucci. Sein Ton war milde, scheinbar auf freundliche Weise neugierig, doch Salvatore ließ sich nicht täuschen. »Wieso eigentlich nicht, mein Freund?«

»Ich habe nicht daran gedacht, *magistrato*«, antwortete Salvatore. »Das Mädchen ist keine Mura, ihre Mutter auch nicht. Die Mutter ist die Geliebte eines Mura, *certo*…«

»Und was schließt du daraus, *topo*? Dass er nicht möchte,

dass das Kind gefunden wird? Dass er jemanden für die Entführung der Kleinen bezahlt hat, damit er sich ungestört mit ihrer *mamma* amüsieren kann?«

»Ganz und gar nicht. Aber ich habe mich bisher in meinen Bemühungen auf diejenigen konzentriert, die das Kind entführt haben könnten. Mura steht nicht auf der Liste meiner Verdächtigen …«

»Und deine anderen Verdächtigen, was haben die dir erzählt, Salvatore? Gibt es außer der Sache mit der Familie Mura noch andere Dinge, die du vor mir geheim hältst?«

»Wie gesagt, ich habe es nicht geheim gehalten.«

»Und wenn die Muras mich anrufen und Antworten von mir verlangen? Wenn sie mich nach den Namen der Verdächtigen fragen und über den Stand der Ermittlungen informiert werden wollen, und ich noch nicht einmal weiß, dass zwischen ihnen und dem Mädchen eine Verbindung besteht … Was dann, *topo*?«

Darauf hatte Salvatore keine Antwort. Er war bestrebt gewesen, Fanucci so weit von diesem Fall fernzuhalten wie möglich. Der Mann war ein notorischer Wichtigtuer. Zu wissen, was man ihm mitteilen musste und was man ihm besser vorenthielt, war eine Kunst, die Salvatore immer noch nicht beherrschte. Er sagte: »*Mi dispiace*. Ich habe nicht nachgedacht. So etwas« – er zeigte auf die aufgeschlagene *Prima Voce* – »wird nicht wieder vorkommen.«

»Um das sicherzustellen, *topo* …« Fanucci tat so, als müsste er überlegen, welche disziplinarischen Maßnahmen er in dem Fall ergreifen würde, obwohl er sich, wie Salvatore sehr wohl wusste, längst für eine entschieden hatte. »… wirst du mir täglich Bericht erstatten.«

»Aber an manchen Tagen gibt es überhaupt nichts zu berichten«, protestierte Salvatore. »Und an anderen habe ich viel zu viel um die Ohren, um einen Bericht zu schreiben.«

»Das kriegst du schon hin, Salvatore. Denn ich möchte nicht

noch einmal aus der Zeitung erfahren, was ich wissen muss. *Capisci, topo?*«

Was hatte er für eine Wahl? Gar keine. »*Capisco, magistrato*«, sagte er.

»*Bene*. Und jetzt gehen wir den ganzen Fall gemeinsam durch. Erzähl mir alles, was du weißt. Jedes Detail.«

»Jetzt?«, fragte Salvatore, denn inzwischen war es wirklich sehr spät.

»Jetzt, mein Freund. Nachdem deine Frau dich verlassen hat, hast du doch alle Zeit der Welt, oder?«

19. April

VILLA RIVELLI
TOSKANA

Sie war eine Sünderin. Sie hatte Gott versprochen, sich ihm ganz zu schenken, wenn er ihr Gebet erhörte. Das hatte er getan, und jetzt war sie seit zehn Jahren hier, trug im Sommer handgewebte Baumwolle und im Winter raue Wolle. Zum Schutz gegen die Versuchung band sie sich die Brüste ab. Sie schnitt die Dornen von den Rosen, die sie pflegte, und stopfte sie sich in die Unterwäsche. Die Folge waren ständige Schmerzen, aber die waren nötig. Denn wer um etwas betete, das Sünde war, und Erhörung fand, musste bereit sein, die Folgen bis an sein Lebensende zu ertragen.

Sie führte ein einfaches Leben. Die Wohnung über der Scheune, in die sie die Ziegen zum Melken trieb, war klein und spärlich eingerichtet. Ein Schlafzimmer mit einer harten Pritsche, einer Holztruhe für ihre wenigen Habseligkeiten und einer Kniebank, über der ein Kreuz hing, eine Küche und ein winziges Bad. Aber sie brauchte nicht viel. Sie hatte ein paar Hühner und einen Gemüsegarten. Mehl, Brot, Kuhmilch, Käse und hin und wieder einen Fisch bekam sie im Austausch dafür, dass sie den Garten der Villa pflegte. Denn deren Bewohner verließen nie das Haus. Jahrein, jahraus blieben sie innerhalb der Mauern der Villa Rivelli.

Sie würde gern glauben, dass Gott ihr eines Tages Gnade erweisen würde. Aber im Lauf der Jahre hatte sie erkannt, dass die Wirklichkeit ganz anders aussah: Manchmal reichte irdisches Leiden nicht aus. Es würde nie ausreichen.

Er hatte zu ihr gesagt: »Wir können Gottes Willen nicht voraussehen, wenn wir beten, Domenica. *Capisci*?« Und sie hatte genickt. Wie hätte sie diesen simplen Glaubenssatz nicht verstehen sollen, wo sie doch in seinen Augen die Sünde sah, die sie begangen hatte? Nicht nur gegen Gott und gegen ihre Familie, sondern vor allem gegen ihn.

Sie hatte ihn nur berühren wollen, ihre Hand auf seine warme Wange legen und die Wölbung des Wangenknochens spüren wollen, die sein Gesicht so markant machte. Aber seine Lippen hatten sich zu einem angewiderten Grinsen verzogen, und sie hatte die Hand wieder sinken lassen und die Augen niedergeschlagen. Die Sünderin und der, gegen den gesündigt worden war. Das waren sie füreinander. Er würde ihr nie verzeihen. Sie konnte es ihm nicht verübeln.

Dann hatte er das Kind zu ihr gebracht. Das Mädchen war zwischen den mächtigen Toren der Villa Rivelli umhergehüpft, und in ihrem hübschen Gesicht hatte sich ihr Staunen über diesen großartigen Ort gespiegelt. Sie war so dunkel wie Domenica, mit Augen so schwarz wie *caffè*, Haut so braun wie *noci*, und ihr Haar war eine *cascata castana*: dunkle Locken, im Sonnenlicht mit Rot durchsetzt, die ihr bis zur Taille reichten und danach schrien, von sanften Händen – am besten Domenicas – gestreichelt, gebürstet und unter der Frühlingssonne gezähmt zu werden.

Als Erstes war das Mädchen zu dem großen Springbrunnen gelaufen, in dessen Fontänen sich Regenbögen bildeten. Der große runde Brunnen stand mitten auf dem Rasen, der sich vom schmiedeeisernen Tor bis zum Säulengang erstreckte, der zu der gewaltigen Eingangstür führte. Dann war sie in den Säulengang gelaufen, wo antike Skulpturen in ovalen Nischen die grausamen Götter des alten Roms darstellten. Sie rief ein Wort, das Domenica von ihrem Fenster aus nicht verstehen konnte. Dann drehte sie sich um sich selbst, dass ihre Locken nur so flogen, und rief etwas in die Richtung, aus der sie gekommen war.

Und da hatte Domenica ihn gesehen. Sie erkannte ihn an seinem Gang, der ihr vertraut war, seit sie zusammen aufgewachsen waren. Er stolziert, fanden ihre Freundinnen. Er ist eine wandelnde Gefahr, fanden ihre Tanten. Er ist unser Neffe, und wir nehmen ihn auf, weil sich das so gehört, sagte ihr Vater. So hatte es angefangen. Und als er durch das Tor der Villa Rivelli trat, den verschleierten Blick auf das Kind vor ihm geheftet, hatte Domenicas Herz angefangen, wie wild zu pochen, die Dornen in ihrer Wäsche hatten sich noch tiefer in ihre Haut gebohrt, und sie hatte nicht nur gewusst, was sie wollte – was sie *immer noch* wollte –, sondern auch, was geschehen musste. Neun Jahre Selbstkasteiung, und hatte Gott ihr endlich vergeben? War das ein Zeichen für sie?

»Das musst du für mich tun.« Die Worte waren zwar nicht aus dem Mund Gottes gekommen, aber wie sprach Gott denn zu den Menschen, wenn nicht durch den Mund seiner Diener?

Das Mädchen war ihm entgegengelaufen, hatte zu ihm hochgeschaut und etwas zu ihm gesagt, und von Weitem hatte Domenica gesehen, wie er dem Kind zärtlich übers Haar gestreichelt und genickt hatte. Dann hatte er der Kleinen eine Hand auf die Schulter gelegt und war mit ihr von der großen Villa fort den gewundenen Kiesweg entlanggegangen, der zu der alten Kamelienhecke führte, und weiter durch das Tor in der Hecke zu der alten Scheune. Als Domenica ihn mit dem Mädchen kommen sah, keimte Hoffnung in ihr auf.

Sie hatte die Schritte der beiden auf der Treppe gehört und war ihnen entgegengegangen. Die Tür stand offen, denn es war ein warmer Tag, und ein Vorhang aus bunten Plastikstreifen hielt die Fliegen draußen und den Duft nach frisch gebackenem Brot im Raum. Sie hatte den Vorhang geteilt, und da hatten sie vor ihr gestanden: der Mann und das Mädchen. Er hatte die Hände auf die Schultern der Kleinen gelegt, und sie hatte den Kopf gehoben und Domenica erwartungsvoll angeschaut.

»Warte hier«, hatte er zu der Kleinen gesagt, und sie hatte

genickt, zum Zeichen, dass sie verstanden hatte. »Ich komme gleich zurück«, hatte er hinzugefügt.

»Wann denn?«, hatte die Kleine gefragt. »Du hast doch gesagt…«

»Bald«, hatte er geantwortet. Dann hatte er auf Domenica gezeigt, die mit gesenktem Kopf und klopfendem Herzen dagestanden hatte. Als »Schwester Domenica Giustina«, hatte er sie vorgestellt, aber in einem Tonfall, der keinen Respekt erkennen ließ. »Du bleibst hier in der Obhut der Schwester, *sì? Capisci, carina?*« Wieder hatte die Kleine genickt.

Domenica wusste nicht, wie die Kleine hieß. Er hatte ihr den Namen nicht genannt, und sie wagte nicht, ihn danach zu fragen, denn noch war sie dieser Information nicht würdig. Also nannte sie sie *Carina*, Liebes, was die Kleine widerspruchslos hinnahm.

Jetzt befand sie sich mit dem Kind im Gemüsegarten, wo es im April noch nicht viel zu ernten gab. In der angenehmen Frühlingswärme jäteten sie Unkraut und summten dabei vor sich hin. Ab und zu hoben sie den Kopf und lächelten einander an.

Es war noch nicht einmal eine Woche vergangen, seit Carina zu ihr gekommen war, aber Domenica schien es, als wäre sie schon immer bei ihr gewesen. Sie redete nicht viel. Domenica hörte sie oft mit den Ziegen plaudern, doch ihr gegenüber beschränkte Carina sich auf einzelne Worte und knappe Sätze. Häufig verstand Domenica sie überhaupt nicht. Häufig verstand Carina Domenica auch nicht. Und dennoch – sie arbeiteten einträchtig, sie aßen einträchtig, und wenn der Tag zu Ende ging, schliefen sie einträchtig.

Nur beim Beten wichen sie voneinander ab. Carina kniete sich nicht vor das Kreuz. Sie benutzte auch nicht ihren Rosenkranz aus Kirschkernen. Als sie ihn sich zunächst auf blasphemische Weise um den Hals hängte, hatte Domenica ihn hastig entfernt und ihr wieder in die Hand gedrückt, das kleine Kruzifix obenauf, damit sie es sah und seine Bedeutung verstand. Trotzdem benutzte Carina den Rosenkranz weder zum Beten, noch sprach sie Domenicas Worte nach, wenn sie morgens, mittags und abends vor dem großen Kruzifix knieten, und da hatte Domenica begriffen, dass dem Mädchen das Wichtigste fehlte, was für das ewige Leben vonnöten war – ein Zeichen von Gott.

Domenica, die zwischen den keimenden Paprika- und Bohnenpflanzen Unkraut gejätet hatte, stand auf und stützte die Hände in den Rücken. Die Dornen in ihrer Wäsche bohrten sich ihr in die Haut. Jetzt war es doch sicher an der Zeit, sie zu entfernen, dachte Domenica, jetzt, wo Carinas Anwesenheit ihr zeigte, dass Gott ihr endlich vergeben hatte. Doch nein, sagte sie sich. Noch nicht. Es wartete noch Arbeit auf sie.

Carina stand ebenfalls auf. Sie betrachtete den wolkenlosen Himmel, der mild und warm war. Hinter ihr hing Wäsche an der Leine: Kleinmädchenkleider. Sie hatte außer dem, was sie auf dem Leib getragen hatte, nichts mitgebracht, und so trug sie jetzt weißes Leinen wie ein Engel, und in dem weiten Kleid wirkte sie wie ein Gespenst mit Beinen so dünn wie die eines Fohlens und Armen so dünn wie die Zweige von Schösslingen. Domenica hatte ihr zwei solche Kleider genäht. Wenn der Winter kam, würde sie ihr noch mehr nähen.

Sie winkte Carina zu. *Vieni*, sagte sie. Komm mit. Domenica führte Carina zu dem Tor in der Hecke, durch das man in den Garten direkt hinter der Villa gelangte. Die Kleine liebte diesen Garten, und unter Domenicas wachsamem Blick durfte sie jeden Tag dort zwei Stunden lang spielen. Sie liebte den Teich mit den hungrigen Goldfischen, die zu füttern Domenica ihr erlaubt hatte. Einmal hatte sie die Kleine mit in den Blumengarten genommen und ihr die *grotta dei venti* gezeigt, und die kühle Luft in der aus Muscheln und Mörtel errichteten Grotte hatte sich angefühlt wie der Atem der von Flechten übersäten Statuen, die entlang der Wände auf Sockeln standen.

Diesmal nahm sie Carina mit an einen anderen Ort. An einer

Seite der Villa führte eine Treppe zu einer großen, grünen Tür hinunter, und hinter dieser Tür befanden sich die riesigen, geheimnisvollen Kellergewölbe der Villa, die seit hundert Jahren nicht mehr benutzt wurden. Die Gewölbe hatten einmal als Weinkeller gedient. Zahlreiche alte, über und über mit Spinnweben bedeckte Fässer und Holzkisten zeugten von jener Zeit. Terracotta-Amphoren, die früher zur Aufbewahrung von Olivenöl gedient hatten, waren schwarz vom Schimmel, die Gewinde der Ölpressen waren eingerostet, und ein dicker Schmierfilm lag auf den Metallschienen und auf dem Ausgussstein, über den einst das köstliche *oro di Lucca* im Überfluss geronnen war.

In den Kellergewölben gab es viel zu entdecken: Leitern, die an riesigen alten Fässern lehnten, große Siebe, die auf einem Haufen lagen, ein offener Kamin, in dem immer noch Aschenreste von vor langer Zeit entfachten Feuern lagen. Die Gerüche waren intensiv. Die Geräusche waren gedämpft: Nur Vogelzwitschern und das Meckern einer Ziege drangen von außen herein, irgendwo tropfte Wasser, und über ihnen war ganz schwach Gesang zu hören, als würden die Engel im Himmel singen.

»Horch, *Carina*«, flüsterte Domenica, einen Finger an die Lippen gepresst.

Das Mädchen lauschte. Als sie das Singen hörte, fragte sie: »*Angeli*? Sind wir im Himmel?«

Domenica musste sich ein Lächeln verkneifen bei der Vorstellung, dass jemand diesen Ort für den Himmel halten konnte. Sie sagte: »Nein, keine Engel, Carina. *Ma quasi, quasi.*«

»Also Geister?«

Jetzt lächelte Domenica. Hier gab es keine Geister. Doch sie sagte: »Vielleicht, meine Kleine. Dieser Keller ist uralt. Vielleicht gibt es hier Geister.«

Sie hatte noch nie einen gesehen. Sollten in der Villa Rivelli tatsächlich Geister ihr Unwesen treiben, Domenica peinigten sie nicht. Sie wurde nur von ihrem Gewissen gepeinigt.

Sie ließ Carina Zeit, sich umzusehen, bis sie davon überzeugt war, dass ihr an diesem Ort keine Gefahr drohte. Dann bedeutete sie ihr, ihr zu folgen. In diesen dunklen, feuchten Gewölben gab es noch viele Dinge zu entdecken, und ihre Verheißung war Domenicas Erlösung.

Hoch oben in den Wänden befanden sich kleine Fenster. Zwar waren sie verdreckt und von außen fast völlig zugewuchert, aber es drang gerade genug Licht herein, um von einem Gewölbe zum nächsten zu finden.

Auf dem Weg in die Tiefe des Kellers hallten ihre Schritte von den kühlen Wänden wider. Es war ein ganz besonderes Gewölbe, in das Domenica Carina führte. Auch hier standen alte Fässer, aber auf dem Boden waren im Schachbrettmuster schwarze und weiße Fliesen verlegt, und in der Mitte war ein marmornes Becken in den Boden eingelassen. Von dort kam das tropfende Geräusch, das sie gehört hatten. Wasser sprudelte aus einer unterirdischen Quelle in das Becken, stieg an, bis es überlief, um durch ein Loch im Boden abzufließen.

Drei marmorne Stufen führten in das Becken hinunter. An den Wänden des Beckens hatte sich grüner Schimmel gebildet. Der Boden war schwarz. Der Mörtel, der die Marmorfliesen zusammenhielt, war modrig schwarz, und es lag ein stechender Geruch in der Luft.

Es war das Becken, auf das es ihr ankam. Sie war noch nie hineingestiegen. Wegen des Schimmels und was sonst noch alles im Wasser herumkrauchen mochte, hatte sie sich nicht hineingetraut. Aber jetzt wusste sie, was sie zu tun hatte. Das Wort des allmächtigen Gottes hatte es ihr verkündet.

Sie zeigte auf das Becken. Zog sich die Sandalen aus. Bedeutete Carina, es ihr nachzutun. Dann hob sie ihr Gewand über den Kopf und legte es vorsichtig auf den Boden. Genauso vorsichtig stieg sie die glitschigen Stufen hinunter ins Wasser. Sie drehte sich zu Carina um und bedeutete ihr, ihr zu folgen.

Aber Carina schaute sie nur mit großen Augen an. Und rührte sich nicht vom Fleck.

»Hab keine Angst«, sagte Domenica. An diesem Ort gab es nichts, wovor man sich fürchten musste.

Plötzlich drehte Carina sich um. Domenica dachte, das Mädchen schämte sich, das Leinenkleid abzulegen, und hielt sich die Augen zu. Doch statt des leisen Geräuschs von Stoff, der auf den Boden fiel, hörte sie Schritte, die sich schnell entfernten.

Domenica nahm die Hände von den Augen. Schleim klebte an ihren Beinen, als sie aus dem Becken stieg. Sie senkte den Blick, um zu sehen, wo sie hintrat. Und da sah sie, was das Mädchen gesehen hatte.

Ihre abgebundenen Brüste bluteten. Aus den Bandagen, mit denen sie ihren Körper umwickelte, sickerte Blut und lief ihr an den Beinen herunter. Was für einen Anblick hatte sie dem Kind geboten, das nichts von ihrer Sünde wusste! Sie würde es Carina irgendwie erklären müssen.

Denn das Wichtigste war, dass das Mädchen keine Angst hatte.

HOLBORN
LONDON

Barbara Havers hatte einen Zeitungsmann als Informanten, und sie achtete darauf, die Beziehung, die nach dem Motto *Eine Hand wäscht die andere* funktionierte, gut zu pflegen. Mal versorgte er sie mit Informationen, mal sie ihn. Diese Art des gegenseitigen Schnüffeldienstes, wie sie es insgeheim nannte, war in ihrem Beruf eher selten. Aber ein Journalist konnte in manchen Situationen nützlich sein, und nach ihrem Gespräch mit Superintendent Isabelle Ardery fand Barbara, dass sie sich in ebenso einer Situation befand.

Als sie sich das letzte Mal mit ihrem Informanten getroffen hatte, war sie das teuer zu stehen gekommen. Sie hatte ihm naiverweise vorgeschlagen, sich in einem Restaurant zum Lunch zu treffen, und er hatte die Einladung nur zu gern angenommen. Am Ende hatte sie im Austausch für einen einzigen Namen die Essensrechnung für ihren Informanten bezahlen müssen – Roastbeef, Yorkshirepudding samt Dessert und Getränken.

Dieser Fehler würde ihr kein zweites Mal unterlaufen, denn schließlich konnte sie »Aufwendungen für Informantengespräche« schlecht als Spesen abrechnen. Und so verabredete sie sich mit dem Mann am Watts Memorial, was ihm gut zupasskam, da er gerade über einen Prozess im Old Bailey berichtete.

Es hatte angefangen zu regnen, als sie den Yard verließ. Während sie durch den Postman's Park lief, begann es regelrecht zu schütten. Sie fand Schutz unter dem mit grünen Schindeln gedeckten Dach, das das Watts Memorial vor dem Londoner Wetter schützte. Unter einer Gedenktafel zu Ehren eines gewissen William Drake, der 1869 sein Leben geopfert hatte, als er einer jungen Dame zu Hilfe geeilt war, deren Kutschpferde durchgegangen waren, zündete sie sich eine Zigarette an. Tja, dachte Barbara, solche Männer wurden heutzutage nicht mehr gemacht.

Und auch nicht solche wie Mitchell Corsico. Als er aus Richtung des Gerichtsgebäudes auf sie zukam, war er wie immer komplett wie ein amerikanischer Cowboy angezogen. Barbara fragte sich nicht zum ersten Mal, wie er mit dieser Verkleidung durchkam. Offenbar war bei der *Source* der Kleidungsstil eines Mitarbeiters nicht annähernd so wichtig wie sein Geschick im Sammeln von Informationen für das skurrile Boulevardblatt.

Barbara hatte Informationen im Überfluss, und sie hatte vor, diese an Corsico weiterzugeben. Auf die eine oder andere Weise musste unter Superintendent Arderys Pilates-getrimmtem Hintern ein Feuer entfacht werden, und Barbara hatte schon eine

Idee, auf welche Weise das klappen könnte. Sie hatte ein paar Fotos mitgebracht, die sie am Morgen aus Azhars Wohnung entwendet hatte. Eins von ihm, eins von Hadiyyah und eins von Angelina Upman. Das beste war ein altes, auf dem sie alle drei zusammen als glückliche Familie zu sehen waren.

Corsico hatte sie entdeckt. Mit seinen spitzen Stiefeln stapfte er durch Pfützen, und als er unter dem Dach ankam, nahm er seinen Stetson vom Kopf und schüttelte das Wasser davon ab. Das meiste davon landete auf Barbaras Beinen. Gut, dass sie eine Hose anhatte, dachte sie. Sie wischte das Wasser ab und warf ihm einen bösen Blick zu. Er sagte *sorry* und ließ sich neben sie auf die Bank fallen.

»Und?«, sagte er.

»Eine Entführung.«

»Und diese große Neuigkeit soll mich vom Hocker reißen, weil…?«

»Es in Italien passiert ist.«

»Und wegen einer Entführung in Italien sollte ich meinen Laptop anwerfen, weil…?«

»Das Entführungsopfer eine Britin ist.«

Corsico hob die Brauen. »Okay. Könnte interessant sein.«

»Sie ist neun Jahre alt.«

»Klingt schon besser.«

»Sie ist klug, nett und hübsch.«

»Sind sie das nicht immer?«

»Nicht wie dieses Kind.« Barbara zückte das Foto von Hadiyyah. Corsico war nicht dumm. Er sah sofort, dass Hadiyyah ein gemischtrassiges Kind war, und er hob eine Braue, um Barbara zu bedeuten, sie solle seine grauen Zellen noch ein bisschen kitzeln. Sie reichte ihm nacheinander die Fotos von Angelina Upman, von Azhar und von den beiden mit einem Kinderwagen, in dem die zweijährige Hadiyyah saß. Zum Glück sahen alle Beteiligten ziemlich gut aus.

Als langjährige Leserin der *Source* wusste Barbara, dass die

Zeitung niemals ein Foto von einer Person – entführt, tot oder weiß der Himmel was – auf der Titelseite bringen würde, wenn sie nicht attraktiv war. Schwerkriminelle mit einem Gesicht, das aussah, als wären sie von einem Lastwagen überfahren worden, konnten es auf die Titelseite schaffen, wenn sie wegen eines Verbrechens verhaftet wurden, das der Zeitung interessant schien. Aber ein hässliches Kind, das entführt worden war? Eine hässliche Frau, die ermordet worden war? Ein gramgebeugter Vater oder Ehemann mit einem Gesicht wie eine Erdkröte? Undenkbar.

»Die Kleine könnte inzwischen tot sein«, sagte Barbara und zuckte zusammen, als sie die Worte aussprach. Corsico durfte jedoch auf keinen Fall merken, dass sie ein persönliches Interesse an dem Fall hatte. Wenn er das spitzkriegte, würde er nicht kooperieren, das war ihr klar. Er würde sofort durchschauen, dass sie ihn benutzte, und dann würde er auf die Story pfeifen. »Sie könnte inzwischen in einem Puff in Bangkok gelandet sein«, fuhr Barbara fort. »Oder in einem Keller in einem belgischen Landhaus. Sie könnte in den USA sein. Weiß der Teufel, wo sie ist, denn wir wissen es nicht.«

Das *wir* ließ ihn wie erwartet hellhörig werden. Denn *wir* bedeutete, dass da noch mehr im Busch war. Es bedeutete die vage Chance, dass die *Source* eine Attacke gegen Scotland Yard führen könnte, und sie wussten beide, dass eine Attacke gegen Scotland Yard fast so gut war wie eine schlüpfrige Geschichte über ein Parlamentsmitglied oder ein Handyschnappschuss von einem nackten, betrunkenen Prinzen, der sich die Hand vor die Kronjuwelen hielt.

Aber Mitchell Corsico war immer noch vorsichtig. Vorsicht in solchen Augenblicken hatte ihn da hingebracht, wo er heute war, mit zwei, drei Schlagzeilen auf Seite eins und Angeboten von sämtlichen Boulevardblättern Englands, die bereit waren, ihm ein sechsstelliges Jahresgehalt zu zahlen, wenn er für sie Dreck ausgrub. Also fragte er betont lässig: »Wieso hat dann keine andere Zeitung die Story?«

»Weil keiner von denen die ganze Geschichte kennt, Mitch.«

»Schmutzig?« Womit er meinte: Ist sie denn auch schmutzig genug?

»Ich glaube, sie ist genau das Richtige für Sie«, sagte Barbara.

21. April

VICTORIA
LONDON

Als Barbara ein paar Münzen in einen Getränkeautomaten warf, erfuhr sie von Dorothea Harriman, dass Detective Superintendent Ardery in den Tower Block gerufen worden war. Eigentlich sagte sie *kommandiert* worden. Wahrscheinlich hatte der Assistant Commissioner persönlich Ardery in den Tower Block zitiert, dachte Barbara. Das hatte vermutlich für Ardery nichts Gutes zu bedeuten, aber das hieß noch lange nicht, dass Barbara deswegen gleich die Tränen kamen. Solange sie dazu verdammt blieb, für DI Stewart die Tippse abzugeben, bis ihre Chefin geruhte, ihr eine andere Aufgabe zuzuteilen, gönnte sie Ardery jede Unbill.

Es kam Barbara gar nicht in den Sinn, dass die Sache etwas mit ihr und ihren Machenschaften an der Mitchell-Corsico-Front zu tun haben könnte. Seit dem Treffen im Postman's Park rief sie Corsico fast stündlich an, und jedes Mal bekam sie von ihm nur zu hören, er arbeite dran.

Sie hätte in die Tischkante beißen können vor Ungeduld. Es musste *unbedingt* etwas passieren. Von Azhar hörte sie, seit er mit Angelina nach Italien abgereist war, auch immer nur dasselbe: »Nichts.« Und wenn sie seine Stimme hörte, schnürte es ihr die Kehle zu, so dass sie kein einziges tröstliches Wort herausbrachte.

Dass etwas passieren würde, war nicht zu überhören, als Ardery von ihrer Unterredung mit Sir Hillier zurückkehrte.

»Sergeant Havers, in mein Zimmer! Sofort!«, bellte sie und fügte nur wenig milder hinzu: »Und Sie auch, Inspector Lynley.« Von den Kollegen im Raum war unwirsches Gemurmel zu hören. Der Einzige, der grinste, war DI Stewart. Jede Gardinenpredigt, die Barbara über sich ergehen lassen musste, erfüllte ihn mit Schadenfreude.

Barbara sah Lynley fragend an. Er hob die Schultern und schüttelte den Kopf. Er ging voraus zu Arderys Zimmer und hielt Barbara die Tür auf.

Als sie eintraten, knallte Ardery etwas auf ihren Schreibtisch. Es war eine Zeitung. Es war die *Source*. Der Tag der Abrechnung mit Scotland Yard war gekommen – nicht schlecht, dachte Barbara, dass Mitch das innerhalb von achtundvierzig Stunden geschafft hatte. Endlich würde etwas in dem Fall des in Italien entführten britischen Mädchens unternommen.

Soweit Barbara das erkennen konnte, hatte Mitch gute Arbeit geleistet. *Britisches Schulkind gekidnappt!* Lautete die zehn Zentimeter große Schlagzeile, darunter der Name Mitchell Corsico und ein Foto der ausgesprochen hübschen Hadiyyah, das die halbe Seite einnahm. Weiter unten war ein kleineres Foto eingefügt, eine Luftaufnahme einer von einer alten Stadtmauer umgebenen kleinen Stadt – enge Gassen, Markisen, Menschengewimmel... Wahrscheinlich hatte Mitch so lange gebraucht, weil es gar nicht so einfach gewesen war, ein ordentliches Foto von dem Ort aufzutreiben, an dem Hadiyyah verschwunden war. Barbara beugte sich ein bisschen vor, um zu sehen, ob der Artikel auf einer weiteren Seite fortgesetzt wurde, und wenn ja, auf welcher. Seite drei! Sie hätte laut juhu schreien können. Das ließ keinen Zweifel daran, dass die Geschichte Hand und Fuß hatte. Und von jetzt an würde man bei Scotland Yard nicht eher ruhen, bis Hadiyyah Khalidah aus den Fängen ihrer Entführer befreit war. Das musste Hillier in dem Augenblick klar geworden sein, als die Zeitung frisch aus der Druckpresse auf seinem Tisch gelandet war. Und darüber wollte Isabelle Ardery natürlich jetzt mit Detective Sergeant – »wenn's nach mir ginge, Verkehrspolizistin« – Barbara Havers reden.

Ardery nahm die Zeitung auf und warf sie Havers hin. Sie forderte sie auf, laut vorzulesen, was sie »offensichtlich gedruckt« habe sehen wollen.

Barbara sagte: »Chefin, ich …«

»Das ist eindeutig Ihre Handschrift, Sergeant«, sagte Ardery. »Für wie blöd halten Sie mich eigentlich?«

»Chefin«, sagte Lynley in einem versöhnlichen Ton.

»Ich möchte, dass Sie das auch hören«, fuhr sie ihn an. »Ich möchte, dass Sie voll und ganz im Bilde sind, was diese Sache angeht, Thomas.«

Barbara spürte erste Anzeichen von Unbehagen. Es war wie die Vorahnung von etwas, das sie lieber nicht näher an sich heranlassen wollte. Sie befolgte Arderys Aufforderung und las den Artikel laut vor. Wenn sie an eine wichtige Stelle kam – und davon gab es zahlreiche –, ließ Ardery sie diese wiederholen.

Und so erfuhren sie, dass kein britischer Polizist an der Suche nach einem vermissten englischen Kind beteiligt war, das offenbar von einem Markt in Lucca, Italien, entführt worden war; dass kein britischer Polizist in die Toskana entsandt worden war, um die dortige Polizei zu unterstützen; dass kein britischer Polizist abgestellt worden war, um die Angehörigen des Entführungsopfers in England oder in Italien über den Stand der Ermittlungen auf dem Laufenden zu halten. Der Artikel ließ keinen Zweifel daran, dass es durchaus Gründe für diese missliche Lage gab: Da das entführte Kind gemischtrassisch war, sei nicht damit zu rechnen, dass man großen Aufwand betreiben werde, um das Verbrechen aufzuklären, und zwar in beiden Ländern, wo man Ausländern – vor allem solchen mit Wurzeln im Nahen Osten – von Tag zu Tag mehr mit Misstrauen und Ablehnung begegne. Moscheen seien Ziel von Sachbeschädigungen, Frauen im Tschador oder mit Kopftuch würden belästigt, junge dunkelhäutige Männer würden von der Polizei ange-

144

halten und nach Waffen und Bomben durchsucht… Wo sollte das noch enden?, fragte die Zeitung scheinheilig.

Corsico hatte alles ausgegraben, was die Geschichte aufpeppen konnte und für jede Menge anonyme Anrufe sorgen würde, von denen alle Boulevardblätter in London lebten: dass der Vater Professor für Mikrobiologie am University College war, dass die Eltern der Mutter im vornehmen Villenviertel Dulwich wohnten; dass die Tante mütterlicherseits eine bekannte Möbeldesignerin war, dass die Mutter im Spätherbst mit dem nunmehr entführten Kind mit unbekanntem Ziel verschwunden war, wahrscheinlich in die Toskana; dass keine der beteiligten Parteien bereit war, auch nur den geringsten Kommentar zu der ganzen Angelegenheit abzugeben. Was natürlich jeden, der irgendeine Insiderinformation über eine der im Artikel genannten Personen besaß, dazu verleiten würde, unverzüglich die *Source* anzurufen und rufschädigende Details breitzutreten. Über kurz oder lang würden sich Leute bei der Zeitung melden. All das war absehbar und unvermeidlich.

Offenbar hatte Assistant Commissioner Hillier Isabelle Ardery auf seinen Wilton-Teppich zitiert, um ihr eine ausgewachsene Standpauke zu halten, und sie war entschlossen, das Vergnügen an Barbara weiterzugeben. Und der AC hatte im Vorfeld seine Hausaufgaben gemacht, so dass er, als Ardery erschien, längst wusste, dass die Geschichte von vorne bis hinten der Wahrheit entsprach, einschließlich der Ausschmückungen. Die britische Polizei hatte keine Ahnung von dem Fall, nicht einmal die in Nord-London, wo der Vater des entführten Mädchens wohnte. Ob die Polizei in Camden sich bei ihr, Ardery, wegen der Sache gemeldet hätte? Nein, natürlich nicht. Dann solle sie sich gefälligst an die Arbeit machen! Denn die Pressestelle müsse der Öffentlichkeit am nächsten Morgen *irgend*etwas mitteilen, und sei es nur, dass ein Ermittler auf den Fall angesetzt war.

Isabelle Ardery konnte nicht beweisen, dass Barbara hinter

der Sache steckte, das wusste Barbara. Alle in der Abteilung verachteten Mitchell Corsico, seit er einmal bei einer Ermittlung gegen einen Serienmörder als eingebetteter Journalist mit ihnen zusammengearbeitet hatte. Niemand würde ihn auch nur mit der Kneifzange anfassen, ein Umstand, der den Mann für Barbara besonders nützlich machte.

Vorsichtig legte sie die Zeitung auf Arderys Schreibtisch. Ebenso vorsichtig sagte sie: »Irgendwann musste das ja mal rauskommen, Chefin.«

»Ach, so sehen Sie das also?« Ardery stand vor dem Fenster, die Arme verschränkt. Barbara fiel auf, wie groß sie war – mit Schuhen über eins achtzig –, und wie sie ihre Größe ausnutzte, um andere einzuschüchtern. Sie hielt sich kerzengerade, und da sie einen kurzen, engen Rock und eine hauchdünne Seidenbluse trug, konnte Barbara genau sehen, in welcher körperlichen Verfassung sie war. Auch die sollte einschüchternd wirken, aber Barbara war dagegen immun. Schließlich hatte ihre Chefin einen fatalen Schwachpunkt. Und der stand gerade neben Barbara.

Sie warf Lynley einen kurzen Blick zu. Er wirkte ernst. »Es ist eine unerfreuliche Situation, egal, wie man es dreht und wendet, Chefin«, meinte er.

»Die Situation ist ›unerfreulich‹, weil Sergeant Havers dafür gesorgt hat.«

»Wie können Sie…«

Ardery schnitt Barbara das Wort ab. »Lynley, Sie übernehmen den Fall. Sie fliegen morgen nach Italien. Sie können jetzt gehen, um Ihre Reisevorbereitungen zu treffen.« Als sie das sagte, schaute sie nicht Barbara an.

»Aber ich kenne die Familie! Und der Inspector leitet doch bereits eine andere Ermittlung! Sie können ihn nicht…«

»Wollen Sie etwa meine Entscheidung in Frage stellen?«, fauchte Ardery. »Glauben Sie im Ernst, dass *das*…« Sie zeigte auf die Zeitung. »…mich dazu veranlassen könnte, meine Er-

laubnis zu geben und meinen Segen dazu, dass Sie sich einen
mit Steuergeldern finanzierten Italienurlaub leisten können?
Glauben Sie im Ernst, ich wäre so leicht zu manipulieren, Sergeant?«

»Das sage ich ja gar nicht… Ich sage nur…«

»Barbara«, unterbrach Lynley sie ruhig. Es war als Warnung
und zugleich als Trost gemeint, was Ardery offenbar mitbekommen hatte, denn sie sagte: »Wagen Sie es nicht, in dieser
Angelegenheit für sie Partei zu ergreifen, Thomas. Sie wissen
genauso gut wie ich, dass wir ihr diesen Schlamassel zu verdanken haben, und sie ist nur deswegen nicht auf dem Weg auf die
Isle of Dogs, um dort den Verkehr zu regeln, weil ich nicht beweisen kann, dass sie mit diesem… diesem Corsico unter einer
Decke steckt.«

»Ich ergreife für niemanden Partei«, erwiderte Lynley gelassen.

»Und ersparen Sie mir diesen Ton«, schäumte Ardery. »Sie
sind auf Besänftigung aus, aber ich lasse mich nicht besänftigen.
Ich will, dass Sie diesen Fall in Italien übernehmen, abschließen und hierher zurückkommen, ehe jemand Sie vermisst. Ist
das klar?«

Barbara sah einen Muskel an Lynleys Kinn zucken. Das hatte
nichts mehr mit dem Bettgeflüster zu tun, das die beiden einmal gepflegt hatten. Er sagte: »Sie wissen, dass ich gerade die
Ermittlung…«

»Die Leitung dieser Ermittlung habe ich John Stewart übertragen.«

»Aber der bearbeitet doch gerade einen anderen Fall«, protestierte Barbara.

»Mit Ihrer fähigen Unterstützung, nicht wahr, Sergeant?«,
sagte Ardery. »Sie werden also von jetzt an alle Hände voll zu
tun haben. Jetzt machen Sie, dass Sie rauskommen, und lassen Sie sich von Stewart Ihre nächste Aufgabe zuteilen, denn
er hat genug zu tun, um Sie Tag und Nacht auf Trab und aus

Schwierigkeiten herauszuhalten. Wofür Sie Gott auf Knien danken sollten. Jetzt gehen Sie. Und ich warne Sie – ich möchte nicht erleben, dass Sie sich mit irgendetwas anderem beschäftigen als mit dem, was DI Stewart Ihnen zuteilt.«

Barbara war im Begriff, etwas zu entgegnen, doch Lynley warf ihr einen durchdringenden Blick zu. Seine Augen funkelten vor Zorn, denn ob es ihm gefiel oder nicht, die Entscheidung war gefallen. Wegen ihrer Tricksereien würde er nach Italien fliegen. Wegen ihrer Tricksereien würde sie bleiben, wo sie war.

BELGRAVIA
LONDON

Erst als er zu Hause war, rief Lynley Daidre Trahair an. Er erreichte sie im Zoo, wo sie gerade mit ein paar Assistenten die Probleme besprach, die auftreten könnten, wenn sie einem alten Löwen eine Vollnarkose verabreichten, um ihm drei Zähne zu ziehen.

»Er ist achtzehn Jahre alt«, erklärte sie Lynley. »In Löwenjahren … Man muss den Zustand von Herz und Lunge berücksichtigen. Aber ein so großes Tier zu anästhesieren ist immer problematisch.«

»Wahrscheinlich kann man ihn nicht einfach auffordern, *Ah* zu sagen und ihm eine Lokalbetäubung spritzen«, sagte Lynley.

»Schön wär's«, antwortete sie. »Leider ist die Operation für Mittwoch eingeplant, Thomas. Das heißt, ich werde wohl diesen Monat nicht nach London kommen.«

Lynley war nicht erfreut über diese Nachricht, denn das alle zwei Monate stattfindende Roller Derby war ein Ereignis, dem er in letzter Zeit mit großer Vorfreude entgegensah. »Tja, was London angeht …«, meinte er und erzählte ihr, dass er nach

148

Italien beordert worden war. »Ich fliege morgen früh. Sie können sich also ungestraft der Löwenzahnbehandlung widmen.«

»Ah.« Schweigen. Im Hintergrund rief ein Mann: »Fährst du mit, Dai, oder kommst du nach?«

»Wartet auf mich«, rief sie, »ich bin gleich da!« Zu Lynley sagte sie: »Dann werden Sie also eine ganze Weile außer Landes sein?«

»Ehrlich gesagt habe ich keine Ahnung, wie lange.« Er wartete auf ein enttäuschtes »Ach so, verstehe«, woran er eine vage Hoffnung knüpfen könnte, doch sie antwortete: »Um was für eine Ermittlung handelt es sich denn?«

»Entführung«, sagte er. »Ein neunjähriges britisches Mädchen.«

»Wie schrecklich.«

»Barbara kennt die Familie.«

»Ach Gott. Kein Wunder, dass sie das selbst übernehmen wollte.«

Lynley hatte keine Lust, sich Rechtfertigungen für Barbara Havers' Verhalten anzuhören, vor allem, weil er die Suppe auslöffeln musste, die sie eingebrockt hatte. Er sagte: »Vielleicht. Aber ich reiße mich wirklich nicht darum, zwischen den Eltern und der italienischen Polizei zu vermitteln.«

»Wird das Ihre Aufgabe sein?«

»Wahrscheinlich.«

»Sollte ich Ihnen viel Glück wünschen? Oder was sagt man bei Ihnen?«

»Nicht so wichtig«, sagte er. Viel lieber hätte er geantwortet: »Sie könnten mir sagen, dass ich Ihnen fehlen werde«, aber er hatte das vage Gefühl, dass das nicht der Fall war.

»Wann fliegen Sie denn?«

»Sobald ich einen Flug gebucht habe. Oder sobald Charlie das erledigt hat. Er arbeitet gerade daran.«

»Ah, verstehe. Tja.« In ihrem Ton war immer noch keine Spur Enttäuschung zu hören, sosehr er sich das auch gewünscht hätte.

149

Er versuchte sich einzureden, dass das einen anderen Grund hatte als die simple Tatsache, dass sie eben nicht enttäuscht war.

Er sagte: »Daidre…«, wusste jedoch nicht so recht, wie er das Gespräch fortsetzen sollte.

»Hmm?«

»Dann will ich Sie mal nicht länger aufhalten. Hört sich so an, als hätten Sie heute Nachmittag noch etwas vor.«

»Ein Dartturnier«, sagte sie. »Nach Feierabend. Hier in dem Pub um die Ecke. Also, in der Nähe des Zoos, nicht da, wo ich wohne.«

Lynley war noch nie in ihrer Wohnung gewesen. Gegen besseres Wissen versuchte er, daraus keine Schlüsse zu ziehen. »Ich kann mir vorstellen, dass Ihre Gegner jetzt schon zittern. Ich erinnere mich noch lebhaft daran, was für eine gute Dartspielerin Sie sind.«

»Ich hab Sie reingelegt«, antwortete sie lachend. »Soweit ich mich erinnere, hatten wir ausgemacht, dass der Verlierer nach dem Abendessen das Geschirr spült. Diesmal geht es um nichts dergleichen, und mein Gegner weiß, dass wir einander ebenbürtig sind.«

Er hätte sie gern gefragt, wer ihr Gegner war, brachte es jedoch nicht fertig. »Ich hoffe, dass wir uns sehen, wenn ich aus Italien zurückkomme.«

»Ja, rufen Sie mich an, wenn Sie wieder da sind.«

Nachdem er aufgelegt hatte, blieb er noch einen Moment stehen und betrachtete das Telefon. Er befand sich im Salon seines Hauses in Eaton Terrace, einem förmlich eingerichteten Raum mit blassgrünen Wänden und cremefarbenen Möbeln und einem Porträt seiner Urgroßmutter väterlicherseits in einem vergoldeten Rahmen über dem offenen Kamin. Ganz in Weiß stand sie in einem impressionistischen Rosengarten; sie hatte den Blick in die Ferne gerichtet, und es hatte den Anschein, als wollte sie Lynley ermuntern, ihrem Blick zu folgen. Schau woanders hin, Thomas, schien sie zu sagen.

Er seufzte. Auf dem Tisch zwischen den beiden Fenstern stand immer noch das Hochzeitsfoto von ihm und Helen in einem silbernen Rahmen. Sie waren von Freunden umringt, und Helen lachte. Er nahm das Foto in die Hand. Sah, dass er Helen auf dem Foto glücklich und hingerissen anschaute.

Er stellte das Bild wieder ab und drehte sich um. Denton stand in der Tür.

Einen Moment lang sahen sie einander an, dann wandte Charlie sich ab. »Ich habe Ihre Sachen rausgelegt«, sagte er leichthin. »Sie werden nicht viel brauchen, aber Sie sollten sich trotzdem vergewissern, dass ich nichts vergessen habe. Ich habe die Wettervorhersage gelesen. Es wird warm. Ihre Bordkarte ist schon ausgedruckt. Von Gatwick nach Pisa. Am Flughafen ist ein Mietwagen für Sie reserviert.«

»Danke, Charlie«, sagte Lynley. Dann ging er zur Treppe.

»Irgendetwas …« Denton zögerte.

»Irgendetwas?«, wiederholte Lynley mit einem Blick über die Schulter.

Dentons Blick schnellte kaum merklich zu dem Tisch, auf dem das Hochzeitsfoto stand. »Irgendetwas, das ich erledigen soll, während Sie auf dem Kontinent sind?«

Lynley wusste, was Charlie Denton meinte. Er wusste, was Charlie dachte. Es war dasselbe, was alle dachten, aber es war auch die eine Sache, an die er sich einfach noch nicht herantraute.

»Im Moment fällt mir nichts ein, Charlie«, sagte er leichthin. »Machen Sie einfach das Übliche.« Es war natürlich das, was sie beide am besten konnten.

BOW
LONDON

Der Privatdetektiv war Barbaras letzte Hoffnung, nachdem Ardery den Fall an Lynley übergeben hatte. Diese Erkenntnis machte Barbara ebenso zu schaffen wie die, dass sie Arderys

Reaktion auf den Artikel in der *Source* völlig fehleingeschätzt hatte. Aber sie wusste auch, dass es sich nicht lohnte, über verschüttete Milch zu weinen. Letztlich ging es nur um Hadiyyah. Lynley würde alles daransetzen, sie zu finden – im Rahmen der italienischen Gesetze und der Diplomatie zwischen der italienischen und der britischen Polizei. Aber genau dieser Rahmen würde seine Handlungsfreiheit einschränken, und wenn Ardery glaubte, sie könnte Barbara dazu verdonnern, sich in London von John Stewart herumkommandieren zu lassen, ohne die Suche nach Hadiyyah auf irgendeine Weise zu unterstützen, dann musste sie verrückt geworden sein.

Also wandte sie sich an die einzige Adresse, von der sie vielleicht Hilfe erwarten konnte, und das waren Dwayne Doughty und seine androgyne Assistentin Em Cass. Diesmal rief sie vorher an und machte für den frühen Abend einen Termin aus. Da Doughty kein Typ war, der für sie den roten Teppich ausrollen würde, sagte sie ihm, er solle sich schon mal die Höhe des Vorschusses ausrechnen, den er verlangen wolle, denn sie habe vor, ihn anzuheuern.

Er sagte: »Tut mir leid, aber ich habe zurzeit viel zu viel um die Ohren ...«

»Verdoppeln Sie den Vorschuss«, konterte sie, worauf er sich bereit erklärte, noch einmal darüber nachzudenken.

Diesmal trafen sie sich nicht in seinem Büro, sondern ganz in der Nähe in der Coborn Road in einem angesagten Pub namens Morgan Arms. Draußen vor dem Pub standen drei Tische, an denen einige Raucher in der kühlen Abendluft saßen. Barbara hätte sich gern zu ihnen gesellt, aber Em Cass war offenbar das gesunde Leben in Person. Passivrauchen war offenbar nichts für Triathlonsportler.

Kaum hatten sie drinnen Platz genommen, zückte Barbara ihr Scheckheft. Doughty sagte: »Alles der Reihe nach«, dann ging er zum Tresen, um Getränke zu holen. Er kam zurück mit einem Guinness für sich, einem Ale für Barbara, einem tugendhaften Wasser für Em und vier Tütchen Kartoffelchips, die er auf den Tisch legte, den Barbara ausgesucht hatte – in der hinteren Ecke des Pubs, möglichst weit entfernt von einer Gruppe junger Frauen, die offenbar einen Junggesellinnenabschied feierten und bereits ordentlich getankt hatten.

Barbara kam ohne Umschweife zur Sache. »Hadiyyah ist entführt worden«, klärte sie den Detektiv und seine Assistentin auf.

Doughty öffnete die vier Tütchen und schüttelte deren Inhalt auf eine Papierserviette, die er auf der Tischmitte ausgebreitet hatte. »Das ist ja mal was ganz Neues«, sagte er trocken.

»Ich meine nicht von ihrer Mutter«, sagte Barbara. »Ich meine jetzt. Vor ein paar Tagen. Sie war mit ihrer Mutter in Italien, und da ist sie entführt worden.« Sie gab ihnen die Einzelheiten: Lucca, der Markt, Hadiyyahs Verschwinden, Angelina Upman, Lorenzo Mura, der Auftritt der beiden in Chalk Farm. Das Intermezzo bei Azhars Ehefrau in Ilford ließ sie aus. Über die Frau und deren Kinder wollte sie einfach nicht nachdenken.

»Angelina glaubt, Azhar hätte Hadiyyah. Deswegen war sie in London. Sie glaubt, er hätte sie in der Toskana aufgespürt, entführt und irgendwo versteckt.«

»Und wie kommt sie darauf?«

»Weil niemand was gesehen hat. Es ist mitten auf einem überfüllten Wochenmarkt passiert, und kein Mensch hat was mitgekriegt. Deswegen glaubt Angelina, dass Hadiyyah in Wirklichkeit gar nicht entführt wurde. Sie glaubt, Azhar hätte gewusst, dass sie auf dem Markt sein würde, und hätte dort auf die Kleine gewartet und sie einfach mitgenommen. Zumindest vermute ich, dass sie das glaubt, denn sie hat eigentlich nur hysterisch rumgeschrien.«

»Die Kleine?«

»Angelina. Du hast sie entführt, wo ist sie, wo hältst du sie versteckt, ich will sie zurückhaben, und so weiter und so fort.«

»Und niemand hat auch nur das Geringste beobachtet?«

»Anscheinend nicht.«

»Die Leute auf dem Markt haben also auch kein freudiges Wiedersehen von Vater und Tochter beobachtet? Angenommen, dass Mr Azhar sie mitgenommen hat.«

»Sie sind ein echter Schnelldenker«, sagte Barbara. »Das gefällt mir an Ihnen.«

»Wie soll er das denn alles organisiert haben?«, fragte Doughty.

»Keine Ahnung. Aber Angelina war nicht bei klarem Verstand. Sie war total in Panik – verständlicherweise –, und sie wollte nur ihre Tochter zurück. Die italienische Polizei ist bei der Suche nach Hadiyyah noch nicht weit gekommen.«

Doughty nickte. Em Cass nippte an ihrem Mineralwasser. Barbara trank einen ordentlichen Schluck Bier und aß eine Handvoll Chips. Sie waren zwar nicht mit Salz und Essig – ihre Lieblingssorte –, aber das war jetzt egal. Sie hatte plötzlich einen Mordshunger.

Doughty veränderte seine Sitzposition und schaute zu den Fenstern hinüber, durch die man die Leute draußen an den Tischen sah. Ohne den Blick von den Rauchern abzuwenden, sagte er: »Eine Frage, Miss Havers: Wie können Sie sich so sicher sein, dass der Professor seine Tochter *nicht* mitgenommen hat? Ich habe bereits diverse ähnliche Streitfälle hautnah miterlebt, und eins kann ich Ihnen versichern: Wenn es bei einer Scheidung um das Sorgerecht geht…«

»Sie sind nicht verheiratet.«

»Die Feinheiten können wir uns sparen. Die Eltern haben doch wie Mann und Frau zusammengelebt, richtig? Wenn es also bei einer wie auch immer gearteten Trennung um die gemeinsamen Kinder geht, muss man mit allem rechnen.«

»Wie soll er sie denn entführt haben? Und was soll er sich dabei gedacht haben? Dass er Hadiyyah aus Italien nach England holen könnte, ohne dass Angelina am nächsten Tag bei ihm vor der Tür stehen würde? Und wie soll er sie überhaupt gefunden haben?«

Em Cass schaltete sich ein. »Er hätte einen italienischen Privatdetektiv anheuern können, Miss Havers, genauso wie Sie Dwayne angeheuert haben. Wenn er irgendwie rausgefunden hatte, dass Angelina in Italien war... oder wenn er es vermutete... Wie Dwayne sagt, in solchen Situationen muss man mit allem rechnen.«

»Also gut. Wie auch immer. Angenommen, Azhar hat spitzgekriegt, dass die beiden in Italien waren. Angenommen, er hat einen italienischen Privatdetektiv aufgetrieben. Nehmen wir sogar an, besagter Detektiv hat Hadiyyah gefunden – weiß der Teufel wie... vielleicht, indem er in ganz Italien an jeder Tür geklingelt hat – und Azhar ihren Aufenthaltsort genannt. Das alles ändert nichts an der Tatsache, dass Azhar in Deutschland war, als Hadiyyah entführt wurde. Er war auf einer Konferenz, und es gibt Hunderte von Leuten, die das bezeugen können, ganz zu schweigen von Hotelrechnungen und Flugtickets, die das bestätigen.«

Endlich schien Doughtys Interesse geweckt. »Das ist ja mal ein interessantes Detail. Das ist überprüfbar, und Sie können sich darauf verlassen, dass die Polizei es überprüft. Die Italiener... Na ja, für Außenstehende wirkt das Land wie ein einziges Chaos, aber ich nehme an, dass die italienische Polizei weiß, was sie tut, wenn es um eine Ermittlung geht, oder?«

Tatsache war, dass Barbara davon alles andere als überzeugt war. Sie hatte ja nicht einmal volles Vertrauen in die britische Polizei. Also sagte sie: »Sicher. Klar. Aber ich brauche Ihre Hilfe, Mr Doughty, egal, was die italienischen Kollegen machen.«

Doughty warf Em Cass einen Blick zu. Keiner von beiden fragte: »Welche Art Hilfe?«, was kein gutes Zeichen war. Aber Barbara ließ sich nicht beirren.

»Hören Sie. Ich kenne dieses Mädchen. Ich kenne den Vater. Ich muss was unternehmen. Das verstehen Sie doch, oder?«

»Ja, das ist absolut verständlich«, sagte Doughty.

»Was ist denn mit der britischen Polizei?« Em Cass schaute

Barbara an, und ihr ausdrucksloses Gesicht sagte Barbara, dass sie sie durchschaut hatte.

Einen Moment lang herrschte Schweigen am Tisch.

»Scotland Yard hat einen Inspector als Verbindungspolizist nach Italien geschickt«, sagte Barbara. »Sein Name ist DI Lynley. Er ist bereits unterwegs.«

»Interessant, dass Sie über diese Information verfügen.« Doughty kaute seine Chips. Er schaute Em Cass an. Beide schauten Barbara an.

Sie trank ihr Bier aus. »Also gut. Ich hätte Ihnen einen falschen Namen geben, mich Julie Blue-Eyes nennen können, oder was weiß ich, aber das habe ich nicht getan. Ich wusste, dass Sie keine fünf Minuten brauchen würden, um rauszufinden, dass ich Polizistin bin. Das müssen Sie mir doch zugutehalten.«

»Ich dachte schon, Sie würden sagen ›Vertrauen Sie mir‹«, entgegnete Em Cass trocken.

»Genau das sage ich! Glauben Sie etwa, ich sitze hier mit einem Aufnahmegerät in der Unterhose und markiere die Verzweifelte, um Sie bei was Verbotenem zu erwischen? Ich weiß, dass Sie und Ihresgleichen hin und wieder am Rande der Legalität entlangschlittern, aber das interessiert mich nicht die Bohne. Im Gegenteil, ich möchte, dass Sie genau das tun, wenn es sein muss. Ich muss dieses Mädchen finden, und ich bitte Sie um Hilfe, weil mein Kollege, der DI, nichts von dem tun wird, was Sie tun können, aus dem ganz einfachen Grund, weil er in Italien nicht über die Möglichkeiten verfügt. Und er ist auf keinen Fall scharf darauf, irgendwelche Gesetze zu übertreten. Dafür ist er nicht der Typ.« Was natürlich implizierte, dass sie durchaus der Typ dafür war und dass sie absolutes Stillschweigen darüber bewahren würde, sollten Doughty und Em Cass irgendwelche Gesetze übertreten.

Trotzdem sagte Doughty: »Wir sind nicht die Richtigen für Sie. Wir machen keine krummen …«

»Ich sage doch nur, dass es mir *egal* ist, ob Sie krumme Sachen machen oder nicht, Mr Doughty. Spionieren Sie jeden aus, den Sie ausspionieren müssen. Durchwühlen Sie den Müll von wem Sie wollen. Hacken Sie sich in Handys und Internetkonten ein. Lesen Sie E-Mails. Geben Sie sich als die Mutter von was weiß ich wem aus. Ich habe Ihnen mehr als eine Spur gegeben, und ich will, dass Sie sie verfolgen. Bitte.«

Da sie nicht fragten, warum sie die Spuren nicht selbst verfolgte, brauchte Barbara ihnen nicht die traurige Wahrheit zu sagen: dass einmal mehr, und durch ihre eigene Schuld, ihr Job auf dem Spiel stand. Jetzt, wo Ardery sie mit Argusaugen beobachtete und John Stewart, der jetzt zwei Fälle am Hals hatte, sie mit Arbeit überhäufte, waren ihre Möglichkeiten, irgendetwas anderes zu tun, als zu ackern wie eine Blöde, nicht nur eingeschränkt, sondern praktisch gleich null. Die Dienste von Doughty und seiner Assistentin in Anspruch zu nehmen war wenigstens *etwas*, was sie tun konnte. Auf jeden Fall brauchte sie dann nicht auf Nachrichten von Lynley zu warten, der sie wahrscheinlich sowieso nicht auf dem Laufenden halten würde, weil er sauer auf sie war. Denn schließlich war sie schuld daran, dass er jetzt nach Italien musste.

Doughty seufzte. Er sagte: »Emily?«

Em Cass antwortete: »Im Moment liegt nichts Dringendes an. Nur diese Scheidung und der Typ, der Schmerzensgeld für seine Rückenverletzung verlangt. Ein paar Sachen könnten wir ja mal überprüfen. Als Erstes käme diese Sache mit dem Kongress in Deutschland in Frage.«

»Azhar ist nicht…«

»Moment.« Doughty zeigte mit dem Finger auf Barbara. »Erstens sollten Sie für alles offen sein, Miss… Ach, Quatsch – wie war noch gleich Ihr Rang, Em? Detective Sergeant?«

Em nickte.

»Es wäre klug, sich auf alles gefasst zu machen, Detective Sergeant. Die Frage ist: Sind Sie dazu bereit?«

»Auf alles?«

Doughty nickte.

»Voll und ganz«, sagte sie.

BOW

LONDON

Sie verließen gemeinsam den Pub, dann trennten sie sich. Dwayne Doughty und Em Cass schauten der schlecht gekleideten Polizistin nach, die sich in Richtung Roman Road entfernte. Als sie außer Sichtweite war, gingen die beiden auf Emilys Drängen hin zurück in den Pub.

»Das gefällt mir nicht«, sagte Em. »Wir arbeiten nicht für Polizisten, Dwayne. In dieses Fahrwasser sollten wir uns gar nicht erst begeben.«

In gewisser Weise musste er ihr recht geben. Aber sie sah nicht das ganze Bild. »Ein Alibi in Berlin überprüfen ... das ist ein Kinderspiel, Emily. Und alle wollen doch, dass das Kind gefunden wird, meinst du nicht?«

»Das liegt nicht in unserer Hand. Unseren Handlungsmöglichkeiten sind Grenzen gesetzt, und mit Scotland Yard im Nacken ...«

»Sie hat uns gesagt, welchen Rang sie dort bekleidet. Sie hätte auch lügen können. Das sagt doch was aus.«

»Das sagt überhaupt nichts aus. Sie wusste, dass wir sie überprüfen würden, als sie mit dem Professor bei uns aufgekreuzt ist. Sie ist nicht dumm, Dwayne.«

»Aber sie ist verzweifelt.«

»Sie liebt ihn. Also liebt sie auch das Kind.«

»Und Liebe macht bekanntlich blind.«

»Nein, *du* bist blind. Du hast mich nicht um meine Meinung gebeten, aber ich sage sie dir trotzdem. Ich bin dagegen. Ich finde, wir sollten ihr sagen, tschüss, viel Glück, aber wir können dir nicht helfen. Denn das ist die Wahrheit. Wir können nichts tun, Dwayne.«

Er überlegte. Emily ereiferte sich äußerst selten. Dazu war sie viel zu abgebrüht. Sie verdiente das königliche Gehalt, das er ihr zahlte, nicht damit, dass sie sich von spontanen Gefühlen leiten ließ. Aber diesmal regte sie sich richtig auf, und das sagte ihm, dass die Sache sie zutiefst beunruhigte.

»Du brauchst dir wirklich keine Sorgen zu machen«, sagte er. »Wir tun genau das, was wir immer tun: Wir besorgen Informationen. Ob wir die Informationen für die Polizei oder für Otto Normalverbraucher besorgen, spielt für uns keine Rolle. Was die Leute mit dem machen, was sie von uns kriegen, geht uns nichts an.«

»Glaubst du im Ernst, das kauft dir einer ab?«

Er schaute sie an und lächelte. »Komm schon, Em. Wo ist das Problem? Erklär's mir.«

»Scotland Yard. Diese Frau: Sergeant Havers.«

»Die, wie du selbst gesagt hast, unsere Dienste aus Liebe in Anspruch nimmt. Und Liebe macht, wie ich eben sagte …«

»Blind. Genau. Großartig.« Emily ging wieder nach draußen und stellte sich so, dass ihr der Rauch nicht ins Gesicht wehte. »Wo willst du anfangen?«, fragte sie tonlos. Sie war frustriert, aber sie war ein Profi. Und ebenso wie er brauchte sie Geld.

»Danke, Emily«, sagte er. »Als Erstes klären wir diese Sache mit Berlin. Aber sicherheitshalber kümmern wir uns um die Telefonaufzeichnungen. Das muss alles sauber gelöst werden.«

»Computer?«

Er schaute sie an. »Dafür brauchen wir Bryan.«

Sie verdrehte die Augen. »Sag mir Bescheid, damit ich rechtzeitig aus dem Büro verschwinden kann.«

»Mach ich. Aber du solltest ihm einfach nachgeben, Em. Das würde uns allen das Leben leichter machen.«

»Du meinst, dann würde er tun, was *du* willst.«

»Es gibt Schlimmeres, als einen Mann wie Bryan Smythe unter der Fuchtel zu haben.«

»Ja, aber alles Schlimme hat für mich damit zu tun, einen Mann wie Bryan Smythe unter der Fuchtel zu haben.« Sie verzog angewidert das Gesicht. »Verführung im Namen unserer Geheimnisse? Vergiss es.«

»Würde dir die Alternative besser gefallen?«

»Wir wissen nicht, was die Alternative wäre.«

»Aber wir könnten es erraten.«

Em schaute durch das Fenster des Pubs. Er folgte ihrem Blick. Die Frauen, die den Junggesellinnenabschied feierten, tanzten gerade eine Polonaise. Dabei lief gar keine Musik, aber das schien dem Spaß keinen Abbruch zu tun. Jetzt kamen sie kreischend und kichernd auf den Ausgang zu.

»Gott«, seufzte Em. »Warum sind Frauen so bescheuert?«

»Wir sind alle bescheuert«, sagte Doughty. »Aber das wird uns immer erst im Nachhinein klar.«

22. April

VILLA RIVELLI
TOSKANA

Gegenüber dem Blumengarten und am hinteren Ende des Fischteichs entlang verlief eine niedrige Mauer bis zu einer Anhöhe, auf der es nach dem Winterregen grünte und wucherte. Von dort aus hatte man einen weiten Ausblick auf ferne Dörfer, die in der Frühlingssonne schimmerten, und auf eine Straße, die sich aus dem Tal in die Hügel hinaufschlängelte.

Domenica und Carina waren zum Teich gegangen, um die Fische zu füttern, die wie orangefarbene Flammen durch das Wasser schossen, und hatten eine Weile zugesehen, wie die Fische mit ihren gierigen Mäulern nach dem Futter schnappten. Dann hatte Schwester Domenica Giustina das Kind an die Mauer geführt, damit es die Aussicht bewundern konnte. »Wie schön, nicht wahr?«, hatte sie gemurmelt und ehrfurchtsvoll die Namen der Dörfer aufgezählt. Feierlich wiederholte Carina die Namen. Seit dem Erlebnis im Keller hatte sie sich verändert. Sie war zögerlicher, wachsamer, vielleicht ein bisschen ängstlicher. Aber daran ließ sich nichts ändern, dachte Domenica. Manche Dinge waren wichtiger als andere.

In dem Moment sah sie das Auto weit unten im Tal. Es blitzte immer wieder zwischen den Bäumen auf, während es die kurvenreiche Straße zur Villa hochfuhr. Selbst von Weitem erkannte sie das knallrote Auto, das mit offenem Verdeck fuhr. Und den Fahrer würde sie sowieso überall auf der Welt erkennen. Aber seine Ankunft bedeutete Gefahr. Er hatte ihr Carina

161

gebracht und konnte sie ihr jederzeit wieder wegnehmen. Es wäre nicht das erste Mal, dass er so etwas tat.

»Komm, komm«, sagte sie, nahm Carina an die Hand und lief mit ihr über die schmale Terrasse und den Pfad hinunter. Sie überquerten den großen Rasen hinter der Villa und eilten zu der Treppe, die in die Kellergewölbe hinunterführte.

An einem Fenster der Villa bewegten sich die schweren Vorhänge. Aber was in der Villa vor sich ging, beunruhigte Schwester Domenica Giustina nicht. Die Gefahr lauerte außerhalb der Villa.

Sie spürte, dass Carina sich innerlich dagegen sträubte, in den Keller zu gehen. Schwester Domenica Giustina hatte nicht noch einmal versucht, sie zu dem trüben Becken zu führen, aber offenbar fürchtete Carina, dass das geschehen könnte. Das Becken barg zwar keine Gefahr, nur dass sie nicht wusste, wie sie das Carina erklären sollte. Allerdings hatte sie jetzt auch gar nicht vor, sie dorthin mitzunehmen, das Mädchen sollte lediglich bei dem ersten der alten Weinfässer warten.

»Du brauchst wirklich keine Angst zu haben«, murmelte sie. Vor Spinnen vielleicht, aber die waren harmlos. Hier sollte man sich nur vor dem Teufel fürchten.

Zum Glück verstand Carina wenigstens einen Teil von dem, was Schwester Domenica Giustina sagte, und entspannte sich ein wenig, als sie begriff, dass sie diesmal nur bis zum zweiten Gewölbe gehen würden. Sie kauerte sich zwischen zwei der uralten Weinfässer auf den staubigen Boden. Ängstlich flüsterte sie: »Bitte, Schwester, nicht die Tür zumachen.«

Den Gefallen konnte sie dem Kind natürlich tun. Solange Carina versprach, sich mucksmäuschenstill zu verhalten, bestand kein Grund, die Tür zu schließen.

»Bleibst du brav hier?«, fragte sie.

Carina nickte.

Als er eintraf, befand Schwester Domenica Giustina sich in ihrem Gemüsegarten. Sie hörte, wie das Auto sich näherte, wie der Motor leise brummte und der Kies in der Einfahrt unter den Reifen knirschte. Sie hörte, wie der Motor ausgeschaltet wurde, wie eine Tür geöffnet und zugeschlagen wurde. Dann seine Schritte auf der Treppe, die zu der kleinen Wohnung über der Scheune führte. Er rief ihren Namen. Sie stand auf und wischte sich an einem Lappen, der in ihrem Gürtel steckte, die Erde von den Händen. Sie hörte zwei Türen zuschlagen, dann wieder seine Schritte, als er die Treppe herunterkam. Das Gartentor quietschte. Sie senkte den Kopf. Domenica in Demut. Bereit, ihm jeden Wunsch zu erfüllen.

»Wo ist die Kleine«, fragte er. »Warum ist sie nicht in der Scheune?«

Sie sagte nichts. Sie hörte, wie er den Garten durchquerte, und sah seine Füße, als er vor ihr stehen blieb. Sie ermahnte sich, stark zu sein. Er würde Carina nicht aus ihrer Obhut nehmen, auch wenn das Mädchen nicht in der Wohnung über der Scheune war, wie er es verlangt hatte.

»Hörst du mich?«, fragte er. »Domenica, hörst du mich?«

Sie nickte, schließlich war sie nicht taub. Sie sagte: »Du nimmst sie mir weg. Wie schon einmal.«

»Wie schon einmal?«, wiederholte er ungläubig. Warum in aller Welt, schien er sie zu fragen, sollte er das tun?

»Sie gehört mir«, sagte sie.

Sie hob den Kopf. Er musterte sie, als versuchte er, ihre Worte abzuschätzen. Dann schien er zu begreifen, denn er legte ihr eine Hand in den Nacken, murmelte »*cara, cara*« und zog sie an sich.

Die Wärme seiner Hand auf ihrer Haut fühlte sich an, als würde er ihr ein Brandzeichen aufdrücken, das sie für immer als sein Eigentum kennzeichnen würde. Sie spürte es in jeder Faser ihres Körpers.

»*Cara, cara, cara*«, murmelte er. »Ich nehme sie nicht wieder mit, nie mehr.« Er drückte seine Lippen auf ihre, liebkoste ihren Mund mit der Zunge. Dann hob er ihr weißes Leinenkleid an.

»Hast du sie versteckt«, flüsterte er, die Lippen immer noch dicht an ihrem Mund. »Warum ist sie nicht in der Scheune? Ich habe dir doch gesagt, sie muss in der Scheune bleiben. Hast du das vergessen? *Cara, cara?*«

Aber wie hätte sie Carina in der alten Scheune versteckt halten sollen, wie er es von ihr verlangt hatte, fragte sich Domenica. Sie war doch ein Kind, und ein Kind musste frei sein.

Er bedeckte ihren Hals mit zärtlichen Küssen. Seine Finger berührten sie. Erst hier. Dann dort. Flammen schienen ihre Haut zu verschlingen, als er sie vorsichtig auf den Boden legte. Er drang in sie ein und bewegte sich in ihr mit hypnotisierendem Rhythmus. Sie konnte keinen Abscheu für ihn empfinden.

»*La bambina*«, murmelte er in ihr Ohr. »*Capisci?* Ich hab sie dir zurückgebracht. Ich nehme sie dir nicht weg. Also, wo ist sie, wo ist sie, wo ist sie?«, wiederholte er mit jedem Stoß.

Domenica nahm ihn in sich auf. Sie ließ sich von ihren Gefühlen einhüllen, bis sie beide den Höhepunkt erreichten. Sie dachte an nichts.

Hinterher lag er keuchend in ihren Armen. Aber nur ganz kurz, dann stand er auf. Richtete seine Kleidung. Betrachtete sie. Sie sah seine Mundwinkel auf eine Weise zucken, die nicht von Liebe sprach. »Bedeck dich«, zischte er. »*Dio mio.* Bedeck dich.«

Gehorsam bedeckte sie sich mit ihrem leinenen Kleid. Sie schaute zum Himmel hoch. Nicht eine einzige Wolke unterbrach das Blau. Die Sonne sandte ihre warmen Strahlen herunter wie Gottes Gnade.

»Hast du mir zugehört?«

Nein, sie hatte nicht zugehört. Sie war gar nicht da gewesen. Sie war in den Armen ihres Geliebten gewesen, aber jetzt…

Er riss sie in eine sitzende Position. »Domenica, wo ist die Kleine«, bellte er.

Sie rappelte sich auf die Füße. Ihr Blick fiel auf die Stelle, wo ihre Körper die Erde zwischen den Reihen junger Bohnen plattgedrückt hatten. Verwirrt betrachtete sie die Stelle. »Was ist passiert«, murmelte sie, dann schaute sie ihn an. »Roberto«, sagte sie eindringlich, »was ist passiert?«

»Du bist verrückt«, sagte er. »Du bist schon immer verrückt gewesen.«

Daraus schloss sie, dass sich tatsächlich etwas zwischen ihnen abgespielt hatte. Sie spürte es in ihrem Körper, roch es in der Luft. Sie hatten im Dreck kopuliert wie die Tiere, und sie hatte ihre Seele einmal mehr befleckt.

Er fragte sie noch einmal, wo das kleine Mädchen war, und die Frage durchbohrte Schwester Domenica Giustina wie ein Schwert, als wollte er ihr den letzten Tropfen Blut nehmen. »Du hast sie mir schon einmal weggenommen. Ich werde nicht zulassen, dass du es noch einmal tust«, sagte sie mit Nachdruck.

Er zündete sich eine Zigarette an. Warf das Streichholz weg. Rauchte. »Wie kannst du mir so sehr misstrauen, Domenica? Ich war jung. Du warst jung. Aber wir sind älter geworden. Du hast sie irgendwo versteckt. Du musst mich zu ihr führen.«

»Was wirst du tun?«

»Ich habe nichts Böses vor. Ich will mich nur vergewissern, dass es ihr gut geht. Ich habe Kleider für sie mitgebracht. Komm, ich zeig sie dir. Sie sind in meinem Auto.«

»Wenn die Sachen schön sind, kannst du sie dalassen und wieder wegfahren.«

»*Cara*«, murmelte er. »Das geht nicht.« Er drehte sich zu der Villa um, die sich hinter der prächtigen Kamelienhecke erhob, stumm und wachsam. »Du willst doch nicht, dass ich hierbleibe«, sagte er. »Das würde uns beiden nicht guttun.«

Sie wusste, womit er ihr drohte. Er würde bleiben. Es würde Ärger geben, wenn sie ihm das Mädchen nicht herbeiholte.

»Zeig mir die Kleider«, sagte sie.

»Genau das hatte ich vor.« Er hielt ihr das Gartentor auf. Als sie an ihm vorbeiging, lächelte er. Seine Finger berührten kurz ihren Hals, und sie erschauderte.

Im Auto standen Taschen auf dem Boden. Zwei. Er hatte nicht gelogen. In den Taschen befand sich sauber gefaltete Kleidung. Mädchenkleider, getragen, aber brauchbar.

Sie schaute ihn an. Er sagte: »Ich meine es gut mit ihr, Domenica. Du musst lernen, mir wieder zu vertrauen.«

Sie nickte abrupt. Wandte sich vom Auto ab. Sagte: »Komm.«

Dann führte sie ihn durch das Tor in der Kamelienhecke. Aber an der Kellertreppe blieb sie stehen. Sie schaute ihren Vetter an. Er lächelte. Es war ein Lächeln, das ihr wohlvertraut war. Keine Angst, sagte es. *Es gibt nichts zu fürchten*, sagte es. *Ich habe keine bösen Absichten*. Sie brauchte es nur zu glauben. So wie damals.

Sie stieg die Stufen hinunter. Er folgte ihr. »Carina«, rief sie. »Komm her. Es ist alles gut, Carina.« Gleich darauf hörte sie die Schritte des Mädchens, das aus seinem Versteck zwischen den Fässern im zweiten Raum auf sie zugelaufen kam.

Trotz des schummrigen Lichts sah Schwester Domenica Giustina die Spinnweben in Carinas dunklem Haar. Ihre Knie waren schwarz, und ihr weißes Kleid war verdreckt.

Ihre Miene hellte sich auf, als sie den Mann in Schwester Domenica Giustinas Begleitung sah, und sie lief vollkommen unbefangen auf ihn zu.

»Bist du gekommen, um mich abzuholen?«, rief sie auf Englisch. »Darf ich jetzt nach Hause?«

LUCCA
TOSKANA

Ins Büro des Pubblico Ministerio zitiert zu werden war kaum weniger ärgerlich, als ihn in seiner Villa in Barga aufsuchen zu müssen. Letzteres war eine Demütigung und als solche gedacht, Ersteres eher wie eine juckende Stelle, an der man sich nicht kratzen konnte. Salvatore Lo Bianco hätte also wenigstens halbwegs dankbar sein sollen, dass Fanucci ihn nicht schon wieder in sein Orchideengewächshaus bestellt hatte. Aber das war er nicht. Denn obwohl Salvatore wie geheißen seine täglichen Berichte ablieferte, versuchte Fanucci auf penetrante Weise, sich in die Ermittlung einzumischen. Fanucci war nicht dumm, doch sein Kopf war eng und verschlossen wie eine Gefängniszelle, zu der niemand einen Schlüssel besaß.

Fanucci hatte als Staatsanwalt bei einer Ermittlung das Sagen, und es gefiel ihm, seine Macht auszuspielen. Er war derjenige, der bestimmte, wer die Ermittlung leitete. Wem er die Leitung einer Ermittlung anvertraut hatte, dem konnte er sie jederzeit auch wieder entziehen, das wussten alle. Wenn er also jemanden zu sich zitierte, dann musste man spuren. Wenn man es nicht tat, musste man die Konsequenzen in Kauf nehmen.

Also begab Salvatore sich zum Palazzo Ducale, wo Piero Fanucci in Büroräumen residierte, deren Prunk den Reichtum der Stadt repräsentierte. Er ging den kurzen Weg zur Piazza Grande zu Fuß. Mitten auf dem Platz, vor der Statue der in der Stadt verehrten Maria Luisa di Borbone, umringte eine Gruppe Touristen einen Fremdenführer. Sie fotografierten eifrig, während der Mann ihnen von der verhassten Elisa Bonaparte erzählte, die von ihrem Bruder in diesem italienischen Kaff als Regentin eingesetzt worden war. Am anderen Ende der Piazza nahm ein farbenfrohes Karussell jauchzende Kinder mit auf eine Reise nach Nirgendwo.

Salvatore schaute den Kindern eine Weile zu und überlegte, was er Fanucci mitteilen sollte. Eine neue Information war ihm aus einer ganz ungewöhnlichen Quelle zugekommen: von seiner eigenen Tochter. Sie ging nämlich auf die Scuola Dante Alighieri in Lucca – ebenso wie das entführte Mädchen.

Das war nichts Ungewöhnliches. Viele Kinder aus der Umgebung besuchten die Schule in der Stadt. Ungewöhnlich war, was das Mädchen seiner Tochter Bianca so alles anvertraut hatte.

Er hatte Bianca gar nicht erzählt, dass Hadiyyah Upman vermisst wurde, denn er hatte seine Tochter nicht ängstigen wollen. Er hatte jedoch nicht verhindern können, dass sie die Flugblätter sah, die überall in der Stadt hingen, und sie hatte ihre Klassenkameradin auf dem Foto erkannt. Daraufhin hatte sie ihrer Mutter erzählt, dass sie das Mädchen kannte. Und Birgit hatte Gott sei Dank Salvatore informiert.

Salvatore hatte seiner Tochter im einzigen Café auf der Stadtmauer ein Eis spendiert und ihr behutsam die Einzelheiten entlockt. Hadiyyah hatte Bianca erzählt, dass ihr Vater in London lebte. Er sei Professor an einer Universität, hatte sie stolz berichtet. Sie sei mit ihrer Mummy in Italien zu Besuch bei Mummys Freund Lorenzo. Eigentlich habe ihr Daddy Weihnachten zu Besuch kommen wollen, habe dann jedoch wegen zu viel Arbeit absagen müssen, aber versprochen, zu Ostern zu kommen. Dann sei ihm wieder etwas dazwischengekommen, er habe einfach so schrecklich viel zu tun ... Hier ist ein Foto von ihm. Er ist Wissenschaftler. Er schickt mir E-Mails, und ich schreibe ihm die ganze Zeit, und vielleicht kann er mich in den Sommerferien besuchen ...

»Glaubst du, ihr Vater war hier und hat sie mit nach London genommen?«, hatte Bianca mit großen, besorgten Augen gefragt.

»Vielleicht, *cara*«, hatte Salvatore geantwortet. »Das ist durchaus möglich.«

Die Frage war nur, ob er seine Erkenntnisse mit Piero Fanucci teilen sollte. Er würde es davon abhängig machen, beschloss er, wie die Unterredung mit dem Staatsanwalt verlief.

Fanuccis Sekretärin empfing Salvatore, als er den Palazzo betrat. Die leidgeprüfte Siebzigjährige erinnerte ihn jedes Mal an seine Mutter. Statt Schwarz trug die alte Dame allerdings Rot. Sie färbte sich das Haar kohlrabenschwarz, und sie hatte einen Damenbart, den sie sich aus unerfindlichen Gründen nicht entfernen ließ. Sie hatte ihre Stelle im Büro des Staatsanwalts über so lange Jahre behalten können, weil sie für Fanucci derart unattraktiv war, dass er sie nie belästigt hatte. Andernfalls hätte sie allerhöchstens ein halbes Jahr durchgehalten, denn Fanuccis steiler Aufstieg war gepflastert mit den psychologischen Leichen der Frauen, die seiner Jagdleidenschaft zum Opfer gefallen waren.

Salvatore erfuhr, dass er sich auf eine längere Wartezeit einstellen musste. Ein junger Staatsanwalt war kurz vor Salvatores Ankunft zu Fanucci vorgelassen worden. Das konnte nur bedeuten, dass da gerade jemand zusammengestaucht wurde. Salvatore seufzte und nahm sich eine Zeitschrift. Er blätterte lustlos darin herum, überflog einen Artikel über einen verkappt homosexuellen amerikanischen Schauspieler, der gerade ein zwanzig Jahre jüngeres italienisches Supermodel geheiratet hatte, klappte das Klatschblatt wieder zu und warf es zurück auf den Tisch. Fünf Minuten später bat er Fanuccis Sekretärin, sie möge den Staatsanwalt wissen lassen, dass er warte.

Sie sah ihn entgeistert an. Ob er wirklich einen Ausbruch des *vulcano* riskieren wolle, fragte sie ihn. Das Risiko nehme er in Kauf, antwortete er.

Es war jedoch nicht nötig, Fanucci zu unterbrechen. Ein leichenblasser junger Mann kam aus dem Zimmer des Staatsanwalts und eilte die Treppe hinunter. Salvatore trat unaufgefordert ein.

Fanucci musterte ihn. Seine Warzen hoben sich bleich in seinem von dem Disput erhitzten Gesicht ab. Ohne Salvatores Fauxpas zu kommentieren, deutete er mit dem Kinn auf einen Fernseher, der in einem der hohen Regale stand, und schaltete ihn ein.

Es handelte sich um die Aufzeichnung einer BBC-Nachrichtensendung vom Vormittag. Salvatore, der nur sehr wenig Englisch verstand, konnte dem Dialog der beiden Sprecher nicht folgen. Er bekam jedoch mit, dass sie sich über eine englische Zeitung unterhielten, die sie abwechselnd in die Kamera hielten.

Salvatore begriff schnell, dass keine Übersetzung des Gesprächs vonnöten sein würde. Fanucci hielt die Aufnahme an, als einer der Sprecher die Titelseite einer bestimmten Zeitung hochhielt. Das Blatt hieß *The Source*, und es brachte die Geschichte von dem entführten Mädchen.

Das war keine gute Entwicklung, erkannte Salvatore. Wenn eine Boulevardzeitung an der Sache dran war, würden sich in Kürze alle Klatschblätter darauf stürzen. Und das würde bedeuten, dass schon bald Horden von britischen Reportern in Lucca einfallen würden.

Fanucci schaltete das Gerät aus. Bedeutete Salvatore Platz zu nehmen. Er selbst blieb stehen, um seine Macht zu demonstrieren, dachte Salvatore.

»Was hast du sonst noch von diesem Straßenbettler erfahren?«, fragte Fanucci. Er meinte den jungen Drogensüchtigen mit dem *ho fame*-Schild. Salvatore hatte den jungen Mann schon einmal zu einer Befragung in die Questura bestellt, aber Fanucci bestand darauf, ihn noch ein zweites Mal befragen zu lassen. Und zwar etwas länger und ausführlicher, um seiner Erinnerung »auf die Sprünge zu helfen«.

Salvatore hatte das bisher vermieden. Im Gegensatz zu Fanucci glaubte er nicht, dass Drogenabhängige zu allem fähig waren, wenn es darum ging, ihre Sucht zu finanzieren. Carlo Casparia saß seit sechs Jahren an derselben Stelle vor der Porta San Jacopo, ohne auffällig geworden zu sein. Er mochte eine Schande für seine Familie sein, stellte aber weder für sich selbst noch für sonst jemanden eine Gefahr dar.

Er sagte: »Aus diesem Carlo werden wir nicht mehr herausbekommen. Glauben Sie mir, der ist viel zu benebelt, um eine Entführung zu planen.«

»Planen?«, wiederholte Fanucci. »Wie kommst du auf die Idee, dass das geplant war, *topo*? Er hat sie gesehen und sie sich einfach geschnappt.«

Und dann?, dachte Salvatore. Er machte ein Gesicht, von

dem er hoffte, dass es die Frage ausdrückte, die er am liebsten stellen wollte.

»Es könnte doch sein«, fuhr Fanucci fort, »dass wir es mit einer spontanen Aktion zu tun haben, mein Freund. Siehst du das nicht? Immerhin hat er dir gesagt, dass er das Kind gesehen hat, richtig? Er war nicht so benebelt, dass er das vergessen hätte. Warum ist ihm also ausgerechnet dieses eine Kind im Gedächtnis geblieben? Warum nicht ein anderes? Warum erinnert Carlo sich überhaupt an ein Kind?«

»Sie hat ihm etwas zu essen gegeben. Eine Banane.«

»Pah? Was sie ihm gegeben hat, war eine Verheißung.«

»Wie bitte?«

»Die Verheißung von Geld. Muss ich dir erklären, was passiert, wenn er das Kind in seiner Gewalt hat?«

»Es hat keine Lösegeldforderung gegeben.«

»Warum sollte er Lösegeld fordern, wenn es so viele andere Möglichkeiten gibt, mit einem kleinen, unschuldigen Mädchen Geld zu verdienen?« Fanucci zählte sie an seiner sechsfingrigen Hand ab. »Sie wird in einen Kofferraum gepackt und außer Landes gebracht. Sie wird irgendwo an ein Bordell verkauft. Sie wird als Haussklavin verkauft. Sie wird an einen Pädophilen verkauft, der sie in seinem Keller einsperrt. Sie wird an Satanisten verkauft, die sie als Menschenopfer darbringen wollen. Sie wird einem reichen Araber als Sexgespielin verkauft.«

»Aber all das würde eine ziemlich genaue Planung voraussetzen, oder nicht?«

»All das werden wir nie erfahren, wenn Carlo nicht noch einmal verhört wird. Ich erwarte, dass das schnellstens geschieht. Das Ergebnis möchte ich in deinem nächsten Bericht an mich lesen. Oder wüsstest du etwas Besseres, womit du dir die Zeit vertreiben könntest, *topo*?«

Es kostete Salvatore seine ganze Selbstbeherrschung, um nicht zu explodieren. Dann entschied er sich dafür, dem Staatsanwalt von einem bedeutsamen Detail zu berichten, das die

Plakate und Handzettel ergeben hatten. Aus zwei Hotels waren Anrufe eingegangen. Das eine befand sich in der Altstadt von Lucca, das andere in Arancio, in der Nähe der Straße nach Montecatini. In beiden Hotels hatte ein Mann vorgesprochen, der ein Foto von dem vermissten Mädchen und einer hübschen Frau, wahrscheinlich der Mutter, vorgezeigt hatte. Er sei auf der Suche nach den beiden, hatte er gesagt und am Empfang eine Visitenkarte hinterlassen. Leider hatten beide Empfangschefs die Karte weggeworfen.

Fanucci verfluchte die Dummheit von Frauen. Salvatore verkniff es sich, ihn darüber aufzuklären, dass es sich bei besagten Empfangschefs um Männer handelte. Er teilte Fanucci jedoch mit, dass besagter Unbekannter sich bereits vier oder vielleicht auch sechs Wochen vor der Entführung nach dem Mädchen und seiner Mutter erkundigt hatte. Mehr wisse er bisher nicht.

»Wer war der Mann?«, wollte Fanucci wissen. »Wissen wir wenigstens, wie er aussah?«

Salvatore schüttelte den Kopf. Wie sollte sich der Empfangschef eines Hotels an jemanden erinnern, den er vor vier oder sechs Wochen ein einziges Mal, und das höchstens eine Minute lang, gesehen hatte? Er breitete die Arme aus. Das hätte irgendjemand sein können.

»Und das ist *alles*? Mehr hast du nicht?«

»Was diesen Mann angeht, der nach der Frau und dem Mädchen gesucht hat, ist das alles«, log Salvatore. Und als Fanucci ansetzte, ihm einen Vortrag über seine Unfähigkeit zu halten, der unweigerlich mit der Drohung enden würde, dass er ihn durch einen fähigeren Mann ersetzen würde, warf Salvatore einen Köder aus.

Er berichtete von den E-Mails, die Hadiyyah mit ihrem Vater ausgetauscht hatte. »Er ist jetzt hier in Lucca«, sagte Salvatore. »Das sollten wir uns näher ansehen.«

»Was? Dass ein Vater, der in London lebt, seiner Tochter,

die sich in Italien aufhält, E-Mails schreibt?« Fanucci schnaubte verächtlich. »Was soll daran wichtig sein?«

»Er hat anscheinend mehrfach versprochen zu kommen und dann sein Versprechen nicht eingehalten«, sagte Salvatore. »Gebrochene Versprechen, gebrochene Herzen, Kinder, die von zu Hause ausreißen. Es ist eine Möglichkeit, die wir untersuchen müssen.« Er warf einen Blick auf seine Uhr. »Ich treffe mich mit diesen Leuten – den Eltern der Kleinen – in vierzig Minuten.«

»Danach erwarte ich deinen Bericht.«

»Selbstverständlich«, sagte Salvatore. Irgendetwas würde er berichten, dachte er, gerade genug, um den Pubblico Ministero in dem Glauben zu lassen, dass alles so lief, wie er es verlangte. »Wenn wir dann fertig wären ...« Er stand auf.

»Nein, wir sind noch nicht fertig«, sagte Fanucci. Ein Lächeln umspielte seine Lippen, das seine Augen nicht erreichte. Er hatte immer noch das Sagen, und Salvatore begriff, dass er mal wieder den Kürzeren gezogen hatte.

Er setzte sich. »*Sì?*«, sagte er so gelassen wie möglich.

»Die britische Botschaft hat angerufen«, sagte Fanucci. In seinem Ton klang Schadenfreude mit. Offenbar hatte er sich das Beste bis zum Schluss aufgehoben. Salvatore fragte nicht nach. Den Triumph wollte er Fanucci nicht gönnen. »Die englische Polizei schickt einen Detective von Scotland Yard hierher.« Er deutete mit einer Kopfbewegung zum Fernseher, wo noch das Foto der Zeitung zu sehen war. »Es bleibt ihnen wohl nichts anderes übrig nach dem Wirbel.«

Salvatore fluchte innerlich. Damit hatte er nicht gerechnet. Und es gefiel ihm nicht.

»Er wird dir nicht in die Quere kommen«, fuhr Fanucci fort. »Seine Aufgabe, so sagte man mir, wird darin bestehen, zwischen den Ermittlern und der Mutter des Mädchens den Kontakt zu vermitteln.«

Das hatte ihm gerade noch gefehlt, dachte Salvatore. Er

würde also demnächst nicht nur dem Pubblico Ministero, sondern auch noch irgendeinem englischen Detective nach der Pfeife tanzen müssen.

»Wer ist dieser Scotland-Yard-Mann?«, fragte er resigniert.

»Sein Name ist Thomas Lynley. Mehr weiß ich nicht. Bis auf eine Kleinigkeit, die du dir merken solltest.« Fanucci ließ einen Augenblick verstreichen, um dem Ganzen noch ein bisschen mehr Dramatik zu verleihen, und da die Unterredung sowieso schon viel länger gedauert hatte als erwartet, tat Salvatore ihm den Gefallen und fragte: »Was für eine Kleinigkeit?«

»Er spricht Italienisch«, sagte Fanucci.

»Wie gut?«

»Gut genug, wenn ich richtig informiert bin. Sieh dich vor, *topo*.«

LUCCA
TOSKANA

Salvatore hatte das Caffè di Simo als Treffpunkt vorgeschlagen. Unter anderen Umständen hätte er die Eltern eines vermissten Kindes vielleicht in der Questura empfangen, aber eigentlich bestellte er nur Leute dorthin, die er einzuschüchtern gedachte. Er wollte, dass die Eltern so entspannt wie möglich waren, und der hektische Betrieb im Präsidium würde sie nur unnötig nervös machen. Im Caffè di Simo dagegen herrschte eine gemütliche, gediegene Atmosphäre, die nicht so leicht Misstrauen aufkommen lassen würde. Außerdem verfügte seine *pasticceria* über ein großes Angebot an köstlichem Gebäck. Er würde sich mit den beiden in den kleinen, mit dunklem Holz vertäfelten Nebenraum setzen, für alle einen Cappuccino bestellen, dazu einen Teller mit Biscotti, dann stand einem ungezwungenen Gespräch nichts mehr im Wege.

Die Eltern erschienen nicht gemeinsam. Die Mutter kam ohne ihren Partner Lorenzo Mura, der Professor traf drei Minuten später ein. Salvatore gab am Tresen seine Bestellung auf und führte die beiden, einen Teller mit Biscotti in der Hand, in den Nebenraum, in dem zum Glück zurzeit keine anderen Gäste saßen. Salvatore würde dafür sorgen, dass das so blieb.

»Signor Mura?«, fragte er die Frau höflich nach ihrem Partner. Seltsam, dachte er, dass Mura sie nicht begleitet hatte. Bei ihren bisherigen Gesprächen hatte er sich aufgeführt wie ihr Schutzengel.

»*Verrà*«, sagte sie. Er würde später kommen. »Er ist beim Fußball«, fügte sie mit einem traurigen Lächeln hinzu. Offenbar war sich Angelina Upman bewusst, wie es wirkte, dass ihr Liebhaber zum Fußballspielen gegangen war, anstatt an ihrer Seite zu bleiben. »Es hilft ihm«, sagte sie, wie zur Erklärung.

Salvatore konnte sich nicht vorstellen, wie Fußball einem Menschen – als Spieler, als Zuschauer oder als Trainer – in solch einer Situation helfen sollte. Aber vielleicht brachte die sportliche Betätigung Mura auf andere Gedanken. Oder vielleicht brauchte er einfach eine Verschnaufpause von Angelina Upman, die vor Angst um ihre Tochter völlig verzweifelt war.

Jetzt jedoch wirkte sie keineswegs verzweifelt. Sie wirkte stumpf. Und sie sah krank aus. Der Vater des Mädchens, der Pakistani aus London, sah kaum besser aus. Sie waren beide mit den Nerven am Ende. Aber wer sollte ihnen das verdenken?

Salvatore fiel auf, dass der Professor der Signora einen Stuhl zurechtrückte, ehe er selbst Platz nahm. Er sah, dass die Hände der Signora zitterten, als sie Zucker in ihren Espresso tat; dass der Professor ihr den Teller mit den *biscotti* hinhielt, den Salvatore ihm zugeschoben hatte. Ihm fiel auf, dass die Signora den Vater ihres Kindes *Hari* nannte und dass der Vater kaum merklich zusammenzuckte, wenn sie ihn so nannte.

Jedes Detail im Zusammenspiel der beiden war ihm wichtig.

Schließlich war er seit zwanzig Jahren Polizist und wusste, dass die Familie als Erste unter Verdacht stand.

Mit Hilfe einer Mischung aus seinem rudimentären Englisch und dem passablen Italienisch der Signora brachte er die Eltern so weit auf den neuesten Stand der Ermittlungen, wie er es für nötig hielt. Man habe sämtliche Flughäfen überprüft, erklärte er ihnen. Ebenso die Bahnhöfe und die Busunternehmen. Die Suche nach ihrer Tochter erstrecke sich nicht nur auf die Stadt Lucca, sondern auch auf die Städte und Dörfer in der näheren Umgebung. Bisher jedoch gebe es nichts zu berichten.

Er wartete, bis die Signora dem Professor alle Einzelheiten ins Englische übersetzt hatte.

»Die Dinge sind… nicht mehr so einfach, wie sie einmal waren«, sagte Salvatore, als sie geendet hatte. »Vor dem Schengener Abkommen hatten wir noch Grenzen. Aber jetzt?« Er hob die Hände, um auszudrücken, mit welchen Schwierigkeiten sie es heute zu tun hatten. »Das Verschwinden der Grenzen macht es Kriminellen viel leichter. Hier in Italien…«, ein bedauerndes Lächeln, »…haben wir jetzt nicht mehr so eine verrückte Währung. Doch alles andere… Für die Polizei ist es jetzt viel schwieriger, jemanden zu finden, der nicht gefunden werden will. Und wenn jemand das Land über die Autobahn verlässt… Diese Dinge lassen sich zwar überprüfen, aber es dauert viel länger.«

»Und die Häfen?«, fragte der Vater des Mädchens. Die Mutter übersetzte, in diesem Fall überflüssigerweise.

»Wir sind noch dabei, die Häfen zu überprüfen.« Er sagte ihnen nicht, was jeder wusste, der sich halbwegs in Geografie auskannte. Wie viele Häfen und Strände gab es wohl in einem Land mit Tausenden von Kilometern Küste? Falls jemand das Kind per Schiff aus dem Land geschmuggelt haben sollte, würde man es niemals finden. »Aber es besteht die Möglichkeit, dass sich Ihre Hadiyyah noch in Italien befindet«, sagte er. »Womöglich ist sie sogar noch hier in der Provinz. Versuchen Sie bitte, so zu denken.«

Die Augen der Signora füllten sich mit Tränen, doch sie blinzelte sie fort. »Wie viele Tage dauert es normalerweise«, fragte sie, »bis Sie etwas… bis Sie eine Spur finden?« Natürlich wollte sie nicht sagen »bis die Leiche gefunden wird«. Niemand wollte das aussprechen, obwohl sie es wahrscheinlich alle dachten.

Er beschrieb ihr, so gut er konnte, die Unübersichtlichkeit der Gegend. Sie befanden sich inmitten der grünen toskanischen Hügel, und dahinter, im Norden, erhoben sich wie drohend die Apuanischen Alpen. In dem gesamten Gebiet gab es Hunderte von Dörfern, Weilern, Villen, Gehöften, Ferienhäusern, Höhlen, Kirchen, Klöstern und Grotten. Das Kind konnte buchstäblich überall sein, sagte er. Solange Hadiyyah nicht auftauchte, solange sie keine Spur und keinen Zeugen hatten, der sich an irgendetwas erinnerte, konnten sie nichts anderes tun als abwarten.

Angelina Upman konnte ihre Tränen nicht mehr zurückhalten. Sie liefen ihr über die Wangen, und sie machte keine Anstalten, sie fortzuwischen. Der Professor rückte seinen Stuhl näher an sie heran und legte ihr eine Hand auf den Arm.

Um ihnen ein bisschen Hoffnung zu geben, erzählte Salvatore von Carlo Casparia. Der junge Drogensüchtige sei vernommen worden, und man würde ihn ein zweites Mal vernehmen, sagte er. Sie versuchten immer noch, irgendetwas aus seinem vernebelten Hirn herauszubekommen. Anfangs hatte man ihn verdächtigt, das Mädchen entführt zu haben, erklärte Salvatore. Aber da es keine Lösegeldforderungen gebe, seien sie zu dem Schluss gekommen, dass er nichts mit der Sache zu tun habe. Natürlich sei es denkbar, dass er das Kind entführt und an irgendjemanden gegen Geld weitergegeben habe. Doch das würde erstens einen großen Planungsaufwand voraussetzen und zweitens die Kunst, mitsamt dem Kind unbemerkt vom Markt zu verschwinden, und beides sei Carlo nicht zuzutrauen. Er war auf dem Markt so bekannt wie der Akkordeonspieler, dem ihre Tochter die Münze in den Hut geworfen hatte. Wenn Carlo das

177

Mädchen irgendwohin mitgenommen hätte, dann hätte irgendeiner der Händler es beobachtet.

Während Salvatore den beiden all das erklärte, traf Lorenzo Mura endlich ein. Er stellte seine Sporttasche auf dem Boden ab und holte sich einen Stuhl. Ihm entging nicht, wie nah der Professor und die Signora beieinandersaßen. Sein Blick blieb einen Moment lang auf der Hand des Professors haften, die immer noch auf dem Arm der Signora lag. Taymullah Azhar nahm zwar die Hand weg, rückte aber nicht mit seinem Stuhl von ihr ab.

»*Cara*«, begrüßte Mura Angelina Upman und drückte ihr einen Kuss aufs Haar.

Da es Salvatore überhaupt nicht gefallen hatte, dass Mura sein Fußballspiel wichtiger gewesen war als dieses Treffen, fuhr er einfach fort. Sollte Lorenzo Mura wünschen, dass man ihn ins Bild setzte, würde das jemand anders übernehmen müssen.

»Sie werden also einsehen«, sagte Salvatore, »dass Carlo für so etwas nicht in Frage kommt. Wir suchen jemanden, dem die Entführung eines Kindes *zuzutrauen* wäre. Zurzeit vernehmen wir also die uns bekannten Pädophilen und überwachen diejenigen, die unter Verdacht stehen, pädophil zu sein.«

»Ach ja?« Die Frage kam von Lorenzo. Sie kam abrupt, so wie man es von einem Mitglied einer so vornehmen Familie erwarten würde. Sie erwarteten, dass die Polizei nach ihrer Pfeife tanzte, so wie sie es getan hatte, als die Familie noch über ihren ungeheuren Reichtum verfügte. Das gefiel Salvatore zwar nicht, aber er verstand es. Trotzdem hatte er nicht die Absicht, vor den Muras zu kuschen.

Er überging Lorenzos Frage und sagte zu den Eltern des Mädchens: »Zufällig kennt meine Tochter Ihre Hadiyyah, was ich aber erst erfahren habe, als Bianca die Plakate in der Stadt gesehen hat. Bianca und Hadiyyah gehen beide auf die Dante-Alighieri-Schule und haben oft miteinander gespielt. Meine Tochter hat mir einige Dinge erzählt, die mich dazu veranlasst haben, mich zu fragen, ob es sich vielleicht gar nicht um eine Entführung handelt.«

Die Eltern sagten nichts. Mura runzelte die Stirn. Offenbar dachten sie alle dasselbe. Wenn die Polizei nicht an eine Entführung glaubte, dann ging sie wohl davon aus, Hadiyyah wäre von zu Hause weggelaufen. Oder ermordet worden. Eine andere Alternative gab es nicht.

»Ihre Tochter hat Bianca viel von Ihnen erzählt«, sagte Salvatore zu dem Professor. Er wartete geduldig, bis die Signora übersetzt hatte. »Zum Beispiel, dass Sie mit Hadiyyah in E-Mail-Kontakt gestanden und ihr zuerst versprochen hätten, sie Weihnachten zu besuchen, und als sie dann verhindert waren, zu Ostern herzukommen.«

Ein erstickter Aufschrei des Professors unterbrach Salvatores Redefluss. Die Signora schlug sich eine Hand vor den Mund. Mura schaute erst seine Geliebte, dann den Vater ihres Kindes an, die Augen schmal vor Argwohn, als der Professor sagte: »Ich habe keine … E-Mails?« Die Situation war plötzlich komplizierter geworden.

»*Sì*«, sagte Salvatore. »Sie haben Hadiyyah keine E-Mails geschrieben?«

»Ich wusste gar nicht …« Der Professor wirkte erschüttert. »Als Angelina mich verlassen hat, hatte ich keine Ahnung, wohin sie gegangen war. Ich hatte keine Möglichkeit … Hadiyyah hat ihren Laptop zurückgelassen. Ich konnte gar nicht …« An der großen Mühe, die ihn das Sprechen kostete, erkannte Salvatore, dass jedes Wort der Wahrheit entsprach. »Angelina …« Der Professor schaute sie an. »Angelina …«, stammelte er.

»Ich musste es tun«, flüsterte sie kaum hörbar. »Hari. Du hättest … Ich wusste einfach nicht, was ich tun sollte. Wenn sie nie von dir gehört hätte, dann hätte sie darauf bestanden, dass … Sie hätte sich Gedanken gemacht. Sie hängt doch so sehr an dir, und es war die einzige Möglichkeit …«

Salvatore lehnte sich zurück und musterte die Signora. Sein

Englisch reichte gerade aus, um zu verstehen, worum es ging. Er musterte den Professor, er musterte Mura. Offenbar war Mura nicht eingeweiht, aber Salvatore setzte die Puzzleteile schnell zu einem Bild zusammen, das ihm nicht gefiel. »Es gab also gar keine echten E-Mails«, stellte er klar. »Diese E-Mails, die Hadiyyah erhalten hat... Die kamen von *Ihnen*, Signora?«

Sie schüttelte den Kopf. Sie senkte den Kopf so tief, dass ihr Gesicht nicht mehr zu sehen war. »Von meiner Schwester. Ich habe ihr gesagt, was sie schreiben soll.«

»Bathsheba?«, fragte der Professor. »*Bathsheba* hat Hadiyyah E-Mails geschickt? Und es so aussehen lassen, als kämen sie von mir? Aber als wir mit ihr gesprochen haben... als wir mit deinen Eltern gesprochen haben... haben sie alle gesagt...« Eine seiner Hände ballte sich zur Faust. »Hadiyyah hat die E-Mails für echt gehalten, nicht wahr? Du hast es so eingerichtet, dass sie von einer englischen Adresse kamen. Damit sie nicht stutzig wurde. Damit sie keine Fragen stellte. Sie sollte denken, dass ich ihr schrieb. Dass ich ihr Versprechungen machte, die ich nicht einhalten konnte.«

»Hari, es tut mir *leid*«, sagte die Signora. Unter Tränen und stockend erzählte sie von ihrer Schwester, von der tiefen Abneigung der Schwester – der ganzen Familie – gegen diesen Mann aus Pakistan, berichtete, wie bereitwillig die Schwester ihr geholfen hatte, vor ihm zu fliehen und sich vor ihm zu verstecken, dass sie seit dem vergangenen November ständig in Kontakt waren und alles genau geplant hatten – bis auf die Entführung natürlich.

Die Signora schlug sich die Hände vors Gesicht und sagte durch ihre Finger: »Es tut mir so leid.«

Der Professor sah sie lange an. Salvatore hatte den Eindruck, dass der Mann in sich ging, um die Kraft zu finden, etwas zu sagen, was Salvatore in solch einer Situation niemals hätte sagen können. »Geschehen ist geschehen, Angelina«, sagte der Professor würdevoll. »Ich kann nicht so tun, als würde ich es

verstehen. Ich werde es nie verstehen. Deinen Hass auf mich…
Was du getan hast… Aber jetzt geht es nur darum, Hadiyyah in
Sicherheit zu bringen.«

»Ich hasse dich nicht!«, schluchzte die Signora. »Aber du verstehst mich nicht, du hast mich nie verstanden. Ich habe es immer wieder versucht, aber du konntest nie…«

Der Professor legte ihr wieder eine Hand auf den Arm. »Vielleicht haben wir einander enttäuscht«, sagte er. »Aber das ist
jetzt nicht wichtig. Es geht nur um Hadiyyah. Angelina, hör
mir zu. Nur um Hadiyyah.«

Eine plötzliche Bewegung von Lorenzo Mura ließ Salvatore in seine Richtung blicken. Der dunkelrote Blutschwamm
würde Lorenzos Gesicht immer vergleichsweise blass aussehen
lassen, Salvatore entging nicht, wie ihm jetzt vor Wut die Röte
ins Gesicht stieg und seine Kiefer mahlten. Er beugte sich abrupt vor und lehnte sich – vielleicht weil er Salvatores Blick gespürt hatte – ebenso abrupt wieder zurück. Diesen Mann, sagte
sich Salvatore, würde er auch unter die Lupe nehmen müssen.

Er sagte zu den Eltern: »Es wird Sie interessieren, dass die
britische Polizei sich in die Sache eingeschaltet hat. Ein Detective von Scotland Yard ist bereits auf dem Weg hierher.«

»Barbara Havers?«, fragte der Professor so hoffnungsvoll,
dass es Salvatore widerstrebte, ihn zu enttäuschen.

»Nein, es ist ein Mann«, sagte er. »Sein Name ist Thomas
Lynley.«

Der Professor legte seiner Exgeliebten eine Hand auf die
Schulter. »Ich kenne den Mann, Angelina«, sagte er. »Er wird
uns helfen, Hadiyyah zu finden. Das ist eine sehr gute Nachricht.«

Das bezweifelte Salvatore. Er hielt es für das Beste, die beiden darüber in Kenntnis zu setzen, dass die Aufgabe des Detec-
tives lediglich darin bestehen würde, sie über den Fortgang der
Ermittlungen auf dem Laufenden zu halten. Doch ehe er dazu
kam, sprang Lorenzo Mura auf.

»*Andiamo*«, sagte er zu Angelina und riss ihren Stuhl vom Tisch weg. Mit einem knappen Nicken verabschiedete er sich von Salvatore. Den Professor würdigte er keines Blickes.

LUCCA
TOSKANA

Von Charlie Denton ausgestattet mit Wegbeschreibungen, Mapquest-Karten sowie Satellitenbildern der Stadt, auf denen mit großen roten Ps sämtliche Parkmöglichkeiten eingezeichnet waren, gelangte Lynley ohne Probleme von Pisa nach Lucca. Charlie hatte auf dem Satellitenbild sogar die Questura markiert sowie die Piazza dell'Anfiteatro, in deren Nähe sich seine Pension befand. Für Lynley hatte er in derselben Pension ein Zimmer gebucht, in der auch Taymullah Azhar wohnte. Das würde die Sache vereinfachen, wenn er mit dem Professor reden musste.

Er war zahllose Male nach Italien gereist – in seiner Kindheit, seiner Jugend und als Erwachsener –, aber aus irgendeinem Grund war er noch nie in Lucca gewesen. Und so überraschte ihn der Anblick der vollständig erhaltenen alten Stadtmauer, die die Stadt über lange Zeit vor Marodeuren und auch vor Überflutungen geschützt hatte. Ganz ähnlich wie viele toskanische Städte und Dörfer, die Lynley seit seiner Kindheit kannte, hatte Lucca enge Gassen, Kopfsteinpflaster, Plätze mit eindrucksvollen Kirchen und Springbrunnen, aus denen klares Quellwasser sprudelte. Das Besondere an der Stadt waren ihre zahlreichen Kirchen, die gut erhaltenen Türme und natürlich der imposante Stadtwall.

Lynley musste zweimal um die Mauer herumfahren, um den Parkplatz zu finden, von dem Denton gesagt hatte, er liege gleich in der Nähe des alten Amphitheaters. Von der Straße her

gewann er so einen Eindruck von der gesamten Befestigungsanlage mit ihren hohen Bäumen, ihren Statuen, ihren militäri-
schen Bollwerken, den Radfahrern, Rollschuhläufern, Joggern,
Spaziergängern und Müttern mit Kinderwagen.

Lynley fuhr durch die Porta Santa Maria und parkte seinen
Wagen. Von dort war es nur ein kurzer Fußweg zur Piazza
dell' Anfiteatro, einem eiförmigen Platz in der Mitte der Altstadt. Nach einigem Suchen gelangte er durch einen Torbogen
auf die von Touristen bevölkerte Piazza und blinzelte im hellen Sonnenlicht. In den gelben und weißen Häusern ringsum
waren Andenkenläden, Cafés und kleine Pensionen untergebracht. Die Pension, in der Denton das Zimmer für ihn reserviert hatte, nannte sich Pensione Giardino, allerdings vermutete
Lynley, dass mit »Garten« lediglich die vielen Kakteen, Sukkulenten und Sträucher gemeint waren, die in Terrakottatöpfen
vor dem Haus aufgereiht standen.

Lynley wurde von der Besitzerin der Pension begrüßt, einer hochschwangeren jungen Frau, die sich atemlos als Cristina Grazia Vallera vorstellte. Sie gab ihm seinen Zimmer-
schlüssel und zeigte ihm den winzigen Frühstücksraum, dann
verschwand sie eilig im hinteren Teil des Hauses, von wo Kin-
dergeschrei zu hören war, und überließ es Lynley, sein Zimmer
selbst zu finden.

Im ganzen Haus duftete es köstlich nach frisch gebackenem
Brot. Im ersten Stock befanden sich nur vier Zimmer. Lynleys
hatte die Nummer 3 und war zum Platz hin gelegen. Er öffnete
das Fenster und die metallenen Fensterläden und blickte auf die
Piazza hinunter. In dem Moment sah Lynley auch Taymullah
Azhar, der durch einen Torbogen kam und die Piazza in Richtung Pension überquerte.

Lynley trat einen Schritt vom Fenster zurück. Der Mann
wirkte am Boden zerstört, ein Zustand, den Lynley nur zu gut
kannte. Lynley beobachtete ihn, bis er unter ihm in der Pension
verschwand.

Lynley hängte sein Jackett auf und legte seinen Koffer aufs Bett. Als er Schritte in dem schmalen, gefliesten Flur hörte, öffnete er seine Tür. Azhar stand vor seinem Zimmer, das neben Lynleys lag, und wollte gerade aufschließen. Er drehte sich um. Es erstaunte Lynley, wie beherrscht der Mann selbst im Leid war.

»Der Commissario hat Sie bereits angekündigt«, sagte Taymullah Azhar zu Lynley, als er ihm die Hand schüttelte. »Ich bin Ihnen sehr dankbar, dass Sie gekommen sind, Inspector Lynley. Ich weiß, dass Sie ein vielbeschäftigter Mann sind.«

»Barbara wollte selbst herkommen«, sagte Lynley. »Aber unsere Chefin hat es nicht gestattet.«

»Ich weiß, dass das alles für sie eine Gratwanderung bedeutet.« Lynley wusste, dass er mit »sie« nicht Isabelle Ardery meinte.

»Da haben Sie allerdings recht«, sagte Lynley.

»Ich wünschte, sie würde das nicht tun. Es auf dem Gewissen zu haben … wenn ihr etwas zustieße … wenn sie ihre Anstellung bei der Polizei verlöre … Ich möchte das nicht«, sagte Azhar ganz offen.

»Mit diesen Gedanken sollten Sie sich nicht belasten«, sagte Lynley. »Ich kenne Barbara schon lange, und ich weiß, dass sie bei Dingen, die ihr wichtig sind, ihren eigenen Weg geht. Ehrlich gesagt, wünschte ich auch, sie würde das nicht tun. Sie hat das Herz am rechten Fleck, aber manchmal lässt sie sich gerade deswegen zu unklugen Entscheidungen und Handlungen verleiten.«

»Ja, da haben Sie recht.«

Lynley setzte Azhar über die Rolle in Kenntnis, die er bei der Ermittlung spielen würde, solange er in Lucca weilte. Er sei in erster Linie Beobachter, und inwieweit er der italienischen Polizei behilflich sein könne, hänge ausschließlich von den Kollegen und dem Staatsanwalt ab. Der Staatsanwalt leite die Ermittlungen, erklärte er Azhar, so funktioniere die italienische Polizei.

»Meine Aufgabe besteht darin, Sie ständig über den Fortgang der Ermittlung zu informieren.« Lynley erzählte Azhar, wie es dazu gekommen war, dass Scotland Yard einen Verbindungspolizisten nach Lucca geschickt hatte: wegen eines Artikels in der *Source*, der auf Informationen basierte, die Barbara Havers anscheinend einem Reporter hatte zukommen lassen. »Wie Sie sich denken können, ist Superintendent Ardery darüber ziemlich aufgebracht. Es gibt natürlich keinen Beweis dafür, dass Barbara hinter der Sache steckt, aber ich hoffe sehr, dass meine Anwesenheit hier Barbara davon abhält, sich in London in noch größere Schwierigkeiten zu bringen.«

Azhar schwieg einen Moment. »Ich hoffe…«, setzte er an, führte den Gedanken jedoch nicht zu Ende. Stattdessen sagte er: »Hier in Italien wird auch in der Boulevardpresse über den Fall berichtet. Ich selbst tue, was ich kann, um sie mit Informationen zu versorgen. Denn solange die Boulevardpresse das Geschehen verfolgt…« Er zuckte traurig die Achseln.

»Ich verstehe«, sagte Lynley. Druck auf die Polizei war Druck auf die Polizei. Egal, wo er herkam, er sorgte für Resultate.

Azhar berichtete ihm, dass er dabei war, in den benachbarten Städten und Dörfern Handzettel zu verteilen, denn er ertrage es nicht, tatenlos in Lucca herumzusitzen und auf Neuigkeiten zu warten. Er holte einen Handzettel aus seinem Zimmer und gab ihn Lynley. Unter einem großen, sehr guten Foto von Hadiyyah stand ihr Name und darunter das Wort VERMISST auf Italienisch, Deutsch, Englisch und Französisch sowie eine Telefonnummer, von der Lynley vermutete, dass es sich um die des örtlichen Polizeireviers handelte.

Es überraschte Lynley, wie arglos und kindlich Hadiyyah auf dem Foto wirkte. Heutzutage wurden Kinder immer schneller erwachsen, und Hadiyyah hätte trotz ihrer neun Jahre aussehen können wie ein kleiner Bollywoodstar. Aber auf dem Foto war ein kleines Mädchen mit Affenschaukeln zu sehen, bekleidet mit einer frisch gebügelten Schuluniform. Sie hatte lebhafte braune Augen und ein schelmisches Lächeln. Sie wirkte eher klein für eine Neunjährige, ein Eindruck, den Azhar bestätigte. Das bedeutete, dass man sie auch für ein viel kleineres Mädchen halten könnte. Das ideale Objekt für einen Pädophilen, dachte Lynley grimmig.

»Die Fotos in der unmittelbaren Umgebung zu verteilen ist kein Problem«, sagte Azhar, als Lynley ihm den Handzettel zurückgab. »Aber weiter von Lucca weg liegen die Orte höher in den Hügeln … Da wird es schon schwieriger.«

Er ging noch einmal in sein Zimmer und nahm eine Landkarte aus der Kommode. Er habe vor, sich erneut auf den Weg zu machen, um Hadiyyahs Foto zu verteilen, sagte er. Falls Inspector Lynley Zeit habe, werde er ihm zeigen, wo er bereits gewesen war. Lynley nickte, und sie gingen nach unten. Gegenüber der Pension standen ein paar Tische und Stühle vor einem Café. Sie setzten sich in den Schatten und bestellten sich ein Erfrischungsgetränk. Dann breitete Azhar die Landkarte aus.

Azhar hatte die Orte, an denen er bereits gewesen war, eingekringelt, und obwohl Lynley mit der toskanischen Landschaft vertraut war, ließ er sich von Azhar berichten, wie umständlich es war, in den Hügeln von einem Ort zum nächsten zu gelangen. Er spürte, dass allein das Reden Azhar von seiner Angst um seine Tochter ein wenig ablenkte. Also nickte er und studierte gemeinsam mit dem Mann die Landkarte. Es beeindruckte ihn, wie gewissenhaft Azhar die Suche betrieb.

Schließlich gingen dem Professor die Worte aus. Nach einer Weile sprach er aus, was ihm sicherlich schon die ganze Zeit auf der Zunge gelegen hatte: »Es ist jetzt eine Woche her, Inspector.« Als Lynley wortlos nickte, fuhr er fort: »Was meinen Sie? Bitte, sagen Sie mir die Wahrheit. Ich weiß, dass Sie mich gern schonen würden, aber ich möchte Ihre Meinung hören.«

Lynley ließ seinen Blick über die Piazza schweifen, sah die vielen grünen Fensterläden, die gegen die Sonne geschlossen waren. In einem der Häuser bellte ein Hund. In einem anderen wurde Klavier gespielt. Lynley überlegte, wie er es mit der Wahrheit halten sollte. Er gelangte zu dem Schluss, dass es keine andere Möglichkeit gab, als sie ganz offen auszusprechen.

»Dieser Fall ist nicht vergleichbar mit der Entführung eines Säuglings oder Kleinkindes, das aus einem Kinderwagen geraubt wird«, sagte er ruhig. »Wenn kein Lösegeld gefordert wird, lässt das darauf schließen, dass die Entführer das Kind selbst behalten wollen oder vorhaben, es wohlbehalten an andere weiterzugeben. Beispielsweise an Leute, die es illegal ›adoptieren‹ wollen und bereit sind, viel Geld für einen Säugling zu bezahlen. Oder dass sie es Verwandten geben wollen, die sich verzweifelt ein eigenes Kind wünschen. Aber wenn ein Kind in Hadiyyahs Alter entführt wird, drängen sich andere Vermutungen auf.«

Azhar stellte keine Fragen. Er hielt die Hände fest auf dem Schoß verschränkt. »Bisher«, sagte er leise, »gibt es kein Anzeichen... keinen Hinweis...«

Was er meinte war: *keine Leiche.* »Was ein sehr gutes Zeichen ist«, sagte Lynley. Er erwähnte nicht, wie schwer eine Leiche in den toskanischen Hügeln oder den Apuanischen Alpen zu finden sein würde. »Das legt den Schluss nahe, dass es Ihrer Tochter gut geht. Sie wird vielleicht verängstigt sein, aber unversehrt. Außerdem können wir davon ausgehen, dass jemand, der die Absicht hat, Hadiyyah an jemand anderen weiterzugeben, sie erst einmal für eine Weile versteckt halten müsste.«

»Warum?«

Lynley trank einen Schluck. »Eine Neunjährige wird nach ihren Eltern fragen, zu ihnen zurückwollen. Sie muss also eine Zeitlang gefangen gehalten werden, bis sie sich fügt. Bis sie sich an ihre Gefangenschaft gewöhnt und ihre Situation akzeptiert. Sie befindet sich in einem fremden Land, beherrscht vielleicht die Sprache nicht oder kaum. Um zu überleben, muss sie mit der Zeit lernen, ihre Kidnapper für ihre Retter zu halten. Sie muss begreifen, dass sie auf sie angewiesen ist. All das gereicht uns zum Vorteil, denn es bedeutet, dass die Zeit für uns spielt und nicht für die Entführer.«

»Aber wenn die Entführer nicht vorhaben, sie Leuten zu geben, die ein Kind adoptieren wollen«, wandte Azhar ein, »dann verstehe ich nicht…«

Lynley unterbrach ihn, um ihm weitere Spekulationen zu ersparen. »Vorerst ist nur wichtig, dass wir davon ausgehen können, dass sie lebt und gut behandelt wird.« Die erschreckendere Möglichkeit, die ebenfalls denkbar wäre, erwähnte er nicht. Er sagte nicht, dass sie in einem idealen Alter war, um einem Pädophilen zu Diensten zu sein: in einem Keller, in einem Haus, das über ein speziell schallgedämpftes Zimmer verfügte, in einem verlassenen Haus irgendwo in den Hügeln. Wer sie von einem mit Menschen gefüllten Markt entführt hatte, ohne aufzufallen oder Spuren zu hinterlassen, musste die Operation sehr sorgfältig geplant haben. Nichts war dem Zufall überlassen worden. So mochte es zwar stimmen, dass die Zeit für die Polizei spielte, aber für die Umstände galt das Gegenteil.

Dennoch gab es eine Hoffnung, und die war Hadiyyah selbst. Denn nicht jeder Mensch verhielt sich so, wie die Psychologie es vermuten ließ. Und es war relativ simpel herauszufinden, ob Hadiyyah zu den Menschen zählte, die anders handelten, als es unter den gegebenen Umständen von ihnen zu erwarten wäre.

»Darf ich fragen«, sagte Lynley, »für wie wahrscheinlich Sie es halten, dass Hadiyyah sich gegen ihre Situation auflehnt?«

»Wie meinen Sie das?«

»Kinder können sehr erfinderisch sein. Würde sie im geeigneten Moment einen Aufstand machen? Auf irgendeine Weise auf sich aufmerksam machen?«

»Auf welche Weise?«

»Indem sie sich weigert zu tun, was man von ihr verlangt. Indem sie versucht wegzulaufen. Indem sie ihre Bewacher angreift, einen Tobsuchtsanfall bekommt, ein Feuer anzündet, einen Reifen aufschlitzt. Indem sie generell aufsässig ist.« Indem sie sich nicht wie ein kleines braves Mädchen benimmt, dachte Lynley.

Azhar ging in sich, um eine Antwort auf Lynleys Frage zu finden. Irgendwo weiter entfernt läuteten Kirchenglocken, und gleich darauf stimmten die Glocken einer weiteren Kirche ganz in der Nähe ein.

Azhar räusperte sich. »Sie würde nichts dergleichen tun«, sagte er. »Sie wurde nicht dazu erzogen sich aufzulehnen. Darauf habe ich – Gott möge mir vergeben – immer großen Wert gelegt.«

Lynley nickte. Leider verhielt es sich in den meisten Fällen so. Im Allgemeinen wurden Mädchen – unabhängig von der Kultur, in der sie aufwuchsen – von ihren Eltern und der Gesellschaft dazu erzogen, brav und angepasst zu sein. Nur Jungen brachte man bei, ihren Verstand und ihre Fäuste zu benutzen.

»Commissario Lo Bianco«, sagte Azhar, »scheint davon auszugehen, dass es … obwohl bereits eine Woche vergangen ist … dass es noch Hoffnung gibt.«

»Ich bin derselben Meinung«, sagte Lynley. Er fügte nicht hinzu, dass diese Hoffnung, je länger die Entführer sich nicht meldeten und keine Spur von ihnen auftauchte, immer schneller dahinschwand.

VICTORIA
LONDON

Barbara Havers schob es so lange wie möglich vor sich her. Sie versuchte sogar, sich davon zu überzeugen, dass es ein Fehler wäre. Aber am frühen Nachmittag hielt sie es nicht länger aus zu warten. Sie rief DI Lynley auf seinem Handy an.

Sie wusste, dass er sauer auf sie war. Jeder andere Kollege, den man aufgrund des Aufstands, den Barbara wegen Hadiyyahs Entführung gemacht hatte, als Verbindungspolizist nach Italien geschickt hätte, hätte ihr dafür die Füße geküsst. Aber Lynley war nicht erpicht auf eine von Scotland Yard finanzierte Italienreise. Er interessierte sich mehr für Roller Derbys und für Daidre Trahair … auch wenn Barbara keine Ahnung hatte, was er von der Großtierärztin eigentlich wollte.

Als Lynley sich mit einem knappen »Barbara« meldete, sagte sie hastig: »Ich weiß, dass Sie einen Rochus auf mich haben, Sir, und es tut mir furchtbar leid. Sie hatten andere Pläne, und ich hab sie Ihnen vermasselt.«

»Dachte ich's mir doch.«

»Ich gebe überhaupt nichts zu, Sir. Aber wie sollte irgendjemand, der Hadiyyah kennt, tatenlos zusehen? Das verstehen Sie doch, oder?«

»Spielt es eine Rolle, ob ich etwas verstehe?«

»Tut mir leid. Aber es wird doch alles gut, oder? Sie wartet doch, oder?«

Schweigen. Dann sagte er auf seine verfluchte wohlerzogene Art: »Alles gut? Sie?«

Barbara begriff, dass sie es ganz falsch angepackt hatte. Sie sagte: »Ach, nichts. Geht mich nichts an. Keine Ahnung, warum ich's überhaupt erwähnt hab … Ich bin einfach krank vor Sorge, und ich glaub, es ist das Beste, dass Sie dort sind und ich hiergeblieben bin. Wenn ich nur wüsste, wie ich …«

»Barbara.«

»Ja? Was? Okay, ich rede dummes Zeug, aber das ist nur, weil ich weiß, dass Sie sauer sind, und das zu Recht, weil ich diesmal wirklich einen Riesenbock geschossen hab, aber das war nur …«

»*Barbara*.« Er wartete, bis sie schwieg, dann sagte er: »Es gibt nichts zu berichten. Sobald es Neuigkeiten gibt, rufe ich Sie an.«

»Ist er …? Sind sie …?«

»Ich habe Angelina Upman noch nicht getroffen. Mit Azhar habe ich gesprochen. Es geht ihm den Umständen entsprechend.«

»Was passiert denn als Nächstes? Mit wem haben Sie gesprochen? Hat die Polizei dort die Situation im Griff? Lassen die Sie …«

»Ob sie mich meine Arbeit machen lassen?«, fiel er ihr ins Wort. »Die, die von mir erwartet wird, ja. Und glauben Sie mir, meine Möglichkeiten hier sind begrenzt. Sonst noch etwas?«

»Äh, nein.«

»Dann sprechen wir uns später wieder«, sagte er knapp und legte auf. Barbara fragte sich, ob er das ernst gemeint hatte.

Sie steckte ihr Handy in ihre Tasche. Sie war gerade in der Kantine der Met, wo sie, um ihre Nerven zu beruhigen, einen gigantischen Muffin verschlungen hatte wie ein ausgehungerter Hund. Als das nicht half, hatte sie in Italien angerufen. Aber von Lynley war keine Erleichterung zu erwarten, so viel stand fest. Sie konnte sich also noch einen zweiten Muffin einverleiben oder sehen, ob sie etwas anderes fand, das ihr half, wieder auf den Teppich zu kommen.

Von Dwayne Doughty hatte sie noch nichts gehört. Sie redete sich ein, dass das wohl damit zu tun hatte, dass sie ihn vor weniger als vierundzwanzig Stunden angeheuert hatte. Doch eine innere Stimme fragte, wie lange der Mann denn wohl brauchte, um festzustellen, dass Taymullah Azhar zu der Zeit, als seine Tochter in Lucca entführt wurde, in Berlin gewesen war. Sie selbst hätte das in einer Stunde gecheckt. Und wenn ihre Situation bei der Met nicht ohnehin schon so heikel wäre, hätte sie das auch gemacht, und zwar am Polizeicomputer. Aber jetzt, wo Superintendent Ardery sie mit Argusaugen beobachtete und DI Stewart zweifellos täglich darüber Bericht erstattete, wie sie ihre Arbeit tat, musste sie auf der Hut sein. Was auch immer sie tat, sie musste es in ihrer Freizeit tun, und ohne die Möglichkeiten, die sie bei der Met hätte.

Zum Glück war ihr Handy ihr Privateigentum. Sie riskierte

keine Disziplinarstrafe, wenn sie es während ihrer Pause benutzte. Auch nicht, wenn sie es auf der Toilette benutzte, wenn ein dringendes Bedürfnis sie dorthin führte.

Also suchte sie die Toilette auf. Nachdem sie sich überzeugt hatte, dass alle Kabinen leer waren, rief sie Mitchell Corsico an.

»Gute Arbeit«, sagte sie, nachdem er sich mit seinem üblichen, ins Telefon gebellten »Corsico« gemeldet hatte, das demonstrieren sollte, was für ein vielbeschäftigter Mann er war.

»Wer spricht da?«, fragte er.

»Postman's Park«, sagte sie. »Watts Memorial. Ich trug eine Nelke im Knopfloch, Sie einen Stetson. Fahren Sie nach Italien?«

»Schön wär's.«

»Wie? Ist die Story für Sie nicht groß genug?«

»Na ja, das Mädchen ist doch nicht tot, oder?«

»Gott, was seid ihr Journalisten doch für ein verfluchtes …«

»Immer mit der Ruhe. Nicht ich habe das zu entscheiden. Wie kommen Sie auf die Idee, ich hätte so viel zu sagen? Wenn Sie also nichts Neues für mich haben – abgesehen von der Ilford-Sache, die denen in der oberen Etage ein paar Titelseiten wert sind.«

Barbara lief es kalt über den Rücken. »Welche Ilford-Sache? Was reden Sie da, Mitch?«

»Ich rede davon, dass Sie mir praktischerweise vollkommen verschwiegen haben, wie sehr Sie selbst in diesem Drama drinhängen.«

»Was soll das heißen? Worauf wollen Sie hinaus?«

»Zum Beispiel darauf, dass Sie sich mit Azhars Eltern eine Straßenprügelei geleistet haben. Ich kann Ihnen sagen, dieser Aspekt mit der ›verlassenen Familie in Ilford‹ hat der Geschichte richtig Pfiff gegeben.«

Barbara war so erschüttert, dass sie kaum einen klaren Gedanken fassen konnte. »Das können Sie nicht machen«, brachte sie mühsam heraus. »Es geht um ein kleines Mädchen. Ihr Leben steht auf dem Spiel. Sie müssen …«

»Das«, fiel Corsico ihr ins Wort, »wäre doch eher Ihre Aufgabe. Ich kümmere mich um die Story. Um meine Leser. Und eins kann ich Ihnen sagen: Die Geschichte von einem süßen, kleinen Mädchen, das entführt wird, verkauft sich gut, keine Frage. Aber die Geschichte von einem süßen kleinen Mädchen, das entführt wird und dessen Vater eine geheime Zweitfamilie hat, die auch noch bereit ist zu reden ...«

»Er hat ihre Existenz nie geheim gehalten. Und sie werden auch nicht reden.«

»Das sollten Sie mal dem Jungen sagen. Sayyid.«

Barbaras Gedanken rasten. Sie musste unbedingt verhindern, dass Corsico Azhar demütigte, indem er sein verworrenes Privatleben öffentlich breittrat. Sie konnte sich lebhaft vorstellen, wie die *Source* ein Interview mit Azhars Sohn ausschlachten würde. Dazu durfte es auf keinen Fall kommen, nicht nur wegen Azhar, sondern auch wegen Hadiyyah. Das Augenmerk musste auf sie gerichtet bleiben, auf die Entführung, auf die Suche nach ihr, auf die Italiener, auf *alles*, was sich in Italien abspielte.

Sie sagte: »Also gut. Ich verstehe, was Sie meinen. Aber es gibt etwas, was Sie vielleicht interessiert.«

»Und das wäre?«

»DI Lynley.« Es widerstrebte ihr zutiefst, doch ihr blieb keine andere Wahl. »DI Lynley ist nach Italien geflogen. Er ist der Verbindungspolizist.«

Stille am anderen Ende der Leitung. Barbara konnte beinahe hören, wie Corsicos graue Zellen arbeiteten. Seit Lynleys Frau vor ihrer eigenen Haustür erschossen worden war, versuchte er, ein Interview mit dem DI zu bekommen. Helen Lynley war hochschwanger gewesen und gerade vom Einkaufen zurückgekommen, als ein Jugendlicher nur so zum Vergnügen auf sie geschossen hatte. Sie hatte hirntot in der Klinik gelegen, und der Inspector hatte die Entscheidung treffen müssen, ob die Maschinen abgeschaltet wurden, die das Kind in ihrem Bauch am

Leben erhielten. Wenn Corsico eine Story brauchte, dann war Lynley die Story. Das wussten sie beide.

Sie sagte: »Unsere Pressestelle wird das natürlich bekannt geben, aber Sie können es schon vorher publik machen, wenn Sie wollen. Und ich schätze, Sie wissen, was das bedeutet. Er muss die Eltern über den Fortgang der Ermittlungen auf dem Laufenden halten, aber er wird auch mit der Presse sprechen und Fragen von Journalisten beantworten müssen. Sie sind die Presse, Sie sind Journalist. So würden Sie Ihr Interview kriegen, Mitch.«

»Ich habe schon verstanden. Ich will nicht lügen, Barbara, Lynley wäre ein dicker Fisch für mich. Aber der Fisch, den ich grade an der Angel habe...«

»Lynley ist *die* Story.« Barbara hörte, dass ihre Stimme vor Aufregung beinahe schrill klang. »Sie brauchen Ihren Chefs gegenüber nur einmal den Namen Lynley zu erwähnen, und schon sitzen Sie im nächsten Flugzeug nach Italien.« Und genau da wolle sie ihn haben, fügte sie hinzu. Am Ort des Geschehens, von wo aus er an seine Zeitung berichten und dafür sorgen könne, dass die britische Öffentlichkeit erfuhr, was getan wurde, um ein süßes kleines Mädchen zu finden.

»Genau das werde ich tun«, sagte Corsico. »Machen Sie sich da mal keine Sorgen. Aber alles der Reihe nach. Und als Erstes nehme ich mir den Jungen vor.«

»Mitch, ich flehe Sie an...«

»Danke für den Tipp mit Lynley«, sagte er und legte auf.

VICTORIA
LONDON

Am liebsten hätte Barbara ihr Handy an die Wand geworfen, so wie frustrierte Polizisten es im Fernsehen taten. Aber sie konnte sich kein neues leisten, also fluchte sie nur vor sich hin. Sie musste verhindern, dass Corsico über Azhars Familie in Ilford herfiel, und sie sah nicht viele Möglichkeiten, das zu bewerkstelligen. Nafeeza würde wahrscheinlich zu keinem Thema, das ihren Mann betraf, ein einziges Wort sagen. Aber Azhars Sohn Sayyid war unberechenbar.

Als sie die Tür zum Korridor aufriss, stieß sie mit Winston Nkata zusammen. Er tat nicht so, als wäre er zufällig vorbeigekommen, sondern deutete mit einer Kinnbewegung auf die Damentoilette, aus der sie gerade herausgeschossen war. Und um keinen Zweifel an seinen Absichten aufkommen zu lassen, ging er an ihr vorbei, packte sie am Arm und zog sie zurück in den gefliesten Raum.

»Ups«, sagte sie. »Hast du dich verlaufen? Das Männerklo ist am Ende des Flurs.«

Nkata war nicht zum Scherzen aufgelegt.

»Bist du von allen guten Geistern verlassen?«, flüsterte er. »Sei froh, dass Stewart *mich* gebeten hat, dir zu folgen. Wenn er jemand anderen geschickt hätte, könntest du ab morgen wieder auf Streife gehen.«

Sie stellte sich dumm. »Hä? Wovon redest du, Winnie?«

»Ich rede von deinem Job«, sagte er. »Dass du ihn verlieren könntest. Wenn die rauskriegen, dass du der *Source* Informationen zuspielst, bist du erledigt. Und tu bloß nicht so, als wüsstest du nicht, dass es einige Leute in der Abteilung gibt, die sich ins Fäustchen lachen, wenn das passiert, Barb.«

Sie spielte die Unschuldige. »Ich? Eine Informantin für die *Source*?«, zischte sie. »Glaubst du das im Ernst? Ich bin keine Informantin. Nicht für die *Source* und auch für sonst niemanden.«

»Ach? Du hast denen grade DI Lynley geliefert. Ich hab dich gehört, Barb. Willst du mir etwa erzählen, du hättest die Information nicht demselben Typen gesteckt, der die Geschichte über Hadiyyah geschrieben hat? Für wie blöd hältst du mich eigentlich? Du hast gerade eben mit diesem Corsico telefoniert,

Barb, und ein Blick auf deine Handy-Abrechnung wird es beweisen. Von deinem Bankkonto ganz zu schweigen.«

»*Was*?« Jetzt war sie tatsächlich beleidigt. »Du glaubst, ich mach das für Geld?«

»Ich hab keine Ahnung, warum zum Teufel du das machst, und es ist mir auch scheißegal. Und glaub ja nicht, dass sich ein Schwein dafür interessiert, warum du das machst.«

»Hör zu, Winnie. Du und ich, wir wissen beide, dass irgendeiner die Story am Leben halten muss. Nur dann wird die *Source* einen Reporter nach Italien schicken. Und nur ein britischer Reporter in Italien wird die Met unter Druck setzen und so dafür sorgen, dass Lynley so lange da unten bleibt, bis der Fall gelöst ist. Und ein britischer Reporter vor Ort wird die italienischen Reporter anstacheln, die italienische Polizei unter Druck zu setzen. Genauso funktioniert das. Druck zeitigt Ergebnisse, wie du sehr wohl weißt.«

»Was ich weiß«, sagte er, inzwischen etwas ruhiger, »ist, dass niemand sich auf deine Seite stellen wird, Barbara. Wenn das rauskommt, bist du auf dich allein gestellt. Das musst du dir klarmachen. Du hast hier niemanden.«

»Vielen Dank auch, Winston. Es ist immer gut zu wissen, dass man Freunde hat.«

»Ich meine niemanden, der die Macht hat, sich für dich einzusetzen«, sagte Winston.

Natürlich meinte er Lynley. Denn Lynley war der Einzige, der es riskieren würde, sich für sie in die Bresche zu werfen, falls das mit der *Source* nach hinten losging. Und er würde es nicht so sehr deswegen tun, weil er Barbara ein treuer Freund war, sondern weil er auf seinen Job bei der Met nicht angewiesen war und er deswegen kein Problem damit hatte, sich mit seinen Vorgesetzten anzulegen.

»Du siehst also«, sagte Winston, der offenbar ihre Gedanken gelesen hatte, »du hast dich da ganz schön in die Nesseln gesetzt, Barb. Dieser Corsico – für eine heiße Story würde der deine Mutter vor den Bus werfen. Oder seine eigene Mutter, wenn's drauf ankäme.«

»Das lässt sich nicht ändern«, entgegnete Barbara. »Mitchell Corsico hab ich im Griff, Winston.« Sie versuchte, an ihm vorbei zur Tür zu gehen, doch er stellte sich ihr in den Weg.

»Niemand hat einen Sensationsreporter im Griff, Barb. Wenn du das noch nicht weißt, dann wirst du es sehr bald merken.«

ILFORD
GREATER LONDON

Wenn Barbara kontrollieren wollte, was Mitchell Corsico schrieb, blieben ihr nicht viele Möglichkeiten. Aber was seine Absicht betraf, mit Sayyid zu reden, hatte sie nur eine einzige. Sie rief Azhar an. Sie erreichte ihn unterwegs in den toskanischen Hügeln. Die Verbindung war sehr schlecht. Sie unterhielten sich nur kurz. Von Azhar erfuhr sie, was sie bereits wusste: dass Lynley in Italien eingetroffen war und dass Azhar sich mit ihm unterhalten hatte, bevor er losgefahren war, um weitere Handzettel mit dem Foto von Hadiyyah in den Dörfern nördlich von Lucca zu verteilen.

»Sayyids Schule?«, wiederholte Azhar auf Barbaras Frage. »Wozu brauchen Sie den Namen der Schule?«

Es widerstrebte ihr, ihm die Wahrheit zu sagen, aber sie sah keine Alternative. Die *Source*, erklärte sie ihm, wolle eine Story über den Jungen bringen, eine »tragische Schicksals«-Geschichte, wie die Leser sie liebten.

Azhar gab ihr sofort den Namen der Schule. »Es ist zu seinem Besten«, sagte er. »Sie wissen doch, wie diese Zeitung ihn darstellen wird, Barbara.«

Das wusste sie allerdings. Sie wusste es, weil sie das verdammte Schmierblatt selber las. Es war wie mentale Zuckerwatte, und sie war schon seit Jahren süchtig nach dem Zeug. Sie bedankte sich bei Azhar und versprach ihm, ihn über das, was mit seinem Sohn passierte, auf dem Laufenden zu halten.

Das wesentlich größere Problem bestand darin, von der Met wegzukommen. Sie konnte nicht warten, bis sie Feierabend hatte. So wie sie Corsico kannte, hätte er den Jungen bis dahin längst ausfindig gemacht und ihm das ersehnte Ventil präsentiert, seiner Wut auf seinen Vater Luft zu machen. Sie musste also los, und zwar auf der Stelle. Sie brauchte nur noch eine passende Ausrede. Dafür musste ihre Mutter herhalten.

Barbara ging zu DI Stewart. Er war gerade dabei, die Aufgaben des Tages an der Weißwandtafel zu skizzieren. Sie machte sich gar nicht erst die Mühe nachzusehen, welche Aufgaben er ihr zugedacht hatte. Sie kannte Stewart. Egal wie erfahren und kompetent sie war, er teilte sie für nichts anderes als Schreibtischarbeit ein, nur um sie um den Verstand zu bringen.

»Sir«, sagte sie, eine Anrede, die sie ihm gegenüber nur mit Mühe über die Lippen brachte. »Ich habe gerade einen Anruf aus Greenford erhalten.« Sie bemühte sich, besorgt zu wirken, was ihr in dem Fall nicht besonders schwerfiel. Sie war tatsächlich äußerst besorgt, wenn auch nicht um ihre Mutter.

Stewart wandte sich nicht von der Weißwandtafel ab, sondern konzentrierte sich scheinbar auf das, was er gerade schrieb. »Tatsächlich«, sagte er in einem Ton, der deutlich machte, wie sehr ihn alles nervte, was mit Barbara Havers zu tun hatte. Am liebsten hätte sie ihn geohrfeigt.

»Meine Mutter ist gestürzt. Sie ist in der Unfallambulanz, Sir. Sie braucht ...«

»Wo genau?«

»In dem Heim, wo sie ...«

»Ich meine in welchem Krankenhaus? Sie sagten doch Unfallambulanz, oder?«

Das Spiel kannte Barbara nur zu gut. Wenn sie ihm den Namen des Krankenhauses nannte, würde er in der dortigen Notaufnahme anrufen, um sich zu vergewissern, dass ihre Mutter sich wirklich dort befand. Sie sagte: »Das weiß ich noch nicht, Sir. Ich wollte unterwegs anrufen.«

»Wen?«

»Die Heimleiterin. Sie hat erst den Notarzt und dann mich verständigt. Sie wusste noch nicht, wohin man meine Mutter bringen würde.«

DI Stewart schien sich zu überlegen, wo auf der Schwachsinnsskala Barbaras Geschichte anzusiedeln war. Er schaute sie an. »Sagen Sie mir Bescheid«, sagte er. »Wir werden ihr natürlich Blumen schicken.«

»Ich gebe Ihnen Bescheid, sobald ich es weiß«, antwortete sie. Dann hängte sie sich ihre Tasche über die Schulter und sagte: »Danke, Sir.« Sie vermied es, im Vorbeigehen in Winston Nkatas Richtung zu sehen. Er vermied es ebenfalls, sie anzusehen. Er brauchte keine Schwachsinnsskala. Aber wenigstens enthielt er sich eines Kommentars. Er würde sie nicht verraten.

Die Fahrt nach Ilford war lang, doch sie schaffte es, bevor die Schule aus war. Sie parkte in der Nähe der Schule und sah sich um, ob Mitchell Corsico sich nicht in einer Mülltonne versteckte, bereit herauszuspringen, sobald er sie erblickte. Eine alte Frau schob einen mit ihren Habseligkeiten gefüllten Einkaufswagen über den Gehweg, aber ansonsten schien die Luft rein zu sein. Barbara betrat das Schulgebäude, zückte ihren Polizeiausweis und wurde sofort zur Direktorin vorgelassen.

Sie sagte der Schulleiterin Mrs Ida Croak einfach die Wahrheit. Ein Journalist, der für ein Boulevardblatt arbeitete, sei auf dem Weg, um einen ihrer Schüler zu interviewen, dessen Vater seine Mutter wegen einer anderen Frau verlassen hatte. Sie nannte Mrs Croak Sayyids Namen. »Dem Mann geht es nur um eine Schmutzkampagne«, fügte Barbara hinzu. »Ich nehme an, Sie wissen, was ich meine: Etwas, das sich den Anstrich gibt, als wäre es eine Alltagsgeschichte, während in Wirklichkeit alle Beteiligten nur in den Schmutz gezogen werden. Ich möchte das verhindern. Für Sayyid, für seine Mutter und für die ganze Familie.«

Die Schulleiterin wirkte angemessen besorgt, aber auch etwas irritiert über Barbaras Anwesenheit. Sie stellte die naheliegende Frage: »Warum kümmert sich Scotland Yard um diese Sache?«

Genau da lag der Hase im Pfeffer. Polizisten loszuschicken, um Artikel in Schmierblättern zu verhindern, war nicht gerade Aufgabe von Scotland Yard. »Es ist ein persönlicher Gefallen für die Familie«, sagte Barbara. »Sie können gern Sayyids Mutter anrufen und sie fragen, ob sie möchte, dass ich den Jungen an dem Journalisten vorbeilotse und ihn nach Hause bringe, damit er nicht belästigt wird.«

»Der Journalist ist *hier*?«, fragte Mrs Croak entgeistert, als hätte Barbara behauptet, dass der Sensenmann vor der Tür stand.

»Er wird bald hier sein. Ich habe ihn auf dem Weg hierher nicht gesehen, aber es kann nicht mehr lange dauern, bis er aufkreuzt. Er weiß, dass ich vorhabe, ihn an seinem Vorhaben zu hindern.«

Mrs Croak war nicht ohne Grund zur Schulleiterin aufgestiegen. Sie sagte: »Ich muss telefonieren«, und bat Barbara, so lange auf dem Korridor zu warten.

Das konnte natürlich bedeuten, dass Mrs Croak auch bei Scotland Yard anrief, um Barbaras Identität zu überprüfen und sich zu vergewissern, dass sie nicht vorhatte, Sayyid zu entführen und zu vergewaltigen. Sie hoffte inständig, dass das nicht passieren würde. Es fehlte ihr noch, dass Mrs Croak zu John Stewart durchgestellt wurde oder, schlimmer noch, zu Superintendent Ardery. Nervös ging sie im Korridor auf und ab, bis die Schulleiterin ihre Tür öffnete und sie wieder hereinbat.

»Die Mutter ist auf dem Weg hierher«, sagte sie. »Sie hat keinen Führerschein, aber der Großvater des Jungen bringt sie her. Sie werden Sayyid mit nach Hause nehmen.«

O nein!, dachte Barbara und hatte das Gefühl, als schwebten die Worte in einer gigantischen Wortblase über ihrem Kopf wie bei einer Cartoonfigur. Sie hatte vorgehabt, auf Sayyid einzuwirken, dass er sich nicht auf die Boulevardpresse einließ, aber nach ihrer Begegnung mit Azhars Vater würde sie sich nicht wundern, wenn der Alte sich freiwillig für ein Interview mit einem Sensationsreporter zur Verfügung stellen würde, um es seinem Sohn endlich richtig heimzuzahlen. Sie würde versuchen müssen, ihn zur Vernunft zu bringen, was heikel werden würde, schließlich war sie auch an dem Handgemenge vor seiner Haustür beteiligt gewesen.

Barbara fragte: »Ist es in Ordnung, wenn ich hier warte, bis die Mutter und der Großvater hier sind?«

Selbstverständlich könne sie warten, sagte Mrs Croak. Wenn sie so freundlich wäre, irgendwo anders zu warten? Sie sei sehr beschäftigt, aber sie würde sich gern kurz mit der Mutter unterhalten.

Barbara hatte nichts dagegen, draußen zu warten. Sie würde auf ihrem Posten sein, wenn Nafeeza und Azhars Vater kamen. Und sie würde auch auf ihrem Posten sein, wenn Mitch Corsico auftauchte.

Zum Glück trafen Nafeeza und ihr Schwiegervater als Erste ein. Sie sahen Barbara sofort, als sie auf den Eingang des Gebäudes zugeeilt kamen. »Vielen Dank, Sergeant. Wir stehen in Ihrer Schuld«, sagte Nafeeza würdevoll. Azhars Vater nickte knapp.

»Lassen Sie niemanden zu ihm«, sagte Barbara, als die beiden das Gebäude betraten. »Es wird böse enden. Versuchen Sie, ihm das zu erklären.«

»Ja, das werden wir tun.«

Dann waren sie weg. Dann kam Corsico.

Barbara sah, wie er sich auf der gegenüberliegenden Straßenseite vor einem Zeitungsladen auf die Lauer legte. Er entdeckte sie sofort, rückte seinen lächerlichen Stetson zurecht und verschränkte die Arme unter der Digitalkamera, die um seinen

201

Hals hing. Sein Gesichtsausdruck sagte ihr, dass sie zwar ge-
punktet, aber noch lange nicht gewonnen hatte.

Barbara wandte den Blick von ihm ab. Sie brauchte nur
Sayyid, seine Mutter und seinen Großvater zu ihrem Auto zu
begleiten. Sie brauchte nur ein Wörtchen mit dem Jungen zu
reden und ihm klarzumachen, wie gefährlich es wäre, wenn er
sich einem Sensationsreporter anvertraute und über seinen Vater herzog. Barbara bezweifelte, dass es ausreichen würde, wenn
Sayyids Mutter und Großvater ihn ermahnten, seine Zunge zu
hüten.

Zehn Minuten später wurde die Eingangstür geöffnet. Barbara hatte in der Nähe gewartet, neben einem Kübel, in dem
ein Ilexstrauch vor sich hin kümmerte. Sie trat vor, als die drei
sich näherten. Aus den Augenwinkeln sah sie, wie Corsico einen
Schritt auf die ruhige Straße machte.

Hastig sagte sie: »Nafeeza, der Mann mit dem Cowboyhut
da drüben ist der Journalist. Er hat eine Kamera. Sayyid, das ist
der Mann, vor dem du auf der Hut sein musst. Er will nur...«

»Sie!«, fauchte Sayyid. Dann fuhr er zu seiner Mutter herum.
»Du hast mir nicht gesagt, dass seine Hure...«

»Sayyid!«, sagte seine Mutter. »Diese Frau ist nicht...«

»Du bist so was von dämlich! Ihr seid alle beide so blöd, dass
es wehtut!«

Sein Großvater packte ihn am Arm, sagte etwas auf Urdu zu
ihm und zerrte ihn zu dem verbeulten Golf.

»Ich rede mit wem ich will!«, schrie Sayyid. »Du verdammte
Hure«, brüllte er Barbara an. »Lass mich in Ruhe. Lass uns
alle in Ruhe. Geh zurück zu meinem Vater und lutsch ihm den
Schwanz!«

Nafeeza verpasste ihm eine so heftige Ohrfeige, dass sein
Kopf zur Seite geschleudert wurde. »Ich rede mit wem ich
will!«, schrie Sayyid. »Und ich sag allen die Wahrheit. Über sie.
Und über ihn. Darüber, was sie tun, wenn sie allein sind. Ich
weiß nämlich genau, wie er ist, und auch, wie sie ist, und...«

202

Sein Großvater schlug ihn und brüllte ihn auf Urdu an. Nafeeza schrie auf und versuchte, den Alten festzuhalten, doch er riss sich von ihr los und schlug Sayyid noch einmal. Blut lief dem Jungen aus der Nase und tropfte auf sein weißes Hemd.

»Verfluchte Scheiße«, murmelte Barbara.

Sie stürzte los, um den Jungen aus den Fäusten seines Großvaters zu befreien.

Was für ein Riesenschlamassel, dachte sie. Was Corsico dachte, würde sie wahrscheinlich auf der Titelseite der nächsten Ausgabe der *Source* lesen können.

LUCCA
TOSKANA

Nachdem Lynley sich in der Pensione Giardino von Taymullah Azhar verabschiedet hatte, ging er zur Questura. Das Gebäude befand sich außerhalb der Stadtmauer in der Nähe der Porta San Piedro, einen kurzen Fußweg vom Zentrum der Altstadt entfernt. Das imposante, aprikosenfarbene im romanischen Stil errichtete Gebäude strahlte Nüchternheit und Beständigkeit aus. Polizisten und Mitarbeiter der Justiz kamen und gingen. Lynley, der bei seiner Ankunft neugierige Blicke erntete, wurde unverzüglich zu Commissario Salvatore Lo Bianco geleitet.

Er stellte schnell fest, dass Salvatore Lo Bianco vollständig über Lynleys Aufgaben als Verbindungspolizist informiert war. Der Italiener war offensichtlich nicht begeistert. Ein steifes Lächeln bei der Begrüßung machte deutlich, was er davon hielt, dass ein Inspector von Scotland Yard in seinem Vorgarten herumtrampelte, doch verbot es die Höflichkeit, sich seinen Unmut durch mehr als kühle Zurückhaltung anmerken zu lassen.

Lo Bianco war ziemlich klein, Lynley überragte ihn um mehr als Haupteslänge. Sein graumeliertes Haar lichtete sich, und sein dunkelhäutiges Gesicht war an den Wangen mit Aknenarben übersät. Aber er hatte offenbar gelernt, das Beste aus sich zu machen, denn er war schlank und muskulös und perfekt gekleidet. Seine Hände sahen aus, als würden sie wöchentlich manikürt.

»*Piacere*«, sagte er zu Lynley, der jedoch bezweifelte, dass sein Kollege über seine Anwesenheit erfreut war. Was er ihm nicht verdenken konnte. »*Parla italiano, sì?*«

Ja, sagte Lynley, er sei durchaus in der Lage, sich auf Italienisch zu unterhalten, solange sein Gegenüber nicht auf ihn einrede wie der Kommentator eines Pferderennens. Darüber musste Lo Bianco lächeln. Er bedeutete Lynley, Platz zu nehmen.

Er bot ihm *caffè* an ... *macchiato? Americano? Latte?* Lynley lehnte dankend ab. Vielleicht einen *tè caldo?* Schließlich sei er ein verrückter Engländer, oder? Und es sei ja bekannt, dass Engländer literweise Tee tranken. Lynley lehnte lächelnd ab. Er berichtete Lo Bianco von seiner Begegnung mit Taymullah Azhar in der Pension, in der sie beide untergebracht waren. Mit der Mutter des Mädchens habe er noch nicht gesprochen, er hoffe jedoch, der Commissario werde ein Treffen mit ihr arrangieren.

Lo Bianco nickte. Er musterte Lynley. Es war Lynley nicht entgangen, dass Lo Bianco stehen geblieben war, während er selbst sich hinsetzte, aber das störte ihn nicht. Er befand sich auf mehr als eine Weise auf fremdem Territorium, das wussten sie beide.

»Ihr Auftrag«, sagte Lo Bianco, nachdem er sich vor einem Aktenschrank aufgebaut hatte. »Der Kontakt mit der Familie. Er erweckt bei uns den Eindruck – vor allem beim Staatsanwalt, wie ich betonen möchte –, dass die britische Polizei glaubt, wir würden hier in Italien keine gute Arbeit leisten. Unsere Polizei, meine ich.«

Lynley beeilte sich, den Commissario zu beruhigen. Seine

Anwesenheit, erklärte er ihm, sei in erster Linie eine politisch motivierte Reaktion. Es gehe in erster Linie darum, die Gemüter in England zu beruhigen. Die britische Boulevardpresse habe sich bereits auf das Verschwinden des Mädchens gestürzt. Vor allem ein spezielles Revolverblatt habe die Met unter Beschuss genommen. Die Boulevardpresse im Allgemeinen interessiere sich leider nicht für die Regeln internationaler Polizeizusammenarbeit, sie sei nur darauf aus, Dreck aufzuwirbeln. Um das zu verhindern habe man ihn, Lynley, nach Italien entsandt. Es sei keinesfalls seine Absicht, Lo Bianco in die Quere zu kommen. Sollte seine Hilfe gewünscht werden, stehe er selbstverständlich jederzeit zur Verfügung. Der Commissario solle jedoch versichert sein, dass Lynleys Aufgabe allein darin bestehe, den Eltern des entführten Mädchens mit Rat und Tat zur Seite zu stehen.

»Zufällig kenne ich den Vater des Mädchens persönlich«, sagte Lynley. Er erwähnte nicht, dass seine Kollegin mehr als nur bekannt war mit Taymullah Azhar.

Lo Bianco beobachtete ihn genau, während er redete. Er nickte und schien sich von Lynleys Ausführungen beruhigt zu fühlen. Als Lynley die britische Boulevardpresse erwähnte, murmelte er vielsagend »Ah, die britische Sensationspresse«, wie um anzudeuten, dass Italien nicht unter dieser Art Gossenjournalismus zu leiden hatte. Dann jedoch ging er zu seinem Schreibtisch, entnahm seiner Aktentasche eine Zeitung namens *Prima Voce* und sagte: »Das kennen wir hier auch.« Auf der Titelseite der Zeitung prangte in großen Lettern die Schlagzeile *Dov'è la bambina?* Außer einem Foto des Mädchens enthielt der Artikel ein Foto von einem Mann, der irgendwo in Lucca auf der Straße hockte und mit gesenktem Kopf ein Schild mit der Aufschrift *ho fame* hochhielt. Einen verrückten Moment lang dachte Lynley, in Italien würden Straftäter immer noch zum Gespött der Leute an den Pranger gestellt. Doch dann stellte sich heraus, dass der Mann der einzige Zeuge war, den die Polizei bisher hatte ausfindig machen können.

»Warum sollte er etwas damit zu tun haben?«

»Erstens, weil er drogensüchtig ist und ständig Geld braucht, um seine Sucht zu befriedigen. Zweitens, weil er, seit das Mädchen verschwunden ist, nicht mehr auf dem *mercato* war, um zu betteln.« Lo Biancos Miene war plötzlich wie versteinert. »Und der Staatsanwalt hält das für den Beweis seiner Schuld.«

»Und Sie?«

Lo Bianco lächelte, anscheinend erfreut darüber, dass sein britischer Kollege seine Gedanken gelesen hatte. »Ich glaube, Carlo möchte einfach nicht weiter von der Polizei belästigt werden, und wird sich, bis diese Sache ausgestanden ist, nicht mehr auf dem *mercato* blicken lassen, wo wir ihn jederzeit für eine erneute Vernehmung einkassieren können. Aber für die Staatsanwaltschaft – und für die Öffentlichkeit – ist es wichtig, dass wir Fortschritte machen. Und wenn wir Carlo vernehmen, was wir schon zweimal getan haben, sieht es so aus, als würden wir Fortschritte machen. Das werden Sie bald feststellen, denke ich.«

Was er mit dem letzten Satz meinte, wurde deutlich, als er Lynley anbot, ihn dem leitenden Staatsanwalt vorzustellen. Sein Büro befinde sich auf der Piazza Napoleone – auch »Piazza Grande« genannt –, die ganz in der Nähe liege. Sie würden trotzdem mit dem Auto fahren, fügte er hinzu, ein Vorrecht der Polizei. Die Altstadt mit ihren engen Gassen sei nur für Fußgänger, Radfahrer und die kleinen, öffentlichen Elektrobusse frei, für den allgemeinen Verkehr jedoch gesperrt.

An der Piazza Grande betraten sie einen riesigen Palazzo, der wie die meisten derartigen Gebäude in Italien einem wesentlich profaneren als dem ursprünglichen Zweck zugeführt worden war. Sie stiegen eine breite Treppe hoch in den ersten Stock, wo Piero Fanucci residierte. Eine Sekretärin rief überrascht aus: »Sie schon wieder, Salvatore«, woraus Lynley schloss, dass dies an dem Tag nicht Lo Biancos erster Besuch beim Staatsanwalt war. Ohne viel Aufhebens führte sie die beiden in Fanuccis Dienstzimmer.

Der Pubblico Ministero, der die Ermittlung leitete und, wie in Italien üblich, den Fall auch vor Gericht bringen würde, blickte nicht von seiner Arbeit auf, als Lo Bianco und Lynley eintraten. Lynley verstand die Geste, und als Lo Bianco ihm einen Blick zuwarf, hob er eine Schulter. Er habe kein Problem damit, wollte er seinem Kollegen damit bedeuten, dass er in Italien nicht mit offenen Armen empfangen wurde.

»*Magistrato*«, sagte Lo Bianco, »das ist der Detective von Scotland Yard, Thomas Lynley.«

Fanucci gab eine Art Grunzen von sich. Er kramte irgendwelche Unterlagen auf seinem Schreibtisch hin und her. Unterzeichnete zwei Dokumente. Drückte einen Knopf an seinem Telefon und bellte eine Anweisung. Augenblicklich erschien seine Sekretärin, nahm einige Ordner von Fanuccis Schreibtisch und ersetzte sie durch andere. Fanucci begann, in aller Ruhe in den Ordnern zu blättern. Lo Bianco riss der Geduldsfaden.

»Es reicht, *magistrato*«, sagte er. »Ich habe viel zu tun.«

Piero Fanucci blickte auf. Er war offensichtlich nicht in der Stimmung, sich darüber Gedanken zu machen, ob der Commissario viel zu tun hatte. »Ich auch, *topo*«, sagte er, und Lynley sah, wie Lo Biancos Kiefermuskeln sich anspannten, vielleicht, weil sein Vorgesetzter ihn mit »Ratte« betitelte, oder vielleicht auch aus Ärger darüber, dass der Mann sich so unkooperativ zeigte. Dann wandte Fanucci sich Lynley zu. Er war unfassbar hässlich, und er gab sich keine Mühe, dafür zu sorgen, dass Lynley sein stark dialektal gefärbtes Italienisch verstand. Lynley erriet das Wesentliche in erster Linie anhand von Fanuccis Ton, aus dem blanke Empörung sprach – ob die echt war oder gespielt, konnte Lynley allerdings nur schwer einschätzen.

»Die britische Polizei ist also der Meinung, dass wir Sie hier brauchen, um die Familie des vermissten Mädchens auf dem Laufenden zu halten«, sagte er in etwa. »Das ist vollkommen absurd. Die Familie wird von uns lückenlos informiert. Wir haben einen Verdächtigen. Wir brauchen ihm nur noch ein paar Fragen zu stellen, dann wird er uns zu dem Kind führen.«

Lynley wiederholte, was er Lo Bianco bereits erklärt hatte: »Es ist eine rein politische Entscheidung, die unter dem von der Boulevardpresse erzeugten Druck von Seiten der Öffentlichkeit getroffen wurde. Das Verhältnis zwischen unserer Polizei und den Medien ist getrübt, Signor Fanucci. In der Vergangenheit hat es wiederholt Pannen gegeben – Fehlurteile, Verdächtige, die wegen Ermittlungsfehlern wieder auf freien Fuß gesetzt werden mussten, Polizisten, die Informationen an die Presse verkauft hatten… Es kommt häufig vor, dass die Führungsetage meint, reagieren zu müssen, wenn die Boulevardpresse viel Wind macht. Ich fürchte, das ist auch diesmal der Fall.«

Fanucci legte die Finger gegeneinander und stützte sein Kinn darauf. Lynley sah, dass er an der rechten Hand einen zusätzlichen Finger besaß. Anscheinend hatte der Staatsanwalt die Hand absichtlich so plaziert, dass es schwerfiel, nicht darauf zu starren. »Das ist bei uns in Italien anders«, sagte Fanucci. »Wir lassen uns nicht von Journalisten zu Entscheidungen nötigen.«

»Da haben Sie Glück«, erwiderte Lynley ernst. »Ich wünschte, bei uns wäre es genauso.«

Fanucci musterte Lynley – seine Kleidung, seinen Haarschnitt, die aus Jugendzeiten stammende Narbe an der Oberlippe. »Ich hoffe, dass Sie uns bei dieser Sache nicht im Weg stehen werden«, sagte er. »Bei uns in Italien läuft vieles anders als bei Ihnen in England. Hier ist der Staatsanwalt von Anfang an an den Ermittlungen beteiligt. Er ist nicht davon abhängig, dass die Polizei ihm den Fall mit Geschenkpapier und Schleifchen überreicht.«

Lynley enthielt sich eines Kommentars über dieses seltsame System, in dem es, zumindest von außen betrachtet, offenbar keine sich ausgleichenden Gewalten gab. Er erklärte dem Staatsanwalt lediglich, er habe verstanden, wie die Dinge in Italien gehandhabt würden, und wenn nötig, werde er dafür sorgen, dass die Eltern des Mädchens, die mit einem anderen Rechtssystem vertraut waren, es ebenfalls verstanden.

»Gut.« Fanucci wedelte mit seiner rechten, sechsfingrigen Hand, um ihnen zu bedeuten, dass sie gehen konnten. Vorher jedoch fragte er Lo Bianco noch: »Was ist bei der Sache mit den Hotels rausgekommen, *topo*?«

»Bisher weiter nichts«, antwortete Lo Bianco.

»Sorg dafür, dass heute etwas rauskommt«, befahl Fanucci ihm.

»*Certo*« lautete Lo Biancos knappe Antwort, aber auch diesmal deuteten seine angespannten Kiefermuskeln an, was er davon hielt, wie ein Schuljunge behandelt zu werden. Schweigend verließen sie den Palazzo. Die riesige Piazza wurde an zwei Seiten von Kastanienbäumen gesäumt, deren frisches Laub hellgrün leuchtete. Mitten auf dem Platz rangelten ein paar Jungs um einen Fußball, den sie in Richtung eines Karussells traten.

»Interessanter Mann, der Pubblico Ministero«, bemerkte Lynley.

Lo Bianco schnaubte. »Er ist, wie er ist.«

»Darf ich fragen, was er gemeint hat, als er Sie nach der Sache mit den Hotels fragte?«

Lo Bianco funkelte ihn an, doch dann berichtete er ihm von dem Fremden, der sich nach dem verschwundenen Mädchen und dessen Mutter erkundigt hatte.

»Vor oder nach ihrem Verschwinden?«, fragte Lynley.

»Vorher.« Und zwar sechs oder acht Wochen vorher, fügte Lo Bianco hinzu. Als das Foto des Mädchens in den Zeitungen abgedruckt und Handzettel mit ihrem Foto verteilt wurden, hätten sich mehrere Hotels und Pensionen gemeldet, wo ein Mann nach dem Mädchen und seiner Mutter gefragt hatte. Er habe, so Lo Bianco, Fotos von den beiden vorgezeigt. Interessanterweise hätten alle, die sich gemeldet hätten, den Mann beschreiben können, und die Beschreibungen würden tatsächlich übereinstimmen.

»Nach acht Wochen?«, fragte Lynley. »Wie kommt es, dass sie sich so genau erinnern?«

»Weil es sich um einen ganz bestimmten Mann handelt.«

»Sie kannten sogar seinen Namen?«

»Nein, das natürlich nicht. Aber die Beschreibung passt. Sein Name ist Michelangelo Di Massimo, und er kommt aus Pisa.«

»Wieso hat jemand aus Pisa sich nach Hadiyyah und ihrer Mutter erkundigt?«, fragte Lynley mehr sich selbst als Lo Bianco.

»Das ist eine interessante Frage, nicht wahr?«, sagte Lo Bianco. »Ich versuche gerade, eine Antwort darauf zu finden. Sobald wir sie gefunden haben, werden wir uns mit Signore Di Massimo unterhalten. Immerhin weiß ich, wo er sich aufhält.« Lo Bianco sah Lynley bedeutungsvoll an, warf einen Blick auf den *palazzo* hinter ihnen und lächelte verschwörerisch.

Die Blicke und das Lächeln sagten Lynley eine Menge über den Mann. »Sie haben Signore Fanucci nichts davon erzählt, nicht wahr?«, sagte er. »Warum nicht?«

»Weil der *magistrato* ihn sofort in die Questura hätte schaffen lassen. Dort würde er ihn sechs, sieben Stunden am Tag verhören lassen, einen Tag lang, drei, vielleicht vier. Er würde ihm drohen, ihm Nahrung und Wasser verweigern, ihn nicht schlafen lassen, dann zu ihm sagen, er solle sich ›vorstellen‹, wie die Entführung durchgeführt worden sein könnte. Und dann würde er ihn aufgrund dessen, was der Mann sich zusammenreimt, anklagen.«

»Und wessen würde er ihn anklagen?«, wollte Lynley wissen.

»Wer weiß?«, sagte Lo Bianco. Wer weiß. »Wegen irgendetwas, das den Journalisten zeigt, dass er den Fall im Griff hat. Auch wenn er Ihnen etwas anderes erzählt hat, läuft das bei uns genauso wie bei Ihnen.« Er machte sich auf den Weg zum Streifenwagen und sagte im Gehen: »Würden Sie sich diesen Mann gern einmal ansehen, *Ispettore*? Diesen Michelangelo Di Massimo?«

»Allerdings«, sagte Lynley.

PISA
TOSKANA

Lynley hatte nicht damit gerechnet, dass sie, um einen Blick auf Michelangelo Di Massimo zu werfen, die lange Fahrt nach Pisa würden auf sich nehmen müssen. Als Lo Bianco dann auf die *autostrada* nach Pisa einbog, fragte sich Lynley, was sein Kollege vorhatte.

In Pisa fuhr Lo Bianco zu einem Sportplatz nördlich des Zentrums, wo gerade ein Fußballtraining stattfand. Mindestens drei Dutzend Männer dribbelten Richtung Tor.

Sie parkten neben dem Sportplatz und stiegen aus. Lo Bianco lehnte sich gegen das Auto und zückte eine Schachtel Zigaretten. Er bot Lynley eine an, der ablehnte. Ohne den Blick vom Spielfeld abzuwenden, zündete Lo Bianco sich eine Zigarette an. Wortlos beobachtete er das Geschehen. Offenbar wartete er auf eine Reaktion von Lynley, irgendetwas, das ihm zeigen würde, dass der Engländer einen Test bestanden hatte, der nichts mit Fußball zu tun hatte.

Lynley beobachtete das Training. Wie vieles in Italien wirkte es auf den ersten Blick völlig unorganisiert. Aber bei längerem Zusehen begann er, ein gewisses System zu erkennen, vor allem, als ihm ein Mann auffiel, der das Ganze zu dirigieren schien.

Der Mann war schwer zu übersehen. Seine Haarfarbe lag auf dem Farbspektrum irgendwo zwischen gelb und orange, was einen starken Kontrast bildete zu seiner restlichen, starken schwarzen Körperbehaarung. Ein schwarzer Bartschatten zierte sein Kinn, und er war auffallend dunkelhäutig. Kein Wunder also, dass die Hotelangestellten sich so gut an ihn erinnern konnten.

Lynley sagte: »Ah, ich verstehe. Das ist also Michelangelo Di Massimo?«

»*Ecco l'uomo*«, bestätigte Lo Bianco und nickte in Richtung Streifenwagen. Sie stiegen ein und fuhren zurück nach Lucca.

Lynley fragte sich, warum Lo Bianco sich die Mühe gemacht hatte, mit ihm bis nach Pisa zu fahren. Zweifellos hätte eine Internetsuche auf einem Polizeicomputer ein passables Foto von Di Massimo gezeitigt. Aber anscheinend war ihm aus einem bestimmten Grund daran gelegen, dass Lynley Di Massimo in natura erlebte und Gelegenheit hatte, den starken Kontrast zwischen dessen Kopf- und Körperbehaarung zu sehen.

Als sie in Lucca eintrafen, fuhr Lo Bianco nicht ins Präsidium, sondern bog auf die Straße ein, die außen um die alte Stadtmauer herumführte. Auf der anderen Seite der Altstadt fuhren sie wieder stadtauswärts und am Parco Fluviale entlang, einem großen Volkspark, der sich am Serchio entlangzog. Nach einigen Hundert Metern tauchte ein kiesbedeckter, kleiner Parkplatz auf, der Platz für drei Autos bot. Unter ausladenden Eichen standen zwei Picknicktische mit Bänken, und hinter dem Platz gab es eine kleine Skateboardbahn. Seitlich befand sich eine große, von jungen Pappeln gesäumte, dreieckige Grasfläche, auf der mehrere etwa zehnjährige Jungen auf behelfsmäßige Fußballtore spielten.

Lo Bianco fuhr auf den Parkplatz und schaute den Jungen beim Fußballtraining zu. Lynley folgte seinem Blick. Mitten zwischen den Kindern stand ein Mann im Trainingsanzug, um den Hals eine Trillerpfeife, in die er gerade blies. Dann schrie er etwas. Die Jungen blieben stehen. Auf einen weiteren Pfiff hin rannten sie wieder los.

Diesmal hupte Lo Bianco zweimal, bevor er aus dem Streifenwagen stieg. Der Mann auf dem Bolzplatz schaute in ihre Richtung. Er sagte etwas zu den Jungen, dann joggte er auf Lo Bianco und Lynley zu, die gerade aus dem Streifenwagen stiegen.

Auch diesen Mann würde man nicht so leicht vergessen, dachte Lynley. Man würde ihn aber nicht wegen seiner Haare in Erinnerung behalten, sondern wegen eines Blutschwamms, der einen Teil seines Gesichts bedeckte. Die Geschwulst, die

212

vom Ohr bis zur Wange reichte, war nur etwa faustgroß, aber gerade deshalb besonders auffällig, weil der Mann ansonsten frappierend gut aussah.

»*Salve*.« Er nickte Lo Bianco zu. »Was ist passiert?« Er wirkte besorgt, was nicht verwunderlich war. Wenn die Polizei ihn mitten beim Fußballtraining aufsuchte, bedeutete das, dass irgendetwas passiert war.

Aber Lo Bianco schüttelte den Kopf. Er stellte Lynley den Mann vor. Das war also Lorenzo Mura, dachte Lynley, Angelina Upmans Liebhaber.

Lo Bianco informierte Mura als Erstes darüber, dass Lynley recht gut Italienisch sprach, was natürlich auch bedeuten konnte: »Pass auf, was du sagst.« Dann fuhr er fort: »Mr Lynley ist der Verbindungspolizist, den wir erwartet haben.« Offenbar hatte er Mura bereits ins Bild gesetzt. »Er wird sich auch mit Signora Upman unterhalten wollen.«

Mura wirkte nicht gerade begeistert von der Aussicht, dass Lynley mit Angelina Upman sprechen wollte, noch schien es ihm zu gefallen, dass Lynley als Verbindungsglied zwischen den Eltern des Mädchens – wozu natürlich auch Taymullah Azhar gehörte – und der Polizei fungieren sollte. Er nickte kurz und wartete darauf, dass Lo Bianco seinen Worten noch etwas hinzufügte. Als das nicht geschah, sagte er auf Englisch zu Lynley: »Es geht ihr nicht gut. Seien Sie bitte vorsichtig mit der Signora. Dieser Mann, er ist schlecht für sie.«

Lynley schaute Lo Bianco an. Er nahm an, mit »dieser Mann« sei der Commissario gemeint, der Angelina Upman mit seinen Ermittlungsmethoden mehr als nötig zusetzte. Aber als Mura fortfuhr, begriff er, dass er von Taymullah Azhar sprach: »Ich wollte nicht, dass er nach Italien kommt. Er ist Vergangenheit.«

»Trotzdem hat ihn die Angst um seine Tochter hierhergetrieben«, sagte Lynley.

»Vielleicht«, murmelte Lorenzo Mura. Lynley fragte sich,

ob er an Azhars Vaterschaft zweifelte oder an dessen Sorge um seine Tochter.

Mit einem Blick zu den Kindern auf dem Bolzplatz sagte Mura zu Lo Bianco: »Ich muss zurück…«

»Kein Problem«, sagte Lo Bianco und schaute Mura nach, als er auf das Spielfeld lief.

Mura ließ sich einen Ball zuspielen und dribbelte gekonnt auf das Tor zu, während die Jungs vergeblich versuchten, ihm den Ball abzujagen. Auch dem Torwart gelang es nicht, den Ball zu halten. Fußballspielen konnte der Mann jedenfalls.

Lynley hatte inzwischen begriffen, warum Lo Bianco mit ihm nach Pisa gefahren war und ihm Michelangelo Di Massimo gezeigt hatte. Er schaute den Commissario an. »Verstehe«, sagte er.

»Interessant, nicht wahr?«, sagte Lo Bianco. »Unser Lorenzo spielt in einer Mannschaft hier in Lucca und trainiert in seiner Freizeit die Kinder. Ich finde das faszinierend.« Er nahm die Zigaretten aus seiner Tasche. »Da besteht eine Verbindung, Inspector«, sagte er, während er Lynley die Schachtel hinhielt. »Und ich habe vor herauszufinden, worin sie besteht.«

FATTORIA DI SANTA ZITA
TOSKANA

Salvatore war darauf eingestellt gewesen, den britischen Polizisten nicht ausstehen zu können. Er wusste, dass die Briten ihre italienischen Kollegen nicht sonderlich schätzten. Dafür gab es Gründe, angefangen bei der Unfähigkeit der italienischen Polizei, die Camorra in Neapel und die Mafia in Palermo in Schach zu halten, bis hin zu dem Mord in Perugia vor ein paar Jahren, der internationales Aufsehen erregt hatte. In Großbritannien galten italienische Polizisten als faul, dumm und bestechlich.

Als Salvatore erfahren hatte, dass ein Polizist von Scotland

Yard nach Lucca kommen und womöglich seine Ermittlungsarbeit überwachen sollte, hatte er damit gerechnet, ständig Inspector Lynleys kritischen Blicken und Kommentaren ausgesetzt zu sein. Stattdessen erlebte er jetzt, dass Lynley entweder nichts zu sagen hatte – was kaum vorstellbar war – oder aber die Fähigkeit besaß, seine Schlussfolgerungen geschickt zu verbergen. Salvatore musste sich eingestehen, dass ihm das an Lynley gefiel. Und es gefiel ihm, dass der Engländer intelligente Fragen stellte, dass er aufmerksam zuhörte und in der Lage war, blitzschnell zu kombinieren. Allein aufgrund dieser drei Eigenschaften war Salvatore fast bereit, dem Engländer zu verzeihen, dass er ihn um mehr als Haupteslänge überragte und auf eine lässig elegante Weise gekleidet war, die darauf schließen ließ, dass er nicht nur viel Geld, sondern auch ein gesundes Selbstbewusstsein besaß.

Vom Bolzplatz aus fuhren sie in die Hügel außerhalb von Lucca. Es war nicht weit zu der alten Sommerresidenz der Familie Mura. Um diese Jahreszeit war das ganze Land von üppiger Frühlingsvegetation bedeckt. Das frische Laub der Bäume schimmerte hellgrün in der Sonne, und auf den Wiesen blühten Wildblumen.

Immer wieder wechselte sich das gleißende Licht der Nachmittagssonne mit dem Schatten der Bäume ab. Nach knapp zehn Kilometern bogen sie in den unbefestigten Weg ab, der zur Fattoria di Santa Zita führte. Ein Schild mit Piktogrammen – Weintrauben, ein Olivenzweig mit Oliven sowie ein Esel und eine Kuh – wies darauf hin, was auf dem Gut produziert wurde.

Salvatore warf Lynley einen Blick zu, während sie auf die zum Gutshof gehörenden Gebäude zurumpelten, deren Terracotta-Dächer durch die Bäume zu sehen waren. Er bemerkte, dass der Engländer interessiert die Landschaft betrachtete.

»Die Muras«, sagte er, »sind eine alteingesessene Familie hier in Lucca. Ehemalige Seidenhändler, die einmal sehr reich waren, und das hier war ihre Sommerresidenz. Das Land gehört der Familie seit... dreihundert Jahren, würde ich schätzen. Lorenzos älterer Bruder wollte das Erbe nicht antreten. Er ist Psychiater und wohnt in Mailand, und für ihn wäre das Anwesen nur eine Last gewesen. Lorenzos Schwester wohnt in der Altstadt von Lucca, aber auch sie wollte den alten Kasten nicht haben. Also blieb es Lorenzo überlassen, das Gut zu behalten, zu verkaufen oder etwas daraus zu machen...« Salvatore machte eine ausladende Geste, die das Land und die vor ihnen auftauchenden Häuser einschloss. »Sie werden sehen«, sagte er. »In England ist es bestimmt auch nicht viel anders mit diesen alten Familiensitzen.«

Sie kamen an einer Scheune vorbei, die Lorenzo in eine Weinkellerei samt Verkostungsraum umgebaut hatte. Hier wurden der gehaltvolle Chianti und der leichtere Sangiovese in Flaschen gefüllt, für die Muras *fattoria* bekannt war. Ein anderes Gebäude wurde gerade zu einem Gästehaus umgebaut für Urlauber, die sich für Agriturismo interessierten. Hinter dem Haus erhob sich eine wild wuchernde Hecke mit einem rostigen Tor, dessen beide Flügel offen standen. Salvatore fuhr durch das Tor zu der Villa hoch, die seit Generationen im Besitz der Familie Mura war. Auch an diesem Gebäude wurde offenbar gearbeitet, denn es war rundherum eingerüstet.

Salvatore verlangsamte das Tempo, um Lynley Zeit zu geben, die Villa zu betrachten. Das Gebäude war eindrucksvoll, wenn man die Spuren des Verfalls übersah. Zwei Treppen führten von rechts und links zu einem Säulengang, wo alle möglichen Gartenmöbel herumstanden, als würde sie jemand jeweils ins Sonnenlicht rücken. In der Mitte des Säulengangs befand sich eine doppelflügelige Tür mit verblassten Darstellungen von Wildschweinen, zu deren Seiten je zwei Skulpturen standen, Allegorien der Jahreszeiten in menschlicher Gestalt. Es gab einen Keller und darüber drei Stockwerke, und sämtliche Fensterläden waren geschlossen.

Nach einer Weile nickte Lynley und sagte: »Sie haben recht, in England gibt es ähnliche Orte: altehrwürdige Gebäude, die altehrwürdigen Familien gehören. Es ist eine Last und zugleich eine Ehre, sie zu besitzen. Verständlich, dass Signor Mura das Anwesen erhalten möchte.«

Der Inspector schien ehrlich zu meinen, was er sagte. Aber ob Lynley die Leidenschaft der Italiener für ihre Familiensitze wirklich verstand … Das war eine andere Frage.

Salvatore parkte auf dem Kiesplatz vor den beiden Treppen. Die Fassade der Villa war vollkommen überwuchert von Glyzinien, hinter denen die Tür, die seitlich ins Erdgeschoss mit der Küche und den anderen Wirtschaftsräumen führte, kaum noch zu finden war. Als sie aus dem Wagen stiegen, wurde diese Tür geöffnet, und Angelina Upman trat heraus. Sie sah noch schlimmer aus als am Vormittag, dachte Lorenzo. Sie war stark abgemagert, ihr Blick war leer, und sie hatte dunkle Ränder unter den Augen.

Als sie den englischen Polizisten erblickte, leuchteten ihre Augen auf und füllten sich mit Tränen. »Danke, dass Sie gekommen sind, Inspector Lynley«, rief sie auf Englisch aus. Dann sagte sie auf Italienisch zu Salvatore: »Ich muss mit diesem Mann Englisch sprechen. Das fällt mir leichter, weil mein Italienisch nicht so gut ist. Das verstehen Sie doch, Commissario?«

»*Certo*«, sagte Salvatore. Sie wusste, dass sein Englisch einigermaßen passabel war. Wenn sie und Lynley langsam sprachen, würde er ihnen folgen können.

»*Grazie*«, sagte sie. »Bitte, kommen Sie doch herein.«

Im Innern der Villa herrschte Dämmerlicht und eine düstere Atmosphäre. Salvatore wunderte sich, dass die Signora sie hier empfing. Der Salon im ersten Stock wäre viel angenehmer gewesen. Auch der Säulengang war ein einladender Ort. Leider schien sie die dunklen Lichtverhältnisse zu bevorzugen, was es ihnen natürlich erschweren würde, ihren Gesichtsausdruck zu deuten.

Ein weiteres interessantes Detail, dachte Salvatore. In dem Fall des verschwundenen Mädchens gab es interessante Details in Hülle und Fülle.

FATTORIA DI SANTA ZITA
TOSKANA

Angelina führte sie in die höhlenartig dunkle Küche der Villa, in der sich die Jahrhunderte verbanden. Es gab einen modernen Herd und einen Kühlschrank neben einem gewaltigen Holzofen, einem riesigen offenen Kamin und einer großen, steinernen Spüle. Auf dem wuchtigen, zerkratzten Holztisch in der Mitte des Raums standen neben einem Stapel Zeitungen und Zeitschriften und einigen ausgebleichten Stoffservietten mehrere benutzte Henkeltassen. Lynley und Lo Bianco setzten sich, während Angelina Upman eine Flasche Wein, Käse, Obst, Salami und frisch gebackenes Brot auftischte, alles Produkte des Gutshofs. Sie schenkte beiden ein Glas Chianti ein, trank jedoch selbst nur Wasser.

Nachdem sie alle Platz genommen hatten, griff sie nach einer der Stoffservietten und hielt sie in den Händen wie eine Art Talisman. Dann sagte sie noch einmal: »Vielen Dank, dass Sie hergekommen sind, Inspector Lynley.«

»Eigentlich haben Sie das Barbara Havers zu verdanken«, antwortete Lynley. »Ehrlich gesagt, ist sie diesmal vielleicht zu weit gegangen, um ihren Willen durchzusetzen, aber das wird sich noch zeigen. Hadiyyah ist ihr sehr wichtig.«

Angelina Upman presste die Lippen zusammen. »Ich habe etwas Schreckliches getan. Das weiß ich. Aber ich kann einfach nicht akzeptieren, dass das – was mit Hadiyyah passiert ist – meine Strafe sein soll. Denn wenn das so ist …« Ihre Finger umklammerten die Serviette.

Lo Bianco räusperte sich, wie zum Zeichen, dass er verstand, was sie meinte: dass es immer einen Zusammenhang gab zwischen der weltlichen Art der Bestrafung, die man erleiden musste, und der Schwere des Verbrechens, das man begangen hatte. Lynley fand diese Einstellung eher hinderlich bei der Betrachtung der Geschehnisse.

Er sagte: »So sollten Sie das nicht sehen. Es ist normal, und ich kann Sie verstehen, aber glauben Sie mir, es ist nicht hilfreich.« Er lächelte sie freundlich an und fügte hinzu: »›Auf dem Weg liegt Wahnsinn‹, kann ich nur sagen. Und Wahnsinn – vernebeltes Denken, wenn man so will – nützt im Moment niemandem.«

»Eine Woche ist jetzt schon vergangen«, sagte sie. »Können Sie mir sagen, was es bedeutet, dass wir nach einer Woche immer noch nichts gehört haben? Es wurde kein Lösegeld gefordert, dabei wäre Lorenzos Familie bereit zu bezahlen. Da bin ich mir ganz sicher. Und in Italien werden doch Menschen wegen Geld entführt. Auf der ganzen Welt werden Menschen entführt und gegen Lösegeld wieder freigelassen. Oder? Ist es nicht so? Ich habe versucht herauszufinden, wie viele Kinder in Italien jedes Jahr entführt werden. Hier …« Sie kramte in dem Stapel Zeitungen und Zeitschriften und zog ein Blatt heraus, das sie aus dem Internet ausgedruckt hatte. »Ich habe nachgeforscht, wie lange es normalerweise dauert, bis die Entführer … bis es etwas gibt, was man den Eltern sagen kann …« Sie verfiel in Schweigen, und Tränen liefen ihr über die Wangen.

Lynley warf Lo Bianco einen Blick zu. Als Polizisten wussten sie, dass Angelina Upman sich an einen Strohhalm klammerte, dass es in diesen Zeiten bei Entführungen kaum noch um Lösegeld ging, dass Menschen entführt wurden, um sie für Sex oder für krankhafte Spiele mit tödlichem Ausgang zu verkaufen, vor allem, wenn es sich um Kinder handelte. Lo Bianco hob und senkte die Finger, die sein Weinglas hielten. Eine Geste, mit der er sagen wollte: Sagen Sie ihr, was Sie wollen. Im Moment kommt es nur darauf an, sie zu beruhigen.

»Da würde ich Ihnen nicht widersprechen«, sagte Lynley vorsichtig. »Aber jetzt müssen wir noch einmal zurückgehen und rekonstruieren, was an dem Tag passiert ist, an dem Ihre Tochter verschwunden ist: Wo waren Sie, wo war Signor Mura, wo war Hadiyyah, wer war bei ihr, wer könnte etwas gesehen und sich noch nicht gemeldet haben, weil ihm gar nicht bewusst ist, dass er etwas gesehen hat…«

»Wir haben getan, was wir immer tun«, murmelte Angelina Upman tonlos.

»Auch das ist ein wichtiges Detail, verstehen Sie«, sagte Lynley. »Es sagt der Polizei, dass Sie bestimmte Gewohnheiten hatten, dass jemand Sie vielleicht beobachtet hat, um dann zu planen, wo und wann er Hadiyyah am besten entführen könnte. Es sagt der Polizei, dass das keine Zufallstat ist, sondern ein sorgfältig geplantes Verbrechen. Es erklärt auch, warum niemand etwas bemerkt hat, denn genau das hat Hadiyyahs Entführer sich genau überlegt: wie er sie mitnehmen konnte, ohne dass irgendjemand irgendetwas bemerkte.«

Angelina Upman betupfte sich die Augen mit der Serviette. Sie nickte. »Ja, das verstehe ich«, sagte sie und berichtete Lynley, wie der Tag abgelaufen war, an dem Hadiyyah verschwunden war: Sie selbst war beim Yoga gewesen, während Lorenzo und Hadiyyah auf den Markt gegangen waren. Hadiyyah war wie immer vorgelaufen, um sich die bunten Stände anzusehen und zum Schluss dem Akkordeonspieler zuzuhören. Dort hatten sie sich wie jedes Mal treffen und zusammen zu Lorenzos Schwester zum Mittagessen gehen wollen. So machten sie es nach dem Marktbesuch in Lucca. Jeder, der sie kannte – oder jemand, der sie beobachtet und auf eine günstige Gelegenheit gewartet hatte –, würde das wissen.

Lynley nickte. All das wusste er bereits von Lo Bianco, aber er sah, dass es Angelina Upman guttat, ihm diese Informationen zu geben. Lo Bianco, der ihm gegenüber am Tisch saß, hörte sich alles geduldig an. Nachdem Angelina Upman geendet hatte, sagte er zu Lynley: »*Con permesso*...?« Dann beugte er sich vor, um seinerseits in etwas holprigem Englisch ein paar Fragen zu stellen.

»Ich stelle Ihnen eine Frage, die ich Ihnen noch nicht gestellt habe, Signora. Wie war das Verhältnis zwischen Hadiyyah und Signore Mura? Die langen Monate ohne ihren *papà*. Wie hat Hadiyyah sich mit Ihrem Lebensgefährten verstanden?«

»Sie ist gut mit ihm ausgekommen«, antwortete Angelina Upman. »Sie mag Lorenzo.«

»Sind Sie sich da ganz sicher?«, fragte Lo Bianco.

»Natürlich bin ich mir da sicher. Das war ja einer der Gründe...« Ihr Blick wanderte zu Lynley, dann wieder zurück zu Lo Bianco. »Das war einer der Gründe, warum meine Schwester diese E-Mails geschrieben hat. Ich dachte, wenn Hadiyyah von Hari hörte, wenn sie dachte, dass wir nur einen Urlaub in Italien machen, wenn sie mit der Zeit glauben würde, ihr Vater würde nicht herkommen, um sie wieder abzuholen...«

»E-Mails?«, fragte Lynley.

Lo Bianco erklärte ihm kurz, dass Angelinas Schwester dem Mädchen E-Mails geschickt hatte, die so aussahen, als kämen sie von ihrem Vater, in denen er mehrfach versprochen hatte, sie in Italien zu besuchen, das Versprechen jedoch nie gehalten hatte.

»Ist es Ihrer Schwester gelungen, sich Zugang zu seinem E-Mail-Konto zu verschaffen?«, fragte Lynley.

»Sie hat über eine Freundin am University College ein neues Konto in seinem Namen angelegt«, antwortete Angelina Upman. »Ich habe meiner Schwester gesagt, was sie in den E-Mails schreiben sollte.« Sie wandte sich an Lo Bianco. »Hadiyyah hatte also überhaupt keinen Grund, Lorenzo nicht zu mögen, zu denken, dass er die Stelle ihres Vaters einnehmen würde. Dafür habe ich gesorgt.«

»Trotzdem, es könnte sein... dass Ihre Tochter und Signore Mura...« Lo Bianco suchte nach den richtigen Worten.

»Dass es Spannungen zwischen den beiden gegeben hat?«, schlug Lynley vor.

»Es gab keine Spannungen«, sagte Angelina Upman. »Es gibt keine Spannungen.«

»Und Signore Mura? Mag er Hadiyyah?«

Angelina fiel buchstäblich die Kinnlade herunter. Es war, als wäre sie plötzlich noch blasser geworden. Lynley sah ihr an, dass sie aus Lo Biancos Frage ganz bestimmte Schlüsse zog. »Renzo liebt Hadiyyah. Er würde ihr nie etwas zuleide tun, falls Sie das denken. Alles, was er getan hat, alles, was ich getan habe, haben wir nur für Hadiyyah getan. Ich wollte sie wiederhaben. Ich war so unglücklich. Ich hatte Hari wegen Renzo verlassen, aber ich konnte ohne Hadiyyah nicht leben. Deswegen bin ich für ein paar Monate zu Hari zurückgegangen und habe gewartet und gewartet, und Lorenzo hat gewartet. Es war alles für Hadiyyah und wegen Hadiyyah. Wie können Sie annehmen, Lorenzo…«

Ts, ts, ts, machte Lo Bianco, während Lynley versuchte, Angelina Upmans Geschichte zu folgen. Offenbar hatte sie ein dichtes Lügengewebe gesponnen, um ihr neues Leben in Italien zu rechtfertigen.

»Wann haben Sie Signor Mura kennengelernt?«, fragte er. »Und wie?«

Sie hätten sich in London kennengelernt, sagte sie. Sie sei ohne Schirm vom Regen überrascht worden und in ein Starbucks Café geflüchtet.

Als Lo Bianco verächtlich schnaubte, schaute Lynley ihn an. Allerdings galt die Verachtung des Italieners der Firma Starbucks und nicht der Tatsache, dass die Signora dort Zuflucht gesucht hatte.

Das Café war voll mit Leuten gewesen, die auf dieselbe Idee gekommen waren. Sie hatte sich einen Caffè Latte bestellt und war dabei, ihn im Stehen zu trinken, als Lorenzo hereinkam, um sich vor dem Regen zu schützen. Sie waren zufällig ins Gespräch geraten. Er war nach London gekommen, um ein paar Tage Urlaub zu machen, und fand das Wetter unerträglich. In der Toskana, so hatte er ihr erzählt, sei der Himmel um diese Jahreszeit blau, es sei warm und sonnig, die Blumen blühten … Sie sollten mal in die Toskana kommen, es würde Ihnen gefallen, hatte er gesagt.

Ihr war aufgefallen, dass er auf die beiläufige Art, wie Singles das taten, auf ihre Hand geschaut hatte, um zu sehen, ob sie einen Ehering trug. Sie tat dasselbe bei ihm. Sie erzählte ihm nichts von Azhar und von Hadiyyah und von … anderen Dingen. Als der Regen nachließ, gab er ihr seine Visitenkarte und sagte, falls sie mal in die Toskana komme, solle sie ihn anrufen, dann würde er ihr die Gegend zeigen. Und irgendwann war sie hingefahren. Nach einem Streit mit Hari … einem der zahllosen Streits mit Hari … immer mitten in der Nacht, immer in gezischtem Flüstern, damit Hadiyyah nicht mitbekam, dass es Probleme zwischen den Eltern gab …

»Von welchen ›anderen Dingen‹ haben Sie ihm nichts erzählt?«, fragte Lynley, nachdem sie geendet hatte. Aus den Augenwinkeln sah er, wie Lo Bianco nickte.

»Wie bitte?«

»Sie sagten, bei Ihrer ersten Begegnung mit Signor Mura hätten Sie ihm nichts von Hadiyyah, Azhar und anderen Dingen erzählt. Was haben Sie damit gemeint?«

Offenbar wollte sie nicht auf das Thema eingehen. Sie senkte den Blick und tat so, als würde sie sich auf den Computerausdruck konzentrieren, der vor ihr auf dem Tisch lag. Lynley sagte: »Jedes Detail ist wichtig.« Dann warteten er und Lo Bianco schweigend ab. Der Wasserhahn über der riesigen Spüle tropfte. Eine Uhr tickte.

»Ich habe Lorenzo nie etwas von meinem Geliebten erzählt«, sagte sie schließlich.

Lo Bianco pfiff leise durch die Zähne. Lynley warf ihm einen Blick zu. *Ja, ja, die Frauen*, sagte sein Gesichtsausdruck. *Die machen Sachen.*

223

»Sie meinen, von einem anderen Mann?«, versuchte Lynley klarzustellen. »Einem anderen als Azhar?«

Ja, sagte sie. Einer der Lehrer in der Tanzschule, wo sie Unterricht nahm. Ein Choreograph und Tanzlehrer. Als sie Lorenzo Mura kennenlernte, war dieser Mann seit einigen Jahren ihr Liebhaber gewesen. Als sie Azhar verlassen hatte, um mit Lorenzo zusammenzuleben, hatte sie sich auch von diesem Mann getrennt.

»Sein Name?«, fragte Lynley.

»Er lebt in London, Inspector Lynley. Er ist kein Italiener. Er kennt Italien nicht. Er weiß nicht, wo ich bin. Ich… Ich hätte ihm etwas sagen sollen. Aber ich… habe mich einfach nicht mehr bei ihm gemeldet.«

»Warum hätte ihn das davon abhalten sollen, nach Ihnen zu suchen?«, fragte Lynley. »Nachdem er mehrere Jahre lang Ihr Liebhaber gewesen war…«

»Das war nichts Ernstes«, sagte sie hastig. »Es war schön, es war aufregend. Aber wir hatten nie Pläne für eine gemeinsame Zukunft.«

»Sie vielleicht nicht«, sagte Lo Bianco. »Aber er womöglich schon…« Das stimmte. Er könnte das ganz anders gesehen haben. »War er verheiratet?«

»Ja. Deswegen hätte er mich nie unter Druck gesetzt. Und als ich ihn dann verlassen habe…«

»Ich muss seinen Namen wissen, Miss Upman«, sagte Lynley. »Der Commissario hat recht. Auch wenn Ihr ehemaliger Geliebter möglicherweise nichts mit dem zu tun hat, was hier in Italien passiert ist, müssen wir seinen Namen wissen, um zu entscheiden, ob wir ihn von der Ermittlung ausschließen können. Wenn er immer noch in London wohnt, kann Barbara Havers sich vor Ort darum kümmern. Aber es muss sein.«

»Esteban Castro«, sagte sie schließlich.

»Ist er Spanier?«

»Mexikaner«, sagte sie. »Seine Frau ist Engländerin. Eine Tänzerin.«

»Waren Sie auch mit ihr ...«, setzte Lo Bianco an, und Lynley ergänzte, indem er fragte: »Waren Sie auch mit ihr befreundet?«

Wieder senkte Angelina Upman den Blick. »Ja.«

Ehe Lynley oder Lo Bianco dazu etwas sagen oder noch weitere Fragen stellen konnten, betrat Lorenzo Mura die Küche. Er ließ seine Sporttasche auf den Boden fallen, kam an den Tisch, gab Angelina einen Kuss und blickte in die Runde. Er merkte sofort, dass etwas nicht mit ihr stimmte. »Was ist passiert?«, fragte er.

Keiner der beiden Polizisten ergriff das Wort. Lynley war der Meinung, dass es an Angelina Upman war, ihrem derzeitigen Lebensgefährten zu eröffnen – oder vorzuenthalten –, worüber sie gesprochen hatten. »Lorenzo weiß von Esteban Castro«, sagte sie. »Wir haben keine Geheimnisse voreinander.«

Das bezweifelte Lynley. Jeder hatte Geheimnisse. Er vermutete, dass Angelina Upmans Geheimnisse sie in die Lage gebracht hatten, in der sie sich derzeit befand: die Mutter eines entführten Kindes zu sein. Er sagte: »Und Taymullah Azhar?«

»Was ist mit Hari?«, fragte sie.

»Es gibt offene Beziehungen«, sagte Lynley. »Wusste er von Ihrem Liebhaber?«

»Bitte, sagen Sie Hari nichts«, flehte sie ihn an.

Mit einem Grunzen zog Lorenzo einen Stuhl unter dem Tisch hervor. Er setzte sich, schenkte sich ein Glas Wein ein und leerte es mit einem Zug. Dann schnitt er sich ein Stück Käse und eine Scheibe Brot ab. »Warum schützt du diesen Mann?«, zischte er.

»Weil ich ihm das Leben zur Hölle gemacht habe, und das reicht. Ich will ihn nicht noch mehr verletzen.«

»*Merda.*« Lorenzo schüttelte den Kopf. »Das ergibt doch keinen Sinn. Diese ... Rücksicht, die du auf den Mann nimmst.«

»Wir haben ein gemeinsames Kind«, entgegnete Angelina. »Ein gemeinsames Kind ändert alles. So ist das nun mal.«

»Wenn du meinst.« Muras Stimme klang jetzt sanfter, aber er schien immer noch nicht überzeugt, dass ein gemeinsames Kind ein ausreichender Grund dafür war, dass Angelina dem Mann nicht noch mehr Leid zufügen wollte. Und vielleicht, dachte Lynley, reichte es tatsächlich nicht aus. Wenn Azhar sich hätte scheiden lassen, wäre für Angelina Upman vielleicht alles anders gelaufen. Und vielleicht wusste Lorenzo Mura das. Unabhängig von der derzeitigen oder zukünftigen Situation würde zwischen Angelina und Azhar immer eine Verbindung bestehen. Und Mura würde lernen müssen, damit umzugehen.

LUCCA
TOSKANA

Es war später als gewöhnlich, als Salvatore auf das Dach des Turms stieg. Seine Mutter hatte, als sie fürs Abendessen eingekauft hatte, in der Fleischerei einen Streit gehabt, und dieser Streit – mit einer Touristin, die nicht begriffen hatte, dass, wenn Signora Lo Bianco den Laden betrat, ihr aus Respekt vor ihrem Alter Vorrang gewährt wurde – hatte aus jedem Blickwinkel diskutiert werden müssen.

»*Sì, sì*«, hatte Salvatore immer wieder gemurmelt, während seine Mutter ihm den Vorfall geschildert hatte. Er hatte den Kopf geschüttelt und empört dreingeblickt und war bei der ersten sich bietenden Gelegenheit mit seinem *caffè corretto* aufs Dach geflüchtet, um den Moment zu genießen, wenn der Abend sich über die Stadt legte, die Leute sich Arm in Arm auf ihre abendliche *passeggiata* begaben und Stille einkehrte.

Aber die Stille währte nicht lange. Plötzlich klingelte sein Handy. Er nahm es aus der Tasche, sah, wer der Anrufer war, und fluchte vor sich hin. Wenn Fanucci wieder von ihm verlangen sollte, dass er nach Barga fuhr, würde er sich weigern.

»Und?«, bellte Fanucci, als Salvatore sich meldete. »Was gibt's Neues, *topo*.«

Salvatore wusste, was Fanucci hören wollte: alles über den Detective aus England. Er berichtete dem *magistrato* so viel, wie er für nötig hielt, einschließlich der interessanten Neuigkeit, dass Signora Upman in London einen zweiten Liebhaber gehabt hatte: Esteban Castro. Entweder sie stand auf Ausländer oder auf die heißblütige Sorte, sagte Salvatore.

»*Puttana*«, lautete Fanuccis knapper Kommentar.

Tja, die Zeiten ändern sich, hätte Salvatore am liebsten geantwortet. Frauen waren nicht unbedingt Huren, bloß weil sie Liebhaber hatten. Aber wenn er Fanucci das sagte, würde er das nur tun, um den Mann zur Weißglut zu bringen. Denn er selbst war nicht der Meinung, dass es heutzutage normal war, wenn eine Frau mehrere Liebhaber hatte, ob sie nun verheiratet war oder nicht. Dass das bei Angelina Upman der Fall gewesen war, war eine interessante neue Information. Und diese Information gab Salvatore nur zu gern an Fanucci weiter, weil es ihm auf diese Weise erspart bleiben würde, weiter in die Richtung des orangegefärbten Michelangelo Di Massimo zu ermitteln.

»Und dieser Esteban Castro ist ihr also gefolgt«, sagte Fanucci. »Bis hier nach Lucca. Um sich an ihr zu rächen. Er kann es nicht ertragen, dass sie ihn wegen eines anderen sitzen lässt, und beschließt, sie dafür leiden zu lassen, oder was?«

Die Vorstellung war lächerlich, aber was machte das schon? Zumindest ging Fanucci ihm nicht schon wieder mit dem jungen Caspari auf die Nerven. »Mag sein«, murmelte Salvatore. Aber sie müssten vorsichtig vorgehen, fügte er hinzu. Sie würden schon bald mehr wissen, denn der Engländer würde jemanden in London auf Esteban Castro ansetzen. Auf diese Weise würde sich dieser Inspector Lynley wenigstens nützlich machen.

Fanucci dachte darüber nach. Im Hintergrund hörte Salvatore jemanden etwas zu Fanucci sagen. Eine Frauenstimme. Das war vermutlich nicht seine Frau, sondern die arme Haushälterin, die ihm stets zu Diensten sein musste. *Vai*, fuhr Fanucci sie an, was seine liebevolle Art war, ihr mitzuteilen, dass ihre Liebesdienste an dem Abend nicht benötigt wurden.

Dann teilte er Salvatore mit, warum er ihn eigentlich angerufen hatte: ein Sonderbericht für *telegiornale* sei geplant. Er, Fanucci habe das eingefädelt. Man würde im Haus der Mutter des verschwundenen Mädchens filmen, und der Bericht würde mit einem Appell der Eltern an die Entführer enden: Wir lieben unsere Tochter, und wir wollen sie wiederhaben. Bitte, bitte, geben Sie sie uns zurück.

Es wäre nützlich, wenn die Mutter ein paar Tränen vergießen würde, sagte Fanucci. Weinende Mütter machten sich gut im Fernsehen, wenn ein Kind verschwand, oder?

Wann das Fernsehteam kommen würde, um die Aufnahmen zu machen, wollte Salvatore wissen.

In zwei Tagen, sagte Fanucci. Und nicht Salvatore, sondern er selbst würde für die italienische Polizei sprechen.

»*Certo, certo*«, murmelte Salvatore und musste über Fanuccis Wichtigtuerei grinsen. Wenn Piero Fanucci auf dem Fernsehbildschirm erschien, würden alle Verbrecher Italiens vor Angst zittern.

23. April

CHALK FARM
LONDON

Mitchell Corsico hatte keine Zeit vergeudet. Als Reporter stand er in dem Ruf, nichts anbrennen zu lassen, und bloß weil man ihm die Tour vermasselt hatte, ließ er sich nicht von der Fährte abbringen. Das wurde Barbara klar, als sie am nächsten Tag die Titelseite der *Source* sah. Aus dem, was Corsico vor Sayyids Schule beobachtet hatte, war eine Sensationsstory entstanden. *Vater des vermissten Mädchens: sexgeil* lautete die Schlagzeile, und darunter waren mehrere Fotos der verlassenen Familie abgedruckt.

Barbara sah nicht rot, als ihr Blick auf diese neueste Ausgabe der *Source* fiel, sie sah schwarz. Vor dem Zeitungskiosk wurde ihr buchstäblich schwarz vor Augen, und eine Schrecksekunde lang sah sie sich ohnmächtig werden und auf den mit Kaugummi übersäten Gehweg der Chalk Farm Road sinken. Wie Corsico an das Material gekommen war, das jetzt auf der Titelseite der *Source* prangte, war ihr ein Rätsel. Vermutlich war er Azhars Familie nach Hause gefolgt und hatte irgendjemanden mit List und Tücke oder auch mit Gewalt zum Reden gebracht.

Barbara konnte sich lebhaft vorstellen, wie das abgelaufen war: Corsico, der bei den Nachbarn klingelte, um sie auszuhorchen, Corsico, der bei Nafeeza eine Visitenkarte durch den Briefschlitz schob samt einer Notiz nach dem Motto Reden-Sie-mit-mir-oder-ich-rede-mit-Ihren-Nachbarn. Womöglich hatte er auch einen von Sayyids Schulkameraden aufgetrieben und dem Jungen auf diese Weise eine Nachricht zukommen lassen: Wir treffen uns im Pub/im Park/im Kino/an der Ecke/am Bahnhof/an der Bushaltestelle; das ist deine Chance, die ganze Geschichte zu erzählen. Aber letztendlich spielte es keine Rolle, wie Corsico die Informationen in seine klebrigen Finger bekommen hatte. Denn jetzt stand die schmutzige Geschichte in der Zeitung, und es wurden Namen genannt.

Barbara rief Corsico auf seinem Handy an. »Was zum Teufel haben Sie sich dabei gedacht?«, fuhr sie ihn ohne Umschweife an.

Er fragte nicht, wer ihn anrief. Offenbar wusste er sofort Bescheid, denn seine Antwort lautete: »Ich dachte, dass es das ist, was Sie wollten, Sergeant.«

»Nennen Sie meinen Rang nicht am Telefon!«, zischte sie. »Wo zum Teufel stecken Sie?«

»Im Bett, wenn Sie's genau wissen wollen. Ich wollte mal ausschlafen. Und wo ist überhaupt das Problem? Soll etwa niemand erfahren, dass wir beide neuerdings dicke Freunde sind?«

Barbara überging die Frage. »Es geht nicht um Azhar. Sie sollten über die italienische Polizei schreiben, darüber, wie die im Fall von Hadiyyahs Verschwinden ermitteln – oder nicht ermitteln oder sich weigern zu ermitteln oder was auch immer. Dann sollten Sie darüber schreiben, dass die Met keinen Polizisten nach Italien schicken wollte. *Dann* sollten Sie darüber schreiben, dass die Met schließlich doch einen gewissen Inspector, den Sie unbedingt interviewen wollen, zur Unterstützung hingeschickt hat. Und *dann* sollten Sie Ihren fetten Arsch nach Italien bewegen, um Druck zu machen. Ich habe Ihnen alle Einzelheiten geliefert, die Sie brauchten, und Sie hätten nichts anderes zu tun brauchen, als daraus eine Story zu machen und am Ball zu bleiben und sich um nichts sonst zu kümmern. Das wussten Sie ganz genau, Mitchell.«

Er gähnte laut. Barbara hätte sich am liebsten durchs Telefon in sein Schlafzimmer gebeamt, um ihn zusammenzuschlagen. »Ich wusste nur, dass Sie eine Story wollten«, sagte er. »Und die haben Sie gekriegt. Genau genommen haben Sie sogar mehrere gekriegt, und es kommen noch mehr. Ich habe ein paar nette Schnappschüsse von der Rangelei gestern mit dem… ich nehme an, es war der Großvater?«

Bei dem Gedanken an die Fotos wurde ihr schwindlig. »Lassen Sie diese Leute in Frieden«, sagte sie. »Lassen Sie sie verdammt noch mal in Frieden. Es geht nicht um diese Leute in Ilford. Es geht um ein Mädchen aus London, das in Italien verschwunden ist. *Das* ist Ihre Story. Es gibt jede Menge Informationen zu dem Fall, und ich besorge sie Ihnen sobald wie möglich, aber bis dahin…«

»Äh, Sergeant?«, fiel Corsico ihr ins Wort. »Sie müssen mir nicht erklären, was meine Story ist. Oder wo meine Story sich abspielt. Ich folge den Informationen, wohin sie mich führen, und jetzt gerade führen sie mich zu einem Haus in Ilford und zu einem ziemlich unglücklichen Jugendlichen.«

Er hatte es also tatsächlich geschafft, Kontakt zu Sayyid aufzunehmen, dachte Barbara zerknirscht. Was zum Teufel würde er als Nächstes tun?

»Sie benutzen den Jungen, um…«

»Er brauchte ein Ventil, um Dampf abzulassen. Das habe ich ihm geboten. Ich brauchte eine Story. Er hat sie mir gegeben. Die Beziehung zwischen Sayyid und mir beruht auf Gegenseitigkeit – Sie wissen schon: Eine Hand wäscht die andere. Genau wie bei Ihnen und mir.«

»Wir beide haben keine Beziehung miteinander.«

»O doch. Und sie wird von Tag zu Tag intensiver.«

Barbara lief ein kalter Schauer über den Rücken. »Was meinen Sie damit?«

»Vorerst meine ich damit nur, dass ich an einer Story dran bin. Mag ja sein, dass Ihnen die Richtung nicht gefällt, die die Story nimmt, mag sein, dass Sie bei der Richtung ein bisschen mitreden wollen. Aber dazu müssten Sie mir allerdings mehr Informationen geben, und wenn Sie das tun ...«

»*Falls*, nicht wenn.«

»*Wenn*«, wiederholte er, »Sie mir die Informationen geben, werde ich sie mir gern ansehen oder anhören, um zu entscheiden, ob ich sie gebrauchen kann. So funktioniert das.«

»Wie es funktioniert ...«, setzte sie an, aber er fiel ihr ins Wort.

»Das entscheiden nicht Sie, Barb. Anfangs lag die Entscheidung bei Ihnen, aber die Zeiten sind vorbei. Wie gesagt, unsere Beziehung wird immer intensiver. Sie ändert sich, entwickelt sich. Das könnte zu einer Traumehe werden. Wenn wir beide unsere Karten geschickt ausspielen«, fügte er hinzu.

Barbara blieb die Luft weg. »Hüten Sie sich, Mitchell«, krächzte sie. »Denn ich schwöre bei Gott, wenn Sie anfangen, mir zu drohen, wird es Ihnen verdammt leidtun.«

»Ich Ihnen *drohen*?« Corsico lachte hämisch. »Das käme mir *nie* in den Sinn, Barb.« Er legte auf. Barbara stand da wie versteinert, in der einen Hand die *Source*, in der anderen ihr Handy. Auf der Straße herrschte reger Verkehr, auf dem Gehweg drängelten Fußgänger sich an ihr vorbei zur U-Bahn-Station.

Eigentlich müsste sie auch zur U-Bahn eilen. Sie würde es jetzt schon kaum schaffen, rechtzeitig zur Arbeit zu erscheinen, um DI John Stewarts unheilverkündendem Stechuhrblick zu entgehen. Aber um funktionieren – und nachdenken – zu können, brauchte sie sofort einen Kaffee und einen Monstermuffin. Also beschloss sie, dass DI Stewart und die Aufgaben, die er ihr für den Tag zuteilen würde, noch warten mussten. Sie ging in ein kürzlich neu eröffnetes Café namens Cuppa Joe Etc. und bestellte sich einen Caffè Latte und ein Etcetera, das sich als Schokocroissant entpuppte. Nach dem Gespräch mit Corsico hatte sie sich beides verdient.

Als auf ihrem Handy die ersten Takte von »Peggy Sue« ertönten – sie hatte kaum Zeit gehabt, in ihr Schokocroissant zu beißen und einen Schluck von ihrem Kaffee zu trinken –, hoffte Barbara, es wäre Corsico, der ihr erklären würde, er hätte sich alles anders überlegt. Aber es war Lynley. Barbara fuhr der Schreck in die Glieder.

»Gute Neuigkeiten?«, fragte sie.

»Ich fürchte nein.«

»O Gott.«

»Nein, nein«, sagte Lynley hastig. »Weder gute noch schlechte Neuigkeiten. Nur eine interessante Information, die ich gern überprüft hätte.«

Er berichtete ihr von seinen Gesprächen mit Azhar und mit Angelina Upman und von dem verheirateten Liebhaber in London – einem zweiten neben Azhar –, den Angelina wegen Lorenzo Mura verlassen hatte.

»Soll das heißen, sie hat's mit dem Kerl getrieben, während sie mit Azhar … Ich meine, nachdem sie mit Azhar eine Tochter hatte und … Ich meine, nachdem Azhar seine Frau verlassen hatte … Verdammt, ich weiß überhaupt nicht mehr, was ich meine.«

Lynley bejahte alles. Bei dem Mann handle es sich um einen Tänzer und Choreographen, mit dem Angelina Upman ein Verhältnis hatte, als sie Lorenzo Mura kennenlernte – während sie mit Azhar zusammenlebte, mit dem sie eine Tochter hatte. Der Liebhaber hieß Esteban Castro, und laut Darstellung von Angelina Upman war sie einfach ohne ein Wort des Abschieds oder der Erklärung aus dessen Leben verschwunden. Sie war ebenfalls mit Castros Frau befreundet gewesen. Beide Personen mussten also überprüft werden. Denn möglicherweise hatte Angelina Upman während der vier Monate, in denen sie Azhar gegenüber die reuige Rückkehrerin gespielt hatte, die Beziehung zu Castro wieder aufgenommen und ihn erneut sitzen lassen.

»Das müssen Sie in Ihrer Freizeit erledigen, Barbara«, sagte Lynley.

»Aber Ardery stellt mich doch für so was ab, wenn Sie sie darum bitten, oder?«, wandte Barbara ein. Schließlich hatten Lynley und Isabelle Ardery sich nicht als Feinde getrennt. Und sie waren beide Profis. Ardery hatte Lynley offiziell nach Italien entsandt. Wenn er sie anrief und ihr erklärte, was er …

»Ich habe bereits mit ihr gesprochen«, sagte er. »Ich habe sie gefragt, ob sie Sie an mich ausleihen kann, damit Sie in London gewisse Dinge für mich überprüfen können. Sie hat sich geweigert.«

»Weil Sie nach *mir* gefragt haben«, sagte Barbara verbittert. »Wenn Sie nach Winston gefragt hätten, hätte sie sich überschlagen vor Bereitschaft, Sie zu unterstützen. Das wissen wir doch beide.«

»Stimmt«, sagte Lynley. »Ich hätte nach Winston fragen können, aber ich dachte, dass Sie das lieber selbst übernehmen würden, auch wenn Sie Ihre Freizeit dafür opfern müssen.«

Da hatte er recht. Sie sollte ihm dankbar dafür sein, dass er respektierte, wie wichtig es ihr war, auf dem Laufenden gehalten zu werden. »Stimmt«, sagte sie. »Danke, Sir.«

»Seien Sie mir nicht zu dankbar, Sergeant«, erwiderte er mit einem ironischen Unterton. »Ich weiß nicht, ob ich das aushalten kann.«

Sie musste grinsen. »Ich führe gerade einen Freudentanz auf dem Tisch auf. Sie müssten mich mal sehen.«

»Wo sind Sie?«

Sie sagte es ihm.

»Sie werden zu spät zum Dienst kommen«, bemerkte er. »Barbara, irgendwann müssen Sie aufhören, Isabelle Munition gegen Sie zu liefern.«

»Das sagt Winston mir auch dauernd.«

»Und er hat recht. Sie begehen beruflichen Selbstmord, wenn Sie so weitermachen.«

»Schön«, sagte sie. »Okay. Hab's kapiert. Sonst noch was?«

Sie war versucht, ihn zu fragen, wie es mit Daidre Trahair lief, aber darauf würde Lynley ihr sowieso keine Antwort geben. Es gab Grenzen zwischen ihnen, die er für nichts in der Welt überschreiten würde.

»Ja«, sagte er. »Bathsheba Ward.« Er berichtete ihr von den E-Mails, die Bathsheba auf Bitten ihrer Zwillingsschwester geschrieben hatte. Von einem auf Taymullah Azhars Namen eingerichteten E-Mail-Konto am University College, damit es so aussah, als wären es E-Mails von Azhar an seine Tochter in Italien.

»Sie hat mich also angelogen!«, rief Barbara aus. »Das Miststück hat die ganze Zeit gewusst, wo Hadiyyah war!«

»Sieht so aus«, sagte Lynley. »Es besteht also die Möglichkeit, dass sie auch noch andere Dinge weiß.«

Barbara überlegte, aber sie konnte sich nicht vorstellen, wie Bathsheba Ward in Hadiyyahs Entführung verwickelt sein könnte, erst recht nicht, warum. Es sei denn, Angelina selbst hatte etwas damit zu tun.

»Wie geht's denn Angelina?«, fragte sie.

»Sie ist verzweifelt, wie Sie sich denken können. Und körperlich scheint es ihr auch nicht gut zu gehen.«

»Und Azhar?«

»Für ihn gilt dasselbe, aber er zeigt es nicht so.«

»Ja, so ist er eben. Ich frage mich, wie er das durchhält. Im November ist er bereits durch die Hölle gegangen.«

Lynley erzählte ihr, dass Azhar in der ganzen Gegend Handzettel mit einem Foto von Hadiyyah verteilte. »Ich glaube, vor allem das hält ihn aufrecht«, sagte er. »Tatenlos dazusitzen und auf ein Zeichen von einem verschwundenen Kind zu warten ist für jeden Vater unerträglich.«

»Kann man wohl sagen.«

»Apropos…« Lynley zögerte.

»Was?«, fragte Barbara argwöhnisch.

»Ich weiß, dass Sie ihm nahestehen, aber ich muss Sie das fragen. Wissen wir, wo er war, als Hadiyyah verschwunden ist?«

235

»Auf einem Kongress in Berlin.«

»Ist das eine gesicherte Information?«

»Verdammt, Sir, Sie können doch nicht...«

»Barbara. Genauso wie wir alles überprüfen müssen, was mit Angelina zu tun hat, müssen wir alles überprüfen, was mit Azhar zu tun hat. Und wir müssen jeden überprüfen, der auch nur entfernt mit den Geschehnissen zu tun haben könnte, was auch Bathsheba Ward einschließt. Denn irgendetwas geht hier vor, Barbara. Ein Kind verschwindet nicht von einem belebten Markt, ohne dass irgendjemand irgendetwas davon mitbekommt, ohne dass irgendjemand etwas Ungewöhnliches bemerkt, ohne dass...«

»Okay, okay«, sagte Barbara. Dann erzählte sie ihm von Dwayne Doughty und zu welchem Zweck sie ihn angeheuert hatte. Er sei dabei, Azhar als Verdächtigen zu eliminieren. Als Nächstes würde sie den Detektiv auf Esteban Castro und dessen Frau ansetzen und auch auf Bathsheba Ward, aber nur, wenn sie nicht selbst dazu käme, denn eigentlich habe sie lieber selbst den Finger am Puls des Geschehens, anstatt sich auf andere zu verlassen.

»Manchmal muss man sich auf andere verlassen«, sagte Lynley.

Barbara verkniff sich ein Schnauben. Von allen Kollegen bei Scotland Yard war Lynley derjenige, der am wenigsten bereit war, sich auf andere zu verlassen.

VICTORIA
LONDON

Barbara gab sich den ganzen Tag äußerst kooperativ, geradezu unterwürfig, verdächtig bemüht, DI John Stewarts Anweisungen zu befolgen, und sie sorgte auch dafür, dass Superintendent Ardery sah, wie sie brav, wenn auch zähneknirschend die Berichte ihrer Kollegen in das Computersystem eingab, als wäre sie eine Tippse und keine qualifizierte Polizistin. Ein- oder zweimal hielt Ardery auf dem Weg durch die Abteilung kurz inne, um abwechselnd sie und DI Stewart zu beobachten, die Augen zusammengekniffen, als hätte sie etwas an Barbaras Frisur auszusetzen.

Zwischendurch machte Barbara kleine Abstecher ins World Wide Web. Sie fand heraus, dass Esteban Castro derzeit in einem West-End-Revival von *Anatevka* tanzte – gab es in *Anatevka* Tanzszenen?, fragte sie sich – und zusammen mit seiner Frau in seiner Tanzschule unterrichtete. Er war dunkelhäutig, der typische Latin Lover mit kurzem, schwarzem Haar und Schlafzimmerblick. Die Fotos auf seiner Webseite zeigten ihn in verschiedenen Posen und Kostümen. Er hatte die Muskulatur eines Balletttänzers und die locker lässige Körperhaltung eines Jazz- oder Moderndancers. Barbara konnte verstehen, was eine Frau an ihm anziehend fand, die auf der Suche nach Abenteuern war – oder was auch immer Angelina Upman gesucht hatte, denn das wusste der Teufel. Die Frau wurde immer rätselhafter.

Barbara klickte auf einen Link zu Castros Frau. Sie war ebenfalls Tänzerin. Beim Royal Ballet. Keine Anwärterin auf die Rolle der Prima Ballerina, aber irgendjemand musste ja schließlich im Ensemble tanzen. Der Oberschwan allein machte keinen Eindruck ohne den ganzen Schwarm im Hintergrund, der sich aufgeregt fragte, was es mit dem Jäger auf sich hatte. Die Frau hieß Dahlia Rourke – *Dahlia*: was für ein bescheuerter Name, dachte Barbara –, und sie war auf die für Balletttänzerinnen typische strenge und knochige Art hübsch: hohe Wangenknochen, beängstigend gut sichtbare Schlüsselbeine, dünne Handgelenke und schön grazil, so dass die testosteronstrotzenden Kollegen sie mit Leichtigkeit stemmen konnten. Fürs Bett war sie vielleicht ein bisschen zu dürr, was den feurigen Esteban in Angelinas Arme getrieben haben könnte. Außer dass Angelina wahrscheinlich auch nicht gerade ein weiches Kissen war, wenn es richtig zur Sache ging, dachte Barbara. Anscheinend stand Esteban auf Hungerhaken.

Sie machte sich ein paar Notizen und druckte ein paar Fotos aus. Dann nahm sie sich Bathsheba Ward noch einmal vor. Wenn sie wollte, dass die schleimige Kuh sie unterstützte, würde das sorgfältige Planung und mehr als ein bisschen »Überredungskunst« erfordern. Die »Überredungskunst« musste in dem Fall entweder sehr subtil ausfallen oder in der Androhung einer Geschäftsschädigung bestehen.

Barbara ließ sich all das durch den Kopf gehen, als das vertraute »Peggy Sue« ertönte. Es war Dwayne Doughty, der anrief, um ihr die Ergebnisse seiner Nachforschungen zum Thema zu unterbreiten.

»Ich habe auf Mithören geschaltet, wenn's Ihnen nichts ausmacht«, sagte Doughty. »Em ist auch hier.« Er berichtete ihr, dass alle Informationen sich bestätigt hatten. Azhar war tatsächlich in Berlin gewesen. Auf dem Kongress. Er hatte an Podiumsdiskussionen teilgenommen und zwei Vorträge gehalten. Er hätte nur nach Italien fliegen und seine Tochter entführen können, wenn er die Fähigkeit besaß, sich an zwei Orten gleichzeitig aufzuhalten, oder wenn er einen Zwillingsbruder hatte, von dem niemand wusste. Letzteres sollte wohl ein Scherz sein. Aber es erinnerte Barbara an etwas, das Dwayne Doughty wissen sollte.

»Apropos eineiige Zwillinge«, sagte sie. Sie erzählte ihm, dass Bathsheba Ward offenbar die ganze Zeit gewusst hatte, wo ihre Schwester sich aufhielt, und dass sie Hadiyyah E-Mails geschickt hatte, die angeblich von deren Vater kamen.

»Das erklärt ein paar Kleinigkeiten, die wir ausgegraben haben«, sagte Doughty. »Unsere Bathsheba hat letzten November einen Abstecher nach *bell'Italia* gemacht, und zwar zufällig zur selben Zeit, als die holde Angelina samt Tochter von der Bildfläche verschwunden ist. Faszinierend, wenn Sie mich fragen.«

»Ich verstehe, was Sie meinen«, erwiderte Barbara. Denn wenn Bathsheba von Anfang an in Angelinas Fluchtpläne eingeweiht war, konnte es für Angelina nicht besonders schwierig gewesen sein, mit dem Pass ihrer Schwester zu reisen und damit ihre Spuren zu verwischen.

»Wir werden der guten Bathsheba also noch ein bisschen auf den Zahn fühlen müssen«, sagte Doughty. »Die Frage ist, Sergeant Havers, wer von uns beiden dazu am besten geeignet ist.«

BOW
LONDON

Nachdem Dwayne Doughty aufgelegt hatte, wartete er auf Em Cass' unvermeidlichen Kommentar, der nicht lange auf sich warten ließ. Sie saßen in ihrem Büro, weil es da einfacher war, das Gespräch mit Sergeant Havers aufzuzeichnen. Em nahm die Kopfhörer ab, nachdem sie die Qualität der Aufnahme überprüft hatte, und legte sie auf dem Tisch mit den Monitoren ab. Sie trug einen maßgeschneiderten beigefarbenen, dreiteiligen Herrenanzug, dazu zweifarbige Schuhe – braun und dunkelblau –, die unpassend gewirkt hätten, hätte sie sich nicht eine farblich dazu passende Krawatte umgebunden. Sie kleidete sich als Mann besser als die meisten Männer, musste Doughty gestehen. Kein Mann auf der Welt sah besser aus als Em Cass in einem Smoking, so viel war sicher.

»Wir hätten uns nie auf diesen Schlamassel einlassen sollen«, sagte sie. »Du weißt es, ich weiß es, und jeden Tag wissen wir es besser. Als ich sie mit dem Professor zusammen gesehen habe, als mir klar wurde, dass sie Polizistin ist, noch dazu von Scotland Yard ...«

»Ganz ruhig«, sagte Dwayne. »Einiges ist in Bewegung geraten, anderes ist in Arbeit.«

Wie zum Beweis, dass er recht hatte, klopfte es an der Tür, dann schlüpfte Bryan Smythe in Ems Büro. Doughty sah, dass Em sich mit ihrem Stuhl von den Monitoren wegschob, wie um sich von dem Computerfreak zu distanzieren. Ehe er dazu kam, den sexhungrigen Typen zu begrüßen, sagte Em: »Du hast gesagt, du würdest mich warnen, Dwayne.«

»Die Situation hat sich leicht geändert«, erwiderte Doughty. »Das hast du doch eben selbst betont.« Dann, zu Bryan, mit einem Blick auf seine Uhr: »Du bist ziemlich früh dran. Außerdem waren wir in meinem Büro verabredet, nicht hier.«

Bryan errötete, allerdings auf eine Weise, dass sein ganzes Gesicht mit hässlichen roten Flecken übersät war. »Ich hab bei dir geklopft«, sagte er. »Dann hab ich hier drin Stimmen gehört…«

»Du hättest draußen warten können«, sagte Em.

Bryan schaute sie an. »Aber dann hätte ich dich nicht gesehen.«

Doughty stöhnte. Der Mann hatte keine Ahnung von Frauen, von Smalltalk, von irgendetwas, das mit Männern und Frauen zu tun hatte, oder davon, wie sie irgendwann zusammen im Bett landeten. Aber Doughty wünschte, Em würde den armen Teufel wenigstens ein einziges Mal ranlassen. Ein Gnadenfick würde sie nicht umbringen, und es könnte Bryan zu der Erkenntnis verhelfen, dass sich zwischen Träumen und deren Erfüllung manchmal Abgründe auftaten.

»Außerdem«, fuhr Bryan fort, »war nicht abgemacht, dass wir ab sofort keine Telefone mehr benutzen?«

»Wir brauchen alle Wegwerfhandys«, sagte Em. »Einmal benutzen, wegwerfen, neues kaufen. Dann können wir auf solche Treffen« – sie sprach es aus, als wollte sie sagen: *solche Heimsuchungen* – »verzichten.«

»Alles der Reihe nach«, sagte Doughty. »Wir sind keine Krösusse, Em. Wir können es uns nicht leisten, jeden Tag drei neue Handys zu kaufen.«

»Doch, das können wir. Stell sie dieser Tussi von Scotland Yard in Rechnung.« Em drehte sich mit ihrem Stuhl, so dass sie ihnen den Rücken zukehrte. Dann tat sie so, als würde sie sich die Schuhe zubinden.

Doughty musterte Bryan mit einem kurzen Blick. Der junge Mann war ein absoluter Crack. Dass Emily Cass nicht mit ihm ins Bett gehen wollte, war eine Sache, und er konnte es ihr im Grunde nicht verübeln. Aber er konnte nicht zulassen, dass sie ihn so lange beleidigte, bis er ihnen den ganzen Kram hinwarf.

»Bryan hat vollkommen recht, Emily. Also lass uns zusehen, dass wir dieses Treffen hinter uns bringen, ohne uns gegenseitig die Köpfe abzureißen, okay?« Ohne ihre Antwort abzuwarten, sagte er zu Bryan: »Also, wie sieht's aus?«

»Alle Telefonunterlagen sind gecheckt«, sagte Bryan. »Eingehende und ausgehende Anrufe. Aber es war teurer, als ich dachte. Ich musste drei Typen anheuern.«

»Okay, das mit dem Geld kriegen wir schon geregelt, anders geht's eben nicht. Was noch?«

»An der anderen Sache bin ich noch dran. Das ist ziemlich heikel und ohne die Unterstützung von Insidern nicht zu schaffen. Die sind zwar bereit, mir zu helfen, aber die wollen Kohle sehen.«

»Ich dachte, es wäre alles ganz einfach.«

»Hätte es sein können. Aber du hättest vorher mit mir reden sollen, nicht nachher. Spuren legen ist viel einfacher als Spuren zu verwischen.«

»Ich dachte, du kannst so was, Bryan. Ich zahle dir ein exorbitantes Honorar, weil du der Beste bist.« Doughty hörte Emily hinter sich verächtlich schnauben. Er warf ihr einen finsteren Blick zu. Sie musste die Situation nicht noch schlimmer machen.

»Ich bin der Beste, weil ich die Kontakte habe, die du brauchst. Es bedeutet nicht, dass ich Supermann bin.«

»Tja, dann musst du eben Supermann werden, und zwar ein bisschen plötzlich.«

Emily platzte der Kragen. »Na großartig. Ich hab dir gleich gesagt, wir sollten die Finger von der Sache lassen. Und jetzt sage ich's dir noch mal. Warum hörst du nicht auf mich?«

»Wir sind gerade dabei, uns so sauber zu machen wie Neugeborene«, entgegnete Doughty. »Deswegen sind wir heute hier.«

»Hast du schon mal ein Neugeborenes gesehen?«, fragte Emily.

»Okay, zugegeben«, sagte Doughty. »Schlechter Vergleich. Ich lass mir irgendwann mal was Besseres einfallen.«

»Großartig«, sagte Emily. »Aber so lange können wir nicht warten. Und dir haben wir es zu verdanken, dass wir in dem Schlamassel stecken.«

SOHO
LONDON

Esteban Castros Tanzschule lag neben einem Parkhaus zwischen dem Leicester Square und dem, was im Volksmund als Chinatown bezeichnet wurde. Barbara Havers fuhr gleich nach der Arbeit los und fand den Ort ohne Probleme. In die Tanzschule hineinzugelangen erwies sich allerdings als etwas schwieriger, denn sie befand sich im obersten Stockwerk eines sechsstöckigen Gebäudes ohne Aufzug, und während Barbara zum Klang postmoderner Musik, die mit jedem Stockwerk lauter wurde, die Treppen hochschnaufte und keuchte, überlegte sie ernsthaft, das Rauchen aufzugeben. Als sie schließlich vor der durchscheinenden Halbglastür der Tanzschule Castro-Rourke stand, war sie zwar außer Atem, hatte aber überlebt und verwarf die Idee der Tabakabstinenz sofort wieder.

Sie betrat einen kleinen Eingangsbereich. Ringsum an den Wänden hingen Poster, auf denen Dahlia Rourke im Tutu in allen möglichen exotischen Posen und Esteban Castro in allen

242

erdenklichen Rollen abgebildet waren. An einer Seite stand ein kleiner Tresen, auf dem sich Werbebroschüren für Tanzkurse stapelten. Anscheinend konnte man hier von Standardtanz bis Ballett alles lernen.

Es war niemand zu sehen. Aber dem Geräuschpegel nach zu urteilen fand hinter den geschlossenen Türen, die rechts und links offenbar in Tanzsäle führten, gerade Unterricht statt. Aus einem der Säle dröhnte die postmoderne Musik, die Barbara schon im Treppenhaus gehört hatte und die immer wieder aus- und eingeschaltet wurde – dazwischen schrie jemand: »Nein, nein, nein! Fühlt sich das etwa so an, als wärst du eine freudig überraschte Kröte?« Hinter der anderen Tür ertönte immer wieder das Kommando *royale! royale!* Das »Nein, nein, nein!« wurde von einer Männerstimme gerufen, vermutlich von Esteban Castro. Also ging Barbara zu dieser Tür und öffnete sie.

Der große Raum, den sie betrat, war an zwei Seiten verspiegelt und mit Ballettstangen versehen, an einer Seite standen Klappstühle aufgereiht, und in einer Ecke lag ein Haufen Kleidungsstücke – Kostüme vielleicht? In der Mitte des Parkettbodens stand der Meister persönlich, und ihm gegenüber, am anderen Ende des Saals, standen sechs Schüler – Männer und Frauen – in unterschiedlichen Trikotanzügen, Beinwärmern und Ballettschuhen. Sie wirkten kleinlaut, ungeduldig, irritiert, müde. Als Castro ihnen befahl, ihre »Startposition« wieder einzunehmen und es diesmal zu *spüren*, wirkte niemand begeistert von der Idee. »Die Kröte liebt das Auto«, fauchte Castro sie an, »und ihr habt einen Plan, richtig? Also, verdammt noch mal, *du* bist die Kröte, und *ihr* seid die fünf Füchse. Und macht es diesmal richtig, damit wir hier vor Mitternacht rauskommen.«

Zwei der Tänzer hatten Barbara bemerkt. Einer sagte: »Steve«, und wies mit dem Kinn in Richtung Tür.

Castro fuhr herum, erblickte Barbara und sagte: »Der Unterricht fängt erst um sieben an.«

»Ich …«, setzte Barbara an.

»Und ich hoffe, Sie haben andere Schuhe mitgebracht«, fügte Castro hinzu. »Oder wollen Sie in den Dingern da Foxtrott tanzen? Vergessen Sie's.« Er meinte natürlich ihre roten Schnürschuhe. Den Rest ihrer Kleidung hatte er offenbar noch nicht wahrgenommen, denn dann wäre ihm aufgefallen, dass die Schlabberhose und das T-Shirt mit dem Aufdruck *600 Jahre Beulenpest – let's celebrate!* auch nicht unbedingt zu Foxtrott passten.

Barbara sagte: »Ich bin nicht hier, um Unterricht zu nehmen. Sind Sie Mr Castro? Ich muss mit Ihnen reden.«

»Sie sehen doch, dass ich beschäftigt bin.«

»Das ist nicht zu übersehen. Ich bin auch beschäftigt.« Sie wuchtete ihre Tasche nach vorne und kramte ihren Polizeiausweis heraus. Dann durchquerte sie den Raum und ließ ihm Zeit, sich das Dokument anzusehen.

Nach einer Weile sagte er: »Um was geht's?«

»Angelina Upman.«

Er hob den Kopf und schaute Barbara an. »Was ist mit ihr? Ich hab sie schon ewig nicht gesehen. Ist ihr was zugestoßen?«

»Seltsam, dass Ihnen das als Erstes in den Sinn kommt«, bemerkte sie.

»Was sonst soll mir in den Sinn kommen, wenn die Polizei bei mir aufkreuzt?« Auf die Frage erwartete er offenbar keine Antwort, denn er drehte sich zu seinen Tänzern um und sagte: »Zehn Minuten. Dann gehen wir das Ganze noch mal durch.«

Er sprach völlig akzentfrei. Als wäre er in Henley-on-Thames geboren. Als sie ihn darauf ansprach und ihn wissen ließ, dass sie ihre Hausaufgaben gemacht und dabei herausgefunden hatte, dass er in Mexiko geboren war, sagte er, er sei mit seinen Eltern – Vater Diplomat, Mutter Kinderbuchautorin – nach England gezogen, als er zwölf war. Er habe das starke Bedürfnis gehabt, sich an die englische Kultur zu assimilieren, und dazu habe auch die Sprache gehört, denn er habe verhindern wollen, ewig als Ausländer gebrandmarkt zu sein.

Nachdem die Tänzer den Raum verlassen hatten, ging Castro zu den Klappstühlen. Er zog einen heran, wie man es von einem Tänzer erwarten würde: mit fließenden Bewegungen und perfekter Haltung. Ebenso wie die Tänzer, die er in die Pause geschickt hatte, trug er einen Trikotanzug, in dem sich seine Bein- und Gesäßmuskeln deutlich abzeichneten. Im Gegensatz zu den anderen trug er ein enges weißes Achselhemd, das die Muskeln seines Oberkörpers betonte. Seine Arme und Füße waren nackt.

Er setzte sich, stützte die Arme auf die Knie und ließ die Hände baumeln. Barbara rückte ihren Stuhl so, dass ihr Blick nicht direkt auf seine Kronjuwelen fiel. Ohne Vorrede und ohne auf eine Erklärung für Barbaras Anwesenheit zu warten, sagte er: »Meine Frau weiß nichts davon, dass Angelina und ich ein Verhältnis hatten. Es wäre mir lieb, wenn das so bliebe.«

»Darauf würde ich kein Geld verwetten«, erwiderte Barbara. »Frauen sind nicht von Natur aus dumm.«

»Sie ist nicht wirklich eine Frau«, sagte er. »Das war ein Teil des Problems. Haben Sie mit ihr gesprochen?«

»Noch nicht.«

»Das ist auch nicht nötig. Ich sage Ihnen, was Sie wissen wollen. Ich beantworte Ihre Fragen. Aber lassen Sie sie aus der Sache heraus.«

»Aus welcher Sache?«, fragte Barbara.

»Was auch immer das ist. Sie wissen schon, was ich meine.« Er wartete darauf, dass Barbara etwas sagte. Als sie nicht reagierte, fluchte er leise und sagte: »Kommen Sie mit.«

Er führte sie in den kleinen Eingangsbereich, öffnete die gegenüberliegende Tür und bedeutete ihr mit einer Kopfbewegung, einen Blick in den anderen Raum zu werfen. Dahlia Rourke stand mit etwa einem Dutzend kleiner Mädchen an der Ballettstange. Sie versuchte, die Mädchen, die einen Arm über den Kopf erhoben hatten, in eine graziöse Haltung zu bringen. Barbara hatte den Eindruck, dass ihre Bemühungen zwecklos waren. Gut zu wissen, dachte sie, dass Grazie nicht angeboren ist. Dahlia war klapperdürr, fast wie ein Skelett. Sie spürte, dass sie beobachtet wurde, und drehte sich zur Tür um.

»Ihre Tochter möchte Ballettunterricht nehmen«, sagte Castro zu seiner Frau. »Sie wollte mal sehen, wie das hier so abläuft.«

Dahlia nickte. Sie betrachtete Barbara ohne Argwohn, wie es schien. Dann lächelte sie zögernd und wandte sich wieder den zukünftigen Ballerinas zu. Castro führte Barbara zurück in sein Studio. Er schloss die Tür und sagte: »Ihr Körper funktioniert nur als Ballerina. Und sie ist auch nicht daran interessiert, dass er für irgendetwas anderes taugt.«

»Und das bedeutet?«

»Das bedeutet, dass sie vor langer Zeit aufgehört hat, eine Frau zu sein. Das ist der Hauptgrund dafür, dass ich mit Angelina ein Verhältnis hatte.«

»Es gibt also noch andere Gründe?«

»Haben Sie Angelina kennengelernt?«

»Ja.«

»Dann wissen Sie ja Bescheid. Sie ist hübsch. Sie ist leidenschaftlich. Sie ist lebendig. Das ist sehr anziehend. Aber was zum Teufel ist eigentlich passiert, und warum sind Sie hier?«

»Sind Sie innerhalb der letzten vier Wochen außer Landes gewesen?«

»Natürlich nicht. Ich bin gerade dabei, eine Choreographie für *Wind in den Weiden* zu erarbeiten. Da kann ich unmöglich hier weg. Noch einmal: Was ist passiert?«

»Auch kein kurzer Wochenendtrip in die Sonne?«

»Wohin denn zum Beispiel? Nach Spanien? Portugal?«

»Italien.«

»Natürlich nicht.«

»Und Ihre Frau?«

»Dahlia tanzt mit dem Royal Ballet *Giselle*. Außerdem gibt sie hier ihre Kurse. Sie hat keine Zeit für irgendetwas anderes, als ihre Füße zu Hause einzuweichen, wenn sie nicht gerade arbeitet. Die Antwort lautet also Nein und nochmals Nein, und ich sage Ihnen kein Wort mehr, wenn Sie mir nicht sagen, was passiert ist, kapiert?« Um seine Worte zu unterstreichen, stand er auf, ging in die Mitte des Raums und pflanzte sich dort breitbeinig auf, die Arme vor der Brust verschränkt. Sehr männliche Pose, dachte Barbara. Sie fragte sich, ob das Absicht war. Er wusste vermutlich, welche Wirkung er auf Frauen hatte.

Sie sagte: »Angelina Upmans Tochter wurde auf einem Markt in Lucca entführt.«

Castro sah sie an. Er versuchte, die Information zu verarbeiten und zu begreifen, was es bedeutete, dass die Polizei deswegen bei ihm vorsprach. »Und?«, sagte er schließlich. »Glauben Sie etwa, ich hätte das Kind entführt? Ich kenne ihre Tochter gar nicht. Bin ihr nie begegnet. Warum zum Teufel sollte ich sie entführen?«

»Wir müssen alles überprüfen, also auch jeden, der irgendwann etwas mit Angelina zu tun hatte. Ich weiß, dass sie Sie fallen gelassen hat wie eine heiße Kartoffel, dass sie einfach aus Ihrem Leben verschwunden ist. Womöglich haben Sie ihr das übelgenommen. Womöglich hätten Sie ihr gern ein paar Ohrfeigen verpasst – im übertragenen Sinne. Sie hat Ihnen übel mitgespielt, und Sie wollten es ihr mit gleicher Münze heimzahlen.«

Er lachte auf. »So kommen Sie nicht weiter, Sergeant ...?«

»Havers«, sagte sie. »Detective Sergeant.«

»Havers«, sagte er. »Detective Sergeant. Sie hat mir nicht übel mitgespielt. Sie war da, und irgendwann war sie weg, und das war's.«

»Und Sie haben nie gefragt, wohin sie verschwunden sein könnte?«

»Dazu hatte ich kein Recht. Das wusste ich, und das wusste sie. Unsere Regeln waren einfach: Ich würde mich nicht ihretwegen von Dahlia trennen, sie würde sich meinetwegen nicht von Azhar trennen. Sie war schon einmal für ein Jahr verschwunden gewesen, aber dann war sie plötzlich wieder da, und wir haben da weitergemacht, wo wir aufgehört hatten. Ich dachte, es würde jetzt wieder genauso laufen wie beim letzten Mal.«

»Sie meinen, Sie rechnen damit, dass sie wieder zurückkommt?«

»So war es in der Vergangenheit.«

»Sie wussten also die ganze Zeit von Azhar? Von Anfang an?« Es spielte eigentlich keine Rolle, aber Barbara musste es einfach wissen.

»Ja. Wir haben einander nie belogen.«

»Und Lorenzo Mura, ihr anderer Liebhaber? Wussten Sie auch von dem?«

Darauf erwiderte Castro nichts. Er ging wieder zu dem Stuhl, auf dem er vorhin gesessen hatte, ließ sich darauffallen und lachte kurz auf. Er schüttelte den Kopf. Barbara verstand. Er sagte: »Das heißt also ... sie hat mit uns dreien gevögelt?«

»Sieht so aus.«

»Das wusste ich nicht. Aber es wundert mich auch nicht.«

»Warum nicht?«

Er fuhr sich mit den Händen durchs Haar und knetete es, als könnte er dadurch mehr Blut in sein Gehirn pumpen. »Also, es ist so. Manche Frauen suchen die Aufregung. Angelina zum Beispiel. Sich mit *einem* Mann begnügen? Was ist daran aufregend?«

»Derzeit scheint sie sich mit einem zu begnügen – mit Lorenzo Mura.«

»*Scheinen* ist das entscheidende Wort, Sergeant. In Azhars Augen *schien* sie sich mit ihm zu begnügen. Jetzt *scheint* sie sich mit diesem Italiener zu begnügen.«

Barbara dachte darüber nach. Die Frau, die sie kannte, war eine geborene Schauspielerin. Sie selbst war voll auf Angelinas vorgespielte Freundschaft und ihr Interesse an Barbaras Leben hereingefallen. Warum sollte sie dann nicht auch alle anderen hinters Licht geführt haben? Obwohl Barbara sich nicht recht vorstellen konnte, wie es war, es mit drei Männern gleichzeitig zu treiben, musste sie doch eingestehen, dass alles möglich war. Sie selbst hätte in so einer Situation Angst, auf dem Höhepunkt der Leidenschaft den falschen Namen zu kreischen. Andererseits gab es in Barbaras Leben nicht viele leidenschaftliche Höhepunkte.

»Wie lange hat Ihr Verhältnis mit Angelina gedauert?«, fragte sie.

»Ist das wichtig?«

»Reine Neugier.«

Er schaute sie an, dann wandte er sich ab. »Ich weiß nicht. Ein paar Jahre vielleicht. Zwei, drei. Mit Unterbrechungen.«

»Wie oft haben Sie sich gesehen, wenn gerade keine Unterbrechung war?«

»Meistens zweimal die Woche. Manchmal auch dreimal.«

»Wo?«

Er wandte sich ihr wieder zu und musterte sie von Kopf bis Fuß. »Was spielt das für eine Rolle?«

»Neugier. Es interessiert mich, wie andere Leute leben, wenn's Ihnen nichts ausmacht.«

Wieder wandte er sich ab. Diesmal blieb sein Blick am Spiegel hängen. »Wir haben's überall getrieben«, sagte er. »Auf dem Rücksitz von Autos, im Taxi, hier im Studio, hinter der Bühne im West End Theatre, bei mir, bei ihr, in einem speziellen Tanzclub.«

»Das muss ja ganz besonders spannend gewesen sein«, bemerkte Barbara.

»Sie liebte die Gefahr. Einmal haben wir's im Fußgängertunnel nach Greenwich getan. Sie war sehr kreativ, das gefiel mir an ihr. Sie ist von Leidenschaft getrieben. Und diese Leidenschaft nährt sich von Aufregung und Heimlichtuerei. So ist sie einfach.«

»Sie scheint mir eine Frau zu sein, die ein Mann lieber nicht gehen lassen würde«, sagte Barbara. »Sie verstehen sicher, was ich meine. Jederzeit, an jedem Ort, angezogen, nackt, im Stehen, im Sitzen, im Knien, was auch immer. Stehen Männer nicht auf so was?«

»Manche ja.«

»Sie auch?«

»Ich bin Latino, Sergeant. Was glauben Sie wohl?«

»Ich glaube, dass es ziemlich schwer sein dürfte, einen Ersatz für Angelina zu finden«, sagte Barbara.

»Niemand kann Angelina ersetzen«, sagte er. »Wie gesagt, ich rechne damit, dass sie wiederkommt.«

»Immer noch? Auch wenn sie mittlerweile mit Lorenzo Mura zusammenlebt?«

»Ich weiß nicht.« Er warf einen Blick auf seine Uhr und stand auf, bereit, den Unterricht fortzusetzen. »Vielleicht sollte ich einfach froh sein, dass ich so lange das Vergnügen hatte«, fügte er hinzu. »Und das sollte Mura auch.«

24. April

HOXTON
LONDON

Bathsheba Ward stand als Nächste auf Barbaras Liste. Da das gewiefte Luder sie zuvor angelogen hatte, war Barbara entschlossen, diesmal kein Mitleid mit ihr zu haben. Und sie war außerdem entschlossen, DI Stewart und Detective Superintendent Ardery keine weitere Munition gegen sie zu liefern. Aus diesen beiden Gründen fuhr sie in aller Herrgottsfrühe nach Hoxton. Unterwegs kaufte sie sich einen Becher Kaffee und ein extragroßes Brötchen mit Schinkenspeck. Als sie derart gestärkt in der Nuttall Street eintraf, wo Bathsheba und ihr Mann Hugo Ward in einer Gegend mit sehr gepflegten Backsteinhäusern wohnten, war sie bereit, es mit der Welt aufzunehmen.

So früh am Morgen, genauer gesagt, um Viertel nach sechs, war es hier noch menschenleer. Ohne Probleme fand Barbara das Haus, in dem die Wards wohnten, und drückte so lange auf die Klingel, bis eine Männerstimme fragte: »Was zum Teufel wollen Sie? Wissen Sie, wie viel Uhr es ist?«

»New Scotland Yard«, antwortete Barbara. »Ich muss mit Ihnen reden. Und zwar jetzt.«

Einen Moment lang herrschte Stille, während der Mann – vermutlich Hugo Ward – darüber nachdachte. Barbara ließ ihm fünf Sekunden Zeit, dann klingelte sie erneut. Er drückte ohne ein weiteres Wort die Tür auf, und sie stieg in den zweiten Stock hoch.

Bevor sie dazu kam anzuklopfen, riss er die Tür auf. Trotz

251

der frühen Stunde war er bereits in voller Montur für seinen Arbeitstag: dreiteiliger Anzug, frisch gebügeltes Hemd, gestreifte Krawatte, blank polierte Schuhe. »*Sie* sind die Polizei?«, fragte er entgeistert. Barbara vermutete, dass ihre roten Schuhe der Grund für seine Verwirrung waren. Sie zeigte ihm ihren Ausweis. Er ließ sie eintreten.

»Was hat das zu bedeuten?«, fragte er, nicht unberechtigterweise.

»Ich muss mit Ihrer Frau reden«, sagte Barbara.

»Sie schläft noch.«

»Wecken Sie sie.«

»Wissen Sie, wie viel Uhr es ist?«

Sie hielt sich ihre Armbanduhr ans Ohr, schüttelte sie und blickte dann mit zusammengekniffenen Augen darauf.

»Verdammt«, murmelte sie. »Mickey hängt schief.« Zu Hugo Ward sagte sie: »Auf die Uhrzeit hatten Sie mich bereits hingewiesen, Mr Ward, und ich hab's wirklich eilig. Wenn Sie also bitte Ihre Frau holen würden? Sagen Sie ihr, Sergeant Havers möchte gern ein Tässchen Kaffee mit ihr trinken. Sie weiß, wer ich bin. Sagen Sie ihr, es geht um ihre Italienreise im letzten November.«

»Sie war im November nicht in Italien.«

»Aber jemand war dort. Mit ihrem Pass.«

»Das ist unmöglich.«

»Glauben Sie mir, Mr Ward, in meinem Job lernt man ziemlich schnell, dass alles möglich ist.«

Ihre Antwort schien ihn zu irritieren. Das war gut so, denn es bedeutete, dass er mit ihr kooperieren würde. Er wandte den Blick von Barbara ab und schaute in den Korridor hinter sich. Sie standen in einem kleinen, quadratischen Eingangsbereich, wo ein Wandspiegel ein teuer aussehendes modernes Gemälde reflektierte. Lauter scheinbar sinnlose Linien und Kritzeleien. Aber irgendwie wirkte es doch so, als hätte der Maler gewusst, was er tat, auch wenn Barbara nichts davon verstand.

Sie sagte: »Mr Ward? Wie gesagt, ich hab's eilig. Möchten Sie

Ihre Frau jetzt aus ihrem Schönheitsschlaf wecken, oder würden Sie das lieber mir überlassen?«

»Einen Moment«, sagte er und bat sie, im Wohnzimmer zu warten, das er als Empfangszimmer bezeichnete, als wäre er ein Makler, der die Wohnung verkaufen wollte. Auch hier hingen moderne Gemälde an den Wänden, und die Möbel wiesen alle Bathshebas typische Designhandschrift auf. Hier und da standen gerahmte Fotos, die Barbara sich anschaute, während Hugo Ward seine Frau holen ging.

Es handelte sich um lauter Fotos der glücklichen Familie Ward: die beiden erwachsenen Kinder samt Ehepartner, ein putziges Enkelkind, der strahlende Familienvater mit seiner zweiten Ehefrau, in verschiedenen Posen und an verschiedenen Orten aufgenommen. Die Bilder erinnerten Barbara an ein Zitat, das sie nicht einordnen konnte, von dem Lynley ihr aber garantiert sagen konnte, woher es stammte: Irgendjemand gelobte zu viel. In diesem Fall lautete die Botschaft: Sind wir nicht eine glückliche, großartige Familie? Sie schnaubte leise, wandte sich ab und sah Hugo Ward in der Tür stehen.

»Sie wird Sie empfangen, sobald sie angezogen ist und ihren Kaffee getrunken hat«, sagte er.

»Das glaube ich nicht«, entgegnete Barbara. »Wo ist sie?« Sie ging zum Korridor und steuerte auf die erstbeste der drei geschlossenen Türen zu. »Geht's hier zum Schlafzimmer?«, fragte sie. »Da wir Mädels unter uns sind, wird sie mir schon nichts zeigen, was ich nicht selbst schon kenne.«

»Warten Sie gefälligst!«, herrschte Ward sie an.

»Das würde ich liebend gerne tun, aber Sie wissen ja: das Rad der Zeit und so weiter. Ist das die Tür?«

Unter Hugo Wards Protesten öffnete sie die Tür. Vor ihr lag ein geschmackvoll eingerichtetes Arbeitszimmer. Moderne Gemälde an den Wänden, gerahmte Fotos auf dem Schreibtisch. Sie ging zur nächsten Tür, öffnete sie und trällerte: »Zeit zum Aufstehen! Morgenstund hat Gold im Mund!«

Bathsheba saß im Bett, auf dem Nachttisch stand eine Tasse Kaffee, und auf der Bettkante hatte sie drei Zeitungen ausgebreitet. Von wegen sie schläft noch, dachte Barbara. Sie schaute Hugo Ward an und sagte: »Sie böser Junge, Sie. Es ist gar nicht klug, die Polizei anzulügen, das sollten Sie eigentlich wissen. Das kann leicht nach hinten losgehen.«

»Tut mir leid«, sagte er. Und zu Bathsheba: »Sie ist einfach reingestürmt, Darling.«

»Das habe ich gemerkt«, erwiderte Bathsheba spitz. »Ehrlich, Hugo, war das wirklich zu viel verlangt?« Sie warf eine Zeitung zur Seite und griff nach ihrem Morgenmantel.

»Wie gesagt, das geht nur uns Mädels was an«, sagte Barbara zu Hugo Ward und machte ihm die Tür vor der Nase zu. Sie hörte ihn draußen fluchen.

Bathsheba stand auf und zog ihren Morgenmantel über. »Ich habe Ihnen gesagt, was ich weiß, und das ist absolut nichts«, sagte sie. »Dass Sie mich im Morgengrauen überfallen …«

»Ziehen Sie die Vorhänge auf, Bathsheba, Sie werden sich wundern. Die Sonne scheint, die Vögel zwitschern, und die Regenwürmer bringen sich in Sicherheit.«

»Sehr witzig. Sie wissen genau, was ich meine. Sie kommen absichtlich zu einer gottverbotenen Zeit, um mich zu überrumpeln, aber das können Sie vergessen. Vielleicht ist das die Vorgehensweise der Londner Polizei, aber mit mir läuft das nicht, und sobald Sie hier weg sind, werde ich mich an höherer Stelle über Sie und Ihre Methoden beschweren, darauf können Sie Gift nehmen.«

»Schön. Ich bin gewarnt. Ich zittere schon. Dann können wir ja jetzt reden.«

»Ich habe nicht die Absicht …«

»Mit mir zu reden? Also, ich glaube, dass Sie sich das noch mal anders überlegen werden. Sie haben mich angelogen. So was kann ich überhaupt nicht leiden. Und noch weniger, wenn es um die Entführung eines Kindes geht.«

»Wovon zum Teufel reden Sie?«

»Sie stecken bis über beide Ohren in der Sache mit drin. Hadiyyah wurde vor über einer Woche in Italien entführt, und da Sie von Anfang an mit Ihrer Schwester unter einer Decke gesteckt haben...«

»*Wie bitte*?« Bathsheba sah Barbara an, als versuchte sie, irgendetwas von ihrem Gesicht abzulesen. Sie schob sich das Haar hinter die Ohren und setzte sich auf den Hocker vor ihrem Schminktisch. »Ich habe keine Ahnung, wovon Sie reden.«

»Damit kommen Sie diesmal nicht durch.« Barbara lehnte sich gegen die Zimmertür und schaute Bathsheba lange an. »Sie haben mich angelogen, als Sie mir erzählt haben, Sie hätten Ihre Schwester seit Ewigkeiten nicht gesehen. Sie haben Hadiyyah E-Mails geschrieben, in denen Sie sich als ihr Vater ausgegeben haben, und zwar von einem Konto des University College, das Ihnen weiß der Teufel wer eingerichtet hat. Und Sie haben Ihrer Schwester letztes Jahr Ihren Pass geliehen, als sie Azhar verlassen hat und nach Italien gefahren ist.«

»Ich habe nichts dergleichen getan.«

»Tja, Angelina hat geplaudert. Und zwar ausgiebig.« Die letzte Behauptung war eine Lüge. Die Sache mit dem Pass war reine Vermutung. Aber Hugo hatte bestritten, dass seine Frau außer Landes gewesen war, was Barbara zu dem Bluff ermutigt hatte.

Bathsheba schwieg eine Weile. Jeder, der die Vorgehensweise der Polizei kannte, hätte in dem Moment einen Anwalt verlangt, doch nach Barbaras Erfahrung taten die Leute das ganz selten. Das hatte sie schon immer gewundert. Wenn sie selbst in eine solche Situation geriete, würde sie die Klappe halten und einen Anwalt verlangen, der ihr die Schläfen massierte und die Hand hielt. Sie sagte: »Und? Wollen Sie mir etwas erklären?«

»Ich habe nichts mehr zu sagen. Mag sein, dass Angelina ›geplaudert‹ hat, wie Sie sich ausdrücken, aber soweit ich weiß, habe ich kein Verbrechen begangen. Und sie auch nicht.«

»Mit einem geliehenen Pass zu reisen…«

»Ich habe meinen Pass hier. Er befindet sich in einem Safe hier in dieser Wohnung, und wenn Sie mir einen Durchsuchungsbeschluss vorlegen, bin ich gern bereit, ihn Ihnen zu zeigen.«

»Sie hat ihn Ihnen sicherlich per Post zurückgeschickt, sobald sie in Sicherheit war. Und ihren eigenen hat sie garantiert auch mitgenommen.«

»Wenn Sie das glauben, dann haben Sie bestimmt die Möglichkeit, das zu überprüfen. Rufen Sie bei der Grenzpolizei an. Beim Zoll. Was weiß ich, wo. Mir ist es egal.«

»Sie haben behauptet, Sie könnten Ihre Schwester nicht ausstehen… Das war gelogen, stimmt's? Denn warum hätten Sie ihr sonst helfen sollen?« Barbara überdachte ihre Frage im Licht dessen, was sie über die Familie Upman in Erfahrung gebracht hatte. »Es sei denn«, sagte sie, »es ging Ihnen nur darum, sie von Azhar wegzubekommen. Ein Pakistani, der mit Ihrer Schwester rumvögelt? Das ging Ihren Eltern gehörig gegen den Strich. Und Ihnen wahrscheinlich auch.«

»Machen Sie sich nicht lächerlich. Wenn Angelina blöd genug war, sich mit einem Muslim einzulassen…«

»Und gleichzeitig mit zwei weiteren Liebhabern«, fiel Barbara ihr ins Wort. »Hat sie Ihnen das erzählt? Oder hat sie Ihnen nur gesagt, dass sie zur Besinnung gekommen war und von dem ›dreckigen Paki‹ wegwollte? So hat Ihr Vater ihn übrigens genannt. Wie haben Sie ihn genannt?«

Barbara bemerkte, dass Bathsheba sie komisch ansah. Es war ein Ausdruck völliger Verblüffung. Barbara überlegte, was sie zuletzt alles gesagt hatte, um herauszufinden, was die Frau so verblüfft hatte, und kam ziemlich schnell zu dem Schluss, dass es die anderen Liebhaber waren, die sie erwähnt hatte. Sie sagte: »Esteban Castro war einer der Liebhaber Ihrer Schwester. Der andere war Lorenzo Mura. Sie lebt jetzt mit ihm zusammen. Mit Lorenzo. Zu ihm wollte sie. Das hat sie Ihnen gesagt, nicht wahr? Nein? Das *wussten* Sie nicht? Wie kann es sein, dass Sie das nicht wussten? Sie haben mir doch selbst gesagt, dass sie wahrscheinlich bei einem Mann ist.«

Bathsheba antwortete nicht. Barbara dachte darüber nach. Sie dachte über Zwillinge nach und darüber, wie diese beiden Zwillingsschwestern aufgewachsen waren. Sie überlegte, ob die Tatsache, dass die beiden immer nur als Einheit wahrgenommen wurden, so weit führen konnte, dass man seinen Zwilling nur noch hasste. Wenn dem so war – dass Bathsheba Angelina hasste –, dann hatte sie Angelina vielleicht bei ihrer Flucht geholfen, weil sie genau wusste, dass ihre Schwester dadurch sozusagen vom Regen in die Traufe kam. Und wenn Angelina das wiederum gewusst hatte…

»Sie hat Ihnen nichts von Lorenzo Mura erzählt, nicht wahr?«, sagte Barbara. »Und auch nichts von Esteban Castro. Die übrigens beide nicht die geringste Ähnlichkeit mit Ihrem Hugo haben.« Mit einer Kopfbewegung deutete sie auf den Flur hinter der Tür, an der sie stand.

Bathsheba erstarrte. »Was genau wollen Sie damit sagen?«

»Kommen Sie schon, Bathsheba«, sagte Barbara. »Angelina hatte schon immer umwerfend gut aussehende Männer. Sie können Castro ja mal googeln, wenn Sie mir nicht glauben. Googeln Sie Azhar und sehen Sie sich an, wie er in den letzten Jahren Karriere gemacht hat. Und jetzt hat sie Lorenzo Mura, der aussieht wie eine Skulptur von Michelangelo. Während Sie mit dem armen Hugo geschlagen sind, der einen Adamsapfel von der Größe einer Melone hat und ein Gesicht wie…«

Bathsheba sprang auf. »Das reicht!«, schrie sie.

»Und er wird allmählich alt. Das heißt, mit dem Sex ist es wohl auch nicht mehr so weit her. Während Ihre Schwester…«

»Raus!«, fauchte Bathsheba.

»…regelmäßig flachgelegt wird. Und zwar nach allen Regeln der Kunst. Ein Mann nach dem anderen, und manchmal drei Liebhaber gleichzeitig – drei! Stellen Sie sich das mal vor!

Und es ist ihr schnuppe, ob einer von denen sie heiratet oder nicht. Wussten Sie das? Es ist ihr vollkommen schnuppe.« Barbara hatte keine Ahnung, ob das stimmte, aber sie ahnte, dass ihre Ehe das Einzige war, was Bathsheba ihrer Schwester vorauszuhaben glaubte. »Von alldem haben Sie nichts gewusst, stimmt's? Sie hätten keinen Finger krumm gemacht, um Ihrer Schwester zu helfen, Azhar zu verlassen, nur damit sie sich in die Arme eines anderen Mannes werfen konnte. Der Neue ist übrigens nicht verheiratet. Aber das wird sich sicher bald ändern.«

»Raus hier«, sagte Bathsheba. »Machen Sie, dass Sie rauskommen!«

»Sie benutzt jeden, Bathsheba«, sagte Barbara. »Schade, dass Sie das nicht gewusst haben.«

FATTORIA DI SANTA ZITA
TOSKANA

Das Filmteam war schon seit einer Stunde in Lorenzo Muras Haus, als Lynley in Begleitung von Lo Bianco und Fanucci eintraf. Fanucci war nicht gerade begeistert gewesen, als er hörte, dass Lynley dabei sein würde, aber als Lo Bianco ihn darauf hingewiesen hatte, dass die Anwesenheit des Engländers wesentlich zur Beruhigung der Eltern des verschwundenen Mädchens beitragen könnte, hatte er dem Vorschlag zugestimmt. Er solle sich allerdings im Hintergrund halten, hatte Fanucci insistiert.

»*Certo, certo*«, hatte Lo Bianco gemurmelt. Niemand wolle die Meinung der britischen Polizei zu dem Fall hören.

In der Fattoria di Santa Zita wurden sie von der Moderatorin in Empfang genommen, einer elegant gekleideten jungen Frau, die aussah, als hätte sie, bevor sie Fernsehjournalistin wurde, als Model in Mailand gearbeitet. Die restlichen Mitglieder des Fernsehteams waren damit beschäftigt, Scheinwerfer, Kabel und Kameras aus einem Van zu laden und auf einer Rasenfläche vor der alten Scheune aufzubauen, in der Lorenzo Mura seinen Wein produzierte. Auf einem Tisch standen Brot, Käse, Obst und Getränke für die Fernsehleute bereit. Auf einer von einer blühenden Glyzinie überschatteten Terrasse standen ein Tisch und zwei Stühle. Anscheinend hatte es über diesen Ort eine heftige Diskussion gegeben: Die Moderatorin fand die Ranken großartig wegen der Frühlingsblüten, während der Beleuchter sie lästig fand, weil er einerseits die Schatten ausleuchten und andererseits die Farbe der Blüten einfangen musste.

Fanucci trat an die Terrasse und erklärte sich mit dem Ort einverstanden. Niemand hatte ihn um seine Meinung gebeten, und niemand interessierte sich dafür. Er gab einer jungen Frau mit einem Schminkkoffer ein paar ungehaltene Anweisungen, woraufhin diese loseilte und kurz darauf mit einem dritten Stuhl zurückkehrte, den sie an den Tisch stellte. Fanucci setzte sich, offenbar mit der Absicht, sich von nun an nicht mehr vom Fleck zu bewegen, und bedeutete der jungen Frau mit einer knappen Geste, sie möge sich mit ihren Pudern und Pinseln an seinem Gesicht zu schaffen machen. Das tat sie auch. Aber es blieb abzuwarten, was sie mit seinen Gesichtswarzen tun würde.

In der Zwischenzeit war der Kameramann damit beschäftigt, einführende Sequenzen aufzunehmen: Er filmte die Weinberge, die Esel, die auf einer Wiese unter alten Olivenbäumen grasten, ein paar Kühe weiter unten am Bach, die verschiedenen zum Anwesen gehörenden Gebäude. Derweil überprüfte die Moderatorin ihr Make-up in einem Handspiegel und richtete ihre Frisur mit Hilfe von Haarspray. Schließlich verkündete sie: »Wir können jetzt anfangen.« Aber offenbar würde nichts passieren, ehe nicht Fanucci mit einem Nicken das Zeichen gab.

Während sie alle darauf warteten, kamen Angelina Upman und Lorenzo Mura aus der Weinkellerei. Mura redete leise mit ihr. Taymullah Azhar folgte den beiden in gebührendem Abstand. Lorenzo begleitete Angelina zu dem Tisch, an dem Fanucci saß, und hörte nicht auf, auf sie einzureden, während sie sich setzte. Sie wirkte noch zerbrechlicher als am Tag zuvor, so dass Lynley sich fragte, ob sie überhaupt aß und schlief. Dasselbe fragte er sich, als er Azhar betrachtete, denn der sah nicht besser aus als die Mutter des Mädchens.

Fanucci sprach weder mit Angelina Upman noch mit Azhar und auch nicht mit Mura. Ihm ging es ausschließlich darum, dass der Bericht gedreht und in den Abendnachrichten gezeigt wurde. Falls die Polizei den Eltern etwas mitzuteilen hatte, konnte das entweder Lo Bianco oder Lynley übernehmen. Das galt wohl auch für Mitgefühlsbekundungen.

Nachdem Fanucci einen letzten Blick in den Spiegel der Maskenbildnerin geworfen hatte, gab er das Zeichen, dass sie anfangen konnten. Als Erstes setzte die Moderatorin vor dem Hintergrund eines Olivenhains die Zuschauer über die Einzelheiten von Hadiyyahs Verschwinden in Kenntnis.

Sie sprach so schnell, wie es anscheinend alle Fernsehreporter in Italien taten, und Lynley versuchte erst gar nicht, ihren Ausführungen zu folgen, sondern beobachtete Lorenzo, Angelina und Azhar.

Männer waren von Natur aus bestrebt, ihr Territorium zu verteidigen, dachte Lynley, und Angelina war das Territorium, auf das diese beiden Männer Anspruch erhoben. Lynley fand es interessant zu sehen, wie jeder der beiden das demonstrierte: Lorenzo, indem er hinter Angelina Upman stand, die Hände auf ihren Schultern, und Azhar, indem er den anderen Mann vollkommen ignorierte und Angelina ein Taschentuch in die Hand drückte, für den Fall, dass sie eins brauchen würde, wenn die beiden ihren Appell ans Fernsehpublikum richteten.

Nachdem die Moderatorin ihre einführenden Worte gesprochen hatte, gab es einen Szenenwechsel. Der Kameramann näherte sich der Scheune, wo diverse Scheinwerfer aufgebaut worden waren. Nach kurzer Absprache mit der Moderatorin richtete er die Kamera auf Fanucci.

Fanucci war anscheinend die Rolle des Feuer und Schwefel ankündigenden Predigers zugedacht worden. Er redete ebenso schnell wie vorhin die Moderatorin, doch Lynley konnte genug aufschnappen, um mitzubekommen, dass seine Ansprache mit Drohungen und Verwünschungen gespickt war. Der Übeltäter *würde* gefasst werden, und wenn es so weit war, *dann*... Man habe einen Verdächtigen, und er *würde* ihnen verraten... *Jeder*, der der Polizei irgendetwas vorenthielt, solle sich in Acht nehmen... Das Gesetz schlafe nicht... Die Polizei schlafe nicht... Sollte dem Mädchen *irgendetwas* zustoßen...

Seufzend nahm Lo Bianco ein Päckchen Kaugummi aus seiner Tasche und bot Lynley einen an, der ablehnte. Er steckte sich selbst einen in den Mund und entfernte sich. Anscheinend war Fanucci in Aktion mehr, als er ertragen konnte.

Nachdem der Staatsanwalt geendet hatte, gab er mit einer Kopfbewegung zu verstehen, dass nunmehr Angelina Upman und Taymullah Azhar das Wort hatten. Dann stand er vom Tisch auf und baute sich hinter dem Kameramann auf wie ein Prophet des Untergangs.

Als Erster bewegte sich Lorenzo Mura, der sich von der Szene zurückzog. Das Fernsehpublikum sollte nicht verwirrt werden. Die Leute sollten nur die Eltern des vermissten Mädchens sehen. Es schien unnötig, Angelina Upmans Privatleben in Italien vor der Fernsehkamera auszubreiten. Andererseits, dachte Lynley, könnte es dem Gedächtnis der Zuschauer auf die Sprünge helfen, wenn sie Lorenzo Mura auf dem Bildschirm sähen. Er ging zu Lo Bianco hinüber, um diesem seine Gedanken zu unterbreiten. Lo Bianco hörte ihm zu und widersprach ihm nicht.

Taymullah Azhar und Angelina Upman formulierten ihren Appell an die Bevölkerung auf Englisch – ihre Worte würden später von einer Off-Stimme übersetzt werden. Was sie sagten, war simpel. Es war das, was jeder Vater oder jede Mutter in derselben Situation gesagt hätte: Bitte, geben Sie uns unsere Tochter zurück. Bitte, tun Sie ihr nichts zuleide. Wir lieben sie. Wir werden alles tun, um sie unversehrt zurückzubekommen.

Lynley sah Fanucci schnauben, als sie sagten: *Wir werden alles tun*, was er offensichtlich verstand. Anscheinend hielt der Staatsanwalt es für unklug, vor einem riesigen Fernsehpublikum ein solches Angebot auszusprechen. Es gab Leute, die die armen Eltern auf eine Schnitzeljagd schicken würden, wenn sie das hörten, nach dem Motto: »Zahlen Sie uns einen Haufen Lösegeld, dann werden wir Sie mit Falschinformationen in die Irre führen.« Fanucci kam zu Lo Bianco und sagte leise etwas zu ihm. Lo Bianco verzog keine Miene.

Dann war es vorbei. Am Tisch sagte Azhar leise etwas zu Angelina, seine Hand auf ihrem Handgelenk. Angelina drückte sich das Taschentuch an die Augen, und er schob ihr zärtlich eine Strähne aus dem Gesicht. Der Kameramann, aufmerksam gemacht von der Moderatorin, hielt die rührende Szene fest. Lorenzo Mura beobachtete das Ganze mit finsterer Miene und zog sich zurück.

Mura ging in die Weinkellerei, um, wie Lynley annahm, Dampf abzulassen und zu warten, bis alle weg waren. Aber er irrte sich. Kurz darauf erschien Lorenzo mit einem Tablett voller gefüllter Weingläser und einem Teller mit in Scheiben geschnittenem Kuchen. Er bot allen Anwesenden Wein und Kuchen an, was Lynley für eine typisch italienische Geste hielt.

Es wurde »*grazie*« gemurmelt und »*salute*«. Wein wurde genippt oder gekippt. Es wurde Kuchen gegessen. Die Leute wirkten in sich gekehrt, mit den Gedanken bei dem entführten Mädchen.

Nur Azhar und Angelina aßen und tranken nicht. Angelina, weil man ihr keinen Wein angeboten hatte – den Kuchen schob sie mit einem Schaudern von sich –, und Azhar, weil er als Muslim keinen Alkohol trank.

Azhar schaute sich um, sah die Weingläser in den Händen der

anderen Leute und schob seins zu Angelina hinüber. »Möchtest du, Angelina …?«

Sie warf einen kurzen – wachsamen? dachte Lynley – Blick zu Lorenzo hinüber, der gerade mit dem Tablett auf Fanucci, Lo Bianco und Lynley zuging. Sie sagte:»Ja, ja, ich glaube, ich könnte einen kleinen Schluck gebrauchen. Danke, Hari.« Sie nahm das Glas und trank.

Im selben Moment drehte Lorenzo sich um und schaute zu dem Tisch, an dem seine Geliebte mit ihrem ehemaligen Lebensgefährten saß. Als er sah, dass Angelina Wein trank, rief er auf Italienisch quer über den Platz:»Angelina, lass das!« Und dann, wie in Panik, auf Englisch:»Du weißt doch, dass du das nicht darfst!«

Sie schauten einander an. Angelina wirkte wie versteinert. Lynley versuchte zu verstehen, was Lorenzo ihr hatte sagen wollen: Sie durfte keinen Alkohol trinken, und sie wusste, warum.

Einen Moment lang schwiegen beide. Dann sagte Angelina: »Ein Glas macht doch nichts, Lorenzo. *Wirklich* nicht.« Deutlich versuchte sie ihrem Liebhaber zu verstehen zu geben, er solle sie nicht bevormunden, aber offensichtlich war er angesichts dessen, was er sah, nicht bereit dazu.

»Nein! Gerade jetzt ist es schädlich. Das weißt du doch!«, rief er aufgebracht.

Seine Worte schlugen ein wie eine Bombe. Alle verstummten. Niemand rührte sich. In die Stille hinein krähte ein Hahn wie als Antwort, und vom Dach der Weinkellerei flogen ein paar Tauben auf.

Lynleys Blick wanderte von Lorenzo zu Angelina und dann zu Azhar. *Gerade jetzt* hatte natürlich mehr als eine Bedeutung: Gerade jetzt, wo dein Kind vermisst wird, solltest du nicht trinken, weil du einen klaren Verstand brauchst. Gerade jetzt, wo du kaum isst und schläfst, wird dir der Wein schnell in den Kopf steigen. Gerade jetzt, wo all diese Leute hier sind, die jede deiner Bewegungen beobachten, solltest du nüchtern bleiben. Es gab viele Möglichkeiten. Aber Angelinas Gesichtsausdruck besagte, dass Lorenzos Ermahnung nur eine Bedeutung haben konnte. Sie war ihm ganz spontan über die Lippen gekommen, und das konnte überhaupt nur einen Grund haben: Angelina war schwanger, und deshalb durfte sie keinen Alkohol trinken.

Angelina sagte leise zu Azhar: »Du solltest das nicht erfahren, Hari. Ich wollte nicht, dass du es weißt.« Dann rief sie verzweifelt aus: »O Gott, mir tut das alles so leid.«

Azhar schaute weder sie noch Lorenzo an. Eigentlich schaute er niemanden an. Er starrte vor sich hin, das Gesicht vollkommen leer. Das allein sagte Lynley mehr, als alle Worte ihm hätten sagen können. Trotz allem, was sie ihm angetan haben mochte, Azhar liebte Angelina Upman nach wie vor.

LUCCA
TOSKANA

»Bei Castro Fehlanzeige«, sagte Barbara Havers zu Lynley.

»Sie ist schwanger, Barbara«, sagte er.

Worauf sie antwortete: »Verfluchter Mist. Wie kommt Azhar damit klar?«

»Schwer zu sagen«, erwiderte Lynley vorsichtig. Er wollte Barbara keinen unnötigen Kummer bereiten, falls ihre Gefühle für den Pakistani tiefer gingen, als sie zugab. »Aber ich würde sagen, die Nachricht war ein Schock.«

»Und Mura?«

»Er wusste es offensichtlich.«

»Ich meine, freut er sich? Ist er besorgt? Ist er misstrauisch?«

»Wieso misstrauisch?«

Sie erzählte ihm, was sie von Castro über Angelina Upman erfahren hatte. Dass diese Frau das Abenteuer liebe. Dass es in

Italien neben Lorenzo Mura auch noch andere Liebhaber geben könnte. Laut Castro mache so etwas für Angelina erst den Reiz aus. Ob irgendjemand dort ins Bild passe?

Er werde dem nachgehen, sagte Lynley. Ob es sonst noch etwas gebe, das er wissen müsse?

Sie antwortete nicht gleich, was ihm verriet, dass es tatsächlich noch etwas gab. »Barbara«, sagte er in einem Ton, der ihr sagte, dass es zu ihrem eigenen Besten wäre, gleich auszupacken, weil er es sowieso herausfinden würde. Sie berichtete ihm, dass die *Source* wieder einen Artikel über Azhars Familie gebracht hatte. »Aber ich hab das unter Kontrolle«, fügte sie hinzu, woraus Lynley schloss, dass sie trotz all ihrer gegenteiligen Beteuerungen bis zum Hals im Schlamassel steckte.

»Barbara…«, sagte er.

»Ich weiß, ich weiß. Winnie hat mir bereits die Leviten gelesen.«

»Wenn Sie weiterhin…«

»Tja, ich hab da was ins Rollen gebracht, und jetzt muss ich es aufhalten, Sir.«

Lynley glaubte nicht, dass ihr das gelingen würde. Niemand, der sich mit der *Source* einließ, konnte damit rechnen, ungeschoren davonzukommen. Das sollte sie eigentlich wissen. Er fluchte leise vor sich hin.

Nach dem Telefongespräch dachte er darüber nach, was Barbara ihm von Angelina Upman berichtet hatte. Er würde also nach einem weiteren Liebhaber suchen müssen, nach jemandem, der sie genug begehrte, um sie zu bestrafen, wenn sie Mura nicht seinetwegen verließ.

Er hatte das Telefonat mit Barbara auf dem Stadtwall geführt, wo er bei einem Spaziergang in Ruhe hatte nachdenken wollen. Er war im Uhrzeigersinn gegangen, und nach halber Strecke kam er an ein Café und entschloss sich, eine kleine Pause einzulegen. Als er sich unter den schattigen Bäumen einen Tisch suchte, sah er Taymullah Azhar, der offenbar dieselbe Idee gehabt hatte. Auf dem Tisch des Professors stand ein Kännchen Tee, und er hatte eine Zeitung vor sich ausgebreitet.

Es konnte sich nur um eine der englischsprachigen Zeitungen handeln, die an einem Kiosk an der Piazza dei Cocomeri am Ende einer der wenigen geraden Straßen der Stadt angeboten wurden. Wahrscheinlich die englische Ausgabe einer Lokalzeitung, die für Touristen herausgegeben wurde, was sich zu bestätigen schien, als er einen kurzen Blick darauf warf, bevor er Azhar fragte, ob er sich zu ihm setzen dürfe. Das Blatt hieß *The Grapevine* – eher eine Zeitschrift als eine Zeitung –, und Lynley sah, dass entweder Azhar oder die örtliche Polizei dafür gesorgt hatte, dass ein Artikel über Hadiyyahs Verschwinden darin abgedruckt worden war. Über einem Foto von dem Mädchen prangte die simple Überschrift: *Vermisst*. Das war gut, dachte Lynley. Es wurde nichts ausgelassen, um sie zu finden.

Er fragte sich, ob Azhar wusste, dass die *Source* in London einen Artikel über seine familiäre Situation gebracht hatte, erwähnte jedoch nichts davon. Wahrscheinlich würde irgendjemand es ihm früher oder später erzählen, aber Lynley zog es vor, nicht derjenige zu sein.

Azhar faltete seine Zeitung und rückte zur Seite, um Platz für den Stuhl zu machen, den Lynley von einem anderen Tisch geholt hatte. Lynley bestellte sich einen Kaffee, setzte sich und schaute Azhar an. Er sagte: »Ihr Appell an die Öffentlichkeit wird sich bezahlt machen. Es werden Dutzende Leute bei der Polizei anrufen, und die meisten werden dummes Zeug erzählen. Aber einer, vielleicht auch zwei oder drei, werden uns einen Hinweis geben. Und Barbara verfolgt derweil in England verschiedene Spuren. Es besteht noch Hoffnung, Azhar.«

Azhar nickte. Wahrscheinlich wusste er, dass die Hoffnung von Tag zu Tag kleiner wurde. Aber auch, dass ganz plötzlich neue Hoffnung aufkeimen konnte. Dazu brauchte nur eine einzige Person etwas zu sagen, was im Zusammenhang mit etwas stand, das sie gesehen oder gehört hatte, ohne sich dessen vor dem Appell an die Öffentlichkeit bewusst gewesen zu sein. So verliefen Ermittlungen. Irgendwann erinnerte sich jemand an etwas.

All das erklärte er Hadiyyahs Vater, der wieder nickte. Schließlich sagte er: »Niemand wusste, dass sie schwanger ist. Aber jetzt, wo wir es wissen…« Er zögerte.

»Ja?«, fragte Azhar mit ausdrucksloser Miene.

»Es ist eine Tatsache, die berücksichtigt werden muss. Neben allem anderen.«

»Wie kann das eine Rolle spielen?«

Lynley wandte sich ab. Das Café befand sich auf einem der Bollwerke von Luccas Stadtmauer, und ein Stück weiter, auf einer Grasfläche, spielten ein paar Kinder Fußball, schubsten sich gegenseitig, rutschten auf dem Gras aus, schrien und lachten. Es war kein Erwachsener in der Nähe. Sie wähnten sich in Sicherheit. Wie alle Kinder.

Er sagte: »Falls es nicht Lorenzos Kind ist…«

»Wessen Kind sollte es sonst sein? Sie hat mich seinetwegen verlassen. Er gibt ihr, was ich ihr verweigert habe.«

»Oberflächlich betrachtet sieht es so aus. Aber immerhin hatte sie, als sie mit Ihnen zusammen war, ein Verhältnis mit Mura. Es besteht also die Möglichkeit, dass sie jetzt auch einen heimlichen Liebhaber hat.«

Azhar schüttelte den Kopf. »Niemals.«

Lynley dachte über das nach, was er über Angelina wusste und was Azhar über diese Frau wusste. Ein Mensch änderte seine Muster nicht über Nacht. Eine Frau, die ihre Befriedigung daraus zog, einen heimlichen Geliebten zu haben, würde sich wahrscheinlich wieder einen suchen. Lynley behielt seine Gedanken jedoch für sich.

Azhar sagte: »Ich hätte damit rechnen müssen.«

»Womit?«

»Dass sie schwanger werden würde. Dass sie mich verlassen

267

würde. Ich hätte begreifen müssen, dass sie sich das, was ich ihr verweigerte, woanders suchen würde.«

»Und was haben Sie ihr verweigert?«

»Zuerst die Scheidung von Nafeeza. Dass Hadiyyah, wenn ich mich schon nicht scheiden ließ, wenigstens ihre Halbgeschwister kennenlernen durfte. Dass wir, wenn ich das schon nicht zulassen wollte, wenigstens ein zweites Kind bekamen. All das habe ich ihr verweigert. Ich hätte begreifen müssen, was ich damit anrichtete. Ich selbst habe sie zu alldem getrieben. Was hätte sie auch tun sollen? Wir waren glücklich miteinander. Wir hatten einander, und wir hatten Hadiyyah. Anfangs sagte sie, es wäre ihr nicht wichtig zu heiraten. Aber später hat sich das geändert. Oder sie hat sich verändert. Oder ich. Ich weiß es nicht.«

»Vielleicht hat sie sich auch gar nicht verändert«, sagte Lynley. »Könnte es sein, dass Sie sie nie wirklich so gesehen haben, wie sie ist? Manchmal ist man einem geliebten Menschen gegenüber einfach blind. Man sieht, was man im anderen sehen möchte, weil es zu schmerzhaft wäre, genauer hinzusehen…«

»Was meinen Sie damit?«

Er hatte keine andere Wahl, als ihm die Wahrheit zu sagen, dachte Lynley. Er sagte: »Azhar, sie hatte noch einen zweiten Liebhaber, als sie mit Ihnen zusammen war. Esteban Castro. Sie hat mich gebeten, Ihnen das nicht zu erzählen, aber wir sind an einem Punkt angelangt, wo wir jede Spur verfolgen müssen, und die anderen Liebhaber gehören nun mal dazu.«

»Wo?«, fragte Azhar steif. »Wann?«

»Wie gesagt, während sie mit Ihnen zusammen war.«

Lynley sah ihn schlucken.

»Weil ich mich nicht…«

»Ich glaube, dass ihr das einfach gefiel. Mehr als einen Geliebten zu haben. Sagen Sie mir eins: War sie mit einem Mann zusammen, als Sie sie kennengelernt haben?«

»Ja, aber sie hat ihn verlassen. Meinetwegen. Sie hat sich von ihm getrennt.« Doch zum ersten Mal schienen ihm Zweifel zu kommen. Er schaute Lynley an. »Sie meinen also, falls es jetzt einen heimlichen Liebhaber gibt, und falls Lorenzo das weiß, falls er es herausgefunden hat... Aber was hat das mit Hadiyyah zu tun? Das verstehe ich nicht, Inspector.«

»Im Moment weiß ich das auch noch nicht. Aber ich habe über die Jahre gelernt, dass Menschen merkwürdige Dinge tun, wenn große Leidenschaft im Spiel ist. Liebe, Begierde, Eifersucht, Hass, Rachsucht. Menschen tun die merkwürdigsten Dinge.«

Azhar ließ den Blick über die Dächer von Lucca schweifen. Eine Weile war er still, wie ins Gebet versunken. Schließlich sagte er nur: »Ich möchte meine Tochter wiederhaben. Alles andere... interessiert mich nicht mehr.«

Ersteres glaubte Lynley ihm. Bei Letzterem war er sich nicht so sicher.

25. April

LUCCA
TOSKANA

Der Appell an die Öffentlichkeit erregte große Aufmerksamkeit. Vermisste Kinder waren in der italienischen Provinz immer eine Meldung wert. Vermisste hübsche Kinder waren eine besondere Meldung wert. Aber vermisste hübsche ausländische Kinder, deren Verschwinden der italienischen Polizei die Anwesenheit eines Abgesandten von Scotland Yard bescherte ... Das war eine Meldung, die Journalisten aus dem ganzen Land auf den Plan rief. Kurz nachdem der Appell im Fernsehen gesendet worden war, fielen sie in Lucca ein und schlugen ihr Lager in der Nähe der Questura auf, da damit zu rechnen war, dass sich die Aktivitäten in dem Fall überwiegend dort abspielen würden. Sie blockierten den Verkehr zum Bahnhof, sie blockierten die Gehwege auf beiden Seiten der Straße, und sie machten sich ganz allgemein unbeliebt.

Die »Aktivitäten in dem Fall« bestanden hauptsächlich in den Vernehmungen von Verdächtigen. Gestützt auf Informationen aus dem Mund von Fanucci hatte die *Prima Voce* einen Hauptverdächtigen ins Visier genommen. Die anderen Zeitungen zogen nach, und der glücklose Carlo Casparia war endlich da, wo Piero Fanucci ihn – oder irgendjemanden – haben wollte: unter dem Mikroskop der Medien. Die *Prima Voce* verstieg sich gar zu der Frage: Wann meldet sich endlich ein Zeuge, der im Zusammenhang mit der Entführung der *bella bambina* den Namen eines gewissen Drogensüchtigen nennt?

Es dauerte nicht lange, bis sich ein solcher Zeuge fand. Ein albanischer Halstuchverkäufer hatte einen Geistesblitz, als er das Foto des vermissten Mädchens auf dem Bildschirm sah und Fanuccis Tirade hörte. Der Mann rief in der Questura an, um eine Mitteilung zu machen, die, so hoffte er, der Ermittlung dienlich sein könne: Er habe gesehen, wie das Mädchen den Markt verlassen hatte, und er sei sich sicher, dass er ebenfalls gesehen hatte, wie Carlo Casparia aufgestanden und dem Kind gefolgt war.

Salvatore Lo Bianco war alles andere als überzeugt davon, dass der Halstuchverkäufer irgendetwas gesehen hatte, glaubte jedoch nach kurzem Nachdenken, dass die Information sich als nützlich erweisen könnte. Also erstattete er Fanucci pflichtschuldigst Bericht. Wie Lo Bianco gehofft hatte, verkündete der Pubblico Ministero, er werde Carlo Casparia höchstpersönlich vernehmen. Mehrere Polizisten schwärmten aus, um Casparia aufzuspüren, und als sie ihn ins Präsidium brachten, hatten sich vor dem Gebäude bereits die Vertreter von sieben Zeitungen und drei Fernsehsendern in Stellung gebracht, und Fanucci war bereit, den jungen Mann zu teeren und zu federn. Aus der Anwesenheit der zahlreichen Journalisten und Reporter schloss Lo Bianco, dass irgendjemand den Medienvertretern Informationen zuspielte. Und sicherlich steckte niemand anders als Fanucci selbst dahinter, der seinen Ruf untermauern wollte, dass er jeden Verbrecher auf schnellstem Weg hinter Schloss und Riegel brachte.

Es tat Salvatore beinahe leid, dass er dem armen Casparia ein weiteres Verhör zumutete, aber so konnte er Zeit gewinnen, indem er dafür sorgte, dass Fanucci beschäftigt war. Und der Staatsanwalt war mit dem Verhör des jungen Mannes tatsächlich vollauf beschäftigt. Er schrie, er tobte, er blies Casparia seinen nach Knoblauch stinkenden Atem ins Gesicht. Er brüllte ihn an, man habe gesehen, wie er zusammen mit dem Mädchen den Markt verlassen habe, und es werde Zeit, dass er der Polizei verrate, was er mit ihr gemacht habe.

Carlo Casparia stritt natürlich alles ab. Er schaute Fanucci mit großen Augen an, die von innen erleuchtet schienen. Man hätte meinen können, dass er außergewöhnlich aufmerksam zuhörte. In Wahrheit stand er unter Drogen. Er hatte vermutlich nicht die leiseste Ahnung, von welchem Kind Fanucci überhaupt redete. Treuherzig fragte er, was der *magistrato* glaube, wozu in aller Welt er ein kleines Mädchen hätte haben wollen? Worauf Fanucci ihn anbrüllte, ihn interessiere nicht, wozu er sie haben wollte, sondern was er mit ihr gemacht hatte.

»Du hast sie verkauft. Wo? An wen hast du sie verkauft? Wie hast du das angestellt?«

Casparias Antwort: »Ich weiß nicht, wovon Sie reden«, wurde von Fanucci, der hinter ihm auf und ab ging, mit einer Ohrfeige beantwortet.

»Du gehst nicht mehr auf dem Markt betteln. Warum nicht?«, bellte Fanucci.

»Weil ich mich da nicht mehr blicken lassen kann, ohne dass die Polizei hinter mir her ist«, erwiderte Casparia. Dann legte er den Kopf auf die Arme und sagte: »Lassen Sie mich endlich schlafen, Mann. Ich wollte gerade schlafen, als Sie ...«

Fanucci packte den jungen Mann an seinem verfilzten, bronzefarbenen Haar, zerrte seinen Kopf hoch und schrie: »*Bugiardo!* Lügner! Du bettelst nicht mehr auf dem Markt, weil du kein Geld mehr brauchst! Weil du für das kleine Mädchen richtig Kohle eingesackt hast! Wo ist sie? Es ist in deinem eigenen Interesse, die Wahrheit zu sagen, denn die Polizei wird in dem Stall, in dem du haust, jeden Quadratzentimeter absuchen. Das wusstest du nicht? Eins sag ich dir, du erbärmliches kleines Arschloch, wenn wir Beweise dafür finden, dass du sie dort gefangen gehalten hast – ein einziges Haar, ein Fingerabdruck, eine Fluse, ein Haargummi, irgendwas –, dann sitzt du tiefer in der Scheiße, als du es dir vorstellen kannst.«

»Ich hab sie nicht entführt.«

»Warum bist du ihr dann gefolgt?«

»Bin ich nicht. Keine Ahnung. Vielleicht bin ich einfach gleichzeitig vom Markt weggegangen.«

»Früher als gewöhnlich? Wieso denn das?«

»Keine Ahnung. Ich kann mich nicht erinnern, ob ich überhaupt weggegangen bin. Vielleicht musste ich pissen.«

»Vielleicht wolltest du die Kleine am Arm packen und mit ihr ...«

»Blödsinn, Mann.«

Fanucci schlug vor dem jungen Mann mit der Faust auf den Tisch. »Du bleibst hier sitzen, bis du mir die Wahrheit sagst«, brüllte er.

Salvatore nutzte den Augenblick, um sich aus dem Zimmer zu verdrücken. Es war klar, dass Fanucci noch ein paar Stunden lang beschäftigt sein würde. Dafür war er dem armen Carlo dankbar. Während Fanucci sich darauf konzentrierte, »die Wahrheit« aus Carlo herauszuholen, konnte Salvatore ein paar wichtige Dinge erledigen.

Tatsächlich war nach dem Appell an die Öffentlichkeit nicht nur ein Anruf eingegangen. Dutzende Leute hatten sich gemeldet, die Hadiyyah angeblich gesehen hatten. Während Fanucci den armen Carlo in die Mangel nahm, konnten Salvatore und seine Leute in Ruhe die Informationen durchgehen, die sie erhalten hatten. Vielleicht war ja etwas dabei, dem nachzugehen sich lohnte.

LUCCA
TOSKANA

Eine Stunde nachdem Fanucci mit dem Verhör des Drogenabhängigen begonnen hatte, kam ein neuer Hinweis herein. Ein Polizist betrat den Aufenthaltsraum, wo Salvatore gerade eine fleckige, alte *caffettiera* auf den Gasherd gestellt hatte, und berichtete ihm, dass in den Hügeln oberhalb von Pomezzana ein knallroter Sportwagen gesichtet worden war. Der Wagen sei dem Anrufer aus mehreren Gründen aufgefallen.

»Perché?« Salvatore wartete, bis die Caffettiera aufhörte zu brodeln. Er nahm eine Tasse vom Regal über der Spüle, spülte sie kurz aus, trocknete sie ab und schenkte sich Kaffee ein. *Perfetto*, dachte er. Stark und kohlrabenschwarz. Genauso, wie er ihn liebte.

Erstens, antwortete der Polizist, sei das Verdeck des Wagens offen gewesen. Der Anrufer – ein Mann namens Mario Germano, der unterwegs zu einem Besuch bei seiner Mutter in Fornovolasco gewesen war – hatte den Wagen in einer Haltebucht unter ein paar Kastanien stehen sehen, und er hatte sich gesagt, wie unvorsichtig es doch war, ein solches Auto mit offenem Verdeck stehen zu lassen, wo irgendwer vorbeikommen und einen dummen Streich spielen konnte. Er hatte also das Tempo verlangsamt, um genauer hinsehen zu können, und dabei hatte er noch etwas beobachtet, was dazu geführt hatte, dass ihm das Auto im Gedächtnis haften geblieben war.

»*Sì?*« Salvatore trank einen Schluck von seinem Kaffee, lehnte sich gegen die Anrichte und wartete auf weitere Einzelheiten. Was der Polizist als Nächstes berichtete, ließ ihm die Galle hochkommen.

Ein Mann ging mit einem kleinen Mädchen von dem Auto weg in den Wald, sagte der Polizist. Signor Germano hatte angenommen, es handle sich um einen Vater, der seine kleine Tochter hinter einen Strauch führte, damit sie sich dort erleichtern konnte.

»Wieso hat er angenommen, es wäre ein Vater mit seinem Kind? Ist er sich ganz sicher, dass das Kind ein Mädchen war?«, fragte Salvatore.

Hundertprozentig nicht, lautete die Antwort, aber er sei sich ziemlich sicher. Und er hatte den Mann für den Vater gehalten, weil... na ja, wer sonst hätte es sein sollen? Wieso sollte irgendjemand auf die Idee kommen, dass es sich um etwas anderes handelte als eine harmlose Spazierfahrt an einem sonnigen Nachmittag, die unterbrochen wurde, weil das Kind Pipi machen musste?

»Dieser Signor Germano«, fragte Salvatore, »weiß er noch genau, an welcher Straße das war?«

»*Certo*. Der Mann besucht seine *mamma* regelmäßig.«

»Und er fährt jedes Mal dieselbe Strecke?«

»*Sí, sí, sí*. Die Strecke führt durch die Apuanischen Alpen, und sie ist die einzige Straße in das Dorf, wo seine Mutter wohnt.«

Zu hoffen, dass Signore Germano sich auch noch genau erinnerte, an welcher Haltebucht er den Wagen gesehen hatte, war wohl zu viel verlangt, und der Polizist bestätigte, dass der Mann sich daran nicht erinnerte. Aber da er auf dem Weg zu seiner Mutter gewesen war, musste die Haltebucht vor dem Dorf liegen.

Salvatore nickte. Das war tatsächlich ein Fortschritt. Womöglich erwies der Hinweis sich als unbedeutend, aber er hatte so ein Gefühl, dass das nicht der Fall war. Er schickte zwei Polizisten los, um Signor Germano abzuholen und mit ihm zum Dorf seiner Mutter zu fahren. Falls er unterwegs die Haltebucht wiedererkannte, wäre das natürlich perfekt. Falls nicht, würden sie jede einzelne Haltebucht überprüfen müssen. Denn worauf es ankam, war nicht die Haltebucht selbst, sondern das dahinterliegende Gebüsch, der Wald und die Pfade, die zu ihr führten. Salvatore konnte nur hoffen, dass das Kind nicht irgendwo in den Alpen verscharrt worden war, aber je mehr Zeit verging, ohne dass Lösegeldforderungen gestellt wurden und ohne dass das Mädchen lebend gefunden wurde, umso wahrscheinlicher wurde diese Möglichkeit.

Er wies seine Leute an, die Information über den roten Sportwagen für sich zu behalten. Nur den Eltern des Mädchens würde er davon berichten. Und auch denen würde er nur mitteilen, dass ein rotes Auto gesichtet worden war, denn solange die Polizei nicht wusste, ob es sich tatsächlich um einen relevanten Hinweis handelte, wollte er sie nicht unnötig ängstigen, indem er ihnen von einem Mann erzählte, der mit einem kleinen Mädchen in den Wald gegangen war. Außerdem ordnete er an, sämtliche Autovermietungen zwischen Pisa und Lucca zu überprüfen. Falls jemand einen roten Sportwagen gemietet hatte, wollte er wissen, wer, wann und wie lange. Und kein Wort zu niemandem über das alles, *chiaro?*, sagte er. Das Letzte, was er gebrauchen konnte, war, dass Fanucci von der Sache Wind bekam und sie an die Presse weitergab.

PISA
TOSKANA

Salvatore fand, dass es an der Zeit war, ein Wörtchen mit Michelangelo Di Massimo zu wechseln. Und er war der Meinung, dass es dazu beitragen würde, den Mann zu verunsichern, wenn er in Begleitung des Abgesandten von New Scotland Yard erschien. Da er in Lucca nach Angelina Upman und ihrer Tochter gesucht hatte, war er die beste Spur, die sie hatten. Zwar war er Motorradfahrer – Salvatores Nachforschungen hatten ergeben, dass er eine schwere Ducati fuhr –, aber das würde ihn nicht daran hindern, sich von jemandem ein Auto zu leihen oder sich eins für einen Tag zu mieten, um damit zuerst nach Lucca und anschließend in die Apuanischen Alpen zu fahren.

Er rief DI Lynley an und holte ihn kurz darauf an der Porta di Borgo ab, einem der wenigen noch vorhandenen Tore der alten, inneren Stadtmauer. Der Engländer stand vor dem Tor und blätterte in der *Prima Voce*. Beim Einsteigen in Salvatores Wagen sagte er: »Die hiesige Boulevardpresse hat sich anscheinend auf den jungen Drogensüchtigen eingeschossen.«

Salvatore lachte in sich hinein. »Auf irgendeinen müssen sie sich ja einschießen. So sind sie nun mal.«

»Und wenn sie keinen Verdächtigen haben, stürzen sie sich auf die Polizei?«

Salvatore schaute ihn an und lächelte. »Die machen, was sie wollen.«

»Eine Frage: Kann es sein, dass es bei der Polizei ein Leck gibt?«

»Wie bei einem undichten Wasserhahn tröpfelt die ganze Zeit was raus«, antwortete Salvatore. »Das hält sie auf Trab. Solange sie sich auf Carlo konzentrieren, kriegen sie nicht mit, was wir tun und was wir wissen.«

»Warum haben Sie sich ausgerechnet jetzt dazu entschlossen, mit Michelangelo Di Massimo zu reden?«, fragte Lynley.

Salvatore berichtete Lynley von dem roten Cabrio in den Apuanischen Alpen und von dem Mann, der mit einem kleinen Mädchen in den Wald gegangen war. Lynley wurde hellhörig. »War der Mann blond?«, fragte er.

»Daran erinnert der Zeuge sich nicht«, antwortete Salvatore.

»Aber man sollte doch meinen ...« Lynley wirkte skeptisch. »Einer, der aussieht wie Di Massimo würde doch sicherlich auffallen, oder?«

»Wer weiß schon, an was die Leute sich erinnern, *Ispettore*?«, sagte Salvatore. »Vielleicht haben Sie recht, und die Fahrt nach Pisa bringt uns nichts ein, aber Tatsache ist: Michelangelo Di Massimo hat in Lucca nach den beiden gesucht, und er spielt Fußball in Pisa, was eine Verbindung zu Mura sein könnte. Und irgendwie habe ich ein komisches Gefühl bei diesem Kerl.«

Was er sonst noch über Di Massimo wusste, behielt er vorerst für sich. Das auffällig gefärbte Haar war jedenfalls nicht der einzige Grund, warum Salvatore wusste, wer der Mann aus Pisa war.

Michelangelo Di Massimo besaß ein Haus in der Nähe des Flussufers, in fußläufiger Entfernung zum Schiefen Turm sowie zur Universität. Es gab Leute, die sich von diesem Stadtteil an Venedig erinnert fühlten, obwohl Salvatore noch nie verstanden hatte, warum. Das Einzige, was Venedig und dieses Viertel von Pisa gemeinsam hatten, war Wasser und alte Häuser. Der Arno in Pisa war verschmutzt und brackig, und die Palazzi waren langweilig. Über Pisas Flussufer würde niemand Gedichte schreiben.

Als sie an dem Haus klingelten, wo Di Massimo wohnte und auch seine Büroräume hatte, meldete sich niemand. Im Tabakladen zwei Häuser weiter erfuhren sie, dass Di Massimo beim Frisör war. Man erklärte ihnen, dass sie ihn gleich um die Ecke in einem Frisörladen namens Desiderio Dorato finden würden.

Di Massimo thronte auf einem Frisörstuhl, von den Schultern bis zu den Füßen in einen schwarzen Umhang gehüllt, den Kopf mit Färbemittel eingekleistert, das seine braunen Haare in *capelli dorati* verwandeln würde, in goldene Locken. Er war so in die Lektüre eines Krimis vertieft, dass er Salvatore und Lynley nicht bemerkte.

Salvatore nahm ihm das Buch aus der Hand und sagte freundlich: »Na, Michelangelo, hoffst du, dass du darin ein paar brauchbare Tipps findest?« Aus den Augenwinkeln bemerkte er Thomas Lynleys neugierigen Blick. Es war an der Zeit, sagte er sich, dass der Engländer erfuhr, wer Di Massimo war.

Er stellte Lynley vor und erklärte Di Massimo liebenswürdig, warum der Mann von New Scotland Yard in Italien war. Michelangelo habe doch sicher von dem Kind gehört, das in Lucca verschwunden war, *sì*? Ein Privatdetektiv von Di Massimos Format würde sich doch sicherlich für einen solchen Fall interessieren, vor allem, wo der Lebensgefährte der Mutter des verschwundenen Mädchens ebenfalls Fußballspieler war.

Di Massimo nahm Salvatore das Buch wieder aus der Hand. Er ließ sich nicht aus der Ruhe bringen. »Da Sie Augen im Kopf haben, sehen Sie ja wohl, dass ich beschäftigt bin, Commissario.«

»Ah, ja, die Haare«, sagte Salvatore. »Die sind den Leuten in den Hotels und Pensionen auch aufgefallen, Miko.« Er spürte, dass Lynley neben ihm diese neue Information erst einmal verdauen musste. Er hatte leichte Gewissensbisse, weil er dem Engländer nicht von Anfang an erzählt hatte, was er über Michelangelo Di Massimos Beruf wusste, aber er hatte verhindern wollen, dass die Eltern des Mädchens davon erfuhren und es Lorenzo Mura weitersagten. Das Risiko war zu groß gewesen, und er hatte nicht gewusst, ob er sich darauf verlassen konnte, dass Lynley schweigen würde.

»Ich weiß nicht, wovon Sie reden«, sagte Di Massimo.

»Ich rede davon, dass du in meiner Stadt von Hotel zu Hotel gelaufen bist und dich nach einer Frau aus London und ihrer Tochter erkundigt hast. Du hattest sogar ein Foto von den beiden. Reicht das, um deiner Erinnerung auf die Sprünge zu helfen, mein Freund, oder möchtest du lieber mit in die Questura kommen?«

»Anscheinend hat jemand Sie angeheuert, um die beiden zu finden, Signore«, sagte Lynley. »Und jetzt wird das Kind vermisst, und das sieht gar nicht gut aus. Jedenfalls nicht für Sie.«

»Ich weiß nichts von einer verschwundenen Frau oder einem verschwundenen Kind«, sagte Di Massimo. »Und die Tatsache, dass irgendjemand glaubt, ich hätte irgendwann nach den beiden gesucht …? Das kann doch irgendjemand gewesen sein, das wissen Sie genau.«

»Bei einer Beschreibung, die genau auf dich passt?«, fragte Salvatore. »Miko, wie viele Männer werden wohl die Haarpracht haben, die dich so einzigartig macht?«

»Fragen Sie den Frisör«, sagte Di Massimo. »Fragen Sie, wen Sie wollen. Dann werden Sie erfahren, dass ich nicht der einzige Mann bin, der seine Haare färbt.«

»*Vero*«, sagte Salvatore. »Aber die Anzahl der Männer, die außerdem schwarzes Leder bevorzugen …« Er hob den Frisörumhang an, damit Lynley Di Massimos schwarze Lederhose sehen konnte. »… und die einen so üppigen Bartwuchs haben, dass sie sich an einem einzigen Tag einen Vollbart wachsen lassen können? Also, ich würde sagen, dass schon diese beiden Details alleine dich von allen anderen Männern abheben. Hinzu kommt, dass du ein Foto von den beiden hattest. Hinzu kommt dein Beruf. Hinzu kommt, dass du im Fußballverein bist und deine Mannschaft hin und wieder gegen Lucca spielt…«

»Fußball?«, fragte Di Massimo. »Was hat Fußball denn damit zu tun?«

»Lorenzo Mura. Angelina Upman. Das vermisste Mädchen. Die haben alle miteinander zu tun, und irgendetwas sagt mir, dass du das weißt.«

»Sie fischen im Trüben und haben noch nicht mal einen Köder«, sagte Di Massimo.

»Das werden wir ja sehen, wenn wir eine Gegenüberstellung mit den Zeugen aus den Hotels und Pensionen machen, Miko. Wenn das passiert – und ich versichere dir, dass es passiert –, wird es dir noch leidtun, dass du jetzt nicht mit uns reden willst. Der Pubblico Ministro wird sich höchstpersönlich mit dir unterhalten, wenn unsere Zeugen bestätigen, dass du der Mann mit den gelben Haaren und den schwarzen Augenbrauen bist, der in einer schwarzen Lederhose und einer schwarzen Lederjacke in den Hotels und Pensionen…«

»*Basta*«, fauchte Di Massimo. »Ich hatte den Auftrag, die beiden zu suchen. Das ist alles. Zuerst habe ich in Pisa nach den beiden gesucht: in Hotels, in Pensionen, sogar in den Klöstern, die Zimmer vermieten. Dann habe ich die Suche ausgeweitet.«

»Warum Lucca?«, fragte Lynley.

Seine Lider wurden schwer, während er über die Frage nachdachte und darüber, was er preisgeben würde, wenn er sie beantwortete.

»Warum Lucca?«, wiederholte Salvatore. »Und wer hat dich angeheuert, Michelangelo?«

»Man hatte mir von einer Banktransaktion erzählt. Die kam

aus Lucca, also bin ich nach Lucca gefahren. Sie wissen doch, wie das läuft, Commissario. Ein Hinweis führt zum nächsten, und der Ermittler folgt den Spuren. Das ist alles.«

»Eine Banktransaktion?«, fragte Salvatore. »Wer hat dir davon erzählt? Was für eine Art Banktransaktion war das, Miko?«

»Eine Überweisung. Mehr wusste ich nicht. Das Geld kam aus Lucca und ging nach London.«

»Und wer hat Sie angeheuert?«, wollte Lynley wissen. »Und wann?«

»Im Januar«, sagte Di Massimo.

»Und wer?«

»Er heißt Dwayne Doughty. Er hat mich beauftragt, das Mädchen zu suchen. Und das ist alles, was ich weiß. Ich habe einen Job für ihn erledigt. Ich habe nach einem Kind gesucht, das in Begleitung seiner Mutter war. Ich hatte ein Foto von den beiden, also habe ich getan, was jeder an meiner Stelle getan hätte: Ich habe in Hotels und Pensionen nachgefragt und das Foto vorgezeigt. Wenn das ein Verbrechen ist, bitte, verhaften Sie mich. Wenn nicht, lassen Sie mich in Frieden mein Buch weiterlesen.«

LUCCA
TOSKANA

Auf der Fahrt zurück nach Lucca rief Lynley Barbara Havers an. Sie war gerade dabei, den Bericht eines Kollegen abzutippen, dessen Handschrift nahezu unleserlich war. Sie klang gereizt und schien nach einer Zigarette zu giepern. Ausnahmsweise hätte Lynley nichts dagegen gehabt, wenn sie sich eine angesteckt hätte. Spätestens wenn er ihr von Dwayne Doughty erzählte, würde sie es sowieso tun.

Er berichtete ihr, dass der Londoner Privatdetektiv einen

281

Kollegen in Pisa beauftragt hatte, in Lucca nach Angelina Upman und ihrer Tochter zu suchen. Dieser italienische Kollege habe bereits vor vier Monaten, nämlich im Januar, Doughtys Auftrag ausgeführt. Ohne auf ihren Ausruf »Verfluchter Mist, er hat mich angelogen!« einzugehen, fügte er hinzu, dass es in Lucca ein Konto gebe, von dem aus eine größere Summe nach London überwiesen worden war. »Doughty weiß offenbar wesentlich mehr, als er Ihnen sagt, Barbara«, bemerkte Lynley.

»Er arbeitet für mich«, schäumte sie. »Er arbeitet für mich, verdammt noch mal!«

»Sie werden ein Wörtchen mit ihm reden müssen.«

»Darauf können Sie Gift nehmen«, zischte sie. »Wenn ich diesen Mistkerl in die Finger kriege ...«

»Aber tun Sie es nicht jetzt. Bleiben Sie an Ihrem Arbeitsplatz. Und wenn ich Ihnen einen guten Rat geben darf ...?«

»Was denn? Wenn Sie glauben, dass ich das irgendjemand anderem überlasse, dann sind Sie schiefgewickelt.«

»Ich hatte nicht vor, den Mann aufzusuchen«, beruhigte er sie. »Aber Sie sollten vielleicht Winston mitnehmen, wenn Sie Doughty zur Rede stellen.«

»Ich brauche keinen Beschützer, Inspector.«

»Das weiß ich, glauben Sie mir. Aber er könnte einem Verhör ein gewisses Gewicht verleihen. Ganz zu schweigen davon, wie bedrohlich er wirken kann. Das werden Sie brauchen. Dieser Doughty zeichnet sich nicht gerade durch Kooperationsbereitschaft aus, Barbara. Den muss man mit etwas Nachdruck zum Reden bringen, wenn er Ihnen Informationen vorenthalten hat.«

Sie erklärte sich einverstanden, und sie legten auf. Lynley erzählte Lo Bianco, wer Dwayne Doughty war und was er mit der Suche nach Hadiyyah im vergangenen November zu tun hatte. Lo Bianco pfiff durch die Zähne und sah Lynley an. »Für einen Engländer wäre es natürlich viel leichter gewesen, das Mädchen zu entführen«, sagte er.

»Aber nur, was die Sprache angeht«, meinte Lynley. »Denn wenn der Engländer nicht in Lucca oder in der Nähe wohnt… Wohin hätte er Hadiyyah bringen sollen?«

In der Questura erfuhren sie, dass es neue Entwicklungen gab. Eine amerikanische Touristin und ihre Tochter, die sich im Vicolo Sant'Allessandro eine Wohnung gemietet hatten, um von dort Tagesausflüge in die Toskana zu machen, waren an dem Tag von Hadiyyahs Verschwinden auf dem Markt gewesen. Da die beiden seit einer Weile Italienisch lernten und während ihres Aufenthalts ihre Sprachkenntnisse verbessern wollten, lasen sie italienische Zeitungen und schauten sich italienische Fernsehsendungen an. Sie hatten den Appell an die Öffentlichkeit in den Nachrichten gesehen und daraufhin die zahllosen Fotos durchgesehen, die sie in der Toskana aufgenommen hatten, in der Hoffnung, etwas zu finden, womit sie der Polizei helfen konnten. Sie hatten die Fotos gefunden, die sie an dem Tag, als das Mädchen verschwunden war, auf dem Markt gemacht hatten, und die Speicherkarten aus ihren Digitalkameras zur Questura gebracht. Zusätzlich hatten sie eine Nachricht hinterlassen: Sollte die Polizei sich mit ihnen persönlich unterhalten wollen, seien sie im Palazzo Pfanner zu finden, den sie an dem Tag besichtigen wollten.

Lo Bianco ließ jemanden kommen, der sich mit der Technik auskannte und ihnen die Bilder von den Speicherkarten auf einen Computerbildschirm laden konnte. Es waren fast zweihundert Aufnahmen. Lynley und Lo Bianco sahen sich ein Foto nach dem anderen an, in der Hoffnung, Hadiyyah auf einem zu entdecken. Gleichzeitig achteten sie darauf, ob Personen auf verschiedenen Fotos zu sehen waren, insbesondere ob Michelangelo Di Massimo auf einem auftauchte.

Sie sahen Lorenzo Mura am Käsestand. Sie sahen ihn an einem Fleischstand. Er schaute nach links in die Richtung der Porta San Jacopo, wo der Akkordeonspieler seinen angestammten Platz hatte, sagte Lo Bianco. Sie nahmen jedes Foto unter die Lupe, das in der Nähe des Straßenmusikers aufgenommen worden war. Schließlich fanden sie zwei, auf denen Hadiyyah zu sehen war. Sie stand in der ersten Reihe der Menschentraube, die sich um den Akkordeonspieler und seinen tanzenden Pudel versammelt hatte.

Die Frauen hatten jedoch in erster Linie den Pudel fotografiert, so dass das Mädchen nur unscharf zu erkennen war. Aber auf dem Bildschirm ließ sich der Ausschnitt mühelos vergrößern, und es bestand kein Zweifel, dass es sich um Hadiyyah handelte. Rechts von ihr stand eine alte Frau in schwarzer Witwenkleidung, und links von ihr sah man drei junge Mädchen, eine mit einer brennenden Zigarette, an der zwei weitere angesteckt wurden.

Di Massimo tauchte auf keinem einzigen Foto auf. Doch hinter Hadiyyah stand ein gutaussehender, dunkelhaariger junger Mann. Während er dem Pudel zuschaute, langte er in die Brusttasche seines Jacketts. Zwei Bilder weiter zog er etwas heraus. Sie vergrößerten das Bild, um zu sehen, was es war. Es schien sich um eine Art Grußkarte zu handeln, auf der ein gelbes Smiley abgebildet war. Es gab kein Foto, auf dem zu sehen war, was er mit der Karte gemacht hatte. Aber auf einem Foto sah man, wie Hadiyyah sich vorbeugte, um eine Münze in den Hut des Akkordeonspielers zu werfen, während sie in der anderen Hand etwas hielt, was die Grußkarte sein konnte.

Und dann… nichts weiter. Es gab noch verschiedene Fotos von dem Akkordeonspieler, von dem tanzenden Hund, von den Zuschauern. Doch auf keinem war Hadiyyah zu sehen. Oder der junge Mann.

»Vielleicht hat es nichts zu bedeuten«, sagte Lo Bianco und trat ans Fenster, von dem aus man die Journalistenmeute auf der Viale Cavour sehen konnte.

»Glauben Sie das?«, fragte Lynley.

Bianco drehte sich zu ihm um. »Nein«, sagte er.

BOW
LONDON

Winston hatte nicht gerade begeistert reagiert, als Barbara ihn um seine Unterstützung gebeten hatte. Warum, erfuhr sie erst, nachdem sie in Bow vor dem Bangla-Halal-Supermarkt geparkt hatte. Zwei Männer in langen, weißen Roben und traditioneller Kopfbedeckung beäugten ihren Mini misstrauisch. Anstatt nach der anstrengenden Fahrt dankbar aus dem engen Auto zu steigen, um seine langen Glieder zu strecken, hatte Winston sie angeschaut und gesagt: »Ich muss dir was sagen, Barb. Er überprüft deine Geschichte.«

Sie war so sehr damit beschäftigt, sich zu überlegen, wie sie Doughty für seine Täuschungsmanöver ihr gegenüber bestrafen sollte, dass sie zuerst dachte, Winston meinte den Detektiv. Aber als er fortfuhr, begriff sie, dass er ihr etwas mitteilte, was Dorothea Harriman ihm gesteckt hatte, und das hatte nichts zu tun mit Dwayne Doughty und seinen fragwürdigen Arbeitsmethoden.

»Dee sagt, er hat sie gebeten nachzuforschen, in welches Krankenhaus deine Mutter nach ihrem Sturz eingeliefert wurde. Sie sagt, er hat sie gebeten, es heimlich zu machen. Falls sich rausstellt, dass deine Mutter nirgendwo in die Notaufnahme eingeliefert wurde und es keine Unterlagen über ihren Transport in einem Krankenwagen gibt, wird er das gegen dich verwenden.«

Barbara fluchte. »Warum hat sie mir das nicht selbst erzählt? Dann hätte ich wenigstens Mrs Flo anrufen und mit der was absprechen können.«

»Ich nehme an, Dee will ihren Job behalten, Barb. Wenn er sie mit dir reden sieht, oder wenn ihm jemand erzählt, dass sie mit dir geredet hat, dann wissen wir ja beide, was er denkt. Dee schiebt die Sache vor sich her, aber irgendwann will er eine Antwort haben, und dann wird sie ihm irgendwas erzählen müssen. Und egal, was sie ihm erzählt, er wird es überprüfen.«

Barbara knallte ihren Kopf gegen die Fensterscheibe. Die Frage war, wie sie jetzt vorgehen sollte. Nach einer Weile sagte sie zu Winston: »Warte einen Moment«, dann rief sie Florence Magentry in Greenford an. Die gute Frau würde für sie lügen müssen, und zwar überzeugend, daran führte kein Weg vorbei.

»Oje, oje«, sagte Mrs Flo, als Barbara ihr die Situation erklärte, während Winston sie stirnrunzelnd ansah. »Ja, natürlich, das mache ich, wenn Sie meinen, dass es sein muss. Ein Sturz, ein Krankenwagen, die Notaufnahme? Ja, ja, natürlich. Aber, Barbara, darf ich etwas sagen?«

Barbara wappnete sich. Sie wollte der Frau erklären, dass sie keine Wahl hatte, dass sie ihre Mutter sonst nicht länger in dem schönen, netten Heim unterbringen könne, das Mrs Flo leitete, weil sie dann nämlich keinen Job mehr hätte, um das zu bezahlen. Aber sie meinte nur: »Ja, natürlich, schießen Sie los.« Dann hörte sie sich an, was Mrs Flo ihr zu sagen hatte.

»Manchmal, meine Liebe, wenn wir unser Schicksal derart herausfordern… dann endet das nicht gut. Ich meine, so etwas zu behaupten – dass sie gestürzt ist, dass sie sich etwas gebrochen hat, dass sie in die Notaufnahme gebracht werden musste…«

Barbara hatte Mrs Flo nie für abergläubisch gehalten. »Wenn ich das nicht behaupte, dann stecke ich bis zum Hals in der… Hören Sie, eine Sekretärin von Scotland Yard wird Sie anrufen, Mrs Flo. Später wird Sie dann auch noch ein DI anrufen. Sie brauchen denen nur zu sagen, ja, Barbaras Mum ist gestürzt, ja, ein Krankenwagen hat sie in die Notaufnahme gebracht, und mehr wissen Sie nicht, weil Sie mich verständigt haben und ich mich um den Rest gekümmert habe.« Auf diese Weise, dachte sie, würde sie Zeit gewinnen, um alles Weitere in die Wege zu leiten.

Doughty erwartete sie in seinem Büro im ersten Stock, denn sie hatte ihn angerufen und ihm gesagt, dass es zu seinem Besten wäre, wenn er sich nicht von der Stelle rühren würde, bis sie beide einen kleinen Plausch gehabt hätten. Von Winston hatte sie nichts erwähnt, und sie bemerkte voller Genugtuung, dass Doughty ein bisschen blass wurde, als der imposante schwarze Detective ihr ins Zimmer folgte und mit seinem Körper die Tür als möglichen Fluchtweg blockierte. Sie stellte die beiden Männer einander vor. Winston sah Doughty mit vielsagender Miene an. Dann kam Barbara zur Sache: Es gehe um das Geld, das von Lucca nach London überwiesen worden war, und es gehe um einen gewissen Privatdetektiv Michelangelo Di Massimo.

»Sie haben diesen Typen im Januar angeheuert«, sagte sie. »Fangen wir mal damit an, dass Sie mir erklären, woher Sie von dem Geldtransfer wussten.«

»Ich verrate keine …«

»Sparen Sie sich den Blödsinn. Sie haben mir von Anfang an nur die halbe Wahrheit erzählt, und wenn Sie Ihre Lizenz behalten und nicht im Knast landen wollen, dann werden Sie mir jetzt alles erzählen.«

Doughty saß hinter seinem Schreibtisch. Er warf Winston, der immer noch an der Tür stand, einen Blick zu. Winston betrachtete den metallenen Aktenschrank, die Plastikpflanze, die darauf stand. Darin, dachte Barbara, war vermutlich die Kamera versteckt, die alles ins Büro seiner Mitarbeiterin übertrug.

»Also gut. Es wurde noch ein Konto entdeckt«, sagte Doughty schließlich.

»Wer hat es entdeckt? Wie? Wer mimt für Sie die jeweils informationsberechtigte Person? Denn so haben Sie's gemacht, stimmt's? Wahrscheinlich hat Ihre ›Partnerin‹ Miss Cass bei Kreditkartengesellschaften und Banken rumtelefoniert und sich als Angelina Upman ausgegeben. Oder ihre Schwester. Miss Cass scheint nämlich auch 'ne Menge verborgene Talente zu besitzen, und es würde mich nicht wundern …«

»Über Emily Cass erfahren Sie von mir nichts«, sagte Doughty. »Wir haben unsere Methoden, um an Informationen zu kommen.«

»Dazu gehört vermutlich auch Computerhacken. Dieser ›Computerexperte‹, den Sie erwähnten, der kann bestimmt ein Computersystem so leicht knacken wie eine Gartenlaube. Und er oder sie kennt natürlich einen, der einen kennt, der einen kennt… Haben Sie eine Ahnung, wie viel Ärger ich Ihnen machen könnte, Mr Doughty?«

»Ich versuche zu kooperieren«, sagte er. »Ich hatte herausgefunden, dass es hier in London ein Konto gibt. Es läuft auf den Namen von Bathsheba Ward, wird aber in einer Zweigstelle geführt, die sich weder in der Nähe ihrer Wohnung noch ihres Ladens befindet. Das hat mich neugierig gemacht, und da habe ich ein bisschen… nachgeforscht. Mit… mit der Zeit hat sich dann herausgestellt, dass Geld auf das Konto überwiesen wurde, und zwar von einem Konto in Lucca. Ich brauchte also jemanden in Italien, der dieses Konto ausfindig machen und rausfinden konnte, woher das Geld kam.«

»Dann war Michelangelo Di Massimo also Ihr Mann in Italien?«

»Ja.« Doughty schob sich von seinem Schreibtisch weg. Er ging zu dem Aktenschrank, rückte die Plastikpflanze zurecht und öffnete eine Schublade. Nach kurzem Blättern fand er, was er suchte. Er nahm eine dünne Akte heraus und reichte sie Barbara. Sie entnahm ihr eine Kopie des Berichts, den Doughty geschrieben hatte. Beim Überfliegen der Seite sah sie, dass der Bericht alles enthielt, was der Detektiv ihnen soeben enthüllt hatte, einschließlich des Namens, der Adresse und der E-Mail-Adresse des Privatdetektivs in Pisa, den Lynley und der italienische Kollege am Vormittag befragt hatten.

Barbara klappte die Akte wieder zu und gab sie Doughty zurück. Sie fürchtete sich vor dem, was sie womöglich erfahren würde, wenn sie ihre nächste Frage stellte, aber es musste sein. »Und was haben Sie mit dieser Information gemacht?«

»Ich habe sie Professor Azhar gegeben, Sergeant«, antwortete er. »Ich habe ihm von Anfang an alles gegeben, was ich hatte.«

288

»Aber er hat gesagt…« Barbaras Lippen fühlten sich steif an. Was hatte er gesagt? Hatte sie seine Worte irgendwie falsch gedeutet? Sie versuchte sich zu erinnern, aber ihr war, als würde ihr der Boden unter den Füßen weggezogen. »Warum haben Sie mir nichts davon erzählt?«, fragte sie.

»Weil ich für ihn gearbeitet habe, nicht für Sie«, erwiderte Doughty, was ihr einleuchtete. »Und als ich anfing, für Sie zu arbeiten, lautete Ihr Auftrag herauszufinden, ob der Professor in Berlin gewesen war, mehr nicht.« Er steckte die Akte zurück und schloss die Schublade. Dann drehte er sich wieder zu ihnen um, setzte sich jedoch nicht. Er breitete die Arme aus, wie um zu sagen: Sehen Sie mich an, ich habe nichts zu verbergen. »Sergeant«, sagte er, dann verbesserte er sich: »Sergeants. Ich habe Ihnen die ganze Wahrheit gesagt, und wenn Sie meine Telefonunterlagen, meine Computerdateien, meinetwegen sogar meine Festplatte überprüfen wollen, bitte sehr. Ich habe nichts zu verbergen, und wenn wir jetzt hier fertig sind, würde ich gern nach Hause fahren, wo meine Frau mit dem Abendessen auf mich wartet.«

Ja, sie seien fertig, sagte Barbara. Sie behielt für sich, dass sie wusste, wie wahrscheinlich es war, dass Doughty, wenn er einen Computerexperten mit Kontakten zu diversen Institutionen hatte, längst sämtliche verdächtigen Spuren beseitigt hatte, und dass sie nichts dagegen tun konnte.

Sie verabschiedeten sich. Als sie auf die Straße traten, warf sie einen sehnsüchtigen Blick zum Roman Café hinüber, das mit einem verführerischen Angebot von Kebabs aufwartete. »Lass mich dich wenigstens zum Abendessen einladen, Winnie«, sagte sie.

Er nickte und ging nachdenklich neben ihr her. Er grübelte über irgendetwas nach, und sie fragte ihn nicht, was das war, denn sie hatte das Gefühl, dass sie es bereits wusste. Sie setzten sich an einen Tisch am Fenster. Winston warf einen kurzen Blick in die Speisekarte, dann klappte er sie zu und legte sie auf den Tisch.

»Ich muss dich was fragen, Barb.«

»Ja?«

»Wie gut kennst du ihn?«

»Doughty? Kann natürlich sein, dass der lügt, was sogar ziemlich wahrscheinlich ist, denn er hat mich ja schließlich…«

»Ich meine nicht Doughty«, sagte Winston. »Das weißt du doch, oder?«

Sie wusste es. Sosehr es sie auch schmerzte, sie wusste es. Winston wollte wissen, wie gut sie Taymullah Azhar kannte. Genau diese Frage hatte sie sich bereits selbst gestellt.

BOW
LONDON

Doughty wartete geduldig. Er wusste, es würde nicht lange dauern, und er sollte recht behalten. Kaum waren die Polizisten die Treppe hinunterverschwunden, stürmte Em Cass in sein Büro. Er sah sofort, wie wütend sie war, denn sie hatte Weste und Krawatte abgelegt.

»Ich hab's dir von Anfang an gesagt, Dwayne«, schnaubte sie. »Von Anfang an…«

»Es ist bald vorbei«, fiel er ihr ins Wort. »Mach dir keine Sorgen. Alle werden glücklich und zufrieden sein, und wir beide werden auf unseren Ponys in den Sonnenuntergang reiten.«

»Ich glaub, du bist verrückt geworden.« Sie ging im Büro auf und ab und schlug sich mit einer Faust in die Handfläche der anderen Hand.

»Emily«, sagte er, »geh nach Hause. Wirf dich in Schale und geh aus. Reiß einen Mann auf. Dann geht's dir wieder besser.«

»Wie kannst du nur… Du bist ein kompletter Idiot! Jetzt sind es schon zwei Bullen – noch dazu von Scotland Yard –, die unsere schmutzige Wäsche durchgehen, und du rätst mir zu anonymem Sex?«

»Es wird dich ablenken. Hör auf, Mutmaßungen anzustellen, da kommt sowieso nichts bei raus. Wir sind sauber, seitdem Bryan unsere Computerdateien und Telefonunterlagen bearbeitet hat.«

»Wir sind am Arsch«, entgegnete sie. »Wenn du dich davon abhängig machst, dass Bryan dichthält, wenn die Bullen erst mal bei ihm an die Tür klopfen… vor allem dieser Schwarze. Hast du gesehen, was für ein Riesenkerl das ist? Hast du die verdammte Narbe in seinem Gesicht gesehen? Ich weiß, wie eine Narbe von einer Messerstecherei aussieht. Sobald der Typ Bryan Smythe einmal mit seinem Blick durchbohrt, sind wir am Arsch.«

»Die wissen nichts Genaues über Bryan, und solange du nicht auf die Idee kommst, ihnen irgendwas zu stecken, werden sie auch nichts über ihn in Erfahrung bringen. Denn *ich* werde ihnen nichts erzählen. Es kommt also ganz auf dich an.«

»Was soll das heißen? Dass man mir nicht über den Weg trauen kann?«

Doughty sah sie bedeutungsschwanger an. Seiner Erfahrung nach konnte man niemandem über den Weg trauen, aber bei Emily war das etwas anderes. Er begriff, dass er sie irgendwie würde beschwichtigen müssen, denn in ihrem derzeitigen Zustand musste er damit rechnen, dass sie einknickte, falls die Bullen sie tatsächlich aufs Revier zitieren und in die Mangel nehmen sollten.

»Dir würde ich mein Leben anvertrauen, Em«, sagte er vorsichtig. »Ich hoffe, das gilt auch umgekehrt. Ich hoffe, du vertraust mir genug, um dir genau anzuhören, was ich dir jetzt sagen werde.«

»Und das wäre?«

»Es wird bald vorbei sein.«

»Was soll das denn heißen?«

291

»In Italien ist etwas in Bewegung geraten. Das Verbrechen wird bald aufgeklärt werden, und dann lassen wir die Korken knallen.«

»Darf ich dich daran erinnern, dass wir nicht in Italien sind? Muss ich dich darauf hinweisen, dass du dich von diesem Di Massimo abhängig machst, den du nicht einmal persönlich kennst…« Sie warf die Hände in die Luft. »Hier geht's mittlerweile um mehr, Dwayne, und zwar seit dem Moment, als Scotland Yard hier aufgekreuzt ist. Was, falls du das vergessen haben solltest, passiert ist, als diese Vogelscheuche mit dem Pakistani in dein Büro geschneit kam und so getan hat, als wäre sie eine ganz normale Tussi, die ihren superintelligenten, gutaussehenden, elegant gekleideten Freund ein bisschen unterstützen wollte. Gott, ich hätte es wissen müssen, als ich die beiden zum ersten Mal gesehen hab…«

»Du hast es gleich gewusst, wenn ich mich recht erinnere«, sagte er milde. »Du hast mir gesagt, dass sie Polizistin ist, und du hast sogar recht behalten. Aber das spielt jetzt alles keine Rolle mehr. Wir haben die Situation unter Kontrolle. Das Mädchen wird gefunden, und keiner von uns beiden hat ein Verbrechen begangen. Und das solltest du nicht vergessen.«

»Di Massimo hat denen deinen Namen genannt«, sagte sie. »Was soll ihn davon abhalten, alles andere auch noch auszuplaudern?«

Doughty zuckte die Achseln. An dem, was sie sagte, war etwas dran, doch er hielt an seiner Überzeugung fest, dass Geld nicht nur die Wurzel allen Übels war, sondern auch das Öl, mit dem man alle Getriebe schmierte. »*Glaubhafte Bestreitbarkeit*, Em. Das ist unser Motto.«

»*Glaubhafte Bestreitbarkeit*«, schnaubte sie verächtlich. »Das sind zwei Wörter, Dwayne.«

»Nur ein unbedeutendes Detail.«

26. April

LUCCA
TOSKANA

Die *Prima Voce* hatte die komplette Geschichte, stellte Salvatore fest, und sie brachte sie auf der Titelseite. Begleitet wurde der Artikel von einem Foto, auf dem Carlo Casparia – über dem Kopf eine Jacke – von zwei grimmig dreinblickenden Polizisten abgeführt wurde. Er wurde von der Questura zur Untersuchungshaft ins Gefängnis gebracht, wo er dem Haftrichter vorgeführt werden sollte. Auf einem zweiten Foto war Piero Fanucci zu sehen, der triumphierend verkündete, der Übeltäter habe endlich gestanden. Auch das Kind würde bald gefunden werden, hatte er der Zeitung selbstbewusst erklärt.

Kein Journalist stellte irgendetwas von all dem in Frage. Niemand fragte, ob der glücklose Carlo einen Anwalt verlangt oder bekommen hatte. Und es fragte auch niemand nach dem Geständnis, das Fanucci dem Obdachlosen abgepresst hatte oder auf welche Weise ihm das gelungen war. Weder die Zeitungen noch die Fernsehnachrichten brachten etwas anderes als die Meldung, dass der Fall gelöst sei. Alle wussten, dass sie andernfalls Gefahr liefen, vom Pubblico Ministero der *diffamazione a mezzo stampa* bezichtigt zu werden, und Fanucci höchstpersönlich würde darüber befinden, ob eine solche Verleumdung vorlag.

All das erklärte Lo Bianco DI Lynley, als der in seinem Büro erschien. Der Engländer würde so bald wie möglich mit den Eltern des kleinen Mädchens sprechen müssen, und er wollte Klarheit über alle Fakten haben. Er hatte eine Ausgabe der *Prima Voce* bei sich. Und er verlangte zu wissen, warum man ihn nicht sofort angerufen hatte, als das Geständnis vorlag. Allerdings äußerte er Zweifel in Bezug auf Carlo Casparias Schuld, was Lo Bianco nicht wunderte. Detective Inspector Lynley schien kein Narr zu sein.

Lynley zeigte auf die Zeitung. »Sind diese Informationen zutreffend, Commissario? Die Eltern werden das gelesen haben, und sie werden Fragen stellen. Vor allem werden sie wissen wollen, was dieser junge Mann über Hadiyyah gesagt hat – wohin er sie verschleppt hat und wo sie ist. Darf ich fragen, wie ...« ein vielsagendes Zögern »... dieses Geständnis zustande gekommen ist?«

Salvatore musste vorsichtig sein mit seiner Antwort. Fanucci hatte überall in der Questura Augen und Ohren, und alles, was er dem Mann von Scotland Yard sowohl über die Rolle des Pubblico Ministero sagte als auch über die italienischen Gesetze erklärte, könnte fehlinterpretiert und gegen ihn benutzt werden, wenn er nicht höllisch aufpasste. Aus diesem Grund machte er mit Lynley einen Spaziergang zu einem Café gegenüber dem Bahnhof. Er bestellte zwei Cappuccini und zwei *dolci* und wartete, einen Arm auf den Tresen gestützt, bis diese serviert wurden. Nachdem er sich im Café umgesehen hatte, um sich zu vergewissern, dass kein Kollege in der Nähe war, begann er zu sprechen.

Nach zwanzig Stunden ohne Schlaf, ohne anwaltlichen Beistand und ohne Nahrung – bis auf den einen oder anderen Schluck Wasser – habe Carlo Casparia eingesehen, dass es zu seinem eigenen Besten wäre, die Wahrheit zu sagen. Zwar hatte es Lücken in Carlos Erinnerungen gegeben, aber das sei kein Problem gewesen. Denn wenn man von Leuten wie dem Pubblico Ministerio und anderen handverlesenen Verhörspezialisten lange genug bearbeitet wurde, regten Erschöpfung und Hunger schließlich die Fantasie an, so dass sich diese Lücken füllen ließen und die Geschichte des Verbrechens vollständig ans Licht kam. Dass es sich dabei um einen kleinen Teil Fakten und einen großen Teil Fantasie handelte, störte Fanucci nicht. Das Einzige, was ihn interessierte, war ein Geständnis, und nur dafür wiederum interessierte sich die Presse.

»Das hatte ich befürchtet«, sagte Lynley. »Bei allem Respekt, das sind äußerst merkwürdige Methoden. Bei uns in England…«

»*Sì, sì*, ich weiß«, sagte Salvatore. »Ihre Staatsanwälte sind nicht an der Leitung von Ermittlungen beteiligt. Aber Sie sind hier in Italien, und Sie werden begreifen, dass wir Polizisten häufig Dinge geschehen lassen müssen, damit andere Dinge – ohne Wissen des *magistrato* – auch geschehen können.«

Salvatore wartete auf eine Reaktion von Lynley, die ihm sagte, dass der Inspector seinen Ausführungen hatte folgen können. Lynley schaute ihn lange an, während eine Gruppe Touristen das Café betrat. Sie waren laut und nervig, und Salvatore verdrehte die Augen. Zwei von ihnen traten an den Tresen und bestellten auf Englisch. Amerikaner, dachte Salvatore resigniert. Die glaubten immer, die ganze Welt würde ihre Sprache sprechen.

Schließlich sagte Lynley: »Was genau hat Carlo Casparia denn eigentlich gestanden? Das werden die Eltern wissen wollen, und ich möchte es auch wissen.«

Salvatore erklärte ihm, wie Fanucci aufgrund von Carlo Casparias Aussage, die natürlich schriftlich festgehalten worden war, das Verbrechen rekonstruiert hatte. Laut Fanucci war die Sache ganz simpel: Carlo saß wie üblich mit seinem *ho fame*-Schild auf dem Markt. Das kleine Mädchen sah ihn und schenkte ihm in ihrer Arglosigkeit eine Banane. In dieser Arglosigkeit sah Carlo seine Chance. Und er war ihr gefolgt, als sie den Markt in Richtung Viale Agostino Marti verlassen hatte.

»Warum hätte sie denn zur Viale Agostino Marti gehen sollen?«, fragte Lynley.

Salvatore machte eine wegwerfende Handbewegung. »Ein nebensächliches Detail, das Piero Fanucci nicht interessiert, mein Freund.«

Dann beschrieb er Lynley, wie Fanucci sich den weiteren Verlauf der Geschehnisse vorstellte: Carlo hatte sich das Mädchen irgendwann geschnappt und in den Stall geschleppt, in dem er hauste, seitdem seine Eltern ihn aus ihrem Haus in Padua geworfen hatten. Dort hielt er Hadiyyah versteckt, bis er jemanden gefunden hatte, dem er sie für viel Geld verkaufen konnte. Geld, das er für seine Drogen brauchte. Sie wissen doch sicher, dass er seit dem Verschwinden des Mädchens nicht mehr auf dem Markt bettelt, nicht wahr? Offenbar hat er seitdem keine Geldsorgen mehr, und jetzt wissen wir auch, warum. Glauben Sie mir, sobald dieses Monster wieder pleite ist, taucht er wieder mit seinem Schild auf dem Markt auf.

Für den Staatsanwalt, so Salvatore, stand außer Frage, dass Carlo Casparia der Täter war. Sein Motiv: Er brauchte Geld für seine Drogen. Jeder wisse, dass sein *ho fame* sich ausschließlich auf seinen Hunger nach Kokain, Marihuana, Heroin, Amphetaminen bezog oder was auch immer es war, das er sich regelmäßig einverleibte. Seine Vorgehensweise: Er brauchte nur aufzustehen und dem Mädchen zu folgen, nachdem es ihm großzügig und arglos die Banane geschenkt hatte. Die Gelegenheit: der wie immer überfüllte Wochenmarkt. Ebenso wie niemand gesehen hatte, wie das Mädchen in der Nähe des Akkordeonspielers entführt worden war – wovon wir ja inzwischen wissen, dass das gar nicht passiert ist –, hatte auch niemand gesehen, wie Casparia das Mädchen am Arm gepackt und weggeführt hatte.

Der Engländer hörte sich das alles schweigend an, aber seine Miene war düster. Er rührte in seinem Cappuccino. Er hatte so aufmerksam zugehört, dass er noch keinen Schluck davon getrunken hatte. Jetzt leerte er seine Tasse in einem Zug und brach sein *dolce* in zwei Hälften, aß jedoch nichts davon. »Verzeihen Sie, wenn ich nicht so recht verstehe, wie Sie vorgehen, wenn derartige Schlussfolgerungen gezogen werden«, sagte er. »Ist der Staatsanwalt im Besitz irgendwelcher Beweise, die das Geständnis dieses Mannes oder seine eigene Version des Verbrechens belegen? Braucht er Beweise?«

»*Sì, sì, sì*«, sagte Salvatore. Fanuccis Anordnungen – die er gleich nach Casparias Geständnis erteilt hatte – würden gerade ausgeführt.

»Und wie lauten die?«, fragte Lynley höflich.

Der Stall, in dem Casparia hauste, werde, während sie hier in diesem Café saßen, von Kriminaltechnikern nach Beweisen dafür durchsucht, dass das Kind dort vorübergehend festgehalten wurde.

»Wo genau befindet sich dieser Stall?«, wollte Lynley wissen.

Im Parco Fluviale, sagte Salvatore. Er habe gerade dorthin fahren wollen, als Lynley in der Questura erschienen war. Ob der Inspector ihn dorthin begleiten wolle?

Mit dem größten Vergnügen, antwortete Lynley.

Es war nur eine kurze Fahrt um die Stadtmauer herum bis nach Borgo Giannotti. Von der belebten Einkaufsstraße des Viertels aus gelangte man direkt in den Park. Während der Fahrt stellte Lynley genau die Fragen, mit denen zu rechnen gewesen war, nachdem Lo Bianco ihm von dem Geständnis berichtet hatte.

Was mit dem roten Auto sei, wollte der Detective wissen. Ob Signor Fanucci sich dazu geäußert habe? Ob er glaube, Casparia habe Hadiyyah dem Besitzer des roten Autos übergeben, der sie dann mit in den Wald genommen habe? Und wenn das Datum, an dem das rote Auto, der Mann und das Kind gesehen wurden, mit dem Datum von Hadiyyahs Entführung übereinstimme … würde das nicht bedeuten, dass Carlo von Anfang an gewusst hatte, wem er das Kind übergeben würde? Würde das nicht eine sorgfältige Planung voraussetzen? Ob Fanucci dem jungen Mann eine solche Planung zutraue? Ob Salvatore ihm das zutraue?

»Was das rote Cabrio angeht«, sagte Salvatore mit einem anerkennenden Blick zu Lynley, »davon weiß er gar nichts. Während wir beide zum Park gehen, um uns zu vergewissern, dass Fanuccis Anordnungen befolgt werden, ist einer meiner Kollegen zusammen mit dem Mann, der das Cabrio gesehen hat, unterwegs in die Berge. Sie werden versuchen die Stelle zu finden, wo das Auto gestanden hat. Wenn sie nichts finden, werden sämtliche Haltebuchten an der Straße zu dem Dorf, in dem die Mutter des Zeugen wohnt, überprüft werden.«

»Ohne Wissen des *magistrato*?«

»Manchmal«, sagte Salvatore, »weiß Fanucci nicht, was gut für ihn ist. Und ich versuche, so gut ich kann, ihm zu dieser Einsicht zu verhelfen.«

LUCCA
TOSKANA

Die Stallungen im Parco Fluviale befanden sich in knapp zwei Kilometern Entfernung an der Straße, die am Ufer des Serchio entlang durch den Park führte. Die halb verfallenen Gebäude wurden schon lange nicht mehr benutzt, und das verblasste Schild am Eingang, auf dem die Preise für Reitstunden ausgewiesen wurden, war mit Graffiti beschmiert und von Hobbyjägern als Zielscheibe für Schießübungen benutzt worden.

Auf einem schmalen Kiesweg, der zu den Stallungen führte, stand ein Wagen der Spurensicherung. Lo Bianco parkte vor dem Absperrband, das die Journalisten fernhalten sollte, die Wind davon bekommen hatten, dass sich im Park etwas tat. Lo Bianco fluchte vor sich hin, als sie auf ihn zukamen. Ohne auf ihre Fragen einzugehen, führte er Lynley zu dem Teil des alten Gebäudes, in dem sich Carlo Casparias Unterschlupf befand.

Die Aktivitäten konzentrierten sich im Moment auf einen

Stall, hinter dem sich eine baumbewachsene Böschung erhob. Vor dem Stall wuchs dichtes Gestrüpp, hauptsächlich wilde Rosen, die gerade zu blühen begannen, und im Gebäude befanden sich mehrere Dutzend Boxen, deren Türen schief in den Angeln hingen und den Blick freigaben auf Plastiktüten, Decken, Kleidungsstücke und Müll. Offenbar diente der Stall schon seit Ewigkeiten allen möglichen Obdachlosen als Schlafstätte, und es würde Wochen dauern, den ganzen Unrat nach einem Beweis für die Anwesenheit eines bestimmten kleinen Mädchens zu durchsuchen. Der Boden war übersät mit Spritzen, gebrauchten Kondomen und Essensbehältern aus Imbissbuden. In den Ecken lagen alte Kleider und verschimmelte Decken. Aus Plastiktüten, die mit verfaulenden Essensresten gefüllt waren und ganze Wolken von Fliegen anzogen, drang ein fürchterlicher Gestank.

Mitten in diesem Chaos waren zwei Spurensucher bei der Arbeit. »Wie sieht's aus?«, rief Lo Bianco.

Einer der beiden Männer zog seinen Mundschutz herunter und antwortete: »*Merda!*« Der andere schüttelte nur wortlos den Kopf. Sie schienen zu wissen, dass ihre Bemühungen hier sinnlos waren, dachte Lynley.

»Kommen Sie, *Ispettore*«, sagte Lo Bianco. »Hier gibt es noch etwas Interessantes zu sehen.« Er ging voraus nach draußen und um den Stall herum. Hinter dem Gebäude führte ein schmaler Trampelpfad durch das Gras die Böschung hoch und zwischen zwei Kastanien hindurch.

Oben auf der Böschung verlief ein Weg, der von Leuten, die ihre Hunde ausführten, von Radfahrern, Joggern und von ganzen Familien für ihren Abendspaziergang benutzt wurde. Er verlief in beide Richtungen parallel zum Fluss und durch den Park. Lynley folgte Lo Bianco den Weg entlang. Nach knapp hundert Metern wandte Lo Bianco sich nach links und stieg die Böschung auf der anderen Seite hinunter. Sie durchquerten ein Wäldchen aus Platanen, Erlen und Buchen und gelangten an den Rand eines Bolzplatzes.

Lynley wusste sofort, wo sie waren. Auf der anderen Seite des Bolzplatzes befand sich ein kleiner, kiesbedeckter Parkplatz. Rechts davon standen im Schatten der Bäume zwei Picknicktische. Jenseits des Spielfelds befand sich ein Café, wo die Eltern der Kinder in Ruhe einen Kaffee trinken, die frische Luft genießen und dabei zusehen konnten, wie Lorenzo Mura das Beste aus ihren Sprösslingen herausholte.

Lynley schaute Lo Bianco an. Der Commissario war offensichtlich nicht auf den Kopf gefallen, egal, was Fanucci dachte.

»Ich frage mich«, sagte Lynley und zeigte auf den Bolzplatz, »ob Signore Casparia sich noch etwas anderes ›vorstellen‹ könnte.«

»Was denn zum Beispiel?«, fragte Lo Bianco.

»Schließlich stützt sich die Annahme, dass Hadiyyah an dem Tag vom Markt entführt wurde, einzig und allein auf Lorenzo Muras Aussage«, sagte Lynley. »Darüber haben Sie doch bestimmt auch schon nachgedacht.«

Lo Bianco lächelte. »*Certo*«, sagte er. »Das ist einer der Gründe, warum ich Signore Mura noch nicht von der Liste der Verdächtigen gestrichen habe.«

»Hätten Sie etwas dagegen, wenn ich mich mit ihm unterhalten würde? Ich meine, abgesehen davon, dass ich ihn über Carlo Casparias ›Geständnis‹ informiere?«

»Ganz im Gegenteil«, erwiderte Lo Bianco. »In der Zwischenzeit werde ich mir seine Teamkollegen vorknöpfen. Vielleicht fährt ja einer von denen ein rotes Cabrio. Wäre doch interessant, das zu wissen.«

PISA
TOSKANA

Seiner Meinung nach war es der reine Wahnsinn, sich in der
Nähe der Piazza dei Miracoli zu verabreden, denn es gab Dutzende anderer Orte, an denen sie sich unauffällig hätten treffen
können. Aber er war nun mal zur Piazza dei Miracoli bestellt
worden, also begab er sich zu diesem Touristenhexenkessel. Er
kämpfte sich durch eine Ansammlung von Leuten, die sich von
ihren Freunden dabei fotografieren ließen, wie sie so taten, als
würden sie den Turm stützen, dann schob er sich durch das
Touristengewimmel zwischen dem Dom und der Taufkirche zu
dem von einer hohen Mauer umgebenen Friedhof. Man hatte
ihn angewiesen, den Raum aufzusuchen, wo mehrere Fresken
nach ihrer Restaurierung wieder angebracht worden waren.
Dort würde niemand sein, hatte man ihm versichert. Wenn die
Touristen an den Toren der Piazza dei Miracoli aus den Bussen
stiegen, hatten sie genau vierzig Minuten Zeit, um ihre Fotos
zu schießen, bis sie zur nächsten Sehenswürdigkeit gekarrt wurden. Von denen würde bestimmt keiner auf die Idee kommen,
den Friedhof zu besuchen, wo es sowieso nicht mehr zu sehen
gab als ein paar halb verwitterte Fresken und die Skulptur einer
liegenden Frau. Dort würden sie ungestört sein.

Das hatten sie auch nötig, dachte er grimmig, wenn er an das
Aussehen seines Auftraggebers dachte. Noch nie hatte die Ei-
telkeit einen Mann dazu gebracht, sich so zu verunstalten wie
Michelangelo Di Massimo.

Di Massimo erwartete ihn bereits. Wie angekündigt war er
der Einzige in dem Raum mit den restaurierten Fresken. Er saß
auf einer Bank in der Mitte, einen Reiseführer aufgeschlagen
auf den Knien, eine Halbbrille auf der Nasenspitze, und betrachtete eine der Fresken – oder tat zumindest so. Der intel-
lektuelle Anstrich, den die Brille ihm verlieh, stand in krassem
Gegensatz zu seiner Gesamterscheinung: gelb gefärbtes Haar,

301

schwarze Lederjacke, schwarze Lederhose, steife schwarze Stiefel. Niemand würde ihn für einen Professor oder einen Studenten halten. Andererseits würde ihn auch niemand für einen Privatdetektiv halten.

Da er keinen Grund hatte, sich anzuschleichen, unternahm er nichts gegen das harte Klappern seiner Stiefel auf dem Marmorboden. Er setzte sich neben Di Massimo auf die Bank und richtete den Blick auf die Freske, die den Detektiv so zu faszinieren schien. Es handelte sich um die Darstellung des Namenspatrons von Di Massimo, nämlich des Erzengels Michael, der mit erhobenem Schwert entweder jemanden aus dem Paradies vertrieb – oder ihn dort willkommen hieß. Wen interessierte das schon? Er verstand einfach nicht, was das ganze Geschrei um die geretteten Fresken sollte. Sie waren verblasst und von Rissen durchzogen, und an manchen Stellen konnte man kaum noch erkennen, was sie überhaupt darstellten.

Er wollte eine Zigarette. Oder eine Frau. Aber der Gedanke an Frauen erinnerte ihn sofort daran, wie er sich mit seiner halb verrückten Kusine im Dreck gewälzt hatte, und daran wollte er lieber nicht denken.

Er begriff einfach nicht, was ihn überkam, wenn er Domenica sah. Sie war früher mal ganz hübsch gewesen, vor langer Zeit, und selbst heute noch wollte er sie unbedingt besitzen, wollte er ihr… irgendetwas beweisen. Und was sagte das über ihn aus, dass er diese Verrückte nach all den Jahren immer noch begehrte?

Michelangelo klappte den Kunstführer zu, verstaute ihn in dem Rucksack zu seinen Füßen und nahm stattdessen eine zusammengefaltete Zeitung heraus. »Die britische Polizei hat sich eingeschaltet«, sagte er. »Die *Prima Voce* hat die Geschichte gebracht. Außerdem haben sie im Fernsehen einen Appell der Eltern an die Öffentlichkeit gesendet. Hast du den gesehen?«

Natürlich nicht. Wenn die Abendnachrichten liefen, war er bei der Arbeit im Ristorante Maestoso. Tagsüber war er damit beschäftigt, die Verkäuferinnen in den Edelboutiquen der Stadt dazu zu verführen, dass sie ihm nur ein Paar Socken berechneten, während er in Wirklichkeit ein edles Hemd erstand. Er hatte also keine Zeit, Boulevardzeitungen zu lesen oder sich die Fernsehnachrichten anzusehen. Alles, was er über die Suche nach dem verschwundenen Kind wusste, wusste er von Di Massimo.

Di Massimo gab ihm die Zeitung. Er überflog den Artikel. Scotland Yard, ein britischer Inspector in Lucca als Kontaktmann zu den Eltern, ein paar Informationen über die Eltern, ein paar abfällige Bemerkungen über die britische Polizei von Fanucci, diesem Idioten, und ein paar wohlgesetzte Worte von Commissario Lo Bianco über die Zusammenarbeit zwischen der italienischen und der englischen Polizei. Ein Foto zeigte die beiden Polizisten im Gespräch. Sie standen vor der Questura in Lucca, und Lo Bianco hörte mit gesenktem Kopf und vor der Brust verschränkten Armen zu, während der Engländer etwas zu ihm sagte.

Er gab Di Massimo die Zeitung zurück. Er war ziemlich genervt. Es widerstrebte ihm zutiefst, seine Zeit zu vergeuden, und wenn Di Massimo ihn nur hierherzitiert hatte, um ihm eine Zeitung unter die Nase zu halten, die er sich genauso gut in jedem Kiosk hätte kaufen können, würde ihn das wirklich auf die Palme bringen. Er zeigte auf die Zeitung und knurrte: »*Allora?*« Um seine Ungehaltenheit noch zu unterstreichen, stand er auf und lehnte sich gegen die Wand. »Was wundert dich daran, Michelangelo? Sie wird vermisst. Sie ist ein Kind. Sie ist spurlos verschwunden. Sie ist britische Staatsbürgerin.« Natürlich würde die englische Polizei in der Suppe herumstochern, die er und Di Massimo gekocht hatten. Hatte Di Massimo etwa etwas anderes erwartet?

»Darum geht es nicht«, entgegnete Di Massimo. »Setz dich. Ich will nicht so laut sprechen müssen.«

Er wartete, bis der andere seinem Befehl nachgekommen war.

»Dieser Mann und Lo Bianco... die standen neulich am Fußballplatz, als wir beim Training waren.«

Er zuckte zusammen. »Haben die mit dir geredet?«, fragte er.

Di Massimo schüttelte den Kopf. »Ich nehme an, die dachten, ich hätte sie nicht gesehen. Aber für Polizisten hab ich einen unfehlbaren Riecher.« Er tippte sich an die Nase. »Die waren da, und die haben mich beobachtet. Allerdings höchstens fünf Minuten lang. Dann waren sie wieder weg.«

Er atmete erleichtert auf. »Du weißt also nicht...«

»*Aspetti.*« Di Massimo berichtete ihm, dass die beiden Männer ihn tags drauf aufgesucht hatten, als er gerade beim Frisör war, wo er sich seine Locken hatte blond färben lassen.

»*Merda!*« Das waren sehr schlechte Nachrichten. »Wie zum Teufel haben die dich gefunden?«, fragte er. »Erst am Fußballplatz und dann bei deinem Frisör. Wie haben die dich gefunden?«

»Das *Wie* spielt keine Rolle«, sagte Di Massimo.

»Natürlich spielt es eine Rolle. Für dich vielleicht nicht, aber für mich. Wenn die dir auf der Spur sind... Wenn die dich schon gefunden haben...« Er spürte, wie er in Panik geriet. »Du hast mir geschworen, dass genug Zeit vergangen war. Du hast gesagt, niemand würde dich mit der Sache mit der Kleinen in Verbindung bringen.« Hastig überlegte er, zu welchen weiteren Schlussfolgerungen die Polizei gelangen konnte. Denn wenn sie Michelangelo Di Massimo eine Woche nach dem Verschwinden des Mädchens aufgespürt hatten, wie lange würde es dann dauern, bis sie auch bei ihm vor der Tür standen? »Darum müssen wir uns kümmern«, sagte er. »Sofort. Heute noch. So bald wie möglich.«

»Genau deswegen sitzen wir jetzt hier, mein Freund«, sagte Michelangelo. Er sah ihm in die Augen. »Ich finde, es ist an der Zeit. Darüber sind wir uns doch einig, oder?«

Er nickte. »Ich weiß, was ich zu tun habe.«

»Dann beeil dich.«

FATTORIA DI SANTA ZITA
TOSKANA

Lynley war Lo Bianco gegenüber nicht ganz ehrlich gewesen, als er gesagt hatte, er wolle mit Lorenzo Mura sprechen. Er wollte sich auch mit Angelina Upman unterhalten. Mit dem Segen des Commissario fuhr er zur Fattoria. Auf dem Anwesen herrschte reger Betrieb – offenbar sagte man sich, dass das Leben weitergehen musste.

Bauarbeiter kraxelten an einem alten Haus herum, einige luden Dachpfannen von einem Lastwagen, andere schleppten schwere Balken ins Haus, wieder andere waren mit schweren Hämmern zugange. Im Weinladen machte ein junger Mann mit fünf Fahrradtouristen eine Weinprobe. Lorenzo stand am Zaun einer Koppel, nicht weit von der hohen Hecke entfernt, die die alte Villa von den Produktionsräumen der Fattoria trennte. Er unterhielt sich mit einem bärtigen Mann mittleren Alters, und als Lynley sich näherte, sah er, wie der Bärtige einen weißen Umschlag aus seiner Gesäßtasche zog und Lorenzo Mura übergab.

Die beiden Männer wechselten noch ein paar Worte, dann nickte der Bärtige und ging zu seinem Pick-up, der vor dem schmiedeeisernen Tor an der Einfahrt zur Villa stand. Er stieg ein, wendete und fuhr los. Lynley sah ihn sich genauer an, als er an ihm vorbeifuhr. Leider hatte der Mann eine dunkle Sonnenbrille und einen breitkrempigen Strohhut aufgesetzt, so dass Lynley sein Gesicht nicht erkennen konnte.

Lynley ging zu Lorenzo. Auf der Koppel standen fünf Esel, ein Hengst, zwei Stuten und zwei Fohlen. Sie grasten unter einem mächtigen Maulbeerbaum, während ihre Schwänze ständig in Bewegung waren, um Fliegen zu verscheuchen. Es waren schöne Tiere, und sie sahen sehr gepflegt aus.

Ohne Vorrede erklärte Lorenzo Mura ihm, dass die Eselzucht ebenfalls dazu diente, das Leben in der Fattoria di Santa Zita zu

305

finanzieren. Der Mann, der gerade weggefahren sei, habe eins der Fohlen gekauft. Ein Esel, sagte er, sei für jeden nützlich, der Landwirtschaft betrieb.

Lynley bezweifelte, dass man mit dem Verkauf von ein paar Eselfohlen viel Geld verdienen konnte. Er sagte jedoch nichts dazu, sondern erkundigte sich nach den Bauarbeiten an dem alten Haus.

Das Haus, sagte Lorenzo, werde umgebaut, um Zimmer an Touristen vermieten zu können, die gern Urlaub auf dem Land machten. Mit der Zeit würden sie auch ein Schwimmbecken, verschiedene Terrassen zum Sonnenbaden und einen Tennisplatz anlegen.

»Große Pläne«, bemerkte Lynley wohlwollend. Für große Pläne brauchte man natürlich viel Geld, dachte er.

Sì, er habe noch eine Menge Pläne für die Fattoria, antwortete Lorenzo Mura. Dann wechselte er das Thema. »Sie müssen mit ihr reden, *Ispettore*. Sie müssen sie dazu bringen, dass sie sich von mir zum Arzt in Lucca bringen lässt.«

Lynley runzelte die Stirn. »Ist Angelina krank?«, fragte er.

»*Venga*«, sagte Lorenzo und fügte hinzu, Lynley solle mit in die Villa kommen und sich selbst davon überzeugen. »Seit gestern geht das schon so. Sie behält nichts bei sich. Keine Suppe, kein Brot, keinen Tee, keine Milch. Sie sagt mir, ich soll mir keine Sorgen machen, das ist die Schwangerschaft. Sie sagt, es geht ihr seit dem ersten Tag nicht gut. Sie sagt, das geht vorbei. Sie sagt, ich soll mir keine Gedanken machen, es mag zwar mein erstes Kind sein, aber es ist ihr zweites, und ich soll Geduld haben. Aber wie soll ich Geduld haben, wenn ich sehe, wie schlecht es ihr geht, wenn ich glaube, dass sie einen Arzt braucht, und sie behauptet, dass sie überhaupt nicht krank ist?«

Während Lorenzo sprach, gingen sie die geschwungene Auffahrt zur Villa hoch. Lynley dachte an die Schwangerschaft seiner Frau. Auch ihr war es in den ersten Monaten nicht besonders gut gegangen. Auch er hatte sich Sorgen gemacht. Das sagte er Lorenzo Mura, aber der Italiener blieb skeptisch.

Angelina Upman lag in der Loggia auf einer Chaiselongue unter einer Decke. Auf einem mit Mosaik verzierten Tischchen neben ihr standen eine Glaskaraffe mit etwas, das aussah wie Blutorangensaft, und ein leeres, unbenutztes Glas. Daneben stand ein Teller mit Brot, Wurst, Käse und Obst. Bis auf eine Erdbeere, von der sie ein Stückchen abgebissen hatte, hatte sie nichts davon angerührt.

Lynley konnte verstehen, dass der Italiener besorgt war. Angelina Upman wirkte entkräftet. Sie lächelte schwach, als Lynley auf sie zuging. »Inspector Lynley«, murmelte sie, während sie sich mühsam aufsetzte. »Ich habe gerade ein Nickerchen gemacht.« Sie schaute ihn erwartungsvoll an. »Gibt es etwas Neues?«

Lorenzo betrachtete den Teller mit den Knabbereien. »Liebling«, sagte er, »du musst essen, und du musst trinken.« Er füllte das Glas mit Blutorangensaft und drängte es ihr auf.

»Ich hab's doch versucht, Renzo«, antwortete sie und zeigte auf die angebissene Erdbeere. »Du machst dir viel zu viele Sorgen. Ich brauche mich nur ein bisschen auszuruhen.« Zu Lynley sagte sie: »Inspector, wenn es irgendetwas Neues gibt …«

»Sie muss zum Arzt«, sagte Lorenzo Mura zu Lynley. »Aber sie will nicht auf mich hören.«

Lynley zeigte auf einen Korbsessel. »Darf ich …?«

»Selbstverständlich«, sagte Angelina Upman. Dann wandte sie sich wieder an Lorenzo Mura. »Hör auf, dich verrückt zu machen, Darling. Ich bin nicht so zimperlich. Und ich bin im Moment sowieso nicht wichtig. Also hör auf, mir was von Ärzten zu erzählen, und lass uns reden.« Sie holte tief Luft und schaute Lynley an. »Sie haben doch Neuigkeiten, nicht wahr? Bitte, sagen Sie mir, was es ist.«

Lynley warf einen Blick in Muras Richtung, der rot angelaufen war. Er stand immer noch und stellte sich jetzt hinter die

Chaiselongue, die Arme vor der Brust verschränkt. Sein Blutschwamm hatte eine dunklere Farbe angenommen.

Lynley berichtete Angelina Upman kurz von Carlo Casparia, von dem »Geständnis«, das der *magistrato* ihm abgerungen hatte, und von Lo Biancos Zweifeln. Er berichtete ihr von der Durchsuchung der alten Stallungen im Park und von dem Zeugen, der angab, in den Apuanischen Alpen etwas gesehen zu haben. Er erwähnte nichts von dem roten Cabrio und auch nichts von dem Mann, der mit einem kleinen Mädchen in den Wald gegangen war. Ersteres musste vorerst geheim gehalten werden, und Letzteres würde die Frau nur zusätzlich beunruhigen.

»Die Polizei geht dem Hinweis des Zeugen nach«, sagte er. »Aber die Journalisten schlafen auch nicht ...« Er zeigte ihr die Titelseite der *Prima Voce*. Die beiden hatten die Zeitung noch nicht gesehen, da keiner von ihnen in der Stadt gewesen war und sie auch keine abonniert hatten. »Ich würde Ihnen raten, das einfach nicht zu beachten. Die haben nur begrenzte Informationen.«

Angelina Upman schwieg eine Weile. Von Weitem, aus dem alten Bauernhaus, waren Hammerschläge zu hören. Schließlich fragte sie: »Was sagt Hari dazu?« Und als Mura hinter ihr entnervt aufstöhnte, sagte sie zu ihm: »Renzo, *bitte* ...«

»*Sì, sì*«, murmelte Mura.

»Er weiß noch nichts davon«, sagte Lynley. »Es sei denn, er hat sich die Zeitung irgendwo gekauft. Er war schon weg, als ich zum Frühstück runtergegangen bin.«

»*Weg?*«, fragte Mura ungläubig.

»Ich nehme an, er ist wieder unterwegs, um seine Handzettel zu verteilen. Es ist schwer für ihn – für Sie alle, ich weiß –, tatenlos herumzusitzen und auf Informationen zu warten.«

»*Inutile*«, bemerkte Mura.

»Vielleicht«, sagte Lynley. »Aber ich habe die Erfahrung gemacht, dass manchmal etwas, was im Moment völlig sinnlos erscheint, am Ende zur Lösung des Falls führt.«

»Er wird erst nach London zurückkehren, wenn Hadiyyah gefunden ist.« Angelina Upman schaute auf den Rasen hinaus, obwohl es dort nichts von Interesse zu sehen gab. Leise sagte sie: »Ich bedaure, was ich getan habe. Ich wollte einfach weg von ihm, frei sein, aber ich wusste … Ich bereue alles.«

Das Bedürfnis, sich von anderen Menschen zu befreien, von den Komplikationen des Lebens, von der Vergangenheit, die sich nicht abschütteln ließ, verleitete manch einen zu Taten, die er später bitter bereute. Aber der Weg zur Reue war oft gepflastert mit den zerplatzten Träumen anderer Menschen. Und darüber wollte Lynley mit Angelina Upman reden. Und zwar mit ihr allein, ohne die Anwesenheit ihres Lebensgefährten.

»Ich würde gern ein paar Minuten allein mit ihr reden, wenn Sie nichts dagegen haben, Signor Mura.«

Offenbar hatte Mura etwas dagegen. »Wir haben keine Geheimnisse voreinander. Was Sie ihr sagen, können Sie auch mir sagen.«

»Das verstehe ich«, entgegnete Lynley. »Aber unser Gespräch vorhin …?« Er sollte denken, Lynley habe vor, mit Angelina Upman über ihre Gesundheit zu sprechen und über die Notwendigkeit, einen Arzt aufzusuchen. Hauptsache, der Mann ließ ihm ein paar Minuten Zeit, seiner Lebensgefährtin ein paar Fragen zu stellen, die sie nur ehrlich beantworten würde, wenn er nicht dabei war.

Widerstrebend erklärte Mura sich einverstanden. Er gab Angelina Upman einen Kuss auf den Kopf und flüsterte: »*Cara*«, dann verließ er die Loggia. Lynley sah ihn die Einfahrt hinuntergehen, zurück zu der Baustelle hinter der hohen Hecke.

Angelina Upman wandte sich ihm zu. »Worum geht es denn, Inspector?«, fragte sie. »Um Hari? Sie sehen ja selbst … Renzo hat keinen Grund, eifersüchtig auf ihn zu sein. Ich gebe ihm keinen Grund, und er hat keinen Grund. Aber die Tatsache, dass Hari und ich ein gemeinsames Kind haben … Dadurch entsteht eine tiefe Verbindung, und damit kann er sich nicht abfinden.«

»Ich würde sagen, das ist normal«, erwiderte Lynley. »Er fühlt sich unwohl, ist sich nicht sicher, wie Sie zu ihm stehen.«

»Ich versuche, ihm das deutlich zu zeigen. In ihm habe ich endlich den Richtigen gefunden. Aber in seiner Kultur... meine Vergangenheit mit anderen Männern... Ich glaube, das macht es schwer für ihn.«

»Ich muss Sie danach fragen«, sagte Lynley und rückte mit seinem Korbsessel ein bisschen näher. »Ich hoffe, Sie verstehen das. Jede Spur, die auch nur entfernt mit Hadiyyahs Verschwinden zu tun haben könnte, muss überprüft werden, und das ist eine davon.«

Sie sah ihn erschrocken an. »Wovon reden Sie?«

»Von Ihren anderen Liebhabern.«

»Welche anderen Liebhaber?«

»Hier in Italien.«

»Es gibt keine...«

»Verzeihen Sie. Ich ziehe meine Schlüsse aus Ihrer Vergangenheit. Wenn Sie ein Verhältnis mit Esteban Castro hatten, während Sie gleichzeitig mit Lorenzo Mura liiert waren und immer noch mit Azhar zusammenlebten... Ich hoffe, Sie werden verstehen, dass es für mich naheliegend scheint, dass es noch andere gibt, die Sie vor Lorenzo nicht erwähnen möchten.«

Sie errötete. »Was hat das mit Hadiyyah zu tun, Inspector?«

»Es hat mehr damit zu tun, dass ein Mann auf die Idee kommen könnte, sich an Ihnen zu rächen, wenn er feststellt, dass er nicht Ihr einziger Geliebter ist. Und das wiederum hat *alles* mit Hadiyyah zu tun.«

Sie hielt seinem Blick eine Weile stand, damit er sah, so vermutete er, dass sie die Wahrheit sagte. »Es gibt keine anderen Liebhaber, Inspector Lynley. Wenn Sie wollen, dass ich einen Eid darauf schwöre, bin ich gern dazu bereit. Es gibt nur Lorenzo.«

Er versuchte, ihre Antwort einzuschätzen: die Worte selbst

und wie sie sie ausgesprochen hatte. Ihre Körpersprache deutete darauf hin, dass sie die Wahrheit sagte, aber eine Frau, die darin geübt war, mit drei Männern gleichzeitig ein Verhältnis zu haben, musste eine gute Schauspielerin sein. Deswegen und weil eine Katze in der Regel das Mausen nicht ließ, fragte er: »Wie kommt es, dass Sie sich so geändert haben, wenn Sie mir die Frage gestatten?«

»Das weiß ich selbst nicht«, antwortete sie. »Vielleicht der Wunsch, die Vergangenheit hinter mir zu lassen? Erwachsen zu werden?« Sie betrachtete die Decke, unter der sie lag, und befingerte den Satinsaum. »Früher war ich immer auf der Jagd nach etwas, das außerhalb meiner Reichweite lag. Jetzt bin ich mit dem zufrieden, was in meiner Reichweite liegt.«

»Was genau lag denn außerhalb Ihrer Reichweite?«

Sie zog die Brauen zusammen und überlegte eine Weile. »Ich selbst zu sein. Und ich dachte immer, ich könnte das durch die Hilfe eines Mannes erreichen. Wenn das nicht passierte – und wie sollte es auch? –, habe ich mir einen neuen Mann gesucht. Und wieder einen neuen. Vor Hari waren es zwei. Dann kamen Hari und Esteban und dann, ja, auch Renzo.« Sie schaute ihn an. »Ich habe über die Jahre viele Menschen verletzt, ganz besonders Hari. Es ist nichts, worauf ich stolz bin. Aber so war ich nun mal.«

»Und jetzt?«

»Ich lebe mit Renzo zusammen. Wir werden bald eine Familie sein. Er möchte, dass wir heiraten, und ich möchte das auch. Anfangs war ich mir nicht sicher, aber jetzt schon.«

Lynley dachte über ihre letzten Worte nach. Wenn sie sich anfangs in Bezug auf Mura unsicher gewesen war, was könnte das mit dem Mann gemacht haben, und was könnte der Mann getan haben, um das zu ändern? Er fragte: »Was hat dafür gesorgt, dass Sie seiner so sicher sind?«

»Ich verstehe nicht, was Sie meinen.«

»Ich meine Folgendes: Gab es einen Moment, in dem sich

für Sie alles geändert hat, als Ihnen plötzlich klar wurde, dass das, was Sie mit Signor Mura haben, vielleicht wichtiger war, als nach anderen Männern Ausschau zu halten, die Ihnen dabei behilflich sein würden, Ihre Identität zu finden?«

Sie schüttelte langsam den Kopf, aber als sie antwortete, begriff Lynley, dass sie die Punkte zwischen den Fragen zu einem Bild verbunden hatte. Sie sagte: »Renzo liebt Hadiyyah, und er liebt mich. Sie können unmöglich annehmen, dass er so etwas... so etwas Grauenhaftes geplant haben könnte, nur um mir zu beweisen... um sich meiner Liebe zu vergewissern... Das ist es doch, was Sie denken, nicht wahr, Inspector? Wie können Sie nur so etwas annehmen? Wie können Sie denken, er könnte etwas tun, was mich am Boden zerstört?«

Weil es möglich war und weil er Polizist war, dachte Lynley. Und vor allem, weil sie Mura ganz gehören würde, wenn Hadiyyah aus ihrem Leben verschwände.

VILLA RIVELLI
TOSKANA

Schwester Domenica Giustina erlaubte Carina, in den Blumengarten zu gehen. Es war ein besonders heißer Tag, und der Springbrunnen lockte. Hätte sie nicht Gottes Strafe für ihre Unzucht akzeptiert, hätte sie es dem Mädchen vielleicht sogar nachgetan. Carina hatte sich ihre grüne Baumwollhose bis zu den Knien hochgekrempelt und planschte in dem kühlen Nass. Glücklich watete sie durch das Wasser, lachte ausgelassen, wenn der Strahl des Springbrunnens sie traf. »*Venga!*«, rief sie Schwester Domenica Giustina zu. »Es ist viel zu heiß heute.« Aber Domenica Giustina durfte ihre Buße nicht unterbrechen, auch wenn die Hitze fast unerträglich war.

Vierzig Tage Buße waren nötig für das, was sie und ihr Vetter Roberto getan hatten. Während dieser vierzig Tage würde sie die Kleider nicht wechseln und sie nur ausziehen, um frische Dornen unter die Tücher zu schieben, mit denen sie ihren Körper umwickelte. Abends untersuchte sie ihre Wunden, die zu eitern begonnen hatten, was ein gutes Zeichen war, denn es bedeutete, dass Gott ihre Buße akzeptierte. Gott würde es sie wissen lassen, wenn sie genug Buße getan hatte, und bis er das tat, indem er den Eiter verschwinden ließ, musste sie den Weg verfolgen, den sie gewählt hatte, um ihre Reue für ihre Sünden zu demonstrieren.

»Schwester Domenica!«, rief das Mädchen und ließ sich auf die Knie fallen, so dass das Wasser ihr bis an die Taille reichte. »Komm! Hier kann man angeln. Möchtest du angeln? *Venga!*«

Es gab gar keine Fische in dem Brunnen, und sie durften nicht so laut sein. Aber Schwester Domenica Giustina brachte es nicht übers Herz, Carina den Spaß zu verderben. Trotzdem ermahnte sie sie, ein bisschen leiser zu sein. »*Carina*, nicht so laut«, sagte sie und legte einen Finger an ihre Lippen. Dann schaute sie zu der Villa hinüber, um Carina zu verstehen zu geben, dass die Bewohner sie nicht hören durften. Überall lauerte Gefahr.

Roberto hatte sie angewiesen, das Kind in der großen Scheune zu halten, und sie hatte seinen Befehl von Anfang an missachtet. Als sie ihn in das Kellergewölbe geführt hatte, damit er sich das Mädchen ansehen konnte, hatte er Carina angelächelt und freundlich mit ihr gesprochen, aber sie kannte ihn besser, als er sich selbst kannte, und sie hatte ihm angesehen, dass er verärgert war.

Das hatte er klargestellt, bevor er wieder weggefahren war. »Was denkst du dir eigentlich dabei?«, hatte er sie angeherrscht. »Sie muss in der Scheune bleiben, bis ich dir etwas anderes sage. Geht das denn nicht in deinen Dickschädel?« Er hatte mit dem Finger auf ihren Kopf geklopft, um zu zeigen, wie dick er war. »Herr im Himmel, nach allem, was du mir angetan hast, hätte ich wirklich gedacht… *Cristo*, ich sollte dich einfach hier verrotten lassen.«

Sie hatte versucht, es ihm zu erklären. Sonne und Luft taten Kindern gut. Carina musste raus aus den dunklen, feuchten Zimmern über der Scheune, und wenn sie ihr befohlen hätte, drinnen zu bleiben, hätte sie sowieso nicht gehorcht. Kein Kind würde das tun. Außerdem hielt sich sowieso niemand hier an diesem abgelegenen Ort auf, und wenn doch, wäre es nicht an der Zeit, ihnen zu sagen, dass Carina ihnen gehörte?

»Du dumme Gans!«, hatte seine Antwort gelautet. Er hatte sie brutal am Kinn gepackt und zu Boden gestoßen. »Sie bleibt drinnen. Hast du das kapiert? Kein Gemüsegarten, kein Kellergewölbe, kein Fischteich, kein Rasen. Sie bleibt drinnen.«

Domenica sagte, sie habe verstanden. Aber es war ein heißer Tag, und der Springbrunnen war so verführerisch, und das Mädchen war doch noch so jung. Es konnte nicht schaden, ihr eine Stunde Spaß zu gönnen.

Dennoch schaute sie sich nervös um. Am besten, sie hielt von einem erhöhten Platz aus Wache. Sie stieg die steinernen Stufen zum Fischteich hoch und vergewisserte sich, dass sie und Carina allein waren.

Sie ging zu der Stelle, von wo aus man die Straße sah, die sich aus dem Tal heraufwand. Und da sah sie ihn. Wie immer kam er in seinem roten Auto. Selbst aus der Ferne hörte sie den Motor aufheulen, wenn er den Gang wechselte. Wie immer fuhr er zu schnell. Sie hörte Reifen quietschen, als er eine scharfe Kurve nahm. Er sollte langsamer fahren, aber das würde er nie tun. Er liebte den Geschwindigkeitsrausch.

Die Luft schien in der Hitze zu vibrieren. Sie war so fasziniert von dem Schauspiel, dass sie sich, obwohl sie wusste, dass sie Carina eigentlich so schnell wie möglich in die Scheune bringen musste, nicht von der Stelle rühren konnte.

Und so kam es, dass sie alles sah, als es passierte. In einer besonders engen Kurve verlor er die Kontrolle über das Auto und brach mit aufheulendem Motor durch die viel zu schwache Leitplanke. Einen kurzen Moment lang hing er da in der Luft, dann verschwand das Auto und stürzte den Abhang hinunter, auf irgendetwas tief unten, das den Blicken verborgen lag, Felsen, Bäume, ein trockenes Flussbett, ein Haus vielleicht. Sie wusste es nicht. Sie wusste nur, dass sie gesehen hatte, wie er den Hügel heraufgerast kam und wie er plötzlich verschwunden war.

Reglos stand sie da und wartete auf das, was als Nächstes kommen würde: ein Krachen oder ein Feuerball, der in den Himmel schoss. Aber nichts geschah. Es war, als hätte Gottes Hand ihren Vetter mit einem Schlag niedergeschmettert und seine Seele zu sich gerufen, um ihn endlich wegen seiner Sünde zur Rede zu stellen.

Sie drehte sich um und schaute Carina von oben beim Spielen zu. Ihr wunderschönes Haar glänzte in der Sonne, und durch die Fontäne sah sie aus wie jemand hinter einem Vorhang. Als Schwester Domenica Giustina sie so glücklich herumtollen sah, fiel es ihr schwer zu glauben, dass auch sie von der Sünde befleckt war. Doch sie glaubte es, und deshalb musste etwas gegen diese Sünde unternommen werden.

27. April

VICTORIA
LONDON

Als Barbara das Zimmer von Detective Superintendent Isabelle
Ardery betrat, wusste sie sofort, dass irgendetwas an dem Lü-
genmasterplan, den sie sich vor drei Tagen ausgedacht hatte,
schiefgelaufen war. Zuerst dachte sie, Mrs Flo hätte im letzten Moment kalte Füße bekommen, als sie gebeten wurde zu
bestätigen, dass eine der Bewohnerinnen ihres Heims gestürzt
war und ins Krankenhaus gebracht werden musste. Doch dann
stellte sich heraus, dass die gute Frau offenbar geglaubt hatte,
die Geschichte detailreich ausschmücken zu müssen, um Barbaras Vorgesetzte davon zu überzeugen, dass alles seine Richtig-
keit gehabt hatte.

Stewart war ebenfalls anwesend. Er saß auf einem der Stühle
vor Arderys Schreibtisch, und er musterte Barbara mit veräcbt-
licher Miene, als sie in der Tür erschien. Ardery selbst stand und
wirkte so schlank und fit und elegant wie immer. Durch das
Fenster hinter ihr waren graue Wolken zu sehen, die noch mehr
Regen versprachen.

Isabelle Ardery nickte, als Barbara eintrat, und sagte: »Setzen.« Als wäre Barbara ein Hund, der Platz machen sollte. Einen Moment lang war sie versucht zu bellen. Doch sie tat, wie
ihr geheißen. »Klären Sie sie auf, Stewart«, forderte Ardery
John Stewart auf, legte ihre manikürten Hände auf die Fensterbank hinter sich und hörte zu, während Stewart, wie Barbara
fürchtete, ihre berufliche Grabrede hielt.

»Meine Blumen für Ihre Mutter konnten leider nicht abgegeben werden«, sagte Stewart. Das ging ihm runter wie Butter, dachte Barbara. »In dem fraglichen Krankenhaus gab es keine Patientin namens Havers. Hat sie vielleicht ein Pseudonym, Sergeant?«

»Was reden Sie für einen Schwachsinn?«, fragte Barbara, während ihre Gedanken wie eine Flipperkugel von einer Möglichkeit zur nächsten rasten.

Um seinem Auftritt zusätzliche Dramatik zu verleihen, hatte Stewart einen Notizblock mitgebracht, den er jetzt demonstrativ aufschlug. »Mrs Florence Magentry«, las er ab, »*glaubt* sich an eine Krankentransportfirma namens St. John's zu erinnern, es könnte aber auch St. Julian oder St. James oder St. Judith gewesen sein oder irgendein anderer Heiliger mit J. Jedenfalls Sankt Irgendwer, so behauptet sie. Zweitens: ein Unfall, dann eine Fahrt zur Notaufnahme des örtlichen Krankenhauses, eine gebrochene Hüfte, die gar nicht gebrochen war, obwohl es zuerst so aussah, so dass Ihre Mutter nur eine Stunde oder einen Tag oder zwei oder drei im Krankenhaus bleiben musste oder was auch immer. Fakt ist, dass Ihre Mutter gar nicht gestürzt ist.« Er klappte seinen Notizblock zu. »Würden Sie die Güte haben, mir zu erklären, was Sie so alles treiben, wenn Sie sich unerlaubt aus …«

»Das reicht, John«, sagte Ardery.

Barbara blieb nichts anderes übrig, als in die Offensive zu gehen. Sie wandte sich an Stewart: »Was ist eigentlich los mit Ihnen? Sie leiten die Ermittlung in einem Raubmordfall und eine Diebstahlsermittlung und vergeuden Ihre Zeit damit nachzuforschen, was mit meiner armen Mutter passiert ist? Einfach nicht zu fassen. Sie wurde von einem *privaten* Krankentransportunternehmen in eine *Privat*klinik gebracht, weil sie nämlich *privat* versichert ist, und wenn Sie mich gleich danach gefragt hätten, anstatt hinter meinem Rücken hinter mir herzuschnüffeln …«

»Das reicht ebenfalls«, sagte Ardery.

Aber Barbaras Herz raste. Egal, was sie vorbrachte, Stewart würde ihre Geschichte überprüfen können, und ihre einzige Chance bestand darin, dafür zu sorgen, dass er mit seiner Besessenheit, ihr Daumenschrauben anzulegen, noch dümmer dastand als sie mit ihrem unerlaubten Entfernen vom Arbeitsplatz.

»So führt er sich auf, seit Sie mich seinem Team zugeteilt haben, Chefin«, sagte sie. »Er behandelt mich, als wäre ich eine verdammte Amöbe, die er unter dem Mikroskop studieren muss. *Und* er vergeudet meine Arbeitskraft, indem er mich als Tippse einsetzt.«

»Wollen Sie tatsächlich versuchen, *mich* ins Rampenlicht zu rücken?«, fragte Stewart. »Sie sind ja komplett durchgeknallt.«

»Es wird allmählich Zeit, dass Sie mal ins Rampenlicht gerückt werden, Stewart, das hätte schon passieren müssen, als Ihre Frau Sie sitzengelassen hat und Sie sich entschlossen haben, alle Frauen dieser Welt dafür zu bestrafen. Wer zum Teufel soll es der armen Frau verdenken, dass sie abgehauen ist? Mit Ihnen zusammenzuleben kann man weiß Gott niemandem zumuten!«

»Ich verlange, dass das protokolliert wird«, sagte Stewart zu Ardery. »Ich will, dass das in ihre Akte kommt, und ich will eine interne Untersuchung...«

»Sie haben alle beide den Verstand verloren«, fauchte Ardery. Sie ging zu ihrem Schreibtisch, riss den Stuhl unter ihrem Schreibtisch heraus und ließ sich darauffallen. Sie sah Stewart und Barbara abwechselnd an. »Ich habe genug von dem Theater mit Ihnen beiden. Das hört ab sofort auf, und zwar hier in diesem Zimmer, oder Sie haben beide ein Disziplinarverfahren am Hals. Jetzt gehen Sie an Ihre Arbeit. Und wenn ich noch ein einziges Wort über unzuverlässiges Verhalten Ihrerseits höre...« Sie zeigte mit dem Finger auf Barbara. »...bekommen Sie nicht nur ein Disziplinarverfahren an den Hals, dann können Sie Ihre Papiere hier abholen. Kapiert?«

Stewarts dünne Lippen verzogen sich zu einem Lächeln, das jedoch verschwand, als Ardery fortfuhr: »Und Sie kümmern sich gefälligst um Ihre Ermittlungen. Und damit meine ich, dass Sie Ihre Leute entsprechend ihren Fähigkeiten einsetzen und sie nicht mit stumpfsinnigen Aufgaben betrauen, nur um Ihre kleinlichen Rachegelüste zu befriedigen. Habe ich mich deutlich genug ausgedrückt?« Sie wartete nicht auf eine Antwort. Sie nahm das Telefon, tippte eine Nummer ein und sagte: »Jetzt machen Sie, dass Sie rauskommen und Ihre Arbeit tun.«

Sie verließen das Zimmer. Auf dem Korridor packte DI Stewart Barbara am Arm. Das machte sie so wütend, dass es sie alle Beherrschung kostete, ihm nicht ihr Knie zwischen die Beine zu rammen. »Nehmen Sie Ihre Hand da weg, oder ich zeige Sie an wegen …«

»Hören Sie mir gut zu, Sie blöde Kuh«, flüsterte er. »Was Sie da drinnen abgezogen haben, war verdammt schlau. Aber ich habe ein paar Trümpfe in der Hand, von denen Sie nicht mal etwas ahnen, und die werde ich beizeiten einsetzen. Und merken Sie sich eins: Sie handeln auf eigene Gefahr, Sergeant Havers.«

»O Gott, Sie jagen mir ja richtig Angst ein«, entgegnete Barbara.

Sie ließ ihn stehen, aber in ihrem Kopf tobten so viele Stimmen, dass es sich anhörte wie ein griechischer Chor. Die einen Stimmen schrien: Sieh dich vor, sei auf der Hut, halt dich auf dem Pfad der Tugend, bevor es zu spät ist. Die anderen planten bereits ihren nächsten Schritt.

Mitten in dieses mentale Tohuwabohu hinein rief jemand ihren Namen. Es war Dorothea Harriman. Barbara drehte sich um. Die Sekretärin stand in der Tür, das Telefon in der Hand. »Sie werden eine Etage tiefer gewünscht«, sagte sie. »Jetzt gleich.«

Barbara fluchte leise vor sich hin. Was hatte das zu bedeuten?, dachte sie. Eine Etage tiefer bedeutete, am Empfang. Offenbar hatte sie einen Besucher, um den sie sich kümmern musste. Sie schaute Dorothea an. »Wer zum Teufel...?«

»Der Wachhabende sagt, es ist jemand in Verkleidung.«

»In Verkleidung?«

»Wie ein Cowboy.« Dann schien bei Dorothea der Groschen zu fallen, denn Mitchell Corsico war schon einmal hier gewesen. Ihre kornblumenblauen Augen weiteten sich. »Detective Sergeant, das ist bestimmt dieser Typ, der...« Barbara fiel ihr gerade noch rechtzeitig ins Wort.

»Alles klar«, sagte sie, und mit einer Kopfbewegung in Richtung Telefon fügte sie hinzu: »Geben Sie Bescheid, dass ich unterwegs bin, okay?«

Dorothea nickte. Aber Barbara hatte nicht die Absicht, zum Empfang zu rennen und sich dort mit Mitchell Corsico zusammen blicken zu lassen. Sie ging ins Treppenhaus am Ende des Korridors, nahm ihr Handy heraus und gab Corsicos Nummer ein. Als er sich meldete, sagte sie knapp: »Machen Sie, dass Sie rauskommen. Ich will nichts mehr mit Ihnen zu tun haben.«

»Ich habe sie acht- oder neunmal angerufen«, erwiderte er. »Und Sie haben nicht zurückgerufen. Ts, ts, ts, Barbara. Da dachte ich mir, ein persönlicher Besuch in der Victoria Street könnte nichts schaden.«

»Machen Sie, dass Sie Land gewinnen«, zischte sie.

»Wir müssen reden.«

»Vergessen Sie's.«

»Hören Sie. Ich kann hier unten auf Sie warten und jeden, der vorbeikommt, bitten, Sie zu rufen – wobei ich mich natürlich jedem höflich vorstellen würde. Oder Sie kommen runter, und wir unterhalten uns kurz. Was wäre Ihnen lieber?«

Barbara kniff die Augen zu in der Hoffnung, besser denken zu können. Sie musste diesen Journalisten unbedingt loswerden, sie durfte sich nicht mit ihm zusammen sehen lassen, sie musste geistig umnachtet gewesen sein, als sie sich mit ihm eingelassen hatte; wenn irgendjemand herausfand, dass sie ihm die

Informationen über den Fall Hadiyyah geliefert hatte... Sie musste sofort dafür sorgen, dass er aus der Met verschwand, und wenn sie ihn nicht umbringen wollte, gab es nur eine Möglichkeit, das zu bewerkstelligen.

Sie sagte: »Gehen Sie zur Post.«

»Verdammt! Haben Sie mir überhaupt zugehört, Sergeant? Haben Sie eine Ahnung, was ich Ihnen für Ärger machen kann, wenn Sie nicht...«

»Halten Sie die Klappe. Die Post befindet sich direkt gegenüber, verstanden? Gehen Sie dahin, ich komme. Entweder Sie machen das, oder wir beide sind fertig miteinander. Ich kann mich nicht mit Ihnen zusammen blicken lassen... Das kapieren Sie doch, nicht wahr, da Sie mir ja schon damit drohen.«

»Ich drohe Ihnen nicht.«

»Ich bin nicht von vorgestern. Gehen sie jetzt über die Straße, oder wollen Sie mit mir über die Feinheiten von Erpressung diskutieren?«

»Also gut«, sagte er. »Die Post. Ich hoffe, Sie tauchen auf, Barb. Wenn nicht... was dann passiert, wird Ihnen nicht gefallen.«

»Ich gebe Ihnen fünf Minuten«, sagte sie.

»Mehr brauche ich nicht.«

Barbara legte auf und überlegte. Nach ihrer Auseinandersetzung mit Stewart und Ardery waren ihre Möglichkeiten ziemlich eingeschränkt. Sie rieb sich die Stirn und warf einen Blick auf ihre Uhr. Fünf Minuten, dachte sie. Dorothea konnte sie wahrscheinlich so lange decken, wie sie brauchen würde, um zur Post zu gehen, mit Corsico zu reden und wieder in Stewarts Einsatzzentrale zu erscheinen.

Sie erklärte Dorothea die Situation.

»Sie sind auf der Toilette«, sagte Dorothea hilfsbereit. »Frauenprobleme, Detective Inspector Stewart, Sie wissen schon – oder soll ich es Ihnen genauer erklären?«

»Danke, Dee.« Barbara nahm den Aufzug nach unten und verließ das Gebäude.

321

Corsico stand vorne im Eingangsbereich der Post. Barbara gab ihm gar nicht erst die Chance, ihr den Grund für seinen Besuch zu erklären, sondern packte ihn am Arm und zerrte ihn zu einem Briefmarkenautomaten.

»Okay«, sagte sie. »Hier bin ich, und ich rate Ihnen, nicht noch mal bei der Met aufzukreuzen. Was wollen Sie? Das ist unser Schwanengesang, Mitchell, also lassen Sie sich was Gutes einfallen.«

»Ich bin nicht hier, um mich mit Ihnen zu streiten.« Er warf einen Blick auf ihre Hand an seinem Arm. Sie ließ ihn los, und er glättete die Stelle an seiner wildledernen Fransenjacke, auf der ihre Hand eine Druckspur hinterlassen hatte.

»Großartig«, sagte sie. »Ich bin beeindruckt. Dann können sich unsere Wege ja jetzt trennen.«

»Das geht leider noch nicht.«

»Und warum nicht?«

»Weil ich zwei Interviews will.«

»Nach Ihrem Artikel über den sexgeilen Vater interessiert es mich einen Scheißdreck, was Sie wollen, Mitchell.«

»Tja, das sehe ich etwas anders. Und ich glaube, dass es Sie durchaus interessieren wird. Vielleicht noch nicht sofort, aber schon bald.«

Sie kniff die Augen zusammen. »Was haben Sie vor?«

Er nahm eine Digitalkamera aus seinem Rucksack, wahrscheinlich dieselbe, die er vor Sayyids Schule um den Hals getragen hatte, ein Profi-Modell mit einem großen Display. Er schaltete sie ein und suchte nach einem bestimmten Bild. Als er es gefunden hatte, hielt er Barbara die Kamera hin.

Auf dem Foto war der Tumult zu sehen, der vor Sayyids Schule entstanden war. Der Junge und sein Großvater waren ineinander verkeilt, während Barbara und Nafeeza versuchten, die beiden zu trennen. Mitchell klickte zum nächsten Foto, auf dem Barbara alle ins Auto bugsierte. Auf einem dritten Foto redete sie durch das offene Seitenfenster mit Nafeeza. Im Hintergrund war Sayyids Schule deutlich erkennbar. Ebenso deutlich waren auf jeder Aufnahme Uhrzeit und Datum des Tages erkennbar, an dem Barbara angeblich an die Seite ihrer Mutter geeilt war, um ihr nach einem tragischen Sturz beizustehen.

»Ich finde«, sagte Mitchell, »dass die Schlagzeile *Scotland-Yard-Sergeant mit sexgeilem Vater unter einer Decke* richtig gut klingen würde. Sie würde die Geschichte am Kochen halten und jede Menge Möglichkeiten eröffnen, meinen Sie nicht?«

Das größere Problem für Barbara war nicht ein Artikel in der *Source* über ihr Verhältnis zu Azhar, sondern der Beweis, dass sie ihre Vorgesetzten belogen und deren Anordnungen missachtet hatte. Aber das wusste Mitchell Corsico nicht, und sie war entschlossen, dafür zu sorgen, dass das so blieb. »Alles, was ich auf den Fotos sehe«, sagte sie, »ist eine Polizistin, die einen Familienstreit schlichtet. Was sehen Sie, Mitchell?«

»Sayyid hat mir erzählt, dass diese Polizistin die Geliebte seines Vaters ist. Ich sehe Interviews mit allen möglichen Leuten in Chalk Farm, insbesondere mit Bewohnern eines gewissen Hauses in Eton Villas.«

»Wollen Sie sich wirklich lächerlich machen? Sie haben keinerlei Beweise, und eins kann ich Ihnen flüstern: Wenn Sie das bringen, werden Sie als Nächstes von meinem Anwalt hören.«

»Und was wollen Sie mir vorwerfen? Dass ich einen Jungen zitiere, der seinen Vater verabscheut? Kommen Sie, Barb, Sie wissen doch, wie das läuft. Fakten mögen interessant sein, aber versteckte Andeutungen sind das, was einer Story ihren Charme gibt. *Unter einer Decke* ist das Schlüsselwort in der Schlagzeile. Das kann alles bedeuten. Die Leser können sich selbst überlegen, wie rege der Kontakt zwischen Ihnen und dem Professor ist. Sie selbst haben mir übrigens gar nichts davon erzählt, Sie böses Mädchen. Ich hatte ja keine Ahnung, dass Sie diese Leute persönlich kennen, ganz zu schweigen davon, dass Sie Tür an Tür mit dem sexgeilen Vater wohnen.«

Barbara überlegte fieberhaft, wie sie mit der Situation umgehen sollte. Sie hatte zwei Möglichkeiten – Zeit gewinnen oder auf die Forderungen des Journalisten eingehen. Aber wenn sie einknickte, dann hatte er sie am Schlafittchen. Also musste sie ihn hinhalten.

»Wen wollen Sie interviewen?«, fragte sie, als gäbe sie sich geschlagen.

»So gefallen Sie mir, meine Kleine«, sagte er.

»Ich bin nicht…«

»Ja, ja, schon gut«, lenkte er ein. »Ich will ein Gespräch unter vier Augen mit Nafeeza und dann eins mit Taymullah Azhar.«

Barbara wusste, dass Nafeeza sich eher die Zunge abschneiden lassen würde, als mit einem Journalisten zu reden. Und Mitchell Corsico musste von allen guten Geistern verlassen sein, wenn er glaubte, dass Azhar bereit sein würde, der *Source* sein Herz auszuschütten. Doch die Tatsache, dass Mitchells Selbstüberschätzung offenbar keine Grenzen kannte, ließ sich vielleicht zu ihrem Vorteil nutzen. »Zuerst muss ich mit den beiden reden. Aber dafür brauche ich Zeit.«

»Vierundzwanzig Stunden«, sagte er.

»So schnell geht das nicht, Mitchell«, entgegnete sie. »Azhar ist in Italien. Und wenn Sie glauben, dass Nafeeza sich mal eben dazu überreden lässt, mit Ihnen…«

»Das ist mein Angebot«, sagte er. »Vierundzwanzig Stunden. Wenn es länger dauert, bringe ich die Schlagzeile mit der Polizistin. Ihre Entscheidung, Barb.«

CHALK FARM
LONDON

Sie musste also etwas unternehmen. Barbara wusste, dass es zwecklos war, Nafeeza davon überzeugen zu wollen, ein Interview mit der *Source* sei in ihrem eigenen Interesse. Also musste sie Azhar überreden, mit Corsico zu sprechen und sich gegen den Vorwurf zu verteidigen, er hätte seine Familie im Stich gelassen. Anschließend würde sie Corsico klarmachen müssen, dass sie nicht mehr für ihn tun konnte, und ihn dazu bringen müssen, den Kompromiss zu akzeptieren. Wenn Azhar einsah, dass ihr Job praktisch auf dem Spiel stand, würde ihr dieser Schachzug wahrscheinlich gelingen. Die Frage war, ob sie sich hinterher noch selbst in die Augen würde sehen können.

Seit Dwayne Doughty ihr eröffnet hatte, er habe sämtliche Informationen, die er und seine Assistentin über Angelina Upman zusammengetragen hatten, im Januar an Azhar übergeben, hatte sie noch nicht wieder mit ihm gesprochen. Wenn Doughtys Behauptung stimmte, dann stellte das alles in Zweifel, was Azhar seit Januar gesagt und getan hatte. Und wenn alles, was er seitdem gesagt und getan hatte, auf die eine oder andere Weise gelogen war, dann wusste Barbara nicht, wie sie damit umgehen oder an wen sie diese Information weitergeben sollte.

Die einzige Antwort darauf war, zuerst mal etwas zu essen. Sie kaufte sich unterwegs eine doppelte Portion Fish'n' Chips, die sie sich zu Hause einverleibte. Zum Nachtisch gönnte sie sich noch ein Stück Treacle Tart und ein Stück Victoria-Sponge-Kuchen. Sie spülte alles mit einer Flasche Bier und einer Tasse Pulverkaffe hinunter. Zu guter Letzt aß sie noch einen Apfel und redete sich ein, dass der ihre Arterien reinigen würde, wenn sie ihn nur lange und gründlich kaute.

Dann konnte sie den Anruf in Italien nicht länger vor sich herschieben, ohne zu platzen. Sie zündete sich eine Zigarette an und wählte Azhars Nummer. In ihrem ganzen Leben hatte sie sich noch nie so sehr vor einem Anruf gefürchtet. Sie würde ihm alles erzählen müssen, von dem Artikel über den sexgeilen Vater und von den Behauptungen des Privatdetektivs. In beiden Punkten blieb ihr keine andere Wahl.

Zu ihrer Verblüffung erreichte sie Azhar im Krankenhaus von Lucca. Er berichtete ihr, dass Angelina auf Drängen von Lorenzo Mura und Inspector Lynley hin dort eingeliefert worden war. Sie leide seit einigen Tagen an Symptomen, die sie selbst auf ihre Schwangerschaft zurückführte. Doch als sich ihr Zustand immer mehr verschlimmerte, seien Mura und Lynley der Meinung gewesen, es könne sich um etwas Ernsteres handeln.

Zu ihrer eigenen Zerknirschung war Barbaras erster Gedanke die Frage, wie sie diese Information nutzen konnte, um Mitchell Corsico zu ködern. Eine Geschichte über die Mutter des verschwundenen Mädchens, die in Italien ins Krankenhaus eingeliefert wurde... womöglich weil die Gefahr bestand, dass sie ihr ungeborenes Kind verlor... als Folge ihres Kummers über die Entführung ihrer Tochter... und ihrer Verzweiflung darüber, dass die italienische Polizei in dem Fall noch keinen Durchbruch erzielt hatte... während sie, Barbara, tatenlos herumsitzen musste und sich mit Unmengen Wein getröstet hatte... Das war doch mal eine Story, oder? Das würde die Herzen der Leser rühren. Dazu müssten der Journalist und die Leser der *Source* natürlich überhaupt ein Herz besitzen. Aber so eine Story wäre immer noch besser als ein Interview, in dem Corsico Azhar mit gezielten Fragen so in die Enge trieb, dass er seinen Ruf endgültig ruinierte. Bemüht, nicht allzu hoffnungsvoll zu klingen, sagte sie: »Was meinen Sie damit, ›irgendetwas stimmt nicht mit der Schwangerschaft‹?«

»Laut Mr Mura sind ihre Symptome gravierend und besorgniserregend«, sagte Azhar. »Die Ärzte sind beunruhigt. Sie leidet unter Erbrechen und Durchfall und ist stark dehydriert.«

»Hört sich nach ’ner Grippe an. Ein Virus vielleicht? Oder eine schlimme Form von Morgenübelkeit?«

»Sie ist sehr schwach. Inspector Lynley hat mich angerufen, um mich zu informieren. Ich bin sofort hergekommen, um... Eigentlich weiß ich selbst nicht so recht, warum ich gekommen bin.«

Barbara wusste genau, warum er ins Krankenhaus gefahren war. Er liebte diese Frau nach wie vor. Trotz allem, was sie ihm angetan hatte, bestand eine starke Bindung zwischen den beiden. Barbara verstand diese Art Bindung zwischen Menschen nicht, und sie würde sie wahrscheinlich nie verstehen.

»Waren Sie schon bei ihr?«, fragte sie. »Ist sie … ich weiß nicht … Ist sie bei Bewusstsein? Hat sie Schmerzen? Oder was?«

»Ich war noch nicht bei ihr. Mr Mura …« Er unterbrach sich, schien nachzudenken. Dann änderte sich sein Ton. »Wahrscheinlich werden gerade alle möglichen Tests gemacht. Ich glaube, es wurden ein paar Spezialisten hinzugezogen. Das könnte ebenso mit dem Stress wegen Hadiyyah zu tun haben wie auch mit der Schwangerschaft … Ich weiß nichts Genaues, Barbara. Ich werde hierbleiben und hoffe, später mehr zu erfahren.«

Deswegen war er dort, dachte sie. Lynley hatte ihn informiert, aber Mura ließ ihn nicht in Angelinas Nähe. Sie hatte selbst erlebt, wie misstrauisch der Italiener Azhar gegenüber gewesen war, als Angelina und Mr Mura auf der Suche nach Hadiyyah nach London gekommen waren. Lorenzo Mura war sich ihrer nicht sicher. Was bei ihrer Vergangenheit allerdings kein Wunder war.

Barbara dachte flüchtig darüber nach, wie viel Macht Angelina Upman über Männer besaß. Sie fragte sich, zu welchen Extremen sie einen Mann treiben konnte, der sie nicht verlieren wollte.

Was sie wieder auf den Grund ihres Anrufs bei Azhar brachte. Dwayne Doughty hatte behauptet, er und seine Leute hätten im Lauf des Winters eine Menge herausgefunden, und zwar nicht nur, wo Angelina sich aufhielt, sondern auch, dass ihre Schwester ihr bei der Flucht nach Italien geholfen hatte. Und Doughty hatte ihr beteuert, er habe seinem Auftraggeber Taymullah Azhar pflichtgemäß sämtliche Einzelheiten unterbreitet. Azhar dagegen hatte Barbara nichts von alldem erzählt. Das bedeutete, einer von beiden hatte sie belogen.

Sie glaubte Azhar. Sie empfand tiefe Zuneigung für ihn, und

sie konnte sich einfach nicht vorstellen, dass er diese Zuneigung durch irgendeine Art von Verrat beschmutzen würde.

Als Polizistin verhielt sie sich völlig unprofessionell, aber sie brachte es einfach nicht fertig, ganz direkt zu Azhar zu sagen: »Doughty behauptet, er hat Ihnen im Januar stapelweise Informationen gegeben. Was haben Sie damit gemacht, mein Freund?« Andererseits war sie es sich selbst schuldig, das Thema wenigstens auf irgendeine Weise anzusprechen. Also sagte sie: »Diese Sache mit Italien, Azhar ...?«

»Ja?«

»Haben Sie gewusst oder geahnt oder geraten, dass Hadiyyah dort war?«

»Wie hätte ich auf Italien kommen sollen?«, entgegnete er, und seine Frage klang spontan und unbefangen. »Sie hätte irgendwo auf der Welt sein können. Wenn ich gewusst hätte, wo Hadiyyah steckte, hätte ich Himmel und Hölle in Bewegung gesetzt, um sie nach Hause zu holen.«

Genau darum ging es, dachte Barbara. Darum würde es immer gehen: Hadiyyah und was sie ihrem Vater bedeutete. Es war undenkbar, dass Azhar vor vier Monaten erfahren hatte, wo seine Tochter sich befand, und nichts unternommen hatte. Das passte absolut nicht zu ihm.

Trotzdem ... Seit Doughty den Zweifel in Barbaras Herzen gesät hatte, hielt er sich hartnäckig. Trotz allem, was sie über Azhar wusste, und trotz allem, was sie ihm ernsthaft glaubte, würde sie sein Berlin-Alibi persönlich überprüfen. Sie konnte nicht mehr davon ausgehen, dass Dwayne Doughty ihr in Bezug auf irgendetwas die Wahrheit sagte.

BOW
LONDON

Dwayne Doughty ging zum Victoria Park. Er musste nachdenken, und das konnte er am besten bei einem Spaziergang. Wenn
er im Büro geblieben wäre, hätte er ein weiteres Tête-à-tête mit
Emily über sich ergehen lassen müssen. Ihre Unheilsverkün-
dungen gingen ihm allmählich auf die Nerven. Er war schon
immer davon überzeugt gewesen, dass bei jedem Spiel – vorausgesetzt, sie hatten alle Vorsichtsmaßnahmen beachtet – am
Ende alles gut ausgehen würde und sie ihren Gewinn würden
einstreichen können. Aber Emily sah das offenbar anders.

Deswegen sollte sie auf keinen Fall mitbekommen, dass er selbst
tatsächlich auch beunruhigt war. Da sie im Moment vollauf damit
beschäftigt war, das Liebesnest eines fünfundvierzigjährigen Bankers und seiner zweiundzwanzigjährigen Geliebten aufzuspüren,
hatte er ihr leicht aus dem Weg gehen können. Sie bekam nur am
Rande mit, was er tat. Doch in ein, zwei Tagen würde sie alle Informationen zusammenhaben – Fotos, Kreditkartenabrechnungen, Telefonrechnungen und so weiter –, und dann würde nicht
nur die Ehe des Bankers im Eimer sein, dann würde womöglich
auch seine eigene Partnerschaft mit Emily Cass der Vergangenheit
angehören. Er musste sich etwas einfallen lassen. Er konnte nicht
auf sie verzichten, aber das würde er müssen, wenn es ihm nicht
gelang, die Lage in Italien in den Griff zu kriegen.

Er musste nachdenken, eine Entscheidung treffen und dann
handeln. Als Erstes kaufte er sich ein Wegwerfhandy. Wenn er
vom Büro aus irgendwelche verdächtigen Telefongespräche
führte, würde Emily ihm den Kopf abreißen.

Eigentlich hätte mittlerweile alles erledigt sein müssen. Die
ganze Sache war nicht übermäßig kompliziert gewesen. Er hätte
längst hören müssen, dass alles klar, alles in Ordnung war und
arrivederci. Aber nichts war passiert, und er wusste inzwischen
auch, warum. Es war weder alles klar noch alles in Ordnung.

»Keine Ahnung«, lautete die Antwort auf seine Frage: »Was zum Teufel ist bei euch los?«

»Was soll das heißen, keine Ahnung?«, fragte er. »Ich bezahle Sie dafür, dass Sie Ahnung haben. Ich bezahle Sie dafür, dass Sie Ihren Job machen.«

»Ich habe alles nach Ihren Anweisungen in die Wege geleitet. Aber irgendwas ist schiefgelaufen, und ich weiß nicht, was.«

»Wie ist es möglich, dass Sie das nicht wissen, verdammt noch mal?«

Schweigen. Doughty lauschte angestrengt. Einen Moment lang dachte er, die Verbindung wäre abgebrochen, und er war schon drauf und dran aufzulegen und neu zu wählen. Dann: »Ich konnte es nicht riskieren. Nicht so, wie Sie es haben wollten. Auf dem *mercato*? Das wäre aufgefallen.«

»Der Markt war Ihr Vorschlag, nicht meiner, Sie Einfaltspinsel. Es hätte irgendwo stattfinden können – in der Schule, in einem Park, bei einem Ausflug, auf einem Bauernhof.«

»Das spielt alles keine Rolle. Was Sie nicht kapieren…« Eine Pause. Dann: »*Merda*. Ich lasse mir doch von Ihnen nicht die Schuld in die Schuhe schieben. Sie wollten, dass ich die Kleine finde, ich habe sie gefunden. Ich habe Ihnen den Namen gegeben. Ich habe Ihnen den Ort genannt und die Adresse gegeben. Es war Ihre Idee, sie zu entführen, nicht meine. Wenn Sie mir das gleich zu Anfang gesagt hätten, hätte ich mich nie auf die Sache eingelassen.«

»Sie waren verdammt scharf auf die Kohle, als ich Sie angeheuert hab, Sie Mistkerl.«

»Denken Sie, was Sie wollen, mein Freund. Aber die Tatsache, dass die Polizei sie noch nicht gefunden hat, sagt mir, dass mein Plan gut war.«

Doughty lief ein kalter Schauer über den Rücken, als er hörte *mein Plan*. Eigentlich hätte es nur einen Plan geben sollen – *seinen*. Das Mädchen schnappen, sie irgendwo verstecken und auf Anweisungen warten. Dass es einen anderen Plan gab, von dem er nichts gewusst hatte, verschlug ihm die Sprache. Schließlich brachte er heraus: »Sie sind hinter Muras Geld her, stimmt's? Das haben Sie von Anfang an geplant.«

»Schwachsinn«, lautete die Antwort. »Sie hören sich an wie eine eifersüchtige Ehefrau.«

»Was zum Teufel soll das heißen?«

»Es soll heißen, dass die Polizei bei mir war, Sie Trottel. Wenn ich mir nicht einen eigenen Plan ausgedacht hätte, würde ich jetzt in einer Gefängniszelle sitzen und darauf warten, vom Staatsanwalt in die Mangel genommen zu werden. Genau das, worüber Sie sich aufregen, hat mich davor bewahrt, ins Gefängnis zu wandern: mein eigener Plan. Sie wollten, dass sie entführt wird. Ich habe das arrangiert. *Capisce*?«

Doughty kapierte allerdings. »Jemand *anders* hat sie entführt? Sind Sie verrückt geworden? Wer? Was hat er mit ihr gemacht? War es ein Mann, oder war es eine arme italienische Großmutter, die ein bisschen Kleingeld brauchte? Oder ein albanischer Einwanderer? Ein Afrikaner? Oder ein verdammter rumänischer Zigeuner? *Kennen* Sie denjenigen überhaupt, den Sie damit beauftragt haben? Oder haben Sie irgendjemanden auf der Straße angesprochen, der zufällig auf Jobsuche war?«

»Hören Sie auf, mich zu beleidigen, das bringt uns nicht weiter.«

»Ich will das Mädchen!«

»Ich auch, wenn auch vielleicht aus anderen Gründen, wie ich vermute. Wie gesagt, ich habe alles in die Wege geleitet. Irgendetwas ist passiert, und ich weiß nicht, was. Ich habe jemanden losgeschickt, um sie zu holen, aber der... derjenige, den ich losgeschickt habe... Ich weiß es eben nicht.«

»Was? Was genau wissen Sie nicht?«

»Es war eine... wie sagt man?... eine Vorsichtsmaßnahme. Es schien mir besser, nicht zu erfahren, wo er sie versteckt hielt, damit ich gegenüber der Polizei, falls die mich vernehmen sollte – was ja, wie gesagt, tatsächlich passiert ist –, nichts ausplaudern konnte.«

»Sie … Sie könnte also genauso gut tot sein«, sagte Doughty.

»Dieser … der Mann, der sie für Sie entführt hat, könnte sie umgebracht haben. Vielleicht ist sie ja nicht freiwillig mit ihm gegangen, vielleicht hat sie sich gewehrt. Woher wollen Sie denn wissen, ob er sie nicht einfach in seinen Kofferraum gestopft hat und sie da drin erstickt ist?«

»Das ist nicht passiert. Unmöglich.«

»Woher zum Teufel wollen Sie das wissen?«

»Ich habe den … Mann … sorgfältig ausgewählt. Ich habe ihm von Anfang an klargemacht, dass er sein Geld nur bekommt, wenn dem Kind kein Haar gekrümmt wird.«

»Und wo ist er dann? Wo ist die Kleine? Was ist passiert?«

»Das versuche ich gerade herauszufinden. Ich habe angerufen, aber noch niemanden erreicht.«

»Was bedeutet, dass irgendwas schiefgelaufen ist. Das ist Ihnen doch klar, oder?«

»*Sì. D'accordo.* Glauben Sie mir, dass ich versuche herauszufinden, was passiert ist. Aber ich muss äußerst vorsichtig vorgehen, weil ich von der Polizei beobachtet werde.«

»Meinetwegen kann die verdammte Schweizer Garde Sie beobachten«, schäumte Doughty. »Ich will, dass Sie das Kind finden. Und zwar heute noch.«

»Das wird leider nicht möglich sein. Solange ich den Mann nicht finde, der sie abholen sollte, weiß ich nicht mehr als Sie.«

»Dann finden Sie den Mann, verflucht noch mal!«, brüllte Doughty. »Denn wenn ich nach Italien kommen muss, dann gnade Ihnen Gott.«

Vor Wut zerbrach er das Handy. Er stand auf der Brücke über dem Hertford Union Canal. Fluchend warf er die Handyteile in das trübe Wasser. Während er zusah, wie sie versanken, hoffte er inständig, dass die versinkenden Einzelteile nicht für das standen, was gerade mit seinem Leben passierte.

28. April

LUCCA
TOSKANA

Salvatore Lo Bianco bot seiner Mutter seine Hilfe an. Wie üblich lehnte sie ab. Niemand anders, erklärte sie ihm – ebenfalls wie üblich –, werde die Marmorplatte auf dem Grab seines Vaters säubern und polieren, solange sie lebte. Nein, nein, nein, *figlio mio*, mein alter Körper ist durchaus noch in der Lage, auf Knien um die Platte zu kriechen und sie zu schrubben und zu polieren, bis sich nicht nur mein Gesicht, sondern auch der Himmel und die Wolken darin spiegeln. Aber du darfst gern zusehen, mein Sohn, damit du lernst, wie man den Stein pflegt, wenn ich einmal neben deinem Vater in dem Grab liege.

Salvatore antwortete, er würde lieber einen Spaziergang machen. Um den Teil des Friedhofs herum, in dem sich das Grab befand. Er müsse nachdenken. Sollte sie Hilfe benötigen, brauche sie nur nach ihm zu rufen. Er sei in der Nähe.

Seine Mutter zuckte die Achseln. Er solle nur tun, was er für richtig halte. Das taten Söhne doch sowieso, oder? Dann wandte sie sich dem Grab zu, murmelte: *Ciao, Giuseppe, carissimo marito* und erzählte dem Toten, wie sehr er ihr fehlte, dass mit jedem Tag die Stunde näher rückte, in der sie unter der Erde wieder vereint sein würden. Dann machte sie sich an die Arbeit.

Salvatore sah ihr zu und unterdrückte ein Schmunzeln. Manchmal, dachte er, war seine Mutter die reinste Karikatur einer italienischen *mamma*. Denn in Wahrheit war Teresa Lo

333

Bianco während ihrer Ehe immer nur wütend auf seinen Vater gewesen. Sie war eine typische italienische Schönheit gewesen, deren Reize den Schwangerschaften und der täglichen Plackerei im Haushalt zum Opfer gefallen waren, und das hatte sie ihrem Mann nie verziehen. Aber auf dem Cimitero Urbano war das alles vergessen. Sobald Salvatore vor dem Friedhofstor parkte, war ihre grimmige Miene wie weggeblasen und wurde durch einen Ausdruck der Trauer ersetzt, der so überzeugend war, dass jeder außer Salvatore sie für eine frisch verwitwete Frau gehalten hätte, die ihren Verlust nicht fassen konnte.

Er lächelte. Dann schob er sich einen Kaugummi in den Mund und begann seinen Spaziergang. Als er die Hälfte des von Heiligenstatuen gesäumten Wegs um das Friedhofsquadrat zurückgelegt hatte, klingelte sein Handy. Er warf einen Blick auf das Display.

Der Engländer, dachte er. Er mochte Lynley. Er hatte damit gerechnet, dass der Mann sich auf unangenehme Weise in die Ermittlungen der italienischen Polizei einmischen würde, aber seine Befürchtungen hatten sich nicht bestätigt.

Er meldete sich mit einem knappen *pronto*. Lynley rief an, um ihm mitzuteilen, dass die Mutter des entführten Mädchens ins Krankenhaus eingeliefert worden war. »Ich war mir nicht sicher, ob man Sie darüber informiert hat«, sagte Lynley. Er berichtete ihm, dass Angelina Upman, als er zwei Tage zuvor in der Fattoria mit ihr gesprochen hatte, sehr schwach gewirkt habe. Offenbar hatte sich ihr Zustand danach noch verschlechtert. »Signor Mura bestand darauf, sie wenigstens zu einer gründlichen Untersuchung ins Krankenhaus zu bringen«, sagte Lynley. »Meiner Meinung nach eine gute Entscheidung.«

Dann berichtete Lynley ihm von seinen Gesprächen mit Lorenzo Mura und Angelina Upman. Er sprach von einem Mann, der in der Fattoria gewesen war, angeblich, um ein Eselfohlen zu kaufen. Der Mann habe Lorenzo Mura einen dicken Umschlag zugesteckt, die Bezahlung für das Fohlen, so hatte Mura gegenüber Lynley behauptet. Wie sehe die finanzielle Situation der Familie Mura eigentlich aus, wollte Lynley von Salvatore wissen. Wie stehe es um Lorenzo Muras persönliche Finanzen? Was könnte diese Geldübergabe bedeuten?

Salvatore verstand, worauf Lynley hinauswollte. Denn für das, was Lorenzo Mura mit dem alten Sommersitz der Familie vorhatte, würde er viel Geld brauchen. Seine Familie war sehr vermögend, doch er selbst nicht. Würden seine Angehörigen ihm zu Hilfe eilen, wenn das Kind seiner Geliebten in Gefahr war und Lösegeld gefordert wurde? Vielleicht. Aber es gab keine Lösegeldforderung, was vermuten ließ, dass Lorenzo Mura nichts mit der Entführung von Angelina Upmans Tochter zu tun hatte.

»Es könnte aber noch andere Gründe geben, warum Mura daran interessiert wäre, dass Hadiyyah aus dem Leben seiner Geliebten verschwindet«, sagte Lynley.

»Dann wäre der Mann ein Monstrum.«

»Ich habe in meinem Leben zahlreiche Monster gesehen, und ich nehme an, Sie ebenfalls«, bemerkte Lynley.

»Ich habe Lorenzo Mura noch nicht endgültig von der Liste der Verdächtigen gestrichen«, räumte Salvatore ein. »Vielleicht sollten Sie und ich uns einmal mit Carlo Casparia unterhalten. Vielleicht kann er sich noch ein paar weitere Dinge ›vorstellen‹, die an dem Tag geschehen waren, als das Mädchen auf dem Markt verschwand.«

Er sagte Lynley, er werde ihn am selben Stadttor abholen wie beim letzten Mal. Er sei gerade auf dem Cimitero Urbano, erklärte er, um das Grab seines Vaters zu besuchen. In einer Stunde, *Ispettore*?

»*Aspetterò*«, antwortete Lynley. Er werde dort auf ihn warten.

Als Salvatore Lynley eine Stunde später an der Porta di Borgo abholte, fand er ihn wie beim vorigen Mal in die Lektüre der *Prima Voce* vertieft vor. Auch diesmal war die Titelseite Carlo

Casparia gewidmet. Man hatte seine Familie in Padua ausfindig gemacht, und es wurde ausführlich über die Entfremdung der Eltern von ihrem einzigen Sohn berichtet. Das Thema würde der *Prima Voce* mindestens für zwei weitere Tage reichen, in denen man darüber schreiben würde, wie der Sohn in Ungnade gefallen war. In der Zwischenzeit, sagte sich Salvatore, konnte die Polizei ihrer Arbeit nachgehen, ohne befürchten zu müssen, dass das Boulevardblatt etwas davon mitbekam.

Er legte einen kurzen Zwischenhalt an der Questura ein, um den Laptop zu holen, auf dem die Fotos der beiden Amerikanerinnen gespeichert waren. Dann fuhr er mit Lynley zum Gefängnis, wo der glücklose junge Mann in Untersuchungshaft saß. Denn sobald ein Verdächtiger gestanden hatte oder sobald Anklage gegen ihn erhoben worden war, wurde er ins Gefängnis verlegt, wo er bis zum Prozessbeginn blieb, wenn nicht das Gericht verfügte, ihn so lange auf freien Fuß zu setzen. Da eine solche Entscheidung unter anderem davon abhing, ob der Beschuldigte polizeilich gemeldet war – und in den verlassenen Stallungen im Parco Fluviale war das natürlich nicht der Fall –, würde Carlo Casparia in seiner Zelle verbleiben. All das erklärte Salvatore Lynley auf der Fahrt zum Gefängnis. Als sie dort ankamen, erfuhren sie jedoch, dass Carlo Casparia in die Krankenstation verlegt worden war. Offenbar litt er an schlimmen Entzugserscheinungen, und niemand hatte Mitleid mit ihm.

Salvatore und Lynley fanden den jungen Mann in einem düsteren Saal voller schmaler Betten. Die Patienten waren entweder an einem Fuß ans Bett gekettet oder zu schwach, um den Pfleger und den Arzt zu überwältigen und zu fliehen.

Carlo Casparia gehörte der zweiten Kategorie an. Er lag zusammengekrümmt unter einer dünnen blauen Decke. Er zitterte und starrte mit leerem Blick vor sich hin. Seine Lippen waren aufgesprungen, er war unrasiert, und man hatte ihm das blonde Haar rasiert. Ein übler Geruch ging von ihm aus.

»Ich weiß nicht, Commissario«, murmelte Lynley.

Salvatore nickte. Auch er wusste nicht so recht, was es bringen sollte, Carlo Casparia Fragen zu stellen, oder ob er sie überhaupt hören würde. Aber es war ihm einen Versuch wert.

»*Ciao*, Carlo«, sagte er. Salvatore und Lynley holten sich jeder einen Metallstuhl, und Salvatore platzierte seinen Laptop auf einem Krankenhaustablett. »Ich würde dir gern ein Foto zeigen, *amico*«, sagte er. »Könntest du mal einen Blick darauf werfen?«

Carlos rührte sich nicht. Falls er Salvatores Worte gehört hatte, ließ er es sich nicht anmerken. Sein Blick war auf etwas hinter Salvatores Schulter fixiert. Salvatore drehte sich um und sah, dass es sich um eine Wanduhr handelte. Der arme Kerl sah zu, wie die Zeit verging, und zählte die Sekunden, bis seine schlimmsten Schmerzen vorbei sein würden.

Salvatore schaute Lynley an. Der Engländer wirkte ebenso skeptisch wie er selbst.

»Wir wollen dir helfen«, sagte Salvatore zu Carlo. »Ich glaube nicht, dass du das Mädchen entführt hast, *amico*.« Er öffnete das erste Foto auf dem Bildschirm. »Versuch es«, sagte er. »Versuch, es dir anzusehen.«

Wenn Carlo es wenigstens versuchen würde, könnte er, Salvatore, den Rest erledigen. Bitte, sieh dir die Fotos an, schien er mit seinem Blick zu sagen. Schau auf den Bildschirm.

Vergebens klickte er ein Foto nach dem anderen an. Dann erklärte er Carlo, dass sie es noch einmal versuchen würden. Ob er ein Glas Wasser wünsche? Etwas zu essen? Eine zweite Decke?

»*Niente*«, war das erste Wort aus dem Mund des jungen Mannes. In seinem Zustand konnte ihm nichts helfen.

»*Per favore*«, sagte Salvatore. »Ich bin nicht der Staatsanwalt. Ich will dir helfen, Carlo.«

Das war der entscheidende Satz: Ich bin nicht der Staatsanwalt. Ich will dir helfen. Salvatore fügte hinzu, dass nichts, was Carlo jetzt sagte, aufgezeichnet werden würde, und nichts davon würde als Aussage aufgenommen werden, die er unterzeichnen müsse. Salvatore und der Polizist aus England suchten den Mann, der das kleine Mädchen entführt habe, und sie glaubten nicht, dass Carlo dieser Mann sei. Er habe nichts von ihnen zu befürchten. Er könne seine Situation nicht verschlimmern, indem er mit ihnen redete.

Carlos Blick änderte die Richtung. Salvatore dachte, vielleicht bereitete dem jungen Mann in seinem derzeitigen Zustand jede Bewegung Schmerzen. Er hielt Carlo den Laptop direkt vors Gesicht und klickte noch einmal nacheinander die Fotos an. Aber Carlo schüttelte jedes Mal wortlos den Kopf, wenn Salvatore ihn fragte, ob er irgendjemanden auf einem der Fotos erkannte.

Wieder und wieder flüsterte Carlo *no*. Doch dann plötzlich änderte sich sein Gesichtsausdruck. Seine Augenbrauen zogen sich kaum merklich zusammen, und er fuhr sich mit der Zunge über die aufgesprungene Oberlippe. Salvatore und Lynley sahen es gleichzeitig, und sie beugten sich vor, um zu sehen, welches Foto gerade den Bildschirm ausfüllte. Es war das Foto mit dem Schweinskopf am Fleischerstand, an dem Lorenzo Mura gerade etwas kaufte.

»Kennst du diesen Mann?«, fragte Salvatore.

Carlo schüttelte den Kopf. Nein, flüsterte er, er kenne ihn nicht, aber er habe ihn schon einmal gesehen.

»Wo?«, fragte Salvatore hoffnungsvoll. Er drehte sich kurz zu Lynley um, der den jungen Mann konzentriert anschaute.

»Im Park«, flüsterte Carlo. »Mit einem anderen Mann.«

Salvatore fragte Carlo, ob er den anderen Mann wiedererkennen würde. Dann zeigte er ihm einen vergrößerten Ausschnitt, auf dem der dunkelhaarige Mann hinter Hadiyyah in der Menschenmenge zu sehen war. Aber Carlo schüttelte den Kopf. Nein, das war nicht der Mann. Nach ein paar weiteren Fragen wussten sie, dass es auch nicht Michelangelo Di Massimo war, der Mann mit dem gelb gefärbten Haar. Carlo wusste nicht, wer der andere Mann war. Nur dass Lorenzo Mura und der Mann sich im Park getroffen hatten, und dass die Kinder, die Lorenzo Mura trainierte, nicht da gewesen waren. Kurz vorher waren sie noch auf dem Bolzplatz herumgelaufen, aber als der Mann gekommen war, waren sie nicht mehr da gewesen.

VICTORIA
LONDON

Beim nächsten Mal meldete Mitchell Corsico sich per Telefon bei Barbara. Doch die Erleichterung währte nur kurz, denn was er ihr sagte, war dieselbe Leier wie beim letzten Mal. Inzwischen allerdings war die Situation schon hochgekocht. Die *Sun*, der *Mirror* und die *Daily Mail* hatten eine Menge Geld in die Recherche zum Fall des entführten Mädchens investiert und Reporter nach Italien entsandt. Die Konkurrenz um Neuigkeiten wuchs, und Mitchell Corsico stand unter Druck.

Zu Barbaras Verdruss hatte er die Idee mit der Schlagzeile *Sexgeiler Vater mit Polizistin unter einer Decke* noch immer nicht aufgegeben. Und er drohte ihr schon wieder. Er wollte seine verdammten Exklusiv-Interviews mit Azhar und Nafeeza, und Barbara sollte ihm gefälligst dazu verhelfen. Wenn nicht, würde als Nächstes das Foto auf der Titelseite der *Source* erscheinen, auf dem sie bei der Rangelei mit Azhar und Sayyid zu sehen war.

Es war zwecklos, ihm zu empfehlen, er solle einen Artikel zum Thema *Mutter des entführten Mädchens im Krankenhaus* bringen, denn an der Story war die *Daily Mail* bereits dran. Der *Mirror* konzentrierte sich auf die Frage, was Angelina Upman ins Krankenhaus gebracht haben könnte – *Mutter des entführten Mädchens nach Selbstmordversuch im Krankenhaus?* –, war jedoch auf reine Spekulation angewiesen, weil niemand in Italien dem Reporter des *Mirror* etwas sagte.

Barbara versuchte, Corsico zur Vernunft zu bringen. »Die Musik spielt in Italien«, sagte sie. »Warum zum Teufel recherchieren Sie immer noch in London, Mitchell?«

»Sie wissen genauso gut wie ich, wie wertvoll ein Interview ist«, entgegnete er. »Tun Sie doch nicht so, als glaubten Sie allen Ernstes, in einem Krankenhaus in Italien rumzuschleichen würde mir irgendwas bringen.«

»Okay. Dann interviewen Sie jemanden in Italien. Aber ein Interview mit Nafeeza oder ein weiteres mit Sayyid – was versprechen Sie sich davon?«

»Dann geben Sie mir Lynley«, sagte Corsico. »Geben Sie mir seine Handynummer.«

»Wenn Sie mit dem Inspector reden wollen, müssen Sie schon Ihren Arsch in Bewegung setzen und nach Italien fahren. Halten Sie sich in der Nähe der Polizeiwache von Lucca auf, dann wird er Ihnen früher oder später über den Weg laufen. Rufen Sie in den Hotels an, wenn Sie ihn finden wollen. Die Stadt ist klein. Wie viele Hotels kann es da schon geben?«

»Ich verfolge nicht denselben Ansatz wie alle anderen Zeitungen. Wir haben das Ding ausgegraben, und wir wollen da vorne dranbleiben. Ich hänge mich doch nicht an die Journalistenmeute, die sich in der Toskana versammelt hat, das bringt mir überhaupt nichts. Sie haben drei Möglichkeiten, und ich gebe Ihnen drei Sekunden, sich für eine davon zu entscheiden, okay? Erstens: ein Interview mit der Ehefrau. Zweitens: ein Interview mit Azhar. Drittens: Ich bringe die Story *Sexgeiler Vater mit Polizistin unter einer Decke*. Und weil ich so großzügig bin, gebe ich Ihnen noch eine vierte Option: Lynleys Handynummer. Soll ich anfangen zu zählen, oder haben Sie eine Uhr mit Sekundenzeiger?«

»Hören Sie, Sie Volltrottel«, sagte Barbara, »wie oft soll ich Ihnen noch sagen, dass die Musik in Italien spielt? Lynley ist in Italien, Azhar ist in Italien, Angelina liegt in Italien im Krankenhaus. Hadiyyah ist in Italien, ihr verdammter Entführer ist

in Italien. Wenn Sie hierbleiben und die Nummer mit dem sexgeilen Vater und so weiterspinnen wollen, viel Erfolg. Sie können meinetwegen einen ganzen Roman darüber zusammenfan-
tasieren, was wir für eine heiße Liebesaffäre haben. Aber dann
wird ein anderes Blatt die Spur aufnehmen und mich um ein
Interview bitten. Und ich werde denen erzählen – das schwöre
ich Ihnen –, dass ich alles versucht habe, die *Source* davon ab-
zuhalten, aus einem verstörten Teenager schamlos eine Story
rauszuquetschen, die zu sechzig Prozent aus Wut und zu vierzig Prozent aus Fantasie besteht. Und dass sie sich mal anku-
cken sollen, wer das geschrieben hat, und dass dieser Journalist
leider aus unerfindlichen Gründen auf eine Story fixiert ist, die
nichts, aber auch gar nichts mit dem Verschwinden des kleinen
Mädchens in einem fremden Land zu tun hat – und für so was
geben Sie Ihr Geld aus, liebe Leser?«

»Super. Großartig. Guter Schachzug, Barb. Als würde sich
das gemeine Volk hier für irgendwas anderes interessieren als
für Klatsch. Wenn Sie glauben, dass Sie mich mit so was unter
Druck setzen können, sind Sie auf dem falschen Dampfer. Ich
verdiene mein Geld damit, dem Volk Fastfood zu verkaufen,
und es frisst mir aus der Hand.«

Barbara wusste, dass er damit nicht ganz unrecht hatte. Die
Boulevardpresse appellierte an die niedersten Instinkte der Menschen. Sie verdiente ihr Geld mit der Gier der Menschen, sich an
den Sünden, den Verfehlungen, dem Leid anderer zu laben. Aber
weil das so war, hatte sie noch einen Trumpf im Ärmel, und ihr
blieb nichts anderes übrig, als ihn jetzt auszuspielen.

»Wenn das so ist«, sagte sie zu Corsico, »wie wär's, wenn ich
Ihnen etwas gebe, was keins von den anderen Blättern hat?«

»Die haben keine Schlagzeile, die lautet *Sexgeiler Vater mit…*«

»Okay, lassen wir das mal für ein paar Sekunden beiseite. Die
haben auch keine Schlagzeile, die lautet *Sexgeile Mutter: erst
mit Tochter untergetaucht – jetzt von neuem Geliebten schwanger.*
Die Story hat keiner.«

341

Stille am anderen Ende der Leitung. Barbara konnte beinahe hören, wie Corsicos graue Zellen arbeiteten. Und bevor die Zellen zu irgendeinem Ergebnis kamen, fuhr sie fort.

»Na, gefällt Ihnen das, Mitchell? Die Story ist Gold wert, und sie ist sogar wahr. Also noch mal: Die verdammte Story spielt in Italien, und ich habe Ihnen was gegeben, was keiner hat. Sie können es benutzen oder in den Wind schießen. Was mich betrifft, ich habe andere Dinge zu tun.«

Dann legte sie auf. Das war ein riskanter Schachzug. Corsico konnte es einfach darauf ankommen lassen und seinen Artikel samt dem Foto bringen, was natürlich die Frage aufwerfen würde, wie sie während ihrer Arbeitszeit in Ilford hatte sein können. In ihrer derzeitigen Situation wäre das dermaßen kontraproduktiv, dass sie verrückt sein musste, Corsico zu verprellen, indem sie einfach auflegte. Aber sie hatte im Moment Wichtigeres zu tun, als nach der Pfeife des Journalisten zu tanzen.

Sie hatte mit Lynley gesprochen. Man hatte einen Verdächtigen namens Carlo Casparia verhaftet. Doch nach dem, wie Lynley die Lage in Lucca geschildert hatte, sah es so aus, als beruhte der Verdacht gegen den Mann auf den Hirngespinsten des Staatsanwalts. Lynley hatte ihr erklärt, wie in Italien eine Ermittlung geführt wurde – unter Leitung des Staatsanwalts –, und dass der eigentliche Ermittler ganz andere Ansichten hatte als sein Vorgesetzter. »Commissario Lo Bianco und ich müssen also sehr leisetreten«, hatte Lynley gesagt, was natürlich bedeutete: Wir verfolgen unsere eigenen Spuren. Die hatten offenbar mit Lorenzo Mura zu tun, mit einem roten Cabrio, einem Bolzplatz in einem Park und einer Fotoserie, die zwei Touristinnen auf dem Markt aufgenommen hatten, auf dem Hadiyyah verschwunden war. Lynley hatte ihr nicht gesagt, was all diese Dinge miteinander zu tun hatten, aber die Tatsache, dass sowohl er als auch sein italienischer Kollege nicht von der Schuld des Inhaftierten überzeugt waren, sagte Barbara, dass es sowohl

in London als auch in Italien noch fruchtbaren Boden zu be-
ackern gab und dass sie sich schleunigst an die Arbeit machen
musste.

Und ausgerechnet Isabelle Ardery griff ihr dabei unwissent-
lich unter die Arme. Seit sie DI Stewart angewiesen hatte, Barbara entsprechend ihrer Qualifikation als Detective Sergeant
einzusetzen, blieb ihm keine andere Wahl, als sie wieder als Er-
mittlerin in einem seiner beiden Fälle in den Außendienst zu
schicken. Bei der Frühbesprechung machte er sich keine Mühe,
seinen Unmut darüber zu verbergen. Allerdings beobachtete
er sie trotz Arderys Anweisungen weiterhin wie ein Raubvogel
seine Beute.

Bevor sie sich auf den Weg machte, musste sie einige Telefonate führen; währenddessen hielt sich Stewart ständig in ihrer
Nähe auf, so dass er jedes Wort mithören konnte. Es war reine
Glückssache gewesen, dass Corsico sie angerufen hatte, als sie
gerade an einem der Getränkeautomaten im Treppenhaus gestanden hatte.

Sie führte drei Telefonate und vereinbarte drei Gespräche,
so wie Stewart es ihr aufgetragen hatte. Sie notierte sich demonstrativ die Namen und Adressen und suchte sich demonstrativ im Internet die jeweils kürzeste Route von einem Termin
zum nächsten heraus. Dann packte sie ihren Notizblock ein und
machte sich auf den Weg. Zum Glück saß Winston Nkata noch
an seinem Schreibtisch. Sie blieb kurz bei ihm stehen, klappte
demonstrativ ihren Notizblock auf und notierte sich demonstrativ seine Antworten auf ihre Fragen, die denkbar simpel gewesen waren.

Sie hatte Winston gebeten, Azhars Berlin-Alibi zu überprüfen, da sie nicht hatte riskieren wollen, wieder von Stewarts Radar erfasst zu werden. Was er herausgefunden habe, fragte sie
Winston. Hatte Azhar die Wahrheit gesagt? Hatte Doughty ihr
die Wahrheit gesagt?

»Alles in Ordnung«, antwortete Winston leise. Er nahm eine

Akte von seinem Schreibtisch, klappte sie auf und überflog den Inhalt mit konzentriert gerunzelter Stirn. Barbara reckte den Hals, um zu sehen, was die »Akte« enthielt. Es waren die Versicherungspapiere seines Autos. »Die Angaben stimmen. Er war die ganze Zeit in dem Hotel in Berlin. Er hat zwei Vorträge gehalten, wie Doughty dir berichtet hat. Und er hat an einer Podiumsdiskussion teilgenommen.«

Barbara atmete erleichtert auf. Trotzdem konnte sie sich eine Frage nicht verkneifen: »Könnte sich jemand als Azhar ausgegeben haben?«

Winston sah sie von der Seite an. »Barb, der Typ ist Mikrobiologe, okay? Wie stellst du dir das vor? Erstens müsste der Doppelgänger Pakistani sein. Zweitens müsste er sich mit dem Fachjargon auskennen, einen Vortrag halten und... was haben die noch da gemacht?... an einer Podiumsdiskussion teilnehmen. Und drittens würde der Doppelgänger sich vermutlich fragen, wieso er in Berlin Azhar spielen soll, während der in Italien sein eigenes Kind entführt...«

Barbara kaute auf ihrer Lippe und dachte über das nach, was Winston gesagt hatte. Er hatte recht. Die Vorstellung war absurd, egal wie sehr sie Doughty und seinen Halbwahrheiten misstraute. Trotzdem durfte man erfahrungsgemäß keine Möglichkeit auslassen. »Und wenn es einer aus seinem Institut war? Oder einer seiner Doktoranden? Einer, der etwas für seine Karriere tun wollte? Wie funktioniert das eigentlich mit diesen Doktoranden? Keine Ahnung. Du?«

Winston zeigte auf die Narbe an seiner Wange. »Seh ich aus, als hätte ich schon mal 'ne Uni von innen gesehen?«, fragte er freundlich.

»Äh, nein«, sagte sie. »Also...«

»Ich würde sagen, wenn du mehr Informationen brauchst, musst du dich an Doughty wenden. Setz ihn unter Druck. Wenn er mehr hat, bring ihn dazu, es auszuspucken.«

Winston hatte natürlich recht. Bei Doughty würde sie nur

mit Druck weiterkommen. Barbara klappte ihren Notizblock zu, verstaute ihn in ihrer Tasche. Dann sagte sie so laut, dass Stewart es hörte »Okay. Alles klar. Danke, Winnie« und verließ das Büro.

Wenn man jemandem die Daumenschrauben anlegen wollte, konnte ein Besuch beim örtlichen Polizeirevier nie schaden. Also rief Barbara auf dem Weg zu ihrem Auto auf dem Revier in der Bow Road an. Sie wies sich aus und erklärte dem Kollegen am Telefon, sie müsse im Zusammenhang mit einer laufenden Ermittlung in Italien, an der Scotland Yard beteiligt war, einen Privatdetektiv namens Dwayne Doughty vernehmen. Würde einer der Kollegen so nett sein, den Mann abzuholen, aufs Revier zu bringen und dort festzuhalten, bis sie eintraf? Selbstverständlich, antwortete der Kollege. Kein Problem, DS Havers. Wir setzen ihn in ein Vernehmungszimmer, da kann er dann Däumchen drehen, bis Sie kommen.

Hervorragend, dachte sie. Sie warf einen Blick auf die Adressen der Personen, die sie für DI Stewart vernehmen sollte. Einer wohnte südlich der Themse, die anderen beiden in Nord-London. Die Bow Road lag im Osten. Eene, meene, muh… Sie brauchte nicht lange zu überlegen, wo sie anfangen würde.

LUCCA
TOSKANA

Als Lo Bianco und DI Lynley aus der Krankenstation des Gefängnisses zurückkehrten, hatten Salvatores Leute bereits die Autos sämtlicher Mitglieder von Lorenzo Muras Fußballmannschaft überprüft. Einer von ihnen besaß ein rotes Auto, das jedoch kein Cabrio war. Dann würden sie jetzt die Autos sämtlicher Familien überprüfen, deren Kinder Lorenzo Mura im Parco Fluviale trainierte. Lassen Sie sich von Mura die Namen der Kinder geben und fragen Sie jeden Elternteil, ob er sich mit Mura auf dem Bolzplatz zu einem vertraulichen Gespräch getroffen hat. Ich will ein Foto von allen Vätern der Kinder und außerdem von jedem Spieler in Muras Mannschaft.

DI Lynley hörte die ganze Zeit schweigend zu, doch Salvatore sah ihm an, dass er den italienischen Sprachsalven um sich herum nicht folgen konnte. Er erklärte dem Engländer, wie sie weiter vorgehen würden, dann überlegten sie gemeinsam, was Lynley den Eltern des Mädchens sagen sollte. Natürlich durften sie auf keinen Fall etwas davon erfahren, dass gegen Lorenzo Mura ermittelt wurde. Sie einigten sich darauf, ihnen mitzuteilen, dass man Hinweisen aus der Bevölkerung nachgehe, die nach dem Appell im Fernsehen hereinkamen, und dass Carlo Casparia sich kooperationsbereit zeigte.

Lynley wollte gerade gehen, als ein uniformierter Polizist herbeigeeilt kam, um mit Salvatore zu reden. Sein Gesicht war gerötet, und er hatte gute Neuigkeiten.

»Das rote Cabrio, das von einem Zeugen in den Apuanischen Alpen gesehen wurde ...«, keuchte der junge Mann.

»*Sì, sì*«, sagte Salvatore ungehalten.

Es war gefunden worden. Die Überprüfung sämtlicher Haltebuchten bis zum Abzweig in das Dorf, wo die Mutter des Zeugen wohnte, hatte nichts gebracht, aber ein rühriger Kollege hatte in seiner Freizeit oberhalb des Dorfs weitergesucht, und in einer Haarnadelkurve war ihm eine durchbrochene Leitplanke aufgefallen. Das fragliche Cabrio war am Boden einer Schlucht unterhalb der Stelle entdeckt worden. In dem Auto hatte man keine Leiche gefunden, dafür aber in zwanzig Metern Entfernung. Es handelte sich um einen Mann, offenbar den Fahrer, der bei dem Sturz aus dem Auto geschleudert worden war.

»*Andiamo*«, sagte Salvatore zu Lynley. Sie konnten nur hoffen, dachte er, dass sie in der Nähe des Wracks nicht auch noch die Leiche eines kleinen Mädchens finden würden.

Sie brauchten fast eine Stunde bis zu der Stelle. Die Fahrt führte anfangs am Serchio entlang, der um diese Jahreszeit nach der Schneeschmelze ein reißender Fluss war, dann ging es die Hügel hinauf in die Berge. Die Straßen, denen sie folgten, wurden immer schmaler, eine Haarnadelkurve folgte auf die nächste. Sie konnten nur beten, dass ihnen kein Fahrzeug entgegenkam, denn es gab keine Möglichkeit auszuweichen. Endlich erreichten sie die von der Polizei abgesperrte Stelle. Sie stiegen aus, und Salvatore fragte einen Uniformierten: »Wo befindet sich der Unfallwagen?«, eine reine Formsache, denn fünfzig Meter weiter war genau zu sehen, wo der Wagen durch die Leitplanke gebrochen und in die Tiefe gestürzt war.

Als Salvatore und Lynley sich der Stelle näherten, wurde gerade von zwei Sanitätern eine Bahre mit einem verschlossenen Leichensack auf die Straße gehievt.

»Stopp«, rief Salvatore und fügte der Höflichkeit halber hinzu: »*Per favore.*« Die beiden Sanitäter blieben auf dem Weg zum Notarztwagen stehen. Salvatore stellte sich selbst und Lynley vor.

Die Männer setzten die Bahre ab, und Salvatore ging in die Hocke. Er wappnete sich – nur im Fernsehen, dachte er, öffneten Polizisten mir nichts, dir nichts einen Leichensack, in dem sich ein Toter befand, der tagelang in der Sonne gelegen hatte – und zog den Reißverschluss auf.

Ob der Mann einmal gut ausgesehen hatte oder ob es sich um den Mann handelte, der auf den Fotos der amerikanischen Touristinnen hinter Hadiyyah stand, war unmöglich festzustellen. Die forensischen Spezialisten der Natur hatten die Leiche gefunden und sich ans Werk gemacht. Maden wimmelten in Augen, Nase und Mund des Mannes, Käfer hatten sich an seiner Haut gütlich getan, Tausendfüßler und andere Krabbeltiere wuselten unter dem Hemdkragen. Er hatte auf dem Bauch gelegen, so dass das Blut sein Gesicht violett gefärbt hatte, und Verwesungsgase hatten den ganzen Körper aufgetrieben. Ein

auf so brutale Weise zu Tode gekommener Mensch war kein
schöner Anblick, und niemand wurde mit der Zeit immun gegen die Wirkung, die ein solcher Anblick ausübte.

Salvatore warf Lynley einen Blick zu, der einen leisen Pfiff
ausstieß, während er die Leiche betrachtete. »Papiere?«, fragte
Salvatore die beiden Sanitäter, die gleichzeitig mit einer Kopfbewegung in die Tiefe deuteten, um ihm zu verstehen zu geben, dass, wer auch immer unten beim Autowrack war, die Papiere hatte. Salvatore nickte, froh, dass es ihm erspart blieb, die
Taschen des Toten zu durchsuchen. Er sagte den beiden, sie
könnten die Leiche jetzt in die Gerichtsmedizin bringen, dann
trat er mit Lynley an den Rand des Abgrunds.

Tief unter ihnen lag das rote Cabrio. Zwei uniformierte Polizisten machten sich an dem Wrack zu schaffen, während weiter oben, auf einem Felsen, wo die Position der Leiche markiert
worden war, zwei weitere Polizisten standen und rauchten. Der
Mann war beim Absturz aus dem Auto geschleudert worden,
aber auch wenn er angeschnallt gewesen wäre, hätte er den Unfall nicht überlebt. Es war ein Wunder, dass das Fahrzeug nicht
in Flammen aufgegangen war. Und es war ein Glück, denn es
ließ hoffen, dass sie in dem Wrack Hinweise finden würden. Salvatore hoffte inständig, dass es keine Hinweise auf eine zweite
Person in dem verunglückten Auto sein würden und dass sie
an dem Hang nicht nach einer zweiten Leiche würden suchen
müssen.

Vorsichtig kletterten Salvatore und Lynley zu der Stelle hinunter, wo der Tote gelegen hatte. »Weitersuchen«, befahl Salvatore den beiden Polizisten.

Sie wirkten nicht gerade begeistert, aber als Salvatore hinzufügte » *Una bambina. Subito*«, änderte sich ihr Gesichtsausdruck, und sie machten sich auf den Weg.

Beim Wrack angekommen wiederholte Salvatore seine Frage
nach den Ausweispapieren. Einer der beiden Polizisten gab ihm
einen durchsichtigen Plastikbeutel, in dem sich eine schwarze

348

Brieftasche befand. Man habe sie im Handschuhfach des Cabrios gefunden, sagte der Polizist. Der Wagen war nur noch ein Haufen Metall und Chrom, ein Rad und eine Tür fehlten, die restlichen drei Reifen waren platt. Während Salvatore sich der Brieftasche widmete, nahm Lynley das Wrack näher in Augenschein.

Der Fahrer war laut Personalausweis ein gewisser Roberto Squali gewesen, wohnhaft in Lucca, wie Salvatore aufgeregt feststellte. Das würde sie sicherlich einen Schritt weiterbringen auf der Suche nach dem verschwundenen Mädchen. Hoffentlich fanden sie die Kleine nicht hier, dachte er, während er den Blick über den Hang schweifen ließ. Aber die Tatsache, dass zwischen dem Verschwinden des Kindes auf dem Markt und dem Unfall zehn Tage vergangen waren, machte ihn zuversichtlich. Es war ziemlich unwahrscheinlich, dass das Mädchen so lange nach seiner Entführung in Lucca zusammen mit dem Mann in dem Auto gesessen hatte.

In der Brieftasche befanden sich auch der Führerschein des Mannes, zwei Kreditkarten sowie fünf Visitenkarten. Drei Visitenkarten waren von Boutiquen in Lucca, eine von einem Restaurant und die fünfte stellte die Spur dar, auf die Salvatore gehofft hatte – es war eine Visitenkarte von Michelangelo Di Massimo, und darauf standen der Name des Privatdetektivs, seine Handynummer und die Adresse seiner fragwürdigen Operationsbasis in Pisa.

»Sehen Sie sich das mal an«, sagte Salvatore zu Lynley. Er gab ihm die Visitenkarte, wartete, bis Lynley sich die Lesebrille aufgesetzt hatte und dann den Blick hob. »Jawohl«, sagte Salvatore lächelnd. »Jetzt haben wir den Beweis für den Zusammenhang.«

»Allerdings«, stimmte Lynley ihm zu. »Und das Mädchen?«, fragte er. »Was meinen Sie?«

Salvatore blickte sich um und schaute dann zu den Bergen hoch, von denen sie auf allen Seiten umgeben waren. Der Fahrer des Cabrios hatte das Mädchen entführt, dachte er. Aber sie war nicht bei ihm gewesen, als er in die Schlucht gestürzt war. Das sagte er Lynley, und der Engländer nickte. Salvatore überprüfte noch einmal das Autowrack, und schon bald hatte er gefunden, was er suchte.

Es war ein Haar, das im Schließmechanismus des Sicherheitsgurts steckte. Es war lang und dunkel. Ein Test würde ergeben, dass es von Hadiyyah stammte. Und die Spurensicherung würde garantiert auch Fingerabdrücke von ihr finden. Nur leider konnte das Wrack keine Auskunft darüber geben, was mit Hadiyyah geschehen war und wo sie sich jetzt befand.

Aber beiden Männern war die entsetzliche Situation bewusst, mit der sie konfrontiert waren: Wenn Roberto Squali Hadiyyah auf dem Markt in Lucca entführt hatte, wenn er der Mann war, den der Zeuge mit einem kleinen Mädchen in den Wald hatte gehen sehen, wo war Hadiyyah dann jetzt? Was war mit ihr passiert? Wenn Squali sie an jemand anderen übergeben hatte, oder wenn er sie getötet und irgendwo vergraben hatte, um eine perverse Fantasie auszuleben, würde es nahezu unmöglich sein, sie in dieser unwirtlichen Bergregion zu finden.

Salvatore zog in Erwägung, Leichenhunde zum Einsatz zu bringen. Aber noch klammerte er sich an die Hoffnung, dass sie sie nicht brauchen würden.

VILLA RIVELLI
TOSKANA

Schwester Domenica Giustina war vom Fasten ganz schwindlig. Die Knie taten ihr weh vom Knien auf dem harten Boden. Sie war ganz benebelt vom Schlafmangel, und sie wartete immer noch darauf, dass Gott ihr endlich ein Zeichen gab und sie wissen ließ, was sie als Nächstes tun sollte.

Sie hatte bei Carina versagt. Das Mädchen hatte einfach nicht begriffen, wie wichtig das war, was jetzt vor ihnen lag. Irgendetwas in ihr hatte sie ängstlich und zögerlich gemacht. Und anstatt wie bisher das Leben in der Villa Rivelli gutgelaunt zu akzeptieren und spielfreudig und neugierig zu sein, war sie jetzt distanziert und verschlossen. Sie beobachtete und wartete. Manchmal versteckte sie sich sogar. Das war nicht gut.

Schwester Domenica Giustina hatte angefangen sich zu fragen, ob sie vielleicht alles missverstanden hatte, als sie gesehen hatte, wie das rote Auto ihres Vetters die Straße hochgerast war. Sie zweifelte nicht daran, dass Gott seine Hand im Spiel gehabt hatte, als der Wagen durch die Leitplanke gebrochen und in den Abgrund gestürzt war. Was sie nicht wusste, aber unbedingt herausfinden musste, war, warum Gott sie genau an diese Stelle an der Mauer geführt hatte, von wo aus sie hatte verfolgen können, welches Ende ihr Vetter Roberto gefunden hatte. Der Anblick des durch die Luft fliegenden Autos war ihr wie ein Symbol für die Absolution erschienen, doch vielleicht bedeutete es ja auch etwas ganz anderes.

Um eine Antwort auf diese Frage zu finden, hatte sie gefastet und gebetet. Sie hatte die mit Dornen gespickten Leibbinden, mit denen sie ihren Körper geißelte, noch enger gewickelt. Nach achtundvierzig Stunden erhob sie sich jetzt mit großer Mühe, aber ohne den Frieden zu wissen, was sie tun sollte. Gott hatte ihre Gebete nicht erhört und ihr keine Antwort gegeben. Vielleicht, dachte sie, wenn sie der sanften Brise lauschte, die durch den Wald wehte, der die Villa umgab – vielleicht würde sie Gottes Stimme in dieser Brise hören.

Sie ging nach draußen. Sie spürte den erfrischenden Wind an den Wangen. An der steinernen Treppe, die von ihrer Wohnung nach unten führte, blieb sie stehen. Sie betrachtete die Villa mit ihren geschlossenen Fensterläden und fragte sich, ob sie die Antwort, die sie suchte, vielleicht innerhalb der Wände der Villa finden würde. Denn die Zeit drängte, sie brauchte bald eine Antwort. Das sagte ihr Robertos schrecklicher Sturz von der Bergstraße in den Abgrund.

Sie stieg die steinernen Stufen hinunter und begann sich zu fragen, ob sie vielleicht alles falsch verstanden hatte. Sie war davon ausgegangen, dass Roberto tot war, aber vielleicht weilte er ja noch unter den Lebenden. Wenn das der Fall war, dann war es auch sinnlos, Gottes Botschaft im Tod ihres Vetters zu suchen. Dann musste sie Gottes Botschaft ganz woanders suchen.

Sie würde ein Zeichen bekommen. Es hatte immer Zeichen gegeben, und wenn ihre neue Schlussfolgerung richtig war, würde sie es schon bald wissen. Und die Stelle, wo sie ein Zeichen finden würde, war genau die, wo sie ihr letztes Zeichen erhalten hatte. Deshalb ging sie zu der niedrigen Mauer, von wo aus sie ins Tal hinunterblicken konnte, und sie brauchte nicht lange zu warten, bis sie bekam, wofür sie gebetet hatte.

Selbst aus so großer Entfernung konnte sie die Streifenwagen erkennen. Mehr noch, sie sah, dass zwischen ihnen ein Krankenwagen stand. Sie sah, wie zwei Sanitäter eine Trage über die zerborstene Leitplanke hoben und auf der Straße abstellten. Dann beugte sich jemand über die Trage, wie um mit demjenigen zu sprechen, der darauf lag. Kurz danach wurde die Trage in den Krankenwagen geladen, und der Wagen fuhr davon.

Als Schwester Domenica Giustina das alles beobachtete, blieb ihr fast das Herz stehen. Es war kaum zu glauben, aber was sie gesehen hatte, war eindeutig. Während sie in ihrer Zelle gefastet und gebetet und zu verstehen versucht hatte, was Gott von ihr wollte, hatte ihr Vetter schwer verletzt in seinem Autowrack gelegen. Ihr wurde bewusst, dass sie beide geprüft worden waren, nicht nur sie, sondern auch ihr Vetter. Lasst euch durch Leid nicht im Glauben erschüttern, sagt Gott. Ich greife in euer Leben ein, wann und wo es mir beliebt.

Es war eine *Prüfung*, endlich begriff sie es. Es ging darum, niemals aufzugeben, egal welche Dunkelheit vor einem lag.

Auf ähnliche Weise war auch Job geprüft worden. Und Abraham. Die Prüfung, die Gott dem Patriarchen der Hebräer auferlegt hatte, überstieg alles, was Gott je von einem Menschen verlangt hatte. Opfere mir deinen Sohn Isaak, hatte Gott seinem Diener Abraham befohlen. Nimm ihn mit auf den Berg, baue einen Altar aus Steinen und schneide ihm auf dem Altar mit deinem Schwert die Kehle durch. Lass sein Blut fließen. Verbrenne seinen Körper. Und beweise so deine Liebe zu mir. Es wird nicht leicht sein, doch das ist es, was ich von dir verlange. Gehorche deinem Gott.

Ja, ja, endlich begriff sie. Eine Prüfung wie die von Abraham war nur dann eine echte Prüfung, wenn sie einem viel abverlangte.

BOW
LONDON

Sie würde alles erledigen, was Stewart ihr aufgetragen hatte, sagte sich Barbara, aber als Allererstes musste sie mit Doughty reden. Danach würde sie die Adressen eine nach der anderen abklappern. Wahrscheinlich würde sie bis zum Abend brauchen, doch solche Dinge erforderten nun mal ihre Zeit. Keine Vernehmung lief ab wie ein Uhrwerk. Sie würde dafür sorgen, dass am Ende alle mit ihrer Arbeit zufrieden waren.

Auf dem Revier in der Bow Road wies sie sich aus und wurde kurz darauf in das Verhörzimmer geleitet, wo Dwayne Doughty sich bereits seit mehr als einer Stunde die Zeit vertrieb. Sein einziger Kommentar hatte bisher gelautet: »Was zum Teufel soll der Blödsinn?«

Als sie den Raum betrat, sagte Doughty: »*Sie* schon wieder?« Auf dem schmalen Tisch vor ihm stand ein Plastikbecher mit inzwischen kaltem Tee, den er so unwirsch zur Seite schob, dass

353

er überschwappte. »Verdammt«, fuhr er fort. »Ich habe Ihnen alles gesagt. Was wollen Sie denn noch von mir?«

Barbara musterte ihn. Er war längst nicht so cool wie sonst, die Idee mit dem Revier schien also eine gute Strategie gewesen zu sein. Doughty roch säuerlich – wahrscheinlich war ihm beim Anblick der uniformierten Polizisten, die ihn abgeholt hatten, der Schweiß ausgebrochen –, er hatte seine Krawatte gelockert und seine obersten Hemdknöpfe geöffnet, so dass man seine schweißnasse Haut sah.

»Was zum Teufel hat das zu bedeuten?«, fragte er.

Sie setzte sich. Sie stellte ihre Tasche auf dem Boden ab und suchte in aller Ruhe ihren Notizblock und ihren Stift heraus. Dann klappte sie den Notizblock auf und schaute den Privatdetektiv an. »Azhars Alibi hat der Überprüfung standgehalten«, sagte sie.

Er explodierte. »Das hatte ich Ihnen doch gesagt!«, schrie er. »Ich habe das persönlich überprüft. Sie haben mich dafür bezahlt, ich habe den Auftrag umgehend erledigt und Ihnen Bericht erstattet, und wenn Ihnen das nicht ausreicht als Beweis dafür, dass ich auf dieser Seite des Gesetzes …«

»Das Einzige, was dafür als Beweis dient, ist die volle Wahrheit, Dwayne. Und zwar von A bis Z, wenn Sie verstehen, was ich meine.«

»Ich habe Ihnen die ganze Wahrheit geliefert. Mehr habe ich nicht zu sagen. Diese Vernehmung oder was auch immer das werden soll, ist hiermit beendet. Ich kenne meine Rechte, und keins davon besagt, dass ich hier sitzen und mich von Ihnen in die Mangel nehmen lassen muss wegen Dingen, über die wir längst geredet haben. Die Polizisten haben mich gebeten, sie aufs Revier zu begleiten, um ein paar Fragen zu beantworten. Ich habe mich kooperativ gezeigt und bin mitgekommen. Aber jetzt gehe ich.« Er machte Anstalten aufzustehen.

»In Italien wurde ein Verdächtiger verhaftet«, sagte Barbara.

Das traf ihn wie ein Faustschlag. Doughty sagte nichts, aber er rührte sich auch nicht.

»Ein Mann namens Carlo Casparia«, fuhr sie fort. »In vierundzwanzig Stunden haben wir die Verbindung zu Ihnen raus. Ich würde also vorschlagen, Sie erleichtern Ihr Gewissen hier und jetzt, ehe wir Sie in ein Flugzeug setzen und der italienischen Polizei ausliefern.«

»Das können Sie nicht tun«, erwiderte er steif.

»Sie würden sich wundern, Dwayne, Sie würden überrascht, verblüfft, sprachlos sein, Sie würden glatt vom Glauben abfallen, wenn Sie wüssten, was wir alles können, wenn unsere grauen Zellen erst mal richtig in Fahrt kommen. So wie ich die Sache sehe, müssen Sie eine Entscheidung treffen. Sie können mir jetzt gleich alles erzählen, oder Sie können so weitermachen wie bisher und sich von mir die Würmer einzeln aus der Nase ziehen lassen.«

»Ich *habe* Ihnen alles gesagt«, entgegnete er, aber sein Ton hatte sich eindeutig geändert. Er klang nicht mehr wütend und empört, sondern eindringlich, und das war gut so, dachte Barbara. Es bedeutete, dass sein Gehirn auf Hochtouren arbeitete, und ihre Aufgabe bestand jetzt darin, die Rädchen in seinem Hirn gut zu ölen, damit der ganze Mechanismus anfing, nach ihren Wünschen zu arbeiten. »Ich habe Professor Azhar alle Informationen gegeben, die ich zusammengetragen hatte«, sagte Doughty. »Das schwöre ich Ihnen. Was der Professor damit gemacht hat, entzieht sich meiner Kenntnis. Er wollte seine Tochter wiederhaben, das wissen Sie. Vielleicht hat er in Italien jemanden angeheuert, der sie für ihn entführt hat. *Ich* habe – wie ich Ihnen bereits sagte – jemanden in Italien angeheuert, nachdem wir von dem Bankkonto in Lucca erfahren hatten. Auch diese Information habe ich an den Professor weitergegeben. Ich habe ihm sogar den Namen des Privatdetektivs genannt, der für mich gearbeitet hat, Michelangelo Di Massimo. Falls Professor Azhar seinerseits Di Massimo mit weiteren Aktionen beauftragt hat … habe ich jedenfalls nichts damit zu tun.«

Barbara nickte unbeeindruckt. Das war eine nette Show gewesen, aber sie hatte die ganze Zeit seine Augen beobachtet. Sein Blick war hochgradig nervös. Auch seine Finger waren hippelig, unisono klopften die Zeigefinger gegen die Daumen.

»Das behaupten Sie«, sagte sie. »Aber ich nehme an, dass dieser Carlo Casparia, den sie in Italien in der Mangel haben, denen etwas ganz anderes erzählen wird. Sehen Sie, er wird keine Lust haben, die Sache auf seine Kappe zu nehmen, jedenfalls nicht alles, so was macht keiner. Und wenn es darum geht, Festplatten zu putzen und E-Mails zu löschen und Telefonrechnungen verschwinden zu lassen, haben Casparia und Di Massimo wahrscheinlich keinen zur Hand wie den Spezialisten, mit dem Sie zusammenarbeiten. Ich schätze also, dass die Kollegen in Italien in den nächsten Tagen eine Spur finden werden, die von Casparia über Di Massimo zu Ihnen führt, einschließlich aller Daten und Uhrzeiten. Und dann wird es Ihnen verdammt schwerfallen, dafür eine plausible Erklärung zu finden. Sehen Sie, Dwayne, das Problem ist: Wenn man solche Ränke schmiedet wie zum Beispiel Hadiyyahs Entführung, dann kann man den alten Ganovenspruch ›Eine Krähe hackt der anderen kein Auge aus‹ glatt vergessen. Sobald mehrere Personen beteiligt sind, gibt es immer einen, der singt, denn wenn es darum geht, jemandes Hals zu retten, entscheiden die meisten sich für ihren eigenen.«

Doughty schwieg. Natürlich versuchte er einzuschätzen, wie viel an dem stimmte, was Barbara ihm auftischte. Sie selbst hatte keine Ahnung, was dieser Casparia mit der ganzen Sache zu tun hatte, aber wenn die Erwähnung seines Namens und der Tatsache, dass er als Verdächtiger verhaftet worden war und verhört wurde, sie auch nur einen Schritt näher zu Hadiyyah brachte, dann würde sie den Namen bei jeder Gelegenheit fallen lassen.

Endlich sagte Doughty: »Also gut.«

»Also gut, was?«

Er wandte sich ab. Plötzlich war er ganz ruhig, nur sein

Atem bewegte seinen Körper. »Es war von Anfang an Professor Azhars Idee.«

Barbara kniff die Augen zusammen. »Was war Professor Azhars Idee?«

»Der ganze Plan. Sie zu finden, auf den richtigen Moment zu warten und sie dann zu entführen. Der richtige Moment kam, als er auf diesem Kongress in Berlin war und damit ein Alibi hatte. Das Mädchen sollte entführt und an einen sicheren Ort gebracht werden, bis Azhar hinfahren und sie abholen konnte.«

»Blödsinn«, sagte Barbara.

Doughty fuhr zu ihr herum. »Ich sage die Wahrheit!«

»Ach ja? Abgesehen von ein paar nebensächlichen Problemen wie zum Beispiel der Frage, wie man Hadiyyah ohne Pass aus Italien heraus und nach England hereinbekommen konnte – was sollte denn passieren, wenn Azhar mit ihr nach London gekommen wäre? Ich sag Ihnen was: Es ist genau das passiert, was passieren sollte, und deswegen ist Ihre Geschichte kompletter Schwachsinn. Hadiyyahs Mutter ist hier aufgekreuzt, weil sie ihre Tochter wiederhaben wollte, weil Azhar der Allererste war, den sie im Verdacht hatte, ihr die Tochter weggenommen zu haben, die sie ihm weggenommen hatte.«

»Okay, okay«, sagte Doughty. »So sollte es aussehen. Sie würde bei ihm auf der Matte erscheinen, er würde ihr beweisen, dass er das Mädchen nicht hatte, er würde mit ihr zusammen nach Italien fahren, und dann – in Italien – sollte sie ihm übergeben werden. Und er ist doch jetzt in Italien, oder? Reicht Ihnen das nicht als Beweis, dass ich Ihnen die Wahrheit…«

»Selbes Problem, Kumpel. Nein, ein doppeltes Problem. Er hat Hadiyyah nicht, und selbst wenn er sie hat oder weiß, wo sie ist und jetzt für die italienische Polizei und meinen Kollegen die Show seines Lebens hinlegt – was macht er, wenn sie ihm übergeben wird? Will er einfach mit ihr nach London kommen und ihrer Mutter kein Wort davon sagen?«

»Das weiß ich doch nicht. Ich habe ihn nicht gefragt. Es war mir egal. Alles, was er von mir wollte, waren Informationen, und die habe ich ihm geliefert. Ende der Geschichte.«

»Noch nicht ganz, Kumpel. Sie versuchen doch, mich nach Strich und Faden zu verarschen. Wenn Sie glauben, das könnte mich davon überzeugen, dass Sie nicht bis zum Hals in der Sache drinstecken, dann sind Sie auf dem Holzweg. Also nochmal von vorne. Und glauben Sie mir, ich habe alle Zeit der Welt.«

»Ich habe Ihnen gesagt…«

»Alle Zeit der Welt«, sagte sie freundlich.

Er schien fieberhaft zu überlegen, wie er sich aus der Affäre ziehen konnte. Schließlich schnippte er mit den Fingern und sagte: »*Khushi*.«

Barbara holte tief Luft.

Er wiederholte das Wort: »*Khushi*, Sergeant Havers. Würde ich das Wort kennen, wenn ich Sie belügen würde? Professor Azhar hat zu mir gesagt: ›Sie wird auf jemanden hören, der sie *Khushi* nennt, denn dann wird sie wissen, dass die Nachricht von mir kommt.‹«

Barbara bekam einen trockenen Mund. Ihre Lippen klebten an ihren Zähnen. *Khushi* bedeutete Glück, und *Khushi* war Azhars Kosename für seine Tochter. Barbara hatte es ihn zahllose Male sagen hören, seit sie ihn kannte.

Plötzlich hatte sie das Gefühl, als würde der Stuhl, auf dem sie saß, im Boden versinken. Doughtys Gesicht verschwamm vor ihren Augen. Sie blinzelte gegen den Schwindel an.

Der Typ, dachte sie, sagte tatsächlich die Wahrheit.

BOW
LONDON

Dwayne Doughty wusste, dass ihm verdammt wenig Zeit blieb. Er steckte bis zum Hals in diesem Schlamassel, er war das schwitzende, lebende Beispiel dafür, dass jeder noch so gute Plan in die Hose gehen konnte. Er steuerte auf direktem Weg sein Büro an. Er musste einiges erledigen, und er würde sein ganzes Können brauchen, um jetzt seine Haut zu retten. Denn die dicke Vogelscheuche von Scotland Yard hatte vollkommen recht: Wenn die italienische Polizei Di Massimos Telefonrechnungen und Computerdateien unter die Lupe nahm, dann würde man auf Spuren stoßen, die in mehr als eine Richtung führten. Da er leider nicht den talentierten Bryan Smythe nach Italien expedieren und damit beauftragen konnte, sich um das italienische Telefonnetz und den Computer von Di Massimo zu kümmern, würde er selbst ein paar Angriffsmanöver starten müssen.

In der Roman Road stampfte er die Treppe zu seinem Büro hoch und rief: »Emily!« Ihre Verstellungskünste wurden gebraucht. Ebenso wie die Fähigkeiten des Meisterhackers Bryan Smythe und dessen weitreichenden Kontakte.

Emilys Tür war offen. Vor ihrer Tür standen zwei Kartons. Sie waren ordentlich zugeklebt, aber was das zu bedeuten hatte, erschloss sich Doughty erst, als er ihr Büro betrat.

Sie hatte ihr maßgeschneidertes Jackett, die Weste und die Krawatte abgelegt und über einen Stuhlrücken gehängt. Den Stuhl hatte sie unters Fenster geschoben, um besser an das Innenleben ihres Schreibtischs, ihre Akten und alles andere heranzukommen, was mit der Arbeit in diesem Büro zu tun hatte.

Sie war gerade dabei, den Inhalt einer Schublade in einen Karton zu leeren. Als sie ihn bemerkte, blickte sie auf und sagte nur: »Spar's dir.«

»Was soll ich mir sparen? Was machst du da?«

»Frag mich nicht, was ich mache, wenn du genau siehst, was ich tue. Und spiel hier nicht den Dummen. Oder sei nicht bescheuert. Wie wär's mit: Reite uns nicht noch weiter in die Wicken. Such's dir aus.« Sie nahm die Klebebandrolle, klebte den Karton zu, trug ihn auf den Flur und stellte ihn auf die anderen. Zurück im Zimmer begann sie, ihren London-Stadtplan, die Zug- und Busfahrpläne, den U-Bahn-Plan und aus irgendeinem Grund auch ein Poster des Montacute House und drei Postkarten – eine von den Klippen von Moher, eine von Beachy Head und eine von den Needles auf der Isle of Wight – von der Wand zu nehmen.

»Ich glaub's einfach nicht«, sagte Doughty.

»Um mich so in die Scheiße reiten zu lassen, verdiene ich nicht genug. Du vielleicht. Aber ich nicht.«

»Du gehst also? Einfach so?«

»Ich habe deine Beobachtungsgabe schon immer bewundert. Kein Wunder, dass du in deinem Beruf so unglaublich erfolgreich bist.«

Sie mühte sich vergeblich damit ab, die Pläne sauber zu falten. Sie hielt sich nicht an die ursprünglichen Faltungen. Aber anscheinend scherte sie sich auch nicht darum, woran Doughty ablesen konnte, wie entschlossen sie war, so schnell wie möglich zu verschwinden. Und das sagte ihm, wie sauer sie über das war, was passiert war: dass die Polizei bei ihnen erschienen war, bereit, ihnen beiden Handschellen anzulegen.

Er sagte: »Also, für eine, die in Pubs wildfremde Männer...«

»Wag es ja nicht«, fauchte sie ihn an. »Wenn ich mich nicht irre, es sei denn, es wurden über Nacht die Gesetze geändert, wandert man nicht in den Knast dafür, dass man in Pubs Fremde abschleppt für anonymen Sex.«

»Wir wandern nicht in den Knast«, sagte er. »Du nicht, ich nicht und Bryan auch nicht. Punkt, aus.«

»Ich komme sowieso nicht in den Knast. Ich werde nicht irgendeinen Anwalt anrufen, damit er mir die Hand hält, während die Bullen mein Leben durchwühlen, als wäre es mit Bettwanzen infiziert. Ich mach nicht mehr mit, Dwayne. Ich hab's dir von Anfang an gesagt, aber du wolltest ja nicht auf mich hören, weil du viel zu geldgeil bist. Wir arbeiten für den Meistbietenden. Illegal? Kein Problem, Madam. Wir halten gern unseren Kopf hin, falls alles schiefgeht. So wie jetzt. Und deswegen mache ich die Fliege.«

»Herrgott noch mal, Em.« Dwayne gab sich alle Mühe, sich seine Verzweiflung nicht anmerken zu lassen. Ohne Em Cass am Ruder seines Computersystems – ganz zu schweigen von ihrem Talent, sich am Telefon als jemand auszugeben, dem die Leute bereitwillig jede Auskunft gaben – würde sein Schiff untergehen, das wusste er nur zu gut. »Ich habe die Notbremse gezogen«, sagte er. »Ich habe der Polizei die Wahrheit gesagt.«

Sie ließ sich nicht beeindrucken. »Notbremse, dass ich nicht lache. Das nützt dir jetzt auch nichts mehr. Ich hab dich von Anfang an gewarnt. Aber du hältst dich ja für Mister Oberschlau.«

»Sei nicht so dramatisch, verdammt noch mal. Ich hab ihnen den Professor hingeworfen, okay? Hast du gehört? Ich hab ihnen den Professor hingeworfen. Das wolltest du doch, oder? Okay, ich hab's getan, und wir beide sind aus dem Schneider.«

»Und die haben dir das *abgekauft*?« Sie schnaubte verächtlich. »Du brauchst nur einen Namen zu nennen, und schon ist alles geritzt?« Sie legte den Kopf in den Nacken und schaute an die Decke, als spräche sie zu irgendeiner Gottheit: »Warum habe ich nicht gemerkt, was für ein Idiot der Mann ist? Warum bin ich nicht abgehauen, als der ganze Mist angefangen hat?«

»Weil du wusstest, dass ich mich auf nichts einlasse, ohne einen Plan B in der Hinterhand zu haben. Und ich habe tatsächlich einen. Willst du also immer noch abhauen, oder willst du deine Kisten wieder auspacken und mir helfen, den Plan in die Tat umzusetzen?«

LUCCA
TOSKANA

Lynley fand Taymullah Azhar in der Kathedrale San Martino, die sich auf einer riesigen Piazza in der Nähe eines Palastes und des Baptisteriums erhob. Das wuchtige, im romanischen Stil errichtete Gotteshaus erinnerte mit seinen vier gestuften Arkadenreihen an eine Hochzeitstorte. Die größte der an der Fassade angebrachten Skulpturen stellte den Heiligen Martin zu Pferd dar, der mit dem Schwert seinen Mantel für den armen Bettler teilte. Lynley hätte nicht damit gerechnet, dass er Azhar hier antreffen würde – dass der Mann als Muslim eine christliche Kirche zum Beten aufsuchen würde. Aber als Lynley ihn auf dem Handy angerufen hatte, hatte Azhar geflüstert, er sei beim Heiligen Gesicht in der Kathedrale. Lynley wusste nicht, was das bedeutete, bat ihn jedoch, auf ihn zu warten.

»Haben Sie Neuigkeiten?«, hatte Azhar hoffnungsvoll gefragt.

»Bitte, warten Sie dort auf mich«, hatte Lynley geantwortet.

In der Kathedrale fand gerade eine Führung statt: Eine junge Frau mit einem offiziellen Schild am Revers hatte etwa ein Dutzend Touristen vor dem Letzten Abendmahl um sich versammelt, dem hell erleuchteten Werk von Tintoretto mit den Engeln oben im Bild, den Aposteln unten und Jesus in der Mitte, der Petrus ein Stück Brot reicht, während seine Gefährten interessiert das Geschehen verfolgen. Auf halber Höhe des rechten Seitengangs hinderte eine Trennwand Besucher ohne Eintrittskarte daran, die Kostbarkeiten der Sakristei zu besichtigen, und zur Linken standen zehn ältere Frauen, die anscheinend eigens hierhergepilgert waren, in einer achteckigen Seitenkapelle.

In dieser Seitenkapelle fand Lynley Azhar. In respektvollem Abstand zu den Pilgerinnen betrachtete er den imposanten hölzernen Christus. Der Gesichtsausdruck des Christus wirkte eher überrascht als leidend, als könnte er nicht so recht verstehen, was ihn in die Situation gebracht hatte, in der er sich befand.

»Man nennt es das Heilige Gesicht«, sagte Azhar leise zu Lynley. »Es soll …« Er räusperte sich. »Signora Vallera hat mir davon erzählt.«

Lynley schaute Azhar an. Der Mann wirkte wie das personifizierte Elend. Er hätte Azhar gern von seinen Qualen erlöst, doch solange noch so vieles ungeklärt war, musste er sich zurückhalten.

»Sie sagt«, murmelte Azhar, »das Heilige Gesicht bewirke Wunder für die Gläubigen, aber ich kann das nicht glauben. Wie kann ein Stück Holz – egal, wie liebevoll es geschnitzt ist – Wunder wirken, Inspector Lynley? Und doch stehe ich hier vor dem Bildnis, bereit, es um ein Wunder für meine Tochter zu bitten … Und zugleich unfähig, irgendeine Bitte zu äußern, denn etwas wie ein Stück Holz um etwas zu bitten … Das käme einem Eingeständnis gleich, dass es keine Hoffnung mehr gibt.«

»Ich glaube das nicht«, entgegnete Lynley.

Azhar schaute ihn an. Lynley sah die dunklen Ringe unter seinen stark geröteten Augen. Seit Lynley in Italien war, sah der Mann von Tag zu Tag schlechter aus. »Was glauben Sie nicht?«, fragte Azhar. »Dass das Holz Wunder wirken kann oder dass es keine Hoffnung mehr gibt?«

»Beides«, antwortete Lynley.

»Sie haben etwas Neues erfahren«, sagte Azhar. »Sonst wären Sie jetzt nicht hier.«

»Ich würde mich gern mit Ihnen und Angelina unterhalten.« Als er das Entsetzen in Azhars Blick sah, das jeder Vater empfinden würde, dessen Kind vermisst wurde, fügte er beruhigend hinzu: »Die Neuigkeit ist weder gut noch schlecht. Es ist nur eine neue Entwicklung. Würden Sie mich begleiten?«

Sie machten sich auf den Weg ins Krankenhaus. Es lag außerhalb der Stadtmauer, aber sie gingen zu Fuß, denn der Weg war nicht weit und führte teilweise auf dem Stadtwall entlang. An einem der rautenförmigen Bollwerke stiegen sie hinunter und folgten der Via dell'Ospedale.

Als sie eintrafen, kamen ihnen Lorenzo Mura und Angelina Upman entgegen, die das Krankenhaus gerade verließen. Angelina Upman saß in einem Rollstuhl, den ein Pfleger schob. Lorenzo Mura ging mit grimmiger Miene nebenher. Als er Lynley und Azhar gewahrte, sagte er etwas zu dem Pfleger, der daraufhin stehen blieb.

Das war zumindest etwas Erfreuliches, dachte Lynley: Angelina Upman hatte sich offensichtlich so weit erholt, dass sie nach Hause konnte. Sie war sehr blass, aber mehr auch nicht.

Als sie Lynley und Azhar sah, drückte sie sich in den Rollstuhl, als könnte sie so aufhalten, was auf sie zukam. Lynley begriff sofort. Wenn er und Azhar sie gemeinsam aufsuchten, konnte das nur bedeuten, dass das Schlimmste eingetreten war.

Hastig sagte er: »Es geht nur um eine Information, Miss Upman.« Sie schluckte.

Lorenzo sagte: »Sie wünscht es so. Ich nicht.«

Einen verrückten Augenblick lang dachte Lynley, er meinte den Tod ihrer Tochter durch die Hand des Entführers. Doch dann fuhr Lorenzo fort: »Sie sagt, es geht ihr besser. Aber ich glaube das nicht.«

Offenbar hatte Angelina Upman auf ihrer Entlassung bestanden. Aus gutem Grund, erklärte sie. Die Gefahr, sich im Krankenhaus eine Infektion zuzuziehen sei größer als der Luxus, wegen einer simplen Morgenübelkeit von Krankenhauspersonal gepflegt zu werden. Sie wandte sich unterstützungsheischend an Azhar: »Hari, kannst du ihm erklären, wie gefährlich es wäre, wenn ich noch länger hierbliebe?«

Azhar wirkte nicht wie jemand, der sich darum riss, zwischen der Mutter seines Kindes und dem Vater ihres nächsten Kindes zu vermitteln, aber schließlich war er Mikrobiologe, und als solcher kannte er sich auf dem Gebiet der Krankheitsübertragung gut aus. »Es gibt überall Risiken, Angelina«, sagte er. »Was du sagst, stimmt zwar einerseits, aber…«

»Verstehst du?«, sagte sie zu Lorenzo Mura.

»…aber es stimmt auch, dass Krankheiten während der Schwangerschaft auch ein Risiko bergen, wenn man sie nicht behandelt.«

»Also, man hat mich ja behandelt«, entgegnete sie. »Ich behalte mein Essen jetzt bei mir…«

»Nur Gemüsesuppe«, murmelte Mura.

»Immerhin«, sagte Angelina Upman. »Und die anderen Symptome sind auch weg.«

»Sie hört nicht auf mich«, sagte Mura.

»*Du* hörst *mir* nicht zu. Ich habe keine Symptome mehr. Es war die Grippe oder irgendwas, was ich gegessen habe und was mir nicht bekommen ist oder was auch immer. Es geht mir wieder gut. Ich will nach Hause. Du bist derjenige, der hier Theater macht.«

Muras Miene verfinsterte sich, doch er sagte nichts. »Schwangere«, raunte Lynley ihm zu. Schwangeren musste man ihren Willen lassen.

»Können wir uns kurz unterhalten?«, fragte Lynley die beiden. »Vielleicht drinnen?« Er zeigte auf den Krankenhauseingang.

Sie begaben sich in den Empfangsbereich des Krankenhauses, wo das Licht hell genug war, dass Lynley ihre Gesichter beobachten konnte, während sie ihm zuhörten. Ein Auto sei in den Apuanischen Alpen gefunden worden, teilte er ihnen mit, das vor einigen Tagen aus einer Kurve geraten und in einen Abgrund gestürzt war. Den genauen Zeitpunkt des Unfalls würden sie erst erfahren, wenn der Pathologe die Leiche des Fahrers untersucht habe. Eine Kinderleiche sei nicht gefunden worden, aber da das Auto zu der Beschreibung eines Wagens passte, den ein Zeuge kürzlich in einer Haltebucht in der Nähe der Unfallstelle beobachtet hatte, aus dem ein Mann und ein kleines Mädchen gestiegen waren, werde das Wrack gründlich untersucht. Man werde es auf Hadiyyahs Fingerabdrücke und

365

etwaige andere Spuren hin untersuchen, die darauf hinweisen könnten, dass sie in dem Auto gesessen hat.

Angelina Upman nickte benommen. »Ich verstehe«, sagte sie. »Sie brauchen also…« Sie sprach den Satz nicht zu Ende.

»Ja«, sagte Lynley. »Ihre Haarbürste, ihre Zahnbürste, irgendetwas, von dem wir eine DNS-Probe nehmen können. Die Polizei wird in ihrem Zimmer Fingerabdrücke abnehmen, damit Vergleiche angestellt werden können.«

»Natürlich.« Sie sah Azhar an, dann schaute sie aus dem Fenster. Der kiesbedeckte Vorplatz war an einer Seite von Zypressen gesäumt, hinter denen sich der Parkplatz befand, und in der Mitte plätscherte ein Springbrunnen, um den herum Bänke angeordnet waren. »Was glauben Sie?«, fragte sie Lynley. »Was glaubt die Polizei?«

»Man wird den Mann, dessen Leiche gefunden wurde, genau überprüfen.«

»Weiß man schon… Kann man…?«

»Man hat seinen Ausweis gefunden«, sagte Lynley. Jetzt kam der entscheidende Moment, ihre Reaktionen, wenn er den Namen aussprach. »Er hieß Roberto Squali. Sagt Ihnen der Name irgendetwas?«

Aber es kam keine Reaktion. Sie sahen ihn alle drei ratlos an, dann schauten Mura und Angelina Upman einander fragend an. Azhar wiederholte nur tonlos den Namen. Aber es schien eher dazu zu dienen, sich den Namen zu merken, als dazu, so zu tun, als wisse er nicht, wer der Mann war.

Jetzt kam es auf die Arbeit der italienischen Polizei an, dachte Lynley. Es sei denn, Barbara fand in London etwas heraus.

Sie würden alle warten müssen.

29. April

LUCCA
TOSKANA

»Etwa achtundvierzig Stunden.« Dr. Cinzia Ruocco gab Salvatore Lo Bianco die Information am Telefon in dem Ton durch, den sie üblicherweise Männern gegenüber anschlug: an der Grenze zwischen grob und gereizt. Sie mochte Männer nicht, und wer sollte es ihr verübeln? Sie sah aus wie die junge Sophia Loren, und aus diesem Grund war sie schon fast ihr ganzes Leben lang männlicher Lüsternheit ausgesetzt. Auch Salvatore betrachtete sie mit begehrendem Blick, wenn er sie sah. Er bildete sich ein, dass es ihm gelang, sich das nicht anmerken zu lassen, aber die Pathologin besaß ganz besonders feine Antennen für die Bilder, die beim Anblick ihrer körperlichen Reize im Kopf eines Mannes entstanden. Deswegen zog sie es vor, per Telefon zu kommunizieren. *Ancora*, wer sollte es ihr verübeln?

Achtundvierzig Stunden, dachte Salvatore. Wohin war Roberto Squali also vor achtundvierzig Stunden unterwegs gewesen, als sein Auto durch die Leitplanke brach und er sein Leben aushauchte? War er betrunken?, fragte er Cinzia Ruocco. Nein, antwortete sie. Weder betrunken, noch, falls die toxikologischen Befunde, die erst in einigen Wochen vorliegen würden, nichts anderes ergaben, auch sonst in keiner Weise beeinträchtigt. Abgesehen natürlich von dem Trugschluss *aller* Männer, die glaubten, der Besitz eines schnellen Autos mache sie männlicher. Sie würde sich nicht wundern, fügte sie hinzu, wenn der Hohlkopf zusätzlich ein Motorrad besessen hätte. Irgendetwas

Großes, sagte sie, um die geringe Größe dessen zu kompensieren, was er zwischen den Beinen aufweisen konnte.

»*Sì, sì*«, sagte Salvatore. Er wusste, dass Cinzia mit einem Mann zusammenlebte, aber er fragte sich, wie der Typ mit der Abneigung seiner Frau gegen alles Männliche zurechtkam. Er legte auf und betrachtete eine Landkarte an der Wand seines Büros. Die Apuanischen Alpen waren ein riesiges Gebiet. Sie würden Jahrhunderte brauchen, um herauszufinden, wohin Squali unterwegs gewesen war, und ob der Ort, zu dem er wollte, überhaupt irgendetwas mit ihrem Fall zu tun hatte.

Salvatore hatte ein Foto von Squali aus besseren Zeiten aufgetrieben, das heißt, aus Zeiten vor dem Tag, an dem sie seine Leiche gefunden hatten. Er war ein gutaussehender Mann gewesen. Salvatore hatte das Foto mit den Aufnahmen der beiden Touristinnen verglichen und sofort festgestellt, dass es sich bei Squali tatsächlich um den Mann handelte, der in der Menge hinter Hadiyyah gestanden und ihr die Karte mit dem gelben Smiley zugesteckt hatte. Nachdem das also feststand, überlegte Salvatore, wie er weiter vorgehen sollte.

Das Problem war Piero Fanucci. Der Staatsanwalt würde alles andere als erfreut sein, wenn er erfuhr, dass er sich in Bezug auf seinen Hauptverdächtigen geirrt hatte. In den vergangenen zwei Tagen hatte Fanucci viel Energie darauf verwandt, Carlo Casparias Schuld zu beweisen und mehr und mehr Einzelheiten aus dem »Geständnis« des jungen Mannes an die Presse durchsickern lassen. Er hatte der *Prima Voce* sogar ein Interview zum Stand der Ermittlung gegeben. Dieses Interview war nicht nur auf der Titelseite der Zeitung erschienen, sondern auch in der Internetversion des Blatts, was bedeutete, dass es schon bald übersetzt und in der britischen Presse veröffentlicht werden würde, die bereits einige ihrer Vertreter nach Lucca entsandt hatte. Die britischen Journalisten hatten schnell herausgefunden, dass das Café schräg gegenüber der Questura der beste Ort war, um Klatsch und Tratsch über den Fall aufzuschnappen, und ebenso wie ihre italienischen Kollegen waren sie lästig wie die Fliegen, wenn sie einmal einen Polizisten erwischten, dem sie Fragen stellen konnten.

Letzteres war auch der Grund dafür, dass es eigentlich gar keine Frage war, ob er dem Staatsanwalt von Roberto Squali erzählte, dachte Salvatore. Denn wenn Fanucci es nicht von ihm erfuhr, dann würde er es von einem der Journalisten erfahren oder, schlimmer noch, in der *Prima Voce* lesen. Und wenn das passierte, dann würde er Salvatore zur Schnecke machen. Es blieb Salvatore nichts anderes übrig, als Fanucci einen Besuch abzustatten.

Also klärte Salvatore ihn über sämtliche Einzelheiten auf, die er ihm bis dahin vorenthalten hatte: das rote Cabrio, dass es einen Zeugen gab, der das Auto gesehen und beobachtet hatte, wie ein Mann mit einem kleinen Mädchen in den Wald gegangen war, die Fotos der amerikanischen Touristinnen von einem Mann, der dem verschwundenen Mädchen eine Smiley-Karte in die Hand drückte, und schließlich der Unfall des Mannes auf den Fotos, der achtundvierzig Stunden lang tot in der Schlucht gelegen hatte.

Fanucci saß hinter seinem enormen Schreibtisch. Während er zuhörte, drehte er einen Kugelschreiber zwischen den Fingern, den Blick auf die Lippen seines Untergebenen fixiert. Nachdem Salvatore seinen Bericht beendet hatte, stieß Fanucci sich abrupt mit seinem Stuhl vom Schreibtisch ab, sprang auf und trat an eins seiner Bücherregale. Salvatore wappnete sich für einen Wutanfall und rechnete schon fast damit, dass Fanucci ihn mit Büchern bewerfen würde.

Doch dann kam etwas ganz anderes.

»*Così*...«, murmelte Fanucci. »*Così, topo*...«

Salvatore wartete.

»Jetzt weiß ich, wie es sich abgespielt hat«, sagte Fanucci nachdenklich. Die Informationen, die er soeben von Salvatore erhalten hatte, schienen ihn in keiner Weise zu beunruhigen.

»*Sì?*«, fragte Salvatore. »Und…?« Wenn Fanucci tatsächlich plötzlich alles durchschaute, dann wollte Salvatore sich die Schlussfolgerungen des *magistrato* nur zu gern anhören.

Fanucci drehte sich mit einem falschen väterlichen Lächeln zu ihm um, das nichts Gutes ahnen ließ. »*Questo*…«, sagte er. »Du hast das fehlende Glied gefunden, nach dem wir gesucht haben. Das muss gefeiert werden.«

»Das fehlende Glied«, wiederholte Salvatore.

»Zwischen unserem guten Carlo und der Frage, was er mit dem Mädchen angestellt hat. Jetzt passt alles zusammen, *topo*. *Bravo*, das hast du wirklich gut gemacht.« Fanucci setzte sich wieder an seinen Schreibtisch, dann fuhr er fort: »Ich weiß schon, was du mir jetzt sagen wirst. ›Bisher‹, wirst du sagen, ›gibt es nichts, was diesen Squali mit Carlo Casparia in Zusammenhang bringt.‹ Das liegt nur daran, dass du es noch nicht gefunden hast. Aber du wirst es finden, und es wird dir zeigen, dass Carlo genau das vorhatte, was ich von Anfang an vermutet habe. Er wollte das Kind gar nicht für sich selbst. Habe ich das nicht gleich gesagt? Wie du jetzt siehst und wie ich sofort wusste, wollte er das Kind verkaufen, um seine Drogensucht zu finanzieren. Und genau das hat er getan.«

»Nur damit ich nichts falsch verstehe, *magistrato*«, sagte Salvatore vorsichtig. »Sie glauben, Carlo hätte das Mädchen an Roberto Squali verkauft?«

»*Certo*. Und jetzt musst du das Glied in der Kette finden, das dich von Squali zu Carlo führt.«

»Aber das ist doch… Ein simpler Vergleich mit den Fotos der Touristinnen zeigt, dass Carlo wahrscheinlich nicht das Geringste mit der ganzen Sache zu tun hat.«

Fanuccis Augen wurden schmal, ohne dass sein Lächeln verschwand. »Und wie kommst du darauf?«

»Ich komme darauf, weil man auf einer der Aufnahmen erkennen kann, wie dieser Squali eine Karte aus der Tasche zieht, die das Mädchen auf dem nächsten Foto in der Hand hält. Das zeigt doch, dass nicht Carlo, sondern Squali dem Mädchen gefolgt ist an dem Tag, als es vom Markt verschwunden ist.«

»Pah!«, schnaubte Fanucci. »Dieser Squali… Wie oft war der denn schon auf dem Markt, *topo*? Dieses eine Mal? Während Carlo und das Mädchen jede Woche da sind? Ich sage dir, dass Carlo diesen Mann kannte. Carlo wusste, was er wollte. Carlo hat das Mädchen jede Woche gesehen und einen Plan ausgeheckt, und zwar aufgrund der Beobachtungen, die *er* gemacht hat. Wir werden uns also noch mal mit Carlo unterhalten. Und von ihm werden wir erfahren, was Squali vorhatte. Bisher hat er den Namen Roberto Squali mir gegenüber noch mit keinem Wort erwähnt. Aber wir wollen doch mal sehen, wie er reagiert, wenn *ich* den Namen erwähne… *Aspetta, aspetta.*«

Salvatore konnte sich vorstellen, wie das ablaufen würde, jetzt wo Fanucci einen Namen hatte, den er in einem Verhör gegen Casparia verwenden konnte. Er würde den armen Kerl aus dem Krankenhaustrakt holen und in ein Verhörzimmer bringen lassen, wo er ihn achtzehn oder vierundzwanzig Stunden lang schmoren lassen würde, gerade lange genug, bis er anfing, sich »vorzustellen«, wie er und Roberto Squali sich angefreundet hatten, um ein neunjähriges Mädchen zu entführen, aus Gründen, die er dann auch noch erfinden würde.

»Herrgott noch mal, *magistrato*«, sagte Salvatore. »Tief in Ihrem Herzen wissen Sie genau, dass Carlo mit dieser Sache nichts zu tun hat. Und was ich Ihnen berichtet habe, die Einzelheiten über Roberto Squali…«

»Salvatore«, sagte Fanucci liebenswürdig, »tief in meinem Herzen weiß ich nichts dergleichen. Carlo Casparia hat gestanden. Er hat sein Geständnis ohne Zwang unterschrieben. So etwas tut niemand, wenn er unschuldig ist, das versichere ich dir. Und Carlo ist nicht unschuldig.«

VICTORIA
LONDON

Während der Morgenbesprechung in der Einsatzzentrale schwirrte Barbara der Kopf, doch es gelang ihr, so zu tun, als würde sie DI John Stewarts endlosen Ausführungen aufmerksam zuhören. Sie schaffte es sogar, seiner Aufforderung nachzukommen und die Ergebnisse ihrer drei Befragungen vom Vortag verständlich vorzutragen. Zwar hatte sie, obwohl sie erst nach zehn Uhr abends in die Met zurückgekehrt war, noch pflichtschuldigst ihre Berichte geschrieben und Stewart vorgelegt, aber er hoffte offenbar immer noch, sie irgendwann mal auf dem falschen Fuß zu erwischen.

Da kannst du lange warten, Kumpel, dachte Barbara, während sie ihren Bericht abgab. Doch die Genugtuung über Stewarts Frust währte nicht lange, denn das, was Dwayne Doughty ihr am Abend zuvor in der Bow Road aufgetischt hatte, ließ ihr keine Ruhe.

Khushi hatte ihr den Schlaf geraubt. *Khushi* hatte sie gedrängt, Taymullah Azhar in Italien anzurufen und ein paar Antworten von ihm zu verlangen. Was sie letztlich davon abgehalten hatte, war ein Grundsatz der Polizeiarbeit: Man legt die Karten nicht mitten im Spiel auf den Tisch, und man lässt auf keinen Fall einen Verdächtigen wissen, dass er verdächtig ist, solange der davon nichts ahnt.

Aber die Vorstellung von Azhar als Verdächtigem lag ihr selbst jetzt während der Morgenbesprechung immer noch wie ein Klumpen im Magen. Schließlich war Azhar ihr Freund. Und Azhar war ein Mann, den Barbara gut zu kennen glaubte. Dass er es fertigbrachte, die Entführung seiner eigenen Tochter zu organisieren, war vollkommen abwegig. Denn egal, wie Barbara die Sache drehte und wendete, die Fakten, die sie Dwayne Doughty präsentiert hatte, standen in eindeutigem Widerspruch zu dem, was der Privatdetektiv über Azhar behauptete: Er lebte und arbeitete in London. Wenn er also tatsächlich die Entführung seiner eigenen Tochter irgendwie organisiert haben sollte, wie zum Teufel hätte er Hadiyyahs Pass in die Finger kriegen sollen? Und selbst wenn es ihm irgendwie gelungen war, einen falschen Pass für sie aufzutreiben, dann wäre er mit ihr nach London zurückgekehrt, und Angelina Upman hätte genau das getan, was sie ja auch getan hatte, nämlich in Begleitung von Lorenzo Mura an Azhars Tür zu klopfen und die Herausgabe ihrer Tochter zu verlangen.

Aber... da war das *Khushi*. Barbara versuchte eine Erklärung dafür zu finden, dass Doughty Azhars Kosenamen für seine Tochter erfahren hatte. Vielleicht hatte Azhar ihn irgendwann einfach benutzt, als er von Hadiyyah erzählt hatte. Doch in all den Jahren, seit Barbara ihn kannte, hatte er den Namen immer nur dann benutzt, wenn er Hadiyyah direkt angesprochen hatte. Nie, wenn er über sie geredet hatte. Warum also sollte er das in Doughtys Gegenwart getan haben? Sie glaubte das einfach nicht. Was sollte sie jetzt unternehmen?

Sie musste mit jemandem sprechen. Entweder mit Lynley, um ihm zu berichten, was sie in Erfahrung gebracht hatte, und ihn um Rat zu fragen. Oder mit Azhar, um irgendwie herauszufinden, ob Doughty die Wahrheit gesagt hatte oder nicht. Lieber würde sie Lynley anrufen. Aber sie wusste, dass sie mit Azhar sprechen musste. Wäre Azhar in London gewesen, hätte sie ihn mit ihren Informationen konfrontieren und sein Gesicht dabei beobachten können. Doch er war nun mal nicht in London, und Hadiyyah wurde immer noch vermisst, und ihre Handlungsmöglichkeiten waren sehr eingeschränkt.

Sie musste einen günstigen Moment abwarten. Am späten Vormittag endlich war DI Stewart anderweitig beschäftigt. Sie erreichte Azhar auf dem Handy, aber die Verbindung war schlecht. Er sei gerade in den Bergen, sagte er, und einen Moment lang dachte sie, er wäre tatsächlich aus unerfindlichen Gründen in die Schweiz gefahren. Als sie entgeistert fragte: »In den *Bergen*?«, antwortete er: »In den Apuanischen Alpen, nördlich von Lucca.« Dann wurde die Verbindung besser, als er sich auf die kleine Piazza in einem der Bergdörfer begab.

Er durchsuche das Dorf, erklärte er ihr. Er werde jedes Kaff entlang dieser Bergstraße durchsuchen, sagte er. Ein rotes Cabrio sei hier in eine Schlucht gestürzt und der Fahrer dabei ums Leben gekommen. Und in dem Cabrio, Barbara …

Ihm versagte die Stimme. Barbara wagte kaum zu atmen. »Was, Azhar? Was war in dem Cabrio?«

»Die Polizei glaubt, dass Hadiyyah mit dem Mann in dem Cabrio gefahren ist«, sagte er. »Sie sind zu Angelina nach Hause gegangen, um Hadiyyahs Fingerabdrücke zu nehmen und DNS-Proben und … ich weiß nicht, was noch.«

Barbara merkte, dass er den Tränen nahe war. »Azhar.«

»Ich könnte einfach in Lucca bleiben und auf Nachrichten warten. Sie werden die Fingerabdrücke und die DNS-Proben mit dem vergleichen, was sie in dem Autowrack finden – und dann werden sie wissen … Aber ich … was, wenn sie vielleicht in dem Auto war und …« Schweigen, dann hörte sie ihn nach Luft schnappen. Barbara wusste, dass er es als demütigend empfinden würde, wenn jemand ihn weinen hörte. Schließlich sagte er: »Verzeihen Sie mir. Das gehört sich nicht.«

»Herrgott noch mal«, sagte Barbara. »Es geht um Ihre Tochter, Azhar. Zwischen uns beiden gibt es kein ›Gehört-sich-nicht‹, wenn es um Hadiyyah geht, okay?«

Das schien alles noch schlimmer zu machen, denn er begann zu schluchzen und brachte nur noch ein gepresstes »Danke« heraus.

Sie wartete. Sie wünschte, sie wäre bei ihm, denn dann hätte sie ihn in die Arme genommen und getröstet, so gut das in so einer Situation möglich war. Aber es wäre wirklich ein schwacher Trost gewesen. Denn wenn ein Kind entführt wurde, verringerte sich mit jedem Tag, der ohne Ergebnis verging, die Chance, dass es lebend gefunden wurde.

Schließlich hatte Azhar sich wieder so weit gefasst, dass er ihr ein paar Einzelheiten und sogar einen Namen geben konnte: Roberto Squali. Er stand im Mittelpunkt der Ereignisse um Hadiyyah. Er war der Fahrer des Unfallwagens, und er war tot.

»Ein Name ist schon mal ein Anfang«, sagte Barbara. »Ein Name ist ein *guter* Anfang.«

Was sie natürlich zu *Khushi* führte und zu dem eigentlichen Grund ihres Anrufs. Sie brachte es jedoch nicht übers Herz, Azhar ausgerechnet jetzt darauf anzusprechen. Er war auch so schon aufgewühlt genug. *Khushi* jetzt zum Thema zu machen oder sein Berlin-Alibi in Frage zu stellen oder von ihm einen Beweis dafür zu verlangen, dass er nicht, wie der Privatdetektiv behauptete, die Entführung seiner geliebten Tochter geplant und inszeniert hatte… Das konnte sie ihm nicht antun. Allein die Vorstellung, Azhar könnte nach Berlin gefahren sein, um ein wasserdichtes Alibi zu haben, während jemand, den er in Italien zu dem Zweck angeheuert hatte, seine Tochter von einem Markt entführte… Es ergab einfach keinen Sinn. Vor allem nicht, wenn man Angelina Upman in Betracht zog. Es sei denn, der Plan sah vor, Hadiyyah irgendwo versteckt zu halten, bis ihre Mutter glaubte, sie sei tot. Aber welche Mutter eines vermissten Kindes gab jemals die Hoffnung auf? Und selbst wenn das der Plan war und Azhar tatsächlich vorhatte, seine Tochter in acht oder zehn Monaten ohne Pass heimlich zurück nach England zu bringen, was sollte Hadiyyah dann tun? Nie wieder Kontakt zu ihrer Mutter aufnehmen?

Nichts von alldem ergab einen Sinn. Azhar war unschuldig. Er litt unsägliche Qualen. Und sie musste ihn jetzt nicht zusätzlich mit Fragen zu Dwayne Doughtys Behauptungen über das *Khushi* peinigen, als wäre ein Wort in Urdu der Schlüssel zu einem Rätsel um Leben und Tod, das mit jedem Tag, der verging, vertrackter zu werden schien.

LUCCA
TOSKANA

Am späten Vormittag bekam Salvatore die Bestätigung für seine Vermutung. In dem Cabrio waren Fingerabdrücke des verschwundenen Mädchens gefunden worden. Die DNS-Ergebnisse würden zwar erst in einigen Tagen verfügbar sein. Aber es hatte nur wenige Stunden gedauert, die Fingerabdrücke aus Hadiyyahs Zimmer mit denen in dem Auto abzugleichen.

Für seine eigenen Ermittlungen brauchte Salvatore die DNS-Ergebnisse jedoch nicht. Was er brauchte, war ein Gespräch mit irgendjemandem, der Roberto Squali gekannt hatte. Als Erstes fuhr er zu der Adresse, an der der Mann gewohnt hatte, Via del Fosso, eine Straße im Stadtzentrum. In der Straßenmitte verlief ein schmaler Kanal, an dessen Rändern hübsche Farne wuchsen. Zu dem Haus, in dem Squali gewohnt hatte, gelangte man durch eine schwere Tür in einer Mauer, hinter der sich einer der vielen prächtigen Gärten von Lucca verbarg.

In Italien wohnten die meisten Männer in Squalis Alter noch bei ihren Eltern und ließen sich von ihrer aufopferungsvollen *mamma* bedienen, bis sie heirateten. Bei Roberto Squali war das jedoch nicht der Fall gewesen. Er stammte aus Rom, wo seine Eltern immer noch lebten. Squali hatte bei einer Tante väterlicherseits und deren Mann gewohnt, und zwar schon seit seiner frühen Jugend, wie Salvatore von den beiden erfuhr.

Die Tante und der Onkel – mit Nachnamen Medici (leider nicht verwandt) – empfingen Salvatore im Garten, wo sie unter den Ästen eines Feigenbaums auf der Stuhlkante saßen, als wären sie bereit, beim geringsten Anlass die Flucht zu ergreifen. Die Polizei hatte sie bereits über den tödlichen Autounfall ihres Neffen unterrichtet, die Eltern in Rom waren ebenfalls informiert.

Hier im Garten in Lucca wurden über Robertos unerwarteten Tod keine Tränen vergossen. Was Salvatore merkwürdig fand. Wenn man bedachte, wie lange Roberto schon bei seiner Tante und seinem Onkel wohnte, hätte man erwartet, dass er für sie zu einer Art Sohn geworden wäre. Das war jedoch nicht der Fall, und als Salvatore behutsam nachbohrte, erfuhr er den Grund dafür.

Roberto war für seine Familie kein Quell des Stolzes gewesen. Im Gegenteil. Im Alter von fünfzehn Jahren und gesegnet mit einem frühreifen Geschäftssinn hatte er leichtes Geld verdient mit einem kleinen Prostitutionsring, der die Dienste von afrikanischen Immigrantinnen anbot. Seine Eltern hatten ihn gerade rechtzeitig aus Rom fortgeschafft, ehe er nicht nur wegen Zuhälterei, sondern auch wegen des sexuellen Missbrauchs der zwölfjährigen Nachbarstochter verhaftet werden konnte. Die Eltern des Mädchens hatten sich mit einer saftigen finanziellen Entschädigung für die Defloration ihrer Tochter zufriedengegeben, und der Staatsanwalt hatte sich überreden lassen, ein Arrangement zu akzeptieren, indem unter anderem garantiert wurde, dass Roberto die Ewige Stadt in den nächsten Jahrzehnten nicht wieder betreten würde. Auf diese Weise war ein Gerichtsverfahren umgangen worden, und die Ehre der Familie war gerettet worden, indem man den Jugendlichen nach Lucca verfrachtet hatte. Das war vor zehn Jahren gewesen.

»Er ist kein schlechter Junge«, sagte Signora Medici nicht sehr überzeugend, und es klang, als hätte sie diesen Satz schon sehr häufig wiederholt. »Es ist nur so… dass Roberto…« Sie warf ihrem Mann einen Blick zu. Einen wachsamen, so schien es Salvatore.

Der Signore übernahm das Wort. »Er wollte ein bequemes Leben.« Was für Roberto so viel hieß wie so wenig wie möglich zu arbeiten. Immerhin gab es reichlich Möglichkeiten, schnelles Geld zu machen, und seit seiner Kindheit war er immer zur Stelle gewesen, wenn sich ihm eine Gelegenheit bot. Wenn er überhaupt arbeitete, dann als Kellner in dem einen oder anderen Nobelrestaurant in Lucca oder in Pisa oder gelegentlich auch in Florenz. Charmant, wie er war, hatte er nie Probleme gehabt, einen Job als Kellner zu finden. Den Job zu behalten war eine andere Sache.

»Wir beten für ihn«, murmelte die Signora. »Seit er fünfzehn ist, beten wir alle dafür, dass er sich eines Tages zu einem anständigen Mann entwickelt wie sein Vater oder sein Bruder.«

Dass Roberto einen Bruder hatte, interessierte Salvatore. Das Thema war allerdings schnell abgehakt. Cristofero Squali war der Goldjunge der Familie, Architekt, wohnhaft in Rom, seit drei Jahren verheiratet. Elf Monate nach der Hochzeit hatte er seinen stolzen Eltern einen Enkel beschert, und ein zweites Enkelkind war unterwegs. Cristo war das genaue Gegenteil von Roberto. Seit seiner Geburt hatte er sich nie einen Fehltritt geleistet. Aber Roberto? Signora Medici bekreuzigte sich. »Wir beten für ihn«, sagte sie noch einmal. »Seine Mutter und ich haben immer die Novene für ihn gebetet. Aber Gott hat unsere Gebete nicht erhört.«

Salvatore beschrieb ihnen, wo ihr Neffe verunglückt war. Anscheinend wussten sie herzlich wenig über seine Aktivitäten in der Toskana, aber es bestand doch die Chance, dass er in irgendeinem Gespräch mit ihnen einen Freund oder einen Bekannten erwähnt hatte, der in den Apuanischen Alpen wohnte. Er sagte ihnen nicht, dass Roberto in die Entführung des englischen Mädchens verwickelt gewesen war, über die in den Zeitungen und im Fernsehen berichtet wurde. Das würde nur ganz schnell die Verschwiegenheit der Familie fördern; man musste sich ja nur Robertos vertuschte Gesetzesbrüche in Rom in Erinnerung rufen.

Salvatore rechnete nicht damit, dass sie wussten, was Roberto in den Apuanischen Alpen gewollt hatte. Umso mehr überraschte es ihn, als Signora Medici und ihr Mann sich verblüfft ansahen, als sie erfuhren, wo ihr Neffe verunglückt war. Die Luft schien regelrecht zu knistern, als die Signora wiederholte: »*Le Alpi Apuane*?« Gleichzeitig verhärtete sich der Gesichtsausdruck ihres Mannes, und in seinem Blick lag plötzlich eine Mischung aus Abscheu und Wut.

»*Sì*«, sagte Salvatore. Wenn sie eine Straßenkarte der Toskana hätten, könne er ihnen zeigen, an welcher Stelle genau man Robertos Auto gefunden hatte.

Signora Medici schaute ihren Mann an, als wollte sie ihn fragen, ob sie überhaupt Genaueres erfahren wollten. Irgendetwas beunruhigte die beiden, dachte Salvatore. Vielleicht wollten sie lieber nicht wissen, was Roberto so alles getrieben hatte.

Schließlich erhob sich Signor Medici und bat Salvatore, ihn ins Haus zu begleiten. Salvatore folgte ihm durch einen Vorhang aus bunten Plastikstreifen in eine mit Terrakottafliesen ausgelegte Küche. »Warten Sie hier«, sagte der Signore, dann verschwand er durch eine Tür in eine dunkle Diele, während die Signora eine große *caffettiera* von einem Regal über dem Herd nahm, Wasser einfüllte und Kaffeepulver hineinlöffelte. Offenbar diente das eher dazu, sich zu beschäftigen, denn kaum hatte sie die Gasflamme angezündet, hatte sie den Kaffee auch schon wieder vergessen.

Der Signore kehrte mit einer eselsohrigen Straßenkarte der Toskana zurück, die er auf dem Küchentisch ausbreitete. Salvatore versuchte sich zu erinnern, wo genau die Straße abbog, die zu der Unfallstelle führte. Mit dem Zeigefinger verfolgte er die Strecke, die er und Lynley gefahren waren. Als er an die erste Abbiegung kam, die sie genommen hatten, gab die Signora ein Wimmern von sich, und der Signore stieß einen Fluch aus.

»Was wissen Sie?«, fragte Salvatore. »Sie müssen mir alles erzählen.« Es war offenkundig, dass es mit den Apuanischen Alpen irgendetwas auf sich hatte. Wenn er sie dazu bringen wollte, ihm alles mitzuteilen, was sie wussten, blieb ihm nichts anderes übrig, als ihnen zu eröffnen, dass Roberto wahrscheinlich in ein schweres Verbrechen verwickelt gewesen war.

»Sie!«, flüsterte die Signora ihrem Mann zu und packte ihn am Arm, als suchte sie Halt.

»Wer?«, fragte Salvatore.

Nachdem die beiden einen gequälten Blick ausgetauscht hatten, ergriff der Signore das Wort. *Sie* war ihre Tochter Domenica, die hoch oben in den Apuanischen Alpen in einem abgeschiedenen Kloster lebte.

»Eine Nonne?«, fragte Salvatore.

Nein, sie sei keine Nonne, antwortete der Signore. Sie sei, sagte er voller Verachtung, *una pazza, un'imbecille, una …*

»Nein!«, schrie seine Frau. Ihre Tochter sei weder verrückt noch schwachsinnig. Sie sei ein einfaches Mädchen, das nichts anderes wollte als ein Leben in der Gegenwart Gottes zu führen, als Braut Jesu Christi, was ihr aber verwehrt blieb. Sie suche das Gebet, sie suche die Meditation. Sie suche Einkehr und Stille, und wenn er nicht begreife, dass ihre Hingabe zu Gott absolut spirituell und vollkommen unschuldig sei …

»Die Nonnen haben sie nicht genommen«, fiel Signor Medici seiner Frau ins Wort. »Sie war zu dumm. Das weißt du ebenso gut wie ich, Maria.«

Aus all den Puzzleteilen versuchte Salvatore, ein Bild zusammenzusetzen, das immer größere Dimensionen annahm. Domenica war also keine Nonne. Aber lebte sie mit anderen Nonnen zusammen in einem Kloster? War sie vielleicht eine Art Ministrantin? Ein Dienstmädchen? Köchin? Wäscherin? Eine Näherin, die die Gewänder für die Priester der Provinz nähte?

Signor Medici stieß ein unangenehmes Lachen aus. Alles, was Salvatore aufgezählt hatte, sei viel zu anspruchsvoll für seine schwachsinnige Tochter. Sie sei nichts dergleichen, eher ein Mädchen für alles in dem Kloster, und sie wohnte in einer kleinen Wohnung über der Scheune. Sie melkte Ziegen, pflegte den Gemüsegarten und bildete sich ein, zur Klostergemeinschaft zu gehören. Sie nannte sich sogar Schwester Domenica Giustina, und sie hatte sich aus alten Tischtüchern ein Gewand genäht, das dem Habit der Nonnen ähnelte.

Während der Signore das alles herunterleierte, begann seine

Frau zu weinen, das Gesicht abgewandt, die Hände im Schoß verschränkt. Als der Signore geendet hatte, sagte sie zu Salvatore: »Sie ist unsere einzige Tochter«, was zumindest teilweise ihren Kummer und den Zorn ihres Mannes erklärte. Die Eltern hatten alle Hoffnungen auf die Zukunft in ihr einziges Kind gesetzt. Als jedoch mit der Zeit klar wurde, dass die Tochter nicht normal war, waren die Hoffnungen zerstoben.

Obwohl es die beiden offensichtlich quälte, über Domenica zu sprechen, musste Salvatore ihnen seine nächste Frage stellen. Ob es sein könne, dass Roberto zu dem Kloster unterwegs gewesen war, in dem ihre Tochter lebte? Ob er und Domenica in Kontakt geblieben seien, nachdem sie dorthin gezogen war?

Das wussten sie nicht. Als Jugendliche hatten die beiden sich sehr nahegestanden, aber das hatte sich geändert, als Roberto nach und nach begriffen hatte, wie wenig Domenica ihm als Freundin zu bieten hatte. Das hatte nicht lange gedauert, und es war zu erwarten gewesen. Viele hatten die Beziehung zu ihr abgebrochen, wenn den Beteiligten klar wurde, dass das, was anfangs wie ein vergeistigter Zustand wirkte, in Wirklichkeit die Unfähigkeit war, sich in der Realität zurechtzufinden.

Trotzdem, so sagte sich Salvatore, schloss das nicht aus, dass Roberto Squali in die Berge gefahren war, um seine Kusine zu besuchen. Falls das tatsächlich seine Absicht gewesen war, wäre das ein Glücksfall. Denn dann könnte Schwester Domenica Giustina, wie einfältig sie auch sein mochte, ihnen bestimmt etwas darüber sagen, was mit dem englischen Mädchen geschehen war.

VILLA RIVELLI
TOSKANA

Domenica machte sich auf die Suche nach Carina. Seit drei Tagen ging das Mädchen ihr aus dem Weg. Doch irgendwo auf dem Gelände der Villa Rivelli musste die Kleine sein. Schwester Domenica Giustina war sich ganz sicher, dass Gott sie zu Carina führen würde.

Und so war es. Als würde der Engel Gabriel sie geleiten, war sie zu dem Garten mit dem Springbrunnen gegangen. Carina war nirgendwo zu sehen, aber das machte nichts, denn am Ende des Gartens befand sich die *grotta dei venti*. In dieser Grotte aus Stein und Muscheln standen vier Marmorstatuen, zu deren Füßen Wasser aus einer unterirdischen Quelle sprudelte. Die Luft da drinnen war kühl und einladend an heißen Sommertagen. Und wie sie vermutet hatte, fand Schwester Domenica Giustina dort das kleine Mädchen, als würde es auf sie warten.

Carina saß auf dem Steinboden, die Knie bis ans Kinn gezogen, die Arme um die Beine geschlungen. Sie hockte in der dunkelsten Ecke der Grotte, und als Schwester Domenica Giustina sich ihr näherte, wich sie vor ihr zurück.

»*Vieni, Carina*«, sagte sie leise zu dem Kind und streckte eine Hand aus. »Komm.«

Carina blickte auf, ihr Gesicht war ein Abbild des Jammers. Dann sagte sie etwas, aber sie sprach Englisch, so dass Schwester Domenica Giustina kaum etwas verstand. »Ich will zu meiner Mummy«, sagte sie. »Ich will zu meinem Dad. Ihr habt mir doch versprochen, dass er kommen würde, und wo ist er jetzt? Ich will nicht mehr hierbleiben, ich hab Angst, und ich will zu meinem Dad!«

Dad war ein Wort, das Schwester Domenica Giustina verstand. Sie sagte: »*Tuo padre, Carina*?«

»Ich will nach Hause, ich will zu meinem Dad, zu meinem Dad, zu meinem Dad!«

»*Padre, sì?*«, stellte Schwester Domenica Giustina klar. »Du willst zu deinem Vater?«

»Ich will nach Hause«, sagte Carina, jetzt mit mehr Nachdruck. »Ich will zu meinem Dad, ist das klar?«

»Ah, *sì?*«, sagte Schwester Domenica Giustina. »Aber zuerst musst du zu mir kommen.«

Wieder streckte sie ihre Hand aus. Wenn Carina zu ihrem Vater wollte, dann mussten Schritte unternommen werden, und das ging nicht in der Grotte.

Carina betrachtete die Hand, die ihr entgegengestreckt wurde. Sie wirkte misstrauisch. Schwester Domenica Giustina lächelte sanft. »Hab keine Angst«, sagte sie, denn es bestand wirklich kein Grund zur Angst.

Ganz langsam stand Carina auf und nahm Schwester Domenica Giustinas Hand. Gemeinsam verließen sie die Grotte und stiegen die Stufen hoch, die aus dem Garten führten.

»Ich muss dich vorbereiten«, sagte Schwester Domenica Giustina. Carina konnte nicht unvorbereitet mit ihrem Vater zusammentreffen. Sie musste bereit sein: sauber und rein. Das erklärte sie dem Mädchen, während sie an der großen, leeren Loggia der Villa vorbeigingen, um das Gebäude herum zu der Treppe, die in die Kellergewölbe führte.

Auf dem Weg zur Kellertreppe begann Carina, sich zu widersetzen. Sie sagte Dinge, die Schwester Domenica Giustina nicht verstand.

»Da ist mein Dad nicht, nicht in dem Keller, du hast gesagt, du würdest mich zu meinem Dad bringen, ich will nicht in den Keller, da ist es dunkel, und es stinkt, und ich hab Angst!«

Schwester Domenica Giustina sagte: »Nein, nein, nein. Du darfst nicht …« Carina begriff nicht. Sie versuchte mit aller Kraft, sich loszureißen, aber Schwester Domenica Giustina war stärker. »Komm jetzt«, sagte sie. »Nun mach schon.«

Eine Stufe hinunter, zwei, drei. Mit aller Kraft gelang es ihr, Carina in das dunkle, feuchte Kellergewölbe zu zerren.

Doch dort fing Carina an zu schreien, und Schwester Domenica Giustina blieb nichts anderes übrig, als sie tief in den Keller hineinzubugsieren, bis niemand sie außerhalb der furchteinflößenden Mauern dieses schrecklichen Orts hören konnte.

LUCCA
TOSKANA

Dass Roberto Squali die Entführung des englischen Mädchens auf eigene Faust geplant und durchgeführt haben sollte, erschien Salvatore äußerst fragwürdig. Zwar hatte Squali in der Vergangenheit häufig gegen das Gesetz verstoßen, aber schon seit Jahren hatte es keinen Skandal und kein Verbrechen mehr im Zusammenhang mit ihm gegeben. Daraus schloss Salvatore, dass er das Mädchen, auch wenn es irgendwann mit ihm im Auto gefahren war, nicht aus eigenem Antrieb als Entführungsopfer ausgewählt hatte. Die Visitenkarte, die sie in Squalis Brieftasche gefunden hatten, legte den Verdacht nahe, dass zwischen Squali, dem Privatdetektiv und dem Verbrechen eine Verbindung bestand, und Salvatore war entschlossen festzustellen, worin diese Verbindung bestand.

Das dauerte nicht lange, denn Roberto Squali hatte sich nicht die geringste Mühe gegeben, die Verbindung zu verschleiern, so sicher war er sich offenbar gewesen, dass bei seinem ausgeklügelten Plan nichts schiefgehen konnte. Seine Handy-Daten hatten ergeben, dass er mehrmals mit Di Massimo telefoniert hatte. Auf sein Konto war an dem Tag, als das Mädchen verschwunden war, eine erhebliche Summe – in bar – eingezahlt worden. Salvatore war kein Spieler, aber er hätte darauf wetten können, dass dieselbe Summe am selben Tag von Michelangelo Di Massimos Konto abgehoben worden war. Salvatore ließ sich die Kontounterlagen von der Bank per E-Mail zuschicken. Anschließend erteilte er zweien seiner Leute den Auftrag, den Privatdetektiv in die Questura zu bringen. Diesmal würde die Polizei dem Mann keinen Höflichkeitsbesuch in seinem Büro oder beim Frisör oder wo auch immer abstatten. Di Massimo sollte eingeschüchtert werden, und Salvatore wusste auch schon, womit sie das erreichen würden.

Während er auf Di Massimos Eintreffen wartete, telefonierte er mit Inspector Lynley. Dann rief er Piero Fanucci an, um ihn über den neuesten Stand seiner Ermittlungen zu informieren und ihm mitzuteilen, wie er weiter vorzugehen gedachte. Das Gespräch mit Lynley war kurz: Wenn Lo Bianco nichts dagegen habe, so Lynley, wäre er gern bei der Befragung des Detektivs anwesend. Das Gespräch mit Fanucci war unerfreulich: Sie *hätten* ihren Entführer längst oder zumindest den führenden Kopf der Bande in Gestalt von Carlo Casparia, und Salvatore habe Anweisung, die Verbindung zu finden, die zwischen Casparia und Roberto Squali bestand. Wenn er noch nicht einmal dazu in der Lage sei … müsse Fanucci sich nach einem fähigeren Ermittler umsehen, oder ob er damit rechnen könne, dass Salvatore zur Besinnung komme und aufhöre, jedem Hasen nachzujagen, der ihm vor die Flinte kam?

Mit »um Himmels willen, *magistrato*« kam Salvatore nicht weiter. Also erklärte er sich einverstanden – auch wenn es noch so absurd war –, nach dem Beweis für eine Verbindung zwischen den drei Männern zu suchen, obwohl zwei davon nichts von der Existenz des dritten ahnten.

Als Lynley in der Questura eintraf, berichtete Salvatore ihm von seinem Besuch bei den Medicis in der Via del Fosso. Auf einer Karte der Provinz zeigte er ihm, wo den Angaben der Medicis zufolge das Kloster lag, in dem ihre Tochter Domenica als Dienstmädchen arbeitete. Es könnte sich um eine wichtige Spur handeln, aber es könnte auch gar nichts bedeuten, erklärte er dem Engländer. Die Tatsache jedoch, dass Squali zu dem Ort unterwegs gewesen war, wo seine Kusine wohnte, deutete zumindest darauf hin, dass die Frau irgendetwas mit der Sache zu tun hatte. Sobald sie aus Di Massimo herausgequetscht hatten, welche Rolle er an dem Tag auf dem Markt gespielt hatte, würden sie sich das Kloster vornehmen.

Die Ankunft Di Massimos verursachte einige Aufregung unter den Paparazzi, die vor der Questura darauf warteten, irgendetwas Neues aufzuschnappen. Als der Privatdetektiv die Journalistenmeute erblickte, zog er sich seine Jacke über den Kopf – was in Anbetracht seiner auffallenden Haarfarbe kein schlechter Einfall war –, aber damit erregte er erst recht die Aufmerksamkeit der Paparazzi, die sofort ihre Kameras zückten und ihn wie die Verrückten fotografierten.

In der Questura verlangte Di Massimo, wie üblich in schwarzer Ledermontur samt dunkler Sonnenbrille, lautstark und wütend nach einem Anwalt. *Per favore* kam in seinem Wortschatz offenbar nicht vor.

Salvatore und Lynley erwarteten ihn in einem Verhörzimmer. Vier uniformierte Polizisten, die sich an den Wänden postiert hatten, unterstrichen den Ernst der Situation. Eine Videokamera war aufgebaut worden, um die Vernehmung aufzuzeichnen. Zunächst wurde Di Massimo höflich gefragt, ob er etwas zu trinken wolle, und gebeten, ihnen den Namen seines Anwalts zu nennen, damit dieser herbestellt werden konnte, um dem Verdächtigen beizustehen.

»Verdächtiger?«, wiederholte Di Massimo. »Ich habe nichts verbrochen.«

Salvatore fand es interessant, dass Di Massimo sich spontan für unschuldig erklärte, anstatt erst einmal zu fragen, welches Verbrechen ihm denn überhaupt zur Last gelegt wurde. Mit einer Kopfbewegung forderte er einen der Uniformierten auf, ihm eine Akte zu reichen, der er einen Stapel Fotos entnahm.

»So viel wissen wir bereits«, sagte er, während er die Fotos vor Di Massimo ausbreitete. »Dieser arme Mann…« Er legte drei Fotos auf den Tisch, auf denen Roberto Squali an dem

Fundort in den Apuanischen Alpen, achtundvierzig Stunden nach seinem Tod, zu sehen war. »…ist derselbe wie dieser hier.« Er legte zwei Vergrößerungen daneben, Ausschnitte aus den Fotos der Touristinnen: Roberto Squali, der hinter dem verschwundenen Mädchen stand, und Roberto Squali mit einer Grußkarte in der Hand, die das Mädchen später in der Hand gehalten hatte.

Als Di Massimo sich vorbeugte, um die Fotos zu betrachten, nahm Salvatore ihm die Sonnenbrille ab. Di Massimo zuckte zusammen und verlangte seine Sonnenbrille zurück. »Alles zu seiner Zeit«, entgegnete Salvatore gelassen.

»Ich kenne diesen Mann nicht«, erklärte Di Massimo und verschränkte die Arme vor der Brust.

»Sieh noch einmal genauer hin, mein Freund.«

»Das brauche ich nicht, um Ihnen zu sagen, dass ich keine Ahnung habe, wer der Mann ist.«

Salvatore nickte nachdenklich. »Dann wirst du dich sicher fragen, warum der Mann in den Wochen vor der Entführung des Mädchens so viele Anrufe von dir erhalten hat, Michelangelo, und warum er am Tag der Entführung eine große Summe in bar auf sein Konto eingezahlt hat. Es ist für uns eine Kleinigkeit festzustellen, ob derselbe Betrag von deinem Konto abgehoben wurde. Das wird übrigens jetzt gerade überprüft.«

Michelangelo sagte nichts, aber an seinem Haaransatz bildeten sich winzige Schweißperlen.

»Ich warte immer noch auf den Namen deines Anwalts«, fügte Salvatore freundlich hinzu. »Er wird dir Ratschläge geben wollen, wie du dich am besten aus dem Netz befreist, in dem du dich verstrickt hast.«

Di Massimo schwieg. Salvatore ließ ihn schmoren. Der Privatdetektiv konnte nicht wissen, wie viel die Polizei bis dato herausgefunden hatte, aber die Tatsache, dass man ihn in die Questura geholt hatte, ließ auch ihn erkennen, dass er bis zum Hals in Schwierigkeiten steckte. Nachdem er bestritten hatte, einen Mann

zu kennen, den er etliche Male angerufen hatte, wäre es seine
beste Strategie, die Wahrheit zu sagen. Selbst wenn er wiederholt mit Squali telefoniert hatte, ohne den Mann je zu Gesicht
zu bekommen, hatte die Polizei eine Verbindung zwischen ihm
und Squali festgestellt, und das verlangte nach einer Erklärung.
Salvatore fragte sich nur, wie schnell Di Massimo sich eine Erklärung ausdenken konnte, die mit Hadiyyahs Verschwinden nichts
zu tun hatte. Er war bereit, darauf zu wetten, dass ein Mann, der
sein schwarzes Haar maisgelb färbte, nicht gerade ein Schnelldenk-
ker war.

Er sollte recht behalten. Di Massimo seufzte tief und sagte:
»*Bene.*« Dann begann er zu erzählen.

Er sei angeheuert worden, das Mädchen zu finden, wie er Lo
Bianco ja bereits bei ihrem letzten Gespräch gesagt hatte. Er
habe die Kleine gesucht und gefunden und über ihren Aufenthalt in der Fattoria di Santa Zita Bericht erstattet. Er sei davon
ausgegangen, dass die Angelegenheit damit beendet war. Einige
Wochen später dann sei er jedoch erneut angeheuert worden,
man habe ihm einen gänzlich anderen Auftrag erteilt, es sei aber
wieder um dasselbe Mädchen gegangen.

»Und wie genau lautete der andere Auftrag?«, fragte Salvatore.

Die Entführung zu organisieren, erwiderte Di Massimo
schlicht. Man habe es ihm überlassen, an welchem Ort die Entführung stattfinden sollte. Die wichtigste Forderung sei jedoch
gewesen, dass das Kind überhaupt keine Angst haben dürfe. Daraufhin habe er jemanden angeheuert, der die Familie beobachten
sollte. Der Mann war Roberto Squali, den er aus einem Restaurant in Pisa kannte, wo Squali als Kellner arbeitete.

Als Squali ihm von den allwöchentlichen Marktbesuchen der
Familie berichtet hatte, war er sich sicher gewesen, dass das die
beste Gelegenheit war, den Plan durchzuführen. Die Mutter
ging zum Yoga, ihr Lebensgefährte schlenderte mit ihrer Tochter über den Markt. Während der Mann die Einkäufe erledigte,

lief das Mädchen vor, um dem Akkordeonspieler mit seinem tanzenden Hund zuzusehen, wo der Mann sie dann regelmäßig später abholte. Das war die perfekte Gelegenheit, das Kind zu entführen, hatte sich Di Massimo gesagt. Allerdings hatte er jemanden gebraucht, der nicht so auffällig war wie er selbst, und deswegen hatte er sich an Roberto Squali gewandt.

»Es sieht so aus, als wäre das Mädchen freiwillig mit Roberto mitgegangen«, bemerkte Salvatore. »Er scheint ihr genaue Anweisungen gegeben zu haben, denn sie hat den Markt auf einem ganz anderen Weg verlassen als gewöhnlich, und er ist ihr gefolgt. Dafür haben wir einen Zeugen.«

Di Massimo nickte. »Ich hatte Anweisung, auf jeden Fall zu vermeiden, dass sie Angst bekam. Ich habe Squali ein Wort genannt, das er zu ihr sagen sollte, damit sie ihm vertraute.«

»Ein Wort?«

»*Khushi*.«

»Was ist das denn für ein Wort?«

»Ein Wort, das man mir gegeben hatte. Was es bedeutet, weiß ich nicht.« Er habe Roberto angewiesen, dem Mädchen zu sagen, er würde es zu seinem Vater bringen, fuhr Di Massimo fort. Er hatte Squali eine Grußkarte mitgegeben, die der Vater ihr angeblich geschickt hatte. Roberto sollte ihr diese Karte aushändigen und das Zauberwort *Khushi* aussprechen, offenbar eine Art Sesam-öffne-dich für die Kooperationsbereitschaft des Mädchens. Sobald er sie in seiner Gewalt hatte, sollte er sie an einen sicheren Ort bringen, wo sie sich nicht in Gefahr fühlte. Dort würde sie bleiben, bis man Di Massimo mitteilte, dass und wo sie freigelassen werden sollte. Sobald das passierte, würde Roberto Squali das Mädchen holen, zu dem verabredeten Ort bringen und sie dort absetzen, ohne zu wissen, was danach geschehen würde.

Salvatore wurde beinahe übel. »Und was sollte das sein?«

Das wusste Di Massimo nicht. Er habe immer nur die Anweisungen erhalten, die notwendig waren. So sei es von Anfang an gelaufen.

»Wer hat das alles geplant?«, fragte Salvatore.

»Wie gesagt, ein Mann in London.«

Lynley meldete sich zu Wort. »Wollen Sie damit sagen, dass ein Mann aus London Sie beauftragt hat, Hadiyyah zu entführen?«

Di Massimo schüttelte den Kopf. Nein, nein, nein. Er habe ihnen doch erklärt, er sei zunächst nur angeheuert worden, um das Mädchen zu finden. Erst mehrere Wochen nachdem er Hadiyyah gefunden hatte, wurde er beauftragt, sie zu entführen. Anfangs hatte er sich gesträubt – *una bambina* sollte nicht von ihrer *mamma* getrennt werden, oder? Aber als man ihm erklärt hatte, dass diese *mamma* das Kind schon einmal ein Jahr lang im Stich gelassen hatte, um sich mit einem Liebhaber zu vergnügen... Das war nicht in Ordnung, so benahm sich eine gute *mamma* nicht, oder? Also hatte er sich darauf eingelassen, das Mädchen zu entführen. Für Geld, natürlich. Eine Summe, die er übrigens immer noch nicht vollständig erhalten habe. Das hatte man davon, wenn man einem Ausländer vertraute...

»Und wer war dieser Ausländer?«, wollte Lynley wissen.

»Dwayne Doughty, das habe ich Ihnen doch schon beim letzten Mal gesagt. Es war sein Plan, von Anfang bis zum Ende. Warum er die Kleine dann entführen lassen wollte, anstatt sie einfach wieder mit ihrem *papà* zusammenzubringen? Das weiß ich nicht, und danach habe ich auch nicht gefragt.«

VILLA RIVELLI
TOSKANA

Als Schwester Domenica Giustina gerufen wurde, war sie gerade dabei, Erdbeeren zu ernten. Mit einer Schere schnitt sie die Früchte von den Pflanzen. Dabei summte sie ein Ave Maria vor sich hin, das sie besonders mochte, und die süße Melodie verlieh ihr eine Leichtigkeit, die sie noch nie empfunden hatte, seit sie in das Kloster gekommen war.

Die lange Zeit ihrer Bestrafung war zu Ende. Sie hatte sich gebadet und frische Kleider angezogen und ihre Wunden mit einer Salbe behandelt, die sie selbst hergestellt hatte. Bald würden die Wunden aufhören zu eitern. Darin offenbarte sich die Liebe Gottes.

Als sie hörte, wie ihr Name gerufen wurde, stand sie auf. Eine Novizin war aus dem Kloster gekommen, ihr weißer Schleier wehte in der frischen Brise. Schwester Domenica Giustina kannte die Novizin, wusste jedoch nicht, wie sie hieß. Eine schlecht operierte Hasenscharte hatte das Gesicht der Frau so verunstaltet, dass sie immer traurig wirkte. Sie war höchstens dreiundzwanzig, und dass sie in dem Alter Novizin war, sagte etwas darüber aus, wie lange sie schon unter den Nonnen weilte.

»Du sollst ins Haus kommen, Domenica«, sagte sie. »Sofort.«

Schwester Domenica Giustina konnte ihr Glück kaum fassen. Schon seit Jahren war sie nicht mehr im Innern des Klosters gewesen, und zwar genau seit dem Tag, an dem sie erfahren hatte, dass sie nicht in den Kreis der Nonnen aufgenommen werden würde, die in seinen geheiligten Mauern lebten. Nur die Küche im Erdgeschoss durfte sie betreten. Fünf Schritte bis zu dem riesigen Holztisch, wo sie abstellte, was sie für die Nonnen im Garten geerntet, aus Ziegenmilch hergestellt oder aus den Nestern der Hühner gesammelt hatte. Und sie betrat die Küche nur, wenn niemand in der Nähe war. Dass sie die Novizin überhaupt erkannte, lag daran, dass sie gesehen hatte, wie ihre Eltern sie an einem Sommertag hergebracht hatten.

»Folge mir«, sagte die Novizin und wandte sich zum Gehen.

Schwester Domenica Giustina tat, wie ihr geheißen. Sie hätte sich gern die Hände gewaschen, vielleicht etwas Sauberes angezogen. Aber ins Kloster gerufen zu werden war ein Geschenk, das sie nicht ablehnen konnte. Sie wischte sich die Erde von den Händen, klopfte Erdkrumen von ihrem Gewand, nahm den Rosenkranz aus der Tasche und folgte der Novizin.

Sie betraten das große Haus durch den doppelflügeligen Haupteingang, ein weiteres Geschenk an Schwester Domenica Giustina und gewiss ein Zeichen. Die hohe Decke im Empfangsbereich, dem ehemaligen Salon der Villa, war mit einem Fresko geschmückt, auf dem der glorreiche Gott Apollo in einem Wagen über den blauen Himmel preschte. Die Fresken, die einmal die Wände geziert haben mochten, waren mit weißer Farbe überstrichen worden. Und die mit Brokat bezogenen *divani*, die einmal hier gestanden hatten, waren ersetzt worden durch schlichte Kniebänke, die vor einem ebenso schlichten, hölzernen mit einem weißen Leintuch bedeckten Altar angeordnet waren. Auf dem Altar standen ein kunstvoll gearbeiteter goldener Tabernakel und eine einzelne brennende Kerze in einem Behälter aus rotem Glas. Das rote Licht der Kerze war ein Hinweis darauf, dass das Sakrament gespendet werden würde. Schwester Domenica Giustina und die Novizin machten eine Kniebeuge vor dem Altar.

Die Luft war erfüllt von Weihrauch, ein Duft, den Schwester Domenica Giustina seit Jahren nicht mehr gerochen hatte. Als die Novizin sie bat, hier zu warten, kniete sie sich freudig auf den Boden und bekreuzigte sich.

Doch sie konnte nicht beten. Es gab so viel zu sehen, so viele überwältigende Eindrücke. Sie versuchte, sich zu beherrschen, aber sie war zu aufgeregt, sie konnte nicht aufhören, den Blick durch den Raum wandern zu lassen.

Es war dunkel in der Kapelle, die Läden vor den Fenstern waren geschlossen. An den Täfelungen der großen Türen hinter dem Altar, die zum Säulengang auf der Rückseite der Villa führten, hingen von den Nonnen hergestellte Wandteppiche, auf denen Szenen aus dem Leben des heiligen Dominikus zu sehen waren, des Namenspatrons des Ordens. Rechts und links führten Korridore ins Innere des Klosters. Schwester Domenica Giustina sehnte sich danach, durch diese Korridore zu wandeln, doch sie rührte sich nicht vom Fleck. Sie hatte Gehorsam gelobt. Dies war eine Prüfung, und sie würde sie bestehen.

»Komm, *Domenica*.«

Die Anordnung war kaum hörbar geflüstert worden, und einen Moment lang glaubte sie, die Heilige Jungfrau selbst habe zu ihr geprochen. Doch dann legte ihr jemand eine Hand auf die Schulter. Als sie sich umdrehte, schaute sie in ein uraltes, runzliges Gesicht, das von den Falten des schwarzen Schleiers fast vollständig verhüllt wurde.

Sie erhob sich. Die alte Nonne nickte, schob die Hände in die Ärmel ihres Habits und ging voraus durch ein kunstvolles Holzgitter, das sich durch leichten Druck nach innen öffnen ließ. Dahinter gelangten Schwester Domenica Giustina und ihre Begleiterin in einen weiß gestrichenen Korridor mit schweren, geschlossenen Türen auf der einen und Fenstern mit geschlossenen Läden auf der anderen Seite. Vor einer der Türen blieb die alte Nonne stehen und klopfte an. Jemand hinter der Tür sagte etwas. Die alte Nonne hielt Schwester Domenica Giustina die Tür auf, bedeutete ihr einzutreten und schloss die Tür hinter ihr.

Sie befand sich in einem schlicht eingerichteten Büro. Eine Kniebank stand vor einer Statue der Heiligen Jungfrau, die liebevoll herabblickte auf denjenigen, der zu ihr betete. Ihr gegenüber stand in einer Nische der heilige Dominikus, die Hände zum Segen ausgebreitet. Zwischen den beiden Fenstern, deren Läden geschlossen waren, stand ein aufgeräumter Schreibtisch, und dahinter saß die Mutter Oberin, der Schwester Domenica Giustina nur zweimal begegnet war. An ihrem feierlichen Gesichtsausdruck erkannte Schwester Domenica Giustina, dass ein wichtiger Augenblick gekommen war.

Noch nie war sie von solcher Freude erfüllt gewesen. Sie spürte, wie ihr ganzer Körper im Licht dieser Freude erstrahlte.

Sie hatte schreckliche Sünden begangen, aber jetzt war ihr endlich vergeben worden. Sie hatte ihre Seele für Gott gereinigt und vorbereitet, und nicht nur ihre eigene.

Schon seit Jahren tat sie Buße. Sie hatte sich bemüht, Gott zu zeigen, dass sie wusste, wie schwer ihre Sünden waren. Sie hatte darum gebetet, dass ein ungeborenes Kind – das Kind ihres Vetters Roberto – aus ihrem Körper entfernt werden würde, damit ihre Eltern nie davon erfuhren, dass sie es in ihrem Leib trug… Und ihr Gebet war erhört worden, ausgerechnet in der einen Nacht, als ihre Eltern außer Haus waren… als Roberto das, was in dem dunklen Badezimmer unter schrecklichen Schmerzen aus ihrem Körper entfernt worden war, entsorgte…

Es hatte gelebt, es war voll ausgebildet gewesen und hatte gelebt, aber auch da war die Hand Gottes im Spiel gewesen. Denn nur fünf Monate in ihrem Körper waren nicht genug gewesen, es hätte nicht ohne Hilfe überleben können, und diese Hilfe war ihm verweigert worden. So glaubte sie jedenfalls, denn Roberto hatte es mitgenommen, Roberto hatte es weggeschafft. Sie wusste nicht, ob es ein Junge oder ein Mädchen gewesen war. Sie hatte es nicht gewusst… bis alles sich geändert hatte, bis Roberto dafür gesorgt hatte, dass sich alles änderte.

Erst als die Mutter Oberin sich von ihrem Schreibtisch erhob, wurde Schwester Domenica Giustina gewahr, dass sie all das laut ausgesprochen hatte. Die Hände auf dem Schreibtisch abgestützt, murmelte die Nonne: »*Madre di Dio, Domenica. Madre di Dio.*«

Das Kind aus ihrem Körper war also nicht gestorben, denn Gottes Wege waren zu rätselhaft, als dass seine demütigen Diener sie verstehen könnten. Ihr Vetter hatte ihr das Kind zurückgebracht und in ihre Obhut gegeben, und Schwester Domenica Giustina hatte es beschützt, bis Gott den Vater des Kindes bei einem schrecklichen Unfall in den Bergen zu sich geholt hatte. Sie hatte zuerst nicht verstanden, was das bedeutete. Denn Gottes Wege waren nicht nur rätselhaft, sondern vollkommen unergründlich, und man musste sich anstrengen, um die Botschaft in seinen Handlungen zu begreifen.

»Wir müssen uns alle vor Gott beweisen«, sagte Schwester Domenica Giustina. »Sie wollte zu ihrem *papà*. Und Gott hat mir gesagt, was ich tun sollte. Denn nur, indem wir seinen Willen erfüllen, egal, wie schwer es uns fällt, werden wir die endgültige Absolution empfangen.« Sie bekreuzigte sich. Sie lächelte glückselig, endlich hatte Gott sie gesegnet und an diesen Ort geholt.

Die Mutter Oberin atmete flach. Ihre Finger berührten den goldenen Ring, den sie trug, und umklammerten das Kruzifix, als bäte sie den Gekreuzigten um die Kraft zu sprechen. »Um Gottes willen, Domenica«, sagte sie. »Was hast du mit dem Kind gemacht?«

30. April

VICTORIA
LONDON

»Es ist immer gut, wenn man vorgewarnt ist, also tue ich Ihnen den Gefallen.«

Barbara Havers erkannte Mitchell am Telefon, auch ohne dass er seinen Namen nannte. Seine Stimme spukte mittlerweile ständig in ihrem Kopf herum. Hätte er sie auf dem Handy angerufen, hätte sie das Gespräch nicht annehmen müssen. Aber er hatte bei der Met angerufen und sich zu ihr durchstellen lassen mit der Behauptung, er habe »Informationen zu dem Fall, in dem DS Havers ermittelt«. Sie hatte den Hörer abgenommen, sich unwirsch mit »DS Havers« gemeldet, und jetzt hatte sie ihn an der Strippe.

Sie sagte: »Was gibt's?«

»Wie meine selige Mutter sagen würde: ›Sprich nicht mit mir in diesem Ton‹«, entgegnete er. »Sie ist wieder aus dem Krankenhaus draußen.«

»Wer? Ihre Mutter? Dann haben Sie doch einen Grund zum Feiern, oder? Ich würde ja mit Ihnen anstoßen, aber ich muss leider arbeiten.«

»Versuchen Sie nicht, mich zu verarschen, Barb. Hier gibt's keine Story, und ich nehme an, dass Sie das genau gewusst haben. Haben Sie eine Ahnung, wie ich meinem Chef gegenüber dastehe?«

Er war also endlich in Italien. Barbara dankte den Göttern.

»Wenn sie *aus* dem Krankenhaus entlassen worden ist, dann bestätigt das ja wohl, dass sie vorher *drin* war, oder?«, antwortete sie. »Es ist nicht meine Schuld, dass sie entlassen wurde. Was ich Ihnen gegeben habe, habe ich Ihnen in gutem Glauben gegeben.«

»Ich bringe den sexgeilen Dad und die Polizistin«, sagte er. »Und zwar einschließlich Fotos. Morgen früh können Sie sich auf der Titelseite der *Source* bewundern. Ich hab den Artikel bereits geschrieben, und ich hänge ihn an meine Mail zum Thema ›Sehen-Sie-mal-was-für-eine-Sensation-ich-ausgegraben-habe‹ an meinen Chef. Und ich werde ihn abschicken. Wollen Sie das oder nicht?«

»Was ich will...« Barbara blickte auf, als jemand an ihrem Schreibtisch stehen blieb. Es war Dorothea Harriman. Sie sagte zu Corsico: »Einen Moment«, dann fragte sie Dorothea: »Ja?«

»Die Chefin wünscht Sie zu sprechen«, sagte Dorothea mit einer Kopfbewegung in Richtung von Arderys Zimmer. Barbara seufzte.

»Okay«, sagte sie. Dann ins Telefon: »Wir müssen das Gespräch später fortsetzen.«

»Sind Sie verrückt geworden?«, fragte Corsico. »Glauben Sie etwa, ich bluffe? Sie können den Artikel nur verhindern, wenn Sie mir entweder Lynley oder Azhar geben. Sie können mir einen Kontakt verschaffen, den sonst niemand hat, und ich schwöre Ihnen, Barb, wenn Sie nicht bald damit rüberkommen...«

»Ich werde mich direkt mit Inspector Lynley in Verbindung setzen«, log sie. »Zufrieden? Superintendent Ardery will mich sprechen, und so gern ich dieses anregende Gespräch fortsetzen würde, ich muss jetzt auflegen.«

»Ich gebe Ihnen eine Viertelstunde, Barb. Wenn ich bis dahin nichts von Ihnen höre, klicke ich auf *Senden*, und der Artikel steht morgen in der Zeitung.«

»Uh, ich zittere jetzt schon«, sagte sie, knallte den Hörer auf die Gabel und fragte Dorothea: »Was will Ihre Hoheit denn von mir? Irgendeine Ahnung?«

»Detective Inspector Stewart ist bei ihr.« Sie klang bedrückt. Kein gutes Zeichen.

Barbara überlegte, ob sie sich kurz ins Treppenhaus zurückziehen und mit einer Zigarette stärken sollte, doch dann sagte sie sich, dass es kein kluger Schachzug wäre, Isabelle Ardery warten zu lassen. Also folgte sie Dorothea ins Chefzimmer, wo sie Ardery im Gespräch mit John Stewart vorfand, der aus irgendeinem Grund einen Stapel Ordner mitgebracht hatte. Das sah gar nicht gut aus.

Barbara nickte Stewart und Ardery zu, sagte jedoch nichts. Aber ihre grauen Zellen arbeiteten auf Hochtouren. Sie konnte sich nicht vorstellen, wie Stewart rausgefunden haben könnte, dass sie, bevor sie die von ihm aufgetragenen Befragungen durchgeführt hatte, Dwayne Doughty in die Mangel genommen hatte. Und selbst wenn er dahintergekommen war – sie hatte die verdammten Befragungen ordnungsgemäß durchgeführt. Was wollte der verfluchte Mistkerl noch von ihr?

Stewart wollte gar nichts von ihr. Ebenso wie Barbara war er zu Ardery zitiert worden, und ebenso wie Barbara hatte er keine Ahnung, warum.

Ardery verlor keine Zeit, sie beide ins Bild zu setzen. Sie sagte: »John, ich werde Sergeant Havers für ein paar Tage einem anderen Fall zuteilen. Es hat sich etwas Neues ergeben bei der Ermittlung in ...«

»*Was?*« Stewart starrte Ardery an wie ein kleiner Junge, dessen Luftballon gerade geplatzt war – und sie wäre die Übeltäterin mit der Nadel.

Ardery ließ einen Moment verstreichen. Dann sagte sie langsam und deutlich: »Ich wusste nicht, dass Sie neuerdings einen Gehörschaden haben. Ich sagte, ich werde DS Havers einer anderen Ermittlung zuteilen.«

»Was für eine verdammte andere Ermittlung?«, wollte Stewart wissen.

Ardery richtete sich kaum merklich noch ein bisschen mehr auf. »Ich glaube kaum, dass Sie das etwas angeht.«

»Sie haben sie meinem Team zugeteilt«, konterte er. »Und da bleibt sie auch: in meinem Team.«

»Wie bitte?« Stewart saß Ardery gegenüber, die Aktenordner immer noch auf dem Schoß. Ardery erhob sich zu voller Größe und beugte sich vor, die manikürten Fingerspitzen auf dem Schreibtisch aufgestützt. »Ich glaube nicht, dass Sie sich in einer Position befinden, die Sie zu solchen Bemerkungen berechtigt«, sagte sie. »Vielleicht brauchen Sie einen Moment Zeit, um Ihre Gedanken zu ordnen? Ich an Ihrer Stelle würde mir die Zeit nehmen.«

»Auf welchen Fall setzen Sie sie an?«, verlangte er zu wissen. »Alle Teams haben genug Leute. Wenn das hier ein Machtspiel sein soll, da spiele ich nicht mit.«

»Sie sind ja völlig neben der Spur.«

»Ach, für Sie bin ich doch permanent neben der Spur. Wissen Sie, was ich hier habe? Hier in diesen Ordnern?« Er hob den Stapel und schüttelte ihn vor ihrer Nase. Barbara rutschte das Herz in die Hose.

»Es interessiert mich nicht im Geringsten, was Sie da haben, es sei denn, es handelt sich um die Unterlagen über eine Verhaftung, die Sie in einem Ihrer Fälle vorgenommen haben.«

»Ja, das kann ich mir vorstellen«, sagte Stewart. »Sie interessieren sich für *gar* nichts, außer…« Er brach im letzten Moment ab. »Vergessen Sie's. Also gut. Sie teilen sie einem anderen Fall zu. Bitte sehr. Wir wissen ja alle, für wen sie arbeiten wird – er ist sowieso der Einzige, der Barbara Havers überhaupt in seinem Team haben will –, und wir alle wissen auch, warum Sie sie ihm so bereitwillig überlassen.«

Barbara sog scharf die Luft ein, gespannt, wie Ardery darauf reagieren würde.

Ardery fragte ungerührt: »Was wollen Sie damit andeuten, John?«

399

»Ich glaube, das wissen Sie genau.«

»Und ich glaube, Sie wären gut beraten, sich genau zu überlegen, in welche Richtung Sie marschieren. DS Havers wird direkt für mich arbeiten, in einer Sache, die einen anderen Polizisten betrifft. Und damit ist das Thema beendet. Haben wir uns verstanden, oder müssen wir diese Diskussion eine Etage höher weiterführen?«

Stewart sah Ardery an. Sie hielt seinem Blick stand. Ihr Gesicht war ausdruckslos, seines gerötet. Barbara wusste, dass sie beide wütend waren. Einer von beiden würde nachgeben müssen, und das würde nicht Ardery sein. Ob Stewart es tun würde, blieb abzuwarten. Seit Jahren war sein Verhalten von einem abgrundtiefen Frauenhass bestimmt, und es war schwer einzuschätzen, ob er diesen Hass lange genug würde unter Kontrolle halten können, um sich aus Arderys Zimmer zu verziehen und wieder an seine Arbeit zu gehen, ehe sie ihn einen Kopf kürzer machte.

Schließlich stand er auf. »Ich habe verstanden«, sagte er steif. Dann verließ er das Zimmer, ohne Barbara noch eines Blickes zu würdigen. Sie fragte sich allerdings, was er da in seinen Ordnern hatte. Es war bestimmt nichts Gutes.

Ardery bedeutete Barbara, auf einem der Stühle vor ihrem Schreibtisch Platz zu nehmen. Barbara wählte den, auf dem Stewart nicht gesessen hatte, um ihre Hose bloß nicht mit seinen Ausdünstungen zu besudeln.

»Italien streckt seine Tentakel nach London aus«, sagte Ardery, nachdem sie sich beide gesetzt hatten. »DI Lynley hat mich heute Morgen angerufen. Er braucht hier jemanden an dem Fall.«

Also doch Lynley, dachte Barbara. Obwohl Stewarts Vermutung seiner Gehässigkeit geschuldet war, hatte er nicht weit danebengelegen. Sie dankte Lynley im Geiste für seine Bemühungen, sie in sein Team zu holen. Er wusste, wie groß ihre Sorge um Hadiyyah und Azhar war, wusste um die tiefe Freundschaft, die sie mit den beiden verband, und vor allem, wie unangenehm es ihr war, mit John Stewart zusammenarbeiten zu müssen. Sie war Lynley was schuldig, und sie würde sich erkenntlich zeigen, sie würde keine Mühe scheuen, um dieser Sache auf den Grund…

»Eins möchte ich klarstellen, DS Havers«, sagte Ardery. »DI Lynley wollte Winston haben. Er ist natürlich seine erste Wahl, da Winston sich im Gegensatz zu Ihnen strikt an Anweisungen hält. Aber ich möchte Ihnen Gelegenheit geben, mir zu beweisen, dass Sie das auch können. Gibt es irgendetwas über Ihre Zeit in John Stewarts Team, das Sie mir sagen wollen, ehe ich Ihnen mitteile, was Sie für den Inspector tun sollen?«

Das war die Gelegenheit für ein Geständnis, dachte Barbara. Sie konnte ihrer Chefin allerdings nicht sagen, dass sie in den vergangenen Tagen mehr als einmal eigene Wege gegangen war, denn damit würde sie riskieren, dass Ardery sie sofort wieder von dem Fall abzog, auf den sie sie gerade erst angesetzt hatte. Also sagte sie: »Es ist kein Geheimnis, dass John Stewart und ich uns nicht besonders grün sind, Chefin. Ich gebe mir Mühe. Vielleicht tut er das ja auch. Aber wir sind wie Katz und Hund.«

Ardery schaute Barbara eine Weile nachdenklich an. Dann sagte sie langsam: »Also gut.« Sie nahm den obersten Bericht von einem Stapel auf ihrem Schreibtisch und reichte ihn Barbara.

»Die Polizei in Italien hat die Drahtzieher der Entführung in London lokalisiert.«

»Dwayne Doughty, stimmt's?«, sagte Barbara.

Ardery nickte. »Man hat in Italien jemanden verhaftet, der offenbar in Doughtys Auftrag gehandelt hat. Anscheinend hat er das Mädchen ohne große Schwierigkeiten gefunden, aber anstatt den Vater zu informieren, ist Doughty auf die Idee gekommen, die Kleine entführen zu lassen. Was danach mit ihr passiert ist, wusste der Italiener nicht. Er behauptet, nur nach und nach seine Anweisungen erhalten zu haben. Nach dem Motto: Schnappen Sie sich die Kleine, dann sage ich Ihnen, wie es weitergeht.«

»Dieser Scheißkerl«, sagte Barbara. »Ich bin mit Azhar zu Doughty gefahren, nachdem Angelina mit Hadiyyah verschwunden war. Er wirkte grundehrlich. Er hat ein bisschen recherchiert und uns dann erklärt, er hätte nicht die geringste Spur von den beiden gefunden, tut mir furchtbar leid, Mr Azhar.« Barbara erwähnte nichts von dem, was Doughty über Azhar herausgefunden hatte: das Berlin-Alibi, *Khushi* oder was auch immer. Und sie erwähnte erst recht nichts von dem, was Doughty während der Vernehmung auf dem Revier in der Bow Road behauptet hatte, denn Ardery wusste nichts von ihrem Ausflug in die Bow Road, und sie wollte es ihr auch nicht auf die Nase binden.

»Tja«, sagte Ardery. »Jedenfalls steckt der Mann da irgendwie mit drin, und Lynley hätte gern Einzelheiten. Man hat mir gesagt, dass kein Lösegeld für das Mädchen gefordert wurde, ich vermute also, dass noch jemand anders hinter Doughty steckt. Rufen Sie den Inspector an, falls Sie noch Fragen haben.«

»Mach ich«, sagte Barbara.

Ardery händigte Barbara den Bericht aus Italien aus und musterte sie. »Wenn das hier vorbei ist, möchte ich sehen, dass Sie Ihre Aufgabe absolut professionell erledigt haben, Sergeant Havers. Sollte das nicht der Fall sein, werden wir uns über etwas ganz anderes unterhalten müssen. Habe ich mich klar genug ausgedrückt?«

So klar wie Kloßbrühe, dachte Barbara. Sie sagte: »Ja, Chefin. Ich werde Sie nicht enttäuschen.«

Ardery entließ sie. Sie wirkte nicht überzeugt.

BOW
LONDON

Barbara entschloss sich, nicht mit Doughty anzufangen. Wenn sie ihn mit dem konfrontierte, was Michelangelo Di Massimo der Polizei in Lucca gegenüber ausgesagt hatte, würde er garantiert mit einer vollkommen logischen Erklärung für alles aufwarten. Barbara konnte sich sogar schon vorstellen, wie die lauten würde: Ich hab den Mann angeheuert, um die Kleine ausfindig zu machen, und er hat mir geschworen, er hätte alle Möglichkeiten ausgeschöpft, leider ohne Ergebnis. Wollen Sie etwa behaupten, es ist *meine* Schuld, dass er sie gefunden und mir nichts davon gesagt hat? Wollen Sie behaupten, ich hätte ihn dazu angestiftet, sie zu entführen und Gott weiß wem zu weiß der Himmel welchem Zweck zu übergeben? Hören Sie Sergeant, Di Massimo war in Italien in einer viel besseren Position als ich, das Mädchen zu entführen und in irgendeinem Unterschlupf zu verstecken. Glauben Sie etwa, ich kenne Italien gut genug – wo ich übrigens noch nie gewesen bin –, um das Mädchen verschwinden zu lassen? Und warum hätte ich das tun sollen? Für Geld? Wessen Geld? Ich kenne diese Leute überhaupt nicht. *Haben* die überhaupt Geld?

Und so würde er sie ermüden mit seiner Logik oder Unlogik oder was auch immer. Sie würde also nicht mit ihm anfangen. Sie würde sich als Erstes Emily Cass vorknöpfen.

Barbara machte sich daran, möglichst viele Informationen zu sammeln, die ihr in einem Gespräch mit der jungen Frau von Nutzen sein konnten. Es stellte sich heraus, dass Emily Cass durchaus nicht ungebildet war. Sie hatte zwar an der University of Chicago Wirtschaftswissenschaften studiert, aber danach immer Jobs gemacht, die darauf schließen ließen, dass die Geschäfts- und Finanzwelt nicht ihre erste Wahl war: Sie hatte als Sicherheitsberaterin in Afghanistan gearbeitet, als Leibwächterin für die Kinder eines unbedeutenden Zweigs der saudischen

Königsfamilie, als persönliche Beraterin einer Hollywoodschauspielerin und als Hilfsköchin auf einer Yacht, deren Eigentümer einer der größten britischen Ölmagnate war. Sie hatte buchstäblich schon auf der ganzen Welt gearbeitet. Wie sie ausgerechnet als Assistentin bei einem Privatdetektiv gelandet war, war Barbara ein Rätsel.

Ihr polizeiliches Führungszeugnis war allerdings sauber. Sie stammte aus der gehobenen Mittelschicht – Vater Augenarzt, Mutter Kinderärztin. Drei ihrer Brüder waren Ärzte, der vierte ein erfolgreicher Formel-1-Rennfahrer. Es war also nachvollziehbar, dass sie weder ihren eigenen noch den Ruf ihrer Familie in Mitleidenschaft ziehen wollte, indem sie mit dem Gesetz in Konflikt geriet. Barbara glaubte, dass sie bei ihr ziemlich gute Chancen hatte, wenn sie mit ihrem Dienstausweis wedelte.

Sie hatte allerdings nicht die Absicht, Em Cass in Dwayne Doughtys Büro aufzusuchen. Ein Anruf kam auch nicht in Frage, denn sie wollte ihr keine Zeit geben, den Privatdetektiv über Barbaras bevorstehenden Besuch zu informieren. Stattdessen bezog sie Posten an einem Fenstertisch im Roman Café gegenüber dem Gebäude, in dessen erstem Stock die Detektei untergebracht war, und wartete darauf, dass Em Cass herauskam.

Bis es endlich so weit war, hatte Barbara zwei Portionen Kebab und eine Backofenkartoffel mit Käse und Chili verdrückt. Die Leute, die das Café betrieben, sahen sie schon komisch an – wahrscheinlich fragten sie sich, an was für einer Essstörung sie litt. Sie lächelten jedoch freundlich, als sie bezahlte, und erkundigten sich, ob sie verheiratet sei – vielleicht suchten sie noch nach einer passenden Braut für einen ihrer Söhne. Barbara war froh, endlich aus dem Café rauszukommen, und noch mehr freute sie sich, als sie sah, dass Emily, die Laufschuhe trug, auf sie zukam und sich nicht in die entgegengesetzte Richtung auf den Weg machte, denn sie hätte sie unmöglich einholen können.

Barbara trat auf den Bürgersteig und stellte sich der jungen

Frau in den Weg. »Wir beide müssen uns unterhalten«, meinte sie nur und packte Em Cass am Arm. Und ehe diese davonlaufen oder zurück ins Büro flüchten konnte, bugsierte sie sie ohne viel Federlesens in einen Pub auf der gegenüberliegenden Straßenseite und setzte sie an einen Tisch neben einem Spielautomaten, an dem ein Schild mit der Aufschrift »außer Betrieb« klebte.

»Hören Sie gut zu«, sagte Barbara. »Michelangelo Di Massimo hat Sie und Ihren Kompagnon an die italienische Polizei verraten. Das ist für Sie vielleicht kein allzu großes Problem, da das mit der Auslieferung so eine Sache ist und Sie längst Großmutter sein könnten, ehe Sie einem italienischen Staatsanwalt gegenübertreten müssten. *Aber* – und das wiederum ist das Gute an der Sache, Emily – ein Kollege von mir ist als Verbindungspolizist da unten. Ein Wort von ihm – abgesehen von allem, was er mir bereits erzählt hat –, und Sie werden dringend einen Anwalt brauchen. Haben Sie mich verstanden, oder muss ich noch deutlicher werden?«

Emily Cass schluckte mühsam. Barbara überlegte kurz, ob sie ihr ein Bier spendieren sollte, sagte sich jedoch dann, dass sie sich die Kosten sparen konnte, wenn sie der Frau etwas Zeit ließ, über das nachzudenken, was sie ihr als Nächstes sagen würde.

»Ich nehme an, dass Sie bei der Sache eher eine Nebenrolle gespielt haben. Sie haben ein bisschen rumtelefoniert, sich hier und da als jemand anders ausgegeben, um die Informationen zu bekommen, die Sie brauchten, aber Sie haben es auf Anweisung von jemand anders getan, und wir beide wissen ja, wer dieser Jemand ist, nicht wahr?«

Emily hatte sie die ganze Zeit angesehen. Jetzt schaute sie kurz aus dem Fenster, dann wandte sie sich Barbara wieder zu. Sie befeuchtete sich die Lippen.

»Also«, sagte Barbara, »wenn Sie für das Telefonieren zuständig sind und alle möglichen Rollen spielen, von der tattrigen alten Oma bis zur Herzogin von Cambridge, dann vermute ich mal, dass Sie nicht die Einzige sind, die für unseren guten alten Dwayne arbeitet. Der Mann ist nicht dumm. Er sagt ganz locker zu mir, bitte sehr, überprüfen Sie ruhig alle meine Akten und Rechner, wenn Sie mir nicht glauben, und das wiederum sagt mir, dass da noch jemand beteiligt ist, und zwar einer, der sich mit Computern auskennt, einer, für den das ein verdammtes Kinderspiel ist. Ich will seinen Namen, Emily. Ich vermute, dass es dieser Bryan ist, den Doughty anfangs mal erwähnt hat. Ich will seine Telefonnummer, seine E-Mail-Adresse, seine Postadresse und so weiter. Wenn ich das alles von Ihnen bekomme, können wir als Freunde auseinandergehen. Mit anderen wird das nicht so einfach sein. Irgendwann kommt der Punkt, an dem der gesunde Menschenverstand einem flüstert, dass es an der Zeit ist, seinen eigenen Hals zu retten. Ich würde sagen, der Punkt ist gekommen. Was meinen Sie?«

So. Die Karten waren auf dem Tisch. Barbara wartete gespannt. Die Sekunden vergingen. Der Wind trieb eine gelbe Plastiktüte über die Straße, und ein muslimischer Geistlicher trat aus einer schmalen Tür, eine Gruppe kleiner Jungen im Schlepptau. Barbara beobachtete die Kinder und dachte, wie die Zeiten sich doch geändert hatten in London. Niemand wirkte mehr unschuldig. Ein simpler Ausflug konnte alles Mögliche bedeuten. Die Welt wurde immer mehr zu einem unwirtlichen Ort.

»Bryan Smythe«, sagte Emily leise.

Barbara wandte sich ihr wieder zu. »Und was macht Bryan Smythe so …?«

»Telefondaten, Bankdaten, Kreditkartendaten, E-Mails, Internetrecherche, Computerpfade. Alles, was mit Computertechnologie zu tun hat.«

Barbara zückte ihren Notizblock. »Wo finde ich ihn?«

Emily nahm ihr Handy zurate, las die Daten vor – Bryan Smythes Adresse und Telefonnummern – und ließ das Handy wieder in ihre Tasche gleiten. »Er wusste nicht, welchem Zweck das Ganze diente. Er hat nur getan, was Dwayne ihm aufgetragen hat.«

»Keine Sorge«, sagte Barbara. »Ich weiß, dass Dwayne der große Fisch ist.« Sie verstaute ihren Notizblock in ihrer Umhängetasche und stand auf. »Sie sollten sich vielleicht nach einem anderen Job umsehen. Ganz unter uns – das Detektivbüro Doughty wird demnächst ziemlich den Bach runtergehen.«

Sie ließ die junge Frau in dem Pub sitzen. Als Nächstes steuerte sie Dwayne Doughtys Büro an. Mit Bryan Smythes Namen und Adresse in der Tasche hatte sie gar keine schlechten Karten.

Im ersten Stock klopfte sie zweimal an die Tür und trat ein, ehe sie hereingebeten wurde. Doughty befand sich gerade im Gespräch mit einem Mann mittleren Alters, der aussah wie ein Banker. Beide Männer standen über ein paar Fotos gebeugt, die auf Doughtys Schreibtisch ausgebreitet waren, und der Banker zerdrückte dabei ein Taschentuch in seiner Faust.

Doughty blickte auf. »Was fällt Ihnen ein?«, bellte er. »Wir sind mitten in einem Geschäftsgespräch.«

»Tut mir furchtbar leid.« Barbara zückte ihren Dienstausweis und hielt ihn dem armen Mann unter die Nase, der offenbar gerade mit der kalten, harten und zweifellos auch widerlichen Tatsache konfrontiert wurde, dass jemand ihn betrog. »Ich muss dringend mit Mr Doughty reden«, sagte sie. Nach einem kurzen Blick auf die Fotos, auf dem zwei nackte junge Männer zu sehen waren, die ein bisschen allzu begeistert in einem von Bäumen umstandenen Teich herumtollten, fügte sie hinzu: »Was hat dieser bescheuerte Regisseur noch gesagt? Wo die Liebe hinfällt …«

Doughty beeilte sich, die Bilder einzusammeln. »Verdammtes Miststück.«

»Ich büße für meine Sünden«, sagte sie.

Der Banker wollte gerade sein Scheckbuch zücken, aber Barbara packte ihn am Arm und bugsierte ihn zur Tür. »Mr

407

Doughty ist heute großzügig – das geht aufs Haus.« Sie schaute ihm nach, als er mit hängendem Kopf die Treppe hinunterstieg, und wünschte ihm, dass der Rest seines Tages besser verlief als seine Besprechung mit Doughty.

Sie schloss die Tür. Doughty war vor Wut hochrot angelaufen. »Wie können Sie es wagen!«, schrie er sie an.

»Bryan Smythe«, sagte sie. »Und Michelangelo Di Massimo, der leider keinen Bryan Smythe zu seiner Verfügung hat. Sein Computer wird nicht so blitzsauber sein wie Ihrer. Dasselbe gilt für seine Telefondaten, nehm ich mal an. Und dann ist da auch noch sein Bankkonto, und was sich darauf findet, sobald wir es überprüfen.«

»Ich habe Ihnen doch gesagt, dass ich Di Massimo angeheuert habe, um für mich ein paar Dinge zu ermitteln«, blaffte Doughty. »Aus was für einem gewichtigen Grund kommen Sie jetzt mit diesem alten Hut?«

»Weil Sie mir nicht gesagt haben, dass Sie Di Massimo beauftragt haben, Hadiyyah zu entführen.«

»Ich habe ihn *nicht* mit der Entführung beauftragt, Sergeant. Das habe ich Ihnen bereits gesagt, und ich sage es Ihnen noch mal. Wenn Sie etwas anderes vermuten, wird es Zeit, dass Sie einen Rat von mir annehmen.«

»Und der wäre …?«

»Kümmern Sie sich um den Professor. Taymullah Azhar. Das Ganze war seine Idee, aber das passt Ihnen nicht in den Kram, stimmt's? Also musste ich die Arbeit für Sie erledigen, und das war kein großes Vergnügen, glauben Sie mir.«

»Ich habe sein Berlin-Alibi …«

»Vergessen Sie Berlin. Diese Sache mit Berlin hat von Anfang an zum Himmel gestunken. Klar war er da. Er hat seinen Vortrag gehalten und an Podiumsdiskussionen teilgenommen und sich ständig im Hotel blicken lassen wie ein pakistanischer Kistenteufel. Er hätte sich notfalls mitten in der Lobby das Bein gebrochen, um dafür zu sorgen, dass man sich dort an ihn erinnert. Aber das war gar nicht nötig, weil alle seine Kollegen jedes Wort glauben, das aus seinem Mund kommt. Genauso wie ich. Und genauso wie Sie, wenn wir schon mal dabei sind.«

Er ging zu einem seiner Aktenschränke, riss eine Schublade auf und nahm einen Ordner heraus. Er warf den Ordner auf den Schreibtisch und ließ sich wieder auf seinen Stuhl fallen. »Setzen Sie sich, verdammt noch mal, und lassen Sie uns ausnahmsweise mal ein vernünftiges Gespräch führen«, sagte er.

Barbara traute dem Mann etwa so sehr, wie sie einer Kobra vertrauen würde, die sich ihrem großen Zeh näherte. Mit zusammengekniffenen Augen musterte sie ihn und versuchte zu durchschauen, was er im Schilde führte. Es war zum Verrücktwerden – er sah aus wie immer: durchschnittlich bis auf seine gewaltige Knollennase.

Sie setzte sich. Aber sie hatte nicht vor, sich die Zügel aus der Hand nehmen zu lassen. Sie sagte: »Bryan Smythe wird bestätigen, dass er Ihre Telefondaten frisiert hat, und er wird bestätigen, dass er Ihren Computer gesäubert hat. Dazu noch die Verstellungskünste von Miss Cass und …«

»Vielleicht sollten Sie erst mal einen Blick auf das hier werfen, bevor Sie sich weiter verrennen.« Doughty öffnete eine Mappe und gab ihr zwei Blätter. Es handelte sich um Kopien von heutzutage gängigen Online-Flugtickets für einen Flug von Heathrow, London, nach Lahore. Und es war nur der Hinflug gebucht.

Barbaras Herz begann zu pochen, und sie bekam einen trockenen Mund. Denn die Namen auf den Tickets lauteten Taymullah Azhar und Hadiyyah Upman.

Einen Moment lang konnte sie keinen klaren Gedanken fassen. Sie begriff nicht, was das zu bedeuten hatte, sie begriff nicht, warum diese Tickets existierten, und sie konnte nicht glauben – weil sie es nicht glauben wollte –, dass sich alles, was sie über Taymullah Azhar zu wissen glaubte, in Wohlgefallen auflöste.

Offenbar sah Doughty ihr all das an, denn er sagte: »Ja. Da haben Sie's. Als Geschenk verpackt mit Schleifchen. Eigentlich müsste ich Ihnen das in Rechnung stellen, schließlich hab ich die ganze Arbeit für Sie gemacht.«

»Was ich hier sehe, sind zwei Blatt Papier, Mr Doughty«, entgegnete sie. »Und wie wir beide wissen, kann jedes Schulkind solche Ausdrucke machen, genauso wie jeder im Namen eines anderen ein Flugticket zu irgendeinem Ort auf der Welt buchen kann.«

»Herrgott noch mal, dann sehen Sie sich doch mal die Daten an«, erwiderte er. »Das Abflugdatum ist ziemlich interessant, aber noch viel interessanter ist das Buchungsdatum.«

Barbara las die Daten. Dann versuchte sie zu verstehen, was sie ihr über ihren Freund sagten. Der Flug war für den fünften Juli gebucht, woraus man schließen könnte, dass Azhar gehofft hatte, seine Tochter bis dahin wohlbehalten wiederzuhaben. Oder es ließ darauf schließen, dass das Ticket Monate im Voraus gebucht worden war, als Hadiyyah noch bei ihm in London gewesen war. Aber das Buchungsdatum änderte alles. Es war der zweiundzwanzigste März, lange vor Hadiyyahs Entführung in Italien, jedoch während der Zeit, in der Azhar angeblich keine Ahnung gehabt hatte, wo seine Tochter steckte. Das ließ nur einen Schluss zu, und Barbara konnte es nicht ertragen, darüber nachzudenken, wie sehr sie zum Narren gehalten worden war.

Sie ließ sich einen Moment Zeit, um nach einer Erklärung für diese Information zu suchen. Schließlich sagte sie: »Das kann jeder…«

»Vielleicht, vielleicht auch nicht«, fiel Doughty ihr ins Wort. »Aber die Frage ist doch: Wer außer unserem Freund, dem stillen, bescheidenen, todtraurigen Professor für weiß der Teufel was, würde zwei einfache Flüge nach Pakistan buchen?«

»Jemand, der ihm die Schuld an einem Verbrechen in die Schuhe schieben will – wie Sie zum Beispiel.«

»Ach, das glauben Sie, ja? Dann bitten Sie doch mal Ihre Kollegen vom Special Branch, die Buchung zu überprüfen, denn wir wissen doch beide, dass in diesen Zeiten der allgemeinen Terroristenhysterie jeder, der in ein Land reist, wo die Leute sich Handtücher um den Kopf wickeln und in Bettlaken und Bademänteln auf der Straße rumlaufen, auf Herz und Nieren überprüft wird.«

»Er könnte ...«

»Gewusst haben, dass seine Kleine in Italien entführt werden sollte?«

»Das wollte ich nicht sagen.«

»Aber Sie *wissen*, dass es so ist, Sergeant Havers. Ich glaube, wir können uns darauf einigen, dass wir es mit einem abgekarteten Spiel zu tun haben. Wollen Sie mich jetzt noch weiter belästigen, oder werden Sie dafür sorgen, dass diese Witzfigur von Vater – wenn er denn überhaupt der Vater ist – der Polizei in Italien verrät, wo er die arme Kleine versteckt hält?«

BOW
LONDON

Barbara saß in ihrem klapprigen Mini, zündete sich eine Zigarette an und inhalierte so tief, dass ihr schwindlig wurde. Bevor sie anfing, über alles nachzudenken, musste sie erst mal eine rauchen. Ein bisschen Musik von Buddy Holly konnte nicht schaden. Zum Glück funktionierte ihr Kassettenrekorder ausnahmsweise mal, aber Hollys schnulzige Schmusestimme war im Moment auch nicht das Richtige, um ihre Stimmung zu heben.

Doughty hatte recht. Ein Anruf bei den Kollegen vom Special Branch, und sie würde die Wahrheit über die Tickets nach Lahore erfahren. Es reichte nicht, dass Azhar ein angesehener Professor für Mikrobiologie war. Das allein würde ihn nicht vor

411

einer Überprüfung bewahren. Wenn es um eine Reise in ein muslimisches Land ging, würde ein Mann mit Namen Taymullah Azhar durchleuchtet werden, erst recht, wenn er nur einen einfachen Flug buchte. Wahrscheinlich hatten die Leute vom SO12 ihn sowieso schon längst unter die Lupe genommen, weil allein der Kauf des Tickets – wenn er denn der Käufer war – alle Alarmglocken läuten ließ. Barbara brauchte also nur ihr Handy herauszunehmen, in der Met anzurufen und sich die Schreckensbotschaft anzuhören. Oder auch die guten Nachrichten, dachte sie. Sie hoffte inständig, dass es Letzteres sein würde.

Nachdem sie ihre Zigarette aufgeraucht und die Kippe aus dem Fenster geschnippt hatte, ging sie in Gedanken die Fakten durch, die sie bisher zusammengetragen hatte, und versuchte verzweifelt, alles in einen logischen Zusammenhang zu bringen. Von Lynley wusste sie, dass für Di Massimo Dwayne Doughty in London als Drahtzieher feststand. Emily Cass hatte mit dem Finger in dieselbe Richtung gezeigt. Doughty hatte alles zu verlieren, falls sich dieser Verdacht bestätigte. Das wusste er nur zu gut, und deshalb hatte er natürlich dafür gesorgt, seine Spuren zu verwischen.

Das würde Bryan Smythe bestätigen können. Barbara brauchte ihn nur in die Enge zu treiben, ihm zu garantieren, dass die Polizei ihn in Ruhe lassen würde, wenn er ihr sein Herz ausschüttete, und fertig war die Laube. Wahrscheinlich brauchte sie den Mann nicht einmal persönlich aufzusuchen. Ihrer Erfahrung nach erschöpfte sich der Mut dieser Computerfreaks darin, dass sie hinter geschlossenen Türen in einem abgedunkelten Raum vor ihren Bildschirmen hockten und ihr Unwesen trieben. Wenn er hörte, dass die Polizei ihm auf der Spur war, würde er sofort einknicken und ihr alles erzählen, was er wusste. Barbara war sich nur nicht so sicher, ob sie *alles* wissen wollte.

Im Grunde war Barbara klar, dass Bryan Smythe alles bestätigen würde. Emily Cass hätte ihr seinen Namen nicht genannt, wenn daran der geringste Zweifel bestünde. Denn wahrscheinlich hatte Emily ihn sofort nach dem Gespräch mit Barbara angerufen und ins Bild gesetzt. Und kurz darauf hatte sich sicherlich auch Dwayne Doughty bei Smythe gemeldet, um ihn vorzuwarnen. Der Privatdetektiv hatte sich leicht ausrechnen können, dass Barbara Smythes Namen von Emily Cass hatte, der Einzigen, die dafür in Frage kam. Emily würde er sich später vorknöpfen, aber als Erstes musste er Smythe warnen: »Eine Polizistin ist auf dem Weg zu dir. Sie kann überhaupt nichts beweisen. Verhalt dich richtig, und du kriegst einen fetten Bonus.«

Also würde er dichthalten. Oder er würde umkippen und plaudern. Oder er würde untertauchen. Oder er würde abhauen – nach Schottland, Dubai, auf die Seychellen. Woher zum Teufel sollte sie wissen, was Bryan Smythe tun würde? Barbara schwirrte der Kopf, und sie zündete sich noch eine Zigarette an.

Plötzlich wusste sie, was sie als Nächstes tun musste. Es blieb ihr nichts anderes übrig, als Lynley anzurufen und ihm alles über ihren Freund Azhar zu erzählen. Gott, o Gott, wie sollte sie das bloß fertigbringen? Denn es gab bestimmt irgendwo eine Erklärung für alles, sie musste sie nur finden.

Sie könnte Lynley Bryan Smythes Namen nennen. Das hörte sich zumindest so an, als würde sie Fortschritte machen. Er würde ihr sagen, sie solle Smythe zu einer Vernehmung vorladen – oder er würde sie fragen, warum sie das nicht schon längst getan hatte. So oder so, sie würde erst mal Zeit gewinnen.

LUCCA
TOSKANA

Nachdem Michelangelo den Namen des Mannes in London genannt hatte, blieb Salvatore keine andere Wahl. Sein nächstes Gespräch mit Fanucci würde nicht angenehm verlaufen, aber es führte kein Weg daran vorbei. Sobald er das hinter sich gebracht hatte, würde er sich auf den Weg in die Apuanischen

Alpen machen und diesem Kloster einen Besuch abstatten, in dem Domenica Medici als Dienstmädchen arbeitete. Es war die einzige Spur, die sie vielleicht zu dem Aufenthaltsort des entführten Mädchens führen würde, und Fanucci hin oder her, Salvatore würde ihr folgen.

Er sprach mit dem Pubblico Ministero per Telefon und versuchte, Fanucci klarzumachen, dass es keinen Beweis für irgendeine Verbindung zwischen Carlo Casparia und irgendjemand anderem gab, von dem sie inzwischen wussten, dass er mit der Entführung zu tun hatte. Dann habe er eben nicht gründlich genug gesucht, konterte Fanucci. Er solle die Ermittlung in diese Richtung sofort wieder aufnehmen. Das ärgerte Salvatore so sehr, dass er einen Fehler beging. »*Magistrato*«, sagte er nachsichtig, »ich weiß, wie sehr Sie sich dafür eingesetzt haben, Carlo als den Hauptschuldigen …« Worauf Fanucci explodierte.

Salvatore hörte sich Fanuccis Tirade geduldig an. Der Staatsanwalt beschimpfte ihn als Versager auf der ganzen Linie, er sei als Polizist ebenso unfähig wie als Ehemann, hatte er doch nicht verhindern können, dass ihm seine Frau davonlief. Abschließend verkündete er, dass Salvatore mit sofortiger Wirkung als Ermittlungsleiter im Fall des verschwundenen Mädchens abgesetzt sei. Jemand, der in der Lage sei, die Anweisungen des Staatsanwalts zu befolgen, würde den Fall übernehmen, und Fanucci befahl Salvatore, dieser Person sämtliche Informationen und Unterlagen zu übergeben.

»Tun Sie das nicht, *magistrato*«, sagte Salvatore. Inzwischen war auch er wütend, vor allem wegen Fanuccis Bemerkung über seine Ehe. »Die Beweise, die Sie für die Schuld dieses Mannes haben, sind reine Hirngespinste. Sie behaupten, er hätte eine Chance gewittert, leicht an Geld zu kommen, und sich das Kind geschnappt, um es zu verkaufen … Aber an wen eigentlich? Wer sollte einem Drogensüchtigen wie Carlo ein Kind abkaufen? Einem Drogensüchtigen, der jedem, der ihm das Geld für den nächsten Schuss gibt, brühwarm erzählt, wie der Handel vonstatten gegangen ist? Hören Sie mir zu, *magistrato*. Ich weiß, dass Sie bei dieser Ermittlung voreingenommen sind. Ich weiß, dass Sie die *Prima Voce* für Ihre Zwecke benutzt haben ...«

Das war zu viel.

»*Basta!*«, schrie Fanucci. »*È finito, Salvatore! Capisci? È tutto finito!*«

Der Pubblico Ministero knallte das Telefon auf den Schreibtisch. Wenn Fanucci sein Telefon zerdepperte, dachte Salvatore grinsend, als die Leitung unterbrochen wurde, dann konnte er ihn auch nicht über seinen Besuch in dem Kloster in den Alpen in Kenntnis setzen. Oder darüber informieren, was Lorenzo Muras Fußballkameraden ihnen über den Mann und dessen privates Training der Kinder im Parco Fluviale erzählt hatten.

Salvatores Leute waren fleißig gewesen. Er hatte inzwischen Fotos von allen Mitgliedern der Fußballmannschaft von Lucca, die zu beschaffen kein großes Problem gewesen war. Fotos von den Eltern sämtlicher Jungen zu bekommen, die Lorenzo Mura trainierte, hatte sich dagegen etwas schwieriger gestaltet. Als Salvatore Mura um die Fotos gebeten hatte, war der misstrauisch geworden und hatte gefragt, was denn die Eltern seiner Fußballjungs mit Hadiyyahs Verschwinden zu tun hätten. Salvatore hatte ihm wahrheitsgemäß geantwortet, dass sie jeden überprüften, der Hadiyyah und ihre Familie auch nur am Rande kannte. Wenn nun der Vater eines Jungen, den er trainierte, mit seiner Arbeit unzufrieden und der Meinung sei, dass man ihm eine Lektion erteilen müsse? Man kann nie wissen, Signor Mura, hatte er dem Mann geantwortet, und deswegen dürfen wir nichts unversucht lassen.

Jetzt gerade waren zwei Polizisten mit all diesen Fotos auf dem Weg zum Gefängnis, um sie Carlo Casparia zu zeigen, in der Hoffnung, seinem drogenvernebelten Gedächtnis irgendetwas entlocken zu können. Immerhin hatte Casparia sich erinnert, dass er gesehen hatte, wie Lorenzo Mura sich auf dem Bolzplatz im Parco Fluviale mit einem Mann getroffen hatte. Es bestand die vage Möglichkeit, dass er diesen Mann auf einem der Fotos wiedererkannte. Und dann hätten sie einen weiteren Hinweis, dem sie nachgehen konnten.

Aber Salvatore musste sich beeilen. Piero Fanucci würde mit der Ernennung eines neuen Ermittlungschefs keine Zeit verlieren. Nur leider würde Salvatore, wenn diese Person auftauchte, um sich über den Stand der Ermittlungen ins Bild setzen zu lassen, nicht an seinem Schreibtisch anzutreffen sein, sondern hoch oben in den Bergen.

Er entschloss sich, den Engländer mitzunehmen. Sollte auch nur die geringste Chance bestehen, dass Roberto Squali das Mädchen in dem Kloster versteckt hatte, dann wäre es sehr hilfreich, jemanden dabeizuhaben, der Englisch sprach. Sollte sich andererseits herausstellen, dass das Schlimmste eingetreten und das Mädchen tot war, konnte Lynley alle wichtigen Informationen vor Ort einholen, und dann könnten sie noch an Ort und Stelle besprechen, welche Einzelheiten über den Tod des Mädchens die Eltern erfahren mussten.

Wie üblich holte er Lynley an der Porta di Borgo ab. Er berichtete ihm in knappen Worten, wie weit sie mit den Fotos und Lorenzo Mura gediehen waren. Er erklärte ihm, der Pubblico Ministero sei beunruhigt und habe ihn zur Eile angehalten. Allerdings erwähnte er nichts davon, dass ihm die Leitung der Ermittlung entzogen worden war.

Das schien auch nicht nötig zu sein. Der Engländer hörte ihm aufmerksam zu, er fragte sogar höflich, ob der Einsatz von Blaulicht nicht angebracht sei.

Und so fuhren sie mit Blaulicht und eingeschalteter Sirene aus der Stadt. Sie wechselten nur wenige Worte auf der rasenden Fahrt zu dem hoch oben in den Bergen versteckten Kloster.

Die Nonnen, die in dem alten Anwesen namens Villa Rivelli lebten, gehörten dem Dominikanerorden an, wie Salvatore in Erfahrung gebracht hatte. Das Kloster lag nicht weit von der Stelle entfernt, an der der glücklose Roberto Squali sein tragi-

416

sches Ende gefunden hatte, und die Straße, auf der er verunglückt war, war die einzige, die zu dem Kloster führte.

Bis auf ein paar Häuser zwei Kilometer vor der Abzweigung zur Villa Rivelli gab es in der Umgebung des Klosters praktisch nichts. Vor langer Zeit hatten die Bediensteten der Villa in diesen Häusern gewohnt. Heute dienten sie Ausländern und wohlhabenden Italienern aus Mailand und Bologna, die im Sommer der Hitze und der Hektik der Großstadt entfliehen wollten, als Ferienhäuser. Es war noch früh in der Saison, es war also kaum anzunehmen, dass jemand vor einigen Wochen Roberto Squali mit einem Kind hatte vorbeifahren sehen. Wenn Squali schlau gewesen war, dann hatte er sowieso den Nachmittag für seine Fahrt gewählt. Um die Uhrzeit würde sich in keinem Ferienhaus jemand gerührt haben, denn nach dem Mittagessen wurde erst einmal *siesta* gemacht. Selbst wenn also um diese Jahreszeit irgendjemand in einem der Ferienhäuser gewesen wäre, hätte niemand etwas bemerkt.

Die Zufahrt zum Kloster lag so versteckt zwischen Eichen und Pinien und wirkte so unbenutzt, dass Salvatore um ein Haar daran vorbeigefahren wäre. Nur ein kleines, hölzernes Kreuz markierte die Abbiegung. Unter dem Kreuz befand sich ein ebenfalls hölzernes Schild mit der eingeschnitzten Aufschrift *V Rivelli*, aber die Buchstaben waren von Flechten überwuchert und kaum noch zu erkennen.

Der Weg war schmal und unbefestigt, übersät mit abgefallenen Ästen, die offenbar schon seit Jahren dort lagen. Nach kurzer, schlingernder Fahrt gelangten sie an ein schmiedeeisernes Tor, das gerade so weit offen stand, dass ein Auto hindurchpasste. Die Auffahrt war auf einer Seite von einer hohen Hecke gesäumt, aus der Vögel aufflogen. Auf der anderen Seite sahen sie ein paar halb verfallene Nebengebäude, einen riesigen Holzstapel und einen verrosteten Schaufelbagger.

Sie fuhren durch vollkommene Stille. Als Salvatore nach etwa einem Kilometer durch eine etwa drei Meter breite Öffnung in der Hecke fuhr, breitete sich vor ihnen eine riesige Rasenfläche aus, auf der die barocke Villa Rivelli sich erhob. Das Gebäude war völlig heruntergekommen, aber das war nicht der einzige Grund, warum es ganz und gar nicht wie ein Nonnenkloster wirkte. In die Fassade waren Nischen eingelassen, in denen Marmorstatuen standen, die nicht etwa katholische Heilige, sondern römische Götter und Göttinnen darstellten. Die größte Überraschung jedoch waren drei Streifenwagen der Carabinieri vor dem Gebäude, die Salvatore veranlassten, Lynley einen Blick zuzuwerfen mit der Befürchtung, dass sie zu spät gekommen waren.

Die Polizei fuhr nicht ohne Grund zu einem Kloster und klopfte einfach so an die Tür. Die Nonnen empfingen keine Besucher. Wenn die Carabinieri also hier waren, konnte man davon ausgehen, dass man sie gerufen hatte. Salvatore und Lynley gingen auf zwei bewaffnete Polizisten zu, die ihnen durch dunkle Sonnenbrillen mit ausdrucksloser Miene entgegensahen.

Es stellte sich heraus, dass Salvatore richtig vermutet hatte. Ein Anruf aus dem Kloster hatte die Polizisten an diesen abgelegenen Ort gebracht. Ihre Chefin, Brigadiere Miranda war eingelassen worden und unterhielt sich vermutlich gerade mit der Person, die die Carabinieri gerufen hatte. Die anderen Kollegen sahen sich gerade auf dem Klostergelände um. Was für ein lauschiges Plätzchen, was? Eine Schande, dass die Damen, die hier leben, es nicht genießen können. Gärten, Springbrunnen, ein Teich, Wald… Die Polizisten schüttelten den Kopf angesichts einer derartigen Verschwendung.

»Wo ist der Eingang?«, fragte Salvatore. Er konnte sich nicht vorstellen, dass man in das Kloster hineinkam, indem man einfach an die doppelflügelige Tür klopfte. Er lag richtig mit seiner Vermutung. Die Chefin sei um das Gebäude herumgegangen, erklärte ihm einer der beiden Carabinieri. Salvatore und Lynley gingen in die Richtung, in die er zeigte. Vor einer schmalen, etwas tiefer gelegenen Tür, zu der ein paar Stufen hinunterführten, stand ein weiterer Polizist. Sie zeigten ihm ihre Dienstausweise.

Die Polizei in Italien war bekannt für ihre Kompetenzstreitigkeiten. In der Regel war es die Polizeiabteilung, die als Erste am Tatort erschien, die die Kontrolle über die Ermittlung an sich riss, vor allem dann, wenn es sich um die Polizia di Stato und die Carabinieri handelte. Aber Salvatore stellte fest, dass an diesem Tag alles anders war. Nachdem der Polizist ihre Ausweise begutachtet und sie dann angesehen hatte, als würden ihre Gesichter ihm geheime Informationen verraten, trat er von der Tür weg. Er hatte offenbar nichts dagegen, dass sie das Kloster betraten.

Sie durchquerten die große Küche, in der sich niemand aufhielt. Dann stiegen sie eine steinerne Treppe hoch, in der ihre Schritte von den Wänden widerhallten. Sie folgten einem Korridor, der sie in eine Kapelle führte, wo neben dem Tabernakel eine Kerze brannte, das erste Anzeichen von Leben in dem Gebäude.

Von der Kapelle gingen drei weitere Korridore ab. Salvatore fragte sich gerade, welchem sie folgen müssten, um auf ein menschliches Wesen zu treffen, als er leise Frauenstimmen und das Geräusch von Schritten hörte. Jemand sagte: »Alles gut. Machen Sie sich keine Sorgen. Sie haben richtig gehandelt.«

Zwei Frauen kamen hinter einem hölzernen Gitterwerk hervor, das den Eingang zu dem Korridor verbarg, der dem Altar am nächsten lag. Eine der beiden Frauen trug den Habit der Dominikanerinnen, die andere die Uniform der Carabinieri. Die Nonne blieb abrupt stehen, als sie die beiden Männer erblickte. Sie wandte sich ab, als wollte sie zurück in den Korridor flüchten. »Wer sind Sie?«, wollte Mirenda wissen.

Sie befänden sich in einem Nonnenkloster, klärte sie sie auf. Wie sie sich Zugang verschafft hätten?

Salvatore wies sich aus und erklärte ihr, wer Lynley war. Sie seien hier im Zusammenhang mit dem Fall des in Lucca verschwundenen Mädchens, Brigadiere Mirenda habe doch sicher davon gehört.

Selbstverständlich hatte sie von dem Fall gehört, erwiderte sie, schließlich lebte sie, im Gegensatz zu der Nonne, die sich in den Schatten zurückgezogen hatte, nicht in einer abgeschotteten Welt. Aber anscheinend war sie aus einem anderen Grund in das Kloster gerufen worden, oder sie hatte den Grund, den man ihr für ihr Kommen angegeben hatte, noch nicht mit der Entführung in Verbindung gebracht.

Die Nonne, die immer noch im Schatten verborgen stand, so dass man ihr Gesicht nicht sehen konnte, murmelte leise etwas.

Salvatore erklärte, er und Lynley würden mit der Mutter Oberin reden müssen. Selbstverständlich sei ihm bewusst, dass die Nonnen normalerweise nicht mit Menschen redeten, die nicht zum Kloster gehörten, vor allem, wenn es sich um Männer handelte, aber es gehe um eine Angelegenheit von äußerster Dringlichkeit, da eine Frau namens Domenica Medici im Kloster arbeite, die die Schwester des Mannes sei, der das kleine Mädchen aus Lucca entführt habe.

Mirenda schaute die Nonne an. »Was wollen Sie tun?«

Salvatore hätte ihr gern gesagt, dass es nicht darum ging, was die Nonne zu tun beabsichtigte. Es handelte sich schließlich um eine polizeiliche Ermittlung, da konnte auf die Klostertraditionen keine Rücksicht genommen werden. Wo sie Domenica Medici finden könnten, fragte er. Ihre Eltern hätten ihnen gesagt, dass die junge Frau hier im Kloster wohne. Roberto Squali sei auf dem Weg hierher tödlich verunglückt. Die Spurensicherung habe Fingerabdrücke des verschwundenen Mädchens in seinem Auto gefunden.

Mirenda bat sie, in der Kapelle zu warten. Das gefiel Salvatore zwar nicht, doch er zeigte sich kompromissbereit. Die Carabinieri hatten nicht zufällig eine Frau hergeschickt, und wenn es ihr gelang, ihnen die Türen des Klosters zu öffnen, dann konnte er damit leben.

Sie nahm die Nonne am Arm, dann verschwanden sie hinter dem Gitterwerk. Wenige Minuten später kam die Polizistin zurück. In ihrer Begleitung war jetzt eine andere Nonne, die nicht so sehr vor ihnen zurückschreckte wie die erste. Das sei die Mutter Oberin, erklärte ihnen Mirenda. Sie habe die Carabinieri in die Villa Rivelli gerufen.

»Sie möchten Domenica Medici sprechen?« Die Mutter Oberin, groß und stattlich, wirkte alterslos in ihrem schwarz-weißen Habit. Sie trug die gleiche Art randloser Brille wie die Nonnen in Salvatores Jugend. Damals hatten diese Brillen komisch gewirkt, furchtbar altmodisch. Jetzt wirkte sie unglaublich modern, wie etwas, das so gar nicht zu dem Erscheinungsbild der Mutter Oberin zu passen schien. Sie fixierte ihn mit einem Blick, der ihm nur zu vertraut war aus seiner Schulzeit. Dieser Blick verlangte die Wahrheit und machte deutlich, dass alles andere sowieso herauskommen würde.

Er berichtete, was er von Domenica Medicis Eltern erfahren hatte: dass ihre Tochter im Kloster lebte und dort als Dienstmädchen tätig war. Er fügte hinzu, was er Brigadiere Mirenda bereits gesagt hatte, nämlich dass es sich um eine wichtige Angelegenheit handle. Es gehe um das Verschwinden eines Kindes.

»Domenica Medici ist hier«, sagte Mirenda. »Aber es befindet sich kein Kind innerhalb der Klostermauern.«

»Haben Sie eine Durchsuchung durchgeführt?«, fragte Salvatore.

»Nein, das brauchte ich nicht«, antwortete Brigadiere Mirenda.

Im ersten Moment glaubte Salvatore, sie wolle damit sagen, dass das Wort der Mutter Oberin ihr ausreichte, und er sah Lynley an, dass er dasselbe dachte, denn er neigte den Kopf und murmelte: »Sehr merkwürdig.«

Allerdings, dachte Salvatore. Dann erklärte die Mutter Oberin, es sei ein kleines Mädchen im Kloster gewesen. Sie selbst habe die Kleine gesehen und gehört. Sie habe angenommen, dass es sich um eine Verwandte von Domenica handelte, die eine Weile zu Besuch war, denn sie sei von Domenicas Vetter hergebracht worden. Sie habe im Garten gespielt und Domenica bei der Arbeit geholfen. Niemand im Kloster habe daran gezweifelt, dass es sich um ein Mitglied der Familie Medici gehandelt habe.

»Die Nonnen haben keinen Kontakt zur Außenwelt«, sagte Mirenda. »Sie wussten nicht, dass in Lucca ein kleines Mädchen verschwunden ist.«

Salvatore war drauf und dran zu fragen, warum man denn dann die Carabinieri ins Kloster gerufen habe, aber Lynley kam ihm zuvor.

Wegen des Geschreis, sagte die Mutter Oberin ruhig. Und wegen der Geschichte, die Domenica ihr aufgetischt habe, als sie sie habe zu sich holen lassen, um zu erfahren, was passiert war.

»Sie glaubt, das Mädchen sei ihr Kind«, schaltete Mirenda sich ein.

»Warum?«, fragte Salvatore.

»Sie ist verrückt«, antwortete Mirenda.

Domenicas Eltern hatten Salvatore erzählt, dass ihre Tochter nicht ganz richtig im Kopf war. Aber dass sie das Mädchen, das ihr Vetter zu ihr gebracht hatte, für ihr eigenes Kind hielt, ließ vermuten, dass die junge Frau mehr als ein bisschen zurückgeblieben war.

Die Mutter Oberin klärte sie über die weiteren Einzelheiten auf und fasste zusammen, was sie vor ihrem Anruf bei den Carabinieri in Erfahrung gebracht hatte. Der Mann, der das Kind ins Kloster gebracht hatte, hatte Domenica geschwängert, als diese siebzehn gewesen war. Jetzt war sie sechsundzwanzig. Vom Alter des Kindes her hätte es durchaus hinkommen können. Aber es war natürlich nicht ihr Kind.

»Warum nicht?«, fragte Salvatore.

Wieder antwortete die Polizistin für die Nonne. »Sie hatte zu

422

Gott gebetet, er möge das Kind aus ihrem Bauch verschwinden lassen, damit ihre Eltern nichts von ihrer Schwangerschaft erfuhren.«

»Und wurde ihr Gebet erhört?«, fragte Lynley.

»Ja«, antwortete Mirenda. Sie habe das Kind tatsächlich verloren. Das habe die junge Frau zumindest der Mutter Oberin erzählt, als diese Domenica wegen des schrecklichen Geschreis des Mädchens hatte holen lassen. Mirenda habe vor, Domenica Medici zu alldem zu befragen. Sie habe nichts dagegen, wenn Lo Bianco und Lynley bei der Befragung anwesend seien.

Bevor sie sich auf den Weg machten, murmelte die Mutter Oberin: »Ich habe nichts davon gewusst. Sie hat gesagt, es sei ihre Pflicht gewesen, das Mädchen für Gott vorzubereiten.«

VILLA RIVELLI
TOSKANA

Lynley hatte dem Gespräch ganz gut folgen können, aber er wünschte fast, es wäre nicht so gewesen. Dass es ihnen gelungen war, Hadiyyah an diesem abgelegenen Ort zu finden – denn welches andere Kind hätte Squali sonst hierherbringen sollen? –, nur um dann festzustellen, dass sie wenige Stunden zu spät gekommen waren … Er hatte keine Ahnung, wie er das Hadiyyahs Eltern beibringen sollte. Oder Barbara Havers.

Langsam ging er hinter der Polizistin und Lo Bianco her. Die Mutter Oberin hatte Mirenda erklärt, wo sie Domenica Medici finden würde. In einiger Entfernung der Villa, verborgen hinter einer hohen, duftenden Kamelienhecke, stand eine steinerne Scheune. Dort saß eine Frau auf einem Schemel, ähnlich gekleidet wie die Mutter Oberin, und melkte eine Ziege. Sie hatte den Kopf an die Flanke des Tiers gelehnt und die Augen geschlossen.

Von ihrem Erscheinungsbild her hätte man sie für eine Nonne halten können, denn sie war fast genauso gekleidet wie die Mutter Oberin: weißes Kleid, einfacher, schwarzer Schleier.

Sie war so in ihre Tätigkeit vertieft, dass sie die drei Personen, die die Scheune betraten, gar nicht bemerkte. Erst als Brigadiere Mirenda ihren Namen sagte, öffnete sie die Augen. Sie war nicht im Geringsten verblüfft über die Anwesenheit der Fremden, nicht einmal über die uniformierte Polizistin.

»*Ciao, Domenica*«, sagte Brigadiere Mirenda.

Die Frau lächelte und erhob sich von ihrem Schemel. Sie versetzte der Ziege einen sanften Klaps, und das Tier lief in den hinteren Teil der Scheune, wo drei weitere Ziegen in der Nähe einer Tür standen, deren obere Hälfte offen stand und den Blick auf eine eingezäunte Weide freigab. Domenica wischte sich die Hände an ihrem Kleid ab, das einem Habit nachempfunden war. Dann schob sie die Hände in die Ärmel und schaute ihre Besucher demütig und zugleich erwartungsvoll an.

Lo Bianco ergriff das Wort, wofür er von Mirenda einen tadelnden Blick erntete. Schließlich waren die Carabinieri als Erste am Ort des Geschehens eingetroffen, und die Höflichkeit hätte es geboten, dass er Brigadiere Mirenda den Vortritt ließ.

»Wir sind gekommen, um das Kind abzuholen, das dein Vetter Roberto Squali in deine Obhut gegeben hat«, sagte er. »Was hast du mit ihm gemacht?«

Das Gesicht der jungen Frau strahlte eine solche Sanftmut aus, dass Lynley schon dachte, sie hätten die falsche Person vor sich. »Ich habe Gottes Willen getan«, murmelte sie.

Lynley hatte plötzlich einen Kloß im Magen. Er sah sich in der Scheune um und überlegte, wo die Verrückte die Leiche eines Kindes versteckt haben könnte: irgendwo im Wald, irgendwo auf dem Gelände, in einer dunklen Ecke der Villa. Wenn sie die Frau nicht zum Reden bringen konnten, würden sie mit einer Suchmannschaft herkommen müssen.

»Und was war der Wille Gottes?«, fragte Mirenda.

»Gott hat mir vergeben«, antwortete Domenica. »Ich habe gesündigt, indem ich um etwas Sündiges gebetet habe, und es war auch Sünde, dass ich erleichtert war, als Gott mein Gebet erhört hat. Seitdem habe ich Buße getan, um von meiner Sünde befreit zu werden. Ich habe seinen Willen getan. Jetzt preist meine Seele den Herrn, und mein Herz jubiliert in der Gnade meines Erlösers.« Sie senkte den Kopf, als hätte sie alles gesagt, was sie zu sagen hatte.

»Dein Vetter Roberto Squali hat dich sicherlich gebeten, mit dem Mädchen gut umzugehen«, sagte Lo Bianco. »Er hat dir bestimmt nicht aufgetragen, dem Mädchen etwas anzutun. Du solltest dich um sie kümmern, bis er kam, um sie abzuholen. Weißt du, dass dein Vetter Roberto tot ist?«

Sie runzelte die Stirn. Sie antwortete nicht gleich, und Lynley hoffte schon, dass die Nachricht ihr die Zunge lösen und sie dazu bringen würde, ihnen zu verraten, wo Hadiyyah sich befand. Doch dann sagte sie, es sei Gottes Wille gewesen, dass sie Zeugin dessen wurde, was ihrem Vetter Roberto widerfuhr. Anfangs habe sie auch angenommen, Roberto sei tot, denn Gott habe sein Auto von der Straße gerissen und in den Abgrund geschleudert. Doch dann sei die *ambulanza* gekommen und habe Roberto geholt, und da habe sie begriffen, dass man Geduld brauche, um die geheimnisvollen Wege Gottes zu verstehen.

»Die ist nicht ganz richtig im Kopf«, murmelte Brigadiere Mirenda. Falls Domenica es gehört hatte, reagierte sie nicht darauf. Nichts konnte sie jetzt mehr verletzen, sie befand sich in einem jenseitigen Reich, in dem der Allmächtige sie gesegnet hatte.

»Du hast den Unfall beobachtet, bei dem dein Vetter ums Leben kam?«, fragte Lo Bianco.

Ja, auch das sei Gottes Wille gewesen, antwortete Domenica.

»Und dann hast du dich gefragt, was du mit dem Mädchen machen solltest, das er in deine Obhut gegeben hatte, nicht wahr?«, bohrte Lo Bianco weiter.

Sie habe nur das getan, was Gottes Wille war.

Brigadiere Mirenda machte ein Gesicht, als wünschte sie, es sei Gottes Wille, dass sie der Frau den Hals umdrehte. Lo Biancos Miene drückte Ähnliches aus. »Was war denn Gottes Wille?«, fragte Lynley.

»Abraham«, sagte Domenica. »Opfere mir deinen geliebten Sohn.«

»Aber Isaak ist nicht gestorben«, bemerkte Lo Bianco.

»Gott hat einen Engel geschickt, der das Schwert aufgehalten hat«, erwiderte Domenica. »Man braucht nur zu warten. Gott spricht immer zu denen, die eine reine Seele haben. Auch darum habe ich gebetet: dass er mir sagte, wie man die Seele reinigt und vorbereitet, damit sie im Stand der Gnade ist, den wir im Augenblick des Todes für uns wünschen.«

Lo Bianco platzte der Kragen. Er packte die Frau am Arm und schrie: »Es ist Gottes Wille, dass du uns sofort zu dem Kind führst, egal, wo es ist. Gott hätte uns nicht aufgetragen, es in den Bergen zu suchen, wenn er nicht wollte, dass es gefunden wird. Hast du das verstanden? Verstehst du, was Gott will? Wir müssen das Mädchen finden! Gott hat uns geschickt, um sie zu holen!«

Lynley rechnete damit, dass sie protestieren würde, doch das tat sie nicht. Sie wirkte noch nicht einmal eingeschüchtert, sondern sagte nur: »*Certo*.« Dann ging sie auf die große Scheunentür zu.

Sie folgten ihr um die Scheune herum. Eine Treppe führte nach oben in eine Küche mit winzigen Fenstern. Das frische Gemüse in dem uralten Spülstein und der Duft nach frisch gebackenem Brot bildeten einen höhnischen Kontrast zu dem, was sie hier vorzufinden fürchteten.

Domenica trat an eine Tür in der hinteren Wand und zog einen Schlüssel aus ihrer Tasche. Lynley wappnete sich. Als sie sagte: »Gottes Wasser haben sie von Sünden reingewaschen und für ihn bereit gemacht«, hörte er Lo Bianco leise fluchen und sah, wie Mirenda sich hastig bekreuzigte.

Domenica hielt ihnen die Tür auf, damit sie den Raum hinter der Tür betreten konnten. Als sie zögerten, sagte die Frau: »*Andate*«, als könnte sie es kaum erwarten, dass sie sahen, was die Magd Gottes im Namen Abrahams getan hatte.

»*Dio mio*«, murmelte Lo Bianco, als er an Domenica vorbei durch die Tür trat.

Lynley folgte ihm, aber Brigadiere Mirenda blieb, wo sie war. Sicherlich, so dachte Lynley, um zu verhindern, dass Domenica Medici die Flucht ergriff.

Doch sie machte keine Anstalten zu fliehen. Stattdessen sagte sie, als die beiden Männer eine kleine Kammer betraten, die nur mit einer schmalen Pritsche, einer kleinen Kommode und einer Kniebank ausgestattet war: »Sie will zu ihrem Vater« und zeigte auf das kleine Mädchen, das in der Ecke kauerte.

»Ich will zu meinem Dad«, sagte Hadiyyah, und dann begann sie zu schluchzen. »Bitte, können Sie mich zu meinem Dad bringen?«

VILLA RIVELLI
TOSKANA

Salvatore überließ es Lynley, Hadiyyah aus der Kammer zu tragen. Sie war von Kopf bis Fuß in Weiß gekleidet wie das Jesuskind in einem Krippenspiel, und sie klammerte sich an Lynley, als er sie aufhob, und vergrub das Gesicht in seinem Nacken.

Der Engländer war mit drei Schritten bei ihr gewesen und hatte gesagt: »Hadiyyah, ich bin Thomas Lynley. Barbara hat mich geschickt, um dich zu holen.« Woraufhin sie die Arme ausgestreckt hatte wie ein kleines Kind und allein, weil er Englisch mit ihr gesprochen und den Namen genannt hatte, sofort Vertrauen zu ihm gefasst, auch wenn Salvatore keine Ahnung hatte, wer diese Barbara war.

427

»Wo ist sie? Wo ist mein Dad?«, jammerte Hadiyyah.

Lynley hob sie auf, und sie umschlang ihn mit ihren dünnen Armen und Beinen. »Barbara wartet in London auf dich«, sagte er. »Dein Vater ist in Lucca. Soll ich dich zu ihm bringen? Würde dir das gefallen?«

»Aber das hat *er* auch gesagt...« Erneut brach sie in Tränen aus. Irgendetwas schien sie zu ängstigen.

Lynley trug sie die Treppe hinunter, an deren Fuß ein einfacher Holztisch und vier Stühle in einem Flecken hellen Sonnenlichts standen. Er setzte Hadiyyah auf einen der Stühle und zog sich selbst einen heran. Zärtlich strich er über das dunkle Haar. »Was hat er dir gesagt, Hadiyyah? Und wer?«

»Der Mann hat gesagt, er würde mich zu meinem Dad bringen«, sagte sie. »Ich will zu meinem Dad. Ich will zu meiner Mummy. Sie hat mich in Wasser gesteckt. Ich wollte das nicht und hab mich gewehrt, und dann hat sie mich eingesperrt und...« Sie weinte und weinte. »Anfangs hatte ich keine Angst, weil er gesagt hatte, mein Dad würde... Aber sie hat mich in den Keller geschleppt...«

Lynley übersetzte für die anderen, während Hadiyyah stockend berichtete, was die geistig verwirrte Domenica Medici für den Willen Gottes gehalten hatte. Eine Besichtigung des Kellergewölbes offenbarte dann das ganze Ausmaß des Irrsinns. Tief in dem dunklen Labyrinth befand sich ein in den Boden eingelassenes, uraltes marmornes Bassin, gefüllt mit trübem grünem Wasser. In diese Brühe hatte Domenica das verängstigte Mädchen getaucht, um es zu taufen und von seinen »Sünden« reinzuwaschen. Nachdem Hadiyyah dann getauft und ihre Seele reingewaschen war, hatte ihre Aufpasserin keine andere Möglichkeit gesehen, als sie, um zu verhindern, dass ihre Seele erneut befleckt wurde, in der Kammer einzusperren, während sie auf ein Zeichen Gottes wartete, das ihr sagte, was sie als Nächstes mit dem Mädchen tun sollte.

Als Salvatore den Ort sah, an den Domenica Hadiyyah geschleppt hatte, konnte er sich das Geschrei lebhaft vorstellen, das die Mutter Oberin veranlasst hatte, die *Carabinieri* zu rufen. Die düsteren Kellergewölbe unter der Villa wären jedem Kind albtraumhaft erschienen, dieses Labyrinth aus höhlenartigen Räumen, in denen alte, von Spinnweben überzogene Weinfässer von der Größe von Panzern an den Wänden aufgereiht standen und alte, geschwärzte Ölpressen, die aussahen wie mittelalterliche Folterinstrumente. Kein Wunder, dass Hadiyyah geschrien hatte. Wahrscheinlich würde sie noch so manches Mal schreiend aus ihren Albträumen erwachen.

Es wurde Zeit, sie von diesem Ort wegzuschaffen und zu ihren Eltern zu bringen. »Die Kleine muss nach Lucca ins Krankenhaus«, sagte er zu Lynley. Ein Arzt würde Hadiyyah untersuchen, und ein Traumatologe würde sich mit ihr unterhalten müssen, falls es einen gab, der gut genug Englisch sprach.

»Selbstverständlich«, sagte Lynley. Er schlug vor, die Eltern anzurufen und sie ebenfalls ins Krankenhaus zu bestellen.

Salvatore nickte. Nachdem er sich mit Brigadiere Mirenda abgesprochen habe, werde er die Eltern des Mädchens verständigen. Die Carabinieri würden Domenica Medici vorerst in Gewahrsam nehmen. Salvatore bezweifelte, dass sie noch viel mehr aus der jungen Frau herausbekommen würden, aber man werde sich ohnehin um sie kümmern müssen. Anscheinend war sie nicht Roberto Squalis Komplizin, sondern lediglich sein Instrument gewesen. Andererseits könnte sich in den Tiefen ihres vernebelten Geistes noch etwas finden, was ihnen half, das Verbrechen aufzuklären. Auch sie würde von einem Arzt untersucht werden müssen. Allerdings von einem Psychiater.

»*Andiamo*«, sagte Salvatore zu Lynley. Nachdem sie alles in die Wege geleitet hatten, war ihre Arbeit in der Villa Rivelli beendet.

VICTORIA
LONDON

Es war heutzutage nicht mehr so schwierig, einen Kollegen von
der Special Branch an die Strippe zu bekommen. Früher waren
die Leute beim SO12 ein geheimniskrämerischer Haufen gewesen, nicht nur wortkarg, sondern auch nervös. Sie hatten niemandem getraut, und wer hätte ihnen das verdenken sollen? In
den Zeiten der IRA, als Bomben in Bussen, Autos und Müll-
eimern hochgingen, hatte für sie jeder ausgesehen wie ein Ire,
und da hatte es keine Rolle gespielt, ob der Fragesteller ein Kollege aus einer anderen Abteilung der Met war. Also waren die
Leute beim SO12 verschwiegen gewesen, und um eine Information von ihnen zu bekommen, hatte man einen richterlichen
Beschluss gebraucht.

Sie waren zwar immer noch vorsichtig, aber Informationen
auszutauschen hatte sich als notwendig erwiesen in diesen Zeiten, wo fanatische Imame in englischen Moscheen ihre Zuhörer
zum Dschihad aufriefen, in England geborenen jungen Männern die Vorzüge des Märtyrertums nähergebracht wurden und
Akademiker, von denen man es nie erwartet hätte – zum Beispiel Ärzte –, beschlossen, ihr Leben zu ändern, indem sie ihre
Autos mit Sprengstoff füllten und sie an Orten abstellten, wo
eine Explosion den größtmöglichen Schaden anrichten würde.
In diesen unsicheren Zeiten also war es für jemanden aus einer
anderen Abteilung der Met nicht ganz unmöglich, beim SO12
jemanden zu finden, der ein paar Informationen über eine Person herausrückte, die überprüft werden musste.

Mit Hilfe der Zauberformeln *Pakistani mit Wohnsitz in London* und *Ermittlungen in Italien* bekam Barbara eine Audienz
bei Chief Inspector Harry Streener. Der Mann redete wie ein
Schäfer aus den Hügeln von Yorkshire und war so bleich, als
hätte er seit zehn Jahren die Sonne nicht mehr gesehen. Seine
Finger und Zähne waren gelb vom Nikotin, und als Barbara ihn

sah, dachte sie, dass es vielleicht doch keine so üble Idee wäre, das Rauchen aufzugeben. Aber über dieses Problem würde sie sich später den Kopf zerbrechen. Sie nannte dem Mann den Namen, den zu nennen ihr so sehr widerstrebte.

»Taymullah Azhar?«, wiederholte Streener. Sie saßen in seinem Büro, wo ein iPod in einer Docking Station etwas abspielte, das sich anhörte wie ein Orkan, der durch einen Bambushain fegte. Streener bemerkte Barbaras Blick. »Weißes Rauschen«, sagte er. »Hilft mir beim Nachdenken.«

»Alles klar«, sagte sie und nickte. Das Geräusch hätte sie in den nächsten Luftschutzbunker getrieben, aber jeder tickte eben anders.

Streener tippte etwas in seinen Computer ein. Kurz darauf las er etwas auf seinem Bildschirm. Es juckte Barbara aufzustehen und sich über seinen Schreibtisch zu lehnen, um einen Blick darauf werfen zu können, doch sie zwang sich, geduldig darauf zu warten, was Streener ihr an Informationen zukommen lassen würde. Sie hatte ihm bereits die Fakten aufgezählt: Azhars Tätigkeit als Professor am University College London, seine Beziehung mit Angelina Upman, das gemeinsame Kind, Angelinas Flucht mit der Tochter mit unbekanntem Ziel, Hadiyyahs Entführung. Streener hatte sich das alles mit so teilnahmsloser Miene angehört, dass Barbara sich gefragt hatte, ob er überhaupt mitbekam, was sie sagte. Zum Schluss hatte sie noch hinzugefügt: »Superintendent Ardery hat mich mit der Ermittlung hier in London beauftragt, während DI Lynley in Italien den Spuren nachgeht. Ich dachte, ich setze mich mal mit Ihnen in Verbindung, um zu sehen, ob Sie hier irgendwas über den Mann haben.«

»Und warum sollte der SO12 etwas über den Mann haben… Wie hieß er gleich noch?«

Barbara buchstabierte den Namen. »Wir benötigen das für das Gesamtbild«, sagte sie. »Ich sage nur Pakistan. Sie wissen ja, was ich meine. Wir brauchen hier nicht politisch korrekt zu sein, oder?«

Streener lachte. Das wäre ja wohl das Letzte, dass Polizisten sich untereinander politisch korrekt verhalten müssten. Das hätte ihm noch gefehlt. Er tippte etwas ein. Dann las er. Seine Lippen formten sich zu einem Pfiff, doch er gab keinen Laut von sich. Er nickte, dann sagte er: »Ah ja, da haben wir ihn. Ein Flugticket nach Lahore hat die üblichen Alarmglocken läuten lassen. Noch dazu ein einfacher Flug.«

Barbara spürte, wie sich ihr Magen zusammenzog. »Können Sie mir sagen... Hatten Sie ihn schon auf dem Radar, bevor er das Ticket gebucht hat?«

Streener musterte sie. Sie hatte sich bemüht, interessiert zu klingen, aber nicht mehr als auf professioneller Ebene. Er schien über ihre Frage nachzudenken, zu überlegen, was dahinterstecken könnte. Schließlich wandte er sich wieder seinem Bildschirm zu, scrollte ein bisschen, und sagte dann langsam: »Ja, scheint so.«

»Können Sie mir sagen, warum?«

»Das bringt der Beruf so mit«, sagte er.

»Ja, ich weiß, dass Ihr Beruf...«

»Nicht meiner. Seiner. Professor für Mikrobiologie. Eigenes Labor. Mehr brauche ich doch wohl nicht zu sagen, oder?«

Nein, das brauchte er nicht. Als Professor für Mikrobiologie mit einem Labor... Der Himmel allein wusste, welche Arten von Massenvernichtungswaffen er da zusammenbrauen konnte. Sie selbst hatte die Zauberformel *Pakistani mit Wohnsitz in London* benutzt. *Pakistani* bedeutete *Muslim*. *Muslim* bedeutete *verdächtig*. Wenn man beim SO12 zwei und zwei zusammenzählte, kam immer drei heraus. Es war nicht fair, aber so war's nun mal.

Sie konnte es den Kollegen nicht verübeln. Für sie war Taymullah Azhar nur irgendein Name, genauso wie sich für sie in jeder Gartenlaube ein Terrorist versteckte. Die Leute vom SO12 mussten dafür sorgen, dass die Typen nicht aus den Gartenlauben krochen, unter dem Hemd einen Bombengürtel oder, in Azhars Fall, eine Thermoskanne mit irgendeinem Gebräu, das ausreichte, um den Trinkwasservorrat von ganz London zu kontaminieren.

»Sie haben die Sache mit der Entführung verfolgt?«, fragte sie.

Streener las etwas auf dem Bildschirm, dann nickte er. »Italien. Er ist in Pisa gelandet.«

»Irgendwelche Anzeichen dafür, dass dieser Azhar dort mit irgendeinem Italiener Kontakt aufgenommen hat? Einem gewissen Michelangelo Di Massimo zum Beispiel?«

Streener schüttelte den Kopf, ohne den Blick vom Monitor zu nehmen. »Sieht nicht so aus. Aber wer weiß? Ich versuch's mal ...« Er tippte etwas ein. Er war schnell, obwohl er nur zwei Finger benutzte. Nichts über einen Michelangelo Di Massimo, sagte er. Überhaupt nichts in Italien, bis auf die Landung in Pisa und den Namen des Hotels, in dem er abgestiegen war.

Gott sei Dank, dachte Barbara. Was auch immer die Tickets nach Pakistan zu bedeuten hatten, in dieser Sache war Azhar sauber.

Sie hatte sich die ganze Zeit über Notizen gemacht, jetzt klappte sie ihren Notizblock zu. Sie bedankte sich bei Streener, verabschiedete sich und flüchtete ins nächste Treppenhaus, wo sie sich eine Zigarette anzündete und gierig fünf tiefe Züge nahm. Ein paar Etagen weiter unten wurde eine Tür geöffnet, und Stimmen kamen näher. Hastig drückte sie ihre Zigarette aus, steckte die Kippe ein und ging zurück auf den Korridor. Auf dem Weg zum Aufzug klingelte ihr Handy.

»Seite fünf, Barb«, sagte Mitchell Corsico.

»Seite fünf?«

»Da finden Sie sich und den sexgeilen Vater. Ich wollte die Titelseite haben, aber obwohl Rod Aronson – meinem Chefredakteur – dieser neue Aspekt mit dem sexgeilen Vater und der Polizistin ganz gut gefiel, hat ihn die Sache nicht wirklich vom Hocker gerissen, weil ich ihm von hier unten aus nichts Neues über die Entführung bieten kann. Also kommt's nur auf Seite fünf. Sie haben noch mal Glück gehabt.«

»Mitchell, warum zum Teufel machen Sie das?«

»Wir hatten eine Abmachung. Eine Viertelstunde. Das war… vor wie vielen Stunden?«

»Vielleicht interessiert es Sie, dass ich bei der Arbeit bin, Mitchell. Vielleicht interessiert es Sie, dass ich kurz davor stehe, einen entscheidenden Schritt weiterzukommen. Sie sollten sich lieber gut mit mir stellen, denn wenn das hier druckreif ist…«

»Das hätten Sie mir sagen sollen, Barb.«

»Ich erstatte Ihnen keinen Rapport, Mitchell, falls Ihnen das noch nicht aufgefallen ist. Ich erstatte meiner Chefin Rapport.«

»Sie hätten mir irgendwas geben sollen. So lauten die Spielregeln. Das wissen Sie genau. Wenn Sie keine Lust auf das Spiel haben, hätten Sie nicht zu mir in den Sandkasten steigen sollen. Haben Sie das verstanden?«

»Ich werde Ihnen…« Der Aufzug kam. Er war vollbesetzt. Sie konnte das Gespräch nicht fortführen. »Wir kriegen das geregelt. Sagen Sie mir einfach, dass Sie kein Datum angegeben haben, dann sind wir wieder im Geschäft.«

»Auf den Fotos, meinen Sie? Ob das Datum von den Fotos entfernt wurde?«

»Genau das meine ich.«

»Darf ich raten, warum Ihnen das wichtig ist?«

»Ich schätze, das können Sie sich denken. Würden Sie mir jetzt meine Frage beantworten?«

Stille. Sie war in den Aufzug gestiegen, und die Türen gingen zu. Sie fürchtete, dass er nicht antworten würde oder dass die Verbindung unterbrochen war.

Schließlich sagte er: »Kein Datum, Barb. Bis dahin bin ich Ihnen entgegengekommen. Nennen wir es einfach auf Treu und Glauben.«

»Alles klar.« Sie legte auf. Man würde es auf jeden Fall irgendetwas nennen.

LUCCA
TOSKANA

Hadiyyah wollte, dass Lynley im Streifenwagen mit ihr auf dem Rücksitz fuhr, und er tat ihr den Gefallen gern. Lo Bianco informierte das Krankenhaus in Lucca über ihr Kommen, dann rief er Angelina Upman und Taymullah Azhar an, um ihnen mitzuteilen, dass sie Hadiyyah in einem Kloster in den Apuanischen Alpen gefunden hatten, dass sie wohlauf war und dass sie in etwa anderthalb Stunden im Krankenhaus eintreffen würden, wo Hadiyyah einer ärztlichen Untersuchung unterzogen werden sollte. Wenn sie so freundlich sein könnten, ihn und Lynley dort zu treffen?

»*Niente, niente*«, murmelte er in sein Handy, offenbar als Reaktion auf überschwenglichen Dank. »Das ist mein Job, Signora.«

Auf dem Rücksitz schmiegte sich Hadiyyah an Lynley, der einen Arm um sie gelegt hatte. In Anbetracht der langen Zeit, die sie im Kloster gefangen gehalten worden war, wirkte sie nicht allzu mitgenommen, zumindest oberflächlich nicht. Schwester Domenica Giustina, wie Hadiyyah Domenica Medici nannte, hatte sich gut um sie gekümmert. Bis auf die letzten Tage hatte sie offenbar überall in den Gärten der Villa spielen dürfen. Erst ganz am Ende habe sie Angst bekommen, sagte Hadiyyah. Erst als Schwester Domenica Giustina sie mit in den Keller genommen und in die schimmelige, stinkige, unheimliche Kammer mit dem ekligen, schleimigen Becken im Boden geführt habe, sei ihr unheimlich zumute gewesen.

»Du bist ein sehr tapferes Mädchen«, sagte Lynley. »Die meisten Mädchen in deinem Alter – und auch die meisten Jungs – hätten von Anfang an Angst gehabt. Warum hattest du keine Angst, Hadiyyah? Kannst du mir das sagen? Erinnerst du dich, wie das alles angefangen hat?«

Sie schaute ihn an. Wie hübsch sie war, dachte er, ein perfekter genetischer Cocktail aus beiden Eltern. Aber ihre feinen Brauen zogen sich zusammen, als er ihr seine Fragen stellte, und ihre Augen füllten sich mit Tränen, vielleicht weil sie glaubte, etwas falsch gemacht zu haben. Schließlich kannte jedes Kind die Regeln: Geh nie mit einem Fremden mit, egal, was der Fremde dir verspricht. Und sie und er wussten beide, dass sie genau das getan hatte. Ruhig sagte er: »Es geht nicht um Richtig oder Falsch, Hadiyyah. Es geht nur um das, was passiert ist. Du weißt ja, dass ich Polizist bin, und ich hoffe, du weißt auch, dass Barbara und ich gute Freunde sind, oder?«

Sie nickte ernst.

»Sehr gut. Meine Aufgabe ist es herauszufinden, was passiert ist. Mehr nicht. Kannst du mir dabei helfen, Hadiyyah?«

Sie senkte den Blick. »Er hat gesagt, mein Dad würde auf mich warten. Ich war mit Lorenzo auf dem Markt und hab dem Akkordeonspieler zugesehen. Da hat er gesagt: ›Hadiyyah, das hier ist von deinem Vater. Er wartet hinter der Stadtmauer auf dich.‹«

»Hat er Englisch mit dir gesprochen oder Italienisch?«, wollte Lynley wissen.

»Englisch.«

»Und was war das, was dein Vater dir geschickt hatte?«

»Eine Karte.«

»Eine … Grußkarte vielleicht?« Lynley dachte an die Fotos, die die Touristinnen auf dem Markt gemacht hatten, an die Aufnahme, auf der Roberto Squali mit einer Grußkarte in der Hand zu sehen war, und die, auf der Hadiyyah etwas Ähnliches in der Hand hielt. »Stand auf der Karte etwas geschrieben?«

»Da stand, ich solle mit dem Mann mitgehen. Ich solle keine Angst vor ihm haben. Er würde mich zu meinem Dad bringen.«

»Und war die Karte unterschrieben?«

»Da stand ›Dad‹.«

»War das die Handschrift deines Vaters, Hadiyyah? Glaubst du, du würdest seine Handschrift erkennen?«

Sie sog ihre Lippen ein. Als sie er anschaute, füllten sich ihre großen, dunklen Augen erneut mit Tränen. Da wusste Lynley die Antwort. Sie war neun Jahre alt. Wie oft hatte sie die Handschrift ihres Vaters überhaupt *gesehen*, und warum sollte man von ihr erwarten, dass sie sie wiedererkannte? Er zog sie enger an sich. »Du hast nichts falsch gemacht«, versicherte er ihr noch einmal und drückte ihr einen Kuss aufs Haar. »Dein Vater hat dir bestimmt sehr gefehlt, und du würdest dich sicher freuen, ihn wiederzusehen.«

Sie nickte, während ihr die Tränen über die Wangen liefen.

»Er ist hier in Italien. Er wartet auf dich. Seit du verschwunden bist, hat er überall nach dir gesucht.«

»*Khushi*«, sagte sie leise.

Lynley runzelte die Stirn. Er wiederholte das Wort. Er fragte sie, was es bedeute, und sie sagte, es bedeute *Glück*. So nenne ihr Vater sie.

»Er hat *Khushi* gesagt«, stammelte sie mit bebenden Lippen. »Er hat mich *Khushi* genannt.«

»Der Mann mit der Karte?«

»Dad hatte mir versprochen, mich Weihnachten zu besuchen, aber er ist nicht gekommen.« Sie weinte noch heftiger. »Er hat mir E-Mails geschickt und immer wieder geschrieben ›bald, *Khusi*, bald‹. Ich dachte, er wollte mich überraschen und würde hinter der Mauer auf mich warten, aber der Mann hat gesagt, wir müssten zu ihm fahren, und da bin ich in das Auto gestiegen. Wir sind ganz weit gefahren, und er hat mich zu Schwester Domenica Giustina gebracht, aber mein Dad war nicht da.« Sie schluchzte schrecklich, und Lynley versuchte, sie so gut es ging zu trösten. »Ich bin ein böses Kind«, schluchzte sie. »Ich hab alles falsch gemacht. Ich hab allen nur Ärger gemacht. Ich bin ein böses Kind.«

»Nein, das bist du nicht«, sagte Lynley. »Schau mal, wie tapfer du die ganze Zeit gewesen bist. Du hattest keine Angst, und das ist sehr gut.«

»Er hat gesagt, mein Dad wäre unterwegs«, jammerte sie. »Er hat gesagt, ich soll warten, mein Dad würde bald kommen.«

»Ich verstehe«, sagte Lynley, während er sie streichelte. »Du hast deine Sache gut gemacht, Hadiyyah, von Anfang an, und dich trifft keine Schuld. Das musst du dir merken. Dich trifft überhaupt keine Schuld.« Denn was hätte sie anderes tun können, als auf ihren Vater zu warten? Sie hatte keine Ahnung, wohin Squali sie gebracht hatte. Weit und breit wohnte niemand, zu dem sie hätte laufen können. Die Nonnen im Kloster hatten sie zwar gesehen, aber sie hatten angenommen, sie sei eine Nichte des Dienstmädchens. Sie hatten nichts Außergewöhnliches bemerkt, denn das Kind hatte fröhlich im Garten gespielt. Hadiyyah hatte in keiner Weise wie das Opfer einer Entführung gewirkt.

Er zog sein Taschentuch heraus und drückte es Hadiyyah in die kleine Hand. Im Rückspiegel begegnete er Lo Biancos Blick. Er sah dem Commissario an, was er dachte: Sie mussten die Karte finden, die Squali Hadiyyah gegeben hatte, und sie mussten herausfinden, wer wusste, dass Azhars Kosename für seine Tochter *Khushi* lautete.

Als sie das Krankenhaus in Lucca erreichten, stürzte Angelina Upman auf das Auto zu, riss die Tür auf, nahm ihre Tochter in die Arme und rief immer wieder ihren Namen. Sie sah sehr mitgenommen aus. Die schwierige Schwangerschaft und die Sorge um ihre Tochter hatten ihren Tribut gefordert. Aber im Moment zählte nur Hadiyyah. »Großer Gott«, rief sie. »Danke! Ich danke Ihnen!« Dabei fuhr sie Hadiyyah mit den Händen über den Körper, wie um sich zu vergewissern, dass sie unversehrt war.

Hadiyyah sagte nur »Mummy« und »Ich will nach Hause«. Dann sah sie ihren Vater.

Azhar kam aus dem Krankenhaus, gefolgt von Lorenzo Mura. Hadiyyah rief: »Dad! Dad!« Der Pakistani rannte auf sie zu und nahm Mutter und Tochter in die Arme. Zu dritt bildeten sie ein dichtes Knäuel, und Azhar küsste erst Hadiyyahs und dann Angelinas Haar. »Was für ein Glück!«, rief er aus, und an Lynley und Lo Bianco gewandt, sagte er: »Ich danke Ihnen.«

Lo Bianco murmelte wieder, das sei sein Job. Lynley sagte nichts. Er beobachtete Lorenzo Mura und versuchte zu ergründen, was es bedeutete, dass die Miene des Mannes so grimmig war und seine Augen vor Wut funkelten.

LUCCA
TOSKANA

Lynley sollte in der Angelegenheit nicht lange im Dunkeln tappen. Während Angelina Upman ihre Tochter in die Notaufnahme begleitete, wo sie untersucht werden sollte, blieben Lynley und Lo Bianco mit Lorenzo Mura im Wartebereich. Sie suchten sich eine Ecke, wo sie ungestört reden konnten. Die beiden Polizisten erklärten Mura nicht nur, was sich an dem Tag von Hadiyyahs Verschwinden auf dem Markt zugetragen hatte, sondern auch, wer sie entführt hatte, wohin derjenige sie gebracht hatte und warum er diesen Ort gewählt hatte.

»Er steckt dahinter!«, schrie Mura, als Lo Bianco geendet hatte, und zeigte auf Azhar. »Sehen Sie denn nicht, dass er dahintersteckt?«

Azhars dunkle Brauen zogen sich zusammen. »Wie meinen Sie das?«

»*Sie* haben ihr das angetan. Nicht nur Hadiyyah, auch Angelina. Und mir. Sie haben sie gefunden, und sie wollten sie leiden sehen...«

»*Signore, Signore*«, sagte Lo Bianco ruhig. »Dafür gibt es keine Beweise. Sie dürfen nicht...«

»Sie wissen überhaupt nichts!«, zischte Mura. Dann ließ er

eine Tirade auf Italienisch los, der Lynley nicht folgen konnte. Er verstand allerdings, was Lo Bianco darauf entgegnete: dass es keine Hinweise gebe, die darauf hindeuteten, dass Azhar in die Sache verwickelt war, und dass die Verbindung zwischen Michelangelo Di Massimo und dem Londoner Privatdetektiv Dwayne Doughty gar keinen guten Eindruck mache. Aber davon wollte Lorenzo Mura nichts wissen. Im Moment war er nur aufgebracht, und seine Nerven lagen schon seit Wochen blank.

Azhar schwieg, sein Gesicht verriet nichts. Er bat nicht um eine Übersetzung der hitzigen Debatte zwischen Lo Bianco und Mura. Wahrscheinlich war auch keine Übersetzung nötig. Die tödlichen Blicke, die Mura Azhar zuwarf, sprachen für sich.

In dem Moment kam Angelina Upman mit Hadiyyah an der Hand. Lynley sah ihr an, dass sie die Situation mit einem Blick erfasst hatte, denn sie blieb stehen, strich ihrer Tochter übers Haar, brachte sie zu einem Stuhl, der sich in ihrer Sichtweite befand, drückte ihr einen Kuss auf den Kopf und kam zu ihnen.

»Wie geht es Hadiyyah?«, fragte Azhar.

»Ah, jetzt tut er plötzlich besorgt«, schnaubte Mura. »Verpiss dich! *Mostro!*«

Angelina erbleichte, was eine gewisse Leistung war, da sie sowieso schon leichenblass war. »Was geht hier vor?«, fragte sie.

»Wie geht es Hadiyyah?«, fragte Azhar noch einmal. »Angelina…«

Sie wandte sich ihm zu. Ihre Miene war sanftmütig. »Es geht ihr gut. Sie wurde nicht… Sie ist unverletzt, Hari.«

»Darf ich…« Mit einer Kopfbewegung zeigte er auf Hadiyyah, die die Szene mit ihren großen, dunklen Augen verfolgte.

»Natürlich, sie ist deine Tochter«, sagte Angelina Upman. »Geh zu ihr.«

Azhar nickte und deutete eine förmliche Verbeugung an. Als Hadiyyah ihn auf sich zukommen sah, sprang sie auf und lief ihm entgegen. Er hob sie in seine Arme, und sie vergrub das Gesicht an seinem Hals. Angelina Upman und die anderen schauten zu.

»*Serpente*«, zischte Mura mit einem verächtlichen Blick in Azhars Richtung. »Der Mann ist eine Schlange, *cara*.«

Angelina fuhr zu ihm herum. Sie musterte ihn, als würde sie ihn zum ersten Mal sehen. »Mein Gott, Renzo, was redest du da?«

»Er hat es getan!«, sagte er. »Er hat's getan, er hat's getan!«

»Was hat er getan?«, fragte sie.

»Alles!«

»Er hat *nichts* getan. Überhaupt nichts. Er ist hergekommen, um uns zu helfen, sie zu finden, er hat sich der Polizei zur Verfügung gestellt. Er hat genauso gelitten wie ich, und egal, was du von ihm hältst, Lorenzo, egal, was du willst, du kannst ihm nicht vorwerfen, er würde Hadiyyah nicht lieben. Ist das klar, Lorenzo? Hast du mich verstanden?«

Muras Gesicht lief dunkelrot an. Er ballte eine Hand zur Faust. »Das letzte Wort ist noch nicht gesprochen«, sagte er.

VICTORIA
LONDON

Barbara war gerade dabei, ihre nächste Konfrontation mit Dwayne Doughty zu planen, als Lynley anrief. Sie saß an ihrem Schreibtisch, vor sich ihre Notizen, und sie ignorierte die hasserfüllten Blicke, die John Stewart ihr vom anderen Ende des Raums aus zuwarf. Trotz Arderys Warnung hatte er nicht aufgehört, sie auf Schritt und Tritt zu beobachten. Sein wahnhafter Wunsch, sie fertigzumachen, grenzte an religiösen Fanatismus.

»Wir haben sie, Barbara«, sagte Lynley ohne Umschweife. »Wir haben sie gefunden. Sie ist wohlauf. Sie können aufatmen.«

Die Nachricht traf Barbara unerwartet. Sie bekam fast die Frage nicht heraus: »Sie haben Hadiyyah?«

Ja, sagte Lynley. Er sprach von einem Ort namens Villa Rivelli, von einer jungen Frau, die sich für eine Nonne hielt und glaubte, dass Hadiyyah in ihrer Obhut bleiben sollte, von einer fehlgeschlagenen »Taufe«, die Hadiyyah einen solchen Schrecken eingejagt hatte, dass sie laut geschrien hatte, wodurch die Mutter Oberin des Klosters auf sie aufmerksam geworden war. Als er geendet hatte, brachte Barbara mühsam hervor: »Heiliger Strohsack. Danke, Sir. Ich danke Ihnen.«

»Danken Sie Commissario Lo Bianco.«

»Wie…?« Barbara wusste nicht, wie sie die Frage formulieren sollte.

Lynley sagte: »Azhar geht es gut. Angelina Upman ist ein bisschen mitgenommen. Aber sie und Azhar haben anscheinend Frieden geschlossen. Ich würde also sagen, Ende gut, alles gut.«

»Frieden?«, fragte Barbara.

Lynley berichtete ihr von der Szene vor dem Krankenhaus in Lucca. Nachdem Lorenzo Mura Azhar beschuldigt hatte, Hadiyyahs Entführung organisiert zu haben, hätten Angelina Upman und Azhar sich gewissermaßen versöhnt. Angelina Upman habe zugegeben, dass sie ihrem ehemaligen Lebensgefährten Unrecht getan hatte, indem sie ihn hatte glauben lassen, sie sei zu ihm zurückgekehrt, während sie in Wirklichkeit von Anfang an vorgehabt hatte, zusammen mit ihrer gemeinsamen Tochter zu verschwinden. Azhar habe sie um Vergebung gebeten für seine Weigerung, sie zu heiraten und dafür zu sorgen, dass Hadiyyah ein Geschwisterchen bekam. Damit habe er ihr Unrecht getan. Er hatte hinzugefügt, ihm sei bewusst, dass es jetzt für ihn und Angelina zu spät sei, aber er hoffe, dass sie ihm verzeihen könne, ebenso wie er ihr von ganzem Herzen verzeihe.

»Hat Mura das etwa alles mitgekriegt?«, wollte Barbara wissen.

»Er hatte sich bereits wutschnaubend verzogen. Aber ich fürchte, er wird sich nicht so leicht wieder beruhigen. Als er ging, hat er gesagt, er sei noch nicht fertig mit Azhar. Er ist davon überzeugt, dass Azhar hinter der ganzen Sache steckt. Es kann übrigens gut sein, dass Commissario Lo Bianco oder wer auch immer sein Nachfolger wird, sich bei Ihnen meldet.«

»Wurde ihm der Fall entzogen?«

»Ja, das hat er mir heute mitgeteilt. Und Hadiyyah hat mir erzählt...« Er unterbrach sich. Sie hörte ihn italienisch sprechen. Barbara hörte eine Frauenstimme im Hintergrund, die sagte: »*Grazie, dottore.*« Dann meldete Lynley sich wieder. »Hadiyyah hat mir erzählt, sie ist mit einem Mann mitgegangen, der behauptet hat, er würde sie zu ihrem Vater bringen. Er hatte eine Grußkarte dabei, die Azhar angeblich geschrieben hatte. Auf der Karte stand, sie solle mit dem Mann mitgehen, er werde sie zu ihrem Vater bringen.«

Barbara wurde hellhörig. »Haben Sie die Karte gesehen?«

»Bisher noch nicht, nein. Aber die Carabinieri haben Domenica Medici, und sie werden das Kloster genau unter die Lupe nehmen. Wenn Hadiyyah die Karte mitgenommen und behalten hat, wird sie bald auftauchen.«

»Die Karte kann sonst wo gelandet sein«, wandte Barbara ein. »Außerdem kann irgendwer die Botschaft geschrieben haben.«

»Ja, das war auch mein erster Gedanke, da Hadiyyah die Handschrift ihres Vaters wahrscheinlich nicht erkennen würde. Aber dann hat sie mir etwas Merkwürdiges erzählt. Der Mann, der sie vom Markt mitgenommen hat, hat sie *Khushi* genannt. Haben Sie mal gehört, dass Azhar sie so genannt hat? Sie sagt, das ist sein Kosename für sie.«

Barbara drehte sich der Magen um. »*Khushi*, Sir?«, wiederholte sie leichthin, um ein bisschen Zeit zu gewinnen, während sie fieberhaft nachdachte.

»Sie sagt, deswegen ist sie mit ihm gegangen. Nicht nur wegen der Karte, sondern auch, weil der Mann sie *Khushi* genannt hatte. Sie hat daraus geschlossen, dass Squali die Wahrheit sagte, denn woher hätte er den Namen kennen sollen?«

Von Doughty, dachte Barbara. Dieser Drecksack. Wahrscheinlich hatte er Squali den Kosenamen gesteckt. Aber es gab mehrere Gründe, warum er das getan haben könnte, und wenn sie die Lynley nannte, würde das zu nichts führen. Also sagte sie: »Kann sein, dass Azhar sie mal in meiner Gegenwart so genannt hat, aber ich kann mich nicht erinnern, Sir. Andererseits, wenn es sein Kosename für Hadiyyah ist, dann wird Angelina den auch kennen.«

»Und Sie meinen, Lorenzo Mura könnte ihn von Angelina Upman erfahren haben?«

»Wäre zumindest nicht unlogisch, oder? Nach allem, was Sie mir erzählen, scheint Mura ja verdammt eifersüchtig zu sein. Außerdem scheint er einen ziemlichen Hass auf Azhar zu haben, und dass er versuchen würde, die Verbindung zwischen Azhar und Angelina endgültig zu kappen, wär ja nicht undenkbar. Und…« Barbara zögerte. »Und wenn er auch eifersüchtig wäre auf die Bindung zwischen Angelina und Hadiyyah? Wenn er Angelina für sich allein haben will? Vielleicht wollte er es so aussehen lassen, als hätte Azhar die Entführung organisiert, um sie dann…« Sie brachte es nicht fertig, die Worte auszusprechen.

Lynley tat es an ihrer Stelle. »Wollen Sie damit sagen, er könnte vorgehabt haben, Hadiyyah zu beseitigen?«

»In unserem Beruf haben wir schon fast alles erlebt, Sir.«

Er schwieg. Er wusste natürlich, dass das stimmte.

»Was ist mit Doughty?«, fragte Lynley. »Was haben Sie über ihn herausgefunden?«

Barbara wollte ihm lieber nicht erzählen, was sie über Doughty in Erfahrung gebracht hatte, denn dann wäre sie nicht umhingekommen, ebenfalls zu erwähnen, was der Privatdetektiv über Azhar behauptet hatte. Sie wollte am liebsten selbst mit Azhar reden, ihm Fragen stellen und sein Gesicht sehen, wenn er ihr antwortete. Aber ihr Auftrag lautete nun mal zu überprüfen, was Doughty mit Hadiyyahs Verschwinden zu tun hatte, also musste sie schon mit irgendeiner neuen Information aufwarten. »Es gibt da einen Typen namens Bryan Smythe«, sagte sie. »Er ist Doughtys Computerfreak, ein ausgefuchster Hacker.«

»Und?«

»Ich hab ihn mir noch nicht vorgeknöpft. Das steht morgen früh an. Ich hoffe, er bestätigt mir, dass Doughty ihn angeheuert hat, um sämtliche Spuren zwischen ihm und Michelangelo Di Massimo zu tilgen. Was ebenfalls bestätigen würde, dass Doughty mit in der Sache drinhängt.«

Lynley sagte nichts. Barbara wartete nervös darauf, dass er den nächsten Schritt tat, was logischerweise bedeutete, dass er Barbara bat zu überprüfen, ob es eine Verbindung zwischen Doughty und Azhar gab. Schließlich sagte er. »Was das angeht...«

Barbara fiel ihm ins Wort: »Natürlich müsste ihn jemand angeheuert haben. So wie ich die Sache sehe, gäbe es zwei Möglichkeiten. Entweder hat ihn jemand hier in London angeheuert, um Hadiyyah zu entführen...«

»Und wer sollte das sein?«

»Irgendjemand, der einen Rochus auf Azhar hat, würd ich mal sagen. Als Erste würden mir Angelinas Eltern einfallen. Die wussten, dass Hadiyyah aus London verschwunden war, weil ich sie nämlich aufgesucht habe, nachdem Angelina mit ihr abgehauen war. Azhar ist mit mir gefahren. Die hassen ihn, Sir. Ich glaube, die wären bereit, jede Summe zu bezahlen, wenn sie ihm damit schaden könnten.«

»Und die zweite Möglichkeit?«

»Irgendeiner in Italien hat sich das alles ausgedacht und war sogar so raffiniert, eine Verbindung zu einem Privatdetektiv in London in das Szenario einzubauen, um den Verdacht auf jemand ganz Bestimmten in London zu lenken. Haben Sie irgendeine Idee, wer das gewesen sein könnte?«

»Wir wissen, dass Lorenzo Mura und Di Massimo sich ken-

445

nen. Sie spielen beide Fußball in der Mannschaft ihrer jeweiligen Stadt.« Er schwieg einen Moment, dann hörte sie ihn seufzen. »Ich werde das alles an Lo Bianco weitergeben«, sagte er dann. »Und er kann es dann an seinen Nachfolger weiterreichen.«

»Soll ich trotzdem ...«

»Bleiben Sie an Doughty dran, Barbara. Falls Sie auf irgendetwas stoßen, informieren wir die Kollegen in Italien, wenn ich wieder in London bin. Von jetzt an liegt alles in der Hand der Italiener. Meine Aufgabe als Verbindungspolizist ist beendet.«

Barbara atmete erleichtert auf. Sie hatte die ganze Zeit die Luft angehalten, während sie wartete, wie er auf ihre zusammengestoppelte Geschichte reagieren würde. »Wann kommen Sie denn zurück, Sir?«, fragte sie.

»Ich habe für morgen früh einen Flug gebucht. Wir sehen uns morgen.«

Sie verabschiedeten sich, und Barbara sah sich wieder den boshaften Blicken von DI Stewart ausgesetzt. Er saß zu weit weg, um ihr Gespräch mit Lynley mitzuhören, aber er hatte den Gesichtsausdruck eines Mannes, der entschlossen war, keinen schlafenden Hund in Ruhe zu lassen, wenn er ihn in die Rippen treten konnte.

Sie hielt seinem Blick stand, bis er sich abwandte und weiter seine Zeit damit vergeudete, so zu tun, als müsste er die Unterlagen auf seinem Schreibtisch ordnen. Barbara dachte über das nach, was sie gerade in dem Gespräch mit Lynley gesagt hatte und was sie unerwähnt gelassen hatte und was das zu bedeuten hatte.

Sie war kurz davor, ihre beruflichen Befugnisse zu überschreiten. Sollte sie das tun, würde dieser Schritt sie für immer brandmarken. Sie fragte sich, was sie den Menschen schuldete, die sie liebte, und die einzige Antwort, die sie sich darauf geben konnte, lautete: Loyalität um jeden Preis. Im Moment wusste sie nur nicht, für wen sie sich entscheiden sollte. Und erst recht nicht, wie die Liebe aussah, die sie für den einen oder den anderen empfand.

1. Mai

LUCCA
TOSKANA

In der Küche des Torre Lo Bianco beobachtete Salvatore liebevoll das Zusammenspiel zwischen seinen beiden Kindern und ihrer *nonna*. Regelmäßig verbrachten die Kinder einen Abend und eine Nacht bei ihrem Vater und aufgrund seiner derzeitigen Wohnsituation eben auch bei ihrer Großmutter. Salvatores Mutter kostete das Zusammensein mit ihren Enkeln in vollen Zügen aus.

Sie hatte ihnen zum Frühstück viel Süßes serviert, was natürlich gegen Birgits Grundsätze verstieß. Als Zugeständnis zu gesunder Ernährung hatte sie immerhin mit *cereali e latte* angefangen – zum Glück hatte sie sogar Vollkornflocken gekauft, dachte Salvatore –, doch dann waren Kuchen und *biscotti* auf den Tisch gekommen. Die Kinder hatten viel mehr gegessen, als gut für sie war, und die Auswirkungen der Überdosis Zucker machte sich in ihrem Verhalten bemerkbar, während die *nonna* sie mit Fragen löcherte.

Ob sie auch jeden Sonntag in die Messe gingen, wollte die Großmutter wissen. Und ob sie am Gründonnerstag in der Kirche gewesen seien? Ob sie am Karfreitag brav drei Stunden lang gekniet hätten? Wann sie zum letzten Mal das heilige Sakrament empfangen hätten?

Bianca antwortete auf die Fragen mit niedergeschlagenen Augen, Marco mit einem so ernsten Gesichtsausdruck, dass Salvatore sich fragte, wo er den wohl einstudiert hatte. Auf dem

Weg zur Schule ermahnte er die Kinder, das Belügen ihrer Großmutter auf die Liste ihrer Sünden zu setzen, wenn sie das nächste Mal zur Beichte gingen.

Als er sich vor der Schule von ihnen verabschiedete, erzählte er Bianca, dass man ihre Freundin Hadiyyah Upman gefunden habe. Er versicherte ihr, dass Hadiyyah wohlbehalten zu ihren Eltern zurückgekehrt war, schärfte seiner Tochter aber für alle Fälle noch einmal ein, dass sie niemals, unter gar keinen Umständen mit einem Fremden mitgehen dürfe – »Das gilt übrigens auch für dich, Marco«, fügte er hinzu. Wenn irgendeiner, der nicht ihre *nonna*, ihre *mamma* oder ihr *papà* war, sie mitnehmen wolle, solle sie laut um Hilfe schreien und erst damit aufhören, wenn jemand ihr zu Hilfe eilte. Alles klar?

Hadiyyah Upman war die Liebe zu ihrem Vater zum Verhängnis geworden. Er hatte ihr so schmerzlich gefehlt, dass all die falschen E-Mails von ihrer Tante, die angeblich von ihrem Vater kamen, ihre Sehnsucht nicht hatten stillen können. Um ihr Vertrauen zu gewinnen, hatte Squali ihr nur versprechen müssen, er würde sie zu ihrem Vater bringen. Gott sei Dank war ihr nichts Schlimmeres zugestoßen, als in der Obhut der verrückten Domenica Medici zu landen. Es hätte aber auch anders ausgehen können.

Nachdem Hadiyyah und ihre Eltern im Krankenhaus wiedervereint worden waren, hatten Salvatore und der Engländer sich von ihnen verabschiedet und waren jeder seiner Wege gegangen. Lynleys Aufgabe als Verbindungspolizist war nunmehr beendet, und er hatte nicht die Absicht gehabt, sich in die weiteren Ermittlungen einzumischen. »Ich lasse Ihnen die Informationen zukommen, die meine Kollegin in London zusammenträgt«, hatte er Salvatore versichert. Dann hatte er sich mit den Worten von Salvatore verabschiedet: »Viel Glück, mein Freund. Ich bin froh, dass alles ein gutes Ende gefunden hat.«

Salvatore bemühte sich, die Sache philosophisch zu betrachten. Für Lynley hatte die ganze Sache tatsächlich ein gutes

Ende gefunden. Für ihn dagegen war es alles andere als gut ausgegangen.

Nachdem Lynley sich verabschiedet hatte, war Salvatore zum Pubblico Ministero gegangen, um ihn über den Ausgang der Angelegenheit ins Bild zu setzen. Es würde Fanucci interessieren, hatte er sich gesagt, dass das Mädchen wohlbehalten gefunden und zu seinen Eltern gebracht worden war. Sicherlich würde der Staatsanwalt auch wissen wollen, was Hadiyyah berichtet hatte: dass Squali ihr eine Karte gegeben hatte, die ihr Vater angeblich für sie geschrieben hatte, und dass er sie mit ihrem Kosenamen angeredet hatte. Diese beiden Tatsachen ließen keinen Zweifel mehr daran, wer der Schuldige in dem Entführungsfall war. Schließlich hatte Hadiyyah Carlo Casparia mit keinem Wort erwähnt.

Womit Salvatore nicht gerechnet hatte, war Fanuccis Reaktion auf das, was er als Trotzreaktion des Commissario bezeichnete. Er sei doch von dem Fall abgezogen, oder etwa nicht? Man hätte ihm mitgeteilt, dass ein Kollege die Ermittlungen ab sofort leiten würde, oder? Was also hatte er sich dabei gedacht, in die Apuanischen Alpen zu fahren, anstatt in seinem Büro zu sitzen und auf Nicodemo Triglia zu warten, der ihn ablösen sollte?

»*Magistrato*«, sagte Salvatore, »Sie haben doch bestimmt nicht von mir erwartet, dass ich angesichts der Tatsache, dass das Leben des Mädchens in Gefahr war, Informationen über ihren möglichen Aufenthaltsort nicht nachgehen würde? Es war eine Aktion, die keinen Aufschub duldete.«

Fanucci fand anerkennende Worte dafür, dass das Kind wohlbehalten zu seinen Eltern zurückgebracht worden war, aber damit erschöpfte sich sein Lob. »Wie dem auch sei«, sagte er, »ab sofort leitet Nicodemo die Ermittlung, und du übergibst ihm unverzüglich alles, was du zusammengetragen hast.«

»Ich bitte Sie, sich das noch einmal zu überlegen, *magistrato*«, sagte Salvatore. »Unser letztes Gespräch ist unerfreulich verlaufen. Dafür möchte ich mich entschuldigen. Ich möchte nur...«

»Spar's dir.«

»...die Erlaubnis, den Fall abzuschließen. Es gibt noch offene Fragen in Bezug auf eine Grußkarte und in Bezug auf den Kosenamen des Mädchens... Lorenzo Mura, der Lebensgefährte der Mutter, besteht darauf, dass wir den Kindsvater überprüfen, bevor dieser das Land verlässt. Es ist gar nicht so, dass ich Mura glaube, aber ich habe den Eindruck, dass da noch etwas anderes abläuft.«

Doch davon wollte Fanucci nichts hören. »*Basta, topo*«, sagte er. »Ist das klar? Ich kann nicht zulassen, dass man sich mir widersetzt. Und jetzt warte gefälligst auf Nicodemo.«

Salvatore kannte Nicodemo Triglia, einen Mann, der um keinen Preis auf sein Nachmittagsnickerchen verzichtete. Er trug eine Riesenplauze vor sich her, und er war noch nie im Leben an einer Bar oder Kneipe vorbeigegangen, ohne auf ein Bierchen einzukehren.

Über diese Dinge dachte Salvatore nach, während er sich in der Küche der Questura einen Kaffee machte. Als die Caffettiera aufhörte zu blubbern, füllte er eine Tasse mit dem teuflischen schwarzen Gebräu, ließ einen Würfel Zucker hineinfallen und rührte um. Mit der Tasse in der Hand trat er an das kleine Fenster, von dem aus man auf den Parkplatz blickte.

Eine Frauenstimme riss ihn aus seinen Grübeleien.

»Wir haben jemanden identifiziert«, sagte eine Kollegin hinter ihm.

Er war so tief in seine Gedanken versunken gewesen, dass ihm der Name der Polizistin nicht einfiel, als er sich umdrehte. Er erinnerte sich nur an einen blöden Witz auf dem Männerklo über ihre Brüste. Er hatte über den Witz gelacht, aber jetzt schämte er sich dafür. Sie war eine Frau, die ihre Arbeit sehr ernst nahm. Es war nicht so leicht für sie in dieser Welt, die so lange ausschließlich eine Männerdomäne gewesen war.

451

»Eine Identifizierung?«, fragte er. Sie hielt ein Foto in der Hand, und er versuchte sich zu erinnern, warum seine Leute überall Fotos herumzeigten.

»Casparia, Sir. Er hat diesen Mann gesehen.«

»Wo?«

Sie sah ihn merkwürdig an und fragte verwundert: »Haben Sie das schon vergessen?« Sie war vielleicht zwanzig Jahre alt, dachte Salvatore, und wahrscheinlich glaubte sie, dass im hohen Alter von zweiundvierzig Jahren das Gedächtnis nachließ. »Giorgio und ich?«, fügte Sie hastig hinzu.

Da fiel es ihm wieder ein. Er hatte seine Leute zu Carlo Casparia ins Gefängnis geschickt, um ihm die Fotos von den Mitgliedern der Fußballmannschaft von Lucca und von den Vätern der Jungen zu zeigen, die Lorenzo Mura trainierte. Carlo Casparia hatte also jemanden auf einem der Fotos wiedererkannt? Das war in der Tat eine Neuigkeit.

Die Frau reichte ihm das Foto. »Wer ist das?«, fragte er. Ottavia hieß sie, dachte er. Ottavia Schwartz. Ihr Vater war Deutscher, und sie war in Triest geboren. Er betrachtete das Foto. Der Mann war etwa in Muras Alter, und Salvatore sah auf den ersten Blick, warum Carlo sich an ihn erinnerte. Er hatte Ohren wie Rhabarberblätter. Sie standen ihm unvorteilhaft vom Kopf ab, und sie waren lichtdurchlässig, als würden sie von hinten von Scheinwerfern angestrahlt. Dieser Mann würde jedem, der ihn sah, unvergesslich bleiben. Vielleicht, dachte Salvatore, war das ja ein echter Glückstreffer. Er wiederholte seine Frage, während Ottavia ihren Zeigefinger befeuchtete und einen kleinen Notizblock aufklappte.

»Daniele Bruno«, sagte sie. »Mittelfeldspieler in der Mannschaft von Lucca.«

»Was wissen wir über ihn?«

»Bisher noch nichts.« Als er abrupt den Kopf hob, fügte sie hinzu: »Giorgio ist an der Sache dran. Er sammelt Informationen für Sie …«

452

Ottavia blickte ihn verwundert an, als er einen Schritt an ihr vorbei machte und die Tür der winzigen Küche schloss, und ihre Augen weiteten sich, als er dann auch noch zu flüstern begann.

»Hör zu, Ottavia, du und Giorgio… Ihr gebt diese Informationen an niemand anderen als an mich weiter. Verstanden?«

»Ja, aber…«

»Mehr brauchst du nicht zu wissen. Alles, was ihr rausfindet, gebt ihr mir.«

Denn er wusste genau, wie es weitergehen würde, wenn die Informationen bei Nicodemo Triglia landeten. Es war ein abgekartetes Spiel, das hatte er an Fanuccis Miene abgelesen, bei dem es ausschließlich darum ging, dass Fanucci sein Gesicht wahren konnte. Und da sich nichts von dem, was Hadiyyah Upman im Zusammenhang mit der Entführung zugestoßen war, mit Carlo Casparia in Verbindung bringen ließ, blieb dem Staatsanwalt nur eine Möglichkeit. Wenn Fanucci nicht sein Gesicht verlieren wollte, musste er von jetzt an alle weiteren Informationen unterdrücken. Dann brauchte er nur noch abzuwarten, bis die Aufregung um die glückliche Rückkehr des Mädchens sich gelegt hatte und die Boulevardpresse sich wieder auf etwas Neues stürzte. Irgendwann würde Carlo Casparia aus dem Gefängnis entlassen werden, und alle, vor allem Fanucci, hätten wieder ihre Ruhe.

Ottavia Schwartz runzelte die Stirn, fragte jedoch, ob der Commissario einen schriftlichen Bericht von ihr wünsche. Nein, sagte Salvatore. Sie solle ihm einfach ihre Notizen überlassen und das Gespräch mit ihm vergessen.

LUCCA
TOSKANA

Lynley sah Taymullah Azhar erst beim Frühstück wieder. Der
Professor war, nachdem Hadiyyah aus dem Krankenhaus entlassen worden war, in die Fattoria di Santa Zita gefahren, um ein
paar Stunden mit seiner Tochter zu verbringen. Lynley hatte
keinen Grund gehabt, ihn dorthin zu begleiten. Dennoch fand
er nach Hadiyyahs Rettung keine Ruhe. Lorenzo Muras An-
schuldigungen klangen ihm noch allzu deutlich in den Ohren.
Einerseits war seine Arbeit als Verbindungspolizist beendet. Andererseits hatte er immer noch Fragen, und als er neben Azhar
an Signora Valleras Frühstücksbüfett stand und eine Schale mit
Müsli füllte, entschloss er sich, Azhar anzusprechen.

»Ich hoffe, es ist alles gut«, sagte er zu dem Professor.

»Ich kann Ihnen gar nicht genug danken, Inspector«, antwortete Azhar. »Ich weiß, dass Ihre Anwesenheit hier auch
zum Teil Barbara zu verdanken ist, und auch ihr kann ich nicht
genug danken.« Dann fügte er hinzu: »Hadiyyah geht es gut.
Angelina weniger.«

»Sie wird sich sicherlich bald erholen.«

Azhar ging zu seinem Tisch und lud Lynley ein, sich zu ihm
zu setzen. Aus einer weißen Kanne schenkte er ihnen beiden
Kaffee ein.

»Hadiyyah hat uns von einer Karte erzählt«, sagte Lynley,
nachdem er Platz genommen hatte. »Es geht um eine Grußkarte, die dieser Squali ihr auf dem Markt gegeben hat. Sie sagt,
die Karte enthielt eine Nachricht von Ihnen, Sie hätten geschrieben, sie solle mit dem Mann mitgehen, er würde sie zu
Ihnen führen.«

»Ja, das hat sie mir auch erzählt«, sagte Azhar. »Aber ich weiß
nichts von einer solchen Karte, Inspector Lynley. Wenn es eine
Möglichkeit gäbe …«

»Die gibt es«, unterbrach ihn Lynley. Er berichtete ihm von

454

den Fotos der amerikanischen Touristinnen, auf denen die Karte mit dem Smiley zuerst in Roberto Squalis und dann in Hadiyyahs Hand zu sehen war.

»Haben Sie die Karte gesehen, Inspector?«, fragte Azhar. »War sie bei Hadiyyas Sachen?«

Ob die Karte bei Hadiyyas Sachen gewesen war, wusste Lynley nicht. Aber wenn die Karte gefunden worden war, dann war sie jetzt in den Händen der Carabinieri, die als Erste im Kloster eingetroffen waren und Domenica Medici mitgenommen hatten. Die hatten inzwischen garantiert das ganze Kloster nach allem durchsucht, was mit dem dort gefangen gehaltenen Mädchen zu tun hatte.

»Wer wusste alles von Hadiyyahs Verschwinden?«, fragte Lynley. »Ich meine, von ihrem Verschwinden im vergangenen November. Wer wusste davon, außer Barbara und mir?«

Azhar zählte die Leute auf, denen er davon erzählt hatte: Kollegen am University College London, befreundeten Mikrobiologen, Angelinas Eltern und ihrer Schwester Bathsheba. Später, als Angelina und Lorenzo nach London gekommen waren und behauptet hatten, er hätte Hadiyyah entführt, hatten natürlich auch seine eigenen Angehörigen davon erfahren.

»Dwayne Doughty wusste doch auch von ihrem Verschwinden, nicht wahr?« Lynley beobachtete Azhars Gesicht aufmerksam, als er den Namen des Londoner Detektivs nannte. »Michelangelo Di Massimo, ein Privatdetektiv aus Pisa, hat ausgesagt, dass Doughty ihn angeheuert habe, um Hadiyyah zu suchen.«

»Mr Doughty?«, sagte Azhar. »Den habe ich sofort nach Hadiyyahs Verschwinden beauftragt, sie zu suchen. Er hat mir allerdings kurz darauf mitgeteilt, es gebe keine Spur von ihr, er sagte, Angelina habe auf ihrer Flucht aus London nicht die geringste Spur hinterlassen. Und jetzt sagen Sie mir ... was? Dass er herausgefunden hat, dass Angelina sich in Pisa befand? Das hat er im Winter schon gewusst? Während er mir gegenüber behauptet hat, es gebe keine Spur von den beiden?«

»Was haben Sie getan, als er Ihnen mitgeteilt hat, dass es keine Spur von den beiden gab?«

»Was hätte ich denn tun sollen? Auf Hadiyyahs Geburtsurkunde ist der Name des Vaters nicht eingetragen«, sagte Azhar. »Es wurde nie ein DNS-Test durchgeführt. Angelina hätte irgendjemanden als Vater ihres Kindes angeben können, und ohne eine gerichtliche Verfügung könnte sie das immer noch tun, da es ja keinen DNS-Test gibt. Sie sehen also, egal, wen ich um Hilfe gebeten hätte, ich hatte keinerlei Rechtsanspruch. Nur die Rechte, die Angelina mir zugestanden hat. Und die sie mir entzogen hat, als sie mit Hadiyyah verschwunden ist.«

»Wenn das so ist«, sagte Lynley leise, nahm sich eine Banane und begann, sie zu schälen, »dann hätten Sie ja, wenn Sie Hadiyyah gefunden hätten, in ihrer Entführung Ihre einzige Chance sehen können.«

Azhar musterte ihn ohne erkennbare Empörung oder Wut. »Um sie anschließend mit nach London zu nehmen? Können Sie sich vorstellen, was mir das eingebracht hätte, Inspector Lynley?« Ohne auf eine Antwort zu warten, fuhr er fort: »Ich sage Ihnen, was es mir eingebracht hätte: Angelinas ewige Feindschaft. Glauben Sie mir, so dumm würde ich nie handeln, egal, wie sehr ich mir gewünscht hätte – und immer noch wünsche –, Hadiyyah bei mir in London zu haben.«

»Aber jemand hat sie vom Markt entführt, Azhar. Jemand, der sie mit der Aussicht gelockt hat, Sie wiederzusehen. Jemand hat eine Karte geschrieben, die sie lesen sollte. Jemand hat sie *Khushi* genannt. Ihr Entführer hat eine Spur hinterlassen, die zu Michelangelo Di Massimo führte und von dort weiter zu Dwayne Doughty in London.«

»Mr Doughty hat mir versichert, es gebe keine Spur von den beiden«, wiederholte Azhar. »Dass das nicht die Wahrheit war… dass er die ganze Zeit gewusst hat, dass das nicht stimmte…« Seine Hand zitterte leicht, als er Kaffee nachschenkte, das erste Anzeichen dafür, dass er innerlich aufgewühlt war. »Dafür könnte ich dem Mann etwas antun, Inspector. Aber das, was er getan hat oder zu tun vorhatte oder zu tun versucht hat, hat letztlich dazu geführt, dass Angelina und ich uns endlich versöhnt haben. Diese schreckliche Angst, dass wir Hadiyyah verlieren könnten… hat am Ende auch etwas Gutes mit sich gebracht.«

Lynley fragte sich, wie die Entführung eines Kindes etwas Gutes mit sich bringen konnte, aber er neigte den Kopf zum Zeichen, dass Azhar fortfahren sollte.

»Wir sind uns einig, dass Hadiyyah beide Eltern braucht«, sagte Azhar. »Und dass beide Eltern eine Rolle in ihrem Leben spielen sollten.«

»Wie wollen Sie das bewerkstelligen, wenn Sie in London wohnen und Angelina in Lucca?«, fragte Lynley. »Verzeihen Sie, dass ich das so offen ausspreche, aber sie scheint sich entschieden zu haben, in der Fattoria di Santa Zita wohnen zu bleiben.«

»Das ist richtig. Angelina und Lorenzo werden heiraten, sobald das Kind geboren ist. Angelina ist jedoch damit einverstanden, dass Hadiyyah die Schulferien bei mir in London verbringt.«

»Wird Ihnen das reichen?«

»Es wird mir nie reichen«, erwiderte Azhar. »Aber wenigstens finde ich in dem Arrangement meinen Frieden. Hadiyyah kommt am ersten Juli nach London.«

SOUTH HACKNEY
LONDON

Bryan Smythes Büroräume waren im selben Haus untergebracht, in dem er auch wohnte, in einer Häuserreihe in der Nähe von Victoria Park, die aussah, als wäre sie reif für die Abrissbirne. Die für London typischen Backsteinreihenhäuser, ziemlich verdreckt in diesem Fall, waren ausnahmslos heruntergekommen, die Gardinen waren verrußt, und an Fenstern und Türen blätterte die Farbe ab. Aber Barbara stellte schnell fest, dass das alles nur Tarnung war. Denn Bryan Smythe besaß nicht weniger als sechs dieser Häuser, und sobald man durch die Haustür trat, bot sich einem ein gänzlich anderes Bild.

Smythe war natürlich auf ihren Besuch vorbereitet, rechtzeitig vorgewarnt von Em Cass. Er begrüßte Barbara mit den Worten: »Sie sind die Frau von Scotland Yard, nehme ich an«, und musterte sie von Kopf bis Fuß. Barbara entging nicht, dass sein Gesichtsausdruck sich auch nicht änderte, als er den Aufdruck auf ihrem T-Shirt las: *Küss mich – ich bin ein Frosch*. Ein guter Schauspieler, sinnierte sie. Dann fügte Smythe hinzu: »DS Barbara Havers, wenn ich richtig informiert bin?«

»Sie haben's erfasst«, sagte Barbara und schob sich an ihm vorbei durch die Tür.

Das Hausinnere öffnete sich nach beiden Seiten wie eine große Kunstgalerie mit riesigen modernen Gemälden an den Wänden und metallenen Skulpturen, die Gott weiß was darstellten, auf kleinen Tischen. Auf dem Parkettboden waren einige wenige Ledersitzmöbel und geschmackvolle Teppiche verteilt. Bryan Smythe war ein unscheinbarer Typ, dessen Schultern mit Schuppen gesprenkelt waren. Er war so blass wie ein Grottenolm und wirkte regelrecht unterernährt. Wahrscheinlich war er dermaßen damit beschäftigt, sich in fremde Computer einzuhacken, dass er nicht mal zum Essen kam, dachte Barbara.

»Hübsche Hütte«, bemerkte sie, während sie sich umsah. »Die Geschäfte scheinen ja gut zu laufen.«

»Es gibt gute und schlechte Zeiten«, sagte er. »Ich arbeite als Computerfachmann für verschiedene Firmen, manchmal auch für Privatpersonen. Ich sorge für die Sicherheit ihrer Systeme.«

Barbara verdrehte die Augen. »Ich bitte Sie. Ich bin nicht hier, um Ihre oder meine Zeit zu vergeuden. Wenn Sie meinen Namen kennen, dann kennen Sie ja auch den Grund meines Besuchs. Also kommen wir zur Sache: Ich interessiere mich in erster Linie für Doughty, nicht für Sie, Bryan. Darf ich Sie Bryan nennen? Ich hoffe doch.« Sie schlenderte durch den großen Raum und blieb vor einer Leinwand stehen, die vollkommen rot war bis auf einen schmalen blauen Streifen am unteren Rand. Barbara fand, dass das Bild aussah wie ein Vorschlag für ein neues EU-Straßenschild. Moderne Kunst war nicht ihr Ding, dachte sie, und das sollte auch so bleiben. Sie drehte sich zu Smythe um. »Ich könnte Sie natürlich hochnehmen, aber vorerst sehe ich noch keine Notwendigkeit, diese Karte auszuspielen.«

»Sie können's ja versuchen«, erwiderte Smythe unbekümmert. Er hatte die Tür hinter ihr zugemacht und verriegelt, doch Barbara nahm an, dass das eher mit dem Wert seiner Kunstsammlung zu tun hatte als mit ihrer Anwesenheit. »Wollen wir doch mal auf dem Teppich bleiben. Wenn Sie mir den Laden dichtmachen, hab ich in vierundzwanzig Stunden einen neuen.«

»Das glaube ich Ihnen gern«, sagte sie. »Allerdings wären Ihre Stammkunden nicht sehr erfreut, wenn sie in der Zeitung lesen – oder in den Nachrichten hören – würden, dass die Techniker von New Scotland Yard die Computer ihres Sicherheitsexperten beschlagnahmt haben, um sie gründlich zu analysieren. Dafür kann ich sorgen. Natürlich können Sie was Neues aufziehen, ehe unsere Forensiker Ihren Krempel in einem Keller in der Victoria Street überhaupt ausgepackt haben. Aber ich fürchte, es würde ziemlich lange dauern, bis Ihr Geschäft sich von dem Schlag erholt hätte.«

Smythe musterte sie. Sie betrachtete seine Kunstwerke, nahm eine Skulptur von einem Glastisch und versuchte zu erkennen, was sie darstellte. Einen Vogel? Ein Flugzeug? Ein prähistorisches Monster? Sie schaute Smythe an: »Sollte ich wissen, was sich der Künstler bei dem Ding gedacht hat?«

»Sie sollten klug genug sein, um vorsichtig damit umzugehen.«

Sie tat so, als würde sie die Skulptur fallen lassen. Er machte einen schnellen Schritt nach vorn. Sie zwinkerte ihm zu. »Wir Bullen, Bryan, sind Kunstbanausen. Wir sind Elefanten im Dingsladen, Sie wissen schon, vor allem die Typen, die kommen, um die Sachen fürs Labor abzuholen.«

»Meine Kunstsammlung hat nichts zu tun mit…«

»Mit Ihrem Job? Mit Ihrer Tätigkeit als Computerexperte? Das mag durchaus der Fall sein, aber die Leute, die mit Gerichtsbeschlüssen an Türen klopfen…?« Sie stellte die Skulptur vorsichtig zurück auf den Tisch. »Woher sollen die das wissen?«

»Was glauben Sie eigentlich, was Sie…«

»Emily Cass hat Sie verpfiffen. Das wissen Sie doch, Bryan. Wir brauchten sie nur in die Enge zu treiben, und schon ist sie eingeknickt. Sie sind zuständig für Bankunterlagen, Telefonrechnungen, Handyrechnungen, Reiseunterlagen, Kreditkartenabrechnungen und weiß der Teufel für was noch alles. Glauben Sie im Ernst, der Staatsanwalt interessiert sich nicht dafür, was passiert, wenn Sie sich an Ihren Computer setzen und mit Ihren Kumpels in Kontakt treten, die an ganz bestimmten Schlüsselstellen sitzen? Wo ist Ihr Computer überhaupt? Gibt es hier irgendwo einen Knopf, der eine geheime Kellertür öffnet, wenn man draufdrückt?«

»Sie haben zu viele Filme gesehen.«

»Bestimmt«, räumte sie ein. »Also, wie sieht's aus?«

Er überlegte. Er konnte nicht wissen, dass sie längst beschlossen hatte, mit Azhar zu reden, ehe sie Lynley oder sonst irgendjemandem Bericht erstattete. Er konnte nicht wissen, dass sie Azhar persönlich sprechen wollte, um ihm in die Augen sehen zu können. Er konnte nicht wissen, dass sie nie im Leben glaubte, Azhar könnte das Leben seiner Tochter in Gefahr bringen, nur um sie von ihrer Mutter zurückzuholen oder von ihr fernzuhalten. Aber die Flugtickets nach Pakistan ließen das

Schlimmste ahnen, und solange sie nicht mit Azhar gesprochen und ihm in die Augen gesehen hatte, war ihre Verzweiflung so groß, dass es sie all ihre Kraft kostete, gegenüber diesem Smythe die Ruhe zu bewahren.

Schließlich sagte er: »Kommen Sie mit. Zumindest in einer Hinsicht kann ich Sie aufklären.«

Er durchquerte den Raum und öffnete eine doppelte Schiebetür. Dahinter befand sich ein ähnlich großer Raum wie die Kunstgalerie mit teuer aussehenden Doppelglasfenstern, durch die man in einen Garten voller Frühlingsblumen blickte, der an den Rändern von Kirschbäumen gesäumt wurde. Auf einem perfekt manikürten Rasen stand eine weiße Gartenlaube neben einem Seerosenteich, in dessen Mitte ein Springbrunnen plätscherte.

Das Arbeitszimmer, das sie betrat, hatte nicht die geringste Ähnlichkeit mit dem, wie sie sich die Höhle eines Computerfreaks vorgestellt hatte. Im Kino hockten die Hacker in Kellerräumen, in denen Computerbildschirme die einzige Lichtquelle darstellten. In Bryan Smythes Welt dagegen stand ein Laptop auf einem eleganten Schreibtisch aus Edelstahl mit Blick in den Garten. Neben dem Laptop steckten drei USB-Sticks in einem dafür vorgesehenen Halter. In einem Behälter standen gespitzte Bleistifte, in einem zweiten Kugelschreiber. Auf der anderen Seite des Laptops lagen ein frischer Schreibblock und ein teurer Füllhalter vor einem Drucker.

An einem Ende des Raums war eine Nobelküchenzeile eingebaut, am anderen stand eine Musik- und Fernsehanlage der Luxusklasse. Boxen an der Decke ließen auf Surround Sound schließen. Und alles stank nach Geld.

Barbara stieß einen kaum hörbaren Pfiff aus. »Hübscher Garten«, bemerkte sie und schaute nach draußen, während sie fieberhaft überlegte, wie sie ihm die Informationen aus den Rippen leiern sollte, die sie brauchte. »Sie haben wohl vor, an der Chelsea Flower Show teilzunehmen, was?«

461

»Ich schaue mir gern etwas Ästhetisches an«, sagte er, und die Art, wie er das betonte, ließ erkennen, dass Barbara nicht seinen ästhetischen Ansprüchen genügte. »Bei der Arbeit, meine ich«, fügte er hinzu. »Deswegen steht der Schreibtisch da.«

»Keine schlechte Idee«, sagte Barbara. »Ich nehme an, Sie möchten, dass das so bleibt.«

»Was wollen Sie damit sagen?«

»Damit will ich sagen, dass Sie sich entscheiden müssen, und lassen Sie mich eins klarstellen, falls das noch nicht bis zu Ihnen durchgedrungen ist. Doughty ist der Fisch, hinter dem wir her sind. Wir vermuten, dass er der Drahtzieher hinter einer Entführung ist, die in Lucca verübt wurde. Es geht um ein neunjähriges Mädchen aus London, das letzten November von ihrer Mutter nach Italien gebracht wurde. Doughty wurde angeheuert, um das Mädchen zu finden, aber er hat noch viel mehr getan. Er hat sie aufgespürt, behauptet, keine Spur von ihr gefunden zu haben, und dann ihre Entführung organisiert. Anschließend hat er Sie angeheuert, um alle Spuren zu beseitigen, und damit meine ich alles, was mit dem Mädchen, ihrem Verschwinden im November und so weiter zu tun hat. Können Sie mir so weit folgen?«

Er verzog abschätzig den Mund, was Barbara als Bestätigung deutete.

»Sie bestätigen mir das, und unser Gespräch – und glauben Sie mir, ich habe jede Minute davon genossen – ist damit beendet. Sollten Sie sich weigern …« Sie wedelte mit dem Zeigefinger. »Dann werden Sie mit Ihrem örtlichen Polizeirevier, dem Staatsanwalt und Scotland Yard Bekanntschaft machen.«

»Soll das heißen«, fragte er, »wenn ich Ihre fantasievolle Theorie über dieses neunjährige Mädchen bestätige – was ich hiermit übrigens nicht tue –, wird mein Name nicht an Scotland Yard weitergegeben? Oder an das Revier vor Ort? Oder an sonst jemanden?«

»Bryan, Sie sind ein kluges Kerlchen. Genau das habe ich

gemeint. Also, wie sieht's aus? Natürlich wird Doughty in dem Fall Ihre Dienste nicht wieder in Anspruch nehmen wollen, aber das können Sie ihm ja wohl nicht verübeln, oder? Das wäre ein ziemlich geringer Preis für die Möglichkeit, ansonsten im Geschäft zu bleiben, wenn Sie mich fragen.«

Er schüttelte den Kopf, trat dann ans Fenster und schaute in den Garten hinaus. Nach einer Weile drehte er sich zu Barbara um und sagte: »Was für eine Polizistin sind Sie eigentlich?«

Sie war völlig verblüfft über die Verachtung, die aus seinen Worten sprach, doch es gelang ihr, mit ausdruckslosem Gesicht zu fragen: »Was meinen Sie damit?«

»Glauben Sie im Ernst, ich würde nicht durchschauen, worauf das alles hinausläuft?«

»Worauf denn?«

»Heute wollen Sie, dass ich etwas zugebe, und morgen wollen Sie dann Kohle von mir sehen. Nicht auf ein Konto auf der Isle of Man oder auf Guernsey oder weiß der Teufel wo, sondern in kleinen Scheinen in einem Umschlag, und nächste Woche und nächsten Monat stehen Sie wieder vor meiner Tür und sagen: ›Wollen Sie wirklich, dass Scotland Yard von Ihnen erfährt, Kumpel?‹, und verlangen noch mehr. Sie sind ja noch verdorbener als ich, Sie blöde Kuh. Und wenn Sie glauben, ich würde ...«

»Jetzt machen Sie mal halblang«, sagte Barbara, obwohl ihr Herz wie wild pochte. »Ich habe Ihnen gesagt, ich will Doughty.«

»Und ich soll mich auf Ihr Wort verlassen?« Bryan lachte, ein hohes, dünnes Wiehern, das ihr zeigte, wie blank seine Nerven lagen. Barbara hatte das Gefühl, als wären sie wie zwei Westernhelden in der Straße vor dem Saloon, die beide gleichzeitig ihre verrosteten Revolver gezogen hatten und jetzt versuchten, aus der Sache rauszukommen, ohne mit einer Kugel in der Brust im Staub zu landen.

»Sieht so aus, als hätten wir uns gegenseitig am Schlafittchen,

463

Bryan. Aber unter uns gesagt, ich glaube, ich sitze am längeren Hebel. Also, zum letzten Mal: Ich will Doughty. Entweder Sie lassen sich darauf ein, oder Sie begleiten mich zur Tür und warten ab, was ich als Nächstes tue.«

Seine Kiefermuskeln spannten sich. Sie konnte es ihm nachfühlen. Sie knirschte ebenfalls mit den Zähnen.

Er sagte: »Okay, ich gebe es zu. Ich habe Doughtys Datensätze gelöscht. Alles, was mit einem Typen namens Michelangelo Di Massimo zu tun hatte. Alles, was mit einem Typen namens Taymullah Azhar zu tun hatte. E-Mails, Bankdaten, Telefongespräche, Handygespräche, Geldüberweisungen, angeschaute Websites, alles, was er über Suchmaschinen über Lucca, Pisa oder sonst wo in Italien rausgefunden hatte. Alles, was Sie sich vorstellen können, es wurde gelöscht. So gründlich wie ich und ein paar… ein paar Kollegen hier und da es löschen konnten. Reicht Ihnen das?«

»Noch eins.«

»Herrgott, was denn noch?«

»Wann?«

»Wann was?«

»Wann hat das alles angefangen?«

»Was spielt das für eine Rolle? Ich bin so weit zurückgegangen wie nötig und habe alles gelöscht.«

»Okay. Großartig. Alles klar. Ich möchte wissen, wann die Daten, die mit Italien zu tun hatten, gelöscht wurden.«

»Was spielt das denn für eine…«

»Glauben Sie mir, es spielt eine Rolle.«

Bryan tat etwas völlig Unerwartetes, um das herauszufinden. Er öffnete eine Schreibtischschublade, nahm ein Notizheft heraus und begann, rückwärtszublättern. Fand nichts. Er wühlte in der Schublade und förderte ein weiteres Notizheft zutage. Barbara spürte, wie ihr Magen sich zusammenzog.

»Im Dezember«, sagte Bryan. »Am fünften. Da hat es angefangen.«

Großer Gott, dachte Barbara. Bevor Hadiyyah in Lucca entführt wurde. Bevor alles angefangen hatte. »Es?«, fragte sie. »Was meinen Sie mit ›es‹?«

Ein flüchtiges Lächeln, gerade so triumphierend, dass Barbara begriff, dass sie die Schlacht gewonnen, aber den Krieg verloren hatte. »Ich schätze, das finden Sie selber raus«, sagte er. »Und falls Sie vorhaben, als Nächstes nach Bow zu fahren, dann sollten Sie ein paar Vorkehrungen treffen.«

»Welcher Art?«, fragte sie.

»Eine Art Absicherung, einen Plan B, wie auch immer Sie es nennen wollen«, sagte er. »Dwayne ist nicht dumm, und er hat garantiert einen Plan B.«

»Und das wissen Sie, weil ...?«

»Weil er immer einen hat.«

BOW
LONDON

Dwayne Doughty war nicht überrascht, sie zu sehen. Was Barbara wiederum auch nicht überraschte. Das Unternehmen Doughty-Cass-Smythe war schon seit geraumer Zeit im Geschäft. Die drei mochten einander verpfeifen wie drittklassige Ganoven, aber sie ließen einander auch wissen, dass sie es getan hatten. Sie wappnete sich für einen Kampf. Sie wappnete sich für Dwayne Doughtys Plan B.

Er sagte: »Das haben Sie aber schnell geschafft von South Hackney bis hier«, nur für den Fall, dass ihr noch nicht klar war, wie die Loyalitäten verteilt waren. Er warf einen Blick auf seine Uhr. »Viertelstunde. Hatten Sie grüne Welle, oder sind Sie mit Blaulicht gefahren?«

»Ich würde sagen, Sie sind überführt«, entgegnete Barbara.

»Machen Sie sich nichts vor«, sagte Doughty. »Der Grund,

warum Bryan Smythe für mich arbeitet, ist seine Fähigkeit, alle Spuren zu verwischen, die bestätigen könnten, dass er jemals für mich gearbeitet hat.«

»Heißt das, Sie gehen davon aus, dass Scotland Yard keine Leute hat, deren Talente mit denen des gefürchteten Bryan Smythe vergleichbar sind?«, fragte Barbara. »Heißt das, Sie bezweifeln, dass Scotland Yard sich mit der italienischen Polizei kurzschließt, um Michelangelo Di Massimos gelöschte Datensätze aufzuspüren? Sie scheinen davon überzeugt zu sein, dass Bryan mit seinen magischen Fähigkeiten nichts übersehen hat, aber nach all den Erfahrungen, die ich mit Verbrechern jedweder Couleur gemacht habe, kann ich Ihnen eins sagen: Niemand denkt an alles… Es gibt immer irgendeinen Kieselstein, der übersehen wird.«

Er hob anerkennend die Brauen. »Großartige Metapher. Ich bin beeindruckt.« Er lehnte sich in seinem Stuhl zurück. Es war die Art Schreibtischstuhl, der nachgab, wenn man sich zurücklehnte, und Barbara betete, Doughty möge sich zu weit nach hinten lehnen, mit dem Stuhl umkippen und sich den Schädel aufschlagen. Sie hatte kein Glück. Er rollte mit dem Stuhl zu einem Aktenschrank, öffnete die unterste Schublade und entnahm ihr einen USB-Stick. »Von mir aus können Sie die italienische Polizei, die Techniker von Scotland Yard und Ihre Kollegen in Italien darauf ansetzen. Aber ich würde es Ihnen nicht raten. Das kann nur in die Hose gehen.«

Als Barbara den USB-Stick sah, dachte sie, aha, das ist also der Plan B, von dem Bryan Smythe gesprochen hat. Sie musste unbedingt wissen, was auf dem Stick war, und sie wusste auch, dass sie nur zu warten brauchte, bis Doughty es ihr verriet.

Mit einer freundlichen Geste bot er ihr einen Stuhl an. Irritierend höflich fragte er, ob sie Kaffee, Tee oder Kekse wolle. »Kommen Sie zur Sache«, sagte sie und blieb stehen.

»Wie Sie wünschen«, sagte er. Dann schob er den Stick in seinen Computer.

Er war gut vorbereitet. Er fand sofort, was er suchte. Er schlug ein paar Tasten an, drehte den Bildschirm in ihre Richtung und sagte: »Viel Vergnügen.«

Es war ein Film mit zwei Hauptdarstellern: Dwayne Doughty und Taymullah Azhar. Die Szene spielte in Doughtys Büro. Doughty teilte Azhar alles mit, was er mit Hilfe von Michelangelo Di Massimo über Hadiyyahs Aufenthaltsort herausgefunden hatte. Hadiyyah war in der Fattoria di Santa Zita in den Hügeln über einer Stadt namens Lucca gesehen worden, außerdem im Haus eines gewissen Lorenzo Mura, der sich bei der Überweisung von Geld von Lucca nach London, mit dem Angelina ihre Flucht vor Azhar finanzieren sollte, offenbar so dumm angestellt hatte, dass er nicht nur eine Spur, sondern einen veritablen Trampelpfad hinterlassen hatte. Es handle sich um ein Zweitkonto, erklärte Doughty Azhar, und zwar auf den Namen von Angelinas Schwester Bathsheba, mit deren Pass Angelina am 15. November ausgereist war.

Barbara hörte ihr eigenes Herz pochen, sagte jedoch scheinbar leichthin: »Und was wollen Sie mir damit beweisen, Dwayne? Das wissen wir doch bereits alles. Sie wollen mir also zeigen, dass Sie Azhar all diese Informationen übergeben haben? Soll ich jetzt etwa beeindruckt sein?«

Doughty hielt den Film an. Jetzt war nur noch ein Standbild zu sehen.

»Sie wirken eigentlich nicht gerade begriffsstutzig«, sagte er. »Aber ich habe den Eindruck, dass Sie eine Brille brauchen. Sehen Sie sich mal das Datum des Videos an.«

Und da stand es. Siebzehnter Dezember. Barbara sagte nichts, obwohl sie innerlich in Panik geriet. Sie spürte das Adrenalin bis in die Zehen und Fingerspitzen. Sie bemühte sich um einen gleichgültigen Gesichtsausdruck, aber sie wusste, wenn sie versuchen würde, die Arme zu heben, würden ihre Hände zittern.

Doughty blätterte in seinem Schreibtischkalender rückwärts.

Es war ein großer Kalender mit einem Blatt pro Tag und Stundeneinteilung, in die er sämtliche Kundentermine eingetragen hatte. »Ich nehme an, Sie haben einen überfüllten Freizeitkalender, der den jedes It-Girls in den Schatten stellt, also lassen Sie mich Ihnen helfen. Unser letztes Treffen – das heißt, zwischen Ihnen, dem Professor und mir – war am dreißigsten November. Falls Sie nicht so gut im Kopfrechnen sind: Das Gespräch, das Sie soeben auf dem Film gesehen haben, fand siebzehn Tage später statt. Um Ihnen noch weiter zu helfen – so bin ich nun mal –, möchte ich Ihnen bei der Erinnerung an eine Kleinigkeit auf die Sprünge helfen. Bei unserer letzten gemeinsamen Zusammenkunft habe ich dem Professor meine Visitenkarte gegeben und ihm angeboten, sich an mich zu wenden, falls ich ihm noch auf irgendeine andere Weise behilflich sein könnte. Und der Professor hat den Wink verstanden.«

»Blödsinn«, sagte Barbara. »Welchen Wink?«

»Ich hatte so ein Gefühl, was den Professor anging, Sergeant. Verzweifelte Situation, verzweifelte Maßnahmen, Sie kennen das ja. Ich dachte, ich könnte ihm da vielleicht ein paar nützliche Tipps geben. Das heißt, falls er interessiert wäre. Es stellte sich heraus, dass er das war.« Dwayne beugte sich über die Tastatur und machte ein paar Bewegungen mit der Maus. »Sehen Sie selbst, wie er zwei Tage später sein Interesse zum Ausdruck gebracht hat.«

Derselbe Schauplatz, dieselben Darsteller. Das Gespräch allerdings war von anderer Natur. Ein Filmkritiker hätte es als »elektrisierend« bezeichnet. Ein Staatsanwalt hätte es als Schuldbeweis angesehen. Atemlos schweigend sah und hörte Barbara, wie Taymullah Azhar vorschlug, seine eigene Tochter zu entführen. Ob das machbar sei? Ob dieser Michelangelo Di Massimo das arrangieren könne? Ob der Italiener sich mit den Gewohnheiten von Lorenzo Mura, Angelina und Hadiyyah vertraut machen könne? Und wenn ja, gebe es eine Möglichkeit, Hadiyyah zu entführen, indem man ihr ein Wiedersehen mit ihrem Vater in Aussicht stelle?

Das Gespräch der beiden über das Thema zog sich hin. Im Film hörte Doughty aufmerksam zu: die Finger unterm Kinn zu einem Dreieck zusammengelegt, hin und wieder ein verständnisvolles Nicken. Der Mann wirkte wie die Vorsicht in Person, während er sich insgeheim ausrechnete, wie viel er verdienen könnte, wenn er sich auf eine Entführung auf internationaler Ebene einließ.

Scheinheilig sagte Doughty im Film: »Ich kann nur den Kontakt zwischen Ihnen und Mister Di Massimo herstellen, Professor Azhar. Was Sie beide dann zu tun beschließen... Meine Tätigkeit für Sie ist jedenfalls hiermit beendet, und mit dem weiteren Gang der Dinge möchte ich nichts zu tun haben.«

»Pah, wer's glaubt, wird selig«, schnaubte Barbara verächtlich, als der Film zu Ende war. »Das ist doch alles Humbug.«

Dwayne ließ sich nicht beirren. »Tja, es ist, wie es ist«, sagte er freundlich. »Aber ich sage Ihnen eins: Wenn Sie *mich* fertigmachen, mache ich *ihn* fertig, Barbara. Darf ich Sie Barbara nennen? Ich habe das Gefühl, dass wir uns allmählich immer näherkommen.«

Sie hatte das Gefühl, gleich zu explodieren, und sie wäre Doughty am liebsten an die Gurgel gegangen. »Diese ganze Entführungsgeschichte ist doch völlig idiotisch«, sagte sie. »Nachdem dieser Di Massimo Hadiyyah gefunden hatte, hätte Azhar doch bloß unerwartet bei Angelina an die Tür zu klopfen und seine Rechte als Vater einzufordern brauchen. Hadiyyah hätte vor Freude Luftsprünge gemacht, wenn ihr Vater plötzlich auf ihrer Veranda gestanden hätte, oder was auch immer die da unten haben. Was hätte Angelina denn dann tun sollen? Bis ans Ende ihres Lebens von einer Fattoria in die nächste flüchten?«

»Es wäre das Vernünftigste für Azhar gewesen«, räumte Doughty ein. »Aber ist Ihnen noch nicht aufgefallen – was ich mir bei Ihrem Beruf gar nicht vorstellen kann –, dass jede Vernunft über den Haufen geworfen wird, sobald Leidenschaft ins Spiel kommt?«

»Von Hadiyyahs Entführung hätte Azhar überhaupt nichts gehabt.«

»Von einer simplen Wald-und-Wiesen-Entführung nicht, da gebe ich Ihnen recht. Aber nehmen wir mal an – nur Sie und ich, Barbara –, dass das keine Wald-und-Wiesen-Entführung war. Nehmen wir mal an, der Professor hatte den genialen Einfall, Hadiyyah entführen zu lassen, weil er vorausgesehen hat, dass ihre Mutter genau das tun würde, was sie dann ja auch getan hat: mit ihrem Freund im Schlepptau nach London kommen und ihr Kind zurückverlangen.« Doughty schlug sich in gespieltem Entsetzen die Hand vor den Mund. »Aber als sie nach London kommt, stellt sie fest, dass der Professor gar nichts davon weiß, dass sein Kind verschwunden ist. Mein Gott, sie wurde *entführt?*, ruft der Professor aus. Durchsucht mein Haus, mein Büro, mein Labor, durchsucht mein Leben, durchsucht alles, was ihr wollt, ich habe nichts damit zu tun ... und so weiter und so fort. Während er in Wirklichkeit Michelangelo Di Massimo beauftragt hat, die Kleine zu entführen, sie an einem sicheren, sehr geheimen Ort unterzubringen, und sie – wenn die Zeit reif ist – an einem ebenso sicheren Ort freizulassen, wo sie von jemandem, der in der Zeitung von ihrer Entführung gelesen hat, ›zufällig‹ gefunden werden kann. Der Vater macht sich auf den Weg nach Italien, um bei der Suche zu helfen, er demonstriert seinen Kummer, indem er in allen Städten und Dörfern der Toskana Flugblätter verteilt, mimt den Leidenden und hat sich natürlich für den Zeitpunkt der Entführung ein wasserdichtes Alibi verschafft, indem er an einem Kongress in Berlin teilgenommen hat. Als das Kind schließlich wieder auftaucht, wird die Familie unter Freudentränen wiedervereint und so weiter. Endlich kann Azhar seine Tochter wieder regelmäßig sehen, noch dazu mit Angelinas Segen.«

»Lächerlich«, konterte Barbara. »Warum hätte er sich dazu all die Mühe machen sollen, Dwayne? Wenn Sie Hadiyyah gefunden hatten, warum hätte Azhar sie entführen lassen sollen? Warum hätte er sie ängstigen oder in Gefahr bringen oder *irgendetwas* tun sollen, außer hinzufahren und als ihr Vater ein Besuchsrecht zu verlangen? Er wusste, wo sie war. Er wusste genug über Mura, um zu wissen, dass sie bleiben würde, wo sie war.«

»Ja, das erwähnten Sie bereits«, sagte Doughty. »Aber Sie haben eine Kleinigkeit vergessen.«

»Und welche?«

»Den größeren Zusammenhang.«

»Und der wäre?«

»Pakistan.«

»Wie bitte? Wollen Sie allen Ernstes behaupten, Azhar hätte vorgehabt...«

»Ich behaupte gar nichts. Ich fordere Sie nur auf, die Tanzschritte auszuführen, zu der Musik, die Sie bereits kennen. Sie sind nicht dumm, egal, was Sie für unseren grüblerischen Professor empfinden. Er hat seine Tochter entführen lassen, und er hatte vor, mit ihr nach Pakistan zu verschwinden.«

»Er ist Professor für...«

»Und Professoren begehen keine Verbrechen? Wollten Sie das sagen? Liebe Barbara, wir beide wissen sehr gut, dass Verbrechen keine Spezialität des Pöbels sind. Und wir wissen noch etwas: Wenn unser Professor mit seiner Tochter nach Pakistan gehen würde, wäre die Tür, hinter der sie verschwindet, auf Jahre für die Mummy verriegelt und verrammelt. Da könnte sie sich die Fäuste blutig klopfen. Ein Kind von seinem Vater in Pakistan zurückfordern? Von einem pakistanischen Vater? Von einem muslimischen Vater? Was glauben Sie wohl, wie viele Rechte eine ungläubige Engländerin da hätte, vorausgesetzt, sie würde die beiden überhaupt finden?«

Das klang alles sehr überzeugend, dachte Barbara, aber konnte sie es auch akzeptieren? Es musste noch eine andere Erklärung geben. Doch hier in Doughtys Büro zu bleiben und mit ihm die Sache weiter zu erörtern, war vergebene Liebesmüh. Nur ein Gespräch mit Azhar würde Licht ins Dunkel bringen. Doughty war durch und durch verkommen. Das war die Wahrheit, an die sie sich klammern musste.

Es war, als hätte Doughty ihre Gedanken gelesen: »Der Professor hat Dreck am Stecken, Sergeant Havers«, sagte er. Er schob sich von seinem Schreibtisch zurück und legte den Memory Stick zurück in die Schublade, die er abschloss. Dann drehte er sich zu Barbara um und hielt ihr seine Handgelenke hin, als würde er sich geschlagen geben. »Jetzt können Sie mich aufs Revier abführen, und da kann ich für jeden, der mir zuhören will, das alles noch mal wiederholen. Oder Sie fangen an, Nägel mit Köpfen zu machen, und nehmen sich den Professor vor.«

VICTORIA
LONDON

Lynley traf am frühen Nachmittag in London ein. Der Flug von Pisa war anstrengend gewesen, er hatte in dem überfüllten Flugzeug in einem viel zu engen Sitz zwischen einer Rosenkranz betenden Nonne und einem übergewichtigen Geschäftsmann gesessen, der die ganze Zeit in einer überdimensionalen Zeitung gelesen hatte. Vor seiner Abreise hatte er ein letztes Gespräch mit Angelina Upman geführt. Sie hatte bestätigt, was Azhar ihm berichtet hatte. Sie hatten einander verziehen und vereinbart, dass Hadiyyah ihren Vater regelmäßig in London besuchen würde. Nur Lorenzo Mura war mit den Plänen nicht einverstanden. Er mochte Azhar nicht, er traute Azhar nicht über den Weg und hielt Angelina für eine Närrin, wenn sie vorhatte, ihre Tochter zu ihm nach London fahren zu lassen.

»Liebling, sie ist auch Haris Tochter«, hatte sie Mura zu beschwichtigen versucht, worauf er wutschnaubend aus dem Zimmer gestürmt war. Angelina seufzte. »Es wird nicht leicht werden«, sagte sie zu Lynley. »Aber ich möchte tun, was für uns alle das Beste ist.«

Lynley war aufgefallen, welchen Tribut diese ganze Sache von Angelina gefordert hatte. Eigentlich war sie eine schöne Frau, doch die Strapazen hatten sie gezeichnet, und sie wirkte jetzt hohlwangig und mager. Sie musste sich erholen, und das möglichst schnell, damit ihr ungeborenes Kind nicht zu Schaden kam. Er hätte ihr das gern gesagt, aber wahrscheinlich wusste sie das selbst. Also sagte er zum Abschied nur: »Lassen Sie es sich gut gehen.«

In London fuhr er auf direktem Weg in den Yard und suchte Isabelle Ardery auf, um Bericht zu erstatten. Sie konnten sich über ein positives Ergebnis freuen: Hadiyyah war wieder wohlbehalten bei ihrer Mutter. Der Fall lag jetzt in der Hand der italienischen Polizei. In Lucca musste der Staatsanwalt nur noch entscheiden, wie mit den Beweismitteln zu verfahren war, die Commissario Salvatore Lo Bianco oder dessen Nachfolger gefunden hatte.

»Der Fall wurde Lo Bianco gestern entzogen«, erklärte Lynley. »Sieht so aus, als wären er und der Staatsanwalt unterschiedlicher Meinung gewesen.«

Isabelle nahm ihr Telefon und sagte: »Dann wollen wir uns jetzt den Bericht von Sergeant Havers anhören.« Sie rief Barbara an und bat sie in ihr Zimmer.

Lynley seufzte und schüttelte innerlich den Kopf, als Barbara eintrat. Ihre Frisur war immer noch eine Katastrophe, und sie war mal wieder so gekleidet, als wollte sie Isabelle Arderys Unmut regelrecht provozieren. Wenigstens hatte sie diesmal kein T-Shirt mit irgendeinem idiotischen Spruch an. Aber das Zickzackmuster in Neonfarben war nicht gerade dazu angetan, ihre Reize zu betonen. Ihre ausgebeulte Hose sah aus wie ein Kleidungsstück, das ihre Großmutter ausrangiert hatte.

Isabelle schaute erst Havers, dann ihn an und blieb bewundernswert beherrscht. Sie sagte »Sergeant« und zeigte auf einen Stuhl vor ihrem Schreibtisch.

Barbara warf Lynley einen Blick zu, den er nicht interpretieren konnte, aber sie schien zu glauben, dass sie zu einer Maßregelung zitiert worden war. Er konnte es ihr nicht verübeln. Sie wurde selten aus einem anderen Grund ins Chefzimmer gerufen. Er sagte: »Ich habe Superintendent Ardery gerade zur Situation in Italien auf den neuesten Stand gebracht.« Und Ardery fragte: »Wie sieht's mit der Situation in London aus, Sergeant?«

Havers wirkte erleichtert. »So wie ich die Sache sehe, läuft es darauf hinaus, dass das Wort eines Schmierfinks gegen das Wort eines anderen steht.« Sie legte das rechte Bein über das linke Knie, so dass eine weiße, mit Törtchen bedruckte Socke zwischen ihrem roten Turnschuh und dem Hosenbein zum Vorschein kam. Lynley hörte Isabelle seufzen. Havers fuhr fort. Doughty, sagte sie, bestreite nicht, den Privatdetektiv Michelangelo Di Massimo aus Pisa angeheuert zu haben, um Hadiyyah und ihre Mutter aufzuspüren. Er behauptete, er habe im Auftrag von Azhar gehandelt, mehr habe er nicht getan. Er sagte, bei dem Geld, das von einer Londoner Bank auf Di Massimos Konto geflossen war, handle es sich lediglich um das Honorar für dessen Dienste. Es sei jedoch vergebene Liebesmüh gewesen, so Doughty, denn Di Massimo habe ihm erklärt, es gebe keine Spur von den beiden. »Ich schätze«, sagte Havers, »wir müssen uns entscheiden, wer von den beiden lügt. Da die italienischen Kollegen diesen Di Massimo in der Mangel haben, könnten wir einfach abwarten, was dabei rauskommt.«

Isabelle Ardery war nicht auf dem Posten des Detective Superintendent gelandet, weil sie unfähig war, Lücken in einer Ermittlung zu erkennen. »Wann genau hat Taymullah Azhar den Namen dieses italienischen Detektivs erfahren, Sergeant?«, fragte sie.

Worauf Barbara antwortete: »Soweit ich weiß, nie. Oder besser, erst nachdem Inspector Lynley mehr von den Italienern er-

fahren hatte. Und das ist doch der springende Punkt, oder?«
Ehe Ardery etwas dazu sagen konnte, fuhr Barbara fort: »Die
Kollegen vom SO12 beobachten Azhar übrigens schon seit
einer Weile. Er ist sauber.«

»SO12?«, fragten Lynley und Ardery wie aus einem Mund,
und Isabelle fügte hinzu: »Was hat der SO12 mit dieser Sache
zu tun, Sergeant?«

Havers erklärte, sie habe jede Spur verfolgen wollen: »Und
eine davon war Azhar, Sie haben ihn ja selbst gerade erst erwähnt, Chefin.« Aus diesem Grund habe sie sich mit Chief Inspector Harry Streener unterhalten, um zu erfahren, ob seine
Abteilung Azhar irgendwann aus irgendeinem Grund überprüft
habe. Azhar sei zum Zeitpunkt der Entführung in Berlin gewesen, was nicht gut ausgesehen habe, und sie hatte sich gesagt,
wenn an der Sache irgendetwas fragwürdig war, dann würde der
SO12 davon wissen. »Azhar ist Mikrobiologe, Chefin. Azhar ist
Muslim. Er ist Pakistani. Für die Kollegen vom SO12 ... Sie wissen ja, wie die sind. Ich dachte mir, falls der Mann irgendwas zu
verbergen hatte, dann hätten die es gefunden.«

Aber sie hätten nichts gehabt, sagte Barbara. Sie sei zu demselben Schluss gelangt wie DI Lynley: Am besten, man überlasse den ganzen Schlamassel den Kollegen in Italien.

»Dann hätte ich gern Ihren schriftlichen Abschlussbericht,
Sergeant Havers«, sagte Ardery. »Und Ihren auch, Inspector
Lynley.« Mit einer Geste in Richtung Tür deutete sie an, dass
die Sitzung beendet war.

Doch bevor Lynley Barbara auf den Korridor folgen konnte,
rief Ardery ihn noch einmal zurück. Er drehte sich um. Sie bedeutete ihm, die Tür zu schließen.

Er nahm wieder auf dem Stuhl Platz, auf dem er eben gesses-
sen hatte und schaute Ardery an. Er kannte sie gut genug, um
zu wissen, wie gut sie Dinge verbergen konnte – vor allem das,
was in ihrem Kopf und in ihrem Herzen vorging –, also wartete
er darauf, dass sie ihm sagte, was ihr auf den Nägeln brannte.

475

Er zuckte zusammen, als sie die unterste Schublade ihres Schreibtischs öffnete. Isabelle war Alkoholikerin, und sie wusste, dass er das wusste. Sie glaubte, sie hätte das Problem unter Kontrolle. Er nicht. Auch das wusste sie, aber sie wusste auch, dass er sie nicht verraten würde, solange sie während der Arbeit nicht trank. Er sah, dass ihre Hand leicht zitterte, und sagte: »Isabelle.«

Sie schaute ihn an. »Ich bin nicht blöd, Tommy. Ich habe mich unter Kontrolle.« Und anstatt einer Flasche nahm sie eine Zeitung aus der Schublade, die sie auf ihren Schreibtisch legte. Sie schlug sie auf, glättete sie und begann zu blättern.

Er sah, dass es sich um die *Source* handelte, das primitivste aller Londoner Boulevardblätter. Lynley überlegte, was es zu bedeuten haben könnte, dass Isabelle die Zeitung in ihrem Schreibtisch versteckt, Barbara weggeschickt und ihn zu einem Gespräch unter vier Augen dabehalten hatte. Ihm schwante nichts Gutes. Seine bösen Vorahnungen bestätigten sich, als Isabelle fand, was sie gesucht hatte, und die Zeitung umdrehte, damit er mit eigenen Augen sehen konnte, was sie beunruhigte.

Er nahm seine Lesebrille aus der Tasche, obwohl er sie nicht brauchte, um die Schlagzeile zu lesen, die sich über die Seiten vier und fünf hinzog: *Sexgeiler Vater mit Polizistin unter einer Decke.* Begleitet wurde der Artikel von einem Foto von Azhar, in ein größeres hineinmontiert, auf dem irgendeine Keilerei auf einer Londoner Straße zu sehen war. Auf dem großen Foto waren ein schreiender halbwüchsiger Junge, ein Mann von etwa Ende sechzig mit wutverzerrtem Gesicht, eine ängstlich dreinblickende Frau in *Salwar Kamiz* und Kopftuch – und Barbara Havers abgebildet. Barbara versuchte, den alten Mann dazu zu bringen, dass er den Jungen losließ; die Frau mit dem Kopftuch versuchte, den Jungen von dem Mann wegzuziehen. Der alte Mann versuchte, den Jungen in ein Auto zu bugsieren.

Lynley überflog den Text. Der Name des verantwortlichen Journalisten war ihm nur allzu gut bekannt: Mitchell Corsico. Der Artikel war in dem atemlosen, für die *Source* typischen Stil

476

gehalten. Der Journalist brüstete sich mit der sensationellen Enthüllung, dass zwischen einer Polizistin von Scotland Yard und dem sexgeilen Vater, dessen Tochter kürzlich in Italien entführt worden war, eine enge Verbindung bestand. Diese Polizistin, verehrte Leser, ist nicht nur mit dem sexgeilen Vater verbandelt, sondern ebenfalls mit der von ihm verlassenen Ehefrau in Ilford *und* der Geliebten, der Mutter seiner Tochter, bekannt. Der Mann und die Polizistin wohnen beide in Nord-London, wo sie unter den wachsamen Augen von Nachbarn leben, die nur allzu gern bereit sind, ihre Meinung zu äußern über den sanften Professor und die beachtliche Anzahl von Frauen, die sich darum reißen, mit ihm zusammen zu sein.

Der Artikel folgte dem altbekannten Muster aller Boulevardblätter, die seit Generationen davon lebten, den Ruf angesehener Bürger zu ruinieren. In einer Woche bauten sie jemanden zum Helden auf oder zum sympathischen Opfer oder zum strahlenden Lottogewinner oder zum großen Künstler oder bewundernswerten Selfmademan, nur um ihn in der folgenden Woche, wenn alle ehemaligen Freunde oder Kollegen, denen er jemals unrecht getan hatte, aus ihren Löchern gekrochen kamen und »neue Tatsachen« über ihn enthüllten, gnadenlos zu Fall zu bringen.

Nachdem Lynley den Artikel zu Ende gelesen hatte, blickte er auf. Er wusste nicht recht, was er sagen sollte, denn er konnte nicht einschätzen, wie viel Isabelle über Barbara und Azhar wusste. Er musste sich jedoch zugleich eingestehen, dass er selbst auch nicht allzu viel über das Verhältnis der beiden wusste.

»Was soll ich davon halten, Tommy?«, fragte Isabelle.

Er nahm die Brille ab und steckte sie in seine Brusttasche. »Für mich sieht das so aus, als würde eine Polizistin einem Jugendlichen zu Hilfe eilen, der von einem alten Mann angegriffen wird.«

»Ja, sicher. Ich sehe auch, dass auf dem Foto nur zu sehen

ist, wie Barbara Havers ein Handgemenge auf der Straße zu schlichten versucht, gute Samariterin, die sie ist. Mit alldem hätte ich kein Problem. Aber was mich stutzig macht, ist, dass dieser Jugendliche ausgerechnet Taymullah Azhars Sohn ist. Ganz zu schweigen von der Tatsache, dass der Alte Azhars Vater ist. Das kann doch kein Zufall sein, oder?«

»Dieses Foto ließe sich auf die unterschiedlichste Weise interpretieren, Isabelle, ebenso wie der Artikel. Das muss jedem klar werden, der das Foto sieht und den Artikel liest.«

»Selbstverständlich. Und eine dieser vielen Interpretationen lautet, dass Barbara Havers durchaus ein persönliches Interesse an einer Angelegenheit haben könnte, das jemand, der in dieser Angelegenheit ermittelt, nicht haben dürfte.«

»Du kannst doch nicht im Ernst annehmen, dass Barbara …«

»Ich weiß überhaupt nicht, was zum Teufel ich von Barbara Havers denken soll«, fiel Isabelle ihm ins Wort. »Aber ich sehe, was ich sehe, und ich höre, was ich …«

»Hören? Von wem? Was? Über Barbara?« Lynley musterte sie einen Moment. Sie hielt seinem Blick stand. Schließlich wandte er sich ab und betrachtete die Zeitung auf ihrem Schreibtisch.

Lynley wusste, dass sie normalerweise keine Boulevardzeitungen las. Er bildete sich nicht ein, bloß weil er ein paar Monate lang ein Verhältnis mit ihr gehabt hatte, alles über sie zu wissen, aber das zumindest wusste er. Sie las keine Boulevardblätter. Wie also war ihr diese Zeitung in die Finger geraten? »Woher hast du die?«, fragte er und zeigte auf die Zeitung.

»Das spielt doch keine Rolle. Es geht um den Artikel, der da drin steht.«

Lynley warf einen Blick auf die geschlossene Tür. Dann wusste er es plötzlich. »John Stewart«, sagte er. »Und jetzt wartet er ab, was du gegen Barbara unternimmst. Dabei hättest du eigentlich schon längst etwas gegen *ihn* unternehmen müssen.«

»Um John werde ich mich kümmern, sobald ich es für richtig halte, Tommy. Im Moment geht es um das Thema Barbara Havers.«

»Es gibt kein Thema Barbara Havers. Sie mag Azhar kennen, meinetwegen mit ihm befreundet sein, aber wenn du auch nur im Entferntesten annimmst, sie könnte seine Geliebte sein … Vergiss es, Isabelle.«

Sie dachte eine Weile über seine Worte nach. Vom Korridor her waren die üblichen Geräusche zu hören. Jemand verlangte »eine Kopie von dem Artikel über die Rettung der Moore, von dem Philip gesprochen hat«, dann wurde ein Aktenwagen durch den Flur geschoben. Lynley und Isabelle lieferten sich ein Blickduell, bis Isabelle sagte: »Tommy, jeder hat seinen wunden Punkt.«

»Barbara nicht«, entgegnete Lynley bestimmt. »Nicht, was diese Sache angeht.«

Sie wirkte tieftraurig, als sie ihn mit den Worten entließ: »Ich spreche nicht von Barbara Havers, Inspector.«

VICTORIA
LONDON

In Wirklichkeit war Lynley sich in Bezug auf Barbara gar nicht so sicher, wie er Isabelle gegenüber vorgegeben hatte. Eigentlich wusste er überhaupt nicht mehr, was er über irgendetwas denken sollte. Aus diesem Grund las er Barbaras Berichte, die sie für John Stewart angefertigt hatte, und suchte anschließend Harry Streener beim SO12 zu einem kurzen Gespräch auf. Dass sich jetzt schon der zweite Kollege von Scotland Yard für einen gewissen Taymullah Azhar interessierte, machte Streener stutzig, doch Lynley beruhigte ihn mit der Behauptung, Detective Superintendent Ardery habe ihn lediglich gebeten, noch ein paar offenen Fragen nachzugehen.

So erfuhr Lynley nicht nur von den Flugtickets nach Pakistan, sondern darüber hinaus und zu seinem Entsetzen, dass Barbara Informationen zurückhielt. Er wollte lieber nicht darüber spekulieren, was das alles bedeutete: in Bezug auf Taymullah Azhar und die Entführung seiner Tochter, aber auch in Bezug auf Barbara Havers. Er musste sofort mit Barbara reden. Denn sie musste einer simplen Tatsache ins Auge sehen: Wenn er herausfinden konnte, dass sie Informationen über Taymullah Azhar zurückhielt, würde John Stewart das über kurz oder lang ebenfalls tun und damit zu Isabelle Ardery gehen. Und dann wären sowohl Isabelles als auch Lynleys Hände gebunden, und er durfte nicht zulassen, dass es so weit kam.

Er fand Barbara an ihrem Schreibtisch vor, in ihre Arbeit vertieft und vom Scheitel bis zur Sohle ganz die eifrige Polizistin. »Wir müssen reden, Barbara«, sagte er leise zu ihr. An ihrem entgeisterten Blick erkannte er, dass sie genau verstanden hatte, wie ernst die Situation war.

Sie fuhren mit dem Aufzug in den vierten Stock. In der Kantine saßen noch ein paar Kollegen, die ihre Mittagspause noch nicht beendet hatten, aber die meisten Tische waren frei. Sie bestellten sich jeder einen Kaffee und suchten sich einen Tisch am hinteren Ende des Raums. Als sie sich setzten, spürte er, dass Barbara genauso nervös war, wie er sie haben wollte.

Er sagte: »John Stewart hat Isabelle Ardery die heutige Ausgabe der *Source* besorgt. Da steht ein Artikel von Mitchell Corsico drin…«

»Ich bin zu Sayyids Schule gefahren, Sir«, unterbrach sie ihn hastig. »Corsico hatte mir gesagt, dass er den Jungen interviewen wollte, und ich wusste, dass Sayyid allen möglichen Blödsinn über Azhar erzählen würde. Aber ich bin nicht nur wegen Azhar dahin gefahren. Denn egal, was die *Source* drucken würde, ich wusste, dass es allen schaden würde: Sayyid, seiner Mutter, seinem Vater. Ich wollte… ich dachte… ich musste…«

»Darüber will ich gar nicht mit Ihnen reden, Barbara«, sagte

Lynley. »John hat seine Gründe, warum er der Chefin die Zeitung bringt, und ich schätze, dass wir bald erfahren werden, welche Gründe das sind. Tatsache ist, dass Sie viel zu tief in dieser Geschichte drinstecken, das beweist der Zeitungsartikel. Und das wirft natürlich Fragen über Ihre Arbeit auf.«

Barbara schwieg, während ihr Kaffee serviert wurde. Sie tat Milch und Zucker hinein, rührte um, trank jedoch nicht. Eine Weile starrte sie in ihre Tasse. Dann sagte sie: »Ich hasse diesen Typen.«

»Und das zu Recht«, sagte Lynley. »Ich würde nicht versuchen, dagegen zu argumentieren. Aber wegen dieser Sache mit Hadiyyahs Entführung hat John Sie in der Hand. Wenn Sie ihm also noch irgendeinen weiteren Beweis dafür geliefert haben, dass Sie in diesem Fall nicht objektiv sind, dann sollten Sie es mir jetzt sagen, ehe er es entdeckt und Isabelle Ardery davon berichtet.«

Er wartete. Er wusste, Barbara stand vor der Entscheidung, jetzt oder nie, eine Entscheidung, die etwas über ihre Partnerschaft aussagen würde, und darüber, was er würde tun können, um ihr aus dem Schlamassel herauszuhelfen, in den sie sich hineinmanövriert hatte. Lynley war sich sicher, dass DI John Stewart eine informelle Ermittlung gegen sie führte. Das musste ihr klar sein, und sie musste begreifen, dass er ihr nur würde beistehen können, wenn sie alle Karten auf den Tisch legte.

Kommen Sie schon, Barbara, dachte er. Tun Sie das Richtige.

Und zuerst dachte er, dass sie genau das tun würde. Sie sagte: »Das mit meiner Mutter war gelogen, Sir.« Dann erzählte sie ihm von einer Geschichte, die sie sich für Ardery ausgedacht hatte, um ein paar Stunden frei zu bekommen. Angeblich war ihre Mutter gestürzt. Sie erzählte ihm das ganze Märchen: vom Krankentransport bis zur Privatklinik und alles dazwischen. Und sie berichtete ihm von ihren Aktivitäten während der so gewonnenen Freizeit – von ihren Auseinandersetzungen mit

Doughty und dessen beiden Assistenten. Oberflächlich betrachtet schien es so, als erzählte sie ihm wirklich alles. Aber sie erwähnte nichts von den Flugtickets nach Pakistan, und das enttäuschte ihn zutiefst.

Die Erkenntnis versetzte ihm einen Stich. Bis zu dem Augenblick war ihm gar nicht bewusst gewesen, wie wichtig ihm die Partnerschaft mit Barbara war. Sie war häufig kaum zu ertragen, und ihre Angewohnheiten brachten ihn fast um den Verstand. Aber sie war eine gute Polizistin mit einem scharfen Verstand, und ihre aufsässige Art hatte ihn weiß Gott schon oft genug amüsiert. Und nicht zuletzt: Sie hatte ihm an einem Abend das Leben gerettet, als es ihm völlig gleichgültig gewesen war, dass ein Serienmörder es auf ihn abgesehen hatte.

Eigentlich war es nicht so, dass er glaubte, Barbara Havers etwas schuldig zu sein. Nein, er mochte sie wirklich. Sie war für ihn mehr als eine Partnerin. Sie war eine Freundin. Und als solche war sie wie die anderen, die zu dem kleinen Kreis seiner Vertrauten gehörten: Sie war Teil des Gewebes, das sein Leben ausmachte, und er wollte dieses Gewebe möglichst zusammenhalten, nachdem es ihn so viel gekostet hatte, das Loch zu stopfen, das durch Helens Tod entstanden war.

Sie redete und redete. Es war, als würde sie ihm ihr ganzes Herz ausschütten. Er wartete und hoffte immer noch, dass sie ihm gegenüber ganz ehrlich sein würde. Seine Hoffnung erfüllte sich nicht. Schließlich blieb ihm keine andere Wahl.

Als sie geendet hatte, sagte er: »Sie haben etwas vergessen, Barbara. Pakistan.«

Sie trank einen geräuschvollen Schluck Kaffee und sah sich in der Kantine nach einer Kaffeekanne um. »Pakistan, Sir?«, fragte sie beiläufig.

»Flugtickets«, antwortete er. »Eins auf den Namen Taymullah Azhar, eins auf den Namen Hadiyyah Upman. Gekauft im März für einen Flug im Juli. Sie haben das nicht erwähnt, aber ich habe es beim SO12 erfahren.«

Ihre Blicke begegneten sich. Er versuchte, ihren Gesichtsausdruck zu deuten, konnte jedoch nicht sagen, ob das, was er sah, Trotz oder Kummer war. »Verdammt, Sie haben meine Arbeit überprüft«, sagte sie. »Ich kann's nicht fassen.«

»Dass Sie beim SO12 waren, hat Fragen aufgeworfen. Bei mir, aber vor allem bei Isabelle.«

»›Isabelle‹«, wiederholte sie. »Nicht ›die Chefin‹, nicht ›Superintendent Ardery‹. Ich kann mir schon denken, was das bedeutet.« Sie klang verbittert.

»Nein, das können Sie nicht«, erwiderte Lynley ruhig. »Ich habe mich aus eigenem Antrieb beim SO12 erkundigt.«

Sie fixierten einander eine Weile. »Tut mir leid, Sir«, sagte Barbara schließlich und wandte den Blick ab.

»Akzeptiert«, sagte er. »Was die Flugtickets angeht… Sie können sich doch bestimmt vorstellen, wie es aussieht, wenn herauskommt, dass Sie diese Information unterdrückt haben. Wenn ich das bei einem kurzen Besuch bei Streener in Erfahrung bringen konnte, dann kann DI Stewart das genauso.«

»Stewart hab ich im Griff.«

»Da irren Sie sich gewaltig. Sie glauben, Sie hätten ihn ›im Griff‹, weil Sie davon überzeugt sind, dass die Wahrheit ans Licht kommen und Sie reinwaschen wird oder was auch immer.«

»Die ›Wahrheit‹ ist, dass er mich hasst, und alle wissen das, einschließlich, verzeihen Sie, *Isabelle*, Sir. Und wenn wir uns mal genauer ansehen würden, wie sie mich ausgerechnet Stewarts Team zugeordnet hat, damit sie mich – wie wir beide verdammt genau wissen – wieder auf Streife schicken kann, sobald ich den entscheidenden Fehler mache, dann würden wir einen richtigen Masterplan entdecken.«

Lynley war lange genug Polizist, um zu durchschauen, dass Barbara versuchte, die Kontrolle über ihr Gespräch zu gewinnen, um vom eigentlichen Thema auf ein anderes abzulenken, das ihr erträglicher war. Er sagte: »Pakistan, Barbara. Flugtickets. Konzentrieren wir uns darauf, einverstanden? Alles andere ist Spekulation und pure Zeitverschwendung.«

Sie fuhr sich durch das kurze Haar und riss daran, als könnte sie es dadurch zum Wachsen animieren. »Ich *weiß* nicht, was das zu bedeuten hat, okay?«

»Was? Die Tatsache, dass er Flugtickets nach Pakistan gebucht hat, oder dass er sie schon im März gebucht hat, als er angeblich nicht wusste, wo seine Tochter war, oder dass Sie dieses Detail verschwiegen haben? Für was davon haben Sie keine Erklärung?«

»Sie sind sauer«, sagte sie. »Und das ist Ihr gutes Recht.«

»Lassen Sie uns uns nicht auf diese Ebene begeben. Beantworten Sie einfach meine Frage.«

»Ich weiß nicht, was es bedeutet, dass er diese Tickets gekauft hat.«

»Er hat mir gesagt, dass sie im Juli zu ihm kommt, Barbara. Nachdem Hadiyyah wohlbehalten aus dem Kloster zu ihnen zurückgekommen war, haben Angelina und Azhar sich darauf geeinigt, dass sie von nun an die Schulferien bei ihm verbringt. Die nächsten Ferien fangen im Juli an.«

»Ich weiß trotzdem nicht, was es bedeutet«, beharrte sie. »Ich will mit ihm reden. Erst wenn er wieder in London ist, werde ich erfahren, was seine Absichten sind. Erst wenn er mir erklären kann...«

»Und Sie sind entschlossen, ihm zu glauben, egal, was er Ihnen sagt?«, fragte Lynley. »Sie müssen doch sehen, wie verrückt das ist, Barbara. Sie sollten tun, was Sie immer tun: Folgen Sie der Spur des Geldes. Des Geldes, das von Azhar zu anderen fließt.«

»Er wird Doughty für seine Dienste bezahlt haben«, sagte sie. »Was soll das denn beweisen? Seine Tochter war zusammen mit ihrer Mutter verschwunden, Inspector. Die Polizei hier hat nichts unternommen. Er hatte keine Rechte und...«

»Die Daten der Überweisungen von seinem Konto werden

Bände sprechen«, fiel Lynley ihr ins Wort. »Das wissen Sie sehr gut.«

»Daten können alles Mögliche aussagen. Azhar hat Doughty bezahlt, als er das Geld zusammenhatte. Die Rechnung war höher, als er erwartet hatte, deshalb hat er in Raten bezahlt. Und zwar über… Monate hinweg. Und er hat Doughty dafür bezahlt, dass er in Italien jemand anheuerte, der seine Tochter suchen sollte. Alles andere ist auf Doughtys Mist gewachsen.«

»Herrgott noch mal, Barbara…«

»Und Doughty hat eine Möglichkeit gesehen, wie er noch mehr Geld aus der Sache rausholen konnte. Er brauchte sie nur so lange gefangen zu halten, bis alle richtig verzweifelt waren, dann hätte er Lösegeld gefordert, und so weiter.«

Lynley lehnte sich zurück und schaute sie an. Ihre Selbsttäuschung machte ihn fassungslos. »Das können Sie doch unmöglich glauben«, sagte er. »Es gab keine Lösegeldforderung, und Azhar ist durch die Flugtickets desavouiert.«

»Er hat sie gekauft, weil er glauben wollte, dass sie gefunden werden würde. Er wollte auf Nummer sicher gehen.«

»Himmel Herrgott, Barbara, sie war noch nicht mal entführt worden, als er die Tickets gebucht hat.«

»Es muss eine Erklärung dafür geben. Und ich werde sie finden.«

»Ich kann es nicht Ihnen überlassen…«

Sie packte ihn am Arm. »Ich muss mit Azhar reden. Geben Sie mir Zeit, mit Azhar zu reden.«

»Sie machen einen großen Fehler. Die Konsequenzen dafür werden Sie teuer zu stehen kommen. Wie können Sie von mir erwarten…«

»Lassen Sie mich mit ihm reden, Sir. Es muss eine Erklärung geben. Er kommt bald zurück. Noch ein Tag. Zwei, höchstens drei. Er muss seine Studenten betreuen. Er muss Vorlesungen halten. Er wird nicht bis Juli in Italien bleiben. Das kann er gar nicht. Geben Sie mir einfach die Chance, mit ihm zu reden.

Wenn er mir nicht erklären kann, warum er Tickets gebucht hat, werde ich Ardery informieren und ihr mitteilen, welche Schlüsse ich daraus ziehe. Ich schwöre es Ihnen. Aber geben Sie mir die Zeit, bitte.«

Lynley sah ihren flehenden Blick. Er wusste, was er hätte tun müssen: den ganzen Schlamassel sofort melden und das Unausweichliche geschehen lassen. Aber eine jahrelange Partnerschaft verband ihn mit Barbara. Er stieß einen tiefen Seufzer aus und sagte: »Also gut.«

Sie atmete erleichtert auf. »Danke, Inspector.«

»Ich möchte das nicht bereuen«, sagte er. »Sobald Sie mit Azhar gesprochen haben, reden Sie mit mir. Sind wir uns darüber einig?«

»Vollkommen.«

Er nickte, stand auf und verließ die Cafeteria.

Die Situation gefiel ihm ganz und gar nicht. Alles deutete darauf hin, dass Taymullah Azhar in die Sache verwickelt war. Da Barbara die Information über diese Tickets nach Pakistan unterdrückt hatte, war nicht auszuschließen, dass sie noch mehr belastendes Material zurückgehalten hatte. Lynley wusste jetzt, dass sie Azhar liebte. Zwar würde sie sich das niemals eingestehen, aber ihre Beziehung zu dem Professor ging weit über ihre Freundschaft mit seiner Tochter hinaus. Konnte er vernünftigerweise damit rechnen, dass sie gegen Azhar vorgehen würde, falls sich herausstellte, dass seine Beteiligung an der Geschichte mehr war als die verzweifelte Suche eines Vaters nach seiner Tochter? Hätte er, Lynley, gegen Helen ermittelt, wenn er herausgefunden hätte, dass sie etwas Verwerfliches getan hatte? Und vor allem: Würde er sich jetzt von Barbara distanzieren?

Er verfluchte diese Ermittlung, die sich zu so einem komplizierten Geflecht entwickelt hatte. Barbara sollte zu Isabelle gehen, alles auf den Tisch legen und sich der Gnade ihrer Chefin ausliefern. Dann würde sie halt die bittere Pille schlucken müssen, die Isabelle ihr verabreichte. Aber er wusste, dass Barbara das niemals tun würde.

Sein Handy klingelte. Einen Moment lang hoffte er, Barbara wäre zur Vernunft gekommen und würde verkünden, dass sie es sich anders überlegt hatte.

Doch ein Blick auf das Display sagte ihm, dass Daidre Trahair ihn anrief.

»Was für eine angenehme Überraschung«, sagte er.

»Wo sind Sie?«

»Ich warte gerade auf den Aufzug.«

»Auf einen Aufzug in Italien?«

»Nein, in London.«

»Ach, wie schön. Sie sind also wieder da.«

»Ja, seit ein paar Stunden. Ich bin heute Morgen aus Pisa zurückgekommen und direkt in den Yard gefahren.«

»Und? Alles gut ausgegangen?«

»Ja.« Der Aufzug kam, doch er stieg nicht ein, um nicht in ein Funkloch zu geraten. Er berichtete Daidre kurz von Hadiyyahs glücklicher Rückkehr in die Arme ihrer Eltern. Vom SO12, Pakistan und Barbaras riskanten Manövern erwähnte er nichts.

»Dann sind Sie ja bestimmt sehr erleichtert«, sagte Daidre. »Sie ist in Sicherheit, sie ist unversehrt – und ihre Eltern?«

»Sie haben sich in gewisser Weise versöhnt und akzeptiert, dass sie beide für ihre Tochter da sein müssen. Es ist sicherlich nicht das Beste für eine Neunjährige, zwischen zwei Ländern zu pendeln, aber es ist wohl die einzige Lösung.«

»Viele Kinder befinden sich in solch einer Situation, nicht wahr? Dass sie zwischen den Eltern pendeln.«

»Ja, natürlich. So ist die Welt heutzutage.«

»Sie klingen... wie soll ich sagen, nicht ganz so erleichtert, wie Sie es sein sollten.«

Er schmunzelte. Sie hatte ihn schnell durchschaut, und überraschenderweise gefiel ihm das. »Das bin ich wohl auch nicht. Oder vielleicht bin ich auch nur müde.«

»Zu müde für ein Glas Wein?«

Seine Augen weiteten sich. »Wo sind Sie? Rufen Sie denn nicht aus Bristol an?«

»Nein.«

»Darf ich hoffen?«

Sie lachte. »Sie klingen wie Mr Darcy.«

»Ich dachte, Frauen mögen das. Und erst die engen Hosen, die er trägt.«

Sie lachte wieder. »Das stimmt allerdings.«

»Und?«

»Ich bin in London. Beruflich natürlich.«

»Als Kickarse Electra?«

»Nein, leider nicht. Als Tierärztin.«

»Darf ich fragen, was eine Großtierärztin in London tut? Haben wir ein Kamel im Zoo, das Ihre Hilfe braucht?«

»Das bringt uns zurück zu dem Glas Wein. Wenn Sie heute Abend Zeit haben, erkläre ich's Ihnen.«

»Nennen Sie mir einen Ort, und ich komme.«

Sie tat es.

BELSIZE PARK
LONDON

Die Weinstube, die sie vorgeschlagen hatte, befand sich in der Regent's Park Road, nördlich von Primrose Hill. Eingeklemmt zwischen einem Küchenladen und einem Zeitungskiosk wirkte sie von außen ziemlich unscheinbar, aber das täuschte. Im Innern erwarteten einen Kerzenlicht, samtene Vorhänge und weiße Tischdecken.

Da es noch früh und das Lokal ziemlich leer war, entdeckte Lynley Daidre sofort. Sie saß an einem Ecktisch unter einem Gemälde, das er nicht recht einordnen konnte, das aber bei näherem Hinsehen einen präraffaelitischen Anstrich hatte. Daidre war damit beschäftigt, bei schummriger Beleuchtung ein paar Unterlagen durchzusehen, die vor ihr auf dem Tisch lagen. Gleichzeitig sprach sie in ihr Handy.

Er blieb kurz in der Tür stehen und genoss die Freude, Daidre wiederzusehen. Es war eine seltene Gelegenheit, sie unbemerkt zu beobachten. Ihm fiel auf, dass sie eine neue Brille hatte – randlos, kaum wahrnehmbar – und dass sie ein maßgeschneidertes Kostüm trug. Die Farben ihres Halstuchs passten zu ihrem sandfarbenen Haar und wahrscheinlich auch zu ihren Augen. Er dachte, dass sie beide glatt als Geschwister durchgehen könnten, so ähnlich waren ihre Haar- und Hautfarbe.

Als er auf ihren Tisch zuging, fielen ihm weitere Details auf. Sie trug eine goldene Halskette mit einem Anhänger, auf dem das Wheelhouse abgebildet war, ein Wahrzeichen ihrer Heimat Cornwall, und dazu passende goldene Ohrstecker. Ihr Haar war ein bisschen länger geworden und reichte ihr bis über die Schultern, und sie hatte es irgendwie im Nacken zusammengefasst. Sie war keine schöne, aber eine gut aussehende Frau. In der Welt der dünnen, retuschierten jungen Dinger auf den Titelseiten von Modezeitschriften hätte sie nicht bestehen können.

Sie hatte sich schon ein Glas Wein bestellt, aber sie hatte anscheinend noch nicht davon getrunken. Sie war dabei, ihre Unterlagen mit Randbemerkungen zu versehen, und im Näherkommen hörte er sie ins Handy sagen: »Gut, ich schicke es dir zu, okay? … Hm, ja. Gut, dann warte ich, bis du mir Bescheid gibst. Und danke, Mark. Das ist wirklich sehr nett von dir.«

Dann blickte sie auf. Sie lächelte ihn an und hielt eine Hand hoch. Sie lauschte in ihr Handy, nach einer Weile antwortete sie: »Ja, wirklich. Ich verlasse mich auf dich«, und beendete das Gespräch.

Sie stand auf, um ihn zu begrüßen. »Da sind Sie ja. Wie schön, Sie wiederzusehen, Thomas. Danke, dass Sie gekommen sind.«

Sie tauschten Luftküsse aus, erst die eine Wange, dann die andere, ohne sich zu berühren. Lynley fragte sich flüchtig, woher dieser unsinnige Brauch gekommen sein mochte.

Er setzte sich und versuchte, nicht zu sehen, was er sah: dass sie hastig alle ihre Unterlagen in einer Tasche neben ihrem Stuhl verstaute, dass sie leicht errötet war und dass sie Lipgloss aufgelegt hatte. Plötzlich wurde ihm bewusst, dass er Dinge an Daidre Trahair wahrnahm, die er seit Helens Tod an keiner Frau mehr wahrgenommen hatte. Nicht einmal bei Isabelle waren ihm so viele Einzelheiten aufgefallen. Die Erkenntnis verunsicherte ihn ein bisschen, denn er würde sich fragen müssen, was das bedeutete.

Am liebsten hätte er sie gefragt, wer Mark war. Stattdessen deutete er, während er sich setzte, mit einer Kopfbewegung auf die große Tasche auf dem Boden und fragte: »Arbeit?«

»Sozusagen«, antwortete sie. »Sie sehen gut aus, Thomas. Italien scheint Ihnen zu bekommen.«

»Italien bekommt den meisten gut«, sagte er. »Vor allem die Toskana.«

»Ich würde gern mal in die Toskana fahren«, sagte sie. »Ich war noch nie da.« Und dann, typisch Daidre, fügte sie hastig hinzu: »O Gott, tut mir leid, das klingt, als würde ich um eine Einladung bitten.«

»Bei jemand anderem vielleicht«, entgegnete er. »Bei Ihnen nicht.«

»Warum nicht bei mir?«

»Weil ich den Eindruck habe, dass Sie nicht zu versteckten Andeutungen neigen.«

»Hm … ja, ich bin eher direkt.«

»Genau«, sagte er.

»Was wollen Sie trinken, Thomas? Ich habe mir den Hauswein bestellt. Mit Wein kenne ich mich nicht aus. Ich würde wahrscheinlich nicht mal den Unterschied zwischen einem Burgunder und irgendwas feststellen, was hier im Keller gebraut wird.« Sie drehte ihr Weinglas hin und her und runzelte die Stirn. »Wenn ich anfange, so abschätzige Bemerkungen über mich selbst zu machen, weiß ich, dass ich nervös bin.«

»Weswegen?«

»Da ich eben noch vollkommen entspannt war, muss es wohl an Ihnen liegen.«

»Ah«, sagte er. »Möchten Sie vielleicht noch ein Glas Wein?«

»Am besten gleich zwei. Gott, Thomas, ich weiß gar nicht, was mit mir los ist.«

Eine Kellnerin kam an ihren Tisch, eine junge Frau, die aussah wie eine Studentin und mit einem Akzent sprach, als wäre sie erst kürzlich aus Osteuropa gekommen. Lynley bestellte sich ein Glas Hauswein – denselben, den Daidre trank –, und nachdem die Kellnerin gegangen war, sagte er: »Ob Sie nervös sind oder nicht, ich freue mich, dass Sie mich angerufen haben. Es ist nicht nur schön, Sie wiederzusehen, ich brauchte auch einen Drink.«

»Wegen der Arbeit?«, fragte sie.

»Wegen Barbara Havers. Ich hatte ein Gespräch mit ihr, das mich ziemlich irritiert hat – dabei bin ich es eigentlich seit Jahren gewöhnt, dass sie mich irritiert, glauben Sie mir –, und wenn ich an den Schlamassel denke, in den sie sich verstrickt hat, möchte ich mich nur noch betrinken. Oder mich von Ihnen ablenken lassen.«

Lynleys Wein kam, und sie stießen an. »In was für einem Schlamassel steckt sie denn?«, fragte Daidre. »Es geht mich natürlich nichts an, aber ich leihe Ihnen gern mein Ohr, falls Sie darüber reden wollen.«

»Sie ist in einer Ermittlung mal wieder eigene Wege gegangen, und das nicht zum ersten Mal.«

»Ist das ein Problem?«

»Sie neigt immer mehr dazu, gegen die Vorschriften zu verstoßen, ihre Verantwortung als Polizistin zu missachten. Eine komplizierte Angelegenheit. Im Moment möchte ich lieber gar nicht darüber nachdenken. Erzählen Sie mir lieber, was Sie in London machen.«

»Ein Vorstellungsgespräch«, sagte sie. »In Regent's Park. Beim Londoner Zoo.«

Unwillkürlich besserte sich seine Laune. Regent's Park, der Zoo… Daidre Trahair wollte von Bristol nach London ziehen? Tausend Fragen schossen ihm durch den Kopf, aber er stammelte nur: »Als Tierärztin?«

Sie lächelte. »Tja, das ist nun mal mein Beruf.«

Er schüttelte den Kopf. »Sorry. Dumme Frage.«

Sie lachte. »Ganz und gar nicht. Hätte ja sein können, dass die jemanden suchen, der den Gorillas das Schachspielen oder den Papageien das Sprechen beibringt. Man kann nie wissen.« Sie trank einen Schluck Wein und schaute ihn an. In ihrem Blick meinte er etwas wie Zuneigung zu sehen. »Ein vom Zoo beauftragter Headhunter hat mich angerufen. Ich habe mich nicht von mir aus auf die Stelle beworben, und ich bin mir auch noch nicht ganz sicher, ob ich sie überhaupt haben will.«

»Warum nicht?«

»Ich fühle mich sehr wohl in Bristol. Außerdem liegt Bristol viel näher bei Cornwall, wo ich mein Cottage habe.«

»Ah, ja, das Cottage«, sagte Lynley. Dort hatten sie sich kennengelernt. Er hatte das Fenster eingeschlagen, um ans Telefon zu kommen, und sie hatte, als sie eintraf, um ein bisschen auszuspannen, einen Fremden in ihrem Häuschen erwischt, der mit schlammverkrusteten Schuhen auf ihrem Teppich herumtrampelte.

»Dann sind da noch meine Verpflichtungen als Teammitglied der Boadicea's Broads und meine regelmäßigen Dartturniere.«

Lynley hob die Brauen.

Sie lachte. »Das war nicht als Scherz gemeint. Ich nehme meine Freizeitaktivitäten sehr ernst. Außerdem verlassen sich die Broads auf mich.«

»Eine gute Jammerin ist wohl nicht so leicht zu finden.«

»Sie machen sich über mich lustig. Natürlich könnte ich bei den Electric Magic spielen. Aber dann müsste ich immer mal wieder gegen meine ehemaligen Teamkameradinnen antreten, und ich weiß nicht, wie mir das gefallen würde.«

»Das sind in der Tat ernste Einwände«, sagte er. »Dann kommt es also jetzt auf den Job an. Und die Vorteile, die er mit sich bringt, falls Sie die Stelle annehmen.«

Sie schauten einander an, und er sah, wie ihr die Röte in die Wangen stieg. Er fand es reizvoll, wenn sie errötete. »Gibt es darüber eine Aufstellung?«

»Worüber?«

»Die Vorteile. Oder ist es dafür noch zu früh? Ich nehme an, Sie sind nicht die Einzige, die sich um die Stelle bewirbt. Es handelt sich um einen wichtigen Posten, nicht wahr?«

»Ja und nein.«

»Wie meinen Sie das?«

»Die Vorstellungsgespräche sind bereits gelaufen. Alle. Die ersten Gespräche. Dann weitere ausführlichere. Der ganze Papierkram, Dokumente, Referenzen und so weiter.«

»Das zieht sich also schon seit einer ganzen Weile hin«, sagte er.

»Seit Anfang März. Da hat man Kontakt zu mir aufgenommen.«

Er runzelte die Stirn. Betrachtete seinen tiefroten Wein. Fragte sich, wie er das aufnehmen sollte, dass sie schon seit Anfang März mit dem Gedanken spielte, nach London zu ziehen, ohne ihm etwas davon zu sagen. »Seit Anfang März? Davon haben Sie mir ja gar nichts erzählt. Was soll ich davon halten?«

Ihre Lippen öffneten sich.

»Schon gut«, sagte er. »Blöde Frage. Mein Ego ist mit mir durchgegangen. Wie weit ist der Prozess denn fortgeschritten? Noch eine dritte Gesprächsrunde? Wer hätte gedacht, dass es so kompliziert ist, eine Tierärztin einzustellen... Gott, was rede ich für einen Blödsinn. Sie verwirren mich, Daidre.«

Sie lächelte. »Was es kompliziert macht, ist...«

»Ja?«

»Meine Entscheidung. Man hat mir die Stelle angeboten, Thomas.«

»Wirklich? Aber das ist doch großartig, oder?«

»Es ist kompliziert.«

»Natürlich. Ein Umzug ist immer kompliziert, und Ihre anderen Probleme haben Sie ja bereits erwähnt.«

»Ja. Hm.« Sie trank einen Schluck. Ob sie sich Mut antrinken musste, fragte er sich. »Das ist es nicht, was ich mit kompliziert meinte.«

»Was dann?«

»Sie natürlich. Aber das wissen Sie ja, nehme ich an. Sie verkörpern die Komplikation. Sie. Hier. In London.«

Ihm wurde schwer ums Herz. Er bemühte sich, Unbeschwertheit in seine Antwort zu legen. »Für mich wäre es natürlich eine Enttäuschung. Wenn Sie die Stelle annehmen, fällt die persönliche Führung durch den Zoo in Bristol ins Wasser, die Sie mir versprochen haben. Aber damit kann ich leben. Sie können also ganz beruhigt sein.«

»Sie wissen, was ich meine«, sagte sie.

»Ja. Sicher. Ich glaube schon.«

Sie schaute zu einem Tisch hinüber, an den sich gerade ein Mann und eine Frau gesetzt hatten. Die beiden fassten sich spontan an den Händen, verschränkten die Finger und sahen einander über die brennende Kerze hinweg in die Augen. Sie waren vielleicht Mitte zwanzig. Und anscheinend frisch verliebt.

»Ich möchte Sie nicht sehen, Thomas, verstehen Sie.«

Er spürte, wie er blass wurde, die Worte hatten ihn wie ein Schlag getroffen.

Sie wandte den Blick von dem jungen Pärchen ab, und als

sie seinen Gesichtsausdruck bemerkte, sagte sie hastig: »Nein, nein. Das war dumm ausgedrückt. Ich meinte, ich will nicht in eine Situation kommen, in der ich Sie *unbedingt* sehen muss. In der ich mir nichts anderes mehr wünsche. Das ist zu gefährlich für mich. Ich...« Wieder wandte sie den Blick ab, aber diesmal richtete sie ihn auf die Kerzenflamme.

Daidre sagte: »Ich habe zu viel Angst, dass Dinge passieren könnten, die mir wehtun. Ich habe mir vor einiger Zeit geschworen... Es ist einfach so, dass schon zu oft Dinge passiert sind, die mir wehgetan haben. Und es fällt mir wirklich schwer, das ausgerechnet zu Ihnen zu sagen, wo Sie doch so viel durchgemacht haben. Dagegen ist alles, was ich in meinem kleinen Leben hinnehmen musste, vollkommen belanglos, glauben Sie mir.«

Er bewunderte ihre Aufrichtigkeit. Wegen ihrer Aufrichtigkeit könnte er sie lieben lernen. Als ihm das klar wurde, hatte er plötzlich genauso viel Angst wie sie, und das hätte er ihr gern gesagt. Stattdessen sagte er: »Liebe Daidre...«

»Gott, das klingt wie der Anfang vom Ende«, sagte sie. »Oder zumindest wie so etwas Ähnliches.«

Er musste lachen. »Ganz und gar nicht«, sagte er. Während er langsam einen Schluck Wein trank, versuchte er, ihre gemeinsame Zwangslage aus verschiedenen Blickwinkeln zu betrachten. »Was würdest du davon halten, wenn wir beide unseren ganzen Mut zusammennehmen und uns dem Abgrund nähern würden?«

»Welchem Abgrund denn?«

»Dem Abgrund, der sich auftut, wenn wir uns eingestehen, was wir füreinander empfinden. Ich mag dich. Du magst mich. Vielleicht sträuben wir uns beide dagegen, denn das ist zugegebenermaßen gefährliches Terrain. Aber es ist nun mal passiert, und wenn wir uns einen Schritt weiter wagen, könnten wir uns überlegen, was wir damit anfangen, dass wir uns mögen.«

»Aber wir wissen doch beide, wie die Dinge stehen, Thomas«, sagte sie ernst und, wie er fand, ein bisschen hitzig. »Ich passe nicht in deine Welt. Das weiß niemand besser als du.«

»Aber das liegt am Boden des Abgrunds, Daidre. Und im Moment ... Tja, ist es nicht so, dass wir nicht einmal wissen, ob wir springen wollen?«

»Alles Mögliche kann dazu führen, dass man springt«, entgegnete sie. »O Gott. O *Gott*. Ich will das nicht.«

Er konnte ihre Ängste regelrecht spüren. Sie waren so greifbar wie Daidre selbst. Sie wurde von ganz anderen Dingen umgetrieben als er, aber die Ängste waren gleich groß. Verlustschmerz konnte so verschieden sein, dachte er. Am liebsten hätte er ihr das gesagt, doch er ließ es bleiben. Es war nicht der richtige Moment.

Er sagte: »Ich bin bereit, mich dem Abgrund allein zu nähern, Daidre. Ich bin bereit, dir zu gestehen, dass ich dich mag, und es würde mich freuen, dich hier in London zu haben, nicht immer die lange Fahrt über die M4 bis Bristol auf mich nehmen zu müssen, um dich zu sehen. Ob du dich dem Abgrund auch nähern möchtest, ist deine Entscheidung, aber es ist keine Bedingung.«

Sie schüttelte den Kopf, und ihre Augen leuchteten, und er konnte nicht einschätzen, was das bedeutete. Dann flüsterte sie: »Du bist ein sehr anständiger Mann.«

»Nein, eigentlich bin ich das überhaupt nicht. Aber ich meine, wir können beide im Leben des anderen eine Rolle spielen, wie auch immer die aussehen mag. Das brauchen wir nicht hier und jetzt zu definieren. Hast du eigentlich schon zu Abend gegessen? Würdest du gern mit mir zu Abend essen? Nicht hier, weil ich der Küche hier nicht wirklich traue. Aber vielleicht irgendwo hier in der Nähe?«

»Es gibt ein Restaurant in meinem Hotel«, sagte sie. Dann erschrak sie und fügte hastig hinzu: »Thomas, du sollst nicht denken, dass ich ... Denn das meinte ich gar nicht ...«

»Natürlich nicht«, sagte er. »Genau deswegen fällt es mir so leicht, dir zu sagen, dass ich dich mag.«

5. Mai

CHALK FARM
LONDON

Barbara Havers saß im Bett und las, als Taymullah Azhar an ihre Tür klopfte. Das Klopfen war so verhalten, und sie war so sehr in ihre Lektüre vertieft, dass sie es beinahe nicht gehört hätte. Tempest Fitzpatrick und Preston Merck stritten sich gerade wegen Prestons geheimnisvoller Vergangenheit und seiner quälenden Unfähigkeit, seine leidenschaftliche Liebe zu Tempest zu beweisen, und sie würde noch mehrere Seiten lesen müssen, um zu erfahren, wie die beiden das Problem lösen würden. Hätte Azhar nicht vorsichtig gerufen: »Barbara? Sind Sie noch wach? Sind Sie da?«, hätte sie womöglich gar nicht bemerkt, dass er vor der Tür stand. Aber als sie seine Stimme vernahm, rief sie: »Azhar? Moment!«, und sprang aus dem Bett.

Hektisch suchte sie nach etwas, das sie sich überwerfen konnte. Sie trug eins ihrer übergroßen Schlaf-T-Shirts mit einer verwaschenen Keith-Richards-Karikatur und dem Text *Scheiss auf sein Geld ... Ich will sein Durchhaltevermögen*. Sie schnappte sich ihren zerschlissenen Chenille-Morgenmantel, stellte jedoch, als sie den Gürtel zuband, fest, dass sie ihn noch nicht gewaschen hatte, seit sie sich neulich mit Gulasch bekleckert hatte. Also riss sie sich den Morgenmantel wieder vom Leib und nahm ihren Regenmantel vom Kleiderhaken. Der musste reichen.

Dann zog sie die Decke über die zerwühlten Laken und Kissen und Tempest und Prestons amouröse Probleme und eilte zur Tür.

Seit vier Tagen wartete sie darauf, mit Azhar zu reden. Jeden Abend hatte sie, wenn sie nach Hause kam, als Erstes nachgesehen, ob er schon aus Italien zurück war. Jeden Morgen hatte sie DI Lynley mitteilen müssen, dass er immer noch nicht wieder in London war. Jeden Tag hatte sie wiederholen müssen, dass sie mit Azhar von Angesicht zu Angesicht darüber reden musste, was sie über die Entführung von Hadiyyah in Erfahrung gebracht hatte. Und jedes Mal hatte Lynley ihr dieselbe Antwort gegeben: Ich will einen Bericht von Ihnen, Barbara, und ich will nicht später feststellen müssen, dass Azhar bereits seit dem ersten Mai wieder in London ist. Ich belüge sie nicht, hatte sie ihm nachdrücklich versichert. Ich würde Sie *niemals* belügen. Eine hochgezogene aristokratische Braue hatte ihr gezeigt, wie ernst Lynley ihre Beteuerungen nahm.

Als sie die Tür aufriss, stand Azhar zögernd im Schatten. Sie schaltete das Licht über der Tür ein, aber das war auch keine Hilfe, denn die Birne flackerte einmal auf und brannte durch. »Ach, verdammt«, sagte sie. »Kommen Sie rein. Wie geht's Ihnen? Wie geht's Hadiyyah? Sind Sie gerade erst zurückgekommen?«

Sie ließ ihn eintreten. Er sah gut aus, fand sie. Er musste ungeheuer erleichtert sein. Sie fragte sich nicht, warum er so erleichtert war – weil er seine Tochter wiederhatte, weil er aus Italien entkommen war, ohne sich verdächtig gemacht zu haben, oder weil er einen Plan in petto hatte, um in einem günstigen Moment mit Hadiyyah nach Pakistan zu verschwinden. All das verdrängte sie vorerst. Noch nicht, sagte sie sich.

Er reichte ihr eine Plastiktüte mit den Worten: »Ich habe Ihnen etwas aus Italien mitgebracht. Eine sehr bescheidene Art, mich für alles zu bedanken, Barbara. Ich bin Ihnen unendlich dankbar.«

Sie nahm die Tüte entgegen und schloss die Tür. Er hatte ihr Olivenöl und Balsamico-Essig mitgebracht. Sie hatte keinen Schimmer, was sie mit dem Öl machen sollte – ein mediterranes Fry-up vielleicht? –, aber der Essig würde bestimmt gut zu Pommes frites schmecken. Sie sagte: »Danke, Azhar, setzen Sie sich doch«, während sie zum Herd ging, um den Wasserkessel aufzusetzen.

Er betrachtete ihr Bett, ihre Nachttischlampe, die Tasse Ovomaltine neben der Lampe. »Sie haben ja schon im Bett gelegen«, sagte er. »Das hatte ich schon befürchtet wegen der späten Stunde, aber ich wollte ... Vielleicht hätte ich nicht ...«

»Doch, hätten Sie«, fiel sie ihm ins Wort. »Ich hab noch nicht geschlafen, nur gelesen.« Sie hoffte, dass er sie nicht fragen würde, was sie gelesen hatte, denn dann hätte sie lügen und ihm erzählen müssen, sie läse Proust. Oder vielleicht *Der Archipel Gulag.* Das käme sicher gut an.

Sie stellte Teebeutel, Zuckerdose – aus der sie hastig den verkrusteten Löffel nahm – und ein Kännchen Milch auf den Tisch, nahm zwei Henkeltassen vom Regal und hantierte herum wie die Besitzerin eines drittklassigen B&B, die einen späten Gast bewirtete. Ein Teller mit Keksen, zwei Servietten, zwei Teelöffel – ups, einer war schmutzig und musste ausgetauscht werden. Sie wuselte zwischen Tisch und Küchenzeile hin und her, bis einfach nichts mehr zu tun war außer Wasser über die Teebeutel zu gießen, sich hinzusetzen und mit dem Mann zu reden, den sie so gut und doch überhaupt nicht kannte.

Er schaute sie ernst an. Spürte, dass etwas im Busch war. Schwieg.

Nach einer Weile: »Inspector Lynley hat Ihnen sicher alles erzählt.«

»Fast alles, ja«, sagte Barbara. »Ich hätte Sie angerufen, um den Rest zu erfahren, aber ich hab mir gesagt, dass Sie wahrscheinlich viel um die Ohren hatten. Mit Hadiyyah und Angelina und Lorenzo. Und mit der Polizei, nehm ich an.« Sie beobachtete sein Gesicht, während sie das sagte, aber er beschäftigte sich mit seinem Teebeutel und schaute sie dann fragend an, als er nicht wusste, wohin damit. Sie stellte ihm einen

Aschenbecher hin für den Teebeutel. Sie holte ihre Zigaretten. Bot ihm eine an, die er ablehnte, und dann hatte sie seltsamerweise selbst keine Lust, eine zu rauchen.

Er sagte: »Es gab so vieles zu besprechen. Aber ich glaube, der Albtraum ist endlich vorbei.«

»Was genau bedeutet das?«

Er rührte seinen Tee um. Er hatte Zucker in seinen Tee getan, aber keine Milch. Barbara rührte Milch und Zucker in ihren Tee und wartete auf seine Antwort. Die Anspannung machte sie hungrig. Sie schob sich einen Keks in den Mund.

»Hadiyyah wird nicht wieder bei mir wohnen«, sagte Azhar. »Aber sie wird mich besuchen, und ich darf sie in Lucca besuchen, so oft ich möchte. Ich brauche Angelina nur vorher anzurufen. Ich glaube, sie musste Hadiyyah erst verlieren, um zu begreifen, dass der Verlust eines Kindes für keinen Elternteil erträglich ist. Ich glaube, das ist ihr bis dahin nicht klar gewesen, Barbara.«

»Quatsch. Das hat sie garantiert gewusst.«

»Ich glaube nicht. Sie wollte Hadiyyah bei sich haben. Sie wollte Lorenzo und das Leben, das sie jetzt mit ihm führt. Sie hat keine andere Möglichkeit gesehen, ihr Ziel zu erreichen. Im Grunde ihres Herzens ist sie nicht böse.«

»Aber sie ist in der Lage, Böses zu tun«, bemerkte Barbara.

»Das sind wir vielleicht alle«, sagte Azhar leise.

Einen besseren Einstieg würde sie nicht bekommen, dachte sie. »Wie stehen die Dinge jetzt zwischen Ihnen, Azhar? Zwischen Ihnen und Angelina?«

»Wir haben notgedrungen Frieden geschlossen. Ich hoffe, dass sich mit der Zeit gegenseitiges Vertrauen einstellt. Auch wenn es in der Vergangenheit sehr wenig Vertrauen zwischen uns gab.«

»Vertrauen«, sagte sie, »ist sehr wichtig für eine Beziehung, nicht wahr?«

Er antwortete nicht. Schaute in seine Teetasse. Sie sagte seinen Namen. Er hob den Kopf, und als ihre Blicke sich trafen, versuchte sie, in seinen dunklen Augen irgendetwas zu finden, was ihr sagte, dass er sie nicht auf die übelste Weise ausgenutzt hatte, indem er alles, was ihr Leben ausmachte, und alles, was sie besaß, gefährdete. Sie sah nichts. Seine Augen wirkten seltsam leer. Sie versuchte sich einzureden, dass das am Licht lag.

Sie gab sich einen Ruck. »Dwayne Doughty ist ein Mann«, sagte sie, »dem Sie nicht hätten vertrauen dürfen, Azhar. Ich nehme an, dass ich mir das teilweise selbst an die Mütze packen muss, weil ich Sie ja mit ihm bekannt gemacht hab. Ich hatte ihn überprüft und den Eindruck gewonnen, dass er ein anständiger Typ war. Das ist er wahrscheinlich auch, solange man nichts Unanständiges von ihm verlangt. Aber wenn doch? Wenn er in Versuchung gerät? Er schützt sich. Ich nehme an, das wussten Sie nicht, oder?«

Er sagte immer noch nichts. Aber er schüttelte eine Zigarette aus ihrer Packung und steckte sie an. Ihr entging nicht, dass seine Hand leicht zitterte. Ihm selbst entging es auch nicht. Er schaute Barbara an, als er das Streichholz ausblies. Er wartete. Kluger Zug, dachte sie.

»Doughty hat eine versteckte Kamera in seinem Büro installiert. In seinem Beruf ist das keine schlechte Idee, wenn man sich's recht überlegt. Ich hätte daran denken müssen. Oder Sie vielleicht.« Sie zündete sich eine Zigarette an. Ihre eigenen Hände waren auch nicht gerade ruhig. »Er hat jede unserer Besprechungen mit ihm aufgenommen, gesichert, beschriftet und datiert. Ebenso jede Besprechung, die Sie mit ihm allein hatten. Ich weiß natürlich nicht, wie oft Sie bei ihm waren, denn er hat mir nur zwei Aufnahmen gezeigt. Aber mehr waren auch nicht nötig, Azhar.«

Der Pakistani war so blass geworden, wie das bei seiner Hautfarbe möglich war. Fast unhörbar flüsterte er: »Ich wusste nicht …«, sprach den Satz jedoch nicht zu Ende.

»Was wussten Sie nicht, Azhar?«, fragte Barbara. »Wie Sie

es mir sagen sollten? Wie Sie Hadiyyah zurückkriegen sollten? Oder wie beschissen ich mich fühlen würde, wenn ich das Video sehen würde, auf dem Sie und Doughty überlegen, wie Sie es anstellen könnten, Hadiyyah zu entführen? *Was* wussten Sie nicht? Sie sollten mir lieber alles erzählen, denn Sie stecken bis zum Hals in der Tinte, und jetzt, wo Sie wieder in London sind, kann es nur noch schlimmer werden.«

»Ich wusste nicht, was ich anders tun sollte, Barbara.«

»In Bezug auf was? Hadiyyah? Angelina? Das Leben? *Was*?«

»An dem Tag im Dezember, als ich Sie angerufen habe«, sagte er. »Da waren Sie in der Oxford Street. Sie erinnern sich bestimmt. Ich habe Sie angerufen und Ihnen gesagt, dass Doughty keine Spur von den beiden gefunden hatte.« Er wartete, bis sie nickte, ehe er fortfuhr. »Ich habe gelogen. An dem Tag hat er mir mitgeteilt, dass er Angelina in Italien ausfindig gemacht hatte, dass sie mit Bathshebas Pass gereist war. Hadiyyah hatte natürlich ihren eigenen Pass. Sie waren in Pisa gelandet, aber dort endete die Spur.«

»Warum haben Sie mir das nicht gesagt? Warum haben Sie mich angelogen?«

»Er hat gesagt, er … also, er und ich könnten einen italienischen Detektiv anheuern, wenn ich das wollte. Es würde ziemlich teuer werden, meinte er, aber wenn ich es wünschte … Natürlich wünschte ich es. Also hat er einen Mann in Pisa engagiert, und der hat die beiden dann gefunden. Mr Doughty hat mir alles berichtet, was er von dem Italiener erfahren hatte: Lucca, das Gut in den Hügeln, Lorenzo Mura, dass Angelina und Hadiyyah bei ihm wohnten, der Name der Schule. Alles. Der Mann war sehr gründlich. Ich habe mich gefragt, was wohl möglich wäre mit einem Mann, der so gründlich war. Könnte er vielleicht noch mehr herausfinden? Wie sie ihre Tage verbrachten? Wie sie lebten? Das habe ich Mr Doughty gefragt, und er hat den Detektiv in Pisa beauftragt, das alles in Erfahrung zu bringen. Das hat der Mann getan. Er hat Berichte über den

Tagesablauf der beiden geschrieben. Er hat die Märkte und Läden aufgezählt, die sie regelmäßig aufsuchten, er hat das Leben in dem Gutshaus beschrieben, den Wochenmarkt in der Nähe der Porta Elisa, er hat von Angelinas Yogastunden berichtet, von dem Akkordeonspieler, bei dem Hadiyyah immer stehen blieb. All das hat der Detektiv aus Pisa herausgefunden. Er war sehr gut.«

»Wann?« Barbara hatte einen trockenen Mund, und sie musste einen Schluck trinken, um weitersprechen zu können. »Wann haben Sie das alles erfahren? Alles, was Sie mir gerade erzählt haben.«

»Das alles? Im Februar. Ende Februar.«

»Und Sie haben mir *nichts* davon gesagt.« Stattdessen hatte er zugelassen, dass sie sich sonst was für Sorgen gemacht hatte um ihn, um seine Tochter, dass sie sich den Kopf darüber zerbrochen hatte, was sie tun könnte für ihn, für ihren Freund. »Was für eine Art Freundschaft ...«

»Nein!« Er drückte seine Zigarette so abrupt aus, dass er den Aschenbecher umwarf und die Teebeutel herausrutschten. Keiner von beiden rührte sich, um die Sauerei wegzuwischen. »Das dürfen Sie nicht denken. Sie dürfen nicht denken, dass ich Ihre Freundschaft nicht zu würdigen weiß, bloß weil ich mich über diese Dinge ausgeschwiegen habe. Nach allem, was ich über Angelina und ihr neues Leben in Italien erfahren hatte, dachte ich, ich hätte Hadiyyah für immer verloren. Das müssen Sie doch verstehen. Ich habe keine Rechte als Vater. Nicht solange kein DNS-Test durchgeführt wurde, den Angelina mir verweigerte. Und nicht ohne ein Gerichtsurteil. Und welches Gericht würde überhaupt darüber entscheiden? Ein hiesiges? Ein italienisches? Und Angelina würde kämpfen wie eine Löwin, falls es zum Prozess käme, und Hadiyyah würde darunter zu leiden haben. Wie hätte ich das meiner eigenen Tochter antun können?«

»Also haben Sie ... was getan, Azhar? Was zum Teufel haben Sie getan?«

»Wenn es ein Video gibt und Sie es gesehen haben, dann wissen Sie das ja.«

»Sie haben ihre Entführung geplant. Sie haben dafür gesorgt, dass die Entführung stattfand, während Sie in Berlin waren und ein wasserdichtes Alibi hatten. Sie wussten, dass Angelina hier aufkreuzen würde. Und dann *was*, verdammt noch mal? Sie würden nach Italien fahren und den leidenden Vater markieren, der seine Tochter sucht und nicht ruht, bis sie unversehrt in irgendeinem Dorf gefunden wird, nachdem sie traumatisiert wurde...« Zu ihrem Entsetzen versagte ihr die Stimme, und sie spürte, dass ihre Augen sich mit Tränen füllten.

»Ich habe keinen anderen Ausweg gesehen«, sagte Azhar. »Das müssen Sie doch verstehen, Barbara. Es schien mir das kleinere Übel zu sein. Und dieser Mann in Italien... er hatte genaue Anweisungen. Er sollte Hadiyyah sagen, ich würde ganz in der Nähe auf sie warten. Er sollte sie *Khushi* nennen, damit sie ihm glaubte, sie an einen sicheren Ort bringen, wo sie keine Angst haben würde, und sie später dann in der Nähe einer Polizeistation freilassen. Die Polizei würde sie sofort zu ihrer Mutter zurückbringen, aber auch ich würde da sein. Und nachdem Angelina gesehen hätte, wie sehr ich litt, dass ich genauso litt wie sie, würde sie Hadiyyah nicht länger den Kontakt zu mir verweigern, denn Hadiyyah würde mich dort in Italien sehen und mich wieder in ihrem Leben haben wollen.«

Barbara schüttelte den Kopf. »Nein. Das kauf ich Ihnen nicht ab. Dasselbe hätten Sie genauso gut erreichen können, indem Sie einfach bei denen an die Tür geklopft und gesagt hätten: ›Huhu, Überraschung! Ich bin hier, um meine Tochter abzuholen, die du mir weggenommen hast!‹ Wenn Sie den Namen der Schule kannten, hätten Sie Hadiyyah an der Schule abfangen können. Sie hätten selbst auf diesem Markt aufkreuzen können. Sie hätten alles Mögliche tun können, anstatt...«

»Sie verstehen das nicht. Angelina musste *fühlen*, wie es einem in solch einer Situation geht. Bei nichts von alldem, was Sie vorschlagen, hätte sie *nachempfinden* können, was sie mir angetan hatte. Sie musste es in gleichem Maße fühlen. Es war die einzige Möglichkeit. Das müssen Sie doch wissen, Barbara, Sie kennen Angelina doch.«

»Sie haben einen Riesenbock geschossen. *Das* müssen *Sie* wissen.«

»Ich konnte doch nicht ahnen, dass dieser italienische Detektiv jemand anderen anheuern würde, um den Plan auszuführen. Ich weiß immer noch nicht, warum er das getan hat. Aber er hat es getan, und dieser Mann ist tödlich verunglückt, als er in die Berge gefahren ist, um Hadiyyah abzuholen. Und niemand wusste, wohin er sie gebracht hatte. Da ist mir klar geworden, was für einen großen Fehler ich gemacht hatte. Aber was hätte ich in dem Moment tun sollen? Hätte ich die Wahrheit gesagt... Können Sie sich vorstellen, was Angelina dann getan hätte? Wenn sie erfahren hätte, dass Hadiyyas Vater ihre Entführung arrangiert hatte? Sie glauben doch nicht, dass sie dann verstanden hätte, wie verzweifelt ich war und wie sehr ich mir wünschte, meine Tochter wieder bei mir zu haben.«

»Es gibt Spuren, Azhar«, sagte Barbara. Abgesehen davon, dass sie sich bis ins Mark wie benommen fühlte, wusste sie nicht, was sie empfand. Schlimmer noch, sie wusste nicht, ob sie jemals noch einmal etwas anderes empfinden würde als diese innere Leere. »Es gibt Spuren, die von Ihnen zu Doughty führen. Und wer hat Di Massimo überhaupt bezahlt? Sie? Und den anderen? Wer hat den bezahlt, verdammt noch mal? Sie können doch nicht im Ernst glauben, dass Sie in diesem ganzen Schlamassel keine Spuren hinterlassen haben, und sobald die Italiener die finden – und das werden Sie, glauben Sie mir –, wie werden Sie von einem italienischen Gefängnis aus mit Hadiyyah kommunizieren? Und welches Gericht wird Ihnen gemeinsames Sorgerecht oder auch nur *Besuchs*recht einräumen, wenn nachgewiesen ist, dass Sie hinter der Entführung stecken?«

»Mr Doughty hat mir von einem Mann erzählt«, sagte er.

»Von einem Computerexperten, der die Spuren beseitigen kann.«

»Na klar hat der Ihnen das erzählt. Und dieser Bryan Smythe hat auch alle Spuren zwischen Doughty und Di Massimo verwischt, darauf können Sie Gift nehmen, aber nicht die zwischen Ihnen und den anderen. Und was ist mit den Spuren zu den anderen? Was zum Teufel glauben Sie eigentlich? Haben Sie etwa gedacht, nachdem Hadiyyah wieder bei ihrer Mutter ist und sich alle versöhnt haben, würden die Italiener die Ermittlungen einfach so einstellen? So bescheuert können Sie doch gar nicht sein, Azhar. Verlangen Sie nicht von mir, dass ich das glaube, weil ...«

Sie brach ab, denn da plötzlich wusste sie es. Alles lag plötzlich glasklar vor ihr. Sie holte tief Luft. »O Gott. Pakistan. Das haben Sie von Anfang an geplant.«

Er sagte nichts. Er beobachtete sie. Sie fragte sich, ob sie ihn je gekannt hatte. Ein Abgrund tat sich auf zwischen dem Mann, den sie zu kennen geglaubt hatte, und dem, als der er sich jetzt entpuppte, und am liebsten hätte sie sich in diesen Abgrund gestürzt, weil sie so dumm und so naiv gewesen war.

»Doughty hatte recht«, sagte sie. »Er ist auf die Tickets gestoßen, Azhar. Ich nehme an, das hat er Ihnen nicht gesagt. Der SO12 ist auch darauf gestoßen, falls es Sie interessiert. Sie als Muslim buchen einfache Flüge nach Pakistan? Das ist etwa so, als würden Sie nachmittags um fünf in der U-Bahn Chinaböller zünden. Mit so was fällt man auf. So was wird überprüft. Haben Sie daran gar nicht gedacht?«

Er sagte immer noch nichts, doch sie sah, wie seine Kiefermuskeln sich spannten. Er fixierte sie mit seinem Blick, aber außer seinen Kiefermuskeln rührte sich nichts in seinem Gesicht.

Sie sagte: »Sie wollen mit ihr nach Pakistan. Sie haben die Tickets im März gebucht, weil der ganze Plan da schon feststand, stimmt's? Sie wussten, wann und wie es passieren würde, Sie wussten, was Angelina denken und tun würde. Sie ist nach

London gekommen, Sie haben sie zurück nach Italien begleitet, und alles lief wie am Schnürchen bis auf diesen tödlichen Unfall in den Bergen, aber am Ende hatten Sie Hadiyyah wieder, und alles war gut. Doch Sie hatten nie die Absicht, Hadiyyah mit Angelina zu teilen. Sie wollen mit ihr nach Pakistan und dort mit ihr untertauchen, weil das Ihre einzige Möglichkeit ist, sie für sich allein zu haben, und zwar für immer. Nachdem Sie erfahren hatten, dass Angelina mit einem anderen Mann zusammengezogen war, wollten Sie Hadiyyah für immer zu sich nehmen. Sie haben Familie in Pakistan. Sagen Sie mir nicht, dass das nicht stimmt. Und dort Arbeit zu finden? Für einen Mann wie Sie? Für einen Mann mit Ihren Qualifikationen?«

Keine Reaktion. Kein Zucken in den Mundwinkeln, kein Verändern der Sitzposition, kein Füßescharren unter dem Tisch. Sie meinte eine Vene an seiner Stirn pulsieren zu sehen, aber wahrscheinlich nur, weil sie irgendetwas sehen wollte, irgendeine Regung.

»Sagen Sie's mir, Azhar, ich will verflucht noch mal wissen, was diese Tickets nach Pakistan zu bedeuten haben. Denn Inspector Lynley weiß davon, und er weiß auch, was Sie mit Angelina vereinbart haben: dass Hadiyyah die Ferien bei Ihnen verbringen wird, und die nächsten Ferien fangen im Juli an.«

Endlich wandte er den Blick von ihr ab. Betrachtete den winzigen Kamin im Zimmer. Er sagte: »Ja.«

»Ja, was?«

»Das hatte ich vor.«

»Und Sie haben es immer noch vor, nicht wahr? Sie haben die Tickets, und wenn sie herkommt, wird sie ihren Pass bei sich haben, da sie ja aus Italien kommt. Nach ein paar Tagen in London, um allen zu zeigen, dass zwischen Ihnen und Angelina Friede, Freude, Eierkuchen herrscht, machen Sie dann die Fliege. Und Angelina kann sich auf den Kopf stellen, aber sie kriegt sie nicht zurück. Sie wird sie jahrelang nicht sehen. Jahrzehntelang.«

Er schaute sie an. In seinem Blick lag Verblüffung. »Nein, nein. Sie hören mir nicht zu. Ich habe gesagt, ich *hatte* vor, mit ihr nach Pakistan zu fliegen. Jetzt nicht mehr. Es ist nicht mehr nötig. Wir werden uns gemeinsam um Hadiyyah kümmern, Angelina und ich.«

Barbara starrte ihn an. Endlich empfand sie etwas. Es war Fassungslosigkeit, die in ihre Venen schoss wie giftiges Abwasser in einen Fluss. Sie konnte nichts sagen. Ihr fehlten die Worte.

»Was hätte ich denn tun sollen, Barbara?«, fragte Azhar. »Das müssen Sie doch verstehen. Hadiyyah ist alles, was ich habe. Meine andere Familie ist für mich verloren. Sie haben es ja selbst gesehen. Ich wollte sie nicht auch verlieren, nachdem ich schon so viel verloren habe.«

»Ich kann nicht zulassen, dass Sie mit Hadiyyah nach Pakistan verschwinden. Das werde ich nicht tun.«

»Ich werde nicht mit ihr verschwinden. Ich hatte es vor, ja. Ich hatte es wirklich vor. Aber jetzt werde ich es nicht tun, das schwöre ich Ihnen.«

»Und das soll ich Ihnen glauben? Nach allem, was passiert ist? Halten Sie mich für bescheuert?«

»Ich bitte Sie«, sagte er. »Ich gebe Ihnen mein Wort. Als ich diese Tickets gebucht habe ... Sie müssen verstehen, wie ich Angelina gesehen habe. Sie hatte mich verraten. Sie war mit meiner Tochter verschwunden. Ich hatte keine Ahnung, wo sie mit ihr hingefahren war, und ob ich sie je wiederfinden würde. Ich hatte keine Ahnung, ob ich Hadiyyah jemals wiedersehen würde. Im November habe ich mir geschworen, dass ich, sollte ich sie finden, dafür sorgen würde, sie nie wieder zu verlieren. Und da bin ich auf Pakistan gekommen. Doch jetzt ist alles anders. Wir haben Frieden geschlossen. Die Situation ist nicht perfekt, aber das kann sie auch nicht sein. Hadiyyah wird die Ferien bei mir verbringen, und ich kann sie besuchen, so oft ich möchte. Wenn sie nach London zurückkehren möchte, sobald sie volljährig ist, wird sie das tun. Ich bin ihr

Vater, und sie ist meine Tochter, und daran kann nichts etwas ändern.«

»Außer die italienische Polizei kommt Ihnen auf die Schliche«, sagte Barbara. »Ist Ihnen das nicht klar?«

Seine Hand schloss sich um die Packung Players auf dem Tisch, aber er nahm keine Zigarette heraus. »Das darf nicht passieren. Die italienische Polizei darf nicht herausfinden, dass es eine Verbindung gibt.«

»Di Massimo wird das nicht allein auf seine Kappe nehmen. Er hat Doughty verraten. Und wenn's hart auf hart kommt, wird Doughty Sie verraten.«

»Dann müssen wir das verhindern«, erwiderte Azhar knapp.

Einen verrückten Moment lang dachte Barbara, er wollte Doughty ermorden. Einen noch verrückteren Moment lang dachte sie, er hätte das Auto präpariert, mit dem Roberto Squali in den Tod gestürzt war. Sie war so weit, dass sie Azhar alles zutraute.

Doch dann sagte er: »Barbara, ich bitte Sie von ganzem Herzen, mir zu helfen. Ich habe vielleicht eine böse Tat begangen. Aber diese Tat hat am Ende viel Gutes gebracht, nicht nur für mich, sondern auch für meine Tochter. Das müssen Sie doch sehen. Dieser Bryan Smythe ... Wenn er alle Spuren zwischen Mr Doughty und diesem italienischen Detektiv verwischt hat, dann kann er doch dasselbe für mich tun, oder?«

»Das spielt keine Rolle«, sagte Barbara.

»Warum nicht?«

»Weil Doughty diese Videos hat. Er hat jedes Gespräch mit Ihnen gefilmt. Er hat den ganzen Plan dokumentiert. Alles, was Sie von ihm verlangt haben. Ich nehme an, er hat, als Sie in seinem Büro waren, jedes Mal gesagt, das kann er nicht machen. Wahrscheinlich hat er Sie später angerufen – von einer Telefonzelle aus oder mit einem Wegwerfhandy – und gesagt, er hätte es sich anders überlegt und vielleicht gäbe es ja doch eine Möglichkeit, wie er Ihnen helfen könnte. Sie können sich darauf verlassen, dass auf diesen Videos nichts drauf ist, das ihn verdächtig macht, aber Sie wandern dafür für mindestens zehn Jahre in einen italienischen Knast.«

Eine Weile saß er nachdenklich da. Schließlich sagte er leise: »Dann müssen wir uns diese Videos besorgen.«

Ihr entging nicht, dass er *wir* gesagt hatte.

6. Mai

SOUTH HACKNEY
LONDON

Barbara rief rechtzeitig im Yard an, bevor Superintendent Ardery dort eintreffen würde. Sie hinterließ eine sorgfältig formulierte Nachricht. Sie sei auf dem Weg nach Bow, um noch einmal mit Dwayne Doughty zu reden, sagte sie Dorothea Harriman. Es müssten noch einige Details in Bezug auf die Rolle festgeklopft werden, die der Privatdetektiv bei Hadiyyahs Entführung gespielt habe, und sobald diese Informationen unter Dach und Fach seien, würde sie den Bericht schreiben, den Superintendent Ardery von ihr erwartete. Harriman fragte, ob sie Barbara zur Chefin durchstellen sollte, damit sie ihr das alles persönlich mitteilen könne. »Sie ist gerade reingekommen«, sagte die Sekretärin. »Nur kurz zur Toilette. Wenn Sie einen Moment Zeit haben, stelle ich Sie gern zu ihr durch, Detective Sergeant.«

Mit Isabelle Ardery zu sprechen stand gerade nicht besonders weit oben auf Barbaras Prioritätenliste. »Nein, nein, nicht nötig, Dee«, sagte sie leichthin und fügte hinzu, Dee möge bitte Inspector Lynley Bescheid geben, was sie vorhabe, sobald er eintraf. Barbara war sich sehr wohl dessen bewusst, dass sie sich Lynley gegenüber auf dünnem Eis bewegte. Und sie wusste auch, dass sie einbrechen und untergehen würde, wenn sie ihn nicht über ihre Aktivitäten auf dem Laufenden hielt. Mehr oder weniger.

Auch der Detective Inspector sei bereits anwesend, teilte Dee

Harriman ihr mit. Sie würde ihn also gleich nach dem Telefonat ins Bild setzen. Der Arme sei bei seinem Eintreffen in die Fänge von DI Stewart geraten, der ihm gerade die Ohren vollquatsche. Sie würde sofort zu ihm eilen, um ihm Barbaras Nachricht zu übermitteln und ihn damit aus seiner Zwangslage befreien. »Soll ich Detective Inspector Stewart auch etwas von Ihnen ausrichten?«, fragte Harriman schelmisch.

»Sehr witzig, Dee«, sagte Barbara. Und sie war heilfroh, dass diesmal nicht sie, sondern ausnahmsweise einmal Lynley sich Stewarts Tiraden anhören musste.

Nach dem Telefonat holte sie Azhar vor seiner Wohnung ab, und sie machten sich gemeinsam auf den Weg. Allerdings fuhren sie nicht nach Bow, sondern nach South Hackney zu Bryan Smythe.

Sie hatten bis zwei Uhr früh an Barbaras Tisch gesessen und eine Strategie entwickelt, wie sie mit Bryan Smythe umgehen wollten. Auch für Dwayne Doughty hatten sie eine Strategie. Aber der Erfolg der zweiten hing davon ab, ob die erste funktionierte.

Während ihres langen Gesprächs hatte Barbara sich bemüht, sich auf Azhar und Hadiyyah zu konzentrieren und nicht darüber nachzudenken, in welche Lage sie sich brachte, indem sie sich auf das alles einließ. Azhar war verzweifelt gewesen, redete sie sich ein. Azhar hatte ein Recht auf sein Kind. Und die kleine Hadiyyah hatte ein Recht darauf, ihren Vater regelmäßig zu sehen. All das hatte sie in Gedanken wiederholt wie ein Mantra. An etwas anderes zu denken wäre ihr unerträglich gewesen.

Woran sie nicht zu denken wagte, war die Tatsache, dass sie mit ihrem persönlichen Engagement für Azhar immer mehr auf die schiefe Bahn geriet. Darüber konnte sie sich später noch den Kopf zerbrechen. Jetzt ging es nur um eine Begrenzung des Schadens, den Azhar bei der verzweifelten Suche nach seiner Tochter angerichtet hatte.

Als Bryan Smythe nach mehrmaligem, nachdrücklichem

Klopfen endlich öffnete, wirkte er nicht gerade begeistert darüber, dass Barbara in Begleitung eines ihm unbekannten Mannes vor seiner Tür stand. Sie konnte es ihm nicht verübeln. In der Branche, in der er tätig war, war unerwarteter Besuch wahrscheinlich nie besonders willkommen. Und vermutlich war ihm auch nicht daran gelegen, allzu viel Aufmerksamkeit auf sein Haus zu lenken. Ein Umstand, den Barbara auszunutzen gedachte, falls er ihnen nicht freiwillig den roten Teppich ausrollte.

Sie sagte: »Sie hatten recht, Bryan. Respekt. Doughty hatte alles auf Video.«

»Was machen Sie hier?«, entgegnete Smythe. »Ich habe Ihnen gesagt, was Sie wissen wollten, und ich habe Sie gewarnt, dass er sich abgesichert hat. Sie haben festgestellt, dass ich recht hatte, und damit ist der Fall für mich erledigt.« Er warf einen Blick die Straße hinauf und hinunter, als fürchtete er, seine Nachbarn könnten hinter ihren dreckigen Gardinen lauern und sehen, dass die Polizei bei ihm geklingelt hatte. Ein Auto bog in die Straße ein und fuhr ganz langsam weiter, als wäre der Fahrer auf der Suche nach einer Adresse. Bryan stieß einen Fluch aus und forderte sie mit einer Kopfbewegung auf hereinzukommen.

Barbara ließ Azhar den Vortritt. Die Vorsicht machte Smythe nervös und misstrauisch, und das war gut so, dachte sie. Sie brauchten Bryan Smythe auf ihrer Seite. Wenn es ihnen in den nächsten Minuten nicht gelang, das zu bewerkstelligen, war das Spiel vorbei.

»Keine Sorge«, sagte Barbara, nachdem Smythe die Tür geschlossen hatte, »wir sind nicht hier, um Ihnen wegen Doughty Ärger zu machen.« Sie stellte ihm Azhar vor. Beobachtete Bryan, während er Azhar musterte und ihn mit dem Bild abglich, das er sich zweifellos von ihm gemacht hatte. »Also seien Sie ein bisschen gastfreundlich, okay? Bieten Sie uns Tee und Kekse an, dann erzählen wir Ihnen, was wir brauchen.«

»Was Sie *brauchen*?«, fragte Bryan ungläubig. Er verriegelte seine Haustür. »So wie ich das sehe, sollten Sie sich besser zurückhalten. Es gibt nämlich nichts, was ich Ihnen geben könnte.«

Barbara nickte nachdenklich. »Ich glaube, Sie haben da etwas Entscheidendes vergessen.«

»Und das wäre?«

»Dass ich die einzige Beteiligte bin, die sauber ist. Sie können sich sämtliche Videos ansehen, die Dwayne gehortet hat – Dutzende, wenn nicht gar Hunderte –, und Sie können alles überprüfen, was Sie im Cyberland über mich finden, aber Sie werden nichts finden, was mich in irgendeiner Weise mit dieser Geschichte in Italien in Verbindung bringt, und zwar ganz einfach, weil ich nichts damit zu tun hatte. Sie dagegen? Sie stecken alle bis zum Hals in der Sache drin.«

»Ihr Freund hier eingeschlossen«, sagte Bryan.

»Niemand behauptet etwas anderes, Kumpel. Wie wär's denn jetzt mit einem Tee? Ich nehme übrigens Milch und Zucker. Für Azhar nur Zucker. Wollen Sie vorausgehen, oder soll ich?«

Ihm blieb nichts anderes übrig, als sich anzuhören, was sie wollte. Also führte er sie in die andere Hälfte seines Hauses. Auf dem überdimensionalen Flachbildschirm lief gerade – bei abgeschaltetem Ton – eine Talkshow, in der fünf geschmacklos gekleidete Frauen vor dem lebensgroßen Poster eines knochigen Fotomodells standen und ihre Hintern mit dem dieses Hungerhakens verglichen. Offenbar hatte Bryan sich gerade die Show angesehen, als sie angeklopft hatten, denn auf einem niedrigen Tisch vor einem edlen Ledersofa stand sein halb gegessenes Frühstück. Rührei, Speck, Würstchen, Tomaten, das volle Programm. Barbaras Magen knurrte.

Bryan ging zu der Küchenzeile am Ende des Raums und füllte einen Wasserkessel. Das Ding war schick und modern und aus Edelstahl und passte zu den Griffen an den Küchenschränken. Aus einem eindrucksvollen Kühlschrank – ebenfalls aus Edelstahl – nahm er Milch und füllte sie in eine Kanne. Barbara teilte ihm mit, dass sie im Garten auf ihn warten würden.

»Herrlicher Tag«, bemerkte sie. »Da lockt die Natur. In unserer Gegend sieht man solche Gärten nicht, stimmt's, Azhar?« Sie führte ihn nach draußen.

Auf dem Rasen vor dem Seerosenteich mit den in der Sonne glitzernden Wasserfontänen gab es eine Sitzgruppe aus Blausteinbänken. Dahinter befand sich ein farbenfrohes Beet mit unterschiedlichen Blumen, kunstvoll angelegt, als wäre es Wildwuchs. Barbara setzte sich auf eine der Bänke und forderte Azhar auf, es ihr nachzutun. Hier draußen hatte Bryan wahrscheinlich keine Geräte installiert, um Gespräche aufzunehmen, denn sie konnte sich nicht vorstellen, dass er jemals Kunden einlud, seinen Garten zu bewundern. Wahrscheinlich kamen seine Kunden nicht einmal zu ihm nach Hause. Trotzdem, sagte sie sich, Vorsicht ist die Mutter der Porzellankiste.

Azhar setzte sich neben sie. Als Bryan mit dem Teetablett kam – er hatte sogar an Rosinenbrötchen gedacht –, setzte er sich ihnen gegenüber und stellte das Tablett neben sich auf der Bank ab. Vermutlich würde seine Gastfreundschaft nicht so weit gehen, dass er sie auch noch bediente, deshalb schenkte Barbara sich und Azhar Tee ein und nahm sich ein Rosinenbrötchen. Es war frisch und lecker und mit guter Butter gebacken. An dem Mann war nichts Zweitklassiges.

Außer vielleicht seine Manieren, denn er sagte: »Sie haben Ihren Tee, und jetzt sagen Sie mir, was Sie wollen. Ich habe zu tun.«

»Dem Fernseher nach zu urteilen sah das aber gar nicht so aus.«

»Es ist mir egal, wie es aussah. Was wollen Sie?«

»Wir wollen Sie anheuern.«

»Sie können sich mich nicht leisten.«

»Angenommen, Azhar und ich kratzen unser Erspartes zusammen, Bryan. Und angenommen, Sie geben uns, wenn man mal alles in Betracht zieht, einen kleinen Rabatt.«

515

»Alles?«

»Wie, alles?«

»Sie sagten, wenn man alles in Betracht zieht.«

»Ah.« Sie verschlang noch ein Rosinenbrötchen. Selbst die Rosinen darin waren saftig. Köstlich, dachte sie. Die Dinger musste er in einer Bäckerei gekauft haben. »Da würde mir zum Beispiel Ihr Arbeitsgebiet einfallen und was damit passieren könnte, wenn ich meinen Kollegen in der Victoria Street, die sich mit Internetkriminalität befassen, einen kleinen Hinweis gebe. Aber das haben wir ja alles schon mal durchgekaut, nicht wahr, und wir wollen hier nicht unsere Zeit vergeuden. Sie haben alle Spuren getilgt, die Doughty mit dem Fall hätten in Verbindung bringen können, und jetzt werden Sie das Gleiche für Azhar tun. Es wird ein bisschen komplizierter werden, aber ich schätze, das kriegen Sie hin. Es geht um zwei Flugtickets nach Pakistan, die im Computersystem von Scotland Yard drin sind. Keine Angst, mit Terrorismus hat das Ganze nichts zu tun. Sie brauchen nur ein Detail auf den Flugtickets zu ändern und zwar in einer Akte, die überprüft und für sauber befunden wurde. Bei der Person handelt es sich übrigens um Azhar. Kommt der Ihnen vor wie ein Terrorist?«

»Wer weiß denn heutzutage schon, wie ein verdammter Terrorist aussieht?«, schnaubte Bryan. »Diese Typen springen aus Mülltonnen. Und was Sie von mir verlangen, ist unmöglich. Mich ins Computersystem von Scotland Yard einhacken? Haben Sie eine Ahnung, wie lange das dauern würde? Haben Sie eine Ahnung, wie viele Sicherungskopien von den Tickets existieren? Und ich rede nicht nur von den Sicherungskopien in der Met. Ich rede von der Fluggesellschaft und deren verschiedenen Datenbanken. Ich rede von Sicherungskopien auf Band, die man nur ändern kann, wenn man das Band besitzt. Außerdem gibt es Computeranwendungen, die von *Hunderten* Leuten über *Jahrzehnte* hinweg geschrieben wurden …«

»Okay, wenn das alles nötig wäre«, unterbrach sie ihn, »könnte ich verstehen, dass Sie das ein bisschen überfordern würde. Aber wir wollen, dass Sie zwei Flugtickets für uns ändern. Sie brauchen nur im System von Scotland Yard geändert zu werden. Und zwar geht es erstens um das Kaufdatum, und zweitens müssen aus den einfachen Flügen Hin- und Rückflüge werden. Das ist alles. Das eine Ticket ist auf Azhars Namen und das andere auf den Namen Hadiyyah Upman ausgestellt.«

»Und wenn ich in das Computersystem der Met nicht reinkomme… Von welcher Abteilung reden wir überhaupt? Wer hat die Daten?«

»SO12.«

»Vollkommen unmöglich. Allein die Idee ist lächerlich.«

»Nicht für Sie, und das wissen wir beide. Aber damit Sie schon mal was zum Üben haben – es gibt auch noch ein paar Bankdaten, um die Sie sich kümmern müssen. Keine große Sache für einen mit Ihren Talenten, und auch in diesem Fall sollen Sie sie nur ändern, nicht löschen. Es muss so aussehen, als hätte Azhar Doughty weniger gezahlt, gerade so viel, wie Doughty für seine Dienste kassiert hätte, um festzustellen, dass Angelina Upman unauffindbar war. Das war's schon, Bryan. Zwei Flugtickets und die Überweisungen an Doughty, und wir verschwinden aus Ihrem Leben. Mehr oder weniger.«

»Was soll das denn heißen?«

»Das soll heißen, ich möchte, dass Sie uns Ihren Plan B aushändigen. Nur für ein, zwei Stunden, dann kriegen Sie ihn zurück, aber ich muss ihn mitnehmen. Heute.«

»Ich weiß nicht, wovon Sie reden.«

Barbara lachte auf. Sie sagte zu Azhar: »Machen Sie sich nichts draus, dass er uns für Idioten hält. So sind diese Computerfreaks nun mal.« Dann wandte sie sich wieder an Smythe. »Bryan, Sie sind doch nicht dumm. Sie haben eine Sicherungskopie mit sämtlichen Informationen, die Sie aus Doughtys System gelöscht haben. Wo auch immer Sie die gebunkert haben – ich schätze, Sie haben sie hier in einem netten kleinen Safe mit

517

einer sicheren Kombination –, ich will sie haben. Wie gesagt, ich brauche sie nur für ein, zwei Stunden, dann kriegen Sie sie zurück. Und tun Sie nicht so, als hätten Sie sie nicht, denn ein Typ wie Sie weiß ganz genau, was er tut.«

Zuerst sagte er nichts. Sein Gesichtsausdruck war hart, seine Augen dunkel. Er schaute von Barbara zu Azhar, dann sagte er zu ihr: »Wie viele von Ihrer Sorte gibt es eigentlich?«

Azhar rührte sich neben Barbara, aber sie legte ihm eine Hand auf den Arm. »Bryan, wir sind nicht hier, um darüber zu diskutieren…«

»Nein. Ich will das jetzt wissen. Wie viele korrupte Bullen werden noch aus ihren Löchern gekrochen kommen, wenn ich mit Ihnen kooperiere? Und erzählen Sie mir nicht, Sie sind die einzige. Typen wie Sie kommen nicht einzeln vor.«

Barbara spürte, wie Azhar in ihre Richtung schaute. Sie wunderte sich, wie sehr Bryans Worte sie getroffen hatten. Es war nicht das erste Mal, dass er sie als korrupt bezeichnete, aber Tatsache war, dass er diesmal die Wahrheit sagte. Dass sie sich um einer größeren Sache willen korrumpieren ließ, war jedoch ein Thema, über das sie nicht mit ihm reden wollte. Also sagte sie: »Das hier ist eine einmalige Operation. Es geht um Azhar, es geht um seine Tochter, und wenn die Sache erledigt ist, verschwinden wir aus Ihrem Leben.«

»Und das soll ich Ihnen glauben?«

»Ich glaube nicht, dass Sie eine Wahl haben.« Sie wartete, während er darüber nachdachte. Vögel zwitscherten fröhlich in den Zierkirschen, und im Seerosenteich kam ein Goldfisch in der Hoffnung auf Futter an die Wasseroberfläche. Sie sagte: »Ich habe Sie mehr im Griff als Sie mich, Kumpel. Finden Sie sich damit ab, dann sind Sie uns los und können zu Ihrem Frühstück und den Knackärschen im Fernsehen zurückkehren.«

»Im Griff«, sagte er.

»Genau. Wir sind ineinander verkeilt, so sieht's aus. Aber ich sitze am längeren Hebel. Sie wissen es. Ich weiß es. Und jetzt rücken Sie die Sicherungskopie raus, damit Azhar und ich vorankommen.«

»Sie fahren als Nächstes zu Doughty«, sagte Smythe.

»Sie haben's erfasst, Kumpel.«

BOW
LONDON

»Das ist zu viel«, sagte Azhar. Er hatte während des ganzen Gesprächs mit Bryan Smythe geschwiegen, doch als sie in Barbaras Auto stiegen, presste er sich die Finger an die Stirn, als hätte er Kopfschmerzen. »Es tut mir so leid«, sagte er. »Und jetzt das. Ich kann nicht…«

»Ganz ruhig.« Sie zündete sich eine Zigarette an und reichte ihm die Schachtel. »Sie dürfen jetzt nicht die Nerven verlieren.«

»Das ist keine Frage der Nerven.« Er nahm eine Zigarette aus der Schachtel, zündete sie an, warf sie jedoch nach einem Zug aus dem Fenster. »Es geht um das, was Sie meinetwegen tun. Und ich… Stumm wie ein Ölgötze habe ich bei dem Mann im Garten gesessen. Ich verachte mich selbst.«

»Halten wir uns an die Fakten. Angelina hat Hadiyyah mitgenommen. Sie wollten sie zurückhaben. Das Unrecht ging von ihr aus.«

»Finden Sie, dass das eine Rolle spielt? Glauben Sie, dass das eine Rolle spielen wird, falls das, was wir heute Morgen getan haben, ans Licht kommt?«

»Es werden keine Einzelheiten ans Licht kommen. Jeder hat etwas zu verlieren. Das ist unsere Garantie.«

»Ich hätte nicht… Ich kann nicht… Ich muss mich wie ein Mann verhalten und die Wahrheit sagen…«

»Und dann was? In den Knast wandern? Im Gefängnis lernen, wie man ›Fass mich da an, und ich hack dir die Hand ab‹ auf Italienisch sagt?«

»Zuerst müsste man mich ausliefern und dann…«

»Na klar. Und was wird Angelina tun, während Sie darauf warten, dass Sie ausgeliefert werden? Wird sie Hadiyyah nach England schicken, um den Mann zu besuchen, der ihre Entführung geplant hat und für sich und die Kleine einfache Flüge nach Pakistan gebucht hat?«

Als er schwieg, schaute sie ihn an. Er wirkte zutiefst zerknirscht. »Das ist alles meine Schuld«, sagte er. »Egal, wie Angelina sich in der Vergangenheit verhalten hat, die erste Sünde habe ich begangen. Ich wollte sie für mich haben.«

Zuerst dachte Barbara, er meinte seine Tochter. Aber als er fortfuhr, begriff sie, dass das nicht der Fall war.

»Was kann daran falsch sein, habe ich damals gedacht, eine hübsche junge Frau in meinem Bett haben zu wollen? Nur einmal. Oder zweimal. Vielleicht dreimal. Denn Nafeeza war damals hochschwanger und wollte in Ruhe gelassen werden bis nach der Geburt, und als Mann hat man seine Bedürfnisse. Und da war sie, und sie war so hübsch, so zart, so… so englisch.«

»Sie sind halt auch nur ein Mensch«, sagte Barbara, obwohl ihr die Worte nicht leicht über die Lippen kamen.

»Als ich sie dort im University College am Tisch sitzen sah, dachte ich, was für eine hübsche junge Frau sie doch war. Aber ich dachte auch, was Männer aus dem Nahen Osten – Männer wie ich – über besonders hübsche Engländerinnen zu denken lernen: Sie sind nicht wie unsere Frauen, schon allein an ihrer Kleidung sieht man, dass sie nicht keusch sind, und ihre Jungfräulichkeit bedeutet ihnen nichts. Also habe ich mich zu ihr gesetzt. Ich habe sie gefragt, ob an ihrem Tisch noch Platz sei, und schon da wusste ich genau, was ich von ihr wollte. Ich habe nicht damit gerechnet, dass mein Wunsch, sie zu besitzen, immer größer werden würde, so groß, dass er mich völlig beherrschen und ich am Ende meine ganze Welt zerstören würde.

Und jetzt bin ich schon wieder dabei, eine Welt zu zerstören, nämlich Ihre. Wie soll ich denn damit leben?«

»Sie können damit leben, indem Sie sich klarmachen, dass das *meine* Entscheidung ist«, antwortete Barbara. »Noch eine halbe Stunde, dann haben wir es hinter uns, okay? Wir haben Bryan da, wo wir ihn haben wollten, jetzt müssen wir nur noch Doughty dazu bringen, dass er spurt. Aber das wird uns nur gelingen, wenn Sie *glauben*, dass das möglich ist, denn wenn Sie das nicht tun, wenn Sie da reingehen mit der Überzeugung, dass Sie sowieso in einem Gerichtssaal in Lucca auf der Anklagebank enden werden, dann sind wir erledigt, Azhar. Wir, nicht Sie. Wir. Und ich würde ganz gern meinen Job behalten.«

Sie hielt am Bordstein und ließ den Motor laufen. Doughtys Büro lag um die Ecke. In der Nähe befand sich eine Grundschule, wo Kinder auf dem Pausenhof lärmten. Eine Weile blieben sie schweigend im Auto sitzen. Dann schaltete sie den Motor aus und sagte: »Und? Ziehen wir das jetzt durch, Azhar?«

Zuerst antwortete er nicht. Ebenso wie sie hörte er den Kinderlärm. Wahrscheinlich dachte er auch an seine Tochter, vielleicht an alle seine Kinder. Er hob den Kopf und schloss kurz die Augen. Schließlich sagte er: »Ja. Also gut.« Sie stiegen aus.

Doughty war nicht in seinem Büro. Sie fanden ihn im Zimmer nebenan, wo sich Em Cass' Arbeitsplatz befand. Sie war offenbar gerade erst eingetroffen, denn sie trug Joggingkleidung, Laufschuhe und ein Schweißband um die Stirn. Doughty saß an ihrem Computertisch, auf dem mehrere Monitore standen, während Em Cass über ihn gebeugt stand und mit einer Maus hantierte. Sie sagte gerade: »Nein, aus den Hotelabrechnungen geht hervor…« Sie brach ab und richtete sich auf, als Barbara eintrat. Doughty drehte sich um und sagte: »Was zum Teufel… Wie kommen Sie dazu, hier einfach unangemeldet reinzuplatzen?«

»Ich glaube, die Artigkeiten können wir uns im Moment sparen, Dwayne«, entgegnete Barbara.

»Sie können in mein Büro gehen und dort auf mich warten«, sagte Doughty. »Und Sie können Ihrem Schutzengel dafür danken, dass ich Sie nicht mitsamt dem Professor die Treppe runterwerfe, über die Sie gerade raufgekommen sind.«

»Wir müssen miteinander reden«, sagte Azhar. »Und zwar jetzt. Ob hier oder in Ihrem Büro, können Sie sich aussuchen.«

Doughty stand auf. »Wo sind denn Ihre guten Manieren geblieben? Ich nehme keine Anweisungen von Leuten entgegen, die mich nicht für meine Dienste bezahlen.«

»Alles klar, Dwayne.« Barbara zog Bryan Smythes USB-Sticks aus der Tasche und wedelte damit vor Doughtys Nase herum. »Aber ich schätze, Sie nehmen Anweisungen von jemandem entgegen, der diese Dinger hier hat und überlegt, welche Abteilung der Met sich am meisten freuen würde, sie in die Finger zu kriegen. Die haben wir uns übrigens von Bryan ausgeborgt.«

Einen Augenblick lang herrschte angespanntes Schweigen, als alle einander beäugten. Einen Stock tiefer wurde gerade das Schutzgitter des Bettenladens heruntergelassen, und es rasselte wie das Fallgatter an einem mittelalterlichen Burgtor. Irgendjemand hustete fürchterlich und spuckte geräuschvoll aus. Em Cass verzog das Gesicht. Eine Frau, die mit den hässlichen Seiten des Lebens nicht umgehen konnte, dachte Barbara. Das war gut so, denn die Situation, in der sie alle steckten, war in der Tat ausgesprochen hässlich.

»Wollen wir jetzt reden, oder wollen wir noch eine Weile hier stehen bleiben und uns anstarren?«, fragte Barbara.

»Sie bluffen doch«, sagte Doughty.

»Diesmal nicht, Kumpel. Sie können Bryan anrufen, wenn Sie wollen. Wie gesagt, er hat mir die Sticks geliehen. Er fühlt sich ein bisschen wie einer, dem die Polizei auf den Fersen ist. Zu allem bereit, Hauptsache, die Bullen verschwinden wieder.«

»Sie sagt die Wahrheit«, schaltete sich Em Cass ein. »Herrgott, Dwayne, ich weiß nicht, warum ich immer wieder darauf reinfalle, wenn du sagst, du hast alles unter Kontrolle. Ich hätte aussteigen sollen, als es noch nicht zu spät war.«

Noch mehr als ihre Zimperlichkeit gefiel Barbara an Em Cass, dass sie es offenbar vorzog, ihre Arbeit so zu gestalten, dass sie nicht ständig mit einem Bein im Knast stand. Was natürlich die Frage aufwarf: Wieso arbeitete sie dann ausgerechnet für so einen windigen Typen wie Doughty? Aber sie lebten in harten Zeiten. Vielleicht hatte sie vor der Wahl gestanden, entweder den Job anzunehmen oder in einer Bar zu kellnern.

»Gehen wir rüber in Ihr Büro, Dwayne«, sagte Barbara. »Und diesmal bleibt die Kamera ausgeschaltet, wenn's recht ist. Kommen Sie mit, Emily. Da ist mehr Platz, und es gibt Stühle für alle, falls einer weiche Knie kriegen sollte.« Sie machte eine einladende Geste in Richtung Tür. Zu ihrer Genugtuung ging Emily als Erste. Doughty warf Barbara im Vorbeigehen einen vernichtenden Blick zu, während er Azhar vollkommen ignorierte.

Doughty montierte die versteckte Kamera ab und verstaute sie in einer Schublade. Dann setzte er sich hinter seinen Schreibtisch. Barbara hätte sich totlachen können, wie sich Doughty immer noch als Chef gerierte. Sie nahm Platz, Emily lehnte sich an die Fensterbank, und Azhar setzte sich auf den zweiten Stuhl. Doughty sagte: »So viele Sticks wären gar nicht nötig, falls Sie tatsächlich glauben, dass Bryan Sie nicht zum Narren hält.«

»Als ich sagte alles, meinte ich alles«, erwiderte Barbara. »Hier sind seine kompletten Dateien drauf, Dwayne. Und nicht nur Sie kommen darin vor, sondern auch alle anderen. Zu meiner Absicherung, wenn Sie so wollen. Manche Leute muss man ein bisschen überreden, damit sie kooperieren. Ich frage mich nur, wie viel Überredung Sie brauchen.«

»Was wollen Sie eigentlich von mir?«

»Ihren Plan B.«

»Träumen Sie weiter.«

»Und glauben Sie mir, ich habe mein Licht und mein Heil gesehen, und es heißt Di Massimo.«

»Wovon reden Sie, verdammt noch mal?«

Emily Cass schaltete sich ein. »Vielleicht solltest du dir erst mal anhören, was sie zu sagen hat.«

»Ach ja? Hast du mit so was gerechnet, als du ihr Bryans Namen genannt hast? Glaub ja nicht, dass ich das nicht weiß.«

»Sich gegenseitig zu beschuldigen bringt Sie nicht weiter«, sagte Barbara. »Sie vergeuden nur meine Zeit. Können wir jetzt zum Geschäftlichen kommen oder ...«

»Sie können mich mal«, sagte Doughty. »Und der Professor ebenfalls.«

Barbara schaute Emily an. »Ist der immer so blöd?«

»Er ist ein Mann«, antwortete Emily. »Fahren Sie fort. Tun Sie einfach so, als wäre er nicht da.«

»Ich will ihn aber an Bord haben.«

»Das ist er. Das wird er Ihnen zwar nicht sagen, aber er ist an Bord.«

Barbara wandte sich an Azhar. »Wie ist Di Massimo in diesen Schlamassel geraten?«

»Mr Doughty hat ihn angeheuert«, sagte Azhar, was sie natürlich längst wusste, doch es gehörte zu ihrem Plan, an dem sie die ganze Nacht getüftelt hatten. »Er hat gesagt, wir bräuchten einen Detektiv in Italien, der Englisch spricht.«

»Wie oft haben Sie mit Di Massimo gesprochen?«

»Mit Mr Di Massimo? Keinmal.«

»Wie oft haben Sie ihn per E-Mail kontaktiert?«

»Keinmal.«

»Wie wurde er bezahlt?«

»Durch Mr Doughty. Ich habe Mr Doughty das Geld gegeben, und er hat es nach Italien überwiesen.«

»Und einen Teil davon für sich behalten, nehm ich an.«

»Wollen Sie mir etwa unterstellen ...«, protestierte Doughty.

»Entspannen Sie sich«, sagte Barbara. »Sie haben einen Sub-

524

unternehmer eingestellt. Sie haben Ihren Anteil einbehalten. So funktioniert das nun mal.« Sie hielt die Sticks noch einmal hoch und fragte Azhar: »Was glauben Sie, was hier drauf ist?«

»Unter anderem die Geldbewegungen. Von meinem Konto zu Mr Doughtys Konto und von dort zu Mr Di Massimos Konto. Internetaktivitäten: E-Mails und Internetsuche. Anruflisten von Telefonen und Handys. Kreditkartenabrechnungen.«

»Mit anderen Worten«, sagte Barbara, »während Michelangelo Di Massimo in Italien singt wie ein Kanarienvogel, habe ich hier den Beweis dafür, dass er die Wahrheit sagt. Richtig?«

Azhar nickte. »Sieht ganz so aus.«

Sie wandte sich Doughty zu. »Es wäre also für alle Beteiligten das Beste – und das schließt auch Sie ein, Dwayne –, wenn wir uns mal überlegen würden, wie jeder von uns seine speziellen Talente zum Einsatz bringen kann.«

Er öffnete den Mund, doch sie ließ ihn nicht zu Wort kommen.

»Und«, sagte sie, »ich rate Ihnen, gründlich nachzudenken, bevor Sie antworten. Wir haben Di Massimo, aber wir haben auch einen Toten namens Roberto Squali und sämtliche Informationen, die er hinterlassen hat. Und das werden nicht wenige sein. Also, steigen wir nun ins Boot und stopfen mit vereinten Kräften sämtliche Lecks, oder lassen wir es untergehen?«

Doughty musterte sie einen Moment lang, dann schob er sich mit seinem Stuhl zurück und öffnete die Schublade, in der er seinen Plan-B-Stick aufbewahrte.

»Sie mit Ihren bescheuerten Metaphern«, knurrte er.

VICTORIA
LONDON

Lynley wusste selbst nicht so recht, warum er so gedankenver-
loren war. Er war auf Isabelles Bitte hin früher als gewöhnlich in
den Yard gekommen, er hatte einen langen und unangenehmen
Vortrag von John Stewart über Barbara Havers Tendenz zur
Aufmüpfigkeit über sich ergehen lassen, und während er jetzt in
Isabelles Zimmer saß und auf sie wartete, wurde ihm bewusst,
dass er keine Ahnung hatte, was genau DI Stewart ihm über
Barbaras Verhalten in seinem Team berichtet hatte.

Der Grund war Daidre Trahair. Sie hatten in ihrem Hotel
zu Abend gegessen, und das Gespräch war locker und entspannt gewesen, bis er den Mut aufgebracht hatte, sie zu fragen, wer Mark war, und zu seiner großen Erleichterung erfahren hatte, dass der Mann ihr Anwalt in Bristol war. Er sollte
sich den Vertrag ansehen, den der Londoner Zoo Daidre anbot, denn »was die Klauseln in solchen Verträgen betrifft, bin
ich hoffnungslos verloren. Warum willst du das eigentlich wissen?«

Gute Frage, musste er sich eingestehen. Warum hatte er sich
nach Mark erkundigt? Seit Helen hatte ihn keine Frau mehr
so sehr beschäftigt. Und das Seltsamste daran war, dass Daidre
Trahair nicht die geringste Ähnlichkeit mit Helen besaß. Er war
sich nicht ganz klar darüber, was das zu bedeuten hatte, dass
die erste Frau, die ihn seit Helens Tod ernsthaft interessierte, so
vollkommen anders war. Er musste sich also fragen, ob er tatsächlich an Daidre interessiert war, oder ob er nur wollte, dass
sie sich für ihn interessierte.

»An der Antwort auf diese Frage«, hatte er zu Daidre gesagt,
»arbeite ich noch. Allerdings nicht sehr geschickt, fürchte ich.«

»Ah«, sagte sie.

»In der Tat. Ebenso wie du bin ich ein bisschen durcheinander.«

»Ich bin mir nicht sicher, ob ich so genau wissen will, was du damit meinst.«

»Ich verstehe dich voll und ganz, glaub mir«, hatte er gesagt.

Nach dem Essen hatte sie ihn zum Ausgang begleitet. Das Hotel war groß, es gehörte zu einer amerikanischen Kette. Die Art Hotel, wo Geschäftsleute abstiegen, weil dort das Kommen und Gehen der Gäste weitgehend unbeachtet blieb. Das hatte unter anderem den Vorteil, dass man zu jemandem aufs Zimmer gehen konnte, ohne dass irgendwer etwas davon mitbekam, es sei denn, die Filme in den Sicherheitskameras spielten irgendwann eine Rolle. Dieser Gedanke war Lynley durch den Kopf geschossen, als sie die Eingangshalle durchquerten, und plötzlich hatte er das dringende Bedürfnis, unbeschadet aus dem Hotel zu entkommen. Und was hatte *das* nun wieder zu bedeuten? Was zum Teufel war eigentlich mit ihm los?

Sie traten auf den Gehweg hinaus. Die Nacht war angenehm lau. Sie sagte: »Danke für den schönen Abend.«

Er sagte: »Gibst du mir Bescheid, wenn du dich wegen der Stelle entschieden hast?«

»Natürlich.«

Als sie einander anschauten, und als er sie küsste, schien es das Natürlichste auf der Welt zu sein. Er berührte eine aschblonde Strähne, die sich aus ihrer Frisur gelöst hatte, und sie legte ihre Hand um seine und drückte sie leicht. »Du bist ein wunderbarer Mann, Thomas. Ich müsste bescheuert sein, wenn ich das nicht sehen würde.«

Er legte ihr seine Hand in den Nacken und küsste sie. Einen Moment lang hielt er sie in den Armen und atmete ihren Duft ein. Es war nicht der Zitrusduft, den er an Helen so gemocht hatte, und darüber war er froh. Er sagte: »Bitte, ruf mich an.«

»Das habe ich schon einmal getan, wie du dich erinnern wirst, und ich werde es wieder tun.«

»Ich freue mich darauf«, sagte er und verabschiedete sich.

Es war keine Frage gewesen, ob er mit auf ihr Zimmer ging.

Er hatte es nicht gewollt. Und was bedeutete das, *Thomas?*, fragte er sich.

»Hörst du mir überhaupt zu, Tommy?«, fragte Isabelle. »Wenn ja, könntest du ab und zu mal grunzen oder nicken oder sonst irgendwie reagieren, Herrgott noch mal.«

»Tut mir leid«, sagte er. »Ist gestern Abend ein bisschen spät geworden.«

»Soll ich Dee bitten, dir einen Kaffee zu bringen?«

Er schüttelte den Kopf. »John hat mir einen längeren Vortrag gehalten, als ich gekommen bin. Die Entscheidung, Barbara seinem Team zuzuordnen, Isabelle...«

»Es war ja nur für kurze Zeit. Und es hat sie nicht umgebracht.«

»Trotzdem, seine Feindseligkeit ihr gegenüber...«

»Ich hoffe, du hast nicht vor, mir zu sagen, wie ich die Abteilung zu leiten habe. Das hast du dir Superintendent Webberly gegenüber garantiert nicht herausgenommen.«

»Doch, das habe ich.«

»Dann muss der Mann ein Heiliger gewesen sein.«

Ehe er antworten konnte, kam Barbara Havers hereingestürmt. Sie war die Geschäftsmäßigkeit in Person. Diesmal trug sie ein T-Shirt aus dem Naturkundemuseum mit einem Saurierskelett auf der Brust.

Sie entschuldigte sich für ihre Verspätung. »Sorry, viel Verkehr. Musste auch noch tanken«, dann sagte sie: »Alles deutet darauf hin, dass Di Massimo versucht, Doughty die ganze Sache in die Schuhe zu schieben. Er sagt mal die Wahrheit, mal lügt er, und er baut offenbar darauf, dass irgendwann niemand mehr durchblickt, wenn er nur genug Verwirrung stiftet.«

»Was genau wollen Sie damit sagen, Sergeant Havers«, fragte Ardery.

Lynley sagte nichts. Ihm fiel auf, dass Barbaras Gesicht gerötet war, und er fragte sich, ob das daran lag, dass sie sich so beeilt hatte, oder an der Geschichte, die sie ihnen gerade auftischte.

»Damit will ich sagen, dass Doughty Di Massimo damit be- auftragt hat, am Flughafen in Pisa mit der Suche zu beginnen – bis dahin hatte Doughty die Spur von Angelina und Hadiyyah verfolgen können. Die Information hat er nicht an Azhar wei- tergeleitet, weil er nicht wusste, wohin die Spur führen würde. Di Massimo hatte die Anweisung, Angelina zu suchen und sich wieder zu melden, sobald er sie gefunden hatte. Er hatte die Anweisung, keine Mühe zu scheuen, Hadiyyah zu finden, weil – so behauptet Doughty – ihr Vater bereit war, jede Summe zu bezahlen. Aber nachdem Di Massimo sie tatsächlich gefunden hatte, hat er sich ganz nebenbei gefragt, wo mehr Kohle zu ho- len wäre, und die Antwort lautete natürlich: bei den Muras. Also hat er Squali angeheuert und ihn beauftragt, Hadiyyah zu entführen, während er Doughty gegenüber behauptet hat, er könne sie nicht finden. Aus allen Unterlagen geht hervor, dass der Kontakt zwischen den beiden Privatdetektiven abgebrochen wurde, nachdem Di Massimo seinen Bericht abgeliefert hatte.«

»Und wann war das?«

»Am fünften Dezember.«

»Über welche Unterlagen reden wir eigentlich, Barbara?«, fragte Lynley ruhig.

Wieder stieg ihr die Röte in die Wangen. Vermutlich hatte sie nicht damit gerechnet, dass er bei der Besprechung mit Isabelle anwesend sein würde. Jetzt würde sie ein paar Entscheidungen treffen müssen. Er konnte nur hoffen, dass sie die richtigen traf.

»Doughtys«, sagte sie. »Er hat sie mir gezeigt. Er druckt alles aus, und sobald wir ihm den Namen des Kollegen nennen, der den Fall in Italien bearbeitet, schickt er ihm den komplet- ten Krempel. Natürlich muss das ganze Zeug noch übersetzt werden, aber die haben bestimmt jemanden, der das überneh- men kann.« Sie leckte sich die Lippen, und er sah sie schlucken. Sie wandte sich wieder Isabelle zu und fuhr fort. »Worüber ich nichts rausfinden konnte, ist die Lösegeldforderung.«

»Es gab keine, soweit ich weiß«, sagte Ardery.

»Das ist ein noch ungeklärtes Detail«, sagte Barbara. »Ich vermute mal, dass Di Massimo, nachdem er raushatte, wie reich die Muras sind, so eine typische italienische Entführung durchziehen wollte. Bei denen da unten hat das ja schon Tradition, jemanden zu entführen und monatelang festzuhalten, um an die große Kohle zu kommen. Manchmal kommt die Lösegeldforderung sofort, und manchmal lassen sie die armen Angehörigen auch schmoren, bis sie halb verrückt sind vor Sorge. Denken Sie bloß an den armen Paul Getty damals.«

»Ich bezweifle, dass die Muras so reich sind wie die Gettys«, sagte Lynley ruhig, während er Barbara beobachtete. Über ihrer Oberlippe hatte sich ein feiner Schweißfilm gebildet.

»Stimmt auch wieder. Ich nehme an, der springende Punkt ist, was Di Massimo haben wollte. Geld? Land? Geschäftliche Verbindungen? Aktien? Politischen Einfluss? Woher zum Teufel sollen wir das wissen? Ich meine, was wissen wir denn überhaupt über diese Muras, Sir? Was weiß Di Massimo, was wir nicht wissen?«

»Das sind eine Menge Vermutungen«, sagte Lynley trocken. Aus den Augenwinkeln nahm er wahr, dass Isabelle ihm einen Blick zuwarf.

»Das finde ich auch«, sagte sie zu Barbara.

»Na ja, sicher. Stimmt schon. Aber unsere Aufgabe besteht doch darin, alles, was wir haben, dem Kollegen in Italien zukommen zu lassen – wie hieß der noch gleich, Sir?«

»Salvatore Lo Bianco. Er wurde allerdings von dem Fall abgezogen. Ich habe keine Ahnung, wer die Ermittlung jetzt leitet.«

»Ach so. Tja. Das lässt sich ja mit einem Telefonanruf klären. Auf jeden Fall ist es jetzt ein italienischer Fall, und ich würd mal sagen, unsere Arbeit ist damit abgeschlossen.«

Natürlich war ihre Arbeit ganz und gar nicht abgeschlossen, und Lynley wartete darauf, dass Barbara all die Dinge ansprach, die sie in ihrem Bericht an Superintendent Ardery ausgelassen hatte. An oberster Stelle auf der Liste dieser Dinge standen zwei einfache Flugtickets nach Pakistan. Die Tatsache, dass sie die Tickets mit keinem Wort erwähnt hatte, war so dreist, dass es Lynley regelrecht den Atem verschlug.

Barbara sagte: »Soweit ich das beurteilen kann und soweit die Unterlagen es belegen, wurde auf britischem Boden kein Verbrechen begangen, Chefin. Von jetzt an liegt alles in den Händen der Italiener.«

Isabelle nickte. »Nehmen Sie das in Ihren schriftlichen Bericht auf, Sergeant. Ich möchte ihn heute noch auf meinem Schreibtisch haben.«

Barbara blieb sitzen, schien auf mehr zu warten. Als Isabelle schwieg, fragte sie: »War's das?«

»Vorerst ja. Danke.«

Es war offensichtlich, dass Isabelle sie fortschickte. Und es war ebenfalls offensichtlich, dass sie Lynley nicht fortschickte. Lynley sah, wie Barbara das registrierte. Sie warf ihm einen kurzen Blick zu, ehe sie das Chefzimmer verließ.

Als die Tür hinter Barbara ins Schloss fiel, stand Isabelle auf. Sie trat ans Fenster und schaute nach draußen auf Dächer und Baumwipfel und den St. James's Park in der Ferne. Lynley wartete. Er wusste, dass sie noch etwas zu sagen hatte, sonst hätte sie ihn zusammen mit Barbara entlassen.

Sie ging zu einem Aktenschrank und nahm eine Mappe heraus. Wortlos reichte sie ihm die Mappe, und er wusste sofort, dass sie etwas enthielt, was er lieber nicht sehen wollte. Das sah er an ihrem Gesichtsausdruck, der irgendwo im Niemandsland zwischen Härte und Mitleid gefangen war. Die Härte drückte sich in ihrem Kiefer aus, das Mitleid in den Augen.

Sie nahm wieder an ihrem Schreibtisch Platz. Er setzte seine Lesebrille auf und öffnete die Mappe. Sie enthielt diverse Unterlagen. Es gab offizielle Tätigkeitsberichte, aber die darin beschriebenen Tätigkeiten waren extrem inoffiziell. Jeder einzelne unzulässige und inoffizielle Schritt, den Barbara Havers gemacht hatte, seit Isabelle sie John Stewarts Team zugeordnet hatte, war darin dokumentiert. Stewart hatte Barbara sogar weiterhin überwacht, nachdem Isabelle sie aus seinem Team genommen hatte. Er hatte Barbara von zwei Detective Constables beschatten lassen, um zu überprüfen, ob sie ihrer Arbeit nachging, um nachzuweisen, aus welchem Grund sie sich jeweils aus dem Yard entfernt hatte. Er hatte Einzelheiten über das Leben ihrer Mutter in dem Seniorenheim in Greenford zusammengetragen. Er hatte jede Person identifiziert, mit der Barbara sich getroffen hatte: Mitchell Corsico, die Angehörigen von Taymullah Azhar, Dwayne Doughty, Emily Cass, Bryan Smythe. Das Einzige, was fehlte, war ihr Besuch beim SO12. Auch die Flugtickets nach Pakistan wurden nicht erwähnt. Lynley vermutete, dass das daran lag, dass Barbara für ihren Besuch beim SO12 das Gebäude nicht hatte verlassen müssen und Stewart es nicht für nötig gehalten hatte, sie innerhalb des Yard beschatten zu lassen. Oder vielleicht hielt John Stewart diese Information auch zurück, um noch einen Trumpf im Ärmel zu haben, für den Fall dass Isabelle nichts unternahm, wenn sie die Ergebnisse seiner eigenmächtigen Ermittlungen in den Händen hielt.

Nachdem Lynley sich alles angesehen hatte, gab er Isabelle die Mappe zurück. Er sagte das Einzige, was er sagen konnte: »Wir wissen beide, dass du irgendwann etwas gegen ihn unternehmen musst, Isabelle. Dass er seine Untergebenen einsetzt, um private Ermittlungen durchzuführen... Das ist empörend, das weißt du ebenso gut wie ich. Hat irgendetwas davon...« er machte eine, wie er hoffte, wegwerfende Geste in die Richtung der Mappe »...Barbara daran gehindert, die Aufgaben zu erfüllen, die Stewart ihr zugeteilt hat? Wenn nicht, was spielt es für eine Rolle, dass sie all das nebenbei getan hat?«

Ihr Blick war vollkommen ausdruckslos und typisch Isabelle. Sie sah ihn fast eine Minute lang schweigend an, dann sagte sie leise: »Tommy.«

Er hielt ihrem Blick nicht länger stand. Er wollte nicht hören, was sie zu sagen hatte, und er wollte erst recht nicht wissen, was sie von ihm verlangen würde.

Sie sagte: »Du weißt genau, dass es nicht darum geht, ob Havers die Aufgaben erfüllt hat, die Stewart ihr zugeteilt hat. Es geht auch nicht darum, wie und wann sie ihre Arbeit erledigt hat. Du weißt, dass das, was sich eben zwischen uns dreien abgespielt hat, alles sagt. Ich *weiß*, dass du das weißt. In unserem Beruf ist kein Platz für Unterlassungssünden, egal, wer sie begeht.«

»Was wirst du tun?«

»Ich werde tun, was getan werden muss.«

Am liebsten hätte er sie um Gnade gebeten, woran er merkte, wie tief er selbst in den Fluss hineingewatet war, in den Barbara Havers sich kopfüber gestürzt hatte. Aber er tat es nicht. Stattdessen sagte er: »Kannst du mir ein paar Tage Zeit geben, um mich darum zu kümmern? Um etwas Licht in die Sache zu bringen?«

»Glaubst du im Ernst, dass es jetzt noch möglich ist, Licht in diese Sache zu bringen? Und vor allem: Glaubst du, dass du irgendetwas zu ihrer Entlastung finden wirst?«

»Wahrscheinlich nicht. Aber ich bitte dich trotzdem darum.«

Sie öffnete die Mappe und stauchte die darin befindlichen Unterlagen, bis sie sauber übereinanderlagen, dann reichte sie ihm die Mappe. »Also gut. Das ist deine Kopie. Ich habe auch eine. Tu, was du tun musst.«

SOUTH HACKNEY
LONDON

Er war hin- und hergerissen zwischen Zorn und Sorge angesichts der Erwartungen, die andere an ihn hatten. Er fragte sich, was für ein Mensch er in den Augen anderer war, vor allem in den Augen seiner langjährigen Partnerin Barbara Havers. Offenbar erwartete sie von ihm, dass er den Mund hielt, dass er sich auf ihre Seite schlug, dass er ihr Retter in der Not war, egal, was sie tat oder zu welchen Verrücktheiten sie sich hinreißen ließ. Diese Erwartungshaltung ärgerte ihn, und zwar nicht nur, dass sie sie hegte, sondern dass er sie durch sein Verhalten in der Vergangenheit dazu animiert und darin bestärkt hatte. Was, fragte er sich, sagte das eigentlich über ihn als Polizisten aus?

Und was sagten die Informationen in John Stewarts Bericht über Barbara aus, und wie sollte er damit umgehen? Darüber musste er nachdenken, und das konnte er nicht im Korridor vor Isabelles Zimmer. Also fuhr er auf direktem Weg mit dem Aufzug in die Tiefgarage und stieg in seinen Healey Elliott. Dort öffnete er die Mappe und las sämtliche Berichte Wort für Wort. Er versuchte zu begreifen, was das alles bedeutete, abgesehen davon, was DI Stewart damit beweisen wollte, und kam zu dem Schluss, dass es einfach Barbaras ganz normale Vorgehensweise war, das Verhalten einer Frau, die, wo und wann auch immer es ihr in den Sinn kam, ihre eigenen Wege ging.

Die Sache mit Hadiyyahs Verschwinden in Italien war Barbara von Anfang an falsch angegangen. Als wäre sie Mitchell Corsicos persönliche Informantin bei Scotland Yard, hatte sie ihm die Geschichte zugespielt. Sie hatte es getan, um Isabelle zum Handeln zu zwingen, weil sie unbedingt nach Italien hatte fahren wollen. Und er musste sich wirklich fragen, was das über Barbara aussagte. War es Ausdruck ihrer Liebe zu Hadiyyah? Zu Azhar? Oder bedeutete es, dass sie selbst auf irgendeine Weise in die Entführung verwickelt war? Und was in drei Teufels Namen hatte es zu bedeuten, dass sie in Isabelles Gegenwart nichts von den Flugtickets nach Pakistan erwähnt hatte? Natürlich schützte sie Azhar, und dafür konnte es nur einen Grund geben, einen Grund, der viel tiefer ging als die Frage, ob Barbara den Mann liebte oder nicht: Sie tat es, weil er in dieser Angelegenheit offenbar ihren Schutz brauchte. Aber hatte nicht auch er, Detective Inspector Thomas Lynley, diese Flugtickets Isabelle gegenüber verschwiegen? Wenn also Barbara aus irgendeinem Grund Azhar schützte, schützte er dann nicht auch Barbara?

Er riss sich von seinen Grübeleien über das Wieso und Warum los und wandte sich dem konkreten Problem zu: der Mappe mit Stewarts Berichten und Beweisen. Zu den Details, die Barbara gegenüber Isabelle nicht erwähnt hatte, gehörte unter anderem ein Besuch bei einem gewissen Bryan Smythe, der in South Hackney wohnte. Angegeben waren die Adresse des Mannes, Datum und Dauer des Besuchs bei ihm und ein Abstecher zu Dwayne Doughty in Bow, direkt im Anschluss. Es schien ihm logisch, bei Smythe anzufangen. Er startete den Motor, verließ die Tiefgarage und fuhr nach South Hackney.

Er fand die Straße, in der Bryan Smythe wohnte, ohne Probleme. Die Gegend war ziemlich heruntergekommen, und ihm war nicht wohl dabei, seinen teuren Oldtimer am Bordstein zu parken. Aber in diesem Fall blieb ihm wohl nichts anderes übrig.

Wahrscheinlich war dieser Bryan Smythe auf irgendeine Weise in die Geschichte mit Hadiyyahs Entführung verwickelt. Lynley konnte sich keinen anderen Grund vorstellen, warum Barbara den weiten Weg hierher gemacht und anschließend schnurstracks zu Dwayne Doughty gefahren war. Er rechnete also damit, dass der Mann erst einmal mauern würde.

Smythe war unscheinbar, vollkommen durchschnittlich bis auf die Schuppen, die sich auf seinen Schultern gesammelt hatten. So viele Schuppen hatte Lynley nicht mehr gesehen, seit in Eton Schnee-auf-dem-Kilimandscharo-Treadaway sein Geschichtslehrer gewesen war.

Er zeigte Smythe seinen Dienstausweis und stellte sich vor. Smythe betrachtete den Dienstausweis, dann Lynley, dann wieder den Dienstausweis. Er sagte nichts, aber seine Kiefermuskeln spannten sich. Er schaute an Lynley vorbei auf die Straße. Lynley sagte, er würde sich gern kurz mit ihm unterhalten.

Smythe sagte, er habe zu tun, doch er klang… War das Wut, die in seiner Stimme mitklang?

Lynley sagte: »Es dauert nicht lange, Mr Smythe. Darf ich eintreten?«

»Worum geht es denn?«, wäre die zu erwartende Antwort eines Unschuldigen gewesen. Ebenso normal wäre die Frage gewesen, ob in der Nachbarschaft irgendetwas vorgefallen war, das einen Polizisten von Scotland Yard dazu brachte, an seine Tür zu klopfen. Aber nichts dergleichen kam von Smythe, weil niemand, der sich in irgendeiner Weise schuldig gemacht hatte, auf die Idee kam, die Fragen zu stellen, die einem Unschuldigen in den Sinn kommen würden, wenn er die Tür aufmachte und einen Polizisten vor sich sah.

Smythe trat von der Tür weg und bedeutete Lynley mit einer knappen Kopfbewegung, er möge eintreten. Im Innern des Hauses erblickte Lynley eine eindrucksvolle Sammlung von Gemälden im Stil von Rothko und diverse weitere Kunstgegenstände. Nicht unbedingt das, was man in einem Wohnzimmer in South Hackney erwarten würde.

Der Mann schien im Geld zu schwimmen. Aber woher kam all der Reichtum? Lynley bezweifelte, dass Smythe sein Geld mit ehrlicher Arbeit verdiente. Er sagte: »Mr Smythe, Ihr Name ist im Zusammenhang mit der Entführung eines Kindes in Italien aufgetaucht.«

Smythe antwortete ohne zu zögern und wie auswendig gelernt: »Ich weiß nichts von der Entführung eines Kindes in Italien.« Sein Adamsapfel jedoch hüpfte verräterisch auf und ab.

»Lesen Sie keine Zeitung?«

»Hin und wieder. In letzter Zeit nicht, ich bin sehr beschäftigt.«

»Womit?«

»Mit dem, was ich mache.«

»Und was machen Sie?«

»Das ist vertraulich.«

»Hat es mit jemandem namens Dwayne Doughty zu tun?«

Smythe sagte nichts, aber er sah sich um, als überlegte er, womit er Lynleys Aufmerksamkeit von sich auf eins seiner Kunstwerke lenken konnte. Wahrscheinlich bereute er es in dem Augenblick zutiefst, den Polizisten überhaupt reingelassen zu haben.

Lynley sagte: »Mr Doughty ist in die besagte Entführung verwickelt. Sie stehen in Verbindung zu Mr Doughty. Da Ihre Arbeit…«, er machte eine Geste, die den Raum und die Kunstsammlung einschloss, »… offensichtlich sehr lukrativ ist, könnte ich mir vorstellen, dass sie außerdem gegen diverse Gesetze verstößt.«

Unerklärlicherweise und im Gegensatz zu Lynleys Erwartungen murmelte Smythe: »Himmelherrgott.«

Lynley hob eine Braue. Dass der Mann den Herrgott anrufen würde, hätte er nicht erwartet. Was als Nächstes kam, überraschte ihn noch mehr.

»Ich weiß nicht, wer Sie sind, aber ich besteche keine Polizisten, egal, was Sie denken.«

»Wie gut zu wissen«, erwiderte Lynley, »denn ich habe auch nicht vor, mich bestechen zu lassen. Aber ich nehme an, Sie verstehen, dass Ihre Versicherung nichts zur Klärung Ihrer Beziehung zu Mr Doughty beiträgt, während sie zu bestätigen scheint, dass Sie hier irgendetwas Illegales betreiben.«

Smythe schien über Lynleys Worte nachzudenken. Nach einer Weile fragte er: »Hat sie Ihnen meinen Namen gegeben?«

»Sie?«

»Wir wissen doch beide, von wem ich rede. Sie sind bei Scotland Yard. Sie sind Polizist. So wie sie. Und ich bin nicht dumm.«

Durchaus nicht, dachte Lynley. Smythe redete offenbar von Barbara Havers, womit er eine weitere Verbindung eingestand. Lynley erwiderte: »Mr Smythe, ich weiß, dass eine Polizistin von Scotland Yard Sie aufgesucht hat und gleich im Anschluss daran zu einem Privatdetektiv namens Dwayne Doughty gefahren ist, der vor einiger Zeit nach einem in Italien entführten britischen Kind gesucht hat. Mr Doughtys Name wurde von einem Mann genannt, der in Italien wegen seiner Beteiligung an dieser Entführung verhaftet wurde. Nun stellt sich die Frage, wie Ihre Verbindung zu Doughty aussieht, und es ist meine Aufgabe, das zu überprüfen. Außerdem muss festgestellt werden, ob womöglich eine Verbindung besteht zwischen Ihnen, Doughty und dem Mann, der in Italien im Gefängnis sitzt, und das zu überprüfen ist ebenfalls meine Aufgabe. Ich kann entweder meine eigenen Schlüsse ziehen, oder Sie stellen die Sache klar. Ehrlich gesagt, weiß ich nicht, womit wir es hier zu tun haben, wenn Sie es mir nicht erklären.« Und als Smythes Mundwinkel selbstgefällig zuckten, fügte er hinzu: »Ich schlage also vor, Sie klären mich auf, oder ich werde in meinem Bericht erwähnen, dass bei Ihnen eine gründlichere Hausdurchsuchung erforderlich ist.«

»Ich habe Ihnen bereits gesagt, dass ich gelegentlich für Doughty arbeite. Und diese Arbeit ist vertraulich.«

»Ich wäre schon mit einer allgemeinen Darstellung zufrieden.«

»Ich stelle Informationen zusammen für Fälle, an denen er arbeitet. Diese Informationen leite ich an ihn weiter.«

»Welche Art Informationen?«

»Das ist vertraulich. Er ist Privatdetektiv. Er ermittelt. Er überprüft Leute. Ich verfolge Spuren, die sie hinterlassen, und ich ... Sagen wir, ich kartografiere diese Spuren.«

Spuren konnten heutzutage nur eins bedeuten. »Mit Hilfe des Internets?«, fragte Lynley.

»Tut mir leid, auch das ist vertraulich.«

Lynley lächelte schmallippig. »Sie sind also ein bisschen wie ein Beichtvater.«

»Keine schlechte Analogie.«

»Und Barbara Havers? Sind Sie auch ihr Beichtvater?«

Smythe wirkte verwirrt. Mit dieser Wendung hatte er offensichtlich nicht gerechnet. »Was ist mit ihr? Wenn ich meine Arbeit nicht vertraulich behandle, Inspector... Wie war noch gleich Ihr Name?«

»Thomas Lynley.«

»Inspector Lynley. Wenn ich meine Arbeit nicht vertraulich behandle, bin ich ganz schnell aus dem Geschäft. Das verstehen Sie doch sicher, oder? Es ist ein bisschen so ähnlich wie in Ihrem Beruf.«

»Mich interessiert nicht, was Sie Sergeant Havers gesagt haben, Mr Smythe. Zumindest im Moment nicht. Mich interessiert, warum sie Sie aufgesucht hat.«

»Wegen Doughty.«

»Er hat sie zu Ihnen geschickt?«

»Wohl kaum.«

»Sie ist also aus eigenem Antrieb hergekommen. Und da Sie ja mit Informationen handeln, nehme ich an, dass sie Informationen von Ihnen haben wollte. Damit sind wir wieder da, wo wir angefangen haben, und ich kann nur noch einmal wiederholen: Dieses Sammeln von Informationen scheint äußerst lukrativ zu sein. Daraus und aus dem, was ich hier sehe, schließe ich, dass Ihre Arbeit Sie ganz leicht in große Schwierigkeiten bringen kann.«

»Das sagten Sie bereits.«

»Das ist mir bewusst. Aber Ihre Welt, Mr Smythe...«, er ließ den Blick durch den großen Raum schweifen, »...wird von einem Erdbeben erschüttert werden. Im Gegensatz zu Barbara Havers bin ich nicht aus eigenem Antrieb hier. Ich wurde hergeschickt. Ich schätze, Sie können eins und eins zusammenzählen und sich ausrechnen, warum. Scotland Yard hat Sie auf dem Radar. Das wird Ihnen nicht gefallen. Und um einen kleinen Vergleich heranzuziehen, den Sie zweifellos verstehen werden: Sie leben in einem Kartenhaus, und es ist heftiger Wind aufgekommen.«

»Sie ermitteln gegen sie, stimmt's?«, sagte Smythe, dem allmählich zu dämmern begann, um was es ging. »Nicht gegen mich, nicht gegen Doughty, sondern gegen sie.«

Lynley antwortete nicht.

»Wenn ich Ihnen also sage …«

Lynley unterbrach ihn. »Ich bin nicht hier, um mit Ihnen über ein Geschäft zu verhandeln.«

»Warum zum Teufel sollte ich …«

»Sie können tun, was Sie wollen.«

»Was *wollen* Sie, verdammt noch mal?«

»Die einfache Wahrheit.«

»Die Wahrheit ist nicht einfach.«

Lynley lächelte. »Wie Oscar Wilde einmal gesagt hat. Aber lassen Sie mich die Wahrheit einfach formulieren: Wie Sie mir selbst erklärt haben, suchen Sie nach Spuren, die Sie dann für Dwayne Doughty und, wie ich annehme, auch für andere kartografieren. Da Sie damit offensichtlich sehr viel Geld verdienen, gehe ich davon aus, dass Sie ebenfalls Spuren *tilgen*, ein Service, der natürlich wesentlich teurer ist. Da Barbara Havers Sie aufgesucht hat, habe ich den Verdacht, dass sie Sie engagiert hat, um ganz bestimmte Spuren zu löschen. Was ich von Ihnen brauche, ist die Bestätigung meines Verdachts. Ein Nicken würde mir genügen.«

»Sonst?«

»›Sonst‹?«

»Es gibt immer ein *Sonst*«, erwiderte er gereizt. »Also spucken Sie's schon aus, verdammt.«

»Ich habe den Wind erwähnt. Ich denke, das dürfte reichen.«

»Was zum Teufel wollen Sie?«

»Ich sagte …«

»Nein! *Nein!* Bei Leuten wie Ihnen muss man immer damit rechnen, dass noch was nachkommt. Zuerst kam sie allein, und ich habe kooperiert. Dann kam sie mit diesem Typen, und ich habe *immer noch* kooperiert. Und jetzt stehen Sie hier, und ich möchte wissen, wann das endlich aufhört!«

»Welcher Typ?«

»Dieser verdammte Pakistani. Zuerst war sie allein hier. Beim nächsten Mal hat sie ihn mitgebracht. Jetzt sind Sie hier, und als Nächstes steht vielleicht der Premierminister bei mir auf der Matte.«

»Sie war mit Azhar hier?« Das stand nicht in dem Bericht. Wie konnte das John Stewart entgangen sein?, fragte sich Lynley.

»Klar war sie mit Azhar hier.«

»Wann?«

»Heute Morgen. Was dachten Sie denn?«

»Was wollten die beiden?«

»Meine Sicherungsdateien. Und zwar vollständig.«

»Das ist alles?«

Smythe wandte sich ab. Er ging zu einem der Gemälde – eine große rote Fläche mit einem blauen Streifen am unteren Bildrand, der fast unmerklich in einen violetten Schleier überging. Er betrachtete das Bild, als fragte er sich, was damit passieren würde, wenn die Polizei bei ihm eine Hausdurchsuchung durchführte. »Wie gesagt«, sagte er eher zu dem Bild als zu Lynley, »sie wollte mich anheuern. Ich sollte ein paar Dinge für sie erledigen.«

»Welcher Art?«

»Kompliziert. Ich hab's noch nicht gemacht. Ich hab noch nicht mal damit angefangen.«

Smythe betrachtete immer noch das Bild. Lynley fragte sich, was er da sehen mochte, was irgendjemand sah, der versuchte, die Absichten eines anderen zu interpretieren. Schließlich seufzte Smythe und sagte: »Es geht um Änderungen von Kontodaten und Anruflisten. Und ein Datum soll geändert werden.«

»Was für ein Datum?«

»Auf einem Flugticket. Zwei Flugtickets.«

»Sie sollen nicht gelöscht werden?«

»Nein. Nur das Datum soll geändert werden. Und ich soll Rückflugtickets daraus machen.«

Das erklärte, warum Barbara Isabelle gegenüber die Tickets nach Pakistan nicht erwähnt hatte, die der SO12 entdeckt hatte. Die Änderungen würden jeden Verdacht gegen Azhar ausräumen, vor allem, wenn auch das Buchungsdatum geändert wurde. Er fragte: »Geht es um das Buchungsdatum oder um das Flugdatum?«, aber im Grunde seines Herzens kannte er die Antwort bereits.

»Das Buchungsdatum«, sagte Smythe.

»Sollen die Änderungen bei der Fluggesellschaft durchgeführt werden?«

»Nein, beim SO12.«

SOUTH HACKNEY
LONDON

Lynley hatte, lange bevor er Helen geheiratet hatte, das Rauchen aufgegeben. Aber als er jetzt mit dem Autoschlüssel in der Hand vor dem Healey Elliott stand, hätte er sich am liebsten eine Zigarette angesteckt. Hauptsächlich, um etwas anderes zu tun als das, was er tun musste. Doch er hatte keine Zigaretten. Also stieg er in seinen Wagen, kurbelte das Fenster herunter und starrte ins Leere.

Er verstand jetzt, warum in Stewarts Bericht nichts davon erwähnt wurde, dass Barbara mit Taymullah Azhar bei Smythe gewesen war. Es war erst am Vormittag passiert, und es war der Grund für Barbaras Verspätung gewesen. Aber Lynley zweifelte nicht daran, dass Stewart diesen Ausflug in einem Zusatzbericht festgehalten hatte, den er Isabelle im passenden Moment überreichen würde. Die einzige Frage war, was er, Lynley, dagegen tun würde oder ob er überhaupt etwas unternehmen würde.

Stewart war nicht aufzuhalten, das war klar. Er konnte also eigentlich gar nichts tun. Außer Isabelle vorzuwarnen.

In dem Fall hatte er zwei Optionen. Er konnte entweder einen Grund erfinden, der Barbaras Besuch bei Bryan Smythe rechtfertigte, oder er konnte Isabelle berichten, was er in Erfahrung gebracht hatte und den Dingen ihren Lauf lassen. Er hatte Isabelle gebeten, ihm Zeit zu geben, um Licht in die Sache zu bringen. Aber was sollte er mit den Erkenntnissen anfangen, die er gewonnen hatte? Das einzig Gute war, dass er mit seinem Besuch bei Smythe verhindert hatte, dass dieser sich an den Computerdaten des SO12 zu schaffen machte, vorausgesetzt, es wäre ihm überhaupt gelungen, sich in das System einzuhacken. Zumindest diese Aktion würde nicht als schwarzer Fleck in Barbaras Personalakte erscheinen. Doch was alles andere betraf… Letztlich wusste er nicht einmal, wie tief sie sich in diesen Schlamassel hineinmanövriert hatte. Es gab nur eine Möglichkeit, das herauszufinden, aber das zu tun widerstrebte ihm zutiefst.

Er war nie jemand gewesen, der Konfrontationen aus dem Weg ging, und er musste sich fragen, warum er jetzt vor dieser zurückschreckte. Die Antwort hatte mit seiner jahrelangen Partnerschaft mit Barbara zu tun. Die Wahrheit lautete, dass sie auf Abwege geraten war, aber er hatte lange genug mit ihr zusammengearbeitet, um zu wissen, dass sie ein gutes Herz hatte. Und wie in Gottes Namen sollte er das alles zurechtbiegen?

LUCCA
ITALIEN

Seit man Salvatore die Leitung der Ermittlung aus der Hand genommen hatte, fühlte er sich wie ein Schiff ohne Hafen. Jeden Tag machte er eine Stippvisite bei den Morgenbesprechungen, die Nicodemo mit seinem Team abhielt; er war ein vertriebener

Polizist, der versuchte, hier und da ein Wort aufzuschnappen, das ihm sagte, wie es um die Ermittlung stand. Zwar war das Mädchen gefunden und wohlbehalten zu seinen Eltern zurückgebracht worden, doch da war noch irgendetwas im Busch, was aufgeklärt werden musste. Leider war Nicodemo Triglia nicht der Mann, der es verstand, diese Aufgabe zu erledigen.

Als er zum fünften Mal in der Tür des Besprechungsraums stand, schaute Ottavia Schwartz ihn an. Er verzog sich, doch zu seiner Freude kam sie fünf Minuten später zu ihm und schimpfte: »*Merda*. Wir kommen keinen Schritt weiter«, was ihn zu seiner Schande noch mehr freute. Er war jedoch professionell genug, um zumindest so zu tun, als stünde er auf Nicodemos Seite, und meinte nur: »Lass ihm Zeit, Ottavia.«

Sie schnaubte. Dann sagte sie: »Daniele Bruno, Commissario.«

»Der Mann, der sich im Parco Fluviale mit Mura getroffen hat.«

»*Sì*. Eine sehr wohlhabende Familie.«

»Die Brunos? Aber keine alteingesessene Familie, oder?« Also Neureiche.

»Der Großvater ist mit einer Firma reich geworden. Fünf Enkel arbeiten im Familienunternehmen. Daniele ist der Verkaufsleiter.«

»Was produzieren die denn?«

»Medizinische Geräte. Sieht so aus, als würden die Geschäfte gut laufen.«

»Inwiefern?«

»Sie wohnen auf einem weitläufigen Anwesen außerhalb von Camaiore, das von einer Steinmauer umgeben ist. Alle sind verheiratet und haben Kinder. Daniele hat drei. Seine Frau ist Stewardess. Sie fliegt auf der Pisa-London-Route.«

Salvatore wurde hellhörig. Eine Verbindung nach London. Das war doch etwas. Vielleicht hatte es ja nichts zu bedeuten, aber es war immerhin etwas. Er bat Ottavia, die Frau unter die

Lupe zu nehmen. Sie solle allerdings diskret vorgehen. »Das kannst du doch, oder, Ottavia?«

»*Certo.*« Sie klang ein bisschen beleidigt. Klar konnte sie das.

Kurz darauf erhielt Salvatore einen Anruf von Inspector Lynley. Der Londoner behauptete, er könne den neuen Leiter der Ermittlung nicht erreichen. Ob Salvatore ein paar Informationen an seinen Kollegen weiterleiten könne, auf die sie in London gestoßen waren? Salvatore las zwischen den Zeilen und verstand sofort, dass Lynley so freundlich war, ihn auf dem Laufenden zu halten. Er spielte mit und versicherte Lynley, dass er Triglia selbstverständlich alle Informationen geben würde.

»Viel ist es nicht«, sagte Lynley. Der Londoner Privatdetektiv, den Di Massimo genannt hatte, behauptete, er habe den Italiener angeheuert, um das Mädchen in Pisa zu suchen, doch Di Massimo habe behauptet, die Spur habe sich auf dem Flughafen verloren. Lynley werde Salvatore eine Kopie der Aussage schicken. »Er behauptet«, sagte Lynley, »alles Weitere sei auf Initiative von Di Massimo geschehen, und er, Doughty, wisse nichts darüber. Leider gibt es nichts, was das Gegenteil beweist.«

»Wie ist es möglich, dass keine Beweise existieren?«

»Der Detektiv hat die Dienste eines Computerspezialisten in Anspruch genommen. Gut möglich, dass der alle oberflächlichen Spuren einer Verbindung zwischen den beiden getilgt hat. Sie sind weiß der Himmel wo in einem tief verborgenen Sicherungssystem gespeichert, und wir werden sie ganz bestimmt irgendwann finden, aber ich glaube, Sie müssen sich auf Ihre eigenen Erkenntnisse verlassen, wenn Sie diesen Fall bald abschließen wollen. Und egal, welche Beweise Sie finden, Salvatore, sie müssen hieb- und stichfest sein.«

»Natürlich«, sagte Salvatore. »Vielen Dank, Inspector. Aber Sie wissen ja, dass ich das nicht mehr in der Hand habe.«

»Ich habe allerdings den Verdacht, dass Sie die Sache nicht aus dem Kopf bekommen.«

»Da vermuten Sie richtig«, erwiderte Salvatore.

»Ich werde Sie regelmäßig informieren. Sie können dann selbst entscheiden, was Sie an Triglia weiterleiten.«

Salvatore lächelte. Der Engländer war in Ordnung. Er berichtete Lynley von der Frau eines gewissen Daniele Bruno, die als Stewardess auf der Pisa-London-Route arbeitete.

»Jede Verbindung nach London muss überprüft werden«, sagte Lynley. »Geben Sie mir den Namen der Frau, ich werde sehen, was ich tun kann.«

Salvatore nannte ihm den Namen. Sie kamen überein, einander auf dem Laufenden zu halten, und verabschiedeten sich. Weniger als fünf Minuten später hatte er eine neue Information.

LUCCA
TOSKANA

Die Information kam von Brigadiere Mirenda und wurde von einem Boten gebracht. Es handelte sich um die Kopie eines Originals, der Mirenda eine Nachricht beigelegt hatte, in der sie erklärte, eine gründliche Durchsuchung der Scheune hinter der Villa Rivelli habe das Beweismittel zutage gefördert. All das stand auf dem ersten von drei zusammengetackerten Blättern.

Das zweite Blatt war eine Fotokopie einer auseinandergeklappten Grußkarte, so dass man Vorder- und Rückseite nebeneinander betrachten konnte: auf der Vorderseite war nur ein gelbes Smiley zu sehen, ohne gedruckte Grußbotschaft.

Das dritte Blatt war eine Fotokopie der aufgeklappten Innenseite der Grußkarte. Sie enthielt eine handschriftliche Botschaft. Auf Englisch. Salvatore verstand zwar nicht alles, aber immerhin einige Schlüsselwörter, unter anderem *hab keine Angst* und *bringt dich zu mir*. Die Anrede lautete *Liebe Hadiyyah*, und die

Botschaft war unterschrieben mit *Dad*. Salvatores Herz begann zu klopfen.

Er rief sofort bei Lynley an. Eigentlich hätte er als Allererstes mit Nicodemo Triglia reden müssen, nicht nur, weil er etwas in der Hand hielt, was für die Ermittlung entscheidend sein konnte, sondern auch, weil Triglia im Gegensatz zu ihm Englisch sprach. Aber er sagte sich, eine Hand wäscht die andere, und als Lynley sich meldete, las er ihm vor, was auf der Karte stand:

Hab keine Angst, mit dem Mann zu gehen, der dir diese Karte gibt. Er wird dich zu mir bringen.
Dad

»Das ist ja nicht zu fassen«, meinte Lynley atemlos, dann fuhr er fort: »Interessant wäre noch die Handschrift. Ist der Text denn überhaupt von Hand geschrieben?«

Allerdings, sagte Salvatore. Sie würden also eine Schriftprobe des Professors brauchen. Ob der Inspector sich darum kümmern könne? Ob er eine Schriftprobe nach Lucca faxen könne? Ob er ...

»Selbstverständlich«, sagte Lynley. »Aber ich nehme an, Sie können viel schneller an eine Schriftprobe kommen, Salvatore.« Taymullah Azhar musste in dem Hotel, in dem er in Lucca gewohnt hatte, ein Anmeldeformular ausgefüllt haben. Er brauche sich nur an Signora Vallera zu wenden. Es würden zwar nur wenige Wörter sein, aber vielleicht würden die ja ausreichen.

Salvatore sagte, er werde das sofort erledigen. Und in der Zwischenzeit würde er eine Kopie des Materials, das er eben erhalten hatte, an Lynley schicken.

»Und das Original?«, wollte Lynley wissen.

»Das hat Brigadiere Mirenda.«

»Sagen Sie ihr, sie soll es um Himmels willen in Sicherheit bringen.«

Salvatore ging zu Fuß zur Pensione Giardino. Es war eine etwas verrückte Abmachung mit dem Schicksal. Wenn er mit dem Auto fuhr, würde er in dem Hotel keine Schriftprobe von Hadiyyah Upmans Vater vorfinden. Ging er zu Fuß – und zwar schnell –, würde er etwas finden, womit er den Schreiber der Karte als Taymullah Azhar identifizieren konnte.

Das *anfiteatro* lag im strahlenden Sonnenschein, und es herrschte reichlich Trubel. Mitten auf dem Platz umringte eine große Gruppe Touristen ihren Reiseführer, Leute gingen in den Souvenirläden ein und aus, und die meisten Tische der Restaurants und Cafés waren besetzt. Die Hochsaison hatte begonnen, und in den kommenden Wochen würde Lucca sich immer mehr füllen mit Reisegruppen, die die vielen Kirchen und Plätze der Stadt erkundeten.

Die hochschwangere Besitzerin der Pensione Giardino war gerade beim Fensterputzen, neben sich ein kleines Kind in einem Kinderwagen. Sie legte sich mächtig ins Zeug, und ihre Haut war von einem feinen Schweißfilm überzogen.

Salvatore stellte sich höflich vor und fragte sie nach ihrem Namen. Sie sei Signora Cristina Grazia Vallera, und sie erinnere sich an die beiden Engländer, die in der Pension gewohnt hatten. Ein Polizist und der verzweifelte Vater des kleinen Mädchens, das entführt worden war. Aber Gott sei Dank sei ja alles gut ausgegangen, nicht wahr? Das Kind war wohlbehalten zu seinen Eltern zurückgebracht worden. Die Zeitungen hatten ausführlich über die tragische Geschichte berichtet.

Sì, sì, murmelte Salvatore. Er erklärte Signora Vallera, er sei gekommen, um ein paar abschließende Details zu klären, und er würde sich gern das Anmeldeformular ansehen, das der Vater des Mädchens ausgefüllt habe. Falls der Mann darüber hinaus irgendetwas Schriftliches hinterlassen habe, wäre das auch sehr hilfreich.

Signora Vallera trocknete sich die Hände an einem blauen Handtuch ab, das sie sich in den Schürzenbund gesteckt hatte, und nickte. Sie schob den Kinderwagen in den abgedunkelten, kühlen Empfangsbereich der Pension und bot Salvatore an, im Frühstücksraum Platz zu nehmen, während sie die gewünschten Unterlagen heraussuchte. Sie fragte, ob er einen *caffè* wolle. Er lehnte dankend ab, erbot sich jedoch, sich so lange um das Kind zu kümmern.

»Wie heißt es denn?«, fragte er, während er seinen Schlüsselbund über dem Kinderwagen klimpern ließ.

»Graziella.«

Graziella zeigte sich nicht sonderlich begeistert von Salvatores Schlüsselbund. Wenn sie erst alt genug war, dachte er, dann würde sie sicher begeistert sein, wenn man ihr einen Autoschlüssel vor die Nase hielt. Jetzt betrachtete sie das komische Ding nur mit neugierigem Blick.

Kurz darauf kam Signora Vallera zurück. Sie hatte ein Anmeldebuch dabei, in das ihre Gäste ihren Namen, ihre Postadresse und – wenn sie es wünschten – ihre E-Mail-Adresse eintrugen. Außerdem hatte sie eine der Karten mitgebracht, die in den Zimmern auslagen mit der Bitte an die Gäste, Kommentare zu ihrem Aufenthalt zu machen, damit die Signora sich in Zukunft noch besser auf die Wünsche ihrer Gäste einstellen konnte.

Salvatore bedankte sich und nahm das Buch und die Karte mit an einen Tisch vor dem Fenster, das die Signora gerade geputzt hatte. Er nahm die Kopien, die Brigadiere Mirenda ihm hatte zukommen lassen, aus seiner Tasche. Zuerst verglich er die Kopie der handschriftlichen Botschaft mit dem Eintrag im Anmeldebuch und dann mit der Karte. Taymullah Azhar bedankte sich dort bei Signora Vallera für ihre Liebenswürdigkeit und versicherte, er habe alles zu seiner Zufriedenheit vorgefunden, wünsche sich nur, dass ihn bei einem nächsten Aufenthalt in Lucca ein anderer Grund hierherführen würde.

Die Karte erwies sich als sehr nützlich. Er legte sie neben die Kopie der Grußkarte. Er war kein Schriftexperte, aber das brauchte er auch nicht zu sein. Die Handschrift war identisch.

8. Mai

CHALK FARM
LONDON

Nachdem Barbara Havers zum siebten Mal bei Taymullah Azhar angerufen und schon wieder nur den AB erreicht hatte, der sie bat, eine Nachricht zu hinterlassen, fuhr sie nach Hause. Sie war geladen. Diesmal hatte sie keine Nachricht hinterlassen, denn auf ihre sechsmalige Bitte: »Azhar, rufen Sie mich sofort zurück«, hatte er nicht reagiert. Offenbar hatte er nicht vor, sich bei ihr zu melden, oder aber er war bereits auf dem Weg nach Italien.

Jemand aus Lucca hatte Lynley auf dessen Handy angerufen. Barbara hatte gesehen, wie er das Gespräch entgegengenommen hatte, und sie hatte gesehen, wie sein Gesichtsausdruck sich blitzschnell geändert hatte. Und ihr war auch nicht entgangen, dass er ihr beim Verlassen des Raums einen Blick zugeworfen hatte.

Sie war ihm gefolgt. Und hatte gesehen, was zu erwarten gewesen war: Er war auf dem Weg zum Chefzimmer.

Das alles bedeutete nichts Gutes. Und auch alles, was dem vorangegangen war, bedeutete nichts Gutes.

Seit zwei Tagen rief Bryan Smythe sie in Abständen an, um ihr mitzuteilen, dass seine Versuche, sich ins Computersystem des SO12 einzuhacken, bisher erfolglos gewesen waren. Er hatte ihr erklärt, er sei das Problem auf jede erdenkliche Weise angegangen, aber offenbar waren die Computer des SO12 unüberwindbar. Um sich in Personalakten und die nationale Datenbank der britischen Polizei einzuhacken, brauche man nicht unbedingt ein Genie zu sein. Aber Dokumente, die unter dem Schutz der Antiterrorismus-Abteilung standen… Vergessen Sie's, Sergeant. Unmöglich. Wir reden hier über die nationale Sicherheit. Diese Typen arbeiten mit dem MI5 zusammen, die lassen keine Lücken in ihrem System zu.

Barbara glaubte ihm nicht. Etwas in seiner Stimme sagte ihr, dass da was faul war.

Dann hatte er in ziemlich forschem Ton gesagt, er habe ja nun alles in seiner Macht Stehende versucht, daher wolle er jetzt seine Sicherungskopien zurückhaben, die sie immer noch mit sich herumtrug.

Es war seine Forschheit, die ihn verriet. Aber ihr »So funktioniert das nicht, Bryan« hatte sie nicht weitergebracht.

»Wir stecken beide bis zum Hals in dieser Sache drin, und ich schlage vor, dass keiner dem anderen krumm kommt«, hatte er geantwortet.

Mehr hatte er nicht zu sagen brauchen. Allein die Tatsache, dass er ihr einen solchen Vorschlag machte, obwohl *sie* es war, die über Beweismaterial verfügte, das *ihn* in den Knast bringen könnte, ließ vermuten, dass er ebenfalls etwas gegen sie in der Hand hatte, und zwar nicht so etwas Harmloses wie Doughty, nämlich Videos, die lediglich ihre unbedenklichen Gespräche mit dem Mann dokumentierten.

»Was ist los, Bryan?«, fragte sie gereizt.

»Geben Sie mir die USB-Sticks, dann verrate ich es Ihnen.«

»Versuchen Sie tatsächlich, mich zu erpressen?«

»Mitgefangen, mitgehangen«, erwiderte er ungerührt. »Anders ausgedrückt – es hat sich etwas geändert.«

»Dann frage ich noch einmal: Was ist los?«

»Und ich antworte dasselbe: Geben Sie mir die USB-Sticks zurück.«

»Sie wollen mir doch nicht erzählen, dass das Ihre einzigen Sicherungskopien sind, Bryan. Ein Typ wie Sie? So ein Fehler würde Ihnen nicht unterlaufen.«

»Darum geht es nicht.«

»Genau darum geht es.«

»Es geht um die Fehler, die *Sie* gemacht haben, nicht um die, die Sie mir unterstellen. Ende der Debatte.«

Das war sein letztes Wort gewesen. Sie zerbrach sich den Kopf darüber, ob er, was ihre angeblichen Fehler anging, bluffte. Sie an seiner Stelle hätte sich bis in die Hölle und zurück geblufft. Aber an seiner Stelle hätte sie auch gewusst, dass sie die Informationen auf den USB-Sticks tausendfach kopieren könnte, wenn sie wollte – also warum wollte er sie unbedingt zurückhaben?

Und was spielte das überhaupt für eine Rolle, da er ja genau wusste, dass sie ihm die Dinger unmöglich zurückgeben konnte. Wenn sie das täte, hätte sie nichts mehr gegen ihn in der Hand. Sie sagte: »Ich behalte, was ich habe, bis Sie unser kleines Problem mit dem SO12 gelöst haben. Ich glaube Ihnen nicht, dass Sie das nicht können, und ich glaube auch nicht, dass Sie keine Freunde in den entsprechenden Positionen haben. Wenn Sie's nicht selber schaffen, dann kennen Sie eben einen, der es schafft. Also hängen Sie sich gefälligst ans Telefon und finden Sie einen, der schlauer ist als Sie.«

»Sie haben mich nicht verstanden«, sagte er. »Wenn ich das mache, bin ich erledigt. Und Sie übrigens auch, und darüber sollten Sie sich mal Gedanken machen, Sergeant. Habe ich mich klar genug ausgedrückt? Wenn ich diese Flugtickets ändere, sind Sie erledigt, Sergeant. Wenn Sie meine Sticks nicht rausrücken, sind Sie ebenfalls erledigt. Sie sind sowieso so gut wie erledigt, ebenso wie ich, aber der einzige Beweis sind diese Sicherungskopien, und wenn Sie damit erwischt werden, dann sind Sie endgültig erledigt. Weil die Dinger beweisen, was ich denen schon gesagt habe, wie deutlich muss ich noch werden, damit Sie das kapieren? Ich verdiene mein Geld mit dem, was ich tue, und es ist zugegebenermaßen illegal. Was Sie dagegen tun, ist nicht das, womit Sie normalerweise Ihr Geld verdienen. Aber die Sache ist aufgeflogen, und wenn Sie auch nur einen Funken Verstand besitzen, dann geben Sie mir meine USB-Sticks zurück und sorgen dafür, dass niemand eine Kopie von dem Zeug hat, was da drauf ist.«

Ihre Gedanken rasten. In Bezug auf Doughty und seine Supermannschaft hatte sie in ihren Berichten an Lynley, als der in Italien gewesen war, höllisch aufgepasst. Von Smythe wusste Lynley überhaupt nichts. Sie hatte an den Tagen, an denen sie Smythe aufgesucht hatte, hundertprozentig darauf geachtet, dass sie die Aufgaben erledigte, die Stewart ihr aufgetragen hatte. Und selbst wenn die Geschichte mit ihrer Mutter ein bisschen heikel war, würde das sicher nichts allzu Schlimmes zur Folge haben. Nein, sie musste weitermachen und dafür sorgen, dass Azhar unbeschadet aus dem Schlamassel herauskam.

»Finden Sie einen, der es hinkriegt, oder machen Sie es selbst, Bryan«, sagte sie. Dann legte sie auf. Sie würde nicht zulassen, dass Azhar wegen Entführung in den Knast kam.

Mit diesem Gedanken im Kopf war sie nach Hause gerast. Sie dankte dem Himmel, als sie Azhars Auto in der Einfahrt stehen sah. Und sie dankte dem Himmel noch einmal, als sie sah, dass die Terrassentüren im Erdgeschoss bei dem schönen Wetter offen standen.

Von der Terrasse aus rief sie seinen Namen. Er trat aus dem Halbdunkel des Schlafzimmers. An seinem Gesichtsausdruck erkannte sie sofort, dass er Bescheid wusste. Lynley hatte ihr zwar versprochen, Azhar nicht sofort zu unterrichten, ihr jedoch auch gesagt, dass die Italiener wahrscheinlich versuchen würden, Kontakt zu ihm aufzunehmen. Oder Lorenzo Mura. Jedenfalls sah es ganz so aus, als sei er bereits informiert worden.

»Commissario Lo Bianco hat mich nur aus Gefälligkeit angerufen«, hatte Lynley ihr erklärt.

»Hat er irgendwas über Hadiyyah gesagt?«, hatte Barbara ihn gefragt.

»Nur, dass sie vorerst bei Mura bleibt.«

»Herrgott noch mal, wie konnte das passieren?«, fragte sie. »Wir leben doch nicht im neunzehnten Jahrhundert, verdammt. Heutzutage stirbt doch keine Frau an Morgenübelkeit.«

»Darin sind wir uns alle einig.«

»Was bedeutet?«

»Es wird eine Autopsie geben.«

Als Taymullah Azhar jetzt auf sie zukam, sagte Barbara: »Verflucht, Azhar. Was ist mit ihr passiert?«

Dann nahm sie ihn, ohne nachzudenken, in die Arme. Er fühlte sich hölzern an. Er sagte: »Sie wollte nicht hören. Lorenzo wollte, dass sie im Krankenhaus blieb, aber sie hat sich geweigert. Sie dachte, sie wüsste am besten, was gut für sie war.«

»Wie geht es Hadiyyah? Haben Sie mit ihr gesprochen?« Sie ließ ihn los und schaute ihn an. »Wer hat Sie angerufen? Lorenzo?«

Er schüttelte den Kopf. »Ihr Vater.«

»O mein Gott.« Barbara wagte kaum, sich vorzustellen, wie das Gespräch abgelaufen war. Wahrscheinlich in der Art: »Sie ist *tot*, du Scheißkerl, und da sie nur deinetwegen nach Italien gezogen ist, wünsche ich dir, dass du an dem Champagner erstickst, den du dir jetzt gönnst.«

»Aber *woran* ist sie denn gestorben?« Barbara führte Azhar ins Wohnzimmer, drückte ihn aufs Sofa und setzte sich neben ihn. Er wirkte immer noch wie benommen. Sie legte ihm eine Hand auf den Arm.

»Nierenversagen«, sagte er.

»Wie zum Teufel ist das denn möglich? Warum haben die Ärzte nicht rechtzeitig reagiert? Sie muss doch entsprechende Symptome gehabt haben.«

»Ich weiß es nicht. Offenbar hatte sie eine schwierige Schwangerschaft. Bei Hadiyyah war es genauso. Als es ihr immer schlechter ging, dachte sie, sie hätte etwas gegessen, was ihr nicht bekommen war. Nach einer Weile hat sie sich wieder er-

holt – oder sie hat es zumindest behauptet. Aber ich glaube…
Es hat mit Hadiyyah zu tun.«

»Ihre Krankheit?«

»Nein, dass sie nicht im Krankenhaus bleiben wollte. Dass sie darauf bestanden hat, nach Hause zu gehen. Wie konnte sie im Krankenhaus bleiben, solange Hadiyyah verschwunden war? Für sie zählte nur Hadiyyah, da spielte ihre Gesundheit keine Rolle. Aber als Hadiyyah endlich wieder bei ihr war, ist sie wieder krank geworden, und da war es zu spät. Es ging ihr viel schlechter, als alle geglaubt haben.« Er schaute sie an. Sein Blick war leer. »Mehr weiß ich nicht, Barbara.«

»Haben Sie mit Hadiyyah gesprochen?«

»Ich habe sofort angerufen. Er hat es nicht erlaubt.«

»Wer? Lorenzo? Das ist doch vollkommen verrückt. Welches Recht hat der denn, Sie daran zu hindern…« Sie brach ab. Dann fragte sie: »Was passiert jetzt mit Hadiyyah, Azhar?«

»Angelinas Eltern fliegen nach Italien. Bathsheba auch. Ich nehme an, sie sind bereits unterwegs.«

»Und Sie?«

»Ich war gerade beim Kofferpacken, als ich Ihre Stimme hörte.«

LUCCA
TOSKANA

Nicodemo Triglia war nicht weiter beunruhigt über den plötzlichen Tod von Angelina Upman, abgesehen davon, dass er ihn tragisch fand. Er hatte den Auftrag, die Entführung ihrer Tochter zu untersuchen, und Nicodemo war ein Mann, der an einem Auftrag klebte wie eine Fliege an einem Honigtropfen. Solange man ihn nicht darüber informierte, dass zwischen den beiden Ereignissen ein Zusammenhang bestand, ging er davon aus, dass es keinen gab. All das wusste Salvatore. Nicodemos Tunnelblick war legendär, was ihn für den Pubblico Ministero sehr nützlich, aber für jeden, der mit ihm zusammenarbeiten musste, unerträglich machte. Diesmal kam Salvatore der Tunnelblick seines Kollegen jedoch sehr gelegen.

Sicherheitshalber hatte er sich mit Cinzia Ruocco an einem öffentlichen Ort verabredet. Rund um die Piazza San Michele gab es zahlreiche Cafés mit Blick auf die weiße Chiesa di San Michele in Foro, und an diesem Tag fand praktischerweise auch noch an der Südseite der Kirche ein Flohmarkt statt. Der Platz war also nicht nur mit Touristen, sondern auch mit Einheimischen gefüllt, die auf dem Flohmarkt auf Schnäppchenjagd waren. So würde niemand mitbekommen, dass er sich mit Cinzia traf.

Am späten Abend hatte Lorenzo Mura ihn über den Tod von Angelina Upman informiert. Der Mann war am Torre Lo Bianco aufgetaucht und die Treppe hochgestürmt. Salvatores Mutter hatte ihn aufs Dach geschickt. Salvatore genoss gerade seinen abendlichen *caffè corretto*, als laute Schritte auf der Treppe ihn aus seiner Ruhe rissen.

Mura war wie von Sinnen. Anfangs hatte Salvatore gar nicht verstanden, wovon er redete. Als er unter Tränen schrie: »Sie ist tot! Tun Sie was! Er hat sie umgebracht!«, hatte Salvatore ihn nur verständnislos angeschaut. Dann hatte er gedacht, es ging um das Kind.

Er fragte: »Wie bitte?«

Lorenzo war auf ihn zugestürmt und hatte ihn am Arm gepackt, als wollte er ihm die Knochen brechen. »Das hat *er* getan. Er schreckt vor nichts zurück, um sein Kind wiederzubekommen. Begreifen Sie denn nicht? Ich *weiß*, dass er es war.«

Da endlich hatte Salvatore begriffen. Lorenzo redete von Angelina. Angelina Upman war irgendwie zu Tode gekommen, und die Trauer brachte Lorenzo fast um.

Aber wie war es möglich, dass die Frau gestorben war?, fragte er sich. Zu Lorenzo sagte er: »Beruhigen Sie sich, Signore.« Dann hatte er ihn zu einer der Bänke geführt, die um den großen Blumenkübel in der Mitte der Dachterrasse standen. »Erzählen Sie.«

Sie sei immer schwächer geworden, sagte Mura. Sie sei lethargisch geworden, habe nichts mehr essen können. Sie habe sich geweigert, die schattige Loggia zu verlassen. Sie habe immer wieder beteuert, es würde ihr bald wieder besser gehen. Dass sie sich nur erholen müsse von den Strapazen, die sie durchgemacht hatte, als Hadiyyah verschwunden war. Aber dann war es ihm nicht gelungen, sie aus ihrem Mittagsschlaf zu wecken. Er hatte sofort einen Krankenwagen gerufen. Und am nächsten Morgen war sie gestorben.

»Das hat *er* ihr angetan«, schluchzte Lorenzo. »Tun Sie etwas, in Gottes Namen.«

»Aber Signor Mura«, hatte Salvatore gesagt. »Wie soll denn jemand ihr das angetan haben? Wie soll der Professor da seine Hand im Spiel haben? Er befindet sich in London. Schon seit Tagen. Was sagen denn die Ärzte?«

»Was spielt es denn für eine Rolle, was die sagen?«, rief Lorenzo. »Er hat ihr etwas zu essen gegeben, sie vergiftet. Er hat unser Wasser vergiftet mit irgendwas, das später wirkt, so dass sie erst gestorben ist, als er schon wieder in London war.«

»Aber Signor Mura …«

»Nein!«, schrie er. »Hören Sie mir doch zu! Er tut so, als hätte er mit Angelina Frieden geschlossen. Das konnte er ganz einfach machen, weil er ihr das Gift schon verabreicht hatte, und er brauchte nur noch zu warten … zu warten … Und kaum war er weg, ist sie gestorben. Genauso ist es passiert. Sie müssen etwas unternehmen!«

Also hatte Salvatore ihm versprochen, der Sache nachzugehen. Cinzia Ruocco war sein erster Schritt. So ein plötzlicher Todesfall … Es würde eine Autopsie durchgeführt werden. Angelina Upman war in ärztlicher Behandlung gewesen, ja, aber bei einem Gynäkologen, und der würde nicht unterschreiben, dass eine seiner Patientinnen an ihrer Schwangerschaft gestorben war. Also hatte Salvatore beschlossen, sich mit Cinzia Ruocco, der Gerichtsmedizinerin zu treffen.

Salvatore erhob sich, als er Cinzia in der Menge auf der Piazza näher kommen sah. Gott, dachte er wie jedes Mal, wenn er ihr begegnete, wie konnte es sein, dass eine so schöne Frau Leichen aufschnitt. Sie war eine Frau, die bereit gewesen war, ihre Schönheit zu opfern, und die sich nichts daraus machte, wenn alle das Ergebnis sahen, so wie jetzt. Sie trug ein ärmelloses Kleid, so dass die Narben von der Säure, die sie sich über den Arm geschüttet hatte, deutlich zu sehen waren. Mit dieser Selbstverstümmelung war sie der Ehe entgangen, die ihr Vater in Neapel für sie arrangiert hatte. Sie sprach nie darüber, aber Salvatore hatte ein bisschen recherchiert und wusste von den Beziehungen ihrer Familie zur Camorra. Er hatte schnell begriffen, dass Cinzia Ruocco sich von niemand etwas vorschreiben ließ.

Salvatore hob eine Hand, um sich bemerkbar zu machen. Sie nickte knapp und kam auf ihn zu, ohne die Blicke der Passanten zu bemerken, die von ihrem perfekten Gesicht zu ihrem verunstalteten Arm wanderten. Ihre Hand hatte sie nicht mit Säure überschüttet. Sie war zwar verzweifelt gewesen, aber nicht dumm.

»Danke, dass du gekommen bist«, sagte Salvatore zur Begrüßung. Sie war eine vielbeschäftigte Frau, und dass sie sich Zeit für ihn genommen hatte, war ein echter Freundschaftsdienst.

Sie setzte sich und nahm eine Zigarette von ihm an. Er gab ihr Feuer, steckte sich selbst eine an und winkte einem Kellner, der in der Tür des Cafés stand. Cinzia bestellte einen *cappuccino*, Salvatore noch einen *caffè macchiato*. Als der Kellner fragte, ob sie auch ein *dolce* wollten, schüttelten beide den Kopf.

Cinzia lehnte sich zurück und ließ den Blick über die Piazza wandern. In einem Säulengang auf der gegenüberliegenden

Seite waren ein Gitarrist, ein Geiger und ein Akkordeonspieler dabei, ihre Instrumente und Notenständer aufzubauen. Neben ihnen füllte ein Blumenverkäufer Blecheimer mit frischen Blumen.

»Lorenzo Mura war gestern Abend bei mir«, sagte Salvatore. »Was ist passiert?«

Cinzia zog an ihrer Zigarette. Wie in einem Film aus den fünfziger Jahren machte sie aus dem Inhalieren des Rauchs einen glamourösen Akt. Sie sagte: »Ah, Signora Upman, nicht wahr? Sie ist an Nierenversagen gestorben, Salvatore. Sie hatte sowieso Nierenprobleme, und dann die Schwangerschaft…« Sie schnippte die Asche von ihrer Zigarette. »Ärzte wissen auch nicht alles. Wir vertrauen ihnen, anstatt einfach auf unseren Körper zu hören. Sie hatte ihrem Arzt ihre Symptome geschildert: Erbrechen, Durchfall, Dehydrierung. Wahrscheinlich hatte sie irgendwas gegessen, was ihr nicht bekommen war, meinte er, dazu die Morgenübelkeit. Da sie sowieso ein bisschen geschwächt war, war sie anfällig für Infektionen. Man sagt ihr, sie soll viel trinken, fragt nach erblichen Vorbelastungen, macht ein paar Tests und verschreibt ihr zur Sicherheit noch ein Antibiotikum.« Wieder zog sie an ihrer Zigarette und schnippte die Asche in den Aschenbecher auf dem Tisch. »Ich vermute, er hat sie umgebracht.«

»Signor Mura?«

Sie sah ihn an. »Nein, Salvatore, ich rede von dem Arzt.«

Er schwieg, während ihr Kaffee serviert wurde. Der Kellner ließ es sich nicht entgehen, einen Blick auf Cinzias Busen zu werfen und Salvatore zuzuzwinkern. Als Salvatore die Brauen zusammenzog, verzog der Kellner sich eilends.

Salvatore fragte: »Wie denn?«

»Ich vermute, durch seine Behandlung. Überleg doch mal: Eine Schwangere geht ins Krankenhaus. Sie berichtet dem Arzt von ihren Symptomen: Sie kann nichts bei sich behalten, sie ist geschwächt, sie ist dehydriert. Sie hat Blut im Stuhl. Das lässt doch vermuten, dass da mehr im Spiel ist als Morgenübelkeit.

Aber keiner ihrer Angehörigen ist krank – ein wichtiger Punkt, mein Freund –, und kein anderer Patient kommt mit denselben Symptomen. Der Arzt stellt also eine Vermutung auf, und darauf basierend macht er einen Behandlungsplan. Normalerweise würde diese Behandlung sie nicht umbringen. Sie würde die Frau vielleicht nicht gesund machen, sie aber auch nicht umbringen. Ihr Zustand verbessert sich, sie geht nach Hause. Doch dann kehrt die Krankheit zurück und zwar doppelt so schlimm wie zuvor. Und dann stirbt sie.«

»Gift?«, fragte Salvatore.

»Möglich«, antwortete Cinzia, doch sie wirkte nachdenklich. »Aber ich glaube, es handelt sich nicht um die Art von Gift, an die wir normalerweise denken, wenn wir das Wort benutzen. Weißt du, unter Gift stellen wir uns etwas vor, was man irgendwo reintut: ins Essen, ins Wasser, in die Luft, die wir atmen, in irgendwas, das wir normalerweise zu uns nehmen. Wir denken nicht an etwas, was in unserem Körper produziert wird wegen eines Fehlers, den Ärzte machen, diese fehlbaren Menschen, denen wir vertrauen.«

»Willst du damit sagen, dass etwas, was die *Ärzte* gemacht haben, in ihrem Körper ein Gift produziert hat?«

Cinzia nickte. »Genau das will ich sagen.«

»Ist so was möglich, Cinzia?«

»Allerdings.«

»Kann man das nachweisen? Kann man Signor Mura beweisen, dass niemand am Tod seiner Frau schuld ist? Ich meine, dass niemand sie absichtlich vergiftet hat. Kann man das beweisen?«

Sie schaute ihn an, während sie ihre Zigarette ausdrückte. »Ach, Salvatore«, sagte sie. »Du verstehst mich falsch. Dass niemand an ihrem Tod schuld ist? Dass das nur ein schrecklicher Fehler auf Seiten ihrer Ärzte war? Das ist es nicht, was ich gesagt habe, mein Freund.«

11. Mai

LUCCA
TOSKANA

Sie war nicht katholisch gewesen, aber die Familie Mura war
sehr einflussreich, und so bekam sie ein eindrucksvolles katho-
lisches Begräbnis auf dem Cimitero Urbano di Lucca. Aus Respekt gegenüber der Familie Mura ging Salvatore zu der Beerdigung, aber auch um Lorenzo zu zeigen, dass er Angelina
Upmans Tod ernsthaft untersuchte. Und es gab noch einen
weiteren Grund für seine Teilnahme: Er wollte das Verhalten
der Trauergäste beobachten. Aus einiger Entfernung machte
Ottavia Schwartz in Salvatores Auftrag heimlich Fotos von allen
Anwesenden.

Unter den Trauergästen gab es drei Lager: die Muras und deren Freunde und Bekannte, dann die Upmans und schließlich
Taymullah Azhar. Die erste Gruppe war riesig, entsprechend der
Größe der Familie und ihrem Einfluss in Lucca. Die Upmans
waren zu viert: die Eltern der Toten, ihre Zwillingsschwester
samt Ehemann. Taymullah Azhar war mit Hadiyyah dort. Das
arme Mädchen war vollkommen verwirrt, sie begriff nicht, was
mit ihrer Mutter geschehen war. Am Grab klammerte sie sich an
die Hand ihres Vaters. Das Unverständnis stand ihr ins Gesicht
geschrieben. Ihre Mummy hatte Bauchweh gehabt und sich im
Säulengang auf die Chaiselongue gelegt. Dann war sie eingeschlafen. Und nicht wieder aufgewacht.

Salvatore dachte an seine Tochter Bianca, die in Hadiyyahs
Alter war. Während er Hadiyyah betrachtete, betete er, dass Bir-

git niemals etwas zustoßen möge. Wie erholte sich eine Neunjährige von solch einem Verlust? Das arme Kind... erst entführt und dieser verrückten Domenica Medici ausgeliefert und jetzt das...

Der Gedanke führte ihn unausweichlich zu dem pakistanischen Professor. Salvatore betrachtete Taymullah Azhars ernstes Gesicht. Ließ alles Revue passieren, was zu dieser Situation geführt hatte, in der seine Tochter sich an ihn klammerte. Jetzt war sie eine Halbwaise und gehörte wieder ganz ihm. Er brauchte sie nicht länger mit ihrer Mutter zu teilen, es würde kein Hin und Her zwischen London und Italien geben, keine Besuche, die zu schnell endeten. War dies das Ergebnis zufälliger und unzusammenhängender Ereignisse, oder war es das, als was es erschien: der günstige Ausgang eines Streits um ein Kind?

Lorenzo Mura war offenbar von Letzterem überzeugt. Seine Schwester und ihr Mann mussten ihn festhalten, damit er sich nicht am offenen Grab auf Azhar stürzte. *Stronzo!*, schrie er. Du verdammtes Stück Scheiße! Du wolltest ihren Tod, jetzt hast du, was du wolltest! Jemand soll den Mann festnehmen, verdammt noch mal!

Es war ein ungehöriges Benehmen auf einer Beerdigung, aber es passte zu Muras aufbrausendem Temperament. Er hatte plötzlich die Frau verloren, die er liebte, sein ungeborenes Kind... und mit den beiden die Zukunft, die Angelina und er gemeinsam geplant hatten. Die Engländer am Grab wahrten auch angesichts dieser Tragödie die Form, aber ein Italiener? Nein. Solche Reaktionen waren nur natürlich. Ungerührtheit angesichts der Situation war unmenschlich. Salvatore wünschte nur, Angelinas Tochter müsste nicht mit ansehen und hören, was Lorenzo ihrem Vater über das Grab hinweg an den Kopf warf.

Muras Familie schien dasselbe zu denken. Seine Schwester bugsierte Lorenzo vom Grab weg, und seine Mutter zog ihn an ihren üppigen Busen. Schon bald war er von Verwandten umringt, und die ganze Familie bewegte sich mit Lorenzo in der Mitte zum großen Eingangstor des Friedhofs, wo sie ihre Wagen geparkt hatten.

Die Upmans näherten sich Azhar. Salvatores Englisch war nicht gut genug, um alles zu verstehen, was gesprochen wurde, aber ihre Gesichter sagten alles. Sie hassten diesen Mann, und sie interessierten sich nicht für das Kind, das er mit der Verstorbenen gehabt hatte. Sie betrachteten das Mädchen wie eine Kuriosität. Für Azhar hatten sie nur Abscheu übrig. Zumindest die Eltern. Angelinas Schwester reichte dem Kind die Hand, aber Azhar zog Hadiyyah von ihr fort.

»So geht es zu Ende«, sagte Angelinas Vater zu Azhar. »Sie ist gestorben, wie sie gelebt hat. Ihnen wird es genauso ergehen. Hoffentlich bald.«

Angelinas Mutter schaute Hadiyyah an. Sie öffnete den Mund, doch ehe sie etwas sagen konnte, packte ihr Mann sie am Arm und marschierte mit ihr zum Friedhofsausgang. Die Zwillingsschwester sagte: »Es tut mir leid, dass es so enden musste. Sie hätten ihr das Einzige geben sollen, was sie wollte. Ich denke, Sie wissen das inzwischen.« Dann ging auch sie.

Kurz darauf standen nur noch Salvatore, Taymullah Azhar und Hadiyyah am Grab. Salvatore wünschte, das Mädchen müsste nicht hören, was er gleich sagen würde. Sie hatte an dem Tag schon genug zu hören bekommen, und sie musste nicht unbedingt wissen, auf welche Weise ihr Vater sich verdächtig gemacht hatte.

»Es gibt da ein paar Dinge, die du wissen solltest, Salvatore«, hatte Cinzia Ruocca auf der Piazza San Michele zu ihm gesagt. »Im Bauchraum dieser Frau haben wir etwas sehr Merkwürdiges gefunden. Bisher will noch niemand darüber reden, aber man nennt es Biofilm.«

»Und was ist das? Etwas Schädliches?«

»Eine Schleimschicht«, sagte sie und bildete zur Demonstration eine Hohlfläche mit der Hand. »In diesem Fall eine äußerst seltsame Art. Sie war… sie war weit entwickelt. Sie hätte nicht da in ihrem Bauch sein dürfen. Und eins sage ich dir, mein Freund. Sie findet sich nur da und nirgendwo anders. Und das kann eigentlich gar nicht sein.«

Er war verwirrt gewesen. Die Schleimschicht hätte nicht in Angelinas Bauch sein dürfen. Sie war sonst nirgendwo. Aber sie hätte auch woanders sein müssen. Was für eine Art medizinisches Rätsel war das denn? Er fragte: »Dann ist sie also nicht an Nierenversagen gestorben?«

»Doch, doch. Aber das Nierenversagen wurde absichtlich herbeigeführt.«

»Von diesem… Wie hast du das noch genannt?«

»Biofilm. Nein, der Biofilm – also, diese Schleimschicht in ihrem Bauch – hat den Prozess lediglich in Gang gesetzt. Was sie schließlich umgebracht hat, war ein Toxin.«

»Sie wurde also vergiftet.«

»Ja, sie wurde vergiftet. Aber nicht auf eine Art, die ihre Ärzte hätten erkennen können, weil sie ja schon krank war. Entweder hat jemand großes Glück gehabt, dass er sie auf diese Weise umbringen konnte, oder jemand hat einfach an alles gedacht. Denn normalerweise hätte man angenommen, dass sie eines natürlichen Todes gestorben wäre, vor allem, weil sie sich schon so lange nicht gut gefühlt hatte. An ihrem Tod war jedoch überhaupt nichts natürlich. Es war eine Kettenreaktion, die unweigerlich zu ihrem Tod führen musste.«

Und deswegen würde Salvatore tun, was er tun musste. Er ging zu Taymullah Azhar hinüber.

CHALK FARM
LONDON

Barbara hielt Wache. Nachdem sie von der Arbeit gekommen
war, hatte sie als Erstes bei Azhar angeklopft. Er hatte vorgehabt, nach der Beerdigung sofort mit Hadiyyah nach London
zurückzukehren, seine Tochter wieder in ihre gewohnte Umgebung zurückzubringen. Aber die beiden waren noch nicht da.

Anfangs war sie nicht beunruhigt. Die Beerdigung hatte am
Vormittag stattgefunden, wahrscheinlich hatte es hinterher noch
eine Art Leichenschmaus gegeben. Hadiyyahs Sachen müssten
gepackt werden, die Fahrt nach Pisa würde Zeit in Anspruch
nehmen. Dann die Wartezeit im Flughafen und der Flug selbst,
sie würden also frühestens am Abend in der Wohnung eintreffen.

Aber der Abend kam, es wurde dunkel, und Azhar und
Hadiyyah waren immer noch nicht da. Immer wieder ging Barbara nach draußen, um nachzusehen, ob sie vielleicht angekommen waren und ihr nicht Bescheid gesagt hatten. Um halb zehn
schließlich rief sie Azhar auf dem Handy an.

»Wie ist es gelaufen?«, fragte sie. »Wo sind Sie?«

»Immer noch in Lucca«, sagte er. Er klang erschöpft. »Hadiyyah schläft.«

»Ah. Ich dachte ... Es war bestimmt zu viel für sie, oder?«,
sagte Barbara. »Alles, was sie durchgemacht hat, dann die Beerdigung und auch noch ein Flug nach London ... Daran hatte
ich nicht gedacht. Dann will ich Sie nicht aufhalten. Sie sind bestimmt auch ziemlich erledigt. Wenn Sie wieder hier sind, können wir ...«

»Er hat mir meinen Pass abgenommen, Barbara.«

Ihr blieb fast das Herz stehen. »Wer? Was ist passiert?«

»Commissario Lo Bianco. Nach ... der Beerdigung.«

»Er war da?« Barbara wusste nur zu gut, was es bedeutete,
wenn Polizisten zur Beerdigung eines Menschen gingen, dem
sie nicht persönlich verbunden gewesen waren.

»Ja. In der Kirche und auch auf dem Friedhof. Und da…
Hadiyyah war bei mir, Barbara. Er hat mich zur Seite genommen, und sie hat nicht gehört, was er zu mir gesagt hat, aber sie
wird wissen wollen, warum wir morgen nicht nach Hause fliegen. Was soll ich ihr bloß sagen?«

»Warum hat er Ihnen denn den Pass weggenommen? Egal.
Was für eine dumme Frage. Lassen Sie mich nachdenken.« Aber
es gelang ihr nicht, denn sie landete immer nur bei dem Gedanken, dass Dwayne Doughty dahintersteckte. Um seinen
eigenen Hals zu retten, hatte er irgendjemanden dazu gebracht,
alle Beweise so zu manipulieren, dass es so aussah, als wäre Azhar in die Entführung seiner Tochter verstrickt. Oder vielleicht
hatte Di Massimo das auch eingefädelt, obwohl Azhar behauptet hatte, er hätte noch nie mit dem Mann gesprochen. Oder
Smythe hatte die Finger im Spiel, und der Computerfreak hatte
eine Sicherungskopie seiner Sicherungskopie per Express an
die italienische Polizei geschickt. Oder… Der Himmel wusste,
was passiert war, aber Tatsache war, dass Azhar Italien ohne
seinen Pass nicht verlassen konnte und jetzt in Lucca festsaß,
der Gnade der italienischen Polizei ausgeliefert. »Die haben Sie
doch nicht verhört, oder?«, fragte sie. »Wenn die Sie zu einem
Verhör einbestellen, müssen Sie sich unbedingt einen Anwalt
nehmen, Azhar. Haben Sie das verstanden? Sagen Sie kein Wort
ohne einen Anwalt an Ihrer Seite.«

»Nein, man hat mich nicht zu einem Verhör einbestellt. Aber
ich fürchte, dass Mr Doughty… oder einer seiner Mitarbeiter…
Irgendjemand muss dem Commissario etwas mitgeteilt haben,
was ihn auf die Idee gebracht hat, ich könnte…« Er schwieg
einen Moment, dann fügte er leise hinzu: »Gott, ich hätte es
alles einfach seinen Lauf nehmen lassen sollen.«

»Was seinen Lauf nehmen lassen? Und auf Ihre Tochter verzichten? Wie zum Teufel hätten Sie das denn tun sollen? Angelina hatte sie Ihnen weggenommen. Ist mit ihr verschwunden.
Sie haben getan, was Sie tun mussten, um sie zu finden.«

»Es ist alles schiefgegangen, Barbara. Das ist es, was ich fürchte.«

Sie konnte ihm nicht vormachen, dass seine Sorgen unbegründet waren. Aber wenn die Italiener nicht jemanden nach London geschickt hatten, um mit Doughty zu reden, oder Smythe nicht irgendwie den Italienern gegenüber gesungen hatte, dann war Di Massimo der Einzige, der etwas gesagt haben konnte. Azhar hatte ihr versichert, er habe zu keinem Zeitpunkt Kontakt mit dem italienischen Detektiv gehabt, alles sei zwischen Doughty und Di Massimo direkt abgelaufen, und Bryan Smythe habe anschließend sämtliche Spuren getilgt. Also war anzunehmen, dass die Italiener etwas anderes in der Hand hatten, irgendetwas, was sie nicht von Di Massimo erfahren hatten. Sie musste herausfinden, was das war. Solange sie nicht wusste, was es war, konnten sie nichts planen.

»Hören Sie«, sagte sie zu Azhar. »Morgen früh rufen Sie als Allererstes in der Botschaft an. Und dann besorgen Sie sich einen Anwalt.«

»Aber wenn er mich in die Questura bestellt... was mache ich mit Hadiyyah? Was soll überhaupt aus Hadiyyah werden? Ich bin nicht unschuldig. Wenn ich nicht ihre Entführung...«

»Bleiben Sie, wo Sie sind. Ich melde mich wieder.«

»Was haben Sie vor? Was können Sie denn von London aus bewirken?«

»Ich kann die Informationen besorgen, die wir brauchen. Ohne diese Informationen tappen wir im Dunkeln.«

»Wenn Sie erlebt hätten, wie die uns angesehen haben«, murmelte er. »Nicht nur mich, sondern auch Hadiyyah.«

»Wer? Die Polizei?«

»Die Upmans. Dass ich für diese Leute weniger als Nichts bin, kann ich ertragen. So ist es ja immer gewesen. Aber Hadiyyah... Sie haben sie angestarrt, als hätte sie eine ansteckende Krankheit, als wäre sie eine Missgeburt... Sie ist ein Kind. Sie ist unschuldig. Und diese Leute...«

»Kümmern Sie sich nicht um diese Leute, Azhar«, sagte sie. »Denken Sie nicht darüber nach. Versprechen Sie mir das. Ich melde mich, sobald ich kann.«

Sie legten auf. Den Rest des Abends und bis tief in die Nacht saß Barbara an ihrem Küchentisch, rauchte eine Zigarette nach der anderen und zermartete sich das Hirn darüber, was sie tun konnte, ohne irgendjemandes Unterstützung in Anspruch zu nehmen. Sie wusste, dass ihre Grübeleien zu nichts führen würden, doch sie gab sich ihnen hin, bis sie sich eingestehen musste, dass sie nur eine Möglichkeit hatte.

12. Mai

BELGRAVIA
LONDON

Die Tatsache, dass Isabelle Ardery noch nichts gegen Barbara
Havers unternommen hatte, ließ Lynley vermuten, dass sie ihm
entweder die erbetene Zeit zugestand, um herauszufinden, was
Barbara getrieben hatte, oder dass sie selbst dabei war, Material
gegen Barbara zusammenzutragen. Isabelle war eine Frau, die
gern sah, dass alles glattlief, und Barbara war unbestreitbar eine
Frau, die regelmäßig Sand ins Getriebe streute.

Isabelle hatte natürlich einen Bericht von ihm verlangt. Er informierte sie über sein Gespräch mit Bryan Smythe, erwähnte
jedoch weder etwas von den Flugtickets nach Lahore noch von
dem, was Barbara von Smythe gewollt hatte. Auch dass sie zusammen mit Azhar bei Smythe gewesen war, ließ er unerwähnt.
Was sich als Fehler erweisen sollte.

Sie schob ihm den Bericht über ihren Schreibtisch hinweg zu.
Lynley setzte seine Lesebrille auf, klappte die Mappe auf und las.

John Stewart war im Bilde gewesen über Barbaras und Azhars
Besuch bei Bryan Smythe. Er war nur noch nicht dazu gekommen, seiner Chefin den schriftlichen Bericht darüber auszuhändigen, als Lynley und sie sich am frühen Morgen mit Barbara
getroffen hatten. Auf Lynleys Frage, warum sie noch keine internen Ermittler auf Barbara angesetzt hatte, lautete Isabelles
Antwort: »Ich will erst wissen, wie weit diese Sache reicht«, womit sie zu verstehen gab, dass auch seine Aktivitäten unter die
Lupe genommen werden würden.

»Isabelle, ich gebe zu, dass ich versuche, Gründe zu finden, die Barbaras Verhalten rechtfertigen«, antwortete er.

»Nach Gründen zu suchen ist legitim, Tommy. Der Versuch, ihr Verhalten zu rechtfertigen, nicht. Ich nehme an, du verstehst den Unterschied.«

Er gab ihr Stewarts Bericht zurück. »Und was ist mit John? Mit seinen Gründen? Mit seinen Rechtfertigungen? Wie willst du in seinem Fall vorgehen?«

»Stewart habe ich unter Kontrolle. Du solltest dich da raushalten.«

Er konnte es nicht fassen, was sie da sagte, denn es bedeutete, dass sie DI Stewart tatsächlich auf Barbara *angesetzt* hatte. Wenn das der Fall war, dann ließ Isabelle Barbara absichtlich freie Hand, damit sie sich selbst ans Messer lieferte. Und dass er sich raushalten sollte, war eine eindeutige Warnung. Nicht dass es am Ende hieß: mitgefangen, mitgehangen.

Was jetzt noch fehlte, um Barbara zur Rechenschaft zu ziehen, war Lynleys lückenloser Bericht über das Gespräch, das er mit Bryan Smythe geführt hatte. Denn Stewart war zwar im Bilde darüber, wo Barbara sich wann aufgehalten hatte und mit wem sie gesprochen hatte, aber er hatte keine Ahnung, was sie im Schilde führte. Das wussten nur Barbara und Lynley.

Im Speisezimmer war der Frühstückstisch für ihn gedeckt, die Zeitung lag säuberlich gefaltet neben dem Besteck, und aus der Küche duftete es nach frischem Toast, über den Charlie Denton aufmerksam wachte. Es war ein herrlicher Frühlingsmorgen, und vom Fenster aus hatte er gesehen, wie wunderbar die Rosen in seinem Garten blühten. Er ging nach draußen, um sie sich aus der Nähe anzusehen. Es war das erste Mal seit Helens Tod, dass er sich in den Garten traute, den sie so sehr geliebt hatte. Auch niemand anders war seitdem im Garten gewesen.

Zwischen den Rosensträuchern stand ein Eimer. Er war gefüllt mit abgeschnittenen Zweigen. Über dem Rand hing eine kleine Astschere, die nach einem Jahr im Freien völlig verrostet war. Helen war ermordet worden und nicht mehr dazu gekommen, alle Rosensträucher zu beschneiden.

Lynley musste daran denken, wie oft er sie vom Fenster der Bibliothek im ersten Stock aus beim Werkeln beobachtet hatte. Häufig war er dann zu ihr in den Garten gegangen, und ihm war, als könnte er sie selbst jetzt auf ihre typische, selbstironische Art zu ihm sprechen hören. *Tommy, Darling, das ist wahrscheinlich die einzige Art und Weise, wie ich mich jemals nützlich machen kann. In der Erde herumzubuddeln hat etwas außerordentlich Befriedigendes. Ich glaube, es bringt einen zurück zu seinen Wurzeln.* Dann hielt sie inne und lachte. *Das Wortspiel war nicht beabsichtigt!*

Er hatte sich oft erboten, ihr zu helfen, aber davon hatte sie nie etwas wissen wollen. *Nimm mir nicht das Einzige, worin ich wirklich gut bin.*

Er lächelte. Es überraschte ihn, dass sich die Erinnerung an sie zum ersten Mal nicht wie ein Stich ins Herz angefühlt hatte.

Hinter ihm wurde eine Tür geöffnet. Als er sich umdrehte, sah er, wie Denton Barbara Havers durchließ. Lynley warf einen Blick auf seine Uhr. Sieben Uhr achtundzwanzig. Was in aller Welt machte Barbara um diese Zeit in Belgravia?, fragte er sich.

Sie überquerte den Rasen. Sie sah furchtbar aus. Abgesehen davon, dass sie schlampiger denn je gekleidet war, machte sie den Eindruck, als hätte sie die ganze Nacht nicht geschlafen. »Sie haben Azhar«, sagte sie.

Er blinzelte. »Wer?«

»Die italienische Polizei. Sie haben ihm den Pass weggenommen. Er darf Lucca nicht verlassen, und er weiß nicht, warum.«

»Hat man ihn verhört?«

»Noch nicht. Aber er weiß nicht, was da vor sich geht. Und ich weiß es auch nicht. Wie kann ich ihm helfen? Ich spreche kein Italienisch. Ich kenne ihre Spielregeln nicht. Ich weiß

nicht, was passiert ist.« Sie machte drei Schritte an den Blumen-
beeten entlang, dann fuhr sie abrupt herum. »Können Sie bei
denen anrufen, Sir? Können Sie rausfinden, was da passiert ist?«

»Wenn sie ihn in Italien festhalten, dann haben sie offenbar
Fragen…«

»Sicher. Okay. Ich weiß. Ich hab ihm für alle Fälle geraten,
bei der Botschaft anzurufen. Und sich einen Anwalt zu nehmen. Aber es muss doch noch irgendwas geben, was ich tun
kann. Und Sie kennen diese Typen, Sie sprechen Italienisch,
und Sie könnten wenigstens…« Sie schlug sich mit der Faust in
die Handfläche. »Bitte, Sir. Bitte. Deswegen bin ich hergekommen. Ich wollte nicht warten, bis Sie im Yard waren. Bitte.«

»Kommen Sie«, sagte er und ging ihr voraus ins Haus. Denton war bereits dabei, ein zweites Gedeck aufzulegen. Lynley
bedankte sich, füllte zwei Tassen mit Kaffee und bot Barbara
an, sich an der Anrichte zu bedienen, wo Rührei und Speck be-
reitstanden.

»Ich hab schon gefrühstückt«, sagte sie.

»Was denn?«

»Eine Schokoladen-Pop-Tart und eine Zigarette.« Mit einer
Kopfbewegung in Richtung Anrichte fügte sie hinzu: »Wenn
ich jetzt irgendwas Gesundes esse, wird mir bestimmt nur
schlecht.«

»Tun Sie mir den Gefallen«, sagte er. »Ich frühstücke ungern
allein.«

»Bitte, Sir… Sie müssen…«

»Ich weiß, Barbara«, sagte er ruhig.

Widerstrebend nahm sie sich eine Portion Rührei und zwei
Streifen Bacon. Dann noch vier Pilze und eine Scheibe Toast.
Nachdem sie beide ihre Teller gefüllt hatten, setzten sie sich an
den Tisch.

Mit einer Kopfbewegung zu seinen Zeitungen hin sagte Barbara: »Wie zum Teufel schaffen Sie es, jeden Morgen drei von
diesen Blättern zu lesen?«

»Ich lese die Nachrichten in der *Times* und die Leitartikel im *Guardian* und im *Independent*.«

»Immer auf der Suche nach dem Gleichgewicht?«

»Ich finde das vernünftig. Aber der übertriebene Gebrauch von Adverbien im Journalismus ist wirklich irritierend. Ich mag es nicht, gesagt zu bekommen, was ich denken soll, nicht einmal durch die Blume.«

Ihre Blicke begegneten sich. Sie wandte sich als Erste ab und schaufelte sich etwas Rührei auf ein Stück Toast. Sie kaute eine Weile. Aber das Schlucken schien ihr nicht leichtzufallen.

Lynley sagte: »Bevor ich Commissario Lo Bianco anrufe, Barbara...« Er wartete, bis sie ihn wieder anschaute. »Wollen Sie mir noch irgendetwas sagen? Irgendetwas, das ich wissen sollte?«

Sie schüttelte den Kopf.

»Sicher?«

»Ich glaub ja.«

Also geht es seinen Gang, dachte er.

BELGRAVIA
LONDON

Zum ersten Mal in ihrem Leben verfluchte Barbara den Umstand, dass sie keine andere Sprache als Englisch beherrschte. Zwar hatte es schon Momente gegeben, in denen sie sich gewünscht hätte, eine Fremdsprache zu sprechen – zum Beispiel, wenn sie gern verstanden hätte, was der Koch in der Currybude bei ihr um die Ecke über das Lammcurry brüllte, bevor er es in einen Mitnehmbehälter klatschte –, aber im Grunde hatte es in ihrem Leben nie die Notwendigkeit gegeben. Sie besaß einen Reisepass, war jedoch noch nie damit in ein Land gereist, wo eine andere Sprache gesprochen wurde. Eigentlich hatte sie ihn überhaupt noch nie benutzt. Sie hatte ihn sich nur besorgt für den Fall, dass irgendwann mal ihr Traumprinz auftauchen und sie zu einem Luxusurlaub unter der Mittelmeersonne einladen würde.

Aber während Lynley jetzt mit Commissario Lo Bianco telefonierte, versuchte sie verzweifelt, irgendetwas aufzuschnappen. Sie lauschte auf Wörter, die sie vielleicht wiedererkannte. Sie versuchte, seinen Gesichtsausdruck zu interpretieren. Die einzigen Wörter, die sie verstand, waren Namen: Azhar, Lorenzo Mura, Santa Zita – wer zum Teufel war das? – und Fanucci. Sie meinte, auch den Namen Michelangelo Di Massimo herausgehört zu haben, ebenso Wörter wie *Information* und *Hospital*. Am beredtsten aber war Lynleys Miene, die immer düsterer wurde.

Schließlich sagte er: »*Chiaro, Salvatore. Grazie mille. Ciao*«, woraus sie schloss, dass das Gespräch beendet war.

Barbara schlug das Herz bis zum Hals, als Lynley auflegte. »Also?«, fragte sie. »Was hat er gesagt?«

»Es scheint sich um E.coli zu handeln«, sagte er.

Lebensmittelvergiftung?, dachte sie. *Essen?* »Wie zum Teufel kann denn heutzutage ein Mensch an Lebensmittelvergiftung sterben?«

»Offenbar handelte es sich um einen besonders bösartigen Erregerstamm, und die Ärzte haben das Problem nicht früh genug erkannt, weil sie aufgrund ihrer Schwangerschaft schon seit einer Weile an Übelkeit litt. Tatsächlich wurde sie anfangs wegen Morgenübelkeit behandelt. Nachdem das geklärt war, hat man andere Tests gemacht, und die waren alle negativ.«

»Was denn für Tests?«

»Krebs, Colitis, was weiß ich. Darm und Magen. Es wurde nichts gefunden, also nahm man an, sie hätte sich irgendeine Bakterieninfektion zugezogen, wie es häufig vorkommt. Vorsichtshalber hat man ihr ein Antibiotikum gegeben. Und das hat sie dann umgebracht.«

»Das *Antibiotikum* hat sie umgebracht? Aber eben haben Sie doch gesagt, es war E.coli …?«

»Es war beides. Anscheinend erzeugen Antibiotika bei Kolibakterien – zumindest bei diesem Stamm, wenn ich Salvatore richtig verstanden habe – ein Toxin namens Shiga, das zu Niereninsuffizienz führt. Bis die Ärzte gemerkt haben, dass Angelinas Nieren versagten, war es schon zu spät.«

»Verflucht.« Barbara ließ das alles sacken, und irgendwann merkte sie, dass ihr Körper sich zum ersten Mal seit zwölf Stunden entspannte und dass sie nur noch dachte: Gott sei Dank, Gott sei Dank, Gott sei Dank. Wenn sie an Lebensmittelvergiftung gestorben war, so traurig das sein mochte, dann bedeutete es nicht … was sie nicht wollte, dass es bedeutete.

Sie sagte: »Dann ist es also ausgestanden.«

Lynley sah sie lange an. »Leider nicht«, sagte er.

»Warum nicht?«

»Weil niemand anders krank geworden ist.«

»Aber das ist doch gut, oder? Sie haben verhindert, dass …«

»Niemand, Barbara. Nirgendwo. Nicht auf Lorenzo Muras Landgut, nicht in irgendeinem der Dörfer in der Umgebung und auch nirgendwo in Lucca. Niemand, wie gesagt. Nirgendwo. Nicht in der Toskana. In ganz Italien nicht. Was einer der Gründe dafür war, dass die Ärzte das Problem nicht sofort erkannt haben.«

»Ich kann Ihnen nicht folgen.«

»Wenn von Kolibakterien die Rede ist, dann ist meist von einer Epidemie die Rede. Verstehen Sie, was ich meine?«

»Ja, dass es ein Einzelfall war. Aber das ist doch gut, oder? Das bedeutet …« Dann begriff sie, was er meinte, und wurde gewahr, dass er sie musterte. Sie bekam einen trockenen Mund. »Aber die suchen doch bestimmt überall nach der Quelle, oder? Dass müssen sie ja tun, um zu verhindern, dass sich noch jemand ansteckt. Die werden alles untersuchen, was Angelina gegessen hat und … Gibt es da Tiere auf diesem Gut?«

»Esel und Kühe.«

»Kann das Zeugs denn nicht von denen stammen? Ich meine, übertragen Tiere so was nicht irgendwie? Es ist doch bestimmt eine ...«

»Kühe können die Bakterien übertragen, ja. Aber ich glaube nicht, dass man in der Fattoria di Santa Zita E.coli nachweisen wird, Barbara. Und Salvatore glaubt das auch nicht.«

»Warum nicht?«

»Weil niemand anders dort krank geworden ist. Hadiyyah und Lorenzo haben dort gegessen, selbst Azhar in den Tagen, bevor Hadiyyah gefunden wurde.«

»Dann war es vielleicht ... Hat das Zeug eine Inkubationszeit?«

»Ich kenne die Details nicht, aber der springende Punkt ist, dass bis jetzt niemand anders erkrankt ist.«

»Okay. Nehmen wir an, sie hat einen Spaziergang gemacht. Nehmen wir an, sie ist einer Kuh zu nahe gekommen. Oder sagen wir ... Vielleicht hat sie es sich irgendwo anders gefangen. In der Stadt. Auf dem Markt. Bei einer Freundin. Vielleicht hat sie was von der Straße aufgehoben.« Aber sie selbst konnte die Verzweiflung in ihrer Stimme hören, und sie wusste, dass Lynley sie auch hörte.

»Kommen wir darauf zurück, dass niemand anders erkrankt ist, Barbara. Kommen wir auf den Erregerstamm zurück.«

»Was ist damit?«

»Salvatore sagt, so etwas gab es noch nie. Ein derart bösartiger Erregerstamm kann die Bevölkerung eines ganzen Landstrichs ausrotten, ehe die Forscher die Ansteckungsquelle identifiziert haben. Das geht ganz schnell, innerhalb weniger Tage. Die Gesundheitsbehörden schalten sich ein, und jeder, der mit ähnlichen Symptomen einen Arzt aufsucht oder in der Notaufnahme landet, wird genau untersucht. Aber, wie gesagt, niemand anders ist erkrankt. Nicht vor Angelina, nicht nach Angelina.«

»Ich verstehe immer noch nicht, warum das schlecht sein soll. Ich verstehe nicht, warum sie Azhar festhalten, es sei denn…« Wieder dieser durchdringende Blick. »Ah, verstehe«, sagte sie leichthin. »Sie halten Azhar fest, weil sie nicht wollen, dass er jemanden ansteckt. Wenn er es sich dort womöglich eingefangen hat und es mit nach London bringt… Ich meine, da könnte ja hier eine Epidemie ausbrechen.«

Lynleys Blick änderte sich nicht. Er meinte nur: »So funktioniert das nicht. Es ist kein Virus, sondern ein Bakterium. Eine Mikrobe, wenn Sie so wollen. Und zwar eine sehr gefährliche. Sie verstehen doch, worauf das hinausläuft, oder?«

Ihr blieb fast das Herz stehen. »Nein. Eigentlich… eigentlich nicht.«

Lynley sagte: »Wenn die Quelle nicht in der Fattoria gefunden wird oder an irgendeinem anderen Ort, wo Angelina etwas gegessen oder sonst wie zu sich genommen hat, und wenn sie die Einzige bleibt, die sich angesteckt hat, dann ist die logische Schlussfolgerung, dass jemand einen sehr bösartigen Bakterienstamm in die Finger bekommen und Angelina damit infiziert hat. Wahrscheinlich über irgendetwas, was sie gegessen hat.«

»Aber warum sollte jemand…?«

»Weil jemand wollte, dass sie sehr krank wird. Weil jemand wollte, dass sie stirbt. Wir wissen beide, dass es darauf hinausläuft, Barbara. Deswegen musste Azhar seinen Pass abgeben.«

»Sir, Sie können doch nicht im Ernst glauben, dass Azhar… Wie zum Teufel hätte er das denn bewerkstelligen sollen?«

»Ich glaube, die Antwort auf diese Frage kennen wir ebenfalls.«

Sie schob sich vom Tisch weg. »Wir müssen es ihm sagen. Er steht unter Verdacht. Wir müssen es ihm sagen.«

»Ich nehme an, dass er das weiß.«

»Dann muss ich… Dann müssen wir…« Sie schlug sich eine Hand vor den Mund. Ließ alles noch einmal vor ihrem geistigen Auge Revue passieren – von dem Moment an, als Angelina

Upman im vergangenen November mit ihrer Tochter aus London verschwunden war bis zu ihrem Tod. Sie weigerte sich zu glauben, was vor ihr auf dem Weg lag wie ein toter Hund. Sie sagte: »Nein.«

»Es tut mir leid.«

»Ich muss…«

»Hören Sie mir zu, Barbara. Sie müssen sofort aus dieser Sache aussteigen. Wenn Sie das nicht tun, kann ich Ihnen nicht mehr helfen. Ehrlich gesagt, glaube ich nicht, dass ich Ihnen jetzt noch helfen kann, obwohl ich es versuche.«

»Was soll das denn heißen?«

Lynley beugte sich vor. »Sie können doch nicht annehmen, dass Isabelle Ardery nicht weiß, was Sie treiben – mit wem Sie sich getroffen haben, wo Sie gewesen sind. Sie weiß alles, Barbara. Und wenn Sie nicht hier und jetzt auf den Pfad der Tugend zurückkehren, setzen Sie Ihre ganze Existenz aufs Spiel. Habe ich mich deutlich genug ausgedrückt? Haben Sie mich verstanden?«

»Azhar hat sie nicht umgebracht. Dazu hätte er gar keinen Grund gehabt. Sie hatten Frieden geschlossen, sie hatten verabredet, dass Hadiyyah die Ferien bei ihm…« Lynleys Miene ließ sie abbrechen. Noch mehr als das, was sie über Azhar wusste – dass er Hadiyyahs Entführung geplant hatte und nach Italien gefahren war, um zur Stelle zu sein, wenn sie »gefunden« wurde, war es das Mitgefühl in Lynleys Blick, was ihr den Rest gab. Alles, was sie herausbrachte, war: »Wirklich, das könnte er nicht.«

»Wenn das stimmt«, sagte Lynley, »wird Salvatore Lo Bianco das herausfinden.«

»Und in der Zwischenzeit… Was soll ich denn so lange tun, verdammt noch mal?«

»Das habe ich Ihnen bereits gesagt: Gehen Sie zurück an die Arbeit.«

»Würden Sie das tun?«

»Ja«, antwortete er. »In Ihrer Situation würde ich genau das tun.«

Aber sie wusste, dass er log. Denn Thomas Lynley würde niemals einen Freund im Stich lassen.

LUCCA
TOSKANA

Die Aufforderung zu einem Treffen erhielt Salvatore Lo Bianco nicht vom Pubblico Ministero persönlich, sondern von dessen Sekretärin. Sie rief ihn auf dem Handy an und teilte ihm in knappen Worten mit, er möge sich zum Orto Botanico begeben, wo der Staatsanwalt ihn erwarte. Er wünscht ein Gespräch unter vier Augen, Commissario, hatte sie gesagt. Jetzt?, hatte Salvatore gefragt. *Sì*, lautete die Antwort. Signor Fanucci war am Morgen ziemlich aufgebracht zur Arbeit erschienen, und nach mehreren Anrufen, die er erhalten und getätigt hatte, war er fuchsteufelswild gewesen. Die Sekretärin riet Salvatore, sich am besten unverzüglich auf den Weg zum Botanischen Garten zu machen.

Salvatore fluchte. Dass es mehrere Telefonate gegeben hatte, ließ vermuten, dass Fanucci irgendetwas auf der Spur war. Und dass er im Anschluss an diese Telefonate unbedingt mit Salvatore sprechen wollte, ließ vermuten, dass sie beide auf derselben Fährte waren.

Der Botanische Garten befand sich innerhalb der alten Stadtmauer. Im Mai war der Garten ein einziges Blütenmeer. Um diese Zeit jedoch waren kaum Besucher anwesend, da die Einheimischen bei der Arbeit waren und die Touristen eher die Kirchen und Paläste besichtigten.

Salvatore fand Fanucci vor einem prächtigen Blauregen, der über einem alten Steinbecken wucherte, in dem Seerosen blühten. Er drehte sich um, als Salvatore sich ihm über den Kiesweg näherte.

Fanucci rauchte eine dicke Zigarre, die er sich gerade erst angezündet hatte. In dem Blick, mit dem er Salvatore musterte, lag eine Mischung aus persönlichem Mitgefühl und amtlichem Zorn. Der Zorn, dachte Salvatore, war echt, das Mitgefühl eher weniger.

»Schieß los, *topo*«, begrüßte ihn Fanucci und schnippte etwas Asche auf den Weg. »Du hattest ein Tête-à-tête mit der schönen Cinzia Ruocco, wie ich höre? Ihr wart auf der Piazza San Michele in ein ernstes Gespräch vertieft. Wieso habe ich den Verdacht, dass ihr beide über Dinge redet, von denen du dich auf meine Anweisung hin fernhalten sollst? Was hat das zu bedeuten, Salvatore?«

»Wen geht es etwas an, ob ich mich mit Cinzia unterhalte? Wenn ich mich mit einer alten Freundin in einem Café treffe …«

Fanucci hob einen Zeigefinger. »Vorsicht«, fauchte er.

Es gefiel Salvatore nicht, dass Fanucci ihm drohte. Der Mann strapazierte seine Geduld. Er spürte, wie Wut in ihm aufstieg, doch es gelang ihm, sich zu beherrschen. »Mir kommt der plötzliche Tod von Angelina Upman verdächtig vor. Meine Aufgabe besteht darin, Dinge, die mir verdächtig erscheinen, zu überprüfen. Ich sehe da eine eindeutige Verbindung.«

»Wozwischen?«

»Ich glaube, das wissen Sie genau.«

»Zwischen der Entführung des Mädchens und dem Tod der Mutter? Pah. Was für ein Unsinn!«

»Wenn das so ist, bin ich der Einzige, der sich zum Narren macht. Wieso also stört es Sie, dass ich mich mit Cinzia darüber unterhalte, woran diese arme Frau gestorben ist? Ich könnte auf die Idee kommen, dass ihr Tod Ihnen ganz gelegen kommt.«

Fanuccis Gesicht lief rot an. Seine Lippen bewegten sich um die Zigarre herum, und Salvatore sah, wie er die Zähne zusammenbiss. Auch Fanucci versuchte, sich zu beherrschen. Es war nur eine Frage der Zeit, bis einer von ihnen explodieren würde.

»Was willst du denn damit sagen?«

»Damit will ich sagen, dass die Nachricht von ihrem Tod jetzt Schlagzeilen macht. *Mutter des entführten Mädchens im Schlaf gestorben.* Die sensationelle Nachricht lenkt die Aufmerksamkeit von der Entführung und von Carlo Casparia ab. Und das bedeutet, dass Sie den armen Carlo endlich entlassen können, was Sie über kurz oder lang sowieso hätten tun müssen, wie wir beide wissen.«

Fanuccis Augen wurden schmal. »*Ich* weiß nichts dergleichen.«

»Versuchen Sie nicht, mich für dumm zu verkaufen. Dafür kennen wir uns schon zu lange. Sie wissen, dass Sie sich in Bezug auf Carlo geirrt haben. Und weil Sie das nicht ertragen können, haben Sie sich geweigert, ihn freizulassen. Denn sonst hätte die Presse die Sache unter die Lupe genommen und ihre eigenen Schlüsse gezogen, und das können Sie natürlich nicht zulassen.«

»Wie kannst du es wagen, mich so zu beleidigen, Salvatore?«

»Die Wahrheit ist keine Beleidigung. Sie ist nur die Wahrheit. Und dem möchte ich noch – bei allem Respekt – hinzufügen, dass die Unfähigkeit, Fehler einzugestehen, in Ihrer Position eine äußerst gefährliche Eigenschaft ist.«

»Dasselbe gilt für Eifersucht«, fauchte Fanucci. »Ob im Beruf oder im persönlichen Leben, sie beraubt einen Mann nicht nur seiner Würde, sondern auch seiner Fähigkeit, seine Arbeit zu tun. Hast du dir das – bei allem *Respekt* – schon mal überlegt, Salvatore?«

»Merken Sie eigentlich, wie Sie versuchen, vom Thema abzulenken, *magistrato*? Sie wollen über mich reden, obwohl es eigentlich um Sie geht. Sie haben Zeit und Mittel vergeudet, indem Sie die dürftigen Fakten so lange zurechtgebogen haben, bis sie ausreichten, um Carlo Casparia zum Schuldigen zu machen. Und als ich mich dann geweigert habe, Ihnen auf diesem lächerlichen Pfad zu folgen, haben Sie Nicodemo Triglia geholt, der Ihnen treu ergeben ist.«

»Das ist also deine Sichtweise?«

»Gibt es eine andere?«

»*Certo*. Denn deine Eifersucht macht dich blind für die Tatsachen, die direkt vor deiner Nase liegen. Das geht so seit dem Tag, an dem das englische Mädchen vom Markt verschwunden ist. Das ist schon immer deine Schwäche gewesen, *topo*. Deine Eifersucht wirkt sich auf alles aus, was du tust.«

»Und worauf soll ich Ihrer Meinung nach eifersüchtig sein?«

»Seit deiner Scheidung bist du ein gebrochener Mann. Du wohnst wieder bei deiner *mamma*, keine Frau interessiert sich mehr für dich. Da fragt man sich doch, was das mit deiner Männlichkeit macht, wenn jemand anders – wie ich – immer noch Erfolg bei den Frauen hat. Frauen, die mit mir, einer wahrhaft hässlichen Kröte, ins Bett gehen wollen. Und wenn diese Kröte dich auch noch deines Postens enthebt und dich durch einen anderen Mann ersetzt, weil deine Arbeit nicht zufriedenstellend war? Na, wie fühlt sich das an? Wie stehst du da vor deinen Kollegen? Was denken sie über dich, während sie nicht deine, sondern Nicodemos Anweisungen befolgen? Hast du dich schon mal gefragt, kleiner *topo*, warum du die Finger nicht von dem Fall lassen kannst, wie ich es dir befohlen habe? Hast du dich schon mal gefragt, was du dir mit all diesen Nachforschungen hinter meinem Rücken zu beweisen versuchst?«

Jetzt verstand Salvatore, warum der Pubblico Ministero sich außerhalb seines Büros mit ihm hatte treffen wollen. Fanucci hatte größere Pläne, es ging ihm nicht in erster Linie darum, ihn, Salvatore, zu demütigen. Fanucci wollte nur eins, nämlich sein Gesicht wahren, und zwar auf die einzig mögliche Weise.

Er sagte: »Ah, Sie haben Angst, *magistrato*. Im Gegensatz zu Ihren Behauptungen halten Sie es also durchaus für möglich, dass es eine Verbindung gibt. Ein Kind wird entführt. Kurz nach seiner Rückkehr in den Schoß der Familie stirbt die Mutter. Falls es jedoch eine Verbindung zwischen diesen beiden Ereignissen gibt, kann sie unmöglich mit Carlo Casparia, Michelangelo Di Massimo und Roberto Squali zu tun haben, richtig? Denn Casparia sitzt in Untersuchungshaft und Squali ist tot. Dann müsste es also Michelangelo Di Massimo irgendwie gelungen sein, ein paar äußerst gefährliche Bakterien in die Finger zu bekommen und sie Angelina Upman ins Essen zu mischen, ohne dass sie etwas davon bemerkt. Wie soll das denn vonstatten gegangen sein? Wenn es also eine Verbindung gibt, dann lautet die logische Schlussfolgerung, dass jemand anders ...«

»Ich habe es dir bereits gesagt. Es gibt keine Verbindung«, fiel Fanucci ihm ins Wort. »Es handelt sich um zwei Ereignisse, die nichts miteinander zu tun haben. Und ich befehle dir hier und jetzt, die Finger von der Sache zu lassen. Ich befehle dir, alle Informationen, die du über die Entführung des Mädchens und über den Tod der Mutter hast, an Nicodemo Triglia auszuhändigen.«

»Aha, Sie glauben also entgegen Ihren Worten doch, dass die beiden Dinge zusammenhängen? Und was werden Sie in der Angelegenheit unternehmen? Die Beweise, die für Mord sprechen, verschwinden lassen, damit Sie gegen ... Gegen wen genau ermitteln Sie eigentlich in dem Entführungsfall? Das kann ja nur der unglückselige Di Massimo sein. Man wird ihm die Schuld an der Entführung in die Schuhe schieben und den Tod der Mutter als bedauerlichen Zufall betrachten, eine sinnlose Tragödie nach dem glücklichen Ende der Entführung. So muss es aussehen, damit Sie in der Zeitung nicht als das dastehen, was Sie wirklich sind: ein blinder, sturer Narr, unfähig, objektiv zu urteilen.«

Das tat seine Wirkung. Fanucci explodierte. Er ging auf Salvatore los, und als der Schlag kam, war Salvatore überrascht, über welche Kräfte der *magistrato* verfügte. Sein Faustschlag traf ihn mit brutaler Präzision. Salvatores Kopf wurde nach hinten geschleudert, er biss sich auf die Zunge, und dann kam der nächste Schlag, diesmal in die Eingeweide, als Vorbereitung auf den dritten Schlag, der ihn niederstreckte. Er rechnete fast damit, dass Fanucci sich auf ihn werfen würde und sie sich wie zwei Schuljungen über den Boden wälzen würden. Aber das hätte den Maßanzug des Pubblicco Ministero beschmutzen können, weswegen er sich mit einem Tritt in Salvatores Nieren begnügte.

»So. Redest. Du. Nicht. Mit. Mir«, sagte Fanucci bei jedem Tritt.

Salvatore konnte nichts anderes tun, als mit den Armen seinen Kopf zu schützen, während Fanucci seinen Körper bearbeitete. Irgendwann schrie er: »*Basta!*«

Doch Fanucci hatte erst genug, als Salvatore reglos am Boden lag. Die Worte, mit denen der Staatsanwalt sich verabschiedete, hörte Salvatore nur noch wie aus weiter Ferne: »Wir werden ja noch sehen, wer von uns der größere Narr ist, *topo*.«

Was Fanuccis Art war, ihm grünes Licht dafür zu geben, Angelina Upmans Tod genauestens zu untersuchen, dachte Salvatore.

Bene, murmelte er vor sich hin. Das war die Tracht Prügel beinahe wert.

LUCCA
TOSKANA

Es gelang ihm kaum, den Schlüssel ins Schlüsselloch zu stecken. Zum Glück hörte seine Mutter das kratzende Geräusch. Sie kam an die Tür, fragte von innen, wer da sei. Als sie seine schwache Stimme hörte, riss sie die Tür auf. Er sank ihr in die Arme.

Sie schrie entsetzt auf. Dann brach sie in Tränen aus. Dann

verfluchte sie das Monstrum, das ihren Sohn so brutal zu-
sammengeschlagen hatte. Dann weinte sie noch ein bisschen.
Schließlich half sie ihm auf einen Stuhl in der Nähe der Tür. Er
solle sich setzen, drängte sie ihn. Sie werde zuerst den Notarzt
und anschließend die Polizei anrufen.

»Ich bin die Polizei«, erinnerte er sie kaum hörbar. »Und ich
brauche keinen Notarzt, *mamma*.«

Was?, fragte sie, keinen Notarzt? Er könne sich nicht auf den
Beinen halten, kaum sprechen, wahrscheinlich sei sein Kiefer
gebrochen, er habe zwei blaue Augen, er blute aus dem Mund,
seine Lippen seien aufgesprungen, womöglich sei auch seine
Nase gebrochen, und der Himmel wisse, was für innere Verletzungen er davongetragen habe. Erneut begann sie zu weinen.
»Wer hat dir das angetan?«, fragte sie. »Wo ist das passiert?«

Es war ihm zu peinlich, seiner Mutter zu erzählen, dass der
Pubblico Ministero – ein Mann, der zwanzig Jahre älter war als
er – ihn so zugerichtet hatte. »Es ist nicht wichtig, *mamma*«,
sagte er. »Kannst du mir helfen?«

Sie trat einen Schritt zurück. Was sagte er da? Sie fasste sich
an die Brust. Hatte er etwa angenommen, seine eigene *mamma*
würde ihm nicht helfen? Wusste er nicht, dass sie ihr Leben für
ihn geben würde? Er war schließlich Blut von ihrem Blut. Ihre
Kinder und Enkelkinder waren ihr Lebensinhalt.

Dann begann sie, seine Verletzungen zu begutachten. Als
Mutter von drei Kindern und Großmutter von zehn Enkelkindern hatte sie in solchen Dingen Erfahrung. Sie hatte mehr
Wunden versorgt, als sie sich erinnern konnte. Er solle das
ruhig ihr überlassen.

Sie war sehr geschickt. Sie weinte die ganze Zeit über, wäh-
rend sie voller Zärtlichkeit seine Wunden säuberte und verband.
Als sie fertig war, half sie ihm aufs Sofa. Dort solle er liegen
bleiben, befahl sie ihm, er brauche jetzt Ruhe. Sie werde seine
Schwestern anrufen und ihnen erzählen, was vorgefallen war.
Sie würden bestimmt vorbeikommen. Und sie werde ihm in

der Zwischenzeit eine Dinkelsuppe zubereiten, die er so gern mochte. Er solle jetzt ein bisschen schlafen und ...

»Nein, danke, *mamma*«, sagte Salvatore. Er müsse wieder zur Arbeit, sagte er, während sie sich darüber ereiferte, dass er so tat, als wäre nichts geschehen. Das komme gar nicht in Frage, sie würde die Tür verriegeln. Sie drohte ihm damit, sich das Haar abzuschneiden und Asche aufs Haupt zu streuen, wenn er es wagte, auch nur einen Fuß vors Haus zu setzen.

Er lächelte über das Drama, das sie veranstaltete. Eine halbe Stunde, sagte er schließlich. Eine halbe Stunde würde er sich ausruhen, aber mehr nicht.

Sie warf die Arme in die Luft. Dann solle er sich wenigstens mit einem Gläschen Wein stärken. Oder mit einem kleinen Limoncello.

Also gut, ein Gläschen Limoncello, sagte er. Sie würde sowieso keine Ruhe geben, ehe er eins ihrer Angebote annahm.

Als die halbe Stunde um war, stand er vorsichtig auf. Sofort wurde ihm schwindlig und ein bisschen übel. Er hoffte bloß, dass er keine Gehirnerschütterung davongetragen hatte. Besorgt ging er zum Spiegel neben der Haustür, um den Schaden in seinem Gesicht zu begutachten.

Er musste grinsen. Wenigstens waren seine Aknenarben jetzt kaum noch zu sehen. Seine Augen waren halb zugeschwollen, seine Lippen waren ebenfalls geschwollen, seine Nase war womöglich gebrochen – irgendwie schien sie einen anderen Winkel zu haben als normalerweise –, und an verschiedenen Stellen bildeten sich blaue Flecken. Sein ganzer Körper schmerzte. Gut möglich, dass auch ein paar Rippen gebrochen waren. Selbst die Handgelenke taten ihm weh.

Salvatore hatte nicht gewusst, dass Fanucci so zulangen konnte. Aber es wunderte ihn auch nicht. Hässlich wie die Nacht, sechs Finger an einer Hand, in ärmlichen Verhältnissen aufgewachsen, als Kind vernachlässigt, dem Gespött der Leute ausgesetzt ... Wer hätte es Piero Fanucci verdenken sollen, dass er, vor die Wahl gestellt, zum Opfer oder zum Aggressor zu werden, sich für Letzteres entschieden hatte? In gewisser Weise musste man den Mann auch wieder bewundern, dachte Salvatore.

Aber wenn Salvatore nicht allen Frauen und Kindern auf der Straße einen Schrecken einjagen wollte, musste er sich präsentabel machen und sich etwas Sauberes anziehen, bevor er sich auf den Weg machte. Und das bedeutete, dass er die drei Stockwerke zu seinem Zimmer oben im Turm hochsteigen musste.

Er schaffte es, brauchte allerdings eine Viertelstunde, um sich am Treppengeländer hochzuhangeln, während seine Mutter im Erdgeschoss die Heilige Jungfrau anrief, sie möge ihn zur Vernunft bringen, bevor er sich noch umbrachte. Unter Schmerzen entledigte er sich seiner verdreckten und zerrissenen Sachen. Im Bad schluckte er vier Aspirin. Dann machte er sich frisch, zog saubere Sachen an und redete sich ein, dass es ihm schon viel besser ging.

Bevor er sich auf den Weg machte, erledigte er ein paar Anrufe, um sich zu informieren, ob bereits Erkenntnisse über die Herkunft der E.coli-Bakterien vorlagen, die zu Angelina Upmans Tod geführt hatten. Er erfuhr, dass die Gesundheitsbehörde sich auf ein längeres Geduldsspiel einstellte. Die Todesursache wurde bis dato geheim gehalten, da es sich um einen isolierten Fall handelte. In der Fattoria di Santa Zita hatte man Proben genommen, um zu klären, ob die Bakterien von dort stammten. Alle Testresultate waren negativ. Man musste also an anderen Stellen weitersuchen.

Jeder Ort, an dem Angelina sich in den Wochen vor ihrem Tod aufgehalten hatte, wurde überprüft. Aber man hatte immer noch keine Erklärung dafür gefunden, wie es möglich war, dass sich nur ein einziger Mensch mit den Bakterien angesteckt hatte. So etwas hatte es noch nie gegeben. Aus diesem Grund wurden sowohl die Ergebnisse von Cinzia Ruoccos Analysen als auch die Ergebnisse des Labors, an die Cinzia die Proben zur

Analyse geschickt hatte, noch einmal kontrolliert. Auch Cinzias Arbeitsplatz wurde inspiziert. Der Tod der Engländerin war und blieb unerklärlich.

All das, dachte Salvatore, nachdem er seine Telefonate beendet hatte, ließ nur einen Schluss zu. Angelinas Tod ergab für die Mitarbeiter der Gesundheitsbehörde deshalb keinen Sinn, weil sie von der falschen Annahme ausgingen, Angelina sei zufällig mit den Bakterien in Kontakt gekommen, während in Wirklichkeit das Gegenteil der Fall war.

Bei Mord fragte man in der Regel als Erstes nach dem Motiv. Aber in diesem Fall ging es auch – und vielleicht noch mehr – um die Frage, wie das Opfer getötet wurde und wer Zugang zu den tödlichen Erregern gehabt haben konnte. Salvatore wollte sich jedoch zunächst mit dem Motiv befassen. Es sprang direkt ins Auge, und es wies in Richtung Taymullah Azhar.

Die Antwort auf die Frage: *Wer profitiert von Angelina Upmans frühzeitigem Tod?*, lautete: *der Vater des Mädchens*. Auf die Frage: *Wer hat wahrscheinlich ihren Tod gewünscht?*, lautete die Antwort ebenfalls: *der Vater des Mädchens*. Nach Angelina Upmans Tod hatte er Hadiyyah wieder ganz für sich allein. Ihr Tod könnte Rache dafür bedeuten, dass sie ihm das Kind weggenommen hatte, ebenso für die Demütigung, dass sie ihn zum Hahnrei gemacht hatte. Niemand anders hätte einen Grund gehabt, die Frau zu ermorden, es sei denn, es gab jemanden in ihrer Umgebung, von dem die Polizei noch nichts wusste. Vielleicht noch ein weiterer Liebhaber? Ein abgewiesener Liebhaber? Ein eifersüchtiger Freund? Jede dieser Möglichkeiten wäre denkbar. Aber nicht wahrscheinlich. Wenn der Hund nachts nicht bellte, lag das manchmal ganz einfach daran, dass keine Gefahr drohte.

Sich Informationen über Taymullah Azhar zu besorgen war ziemlich einfach. Salvatore brauchte nur ins Internet zu gehen und in London anzurufen. Und er machte sogleich eine interessante Entdeckung: Der Mann war Professor für Mikrobiologie mit eigenem Labor am University College. Es gab eine eindrucksvolle Liste mit Veröffentlichungen, deren Themen Salvatore jedoch nichts sagten. Die entscheidende Information aber war das Fachgebiet des Professors: Mikrobiologie. Es war an der Zeit, sich einmal ausführlich mit dem Mann zu unterhalten, dachte er. Aber dazu brauchte er die Unterstützung eines diskreten Dolmetschers.

Er beschloss, das Gespräch in der Pension zu führen, in der Taymullah Azhar wohnte. Bevor er sich auf den Weg machte, rief er Ottavia Schwartz in der Questura an. Ob sie ihm einen Dolmetscher besorgen und zur Piazza dell'Anfiteatro schicken könne, fragte er. Keinen Polizeidolmetscher, lieber einen von den zahlreichen Touristenführern, die es in der Stadt gab…

»*Sì, sì*«, sagte Ottavia. Kein Problem, Commissario. »Aber warum wollen Sie denn keinen Polizeidolmetscher?« Die Frage war durchaus berechtigt, denn sie hatten einen sehr fähigen Dolmetscher, der für die verschiedenen Abteilungen der Polizei in Lucca arbeitete. Doch wenn Salvatore dessen Dienste in Anspruch nahm, lief er Gefahr, dass Fanucci Wind von der Sache bekam, und von dem hatte er vorerst genug.

Er erklärte Ottavia, es sei besser, dass niemand von seinen Nachforschungen erfuhr, bis er seine Truppen in Schlachtordnung gebracht hatte.

Nachdem das geklärt war, holte er sein Auto und machte sich auf den Weg zum Anfiteatro. Er parkte direkt vor den Blumenkübeln der Pensione Giardino. Während er in seinem Wagen wartete, rief er in London an und bat Inspector Lynley um einen Gefallen. Lynley erwiderte, ja, das lasse sich wahrscheinlich machen, ohne dass jemand am University College es merkte.

Salvatore überquerte die Piazza und ging in ein Café gegenüber der Pension. Der Barmann musterte verwundert sein Gesicht, als er bestellte. Salvatore nahm sich Zeit für seinen Espresso, dann kehrte er zu seinem Auto zurück, wo die Dolmetscherin bereits auf ihn wartete.

Er sog die Luft so heftig ein, dass es ihn in der Brust schmerzte. Er fragte sich, ob Ottavia die Dolmetscherin absichtlich gewählt hatte oder ob die junge Polizistin einfach eine Agentur angerufen hatte. Denn die Frau mit der riesigen Sonnenbrille, die dort an seinem Auto lehnte, war seine Exfrau.

Er hatte nicht gewusst, dass Birgit neben ihrer Arbeit an der Universität von Pisa auch dolmetschte. Es schien nicht zu ihr zu passen, obwohl sie als Schwedin sechs Sprachen fließend beherrschte. Aber vermutlich war es eine gute Gelegenheit, sich nebenher ein bisschen Geld dazuzuverdienen. Mit seinem Polizistengehalt konnte Salvatore ihr nicht gerade viel an Kindesunterhalt zahlen.

Sie stand da, an sein Auto gelehnt, und rauchte, so blond und attraktiv wie eh und je. Salvatore wappnete sich. Als er ihr gegenüberstand, musterte sie ihn. Sie schürzte die Lippen und schüttelte den Kopf. »Ich möchte nicht, dass die Kinder dich so sehen«, sagte sie. Das war mal wieder typisch. Es interessierte sie nicht, was ihm zugestoßen war, Hauptsache, ihre Kinder bekamen ihn in dem Zustand nicht zu Gesicht. Aber er konnte es ihr nicht übelnehmen. Er selbst hätte sich seinen Kindern auch ungern so präsentiert.

Er sagte, es überrasche ihn, dass sie neuerdings als Dolmetscherin arbeitete. Sie zuckte die Achseln, eine typisch italienische Geste, die sie sich mit den Jahren angewöhnt hatte. »Geld«, sagte sie. »Es reicht hinten und vorne nicht.«

Er fragte sich, ob das eine Stichelei war. Doch sie grinste nicht sarkastisch. Vielleicht war es ja ernst gemeint. »Würdest du Bianca und Marco erklären, warum ihr *papà* sie ein oder zwei Tage nicht besuchen kann?«

»Ich bin nicht herzlos, Salvatore«, erwiderte sie. »Das meinst du nur immer.«

Das stimmte nicht. Er fand nur, dass sie von Anfang an nicht zusammengepasst hatten, und das sagte er ihr.

Sie ließ ihre Zigarette fallen und trat sie mit einem ihrer

hochhackigen Schuhe aus, die sie größer machten als ihn. »Begehren ist nie von Dauer. Du dachtest das wohl, aber du hast dich geirrt.«

»Nein, nein. Ich habe dich immer noch begehrt...«

»Ich habe nicht von dir geredet, Salvatore.« Mit einer Kopfbewegung zeigte sie auf die Pension. »Unser Engländer ist hier?«

Die Kränkung schnürte ihm die Kehle zu. Er nickte stumm und folgte ihr zum Eingang.

Signora Vallera bestätigte, dass Taymullah Azhar in der Pension war. Neugierig musterte sie die große Schwedin neben ihm, ihr perfekt geschnittenes Kostüm, das seidene Halstuch, ihr hellblondes Haar, die silbernen Ohrringe. Der Professor und seine Tochter hätten vor, Blumen zu kaufen und mit dem Fahrrad zum Cimitero Urbano zu fahren, aber sie seien noch nicht aufgebrochen, erklärte die Signora, sondern säßen noch im Frühstücksraum, wo sie den Stadtplan studierten. Ob sie die beiden holen solle?

Salvatore schüttelte den Kopf. Er ging voraus zum Frühstücksraum, und Birgit folgte ihm. Noch bevor er die beiden sah, hörte er Hadiyyahs helle Stimme. Er fragte sich, ob sie mit ihren neun Jahren begriff, was der Tod ihrer Mutter jetzt und in Zukunft für sie bedeutete.

Als Taymullah Azhar sie erblickte, legte er seiner Tochter beschützend eine Hand auf die Schulter. Er schaute erst Birgit dann Salvatore an. Beim Anblick des Commissario runzelte er die Stirn. »*Un incidente*«, sagte Salvatore.

»Ein kleiner Unfall«, übersetzte Birgit. Anscheinend hätte sie am liebsten hinzugefügt: »Ein Zusammenstoß mit zwei Fäusten«, aber sie ließ es bleiben. Sie erklärte Taymullah Azhar, der Commissario habe ein paar Fragen.

»*Khushi*«, meinte er zu seiner Tochter, »ich muss kurz mit den beiden reden. Vielleicht kannst du ja in der Küche ein bisschen mit der kleinen Graziella spielen.«

Hadiyyah schaute ihren Vater, dann Lo Bianco an. »Mit Babys kann man nicht viel spielen, Dad.«

»Trotzdem«, sagte er. Sie nickte ernst und lief los. Im Vorraum hörte Salvatore sie etwas auf Italienisch rufen, das er jedoch nicht verstand. Er und Birgit setzten sich zu Taymullah Azhar an den Tisch, auf dem der Stadtplan von Lucca ausgebreitet war. Azhar war gerade dabei, den Plan ordentlich zusammenzufalten, als Signora Vallera in der Tür erschien, um zu fragen, ob sie Kaffee wollten. Während sie auf ihren Kaffee warteten, erkundigte sich Salvatore höflich nach Azhars und Hadiyyahs Wohlergehen.

Die Antworten interessierten ihn kaum, er beobachtete nur das Gesicht des Pakistani. Dabei dachte er an das, was er über den Mann erfahren hatte, seit Cinzia Ruocco ihm ihre Ergebnisse und ihre Gedanken dazu unterbreitet hatte. Salvatore wusste inzwischen, dass Taymullah Azhar ein renommierter Mikrobiologe war. Er wusste nicht, ob zu den Mikroben, die der Mann erforschte, auch E.coli-Bakterien gehörten. Er wusste auch nicht, wie man solche Bakterien transportierte. Oder wie man jemandem diese Bakterien unbemerkt verabreichen konnte.

Er sagte: »*Dottore*, können Sie mir etwas über Ihre Beziehung zu Hadiyyahs Mutter erzählen? Sie hat Sie wegen Signor Mura verlassen. Irgendwann ist sie nach London gekommen und hat Ihnen vorgegaukelt, sie sei wieder zu Ihnen zurückgekehrt, obwohl sie in Wirklichkeit noch mit Signor Mura zusammen war. Später dann ist sie mit Hadiyyah verschwunden. Und Sie wussten nicht, wo die beiden steckten, richtig?«

Im Gegensatz zu vielen Menschen, die auf einen Dolmetscher angewiesen sind, schaute Azhar Birgit nicht an, als sie Salvatores Worte für ihn übersetzte. Während des gesamten Gesprächs verhielt er sich so. Salvatore staunte über die außergewöhnliche Disziplin des Mannes.

»Es war keine gute Beziehung«, sagte Azhar. »Aber das werden Sie sich denken können. Sie erwähnten ja eben selbst, dass sie mir Hadiyyah weggenommen hat.«

»Sie hatte hin und wieder Beziehungen zu anderen Männern. Während sie mit Ihnen zusammen war.«

»Das stimmt, wie ich heute weiß.«

»Vorher wussten Sie das nicht?«

»Während sie mit mir zusammen in London lebte? Nein, da wusste ich nichts davon. Nicht, bis sie mich wegen Lorenzo Mura verlassen hat. Und selbst da wusste ich nichts von ihm. Ich habe nur vermutet, dass es irgendwo einen Mann geben musste. Als sie zurückkam, glaubte ich, sie sei … zu mir zurückgekommen. Als sie mit Hadiyyah verschwand, dachte ich, sie sei zu dem Mann zurückgekehrt, dessentwegen sie mich verlassen hatte. Zu ihm oder zu einem anderen.«

»Wollen Sie damit sagen, dass sie Sie beim ersten Mal wegen eines anderen Mannes verlassen hat, der nicht Signore Mura war?«

»Ja, das meine ich«, bestätigte Azhar. »Wir haben nicht darüber gesprochen. Als wir einander wiedergesehen haben, nachdem Hadiyyah entführt worden war, war das kein Thema zwischen uns.«

»Und nachdem Sie nach Italien gekommen waren?«

Azhar zog die Brauen zusammen, als wollte er fragen: Was soll das hier werden? In dem Moment kam Signora Vallera mit dem Kaffee und einem Teller *biscotti*, die zu Kugeln geformt und in Puderzucker gewälzt waren. Salvatore nahm einen und ließ ihn auf der Zunge zergehen. Signora Vallera schenkte ihnen aus einer großen Keramikkanne ein.

Nachdem sie sich wieder zurückgezogen hatte, sagte Azhar: »Ich verstehe nicht recht, Commissario.«

Salvatore sagte: »Ich habe mich nur gefragt, ob Sie vielleicht – verständlicherweise – einen tiefen Groll gegen diese Frau hegten wegen ihres schändlichen Verhaltens Ihnen gegenüber.«

»Wir alle verhalten uns hin und wieder schändlich«, erwiderte

Azhar. »Ich selbst bin auch nicht frei davon. Aber ich glaube, Angelina und ich hatten einander verziehen. Hadiyyah ist wichtiger als Ressentiments zwischen Angelina und mir.«

»Es gab also Ressentiments.« Und als Azhar nickte, fuhr Salvatore fort: »Aber als Sie hier in Italien waren, haben diese Ressentiments keine Rolle mehr gespielt? Es gab keine Vorwürfe? Keine gegenseitigen Schuldzuweisungen?«

Birgit stolperte über das Wort *Schuldzuweisungen*. Sie musste kurz in ihrem Taschenwörterbuch nachschlagen, dann konnte es weitergehen. Azhar erklärte, nachdem Angelina akzeptiert habe, dass er mit der Entführung ihrer Tochter nichts zu tun hatte, habe es keine Schuldzuweisungen mehr gegeben. Allerdings habe es ihn große Mühe gekostet, sie von seiner Unschuld zu überzeugen. Sie habe auf einem Besuch bei seiner Familie bestanden und darauf, dass er seine Anwesenheit auf einem Kongress in Berlin nachwies.

»Ah, ja, Berlin«, sagte Salvatore. »Ein Kongress, sagten Sie?« Azhar nickte. Ein Mikrobiologenkongress.

»Waren viele Kollegen anwesend?«

Vielleicht dreihundert, erwiderte Azhar.

»Sagen Sie mir, was macht ein Mikrobiologe eigentlich? Verzeihen Sie mir meine Unwissenheit. Wir Polizisten…« Salvatore lächelte bedauernd. »Unser Horizont ist ziemlich begrenzt, wissen Sie.« Er leerte ein Tütchen Zucker in seinen Kaffee. Nahm sich noch einen Biscotto und ließ ihn im Mund zergehen.

Azhar wirkte nicht sehr überzeugt von Salvatores Ignoranz. Doch er erzählte ihm von seiner Lehrtätigkeit als Professor, als Doktorvater, von den Studien, die in seinem Labor durchgeführt wurden, und von den Artikeln, die er über die Studienergebnisse schrieb. Er erzählte von Kongressen und Kollegen.

»Diese Mikroben sind bestimmt sehr gefährlich«, bemerkte Salvatore.

Azhar erklärte ihm, es gebe unzählige Arten von Mikroben,

die alle unterschiedlich gefährlich seien. Manche, sagte er, seien auch vollkommen harmlos.

»Aber mit den harmlosen beschäftigt man sich nicht, oder?«

»Ich nicht.«

»Wenn man mit den gefährlichen arbeitet, ist es doch sehr wichtig, sich zu schützen, oder?«

»Bei der Arbeit mit gefährlichen Mikroben gibt es natürlich viele Sicherheitsvorkehrungen«, sagte Azhar. »Die Labors sind, je nachdem, was dort erforscht wird, unterschiedlich ausgerüstet. Diejenigen mit einer höheren Biogefahr unterliegen natürlich strengeren Sicherheitsstandards.«

»Ah ja, verstehe. Aber lassen Sie mich eines fragen: Welchem Zweck dient es eigentlich, so gefährliche kleine Mikroben zu erforschen?«

»Das tut man, um zu verstehen, wie sie mutieren«, sagte Azhar. »Um Behandlungsmethoden zu entwickeln für den Fall einer Infektion. Es gibt viele Gründe für die Erforschung von Mikroben.«

»Und es gibt viele Arten von Mikroben, nicht wahr?«

»Sehr viele«, stimmte Azhar zu. »Unzählige, und sie mutieren ständig.«

Salvatore nickte nachdenklich. Er schenkte sich Kaffee nach, hielt die Kanne hoch und sah Azhar und Birgit fragend an. Birgit nickte, Azhar schüttelte den Kopf. Azhar trommelte mit den Fingern auf den Tisch und schaute an Salvatore vorbei zur Tür. Hadiyyahs helle, aufgeregte Stimme war zu hören. Sie sprach Italienisch. Kinder, dachte Salvatore, lernen eine fremde Sprache so schnell.

»Und in Ihrem Labor, *dottore*? Was wird da erforscht? Und handelt es sich bei Ihrem Labor um ein … wie haben Sie das genannt? Ein Labor mit Biogefahren?«

»Wir erforschen die Entwicklungsgenese ansteckender Krankheiten«, sagte Azhar.

»Sehr komplex«, murmelte Salvatore.

Azhar gab ihm recht. »Ja, allerdings.«

»Haben Sie sich in Ihrem Labor auf bestimmte Mikroben spezialisiert, *dottore*?«

»Auf Streptokokken.«

»Und was tun Sie mit diesen Streptokokken?«

Die Frage schien Azhar nachdenklich zu machen. Er runzelte die Stirn und zog die Brauen zusammen. Schließlich sagte er: »Verzeihen Sie. Es ist schwierig, das einem Laien verständlich zu machen.«

»*Certo*«, sagte Salvatore. »Aber versuchen Sie's, *dottore*.«

Azhar überlegte einen Moment. »Vereinfacht gesagt führen wir Untersuchungen durch, die es uns erlauben, Fragen über das Bakterium zu beantworten.«

»Fragen?«

»In Bezug auf Pathogenese, Entstehung, Entwicklung, Virulenz und Übertragung…« Azhar machte eine Pause, um Birgit Zeit zu lassen, die komplizierten Fachausdrücke ins Italienische zu übersetzen.

»Und welchem Zweck dient das alles?«, fragte Salvatore.

»Wir erforschen die Mutationen und ihren Einfluss auf den Virulenzfaktor«, sagte Azhar.

»Anders ausgedrückt, wie die Mutation die Mikrobe noch gefährlicher macht?«

»Das ist richtig.«

»Wie die Mutation die Mikrobe tödlich gefährlich macht?«

»Ja.«

Salvatore nickte ernst. Er musterte Azhar länger, als bei einem harmlosen Gespräch über seinen Beruf angemessen wäre. Offenbar schloss der Pakistani daraus, dass etwas im Busch war, und da die Polizei ihm seinen Pass abgenommen hatte, konnte es sich nur um den Tod von Angelina Upman handeln.

Vorsichtig sagte Azhar: »Sie stellen mir diese Fragen aus einem bestimmten Grund, Commissario. Darf ich fragen, welcher das ist?«

Salvatore antwortete mit einer Gegenfrage. »Was passiert mit diesen Mikroben, wenn sie transportiert werden, *dottore*? Ich meine, was passiert, wenn man sie von einem Ort zum anderen transportieren will?«

»Das kommt darauf an, auf welche Weise sie transportiert werden«, sagte Azhar. »Aber ich verstehe nicht, warum Sie mich das fragen, Commissario.«

»Es ist also *möglich*, sie zu transportieren.«

»Selbstverständlich. Aber noch einmal, Commissario. Sie stellen mir diese Fragen, weil…«

»Die Nieren einer ansonsten gesunden Frau versagen ganz plötzlich«, fiel Salvatore ihm ins Wort. »Dafür muss es doch einen Grund geben.«

Azhar sagte nichts. Er schaute Salvatore an, reglos wie eine Statue, als könnte jede Bewegung irgendetwas verraten.

»Sehen Sie, wir haben Sie gebeten, noch eine Weile in Italien zu bleiben«, fuhr Salvatore fort. »Wünschen Sie vielleicht jetzt einen Anwalt, der Englisch spricht? Vielleicht sollten Sie dafür sorgen, dass die kleine Hadiyyah jemanden hat, der sich um sie kümmern kann für den Fall…«

»*Ich* kümmere mich um Hadiyyah«, sagte Azhar. Aber er blieb stocksteif auf seinem Stuhl sitzen, während ihm dämmerte, was es bedeutete, dass Salvatore ihm all die Fragen gestellt und ihm zu guter Letzt geraten hatte, sich einen Anwalt zu nehmen.

»Ich würde Ihnen raten, *dottore*«, sagte Salvatore vorsichtig, »sich auf etwaige Folgen unseres Gesprächs vorzubereiten.«

Azhar stand auf. »Ich muss jetzt zu meiner Tochter, Commissario Lo Bianco«, sagte er leise. »Ich habe ihr versprochen, mit ihr zusammen zum Friedhof zu gehen und Blumen auf das Grab ihrer Mutter zu legen. Und ich werde mein Versprechen halten.«

»Wie es sich für einen Vater gehört«, erwiderte Salvatore.

CHELSEA
LONDON

Das herrliche Maiwetter ließ Lynley von einem Cabrio träumen, als er an der Themse entlangfuhr. Es gab andere Strecken von New Scotland Yard nach Chelsea, aber keine davon offerierte, was die Millbank und die Grosvenor Road an diesem Tag zu bieten hatten: Bäume mit frischen grünen Blättern, noch unberührt vom Staub und Dreck der Stadt, Jogger und Skater auf den breiten Gehwegen entlang der Themse, Lastkähne und Ausflugsdampfer auf dem Weg zur Tower Bridge oder nach Hampton Court. Gärten mit sattgrünen Rasenflächen und blühenden Sträuchern. Ein guter Tag, um am Leben zu sein, dachte er. Er atmete tief ein und fühlte sich mit der Welt im Reinen.

Das war kurz zuvor noch ganz anders gewesen, als er Superintendent Ardery von dem Anruf berichtet hatte, den er von Salvatore Lo Bianco erhalten hatte. »Herrgott, das wird ja immer schlimmer, Tommy«, hatte sie gesagt, war aufgesprungen und in ihrem Zimmer auf und ab gegangen. Dann hatte sie vorsichtshalber die Tür geschlossen.

Dass sie so unkonzentriert war, passte nicht zu ihr. Lynley sagte nichts, wartete ab. »Ich brauche frische Luft und du auch«, sagte sie, und als er beschwörend »Isabelle« sagte, fauchte sie: »Ich hab gesagt *frische Luft*, verdammt noch mal. Dreh mir nicht das Wort im Mund um. Solange du mich nicht mit einer Wodkaflasche in der Hand auf dem Fußboden vorfindest, könntest du mir jedenfalls den Gefallen tun.«

Wie gut sie ihn kannte, dachte er. »Tut mir leid.« Sie akzeptierte seine Entschuldigung mit einem knappen Nicken. Dann ging sie zur Tür, die sie gerade geschlossen hatte, und riss sie auf. Zu Dorothea Harriman sagte sie: »Ich bin auf dem Handy zu erreichen«, und ging Richtung Aufzug.

Lynley folgte ihr ins Freie, wo Isabelle unter dem sich drehenden, tetraederähnlichen Scotland-Yard-Logo stehen blieb. »In solchen Momenten wünschte ich, ich würde noch rauchen«, sagte sie.

»Wenn du mir sagst, was passiert ist, verrate ich dir, ob es mir ähnlich geht.«

»Da drüben.« Mit einer Kopfbewegung zeigte sie in Richtung der Kreuzung Broadway und Victoria Street. Dort befand sich ein Park mit Rasenflächen und ausladenden, schattigen Platanen. Am anderen Ende des Parks stand das schneckenförmige Suffragetten-Denkmal, das sie jedoch nicht ansteuerte. Stattdessen ging sie zu einem der Bäume und lehnte sich gegen den Stamm.

»Wie stellst du dir das vor?«, fragte sie. »Wie willst du das machen, ohne dass Professor Azhar gewarnt wird? Du kannst auf keinen Fall selbst hingehen. Und wenn du Barbara Havers hinschickst, kannst du dir auch gleich eine Kugel in den Kopf jagen, das weißt du, Tommy. Ich hoffe zumindest, dass du das weißt.«

Der Zorn, mit dem sie das sagte, ließ Lynley vermuten, dass sie ihm entweder bei ihrem letzten Gespräch etwas vorenthalten oder einen weiteren Bericht von DI Stewart über Barbara erhalten hatte.

Isabelle sagte: »Sie war bei dem Privatdetektiv...«

»Doughty.«

»Ja, Doughty. Und bei diesem Bryan Smythe.«

»Das wussten wir doch schon, Isabelle.«

»In Begleitung von Taymullah Azhar, Tommy«, sagte Isabelle. »Wieso stand das nicht in ihrem Bericht?«

Lynley fluchte innerlich. Das war neu, das war ein weiterer Nagel an ihrem Sarg. Obwohl er die Antwort im Voraus kannte, fragte er: »Wann war sie denn da? Und woher weißt du...«

»Da war sie an dem Morgen, als sie behauptet hat... Was war es noch? Dass sie im Stau gesteckt hat? Dass sie den Wagen noch auftanken musste? Gott, ich weiß es nicht mehr. An dem Morgen, als sie zu spät zu unserer Besprechung gekommen ist.«

»Also John Stewart schon wieder, was? Herrgott, Isabelle, wie lange willst du dir seine Machenschaften noch bieten lassen? Oder beschattet er Barbara inzwischen auf deine Anweisung hin?«

»Lenk nicht vom Thema ab. Und das Thema ist, dass es immer mehr so aussieht, als würde sie diesen Azhar decken – was, wie du verdammt gut weißt, wesentlich schlimmer ist, als sich diese Geschichte mit ihrer Mutter in dem Pflegeheim auszudenken.«

»Ich bin der Erste, der zugibt, dass es vollkommen verrückt von ihr war, das zu tun.«

»Hallelujah!«, schnaubte Isabelle. »Aber jetzt sieht es so aus, als würde Sergeant Havers Beweismittel manipulieren.«

»Es handelt sich nicht um ein Verbrechen, das in England begangen wurde«, erinnerte er sie.

»Versuch nicht, mich für dumm zu verkaufen. Sie hat die Grenze überschritten, Tommy. Du weißt es, und ich weiß es. Ich habe jahrelang bei Brandstiftungen ermittelt, und eins kann ich dir sagen: Wo es nach Rauch riecht, da ist auch Feuer.«

Er wartete darauf, dass sie die Flugtickets nach Pakistan erwähnte, aber sie tat es nicht. Einmal mehr schloss er daraus, dass sie immer noch nichts von diesen Tickets ahnte, auch wenn er nicht wusste, was das Barbara jetzt noch nützen würde.

»Wusstest du, dass sie mit Azhar bei Smythe und Doughty war?«, fragte sie unvermittelt.

Er schaute sie an, während er überlegte, was er ihr antworten sollte. Er hatte gehofft, dass sie diese Frage nicht stellen würde, aber sie war nicht dumm.

»Ja«, sagte er.

Sie verdrehte die Augen und verschränkte die Arme. »Das heißt also, dass du sie schützt, indem du ebenfalls Beweise manipulierst?«

»Nein.«

»Was soll ich also davon halten?«

»Dass ich noch nicht alles weiß, Isabelle. Und solange ich noch nicht alles weiß, möchte ich dich nicht beunruhigen.«

»Du willst sie schützen, nicht wahr? Um jeden Preis. Gott im Himmel, was ist eigentlich *los* mit dir, Tommy? Wir reden von deinem verdammten Job.« Als er nicht antwortete, sagte sie: »Ach, wie konnte ich das nur vergessen. Dein Job, ha ha. Die Grafschaft wartet. Heißt das überhaupt so? Grafschaft? Außerdem ist da ja noch der Familiensitz in Cornwall, wohin du dich zurückziehen kannst, wenn du die Nase voll hast von der Polizeiarbeit. Du brauchst den Job nicht. Für dich ist das alles nur ein netter Zeitvertreib. Ein Witz, ein...«

»Isabelle. *Isabelle*.« Er machte einen Schritt auf sie zu.

Sie hob eine Hand. »Nicht.«

»Was willst du?«, fragte er sie.

»Kannst du nicht sehen, wohin das führt? Für uns alle? Kannst du nicht einen Moment lang von Barbara Havers absehen und begreifen, in was für eine Lage sie uns bringt? Nicht nur sich selbst, sondern uns alle?«

Natürlich sah er es, er war ja schließlich nicht blind. Er musste sich jedoch eingestehen, dass er bisher noch gar nicht darüber nachgedacht hatte, welche Auswirkungen Barbaras Verhalten auf Isabelle haben würde. Schließlich war sie die Chefin, und die Verantwortung für das, was ihre Untergebenen taten oder nicht taten, lastete auf ihren Schultern.

Hausputz nannte man es, wenn intern aufgeräumt wurde, nachdem ein Fall von Korruption ans Tageslicht gekommen war. Der Müll wurde entsorgt, um die Öffentlichkeit zu besänftigen, und Isabelle lief Gefahr, mit entsorgt zu werden.

»So schlimm ist es nicht«, sagte er. »So weit wird es nicht kommen, Isabelle.«

»Ach, und das weißt du, ja?«

»Sieh mich an«, bat er sie. Als sie das widerstrebend tat und er die Angst in ihren Augen sah, sagte er: »Ja. Ich werde nicht zulassen, dass du Schaden nimmst. Das schwöre ich dir.«

»Die Macht hast du nicht. Die hat niemand.«

Als Lynley kurze Zeit später in den Cheyne Walk einbog, versuchte er, nicht über das Versprechen nachzudenken, das er Isabelle gegeben hatte. Im Moment war er mit Problemen konfrontiert, die sogar noch wichtiger waren als Barbaras Mauscheleien mit Taymullah Azhar, Dwayne Doughty und Bryan Smythe, und sie duldeten keinen Aufschub. Er parkte am Ende der Lawrence Street, ging zurück zum Lordship Place und durch ein Tor in einen Garten, der ihm so vertraut war wie sein eigener.

Sie saßen unter dem Kirschbaum in der Mitte des Gartens, der in voller Blüte stand, und aßen zu Mittag: sein ältester Freund, die Frau des Freundes und ihr Vater. Sie schauten gerade einem großen, grauen Kater zu, der an einem Beet mit Judaspfennig, Maßliebchen und Glockenblumen vorbeischlich. Das Gespräch drehte sich um Alaska – den Kater – und die Frage, ob er noch ein guter Mäusejäger war.

Als sie das Gartentor quietschen hörten, drehten sie sich um. Simon St. James sagte: »Ah, Tommy! Hallo!«

Deborah sagte: »Du kommst gerade rechtzeitig, um einen Streit zu schlichten. Wie gut kennst du dich mit Katzen aus?«

»Von wegen neun Leben und so weiter?«

»Und so weiter.«

»Ich fürchte, da bin ich kein Experte.«

»Schade.«

Deborahs Vater Joseph Cotter erhob sich. »Guten Tag, Mylord. Einen Kaffee?«

Lynley bedeutete Cotter, er möge sitzen bleiben, und holte sich einen Stuhl von der Terrasse. Er betrachtete die Reste des Mittagessens: Salat, grüne Bohnen mit Mandeln, abgenagte Lammknochen, ein Rest Baguette, Rotwein. Offenbar hatte

Cotter gekocht. Deborah war Künstlerin, aber mit ihren Koch-
künsten war es nicht weit her.

»Wie alt ist Alaska?«, fragte er.

»Gott, keine Ahnung«, sagte Deborah. »Wie alt war ich, als
wir ihn bekommen haben, Simon? Zehn?«

»Er kann unmöglich schon siebzehn Jahre alt sein«, sagte
Lynley. »Wie viele Leben kann er denn haben?«

»Ich glaube, er hat mindestens acht hinter sich«, sagte St. James.
Dann, zu seiner Frau: »Oder vielleicht auch schon fünfzehn.«

»Ich oder der Kater?«

»Der Kater, mein Herz.«

»Dann erkläre ich ihn hiermit weiterhin zum ... aktiven Mäusejäger«, sagte Lynley, machte mit der Hand ein Kreuz in der
Luft über dem Kater, der gerade ein abgefallenes Kirschbaum-
blatt attackierte.

»Siehst du«, sagte Deborah zu ihrem Mann. »Tommy kennt
sich aus.«

»Hast du viel Erfahrung mit Katzen?«, fragte St. James.

»Ich habe genug Erfahrung, um zu wissen, wem ich recht
geben muss, wenn ich zu Besuch bin«, sagte Lynley. »Ich hatte
das Gefühl, dass Deborah meinte, er wäre noch ein guter Mäusejäger. Sie war schon immer eine Fürsprecherin eurer Tiere.
Apropos, wo ist denn Peach?«

»Die hat Stubenarrest«, sagte Deborah. »Unsere Dackeldame
konnte sich mal wieder nicht benehmen und wollte unbedingt
etwas von dem Lamm abhaben, da haben wir sie in die Küche
gesperrt.«

»Die Ärmste.«

»Das sagst du bloß, weil du nicht mitbekommen hast, was sie
für ein Theater veranstaltet hat«, lästerte St. James.

»Du weißt ja, wie sie einen mit ihren Hundeaugen ansehen
kann«, sagte Deborah. »Da kann man einfach nicht Nein sagen.«

Lynley lachte. Er lehnte sich zurück und genoss noch ein

paar Minuten das Zusammensein mit seinen Freunden, den schönen Tag, den herrlichen Garten. Schließlich sagte er: »Eigentlich bin ich dienstlich hier.« Als Joseph Cotter daraufhin aufstand, um sich zurückzuziehen, sagte Lynley, er könne ruhig bleiben, diesmal sei er nicht in geheimer Mission nach Chelsea gekommen.

Doch Cotter entgegnete, es sei ohnehin Zeit, den Abwasch zu erledigen. Er hob ein Tablett vom Rasen auf und stellte alles mit geübten Griffen darauf ab. Deborah half ihm dabei, und einen Augenblick später waren Lynley und St. James allein im Garten.

»Um was geht es denn diesmal?«, fragte St. James.

»Um etwas Wissenschaftliches.« Lynley berichtete ihm von Angelina Upmans Tod in Italien und von den Einzelheiten, die Lo Bianco ihm telefonisch übermittelt hatte. Wie üblich hörte St. James konzentriert und nachdenklich zu.

Nachdem Lynley geendet hatte, schwiegen sie beide eine Weile. Schließlich sagte St. James: »Könnte dem Labor in Italien ein Irrtum unterlaufen sein? Ein einziger Fall bei einem derart bösartigen Bakterienstamm… Ich würde da gar nicht zuerst an Mord denken, sondern eher an einen Irrtum bei der Untersuchung des Mageninhalts der Toten. Wann stellt man fest, dass man es mit einer bakteriellen Infektion zu tun hat? Normalerweise wenn der Patient noch lebt. Es wird schwer werden für Lo Bianco, etwas zu beweisen, nicht wahr? Zum Beispiel, wie die E.coli-Bakterien überhaupt in ihren Körper gelangt sind.«

»Ich nehme an, dass er deswegen mit Azhars Labor anfangen will. Wirst du mir den Gefallen tun?«

»Dem University College einen Besuch abstatten? Selbstverständlich.«

»Azhar behauptet, in seinem Labor würden Streptokokken erforscht. Lo Bianco will wissen, ob die da sonst noch irgendwas erforschen. Was den Transport angeht…« Lynley verän-

derte seine Sitzposition. Aus den Augenwinkeln nahm er eine
Bewegung wahr. Alaska war mit einem Satz in das Blumenbeet
gesprungen, wo sich jetzt ein erbitterter Kampf abzuspielen
schien. Er sagte: »Wäre es möglich, dass er solche gefährlichen
Bakterien von London nach Lucca transportiert hat?«

St. James nickte. »Man braucht sie nur in ein Kulturmedium
zu geben, in dem sie überleben, eine Nährflüssigkeit oder ein
Gel. Auf dem Gel würde man die Bakterien ausstreichen. In
einer Petrischale würden sie nicht nur überleben, sondern sich
vermehren.«

»Wie viel davon bräuchte man, um jemanden damit umzubringen?«

»Kommt drauf an«, sagte St. James, »wie toxisch das Zeug
ist.«

»Nach dem, was Salvatore mir erklärt hat, haben wir es in
diesem Fall mit einem ganz besonders toxischen E.coli-Stamm
zu tun.«

»Dann werde ich also vorsichtig sein müssen«, sagte St. James.
Er faltete seine weiße Stoffserviette und stand auf. Wegen seiner Behinderung war das Aufstehen für ihn immer sehr anstrengend, aber Lynley, der seinen Freund nur zu gut kannte, hütete
sich, ihm seine Hilfe anzubieten.

VICTORIA
LONDON

Barbaras Handy klingelte. Als sie sah, wer der Anrufer war,
huschte sie ins Treppenhaus, um das Gespräch anzunehmen.
Irgendwo weiter unten waren Stimmen zu hören, verschwanden jedoch in einer der unteren Etagen. »Wie geht es Ihnen?«,
fragte sie Azhar. »Wo sind Sie? Gibt's irgendwas Neues?« Obwohl sie sich bemühte, nicht so verzweifelt zu klingen, merkte

sie an seinem Zögern, ehe er antwortete, dass er es spürte und sich darüber wunderte.

»Ich habe jetzt einen Anwalt«, sagte Azhar. »Er heißt Aldo Greco. Ich wollte Ihnen seine Telefonnummer geben, Barbara.«

Sie hatte einen Bleistift, aber kein Papier, und nachdem sie vergeblich nach einem Zettel gesucht hatte, schrieb sie die Nummer kurzerhand an die blassgelbe Wand. Später würde sie sie in ihr Handy einprogrammieren. »Gut«, sagte sie. »Das ist ein wichtiger Schritt.«

»Er spricht sehr gut Englisch«, berichtete Azhar. »Angeblich kann ich von Glück reden, dass ich in Lucca gelandet bin. Wenn das… das alles in einem Dorf südlich von Neapel passiert wäre, hätte ich wohl große Schwierigkeiten gehabt, einen Anwalt zu finden, der bereit gewesen wäre, aus einer größeren Stadt zu kommen. Ich weiß nicht, warum das so ist. Aber angeblich ist es so.«

Barbara wusste, dass er nur Smalltalk mit ihr machte. Es versetzte ihr einen Stich, dass er das bei ihr nötig hatte, seiner guten Freundin. »Was wird die Botschaft unternehmen?«, fragte sie. »Haben Sie mit jemandem in der Botschaft gesprochen?«

Ja, sagte er, die Botschaft habe ihm eine Liste von Anwälten in der Toskana gegeben. Aber davon abgesehen könnten sie nicht viel für ihn tun, außer seine Verwandten verständigen, was er eigentlich nicht wollte. »Sie haben mir gesagt, wenn ein Brite auf fremdem Boden in Schwierigkeiten gerät, dann muss er selbst zusehen, wie er da wieder herauskommt.«

»Wie nett, dass man Sie darüber aufgeklärt hat«, bemerkte Barbara sarkastisch. »Ich hab mich schon immer gefragt, wofür unsere verdammten Steuern ausgegeben werden.«

»Na ja, die haben bestimmt andere Sorgen«, sagte er. »Und da sie mich nicht kennen und sich auf mein Wort verlassen müssen, dass die Polizei keinen Grund hat, mich zu verhören… kann ich sie schon verstehen.«

Barbara sah ihn direkt vor sich. Wahrscheinlich trug er wie

immer ein frisch gebügeltes weißes Hemd und eine einfache
dunkle Hose. Gut geschnitten, so dass seine schlanke Figur zur
Geltung kam. Er wirkte immer so zart, dachte sie, so ätherisch
im Vergleich zu anderen Männern. So gut, wie er aussah, und
so gut, wie sie ihn kannte – und sie kannte ihn gut, redete sie
sich ein –, konnte er nur grundanständig sein. Deswegen gab
sie ihm die Information, die er brauchte, um sich auf das einzustellen, was auf ihn zukam. Das hatte nichts mit Loyalität zu
tun, sagte sie sich. Das hatte nur mit Fairness zu tun.

Sie sagte: »Das Nierenversagen wurde durch ein Toxin verursacht, Azhar. Es heißt Shiga-Toxin.«

Schweigen. Dann fragte er: »Was?«, als hätte er sie nicht richtig verstanden, oder als könnte er nicht glauben, was sie da
sagte.

»DI Lynley hat den Italiener für mich angerufen. Von dem
hat er die Information.«

»Von Commissario Lo Bianco?«

»Ja, genau. Dieser Lo Bianco hat gesagt, dass dieses Shiga-
Toxin das Nierenversagen verursacht hat.«

»Wie kann das sein? Der E.coli-Stamm, der sich in Shiga-Toxin verwandelt...«

»Sie hat es sich irgendwo eingefangen, das Bakterium. Offenbar eine besonders bösartige Variante. Die Ärzte wussten nicht,
womit sie es zu tun hatten, weil sie ja vorher schon Probleme
mit ihrer Schwangerschaft hatte. Deswegen haben sie nur die
üblichen Tests gemacht, und als die negativ waren, haben sie
ihr Antibiotika...«

»O Gott«, sagte Azhar.

Barbara sagte nichts.

Nach einer Weile murmelte Azhar: »Deswegen hat er mir all
diese Fragen gestellt...« Dann sagte er nachdrücklich: »Das
muss ein Irrtum sein, Barbara. Dass nur ein einziger Mensch
daran stirbt, ist praktisch unmöglich. Bei E.coli handelt es sich
um eine Bakterieninfektion. Sie befällt die Nahrungsmittel.

Da hätte noch jemand anders erkranken müssen. Viele Menschen hätten erkranken müssen, weil sie dieselben Nahrungsmittel aufgenommen hätten wie Angelina. Verstehen Sie, was ich meine? Das ist einfach unmöglich. Das Labor muss einen Fehler gemacht haben.«

»Apropos Labors, Azhar... Sie verstehen doch, worauf das hinausläuft, oder? Die italienische Polizei? Was die vermuten?«

Er schwieg. Die Puzzleteile fügten sich zu einem Bild zusammen. Das nahm Barbara jedenfalls an. Er spekulierte nicht, er überlegte nicht, er plante nicht seinen nächsten Schritt. Er rekapitulierte nur die Ereigniskette, die mit Angelinas Verschwinden aus London begonnen und mit Angelinas Tod geendet hatte.

Endlich sagte er ruhig: »*Streptokokken*, Barbara.«

»Was?«

»Das ist es, was wir in meinem Labor am University College erforschen: Streptokokken. In manchen Labors werden verschiedene Bakterien erforscht, bei uns nicht. Natürlich erforschen wir mehr als einen Bakterienstamm. Aber nur von Streptokokken. Mein besonderes Interesse gilt den Streptokokken, die virale Meningitis bei Neugeborenen verursachen.«

»Azhar, das müssen Sie mir nicht erzählen.«

»Sehen Sie«, fuhr er eindringlich fort, als hätte sie nichts gesagt, »die Mutter gibt die Bakterien an das Kind weiter, wenn es durch den Geburtskanal rutscht. Daher kommt...«

»Ich glaube Ihnen, Azhar.«

»... die Meningitis des Neugeborenen. Wir suchen nach einer Möglichkeit, das zu verhindern.«

»Verstehe.«

»Natürlich erforschen wir auch andere Arten von Streptokokken, da die Doktoranden ja an unterschiedlichen Dissertationsthemen arbeiten. Aber die Bakterien, die ich erforsche... Wie gesagt. Und Angelina war schwanger. Sie werden mich also danach fragen, nicht wahr? Kann es Zufall sein, dass ich ausgerechnet eine Art von Bakterien erforsche, die bei Schwangeren vorkommt? Und da ich ja bereits die Entführung meines eigenen Kindes organisiert habe, wird das die Polizei ebenso misstrauisch machen, wie es Sie misstrauisch macht.«

»Azhar. *Azhar*.«

»Ich habe Angelina nichts zuleide getan«, sagte er. »Sie können nicht glauben, ich hätte ihr das angetan.«

Das hatte sie gar nicht angenommen. Nicht im Entferntesten. Aber Tatsache war, dass bei dieser ganzen Geschichte in Italien auf mehr als eine Weise Unheil angerichtet worden war, und das wusste Azhar ebenso gut wie sie. Sie sagte: »Die Entführung, diese Tickets nach Pakistan. Sie können sich doch denken, welche Schlussfolgerungen die Polizei ziehen wird, wenn alles rauskommt.«

»Nur Sie und ich wissen von diesen Dingen, Barbara.« Er klang wachsam.

»Was ist mit Doughty und Smythe?«

»Die arbeiten für uns«, sagte er. »Nicht für die italienische Polizei. Sie haben Anweisungen… Sie müssen mir glauben, Barbara, denn wenn ausgerechnet Sie mir nicht glauben… Ich habe Angelina nichts zuleide getan. Es war dumm und unverzeihlich, dass ich diese Entführung arrangiert habe, aber wie sonst hätte Angelina erfahren sollen, wie es ist, wenn das eigene Kind plötzlich verschwindet und man keine Ahnung hat…?«

»Pakistan, Azhar. Einfache Flüge. Lynley weiß von den Tickets. Und er macht seine Hausaufgaben.«

»Sie denken nicht logisch«, schrie er. »Warum sollte ich Tickets für Juli buchen, aber dafür sorgen, dass Angelina im Mai stirbt? Warum sollte ich das tun? Wozu sollte ich Tickets nach Pakistan brauchen, wenn Angelina tot ist?«

Weil, dachte Barbara, diese Tickets den Verdacht von dir ablenken würden, doch sie behielt das lieber für sich.

Er sagte: »Wenn Sie glauben, ich hätte Angelina auf dem Gewissen, dann müssen Sie sich auch fragen, wo ich die Bakterien hätte hernehmen sollen. Sicherlich wird es irgendwo in England jemanden geben, der diese speziellen Bakterien erforscht, vielleicht sogar in London, aber ich weiß nicht, wer. Natürlich wäre es für mich ein Leichtes, das herauszufinden, ich hätte es also in Erfahrung bringen können. So wie jeder andere auch.«

»Das ist mir alles klar, Azhar. Aber *Sie* müssen sich fragen, wie wahrscheinlich das ist...« Sie unterbrach sich, denn es ging nicht allein darum, was sie Lynley, Azhar und Hadiyyah schuldete, es ging auch um sie selbst. »Das Problem ist... Sie haben mich einmal angelogen und...«

»Aber jetzt lüge ich nicht! Und als ich gelogen habe... Wie hätte ich Ihnen sagen können, was ich vorhatte? Hätten Sie zugelassen, dass ich meinen Plan in die Tat umsetze? Nein, das hätten Sie nicht. Sie sind Polizistin. Wie hätte ich das von Ihnen erwarten können? Das musste ich ganz allein tun.«

Einen Mord begehen ist in der Regel auch etwas, was man allein tut, dachte Barbara.

Eine ganze Weile herrschte Schweigen, das Azhar schließlich brach. »Sind Sie jetzt nicht mehr bereit, mir zu helfen?«, fragte er.

»Das hab ich nicht gesagt.«

»Aber das ist es, was Sie denken, nicht wahr? Ich muss mich von diesem Mann distanzieren, denn wenn ich das nicht tue, verliere ich alles.«

Was fast dasselbe war, dachte Barbara bekümmert, was DI Lynley ihr gesagt hatte. Für sie stand alles auf dem Spiel, es sei denn, es gelang ihr, der italienischen Polizei einen Schritt voraus zu bleiben.

THE WEST END
LONDON

Mitchell Corsico war die Lösung, dachte Barbara. Nachdem sie
die Nummer von Azhars Anwalt in ihr Handy einprogrammiert
und von der Wand abgewischt hatte, rief sie den Reporter an
und sagte: »Wir müssen uns treffen. Angelina Upman ist tot.
Warum schreibt ihr Typen nichts darüber?«

Er sprang nicht darauf an. »Wer sagt denn, dass wir nichts
darüber schreiben?«

»Ich hab jedenfalls noch nichts davon in der Zeitung gelesen.«

»Wollen Sie mich jetzt dafür verantwortlich machen, was Sie
in der Zeitung lesen und was nicht?«

»Wollen *Sie* behaupten, es stand zwar in der Zeitung, hat's
aber nicht auf die Titelseite geschafft? Sie kriegen anscheinend
überhaupt nichts mehr mit. Am besten, wir treffen uns, und
zwar bald.«

Er biss immer noch nicht an, der raffinierte Mistkerl. »Sagen
Sie mir, warum das auf die Titelseite soll, dann sage *ich* Ihnen,
ob wir uns treffen müssen, Barb.«

Sie ließ sich von Corsicos Arroganz nicht irritieren. »Stand
es überhaupt in der *Source*, Mitchell? Ein britisches Mädchen
wird entführt, sie wird in einem Kloster in den italienischen
Alpen gefunden, und zwar in der Obhut einer Verrückten, die
sich für eine Nonne hält, und dann stirbt die Mutter des Mädchens ganz unerwartet. Jede Einzelheit dieser Geschichte ist
einen Aufmacher wert.«

»Hey, sie ist auf Seite zwölf gelandet. Wenn die Frau uns den
Gefallen getan und sich selbst um die Ecke gebracht hätte, dann
wäre sie auf Seite eins gelandet, aber was soll ich Ihnen sagen?
Das hat sie nicht getan, und so wurde sie auf Seite zwölf begra-
ben.« Er musste über seinen eigenen Witz lachen. »Verzeihen
Sie mir das Wortspiel.«

»Und was ist, wenn sie euch Zeitungsfritzen doch einen Gefallen getan hätte und auf eine Weise gestorben wäre, die die Italiener lieber verschleiern wollen?«

»Was denn, hat der Premierminister sie etwa ermordet? Oder der Papst?« Wieder lachte er. »Sie ist im Krankenhaus gestorben, Barb. Wir haben alle Fakten. Sie ist ins Koma gefallen und nicht wieder aufgewacht. Nierenversagen. Also, was versuchen Sie mir zu verkaufen: Dass jemand sich ins Krankenhaus geschlichen und ihr Nierengift in den Infusionsbeutel geträufelt hat?«

»Ich will, dass wir uns treffen, und ich sage Ihnen nichts, solange ich Ihr Gesicht nicht sehe.«

Sie ließ ihm Zeit, darüber nachzudenken, während sie selbst fieberhaft überlegte, wie sie die Geschichte am besten hinbog, um sie für die *Source* interessant zu machen. Politisch war das Boulevardblatt in den letzten Jahren so weit nach rechts gerutscht, dass man es fast schon als Naziblatt bezeichnen konnte. Sie müsste mit der englischen Fahne wedeln. Briten gegen Spaghettifresser. Aber noch nicht. Erst musste er anbeißen.

Schließlich sagte er: »Also gut. Aber wehe, das ist nicht was richtig Gutes.«

»Es ist gut«, sagte sie, und um ihm entgegenzukommen, ließ sie ihn den Treffpunkt vorschlagen.

Er entschied sich für die Theaterkartenverkaufsbude am Leicester Square. Daneben stehe eine auffällige Anschlagtafel, sagte er, wo die günstigsten Eintrittskarten für Theater, Komödien und Musicals angeboten würden. Dort werde er sie erwarten.

»Ich werde eine Rose im Knopfloch tragen«, sagte sie lässig.

»Nur keine Umstände, ich werde Sie an Ihrem Angstschweiß erkennen«, sagte er.

Sie verabredeten eine Uhrzeit, und sie fuhr zeitig los, um ein bisschen früher da zu sein. Der Leicester Square war wie immer der feuchte Traum jedes Terroristen. Unzählige Touristen saßen in den Cafés, umringten Straßenmusikanten, standen für Kinokarten an und versuchten, niedrige Eintrittspreise für

Theaterstücke auszuhandeln, die wenig Publikum anzogen. Bis Mitte Juli würden die Touristenmassen sich noch einmal verdoppeln, und dann würde hier kein Durchkommen mehr sein.

Sie stellte sich vor die Anschlagtafel und tat so, als studierte sie die Angebote. Musicals, Musicals, Musicals. Und Hollywoodstars, die sich als Bühnenschauspieler versuchten. Shakespeare würde sich im Grab umdrehen, dachte sie.

Nachdem sie siebeneinhalb Minuten lang den Debatten um sich herum gelauscht hatte – welches Stück man sich ansehen sollte, wie viel man ausgeben wollte, ob *Les Misérables* wohl noch ein weiteres Jahrhundert lang laufen würde –, stieg ihr ein merkwürdiger Geruch in die Nase. Mitchell Corsicos Aftershave.

Sie fragte: »Was ist das für ein Zeug, das Sie da aufgelegt haben? Pferdepisse? Mein lieber Mann, Mitchell.« Sie wedelte mit der Hand vor ihrer Nase. »Reicht die Kostümierung nicht aus?« Wie lange konnte einer rumlaufen, als wäre er aus *Bonanza* entsprungen?

»Sie wollten mich doch treffen, oder?«, entgegnete er. »Und ich hoffe, dass Sie mir was Interessantes zu bieten haben.«

»Wie wär's mit einem italienischen Vertuschungsmanöver?«

Er sah sich um. In dem Gedränge vor der Anschlagtafel wurde es ungemütlich. Er ging zum Rand des Platzes in Richtung Gerrard Street und Londons winzigem Chinatown-Abklatsch. Barbara folgte ihm. Er baute sich vor ihr auf und sagte: »Wovon reden Sie? Ich warne Sie – verarschen Sie mich nicht.«

»Die Italiener haben die Todesursache festgestellt, halten die Information aber geheim. Sie wollen nicht, dass die Zeitungen Wind davon bekommen, weil sie keine Panik in der Bevölkerung auslösen wollen. Oder in der Wirtschaft. Reicht Ihnen das?«

Sein Blick wanderte zu einem Luftballonverkäufer, dann schaute er sie wieder an. »Könnte sein«, sagte er. »Und wie lautet die Todesursache?«

»E.coli-Bakterien. Eine besonders gefährliche *Variante*. Tödlich. Die schlimmste.«

Seine Augen wurden schmal. »Woher wissen Sie das?«

»Ich weiß es, weil ich es weiß, Mitchell. Ich war da, als der Anruf aus Italien kam.«

»Wo kam der Anruf an?«

»Bei DI Lynley. Der Anrufer war der italienische Commissario.«

Mitchell zog die Brauen zusammen. Er versuchte, sich einen Reim auf ihre Worte zu machen. Er war nicht dumm. Die Tatsache, dass sie Lynley ins Spiel brachte, ließ bei ihm alle Alarmglocken läuten.

»Warum erzählen Sie mir das?«, fragte er. »Das würde mich echt interessieren.«

»Ist doch wohl klar, oder?«

»Mir nicht.«

»Verdammt, Mitchell. Sie wissen doch, was E.coli-Bakterien bedeuten, oder? Wir reden hier von einer Lebensmittelvergiftung.«

»Sie hat also was Verdorbenes gegessen.«

»Wir reden nicht von einem verdorbenen Kartoffelchip, Kumpel. Das Schlüsselwort lautet *Lebensmittel*. Tiefkühlspinat, Hackfleisch, Dosentomaten, was weiß ich. Vielleicht hat sie eine Lasagne gegessen. Der springende Punkt ist: Wenn das rauskommt, ist das eine Ohrfeige für die italienische Lebensmittelindustrie …«

»Also gut«, fiel er ihr ins Wort. »Sie hat also vielleicht irgendwo einen Hamburger gegessen, und die Küchenhilfe, die die Tomaten da draufgetan hat, hat vergessen, sich nach dem Stuhlgang die Hände zu waschen? So in etwa?« Er schob sich seinen Stetson in den Nacken. In seinem Cowboykostüm erntete er neugierige Blicke von einigen Passanten, die sich vergeblich nach einem Geigenkasten umsahen, um ein paar Münzen hineinzuwerfen. »Dass nur eine Person gestorben ist, würde doch nahelegen, dass es so ungefähr abgelaufen ist. Eine Person, ein Hamburger, eine verseuchte Tomate.«

»Na ja, wenn es in Italien überhaupt Hamburger...«

»Herrgott noch mal, das war ein Beispiel. Kann ja auch ein Salat gewesen sein. Zum Beispiel dieser italienische Salat mit Tomaten und Käse und diesem Grünzeug. Wie heißt das gleich noch?«

»Seh ich so aus, als wenn ich so was wüsste, Mitchell? Ich gebe Ihnen einen brisanten Tipp für eine Story, die jeden Augenblick in Italien durchsickern kann, aber *Sie* haben jetzt die Nase vorn, glauben Sie mir, denn die Polizei und die Gesundheitsbehörde werden den Teufel tun und die Geschichte publik machen und damit italienische Produkte in Verruf bringen.«

»Ja, ja, das sagten Sie bereits.« Doch er blieb misstrauisch. »Wieso hängen Sie sich da so rein, Barb? Hat das irgendwas zu tun mit...? Wo steckt unser sexgeiler Vater eigentlich?«

Sie wollte auf jeden Fall verhindern, dass er die Sache mit Azhar in Verbindung brachte. »Hab schon 'ne Weile nichts mehr von ihm gehört. Er ist wegen der Beerdigung nach Lucca gefahren. Wahrscheinlich ist er mittlerweile zurück. Oder noch da unten, um die Sachen seiner Tochter zu packen, was weiß ich? Hören Sie, machen Sie mit der Geschichte, was Sie wollen. Ich finde, sie ist Gold wert. Wenn Sie das anders sehen, meinetwegen, dann bringen Sie sie halt nicht. Es gibt auch noch andere Zeitungen, die mir die Füße küssen würden für so einen heißen Tipp...«

»Hab ich gesagt, ich würde es nicht bringen? Ich will nur nicht, dass das wieder nach hinten losgeht wie bei der letzten Bombe.«

»Was für eine Bombe?«

»Na ja, die Kleine wurde doch gefunden, oder?«

Barbara starrte ihn an. Sie musste ihre ganze Beherrschung aufbringen, um ihm keine Ohrfeige zu verpassen. Während das Blut in ihren Ohren pochte, sagte sie langsam: »Ganz recht,

615

Mitch. Das war ein echter Schlag für Sie. Eine Leiche wär doch was ganz anderes gewesen. Am besten eine verstümmelte. Das hätte Ihre Verkaufszahlen in die Höhe schnellen lassen.«

»Ich sage ja nur... Hören Sie, das ist ein schmutziges Geschäft, und das wissen Sie. Tatsache ist doch, dass wir beide gar nicht miteinander reden würden, wenn Sie das nicht wüssten.«

»Wenn wir schon von schmutzig reden: Was da in Italien abläuft, ist verdammt schmutzig. Das ist Ihre Geschichte. Das Ganze hat einer Engländerin bereits das Leben gekostet, und es sind noch mehr Leben in Gefahr. Sie können das Angebot annehmen oder ausschlagen. Ihre Entscheidung.«

Sie drehte sich um und entfernte sich in Richtung Charing Cross Road. Sie würde zu Fuß zum Yard zurückgehen. Sie brauchte Zeit, um wieder zurück auf den Teppich zu kommen.

WAPPING
LONDON

Dwayne Doughty würden diverse Möglichkeiten einfallen, wenn er überlegte, wie Emily Cass sich ihre Wohnung in der Wapping High Street leisten konnte, aber im Grunde interessierte ihn das gar nicht. Er hatte jedoch das deutliche Gefühl, dass Bryan Smythe sich durchaus den Kopf darüber zerbrach, welche Einkommensquellen einem solch ein Loft erlaubten – in einem denkmalgeschützten ehemaligen Speicher mit Blick auf die Themse. Sie konnte die Wohnung unmöglich *gekauft* haben, dachte Smythe. Demnach hatte sie sie also gemietet. Aber die Miete war garantiert exorbitant. Allein konnte sie so viel unmöglich aufbringen. Es musste also ein Mann im Spiel sein, darauf würde er wetten. Daraus folgte: Sie ließ sich aushalten. Oder eher noch: Sie war die Geliebte des Typen, dem die Wohnung gehörte. Im Austausch für sexuelle Gefälligkeiten in den akrobatischen Stellungen, zu denen eine sportliche Frau wie sie in der Lage war, wohnte sie umgeben von Backsteinwänden, offen liegenden Balken und Rohren und Haushaltsgeräten aus Edelstahl. All das musste Bryan Smythe zähneknirschend zur Kenntnis nehmen. Seine armen Backenzähne würden am Ende ihrer Unterredung wahrscheinlich vollkommen heruntergekaut sein, dachte Doughty.

Es war Emilys Vorschlag gewesen, sich in Wapping zu treffen. Bei dem, was sie vorhatten, so meinte sie, könnten sie es nicht länger riskieren, sich irgendwo gemeinsam blicken zu lassen, und auch ein öffentlicher Ort sei zu gefährlich. Also war nur ihre Wohnung geblieben. Und so saßen sie jetzt in niedrigen Ledersofas vor einem noch niedrigeren Glastisch und schauten auf die Themse hinaus. Auf dem Glastisch standen ein Kaffeeservice aus Edelstahl und ein Teller mit Teilchen, die Bryan mitgebracht hatte. Dwayne aß gerade ein Croissant mit Aprikosenfüllung und freute sich schon auf die Apfeltasche, denn er wusste, dass Emily nichts von dem Gebäck anrühren würde.

Dass Emily darauf bestanden hatte, sich an einem anderen als dem üblichen Ort mit ihnen zu treffen, hatte auch damit zu tun, dass die Dreieinigkeit der Übeltäter, die sie bildeten, dabei war, auseinanderzufallen. So viel war Dwayne klar. Sie konnte sich nicht darauf verlassen, dass er in seinem Büro nicht jedes Wort aufzeichnen würde, das gesprochen wurde, und sie konnte sich ebenso wenig darauf verlassen, dass Bryan in seinem Palast in South Hackney keine versteckte Kamera installiert hatte. Hier in ihrer eigenen Wohnung hatte sie das Gefühl, die Sache wenigstens halbwegs unter Kontrolle zu haben. Und Dwayne hatte sich entschlossen, ihr das zuzugestehen.

Der Zweck des Treffens bestand darin, sich zu vergewissern, dass sie noch alle an einem Strang zogen in Bezug auf das, was sie untereinander den Italienjob nannten. Obwohl es meilenweit niemanden gab, der sich für das interessiert hätte, was sie zu besprechen hatten, hockten sie verschwörerisch beieinander um den Sofatisch und sprachen mit gedämpfter Stimme, während sie sich die Dokumente ansahen, die Bryan mitgebracht hatte, um festzustellen, ob und wo es Schwachpunkte gab.

Was Bryan mit Hilfe diverser Hacker und Insider erzeugt hatte, war die notwendige Spur, die die Wahrhaftigkeit dessen dokumentierte, was Doughty über einen gewissen Michelangelo Di Massimo behauptet hatte und weiterhin behaupten würde. Bryan zeigte ihnen die Belege sämtlicher Zahlungen, die an Di Massimo gegangen waren für die angeblich kurze Suche nach Angelina Upman und deren Tochter in Pisa. Außerdem nahmen sie die Unterlagen unter die Lupe, die belegen sollten, dass Di Massimo angefangen hatte, von seinem Konto Geld auf das Konto von Roberto Squali zu überweisen als Honorar für den Auftrag, Hadiyyah zu entführen. Echte Kontoauszüge bewiesen, dass Doughty geringe Summen an Di Massimo überwiesen hatte – Stundenhonorare und Spesen –, während von Smythe erstellte Bankunterlagen »belegten«, dass Di Massimo große Summen an Squali überwiesen hatte, anscheinend als Bezahlung für irgendwelche zwielichtigen Dienste, über die Doughty, im Gegensatz zu allem, was Di Massimo auch behaupten mochte, selbstverständlich nicht das Geringste wusste. Bryan hatte sogar die entsprechenden Quittungen fabriziert.

Diese »Beweise« hatten jedoch nur dann einen Wert, wenn die italienische Polizei nicht allzu tief in das britische Bankensystem oder irgendein britisches Computersystem eintauchte. Denn natürlich gab es reichlich Sicherungskopien und riesige Datenspeicher auf Rechnern an Hunderten von Orten. Aber Doughty, Smythe und Em Cass verließen sich diesbezüglich auf die allgemeine Inkompetenz und allseits bekannte Bestechlichkeit der Mittelmeeranwohner. Damit würden sie, so glaubten sie, letztlich durchkommen.

Nachdem das Problem Di Massimo in eine Form gebracht worden war, die die italienische Polizei wahrscheinlich schlucken würde, blieb das Problem Barbara Havers. Die Frau war immer noch im Besitz der Sicherungskopien, die sie alle in den Abgrund ziehen konnten, und deswegen musste diesbezüglich irgendetwas unternommen werden. Das war schwieriger, aber nicht unmöglich: Die Summen, die Di Massimo an Squali überwiesen hatte, waren zuvor vom Konto einer gewissen Barbara Havers auf das Konto von Michelangelo transferiert worden. Auf Barbara Havers' Konto wiederum waren dieselben Summen von Taymullah Azhars Konto überwiesen worden. Und so würde Barbara Havers bald feststellen, dass sie im Fall der Entführung von Hadiyyah Upman eine Komplizin war.

War Technozauberei nicht einfach großartig?

13. Mai

LUCCA
TOSKANA

Ha!, entfuhr es Salvatore, als die Informationen aus London kamen. Leider – *merda!* – war alles auf Englisch, aber auf fast jeder Seite tauchte immer wieder derselbe Name auf: Michelangelo Di Massimo.

Eigentlich hätte er das ganze Material sofort an Nicodemo Triglia weiterreichen müssen. Aber zuerst wollte Salvatore genau wissen, was die Seiten enthielten. Dazu brauchte er jemanden, der die englische Sprache beherrschte und kein Interesse daran hatte, den Staatsanwalt über Salvatores Aktivitäten zu informieren; es kam also niemand in Frage, der irgendetwas mit der Polizei zu tun hatte. Blieb wieder einmal nur Birgit übrig.

Als er seine Exfrau anrief, erklärte sie ihm rundheraus, sie würde ihn nicht in ihr Haus lassen. Das konnte er sogar verstehen. Er wollte ebenso wenig wie sie, dass Bianca und Marco sein geschundenes Gesicht sahen. Sie verabredeten sich auf einem Spielplatz gegenüber der Scuola Dante Alighieri, wo neben Schaukeln, Rutschbahnen und Karussells auch mehrere Bänke standen. Er solle sich erst blicken lassen, wenn die Kinder das Schulgebäude betreten hatten. *Chiaro?*

Chiaro, versicherte er ihr.

Sie saß auf der Bank, die am weitesten von der Schule entfernt stand, im Schatten einer großen Platane. Auf einer Bank in der Nähe saßen zwei Frauen mit Kinderwagen in der Sonne.

Sie rauchten und telefonierten, während ihre Babys in der warmen Morgenluft schliefen.

Salvatore setzte sich neben seine Exfrau. Er hatte sich den Brustkorb mit elastischen Binden umwickelt, die zwar seine Schmerzen linderten, ihn jedoch in seinen Bewegungen einschränkten und das Atmen erschwerten.

»Was ist los?«, fragte sie. »Du siehst ja noch schlimmer aus als beim letzten Mal.« Sie schüttelte eine Zigarette aus der Schachtel und bot ihm eine an. Das Angebot war verlockend, doch er befürchtete, dass er seiner Lunge kein Nikotin zumuten konnte.

»Das sind die Hämatome«, sagte er. »Die werden eben zuerst violett und dann gelb. Es geht mir gut.«

Sie schüttelte den Kopf. »Du hättest ihn anzeigen sollen, Salvatore.«

»Wo denn? Bei ihm selbst?«

Sie zündete sich die Zigarette an. »Dann solltest du ihn bei nächster Gelegenheit ebenfalls grün und blau prügeln. Was soll Marco von seinem Vater denken, wenn der sich nicht zur Wehr setzt?«

Auf diese Frage wusste er keine Antwort, und nach all den Jahren, die sie miteinander verheiratet gewesen waren, wusste Salvatore auch, dass es besser war, sich mit Birgit nicht auf derartige pseudophilosophische Debatten einzulassen. Er nahm den Bericht aus dem Umschlag und gab ihn ihr. Die Kontoauszüge, Quittungen und Telefonabrechnungen seien kein Problem, sagte er, es gehe ihm nur um die ausführlicheren Berichte.

»Du solltest richtig Englisch lernen«, sagte Birgit tadelnd. »Wie du so weit gekommen bist, ohne eine Fremdsprache… Und erzähl mir nicht schon wieder, du könntest Französisch, Salvatore. Ich kann mich noch gut erinnern, wie du vergeblich versucht hast, dich mit den Kellnern in Nizza zu verständigen.«

Sie begann zu lesen. Salvatore beobachtete eins der Kleinkinder, das versuchte, aus seinem Wagen zu klettern, während die

Mutter ungerührt weiter telefonierte. Die andere Mutter hatte zwar aufgehört zu telefonieren, war aber jetzt dabei, eine SMS zu schreiben, ohne ihr Kind zu beachten. Salvatore seufzte und verfluchte die modernen Zeiten.

Birgit schnippte Asche von ihrer Zigarette, blätterte um, knurrte beim Lesen vor sich hin, nickte hin und wieder. Schließlich schaute sie ihn an. »Das kommt alles von einem Mann namens Dwayne Doughty«, sagte sie, »der dir das auf Anweisung eines Polizisten von New Scotland Yard geschickt hat. Dieser Doughty hat Michelangelo Di Massimo angeheuert, um ihm bei der Suche nach einer Frau aus London zu helfen, die mit ihrer Tochter verschwunden war und deren Spur er mit Hilfe der englischen Grenzpolizei bis zum Flughafen Galileo hatte verfolgen können. Di Massimo sollte die Spur in Pisa aufnehmen, und das hat er offenbar auch getan. Als Belege für Di Massimos Tätigkeit hat Doughty dir Kopien von diversen Honorar- und Spesenabrechnungen beigelegt. Di Massimo hat behauptet, trotz Überprüfung sämtlicher Zugverbindungen, Taxi- und Busunternehmen sowie aller Mietwagenfirmen keine Spur der beiden gefunden zu haben. Mutter und Tochter waren zwar in Pisa gelandet, aber danach spurlos verschwunden. Daraus, so Doughty, hatte Di Massimo geschlossen, dass irgendjemand die beiden vom Flughafen abgeholt und irgendwohin mitgenommen haben musste. All das hat Doughty deinem Londoner Kollegen erzählt, und der Londoner Kollege teilt dir nun mit, dass er diese Informationen, einschließlich Di Massimos Namen, an den Vater des Mädchens weitergegeben hat. Doughty geht davon aus, dass alles Weitere zwischen dem Vater und Di Massimo abgesprochen wurde, da er von da an nichts mehr mit der Sache zu tun hatte.«

Salvatore dachte über diese Informationen nach. Dass sie im Widerspruch zu allem standen, was Di Massimo ausgesagt hatte, wunderte ihn nicht. In solch einer Situation war damit zu rechnen, dass die Verdächtigen jeweils mit dem Finger auf den anderen zeigten.

Birgit sagte: »Doughty hat außerdem Unterlagen beigefügt, aus denen hervorgeht, dass viel Geld vom Konto eines gewissen...«, sie blätterte in den Seiten auf der Suche nach dem Namen, »...Taymullah Azhar abgebucht worden ist, von dem er vermutet, dass es auf das Konto von Di Massimo geflossen ist, und er rät dir, Di Massimos Konten daraufhin zu überprüfen. Er betont, dass er keine Ahnung hat, für welchen Zweck das Geld bestimmt war, meint aber, es lohnt sich, da mal nachzuforschen, da es so aussieht, als hätte Signor Azhar, lange nachdem die Geschäftsbeziehungen zwischen Doughty und Di Massimo abgeschlossen waren, den Privatdetektiv aus Pisa für irgendetwas anderes angeheuert. Ich nehme an, um seine Tochter zu entführen, auch wenn das nicht so direkt in dem Bericht steht. Doughty sagt, aus den Unterlagen, die er beigelegt hat, geht eindeutig hervor, dass Di Massimo nur wenige Wochen für ihn selbst gearbeitet hat, und zwar bis Ende Dezember. Das, sagt er, werden auch Di Massimos Bankunterlagen belegen, wenn du es schaffst, sie dir zu besorgen.« Sie gab Salvatore den Bericht zurück, der ihn wieder in den Umschlag steckte. »Interessant, dass er Di Massimos Bankunterlagen zweimal erwähnt, nicht wahr?«, sagte Birgit. »Hast du dir seine Kontobewegungen schon mal angesehen, Salvatore? Das kannst du doch, oder?«

Er verschränkte die Arme, lehnte sich zurück und streckte die Beine aus. »*Certo*«, sagte er. »Di Massimo ist tatsächlich von diesem Mann bezahlt worden. Aber er erzählt eine ganz andere Geschichte, wie du dir sicher vorstellen kannst.«

»Wenn die Bankunterlagen, die dieser Mann aus London dir geschickt hat, und die Telefonabrechnungen und die Quittungen und...«

»Die sind so unglaubwürdig wie die Liebesschwüre einer Hure, *cara*. Es gibt tausend Möglichkeiten, solche Unterlagen zu manipulieren, aber dieser Doughty scheint anzunehmen, dass ich das nicht weiß. Der hätte gern, dass ich all diesen Unsinn überprüfe, damit ich schön beschäftigt bin und der Wahrheit nicht auf die Spur komme. Für den bin ich ein dummer Italiener, der zu viel Wein trinkt und nicht merkt, wenn er an der Nase herumgeführt wird wie ein Ochse.«

»Was für ein Quatsch. Was meinst du denn damit?«

»Ich meine, dass Signor Doughty möchte, dass der Fall abgeschlossen wird, und zwar mit Di Massimo als einzigem Schuldigen. Oder vielleicht auch mit Di Massimo und diesem Professor als Schuldigen. Aber in jedem Fall soll klar sein, dass er nicht in die Sache verwickelt ist.«

»Das kann doch sein, oder?«

»Es kann sein, *certo*.«

»Und selbst wenn es nicht so ist, selbst wenn dieser Doughty Di Massimo beauftragt hat, das Kind zu entführen… Was kannst du schon von Lucca aus gegen ihn unternehmen? Wie kannst du aufgrund von solchen Vermutungen eine Auslieferung beantragen? Und wie willst du ihm überhaupt irgendwas nachweisen?«

»Aus dem Bericht geht hervor, dass er annimmt, ich hätte mir Di Massimos Bankunterlagen noch nicht angesehen, Birgit. Dieser Doughty geht davon aus, dass ich keine Kopien davon besitze. Dass ich sie nicht mit den Unterlagen vergleiche, die er mir jetzt geschickt hat. Und er weiß nicht, dass ich das hier habe.« Er zog die Kopie der Grußkarte aus der Jackentasche, die er von Brigadiere Mirenda erhalten hatte.

Birgit las den Text auf der Karte, runzelte die Stirn und gab ihm das Blatt zurück. »Was bedeutet *Khushi*?«

»So nennt er das Mädchen.«

»Wer?«

»Der Vater.« Er erklärte ihr, dass Squali dem Mädchen die Karte gegeben hatte und dass es sie in der Villa Rivelli unter ihrer Matratze aufbewahrt hatte. Squali, sagte er, könne sich den Trick mit der Karte durchaus ausgedacht haben, aber nicht den Namen *Khushi*. Wer auch immer die Karte geschrieben hatte, kannte den Kosenamen. Und das konnten nur sehr wenige Personen gewesen sein.

»Ist das seine Handschrift?«, fragte Birgit.

»Squalis?«

»Nein, die ihres Vaters.«

»Ich habe leider wenig Vergleichsmaterial – nur die Eintragung ins Gästebuch der Pension und ein paar Worte auf einer Karte, und ich bin natürlich kein Schriftexperte –, aber es sieht tatsächlich so aus, und wenn ich dem Vater diese Kopie zeige, wird sein Gesicht mir sicherlich die Wahrheit sagen. Sehr wenige Menschen können gut lügen. Ich schätze, dass er nicht dazugehört. Abgesehen davon besteht kein Zweifel daran, dass seine Tochter glaubte, er hätte die Karte geschrieben.« Salvatore erklärte ihr, wozu die Karte benutzt worden war.

Birgit brachte jedoch einen überzeugenden Einwand vor: »Kennt sie denn die Handschrift ihres Vaters? Denk doch mal an Bianca. Würde sie deine Handschrift erkennen? Was hast du ihr je geschrieben außer ›Alles Liebe, dein Papá‹ auf einer Geburtstagskarte?«

Er nickte nachdenklich.

»Und wenn es sich um die Handschrift ihres Vaters handelt, beweist das nicht, dass der Detektiv aus London die Wahrheit sagt? Ihr Vater schreibt die Karte und gibt – oder schickt – sie Di Massimo, der Squali anheuert, um das Mädchen auf dem Markt zu entführen, weil er es nicht selbst machen wollte.«

»Das ist alles richtig«, sagte Salvatore. »Aber im Moment ist es gar nicht mehr die Entführung, die mich interessiert.« Er veränderte seine Sitzposition so, dass er Birgit besser anschauen konnte. Sie hatten ihre Differenzen, und es war bedauerlich, dass Birgit ihn schon lange nicht mehr begehrte, dennoch schätzte er ihre Klugheit und ihren klaren Verstand. »Die Ermittlungen im Entführungsfall wurden mir aus der Hand genommen. Von Rechts wegen müsste ich also die Kopie dieser Karte Nicodemo Triglia übergeben. Aber wenn ich das tue,

625

werden mir auch alle anderen Angelegenheiten, die mit Taymullah Azhar zu tun haben, aus der Hand genommen, verstehst du?«

»Welche anderen Angelegenheiten denn?«, fragte sie.

Er berichtete ihr, auf welche Weise Angelina Upman gestorben war. »Mord ist ein schlimmeres Verbrechen als eine Entführung. Solange Triglia und Fanucci damit beschäftigt sind, Michelangelo Di Massimo als Schuldigen festzunageln, habe ich Zugang zum Vater des Mädchens, den ich nicht hätte, wenn Triglia und Fanucci von der Karte wüssten.«

»Ah, das ändert natürlich die ganze Situation. Verstehe.« Sie machte eine wegwerfende Handbewegung, wie um alle seine Skrupel beiseitezuwischen. »Ich würde sagen, behalte die Kopie der Karte und lass Piero Fanucci in seinem eigenen Saft schmoren.«

»Aber zulassen, dass Michelangelo Di Massimo die ganze Schuld an der Entführung in die Schuhe geschoben wird...«, murmelte er.

»Du weißt doch gar nicht, wann diese Karte nach Italien gekommen ist. Du weißt nicht mal, wer sie geschickt hat. Die kann schon Jahre alt sein und dem Mädchen zu einer ganz anderen Gelegenheit geschickt worden sein. Vielleicht hat sie sie aufgehoben als Andenken an ihren Vater – oder jemand hat sie irgendwo gefunden und sofort gesehen, wie sie ihm von Nutzen sein konnte... Alles ist möglich, *caro*, äh, Salvatore«, sagte sie und errötete. »Und ist es nicht außerdem an der Zeit, dass Fanucci mal eine Lektion erteilt wird? Soll er doch den Zeitungen verkünden: ›Di Massimo ist unser Mann! Wir haben den Beweis!‹ Dann könntest du Di Massimos Anwalt eine Kopie dieser Karte zukommen lassen... Du schuldest Fanucci gar nichts. Und Mord ist, wie du selbst gesagt hast, ein schlimmeres Verbrechen als eine Entführung.« Sie lächelte ihn an. »Ich rate dir: Schlag zu, Salvatore. Klär den Mord auf *und* die Entführung dazu und schick Fanucci zum Teufel.«

Er lächelte ebenfalls, zuckte jedoch ein bisschen zusammen wegen der Schmerzen. »Siehst du?«, sagte er. »Deswegen habe ich mich damals in dich verliebt.«

»Wenn's nur gehalten hätte«, antwortete sie.

LUCCA
TOSKANA

Bei seiner Rückkehr in die Questura fand er auf seinem Schreibtisch einen Stapel Fotos vor, dazu einen Zettel von der einfallsreichen Ottavia Schwartz. Auf den Fotos, die sie heimlich hatte abziehen lassen, waren sämtliche Trauergäste zu sehen, die an Angelina Upmans Beerdigung teilgenommen hatten.

»Bruno war da, Salvatore.«

Er blickte auf. Ottavia hatte ihn kommen sehen, war in sein Zimmer gekommen und hatte die Tür geschlossen. Sie erbleichte beim Anblick seines Gesichts. »*Fanucci?*«, fragte sie mit zusammengekniffenen Augen und zeigte mit einer eindeutigen Geste, was sie von ihm hielt. Dann stellte sie sich neben Salvatore an den Schreibtisch und suchte ein Foto heraus, auf dem Daniele Bruno mit den Segelohren zwischen ein paar Männern stand, die Lorenzo Mura zu trösten versuchten. Auf einem anderen Foto stand Bruno mit gesenktem Kopf am Grab und redete mit Mura. Und was sollen wir daraus schließen?, fragte Salvatore. An dem Tag hatten alle möglichen Trauergäste mit Mura gesprochen.

Salvatore konzentrierte sich zunächst auf die Familie der Toten. Er nahm ein Vergrößerungsglas aus seiner Schreibtischschublade und betrachtete das Gesicht von Angelina Upmans Schwester. Er hatte noch nie Zwillinge gesehen, die einander so sehr ähnelten. In der Regel gab es irgendetwas – irgendein kleines Detail –, das sie voneinander unterschied. Aber bei Bathsheba Ward konnte er nichts entdecken. Sie hätte genauso gut Angelina Upman sein können, die von den Toten auferstanden war. Äußerst verblüffend, dachte er.

VICTORIA
LONDON

Wie Lynley bereits vermutet hatte, als Salvatore Lo Bianco ihn gebeten hatte, für ihn ein paar Nachforschungen anzustellen, brachte die Tatsache, dass die Frau eines gewissen Daniele Bruno als Stewardess auf der Route Pisa-London arbeitete, keine neuen Erkenntnisse. Sie flog mehrmals täglich zwischen Pisa und Gatwick hin und her, und das war's. Sie hatte nie Grund, über Nacht in London zu bleiben. Sollte sie aufgrund einer extremen Verspätung eines Flugs gezwungen sein, doch in London zu übernachten – was in den vergangenen zwölf Monaten kein Mal vorgekommen war –, wurde sie zusammen mit allen anderen Flugbegleitern in einem Flughafenhotel untergebracht und flog am nächsten Morgen zurück nach Italien.

Das berichtete Lynley Lo Bianco, der ihm zustimmte, dass die Spur Daniele Bruno sich als Sackgasse erwies. Er habe sich alle Fotos von der Beerdigung angesehen, und Bruno habe am Grab gestanden, *certo*, aber er sei eben nur einer von zahlreichen Trauergästen gewesen. »Ich glaube, er hat nichts mit der Sache zu tun«, schloss er.

Vielleicht war er ja auch nur in den Wahnvorstellungen eines Drogensüchtigen vorgekommen, dachte Lynley. Schließlich hatten sie nur Carlo Casparias Wort, der behauptete, er habe gesehen, wie Lorenzo Mura und Daniele Bruno sich allein auf dem Bolzplatz getroffen hatten. Und er hatte diese Aussage gemacht, nachdem er tage- und nächtelang ohne anwaltlichen

Beistand verhört worden war. Die Spur Daniele Bruno brachte genauso wenig wie die Spur seiner Frau, der Stewardess.

Aber es musste irgendjemanden geben, der Zugang zu bestimmten Dingen hatte…

Und sie wussten beide, wer dieser Jemand wahrscheinlich war.

Auch St. James konnte nur wenig Neues beitragen, als er wenig später im Yard erschien. Er und Lynley trafen sich am Empfang und gingen in die Cafeteria, um sich dort zu unterhalten.

Es war für St. James kein Problem gewesen, sich Zugang zu Azhars Labor zu verschaffen. Aufgrund seines Rufs als Forensiker und Gerichtssachverständiger hatte er überall Kontakte. Ein paar Anrufe hatten genügt, um den Besuch zu arrangieren unter dem Vorwand, den angesehenen Professor Taymullah Azhar zu treffen. Da der Professor selbst nicht anwesend war, hatte einer von Azhars Mitarbeitern sich erboten, St. James durch das Labor zu führen und ein bisschen von Wissenschaftler zu Wissenschaftler zu plaudern.

Das Labor sei groß und eindrucksvoll, sagte St. James, aber soweit er habe feststellen können, werde dort tatsächlich nichts anderes erforscht als verschiedene Streptokokkenstämme. Der Schwerpunkt liege auf den Mutationen dieser Stämme, und dafür sei das Labor ausgerüstet.

»Nach allem, was ich gesehen habe, scheint das eine ziemlich klare Angelegenheit zu sein«, sagte St. James.

»Was willst du damit sagen?«

»Dass das, was man sieht, so ziemlich dem entspricht, was man in so einem Labor erwarten würde: Abzugsschränke, Zentrifugen, Druckkocher, Kühlschränke, um DNS aufzubewahren, Sequenzer für die DNS-Daten, Tiefkühlbehälter für isolierte Bakterienstämme, Inkubatoren für Bakterienkulturen, Computer… Anscheinend gibt es dort zwei Forschungsbereiche: Streptokokken, die nekrotisierende Fasziitis verursachen…«

»Was ist das?«

St. James schüttete ein Tütchen Zucker in seinen Kaffee und rührte um. »Eine Infektionskrankheit, bei der das Fleisch abstirbt«, sagte er.

»Gott o Gott.«

»Und Streptokokken, die Lungenentzündung, Sepsis und Meningitis verursachen. Bei beiden handelt es sich natürlich um sehr gefährliche Bakterienstämme, aber der zweite – *Streptococcus agalactiae* – kann die Blut-Hirn-Schranke durchbrechen und tödlich sein.«

Lynley dachte darüber nach. Dann sagte er: »Besteht die Möglichkeit, dass jemand in dem Labor heimlich Kolibakterien erforscht?«

»Ich schätze, alles ist möglich, Tommy, aber um das mit Sicherheit herauszubekommen, bräuchtest du einen Maulwurf in dem Labor. Natürlich könnte man einige der Geräte auch für die Erforschung von E.coli-Kulturen benutzen. Aber man bräuchte unterschiedliche Nährflüssigkeiten und unterschiedliche Inkubatoren, um sie zu vermehren. Für Streptokokken braucht man einen Kohlendioxidinkubator, für E.coli nicht.«

»Könnte es mehr als eine Sorte Inkubatoren in dem Labor geben?«

»Sicher. Da arbeitet mindestens ein Dutzend Leute. Gut möglich, dass einer von denen etwas zusammenbraut, das mit E.coli zu tun hat.«

»Ohne Azhars Wissen?«

»Das bezweifle ich, es sei denn, jemand würde da illegal an etwas forschen.«

Sie schauten einander an. Dann sagte St. James: »Komplizierte Sache, was?«

»Allerdings.«

»Er ist mit Barbara befreundet, nicht wahr? Sie könnte doch etwas wissen, Tommy. Könnte sie nicht selbst mal in das Labor gehen und sich unter irgendeinem Vorwand ein bisschen umsehen?«

»Ich fürchte, das geht nicht.«

»Könntest du dir denn einen Durchsuchungsbeschluss besorgen?«

»Wenn's hart auf hart kommt, ja.«

St. James musterte Lynley einen Moment. »Aber du hoffst, dass es nicht so weit kommt, nicht wahr?«

»Ich weiß inzwischen schon selbst nicht mehr, was ich hoffe«, sagte er.

VICTORIA
LONDON

Er hätte gern mit Barbara über das gesprochen, was er von St. James erfahren hatte. Seit Jahren war sie diejenige, an die er sich wandte, wenn er im Verlauf einer Ermittlung verschiedene Möglichkeiten durchgehen wollte. Aber es war unwahrscheinlich, dass sie irgendetwas sagen, tun oder zugeben würde, was Taymullah Azhar in Gefahr brachte. Also musste er sich allein den Kopf zerbrechen.

Es war eine perfekte Methode gewesen, Angelina Upman aus dem Weg zu schaffen. Irgendjemand musste vorausgesehen haben, wie das alles ablaufen würde, dachte Lynley. Und alles deutete auf Lorenzo Mura hin. Aber warum er ein Interesse daran gehabt haben könnte, die Frau zu töten, die von ihm schwanger war, die er liebte und zu heiraten beabsichtigte... Es sei denn, seine Liebe war nur gespielt und sollte von etwas anderem ablenken.

Lynley versuchte, sich an jede Begegnung mit dem Mann zu erinnern. Lorenzo hätte zahllose Möglichkeiten gehabt, Bakterien in Angelinas Essen zu mischen – der Mann war wegen ihrer Schwangerschaft ständig um ihren Gesundheitszustand besorgt gewesen –, aber Lynley konnte sich nicht vorstellen, wie Mura an die Bakterien gekommen sein sollte … als ihm plötzlich wieder der Mann einfiel, den er bei seinem allerersten Besuch auf dem Gut gesehen hatte.

Was hatte er gesehen? Jemand hatte Lorenzo Mura einen dicken Umschlag übergeben. Was hatte Lorenzo dazu gesagt? Es habe sich um die Bezahlung für eins der Eselfohlen gehandelt.

Und wenn der Mann ihm etwas ganz anderes übergeben hatte? Jede Möglichkeit musste in Betracht gezogen werden. Er nahm das Telefon und rief Salvatore Lo Bianco an.

Er hatte ihm sowieso eine Menge zu berichten: Er begann mit St. James' Besuch in Azhars Labor und endete mit dem geheimnisvollen Fremden, der Lorenzo Mura in der Fattoria di Santa Zita einen Umschlag übergeben hatte.

»Mura hat behauptet, es habe sich um Bargeld gehandelt, mit dem der Mann ein Eselfohlen bezahlt hat. Ich habe mir damals nichts dabei gedacht, aber wenn es in Taymullah Azhars Labor in London tatsächlich keine E.coli-Bakterien gibt…«

»Derzeit gibt es dort keine E.coli-Bakterien«, unterbrach ihn Salvatore. »Aber jetzt würde er ja auch keine mehr brauchen, oder, Inspector?«

»Richtig. Er hätte bei seiner Rückkehr nach London sicherlich alle Spuren von was auch immer beseitigen müssen – falls es denn welche gegeben hat –, nachdem er Angelina eingeflößt hatte, was auch immer er nach Italien mitgebracht hatte. Aber es gibt noch eine andere Möglichkeit, die wir in Betracht ziehen sollten, Salvatore. Was, wenn der Anschlag gar nicht Angelina galt?«

»Wem hätte er sonst gelten sollen?«

»Vielleicht Azhar?«

»Und wie hätte er diese Bakterien zu sich nehmen sollen?«

»Wenn Mura ihm irgendetwas serviert hätte…?«

»Das er niemand anderem servieren würde? Wie hätte das denn ausgesehen, mein Freund? ›Essen Sie ein Stück Brot, Signore, Sie sehen so hungrig aus‹? Oder ›Probieren Sie doch mal diese ganz besondere Tomatensoße auf Ihren Nudeln‹? Und wie hätte er sich die Bakterien überhaupt beschaffen sollen? Und *wenn* er sie sich beschafft hätte, wie hätte er den Professor vergiftet, ohne dass irgendjemand anders zu Schaden kam?«

»Ich finde, wir sollten den Mann mit den Eseln finden«, sagte Lynley.

»Weil der in seiner Badewanne E.coli-Bakterien züchtet, oder was? Die er vorher aus irgendeinem Kuhfladen eingesammelt hat? Mein Freund, Sie versuchen, die Tatsachen so hinzubiegen, dass sie zu Ihren Hoffnungen passen. Sie vergessen Berlin.«

»Was ist mit Berlin?«

»Der Kongress, an dem unser Mikrobiologe teilgenommen hat. Wer hätte irgendeinen seiner Kollegen daran hindern sollen, ihm bei der Gelegenheit ein paar Bakterien zuzustecken?«

»Das war im April. Mehrere Wochen vor ihrem Tod.«

»*Sì*, aber er hat schließlich ein Labor, oder? Dort hat er die Bakterien gelagert – wie auch immer sie gelagert werden müssen: warm, kalt, kochend, tiefgekühlt, keine Ahnung – unter einer falschen Bezeichnung, was weiß ich. Aber er ist ja der Chef dieses Labors, und niemand wird etwas anrühren, was ein Etikett mit der Handschrift des Professors trägt. Und als der richtige Zeitpunkt gekommen war, hat er das Zeug mit nach Italien genommen.«

»Das würde allerdings voraussetzen, dass er alles im Voraus gewusst hat: dass Hadiyyah entführt werden würde, dass Angelina nach London kommen würde, um sie zu holen, dass er nach Italien fahren würde… Wenn er sich in einem einzigen Punkt geirrt hätte – vor allem in Bezug auf die Handlungen der Hauptdarsteller –, hätte das seinen ganzen Plan zunichtegemacht.«

»Und genauso ist es gekommen, nicht wahr?«

Lynley musste zugeben, dass Salvatore nicht ganz unrecht hatte. Er fragte den Italiener, was er als Nächstes vorhatte, obwohl er das Gefühl hatte, die Antwort bereits zu kennen.

»Ich werde dem Professor einen Besuch abstatten. Und ich werde meine Leute anweisen, sich sämtliche Arbeiten sämtlicher Wissenschaftler anzusehen, die an dieser Konferenz in Berlin teilgenommen haben.«

LUCCA
ITALIEN

Salvatore hatte Taymullah Azhar absichtlich nicht in die Questura bestellt, denn das hätte sich blitzschnell bis zu Fanucci herumgesprochen. Zwar war es ihm nicht verboten, mit dem Professor zu reden, aber solange er nichts Konkretes in der Hand hatte, wollte er seine Aktivitäten lieber nicht an die große Glocke hängen. Nachdem er Ottavia und Giorgio damit beauftragt hatte, die Teilnehmer des Kongresses in Berlin unter die Lupe zu nehmen, machte er sich auf den Weg zum Anfiteatro. Unterwegs rief er den Professor an und riet ihm, seinen Anwalt zu verständigen.

Die beiden Männer erwarteten ihn im Frühstücksraum der Pension. Salvatore erkundigte sich nach Hadiyyah. Ob sie wieder in die Scuola Dante Alighieri gehe?

Nein, lautete die Antwort. Azhar rechne damit, dass die Angelegenheit, derentwegen Salvatore ihm seinen Pass abgenommen habe, bald geklärt sei. Dann würden Vater und Tochter so schnell wie möglich abreisen. Unter diesem Gesichtspunkt sei es kaum sinnvoll, sie wieder in die italienische Schule zu schicken.

Salvatore riet Azhar, sich um eine ordentliche Betreuung für seine Tochter zu kümmern, und forderte ihn auf, sich genau anzusehen, was er ihm zeigen werde.

Er reichte dem Professor die Kopie der Karte aus der Villa Rivelli. Er beobachtete Azhar ganz genau, als er das Blatt betrachtete. In seinem Gesicht war nichts zu lesen. Azhar drehte das Blatt um, um zu sehen, ob etwas auf der Rückseite stand, offenbar ein Manöver, um Zeit zu gewinnen.

»Und, *dottore*?«, sagte Salvatore und wartete darauf, dass Aldo Greco die Antwort seines Mandanten übersetzte. Greco nahm die Kopie, um sie seinerseits zu begutachten. Dann gab er sie Azhar zurück. Bevor Azhar etwas sagen konnte, erkundigte sich Greco, um was für eine Art Beweismittel es sich handle und wo Salvatore es herhabe.

Es sei die Kopie einer Grußkarte, die man an dem Ort gefunden habe, wo Hadiyyah Upman gefangen gehalten worden war, antwortete Salvatore.

Ob man die Karte oder die Kopie gefunden habe, fragte Greco hinterlistig.

Die Karte natürlich, antwortete Salvatore. Die sich im Übrigen immer noch in den Händen der Carabinieri befinde, die von der Mutter Oberin in die Villa Rivelli gerufen worden waren. Das Original werde ihm zusammen mit anderen Beweismitteln rechtzeitig zugesandt.

»Erkennen Sie das wieder, *dottore*? Das ist Ihre Handschrift.«

Aldo Greco intervenierte sofort. »Wurde das von einem Schriftexperten bestätigt, Commissario?«

Salvatore erwiderte, die Polizei werde das Schriftstück selbstverständlich von einem Sachverständigen begutachten lassen. Er selbst sei vorerst in erster Linie daran interessiert zu erfahren, wo die Karte herkam.

»*Con permesso*?« Salvatore nickte Azhar zu, um anzudeuten, dass er von diesem gern eine Antwort auf seine Frage hätte, falls der Anwalt nichts dagegen hatte.

»Antworten Sie ruhig, Professor«, sagte Aldo Greco.

Azhar sagte, er habe die Karte noch nie zuvor gesehen. Die Handschrift sehe der seinen zwar durchaus ähnlich, aber jemand mit etwas Geschick könne leicht eine Handschrift nachahmen.

»Sie wissen vermutlich, dass es möglich ist festzustellen, ob es

635

sich um ein Original oder eine Fälschung handelt«, sagte Salvatore. »Es gibt forensische Experten, die sich mit nichts anderem beschäftigen. Die suchen nach bestimmten Merkmalen, Anzeichen für ein Zögern, das dem echten Schreiber nicht unterlaufen würde. Das wissen Sie doch, oder?«

»Der Professor ist kein Idiot«, bemerkte Greco. »Er hat Ihre Frage beantwortet, Lo Bianco.«

Lo Bianco zeigte auf das Wort *Khushi*. »Und das?«, fragte er Azhar.

Azhar bestätigte, dass dies der Kosename für seine Tochter war. So nenne er sie seit ihrer Geburt. Es bedeute Glück, erklärte er.

»Und dieser Kosename… Sind Sie der Einzige, der ihn benutzt?« Und als Azhar das bestätigte, fragte Salvatore: »Nur wenn Sie mit ihr allein sind?«

Azhar schüttelte den Kopf. »Der Name ist kein Geheimnis. Jeder, der uns schon einmal zusammen erlebt hat, weiß, dass ich sie so nenne.«

»Ah.« Salvatore nickte. Gut zu wissen, welchen Kurs Aldo Greco einschlagen würde, falls die Dinge sich in die Richtung entwickelten, die er erwartete. Er nahm die Kopie der Karte wieder an sich und legte sie zurück in die Mappe, in der er sie mitgebracht hatte. »*Grazie, dottore*«, sagte er.

Fast unmerklich atmete Azhar tief aus. Als hätte er das Gefühl, dass es ausgestanden war, was auch immer es sein mochte.

Aber Aldo Greco war nicht dumm. »Was gibt's sonst noch, Commissario Lo Bianco?«, fragte er.

Salvatore lächelte anerkennend. Dann sagte er zu Azhar: »Jetzt sprechen wir über Berlin.«

»Berlin?«

Salvatore beobachtete ihn aufmerksam, während er nickte. »Sie haben mir erzählt, dass auf dem Kongress, an dem Sie letzten Monat teilgenommen haben, viele Mikrobiologen waren, richtig?«

»Was hat Berlin mit irgendetwas zu tun?«, fragte Greco.

»Ich glaube, der Professor weiß genau, warum ich auf Berlin zu sprechen komme, *dottore*«, sagte Salvatore.

»Nein, das weiß ich nicht«, entgegnete Azhar.

»Aber sicher wissen Sie das«, sagte Salvatore freundlich. »Berlin ist Ihr Alibi für den Tag, an dem Ihre Tochter entführt wurde. Sie haben von Anfang an darauf hingewiesen, dass Sie zu der Zeit in Berlin waren, und ich gestehe, dass sich alles, was Sie über Berlin ausgesagt haben, als wahr erwiesen hat.«

»Also?«, fragte Greco mit einem Blick auf seine Uhr. Die Zeit war knapp, wollte er damit andeuten, und seine Zeit zu wertvoll, um sie damit zu vergeuden, um den heißen Brei herumzureden.

Salvatore sagte: »Bitte beschreiben Sie mir noch einmal, um was für einen Kongress es sich handelte.«

»Was hat das mit unserer Angelegenheit zu tun?«, wollte Greco wissen. »Wenn das Alibi des Professors für den Tag der Entführung seiner Tochter bestätigt ...«

»*Sì, sì*«, sagte Salvatore. »Aber jetzt reden wir über andere Dinge.« Er schaute Azhar an. »Jetzt sprechen wir über den Tod von Angelina Upman.«

Azhar versteinerte. Als hätte sein Gehirn geschrien: Tu nichts! Sag nichts! Warte, warte, warte! Und das war ein guter Rat, den ihm sein Gehirn da gab, dachte Salvatore. Aber die pulsierende Vene an der Stirn verriet die Reaktion des Körpers auf den Themenwechsel.

Ein Unschuldiger würde nicht so reagieren, das wusste Salvatore. Offenbar war der Professor sich darüber im Klaren, dass Angelina Upmans Tod nicht einfach die tragische Folge einer zufälligen Lebensmittelvergiftung gewesen war.

Um ein Haar wäre er ungeschoren davongekommen. Wenn der Commissario ihm nicht rechtzeitig den Pass abgenommen hätte, dann wäre er längst wieder in London, und es würde ein kompliziertes, langwieriges Auslieferungsverfahren erfordern, um ihn nach Italien zurückzuholen.

Greco reagierte sofort: »Sagen Sie nichts.« Dann wandte er sich an Lo Bianco: »Bitte, erklären Sie sich, Commissario, damit ich entscheiden kann, ob ich meinem Mandanten raten soll, Ihnen zu antworten. Wovon genau reden Sie?«

»Ich rede von Mord«, sagte Salvatore.

VICTORIA
LONDON

Lynley ließ sich Zeit, ehe er das Gespräch mit Barbara suchte. Isabelle Ardery hatte ihn vor zwei Stunden in ihr Zimmer zitiert und wissen wollen, wie er vorankomme. Er konnte es ihr nicht verdenken. Eine ihr untergebene Polizistin war auf Abwege geraten und machte allem Anschein nach keine Anstalten, auf den rechten Weg zurückzukehren. Lynleys Bericht sollte die Lücken füllen, die John Stewarts Darstellung von Barbara Havers' Aktivitäten enthielt. Nur wusste Lynley nicht, wie er diese Lücken füllen sollte, ohne Barbara um Kopf und Kragen zu bringen.

Aber letztlich brachte sie sich selbst um Kopf und Kragen. Allein ihr Kontakt mit Mitchell Corsico würde schon ausreichen, um sie in den einfachen Polizeidienst zurückzustufen. Wenn man alles andere dazurechnete – Unterschlagung von Informationen bis hin zu direkten Lügen in Bezug auf wichtige Details in einem Ermittlungsfall –, reichte das aus, um sie aus dem Polizeidienst zu entlassen. All das sagte ihm sein Verstand, doch gefühlsmäßig sträubte er sich dagegen, dass Barbara Havers sich den Konsequenzen für ihr Handeln würde stellen müssen. Das konnte nicht angehen. Sein Herz sagte ihm, dass sie gute Gründe dafür hatte, auf der ganzen Linie gegen ihr Berufsethos zu verstoßen.

Natürlich machte er sich etwas vor. Nicht einmal er selbst

konnte ihr Verhalten akzeptieren. Hätte er voll hinter dem gestanden, was Barbara getan hatte und weiterhin tat, würde er sich nicht in diesem schrecklichen inneren Zwiespalt befinden.

Er traf sich mit Barbara in der Bibliothek der Met. An jedem anderen Ort wären sie gesehen worden. Aber am späten Nachmittag war es ziemlich unwahrscheinlich, dass sich noch jemand in den dreizehnten Stock verirrte. Als sie kam, roch sie nach Zigarettenqualm. Sie hatte mal wieder im Treppenhaus geraucht, auch das war ein Verstoß gegen die Vorschriften, allerdings kaum der Rede wert im Vergleich zu allem anderen, was sie sich hatte zuschulden kommen lassen.

Sie gingen zu einem der Fenster. Aus dieser Perspektive dominierte das London Eye die Skyline, alle Kapseln waren vollbesetzt mit Schaulustigen, und die Türme der Parlamentsgebäude ragten hoffnungsvoll in den zinnfarbenen Himmel. Das Grau des Himmels passte perfekt zu seiner Stimmung, dachte Lynley.

»Waren Sie schon mal da drauf?«, fragte Barbara ihn.

Im ersten Moment wusste er nicht, was sie meinte, doch dann sah er, dass sie das Riesenrad in der Ferne betrachtete. Er schüttelte den Kopf. Nein. Sie nickte. »Ich auch nicht. Diese gläsernen Gondeln, oder wie die heißen. Die Vorstellung, in einem von den Dingern eingesperrt zu sein mit lauter Touris, die sich darum drängeln, ein Foto von Big Ben zu machen ...«

»Ah, ja.«

Schweigen. Lynley wandte sich vom Fenster ab, nahm die Kopie der Grußkarte aus seiner Brusttasche, die Salvatore Lo Bianco ihm geschickt hatte, und gab sie Barbara. Sie sagte: »Was zum ...«, brach jedoch ab, als sie den Text auf der Karte las.

»Sie haben kürzlich mir gegenüber behauptet, der Name *Khushi* sei Ihnen unbekannt. Diese Karte wurde an dem Ort gefunden, an dem Hadiyyah gefangen gehalten wurde. Azhar hat übrigens bestätigt, dass *Khushi* sein Kosename für seine Tochter ist. Wie lange kennen Sie die beiden schon, Barbara?«

»Wen?«, fragte sie.

»Barbara...«

»Also gut. Diesen Monat werden es zwei Jahre. Aber das wissen Sie doch, oder? Also, warum fragen Sie?«

»Weil ich nicht glauben kann, dass Sie in all der Zeit nie gehört haben, dass Azhar seine Tochter *Khushi* rief. Und doch wollten Sie, dass ich Ihnen das glaube. Ebenso wie diverse andere Dinge.«

»Jeder kann den Namen gehört...«

»Wer genau?« Lynley spürte die ersten Anzeichen von Zorn in sich aufsteigen, den er unterdrückte, seit dieser ganze Schlamassel seinen Anfang genommen hatte. »Wollen Sie mir erklären, Angelina Upman hätte die Entführung ihrer Tochter arrangiert? Oder Lorenzo Mura? Oder... sonst jemand, der gehört haben könnte, dass Azhar seine Tochter *Khushi* nennt? Vielleicht eine Klassenkameradin?«

»Bathsheba Ward könnte den Namen kennen«, sagte Barbara. »In den falschen E-Mails, die sie Hadiyyah im Namen ihres Vaters geschickt hat, hat sie sie bestimmt mit *Khushi* angeredet.«

»Und dann, verdammt noch mal?«

»Dann hat sie Hadiyyah entführt, um Angelina eins auszuwischen. Oder um Azhar eins auszuwischen. Oder... verflucht, ich hab keine Ahnung.«

»Und sie hat auch Azhars Handschrift gefälscht? Wollen Sie das auch noch behaupten? Ich möchte Ihre Version der ganzen Geschichte hören, von dem Tag an, als Hadiyyah entführt wurde, bis zu dem Tag, an dem ihre Mutter zu Grabe getragen wurde.«

»Er hat sie nicht umgebracht!«

Lynley wandte sich frustriert ab und ging ein paar Schritte auf und ab. Am liebsten hätte er sie an den Schultern gepackt und durchgeschüttelt. Am liebsten hätte er mit der Faust gegen die Wand geschlagen, ein Fenster zertrümmert. Er hätte alles lieber getan, als dieses Gespräch fortzuführen, mit einer Frau, die einfach nicht sehen wollte, was direkt vor ihrer Nase lag. »Um Himmels willen, Barbara«, versuchte er es ein letztes Mal, »begreifen Sie denn nicht…«

»Diese Tickets nach Pakistan«, fiel sie ihm ins Wort. Auf ihrer Oberlippe hatten sich kleine Schweißperlen gebildet, und wahrscheinlich hatte sie die Hände zu Fäusten geballt, damit er nicht sah, dass sie zitterten. »Die beweisen es! Warum zum Teufel sollte Azhar einfache Flugtickets nach Pakistan buchen, wenn er wusste, dass Angelina bis dahin längst tot sein und Hadiyyah wieder zu ihm zurückkehren würde?«

»Weil er genau wusste, dass Sie, wenn erst einmal alles ans Tageslicht käme, dastehen würden und genau das tun würden, was Sie jetzt tun: sich weigern zu sehen, was direkt vor Ihrer Nase liegt. Und Sie sollten sich mal fragen, warum Sie das tun, Barbara, warum Sie Ihren Job aufs Spiel setzen in der vagen Hoffnung, dass wir nicht irgendwann jenes Detail ausgraben, das beweist, dass Azhar in alles verwickelt ist – von der Entführung bis hin zu Angelina Upmans Tod.«

Einen Moment lang glaubte er, er wäre endlich zu ihr durchgedrungen, glaubte, sie würde endlich reinen Tisch machen. Sie würde es tun, dachte er, weil sie beide seit Jahren Seite an Seite arbeiteten, weil sie Zeugin dessen gewesen war, was zum Tod seiner Frau geführt hatte, weil sie darauf vertraute, dass er nur das Beste für sie wollte, weil sie wusste, was von jemandem erwartet wurde, der einen Polizeiausweis besaß und bei Scotland Yard arbeitete.

Sie ging zurück ans Fenster und schlug leise mit der Faust auf das Sims. »Diese Tickets nach Pakistan machen misstrauisch«, sagte sie. »Das begreife ich sehr wohl, Sir. In Bezug auf die Entführung… Wann sie gebucht wurden und dass es einfache Flüge sind… Diese Tickets machen… die Lage schwierig… für Azhar. Aber *Sie* sollten begreifen, dass ihn das auch als Angelinas Mörder ausschließt. Denn nach Angelinas Tod hätte er keinen Grund mehr gehabt, mit Hadiyyah nach Pakistan abzuhauen. Dann hätte er seine Tochter sowieso zurückgekriegt.«

»Was von Anfang an sein Ziel war. Und nach Pakistan hätte er verschwinden können, falls herausgekommen wäre, dass Angelinas Tod keinem tragischen Zufall geschuldet, sondern ein sorgfältig geplanter Mord war.«

Er sah sie schlucken. Sie kniff die Augen zusammen. »So war es nicht! So war es nicht!«

»Sie lieben den Mann. Und die Liebe macht bekanntlich…«

»Nein, das stimmt nicht! Ich liebe ihn nicht!«

»Liebe macht blind«, fuhr er unbeirrt fort. »Liebe raubt dem Liebenden die Objektivität. Sie sind nicht die Erste, der das passiert, und Sie werden weiß Gott nicht die Letzte sein. Ich möchte Ihnen helfen, Barbara, aber wenn Sie nicht bereit sind, reinen Tisch zu machen…«

»Er ist *unschuldig*! Sie wurde ihm weggenommen, und er hat sie vergeblich gesucht, und dann wurde sie entführt, und erst da hat er erfahren, wo sie war, weil Angelina bei ihm aufgekreuzt ist und behauptet hat, er würde dahinterstecken, weil sie ihn hasst, weil sie ihn immer schon manipuliert hat, weil sie überall Leid und Chaos stiftet und…« Ihr versagte die Stimme. »Er hat nichts getan. Er hat verdammt noch mal überhaupt nichts getan.«

»Barbara, bitte.«

Sie schüttelte den Kopf, drehte sich um und verließ die Bibliothek.

MARLBOROUGH
WILTSHIRE

Sie verabredeten sich auf halber Strecke zwischen London und Bristol in einem Hotel außerhalb von Wiltshire, das abseits der Straße in einem kleinen Buchenwäldchen lag. Es war ein altes Fachwerkhaus mit Schieferdach. Lynley wartete eine Dreiviertelstunde auf dem Parkplatz, bis Daidre Trahair eintraf.

Inzwischen war der Parkplatz gut gefüllt, und sie stellte ihren Wagen in einer Parkbucht ab, die weit vom Eingang entfernt lag. Noch ehe sie den Motor abgeschaltet hatte, war er aus dem Healey Elliott gesprungen und stand schon an ihrem Wagen. Als sie zu ihm aufblickte, wurde ihm bewusst, wie sehr sie ihm gefehlt hatte. Sie war der einzige Mensch, den er überhaupt hatte sehen wollen nach seinem Gespräch mit Barbara Havers.

Er öffnete die Fahrertür gleichzeitig mit ihr und sagte nur: »Danke.«

Sie stieg aus und antwortete: »Aber das war doch selbstverständlich, Thomas.«

»Ich nehme an, du hattest in Bristol eigentlich andere Verpflichtungen.«

Sie lächelte. »Ach, die Broads können auch mal ohne mich trainieren.«

Sie umarmten sich. Er sog den Duft ihres Haars und ihrer Haut ein. »Du hast doch noch nicht zu Abend gegessen, oder?«, vermutete er. Und als sie den Kopf schüttelte, fragte er: »Wollen wir hier etwas essen? Ich habe keine Ahnung, wie die Küche ist, aber es sieht ganz einladend aus.«

Sie betraten das Restaurant. Das uralte Eichenparkett war uneben, und durch die kleinen, durch Sprossen in Rautenform unterteilten Fenster fiel diffuses Licht. Vom Eingangsbereich mit den holzgetäfelten Wänden gelangte man auf der einen Seite ins Restaurant, und auf der anderen Seite führte eine altersschwache Treppe zu den Zimmern im ersten Stock. Das Restaurant war gut gefüllt, aber sie hatten Glück. Soeben war eine Tischreservierung storniert worden, und wenn sie nichts dagegen hätten, in der Nähe des offenen Kamins zu sitzen...? Um die Jahreszeit brannte natürlich kein Feuer im Kamin.

Lynley war so froh, Daidre zu sehen, dass er auch zufrieden gewesen wäre, wenn man ihnen einen Platz auf den Treppenstufen angeboten hätte. Er schaute Daidre an, und sie nickte lächelnd. Ihre Brillengläser waren verschmiert, was er rührend fand. Ihr sandfarbenes Haar war ein bisschen zerzaust. Sie hatte sich beeilt. Er hätte ihr gern noch einmal gedankt, aber der Kellner kam ihm zuvor und führte sie an ihren Tisch.

Getränke?

Ja.

Mineralwasser?

Ja, auch.

Vorspeisen?

Natürlich.

Speisekarten?

Ja, bitte.

Lynley hatte eigentlich gar keinen richtigen Appetit. Aber Daidre hatte Hunger. Bestimmt hatte sie sich den ganzen Tag mit großen Tieren abgeplagt. Ein Nashorn mit Hämorrhoiden, eine Giraffe mit einem geschwollenen Knie, ein Flusspferd mit Nierensteinen. Wusste der Himmel, womit sie sich herumplagen musste. Er bestellte ein reichhaltiges Gericht, in dem er wahrscheinlich nur herumstochern würde, aber sie sollte keine Hemmungen haben, sich ebenfalls etwas Richtiges zu essen zu bestellen, was sie auch tat. Nachdem der Kellner gegangen war, schaute sie ihn erwartungsvoll an. Offenbar war eine Erklärung angebracht.

»Ich hatte einen schrecklichen Tag«, sagte er. »Du bist meine Rettung.«

»Ach du je.«

»Dass ich einen schrecklichen Tag hatte oder dass du meine Rettung bist?«

»Ersteres. Letzteres ehrt mich, glaube ich.«

»Du glaubst es, aber du weißt es nicht?«

Sie legte den Kopf schief, nahm die Brille ab und putzte sie mit der Serviette. Nachdem sie sie wieder aufgesetzt hatte, sagte sie: »Ah, jetzt sehe ich dich besser.«

»Und deine Antwort?«

Sie ordnete unnötigerweise ihr Besteck. Wie immer, überlegte sie sich ihre Antwort gut. »Tja, das ist das Problem. Also, was ich glaube und was ich weiß. Auf jeden Fall freue ich mich sehr, dich zu sehen. Kann ich dir irgendwie helfen? Ich meine wegen heute?«

Er merkte plötzlich, dass er den Abend mit ihr nicht damit verbringen wollte, über Barbara Havers und ihre Manipulationen zu reden. Er wollte sich ein paar Stunden lang keine Gedanken darüber machen und den Abend mit Daidre unbeschwert genießen. Also erkundigte er sich nach der Arbeitsstelle im Londoner Zoo, die man ihr angeboten hatte. Ob sie schon zu einer Entscheidung gelangt sei, ihr Leben auf den Kopf zu stellen, von Bristol nach London zu ziehen und von den Boadicea's Broads zu den Electric Magic zu wechseln?

»Vieles hängt davon ab, was Mark zu dem Vertrag sagt«, antwortete sie. »Bisher hat er sich noch nicht bei mir gemeldet.«

»Was würde Mark denn dazu sagen, wenn du dich für London entscheiden würdest?«

»Na ja, in London gibt es bestimmt jede Menge Anwälte, die mir liebend gern ihre Dienste anbieten würden.«

»Ja. Aber das meinte ich nicht.«

Der Kellner brachte das Mineralwasser und eine Flasche Wein. Er entkorkte die Flasche, ließ Lynley am Korken riechen, schenkte ihm einen kleinen Schluck zum Probieren ein, füllte, nachdem Lynley genickt hatte, beide Gläser.

»Was wolltest du wissen?«, fragte Daidre.

Er drehte sein Weinglas am Stiel hin und her. »Ich glaube, was ich wissen wollte, ist, ob es Zweck hat, dass wir uns treffen ... also, ob mehr möglich ist als unsere Gespräche, die ich natürlich sehr genieße.«

Sie schaute in ihr Weinglas, während sie überlegte. Es dauerte einen Moment, da sie nicht sehr schlagfertig war und auch nicht so tat, als wäre sie es. »Was dich angeht, spielt mir mein Urteilsvermögen einen Streich.«

»Was meinst du damit?«

»Meine Vernunft sagt mir, dass mein Leben in geordneteren Bahnen verläuft, solange ich mich mit Säugetieren einlasse, die nicht sprechen können. Dass ich Tierärztin geworden bin, hat nämlich seine Gründe.«

Er dachte über ihre Worte nach, nahm sich Zeit. Schließlich sagte er: »Aber du kannst doch nicht durchs Leben gehen, ohne dich auf deine Mitmenschen einzulassen, oder? Das kannst du doch nicht wollen.«

Die Vorspeisen wurden serviert: geräucherter Lachs für sie, ein Caprese-Salat für ihn. Der Salat war viel zu groß. Wieso hatte er ihn bestellt?

Sie sagte: »Tja, das ist die Frage, nicht wahr? Natürlich kann ich das wollen. Jeder kann das wollen. Das ist ein Teil von mir, Tommy ...«

»Du hast mich gerade Tommy genannt.«

»Thomas.«

»Tommy gefällt mir besser.«

»Ich weiß. Trotzdem, es ist mir unabsichtlich rausgerutscht. Du sollst nicht denken ...«

»Daidre, nichts passiert unabsichtlich.«

Sie senkte den Kopf, vielleicht, um darüber nachzudenken. Sie schien ihre Gedanken zu sammeln. Nach einer Weile blickte sie auf, ihre Augen leuchteten. Das Kerzenlicht, dachte er. Es war nur das Kerzenlicht. Sie sagte: »Reden wir ein andermal darüber, ja? Was ich sagen wollte, ist – ich glaube, ich bin einfach beziehungsunfähig. Ich kann mich nicht voll und ganz auf den anderen einlassen, und ich kann dem anderen auch nicht das geben, was er braucht, um sich einzulassen. Am Ende läuft es für mich immer wieder darauf hinaus, und so, wie ich mich kenne, ändert sich daran nichts. Ein Teil von mir kann sich nicht öffnen, und daran muss jeder scheitern, der versucht, mich wirklich kennenzulernen.«

»Kann nicht oder will nicht?«

»Was?«

»Sich öffnen.«

»Kann nicht, fürchte ich. Ich bin ein unabhängiger Typ. Na ja, das musste ich wohl sein bei meiner Kindheit.«

Sie vertiefte das Thema nicht, aber das brauchte sie auch nicht. Er war über ihre Herkunft im Bilde, denn sie hatte sie ihm gezeigt: ein heruntergekommener Wohnwagen, aus dem die Behörden sie und ihre Geschwister herausgeholt und in Pflegefamilien untergebracht hatten. Später war sie von ihren Pflegeeltern adoptiert worden und hatte eine neue Identität angenommen. Er wusste das alles, und es störte ihn nicht im Geringsten. Aber darum ging es nicht.

Sie sagte: »Dieser Teil von mir wird immer zu mir gehören, und das ist es, was mich unberührbar macht. Ich glaube, das ist das richtige Wort.«

»Weil du aus einer Landfahrerfamilie stammst?«

»Wenn sie nur Landfahrer gewesen wären, Tommy.«

Diesmal sagte er nichts dazu, dass sie ihn Tommy genannt hatte.

»Landfahrer haben wenigstens eine ganz bestimmte Kultur. Traditionen, eine Geschichte, Familienbande. All das hatten wir nicht. Das Einzige, was wir hatten, war... Wie soll ich das nennen? Die Zwangsvorstellungen meines Vaters? Seine fixe Idee vom Leben? Die uns dahin geführt hat, wo wir schließlich gelandet sind. Die dazu geführt hat, dass man uns unseren Eltern weggenommen und aus diesem Wohnwagen herausgeholt hat...« Ihre Augen leuchteten noch mehr. Sie wandte sich ab und betrachtete den leeren Kamin.

»Daidre«, sagte Lynley. »Das ist doch vollkommen in Ordnung…«

»Nein, ist es nicht. Und das wird es nie sein. Trotzdem gehört es zu mir, und dieser unberührbare Teil von mir versucht, das anzuerkennen, denke ich. Aber es steht mir auch immer im Weg.«

Er sagte nichts. Er ließ ihr Zeit, sich wieder zu sammeln. Es tat ihm leid, dass er sie an diesen Punkt gebracht hatte, an dem sie immer landeten, auch wenn er es sich anders gewünscht hätte.

Sie wandte sich ihm wieder zu und sah ihn warmherzig an. »Das liegt nicht an dir, weißt du. Es hat nichts damit zu tun, wer du bist oder wie du aufgewachsen bist oder auf wie viele Jahrhunderte Familiengeschichte du zurückblicken kannst. Es hat nur mit mir zu tun. Und mit der Tatsache, dass ich überhaupt keine Familiengeschichte habe. Zumindest keine, von der ich wüsste. Du kannst wahrscheinlich deine Vorfahren bis zu den Tudors aufzählen.«

»Kaum.« Er lächelte. »Vielleicht bis zu den Stuarts, aber nicht bis zu den Tudors.«

»Siehst du«, sagte sie. »Du kannst mit den Stuarts etwas anfangen. Aber Tommy, es gibt tatsächlich Leute…«, sie machte eine ausladende Handbewegung in Richtung der Fenster, »…die keinen Schimmer haben, wer die Stuarts sind. Das weißt du doch sicher, oder?«

»Daidre. Ich interessiere mich einfach nur für Geschichte, das ist alles. Und du hast mich schon wieder Tommy genannt. Ich glaube, du wehrst dich zu sehr. Halt dich nicht zu sehr an deiner Geschichte fest. Was spielt es für eine Rolle?«

»Für mich spielt es eine Rolle«, sagte sie. »Das ist es, was mich auf Distanz hält.«

»Zu wem?«

»Zu allen. Zu dir. Und außerdem… Nach dem, was dir zugestoßen ist, brauchst du – nein, hast du eine Frau verdient, die zu hundert Prozent für dich da ist.«

Er trank einen Schluck Wein und dachte darüber nach. Sie aß ihren Lachs. Er schaute ihr zu. Schließlich sagte er: »Das scheint mir auch nicht gerade ideal zu sein. Niemand wünscht sich einen Parasiten. Ich glaube, das gibt es nur im Kino, dass man einen Seelenverwandten findet, mit dem man in die Zukunft schreitet, als wäre man an der Hüfte zusammengewachsen.«

Sie musste lächeln, trotz allem. »Du weißt, was ich meine. Du hast eine Frau verdient, die bereit und in der Lage ist, hundert Prozent für dich da zu sein, sich dir zu öffnen – wie auch immer du das nennen willst. Ich bin das nicht, und ich glaube nicht, dass ich das sein könnte.«

Ihre Worte versetzten ihm einen Stich. »Was genau willst du damit sagen?«

»Ich weiß es selber nicht.«

»Warum nicht?«

Sie schaute ihn an. Er versuchte, in ihrem Gesicht zu lesen, aber die Erfahrung und die Umstände hatten sie vorsichtig gemacht, und er konnte es ihr nicht übelnehmen, dass sie solche Mauern um sich herum errichtet hatte. Sie sagte: »Weil du kein Mann bist, von dem eine Frau leicht wieder weggeht, Tommy. Deswegen bin ich mir sehr stark dessen bewusst, dass ich gehen muss, auch wenn es mir gleichzeitig verdammt schwerfällt.«

Er nickte. Eine Weile aßen sie schweigend. Um sie herum waren die Geräusche des Restaurants zu hören. Ihre Teller wurden abgeräumt. Der Hauptgang wurde serviert. Schließlich sagte er: »Lassen wir es für den Moment dabei.«

Sie teilten sich noch einen Nachtisch, einen Kuchen namens Schokoladentod, bestellten jeder einen Kaffee, dann verließen sie das Restaurant. Nichts war geklärt zwischen ihnen, und doch hatte Lynley das Gefühl, dass sie ein Stückchen weitergekommen waren. Sie gingen Arm in Arm zu ihrem Wagen, und bevor sie ihn aufschloss, ließ sie sich von ihm in die Arme nehmen.

Und ebenso selbstverständlich küsste er sie. Ihre Lippen öffneten sich, und sie erwiderte seinen Kuss. Ihn überkam ein starkes Verlangen nach ihr, eine Mischung aus animalischer Begierde und geistiger Sehnsucht, die sich bei Seelenverwandten einstellt.

Über dem Restaurant gibt es Zimmer, hätte er am liebsten geflüstert. Komm mit mir die Treppe hoch, Daidre, geh mit mir ins Bett.

Stattdessen sagte er: »Gute Nacht, meine Liebe.«

»Gute Nacht, lieber Tommy«, sagte sie.

15. Mai

CHALK FARM
LONDON

Barbara stand unter der Dusche und versuchte, ihre Angst und den Zigarettengestank von ihrer Haut abzuwaschen. Seit mehr als achtundvierzig Stunden lagen ihre Nerven blank, und nur eine Zigarette nach der anderen hatte sie halbwegs beruhigen können. Sie spürte einen unerträglichen Druck auf der Brust, der sie drängte, alle ihre Sünden zu gestehen.

Ihr Handy klingelte. Sie hechtete aus der Dusche, doch das Handy rutschte ihr aus der nassen Hand, und sie sah es mit Entsetzen auf den gefliesten Boden fallen, wo es aufsprang und die Batterie herausfiel. Fluchend schnappte sie sich ein Handtuch, rettete das Handy und baute es wieder zusammen. Als sie nachschaute, wer der Anrufer gewesen war, sah sie Mitchell Corsicos Nummer. Sie rief ihn sofort zurück.

»Was gibt's?«, fragte sie.

»Ihnen auch einen schönen guten Morgen«, lautete seine Antwort. »Oder vielleicht sollte ich lieber *buongiorno* sagen.«

»Sie sind in Italien?«, fragte sie. Gott sei Dank. Jetzt musste sie nur noch die Geschichte zurechtzimmern, die er schreiben sollte.

»Sagen wir's mal so: Rodney Aronson war nicht gerade begeistert davon, die Kohle für die Reise lockerzumachen, meine Spesen reichen also gerade mal für ein Stück Focaccia und eine Tasse Espresso pro Tag. Ich muss auf einer Parkbank schlafen – zumindest gibt's davon jede Menge auf der Stadtmauer –, wenn ich nicht aus eigener Tasche ein Hotelzimmer bezahlen will. Aber abgesehen davon bin ich tatsächlich in Italien, Barb.«

»Und?«

»Und der gute Professor hat gestern ein paar Stunden auf dem Polizeirevier verbracht. Die nennen das hier übrigens Questura. Er ist am Nachmittag mit seinem Anwalt hingegangen, und gegen Abend sind sie rausgekommen, so dass ich schon dachte, es ist doch nicht das, wonach es aussieht. Aber dann sind sie wieder rein in die Questura und noch mal ein paar Stunden geblieben. Ich hab danach versucht, ein paar Worte mit ihm zu wechseln, aber da war nichts zu machen.«

»Was ist denn mit Hadiyyah?«, fragte Barbara aufgeregt.

»Mit wem?«

»Seine *Tochter*, Mitchell. Das Mädchen, das entführt wurde. Wo ist sie jetzt? Was ist mit ihr? Er kann sie doch nicht die ganze Zeit allein in seinem Hotel gelassen haben.«

»Vielleicht nicht. Aber so wie's aussieht, Barb, hat er irgendwie Dreck am Stecken, und er hat nicht die geringste Lust, mit mir darüber zu reden. Übrigens hat hier kein Schwein was von E.coli gehört. Ich hab mit vier Journalisten geredet – alles Italiener, ich bin der einzige Brite, der verrückt genug ist, hier zu sein –, und die sprechen ziemlich gut Englisch, und die wissen nichts über Kolibakterien. Und jetzt passen Sie mal gut auf. Das mit dem E.coli, ist das die Wahrheit, oder ist das ein Märchen? Ich hatte jetzt vierundzwanzig Stunden Zeit zum Nachdenken, und ich würde es Ihnen glatt zutrauen, dass Sie Ihren besten Kumpel Mitch auf eine Schnitzeljagd schicken, um ihn loszuwerden. Aber das haben Sie doch nicht getan, oder? Sie sollten mich jetzt lieber überzeugen, sonst sieht das gar nicht gut aus für Sie.«

»Mal abgesehen davon, dass das alles Quark mit Soße ist – Sie haben doch schon diese Fotos von mir gebracht, Mitchell, womit wollen Sie mir denn noch drohen?«

»Ich könnte die Bilder diesmal mit Datum bringen, Süße.

Oder sie Ihrer Chefin schicken und sehen, was passiert. Wir beide wissen doch, dass Sie sich in dieser Sache auf ziemlich dünnes Eis begeben haben, weil Sie und der Professor ...«

»Halten Sie die Klappe«, unterbrach sie ihn. Schlimm genug, dass Lynley davon angefangen hatte. Sie hatte nicht vor, mit Mitch Corsico über ihre angebliche Liebe zu Azhar zu diskutieren. »Die Sache mit den E.coli-Bakterien ist hieb- und stichfest, das hab ich Ihnen doch gesagt. Ich hab sie von DI Lynley persönlich. Ich hab bei ihm zu Hause am Esstisch gesessen, als er die Information bekommen hat, und sie kam direkt aus Italien, von einem Typen namens Lo Bianco. Commissario Salvatore Lo Bianco. Das ist der Polizist, der ...«

»Ja, ja, ich weiß, wer das ist. Wegen Inkompetenz von dem Fall abgezogen, Barb. Hat Lynley Ihnen das auch gesagt? Nein? Wahrscheinlich hat dieser Lo Bianco das mit dem E.coli verbreitet, um, na Sie wissen schon.«

»Um sich dafür zu rächen, dass man ihm den Fall entzogen hat? Um Verwirrung zu stiften? Machen Sie sich doch nicht lächerlich. Die Sache mit dem E.coli hat sowieso nichts mit der Entführung zu tun. Es geht um einen ganz anderen Fall. Die Italiener wollen nicht, dass es in die Presse kommt. *Das* ist die Geschichte, um die es geht. Hängen Sie sich rein, Mann. Wieso sollten die Azhar stundenlang verhören wegen einer Entführung, von der jeder weiß, dass er damit nichts zu tun hat? Die haben ihren Täter, und der sitzt im Gefängnis, Herrgott noch mal. Jetzt geht es um eine andere Sache, und die Italiener wollen um jeden Preis verhindern, dass davon was durchsickert. Die wollen verhindern, dass Panik ausbricht. Dass keiner mehr was zum Essen aus Italien kauft. Dass ihr Gemüse vergammelt und ihr Obst verschimmelt, weil die Ware beim Import überprüft wird. Wenn sie nachweisen können, dass sich nur eine einzige Person mit dem E.coli angesteckt hat – und das werden sie auf Teufel komm raus versuchen –, dann brauchen sie sich keine Sorgen zu machen. Dann nennen sie es Mord, und fertig ist die Laube. *Das* ist Ihre Geschichte.« Und jetzt schreib sie gefälligst, dachte sie, damit die italienische Presse sich darauf stürzt und die Polizei unter Druck setzt, bis rauskommt, wo die E.coli-Bakterien tatsächlich herkommen. Denn sie würde ihr Leben darauf verwetten, dass Azhar mit Angelina Upmans Tod nichts zu tun hatte.

Mitchell Corsico seinerseits war nachdenklich. Er wäre nicht da, wo er heute war, wenn er nicht immer mit seinen Geschichten vorsichtig umgegangen wäre. Er mochte für ein skrupelloses Boulevardblatt arbeiten, das eher geeignet war, damit Mülleimer auszukleiden, aber er hatte auf keinen Fall vor, bis an sein Lebensende bei der *Source* zu bleiben, daher musste er seinen Ruf als gewissenhaft recherchierender Journalist pflegen. Er sagte: »Ich glaube, Sie haben diese Sache nicht wirklich zu Ende gedacht. Ich habe nicht den Eindruck, dass hier Leute wie die Fliegen an Lebensmittelvergiftung sterben, es sei denn, die Gesundheitsbehörden im ganzen Land sind an einer Riesenvertuschungsaktion beteiligt, was nicht sehr wahrscheinlich ist, wenn Sie mich fragen. Sie wollen mir doch nicht im Ernst erzählen, diese Upman hätte als Einzige einen Teller mit verseuchten Nudeln gegessen, oder?«

»Wer weiß, wie groß diese Vertuschungsaktion ist. Es gibt garantiert noch weitere Opfer, und niemand redet darüber.«

»Blödsinn. Für so was gibt es Gesetze. So was ist meldepflichtig wegen der Epidemiegefahr. So wie wenn jemand in der Notaufnahme auftaucht und Blut hustet, was vermuten lässt, dass er TBC hat. Das wird sofort gemeldet. Und wenn jemand an E.coli stirbt, wird das auch gemeldet.«

Barbara fuhr sich mit den Fingern durch das nasse Haar. Sie sah sich nach ihren Zigaretten um, aber im Bad waren sie natürlich nicht.

Sie sagte: »Mitchell, hören Sie mir zu. Oder hören Sie auf sich selbst. So oder so haben Sie eine Story. Warum schreiben Sie sie nicht?«

»Ich schätze, es läuft darauf hinaus, dass ich Ihnen nicht so richtig über den Weg traue.«

»Herr im Himmel. Was muss ich Ihnen denn noch alles erzählen?«

»Zum Beispiel, warum Sie so wild darauf sind, diese Story in der Zeitung zu lesen.«

»Weil das in Italien in den Zeitungen stehen müsste, aber das tut es nicht. Die warnen ihre Landsleute nicht. Die suchen nicht nach der Quelle.«

»Äh... Da irren Sie sich gewaltig. Wir wissen doch beide, warum der Professor den halben Tag im Präsidium verbracht hat. Und damit sind wir wieder da gelandet, wo dieses Gespräch angefangen hat. Wahrscheinlich wird er heute wieder dorthin zitiert, und ich gehe mal davon aus, dass die ihn nicht fragen, wie ihm das Wetter in der Toskana gefällt. Kommen Sie, Barb. Ich hab unseren guten Professor mal ein bisschen unter die Lupe genommen, was er so getrieben hat in letzter Zeit. Erst vor einem Monat hat er sich mit allen möglichen anderen Bakterienfans ausgetauscht. Das war in Berlin. Und wenn *ich* das weiß, dann weiß das auch die Polizei. Falls die feststellen, dass einer von seinen Kollegen E.coli-Bakterien erforscht, dann kommen die ganz schnell darauf, sich zu fragen, ob der Kollege Azhar vielleicht eine kleine Petrischale von dem Zeug gegeben hat, damit der seine Geliebte loswerden konnte.«

»Mitchell. Hören Sie mir überhaupt zu?«

»Okay, seine Ex. War ein Irrtum.«

»Hören Sie auf«, sagte sie. »Hören Sie mir eigentlich zu? Das ist eine Story über die italienische Gesundheitsbehörde und die italienische Polizei...«

»Barb, Sie sind diejenige, die nicht zuhört. Der gute Onkel Mitchell hat jede Menge Kollegen in London. Und diese Kollegen haben überall Gewährsleute, sogar in Berlin. Die Gewährsleute in Berlin kennen ein paar von den hohen Tieren, die an dem Kongress teilgenommen haben. Und was glauben

Sie wohl, was die für mich ausgegraben haben? Innerhalb von vierundzwanzig Stunden, Barb, Sie können also davon ausgehen, dass die italienische Polizei auch nicht viel länger brauchen wird.«

Barbara schnürte es die Kehle zu. »Was?«, krächzte sie.

»Es gibt eine Frau an der University of Glasgow, eine führende Wissenschaftlerin auf dem Gebiet von E.coli-Bakterien, und einen Typen an der Universität Heidelberg, der fast genauso bekannt ist. Beide widmen sich der Forschung an diesen netten kleinen Bakterien. Beide waren auf dem Kongress. Da brauchen Sie nur noch eins und eins zusammenzuzählen.«

Nein, dachte Barbara. Nein, nein, nein.

»Sie liegen völlig falsch«, entgegnete sie, bemüht, entschlossen zu klingen. »Angelina Upman war eine Frau, die meistens mehrere Liebhaber gleichzeitig hatte. Als sie mit Azhar hier in London zusammenwohnte, hatte sie nebenher was mit einem Tänzer. Und dann *auch* noch mit Lorenzo Mura. Drei Liebhaber auf einmal. Sie hat Azhar wegen Lorenzo Mura sitzengelassen, und ich garantiere Ihnen, dass sie sich da unten in Italien schon wieder den nächsten Liebhaber an Land gezogen hatte, nachdem ihre Leidenschaft für Mura abgekühlt war. So eine war das.«

»Jetzt bleiben Sie mal auf dem Teppich, Barb. Sie wollen mir doch nicht im Ernst erzählen, nicht nur der Ex von dieser Tussi hätte Zugang zu E.coli gehabt, sondern auch noch ihr neuer Lover? Das ist doch an den Haaren herbeigezogen. Außerdem widersprechen Sie sich selbst. Entweder haben wir es hier mit einer Riesenvertuschungsaktion der italienischen Behörden zu tun oder mit kaltblütigem Mord. Aber es kann nicht beides sein.«

Ihr fiel nichts mehr ein, und sie war völlig erschöpft. »Mitchell, bitte«, war das Einzige, was sie noch herausbrachte.

»Am Ende wird das eine ganz große Story«, sagte er liebenswürdig, »und die werde ich Ihnen zu verdanken haben, Barb.

Ich schätze, es dauert höchstens noch vierundzwanzig Stunden, bis die den Professor verhaften. Hier nennen die das *indagato*: Die Polizei hat einen auf dem Kieker als Hauptverdächtigen, der Name wird bekannt gegeben, und schon ist man der *indagato*. Der erste Schritt war, dass sie ihm den Pass weggenommen haben. Das ist dann der zweite Schritt. Sie haben mich also auf eine große Story angesetzt, Barb. Vielleicht erhöht Rod sogar meine Spesen, so dass ich mir zwischendurch mal einen Teller Spaghetti Bolognese leisten kann.«

»Wenn Sie anfangen, in der Presse Spekulationen über ihn zu veröffentlichen, ist er geliefert. Das wissen Sie doch, oder? Sie haben ihn ja schon als sexgeilen Vater tituliert. Reicht das nicht? Sie haben nichts als Indizienmüll, worauf Sie Ihre Story aufbauen können.«

»Stimmt«, sagte er. »Aber Indizienmüll ist unser täglich Brot. Das wussten Sie doch, als Sie mich ins Boot geholt haben.«

VICTORIA
LONDON

Barbara zwang sich, etwas zu essen. Sie entschied sich sogar ausnahmsweise für etwas Nahrhaftes. Anstatt einer Erdbeer-Pop-Tart aß sie ein weichgekochtes Ei mit einer Scheibe Vollkorntoast. Sie gönnte sich eine zweite Scheibe Toast mit einem Löffel Marmelade, aber das war's. Fünf Minuten lang kam sie sich richtig tugendhaft vor, dann kotzte sie das ganze Zeug aus.

Das passierte zum Glück, bevor sie in den Yard aufbrach. Sie zog sich ein frisches T-Shirt an und putzte sich die Zähne. Trotzdem kam sie nicht zu spät zur Arbeit, was immerhin etwas war.

Sie versuchte, unterwegs nicht zu rauchen. Es gelang ihr nicht. Sie versuchte, sich abzulenken, indem sie Radio 4 hörte und den Wortbeiträgen lauschte. Es war zwecklos. Zweimal hätte sie um ein Haar einen Unfall verursacht. Sie führte Selbstgespräche und bemühte sich, gleichmäßig zu atmen. Alles vergeblich.

In der Tiefgarage rauchte sie zwei Zigaretten, die erste, um ihre Nerven zu beruhigen, die zweite, um sich Mut zu machen. Sie konnte es nicht fassen, dass sie es geschafft hatte, Azhar vor einer Anklage wegen Entführung seiner Tochter zu bewahren, nur um zu erleben, dass er jetzt wegen Mordes angeklagt wurde. Das musste der größte Pyrrhussieg aller Zeiten sein.

Und wo war Hadiyyah? Was in aller Welt passierte mit dem Mädchen, während Azhar stundenlang verhört wurde?

Sie hatte versucht, ihn auf seinem Handy zu erreichen, zweimal, bevor sie losgefahren war, einmal aus dem Auto und dann noch einmal aus der Tiefgarage von Scotland Yard. Sie hatte ihn nicht erreicht, und er rief auch nicht zurück, was wahrscheinlich bedeutete, dass er wieder verhört wurde, wie Mitch es prophezeit hatte. Trotzdem konnte sie einfach nicht verstehen, warum Azhar sie nicht angerufen hatte, um ihr zu berichten, was sich da unten in Italien abspielte.

Vielleicht wollte er nicht, dass sie erfuhr, dass man ihn verdächtigte. Er hatte sie über seine Beteiligung an Hadiyyahs Entführung im Dunkeln gelassen. Warum sollte er ihr also nicht auch verschweigen, dass man ihn wegen Angelinas Tod verhörte?

Und was war mit Hadiyyah? Die Kleine war wahrscheinlich völlig verwirrt und verängstigt. Ihr Leben war ein Scherbenhaufen. Innerhalb eines halben Jahres hatte sie mehr verkraften müssen als die meisten Menschen in ihrem ganzen Leben. Wie sollte sie damit fertigwerden? Noch dazu allein?

An ihrem Schreibtisch angekommen rief Barbara als Erstes ihre Mails ab und machte sich anschließend auf den Weg zu Detective Superintendent Ardery. Ihr blieb nur noch eine Möglichkeit, etwas zu unternehmen, und dazu brauchte sie Arderys Segen.

Sie überlegte, ob sie DI Lynley mitnehmen sollte in der Hoffnung, dass er Ardery mit vernünftigen Argumenten beschwichtigen könnte. Aber Lynley war erstens noch gar nicht im Yard eingetroffen, und zweitens musste sie sich eingestehen, dass sie sich nicht mehr auf seine Loyalität verlassen konnte. In den vergangenen Wochen war einfach zu viel Wasser die Themse hinuntergeflossen.

Als Dorothea Harriman von ihrer Tastatur aufblickte und Barbaras T-Shirt erblickte, fiel ihr fast die Kinnlade herunter, was Barbara nicht entging. Dee hätte vielleicht noch gegrinst über den Spruch *Zu ihrer eigenen Sicherheit vollgepumpt mit Tranquilizern*, aber die Vorstellung, dass Barbara vorhatte, Superintendent Ardery in diesem T-Shirt unter die Augen zu treten, schien sie doch eher zu entgeistern. Nachdem Barbara sich am Morgen übergeben hatte, hatte sie sich das T-Shirt geschnappt, ohne an etwas anderes zu denken als daran, nur ja nicht zu spät zur Arbeit zu erscheinen. Sie hätte ein anderes T-Shirt auswählen sollen, am besten, sie hätte sich einen Hosenanzug angezogen. Oder ein Kostüm. Irgendetwas anderes. Aber das hatte sie nun mal nicht getan. Und so würde ihr Gespräch mit Isabelle Ardery von Anfang an unter einem schlechten Stern stehen.

Sie überlegte kurz, Dee zu fragen, ob sie ihr für den Auftritt bei Ardery ihr T-Shirt leihen und so lange ihres anziehen könnte. Alberner Gedanke. Sie konnte sich die Sekretärin beim besten Willen nicht in einem Schlabber-T-Shirt mit einem dämlichen Spruch drauf vorstellen. Barbara wollte gerade an Arderys Tür klopfen, als sie die Stimme ihrer Chefin hörte.

»Natürlich finde ich auch, dass sie nicht allein mit dem Zug in die Stadt kommen sollten«, sagte sie gerade. »Aber ich meinte auch nicht allein, Bob. Wieso kann Sandra sie nicht begleiten? Ich hole sie am Bahnhof ab. Dann kann sie mir die Kinder übergeben und gleich mit dem nächsten Zug wieder zurück nach Kent fahren. Wenn sie wieder zu euch zurückkommen, mache ich es genauso.«

Barbara schaute Dee an. »Der Ex«, flüsterte Dee. Die Chefin verhandelte um gemeinsame Zeit mit ihren Söhnen, die bei ihrem Vater in Kent lebten – wegen der guten Luft. Das war zumindest der Grund, den Ardery angab, wenn man sie fragte, warum ihre Kinder nicht bei ihr in London wohnten. Was sich kaum jemand zu fragen traute. Tja, das war wohl kein guter Moment, um die Chefin anzusprechen, aber daran ließ sich nichts ändern. Barbara wartete vor der Tür, bis sie Ardery sagen hörte: »Also gut. Dann am Wochenende darauf. Ich denke, ich habe mich doch inzwischen bewährt, oder?... Bob, bitte, was soll das?... Würdest du bitte mit Sandra darüber reden? Oder ich rede mit ihr... Ja... Einverstanden.«

Das Ende des Gesprächs machte es schwierig einzuschätzen, in welcher Stimmung Ardery war. Barbara hatte jedoch keine andere Wahl, und als Dee Harriman ihr zunickte, klopfte sie an die Tür. Als sie beim Eintreten Arderys Gesicht sah, wusste sie sofort, dass das Gespräch kein Zuckerschlecken werden würde.

Ardery saß mit geschlossenen Augen an ihrem Schreibtisch, eine Faust gegen die Zähne gepresst, die Fingerknöchel weiß, und atmete tief ein und wieder aus. Die Chefin kochte vor Wut, das war wirklich nicht zu übersehen, und Barbara hätte gut daran getan, schnellstens das Weite zu suchen. Aber es ging schließlich um Hadiyyahs Wohlergehen. Sie räusperte sich. »Chefin? Dee hat gesagt, Sie hätten einen Moment Zeit für mich?«

Arderys Augen öffneten sich. Sie ließ die Faust sinken. Barbara wünschte, sie hätte doch auf Lynley gewartet.

Ardery sagte: »Was gibt's, Sergeant?« Ihr Ton sagte Barbara, dass es keine gute Idee wäre, ihre Chefin wissen zu lassen, dass sie einen Teil des Telefongesprächs mitgehört hatte.

»Ich muss nach Italien.« Ihre eigenen Worte ließen Barbara zusammenzucken. Sie war mit ihrem Ansinnen einfach so herausgeplatzt, anstatt, wie sie es sich vorgenommen hatte, Ardery vorsichtig die Situation zu schildern, bis es am Ende nur logisch erschien, dass Barbara ein paar Tage Urlaub brauchte.

Doch ihre guten Vorsätze waren dahin, als sie den Mund aufmachte. Die Angelegenheit war dringend, und sie verlangte eine schnelle Antwort.

»Was?«, sagte Ardery. Nicht dass sie nicht verstanden hätte, was Barbara gesagt hatte.

»Ich muss nach Italien, Chefin«, sagte sie noch einmal und fügte hinzu: »In die Toskana. Nach Lucca. Hadiyyah Upman braucht jemanden, der sich um sie kümmert. Ihr Vater wird seit zwei Tagen von der Polizei vernommen, und er hat keine Angehörigen, an die er sich wenden kann. Außerdem bin ich die Einzige, der Hadiyyah vertraut. Nach allem, was passiert ist, meine ich.«

Ardery hörte sich das alles mit ausdrucksloser Miene an. Als Barbara geendet hatte, nahm Ardery eine Aktenmappe vom Rand ihres Schreibtischs und legte sie vor sich. Barbara sah, dass auf dem Deckblatt etwas geschrieben stand, konnte es jedoch aus der Entfernung nicht lesen. Sie sah allerdings, dass die Mappe dick gefüllt war, unter anderem mit Zeitungsausschnitten. Zuerst dachte sie, Ardery wollte noch einmal kurz mit ihr durchgehen, was Hadiyyah zugestoßen war, oder in der Mappe nachschlagen, um sich darüber zu informieren, was mit Azhar los war. Aber Superintendent Ardery schaute sie nur an und sagte: »Das kommt überhaupt nicht in Frage.«

Barbara schluckte.

»Damit hat die britische Polizei nichts zu tun.«

Barbara fiel die Kinnlade herunter. »Aber es geht um britische Bürger!«

»Und es gibt eine Einrichtung, die britische Bürger im Ausland schützt. Die britische Botschaft nämlich.«

»Die Botschaft hat Azhar nichts als eine Liste mit den Namen von Anwälten gegeben. Die haben ihm gesagt, wenn ein britischer Bürger im Ausland in Schwierigkeiten mit dem Gesetz …«

»Das ist Sache der Italiener, und die italienischen Behörden werden sich darum kümmern.«

»Indem sie was tun? Hadiyyah zu Pflegeeltern geben? Sie dem System ausliefern? Sie in ein ... ein ... ein *Arbeits*haus stecken?«

»Wir leben nicht in einem Roman von Charles Dickens, Sergeant.«

»Dann eben Waisenhaus. Verwahranstalt. Kinderheim. Kloster. Chefin, sie ist neun Jahre alt. Sie hat niemanden außer ihrem Vater.«

»Sie hat Angehörige hier in London, und die werden benachrichtigt. Ich nehme an, dass der Lebensgefährte ihrer Mutter ebenfalls benachrichtigt wird. Der wird sie bei sich aufnehmen, bis die Angehörigen sie abholen können.«

»Die Angehörigen hassen sie! Für die ist sie nicht einmal ein richtiger Mensch! Herrgott noch mal, Chefin, das Mädchen hat schon genug durchgemacht.«

»Werden Sie nicht hysterisch.«

»Sie *braucht* mich.«

»Niemand braucht Sie, Sergeant.« Dann, nachdem sie gesehen hatte, wie Barbara zusammenzuckte, als hätte sie einen Schlag abbekommen, fügte sie hinzu: »Was ich sagen wollte, ist, dass Ihre Anwesenheit in Lucca nicht gebraucht wird, und ich werde Ihnen keinen Flug nach Italien genehmigen. Die Italiener sind durchaus in der Lage, eine Lösung für dieses Problem zu finden. Also, wenn das alles war, ich habe zu tun, und ich nehme an, dasselbe gilt für Sie.«

»Ich kann doch nicht einfach tatenlos ...«

»Sergeant, wenn Sie das Thema noch weiter vertiefen wollen, rate ich Ihnen, sich das sehr gut zu überlegen. Und ich rate Ihnen, einen gewissen Mitchell Corsico und die *Source* in diese Überlegungen mit einzubeziehen und ebenso die Frage, was Sie möglicherweise aus der Vergangenheit lernen können. Es hat auch schon vor Ihnen Polizisten gegeben, die sich mit Journalisten eingelassen haben. Die Ergebnisse derartiger Verbindungen waren stets äußerst unangenehm. Natürlich nicht für die Journalisten. Skandale sind deren täglich Brot. Aber für die Polizisten? Hören Sie mir gut zu, Sergeant Havers, denn ich meine es ernst: Ich rate Ihnen, über Ihr Verhalten in letzter Zeit gründlich nachzudenken und darüber, welche Auswirkungen es auf Ihre Zukunft haben könnte, sollten Sie nicht auf der Stelle einen anderen Kurs einschlagen. Sonst noch was?«

»Nein«, sagte Barbara. Es war zwecklos, noch etwas zu sagen. Sie musste nach Italien, und sie würde nach Italien fliegen, koste es, was es wolle.

SOUTH HACKNEY
LONDON

Aber zuerst musste sie noch etwas mit Bryan Smythe klären. Bei ihrer letzten Begegnung hatte sie ihm Feuer unterm Hintern gemacht. Er hatte sich jedoch nicht bei ihr gemeldet, um ihr mitzuteilen, dass er die notwendigen Arbeiten ausgeführt hatte. Sie hatte zweimal vergeblich versucht, ihn telefonisch zu erreichen. Es war an der Zeit, sagte sie sich, dass sie ihm mal den Kopf wusch und ihn daran erinnerte, was ihm blühen würde, wenn sie den zuständigen Behörden steckte, was er tagtäglich an seinem Computer trieb.

Sie traf ihn zu Hause an. Allerdings war er nicht bei der Arbeit, sondern gerade dabei, sich zum Ausgehen fertig zu machen. Gott sei Dank hatte er sogar etwas gegen seine Schuppen unternommen, denn auf seinen Schultern war ausnahmsweise keine Spur davon zu entdecken. Er trug Jackett und Krawatte. Dass er mit dem Schlüssel in der Hand an die Tür kam, ließ darauf schließen, dass sie ihn gerade noch rechtzeitig erwischt hatte.

Ohne darauf zu warten, dass er sie einlud, das Allerheiligste zu betreten, sagte sie: »Heute brauchen Sie mir keinen Tee zu machen.« Sie schob sich an ihm vorbei und ging schnurstracks in den Garten. Diesmal jedoch wählte sie einen anderen Platz aus. So wie sie Smythe mittlerweile kannte, hatte er garantiert inzwischen die Stelle, wo sie das letzte Mal gesessen hatten, mit Mikros ausgestattet.

Ganz hinten im Garten entdeckte sie einen Schuppen, der fast vollkommen hinter einer wuchernden und üppig blühenden Glyzinie verborgen lag. Sie ging in die Richtung, und er folgte ihr. »Beantworten Sie mir eine Frage«, sagte er. »Haben Sie vielleicht schon mal was von Hausfriedensbruch gehört?«

»Wie weit sind Sie mit den Änderungen an den Tickets nach Pakistan?«, lautete ihre Gegenfrage.

»Entweder Sie gehen jetzt sofort, oder ich rufe die Polizei.«

»Wir wissen beide, dass Sie nichts dergleichen tun werden. Also, was haben Sie wegen der Tickets unternommen?«

»Ich habe jetzt keine Zeit, darüber zu reden. Ich muss zu einem Vorstellungsgespräch.«

»Ach, ein Vorstellungsgespräch, sieh mal einer an. Wer stellt denn wohl jemanden mit Ihren Talenten ein?«

»Eine chinesische Firma ist durch einen Headhunter auf mich aufmerksam geworden. Die entwickeln technische Sicherheitssysteme. Darauf bin ich spezialisiert. Seit fast fünfzehn Jahren, wenn Sie's genau wissen wollen.«

»Und Ihr Spezialgebiet hat Ihnen lauter teure moderne Kunstwerke eingebracht, stimmt's?«, fragte sie spitzbübisch mit einer Kopfbewegung in Richtung Haus.

»Wollen wir doch mit offenen Karten spielen«, entgegnete er. »Sie versuchen mit allen Mitteln, mich beruflich zu ruinieren ...«

»Das klingt etwa so, als würde sich ein Einbrecher darüber beklagen, dass jemand sein Haus mit einer Alarmanlage ausstattet. Aber fahren Sie fort.«

»Ich bin Ihnen also nichts schuldig. Und ich habe Ihnen nichts anzubieten.« Er warf einen Blick auf seine Uhr. »Wenn das dann alles war ... bei dem Verkehr um diese Tageszeit ...«

»Sie bluffen, Bryan. Ich habe bessere Karten in der Hand als Sie, haben Sie das schon vergessen? Also, was haben Sie wegen dieser Tickets nach Pakistan unternommen?«

»Ich habe Ihnen gesagt, dass es mir unmöglich ist, in das System des SO12 einzudringen, und dabei bleibt's. Das werden Sie doch sicher verstehen.«

»Was ich ebenfalls verstehe, ist, dass es da draußen im Cyberland eine ganze Menge Leute wie Sie gibt und dass Sie sich alle untereinander kennen. Und erzählen Sie mir nicht, dass darunter keiner ist, der sich in das System des SO12 reinhacken kann, denn diese Typen hacken sich doch laufend in alle möglichen Systeme ein, vom Verteidigungsministerium bis hin zum privaten Terminkalender der Royals. Und wenn Sie bisher noch niemanden gefunden haben, der das für Sie erledigen kann, dann liegt das daran, dass Sie's erst gar nicht versucht haben. Aber in der Position, in der Sie sich befinden, ist Ihr Verhalten ziemlich riskant, Bryan. Denn ich habe immer noch Ihre Sicherungskopien. Ich könnte Sie im Handumdrehen auffliegen lassen. Haben Sie das schon vergessen?«

Er schüttelte den Kopf, allerdings nicht, um ihre Frage zu verneinen, sondern um seine Fassungslosigkeit zum Ausdruck zu bringen. »Tun Sie, was Sie wollen«, sagte er, »aber Sie werden schon bald merken, dass wir im Moment alle im selben Boot sitzen. Und das haben wir weitgehend Ihnen zu verdanken.«

»Was zum Teufel wollen Sie damit sagen?«

»Erstens war es mehr als dumm von Ihnen anzunehmen, dass Dwayne vorhat, irgendetwas auf seine Kappe zu nehmen. Zweitens: Wenn bestimmte Daten geändert werden können – oberflächlich oder gründlich –, dann können auch andere Daten geändert werden. Ich schlage vor, dass Sie darüber mal scharf nachdenken. Und wenn Sie damit fertig sind, kommen wir zum Drittens. Und das ist, dass man Ihnen auf die Schliche gekommen ist, Sie blöde Kuh. Ich nehme an, dass die bei Scotland

Yard über jeden einzelnen Ihrer Schritte im Bilde sind, aber vor allem wissen die, was Sie zu mir geführt hat.«

Er drehte sich auf dem Absatz um und ging durch den blühenden Garten zurück ins Haus.

Sie folgte ihm. »Was wollen Sie damit andeuten, außer dass Sie versuchen, mir zu drohen?«

Er fuhr zu ihr herum. »Damit will ich andeuten, dass ich Besuch von Scotland Yard hatte. Muss ich Ihnen noch mehr sagen? Denn wir wissen beide, dass es nur einen Grund dafür geben kann, und der sind Sie.«

»Ich hab nicht gepetzt«, sagte sie.

Er lachte laut auf. »Das behaupte ich auch gar nicht. Sie wurden bis zu meiner Haustür verfolgt, Sie Lachnummer! Wahrscheinlich werden Sie überwacht, seit Sie sich in diesen ganzen Schlamassel eingemischt haben, und man hat Sie bei irgendwelchen hohen Tieren angeschwärzt. Also, darf ich Sie jetzt zur Tür begleiten, oder muss ich Ihnen dazu den Arm umdrehen? Mir ist beides recht, denn ich muss jetzt los zu meinem Vorstellungsgespräch. Und was auch immer wir geschäftlich miteinander zu tun hatten, gehen Sie davon aus, dass es beendet ist.«

LUCCA
TOSKANA

Seit er Polizist geworden war, hatte Salvatore Lo Bianco im Lauf einer Ermittlung noch nie Beweismaterial zurückgehalten. Allein die Vorstellung war ihm fremd. Dennoch befand er sich jetzt in genau dieser Situation. Und deswegen erfand er einen Grund dafür, mit dem er leben konnte und der zudem der Wahrheit entsprach: Er brauchte einen forensischen Handschriftspezialisten, der den Text auf der Grußkarte mit dem auf der Karte verglich, die Taymullah Azhar in der Pensione Giardino ausgefüllt hatte. Und solange ihm da kein Ergebnis vorlag, hatte es wenig Sinn, irgendjemanden über die Existenz eines möglichen Beweismittels aufzuklären.

Bevor er sich zur Piazza Grande begab, unterhielt Salvatore sich kurz mit Ottavia Schwartz. Gemeinsam mit Giorgio Simione war sie immer noch dabei, die Teilnehmer an dem Kongress in Berlin zu überprüfen. Die Tatsache, dass es sich um einen internationalen Kongress gehandelt hatte, machte die Sache zwar schwierig, aber nicht unmöglich. Ottavia zeigte ihm die Liste der Wissenschaftler, deren Spezialgebiet sie bereits festgestellt hatten. Bisher sei noch keiner darunter gewesen, der an E.coli forschte, sagte Ottavia, aber sie hatten noch längst nicht alle Namen durch, und sie sei davon überzeugt, dass sie über kurz oder lang unter den Wissenschaftlern jemanden finden würden, der in Frage kam.

Salvatore verließ die Questura. Die neuesten Informationen, die der Londoner Privatdetektiv ihm hatte zukommen lassen, hatte er eingesteckt. Außerdem ältere Bankunterlagen von Michelangelo Di Massimo, die er ausgegraben hatte. Er hatte vor, beides zu benutzen, um Piero Fanucci eins auszuwischen.

Der Pubblico Ministero war anwesend, wie Salvatore von der Sekretärin erfuhr, als er im Palazzo Ducale eintraf. Die Frau verschwand kurz im Zimmer das Staatsanwalts und sagte, als sie wieder herauskam, der *magistrato* würde ihn selbstverständlich empfangen und lasse ihm ausrichten, er habe immer ein Ohr für seinen alten Freund Salvatore Lo Bianco. Dabei verzog sie keine Miene, denn nach all den Jahren hatte sie gelernt, die Informationen ihres Dienstherrn ohne Ironie weiterzugeben.

Fanucci erwartete ihn hinter seinem eindrucksvollen Schreibtisch, auf dem sich Unterlagen und dicke, abgegriffene Aktenmappen stapelten. Salvatore hatte nicht vor, dieser Papiersammlung etwas hinzuzufügen. Das, was er mitgebracht hatte, würde er auch wieder mitnehmen, sobald er sich Fanuccis Kooperation vergewissert hatte.

Der Staatsanwalt sagte nichts zu Salvatores Erscheinungsbild. Sein Gesicht war immer noch leicht geschwollen und etwas verfärbt, wurde jedoch von Tag zu Tag besser. Bald würde nichts mehr zu sehen sein von der Begegnung im Botanischen Garten, aber Salvatore war froh, dass es noch nicht so weit war. In dieser Situation konnte es nicht schaden, Fanucci an ihren kleinen Zusammenstoß zu erinnern.

Er sagte: »Es sieht so aus, als hätten Sie von Anfang an mit Ihrer Einschätzung richtig gelegen, *magistrato*. Ich wollte Ihnen mitteilen, dass mir das inzwischen klar geworden ist.«

Fanuccis Augen wurden schmal. Sein Blick wanderte zu den Aktenmappen, die Salvatore in der Hand hielt. Er sagte nichts, nickte jedoch und gab Salvatore mit seiner sechsfingrigen Hand ein Zeichen, er möge fortfahren.

Salvatore reichte ihm die erste Mappe. Sie enthielt alles, was Dwayne Doughty aus London geschickt hatte: Quittungen, Aussagen und Berichte.

Fanuccis Nüstern blähten sich auf. »Was soll das?«, blaffte er und wartete auf eine Erklärung.

Die Erklärung kam in Gestalt der weiter zurückliegenden Informationen, die Salvatore zusammengetragen hatte. Dazu gehörten Bankunterlagen und Telefonrechnungen des verstorbenen Roberto Squali und des Privatdetektivs Michelangelo Di Massimo. Wenn man all dies mit dem Material verglich, das Doughty aus England geschickt hatte, war nicht zu übersehen, dass der Londoner Privatdetektiv aus bislang unbekannten Gründen die Informationen so manipuliert hatte, dass es den Anschein hatte, als sei Di Massimo von Taymullah Azhar beauftragt worden, die Entführung zu organisieren. Sehen Sie, wie das Geld von Signor Azhars Konto zuerst auf Di Massimos und dann auf Squalis Konto fließt? Denn die weiter zurückliegenden Bankunterlagen belegten, dass das Geld von Doughtys auf Di Massimos Konto geflossen war, und diese Unterlagen hatte Salvatore sich bereits zu Beginn der Ermittlung beschafft. Die Unterlagen allerdings, die jetzt aus London gekommen waren …? Die waren offensichtlich manipuliert worden, um die Schuld jemand anderem in die Schuhe zu schieben.

»Dieser Doughty steckt bis über beide Ohren in der Sache mit drin«, sagte Salvatore. »Michelangelo Di Massimo sagt die Wahrheit. Der Plan wurde in London von diesem Privatdetektiv ausgeheckt und von Di Massimo und Squali ausgeführt.«

»Und warum hast du dieses Material nicht an Nicodemo weitergeleitet?«, erkundigte sich Fanucci. Er klang nachdenklich, was Salvatore hoffen ließ, dass er die Informationen ernst nahm.

Er sagte: »Das werde ich, *magistrato*, aber vorher wollte ich mich bei Ihnen entschuldigen. Dass Sie Carlo Casparia so lange festgehalten haben, hat Di Massimo zu der Annahme verleitet, alles sei in Ordnung und niemand würde ihn verdächtigen. Wenn Sie Carlo dagegen freigelassen hätten, so wie ich es Ihnen geraten hatte, wäre Di Massimo wahrscheinlich untergetaucht, nachdem Roberto tödlich verunglückt war. Dann hätte er nämlich damit rechnen müssen, dass wir sehr bald die Verbindung zwischen ihm und Roberto Squali entdeckt hätten. Da Sie aber Carlo als Hauptverdächtigen in Haft genommen hatten, wähnte er sich in Sicherheit.«

Fanucci nickte. Da er immer noch nicht voll und ganz überzeugt wirkte, wiederholte Salvatore noch einmal seine Entschuldigung, während er seine Unterlagen vom Schreibtisch des Staatsanwalts einsammelte. Dann sagte er: »Das alles werde ich jetzt zu Nicodemo bringen, damit er und Sie den Fall abschließen können.«

»Doughtys Auslieferung durchzusetzen«, murmelte Fanucci, »wird keine leichte Sache werden.«

»Aber es wird Ihnen doch gelingen, oder?«, sagte Salvatore. »Sie sind den britischen Behörden doch mehr als gewachsen.«

»Wir werden sehen«, antwortete Fanucci mit einem Achselzucken.

Salvatore lächelte. Sicher, dachte er, sie würden sehen. Und in der Zwischenzeit war Taymullah Azhar von Fanuccis Radar verschwunden. Aus den Augen, aus dem Sinn. Nichts würde Salvatore daran hindern, sich den Mann vorzuknöpfen. Und genau das hatte er vor.

VICTORIA
LONDON

Lynley wusste, dass er ein Treffen mit Isabelle nicht länger aufschieben konnte. Ihm lief die Zeit davon. Ein paar Tage lang könnte er sie noch hinhalten mit der Ausrede: »Ich bin an der Sache dran, mir fehlt nur noch ein Detail …« Aber darauf würde sie nicht hereinfallen. Er stand vor der Wahl zu lügen, da John Stewart zwar nachweisen konnte, wo Barbara sich jeweils aufgehalten hatte, nicht jedoch, was sie an den verschiedenen Orten getan hatte, oder er konnte Isabelle die Wahrheit sagen.

Er wünschte, er hätte nie etwas über Barbaras Aktivitäten erfahren. Er hatte sie gewarnt, ohne dass es etwas gefruchtet hätte. Sie hatte sich nicht von ihrem verrückten Kurs abbringen lassen, einfach weil sie aus Liebe handelte. Bekanntlich machte Liebe blind, doch wenn eine Polizistin die Aufklärung eines Verbrechens behinderte, war das eine andere Sache.

Andererseits … hatte er, Lynley, nicht auch vor Jahren versucht, seinen Bruder Peter zu schützen, als der wegen seiner Neigung, mit finsteren Elementen der Londoner Drogenszene zu verkehren, unter Mordverdacht geraten war? Doch, das hatte er. Egal, wie eindeutig die Indizien gegen ihn sprachen, hatte er sich geweigert zu glauben, dass Peter etwas mit der Sache zu tun hatte, was sich zum Glück am Ende bewahrheitet hatte. Genauso konnte es jetzt auch ausgehen: zwischen Barbara Havers und Taymullah Azhar. Aber wenn Barbara Beweismittel unterschlug, würden sie nie erfahren, ob Azhar unschuldig war.

Lynley entschloss sich, nicht feige darauf zu warten, dass Isabelle ihn zu sich rief, damit er Bericht erstattete. Als er sie im Korridor auf sich zukommen sah, machte er eine Kopfbewegung in Richtung ihres Zimmers. Ob sie einen Moment Zeit hätte? Ja, hatte sie.

Sie schloss die Tür. Schaffte Distanz zwischen ihnen, indem sie sich hinter ihren Schreibtisch zurückzog. Er akzeptierte das als Demonstration der Hierarchie. Er setzte sich und erzählte ihr, was er wusste.

Von allem, was er über Dwayne Doughty, Bryan Smythe, Taymullah Azhar, die Entführung von Hadiyyah Upman, den Tod von Angelina Upman und Barbara Havers in Erfahrung gebracht hatte, ließ er kein Detail aus. Isabelle hörte ihm zu. Sie machte sich keine Notizen und stellte keine Fragen. Erst als er die Flugtickets nach Pakistan erwähnte und dass Barbara davon wusste, zeigte sie eine Reaktion. Und die bestand darin, dass sie erbleichte.

»Und du bist dir sicher, was die Daten angeht?«, fragte sie. »An welchem Tag die Tickets gebucht wurden und an welchem Tag der Flug gehen soll?« Ehe er antworten konnte, fuhr sie fort: »Egal. Natürlich bist du dir sicher. John Stewart konnte natürlich nichts von den Tickets wissen. Barbara hat sie ja hier im Haus bei jemandem vom SO12 entdeckt, er hätte keinen Grund gehabt zu hinterfragen, warum sie mit einem Kollegen redete. Schließlich hatte sie das Gebäude nicht verlassen. Womöglich hat sie auch bloß beim SO12 angerufen und die Information telefonisch bekommen.«

»Möglich«, sagte Lynley. »Und da sie mehr oder weniger an dem Fall arbeitete, hätten die vom SO12 sich auch nicht gewundert, dass sie bei ihnen Erkundigungen einzieht, vor allem, wo sie bei Azhar keinerlei terroristische Neigungen gefunden hatten.«

»Was für ein verdammter Schlamassel.« Isabelle starrte nachdenklich ins Leere. Ihr Blick schien auf etwas in weiter Ferne

671

fixiert zu sein. Wahrscheinlich betrachtete sie gerade ihre Zukunft, dachte Lynley. Sie sagte: »Sie hat sich schon wieder mit diesem Journalisten getroffen.«

»Corsico?«

»Ja. Am Leicester Square. Er ist jetzt in Italien, wahrscheinlich in Barbaras Auftrag.«

»Woher weißt du das? Nicht das mit dem Treffen am Leicester Square, sondern alles andere?«

Sie deutete mit dem Kinn auf die Zimmertür und das, was dahinter lag. »Von John Stewart natürlich. Er gibt nicht auf. Die Liste seiner Vorwürfe ist lang: Ausplaudern von Informationen an die Presse, Missachtung von Anordnungen, Durchführen eigener Ermittlungen in einem Fall im Ausland. Wie heißt gleich noch dieser Ort an der Themse, wo die Piraten lebend aufgehängt wurden, so dass sie ertranken, wenn die Flut kam?«

»Execution Dock«, sagte er. »Aber dabei handelt es sich eher um eine Legende.«

»Egal. Da möchte John Stewart Barbara hängen sehen. Im übertragenen Sinne oder tatsächlich. Er wird nicht ruhen, bis es so weit ist.«

Lynley spürte Isabelles Verzweiflung. Er selbst war zwar auch nicht ganz frei davon, aber bei ihm hielt sie sich in Grenzen. Isabelle hielt DI Stewart in Schach, indem sie ihm versichert hatte, alles ernst zu nehmen, was er ihr über Barbara berichtete. Aber wenn sie nicht bald gegen Barbara vorging, würde er über ihren Kopf hinweg mit dem Assistant Commissioner reden. Sir David Hillier würde keine Gnade walten lassen. Und wenn er jemanden dafür verantwortlich machen würde, wie mit den von Stewart gesammelten Informationen umgegangen worden war, dann würde das Isabelle sein. Sie würde bald handeln müssen.

Er fragte: »Wo ist Havers jetzt?«

»Sie hat mich gebeten, sie nach Italien fahren zu lassen. Ich habe es ihr verweigert und ihr gesagt, sie soll wieder an die Arbeit gehen. Sie hat mir immer noch nicht den Abschlussbericht über diesen Doughty geliefert, was auch immer da drinstehen mag. Ich kann sie natürlich nicht wieder in Stewarts Team arbeiten lassen, und Philip Hale braucht sie im Moment nicht. Hast du sie gesehen, als du gekommen bist?«

Er schüttelte den Kopf.

»Hat sie dich nicht angerufen?«

»Nein«, sagte er.

Isabelle dachte eine Weile nach. Dann fragte sie: »Hat sie einen Pass, Tommy?«

»Keine Ahnung.«

»Gott. Was für ein Riesenschlamassel.« Isabelle schaute ihn an und griff nach dem Telefon. Sie wählte eine Nummer und wartete. Dann sagte sie: »Judi, ich muss mit Sir David sprechen. Ist er heute im Haus?« Sie hörte einen Moment zu, dann sah sie auf ihrem Tischkalender nach. »Gut. Ich komme dann nach oben.« Sie bedankte sich bei der Sekretärin und starrte gedankenverloren das Telefon an.

Lynley sagte: »Es gibt mehr als eine Möglichkeit, das Ganze zu beenden, Isabelle.«

»Sag mir um Himmels willen nicht, wie ich meine Arbeit zu tun habe«, entgegnete sie.

CHALK FARM
LONDON

Barbara wusste nicht, wer die hohen Tiere waren, die Bryan Smythe erwähnt hatte. Aber als sie nach ihrem Gespräch mit ihm zu ihrem Auto ging, fand sie es heraus. Während sie bisher immer so sehr damit beschäftigt gewesen war, wie sie weiter vorgehen und welche Schritte sie als Nächstes unternehmen sollte, hielt sie jetzt die Augen offen für alles, was irgendwie ungewöhnlich erschien, und sie entdeckte es sofort.

Clive Cratty, gerade zum Detective Constable befördert und eifrig darum bemüht, sich zu beweisen, duckte sich am anderen Ende der Straße hinter einen weißen Ford Transit. Aber Barbara hatte ihn gesehen, und sie kapierte sofort, dass John Stewart sie beschatten ließ.

Egal, wie wütend sie das machte, sie hatte jetzt keine Zeit, sich um John Stewart und seine Lakaien zu kümmern. Sie konnte ihn sowieso nicht daran hindern zu tun, was er für richtig hielt. Sie musste nach Italien.

Ihr Pass lag zu Hause in einer Schublade, und sie musste ein paar Sachen einpacken, außerdem brauchte sie ein Flugticket. Sie konnte entweder bei einer Fluggesellschaft anrufen oder auf gut Glück direkt zum Flughafen fahren.

Da es noch früh am Nachmittag war, gab es reichlich Parkplätze in ihrer Straße. Sogar die Stellplätze in der Einfahrt zur Villa waren frei. Sie parkte dort und rannte zu ihrem Bungalow. Sie warf ihre Umhängetasche auf den Küchentisch, rupfte ihre frisch gewaschenen Unterhosen von der Leine über der Spüle. Dann riss sie ihren Kleiderschrank auf. In dem Moment sah sie Lynley, der im Sessel neben ihrem Schlafsofa saß. Sie schrie vor Schreck auf und ließ ihre Unterhosen fallen.

»Verflixt und zugenäht!«, rief sie. »Wie sind Sie denn hier reingekommen?«

Er hielt ihren Ersatzschlüssel hoch. »Sie sollten sich hierfür ein besseres Versteck suchen«, riet er ihr. »Zumindest wenn Sie nicht irgendwann nach Hause kommen und jemanden hier vorfinden wollen, der Ihnen weniger freundlich gesinnt ist als ich.«

Sie sammelte ihre Gedanken und hob ihre Unterhosen auf. »Ich dachte, unter der Fußmatte würde keiner nachsehen, weil da jeder seinen Schlüssel versteckt.«

»Ich glaube nicht, dass der normale Wald- und Wieseneinbrecher was von umgekehrter Psychologie versteht, Barbara.«

»Sie offenbar auch nicht«, antwortete sie bemüht nonchalant.

»Isabelle weiß über alles Bescheid«, sagte er. »Über Smythe,

Doughty, über alles, was Sie getrieben haben, über alles, was die beiden ausgeheckt haben, über Ihre vertraulichen Gespräche mit Mitchell Corsico. Sie weiß alles, Barbara. Sie hat Hillier angerufen, bevor ich weggegangen bin. Sie hat einen Termin bei ihm ausgemacht. Sie weiß auch von den Tickets nach Pakistan, und sie wird Maßnahmen ergreifen. Ich konnte sie nicht aufhalten. Tut mir leid.«

Barbara betrachtete den Inhalt ihres Kleiderschranks. Sie zog ihre Reisetasche vom obersten Regalbrett herunter. Ohne über das italienische Klima oder sonst irgendetwas nachzudenken, stopfte sie wahllos irgendwelche Sachen in ihre Tasche. Sie spürte, dass Lynley sie beobachtete, und wartete darauf, dass er ihr sagte, sie sei vollkommen verrückt.

Aber er sagte nur: »Tun Sie das nicht. Hören Sie mir zu. Alles, was Sie in der Angelegenheit von Hadiyyahs Entführung und Angelinas Tod unternommen haben, war vergeblich. Smythe hat mir gegenüber alles zugegeben.«

»Der hatte überhaupt nichts zuzugeben.« Doch sie war nicht so überzeugt, wie sie sich gab.

»Barbara.« Lynley stand auf. Er war ziemlich groß, fast eins neunzig, und in diesem Augenblick schien er das ganze Zimmer auszufüllen.

Sie versuchte, ihn zu ignorieren, aber es gelang ihr nicht. Trotzdem packte sie weiter ihre Sachen. Sie ging ins Bad und sammelte alles ein, was sie vielleicht brauchen würde. Da sie keinen Kulturbeutel besaß, wickelte sie Shampoo, Deo, Zahnpasta und alles andere in ein benutztes Handtuch und versuchte, sich damit an Lynley vorbeizudrücken.

Aber Lynley stand in der Badezimmertür und versperrte ihr den Weg. »Tun Sie das nicht«, sagte er noch einmal. »Smythe hat mit mir geredet, und er wird auch mit anderen reden. Er hat zugegeben, dass er einige Daten vollständig gelöscht und andere geändert hat. Er hat mir von den falschen Dokumenten erzählt, die er erstellt hat. Von Ihren Besuchen bei ihm. Er hat

Doughty denunziert und auch die Frau, die für ihn arbeitet. Er ist erledigt, Barbara, und er kann nur noch auswandern, bevor eine langwierige und komplizierte polizeiliche Ermittlung ihn für Gott weiß wie viele Jahre hinter Gitter bringt. So sieht's aus. Sie müssen sich jetzt überlegen, auf welcher Seite Sie bei den Ermittlungen stehen wollen.«

Barbara schob sich an ihm vorbei. »Sie verstehen das nicht. Sie haben das noch nie verstanden.«

»Was ich verstehe, ist, dass Sie Azhar schützen wollen. Aber *Sie* müssen verstehen, dass, was Smythe auch immer getan hat, nur an der Oberfläche funktioniert. Ist Ihnen das klar?«

»Ich weiß nicht, was Sie meinen.« Sie stopfte die in das Handtuch gewickelten Gegenstände in die Reisetasche und schaute sich geistesabwesend um. In Lynleys Gegenwart konnte sie keinen klaren Gedanken fassen. Was brauchte sie noch? Ihren Pass natürlich. Das nie benutzte Dokument, das eigentlich eine Wende in ihrem Leben hätte einläuten sollen. Etwas Neues, anderes, Aufregendes. Sonnenbaden an einem griechischen Strand, eine Wanderung über die Chinesische Mauer, mit Schildkröten vor den Galapagosinseln tauchen. Egal, Hauptsache, es unterschied sich von dem erbärmlichen Leben, das sie führte.

Lynley sagte: »Ich werde es Ihnen erklären. Um zu tun, was er tut, braucht Smythe Leute, die wiederum andere Leute kennen. So funktioniert das. Jemand in irgendeiner Institution, in die er sich einhacken will, spielt ihm ein Passwort zu, oder er spielt jemand anderem ein Passwort zu, der es dann Smythe zuspielt. Daten werden manipuliert, aber letztlich nicht in den vertrackten Sicherungssystemen der Institutionen. All das kommt irgendwann ans Tageslicht. Leute werden verhaftet. Dann fangen diese Leute an zu reden. Und die Wahrheit liegt die ganze Zeit in einem Sicherungssystem vergraben, zu dem niemand ohne Gerichtsbeschluss Zugang hat. In diesem Sicherungssystem ist alles klar und deutlich zu erkennen. Und wir wissen beide, was das ist.«

Sie fuhr zu ihm herum. »Er hat nichts getan! Das wissen Sie genauso gut wie ich. Jemand will ihm das alles in die Schuhe schieben. Doughty will ihm die Entführung anhängen, die er selbst organisiert hat, und jemand anders will ihm einen Mord anhängen.«

»Herrgott noch mal, Barbara, wer denn?«

»Ich weiß es nicht! Sehen Sie denn nicht, dass ich deswegen nach Italien muss? Vielleicht ist es dieser Lorenzo Mura. Vielleicht Castro, der Liebhaber, den sie vor Mura hatte. Oder ihr eigener Vater, aus Rache dafür, dass er ihm seine Träume zerstört hat. Oder ihre Schwester, die sie ihr Leben lang gehasst hat. Ich hab keine Ahnung, verdammt noch mal. Aber ich weiß, dass keiner von uns die Wahrheit rausfindet, solange wir hier in London rumhocken und alles nach Vorschrift machen.«

Sie ging zu ihrem Nachttisch, in dessen einziger Schublade sich ihr Pass befand. Sie schüttete den Inhalt der Schublade aufs Bett. Der Pass war weg.

Das war zu viel. Irgendetwas in ihr brach entzwei, und sie ging mit Fäusten auf Lynley los. »Geben Sie ihn her!«, schrie sie. »Rücken Sie meinen verdammen Pass raus!« Zu ihrem Entsetzen brach sie auch noch in Tränen aus. Sie klang wie eine Verrückte, hatte aber nicht mehr die Kraft, um ihrem Expartner zu erklären, warum sie tat, was sie tat, und deswegen verfluchte sie ihn wie ein Fischweib aus einem viktorianischen Roman und trommelte mit den Fäusten auf seine Brust. Er hielt ihre Arme fest und rief ihren Namen, aber sie schwor sich, dass sie sich von ihm nicht aufhalten lassen würde. Wenn sie ihn umbringen musste, um nach Italien zu kommen, dann würde sie auch das tun.

»Sie haben ein erfülltes Leben!«, schrie sie. »Ich hab überhaupt nichts! Verstehen Sie das? Können Sie das verstehen?«

»Barbara, um Gottes willen ...«

»Egal, was Sie glauben, was passiert, es ist mir egal. Kapiert? Es geht nur um *sie*. Ich lasse nicht zu, dass Hadiyyah in die

Hände der italienischen Behörden gerät, falls Azhar was passiert. Das lasse ich nicht zu, und alles andere ist mir egal.«

Sie schluchzte. Er ließ ihre Arme los und betrachtete sie. Sie fühlte sich zutiefst gedemütigt. Dass ausgerechnet er sie so erleben musste. Reduziert auf das, was ihr erbärmliches Leben ausmachte: Einsamkeit, wie er sie nie gekannt hatte, Elend, das ihm so gut wie fremd war, eine Zukunft, die aus ihrer Arbeit und sonst nichts bestand. In dem Moment hasste sie ihn dafür, dass er sie so weit gebracht hatte, sich so zu vergessen. Und ihre Wut besiegte schließlich ihre Tränen.

Er langte in seine Brusttasche, zog ihren Pass heraus und gab ihn ihr. Sie riss ihm den Pass aus der Hand und schnappte sich ihre Tasche.

»Schließen Sie ab, wenn Sie gehen«, sagte sie zum Abschied.

16. Mai

LUCCA
TOSKANA

Salvatore Lo Bianco betrachtete sein Gesicht im Badezimmerspiegel. Die blauen Flecken wurden allmählich gelb. Er sah jetzt nicht mehr so sehr aus, als wäre er in eine Schlägerei geraten, sondern eher wie jemand, der gerade eine Hepatitis hinter sich hatte. In ein paar Tagen würde er Bianca und Marco wieder unter die Augen treten können. Und das war auch gut so, denn seiner Mutter gefiel es überhaupt nicht, dass ihre Lieblingsenkel sie zurzeit nicht besuchen konnten.

Er verließ das Haus und ging zu seinem Auto. Die Frühlingsluft war angenehm, und er nahm sich die Zeit, in einem Café einen Espresso zu trinken. An der Piazza dei Cocomeri kaufte er sich die *Prima Voce* und warf einen Blick auf die Schlagzeile und die Titelgeschichte. Offenbar hatte Fanucci die Sache mit den E.coli-Bakterien noch nicht publik gemacht.

Erleichtert fuhr Salvatore zur Fattoria di Santa Zita hinauf. Der blaue, wolkenlose Himmel verhieß einen heißen Tag in der Ebene, in der Lucca lag. In den Hügeln dagegen boten die Bäume ausreichend Schatten, und die ausladenden Kronen bildeten ein angenehm kühlendes Blätterdach über der staubigen Straße, die zu Lorenzo Muras Anwesen führte. Salvatore parkte vor dem Weinladen. Aus dem alten Gemäuer waren Stimmen zu hören. Durch die mit dichten Glyzinien bewachsene Laube betrat er die kühle alte Scheune, wo der Geruch nach Fermentierung wie ein feines Parfüm in der Luft lag.

Lorenzo Mura stand mit einem etwas jüngeren Mann, offenbar einem Ausländer, im Abfüllraum. Sie überprüften einen Stapel Etiketten, die auf ein paar Dutzend Flaschen geklebt werden sollten. *Chianti Santa Zita* stand auf den Etiketten, aber Mura schien das Design nicht zu gefallen. Er sagte stirnrunzelnd etwas zu dem jungen Mann, der daraufhin nickte.

Salvatore räusperte sich. Die beiden Männer drehten sich zu ihm um. Salvatore hatte den Eindruck, dass der Blutschwamm in Muras Gesicht sich dunkler färbte.

»Tag«, sagte er. Er habe von draußen ihre Stimmen gehört, erklärte er. Er hoffe, er störe nicht.

Natürlich störte er, aber das behielt Lorenzo Mura für sich. Er sagte erneut etwas zu dem jungen Mann, der seiner hellen Haut und seinem blonden Haar nach zu urteilen Engländer oder wahrscheinlicher noch Skandinavier war und wie so viele seiner Landsleute Italienisch und zwei, drei weitere nützliche Sprachen beherrschte. Der junge Mann – den Mura Salvatore nicht vorstellte – hörte zu und verschwand dann im hinteren Bereich der Weinkellerei. Mura zeigte auf eine offene Flasche neben der Etikettiermaschine. *Einen Schluck Wein?* Salvatore lehnte dankend ab. Es war noch zu früh am Tag für Chianti, so gut er auch sein mochte.

Mura schien mit der Tageszeit kein Problem zu haben. Zwei halbvolle Gläser auf dem Tisch ließen darauf schließen, dass die beiden Männer dem Chianti bereits zugesprochen hatten. Mura nahm eins davon und leerte es. Dann sagte er tonlos: »Sie ist tot. Unser Kind ist mit ihr gestorben. Und Sie unternehmen nichts. Was wollen Sie hier?«

»Signor Mura«, sagte Salvatore, »wir würden gern dafür sorgen, dass alles ein bisschen schneller vonstatten geht, aber es kann nur so schnell gehen, wie der Vorgang selbst es erlaubt.«

»Und was soll das heißen?«

»Es heißt, dass man erst die Beweisführung abschließen muss. Und ganz zum Schluss kommt dann die Verhaftung.«

»Sie stirbt, sie wird begraben, und nichts passiert«, entgegnete Mura. »Ich bin sofort nach ihrem Tod zu Ihnen gekommen. Ich habe Ihnen gesagt, dass das kein natürlicher Tod war. Aber Sie haben mich weggeschickt. Also, was wollen Sie jetzt hier?«

»Ich bin hergekommen, um Sie zu fragen, ob Hadiyyah Upman hier bei Ihnen wohnen kann, bis wir mit ihren Angehörigen in London etwas anderes arrangiert haben.«

Muras Augen wurden schmal. »Was hat das zu bedeuten?«

»Dass ich an dem Fall dran bin. Wenn ich sämtliche Beweismittel zusammengetragen habe – und dabei muss ich sehr sorgfältig vorgehen –, werde ich unverzüglich den nächsten Schritt tun. Aber einige Dinge müssen im Voraus arrangiert werden, und deswegen bin ich zu Ihnen gekommen.«

Mura musterte Salvatore, als versuchte er an seinem Gesicht abzulesen, ob er die Wahrheit sagte. Wer sollte es ihm verdenken?, dachte Salvatore. War es nicht in diesem Land, vor allem in der Toskana, üblich, dass man zuerst einen Verdächtigen verhaftete und anschließend die Fakten so lange zurechtklopfte, bis sie einen Fall ergaben? Vor allem unter einem Staatsanwalt wie Fanucci, der sich von dem Moment an, wo feststand, dass ein Verbrechen begangen worden war, auf einen einzigen Verdächtigen einschoss. Das wusste Mura vermutlich, und er fragte sich sicherlich, warum bisher niemand im Zusammenhang mit dem Tod seiner Lebensgefährtin und seines ungeborenen Kindes verhaftet worden war.

Savatore sagte: »Ob es sich bei einem Todesfall um Mord handelt, muss erst zweifelsfrei festgestellt werden. Im Fall von Angelina Upman wurde das dadurch erschwert, dass sie bereits Wochen vor ihrem Tod krank war. Wir wissen jetzt, woran sie gestorben ist…«

Mura machte aufgeregt einen Schritt auf ihn zu. Salvatore hielt abwehrend eine Hand hoch.

»…aber darüber kann ich vorerst nicht mit Ihnen sprechen.«

»Er hat es getan. Ich wusste es.«

»Das wird sich zeigen.«

»Wann?«

»Das weiß nicht. Aber dass ich zu Ihnen komme, um Sie zu fragen, ob Sie Hadiyyah vorübergehend bei sich aufnehmen können, sagt Ihnen hoffentlich... dass wir kurz davorstehen, den Fall abzuschließen.«

»Er ist zu uns gekommen, er hat sich ihr Vertrauen erschlichen, und dann... hat er es *irgendwie* getan. Das wissen Sie.«

»Ich werde mich heute mit dem Professor unterhalten. Das haben wir gestern getan, und morgen werden wir es wieder tun. Wir werden nichts unversucht lassen, und wir werden nichts übersehen, das versichere ich Ihnen, Signor Mura.« Salvatore neigte den Kopf in Richtung Tür. Dann sagte er in einem ganz anderen Ton: »Sie züchten Esel, nicht wahr? Das hat mein Londoner Kollege mir erzählt. Würden Sie mir die Tiere zeigen?«

Muras Miene verfinsterte sich. »Aus welchem Grund?«

Salvatore lächelte. »Ich möchte einen Esel kaufen. Ich habe ein Häuschen auf dem Land und zwei Kinder, die sich freuen würden, dort einen Esel zu haben. Das sind doch Haustiere, oder?«

»Natürlich«, sagte Lorenzo Mura.

LUCCA
TOSKANA

Salvatore hatte erreicht, was er wollte. Beim Betrachten der Esel, die auf dem Olivenhain grasten, hatte er beiläufig gefragt, ob vielleicht jemand kürzlich eins der Tiere gekauft hatte, bei dem er sich erkundigen könne, ob so ein Esel tatsächlich so zahm war, dass man ihn auf dem – nicht existierenden – Landgut der Familie für die Kinder als Haustier halten konnte. Mura hatte ihm den Namen seines letzten Kunden genannt, und Salvatore hatte sich an die Arbeit gemacht.

Ein Besuch bei dem Mann ließ ihn als möglichen Lieferanten der E.coli-Bakterien ausscheiden. Nicht weil es auf seinem Bauernhof in der Nähe von Valpromaro keine Bakterien gab, sondern weil der Mann bestätigt hatte, dass er kürzlich von Signor Mura ein Eselfohlen gekauft und dieses an der Steuer vorbei bar auf die Hand bezahlt hatte. Das Datum, an dem er das Fohlen gekauft hatte, stimmte mit dem Tag überein, an dem Inspector Lynley gesehen hatte, wie jemand Mura in der Fattoria einen dicken Umschlag übergab.

Anschließend fuhr Salvatore in die Questura, um zu hören, was Ottavia Schwartz und Giorgio Simione in Erfahrung gebracht hatten, die sich immer noch durch die Namen der Wissenschaftler arbeiteten, die im April an dem Kongress in Berlin teilgenommen hatten. Ottavia berichtete, sie hätten einen Wissenschaftler aus Glasgow entdeckt, der E.coli-Bakterien erforschte. Wenn Lo Bianco wünschte, dass sie ihre Nachforschungen fortsetzten, würden sie sicherlich noch auf weitere Kandidaten stoßen.

Ja, sie sollten weitermachen, sagte Salvatore. Er hatte nicht vor, auf Fanuccis Schiene zu fahren. Er wollte alles genau wissen, jedes Detail, bevor er den nächsten Schritt tat. Für Salvatore bedeutete jemanden zu beschuldigen mehr, als jemanden nur zu verdächtigen. Jemanden zu beschuldigen hieß, die Ermittler waren sich sicher, den Täter überführt zu haben.

PISA
TOSKANA

Am Ende war es das Einfachste gewesen, nach Pisa zu fliegen. Barbara hätte mit einer der Billiglinien, die überall aus dem Boden zu schießen schienen, zu einem der abgelegenen Regionalflughäfen fliegen können, aber sie fand es beruhigend, ihr Gepäck einer namhaften Fluggesellschaft anzuvertrauen und auf einem als *international* bezeichneten Flughafen zu landen.

Ihre Ankunft in Italien war ein Kulturschock. Leute riefen unverständliches Zeug durcheinander, Schilder und Anschlagtafeln waren in einer Sprache, die sie nicht lesen konnte, und vor dem Flughafen warteten zahllose Reiseführer auf ihre Gruppen, während andere Reisende mit illegalen Taxifahrern um den Preis für eine Fahrt zum Schiefen Turm zu verhandeln schienen.

Zum Glück brauchte sie nur nach dem Mann Ausschau zu halten, der sie nach Lucca bringen würde, und der war so leicht zu erkennen wie ein Albino-Schimpanse im Zoo. Selbst in Italien, der Wiege der Mode, trug Mitchell Corsico seine übliche Verkleidung. Die Fransenjacke hatte er zwar weggelassen – wahrscheinlich wegen der Hitze –, aber ansonsten sah er wie immer aus wie ein waschechter Cowboy. Barbara hatte ausnahmsweise auf ein T-Shirt mit Slogan verzichtet und sich für ein einfarbiges ärmelloses T-Shirt entschieden, weil sie genau mit dem gerechnet hatte, was ihr entgegenschlug, als sie den Flughafen verließ: brüllende Hitze.

Mitch sprach gerade in sein Handy, als sie ihn inmitten der Menschenmassen entdeckte. Er führte sein Gespräch fort, während er sie zu seinem Mietwagen geleitete. Barbara konnte nur Fetzen aufschnappen: »Ja… Ja… Das Interview kommt… der Termin steht schon fest, Rod. Mehr kann ich nicht dazu sagen.« Nachdem er aufgelegt hatte, sagte er: »Blödmann«, womit er offenbar seinen Chefredakteur meinte. Inzwischen standen sie vor einem Lancia, und Barbara war klatschnass geschwitzt.

Sie kniff die Augen zusammen gegen das gleißende Licht und knurrte: »Wie heiß ist es eigentlich hier?«

Mitchell sah sie an. »Stellen Sie sich nicht so an, Barb. Es ist noch nicht mal Sommer.«

Auf der *autostrada* nach Lucca schien die Geschwindigkeitsbegrenzung nicht mehr als eine Empfehlung zu sein, die die italienischen Fahrer geflissentlich ignorierten. Auch Corsico war offenbar in seinem Element, und Barbara hatte das Gefühl, es fehlte nicht viel, und sie würden abheben.

Corsico berichtete ihr – für den Fall, dass sie nicht dazu gekommen war, sich die Zeitung vor dem Abflug zu kaufen –, dass sein erster Artikel am Morgen in der *Source* erschienen war. Er habe die Geschichte so gebaut, sagte er, dass sich daraus ein ganzes Dutzend Nachdreher machen ließen. Was ihr hoffentlich gefallen würde.

»Was genau soll das heißen?«, fragte Barbara. »Was meinen Sie mit Nachdreher? Und was steht überhaupt in Ihrem ersten Artikel?«

Er warf ihr von der Seite einen Blick zu. Ein silbernes Auto raste an ihnen vorbei, das Barbara nur verschwommen wahrnahm. Als Corsico Gas gab und einen Lastwagen überholte, klammerte Barbara sich an ihren Sitz. »Das übliche Strickmuster, Barb«, sagte Corsico. »›Diese E.coli-Sache ist entweder ein Vertuschungsmanöver der Italiener, um zu verhindern, dass ihre Wirtschaft den Bach runtergeht, oder die Frau wurde absichtlich vergiftet durch einen bisher unbekannten Täter … der mit einer Mordanklage rechnen muss. Bleiben Sie dran.‹«

»Hauptsache, Sie lassen die Finger von Azhar.«

Er sah sie ungläubig an. »Ich arbeite an einer Story. Wenn er da drinsteckt, dann steckt er da drin, und dann ist er dran. Lassen Sie uns eins klarstellen, jetzt, wo wir Hand in Hand arbeiten: Wenn Sie sich mit einem Journalisten einlassen, sollten Sie sich darauf einstellen, Ihre Unschuld zu verlieren.«

»Immer diese schiefen Metaphern«, sagte sie. »Ganz schlecht

für einen Autor. Oder ist es übertrieben, Sie als Autor zu bezeichnen? Und wer hat gesagt, dass wir Hand in Hand arbeiten?«

»Wir stehen auf derselben Seite.«

»Wie kommen Sie denn darauf?«

»Wir sind beide auf der Suche nach der Wahrheit. Und, wie gesagt, Azhars Name ist sowieso schon aufgetaucht.«

»Ich habe Ihnen klipp und klar …«

»Sie glauben doch nicht im Ernst, Rod Aronson schickt mich nach Lucca wegen einer schwangeren Engländerin, die in der Toskana den Löffel abgibt. Um unsere Leser in England vom Hocker zu reißen, muss ich schon ein bisschen mehr auf die Kacke hauen.«

»Und dazu brauchen Sie Azhar? Verdammt, Mitchell, ich …«

»Er ist Teil der Story, ob's Ihnen gefällt oder nicht, Süße. Wenn Sie mich fragen, dann ist er sogar die Hauptfigur in der Story. Verflucht noch mal, Barb, Sie sollten froh sein, dass ich die Kleine in Ruhe lasse.«

Sie packte ihn am Arm. »Lassen Sie die Finger von Hadiyyah!«

Er schüttelte ihre Hand ab. »Lassen Sie das, verdammt! Wenn wir einen Unfall bauen, stehen *wir* als Nächstes in den Schlagzeilen! Und bisher habe ich nichts weiter geschrieben als ›Übrigens, unser guter Professor für Mikrobiologie unterstützt die Polizei bei ihren Ermittlungen, und wir wissen ja, was das bedeutet, nicht wahr?‹ Rod will, dass ich ein Interview mit Azhar mache. Und Sie werden mir dazu verhelfen.«

»Von mir haben Sie nichts mehr zu erwarten«, sagte Barbara. »Ein Interview mit Azhar kommt nicht in Frage. Das habe ich von Anfang an klargestellt.«

»Ich dachte, Sie wollten, dass ich hierherkomme, um die Wahrheit auszugraben.«

»Dann graben Sie die Wahrheit aus. Die hat mit Azhar nichts zu tun.«

LUCCA
TOSKANA

Die Außenbezirke von Lucca hätten die Außenbezirke irgendeiner anderen hochgezüchteten Stadt auf der Welt sein können. Abgesehen davon, dass die Straßenschilder und Reklame-
tafeln auf Italienisch waren, wirkte alles ganz normal. Sie fuhren
an Wohnblocks, billigen Hotels, Touristenrestaurants, Imbiss-
stuben, Boutiquen und Pizzerias vorbei. Es herrschte dichter
Verkehr. Frauen mit Kinderwagen versperrten die Gehwege,
und Jugendliche, die vermutlich in der Schule hätten sein müssen, hingen an Straßenecken herum und taten, was Jugendliche
überall auf der Welt taten: Sie simsten, rauchten und telefonierten mit ihren Handys. Sie hatten andere Frisuren – viel ausge-
fallener und extrem gegelt –, aber ansonsten unterschieden sie
sich nicht von den Jugendlichen in England. Erst als sie das
Zentrum erreichten, geriet Barbara ins Staunen.

Sie hatte noch nie eine solche Stadtmauer gesehen, die die
Altstadt von Lucca umschloss wie ein mittelalterliches Bollwerk.
Sie war schon mal in York gewesen, doch das hier war etwas
anderes. Ein enormer grasbewachsener Graben, der vielleicht
einmal als Stadtgraben gedient hatte, umgab die Mauer von
außen, und obendrauf verlief ein Fußweg. Mitch Corsico fuhr
einen schattigen Boulevard entlang, der nur dazu angelegt zu
sein schien, die Befestigungsanlage in all ihrer Pracht zu zeigen.
Nach einer Weile kamen sie an einen großen Kreisverkehr und
bogen in eine Straße ein, die durch eins der großen alten Stadt-
tore führte.

Sie gelangten an einen Platz, wo Reisebusse ältere Touris-
ten in Bermudashorts, Sonnenhüten, Sandalen und schwarzen
Socken ausspuckten, und fanden auf Anhieb einen Parkplatz.
Mitch stieg aus, sagte: »Hier lang«, und marschierte los.

Barbara dachte, sie hätte leichtes Gepäck mitgenommen, aber
als sie sich hinter Mitch her durch die Menge kämpfte, hätte sie

die Reisetasche am liebsten in den nächsten Mülleimer gestopft. Da leider nirgendwo ein Mülleimer zu entdecken war, blieb ihr nichts anderes übrig, als mit dem Ding hinter Mitch herzustapfen, weg von dem Platz, an einer Kirche vorbei und durch ein Menschengewimmel aus Touristen, Studenten, Hausfrauen und Nonnen. Jede Menge Nonnen.

Sie hatte Mühe, Mitch nicht aus den Augen zu verlieren. Nach einer Weile sah sie ihn in einer schmalen Straße verschwinden, und als sie endlich um die Ecke bog, lehnte er an der Wand eines schmalen Durchgangs, der auf einen weiteren Platz führte.

Sie dachte, Mitch ruhte sich im Schatten aus oder hätte womöglich sogar gewartet, um ihr zu helfen. Aber als sie außer Atem und verschwitzt vor ihm stand, meinte er nur: »Sie reisen wohl nicht viel, was? Regel Nummer eins: nur eine Garnitur zum Wechseln.«

Dann ging er ihr voraus. Der Platz, auf den sie hinaustraten, war rund und gesäumt von Cafés, Restaurants und Andenkenläden. Barbara wäre am liebsten sofort in den Schatten eines Sonnenschirms geflüchtet, um sich ein kaltes Getränk zu bestellen. Doch Mitch zeigte auf eine Ansammlung von Kakteen und Sukkulenten in Töpfen vor einem Haus und erklärte ihr, das sei die Pension, in der Azhar wohnte.

»So, und jetzt besorgen Sie mir das Interview«, sagte er. Als sie protestieren wollte, spielte er geschickt seinen besten Trumpf aus: »Ich bestimme die Regeln, Barb, vielleicht sollten Sie mal darüber nachdenken. Ich könnte Sie einfach hier stehen lassen, und dann könnten Sie zusehen, ob Sie jemanden finden, der Englisch spricht. Oder Sie können sich ein bisschen kooperativer geben. Aber bevor Sie sich entscheiden, möchte ich Sie noch darauf hinweisen, dass die Bullen hier kein Englisch sprechen, die Journalisten dagegen durchaus, und ich bin gern bereit, Ihnen ein paar von meinen Kollegen vorzustellen. Falls Sie das wollen, schulden Sie mir allerdings was. Und als Gegenleistung verlange ich Azhar.«

»Vergessen Sie's«, sagte Barbara. »Ich kann mich mit jedem verständigen, mit dem ich reden will.«

Mitch lächelte und deutete mit einer Kopfbewegung auf die Pension. »Wie Sie wollen.«

Da hätte sie natürlich sofort Bescheid wissen müssen. Aber Barbara konnte es einfach nicht akzeptieren, dass Mitch Corsico in Italien die Regeln bestimmte. Also überquerte sie den Platz mit ihrer schweren Tasche und klingelte an der Tür der Pensione Giardino. Wie an allen Fenstern am Platz außer an einem, an dem eine Frau gerade rosafarbene Bettlaken aufhängte, waren die Läden wegen der Hitze geschlossen, so dass der Eindruck entstand, als wäre niemand zu Hause. Doch dann ging die Tür auf, und eine dunkelhaarige schwangere Frau mit einem hübschen Kleinkind auf dem Arm schaute Barbara an.

Zuerst schien alles gut zu gehen. Die Frau sah Barbaras Reisetasche, lächelte und machte einen Schritt zur Seite, damit sie eintreten konnte. Sie führte Barbara in eine dunkle und Gott sei Dank kühle Diele, wo auf einem schmalen Tisch zu Füßen einer Marienstatue eine Kerze flackerte. Durch eine offene Tür war eine Art Frühstücksraum zu sehen. Die Frau bedeutete ihr, ihre Tasche auf dem gefliesten Boden abzustellen. Dann nahm sie aus einer Schublade unter dem kleinen Tisch eine Karte, die Barbara anscheinend ausfüllen sollte, um sich als Gast in der Pension anzumelden. Perfekt, dachte Barbara, du kannst mich mal, Mitchell. Sie nahm die Karte und einen Kugelschreiber entgegen. So weit war alles gut gegangen.

Sie füllte die Karte aus, reichte sie der Frau, und als die sagte: »*E il suo passaporte, signora*«, gab sie ihr auch ihren Pass. Sie war ein bisschen besorgt, als die Frau mit ihrem Pass zu einer Art Büfett im Frühstücksraum ging, und hoffte, dass sie nicht vorhatte, ihn auf dem Schwarzmarkt meistbietend zu verscherbeln.

Dann sagte die Frau lächelnd: »*Mi segua, signora*« und setzte ihr Kind ein bisschen höher auf ihre Hüfte. Sie stieg ein paar

Stufen hoch und erwartete offenbar, dass Barbara ihr folgte. Das war alles schön und gut, aber Barbara musste erst ein paar Fragen stellen, bevor sie sich in einem Zimmer einquartierte. Sie sagte: »Einen Moment noch, okay?«, und als die Frau sich mit einem fragenden Gesichtsausdruck umdrehte, fügte sie hinzu: »Taymullah Azhar wohnt doch noch hier, oder? Mit seiner Tochter, richtig? Ein kleines Mädchen, etwa so groß, mit langem schwarzem Haar? Ich muss als Allererstes mit Signor Azhar über Hadiyyah sprechen. So heißt das Mädchen. Aber das wissen Sie wahrscheinlich, oder?«

Die Frau kam die Treppe wieder herunter und feuerte eine veritable Salve auf Italienisch ab. Barbara verstand kein einziges Wort.

Sie starrte die Frau an wie ein Reh, das nachts auf der Straße vom Scheinwerferlicht geblendet wird. Das Einzige, was sie in der Wörterflut ausmachen konnte, war *non, non, non.* Daraus schloss sie, dass sich weder Azhar noch Hadiyyah in der Pension aufhielten. Was bedeuten konnte, aber nicht bedeuten musste, dass sie ausgezogen waren.

Was auch immer die Frau Barbara zu erklären versuchte, sie war so aufgeregt, dass Barbara ihr Handy aus der Tasche fischte. Sie hielt es hoch in der Hoffnung, dass die Frau den Mund halten würde. Dann tippte sie Azhars Nummer ein, doch auch diesmal hatte sie kein Glück. Wo auch immer er war, er nahm nicht ab.

Die Frau sagte: »*Mi segua, mi segua, signora. Vuole una camera, sì?*« Sie zeigte die Treppe hoch, woraus Barbara schloss, dass *camera* auf Italienisch Zimmer bedeutete. Sie nickte, schulterte ihre Reisetasche und folgte der Frau nach oben.

Das Zimmer war einfach und sauber. Es hatte kein eigenes Bad, doch was konnte man in einer Pension schon erwarten? Barbara stellte ihre Tasche ab – eine kühle Dusche würde noch warten müssen – und suchte in ihrem Handy die Nummer von Aldo Greco.

Zum Glück sprach dessen Sekretärin ebenso gut Englisch wie ihr Chef. Der Anwalt sei gerade nicht in der Kanzlei, erklärte sie Barbara, aber wenn sie ihre Nummer hinterlassen wolle?

Barbara erklärte der Sekretärin, dass sie versuchte, Taymullah Azhar zu finden. Sie sei eine Freundin von Azhar aus London, und sie sei nach Lucca gekommen, weil sie Azhar seit zwei Tagen nicht habe erreichen können. Sie mache sich große Sorgen um ihn und vor allem um Hadiyyah, seine Tochter und …

»Ah«, sagte die Sekretärin. »Ich werde Signor Greco bitten, Sie sofort anzurufen.«

Barbara war sich nicht sicher, was *sofort* in Italien bedeutete, und nachdem sie der Sekretärin ihre Nummer gegeben und aufgelegt hatte, ging sie im Zimmer auf und ab. Sie öffnete die Fensterläden. Auf der anderen Seite des Platzes sah sie Mitch Corsico in einem Café unter einem Sonnenschirm sitzen, vor sich irgendeinen Drink. Er wirkte entspannt und zufrieden. Wahrscheinlich wusste er irgendetwas, was sie nicht wusste, dachte sie, und er wartete darauf, dass sie es herausfand.

Es sollte nicht lange dauern. Ihr Handy klingelte, und sie meldete sich ungeduldig. Es war Greco.

Taymullah Azhar sei verhaftet worden, erklärte ihr der Anwalt, und zwar wegen Mordverdachts. Er sei in den vergangenen Tagen wiederholt verhört worden, und am Morgen um halb neun habe man ihn festgenommen.

Großer Gott, dachte Barbara. »Wo ist Hadiyyah?«, fragte sie. »Was ist mit Hadiyyah?«

Anstatt ihre Frage zu beantworten, bat Greco sie, in einer Dreiviertelstunde in seine Kanzlei zu kommen.

LUCCA
TOSKANA

Sie hatte keine Wahl. Sie musste sich an Corsico halten. Er
kannte sich in Lucca aus, und selbst wenn sie ohne ihn losging,
er würde sich an ihre Fersen heften. Sie verließ die Pension,
überquerte den Platz zu dem Café, in dem er saß, nahm sein
Glas und trank es aus. Es war etwas ziemlich Süßes mit zwei
Eiswürfeln. Limoncello mit Soda, sagte er: »Vorsicht mit dem
Zeug, Barb.«

Der Rat kam zu spät. Der Drink stieg ihr sofort in den Kopf,
und einen Moment lang sah sie nur noch verschwommen.
»Heiliger Strohsack«, murmelte sie. »Kein Wunder, dass das
Leben in Italien so süß ist. Trinken die das hier zum zweiten
Frühstück?«

»Natürlich nicht«, sagte Corsico. »Die Italiener sind zwar
entspannt, aber nicht verrückt. Ich nehme an, Sie haben Neuigkeiten über Azhar?«

Ihre Augen wurden schmal. »Sie wussten Bescheid?«

Er hob die Schultern in gespieltem Bedauern.

»Verdammt, ich dachte, wir arbeiten zusammen.«

»Tja, das dachte ich auch«, erwiderte er. »Aber dann… als
die Rede auf… Interviews kam…«

»Himmel. Also gut. Wo ist Hadiyyah? Wissen Sie das etwa
auch?«

Er schüttelte den Kopf. »Aber viel kommt ja nicht in Frage.
Die müssen sich an Gesetze halten, und ich glaube nicht, dass
eins davon zulässt, dass eine Neunjährige sich ins Ritz einquartiert, wenn ihr Vater wegen Mordverdachts verhaftet wird. Aber
wir müssen sie finden. Je eher, desto besser, denn ich muss liefern.«

Seine Kaltschnäuzigkeit ließ Barbara zusammenzucken. Hadiyyah war für Corsico nichts weiter als ein Aufhänger für seinen
nächsten Artikel. Sie stand auf und wartete einen Augenblick,

bis der Schwindel sich legte. Dann nahm sie sich eine Handvoll Chips aus dem Korb auf dem Tisch und sagte: »Wir müssen in die Via San Giorgio. Wissen Sie, wie wir da hinkommen?«

Er warf ein paar Münzen in den leeren Aschenbecher und stand auf. »Das ist ganz in der Nähe«, sagte er. »Wir sind schließlich in Lucca.«

LUCCA
TOSKANA

Aldo Greco war ein vornehmer Herr, der seinem Landsmann Giacomo Puccini ähnelte, nur ohne Schnurrbart. Er hatte die gleichen seelenvollen Augen und das gleiche dichte, an den Schläfen ergraute Haar. Seine olivfarbene Haut war vollkommen faltenfrei. Vom Alter her konnte er irgendetwas zwischen fünfundzwanzig und fünfzig sein. Er sah aus wie ein Filmstar.

Barbara merkte ihm an, dass er sie und Mitch Corsico für ein seltsames Paar hielt, jedoch zu höflich war, um eine Bemerkung dazu zu machen. Er sagte nur *Piacere* – was auch immer das heißen mochte –, als sie sich und ihren Begleiter vorstellte.

Greco forderte sie auf, Platz zu nehmen, und bot ihnen ein Erfrischungsgetränk an. Barbara lehnte ab. Mitch sagte, ein Espresso wäre ihm recht. Greco nickte und bat seine Sekretärin, sich darum zu kümmern. Die Frau setzte Mitchell eine Flüssigkeit vor, die so schwarz war wie Motoröl. Offenbar kannte er die Sorte Gebräu, denn er schob sich einen Würfel Zucker zwischen die Zähne und leerte seine Tasse mit einem Zug.

Nachdem die Höflichkeiten ausgetauscht waren, gab Greco sich vorsichtig. Schließlich hatte er keine Ahnung, wer Barbara war. Sie hätte auch eine Journalistin sein können, die behauptete, eine Freundin von Azhar zu sein. Azhar hatte dem Anwalt gegenüber ihren Namen nicht erwähnt, was für Greco ein

Problem darstellte, da er an die anwaltliche Schweigepflicht gebunden und nicht geneigt war, Näheres über die Verhaftung seines Mandanten preiszugeben.

Barbara zeigte ihm ihren Polizeiausweis, der ihn jedoch kaum beeindruckte. Sie erwähnte DI Lynley, der in der Angelegenheit von Hadiyyahs Entführung als Verbindungspolizist in Lucca fungiert hatte, erntete aber nur ein ernstes Nicken. Dann fiel ihr ein, dass sie in ihrer Umhängetasche ein Schulfoto von Hadiyyah hatte, das das Mädchen ihr zu Beginn des Schuljahrs in London geschenkt hatte. Auf die Rückseite hatte sie Barbaras Namen geschrieben und darunter *Freunde für immer* und ihren eigenen Namen. Barbara sagte: »Als ich gehört hab, dass Azhar jeden Tag zu Befragungen in die Questura zitiert wurde, wusste ich, dass ich herkommen musste, weil Hadiyyah in Italien keine Verwandten hat. Und die Familie ihrer Mutter in England… Tja, also, Angelina hatte sich von denen total entfremdet. Ich dachte, wenn jetzt noch was passiert… Die Kleine hat doch schon genug durchgemacht, oder?«

Greco betrachtete das Foto, das Barbara ihm gegeben hatte. Er schien immer noch nicht überzeugt. Schließlich fiel ihr ein, dass sie auf ihrem Handy noch eine alte Nachricht von Azhar hatte, die sie zum Glück nicht gelöscht hatte. Sie reichte dem Anwalt ihr Handy, damit er sich die Nachricht anhören konnte. Endlich schien er ihr zu glauben, dass sie mit Azhar befreundet war, und rückte ein paar Einzelheiten heraus.

Sein Mandant habe ihn nicht bevollmächtigt, mit ihr zu sprechen, sagte er, also werde sie sicher verstehen, dass er ihr leider nur begrenzte Informationen geben könne. Ja, ja, sagte Barbara und hoffte inständig, dass Corsico nicht auf die Idee kam, seinen Notizblock zu zücken und mitzuschreiben.

Hadiyyah, sagte Greco, sei zur Fattoria di Santa Zita gebracht worden, dem Wohnsitz von Lorenzo Mura, wo sie bis zum Tod ihrer Mutter mit dieser gewohnt hatte. Das sei natürlich keine endgültige Lösung. Ihre Verwandten in England seien von Mura über die Verhaftung ihres Vaters informiert worden. Ob die auf dem Weg nach Italien seien, um sie abzuholen?, wollte Barbara wissen. Wenn das der Fall war, sagte sie sich, kam es auf jede Minute an, denn wenn die Upmans Hadiyyah in die Hände bekamen, würden sie garantiert dafür sorgen, dass Azhar sie nie wiedersah.

»Das weiß ich nicht«, sagte Greco. »Nicht ich habe für ihre Unterbringung bei Signor Mura gesorgt, sondern die Polizei.«

»Azhar würde der Polizei niemals den Namen der Upmans geben, damit die Hadiyyah abholen können«, sagte Barbara. »Er würde ihnen meinen Namen geben.«

Greco nickte nachdenklich. »Das ist durchaus möglich«, sagte er. »Aber die Polizei würde auf jeden Fall nach einem Blutsverwandten des Mädchens suchen, da es keinen Beweis dafür gibt, dass Signor Azhar ihr Vater ist. Sie sehen also, dass es schwierig für ihn werden wird, seine Wünsche durchzusetzen.«

Barbara musste unbedingt wissen, wo die Fattoria di Santa Zita lag. Sie warf Mitchell von der Seite einen Blick zu. Er hatte sein Reportergesicht aufgesetzt: vollkommen ausdruckslos. Das bedeutete, dass er alles in seinem Gedächtnis speicherte. Vielleicht war es ja doch nicht so schlecht, ihn im Team zu haben.

Sie sagte: »Gibt es denn Beweise, die gegen Azhar sprechen? Die müssen doch irgendwelche Beweise haben, oder? Ich meine, wenn man jemanden wegen Mordverdachts verhaftet, muss man doch Beweise vorlegen, oder nicht?«

»Zu gegebener Zeit«, antwortete der Anwalt. Er legte die Hände vor der Brust zusammen und benutzte die Fingerspitzen fast wie einen Zeigestab, während er ihr erklärte, wie das Justizsystem in Italien funktionierte. Bis dato sei Taymullah Azhar *indagato*, also ein Tatverdächtiger. Man habe ihm hinsichtlich dessen eine schriftliche Erklärung überreicht. »Wir nennen das *avviso di garanzia*«, sagte Greco. Die Einzelheiten der Beschuldigung seien allerdings noch nicht bekanntgegeben worden. Das werde zu gegebener Zeit geschehen, *certo*, aber vorerst werde das durch die Anordnung eines *segreto investigativo* verhindert. Bisher seien die Zeitungen die einzige Informationsquelle, die gezielt mit Einzelheiten versorgt würden.

Nachdem der Anwalt geendet hatte, sagte Barbara: »Aber Sie müssen doch irgendetwas wissen, Signor Greco.«

»Bisher weiß ich nur, dass ein Kongress, an dem der Professor im April teilgenommen hat, Fragen aufwirft. Außerdem macht man sich Gedanken wegen seines Berufs. An diesem Kongress haben Mikrobiologen aus der ganzen Welt teilgenommen …«

»Über den Kongress weiß ich Bescheid.«

»Dann werden Sie verstehen, welchen Eindruck es macht, dass der Professor daran teilgenommen hat. Vor allem im Licht der Tatsache, dass kurz darauf die Mutter seiner Tochter von einem Bazillus getötet wurde, den er sich dort möglicherweise …«

»Es wird doch wohl niemand glauben, dass Azhar mit einer Petrischale voll E.coli-Bakterien in der Achselhöhle quer durch Europa gereist ist.«

»Wie bitte?«, fragte Greco verwirrt.

»Das mit der Achselhöhle«, murmelte Corsico.

Barbara sagte: »Sorry. Was ich sagen will, ist, dass das ganze Szenario absolut hirnrissig ist. Ganz abgesehen davon, dass es undenkbar wäre … Hören Sie. Ich muss unbedingt mit diesem Polizisten reden. Lo Bianco. So heißt er doch, oder? Sie könnten mir doch sicher einen Termin bei ihm besorgen, nicht wahr? Ich arbeite in London mit DI Lynley zusammen, Lo Bianco wird also meinen Namen kennen. Dass ich eine Freundin der Familie bin, braucht er nicht zu wissen. Sagen Sie ihm einfach, dass ich mit Lynley zusammenarbeite.«

»Ich kann ihn anrufen«, sagte Greco. »Aber er spricht so gut wie kein Englisch.«

»Kein Problem«, sagte Barbara. »Sie können mich doch begleiten, oder?«

»*Sí, sí*«, sagte Greco. »Das könnte ich tun. Sie müssen allerdings bedenken, dass Commissario Lo Bianco in meiner Anwesenheit nicht offen mit Ihnen sprechen wird. Und ich nehme doch an, Sie möchten, dass er offen mit Ihnen spricht, nicht wahr?«

»Ja. Sicher. Aber, verflucht noch mal, muss er Ihnen denn nicht sagen ...«

»Hier in Italien ist alles ein bisschen anders, Signora ...« Er korrigierte sich: »*Scusi*. Sergeant. Bei laufenden Ermittlungen werden die Dinge hier anders gehandhabt.«

»Aber wenn jemand verhaftet wird ...«

»Dafür gilt dasselbe.«

»Verflixt und zugenäht, Mr Greco, was die haben, sind doch alles nur Indizienbeweise. Azhar nimmt an einem Kongress teil, und einen Monat später stirbt jemand an einem Bakterientyp, den er selbst nicht mal erforscht.«

»Nicht irgendjemand, sondern eine Frau, die ihm sein Kind weggenommen hatte. Eine Frau, die ihn monatelang im Dunkeln darüber gelassen hat, wo sich sein Kind befand. Das sieht nicht gut aus, wie Sie einsehen werden.«

Und es würde noch schlechter aussehen, dachte Barbara, wenn herauskam, dass Azhar Hadiyyahs Entführung eingefädelt hatte. Sie sagte: »Niemand kann aufgrund von Indizienbeweisen verurteilt werden.«

Greco wirkte erstaunt. »Im Gegenteil, Sergeant. Hier werden Leute täglich wegen viel weniger verurteilt.«

LUCCA
TOSKANA

Salvatore Lo Bianco wunderte sich nicht, als er erfuhr, dass noch jemand von New Scotland Yard in Lucca eingetroffen war. Damit hatte er gerechnet, seitdem er Taymullah Azhar verhaftet hatte. Wahrscheinlich hatte Aldo Greco die Britische Botschaft informiert, und von dort war die Information dann zur Polizei durchgesickert. Schließlich war nicht nur ein britischer Staatsbürger verhaftet worden, sondern als Folge davon war jetzt ein britisches Kind ohne britischen Sorgeberechtigten. Jemand musste die Situation in die Hand nehmen, da das Mädchen nicht mit Lorenzo Mura verwandt war und er das Kind nur in seine Obhut genommen hatte, bis eine andere Regelung getroffen war. Und so wunderte es ihn nicht, dass die englische Polizei jemanden nach Lucca schickte. Er hatte nur nicht damit gerechnet, dass das so schnell gehen würde.

Salvatore bedauerte, dass es diesmal nicht DI Lynley war. Nicht nur weil er den Engländer mochte, sondern auch weil Lynley ziemlich gut Italienisch sprach. Salvatore fand es tatsächlich merkwürdig, dass New Scotland Yard eine Polizistin schickte, die des Italienischen nicht mächtig war. Aber als Aldo Greco angerufen und ihm ihren Namen und andere Einzelheiten durchgegeben hatte – unter anderem, dass sie kein Wort Italienisch sprach –, hatte er eingewilligt, sich mit ihr zu treffen. Greco hatte ihm erklärt, die Polizistin würde einen Dolmetscher mitbringen. Ihr Begleiter – ein englischer Cowboy, so Greco – habe offenbar Kontakte in der Stadt und werde für Sergeant Havers einen Dolmetscher besorgen.

Salvatore hatte sich keine Gedanken darüber gemacht, wie eine englische Polizistin aussehen mochte, und so war er nicht vorbereitet auf die Frau, die zwei Stunden nach Grecos Anruf sein Büro betrat. Bei ihrem Anblick fragte er sich, ob er vielleicht in den letzten Jahren zu viele britische Fernsehkrimis gesehen hatte, denn er hatte eine Frau erwartet, die aussah wie eine von diesen Schauspielerinnen, vielleicht ein bisschen kantig, aber ansonsten langbeinig, modisch gekleidet und attraktiv. Aber was da zur Tür hereinkam, war bis auf das Kantige das genaue Gegenteil. Die Frau war klein und stämmig, und sie trug eine zerknitterte, beigefarbene Leinenhose, rote Turnschuhe und ein ärmelloses marineblaues T-Shirt, das ihr halb aus der

Hose hing. Ihre Frisur sah aus, als wäre sie das Werk eines Gärtners, der ihr mit der Heckenschere zu Leibe gerückt war. Sie hatte schöne, reine Haut – der Vorteil des feuchten englischen Klimas, dachte Salvatore –, die jedoch von einem Schweißfilm überzogen war.

Mit einer intellektuell wirkenden Frau mit großer Brille und stark gegeltem Haar im Schlepptau marschierte die englische Polizistin so selbstbewusst auf seinen Schreibtisch zu, dass sie ihm wider Willen Respekt einflößte. Sie streckte ihm eine Hand entgegen, die feucht war, wie er bemerkte. »DS Barbara Havers«, sagte sie. »Sie sprechen kein Englisch. Okay. Tja. Das ist Marcella Lapaglia, und ich sag's Ihnen gleich ganz offen: Marcella ist mit einem gewissen Andrea Roselli liiert, einem Journalisten aus Pisa, aber sie wird keine Informationen an ihn weitergeben, es sei denn, Sie sind damit einverstanden. Ich bezahle sie dafür, dass sie für mich dolmetscht, und zum Glück braucht sie das Geld im Moment dringender als Andreas Einverständnis.«

Salvatore hörte sich den Wortschwall an und schnappte hier und da ein Wort auf. Marcella übersetzte. Es gefiel Salvatore ganz und gar nicht, dass die Frau die Geliebte von Andrea Roselli war, was er gleich klarstellte. Marcella übersetzte seinen Einwand, und die beiden Frauen diskutierten kurz. Als Salvatore ungehalten »*Come? Come?*« sagte, übersetzte Marcella ihm, was die englische Polizistin gesagt hatte.

»Sie ist professionell genug«, lauteten Sergeant Havers' Worte. »Sie weiß genau, dass sie ihren Job ganz schnell an den Nagel hängen kann, wenn sie Informationen verbreitet, die sie eigentlich für sich behalten sollte.«

»Ich hoffe, ich kann mich auf Sie verlassen«, sagte Salvatore direkt zu Marcella.

»*Certamente*«, antwortete sie gelassen.

»Ich arbeite in London mit DI Lynley zusammen«, sagte Barbara Havers. »Ich bin also ganz gut im Bilde über die Situation hier. Mein Hauptanliegen ist es, mich um Azhars Tochter zu kümmern, und das kann ich besser tun, wenn ich genau weiß, was Sie gegen den Professor in der Hand haben und wie wahrscheinlich es ist, dass er vor Gericht gestellt wird. Hadiyyah wird Fragen haben, und ich muss wissen, was ich ihr antworten kann. Dabei können Sie mir helfen. Was genau liegt gegen den Professor vor, wenn ich fragen darf? Also, ich weiß, dass er unter Mordverdacht steht – das hat Mr Greco mir erklärt –, und ich weiß, was er beruflich macht und dass er an diesem Kongress in Berlin teilgenommen hat, und ich weiß auch, woran Hadiyyahs Mutter gestorben ist. Aber ... seien wir doch mal ehrlich, Commissario Lo Bianco, was Sie meines Wissens bisher gegen ihn vorbringen können, ist bestenfalls zweifelhaft und kaum ausreichend für eine Verhaftung oder eine Anklage. Wenn Sie also nichts dagegen haben, würde ich Hadiyyah gern sagen, dass ihr Dad bald wieder zu Hause sein wird. Es sei denn, es liegen Beweise vor, wovon ich nichts weiß.«

Während Salvatore sich die Übersetzung anhörte, behielt er die ganze Zeit Barbara im Auge, die ihn ebenfalls fixierte. Die meisten Menschen, dachte er, würden irgendwann den Blick senken oder zumindest abwenden, um sich in seinem Büro umzusehen. Aber Havers tat nichts anderes, als den schmutzigen Schnürsenkel des roten Schuhs an ihrem rechten Fuß zu befingern, den sie auf ihr linkes Knie gelegt hatte. Als Marcella geendet hatte, sagte Salvatore vorsichtig: »Die Ermittlung ist noch nicht abgeschlossen. Und hier bei uns in Italien laufen die Dinge, wie Sie wissen werden, etwas anders ab als bei Ihnen in England.«

»Was ich weiß, ist, dass Sie nichts als Indizienbeweise haben, wenn überhaupt. Sie haben lediglich eine Reihe von Dingen, die zufällig zusammenpassen, so dass ich mich frage, warum Professor Azhar überhaupt in Untersuchungshaft sitzt. Aber lassen wir das mal beiseite. Ich möchte ihn sprechen. Und ich möchte, dass Sie das für mich arrangieren.«

Salvatore spürte, wie sich ihm die Nackenhaare sträubten.

Die Frau war wirklich dreist, so eine Forderung zu stellen, vor allem, wenn man bedachte, dass sie nach Italien gekommen war, um sich um Hadiyyah Upman zu kümmern. »Aus welchem Grund wollen Sie ihn sprechen?«, fragte er.

»Weil er Hadiyyah Upmans Vater ist, und weil Hadiyyah mich fragen wird, wo er ist, wie es ihm geht und was hier überhaupt los ist. Sie werden doch einsehen, dass das nur natürlich ist.«

»Seine Vaterschaft ist nicht bewiesen«, entgegnete Salvatore. Mit Genugtuung sah er, dass sie zornig wurde, als sie Marcellas Übersetzung hörte.

»Okay. Wie auch immer. Ein Punkt für Sie. Aber ein Bluttest wird das klären. Hören Sie, auch er wird wissen wollen, wo seine Tochter ist und wie es ihr geht, und ich möchte in der Lage sein, seine Fragen zu beantworten. Also, wir wissen beide, dass Sie ein Gespräch mit ihm arrangieren können. Und ich möchte, dass Sie das tun.« Marcella übersetzte, doch ehe er antworten konnte, fügte sie hinzu: »Sie können das ja als barmherziges Zugeständnis Ihrerseits betrachten. Weil... na ja, ich will ganz offen sein. Sie wirken auf mich wie ein barmherziger Typ.« Und ehe er auf diese unvermutete Bemerkung reagieren konnte, sah sie sich im Zimmer um und fragte: »Übrigens, rauchen Sie, Commissario? Ich könnte nämlich eine Zigarette gebrauchen, aber ich will natürlich nirgends anecken.«

Salvatore leerte den Aschenbecher, der auf seinem Schreibtisch stand, und schob ihn ihr hin. Sie sagte: »Danke«, und kramte in ihrer voluminösen Umhängetasche, die sie neben sich auf dem Boden abgestellt hatte. Nachdem sie eine Weile vor sich hin geflucht hatte, nahm er seine Zigaretten aus seiner Brusttasche und reichte ihr die Schachtel. »*Ecco*«, sagte er, worauf sie antwortete: »Sehen Sie? Ich wusste doch, dass Sie ein barmherziger Typ sind.« Dann lächelte sie. Er war verblüfft. Als Frau war sie eher abstoßend, aber sie hatte ein unglaublich angenehmes Lächeln, und im Gegensatz zu dem, was er von einer Engländerin erwartet hatte, besaß sie sehr gerade, sehr weiße und sehr schöne Zähne. Ehe er wusste, wie ihm geschah, erwiderte er ihr Lächeln. Sie gab ihm die Zigarettenschachtel zurück, er nahm eine Zigarette heraus, bot Marcella eine an und gab den beiden Frauen Feuer.

Havers fragte: »Kann ich offen mit Ihnen reden, Commissario Lo Bianco?«

»Salvatore«, sagte er. Und als sie ihn verwundert anschaute, fügte er auf Englisch hinzu: »Ist kürzer« und lächelte.

»Also gut, Barbara«, antwortete sie. »Ist auch kürzer.« Sie inhalierte wie ein Mann und hielt den Rauch einen Moment in ihrer Lunge, bevor sie sagte: »Ich kann also ganz offen mit Ihnen reden, ja?« Als er nickte, fuhr sie fort: »Soweit ich das verstanden habe, wollen Sie Taymullah Azhar vor Gericht bringen. Aber können Sie ihm denn nachweisen, dass er Zugang zu E.coli-Bakterien hatte?«

»Der Kongress in Berlin...«

»Ja, ja, ich weiß. Er ist also auf diesem Kongress gewesen. Und?«

»Und nichts. Es sei denn, man sieht genauer hin, und dann stellt man fest, dass er zusammen mit einem Wissenschaftler aus Heidelberg an einer Podiumsdiskussion teilgenommen hat. Friedrich von Lohmann. Der Mann erforscht in einem Labor der Universität von Heidelberg E.coli-Bakterien.«

Barbara Havers nickte, und ihre Augen wurden schmal hinter dem Qualm, den sie ausstieß. »Okay«, sagte sie. »Das mit der Podiumsdiskussion wusste ich nicht. Aber wenn Sie mich fragen, ist das nichts weiter als Zufall. Damit können Sie ihn doch nicht vor Gericht bringen, oder?«

»Ein Kollege von mir ist nach Deutschland gefahren, um den Mann zu befragen«, sagte Salvatore. »Und wir wissen beide, dass es nicht undenkbar wäre, dass ein Wissenschaftler auf einem solchen Kongress einen Kollegen um einen Bakterienstamm bittet, den er aus irgendeinem Grund untersuchen will.«

»So als würde er ihn bitten, ihm seine Urlaubsfotos zu zeigen?« Sie musste lachen.

»Nein«, sagte Salvatore. »Aber es wäre kein Problem für den Professor, sich einen Grund auszudenken, warum er diese Bakterien braucht – für einen Doktoranden zum Beispiel, dessen Arbeit er betreut, oder für die eigene Forschung. Da gäbe es bestimmt noch mehr Beispiele.«

»Aber, verdammt noch mal, Commissario... ich meine, Salvatore, Sie glauben doch nicht allen Ernstes, dass diese Typen Proben von Mikroben mit sich rumtragen? Wie war das noch? Azhar fragt diesen Heidelberger – wie hieß er noch gleich?«

»Von Lohmann.«

»Okay. Wie stellen Sie sich das vor? Azhar spricht diesen von Lohmann in Berlin auf die Bakterien an, und der zaubert eine Probe davon aus seinem Koffer?«

Salvatore fand das Ganze langsam nicht mehr lustig. Entweder sie verstand ihn absichtlich falsch, oder Marcella übersetzte nicht richtig. »Natürlich gehe ich nicht davon aus, dass Professor von Lohmann die E.coli-Bakterien bei sich hatte. Aber Professor Azhar hat auf diesem Kongress sein Interesse bekundet, und nachdem Hadiyyah mit Hilfe des Londoner Detektivs entführt worden war, hat er einen Plan geschmiedet.«

Als Marcella das übersetzte, hielt Barbara, die gerade an ihrer Zigarette ziehen wollte, mitten in der Bewegung inne. »Was genau wollen Sie damit sagen?«

»Damit will ich sagen, dass ich Beweise dafür habe, dass Hadiyyahs Entführung nicht hier in Lucca, sondern in London geplant wurde. Dieser Londoner Detektiv, der mir die Informationen geschickt hat, möchte mich gern glauben lassen, dass ein Mann namens Michelangelo Di Massimo den Plan in Pisa ausgeheckt und ausgeführt hat, und zwar mit Hilfe von Taymullah Azhar.«

»Moment. Das kann doch wohl nicht...«

»Aber ich habe Unterlagen hier, die das Gegenteil beweisen.

Viele Unterlagen, die – verglichen mit früheren Unterlagen, die ich ebenfalls habe – verändert wurden. Was ich sagen will ist: Die Sache ist nicht einfach, und ich bin nicht dumm. Professor Azhar steht unter Mordverdacht. Ich vermute jedoch, dass das nicht der einzige Anklagepunkt sein wird.«

Barbara drehte ihre Zigarette auf eine Weise zwischen Daumen und Zeigefinger, die darauf schließen ließ, dass sie schon seit Jahrzehnten rauchte. Außerdem hielt sie ihre Zigarette wie ein Mann. Salvatore fragte sich beiläufig, ob sie vielleicht lesbisch war. Dann fragte er sich, ob er stereotype Vorstellungen von Lesben hatte und warum er sich überhaupt über die merkwürdige Polizistin den Kopf zerbrach.

»Würden Sie mir vielleicht erklären, wie Sie darauf kommen? Das halte ich, ehrlich gesagt, alles für ziemlich schräg.«

Salvatore legte sich seine Worte sorgfältig zurecht. Er habe Kontoauszüge, die im Widerspruch zu früheren Kontoauszügen stehen, erklärte er. Es sehe so aus, als ob irgendjemand Beweise manipuliert habe.

»Hört sich nicht unbedingt so an, als könnten Sie das zu Professor Azhar zurückverfolgen.«

»Ich gebe zu, dass ein forensischer Computerspezialist sich das alles noch ansehen muss, damit wir die Spuren ganz genau verfolgen können. Aber das ist machbar, und es wird irgendwann geschehen.«

»Irgendwann?« Sie dachte mit zusammengezogenen Brauen darüber nach. »Ah. Sie sind gar nicht mehr an dem Fall, stimmt's? Das hab ich doch irgendwo läuten hören.«

Marcella hatte ein Problem mit dem Ausdruck *läuten hören*. Nachdem sie das geklärt hatte, antwortete Salvatore: »Sie werden mir zustimmen, dass jetzt, wo das Kind in Sicherheit ist und mehrere Leute verhaftet wurden, die verdächtigt werden, an der Entführung beteiligt gewesen zu sein, die Aufklärung des Mords im Vordergrund steht. Alles wird zu gegebener Zeit geschehen. So funktioniert das hier bei uns in Italien.«

Barbara drückte ihre Zigarette so energisch aus, dass etwas Asche auf ihre Hose fiel. Als sie versuchte, die Asche abzuwischen, machte sie alles nur noch schlimmer. Sie murmelte »Verflucht« und »Ach, was soll's«, dann blickte sie auf und sagte: »Um noch mal auf Azhar zurückzukommen. Ich würde gern mit ihm reden. Das können Sie doch für mich arrangieren, oder?«

Salvatore nickte. Er würde ihr den Gefallen tun, dachte er. Schließlich war es nur recht, dass der Professor die Verbindungspolizistin aus England traf. Aber er hatte das Gefühl, dass Sergeant Havers mehr über Azhar wusste, als sie ihm sagte. Wahrscheinlich würde Lynley ihm seine Fragen zu dieser seltsamen Frau beantworten können.

VICTORIA
LONDON

Lynley wusste weder, ob es noch irgendetwas gab, was Barbara Havers würde retten können, noch ob er versuchen sollte, das Unausweichliche zu verhindern.

Im Grunde, sagte er sich, gehörte diese Frau nicht in den Polizeidienst. Sie konnte nicht mit Autorität umgehen. Sie war ein wandelndes Pulverfass. Sie hatte unmögliche Angewohnheiten. Sie verhielt sich häufig extrem unprofessionell und das nicht nur in Bezug auf ihre Kleidung. Sie besaß einen scharfen Verstand, den sie jedoch viel zu oft nicht benutzte. Und wenn sie ihn benutzte, geriet sie nicht selten auf Abwege. So wie jetzt.

Und dennoch. Wenn sie an einer Sache dran war, ließ sie nicht locker und zeigte bis zuletzt vollen Einsatz. Sie scheute sich nie, eine gegensätzliche Meinung zu vertreten, und sie stellte die Aussicht auf Beförderung nie über ihr Engagement in einem Fall. Sie konnte streitbar sein, und sie konnte sich in eine

Theorie verbeißen wie ein Pitbull. Aber ihre Fähigkeit, sich mit Leuten anzulegen, mit denen man sich eigentlich nicht anlegte, hob sie von allen Kollegen ab, mit denen Lynley je zusammengearbeitet hatte. Sie kuschte vor niemandem. So eine Polizistin hatte man gern im Team.

Dazu kam, dass sie ihm das Leben gerettet hatte, und das war keine Kleinigkeit. Diese Tat würde sie immer mit ihm verbinden. Sie erwähnte den Vorfall nie, und er wusste, dass sie das auch nie tun würde. Aber er wusste auch, dass er es nie vergessen würde.

Aus diesem Grund kam er zu dem Schluss, dass er keine Wahl hatte. Ihm blieb nichts anderes übrig, als zu versuchen, diese verrückte Frau vor sich selbst zu schützen. Und das konnte er nur, wenn er bewies, dass sie mit allem, was sie zu dem Mord an Angelina Upman behauptete, recht hatte.

Es würde nicht leicht werden, und deswegen holte Lynley Winston Nkata ins Boot. Nkata sollte alle Personen überprüfen, die mit Angelina Upman in London zu tun gehabt hatten: wo sie sich während der Zeit aufgehalten hatten, als Angelina Upman erkrankt und gestorben war, und ob irgendjemand von ihnen die Möglichkeit gehabt hatte, sich E.coli-Bakterien zu beschaffen. Als Erstes würde er sich Esteban Castro vornehmen, Angelinas ehemaligen Liebhaber, ebenso wie dessen Frau. Anschließend standen die Verwandten auf der Liste: Bathsheba und Hugo Ward sowie die Eltern. Egal, auf welche Namen er stieß, erklärte ihm Lynley, er solle jeden überprüfen. In der Zwischenzeit würde er, Lynley, noch einmal Azhars Labor am University College aufsuchen und gegenprüfen, was St. James in Erfahrung gebracht hatte.

Winston wirkte wenig überzeugt, willigte jedoch ein, sich an die Arbeit zu machen. »Aber eigentlich glauben Sie nicht, dass einer von denen in die Geschichte verwickelt ist, oder?«, sagte er. »So was wie das mit den E.coli-Bakterien kann doch nur ein Spezialist durchziehen.«

»Oder jemand, der einen Spezialisten kennt«, entgegnete Lynley. Dann fügte er mit einem Seufzer hinzu: »Weiß der Himmel, Winston. Im Moment fischen wir noch in reichlich trüber Brühe.«

Nkata lächelte. »Sie reden ja schon wie Barb.«

»Gott, das fehlt mir noch«, murmelte Lynley, dann ging er zu seinem Wagen. Er war auf halbem Weg nach Bloomsbury, als Salvatore Lo Bianco aus Lucca anrief. Lo Biancos Frage: »Wer ist diese merkwürdige Frau, die Scotland Yard hierhergeschickt hat?«, versetzt ihn erst einmal in Alarmbereitschaft. Zum Glück fuhr Lo Bianco auf eine Weise fort, die es Lynley ersparte, ihm auf seine Frage eine direkte Antwort zu geben.

»Eine ungewöhnliche Wahl als Verbindungspolizistin«, sagte Lo Bianco, »wo sie doch kein Wort Italienisch spricht. Warum hat man nicht Sie wieder geschickt?«

Bedauerlicherweise, erwiderte Lynley, sei er diesmal nicht abkömmlich gewesen. Er sei auch nicht genau informiert über Sergeant Havers' Aufgaben in der Toskana. Ob Salvatore ihn ins Bild setzen könne?

So erfuhr er, dass Barbara behauptet hatte, man habe sie nach Lucca geschickt, damit sie sich um Hadiyyah kümmerte. Und er erfuhr ebenfalls, dass Taymullah Azhar nicht nur der Hauptverdächtige war, sondern wegen Mordverdachts in Untersuchungshaft saß. Die Ereignisse schienen sich zu überschlagen.

Salvatore berichtete Lynley von dem Widerspruch zwischen den Informationen, die er aus London erhalten hatte, und seinen eigenen Informationen. Er sei im Besitz von Kontoauszügen früheren Datums von Michelangelo Di Massimo, während er aus London jede Menge Daten neueren Datums erhalten habe. Ein Vergleich habe ergeben, dass irgendjemand die Kontoauszüge des Detektivs aus Pisa manipuliert haben müsse.

»Die haben hier jemanden, der sich in Bankcomputer einhackt und falsche Belege fabriziert«, sagte Lynley. »Im Moment ist alles verdächtig, Salvatore. Sie sollten sich einen Computerexperten besorgen, der herausfindet, was diese Leute treiben und wie sie es anstellen. Wir könnten natürlich versuchen, hier in London einen richterlichen Beschluss zu erwirken, der die Banken und Telefongesellschaften zwingt, aus ihrer Datensicherung die Originalunterlagen herauszusuchen, aber das kostet Zeit. Außerdem ist es fraglich, ob wir das überhaupt durchsetzen können.«

»Warum?«

»Ein Verbrechen in Italien wäre der Grund für unser Ersuchen. Ehrlich gesagt glaube ich nicht, dass sich ein Richter darauf einlassen wird. Es wäre vielleicht einfacher, einen der Beteiligten hier in London zum Reden zu bringen. Mit einem von ihnen habe ich schon gesprochen, einem gewissen Bryan Smythe. Ich könnte auch mit Doughty reden, wenn Sie wollen.«

Ja, das wäre ihm sehr recht, sagte Salvatore. Und was die merkwürdige Frau von Scotland Yard angehe...?

»Sie ist eine gute Polizistin«, antwortete Lynley wahrheitsgemäß.

»Sie möchte mit dem Professor sprechen«, sagte Lo Bianco und erklärte Lynley, wie Barbara ihren Wunsch begründet hatte.

»Klingt vernünftig«, sagte Lynley. »Es sei denn, Sie wollen Azhar noch stärker unter Druck setzen, indem Sie ihm Informationen über seine Tochter vorenthalten – wo sie ist, wie es ihr geht und so weiter.«

Lo Bianco schwieg eine Weile. Schließlich sagte er: »*Sì*, das wäre nützlich. Aber ein unter Druck entlocktes Geständnis... Es gibt zwar Leute, die damit kein Problem hätten...«

»Sie meinen den Staatsanwalt?«, sagte Lynley.

»*Sí*, das sind seine Methoden. Mir dagegen widerstrebt es, die Verzweiflung eines Verdächtigen auszunutzen... Ich weiß auch nicht, warum.«

Wahrscheinlich wegen Barbara, dachte Lynley. Sie hatte eine Art, Leute einzuschüchtern und zu manipulieren, die er manchmal bewunderte. Er sagte nichts, machte nur ein paar zustimmende Geräusche.

Lo Bianco fuhr fort: »Da ist noch etwas… Als sie mit mir gesprochen hat, da hatte ich so ein Gefühl.«

»Ja?«

»Sie kommt als Verbindungspolizistin her, um nach dem Wohlergehen des Mädchens zu sehen, aber sie stellt viele Fragen zum Fall Taymullah Azhar und hält nicht mit ihrer Meinung dazu hinter dem Berg.«

»Ah«, sagte Lynley. »Das ist typisch Barbara Havers, Salvatore. Es gibt nichts auf der Welt, wozu sie keine Meinung hätte.«

»Verstehe. Das hilft mir, mein Freund. Denn ihre Fragen und ihre Bemerkungen klangen nach mehr als professionellem Interesse.«

Gefährliches Terrain, dachte Lynley. Er sagte: »Ich verstehe nicht recht, was Sie meinen.«

»Eigentlich weiß ich das selbst nicht so genau. Aber sie wirkt irgendwie getrieben… Sie hat versucht, die Inhaftierung des Professors in Frage zu stellen. Die Dinge, die zu seiner Verhaftung geführt haben, hat sie als Zufälle bezeichnet. Es handle sich bestenfalls um Indizienbeweise, meinte sie. Nicht dass ich mich von ihr beeinflussen lassen würde. Aber ich finde, dass sie ungewöhnlich neugierig ist für jemanden, der eigentlich hier in Italien ist, um sich um ein Kind zu kümmern.«

Jetzt sollte er Salvatore eigentlich reinen Wein einschenken über Barbaras Freundschaft mit Azhar und seiner Tochter und ihre eigenmächtige Entscheidung, nach Italien zu fliegen, dachte Lynley. Doch er wusste, wenn er das täte, würde Salvatore Lo Bianco ihr den Zugang zu Azhar verweigern, wahrscheinlich sogar zu Hadiyyah. Das erschien ihm ungerecht, vor allem einem Kind gegenüber, das zweifellos verängstigt war und sich alleingelassen fühlte. Also erklärte er Lo Bianco, dass Barbaras gesteigertes Interesse an dem Fall vermutlich ihrer unstillbaren Neugier geschuldet war. Er habe viele Male mit Sergeant Havers zusammengearbeitet, sagte er. Sie könne es einfach nicht lassen, den Advocatus Diaboli zu spielen, andere Wege einzuschlagen und alles von jedem erdenklichen Winkel aus zu betrachten. So sei sie nun mal.

Dann wechselte er das Thema und versprach Salvatore, Dwayne Doughty aufzusuchen. »Vielleicht kann ich wenigstens ein bisschen Licht in den Entführungsfall bringen«, sagte er.

»Es wird Piero Fanucci nicht gefallen, wenn etwas auftauchen sollte, das in eine andere Richtung weist als die, die er eingeschlagen hat«, erwiderte Salvatore.

»Wieso habe ich das Gefühl, dass das Ihnen dagegen großes Vergnügen bereiten würde?«, fragte Lynley.

Salvatore lachte. Sie beendeten das Gespräch, und Lynley setzte seinen Weg nach Bloomsbury fort.

In Taymullah Azhars Labor zeigte er einem Laboranten im weißen Kittel, der sich ihm als Bhaskar Goldbloom vorstellte, seinen Polizeiausweis. Der Mann war offenbar der Sohn einer indischen Mutter und eines jüdischen Vaters. Er hatte an einem Computer gesessen, als Lynley das Labor betrat, einer von acht Laboranten, die derzeit dort arbeiteten. Lynley erfuhr, dass keiner von ihnen über die Verhaftung ihres Chefs informiert worden war. Also unterbreitete er Goldbloom den Grund für seinen unangekündigten Besuch im Labor.

Er bat den Mann, ihn durch das Labor zu führen und ihm den Zweck sämtlicher Geräte und Gegenstände zu erläutern. Außerdem solle er ihn über sämtliche Bakterienstämme aufklären, sowohl diejenigen, die nur dort aufbewahrt wurden, als auch diejenigen, an denen gerade geforscht wurde.

Bhaskar Goldbloom war nicht begeistert von der Idee, Lynley durch das Labor zu führen. Er erkundigte sich, ob er dafür nicht einen Durchsuchungsbeschluss brauche.

Mit dieser Reaktion hatte Lynley gerechnet. Sie war nachvollziehbar und vernünftig. Er erklärte Goldbloom, er könne natürlich den offiziellen Weg gehen, um sich einen richterlichen Beschluss zu besorgen, aber er sei davon ausgegangen, dass Goldbloom und seine Mitarbeiter nicht erfreut wären, wenn eine Horde Polizisten durch das Labor trampelte und alles durcheinanderbrachte. »Und ich versichere Ihnen«, fügte er hinzu, »dass meine Kollegen in der Hinsicht keine Hemmungen haben.«

Goldbloom überlegte. Schließlich sagte er, er müsse Professor Azhar anrufen, um dessen Genehmigung einzuholen. Woraufhin Lynley ihn und damit alle anderen Anwesenden über Azhars heikle Situation in Italien informierte: Der Professor befinde sich im Gefängnis, weil man ihn verdächtige, mit Hilfe von Bakterien einen Mord begangen zu haben, und er sei derzeit nicht telefonisch erreichbar.

Das änderte alles. Goldbloom erklärte sich sofort bereit, mit Lynley zu kooperieren. Dann fragte er: »Wie lange haben Sie Zeit, Inspector? Denn das wird eine Weile dauern.«

SOLLICCIANO
TOSKANA

Als der Anruf von Commissario Lo Bianco kam, saßen Barbara Havers und Mitchell Corsico in einem Straßencafé am Corso Giuseppe Garibaldi, wo an diesem Tag bunte Marktstände aufgebaut waren, an denen eine überwältigende Vielfalt an Lebensmitteln angeboten wurde. Sie hatten sich das italienische Nationalgetränk bestellt, ein schwarzes Gebräu namens *caffè*, das nur mit drei Würfeln Zucker halbwegs genießbar war. Mitch hatte darauf bestanden, dass Barbara den Kaffee probierte. »Wenn Sie schon mal in Italien sind, Herrgott noch mal, sollten Sie wenigstens ein bisschen von der Kultur mitkriegen, Barb.« Widerstrebend hatte sie sich auf das Experiment eingelassen. Nachdem sie ihre Tasse ausgetrunken hatte, würde sie wahrscheinlich eine Woche keinen Schlaf brauchen, dachte sie.

Als Lo Bianco ihr am Telefon mitteilte, dass er für sie ein Treffen mit Azhar arrangiert habe, zeigte sie Mitchell Corsico den hochgereckten Daumen. »Ja!«, stieß er aus, reagierte jedoch ziemlich aufgebracht, als sie ihm erklärte, dass nur sie allein zu dem Inhaftierten vorgelassen würde. Sie konnte seinen Missmut sogar verstehen. Er brauchte eine Story für die *Source*, er brauchte sie bald, und Azhar war die Story.

»Mitchell«, sagte sie. »Azhar gehört Ihnen, sobald wir ihn da rausgeholt haben. Exklusivinterview samt Foto mit Hadiyyah auf dem Schoß, vor sich einen Teller Ravioli. Aber zuerst müssen wir ihn da rausholen.«

»Hören Sie, Sie haben mich hierhergelockt mit einem Märchen…«

»Alles, was ich Ihnen erzählt habe, hat sich bewahrheitet, oder etwa nicht? Sehen Sie hier jemanden, der hinter mir her ist, weil ich Lügen verbreite? Also gedulden Sie sich. Wenn wir ihn aus dem Gefängnis rausbekommen, wird er dankbar sein. Wenn er dankbar ist, wird er bereit sein, Ihnen ein Interview zu geben.«

Corsico gefiel das alles nicht, er konnte sich jedoch auch schlecht beklagen. Barbara war überhaupt nur an Lo Bianco herangekommen, weil sie Polizistin war. Das wusste er, und damit musste er leben. Genauso wie sie damit würde leben müssen, wie die gedruckte Story am Ende aussehen würde.

Das Gefängnis, in dem Azhar die Untersuchungshaft als Mordverdächtiger verbrachte, lag mehrere Kilometer weit von Lucca entfernt, was eine weitere schreckenerregende Fahrt über die *autostrada* erforderte, aber sie kamen gut durch, und Lo Bianco hatte sie bereits telefonisch angekündigt. Es war gerade keine Besuchszeit. Aber die Polizei hatte Zugang zu Gefangenen, wann immer sie das wollte. Kurz nach ihrer Ankunft wurde

Barbara in ein Verhörzimmer geleitet, das, wie sie vermutete, normalerweise nicht als Besuchszimmer diente. Ihre Tasche samt Inhalt hatte sie am Empfang abgeben müssen. Sie wurde durchsucht und mit einem Metalldetektor abgetastet. Sie wurde fotografiert und gründlich befragt.

Jetzt saß sie an einem Tisch in der Mitte des Verhörzimmers, der ebenso wie die Stühle am Boden festgeschraubt war. An einer Wand hing ein großes, gruseliges Kruzifix. Barbara fragte sich, ob darin ein Mikrofon und eine Kamera versteckt waren. Die Dinger waren heutzutage so winzig, dass sie leicht in einen von Jesu Zehennägeln oder in eine Dorne seiner Krone gepasst hätten.

Sie rieb sich die Fingerkuppen mit dem Daumen und wünschte, sie hätte eine Zigarette. Aber ein Schild gegenüber dem sterbenden Christus verkündete, dass Rauchen in dem Zimmer verboten war.

Nach ein paar Minuten stand sie auf und begann, auf und ab zu gehen. Sie kaute an ihrem Daumennagel und fragte sich, warum das so lange dauerte. Als die Tür schließlich nach einer Viertelstunde aufging, rechnete sie fast damit, dass jemand hereinkam und ihr erklärte, der Bluff sei aufgeflogen und ihre Anwesenheit in Italien von der Londoner Polizei nicht bestätigt worden – und schon gar nicht genehmigt. Doch als sie sich umdrehte, sah sie Azhar, der zusammen mit einem Wärter hereinkam.

Barbara war verblüfft über Azhars Erscheinung. Sie hatte ihn noch nie unrasiert gesehen und noch nie ohne frisch gebügeltes weißes Hemd. Im Sommer die Ärmel sorgfältig hochgekrempelt, im Winter mit Manschettenknöpfen, manchmal mit Krawatte, manchmal mit Jackett, manchmal mit Pullover, dazu entweder Jeans oder eine Hose mit Bügelfalten… Das weiße Hemd war immer sein Markenzeichen gewesen.

Jetzt jedoch trug er Gefängniskleidung. Und zwar einen Overall in einem scheußlichen Grünton. Beim Anblick der dunklen

Ringe unter seinen Augen, seiner eingefallenen, unrasierten Wangen kamen Barbara die Tränen.

Es war nicht zu übersehen, dass ihm der Schrecken in die Glieder fuhr, als er sie gewahrte. Er blieb so abrupt stehen, dass der Wärter, der hinter ihm herging, mit ihm zusammenstieß und ihn anschnauzte: »*Avanti, avanti!*« Nachdem Azhar den Durchgang freigemacht hatte, trat der Wärter ein und schloss die Tür. Barbara fluchte leise vor sich hin, aber sie verstand. Da sie nicht Azhars Anwältin war, hatte sie kein Recht auf ein Gespräch unter vier Augen.

Azhar ergriff als Erster das Wort. Er setzte sich nicht hin. »Sie hätten nicht herkommen sollen«, sagte er sinnloserweise.

Sie sagte: »Nehmen Sie Platz«, und zeigte auf einen Stuhl. Dann servierte sie ihm die Lüge, die sie vorbereitet hatte. »Es geht nicht um Sie. Scotland Yard hat mich wegen Hadiyyah hergeschickt.«

Das brachte ihn endlich dazu, ihrer Aufforderung Folge zu leisten. Er ließ sich auf einen Stuhl fallen und klammerte sich an die Tischkante. Er hatte schlanke, feingliedrige Hände. Barbara hatte seine Hände immer schön gefunden, aber jetzt dachte sie nur, dass diese Hände ihm im Gefängnis keine guten Dienste erweisen würden.

Ganz leise flüsterte sie: »Wie hätte ich *nicht* herkommen sollen, nachdem ich das hier erfahren hatte?« Dabei machte sie eine Geste, die das Verhörzimmer und das ganze Gefängnis einschloss.

Auch er sprach fast im Flüsterton. »Sie haben schon zu viel getan, um mir zu helfen. Bei dem, was jetzt passiert ist, kann mir niemand helfen.«

»Ach wirklich? Wieso sagen Sie das? Haben Sie etwa getan, was die Ihnen vorwerfen? Haben Sie Angelina dazu gebracht, eine Dosis E.coli-Bakterien zu schlucken? Wo haben Sie das Zeug denn reingetan? In ihren Porridge zum Frühstück?«

»Natürlich nicht«, erwiderte er.

»Wenn das so ist, gibt es auch eine Möglichkeit, Ihnen zu helfen, glauben Sie mir. Aber es wird allmählich Zeit, dass Sie mir reinen Wein einschenken. Von A bis Z. A ist die Entführung, also fangen wir damit an. Ich muss alles wissen.«

»Ich habe Ihnen alles erzählt.«

Sie schüttelte den Kopf. »Das stimmt nicht. Warum können Sie nicht einsehen, dass Sie, wenn Sie über die Entführung nicht die Wahrheit sagen...«

»Wie meinen Sie das? Es gibt nichts, was ich...«

»Sie haben ihr eine Karte geschrieben, Azhar. Etwas, das der Entführer ihr geben sollte, damit sie begriff, dass Sie hinter der Sache steckten. Sie haben dafür gesorgt, dass er sie *Khushi* nannte und ihr die Karte gab, und auf dieser Karte haben Sie ihr geschrieben, sie soll mit dem Mann gehen, denn er würde sie zu Ihnen bringen. Klingt das irgendwie vertraut?« Sie wartete nicht auf eine Antwort. »Also, wann zum Teufel werden Sie endlich aufhören, mich anzulügen? Und *wie* zum Teufel soll ich Ihnen helfen, wenn Sie mir nicht die Wahrheit sagen? Über *alles*. DI Lynley hat mir übrigens eine Kopie dieser Karte gegeben. Und Sie können alles, was Sie je besessen haben, darauf verwetten, dass die italienische Polizei die Handschrift von einem Experten analysieren lässt – jetzt, während wir hier sitzen. Was in drei Teufels Namen haben Sie sich dabei gedacht? Warum sind Sie so ein Risiko eingegangen?«

Seine Antwort war kaum hörbar. »Ich musste ganz sicher sein, dass sie mit ihm gehen würde. Ich habe ihm gesagt, er soll sie *Khushi* nennen, aber woher hätte ich wissen sollen, ob das ausreichte? Ich war verzweifelt, Barbara. Können Sie das nicht verstehen? Ich hatte meine Tochter seit fünf Monaten nicht gesehen. Was, wenn sie nicht mit jemandem gegangen wäre, der sie nur *Khushi* nannte? Was, wenn sie Angelina erzählt hätte, dass ein Fremder sie auf dem Marktplatz angesprochen und versucht hatte, sie fortzulocken? Dann hätte Angelina dafür gesorgt, dass *niemand* mehr in ihre Nähe gekommen wäre. Dann hätte ich Hadiyyah für immer verloren.«

»Tja, das hat sich ja jetzt erledigt, nicht wahr?«

Er sah sie entsetzt an. »Ich habe nicht...«

»Kapieren Sie denn nicht, wie das aussieht? Wie das alles aussieht? Sie heuern einen Detektiv an, sie zu finden, dann entführen Sie sie, anschließend kommen Sie her, markieren den besorgten Vater – und haben heimlich Flugtickets nach Pakistan gebucht. Hadiyyah wird gefunden, alle sind glücklich und zufrieden, und kurz darauf stirbt Angelina. Todesursache ist ausgerechnet ein Mikroorganismus, und Sie sind ein verdammter Mikrobiologe. Können Sie mir folgen? So baut man einen Fall auf, Azhar. Und wenn Sie mir nicht endlich alles erzählen, was Sie wissen und was Sie getan haben und wie Sie es getan haben, dann kann ich Ihnen nicht helfen, und vor allem kann ich dann Hadiyyah nicht helfen. Punkt, aus.«

»Ich habe es nicht getan«, murmelte er niedergeschlagen.

»Ach nein? Aber irgendeiner hat's getan«, flüsterte sie eindringlich. »Lo Bianco ist hinter einem Typen her, der Ihnen womöglich auf dem Kongress in Berlin eine Petrischale mit E.coli-Bakterien zugesteckt hat. Oder Ihnen später zugeschickt hat. Ein Mann namens Lohmann aus Heidelberg. Die *Source* hat eine Frau aus Glasgow aufgetrieben, die E.coli-Bakterien erforscht und ebenfalls an dem Kongress teilgenommen hat. Sie haben zusammen mit dem Mann aus Heidelberg an einer Podiumsdiskussion teilgenommen, und anschließend sind Sie womöglich mit der Frau aus Glasgow ins Bett gegangen, um sie dazu zu überreden, ein Fläschchen mit den Bakterien rauszurücken.«

Er zuckte zusammen, sagte jedoch nichts. Sein Blick wirkte gequält.

Barbara seufzte. »Sorry. Tut mir leid. Aber Sie müssen doch begreifen, wie das alles aussieht, und wie es erst aussehen wird, wenn man alles zusammenreimt. Wenn es also irgendwas gibt –

irgendwas –, was Sie mir noch nicht gesagt haben, dann sollten Sie es jetzt tun.«

Zumindest antwortete er nicht sofort. Barbara betrachtete das als gutes Zeichen, denn es bedeutete, dass er nachdachte, anstatt spontan zu reagieren. Und das war wichtig. Er sollte nachdenken, und er sollte sich alles merken. Denn er würde die Informationen, die sie ihm gegeben hatte, an seinen Anwalt weiterleiten, damit der Lo Biancos Strategie kannte. Es war also noch nicht alles verloren, und so sollte es bleiben.

Er sagte: »Mehr kann ich Ihnen nicht sagen. Sie wissen alles.«

»Soll ich Hadiyyah etwas von Ihnen ausrichten? Denn da gehe ich als Nächstes hin.«

Er schüttelte den Kopf. »Sie darf es nicht erfahren«, sagte er und hob eine Hand in einer erschöpften Geste, die seine gesamte Situation umfasste.

»Dann werde ich es ihr nicht erzählen«, sagte Barbara. »Hoffen wir, dass Mura mitspielt.«

FATTORIA DI SANTA ZITA
TOSKANA

Mitchell Corsico hatte eine Landkarte organisiert, um die Fattoria di Santa Zita zu finden. Er wusste sogar, wer Santa Zita war. Während er sich in Lucca die Zeit vertrieben hatte – verdammt viel Zeit, wie er sich ausdrückte –, hatte er die Sehenswürdigkeiten der Stadt besichtigt, darunter den Leichnam von Santa Zita, die in Dienstmädchenkleidung auf dem Altar der Kirche San Frediano in einem gläsernen Sarg aufgebahrt war. Genau das Richtige, um Kindern Albträume zu bescheren, sagte er. Der Teufel wusste, warum Lorenzo Mura sein Anwesen nach ihr benannt hatte.

Barbara war zu dem Schluss gekommen, dass sie Corsico

nicht mitnehmen konnte, wenn sie zu Lorenzo Mura ging. Sie hatte keine Ahnung, was passieren würde, wenn sie Mura ihren Polizeiausweis unter die Nase hielt, und sie wollte keinen Journalisten neben sich stehen haben, der das mitbekam und nachher für seine Zeitung ausschlachtete. Sie war davon ausgegangen, dass es problematisch werden würde, Mitchell auszuschließen, was jedoch nicht der Fall war. Nach ihrem Besuch im Gefängnis musste er seinem Chefredakteur eine Story liefern, und dazu hatte er wenig Zeit. Er werde in Lucca bleiben, während sie zur Fattoria fuhr, erklärte er ihr, aber er erwarte einen Bericht von ihr, und zwar einen lückenlosen.

Alles klar, sagte Barbara, wie Sie wünschen, Mitch.

Auf dem Rückweg vom Gefängnis zeigte sie sich kooperativ und berichtete dem Journalisten von ihrer Begegnung mit Azhar, beschrieb ausführlich die Atmosphäre des Verhörzimmers, Azhars körperlichen und emotionalen Zustand und was ihm aufgrund der Ermittlungen möglicherweise bevorstand. Alles andere berührte sie nur oberflächlich, und die Entführung erwähnte sie überhaupt nicht.

Aber Corsico war nicht dumm, und er schluckte ihre begrenzten Ausführungen nicht wie ein Kind einen Löffel Honig. Er machte sich Notizen, wollte wissen, wie die Indizienbeweise im Einzelnen aussahen, stellte kluge Fragen, denen sie so gut es ging auswich, und erinnerte sie zum Schluss an ihre gegenseitige Abhängigkeit. Wenn sie ihn reinlegen wolle, werde sie das bitter bereuen, warnte er sie.

»Mitchell, wir machen das zusammen«, sagte sie.

»Vergessen Sie das nicht«, lauteten seine Abschiedsworte.

Azhar hatte Barbara die Lage der Fattoria di Santa Zita beschrieben, und nachdem sie sich gemeinsam mit Corsico den Weg auf der Karte angesehen hatte und ihn an der Via Borgo Giannotti außerhalb der Stadtmauer abgesetzt hatte, fuhr sie mit seinem Mietwagen in Richtung Fluss und aus der Stadt hinaus.

Die Fattoria di Santa Zita lag weit oben in den Hügeln, und man erreichte sie über eine kurvenreiche und gefährliche Straße. Waldgebiete wechselten sich ab mit Weinhängen und Olivenhainen. Ein nicht zu übersehendes Schild wies den Weg zu dem Gut.

Nach etwa fünfhundert Metern erreichte sie die Einfahrt zur Fattoria, und gleich darauf kam eine alte Scheune in Sicht. Unter einer schattigen, von herrlich blühenden Glyzinien überwucherten Laube standen rustikale Tische und Stühle.

Die Scheune stand offen, Barbara stellte ihren Wagen auf dem Besucherparkplatz ab und überquerte die gefliesste Terrasse, auf der die Tische standen. Im Eingang blieb sie einen Moment stehen, damit ihre Augen sich an das schummrige Licht gewöhnen konnten.

Lorenzo Mura war nirgendwo zu sehen. Auf einer roh gezimmerten Theke standen Weingläser, diverse auf dem Gut hergestellte Weine, ein Korb mit Gebäck und eine große Käseglocke mit vier großen Stücken Käse. Es duftete so stark nach Wein, dass sie fürchtete, beschwipst zu werden, wenn sie zu tief einatmete. Als sie die Luft einsog, lief ihr das Wasser im Mund zusammen. Ein Glas Wein wäre jetzt nicht schlecht, und gegen ein paar Käsehäppchen hätte sie auch nichts einzuwenden gehabt.

Ein junger Mann trat aus einem dunklen Raum hinter der Theke, in dem Barbara drei Stahlfässer und reihenweise leere grüne Flaschen ausmachen konnte. Er sagte: »*Buongiorno. Vorrebbe assaggiare del vino?*« Barbara schaute ihn verständnislos an. Offenbar begriff er sofort, denn er wechselte ins Englische, das er mit einem starken niederländischen Akzent sprach. »Englisch? Möchten Sie gern einen Chianti probieren?«

Barbara zeigte ihm ihren Polizeiausweis. Sie sei hier, um mit Lorenzo Mura zu sprechen, sagte sie.

»Der ist oben in der Villa«, antwortete der junge Mann. Dabei zeigte er ins Innere der Scheune, als könnte man von dort aus in die Villa gelangen. Dann erklärte er ihr den Weg zur Villa. Sie könne fahren oder zu Fuß gehen, es sei nicht weit. Einfach dem Weg folgen, an dem alten Bauernhaus vorbei, durch das Tor, und dann sehen Sie sie schon. »Kann sein, dass er auf dem Dach ist«, schloss er.

»Sie arbeiten für ihn?«, fragte Barbara. Er war etwa Mitte zwanzig, wahrscheinlich ein Erasmus-Student, der in Italien studierte und sich ein bisschen Taschengeld verdiente. Er bejahte ihre Frage, und als sie sich erkundigte, ob es noch mehr Mitarbeiter wie ihn gebe, sagte er, nein, er sei zurzeit der einzige. Es gebe allerdings ein paar Handwerker, die am Bauernhaus und an der Villa arbeiteten.

»Sind Sie schon lange hier?«, erkundigte sie sich.

Er sei erst vor einer Woche eingetroffen, antwortete er. Barbara strich ihn von ihrer Liste potentieller Verdächtiger.

Sie ging zu Fuß zur Villa. Auf dem Weg dorthin hatte sie Gelegenheit, den Umfang von Lorenzo Muras Aktivitäten in der Fattoria zu bewundern. Ausgedehnte Weinhänge mit einer überwältigenden Aussicht auf Bergdörfer und weitere Weinberge in der Ferne, Olivenhaine für die Ölproduktion, und unten im Tal entdeckte sie Rinder, die an einem Bach grasten.

Ein altes Bauernhaus wurde renoviert, und auch an der Villa, die sich auf einem grasbewachsenen Hügel erhob, wurden Umbauarbeiten durchgeführt. Die dreistöckige Villa war komplett eingerüstet, und auf dem Dach waren fünf, sechs Männer dabei, die Dachpfannen abzudecken, die sie einfach nach unten warfen, was ziemlichen Lärm machte und große Staubwolken aufwirbelte. Aus einem Radio dröhnte Musik in einer Lautstärke, als sollte die ganze Toskana beschallt werden. Gerade lief »Maybellene« von Chuck Berry.

Einer der Handwerker entdeckte sie, wofür sie dankbar war, denn sie glaubte nicht, dass sie Chuck Berry würde übertönen können. Der Mann winkte ihr zu und verschwand. Gleich darauf erschien Lorenzo Mura auf dem Dach.

Er stand da, von hinten von der Nachmittagssonne beleuchtet, die Hände in die Hüften gestemmt, und sah zu, wie Barbara näher kam. Sie fragte sich, ob er sich erinnerte, dass sie sich vor einem Monat in London begegnet waren. Anscheinend war das der Fall, denn er kletterte schnell und, wie sie fand, ziemlich unvorsichtig an dem Gerüst herunter. Als er ihr entgegenkam, hatte sie nicht den Eindruck, dass er gleich den roten Teppich für sie ausrollen würde.

»Was machen Sie hier?«, fragte er ohne Umschweife.

Sie ließ sich Zeit mit ihrer Antwort. Er sah fast so mitgenommen aus wie Azhar, dachte sie. Schlaflose Nächte, harte Arbeitstage, zu wenig Essen, die Trauer… Das würde jeden Mann fertigmachen, dachte sie. Aber eine Dosis E.coli-Bakterien würde dasselbe bewirken. Er wirkte zittrig, und seine Haut war käsig. Der Blutschwamm in seinem Gesicht war tiefviolett.

Sie sagte: »Sind Sie krank, Mr Mura?«

»Ich habe vor fünf Tagen meine Frau und mein Kind begraben«, erwiderte er. »Was hatten Sie erwartet?«

»Tut mir leid«, sagte sie. »Was passiert ist, tut mir leid.«

»Sparen Sie sich Ihr Mitgefühl«, sagte er. »Was wollen Sie?«

»Ich möchte Hadiyyah abholen«, antwortete sie. »Ihr Vater wünscht…«

Er machte eine Handbewegung, als wollte er die Luft zerschneiden. »Hören Sie auf. Es gibt Dinge, die wir nicht wissen. Zum Beispiel, wer Hadiyyahs Vater ist. Angelina hat zwar gesagt, es ist Azhar, aber mir hat sie erzählt, es könnte auch ein anderer sein.« Er musterte Barbaras Gesichtsausdruck angesichts dieser Neuigkeit, dann fügte er hinzu: »Das wussten Sie wohl nicht, was? Es gibt vieles, was Sie nicht wissen. Taymullah Azhar war nicht der einzige Mann in Angelinas Leben, als sie sich kennenlernten.«

»Ich weiß, dass Angelina rumgevögelt hat wie eine billige Nutte, aber ich nehme nicht an, dass Sie das Thema näher erörtern wollen. Eine Katze lässt das Mausen nicht, wenn Sie verstehen, was ich meine, Mr Mura.«

Er erbleichte.

»Es ist also ein zweischneidiges Schwert, nicht wahr?«, sagte Barbara. »Sie haben sich eine Frau mit einer aufregenden Vergangenheit ausgesucht, und vermutlich war bis zu ihrem Tod auch ihre Gegenwart ziemlich aufregend. Ich nehme an, Sie hätten gern, dass Azhar an seiner Vaterschaft zweifelt, und das hätte Angelina wahrscheinlich auch gefallen, denn dann hätte sie einen Grund mehr gehabt, Hadiyyah von ihm fernzuhalten. Wir wissen beide, dass ein DNS-Test diese Zweifel jederzeit ausräumen kann, und glauben Sie mir, ich kann schneller dafür sorgen, dass so ein Test durchgeführt wird, als Sie Ihren Anwalt anrufen können, um mich daran zu hindern. Alles klar?«

»Wenn er Hadiyyah haben will, dann soll er sie selbst abholen kommen. Wenn er dazu in der Lage ist. Bis dahin…«

»Bis dahin haben Sie eine britische Staatsbürgerin in Ihrem Haus, und ich bin hier, um sie abzuholen.«

»Ich rufe ihre Großeltern an, dann können die herkommen und sie mitnehmen.«

»Da werden sich ihre Großeltern aber vor Freude überschlagen. Glauben Sie im Ernst, die fliegen hierher, schließen sie in die Arme und nehmen sie mit nach London, wo sie gerade ein Zimmer für sie hergerichtet haben? Dass ich nicht lache. Wissen Sie was, Lorenzo? Die haben Hadiyyah vor Angelinas Tod noch nie gesehen – falls sie sie bei der Beerdigung überhaupt wahrgenommen haben. Warum waren die überhaupt auf der Beerdigung? Wahrscheinlich, um auf Angelinas Grab zu tanzen, so sehr haben sie ihre Tochter verabscheut, nachdem sie sich mit Azhar eingelassen hatte. Ich schätze, die finden, dass sie endlich das bekommen hat, was sie verdient hat, nachdem sie sich von einem pakistanischen Moslem hat schwängern lassen. Und jetzt will ich Hadiyyah sehen.«

Muras Gesicht war während Barbaras Redeschwall fast so

dunkel geworden wie sein Blutschwamm. Aber er schien nicht gewillt, sich weiter mit ihr anzulegen. Schließlich wartete die Arbeit an der halbverfallenen Villa auf ihn, und Hadiyyah weiter bei sich zu behalten – oder sie Angelinas Eltern zu übergeben –, würde nur dazu dienen, Azhar noch mehr zu quälen.

Barbara sagte: »Also … war's das jetzt, Mr Mura?«

Mura sah sie an, als hätte er ihr am liebsten auf die Schuhe gespuckt, doch dann drehte er sich um. Er stieg jedoch nicht die geschwungene Treppe zur Loggia hoch, sondern ging zu einer halb unter Geißblattranken verborgenen, verwitterten Seitentür. Barbara folgte ihm.

Sie wunderte sich, dass Angelina Upman an solch einem Ort gewohnt hatte. Die Villa war heruntergekommen, ein Überbleibsel aus vergangenen Zeiten, und als Barbara die primitiv ausgestattete Küche betrat – so dunkel wie ein Verlies –, musste sie daran denken, wie Angelina, als sie im vergangenen Jahr zu Azhar zurückgekehrt war, als Allererstes die Wohnung renoviert hatte. Hier hatte sie sich offenbar keine Mühe gegeben. Oder auch nur versucht, das Haus sauber zu halten. Alles war von Staub, Schmutz, Spinnweben und Schimmel überzogen.

Barbara folgte Mura durch mehrere Räume, die alle irgendwie zur Küche zu gehören schienen. Schließlich ging es eine Treppe hoch, und sie gelangten in eine Art riesige Eingangshalle, von der aus Glastüren auf die Loggia führten. Auch hier herrschte schummriges Licht. Wände und Decke waren reichlich mit Fresken verziert, die allerdings vom Kerzenrauch von Jahrhunderten fast bis zur Unkenntlichkeit geschwärzt waren.

Lorenzo rief nach Hadiyyah. Barbara rief: »Hallo, Hadiyyah, kuck mal, wer dich besuchen kommt!« Über ihnen waren Schritte zu hören. Im nächsten Augenblick stürmte Hadiyyah die Treppe herunter und warf sich in Barbaras Arme.

»Wo ist mein Dad?«, fragte sie. »Barbara, ich will zu meinem Dad!«

Barbara warf Mura einen Blick zu, der sagte: *Er ist also nicht ihr Vater, wie?* Dann sagte sie zu Hadiyyah: »Und dein Dad möchte, dass du zu ihm kommst. Er ist im Moment nicht hier in Lucca, aber er hat mich geschickt, um dich abzuholen. Möchtest du mit mir kommen, oder möchtest du lieber hier bei Lorenzo bleiben? Er hat mir erzählt, deine Großeltern wollen herkommen, um dich zu holen. Du kannst natürlich auf sie warten, wenn du das lieber möchtest.«

»Nein, ich will zu meinem Dad«, sagte Hadiyyah. »Ich will nach Hause. Ich will mit dir gehen.«

»Schön. Okay. Kein Problem. Dein Dad muss noch ein paar Dinge erledigen, aber bis er damit fertig ist, kannst du bei mir bleiben. Komm, wir packen deine Sachen. Soll ich dir helfen?«

»Ja«, sagte Hadiyyah. »Bitte, hilf mir.« Sie nahm Barbaras Hand und zog sie in die Richtung, aus der sie gekommen war.

Im Weggehen warf Barbara Mura noch einen Blick zu. Er beobachtete sie mit ausdrucksloser Miene. Noch ehe Barbara und Hadiyyah den Raum verlassen hatten, drehte er sich auf dem Absatz um und verschwand.

Erleichtert stellte Barbara fest, dass zumindest Hadiyyahs Zimmer im ersten Stock renoviert und hübsch eingerichtet worden war. Es gab sogar einen kleinen Farbfernseher, und auf dem Bildschirm sprachen gerade Angelina Upman und Taymullah Azhar in die Kamera. Eine Stimme aus dem Off übersetzte ihre Worte ins Italienische. Barbara erkannte den Ort, an dem sie sich befanden: Sie saßen unter der Glyzinienlaube vor der Scheune, und neben ihnen saß der hässlichste Mann, den Barbara je gesehen hatte, das Gesicht mit Warzen übersät, als hätte eine Hexe ihn verflucht.

»Mummy«, sagte Hadiyyah leise, den Blick auf den Fernseher gerichtet. Ein einziges Wort, das die Trauer und die Verwirrung ausdrückte, die das Mädchen zweifellos empfand. Sie durchquerte das Zimmer und nahm eine DVD aus dem Abspielgerät unter dem Fernseher. Fast flüsternd sagte sie: »Ich mag es, mir meine Mummy anzusehen. Sie spricht über mich. Und sie spricht mit meinem Dad. Lorenzo hat mir die DVD geschenkt. Ich mag es, meine Mummy und meinen Dad zusammen zu sehen.«

Der Wunsch jedes Kindes, dessen Eltern sich getrennt haben, dachte Barbara.

BOW
LONDON

Es war schon spät am Nachmittag, aber Lynley hoffte, dass er Doughty noch in seinem Büro antreffen würde. In Azhars Labor war ein Detail zutage getreten, das sich für Salvatores Ermittlung als entscheidend erweisen konnte, und Lynley hoffte, dass Doughty, wenn er ihn ein bisschen unter Druck setzte, noch ein paar Einzelheiten zu Hadiyyahs Entführung herausrücken würde. Denn Doughty musste mit großen Schwierigkeiten rechnen. Zwar hatte er Bryan Smythe Spuren in alle Richtungen legen lassen, um die italienische Polizei an der Nase herumzuführen, doch ein paar ältere Spuren führten genau bis zu seiner Haustür.

Als Lynley eintraf, befand sich ein junges Mädchen in Doughtys Büro. Sie entpuppte sich als Doughtys Nichte, die für ein Schulprojekt einen Tag in einem Betrieb verbringen musste. Sie hätte auch einen Tag am Arbeitsplatz ihrer Eltern verbringen können, erklärte sie Lynley, aber ihre Mutter arbeitete als Krankenschwester in einem Sanatorium, und ihr Vater war Immobilienmakler, und beides wäre tödlich langweilig gewesen, sagte sie. Allerdings hatte sie nicht ahnen können, dass ein Tag mit Onkel Dwayne mindestens genauso langweilig war. Sie hatte angenommen, er wäre mit einer Pistole bewaffnet und würde sich in dunklen Gassen Schießereien mit allen möglichen Ganoven liefern. Stattdessen hockte er den ganzen Tag vor einer

Wettbude und observierte den idiotischen Ehemann einer noch idiotischeren, eifersüchtigen Ehefrau, der dort sein Geld auf hoffnungslose Verlierer setzte, anstatt eine Affäre zu haben, wie seine Frau argwöhnte, und was garantiert viel mehr Spaß machen würde.

»Ah«, sagte Lynley. »Und ist Mr Doughty jetzt hier?«

»Nebenan«, sagte das Mädchen. »Bei Em.«

Em, dachte Lynley. Den Namen hatte er noch nicht gehört. Er bedankte sich mit einem Nicken bei dem Mädchen, das sich – mit einem tiefen Seufzer – wieder der Computertastatur zuwandte, wo es dabei gewesen war, etwas einzutippen. Lynley ging nach nebenan.

Doughty war gerade im Gespräch mit einer attraktiven, wie ein Mann gekleideten jungen Frau. Nach einem Techtelmechtel sah es nicht aus, denn Doughty lehnte an der Fensterbank, und Em saß auf ihrem Schreibtischstuhl, einen Fuß auf dem Computertisch abgelegt. Sie drehte sich um, als Doughty blaffte: »Wer sind Sie?«

Lynley zeigte ihm seinen Polizeiausweis und stellte sich vor. Bei Doughty schien nichts zu klingeln. Em wirkte misstrauisch. Aus beiden Reaktionen schloss Lynley, dass Bryan Smythe seinen Kumpanen nichts über seinen Besuch von New Scotland Yard erzählt hatte. Das könnte ihm die Sache erleichtern, dachte er.

Er erklärte den beiden den Zweck seines Besuchs. Er sei gekommen, sagte er, um mit Doughty darüber zu reden, was er mit einer Frau namens Barbara Havers zu tun hatte.

»Meine Arbeit ist vertraulich, Inspector«, sagte Doughty.

»Bis die Staatsanwaltschaft sich einschaltet«, entgegnete Lynley.

»Wovon reden Sie eigentlich?«

»Es läuft eine interne Ermittlung«, sagte Lynley, »gegen Detective Sergeant Barbara Havers. Ich nehme an, Sie wussten von Anfang an, dass sie Polizistin ist, aber vielleicht wuss-

726

ten Sie es auch nicht. Jedenfalls haben Sie die Wahl: Entweder Sie kooperieren jetzt mit mir, oder Sie warten auf die richterliche Anordnung der Herausgabe Ihrer Akten. Ich würde Ihnen zu Ersterem raten, da das wesentlich weniger Staub aufwirbelt. Natürlich liegt die Entscheidung bei Ihnen.«

Doughty sah ihn ausdruckslos an. Emily Cass betrachtete ihre Fingernägel und strich mit der rechten über die linke Hand, als wollte sie sie von Staub befreien. Ob der Name ihnen bekannt sei, fragte Lynley höflich, als beide schwiegen. Er wiederholte ihn: Barbara Havers.

Doughty war, wie er feststellte, erstaunlich schnell im Denken. Er sagte zu Em Cass: »Barbara Havers. Könnte das die Frau gewesen sein, die letzten Winter hier gewesen ist, Em? Sie war nur zweimal hier, aber wenn du mal nachsehen könntest...«

Während Em Cass vorsichtig fragte: »Bist du dir sicher, was den Namen angeht? Kannst du mir einen Zeitrahmen nennen? Meiner Erinnerung ein bisschen auf die Sprünge helfen?« Auch eine kluge Antwort.

Doughty sagte: »Zwei Personen haben uns aufgesucht wegen eines kleinen Mädchens, das zusammen mit seiner Mutter verschwunden war. Ein Muslim und eine ziemlich schlampig gekleidete Frau. Die Frau könnte Havers geheißen haben, an den Vornamen erinnere ich mich nicht. Das war im November oder Dezember. Du müsstest den Vorgang in unseren Akten finden.« Er wies mit dem Kinn auf den Computer.

Sie spielte das Spiel mit, und nachdem sie ein bisschen auf ihrem Computer herumgesucht hatte, sagte sie: »Hier hab ich's. Du hast recht, Dwayne... Taymullah Azhar hieß der Mann. Und er war in Begleitung einer Frau namens Barbara Havers.« Sie sprach Azhars Namen falsch aus. Netter Versuch, dachte Lynley.

Doughty korrigierte die Aussprache und spielte die Scharade weiter. »Sie waren wegen seiner Tochter hier, wenn ich mich recht erinnere. Ihre Mutter hatte die Kleine entführt, oder?«

Em tat wieder so, als suchte sie die Informationen auf ihrem Computer. Lynley sagte nichts dazu. Er fand es faszinierend, wie sie mit der Situation umgingen, und ließ sie gewähren. Nach einer Weile sagte Em: »Ja. Wir haben ihre Spur bis Italien verfolgt, genauer gesagt, bis Pisa, aber mehr haben wir nicht gemacht. Das war letzten Dezember. Hier steht, dass du dem Mann, Mr Azhar, geraten hast, sich an einen italienischen Privatdetektiv zu wenden. Oder an einen englischen Detektiv, der Italienisch spricht. Je nachdem, was für ihn praktischer war.«

»Die Mutter war nach Pisa geflogen, oder?«

»Ja, so steht es hier.«

Doughty tat so, als würde er angestrengt nachdenken, während Lynley geduldig abwartete, ohne etwas zu sagen. Allerdings erweckte er auch nicht den Eindruck, dass er bald gehen wollte. Schließlich sagte Doughty: »Aber haben wir nicht … haben wir nicht einen Detektiv gefunden, den wir ihm empfohlen haben, Em? Ich meine mich an so etwas zu erinnern.«

Sie scrollte ein bisschen, betrachtete mit zusammengekniffenen Augen den Bildschirm, warf Doughty einen fragenden Blick zu, nickte. »*Mass* steht hier. Ist das der Name, Dwayne? Vielleicht eine Abkürzung?«

»Da müsste ich mal nachsehen«, sagte er. Dann wandte er sich an Lynley. »Wenn Sie bitte mitkommen würden? Ich habe noch mehr Unterlagen in meinem Büro.«

»Wie wär's, wenn wir alle drei rübergingen?«, sagte Lynley liebenswürdig.

Die beiden anderen tauschten einen Blick aus. Doughty sagte: »Warum nicht?«, und ging voraus.

Doughtys Nichte war gerade dabei, ihre Sachen zu packen, darunter einen Vergrößerungsspiegel und jede Menge Schminkzeug. Doughty verabschiedete sie theatralisch mit einer herzlichen Umarmung und Küsschen und »Grüß deine Mum, Kleine«. Nachdem die Nichte gegangen war, lächelte er und sagte seufzend: »junge Leute.«

728

Dann sagte er zu Lynley: »Von manchen meiner Fälle lege ich Akten an, vielleicht habe ich ja etwas für Sie … Irgendwann will man ja womöglich seine Memoiren schreiben … Denkwürdige Fälle und dergleichen, wenn Sie verstehen, was ich meine.«

»Selbstverständlich«, sagte Lynley. »Dr. Watson war ja ziemlich erfolgreich damit, nicht wahr?«

Doughty schien das nicht lustig zu finden. Er öffnete eine Schublade und ging die darin befindlichen Hängeordner durch. »Hier«, sagte er und zog eine Akte heraus. »Ich glaube, wir haben Glück.«

Er blätterte in der Akte. Sog die Unterlippe ein und runzelte die Stirn. »Sehr interessant«, murmelte er.

»Ach?«, sagte Lynley.

»Irgendwas hat mich anscheinend damals nervös gemacht. Ich könnte Ihnen jetzt gar nicht mehr sagen, was es war, aber ich habe daraufhin ein paar Nachforschungen über die Frau …«

»Sie meinen Barbara Havers?«

»Da ist irgendwann Geld vom Konto des Pakistaners auf das Konto von Havers und von Havers' Konto nach Italien geflossen, und zwar auf das Konto eines gewissen Michelangelo Di Massimo.«

»Ich glaube, das war der Name, Dwayne«, sagte Em Cass. »Das ist der italienische Privatdetektiv.«

Doughty blickte von seiner Akte auf und sagte zu Lynley: »Eine ganze Reihe von Überweisungen sind von Azhar zu Havers und dann zu diesem Di Massimo geflossen, ich nehme also an, dass dieser Italiener eine ganze Weile für die beiden gearbeitet hat.«

»Erstaunlich, dass Sie diese Informationen besitzen, Mr Doughty«, bemerkte Lynley.

»Ich ziehe nur Schlüsse aus den Überweisungen.«

»Ich rede gar nicht davon, dass dieser Di Massimo angeheuert wurde«, sagte Lynley. »Ich rede von den Überweisungen, von dem Geld, das von Azhar über Barbara Havers zu Di Massimo geflossen ist. Sehr gute Arbeit, das muss ich Ihnen lassen. Darf ich fragen, wie Sie an diese Informationen gekommen sind?«

Doughty wischte die Frage beiseite. »Tut mir leid. Berufsgeheimnis. Das Einzige, was für Scotland Yard von Bedeutung ist, sind die Zahlungen an sich. Über die beiden Personen – vor allem über diese Barbara Havers, da Sie sich ja für sie besonders zu interessieren scheinen – kann ich Ihnen sagen, dass sie mich im Winter aufgesucht haben. Ich habe ihnen so gut geholfen, wie ich konnte, ihnen geraten, sich einen italienischen Detektiv zu suchen, und der Rest ... Tja, das ist alles.«

»Und diese beiden Personen – Taymullah Azhar und Barbara Havers – haben Sie wie oft getroffen?«

Er schaute Em Cass an. »Wie oft waren die hier, Em? Zweimal? Einmal, als sie mich gebeten haben, nach dem Kind zu suchen, und einmal, als ich sie hergebeten habe, um ihnen meinen Bericht zu geben. Richtig?«

»Soviel ich weiß, ja«, bestätigte Em.

»Sie wissen also nicht«, sagte Lynley, »dass Barbara Havers eine ganze Weile von einem anderen Polizisten von Scotland Yard beschattet wurde.«

Die beiden schwiegen. Diese Möglichkeit hatten sie offenbar noch nicht in Betracht gezogen. Lynley wartete zuvorkommend. Sie sagten nichts. Nach einer Weile nahm er seine Lesebrille aus der Brusttasche seines Jacketts und aus der Innentasche ein paar zusammengefaltete Dokumente. Er faltete die Blätter auseinander und las Doughty und seiner Mitarbeiterin John Stewarts Bericht vor. Stewart hatte, zwanghaft, wie er war, und entsprechend seiner Abneigung gegen Havers gründliche Arbeit geleistet. Alle Daten, Uhrzeiten und Treffpunkte waren säuberlich aufgelistet.

Nachdem er geendet hatte, schaute er Doughty und Em Cass über seine Lesebrille hinweg an. »Am Ende läuft alles auf Vertrauen hinaus, Mr Doughty«, sagte er. »Auf der falschen Seite des Gesetzes sticht Vertrauen Geld immer aus.«

Doughty sagte: »Na schön. Sie ist also mehr als einmal hier gewesen. Was der Grund für mich war, Nachforschungen über sie anzustellen.«

»Verstehe. Aber ich rede nicht von Ihrem Vertrauen in Barbara Havers. Ich rede von dem Vertrauen, das Di Massimo entgegengebracht wurde. Wenn der Detektiv nicht für Hadiyyahs Entführung einen gewissen Roberto Squali angeheuert hätte, wenn Squali nicht von ein paar Touristen fotografiert worden wäre, wenn der nicht mit einem teuren Cabrio zu schnell über eine kurvenreiche Straße gefahren wäre, wenn er und Di Massimo nicht per Handy miteinander telefoniert hätten... Wenn die Ermittlung in Italien nicht von Salvatore Lo Bianco geführt worden wäre, der offenbar eine wesentlich hellere Leuchte ist als der Staatsanwalt, dem er unterstellt ist, dann wäre vielleicht alles so gelaufen, wie Sie sich das vorgestellt haben. Aber diese Handy-Gespräche haben Lo Bianco hellhörig gemacht, und er ist dieser Spur etwas schneller gefolgt, als Sie es vermutlich erwartet haben. Er ist also im Besitz eines Datensatzes, der sich deutlich von dem unterscheidet, den Sie ihm später zugeschickt haben. Und das ist, wenn wir Barbara Havers einmal beiseitelassen, eine äußerst interessante Entwicklung für die Ermittlung in dem Entführungsfall.«

Schweigen. Lynley übte sich in Geduld. Draußen auf der Roman Road stritten sich zwei Männer lautstark in einer fremden Sprache. Ein Hund bellte, und eine Mülltonne wurde zugeschlagen. Aber im Büro herrschte Stille.

Lynley sagte: »Ich vermute, dass Sie sich alle, wie das unter zwielichtigen Subjekten üblich ist, gegenseitig hereingelegt haben. Jemand gewinnt gegenüber einem anderen einen Vorteil, dann erhöht der den Einsatz und so weiter. Ich werde die Befragung jetzt nicht fortsetzen, da es schon spät ist und ich nach Hause möchte, und ich nehme an, dass dasselbe für Sie gilt. Aber ehe Sie gehen, würde ich Ihnen raten, darüber nachzudenken, was für Sie, Miss Cass, und Ihren Kollegen, Mr Smythe, auf dem Spiel steht. Und während Sie darüber nachdenken, sollten Sie bedenken, dass Commissario Lo Bianco einen Computerexperten darauf ansetzen wird, sämtliche Manipulationen, die Sie an irgendwelchen Dateien vorgenommen haben, aufzuspüren, und dass New Scotland Yard das Gleiche tun wird. Ich nehme an, Sie wissen, dass die Informationen auf Computern auf allen Pfaden Spuren hinterlassen. Für den normalen Zeitgenossen – wie mich zum Beispiel – sind diese Spuren unmöglich aufzufinden. Aber für einen Computerexperten ist das ein Kinderspiel.«

Er ließ Doughty Zeit, sich das Material anzusehen, das Lo Bianco Lynley geschickt hatte, und nachdem der Detektiv alles gelesen hatte, wusste er endlich, was die Stunde geschlagen hatte.

17. Mai

ISLE OF DOGS
LONDON

Bis zum Schlafengehen war es Dwayne Doughty gelungen, seiner Frau gegenüber die Fassade aufrechtzuerhalten. Er wollte nicht, dass sie sich Sorgen machte, dass ihre blauen Augen sich mit Tränen füllten bei dem Gedanken, dass sie aus dem Land flüchten mussten, um der polizeilichen Ermittlung zu entgehen. Er bereute den Tag, an dem er sich auf den Schlamassel in Italien eingelassen hatte, und sich nichts anmerken zu lassen war so quälend, als würde ihm eine spitze Stricknadel in den Kopf gebohrt.

Candace spürte, dass etwas nicht stimmte. Sie kannte ihren Mann. Er hatte ihre Fragen mit dem üblichen »Nur ein bisschen Ärger im Büro« abgewiegelt, was sie vorerst akzeptiert hatte, aber am kommenden Tag wahrscheinlich nicht länger hinnehmen würde. Er musste entweder seine schauspielerischen Fähigkeiten verbessern – was ihm gegenüber Candace kaum gelingen würde –, oder er musste eine Lösung für sein kleines Problem finden.

Um halb vier stand er auf. In der Küche kochte er Kaffee, setzte sich mit einer Tasse an den Tisch und starrte ins Leere, während er seine Möglichkeiten überdachte. Mittlerweile hatte er eine komplette Packung Figbars verdrückt – seine Lieblingskekse seit Kindertagen –, aber das Ergebnis war nichts weiter als Sodbrennen und ein schlechtes Gewissen wegen des vielen Zuckers.

Es musste einen Ausweg geben, dachte er, denn es gab immer eine Lösung, wenn man nur die Zeit und die Geduld hatte, sich etwas zu überlegen. Auf gar keinen Fall würde er sein Detektivbüro aufgeben, das er aus dem Nichts aufgebaut hatte, und sein ganzes Leben den Bach runtergehen lassen. Er hatte sich noch nie unterkriegen lassen, und er würde sich verflucht noch mal auch jetzt nicht unterkriegen lassen. Schon gar nicht von diesem Scotland-Yard-Inspector mit seiner vornehmen Ausdrucksweise und seinem Savile-Row-Anzug, der förmlich schrie: Sorgfältig von meinem treuen Diener eingetragen, bevor ich ihn angezogen habe. Nur über seine Leiche würde es so weit kommen. Aber wenn nicht bald etwas passierte, würde in wenigen Tagen an seiner Bürotür angeklopft werden, und dann würde er schon bald bis zum Hals in Schwierigkeiten stecken.

Letztlich war er an allem selbst schuld. Er hatte von Anfang an gewusst, und Em hatte ihn mehrmals darauf hingewiesen, dass die Frau eine Polizistin war, aber davon hatte er sich nicht abschrecken lassen. Er hatte dem Professor netterweise geholfen, seine Tochter zu finden, und jetzt hatte er die Bescherung. Seit dem Ende seines Militärdienstes vor zwanzig Jahren riss er sich den Arsch auf, um der Familie ein besseres Leben zu ermöglichen, weg von den Kohlegruben in Wigan. Seine beiden Kinder hatten ein Universitätsstudium absolviert, und er hatte sich geschworen, dass deren Kinder – wenn sie denn welche bekamen – später einmal in Oxford oder Cambridge studieren würden. Er hatte nicht vor, sich das alles zu versauen, indem er entweder aus dem Land floh oder ein paar Jahre im Knast verbrachte. Aber was zum Teufel konnte er tun, um das zu verhindern?

Noch eine Tasse Kaffee. Noch ein paar Figbars. Er dachte an seine Mitarbeiter und fragte sich, wie viel Schuld er denen in die Schuhe schieben konnte. Er war immer vorsichtig gewesen, es existierte also keine direkte Verbindung zwischen ihm und all den Manipulationen, die vorgenommen worden waren. Außer bei dem Treffen in Emilys nobler Wohnung in Wapping und – na gut – bei einer Gelegenheit in Emilys Büro hatte er nie persönlich mit Bryan Smythe über geschäftliche Dinge gesprochen. Er konnte also den Überraschten und Düpierten spielen und Em den Wölfen von Scotland Yard zum Fraß vorwerfen. Schließlich hatte sie seine Anweisungen an Smythe weitergegeben. Wie schwierig würde es sein, es so aussehen zu lassen, als wäre der gesamte Plan mit all seinen illegalen Aktionen auf ihrem Mist gewachsen? Aber die eigentliche Frage lautete: Konnte er das Em antun nach all den Jahren, die sie zusammengearbeitet hatten?

Noch bevor er die Frage zu Ende gedacht hatte, wusste er die Antwort. Mit Em verband ihn eine Geschichte. Ebenso mit Smythe. Also mussten sie sich gemeinsam aus der Bredouille befreien. Er war nun mal ein anständiger Mensch, und das war sein Fluch.

Nachdem er zwei Stunden lang über dem Problem gebrütet hatte, war er nur so weit gekommen, dass er vielleicht Lynleys potentielle Zuneigung zu DS Barbara Havers zu seinem Vorteil würde nutzen können, genauso, wie er Havers' offensichtliche Zuneigung zu dem Professor benutzt hatte, um die Frau bei der Stange zu halten. Der Haken an der Sache war, dass er sich irgendwie nicht vorstellen konnte, dass zwischen Havers und diesem vornehmen Inspector emotionale Bande existierten. Er hatte noch anderthalb Stunden Zeit, diese Nuss zu knacken, ehe Candace' Wecker klingelte und sie in die Küche kam und zu ihrem Entsetzen feststellte, dass er alle Figbars aufgegessen hatte.

Am besten, er ließ die Beweise seiner Schlemmerorgie verschwinden. Er musste sowieso frischen Kaffee aufsetzen, also stand er auf und zerknüllte die Keksverpackung. In den Mülleimer konnte er sie nicht werfen, da würde seine Frau sie garantiert finden, und dann würde sie ihm einen Vortrag über seine Ernährungsgewohnheiten halten. Er schnappte sich eine Zeitung vom Altpapierstapel neben der Küchentür und breitete sie auf der Spüle aus. Er würde den Kaffeesatz auf die Zeitung kippen und mitsamt der Keksverpackung darin einwickeln. Oder gehörte der Kaffeesatz in die Biotonne? Er konnte sich einfach nicht merken, wie neuerdings der ganze Müll getrennt werden musste. Aber diesmal würde er sich einfach über alle Vorschriften zur Mülltrennung hinwegsetzen.

Er breitete die Keksverpackung auf der Zeitung aus, und als er gerade den Kaffeesatz daraufkippen wollte, hielt er mitten in der Bewegung inne. Dort, vor seiner Nase, unter der Keksverpackung, lag die Antwort. Denn er hatte die Zeitung zufällig auf der Seite aufgeschlagen, auf der ein Artikel stand, dessen Inhalt er nur zu gut kannte: Italien, der mysteriöse Tod einer Engländerin, eine mögliche Vertuschungsaktion. Lesen Sie mehr in der nächsten Ausgabe. Er schob die Keksverpackung zur Seite und las den Artikel. Las die Namen. Das Problem war, dass auf der Seite nur die zweite Hälfte des Artikels stand. Bereits nachdem er den ersten Absatz gelesen hatte, erwachte seine Fähigkeit, sich an den Haaren aus dem Sumpf zu ziehen, blitzschnell zu neuem Leben … er musste nur noch den Rest des Artikels finden.

Dwayne Doughty hatte es nicht mit dem Beten, aber jetzt betete er, dass seine Frau die entsprechende Seite nicht benutzt hatte, um die Reste des Chili con Carne vom Vorabend zu entsorgen. Er durchwühlte den Altpapierstapel und fand tatsächlich, was er suchte. Es war ein Name, der Name eines Journalisten. Und da stand er, unter der Schlagzeile auf der Titelseite: Mitchell Corsico. Der Name klang irgendwie italienisch, aber italienisch oder nicht, der Typ sprach zweifellos Englisch. Und da er Englisch sprach, war er die Antwort. Er war der Plan.

Obwohl er inzwischen nicht nur Sodbrennen, sondern auch einen Koffeinkoller hatte, war für Dwayne Doughty die Welt wieder in Ordnung.

LUCCA
TOSKANA

Barbara hatte nicht damit gerechnet, dass Hadiyyah unbedingt zu ihrem Vater wollte. Sie war so sehr darauf konzentriert gewesen, sie aus Lorenzo Muras Klauen zu befreien, dass sie an nichts weiter gedacht hatte, als sie abzuholen und auf schnellstem Weg mit ihr nach Lucca zu fahren.

Anfangs war Hadiyyah auch damit zufrieden gewesen. Sie hatten in Lucca in einem Restaurant in der Via Malcontenti zu Abend gegessen, wo gebrauchte Platzdeckchen an den Wänden hingen, auf denen zufriedene Kunden in den unterschiedlichsten Sprachen die Vorzüge der Pizza, des Gulaschs und des Hummus' lobten. Anschließend hatten sie sich in der Nähe des Fremdenverkehrsbüros auf der Piazzale Giuseppe Verdi ein Eis gegönnt. Dann hatten sie sich in der Altstadt unter die vielen Italiener gemischt, die dort ihren Abendspaziergang machten. Als sie schließlich in die Pensione Giardino zurückgekehrt waren, war Hadiyyah so müde gewesen, dass sie in Barbaras Zweibettzimmer sofort eingeschlafen war.

Aber der Friede währte nicht lange. Der Erste, der ihn störte, war Mitch Corsico, der um halb acht anrief und die nächste Story verlangte, und zwar eine mit dem Tenor *Vater im Gefängnis: Tochter untröstlich*. Er habe kein Problem damit, sich die ganze Geschichte einfach auszudenken – »Etwas anderes wird sowieso nicht erwartet, Barb« –, Barbara brauche ihm nur ein Foto der Kleinen zu besorgen, auf dem sie traurig aus dem Fenster der Pension schaute. »Voller Sehnsucht nach ihrem Vater und so weiter, Sie wissen schon, was ich meine«, sagte er. Barbara wimmelte ihn ab, indem sie ihm erklärte, Hadiyyah schlafe noch, sie würde sich melden, sobald das Mädchen aufwachte. Doch dann wurde der Friede erneut gestört, als Hadiyyah nach dem Aufwachen als Erstes verkündete, sie wolle zu ihrem Vater.

Barbara wusste, dass Azhar das auf gar keinen Fall wollte:

Dass seine geliebte Tochter ihn in Gefängniskleidung zu Gesicht bekam, in einer Reihe mit seinen Mitgefangenen im Besucherraum. Das würde Barbara weder Azhar noch Hadiyyah antun, und so erklärte sie Hadiyyah, ihr Vater helfe Commissario Lo Bianco bei der Aufklärung des Todes ihrer Mutter. Er sei im Moment gar nicht in Lucca und wünsche, dass Hadiyyah vorerst in ihrer, Barbaras, Obhut bleibe. Das entsprach sogar der Wahrheit, und wenn sie diese Geschichte später würde ausschmücken müssen, ginge das, ohne etwas zu revidieren. Es widerstrebte ihr, dem Mädchen nicht die ganze Wahrheit zu sagen, aber im Moment sah sie keine andere Möglichkeit.

Allerdings musste sie einige Vorkehrungen treffen, um zu verhindern, dass die Upmans Hadiyyah in die Finger bekamen. Die Ermittlungen im Mordfall Angelina Upman würden unmöglich zu Azhar führen, aber bis die Italiener davon überzeugt waren, würde er im Gefängnis bleiben müssen, was den Upmans das Recht gab, Hadiyyah abzuholen, falls sie das wünschten. Das musste Barbara unbedingt verhindern, und dazu musste sie Hadiyyah außer Landes und an einen Ort schaffen, wo man sie nicht finden würde.

Es dauerte nicht lange, bis sie eine Idee hatte, wo sie Hadiyyah in Sicherheit bringen konnte. Doch um das zu arrangieren, brauchte sie Lynley. Sie schlug Hadiyyah vor, Signora Vallera zu fragen, ob sie bei ihr ein bisschen fernsehen könne, während Barbara ein paar dringende Telefonate tätigte, und als Hadiyyah mit großen Augen fragte: »Kann ich mir den Film mit Mummy und Daddy ansehen, Barbara?«, ergriff Barbara die Gelegenheit beim Schopf. Der Film würde Hadiyyah beruhigen und zugleich ablenken.

Barbara sagte: »Dann lass uns doch die Signora fragen, ob sie einen DVD-Player hat, okay?« Sie hoffte bloß, dass Hadiyyah gut genug Italienisch sprach.

Zu Barbaras Erleichterung sprach Hadiyyah sogar ziemlich gut Italienisch, und kurz darauf saßen Hadiyyah und Signora

Valleras kleine Tochter nebeneinander auf dem Sofa und schauten sich den Film mit Angelina Upman und Taymullah Azhar in den Hauptrollen an. Barbara schlüpfte in den Frühstücksraum und rief Lynley auf dem Handy an.

»Isabelle hat sich mit Hillier getroffen, Barbara«, sagte er. »Und…«

»Ich hab Hadiyyah«, fiel sie ihm ins Wort. »Sie muss unbedingt nach London. Mura hat Angelinas Eltern verständigt und sie gebeten, sie abzuholen, und bevor es dazu kommt, müssen wir…«

»Barbara«, unterbrach Lynley sie ungehalten. »Hören Sie mir überhaupt zu? Haben Sie gehört, was ich gesagt habe? Ich habe keine Ahnung, worüber Ardery und Hillier gesprochen haben, aber es kann nichts Gutes gewesen sein.«

»Sie kapieren immer noch nicht, dass es in erster Linie um Hadiyyah geht«, sagte sie. »Ich hab meinen Polizeiausweis dabei, also kann ich ihr ein Ticket nach London besorgen, aber Sie müssen sie am Flughafen abholen.«

»Und dann?«, fragte er.

»Dann müssen Sie sie verstecken.«

»Sagen Sie mir, dass ich mich verhört habe, denn das klang gerade so, als hätten Sie gesagt, ich soll Hadiyyah verstecken.«

»Nur so lange, bis ich Azhar hier aus dem Knast rausgeholt hab, Sir. Ich muss hier noch ein paar Klinken putzen. Ich muss ein paar Leuten ein bisschen auf die Füße treten. Wir wissen doch beide, dass die Upmans, wenn sie Hadiyyah kriegen, dafür sorgen werden, dass er sie nie wiedersieht.«

»Wir wissen nichts dergleichen«, entgegnete Lynley.

»Bitte, Sir«, sagte sie. »Ich flehe Sie an. Ich brauche Ihre Hilfe. Sie kann doch bei Ihnen wohnen, oder? Charlie kann sich um sie kümmern. Er wird von ihr begeistert sein. Und sie von ihm.«

»Und wenn er einen Vorsprechtermin hat, soll er sie dann mitnehmen oder ihr lieber Arbeiten im Haus auftragen? Sie das Silber polieren lassen zum Beispiel?«

»Er kann sie mitnehmen. Es wird ihr Spaß machen. Oder er kann sie zu Simon und Deborah bringen. Deborahs Vater kann sich um sie kümmern oder Deborah selbst. Die ist ganz verrückt nach Kindern. Das wissen Sie doch. Bitte, Sir.«

Er schwieg. Sie betete. Aber als er antwortete, sagte er nicht das, was sie hören wollte.

»Ich war in seinem Labor, Barbara.«

Ihr drehte sich der Magen um. »Wessen Labor?«

»Es gibt eine Verbindung zwischen Azhars Labor und Italien, und die bestand schon vor Hadiyyahs Entführung und Angelinas Tod. Sie werden sich damit abfinden müssen, und Sie werden es Hadiyyah beibringen müssen.«

»Was?«, brachte sie mühsam heraus. Aus dem Nebenzimmer hörte sie die italienische Übersetzung des Videos mit Angelina und Azhar, und sie hörte gleichzeitig, dass Hadiyyah auf Italienisch etwas zu Signora Vallera oder zu deren kleiner Tochter sagte.

»Er hat Inkubatoren, Barbara. Zwei verschiedene, um genau zu sein. Einer stammt aus Birmingham, der andere aus Italien.«

»Und?«, fragte sie gespielt ungläubig. »Vielleicht besitzt er sogar ein Paar verdammte italienische Schuhe, Inspector, aber es ist doch Schwachsinn anzunehmen, dass das was mit Angelinas Tod zu tun hat. Italienische Inkubatoren haben nichts mit irgendwas zu tun, das wissen Sie genau. Verdammt, was ist, wenn er auch noch italienisches Olivenöl in seiner Küche hat? Oder importierte Spaghetti? Oder Käse? Vielleicht steht er ja auf Parmesankäse.«

»Sind Sie endlich fertig? Darf ich fortfahren?« Als sie nicht antwortete, sagte er: »Italienische Inkubatoren an sich haben natürlich nichts zu bedeuten. Aber so ein Gerät muss natürlich von der Herstellerfirma vorab getestet werden, damit es auch seinen Zweck erfüllt. Sind wir uns so weit einig?«

Sie dachte eine Weile darüber nach. Ihr wurde das Herz schwer. »Ja«, sagte sie schließlich.

»Schön. Und wie könnte man Inkubatoren besser testen als mit den unterschiedlichen Bakterien, für deren Vermehrung sie gedacht sind?«

»Also wirklich«, sagte sie. »Das ist doch vollkommen lächerlich. Was stellen Sie sich denn vor, wie das abgelaufen ist? Dass er hier bei der Firma angeklopft hat und gesagt hat: ›Guten Morgen, allerseits. Könnten sie mir vielleicht ein paar richtig gemeine E.coli-Bakterien geben, die ich auf jemandes Pizza streuen kann? Nur um zu sehen, ob die Inkubatoren gut funktionieren.‹?«

»Ich glaube, Sie wissen, was ich meine, Barbara.«

»Nein, das weiß ich nicht, verdammt.«

»Ich meine, dass es eine weitere Verbindung ist. So etwas kann man nicht ignorieren.«

»Und was genau werden Sie mit der Information tun?«

»Ich werde sie an Commissario Lo Bianco weiterleiten. Was er dann damit macht…«

»Herrgott noch mal, was ist eigentlich los mit Ihnen? Sie sind ja völlig von der Rolle. Seit wann sind Sie so ein verdammter Musterknabe? Wer hat Sie umgedreht, hä? Kann ja wohl nur *Isabelle* gewesen sein.«

Er schwieg. Wahrscheinlich zählte er gerade bis zehn, dachte sie. Sie wusste, dass sie zu weit gegangen war, als sie Superintendent Ardery erwähnt hatte, aber im Moment konnte sie es sich nicht leisten, über Höflichkeit nachzudenken. Schließlich sagte Lynley: »Bleiben wir bei der Sache.«

»Nein, nein«, erwiderte sie. »Bleiben wir bei dem, was wir wissen. *Ich* weiß, dass Sie mir nicht helfen werden. Kippen wir Hadiyyah einfach mit dem Badewasser aus, und hoffen wir, dass sie schwimmen kann. So sehen Sie das doch, oder? Sie tun also Ihre Pflicht, oder was auch immer, auf jeden Fall nennen Sie es *Pflicht*. Sie seufzen und sagen: ›Es ist nun mal, wie es ist‹, oder irgend so einen Blödsinn. Da mag das Leben von anderen Leuten auf dem Spiel stehen, doch was geht Sie das an, solange es

741

nicht Ihr Leben ist.« Sie wartete darauf, dass er etwas darauf antwortete, und als er das nicht tat, fuhr sie fort: »Schön. Also gut. Ich werde Sie nicht bitten, die Information ein oder zwei Tage zurückzuhalten. Denn dann würden Sie nicht Ihre *Pflicht* tun, stimmt's?«

»Um Gottes willen, Barbara.«

»Das hat nichts mit Gott zu tun. Es hat nur damit zu tun, was recht ist.«

Sie legte auf. Ihre Augen brannten. Ihre Handflächen waren feucht. Verflucht noch mal, dachte sie. Sie nahm ein Glas Orangensaft, das noch auf dem Büfett stand, trank es aus und dachte, huch, Vorsicht, wer weiß, ob jemand E.coli-Bakterien da reingemischt hat. Ihr war zum Heulen zumute. Aber sie musste nachdenken. Sie würde Simon und Deborah St. James anrufen und die fragen. Oder vielleicht Winston. Der wohnte doch noch bei seinen Eltern, oder? Die konnten sich doch um Hadiyyah kümmern. Oder eine von seinen Freundinnen. Winston hatte bestimmt jede Menge Freundinnen. Oder Mrs Silver, die nach der Schule auf Hadiyyah aufpasste. Aber die wohnte in Chalk Farm, und da würde man als Allererstes nach Hadiyyah suchen.

Irgendwas, irgendwas, dachte sie. Sie konnte natürlich selbst mit Hadiyyah nach London fliegen, dann müsste sie jedoch Azhar seinem Schicksal überlassen, und das kam nicht in Frage. Egal, was die anderen sagten oder glaubten, sie kannte den Mann.

Sie würde das Mädchen also vorerst bei sich behalten. Mehr konnte sie im Moment nicht tun. Egal, was passierte, sie würde die Kleine nicht den Upmans in die Hände fallen lassen.

Hadiyyah saß immer noch auf dem Sofa vor dem Fernseher. Signora Vallera hatte sich zu den Kindern gesetzt, um sich mit ihnen das Video anzusehen, das inzwischen schon zum dritten oder vierten Mal lief.

Barbara setzte sich auf einen Stuhl und schaute zu, wie

Angelina Upman und Taymullah Azhar über ihr vermisstes Kind sprachen. Die Kamera zeigte Angelinas hohlwangiges Gesicht. Die Kamera zeigte Azhar. Die Kamera fuhr zurück, so dass man die Laube sah, unter der sie zusammen mit dem Mann mit dem Warzengesicht saßen. Der Typ redete so schnell und so eindringlich, dass man kaum noch etwas anderes wahrnahm. Die anderen beiden, der Tisch, der Hintergrund … alles wurde überlagert von dem wütenden Redeschwall dieses Mannes.

Und genau das war der Grund, schoss es Barbara plötzlich durch den Kopf, warum der Film im Fernsehen gezeigt worden war, warum man Hadiyyah die DVD gegeben hatte, warum der Film immer und immer wieder gesehen wurde, ohne dass irgendjemand das Offensichtliche entdeckte.

»O mein Gott«, murmelte sie.

Sie fühlte sich wie benommen, und sie überlegte fieberhaft, welchen Schritt sie als Nächstes und als Übernächstes tun musste, so dass ein brauchbarer Plan daraus wurde. Lynley würde ihr jetzt nicht mehr helfen, das wusste sie. Also blieb ihr nur noch eine Möglichkeit.

LUCCA
TOSKANA

Und so wurde Mitchell Corsico zum sprichwörtlichen Fels in der Brandung. Er war schon so lange in Italien, dass er die Quellen auftreiben konnte, die Barbara jetzt brauchte, aber sie wusste auch, dass er dafür eine Gegenleistung verlangen würde. Und das war ein Foto von Hadiyyah. Sie wählte seine Nummer und wappnete sich für eine zähe Verhandlung.

»Wo sind Sie?«, fragte sie ihn. »Wir müssen reden.«

»Heute ist Ihr Glückstag«, antwortete er. Er sei gerade auf der Piazza in einem Café und warte darauf, dass Barbara mit dem Foto rüberkam. Er habe übrigens schon angefangen, den Artikel zu schreiben. So richtig was für die Tränendrüsen. Rodney Aronson würde begeistert sein. Das würde ein richtiger Aufmacher werden.

»Sie haben wohl ein unerschütterliches Selbstbewusstsein«, bemerkte Barbara säuerlich.

»In meinem Gewerbe ist das durchaus von Vorteil. Außerdem lernt man den Geruch der Verzweiflung kennen.«

»Wessen Verzweiflung?«

»Ach, ich glaube, das wissen Sie.«

Sie bat ihn zu bleiben, wo er war, sie würde zu ihm rauskommen. Sie fand ihn unter einem Sonnenschirm vor einem Café gegenüber der Pension. Er hatte seinen Kaffee ausgetrunken und bearbeitete die Tastatur seines Laptops. Als sie ihn beim Näherkommen »Verdammt, das ist gut« vor sich hinmurmeln hörte, wusste sie, dass er an dem Artikel über Hadiyyah arbeitete.

Sie nahm das Schulfoto aus ihrer Tasche, das sie Aldo Greco am Vortag gezeigt hatte, und legte es vor ihn auf den Tisch.

Mitch betrachtete das Foto und fragte: »Was ist das?«

»Was Sie haben wollten.«

»Äh … nein.« Er schob das Foto zu ihr zurück und tippte weiter. »Wenn ich mir schon eine Geschichte für die englischen Leser aus den Fingern sauge, dann muss irgendwas daran echt sein, und das ist ein Foto von der Kleinen hier in Italien.«

»Mitch, hören Sie …«

»Nein, Sie hören mir jetzt zu, Barb. Rod denkt, ich verbringe hier in Italien den Urlaub meines Lebens, auch wenn der Himmel weiß, warum ich mir ausgerechnet Lucca ausgesucht hab, wo das Nachtleben darin besteht, dass sämtliche Einwohner der Stadt auf Fahrrädern oder mit Kinderwagen auf der Stadtmauer rumwuseln. Aber das weiß er ja nicht, stimmt's? Der denkt, Lucca ist Italiens Antwort auf Miami Beach. Ich brauch was, das ihm beweist, dass ich einer heißen Story auf der Spur bin.

Und wenn ich das richtig sehe, verfolgen Sie eine heiße Spur, also schlage ich vor, dass wir zusammenarbeiten. Fangen wir an mit einem Foto von der Kleinen – einem, auf dem eindeutig *erkennbar* ist, dass sie sich in Italien befindet –, und dann sehen wir weiter.«

Barbara begriff, dass es keinen Zweck hatte, mit ihm herumzustreiten. Sie steckte das Foto von Hadiyyah wieder ein und erklärte, sie werde das gewünschte Foto selbst aufnehmen, denn auf keinen Fall wollte sie riskieren, dass Azhar zu Ohren kam, dass sie einem Klatschreporter erlaubt hatte, seine Tochter zu fotografieren. Sie würde Hadiyyah bitten, aus dem Fenster des Frühstücksraums zu schauen, das auf die Piazza hinausging. Zusätzlich würde sie ein Foto von dem Gebäude machen, damit Mitchells Chefredakteur sah, dass sein Spitzenjournalist sich tatsächlich in Italien aufhielt und harte Arbeit leistete. Sie sagte Mitch, er könne das Foto in jeder beliebigen Größe bringen, und sie garantierte ihm, dass Hadiyyah hundert Prozent sehnsüchtig dreinblicken würde.

Obwohl Corsico nicht gerade begeistert war von ihrem Plan, gab er ihr seine Digitalkamera. Barbara sagte ihm, was sie im Austausch für das Foto von ihm wollte: ein Gespräch mit einem seiner neuen Kumpel von der italienischen Presse, und zwar mit einem, der in den Fernsehnachrichten berichtete.

»Warum?«, fragte Corsico misstrauisch.

»Organisieren Sie's einfach, Mitch«, sagte sie und überquerte die Piazza.

LUCCA
TOSKANA

Als Lynley ihn anrief, begriff Salvatore sofort, dass die Verbindung zu der italienischen Firma noch weitere Kreise zog. DARBA Italia, so Lynley, war der Hersteller von zwei Inkubatoren in Professor Taymullah Azhars Labor, was eine bisher unbekannte Verbindung zwischen dem Mikrobiologen und Italien offenlegte, die man genauer untersuchen musste. Darin stimmte Salvatore mit ihm absolut überein. Aber auf einem internationalen Mikrobiologenkongress würden doch sicherlich alle möglichen Hersteller von entsprechenden Geräten vertreten sein, um ihre Produkte dort vorzuführen und zu verkaufen, oder?

Also gab er Ottavia Schwartz neue Anweisungen in Bezug auf ihre Nachforschungen in Sachen Berliner Mikrobiologenkongress. Sie sollte feststellen, ob Hersteller von Laborgeräten dort gewesen waren, und wenn ja, um welche Firmen es sich handelte und von wem sie jeweils in Berlin vertreten worden waren.

»Wonach suchen wir denn?«, fragte Ottavia verständlicherweise.

Als Salvatore antwortete, er sei sich auch nicht so ganz sicher, seufzte sie, murmelte etwas vor sich hin, machte sich jedoch an die Arbeit.

Als Nächstes sprach er mit Giorgio. »DARBA Italia«, sagte er. »Ich will alles über diese Firma wissen.«

»Was machen die denn?«, fragte Giorgio.

»Keine Ahnung. Deshalb will ich ja alles über sie wissen.«

Auf seinem Weg zurück zu seinem Büro entdeckte er Detective Sergeant Barbara Havers, die gerade die Questura betrat. Diesmal war sie jedoch nicht in Begleitung der Dometscherin. Sie war allein.

Salvatore ging auf sie zu. Ihm fiel auf, dass sie auf ähnliche

Weise gekleidet war wie am Vortag. Zwar hatte sie sich umgezogen, aber sie wirkte so schlampig wie zuvor. Zumindest hatte sie ihr Top in die Hose gesteckt. Doch da das ihre fassartige Figur betonte, hätte sie das Top vielleicht besser über der Hose getragen.

Kaum hatte sie ihn erblickt, begann sie zu reden, laut und gestikulierend, um sich ihm verständlich zu machen. Er musste grinsen. Sie war so unglaublich ernst. Es erforderte schon einiges an innerer Stärke, sich in einem Land verständlich zu machen, wo man fremd war und die Sprache nicht beherrschte. Er fragte sich, ob er an ihrer Stelle den Mut aufgebracht hätte.

Sie zeigte auf sich selbst: »Ich«, sagte sie, »möchte, dass Sie«, sie zeigte auf ihn, sich »das hier«, sie zeigte auf ihren Laptop, »ansehen«, sie zeigte auf ihre Augen.

»Ah, Sie wollen, dass ich mir etwas ansehe«, sagte er in seinem miserablen Englisch. Und fuhr auf Italienisch fort: »Was denn? Und warum? Tut mir leid, aber heute Morgen haben wir sehr viel zu tun.«

»Verflixt und zugenäht«, murmelte sie. »Was hat er gesagt?«

Es folgte ein erneuter Redeschwall, während sie wieder auf sich, ihn, den Laptop und ihre Augen zeigte. Salvatore sagte sich, dass es schneller gehen würde, wenn er ihrer Bitte entsprach, als wenn er sich jemanden suchte, der ihm übersetzte, was er bereits verstanden hatte. Also bedeutete er ihr, sie solle ihm in sein Büro folgen. Unterwegs bat er Ottavia, ihm die übliche Dolmetscherin zu schicken für den Fall, dass er, nachdem er sich angesehen hatte, was er sich ansehen sollte, Fragen an die englische Polizistin haben sollte. Falls die Dolmetscherin nicht erreichbar war, solle sie irgendjemand anderen auftreiben, aber nicht Birgit. *Chiaro?*

Ottavia hob eine Braue, als er seine Exfrau erwähnte, nickte jedoch. Sie bedachte die englische Polizistin mit dem ungläubigen Blick einer Italienerin, die es nicht fassen konnte, dass eine Geschlechtsgenossin sich so nachlässig kleidete, dann wandte sie sich ab. Sie würde ihren Auftrag erledigen, und zwar so schnell wie möglich.

Salvatore bugsierte die englische Polizistin in sein Büro. Er fragte höflich: »*Un caffè?*«, worauf er eine weitschweifige Antwort erhielt. Eins der Worte, die er aufschnappte, war *Zeit*. Ah, dachte er, sie versuchte ihm klarzumachen, dass sie nicht viel Zeit hatten. Pah, dachte Salvatore, für einen Kaffee hatte man immer Zeit.

Nachdem er ihr einen Stuhl angeboten hatte, ging er los, um zwei Tassen Kaffee zu holen. Als er wieder in sein Büro zurückkehrte, hatte Sergeant Havers ihren Laptop auf seinem Schreibtisch aufgebaut und stand erwartungsvoll daneben. Sie hatte sich eine Zigarette angezündet, wedelte damit herum und sagte: »Ich hoffe, dass ist *buono* für Sie.« Salvatore lächelte, nickte und öffnete ein Fenster. Dann zeigte er auf den Kaffee, den er für sie mitgebracht hatte. Sie warf zwei Würfel Zucker in die Tasse, trank jedoch während der ganzen Zeit nichts davon.

Während er seinen Kaffee umrührte, fragte sie mit hochgezogenen Brauen: »Sind wir so weit?« Sie zeigte auf den Laptop und lächelte ihn aufmunternd an. Er zuckte die Achseln. Sie machte ein paar Mausklicks und gestikulierte mit der Hand, damit er näher rückte und sich neben sie stellte.

Sie sagte: »Okay. Sehen Sie sich das an, Salvatore.« Auf dem Bildschirm erschien das Interview mit Angelina Upman und Taymullah Azhar. Salvatore sah sich das komplette Video an, erfuhr jedoch nichts Neues. Dann schaute er Barbara Havers stirnrunzelnd an. Sie hob den Zeigefinger, sagte: »Warten Sie«, und bedeutete ihm, seine Aufmerksamkeit wieder auf den Bildschirm zu richten, wo der Film weiterlief.

Zu sehen waren Leute, die die Mikrofone von ihren Kragen entfernten und sich dabei kaum hörbar unterhielten. Salvatore begriff nicht, was das mit irgendetwas zu tun haben sollte. Dann erschien Lorenzo Mura mit einem Tablett, auf dem Weingläser und Teller standen, die er an die Fernsehleute verteilte. Er stellte je ein Glas und einen Teller vor Fanucci, den Reporter und Taymullah Azhar. Angelina reichte er nur einen Teller.

An dieser Stelle hielt Barbara Havers den Film an. Sie zeigte auf den Bildschirm und sagte: »Da ist das E.coli, Salvatore. In dem Glas, das er Azhar gegeben hat.«

Salvatore hörte E.coli. Gleichzeitig zeigte Barbara Havers auf das Glas, das vor Azhar stand. Dann sprach sie so schnell, dass er bis auf die Namen nichts mitbekam. Sie sagte: »Azhar sollte den Wein mit dem E.coli trinken, nicht Angelina. Aber Mura hat nicht dran gedacht, dass Azhar Muslim ist. Er hat ein Laster – er raucht –, doch er trinkt keinen Alkohol. Er hält sich an alle muslimischen Vorschriften. Die Hadsch, das Fasten, die Almosen, was auch immer. Und er trinkt *keinen* Alkohol. Wahrscheinlich hat er noch nie welchen getrunken. Angelina wusste das, und darum hat sie ihm das Glas abgenommen. Hier, sehen Sie sich das an.« Im Film war zu sehen, wie Angelina das Weinglas nahm, das für Azhar gedacht war. Barbara Havers sagte mit einem Augenzwinkern: »Genau wie Hamlet, was? Mura hat versucht, sie daran zu hindern, dass sie den Wein trinkt, doch sie dachte, er wäre bloß besorgt, weil sie schwanger war. Also, was zum Teufel sollte er tun? Er hätte über den Tisch springen und ihr das Glas aus der Hand schlagen können. Aber es ging alles viel zu schnell. Sie hat das Glas einfach ausgetrunken. Und dann? Das fragt man sich, nicht wahr? Also, er hätte sie dazu bringen können, den Wein zu erbrechen, oder er hätte sich ihr zu Füßen werfen und die Wahrheit sagen können. Andererseits ist er sich ihrer nie sicher gewesen, stimmt's? Kein Mann konnte sich ihrer sicher sein. Sie hat die Kerle geliebt und sie fallen lassen, und manchmal hatte sie drei Kerle gleichzeitig, so war sie nun mal. Das hat sie von ihrer Zwillingsschwester unterschieden, und die beiden haben weiß Gott alles daran gesetzt, sich voneinander zu unterscheiden. Aber nehmen wir mal an, er gesteht ihr tatsächlich, was er getan hat – tut mir leid, Liebling, du hast gerade ein Glas Wein mit tödlichen Bakterien getrunken –, was macht er *dann*? Was würde sie dann von ihm denken?«

Salvatore verstand fast kein Wort. Und so war er mehr als dankbar, als Ottavia mit der Dolmetscherin erschien, einer vollbusigen Frau von etwa Mitte dreißig, die einen so tiefen Ausschnitt trug, dass er sich nicht sofort an ihren Namen erinnern konnte. Dann fiel er ihm wieder ein. Giuditta Sowieso.

Die Dolmetscherin und Barbara Havers unterhielten sich eine Weile. Nachdem Giuditta alles für Salvatore übersetzt hatte, stellte er nur zwei Fragen. Beide waren für die Beweisführung entscheidend, falls sich denn etwas so Spekulatives überhaupt beweisen ließ. *Wie?*, wollte er wissen, und *Warum*?

Barbara Havers beantwortete zuerst die zweite Frage: Warum hätte er Taymulla Azhar umbringen wollen? Gute Frage, Salvatore. Schließlich hatte er Azhar die Frau ausgespannt. Sie lebte mit ihm zusammen in Italien, weit weg von London. Sie erwartete ein Kind von ihm. Sie wollten heiraten. Warum den Mann also umbringen?

»Welcher Mann konnte sich dieser Frau je sicher sein?«, fragte Havers. »Sie hatte ein Verhältnis mit Esteban Castro. Sie hatte Azhar und Castro wegen Lorenzo Mura zwar sitzenlassen. Aber es war nicht zu übersehen, dass Angelina und Azhar immer noch etwas verband. Außerdem hatten sie eine gemeinsame Tochter. Nachdem Azhar auf der Bildfläche erschienen war, würde er in ihrem gemeinsamen Leben immer eine Rolle spielen. Wer weiß, vielleicht wäre Angelina sogar eines Tages zu ihm zurückgekehrt. Wer zum Teufel konnte jemals wissen, was sie tun würde?«

»Trotzdem hätte er nicht erreicht, dass Angelina ihm allein gehört«, wandte Salvatore ein.

Barbara hörte sich die Übersetzung an, dann sagte sie: »Richtig, aber daran hat er nicht gedacht. Er hat nicht das Gesamtbild gesehen, sich nicht gefragt: Wenn sie mir nicht mit Azhar wegläuft, mit wem dann? Er wollte sich nur Azhar vom Hals schaffen, und da ist ihm nichts Besseres eingefallen, als ihn schön krank zu machen in der Hoffnung, dass er den Löffel abgibt, und dann wäre das Problem aus der Welt. Menschen, die eifersüchtig sind, Salvatore, können nicht mehr klar denken. Die wollen nur das Objekt ihrer Eifersucht loswerden. Oder ruinieren. Oder fertigmachen. Was auch immer. Und jetzt stellen Sie sich mal Muras Situation vor: Der Ex seiner Frau taucht plötzlich hier in Lucca auf. Azhar kehrt zurück in Hadiyyahs Leben, in *Angelinas* Leben.«

»So etwas passiert vielen Männern, und sie überleben es.«

»Aber diese Männer sind nicht mit Angelina verbandelt.«

Salvatore dachte darüber nach. Es klang plausibel, dachte er. Mehr aber auch nicht. Da war immer noch die Sache mit den Kolibakterien. Wenn das, was Havers sagte, stimmte, wie hatte Lorenzo Mura sich das Zeug beschafft? Noch dazu einen tödlich aggressiven Bakterienstamm.

Das alles sagte er Havers. Sie hörte sich seine Argumente an, konnte ihm aber nicht weiterhelfen. Alle drei dachten eine Weile schweigend über das Problem nach. Dann kam Giorgio Simione in Salvatores Büro.

Im ersten Moment sah Salvatore ihn nur verständnislos an. Er hatte ihm einen Auftrag erteilt, konnte sich jedoch nicht mehr erinnern, was es gewesen war, auch nicht, als Giorgio ihm auf die Sprünge half mit: »DARBA, Commissario.«

»Hä?«, sagte Salvatore. »Was?« Und als Giorgio noch einmal sagte: »DARBA Italia«, fiel es ihm wieder ein.

»Die sitzen hier in Lucca«, sagte Giorgio. »An der Straße nach Montecatini.«

LUCCA
TOSKANA

Zunächst musste sie sich um Mitchell Corsico kümmern. Er
hatte ihr einen Riesengefallen getan, indem er ihr über einen
Kontaktmann die komplette, ungeschnittene Version des Films
besorgt hatte. Dafür würde er eine Gegenleistung erwarten,
und er würde dem italienischen Reporter, der ihm das Material
besorgt hatte, ein pikantes und irgendwie bedeutsames Detail
liefern müssen. Nach dem Motto: Eine Hand wäscht die andere.
Barbara musste ihm also irgendetwas erzählen, und zwar etwas
richtig Interessantes.

Salvatore hatte ihr erklärt, er werde DARBA Italia einen unangekündigten Besuch abstatten, und sie hatte vor, ihn zu begleiten. Aber sie musste verhindern, dass Mitch Corsico sich an
ihre Fersen heftete. Sie und Salvatore brauchten Zeit, um Informationen zu sammeln und auszuwerten. Und sie konnten
es jetzt gar nicht gebrauchen, dass irgendetwas davon an die
Presse durchsickerte.

Sie hatte Mitch ein Stück von der Questura entfernt in einem
Café gegenüber dem Bahnhof zurückgelassen, weil sie lieber
nicht wollte, dass Salvatore Lo Bianco die englische Version des
Lone Ranger zu Gesicht bekam. Wegen der Entfernung und
der Menschenmassen, die sich vor dem Bahnhof tummelten,
würde es ihr problemlos gelingen, von Mitch unbemerkt aus
dem Polizeigebäude zu verschwinden. Aber wenn er ihr hinterher auf die Schliche kam, würde er ihr die Hölle heißmachen.

Sie musste sich auf Halbwahrheiten verlegen. Während Salvatore sich auf dem Parkplatz der Questura ein Auto besorgte,
rief sie Corsico an.

»Wir haben möglicherweise rausgefunden, wo die Bakterien
herkommen«, teilte sie ihm mit. »Ich fahre jetzt dorthin.«

»Hey, Moment. Wir beide hatten eine Abmachung. Ich lasse
Sie nicht…«

»Sie kriegen die Story, Mitch, und zwar als Erster. Aber wenn Sie jetzt hier aufkreuzen und sich uns an die Hacken hängen, wird Salvatore wissen wollen, wer Sie sind. Und das wird schwer zu erklären sein, glauben Sie mir. Er vertraut mir, und das soll auch so bleiben. Wenn der rauskriegt, dass ich irgendwas an die Presse durchsickern lasse, sind wir erledigt.«

»Ah, Sie sind schon beim Vornamen. Was zum Teufel wird da gespielt?«

»Herrgott noch mal, Mitch. Der Mann ist ein Kollege. Wir fahren zu einer Firma namens DARBA Italia, mehr brauchen Sie vorerst nicht zu wissen. Die sitzen hier in Lucca. Ich wette, dass da die E.coli-Bakterien herkommen und dass Lorenzo Mura sie sich da besorgt hat.«

»Wenn die Firma hier in Lucca sitzt, kann sich auch der Professor das Zeug organisiert haben«, entgegnete Corsico. »Er ist im April hier gewesen und hat nach seiner Tochter gesucht. Der brauchte doch nur da hinzugehen und sich das Zeug zu kaufen.«

»Alles klar. Wollen Sie mir erzählen, dass Azhar – der übrigens kein Wort Italienisch spricht – mit einem Bündel Euro bei DARBA Italia angetanzt ist und gesagt hat: ›Was kostet ein Gläschen von den gefährlichsten Bakterien, die Sie im Sortiment haben? Ich brauch was, das ich in meinem eigenen Labor nicht züchte, also kommen keine Streptokokken in Frage.‹ Wie soll das weitergegangen sein, Mitch? Ein Mitarbeiter der Firma geht in den Raum, wo sie das Zeug aufbewahren, und klaut eine kleine Menge Bakterien, ohne dass jemand was davon mitkriegt? Machen Sie sich nicht lächerlich. Solche Mikroben werden unter Hochsicherheitsbedingungen aufbewahrt. Damit kann man die gesamte Bevölkerung Italiens ausrotten, verdammt noch mal.«

»Und warum fahren Sie dann dahin? Denn was Sie mir gerade beschrieben haben, trifft schließlich – bis auf das Italienisch – auch auf Lorenzo Mura zu. Und woher zum Teufel wollen Sie überhaupt wissen, ob die in dieser Firma E.coli-Bakterien haben?«

»Ich *weiß* es nicht. Deswegen fahren wir ja hin.«

»Und?«

»Und was?«

»Ich sitze hier und warte auf eine Story, Barb.«

»Sie haben den Artikel über Hadiyyah. Halten Sie sich doch erst mal daran.«

»Rod ist nicht besonders begeistert. Er gibt mir die Seite fünf. Er sagt, der Professor, der unschuldig im Gefängnis sitzt, ist das Einzige, was auf die Titelseite kommt. Aber nach dem, was Sie mir gerade erzählt haben, können wir das *unschuldig* ja wahrscheinlich streichen.«

»Ich hab Ihnen doch gesagt…«

»Ich hab Ihnen den Film besorgt. Was krieg ich dafür von Ihnen?«

Salvatore Lo Bianco hielt am Gehweg und öffnete die Beifahrertür. Barbara sagte: »Ich bin an der Sache dran. Und ich halte Sie auf dem Laufenden, ich schwör's. Ich hab Ihnen schon die Information mit DARBA Italia gegeben. Fragen Sie Ihre italienischen Kollegen und sehen Sie, was Sie rausfinden.«

»Damit die die Story vor mir rausbringen? Also wirklich, Barb…«

»Mehr kann ich Ihnen im Moment nicht bieten.« Sie beendete das Gespräch und stieg in den Wagen. Sie nickte Salvatore zu und sagte: »Fahren wir.«

»*Andiamo*«, sagte er lächelnd.

»Gleichfalls, Kumpel«, antwortete sie.

VICTORIA
LONDON

Isabelle Arderys Besprechung mit dem Assistant Commissioner hatte zwei Stunden gedauert. Diese Information hatte Lynley von der verlässlichsten Quelle: von David Hilliers Sekretärin. Aber sie war nicht auf direktem Wege zu ihm gelangt, sondern über die gefürchtete Dorothea Harriman. Harriman kultivierte Informationsquellen wie ein Gärtner Orchideen. Sie hatte ihre Informanten überall. Von Judi MacIntosh hatte sie erfahren, dass das Gespräch zwischen Hillier und Ardery zwei Stunden gedauert hatte und dass es angespannt gewesen war. Sie wusste ebenfalls, dass zwei Kollegen von der Internen Ermittlungsabteilung CIB bei dem Gespräch anwesend gewesen waren. Ihre Namen wusste sie nicht, sie hatte lediglich herausfinden können, dass die Kollegen von der Abteilung CIB1 gewesen waren, was Lynley zusammenzucken ließ. CIB1 war zuständig für interne Beschwerden und für interne Disziplinarverfahren.

Isabelle war nicht bereit, ihn über den Inhalt des Gesprächs zu informieren. Lynley hatte versucht, ihr ein paar Einzelheiten zu entlocken, und aus ihrer knappen Antwort »Lassen wir das, Tommy« hatte er entnommen, dass Ermittlungen eingeleitet worden waren und dass die Lage so ernst war, wie er befürchtet hatte, als Isabelle Hillier angerufen und um ein Gespräch gebeten hatte.

Er war tief in Gedanken versunken, als er zu seiner freudigen Überraschung einen Anruf von Daidre Trahair erhielt. Sie sei in der Stadt, um sich Wohnungen anzusehen, sagte sie. Ob er sich mit ihr zum Mittagessen in Marylebone treffen wolle?

»Du hast die Stelle angenommen?«, fragte er. »Das ist ja großartig, Daidre.«

»Die haben einen Silberrückengorilla, der mein Herz erobert hat«, sagte sie. »Bei mir war es Liebe auf den ersten Blick. Was er empfindet, weiß ich leider nicht.«

»Das wird sich mit der Zeit zeigen.«

»Das tut es immer, nicht wahr?«

Sie trafen sich in der Marylebone High Street, wo sie in einem winzigen Restaurant an einem sehr kleinen Ecktisch auf ihn wartete. Seine Miene hellte sich auf, als sie von der Speisekarte aufblickte und ihn sah. Sie lächelte und hob eine Hand zum Gruß.

Er küsste sie und dachte, wie vollkommen normal es sich anfühlte, das zu tun. »Werden die Boadicea's Broads jetzt Trauer tragen?«

»Sagen wir so – die sind im Moment nicht besonders gut auf mich zu sprechen.«

»Aber die Electric Magic befinden sich bestimmt im Freudentaumel.«

»Hoffen wir's.«

Er setzte sich und schaute sie an. »Wie schön, dich zu sehen. Ich brauchte irgendetwas, was mich aufbaut, und das scheinst du zu sein.«

Sie legte den Kopf schief und erwiderte: »Ich muss schon sagen, mir geht es genauso.«

»Weswegen brauchst du denn Zuspruch?«

»Gott, die Wohnungssuche ist so eine Strapaze. Allmählich fürchte ich, dass ich, bis ich meine Wohnung in Bristol verkauft habe, senkrecht in jemandes Besenschrank schlafen muss.«

»Für das Problem gibt es Lösungen.«

»Das war keine Anspielung auf dein Gästezimmer.«

»Ah. Was für ein Pech.«

»Nicht ganz, Tommy.«

Er spürte, wie sein Herz zu pochen begann, doch er sagte nichts. Lächelnd nahm er die Speisekarte, erkundigte sich, was sie essen wollte, und bestellte für sie beide beim Kellner, der erwartungsvoll in ihrer Nähe stand. Er fragte sie, wie lange sie in der Stadt sei, sie antwortete, für vier Tage, und dies sei ihr dritter Tag. Er wollte wissen, warum sie sich nicht eher bei ihm gemeldet hatte. Die Wohnungssuche, erklärte sie ihm, Termine mit den Leuten im Zoo, Dinge organisieren für die Einrichtung ihres Büros und des Labors, Gespräche mit den Tierpflegern… all das habe einfach so viel Zeit in Anspruch genommen. Aber sie freue sich ungemein, diesen Abend mit ihm zu verbringen.

Das, dachte er, musste genügen. Vielleicht reichte es einfach zu spüren, wie anregend er ihre Gegenwart empfand, so anregend, dass der Stress des Tages vollkommen in den Hintergrund trat.

Leider dauerte das Wohlgefühl nicht lange. Kaum waren ihre Vorspeisen serviert worden, klingelte sein Handy. Er warf einen Blick auf das Display und stellte frustriert fest, dass es Barbara war. »Tut mir leid«, sagte er zu Daidre. »Ich muss den Anruf annehmen.«

»Ich brauche Ihre Hilfe«, sagte Barbara, als er sich meldete.

»Sie brauchen mehr, als ich Ihnen bieten kann. Isabelle hatte heute eine Besprechung mit zwei Kollegen von der Inneren.«

»Das spielt keine Rolle.«

»Haben Sie völlig den Verstand verloren?«

»Ich weiß, dass Sie sauer sind. Aber Salvatore und ich verfolgen hier eine Spur, und was ich von Ihnen brauche, ist eine Information. Nur eine klitzekleine Information, Inspector.«

»Wie sauber ist das?«

»Es ist absolut legal.«

»Im Gegensatz zu fast allem, was Sie bisher getan haben.«

»Okay. Zugegeben. Ich hab's kapiert, Sir. Sie müssen mich geißeln, und das Einzige, was fehlt, ist ein Marterpfahl. Darum kümmern wir uns, wenn ich wieder in London bin. In der Zwischenzeit brauche ich, wie gesagt, eine Information.«

»Was genau wollen Sie wissen?« Er warf Daidre einen Blick zu. Sie hatte angefangen, ihre Vorspeise zu essen. Er verdrehte theatralisch die Augen.

»Die Upmans sind unterwegs nach Italien. Sie wollen Hadiy-

757

yah abholen, und das muss ich verhindern. Wenn die sie in die Finger kriegen, werden sie sie von Azhar fernhalten.«

»Barbara, wenn Sie glauben, ich könnte…«

»Ich weiß, dass Sie sie nicht aufhalten können, Sir. Ich muss nur wissen, welchen Flug sie gebucht haben und wer von ihnen herkommt. Es wäre auch hilfreich zu wissen, auf welchem Flughafen sie landen. Kann sein, dass die Eltern kommen – die heißen Ruth-Jane und Humphrey –, kann aber auch sein, dass die Schwester kommt, Bathsheba Ward. Wenn Sie bei den Fluggesellschaften anrufen und die Passagierlisten überprüfen… Sie wissen, dass Sie das machen können. Oder Sie können einen vom SO12 bitten, es zu tun. Das ist alles. Mehr brauch ich nicht. Und es geht nicht um mich. Es geht um Azhar. Und um Hadiyyah. Bitte.«

Er seufzte. Er wusste, dass Havers keine Ruhe geben würde. Er sagte: »Winston überprüft hier gerade alle Leute, die irgendetwas mit Angelina Upman zu tun hatten, Barbara. Er sucht unter ihren Verwandten und Bekannten nach irgendeiner Verbindung mit Italien. Bisher hat er nichts gefunden.«

»Er wird auch nichts finden, Sir. Mura ist unser Mann. Er wollte Azhar die E.coli-Bakterien unterjubeln. Salvatore und ich sind gerade unterwegs zu einer Firma namens DARBA Italia, um das zu beweisen.«

»Die Firma ist der Hersteller der Inkubatoren in Azhars Labor, Barbara. Sie sehen doch sicher, dass das in Azhars Richtung…«

»Ja, das sehe ich. Und nur fürs Protokoll: Salvatore hat denselben Einwand gemacht.«

»Salvatore? Wie verständigen Sie sich denn mit dem?«

»Mit Händen und Füßen. Außerdem ist er Raucher, das verbündet. Hören Sie, Sir, werden Sie mir die Informationen über die Upmans besorgen? Werden Sie die Kollegen vom SO12 bitten, es zu tun? Nur eine Information. Das ist alles. Und es geht nicht um mich. Es geht…«

»Um Hadiyyah, richtig. Ja, ja, ich habe verstanden.«

»Und?«

»Ich werde sehen, was ich tun kann.«

Er legte auf und starrte einen Moment lang an die Wand, wo ein Foto von Klippen und Meer ihn an Cornwall erinnerte. Daidre, die seinem Blick gefolgt war, sagte: »Fluchtgedanken?«

Er schaute sie an und dachte über die Frage nach. Schließlich sagte er: »Vor einigen Dingen würde ich gern fliehen, vor anderen nicht.« Dann nahm er ihre Hand.

LUCCA
TOSKANA

In einer perfekten Welt, dachte Barbara, würde Lynley es irgendwie schaffen, die Upmans aufzuhalten, bevor sie den Flughafen erreichten, oder zumindest bevor sie das Flugzeug nach Italien bestiegen. Aber sie lebte nicht in einer perfekten Welt, also nahm sie an, dass die Upmans schon auf dem Weg nach Italien waren, wer von ihnen auch immer kommen mochte. Zumindest wusste sie, wohin ihr Weg sie führen würde, so dass sie ihnen würde ausweichen können, sobald sie in Lucca eintrafen. Zuerst würden sie zur Fattoria di Santa Zita fahren in der Annahme, dass Hadiyyah noch immer bei Lorenzo Mura wohnte. Der würde ihnen mitteilen, dass Barbara das Mädchen abgeholt hatte. Vielleicht würde er vermuten, dass sie in derselben Pension abgestiegen war, in der Azhar gewohnt hatte. Vielleicht auch nicht.

Egal wie, sie hatte nur wenig Zeit, um Hadiyyah aus der Pensione di Giardino in ein Versteck zu bringen. Aber vorher musste sie mit Salvatore zu DARBA Italia fahren und sehen, was er dort in Erfahrung bringen würde.

Der Weg zu der Firma war nicht weit. DARBA Italia lag etwa

fünf Kilometer außerhalb der Stadt. Eine ordentlich asphaltierte Einfahrt führte auf das Firmengelände, und über einer doppelflügeligen Glastür hing ein großes, metallenes Firmenschild. Es gab kaum Bäume in der näheren Umgebung, und von dem asphaltierten Parkplatz stieg die Hitze in sichtbaren Wellen auf. Barbara folgte Salvatore und hoffte inständig, dass es in dem Gebäude eine Klimaanlage gab.

Natürlich verstand Barbara kein Wort von dem Gespräch zwischen Salvatore und dem Mitarbeiter vorne am Empfang, einem unglaublich gutaussehenden jungen Mann von Anfang zwanzig: olivfarbene Haut, dichtes, lockiges Haar, Lippen wie eine Putte, und Zähne so weiß, als wären sie angemalt. Salvatore hielt dem Mann seinen Polizeiausweis hin, zeigte auf Barbara und hielt ihm einen längeren Vortrag. Der Kerl warf Barbara einen abschätzigen Blick zu, dann nahm er sein Telefon und gab eine Nummer ein. Er wandte sich ab, sprach leise ein paar Worte ins Telefon und bat sie anschließend, mit ihm zu kommen. Salvatore und Barbara folgten ihm ins Innere des Gebäudes.

Danach ging für Barbaras Geschmack alles viel zu schnell. Der junge Mann führte sie in ein Konferenzzimmer, in dessen Mitte ein Mahagonitisch und zehn lederbezogene Stühle standen. Er sagte etwas zu Salvatore über einen *direttore*, woraus Barbara schloss, dass der Firmenchef sie empfangen würde. Der Mann erschien fünf Minuten später. Er trug einen eleganten Maßanzug und hatte vollendete Manieren, schien sich jedoch über den Besuch der Polizei zu wundern.

Das Einzige, was Barbara verstand, war sein Name: Antonio Bruno. Sie wartete auf mehr. Salvatore redete eine ganze Weile, und sie spitzte die Ohren, um zu hören, ob er etwas von E.coli-Bakterien erwähnte. Aber nichts an Antonio Brunos Gesichtsausdruck ließ erkennen, dass er sich eine Geschichte anhörte von einer Frau, die möglicherweise an etwas gestorben war, das DARBA Italia zur Verfügung gestellt hatte. Nachdem die beiden Männer mehrere Minuten lang miteinander geredet hatten, nickte Bruno und verließ das Zimmer.

»Was jetzt?«, fragte sie Salvatore. »Was macht er? Was haben Sie ihm gesagt?«, auch wenn sie wusste, dass es zwecklos war, eine Antwort zu erwarten. Doch ihre Wissbegierde war stärker als ihre Vernunft. »Haben die hier E.coli-Bakterien?«, fragte sie. »Kennen die Lorenzo Mura? Das hat doch nichts mit Azhar zu tun, oder?«

Salvatore lächelte bedauernd und sagte: »*Non la capisco.*« Barbara glaubte zu wissen, was das bedeutete.

Als Antonio Bruno zurückkam, wurde Barbara auch nicht schlauer. Er hatte eine dünne Akte mitgebracht, die er Salvatore übergab. Salvatore bedankte sich und ging Richtung Tür. »*Andiamo, Barbara*«, sagte er und zu Antonio Bruno: »*Grazie mille, Signor Bruno.*«

Barbara schaffte es, sich so lange zu beherrschen, bis sie draußen waren. Dann platzte es aus ihr heraus. »Das war's? Was ist los? Warum gehen wir wieder? Was hat er Ihnen gegeben?«

Zumindest die letzte Frage schien Salvatore verstanden zu haben, denn er gab Barbara den Ordner. Darin befand sich lediglich eine Liste der Angestellten der Firma, nach Abteilungen geordnet. Namen, Adressen, Telefonnummern. Es waren Dutzende. Sie verließ der Mut, als sie die lange Liste sah. Sie wusste, was Salvatore Lo Bianco bevorstand: Er würde jeden einzelnen Angestellten von DARBA Italia überprüfen müssen. Doch das würde mehrere Tage dauern, und so viel Zeit hatten sie nicht, bis die Upmans eintrafen.

Barbara brauchte Ergebnisse, und zwar sofort. Sie überlegte, wie sie das bewerkstelligen konnte.

LUCCA
TOSKANA

Zum ersten Mal dachte Salvatore Lo Bianco, dass die englische Polizistin tatsächlich recht haben könnte. Während sie leidenschaftlich auf ihn einredete, begriff er, dass sie keine Ahnung hatte, warum sie so abrupt aufbrachen, und sein Englisch reichte nicht aus, um es ihr zu erklären. Er sagte: »*Pazienzia, Barbara*«, und das schien sie zu verstehen. Er hätte ihr gern erklärt, dass in Italien, außer dass die Leute schnell redeten und schnell Auto fuhren, nichts schnell ging. Bei allen anderen Gelegenheiten hieß es *piano, piano*.

Sie ließ einen Redeschwall los, von dem er nichts verstand. »Wir haben keine Zeit, Salvatore. Hadiyyahs Familie ... die Upmans ... diese Leute ... Wenn Sie wüssten, zu was die fähig sind. Die hassen Azhar. Die haben ihn von Anfang an gehasst. Weil er sie nicht heiraten wollte, nachdem sie schwanger geworden war, und weil er sie überhaupt geschwängert hatte und weil er Pakistani ist und ... Gott, die kommen sich vor wie Herrenmenschen, wenn Sie verstehen, was ich meine. Also, wenn wir – ich meine Sie – diese ganzen Namen auf der Liste überprüfen müssen ...« Sie wedelte mit der Mappe vor seiner Nase »... brauchen wir zu lange. Bis wir damit fertig sind, ist Hadiyyah für Azhar für immer verloren.«

Natürlich kannte Salvatore die Namen: Hadiyyah, die Upmans, Azhar. Und er sah Barbaras Verzweiflung. Aber er konnte nur sagen »*Andiamo, Barbara*« und auf sein Auto zeigen, das in der Hitze schmorte.

Sie stieg ein, aber sie hörte nicht auf zu reden, obwohl er immer wieder sagte: »*Non la capisco.*« Er wünschte wirklich, er könnte besser Englisch sprechen – zumindest gut genug, um ihr zu sagen, sie solle sich keine Sorgen machen –, aber als er sagte »*Non si deve preoccupare*« sah er ihr an, dass sie ihn nicht verstand. Sie waren wie zwei Einwohner von Babel.

Auf halbem Weg zurück zur Questura klingelte ihr Handy. Als sie sagte: »Inspector? Gott sei Dank«, nahm er an, dass sie mit Lynley sprach. Auf der Hinfahrt hatte sie ihn wegen der Upmans angerufen. Er hoffte um ihretwillen, dass Thomas Lynley etwas herausgefunden hatte, was sie beruhigen würde.

Das schien leider nicht der Fall zu sein. Sie schrie auf wie ein verwundetes Tier. »Verflucht, nein! *Florenz?* Das ist nicht weit von hier, oder? Lassen Sie mich Hadiyyah zu Ihnen schicken. Bitte, Sir. Ich flehe Sie an. Sie werden sie finden, ich weiß es. Mura wird ihnen sagen, dass ich sie abgeholt habe, dann werden sie nach mir suchen, und wie schwer wird es sein, mich zu finden? Sie werden sie mitnehmen, und ich kann sie nicht daran hindern, und es wird Azhar umbringen. Es wird ihn umbringen, Inspector, dabei hat er doch wirklich schon genug durchgemacht, das wissen Sie genau.«

Salvatore warf ihr einen Blick zu. Seltsam, dachte er, mit welcher Leidenschaft sie sich diesem Fall widmete. Er war noch nie einem Polizisten begegnet, der so wild entschlossen war, etwas zu beweisen.

Sie sagte: »Ich war gerade mit Salvatore bei DARBA Italia. Aber er hat nur kurz mit dem Chef gesprochen, und das war's. Der Typ hat ihm eine Liste mit den Namen sämtlicher Angestellten gegeben, doch Salvatore hat keine einzige Frage zu E.coli gestellt. Uns läuft die Zeit davon. Wir können die Sache nicht im Schneckentempo angehen. Alles steht auf dem Spiel. Das wissen Sie, Sir. Hadiyyah und Azhar schweben in großer Gefahr.«

Sie hörte Lynley eine Weile zu. Salvatore schaute sie an. Ihre Augen waren mit Tränen gefüllt. Sie schlug sich mit der Faust aufs Knie.

Sie reichte ihm das Handy und sagte: »Es ist Inspector Lynley.«

Lynley sagte seufzend: »*Ciao, Salvatore.* Was ist passiert?«

Aber anstatt ihm von ihrem Besuch bei DARBA Italia zu berichten, sagte Salvatore: »Ich habe das Gefühl, dass Sie mir über diese Barbara und ihr Verhältnis zu dem Professor und seine Tochter nicht die ganze Wahrheit gesagt haben. Warum haben Sie das nicht getan, Thomas?«

Lynley schwieg einen Moment. Salvatore fragte sich, wo der Engländer war: bei der Arbeit, zu Hause, unterwegs zu einer Befragung? Schließlich sagte Lynley: »Tut mir leid, Salvatore.« Dann erklärte er ihm, dass Vater und Tochter Barbara Havers' Nachbarn waren. Und dass die beiden Barbara sehr viel bedeuteten.

Salvatores Augen wurden schmal. »Was genau meinen Sie damit?«

»Sie stehen sich nahe.«

»Ist sie seine Geliebte?«

»Himmel, nein. Das ist es nicht. Sie hat sich in große Schwierigkeiten gebracht, Salvatore, und ich hätte es Ihnen gleich sagen sollen, als Sie bei Ihnen aufgetaucht ist und Sie mich angerufen haben.«

»Was hat sie denn getan? Um sich in Schwierigkeiten zu bringen, meine ich.«

»Fragen Sie mich lieber, was sie *nicht* getan hat«, erwiderte Lynley. »Im Moment ist sie in Italien ohne Erlaubnis ihrer Vorgesetzten. Kurz ausgedrückt: Sie will Azhar retten, um Hadiyyah zu retten.«

Salvatore sah, dass Barbara Havers ihn beobachtete, eine Faust vor den Mund gepresst, ihre schönen blauen Augen so groß wie die eines verängstigten Tiers. Er sagte zu Lynley: »Sie sagen, es geht ihr vor allem um das Kind?«

»Ja und nein«, sagte Lynley.

»Was meinen Sie damit?«

»Damit meine ich, dass sie sich einredet, es ginge ihr in erster Linie um das Kind. Was die Wahrheit ist, weiß ich nicht. Ehrlich gesagt fürchte ich, dass sie ein bisschen verblendet ist.«

»Aha. Ich dagegen fürchte, dass sie die Dinge allzu klar sieht.«

»Wie meinen Sie das?«

»Womöglich hat sie bewiesen, dass ich in Bezug auf die Wahrheit ebenso blind bin wie Piero Fanucci. Ich habe eben mit dem Chef von DARBA Italia gesprochen. Er heißt Antonio Bruno.«

»Großer Gott. Wirklich?«

»Ja. Ich bin auf dem Weg, um das mit Ottavia Schwartz zu besprechen. Wenn ich Barbara das Telefon zurückgebe, würden Sie ihr bitte erklären, dass ich die Situation im Griff habe?«

»Selbstverständlich. Hadiyyahs Großeltern sind übrigens soeben in Florenz gelandet. Sie werden inzwischen auf dem Weg nach Lucca sein, um ihre Enkelin abzuholen. Hadiyyah kennt diese Leute nicht. Barbara kennt das Mädchen dagegen sehr gut.«

»Ah«, sagte Salvatore. »Verstehe.«

LUCCA
TOSKANA

Er sagte nur: »Barbara, Sie können Salvatore vertrauen.« Aber mittlerweile traute sie niemandem mehr. Sie musste wissen, wie lange die Upmans von Florenz nach Lucca brauchen würden. Würden sie mit dem Zug fahren? Würden sie ein Auto mieten? Würden sie einen italienischen Fahrer anheuern? Egal, was sie machten, sie musste unbedingt vor ihnen in der Pensione Giardino sein, deswegen bat sie Salvatore, sie dorthin zu fahren. Er schien sogar zu verstehen, was sie sagte.

In der Pension angekommen atmete sie erst einmal tief durch. Auf keinen Fall, dachte sie, durfte sie Hadiyyah in Panik versetzen. Und sie musste sich ganz schnell überlegen, wo zum Teufel sie das Mädchen hinbringen würde. Am besten erst einmal aus Lucca raus, dachte sie, in irgendein kleines Hotel auf dem Land. Dazu würde sie aber Mitch Corsicos Hilfe brau-

chen. Es widerstrebte ihr zwar, ihn mit Hadiyyah zusammenzubringen, doch sie hatte keine andere Wahl.

Sie rannte die Treppe hoch in ihr Zimmer. Hadiyyah saß an
dem kleinen Tisch am Fenster. Sie wirkte vollkommen verloren. Was Barbara noch zusätzlich in ihrem Willen bestärkte:
Sie musste alles daransetzen, Hadiyyah und ihren Vater zurück
nach London zu bringen.

»Hallo, Kleine«, sagte sie so gutgelaunt, wie sie konnte. »Ich
finde, wir beide brauchen einen Tapetenwechsel. Was meinst
du?«

»Du warst lange weg«, sagte Hadiyyah. »Ich wusste nicht,
wo du warst. Warum hast du mir nicht gesagt, wo du hingegangen bist, Barbara? Und wo ist mein Dad? Warum kommt er
nicht? Weil…« Ihre Lippen bebten. »Barbara, ist meinem Dad
was passiert?«

»Lieber Gott, nein. Überhaupt nicht. Ich hab dir doch
gesagt, großes Indianerehrenwort, er ist mit Commissario Lo
Bianco unterwegs.«

»Können wir uns denn irgendwo mit ihm treffen?«

»Na klar. Aber das dauert noch ein bisschen. Jetzt müssen
wir erst mal unsere Sachen packen und von hier verschwinden.«

»Aber warum denn? Wie soll mein Dad uns finden, wenn wir
hier weggehen?«

Barbara zückte ihr Handy und hielt es hoch. »Kein Problem«,
sagte sie.

Sie war nicht so überzeugt, wie sie klang. Sie hatte gehofft,
der Ausflug zu DARBA Italia hätte dazu gedient, jemanden zu
überführen. Aber das war nicht geschehen, und jetzt stand sie
vor der großen Frage: Was jetzt? Sie würde Corsico besänftigen müssen, außerdem musste sie einen Ort finden, wo sie und
Hadiyyah sich aufhalten konnten, und zwar einen, von wo aus
sie einerseits verfolgen konnte, wie die Ermittlungen weitergin-
gen und wo sie vor Hadiyyahs Großeltern in Sicherheit waren.
Über diese Dinge dachte sie nach, während sie ihre Sachen ein-

sammelte und wahllos in ihre Tasche stopfte. Nachdem Barbara sich vergewissert hatte, dass Hadiyyah alles eingepackt und nichts vergessen hatte, eilten sie beide die Treppe hinunter. Unten erwartete sie Salvatore.

Im ersten Moment dachte Barbara, der Italiener wollte sie aufhalten. Doch es stellte sich schnell heraus, dass ihre Befürchtungen unbegründet waren. Salvatore Lo Bianco bezahlte das Zimmer bei Signora Vallera, dann nahm er Hadiyyahs Koffer und Barbaras Tasche, machte eine Kinnbewegung in Richtung Tür und bedeutete ihnen, ihm zu folgen. Er brachte sie jedoch nicht zu seinem Auto, sondern ging ihnen voraus durch die engen Gassen der mittelalterlichen Stadt. Sie überquerten mehrere kleine Plätze und gingen an Häusern mit verschlossenen Fensterläden und hin und wieder an einer offenen Tür vorbei, die den Blick auf einen der verborgenen Höfe und Gärten frei gab, und an Geschäften, die gerade nach der langen Mittagspause wieder öffneten.

Barbara stapfte schweigend neben Lo Bianco her, und erst nach einer ganzen Weile kam sie auf die Idee, dass Hadiyyah ihr vielleicht helfen könnte, sich mit dem Commissario zu verständigen. Sie wollte Hadiyyah gerade bitten, Lo Bianco zu fragen, wo sie hingingen, als er vor einem hohen, schmalen Gebäude stehen blieb und Reisetasche und Koffer abstellte.

Er sagte zu ihnen: »Torre Lo Bianco«, dann holte er einen Schlüssel aus seiner Hosentasche. Erst als er die Tür aufschloss und »*mamma? mamma?*« ins Treppenhaus rief, begriff Barbara, dass hier offenbar seine Mutter wohnte. Ehe Barbara dazu kam nachzufragen oder zu protestieren oder überhaupt irgendetwas zu sagen, erschien eine ältere Frau mit perfekt frisiertem grauem Haar. Sie trug eine Schürze über einem schwarzen Leinenkleid und trocknete sich die Hände an einem kleinen Handtuch ab. »Salvatore«, begrüßte sie Lo Bianco, dann, als sie zuerst Barbara und dann Hadiyyah sah, die sich halb hinter Barbara versteckt hielt, fragte sie: »*Chi sono?*« Sie lächelte Hadiyyah an, was

767

Barbara als gutes Zeichen deutete. »*Che bambina carina*«, sagte die Frau, beugte sich hinunter, die Hände auf die Knie gestützt und fragte: »*Dimmi, come ti chiami?*«

»Hadiyyah«, sagte Hadiyyah, und als die Frau ausrief »*Ah! Parli italiano?*«, nickte sie und sagte »*un po'*«, was die Frau mit einem strahlenden Lächeln quittierte.

»Die Frau aber nicht«, sagte Salvatore zu seiner Mutter. »Sie spricht nur Englisch.«

»Hadiyyah kann ja übersetzen, was?«, entgegnete sie. Dann entdeckte sie die Reisetasche und den Koffer auf der Türschwelle und meinte: »Ah, die beiden sind wohl deine Gäste.«

»Danke«, sagte Barbara zu Salvatore. »Ich meine, *grazie*. Wenigstens kann ich *grazie* sagen.«

Er sagte »*Niente*« und schien ihr alles Mögliche zu erklären, während er auf die steinerne Treppe zeigte, die nach oben führte.

»Was sagt er?«, wollte Barbara von Hadiyyah wissen.

»Er wohnt auch hier«, sagte Hadiyyah über die Schulter.

LUCCA
TOSKANA

Da sie nun mal in Italien waren, wurde zunächst gegessen. Am liebsten hätte Barbara sich mit Salvatore auf die Liste der Angestellten von DARBA Italia gestürzt, aber er war offenbar ebenso auf eine Mahlzeit versessen, wie seine Mutter darauf versessen war, diese zuzubereiten. Er tätigte jedoch einen Anruf und sprach mit einer Frau namens Ottavia. Barbara hörte, wie er DARBA Italia erwähnte, und dann fiel mehrmals der Name Antonio Bruno. Daraus schöpfte sie die Hoffnung, dass jemand in der Questura ein paar Dinge überprüfen würde, was dazu führte, dass sie es noch eiliger hatte, aus dem Torre Lo Bianco wegzukommen. Sie musste jedoch einsehen, dass niemand Salvatore und seine Mutter von ihrem Essen abhalten konnte. Es war eine simple Mahlzeit: geröstete rote und gelbe Paprikaschoten, Käse, Salami, Schinken, Brot und Oliven, dazu Rotwein und zum Nachtisch Kaffee und Gebäck.

Nach dem Essen machte Signora Lo Bianco sich daran, Mehl und Eier bereitzustellen, um Hadiyyah beizubringen, wie man Nudeln herstellte, und Salvatore und Barbara machten sich endlich auf den Weg. Auf der Straße schaute sie an dem Gebäude hoch und stellte fest, dass es sich tatsächlich um einen richtigen Turm handelte. Es gab noch mehr davon in der Stadt, die ihr zwar aufgefallen waren, deren ursprünglichen Zweck sie jedoch nicht verstanden hatte, da sie alle Läden und Büros beherbergten. Aber dieser hier, mit irgendeiner Art von Dachbegrünung, war unverkennbar ein Turm, der zur alten Stadtmauer gehörte.

Sie gingen zu Salvatores Auto und fuhren zur Questura. Dort kamen sie jedoch nicht weit. Mitchell Corsico lehnte an einer Hauswand gegenüber, und er sah ganz und gar nicht aus wie ein zufriedener Cowboy. Barbara entdeckte ihn im selben Augenblick, als er sie sah. Er kam auf sie zu. Sie ging schneller in der Hoffnung, im Gebäude verschwinden zu können, ehe er sie erreichte, aber er hatte nicht vor, sich noch einmal zum Narren halten zu lassen. Er stellte sich ihnen in den Weg.

»Was zum Teufel wird hier gespielt?«, fragte er aufgebracht. »Wissen Sie eigentlich, wie lange ich schon auf Sie warte? Und wieso gehen Sie nicht an Ihr Handy? Ich habe Sie viermal angerufen.«

Salvatore schaute erst sie, dann Mitchell Corsico an. Mit ernster Miene betrachtete er den Stetson-Hut, die Fransenjacke, die Schnürsenkelkrawatte, die Jeans, die Stiefel. Er wirkte leicht verwirrt, und wer sollte ihm das verübeln? Dieser Mann war entweder unterwegs zu einer Kostümparty, oder er war ein Zeitreisender aus dem Wilden Westen.

Salvatore runzelte die Stirn. »*Chi è, Barbara?*«, fragte er.

Anstatt Salvatores Frage zu beantworten, sagte sie so freundlich wie möglich zu Mitch: »Sie werden alles vermasseln, wenn Sie nicht sofort verduften.«

»Das glaube ich nicht«, erwiderte er. »Also, dass ich verduften werde. Das werde ich nämlich nicht tun. Jedenfalls nicht ohne eine Story.«

»Ich hab Ihnen eine Story gegeben. Und auch das verdammte Foto von Hadiyyah.« Barbara warf Salvatore einen kurzen Blick zu. Zum ersten Mal war sie dankbar, dass er fast kein Englisch sprach. Niemand würde auf die Idee kommen, Corsico in dem Aufzug für einen Journalisten zu halten. Und das sollte auch so bleiben.

»Die Story zieht nicht«, sagte Mitch. »Rod war nicht besonders begeistert von dem seelenvollen Foto. Er bringt den Artikel, aber nur, weil heute unser Glückstag ist und gestern Abend kein Politiker in einem Auto hinter der King's Cross Station erwischt wurde.«

»Mehr hab ich im Moment nicht, Mitch. Und es wird auch nicht mehr geben, wenn mein Begleiter hier rauskriegt, wer Sie sind und womit Sie Ihre Brötchen verdienen.«

Mitch ergriff ihren Arm. »Wollen Sie mir etwa drohen? Ich lasse mich nicht auf Spielchen ein.«

»*Ha bisogno d'aiuto, Barbara?*«, fragte Salvatore und packte Corsicos Hand. »*Chi è quest'uomo? Il Suo amante?*«

»Was zum Teufel …?«, stieß Corsico hervor und verzog das Gesicht unter Salvatores festem Griff.

»Ich verstehe kein Italienisch«, sagte Barbara zu Mitch. »Aber ich vermute mal, dass Sie im Knast landen, wenn Sie sich nicht verziehen.«

»Ich habe Ihnen *geholfen*«, zischte er. »Ich hab Ihnen den verdammten Film besorgt. Ich will, dass Sie mir erzählen, was Sie wissen, aber Sie versuchen, mich reinzulegen. Glauben Sie ja nicht …«

Salvatore riss Mitchs Hand von Barbaras Arm und bog ihm

die Finger so weit nach hinten, dass er vor Schmerz aufschrie. »Verflucht«, stöhnte er, »pfeifen Sie Ihren Wachhund gefälligst zurück.« Er trat einen Schritt nach hinten und massierte sich die Finger, während er sie wütend anfunkelte.

»Hören Sie, Mitchell«, sagte Barbara. »Wir waren gerade bei einer Firma, die Laborgeräte herstellt. Er hat höchstens fünf Minuten lang mit dem Chef geredet, und das Einzige, was wir haben, ist eine Liste mit den Namen der Angestellten. Er hat die Liste in dem Umschlag, den er in der Hand hält. Das ist alles, was ich weiß.«

»Und daraus soll ich eine Story machen?«

»Herrgott noch mal, ich sage Ihnen, was ich weiß. Sobald es eine Story gibt, kriegen Sie sie von mir, aber im Moment gibt es keine. Und jetzt machen Sie, dass Sie wegkommen. Ich muss mir jetzt was einfallen lassen, wie ich ihm erkläre, wer Sie sind, und glauben Sie mir, sobald wir das Polizeigebäude betreten, besorgt er eine Dolmetscherin und fühlt mir ordentlich auf den Zahn, und wenn er kapiert, dass Sie ein Sie-wissen-schon-was sind, dann können Sie einpacken. Dann können wir beide einpacken. Und wissen Sie, was dann passiert? Dann kriegen Sie überhaupt keine Story, und was wird Ihr Kumpel Rodney wohl dazu sagen?«

Endlich schienen Mitch Bedenken zu kommen. Er warf Salvatore einen Blick zu, der ihn mit einem Ausdruck musterte, in dem eine Mischung aus Misstrauen und Berechnung lag. Barbara wusste nicht, was der Italiener dachte, aber was es auch sein mochte, sein Gesicht schien zu bestätigen, was sie Mitch gesagt hatte. In einem veränderten Ton sagte Mitch: »Verarschen Sie mich nicht, Barb.«

»Für wie blöd halten Sie mich eigentlich?«

»Bei Ihnen weiß man nie«, sagte er. Dann trat er noch einen Schritt zurück und hob kapitulierend die Hände. »Gehen Sie gefälligst an Ihr Handy, wenn ich Sie anrufe.«

»Mach ich, wenn ich kann.«

Mitch drehte sich auf dem Absatz um und ging mit großen Schritten zu dem Café am Bahnhof zurück. Barbara wusste, dass er dort auf eine Nachricht von ihr warten würde. Sein Chefredakteur verlangte eine große Story von ihm, und er würde nicht ruhen, bis er eine hatte.

LUCCA
TOSKANA

Salvatore schaute dem Cowboy nach. Seine großen Schritte wirkten noch größer durch die engen Jeans und die Stiefel, die er trug. Was für ein seltsames Paar, dieser Mann und Barbara Havers, dachte Salvatore. Aber was die Menschen zueinanderzog, war ihm schon immer ein Rätsel gewesen. Er konnte nachvollziehen, warum der Cowboy sich von Barbara Havers mit ihrem ausdrucksstarken Gesicht und ihren schönen, blauen Augen angezogen fühlte. Doch was sie an ihm fand, war ihm schleierhaft. Das war vermutlich der Engländer, der Barbara Havers zu Aldo Greco begleitet hatte. Der Anwalt hatte den Mann ihm gegenüber erwähnt und ihn »ihren englischen Gefährten« genannt. Salvatore fragte sich, was Greco damit gemeint haben mochte.

Aber er hatte keine Zeit, sich über solche Dinge den Kopf zu zerbrechen. Was für eine Rolle spielten sie schon? Ein Haufen Arbeit lag vor ihm, und das war nicht der richtige Moment, sich Gedanken darüber zu machen, warum ein Paar sich auf der Straße stritt. Zum Glück hatte der Cowboy sich verkrümelt, so dass er sich endlich daranmachen konnte, Barbara Havers über die neuesten Entwicklungen in Kenntnis zu setzen.

Er wusste, dass sie verwirrt war. Was sich bei DARBA Italia abgespielt hatte, hatte sie in höchsten Aufruhr versetzt. Sie hatte erwartet, dass er eindeutige Schritte unternahm, die sie ihrem

Ziel näher brachten: dass er jemanden verhaftete, der nicht Taymullah Azhar war. Und genau das hatte er auch vor, doch er konnte sich ihr nicht verständlich machen und ihr erklären, dass bereits einiges in die Wege geleitet worden war.

Dafür hatte Ottavia Schwartz gesorgt. Während er Barbara und Hadiyyah mitsamt ihrem Gepäck im Haus seiner Mutter untergebracht hatte, während sie alle zusammen gegessen hatten, hatte Ottavia seine Anweisungen ausgeführt. Sie war in einem Streifenwagen zu DARBA Italia gefahren und mit dem Marketingchef der Firma in die Questura zurückgekehrt. Der Mann saß zu diesem Zeitpunkt im Verhörzimmer, wo er – Salvatore warf einen Blick auf seine Uhr – jetzt seit anderthalb Stunden wartete. Ein paar Minuten mehr konnten nicht schaden.

Er nahm Barbara Havers mit in sein Büro. Er zeigte auf einen Stuhl vor seinem Schreibtisch, zog sich auch einen heran und setzte sich neben sie. Dann machte er ein bisschen Platz auf seinem Schreibtisch und legte die Liste der Angestellten von DARBA Italia darauf.

Sie sagte: »Schön. Aber wie soll uns diese Liste dabei helfen...«

»*Aspetti*«, sagte er. Aus einem Becher voller Stifte nahm er einen Marker und markierte damit die Namen der Abteilungschefs: Bernardo, Roberto, Daniele, Allessandro, Antonio. Sie runzelte die Stirn. »Und?«, sagte sie. »Ich kapier ja, dass das die ganzen Abteilungschefs sind und dass sie alle denselben Nachnamen haben, also irgendwie verwandt sein müssen, aber ich weiß immer noch nicht, warum wir nicht...«

Er nahm einen Rotstift aus dem Becher und umkringelte die ersten Buchstaben der Namen. Dann schrieb er sie nacheinander auf einen kleinen Zettel, ordnete sie neu an und schrieb: DARBA. »*Fratelli*«, sagte er, worauf sie fragte: »Brüder?« Das Wort kannte er, und er nickte.

Er ging um seinen Schreibtisch herum und nahm aus einem

Stapel Akten mit Material, das er im Zusammenhang mit Angelina Upmans Tod zusammengetragen hatte. Die Fotos von Angelinas Beerdigung. Nach kurzem Suchen fand er darunter die zwei Aufnahmen, die er brauchte.

Er legte sie auf die Liste mit den Namen der Angestellten. »Daniele Bruno«, sagte er.

Die schönen blauen Augen weiteten sich, als Barbara das Foto betrachtete. Auf dem einen unterhielt sich Daniele Bruno ernst mit Lorenzo Mura, eine Hand auf dessen Schulter, die Köpfe zusammengesteckt. Auf dem anderen stand er zwischen den Mitgliedern der örtlichen Fußballmannschaft, die an der Beerdigung teilgenommen hatten. Nachdem Barbara die Bilder ausgiebig begutachtet hatte, legte sie sie auf den Schreibtisch. Wie Salvatore erwartet hatte, nahm sie die Liste und fand den Namen Daniele Bruno. Der Marketingchef. Ebenso wie seine Brüder konnte er zweifellos in der Firma ein und aus gehen, ohne dass jemand ihn nach dem Grund fragte.

»Ja, ja, ja!«, rief Barbara aus und sprang auf. »Sie sind ein Genie, Salvatore! Sie haben das fehlende Glied gefunden! Das ist es! So haben sie's gemacht!« Dann packte sie sein Gesicht und drückte ihm einen Kuss mitten auf den Mund.

Sie schien über diese spontane Aktion ebenso verblüfft zu sein wie er, denn sie wich zurück und sagte: »Gott o Gott. Sorry. *Sorry*, Salvatore. Trotzdem vielen, vielen Dank. Was machen wir jetzt?«

Sorry verstand er, aber der Rest blieb ihm verborgen. »*Venga*«, sagte er und zeigte auf die Tür.

LUCCA
TOSKANA

Daniele Bruno befand sich in dem Verhörzimmer, das Salvatores Büro am nächsten lag. Während seiner langen Wartezeit hatte er den kleinen Raum mit genug Zigarettenqualm gefüllt, um eine Kuh zu ersticken.

Salvatore sagte: »*Basta!*«, als er und Barbara das Verhörzimmer betraten, nahm eine halbleere Schachtel Zigaretten und einen überquellenden Aschenbecher vom Tisch und stellte beides im Flur ab. Dann öffnete er ein winziges, knapp unter der Decke angebrachtes Fenster, was wenig gegen den Rauch nützte, ihnen aber wenigstens die Hoffnung gab, dass sie nicht in wenigen Minuten vor Sauerstoffmangel umkippen würden.

Bruno stand in einer Ecke. Anscheinend war er die ganze Zeit auf und ab gegangen. Er stieß einen Redeschwall aus und verlangte einen Anwalt. Salvatore sah Barbara Havers an, dass sie kein Wort verstand.

Salvatore überlegte. Die Anwesenheit eines Anwalts könnte nützlich sein. Doch zuerst wollte er Signor Bruno noch ein bisschen weichklopfen.

»DARBA Italia, *signore*«, sagte er zu Bruno. Er zeigte auf einen Stuhl und setzte sich. Barbara Havers nahm ebenfalls Platz und schaute erst ihn, dann Bruno, dann wieder ihn an. Er hörte sie schlucken und hätte sie gern beruhigt. Es ist alles unter Kontrolle, hätte er ihr gern gesagt.

Bruno verlangte erneut nach einem Anwalt. Erklärte, Salvatore könne ihn nicht länger festhalten. Er verlangte, dass man ihn sofort gehen ließ. Salvatore antwortete, es werde nicht mehr lange dauern. Er sei schließlich nicht verhaftet. Zumindest noch nicht.

Brunos Augen flackerten. Er musterte Barbara Havers und fragte sich offenbar, wer sie war und warum sie da war. Barbara Havers verstärkte netterweise seine Paranoia, indem sie ein Notizheft und einen Stift aus ihrer geräumigen Umhängetasche nahm. Sie lehnte sich zurück, legte ihren rechten Fuß auf eine Weise aufs linke Knie, die eine Italienerin hätte erröten lassen, und begann mit vollkommen ausdruckslosem Gesicht, etwas in ihr Heft zu kritzeln. Bruno verlangte zu wissen, wer sie war. »*Non importa*«, antwortete Salvatore. Andererseits … Tja … Sie sei da wegen eines Mordfalls.

Bruno erwiderte nichts. Nur sein Blick huschte weiterhin zwischen Salvatore und Barbara hin und her. Interessant, dass er sich nicht erkundigte, wer das Mordopfer war, dachte Salvatore.

»Erzählen Sie mir von Ihrer Arbeit bei DARBA Italia«, sagte Salvatore freundlich. »Es handelt sich um ein Familienunternehmen, nicht wahr?« Als Bruno nickte, fuhr Salvatore fort: »Und Sie sind der Marketingchef, richtig?« Ein Achselzucken als Antwort. Brunos Finger zuckten, offensichtlich lechzte er nach einer Zigarette. Gut, dachte Salvatore. Nervosität war immer nützlich. »Ihre Firma stellt Geräte für medizinische und wissenschaftliche Zwecke her, wenn ich richtig informiert bin.« Ein erneutes Nicken. Ein Blick in Barbaras Richtung. Sie schrieb eifrig in ihr Heft, auch wenn der Himmel wusste, was sie sich notierte, wo sie doch kein Wort von dem verstand, was er Bruno fragte. »Und ich nehme an, dass die Geräte, die Sie vertreiben, natürlich getestet werden müssen, um ihre Qualität sicherzustellen.« Bruno leckte sich die Lippen. »Ist das richtig?«, fragte Salvatore. »Werden sie getestet? Denn ich sehe hier auf der Liste Ihrer Angestellten, die Ihr Bruder Antonio uns …« Er schaute demonstrativ auf seine Uhr »… vor gut drei Stunden ausgehändigt hat, dass es in Ihrer Firma eine Abteilung für Qualitätskontrolle gibt unter der Leitung Ihres Bruders Allessandro. Würde Allessandro mir bestätigen, dass seine Aufgabe darin besteht, die Tests an den Geräten, die DARBA Italia herstellt, zu überwachen, Signore? Soll ich ihn anrufen, um ihm die Frage zu stellen, oder können Sie sie mir beantworten?«

Bruno schien zu überlegen, was passieren konnte, wenn er die

Frage beantwortete. Seine Ohren liefen rot an wie übergroße Blütenblätter. Schließlich bestätigte er, dass die bei DARBA Italia hergestellten Produkte von der Abteilung, deren Chef sein Bruder Alessandro war, Qualitätstests unterzogen wurden. Aber als Salvatore wissen wollte, auf welche Weise diese Tests durchgeführt wurden, behauptete er, das wisse er nicht.

»Dann wollen wir doch mal unsere Fantasie zu Hilfe nehmen«, sagte Salvatore. »Fangen wir an mit den Inkubatoren. DARBA Italia stellt doch Inkubatoren her, oder? Also, Apparate, in denen Mikroben gezüchtet werden, die eine bestimmte, gleichbleibende Temperatur und eine sterile Umgebung brauchen. Die werden doch bei DARBA Italia hergestellt, nicht wahr?«

An dieser Stelle verlangte Bruno erneut, dass sein Anwalt verständigt wurde. »Aber warum brauchen Sie denn Ihren Anwalt?«, fragte Salvatore. »Ich bringe Ihnen erst mal einen Kaffee. Oder möchten Sie lieber ein Glas Wasser? Oder eine Cola? Oder ein Glas Milch? Man hat Ihnen doch ein Mittagessen serviert, oder? Ein belegtes Brötchen nehme ich an. Sie möchten nichts? Nicht mal einen Espresso?«

Barbara rutschte neben ihm auf ihrem Stuhl herum. Er hörte sie »*Venga, venga*« murmeln und musste grinsen, egal, was sie zu sagen versuchte.

»Nein?«, sagte er zu Bruno. »Dann wollen wir fortfahren. Wir brauchen nur ein paar Informationen von Ihnen. Es geht, wie gesagt, um einen Mordfall.«

»Ich habe nichts getan«, sagte Daniele Bruno.

»Sicher«, erwiderte Salvatore. Es habe auch niemand behauptet, er hätte etwas getan. Sie wollten nur, dass er ihre Fragen beantwortete. Er sei doch in der Lage, Fragen zu DARBA Italia zu beantworten, oder?

Daniele erkundigte sich nicht, warum man ausgerechnet ihn und nicht einen seiner Brüder auf die Questura bestellt hatte. Es waren immer kleine Fehler wie dieser, dachte Lo Bianco, die die Schuldigen letztlich verrieten.

»Angenommen man benutzt bestimmte Bakterien, um die Qualität eines Inkubators zu testen. Das wäre doch eine Möglichkeit, oder?« Als Bruno nickte, fuhr Salvatore fort: »Dann würden sich diese Bakterien also dort in der Abteilung für Qualitätskontrolle befinden.« Bruno nickte. Er schaute zu Barbara hinüber. »Verstehe«, sagte Salvatore. Er tat so, als würde er intensiv über das Problem nachdenken. Stand auf und ging mit grüblerisch gerunzelter Stirn auf und ab. Dann öffnete er die Tür und rief nach Ottavia Schwartz. Ob sie ihm die Unterlagen von seinem Schreibtisch bringen könne, *per favore*. Er schloss die Tür, setzte sich wieder an den Tisch und nickte, als wäre er zu einer wichtigen Entscheidung gelangt. »DARBA Italia ist also ein Familienunternehmen, richtig?«

Sì, sagte Bruno, das habe er ja bereits bestätigt. Ein Familienunternehmen. Sein Urgroßvater Antonio Bruno habe es in Zeiten gegründet, als Laborausstattungen noch aus Zentrifugen und Mikroskopen bestanden. Sein Großvater Alessandro Bruno habe die Firma dann erweitert. Sein Vater Roberto habe die Firma zu einem höchst erfolgreichen Unternehmen gemacht und ihm, Daniele, und seinen Brüdern vererbt.

»Und damit allen seinen Nachkommen ein gutes Auskommen verschafft«, bemerkte Salvatore. »*Va bene*, Daniele. Das muss wirklich sehr angenehm sein. Mit der eigenen Familie zusammenzuarbeiten. Da sieht man sich jeden Tag. Kann über Neffen und Nichten plaudern. Das ist bestimmt sehr nett.«

Daniele bestätigte dies. Die Familie gehe letztlich über alles.

»Ich habe zwei Schwestern. Ich weiß, was Sie meinen«, sagte Salvatore. »*La famiglia è tutto*. Sprechen Sie oft mit Ihren Brüdern?« Als Daniele auch das bestätigte, sagte Salvatore: »Bei der Arbeit und in der Freizeit, wie? Die Brüder Bruno. Jeder bei DARBA Italia kennt Sie. Man sieht Sie jeden Tag und redet Sie mit dem Vornamen an.«

Daniele sagte, das verhalte sich tatsächlich so, da das Unternehmen klein sei und jeder jeden kenne.

»Sicher, sicher«, sagte Salvatore. »Wenn Sie zur Arbeit kommen, grüßen die Leute Sie mit ›*Ciao*, Daniele, wie geht's den Kindern?‹ Und Sie machen das genauso. Alle in der Firma kennen Sie schon ewig. Sie sind… sagen wir, Sie sind eine feste Größe in der Firma. An einem Tag schauen Sie bei Antonio auf einen Plausch vorbei, am nächsten bei Bernardo oder bei Alessandro. An manchen Tagen plaudern Sie mit allen Ihren Brüdern.«

Er liebe seine Brüder, versicherte ihm Daniele. »Geschwisterliebe ist… ein Gottesgeschenk.«

Die Tür ging auf. Alle drehten sich um, als Ottavia Schwartz hereinkam und Salvatore die Ordner gab, um die er sie gebeten hatte. Sie nickte, warf erst Daniele Bruno, dann Barbara Havers einen Blick zu und ging wieder. Salvatore legte die Ordner umständlich auf den Tisch, öffnete sie jedoch nicht. Bruno riskierte einen kurzen Blick auf die Unterlagen.

»*Allora*«, sagte Salvatore gedehnt. »Ich hätte da noch eine Frage, wenn's recht ist. Kommen wir noch einmal zurück auf die Qualitätskontrollen. Ich nehme einmal an, dass gefährliche Substanzen – solche, die Krankheiten und Tod verursachen können – bei DARBA Italia unter hohen Sicherheitsvorkehrungen aufbewahrt werden. Vielleicht hinter Schloss und Riegel? Jedenfalls an einem Ort, wo niemand damit etwas Schlimmes anstellen kann. Sehe ich das richtig?« Bruno nickte. »Und um die Geräte zu testen, die Sie herstellen, wird vermutlich mehr als eine gefährliche Substanz zum Einsatz gebracht, richtig? Denn Inkubatoren… sind nicht alle gleich. Sie werden für unterschiedliche Substanzen benutzt, und bei DARBA Italia werden alle unterschiedlichen Typen von Inkubatoren hergestellt.«

Brunos Blick wanderte wieder zu den Ordnern. Er konnte es nicht kontrollieren, die Nerven spielten seiner Selbstdisziplin einen Streich. Letztlich war er kein schlechter Mensch, dachte Salvatore. Er hatte eine Dummheit begangen, und Dummheit war kein Verbrechen.

»Alessandro kennt sich mit den Bakterien aus, die gebraucht werden, um die Geräte zu testen, nicht wahr? Sie brauchen die Frage nicht zu beantworten, Signor Bruno, denn meine Kollegin hat das bereits überprüft. Alessandro hat ihr alle Bakterien aufgezählt. Natürlich hat er sich über unsere Fragen gewundert. Er hat gesagt, es gibt ausgeklügelte Sicherheitsvorkehrungen, um zu verhindern, dass die Mikroben missbraucht werden. Wissen Sie, was er damit meint, Signore? Ich glaube, es geht darum, dafür zu sorgen, dass die Angestellten diese Substanzen nicht in die Hände bekommen. Und warum sollten sie das auch wollen? Diese Substanzen sind schließlich hochgradig gefährlich. Jemand, der damit in Kontakt kommt, könnte krank werden oder im Extremfall sogar sterben.«

Auf Brunos Stirn hatte sich ein Schweißfilm gebildet, und seine Lippen waren trocken geworden. Salvatore konnte sich vorstellen, wie durstig der Mann war. Noch einmal bot er ihm etwas zu trinken an. Bruno schüttelte den Kopf, eine einzige Bewegung, wie ein unwillkürliches Zucken.

»Aber einer der Brüder Bruno ... hat freien Zugang zu allem, er kommt und geht, und wenn er etwas von den gefährlichen Bakterien abzweigt, bekommt davon niemand etwas mit. Vielleicht tut er es nach Feierabend. Vielleicht am frühen Morgen. Und selbst wenn er in Alessandro Brunos Abteilung gesehen wird, denkt sich niemand etwas dabei, weil er regelmäßig dort ist. Die Brüder sind ständig hier und dort. Es würde sich also niemand über seine Anwesenheit in einer Abteilung wundern, in die er nicht gehört. Niemand würde es bemerken, wenn er eine kleine Menge Bakterien – und nehmen wir an, er entscheidet sich für ... E.coli – aus der Abteilung herausschmuggelt. Und wenn er klug wäre, würde er nur ein winziges bisschen davon mitnehmen. Da die Bakterien sich ja in einem Inkubator befinden, um sich zu vermehren, wird niemandem etwas auffallen, nicht wahr, denn das wächst ja alles in kürzester Zeit nach.«

Bruno hob eine Hand an den Mund und quetschte seine Lippen zwischen Daumen und Zeigefinger.

»Es sollte aussehen wie ein natürlicher Tod«, fuhr Salvatore fort. »Ja, er konnte sich nicht einmal sicher sein, dass der Tod überhaupt eintreten würde, auch wenn er sich alle Mühe gegeben hatte. Wenn so viel Hass im Spiel ist…«

»Er hat sie nicht gehasst«, fiel Bruno ihm ins Wort. »Er hat sie geliebt. Sie war… Sie ist nicht so gestorben, wie Sie glauben. Sie war schon seit einer Weile krank. Ihre Schwangerschaft war sehr problematisch. Sie war im Krankenhaus gewesen. Sie war…«

»Aber die Autopsie lügt nicht, Signore. Und ein einzelner schrecklicher Todesfall wie dieser? So etwas gibt es einfach nicht, dass sich nur ein einziger Mensch mit E.coli-Bakterien ansteckt. Es sei denn, sie wurden ihm absichtlich verabreicht.«

»Er hat sie geliebt! Ich wusste nicht…«

»Nein? Was hat er Ihnen denn gesagt, wofür er die Bakterien brauchte?«

»Sie haben keine Beweise«, antwortete Bruno. »Und ich sage von jetzt an überhaupt nichts mehr.«

»Das ist Ihre Entscheidung.« Salvatore öffnete die Ordner, die er sich hatte bringen lassen. Er zeigte Daniele Bruno die Fotos, auf denen er ins Gespräch vertieft mit Lorenzo Mura zu sehen war. Er zeigte ihm den Autopsiebericht und die Fotos von Angelinas Leiche. »Sie sollten sich fragen, ob eine schwangere Frau so einen schmerzhaften Tod verdient hat«, sagte er.

»Er hat sie geliebt«, wiederholte Daniele Bruno. »Und das da – das beweist überhaupt nichts.«

»Nur Indizien, *sì*. Ich weiß«, sagte Salvatore. »Ohne Geständnis kann ich dem Staatsanwalt nichts weiter vorlegen als Indizien, die zwar verdächtig wirken, aber nichts beweisen. Doch Piero Fanucci ist kein Mann, der so leicht verzagt, selbst wenn er nur Indizienbeweise hat. Das werden Sie vielleicht nicht wissen, dafür werden Sie es schon bald erfahren.«

»Ich will meinen Anwalt hier haben«, sagte Daniele Bruno.
»Ich sage nichts mehr ohne meinen Anwalt.«

Dagegen hatte Salvatore nichts einzuwenden. Er hatte Daniele Bruno genau da, wo er ihn haben wollte. Zum ersten Mal war die Tatsache, dass Piero Fanucci in dem Ruf stand, auch ohne stichhaltige Beweise Anklage zu erheben, von großem Vorteil.

LUCCA
TOSKANA

Daniele Brunos Anwalt sprach Englisch. Und er sprach mit amerikanischem Akzent. Sein Name war Rocco Garibaldi, und er hatte sich die Sprache angeeignet, indem er sich alte amerikanische Filme angesehen hatte. Er sei nur einmal in den USA gewesen, erzählte er Barbara, und zwar für zwei Tage, bei einer Zwischenlandung in Los Angeles, auf dem Weg nach Australien. Er war nach Hollywood gefahren, er hatte auf dem Walk of Fame die Hand- und Fußabdrücke von längst verstorbenen Filmstars gesehen und deren Namen gelesen… Aber vor allem hatte er dort Englisch gesprochen, um zu sehen, wie gut er die Sprache gelernt hatte.

Er hatte sie perfekt gelernt, dachte Barbara. Der Mann klang wie eine Mischung aus Henry Fonda und Humphrey Bogart. Offenbar stand er auf Schwarzweißfilme.

Nach einem endlosen Gespräch zwischen Garibaldi und Lo Bianco im Eingangsbereich der Questura gingen sie in Lo Biancos Büro. Salvatore bedeutete Barbara, sie möge sie begleiten, was sie auch tat, obwohl sie keinen Schimmer hatte, was vor sich ging, und Rocco Garibaldi sie trotz seiner hervorragenden Englischkenntnisse nicht aufklärte. In Lo Biancos Büro geschah das Unvorstellbare. Lo Bianco zeigte Brunos Anwalt zuerst den Film von dem Appell der Eltern an die Öffentlichkeit, dann die Liste der Angestellten von DARBA Italia und schließlich einen Bericht, von dem Barbara annahm, dass es sich um den Autopsiebericht von Angelina Upman handelte. Was sonst konnte es sein, da Garibaldi den Bericht las, die Stirn runzelte und dann nachdenklich nickte?

Barbara beobachtete all das mit wachsender Nervosität. Noch nie hatte sie erlebt, dass ein Polizist sich so tief in die Karten sehen ließ. »Commissario …«, sagte sie leise. Dann: »Salvatore.« Schließlich wiederholte sie: »Commissario.« Aber sie wusste nicht, wie zum Teufel sie ihn aufhalten sollte, wenn sie ihn nicht an seinen Schreibtischstuhl fesseln und knebeln wollte.

Sie hatte keine Ahnung, was zwischen Salvatore und Bruno im Verhörzimmer gesprochen worden war. Zwar hatte sie hier und da in all dem Italienisch ein paar Worte aufgeschnappt, aber daraus hatte sie sich nicht viel zusammenreimen können. Immer wieder waren die Wörter *DARBA Italia* gefallen, ebenso *E.coli* und *incubatrice*. Sie hatte Daniele Brunos wachsende Beunruhigung beobachtet, was sie zu der Hoffnung veranlasste, dass Salvatore ihm die Daumenschrauben angelegt hatte. Doch während der gesamten Vernehmung hatte Salvatore auf sie den Eindruck gemacht, als bräuchte er dringend einen Mittagsschlaf. Der Mann gab sich lässig, ja fast phlegmatisch. Irgendetwas ging in seinem Kopf vor, aber Barbara hatte keinen blassen Schimmer, was es war.

Nachdem Garibaldi den Bericht zu Ende gelesen hatte, sagte er etwas auf Italienisch zu Salvatore. Diesmal erklärte er Barbara anschließend: »Ich habe den Commissario gebeten, meinen Mandanten sprechen zu dürfen, Detective Sergeant Havers.« Das, dachte Barbara, hätte ein britischer Anwalt als Allererstes getan, und als sie endlich so weit war zu akzeptieren, dass Polizeiarbeit in Italien anders gehandhabt wurde als in England, wurde alles noch komplizierter.

Salvatore machte keine Anstalten, Garibaldi zu seinem Mandanten zu führen, der noch immer im Verhörzimmer saß, sondern ließ Daniele Bruno stattdessen in sein Büro holen. Das war garantiert regelwidrig, aber sie war gewillt abzuwarten und zu sehen, wie es weiterging. Es beruhigte sie nicht im Mindesten, als Garibaldi Salvatore auf die Schulter klopfte, »*Grazie mille*« sagte, Bruno am Ellbogen nahm und ihn aus dem Gebäude führte. Das alles ging so schnell, dass sie keine Zeit hatte zu reagieren, außer herumzufahren und Salvatore zu fragen: »Was zum Teufel …?« Woraufhin er lächelte und auf seine typisch italienische Weise die Achseln zuckte.

»Warum haben Sie ihn gehen lassen?«, rief sie aus. »Warum haben Sie dem Anwalt den Film gezeigt? Warum haben Sie ihm von DARBA Italia erzählt? Warum haben Sie ihm … Okay, ich weiß, er hätte das alles irgendwann sowieso zu sehen gekriegt, aber Sie hätten verdammt noch mal verhindern können … Sie hätten … Jetzt kennt er alle Ihre Trümpfe – und, seien wir mal ehrlich, viele sind das nicht. Jedenfalls braucht er Bruno jetzt nur noch einzuschärfen, er soll bis in alle Ewigkeit die Klappe halten, weil wir nichts haben als Indizien, und wenn hier in Italien nicht irgendeine ganz merkwürdige Form von Justiz praktiziert wird, dann wandert niemand aufgrund von Vermutungen ins Gefängnis, auch kein Daniele Bruno. Ach, verflixt und zugenäht, warum sprechen Sie kein Englisch, Salvatore?«

Salvatore nickte liebenswürdig. Einen Moment lang glaubte Barbara, er hätte tatsächlich verstanden, was sie ihm auseinandergelegt hatte, doch dann sagte er zu ihrer Entgeisterung »*Aspetti*, Barbara« und fügte lächelnd hinzu: »*Vorrebbe un caffè?*«

»Nein, ich will keinen verdammten Kaffee!«, fauchte sie.

Auch dazu lächelte er. »*Lei capisce!*«, rief er. »*Va bene!*«

Ihr rutschte das Herz in die Hose. »Sagen Sie mir einfach, warum Sie ihn laufen lassen. Er braucht nur Lorenzo Mura anzurufen, dann können wir einpacken. Das ist Ihnen doch klar, oder?«

Er schaute sie an, als könnte er irgendetwas in ihren Augen lesen. Sie spürte, wie ihr die Zornesröte ins Gesicht stieg. Schließlich sagte sie: »Ach, was soll's«, und fischte ihre Zigaretten aus ihrer Umhängetasche. Sie nahm eine und hielt ihm die Schachtel hin.

»Was… soll's«, wiederholte er leise.

Nachdem sie ihm und sich Feuer gegeben hatte, deutete er mit dem Kinn aufs Fenster. Sie dachte, er meinte, sie solle den Rauch aus dem Fenster pusten, doch dann sagte er: »*Guardi*«, und zeigte nach unten. Sie sah, wie Garibaldi und Bruno aus dem Gebäude traten und davongingen.

»Und das soll mich beruhigen?«, fragte sie.

»*Un attimo*, Barbara«, sagte er. »*Eccolo.*« Sie folgte seinem Blick und sah einen Mann mit einer orangefarbenen Baseballmütze, der den beiden in einigem Abstand folgte. »Giorgio Simione«, murmelte Salvatore. »Giorgio gibt Bescheid, wo die beiden hingehen.«

Barbara war nur mäßig erleichtert, als sie Giorgio hinter den beiden Männern hergehen sah, denn die brauchten nur in ein Auto zu steigen, wenn Bruno verschwinden oder sich mit Lorenzo Mura treffen wollte. Aber Salvatore schien sich absolut sicher zu sein, dass alles nach irgendeinem Plan laufen würde, den er sich zurechtgelegt hatte. Schließlich sagte sich Barbara widerstrebend, dass es das Beste war, dem Mann einfach zu vertrauen.

Sie warteten eine halbe Stunde. Salvatore führte mehrere Telefonate: eins mit seiner Mutter, eins mit einer Frau namens Birgit und eins mit einer Frau namens Cinzia. Ein richtiger Frauentyp, dachte Barbara. Das hatte wahrscheinlich mit seinen schweren Lidern zu tun.

Als Rocco Garibaldi in der Tür zu Salvatores Büro erschien, war Barbara zugleich erleichtert und überrascht. Er war allein, wie sie verblüfft feststellte, aber als er diesmal mit Salvatore sprach, übersetzte er gnädigerweise alles, was er sagte, für Barbara.

Sein Mandant Daniele Bruno befinde sich wieder im Verhörzimmer. Er sei jetzt bereit und willig, Commissario Lo Bianco alles zu sagen, was er über den Ermittlungsgegenstand wisse, da er zutiefst zerknirscht sei über den Tod einer unschuldigen Schwangeren. Der Sinneswandel habe nichts damit zu tun, dass er seinen eigenen Hals zu retten versuche, und er habe Garibaldi gebeten, das der Polizei mitzuteilen. Er werde alles sagen, was er wisse, und alles, was er getan habe, da er zu keinem Zeitpunkt gewusst habe, was Lorenzo Mura mit den Bakterien vorhatte, die er ihm beschafft habe. Wenn Commissario Lo Bianco und er sich in diesem Punkt einigen könnten, sei er bereit, seine Aussage zu machen. Er biete Informationen im Austausch für seine Freilassung: Strafverschonung für Signore Bruno.

Barbara schien es, als würde Salvatore lange und gründlich darüber nachdenken. Er machte sich ein paar Notizen auf einem Block, dann ging er ans Fenster und telefonierte sehr leise von seinem Handy. Soweit Barbara das beurteilen konnte, rief er in einem Chinaimbiss an, um Essen zu bestellen, und als er das Gespräch schließlich beendete, hatte Barbara den Eindruck, dass sie mit ihrer Vermutung nicht weit danebengelegen hatte.

Erneut unterhielten sich die beiden Männer. Barbara hörte mehrmals E.coli und mindestens ein Dutzend mal *magistrato*, außerdem fielen die Namen Lorenzo Mura, Daniele Bruno und Angelina Upman.

Aus alldem schloss Barbara, dass da gerade ein Deal ausgehandelt wurde. Garibaldi sagte zu ihr: »Wir sind zu einer Übereinkunft gelangt«, dann stand er auf und schüttelte Lo Bianco die Hand. Worin die Übereinkunft bestand, blieb Barbara jedoch unerfindlich. Lo Bianco führte ein weiteres Telefonat, dann gingen sie alle ins Verhörzimmer, wo Daniele Bruno mit ausdrucksloser Miene am Tisch saß und offensichtlich darauf wartete zu erfahren, was Garibaldi und Lo Bianco vereinbart hatten.

Schon bald brauchte niemand mehr zu rätseln. Es klopfte an

der Tür, dann trat ein Polizeitechniker mit einer großen, mit Kabeln und elektronischem Gerät gefüllten Plastikkiste ein, das er aus dem Behälter nahm und auf dem Tisch ausbreitete.

Als er begann, Bruno die Funktion der einzelnen Teile auf dem Tisch zu erläutern, brauchte Barbara keine Übersetzung. Mit diesen Gerätschaften kannte sie sich aus, und jetzt wusste sie auch, welche Vereinbarung Garibaldi und Lo Bianco getroffen hatten.

Daniele Bruno würde ihnen alles erzählen. So viel stand fest. Aber er würde sich auch mit Lorenzo Mura treffen, und er würde dabei ein Mikro am Körper tragen.

LUCCA
TOSKANA

Als sie am Abend nach Hause kamen und Salvatore die Tür des Torre Lo Bianco aufschloss, hörten sie Fußgetrappel und eine Kinderstimme, die »*papà! papà!*« rief. Ein kleines Mädchen kam aus der Küche gelaufen, gefolgt von einem nicht viel älteren Jungen und Hadiyyah. Das kleine Mädchen begann, aufgeregt auf Salvatore einzureden, und Barbara hatte das Gefühl, dass es um sie ging. Zum Schluss sagte die Kleine zu Barbara: »*Mi piacciono le sue scarpe rosse*«, worauf Salvatore ihr liebevoll erklärte: »*La signora non parla italiano, Bianca.*«

Bianca kicherte, schlug sich die Hand vor den Mund und sagte zu Barbara: »Ich mag die Schuhe rote von dir.«

Darüber musste Hadiyyah lachen. Sie sagte zu Bianca: »Nein, es heißt ›Ich mag deine roten Schuhe‹«, worauf sie Barbara erklärte: »Ihre Mutter spricht Englisch, aber weil sie Schwedin ist, vertauscht sie manchmal die Wörter.«

»Kein Problem«, sagte Barbara. »Im Vergleich zu meinem Italienisch ist ihr Englisch verdammt gut.« Zu Salvatore sagte sie: »Stimmt doch, oder?«

Er lächelte. »*Certo*«, meinte er nur und zeigte in Richtung Küche. Dort begrüßte er seine Mutter, die gerade dabei war, das Abendessen zuzubereiten. Es sah aus, als erwartete sie eine ganze Kompanie. Auf der Anrichte hingen jede Menge frisch gemachte Nudeln zum Trocknen auf Gestellen, auf dem Herd standen große Töpfe, in denen irgendetwas blubberte, aus dem Ofen drang Bratenduft, auf dem Tisch stand eine riesige Schüssel mit Salat, und in dem großen Spülstein lagen grüne Bohnen zum Putzen bereit. Salvatore gab seiner Mutter einen Kuss auf die Wange und sagte: »*Buonasera, mamma*«, doch sie wimmelte ihn mit einem finsteren, zugleich liebevollen Blick ab. Zu Barbara sagte sie: »*Spero che abbia fame*«, und deutete mit einer Kopfbewegung auf das Essen.

Barbara dachte: *Fame?* Famos? Vielleicht nicht. Dann fiel bei ihr der Groschen. *Hunger?* Sie sagte: »Darauf können Sie Gift nehmen.«

Signora Lo Bianco nickte. Offenbar war ihre Welt in Ordnung, solange jeder, der die Küche betrat, Hunger mitbrachte.

Salvatore nahm Barbaras Arm und bedeutete ihr, mit ihm zu kommen. Die Kinder blieben bei seiner Mutter in der Küche, während Barbara Salvatore die Treppe hoch ins Wohnzimmer im ersten Stock folgte. An einer Wand des Zimmers stand eine alte Anrichte auf dem schiefen Fliesenboden. Salvatore schenkte sich Campari mit Soda ein und bot Barbara das Gleiche an.

Sie trank eigentlich am liebsten Bier, aber das schien nicht im Angebot zu sein. Also akzeptierte sie den Campari-Soda und hoffte auf das Beste.

Er zeigte auf die Treppe und ging ihr voraus. Im zweiten Stock befanden sich das Schlafzimmer seiner Mutter und ein Badezimmer, wofür man einen halbrunden Anbau an den alten Turm angefügt hatte. Im dritten Stock befand sich Salvatores Zimmer und im vierten das Zimmer, das Barbara sich mit Hadiyyah teilte. Barbara begriff, dass dies das Zimmer von Salvatores Kindern war. »Verflixt«, sagte sie zu Salvatore. »Das ist das Kinderzimmer, oder? Wo sind die beiden denn so lange untergebracht?« Er nickte und lächelte. Er sagte: »Verflixt, *sì*«, und ging weiter nach oben. »Es würde wirklich helfen, wenn du besser Englisch könntest, Kumpel«, worauf er antwortete: »Englisch, *sì*«, aber unbeirrt weiter die Treppe hochstieg.

Schließlich gelangten sie aufs Dach. Salvatore machte eine ausladende Geste und sagte: »Mein Lieblingsplatz, Barbara.« Es war ein Dachgarten mit einem Baum in der Mitte, an allen Seiten umgeben von alten, steinernen Bänken und Sträuchern. Salvatore trat an die Brüstungsmauer, die den Dachgarten umrandete, und Barbara stellte sich neben ihn.

Die Sonne ging gerade unter und tauchte die Dächer von Lucca in goldenes Licht. Er zeigte auf verschiedene Gebäude, die er benannte, und schien ihr von seiner Stadt zu erzählen. Sie verstand kein Wort, nur dass er diese Stadt liebte. Und das konnte sie nachvollziehen. Vom Turm aus sah sie die engen, gewundenen Straßen, die verborgenen Gärten, den ovalen Grundriss des ehemaligen Amphitheaters, die vielen Kirchen. Und die Stadtmauer, diese unglaubliche Wallanlage. An einem Abend wie diesem, wenn eine kühle Brise über die Ebene strich, war es wirklich das Paradies auf Erden.

Sie sagte: »Echt großartig. Ich bin noch nie aus England rausgekommen, und ich hätte nie gedacht, dass ich mal in Italien landen würde. Aber eins muss ich zugeben: Wenn man schon Heim und Herd mit unbekanntem Ziel verlassen muss, ist es nicht verkehrt, seine Zelte in Lucca aufzuschlagen.« Sie hob ihr Glas. »Verdammt schön«, sagte sie.

Er sagte: »Verdammt richtig.«

Sie musste lachen. »*Bene*, Kumpel. Ich schätze, Sie hätten keine großen Probleme, Englisch zu lernen.«

»Verflixt«, sagte er grinsend.

Sie lachte.

18. Mai

LUCCA
TOSKANA

Barbara wurde vom Klingeln ihres Handys geweckt. Sie griff hastig danach und warf einen Blick zu dem anderen Bett im Zimmer. Hadiyyah schlief tief und fest, das Haar auf dem Kopfkissen ausgebreitet. Als Barbara die Nummer auf dem Display sah, stieß sie einen Seufzer aus.

»Mitchell«, sagte sie.

»Warum flüstern Sie?«

»Weil ich Hadiyyah nicht wecken will. Wie früh ist es überhaupt?«

»Früh.«

»Hab ich gemerkt.«

»Sie sind echt 'ne Schnellmerkerin. Kommen Sie raus, es gibt was zu bereden.«

»Wo zum Teufel sind Sie?«

»Wo ich immer bin: in dem Café an der Piazza, bei Ihnen gegenüber. Das übrigens noch nicht offen ist, und ich könnte einen Kaffee gebrauchen. Wenn Sie mir also 'ne Tasse rausschmuggeln könnten, ohne dass Signora Vallera...«

»Wir sind nicht in der Pension, Mitchell.«

»*Was?* Barb, wenn Sie abgehauen sind, dann mach ich Ihnen die Hölle...«

»Regen Sie sich ab. Wir sind noch in Lucca. Aber Sie glauben doch nicht, dass ich in der Pension bleibe und seelenruhig darauf warte, dass Hadiyyahs Großeltern hier aufkreuzen.«

»Die sind schon da. Sie wohnen im San Luca Palace Hotel.«

»Woher wissen Sie das?«

»Das gehört zu meinem Job. So wie es zu meinem Job gehört, alles Mögliche zu wissen. Deswegen schlage ich vor, Sie setzen Ihren Hintern in Bewegung und kommen zur Piazza … Oder, nein, ich brauch einen Kaffee. Wir treffen uns in zwanzig Minuten auf der Piazza del Carmine. Das sollte Ihnen genug Zeit geben für Ihre Morgentoilette.«

»Mitchell, ich hab keine Ahnung, wo diese Piazza del Kamin ist.«

»Del Carmine, Barb. Gehört es nicht zu den Aufgaben von Polizisten, Dinge rauszukriegen? Also, kriegen Sie's raus.«

»Und wenn ich keine Lust hab, nach Ihrer Pfeife zu tanzen?«

»Dann klicke ich auf *Senden*.«

Barbara drehte sich der Magen um. »Also gut. Bin schon unterwegs.«

»Kluge Entscheidung.« Er legte auf.

Sie zog sich eilig an und schaute auf die Uhr. Noch nicht mal sechs. Was auch sein Gutes hatte, denn alle im Torre Lo Bianco schienen noch zu schlafen.

Mit den Schuhen in der Hand schlich sie die Treppe hinunter. Entgegen ihren Befürchtungen war es ganz einfach, aus dem Haus zu kommen. Im Schloss steckte ein riesiger Schlüssel, der sich jedoch geräuschlos drehen ließ. Auf der Straße schaute sie sich nach rechts und links um, ratlos, in welche Richtung sie sich wenden sollte.

Sie ging auf gut Glück los, in der Hoffnung, in der frühen Morgenstunde auf ein menschliches Wesen zu treffen. Auf einem schmalen Weg zwischen einer Kirche und einer Gartenmauer zogen zwei unrasierte Männer – allem Anschein nach Vater und Sohn – hölzerne, mit Gemüse beladene Karren hinter sich her. Sie hob die Schultern und die Brauen und fragte: »Piazza del Carmine?«

Die Männer sahen einander an. »*Mi segua*«, sagte der ältere

791

und machte eine Kopfbewegung, die Barbara mittlerweile vertraut war als die italienische Aufforderung *Komm mit*. Sie folgte den beiden. Sie wünschte, sie hätte eine Tüte Brotkrumen mitgenommen, um nach dem Treffen mit Mitch den Weg zurück zum Torre Lo Bianco zu finden, aber jetzt war es zu spät.

Schon bald traf sie am verabredeten Treffpunkt ein, einem hässlichen Platz mit einem ziemlich ranzig aussehenden Restaurant, einem Supermarkt, der noch geschlossen hatte, und einem großen, weißen Gebäude undefinierbaren Alters mit Schimmelflecken, an dessen Fassade ein riesiges Schild mit der Aufschrift *Mercato Centrale* hing und das offenbar das Ziel ihrer Begleiter war. Der Jüngere der beiden rief über die Schulter hinweg »Piazza del Carmine« und verschwand mit seinem Karren im Innern des Gebäudes, gefolgt von seinem Vater und Barbara.

Immer dem Kaffeeduft nach, fand sie Mitch Corsico problemlos am hinteren Ende der Markthalle. Er lehnte an einer Mauernische neben einem findigen jungen Afrikaner, der einen Einkaufswagen zu einem mobilen Kaffeestand umfunktioniert hatte.

Corsico hob seinen Pappbecher zum Gruß. »Wusste ich doch, dass Sie es schaffen würden.«

Sie funkelte ihn kampflustig an und kaufte sich auch einen Kaffee. Sie drückte dem Jungen ein paar Münzen in die Hand und stellte sich neben Mitch Corsico an den Stehtisch. Der Kaffee war fast ungenießbar, aber was konnte sie hier schon erwarten?

»Und?«, fragte sie.

»Warum haben Sie mich nicht angerufen?«

Barbara überlegte einen Moment, wie weit sie seine Geduld strapazieren konnte. »Hören Sie, Mitchell«, sagte sie. »Wenn sich etwas für Sie Wichtiges tut, dann rufe ich Sie schon an.«

Er musterte ihr Gesicht, dann schüttelte er den Kopf. »So läuft das nicht«, sagte er und trank einen Schluck Kaffee. Er drehte seinen Laptop so, dass sie den Bildschirm sehen konnte.

Trauernde Eltern klagen ihr Leid, lautete der Titel seines nächsten Artikels. Beim Überfliegen des Textes stellte sie fest, dass er die Upmans interviewt hatte. Sie waren über Azhar hergezogen, den Mann, der das Leben ihrer Tochter »zerstört« hatte wie ein Schurke aus einem Roman von Thomas Hardy.

»Wie zum Teufel haben Sie die zum Reden gekriegt?«, fragte sie Corsico, während sie fieberhaft überlegte, was sie tun konnte, um ihn zu besänftigen.

»Ich hatte gestern in der Fattoria einen Plausch mit Lorenzo, und da sind sie aufgekreuzt.«

»Sie Glückspilz«, sagte sie.

»Das hatte nichts mit Glück zu tun. Wo hat Lo Bianco Sie untergebracht?«

Sie sah ihn mit schmalen Augen an, sagte jedoch nichts.

Er seufzte gepeinigt. »Sie hätten nicht zulassen dürfen, dass er Ihre Rechnung bei Signora Vallera begleicht. Die ist übrigens eine Frühaufsteherin. Ich hab angeklopft, und sie hat aufgemacht. *Dove* heißt wo auf Italienisch, und *Commissario* ist leicht zu verstehen. Und da, wo wir beide herkommen, ergibt eins plus eins immer noch zwei. Ich schätze mal, die Upmans werden ziemlich verschnupft sein, wenn sie erfahren, dass der Commissario Sie und Hadiyyah aus der Pension hat verschwinden lassen. Aber Sie werden auch nicht wollen, dass ich mal eben zum San Luca Palace Hotel rüberspaziere und die Upmans beim Frühstücken störe, um ihnen zu stecken, was hier gespielt wird.« Er tippte auf der Tastatur seines Laptops herum, und Barbara sah, dass er seine E-Mails abrief, auch wenn sie sich fragte, wie das an diesem Ort möglich war. Ein paar Klicks, und er hatte den Artikel über die trauernden Eltern an eine Mail an seinen Chefredakteur angehängt. Den Finger über der *Senden-* Taste sagte er: »Also, haben wir einen Deal oder nicht? Denn, wie ich Ihnen schon hundertmal erklärt habe: Ich muss dem Ungeheuer Futter geben, sonst frisst es mich.«

»Okay, okay«, sagte Barbara. »Ja, es war E.coli. Ja, es sollte töten oder zumindest schwerkrank machen. Und das Zeug stammte aus der Firma, die ich gestern erwähnt hab: DARBA Italia. Die stellen Laborgeräte her, unter anderem Inkubatoren, in denen Bakterien gezüchtet werden, und die testen die Dinger natürlich auch in ihrer Firma. Deswegen haben sie zum Beispiel E.coli-Bakterien im Kühlschrank, und eine Probe davon wurde Lorenzo Mura übergeben. Der Typ, der Mura die Mikroben...«

»Der Name, Barb.«

»Noch nicht, Mitch.«

Er zeigte drohend mit dem Finger auf sie. »So läuft das nicht.«

»Vergessen Sie's, Mitchell. Er hat sich einverstanden erklärt, ein Mikrofon am Körper zu tragen, und wenn ich Ihnen jetzt seinen Namen gebe und Sie den benutzen, dann platzt die ganze Aktion.«

»Sie können mir vertrauen«, sagte er.

»Vorsicht ist besser als Nachsicht.«

»Ich werde den Namen erst bringen, wenn Sie mir grünes Licht geben.«

»Noch einmal: Vergessen Sie's. Schreiben Sie Ihren Artikel. Da, wo die Namen hinkommen, lassen Sie einfach Lücken. Sobald wir die Informationen haben, die wir brauchen, geb ich Ihnen alle Namen, und Sie können auf *Senden* klicken. Anders geht's nicht, es steht zu viel auf dem Spiel.«

Er dachte eine Weile darüber nach, während er seinen Kaffee trank. Um sie herum erwachte die Markthalle allmählich zum Leben, als immer mehr Gemüsehändler eintrafen und ihre Stände aufbauten. Das Kaffeegeschäft lief blendend.

Schließlich sagte Corsico: »Das Problem ist... ich weiß nicht, ob ich mich auf Sie verlassen kann. Eine kleine Garantie wär nicht schlecht...«

Sie deutete mit dem Kinn auf seinen Laptop. »Da haben Sie Ihre Garantie. Wenn ich nicht tu, was Sie wollen, klicken Sie auf *Senden*.«

»Das hier, meinen Sie?« Er klickte auf *Senden*, und die Story war unterwegs zu seinem Chefredakteur. »Ups«, sagte er. »Weg ist es.«

»Dann war's das mit unserem Deal.«

»Das glaub ich kaum.«

»Ach nein?«

»Sehen Sie sich das mal an.« Er machte ein paar Klicks und öffnete eine Datei. Es handelte sich um einen Artikel, an dem er gerade arbeitete. Überschrift: *Vater steckt dahinter*. Barbara überflog den Text zähneknirschend.

Er hatte Doughty kontaktiert. Oder der ihn. Oder vielleicht war es auch Emily Cass oder Bryan Smythe gewesen, aber sie tippte auf Doughty. Er hatte Mitch Corsico von A bis Z sämtliche Informationen geliefert über Azhar, über sie, Barbara, über Hadiyyahs Verschwinden und ihre Entführung in Italien. Er hatte Namen, Daten und Orte genannt. Er hatte Azhar als Drahtzieher für alles dargestellt, und er hatte sie, Barbara, beruflich ruiniert.

Sie stellte fest, dass der Verstand nicht funktionierte, wenn das Herz herumhüpfte wie ein verwundetes Känguru. Sie blickte auf und brachte nichts anderes heraus als: »Das können Sie nicht machen.«

»Ach Gottchen«, sagte Mitch in einem derart süffisanten Ton, dass sie ihn am liebsten geohrfeigt hätte. Dann sah er sie eiskalt an und warf einen kurzen Blick auf seine Uhr. »Ich schätze, bis Mittag dürfte reichen, oder?«

»Bis Mittag? Wovon zum Teufel reden Sie?«, fragte sie, obwohl sie es sich denken konnte.

»Ich rede davon, wie viel Zeit Sie haben, bis dieses Baby durch den Äther gejagt wird, Barb.«

»Ich kann Ihnen nicht garantieren…«

Er wedelte mit dem Zeigefinger. »Aber ich, Barb«, sagte er.

LUCCA
TOSKANA

Es grenzte an ein Wunder, dachte Barbara, dass sie, wenn auch
auf Umwegen, zum Torre Lo Bianco zurückfand. Anscheinend
war der Turm mit seinem schönen Dachgarten den Einwohnern
von Lucca nicht nur bekannt, sondern wurde von ihnen sogar
als Orientierungspunkt benutzt. Jeder, den sie fragte, wusste,
wo er sich befand, auch wenn die Wegbeschreibungen – natürlich auf Italienisch – immer komplizierter wurden, so dass sie
eine Stunde brauchte, um ihn zu finden. Als sie eintraf, waren
alle in der Küche versammelt.

Salvatore trank eine Tasse Kaffee, Hadiyyah eine Tasse heißen Kakao, und die Signora war dabei, vor Hadiyyah Karten
auszulegen, die aussahen wie abgegriffene Tarotkarten. Barbara betrachtete die Karten neugierig, um Salvatores forschen-
dem Blick auszuweichen. Gerade hatte Signora Lo Bianco eine
Karte aufgedeckt, auf der eine Frau in roter Robe abgebildet
war, die ein Tablett in der Hand hielt, auf dem zwei Augen lagen – wahrscheinlich ihre eigenen, ihren blutigen Augenhöh-
len nach zu urteilen. Auf den anderen aufgedeckten Karten
waren ein kopfüber gekreuzigter Mann zu sehen, ein von Pfeilen durchbohrter Mann, der an einen Pfahl gefesselt war, und
ein junger Mann in einem Fass über einem Feuer.

»Heiliger Strohsack«, entfuhr es Barbara. »Was ist denn hier
los?«

»*Nonna* erzählt mir Geschichten von den Heiligen«, sagte
Hadiyyah freudestrahlend.

»Könnte sie nicht ein paar weniger blutige Geschichten aussuchen?«

»Ich glaub, es gibt keine anderen«, antwortete Hadiyyah.
»*Nonna* sagt, man weiß immer gleich, welcher Heilige es ist,
weil man auf den Bildern sieht, was mit ihnen passiert ist. Der
hier am Kreuz ist Petrus, und der mit den Pfeilen ist der Hei-

lige Sebastian, und der hier…« Sie zeigte auf den Mann im Fass
»…ist der Heilige Johannes, weil die es nicht geschafft haben, ihn umzubringen, egal, was sie mit ihm gemacht haben.
Kuck mal, wie Gott goldenen Regen schickt, um das Feuer zu
löschen.«

»*Guarda, guarda*«, sagte Signora Lo Bianco zu Hadiyyah
und legte eine weitere Karte vor sie hin, auf der eine junge Frau
auf dem Scheiterhaufen verbrannt wurde.

»Das ist die Heilige Jungfrau von Orleans«, sagte Barbara.

Signora Lo Bianco lächelte. »*Brava*, Barbara!«

»Woher weißt du das?«, fragte Hadiyyah mit großen Augen.

»Weil wir Briten sie umgebracht haben«, erwiderte Barbara.
Und weil kein Weg mehr daran vorbeiführte, lächelte sie Salvatore an und sagte: »Morgen.«

»*Giorno*, Barbara«, erwiderte er. Er stand auf und zeigte auf
eine Caffettiera, die auf dem alten Herd stand. Auf der Anrichte
daneben waren alle möglichen Frühstückszutaten bereitgelegt.
»Kuchen zum Frühstück?«, fragte Barbara. »Hier gefällt's mir
immer besser.«

Hadiyyah sagte: »Das heißt *torta*, Barbara.«

» *Una torta, sì*«, sagte die Signora. »*Va bene*, Hadiyyah.« Liebevoll streichelte sie ihr den Kopf.

Als Salvatore Barbara eine Tasse Kaffee reichte, sagte er etwas
zu ihr, was sie nicht verstand. »Er will wissen, wo du gewesen
bist«, übersetzte Hadiyyah, während die Signora eine weitere
Karte vor sie auf den Tisch legte, diesmal mit einem Bild vom
heiligen Rochus.

Barbara machte mit zwei Fingern Gehbewegungen auf dem
Tisch. »Hab einen Morgenspaziergang gemacht«, sagte sie.

»Ah. *E dov'e andata*?«

»Er will wissen, wohin«, sagte Hadiyyah.

»Ich hab mich fürchterlich verlaufen. Sag ihm, ich kann von
Glück reden, dass ich nicht in Pisa gelandet bin.«

Als Hadiyyah übersetzte, lächelte der Commissario. Aber das

Lächeln erreichte seine Augen nicht, und Barbara machte sich auf unangenehme Fragen gefasst. Doch dann klingelte sein Handy. Er warf einen Blick aufs Display und sagte: »Inspector Lynley.«

Sie legte den Zeigefinger an ihre Lippen, um ihm zu bedeuten, er solle Lynley nicht sagen, wo sie sich aufhielt. Er nickte.

»*Pronto, Tommaso*«, meldete er sich gutgelaunt. Doch kurz darauf verfinsterte sich seine Miene. Nach einem kurzen Blick in Barbaras Richtung verließ er die Küche.

VICTORIA
LONDON

Nachdem er eine Weile nichts von Barbara Havers gehört hatte, sagte Lynley sich, keine Nachrichten sind gute Nachrichten, obwohl er wusste, dass das in dem Fall eher unwahrscheinlich war. Und so überraschte es ihn nicht, als es kurz nach seiner Ankunft im Yard mit seiner Ruhe und Entspanntheit vorbei war. Winston Nkata berichtete, er habe nichts finden können, was Angelina Upmans Angehörige oder ihre Freunde mit Italien in Verbindung bringe, abgesehen davon, dass die Eltern offenbar gerade nach Lucca geflogen waren. Kurz darauf grüßte DI John Stewart Lynley auf dem Korridor und gab ihm die neueste Ausgabe der *Source*.

Auf der Titelseite des Revolverblatts war ein rührendes Foto von Hadiyyah abgebildet, auf dem sie aus einem Fenster schaute, unter dem lauter Töpfe mit Kakteen und Sukkulenten standen, die Lynley wohlbekannt waren. Der Artikel war überschrieben mit *Wann kommt sie nach Hause?* und stammte von Mitchell Corsico. Der schlimmste Fall war eingetreten. Denn es gab nur eine Möglichkeit, wie Mitchell Corsico herausgefunden haben konnte, wohin Barbara Havers das Mädchen gebracht hatte. Das wusste Lynley, und das wusste auch John Stewart.

Stewart sagte: »Wie machen wir's, Thomas? Geben Sie das der Chefin, oder soll ich das übernehmen? Möchte nicht wissen, wie lange Havers schon Informationen an die *Source* durchsickern lässt. Wahrscheinlich schon seit Jahren. Endlich hat sie sich als Informantin entlarvt, und jetzt ist sie erledigt.«

»Sie zeigen Ihre Abneigung gegen Havers allzu deutlich, John«, entgegnete Lynley. »Ich rate Ihnen, sich ein bisschen zurückzuhalten.«

Stewart verzog die Lippen zu einem spöttischen Grinsen. »Ach, tun Sie das?«, sagte er. »Alles klar. Von Ihnen würde ich auch nichts anderes erwarten.« Er schaute in Richtung Isabelle Arderys Tür. »Sie hat sich mit Kollegen vom CIB1 besprochen, hab ich gehört.«

»Dann sind Ihre Quellen offenbar wesentlich besser als meine«, sagte Lynley ruhig. Er schlug die Zeitung in seine Handfläche und fragte: »Darf ich die behalten?«

»Ach, da wo die herkommt, gibt's noch jede Menge. Nur für den Fall, dass diese hier nicht auf … *Isabelles* Schreibtisch landet.« Er zwinkerte Lynley zu und ging mit federnden Schritten davon. Der fünfte und letzte Satz hatte begonnen, und Stewart war entschlossen, das Match zu gewinnen.

Lynley schaute ihm nach. Als er allein war, widmete er sich der Titelgeschichte. Es war erstklassiges *Source*-Material. Die Guten trugen Weiß, die Bösen Schwarz. Niemand trug Grau. In diesem Fall waren Taymullah Azhar und Lorenzo Mura die Bösen, der eine (Azhar), weil er an Angelina Upmans Tod schuld war, der andere (Mura), weil er Hadiyyah ihrem Vater vorenthalten hatte. Da Azhar, nachdem Commissario Lo Bianco (weiß) ihn verhaftet hatte, in Untersuchungshaft saß, musste das Mädchen natürlich irgendwo untergebracht werden, und aus naheliegenden Gründen hatte man sie in der Villa einquartiert, in der sie mit ihrer Mutter und Mura gewohnt hatte (Fotos auf Seite 3), bis eine andere Lösung gefunden wurde. Traurig, einsam und verlassen musste sich Hadiyyah dringend erholen von den Torturen, denen man sie ausgesetzt hatte, und niemand stand ihr bei. Sie war der Gnade einer ausländischen Regierung (tiefschwarz) ausgeliefert, und die Frage lautete: *Wann* würde der Außenminister (weiß, aber drauf und dran, sich schwarz zu färben) einschreiten und verlangen, dass die Kleine nach London zurückgebracht wurde, wo sie hingehörte?

Es wurde noch einmal ausführlich rekapituliert, was Hadiyyah seit dem vergangenen November durchgemacht hatte. Interessanterweise wurde jedoch mit keinem Wort erwähnt, dass Scotland Yard eine Verbindungspolizistin nach Lucca geschickt hatte, die sich des notleidenden Kindes annehmen sollte.

Ein aufschlussreiches Detail, dachte Lynley. Denn es deutete auf eine Absprache zwischen dem Journalisten und Barbara Havers hin. Wenn Corsico Barbaras Namen nannte, gab er seine Quelle preis, und so dumm war er nicht. Und doch konnte er nur von ihr erfahren haben, wo Hadiyyah sich aufhielt. Und nur mit Barbaras Hilfe konnte er an das Foto gekommen sein.

Dieser Artikel strafte alles Lügen, was Barbara über ihren Deal mit Corsico behauptet hatte. Sie wäre nicht die Erste aus den Kreisen der Polizei, die damit aufflog, dass sie sich von einem Boulevardblatt hatte kaufen lassen. Und nach allem, was sie sich hatte zuschulden kommen lassen, würde ihr das jetzt den Todesstoß versetzen.

Lynley machte sich auf den Weg zu Isabelles Büro. Die Tatsache, dass sie die Beteiligung des CIB1 einforderte, sprach dafür, dass sie wild entschlossen war, gegen Barbara vorzugehen. Aber es musste eine Möglichkeit geben, diesen Zeitungsartikel anders auszulegen.

Er warf das Blatt in den nächsten Papierkorb. Natürlich war das reine Verzögerungstaktik, denn an jeder Straßenecke konnte man sich eine neue Ausgabe kaufen. Wahrscheinlich war John Stewart längst losgegangen, um genau das zu tun. Stewart musste dafür sorgen, dass Isabelle von der Titelgeschichte erfuhr, und er würde keine Zeit verlieren.

Die Tür zu ihrem Zimmer stand offen, aber sie war nicht da. Dorothea Harriman war gerade dabei, einen Stapel Unterlagen auf dem Schreibtisch ihrer Chefin zu ordnen. Als sie Lynley sah, sagte sie nur: »Sie ist in den Tower Block gegangen.«

»Wann?«

»Vor ungefähr einer Stunde.«

»Hat er sie angerufen oder sie ihn?«

»Weder noch. Sie hatte einen Termin.«

»CIB1?«

Harriman nickte bedauernd.

»Verflixt«, sagte Lynley. »Hat sie irgendetwas mitgenommen?«

»Ja, eine Zeitung.«

Lynley nickte und ging zurück zu seinem Büro. Von dort rief er Salvatore Lo Bianco an. Wenn Barbara auf die schiefe Bahn geraten war, dann war er es seinem italienischen Kollegen schuldig, ihn zu warnen.

Er erreichte Lo Bianco zu Hause. Im Hintergrund waren Stimmen zu hören. Dann wurde es leise, als Salvatore die Küche verließ, um mit Lynley zu telefonieren.

Lo Bianco brachte Lynley auf den neuesten Stand. Er berichtete ihm von seinem Besuch bei DARBA Italia, was er dort in Erfahrung gebracht hatte, dass er Daniele Bruno zweimal vernommen hatte, von der Verbindung zwischen Bruno und Mura und den Bakterien. »Ich habe mit Brunos Anwalt eine Abmachung getroffen. Bruno trifft sich mit Mura und wird ein verstecktes Mikro tragen«, sagte er. »Ich gehe also davon aus, dass wir den Fall noch heute lösen werden.«

»Und Hadiyyah?«, fragte Lynley. »Ist sie bei Barbara Havers?«

»Ja, und es geht ihr gut.«

»Die Frage klingt vielleicht merkwürdig, aber... ist Barbara allein in Lucca, Salvatore?«

»Wie meinen Sie das?«

»Haben Sie sie mit einem Mann zusammen gesehen?«

»Sie hat sich mit Aldo Greco getroffen, dem Anwalt von Taymullah Azhar.«

»Ich rede von einem Engländer«, sagte Lynley. »Einem Mann, der sich wahrscheinlich wie ein Cowboy kleidet.«

Salvatore lachte in sich hinein. »Warum fragen Sie nach dem Mann?«

»Weil er ein Boulevardjournalist aus London ist«, sagte Lynley. »Und weil er einen Artikel geschrieben hat, der mich vermuten lässt, dass er sich zurzeit in Lucca aufhält.«

»Aber warum sollte Barbara in Begleitung eines Boulevardjournalisten sein?«, fragte Salvatore. »Und wie heißt die Zeitung, für die der Mann schreibt?«

»Sie nennt sich *The Source*«, sagte Lynley, brachte es jedoch nicht fertig, Salvatore von dem Foto von Hadiyyah im Fenster der Pensione Giardino zu erzählen und vor allem, was das Foto bedeutete. Natürlich konnte Salvatore sich leicht die heutige Ausgabe der *Source* besorgen, entweder online oder an einem Zeitungskiosk, der ausländische Presseerzeugnisse verkaufte. Falls er das tat, konnte er sich die Sachlage selbst zusammenreimen, aber wenn nicht, bestand immer noch die Chance, dass er sich ein Bild machte, bei dem Barbara nicht ganz so schlecht dastehen würde. Lynley sagte: »Der Mann heißt Mitchell Corsico, und er ist uns allen hier in der Met gut bekannt. Falls sie ihm noch nicht über den Weg gelaufen ist, könnten Sie Barbara vielleicht vor ihm warnen, wenn Sie sie das nächste Mal sehen.«

Salvatore fragte nicht, warum Lynley Barbara nicht einfach anrief und sie selbst über die Anwesenheit des Journalisten in Lucca unterrichtete. »Und er sieht aus wie ein Cowboy?«, sagte er.

»Ja, er kleidet sich wie ein Cowboy. Fragen Sie mich nicht, warum.«

Wieder musste Salvatore lachen. »Ich sage Barbara Bescheid, wenn ich sie heute treffe. Aber ich habe so einen Mann nicht hier gesehen. Ein Cowboy in Lucca? Nein, daran würde ich mich erinnern.«

LUCCA
TOSKANA

Obwohl Barbara sich fühlte, als hätte sie eine tickende Zeitbombe in ihrer Umhängetasche, bemühte sie sich so zu tun, als wäre heute ein ganz normaler Arbeitstag. Trotzdem konnte sie an nichts anderes denken als an die Zeiger ihrer Uhr, die sich gnadenlos auf zwölf Uhr zubewegten, dem Zeitpunkt, an dem Mitchell Corsico auf *Senden* klicken würde.

Sie konnte schlecht protestieren, als Salvatore vorschlug, zu Fuß zur Questura zu gehen, und unter anderen Umständen hätte sie den Spaziergang wahrscheinlich sogar genossen. Denn es war ein schöner Tag, die Kirchenglocken läuteten, die Läden machten gerade auf, der Duft nach frischem Gebäck lag in der Luft, und Angestellte auf dem Weg ins Büro tranken in den Cafés noch kurz einen Espresso. Studenten und Arbeiter fuhren mit dem Fahrrad durch die engen Straßen und betätigten ihre Klingel, um Fußgänger aus dem Weg zu scheuchen oder andere Radfahrer im Vorbeifahren zu grüßen. Sie kam sich vor wie in einem Film von Fellini, dachte Barbara. Fehlte nur noch, dass jemand rief: »Klappe und Action!«

Salvatore wirkte irgendwie verändert. Seine gute Laune war verflogen, und er blickte ernst und nachdenklich drein. Da Lynley eben angerufen hatte, vermutete Barbara, dass es etwas mit dem zu tun hatte, was Salvatore von ihm erfahren hatte.

Vor dem Eingang der Questura stand ein weißer Van mit einer Aufschrift an der Seite, die sie nicht entziffern konnte. Aber daraus, dass der Wagen, obwohl er den Verkehr in Richtung Bahnhof behinderte, nicht abgeschleppt wurde, schloss sie, dass es sich nicht um einen normalen Lieferwagen handelte, sondern um den Van der Kriminaltechnik, in dem aufgenommen werden sollte, was Daniele Bruno aus Lorenzo Mura herausbekam, wenn er sich heute, ausgestattet mit einem versteckten Mikrofon, mit ihm traf. Als Salvatore mit der flachen Hand gegen die Hecktür schlug, wurde offensichtlich, dass Barbara mit ihrer Vermutung richtiggelegen hatte.

Ein uniformierter Polizist öffnete die Tür. Er trug Kopfhörer. Die beiden Männer unterhielten sich kurz miteinander, dann sagte Salvatore »*Va bene*« und ging Barbara voraus ins Polizeigebäude.

Daniele Bruno und sein Anwalt erwarteten sie bereits. Es folgte ein kurzer, intensiver Wortwechsel auf Italienisch. Rocco Garibaldi übersetzte das Wesentliche für Barbara: Sein Mandant wolle wissen, wie er Lorenzo Mura dazu bringen sollte, seine Schuld einzugestehen.

Barbara hatte allerdings den Eindruck, dass es um mehr ging als ein paar Verhaltenstipps für Bruno. Der Mann schwitzte so stark, dass Barbara schon befürchtete, er könnte an den Kabeln, die man ihm anlegen würde, einen Kurzschluss verursachen, und die Angst, die ihm ins Gesicht geschrieben stand, konnte eigentlich nicht nur daher rühren, dass er nicht wusste, wie er mit Mura umgehen sollte. »Was belastet ihn sonst noch?«, fragte sie Garibaldi.

»Familienangelegenheiten.« Dann hielt er Salvatore einen längeren Vortrag, dem Daniele Bruno ängstlich folgte. Salvatore hörte interessiert zu und gab dem Anwalt eine ebenso ausführliche Antwort. Barbara hätte sie beide ohrfeigen können. Die Zeit lief ihnen davon, sie mussten die Sache in Angriff nehmen – und sie musste unbedingt herausfinden, was zum Teufel vor sich ging.

Garibaldi erklärte, Brunos größte Sorge sei nicht, dass er im Gefängnis landen könnte. Anscheinend wäre ihm das sogar lieber, als dass seine Brüder erführen, was er getan hatte. Denn die würden seinen Vater informieren. Und der würde natürlich die Mutter ins Bild setzen. Und die Mutter würde schließlich die Strafe verhängen – die darin bestand, dass Bruno, seine Frau und die Kinder in Zukunft nicht mehr sonntags in seinem Elternhaus zum Mittagessen eingeladen würden, an dem offenbar

Tanten, Onkel, Vettern und Kusinen, Neffen und Nichten und weiß der Kuckuck wer sonst noch alles regelmäßig teilnahmen. Bruno verlangte also verzweifelt irgendwelche Zusicherungen, die Salvatore ihm nicht geben konnte oder wollte.

Salvatores Weigerung, Brunos Ängste zu besänftigen, musste lang und breit durchdiskutiert werden. Das Ganze nahm eine halbe Stunde in Anspruch.

Dann bestand Bruno darauf, Salvatore zu erklären, was sich zwischen ihm und Mura abgespielt hatte. Lorenzo habe ihm erklärt, er brauche E.coli-Bakterien, um auf seinem Weingut irgendwelche Tests durchzuführen, und Daniele Bruno hatte ihm geglaubt, dass er nicht wusste, auf welche Weise er sonst an die Bakterien kommen sollte. Es habe angeblich etwas mit dem Wein zu tun gehabt. Ganz genau, dachte Barbara. Wie schnell muss ich Azhar das Zeug in einem Glas Wein servieren, bevor die Bakterien absterben?

Schließlich waren alle Fragen geklärt, und sie gingen in eins der Verhörzimmer, wo Bruno sein Hemd auszog und seinen eindrucksvollen Brustkorb entblößte. Ein Techniker erschien, und erneut wurde lang und breit diskutiert. Sein Mandant, sagte Garibaldi zu Barbara, werde gerade darüber aufgeklärt, wie das Aufnahmegerät funktionierte.

Mittlerweile interessierte Barbara sich gar nicht mehr für den Inhalt der Gespräche, sondern nur noch dafür, wie lange das alles noch dauern würde. Sie fragte sich, wo Mitchell Corsico sein mochte und wie sie ihn daran hindern konnte, seinen Artikel über Azhar nach London zu schicken, wenn zwölf Uhr Mittag verstreichen sollte, ohne dass sie ihm die gewünschten Namen, Orte und Uhrzeiten genannt hatte. Sie könnte ihn anrufen und ihm alle möglichen Lügen auftischen, dachte sie, aber wenn die Tatsachen später ans Licht kamen, würde er sie das bitter büßen lassen.

Als Mikrofon und Kabel fast fertig angelegt waren, ging die Tür des Verhörzimmers auf. Ottavia Schwartz kam herein und sagte leise etwas zu Salvatore.

Als Barbara den Namen Upman hörte, rief sie aus: »Was ist passiert?«, erhielt jedoch keine Antwort, da Salvatore im selben Augenblick das Zimmer verließ.

Rocco Garibaldi klärte sie auf. Die Eltern von Angelina Upman seien am Empfang und verlangten mit Commissario Lo Bianco zu sprechen. Sie hatten festgestellt, dass ihre Enkelin von der Fattoria di Santa Zita verschwunden war, und verlangten, dass die Polizei etwas unternahm. Das Mädchen sei von einer Engländerin abgeholt worden, so Garibaldi. Die Upmans wollten eine Vermisstenanzeige erstatten.

LUCCA
TOSKANA

Da die Upmans kein Italienisch sprachen, hatte die kompetente Ottavia Schwartz bereits eine Dolmetscherin angefordert, aber es dauerte mehr als zwanzig Minuten, bis die Frau in Salvatores Büro eintraf. Bis dahin hatte man die Upmans im Eingangsbereich warten lassen, und das hatte ihnen überhaupt nicht gefallen, was man Signor Upman deutlich ansah, auch wenn Salvatore dessen Blässe zunächst auf die Strapazen der Flugreise zurückgeführt hatte. Doch der Mann war in Wahrheit blass vor Zorn, und er hielt Salvatore gegenüber nicht mit seinem Unmut hinterm Berg.

Kaum hatte Giuditta Di Fazio alle einander vorgestellt, ließ Upman seine Tirade vom Stapel. Giuditta war eine versierte Dolmetscherin, aber selbst sie hatte große Mühe, den Worten des Mannes zu folgen.

»Ist das die Art, wie ihr inkompetenten Tagediebe mit Leuten umgeht, die eine Vermisstenanzeige aufgeben wollen?«, verlangte Upman zu wissen. »Unsere Enkelin ist verschwunden! Zuerst wird sie entführt, dann wird ihre Mutter von dem Vater des Kindes ermordet. Dann verschwindet das Mädchen aus dem Haus, das ihr einziges Zuhause war in diesem vermaledeiten Land. Was muss denn noch alles passieren, bis jemand die Sache in die Hand nimmt? Muss ich den britischen Botschafter herbestellen? Denn das werde ich tun, darauf können Sie Gift nehmen. Ich habe Verbindungen. Ich will, dass das Kind gefunden wird, und zwar ein bisschen plötzlich. Und Sie brauchen gar nicht auf die Übersetzung von Miss Busenwunder da drüben zu warten, denn Sie wissen genau, warum ich hier bin und was ich will.«

Während Giuditta Signor Upmans Worte übersetzte, hielt seine Frau den Blick gesenkt. Sie umklammerte ihre Handtasche und murmelte nur »Liebling, Liebling«, als ihr Mann von Neuem loslegte.

»Einer, der nicht mal richtig Englisch spricht, leitet die Ermittlungen bei einem Verbrechen, das an einem britischen Staatsbürger begangen wurde? Unfassbar. Sie sprechen kein Englisch? Die meistgesprochene Sprache auf der ganzen Welt? Himmelherrgott...«

»*Bitte*, Humphrey.« Signora Upmans Ton ließ erkennen, dass sie sich zwar für ihren Mann schämte, sich aber nicht von ihm einschüchtern ließ. Sie sagte zu Salvatore: »Verzeihen Sie meinem Mann. Er ist es nicht gewohnt zu reisen, und er hat...« Sie schien nach einer Entschuldigung zu suchen und entschied sich schließlich für: »Er hat nicht ordentlich gefrühstückt. Wir sind hergekommen, um unsere Enkelin Hadiyyah mit nach England zu nehmen, bis die Situation hier geklärt ist. Zuerst waren wir in der Fattoria di Santa Zita, aber Lorenzo sagte uns, eine Engländerin hätte Hadiyyah abgeholt. Eine Frau namens Barbara, an den Nachnamen konnte er sich nicht erinnern, nur dass er sie schon einmal zusammen mit Taymullah Azhar gesehen hatte. Ich glaube, es ist dieselbe Frau, die letztes Jahr mit Azhar bei uns war, um sich zu erkundigen, wo Angelina sich aufhielt. Wir wollen nur...«

Upman fiel seiner Frau ins Wort. »Glaubst du etwa, wenn du hier Männchen machst, kriegst du, was du willst? Du wolltest unbedingt sofort hierherkommen, und jetzt sind wir hier, und du hältst gefälligst den Mund und lässt mich die Sache regeln.«

Mrs Upman stieg die Zornesröte ins Gesicht. »So bringst du uns Hadiyyah nicht näher.«

»Ich werde dich schon sehr bald näher zu Hadiyyah bringen.«

Die ganze Zeit über dolmetschte Giuditta leise. Salvatore sah den Engländer mit schmalen Augen an und überlegte, ob ein paar Stunden in einem der Verhörzimmer dazu beitragen könnten, dass der Mann sich beruhigte. Er sagte zu Giuditta: »Erklären Sie ihnen, dass sie voreilig angereist sind. Wie wir gerade erfahren haben, hat Hadiyyahs Vater nichts mit dem Tod ihrer Mutter zu tun. Er ist unschuldig. Mehr kann ich im Moment dazu nicht sagen, aber der Professor wird in wenigen Stunden aus der Untersuchungshaft entlassen werden. Es würde ihm natürlich gar nicht gefallen, wenn er erführe, dass wir seine Tochter wildfremden Leuten mitgegeben haben, die von der Straße hereingekommen sind und behauptet haben, ihre Großeltern zu sein. So handhaben wir die Dinge nicht in Italien.«

Upman erbleichte. »›Wildfremde Leute‹? Wie können Sie es wagen! Wollen Sie uns etwa unterstellen, wir wären aus heiterem Himmel hierhergeflogen, um ... um ein Kind zu entführen, dass von Rechts wegen uns gehört?«

»Ich unterstelle Ihnen nicht, dass Sie Hadiyyah entführen wollen, schließlich haben Sie mir eben selbst erklärt, Sie wollen sie mit nach England nehmen, bis sich hier alles geklärt hat. Dazu kann ich Ihnen sagen, dass sich, was Professor Azhar betrifft, bereits alles geklärt hat. Und auch wenn es durchaus edelmütig von Ihnen war, hierherzukommen, muss ich Ihnen leider sagen, dass Ihre Reise unnötig war. Der Professor ist unschuldig, er hat nicht das Geringste mit dem Mord an Hadiyyahs Mutter zu tun. Er wird heute noch entlassen.«

»Und *ich*«, fauchte Upman, »sage Ihnen, dass es mich nicht die Bohne interessiert, ob dieser Paki unschuldig ist oder nicht.«

»Humphrey!«, zischte seine Frau und legte ihm eine Hand auf den Arm.

Er schüttelte ihre Hand ab und fuhr sie an: »Halt den Mund, Herrgott noch mal!« Dann wandte er sich wieder an Salvatore: »Sie haben die Wahl. Entweder Sie sagen mir sofort, wo Angelinas Bastard sich verkrochen hat, oder Sie kriegen hier einen internationalen Skandal an den Hals, an dem Sie ersticken werden.«

Salvatore beherrschte sich, auch wenn er wusste, dass sein Gesichtsausdruck seine Gefühle verriet. Er hatte immer geglaubt, Engländer wären ruhig, reserviert und rational. Natürlich gab es die Hooligans, denen auf der ganzen Welt ein übler Ruf vorauseilte, aber dieser Mann sah nicht gerade aus wie ein Fußballfan. Was war los mit ihm? Hatte er eine Krankheit, die sowohl sein Gehirn als auch seine Manieren angriff? Er sagte: »Ich verstehe Sie sehr gut, Signore. Aber ich kann Ihnen nicht sagen, wo diese Engländerin … Wie hieß sie noch?«

»Barbara«, sagte Mrs Upman. »Ich kann mich nicht an ihren Nachnamen erinnern, und Lorenzo kannte ihn auch nicht, aber irgendjemand muss doch wissen, wo sie ist. Wenn man sich ein Hotelzimmer nimmt, muss man sich anmelden. Wir mussten in unserem Hotel unsere Pässe vorlegen. Es kann doch nicht unmöglich sein, sie zu finden.«

»Natürlich kann man sie finden«, erwiderte Salvatore. »Allerdings nur, wenn ihr Nachname bekannt ist. Ein Vorname reicht leider nicht. Ich weiß nicht, wo diese Frau namens Barbara sich aufhält. Und ich weiß auch nicht, warum sie Hadiyyah bei Signor Mura abgeholt hat. Er hat mir und meinen Kollegen nichts gemeldet, und deshalb …«

»Sie hat es getan, weil der Paki sie dazu angestiftet hat«, blaffte Upman. »Die tut doch alles, was der ihr sagt. Ich wette, dass sie die Beine für ihn breitmacht, seit Angelina ihn letztes

Jahr verlassen hat. Der lässt nichts anbrennen, das versichere ich Ihnen, und bloß weil sie eine hässliche Kuh ist, bedeutet das nicht...«

»*Basta!*«, herrschte Salvatore ihn an. »Ich kenne diese Frau nicht. Geben Sie eine Vermisstenanzeige auf und lassen Sie es gut sein. Wir sind hier fertig.«

Wutschnaubend verließ er sein Büro. Auf dem Weg zu Daniele Bruno genehmigte er sich in der Küche einen Kaffee. Der Espresso würde seine Nerven zwar auch nicht beruhigen, aber er brauchte einen Moment, um seine Gedanken zu sortieren.

Jetzt hatte er schon zweimal für Barbara Havers gelogen, und das musste ihm zu denken geben. Und er musste sich fragen, warum er sich überhaupt den Kopf zerbrach, denn jeder rational denkende Mann würde Barbara Havers auf der Stelle hinauswerfen. Die Frau machte nur Ärger, was er absolut nicht gebrauchen konnte, da er auch so schon genug Probleme am Hals hatte. Er musste sich also fragen, warum er die Frau bei sich zu Hause versteckte und behauptete, sie nicht zu kennen. Und er musste sich fragen, warum er Inspector Lynley gegenüber behauptet hatte, er wisse nichts von dem als Cowboy verkleideten Journalisten, obwohl er ihn mit eigenen Augen gesehen hatte. Hinzu kam jetzt, dass Barbara offenbar eng mit Taymullah Azhar befreundet war. Upman war verrückt, *certo*, doch hatte er, Salvatore, nicht von Anfang an das Gefühl gehabt, dass es mehr als nachbarliche Freundschaft war, was Barbara nach Italien getrieben hatte?

Das bedeutete, er konnte ihr nicht vertrauen. Aber er wollte ihr vertrauen. Und er wusste nicht, wie er beides miteinander vereinbaren sollte.

Salvatore trank seinen Kaffee aus und ging zu dem Verhörzimmer, wo Daniele Bruno und sein Anwalt auf ihn warteten. Als er um die Ecke bog, sah er, wie die Tür des Verhörzimmers aufging. Barbara Havers kam heraus, und etwas an ihrer Art...

Salvatore machte einen Schritt zurück, um sich zu verstecken. Als er vorsichtig um die Ecke lugte, betrat Barbara gerade die Damentoilette. Und nahm ihr Handy aus der Tasche.

LUCCA
TOSKANA

Ihre Nerven lagen blank, als die Minuten vergingen. Eine halbe Stunde, dann eine Dreiviertelstunde. Daniele Bruno war inzwischen verdrahtet, aber als sie, während sie auf Salvatores Rückkehr warteten, das Mikrofon testen wollten, hatte sich herausgestellt, dass die ganze Vorrichtung, die man an Brunos Körper angebracht hatte, fehlerhaft war und durch eine andere ersetzt werden musste. Barbara schaute auf die Uhr, sah die Minuten verrinnen. Der Zeiger schien mit doppelter Geschwindigkeit vorzurücken. Sie musste irgendetwas unternehmen.

Mitchell Corsico würde nicht warten. Er hatte die heißeste Story seit Beginn dieses Schlamassels, und wenn sie ihm keine bessere servieren konnte, würde er seinen Artikel nach London schicken, egal, wie viele Menschen dadurch zu Schaden kommen würden. Sie musste ihn aufhalten oder ihn zur Vernunft bringen oder ihm drohen oder... irgendetwas tun, nur dass sie einfach nicht wusste, was. Auf jeden Fall musste sie ihn anrufen, das war schon mal ein erster Schritt, und nachdem sie eine Dreiviertelstunde auf Salvatore gewartet hatten, entschuldigte sie sich und ging zur Toilette.

Sie überzeugte sich davon, dass alle Kabinen leer waren, dann schloss sie sich in die hinterste ein und rief Mitchell an. Als er sich meldete, sagte sie: »Es dauert alles ein bisschen länger als gedacht.«

»Wer's glaubt, wird selig, Barb.«

»Es ist die Wahrheit, und ich versuche nicht, Zeit zu schinden. Die verdammten Upmans sind plötzlich hier aufgekreuzt und ...«

»Ich hab sie gesehen.«

»Verflucht, Mitchell. Wo sind Sie? Sie dürfen sich hier nicht blicken lassen. Salvatore hat schon Witterung aufgenommen ...«

»Dann sorgen Sie dafür, dass er sie wieder verliert.«

»Herrgott noch mal, Mitch. Hören Sie, wir sind gerade dabei, jemanden mit einem versteckten Mikro zu verdrahten.«

»Der Name?«

»Ich hab Ihnen doch gesagt, dass ich Ihnen den Namen nicht geben kann. Wenn wir bei diesem ersten Versuch kein Geständnis von Mura kriegen, müssen wir es noch mal versuchen. Bisher steht Aussage gegen Aussage, und das reicht nicht, um den Schuldigen zu verurteilen.«

»So kommen wir nicht weiter, Barb. Rodney wartet auf eine Story.«

»Sie *kriegen* Ihre Story, sobald ich sie habe. Hören Sie, Mitchell. Sie können dabei sein, wenn Azhar entlassen wird. Sie können Fotos machen, wenn er Hadiyyah in die Arme schließt. Sie kriegen das Ganze exklusiv. Aber Sie müssen sich gedulden.«

»Ich hab auch andere Dinge exklusiv«, entgegnete er.

»Wenn Sie das Material benutzen, sind wir getrennte Leute, Mitchell.«

»Und Sie sind erledigt, Schätzchen. Sie sollten sich also fragen, ob Sie wollen, dass es so endet.«

»Natürlich will ich das nicht. Ich bin doch nicht komplett bescheuert.«

»Freut mich zu hören. Dann werden Sie auch verstehen, dass in meiner Branche Zeit alles ist, auch wenn ich persönlich Ihnen alle Zeit der Welt einräumen würde. Ich muss liefern, Barb. Ganz einfach. Ich muss liefern und Sie nicht.«

Sie dachte fieberhaft nach. Sie wusste, was nicht nur ihr, sondern auch Azhar bevorstand, wenn Mitchell Corsico den Artikel brachte, in dem er die Informationen verarbeitet hatte, die Dwayne Doughty ihm hatte zukommen lassen: Sie würde sich demnächst in Southend-on-Sea als Straßenfegerin durchschlagen müssen, und Azhar würde wegen Entführung angeklagt werden, oder, falls er es schaffte, nach England zurückzukehren, ehe die Geschichte in Italien ans Licht kam, die nächsten Jahre damit zubringen, sich gegen einen Auslieferungsantrag zur Wehr zu setzen.

»Mitchell«, sagte sie, »ich gebe Ihnen alles, was ich kann. Von dem, was Mura und unser Mann mit dem Mikro besprechen, wird es eine Niederschrift geben. Diese Niederschrift werde ich kopieren und Ihnen auf direktem Weg zukommen lassen. Sie können sich das Zeug von Ihrem italienischen Kumpel, diesem Fernsehreporter übersetzen lassen ...«

»Und ihm die Exklusivstory überlassen? Vergessen Sie's.«

»Also gut, dann lassen Sie's halt von jemand anderem übersetzen. Von Aldo Greco, zum Beispiel, Azhars Anwalt. Und dann haben Sie Ihre Story.«

»Großartig.«

Gott sei Dank, dachte Barbara.

Doch dann fügte Mitchell hinzu: »Hauptsache, ich hab sie bis heute Mittag.« Dann legte er auf.

Sie verfluchte ihn zähneknirschend. Am liebsten hätte sie ihr Handy ins Klo geworfen, konnte sich aber im letzten Moment beherrschen.

Als sie aus der Damentoilette trat, lief sie Salvatore direkt in die Arme.

LUCCA
TOSKANA

Salvatore konnte sich nichts vormachen in Bezug auf das Telefongespräch, das Barbara gerade geführt hatte. Er hatte mehrmals den Namen Mitchell gehört, und ihm war die Verzweiflung in ihrer Stimme nicht entgangen. Selbst wenn das nicht der Fall gewesen wäre, hätte ihr Gesichtsausdruck gereicht, um ihm zu sagen, dass es ein Fehler gewesen war, ihr zu vertrauen. Er fragte sich flüchtig, warum er sich so tief getroffen fühlte von ihrem Verrat. Wahrscheinlich, weil er sie als Gast in seinem Haus aufgenommen hatte, weil sie eine Kollegin war und weil er sie gerade eben erst vor den verabscheuungswürdigen Upmans beschützt hatte. Irgendwie hatte er das Gefühl, sie wäre ihm etwas schuldig.

Sie redete drauflos, ungeachtet dessen, dass er so gut wie kein Wort von dem verstand, was sie sagte. Er begriff, dass sie versuchte, sich zu erklären, und dass sie ihn bat, jemanden zu finden, der ihre Worte für ihn übersetzen konnte. Ein paar einzelne Wörter schnappte er auf – *verdammt, verflixt* und *zum Teufel* –, und immer wieder fielen die Namen Azhar und Hadiyyah. Als er auf ihr Handy zeigte und fragte: »*Parlava a un giornalista, nevvero?*«, sagte sie: »Ja, stimmt, es war ein Journalist, aber hören Sie, der Mann hat Informationen von einem Typen in London, die mich ruinieren können und Azhar ebenfalls, und dann wird Azhar alles verlieren, einschließlich Hadiyyah, und er darf Hadiyyah um Himmels willen nicht verlieren, denn sie bedeutet ihm alles. Warum sprechen Sie bloß kein Englisch, verdammt noch mal, dann könnten wir darüber reden, und ich könnte Ihnen alles erklären, denn ich sehe Ihnen doch an, dass Sie das total persönlich nehmen, so als hätte ich Ihnen ein Messer ins Herz gestoßen... Ach Gott, Salvatore, ach Gott, ach Gott...«

Salvatore verstand von dem ganzen Redeschwall nichts. Er

machte eine Kopfbewegung Richtung Tür und sagte: »*Mi segua*«. Sie folgte ihm zurück zu dem Verhörzimmer, wo Daniele Bruno auf weitere Anweisungen wartete.

Salvatore öffnete die Tür, trat jedoch nicht ein, sondern sagte Bruno und dessen Anwalt, er müsse kurz etwas erledigen. Dann führte er Barbara in ein anderes Verhörzimmer und bedeutete ihr, sie möge sich auf einen Stuhl setzen.

»*Il suo telefonino, Barbara*«, sagte er. Um sicherzustellen, dass sie ihn verstand, nahm er sein eigenes Handy heraus und zeigte darauf. Sie sagte: »Was? Warum?« Aber er wiederholte nur seine Bitte, und sie gab ihm ihr Handy. Er sah ihr an, dass sie dachte, er würde auf die Wahlwiederholungstaste drücken, doch das tat er nicht. Er wusste ja, mit wem sie gesprochen hatte. Aber nur über seine Leiche würde sie diesen Mann noch einmal anrufen. Er steckte ihr Handy in seine Tasche. Sie stieß einen Schrei aus, der keine Übersetzung brauchte. »*Mi dispiace, Barbara*«, sagte er. »*Deve aspettare qui.*« Er wollte verhindern, dass sie ihn noch einmal verriet, und er wusste sich nicht anders zu helfen, als sie in dem Verhörzimmer einzusperren, während sich der nächste Akt ihres kleinen Dramas abspielte.

»Nein, nein, nein!«, rief sie. »Sie müssen das verstehen, Salvatore. Ich musste das tun. Er hat mir keine andere Wahl gelassen. Wenn ich nicht mitgespielt hätte … Sie ahnen ja nicht, was er in der Hand hat, Sie wissen gar nicht, was ich getan habe, und Sie können sich nicht vorstellen, wie der Typ Azhar und mich fertigmachen kann, und wenn das passiert, dann landet Hadiyyah bei diesen schrecklichen Leuten, ich weiß, wie die sind und was die denken, die interessieren sich nämlich in Wirklichkeit kein bisschen für ihre Enkelin, die wollen sie garantiert nicht bei sich im Haus haben, aber es gibt auch sonst keinen, der sie aufnehmen kann, weil Azhars Familie … Bitte, bitte, *bitte*.«

»*Mi dispiace*«, wiederholte Salvatore. Und er meinte es ernst, es tat ihm wirklich leid. Er verließ den Raum und schloss die Tür ab.

815

Dann ging er zurück zu Bruno und Garibaldi. Nachdem man ihm ein Glas Wein zugestanden hatte, um seine Nerven zu beruhigen, rief Bruno von einem präparierten Telefon aus bei Lorenzo Mura an. Bruno sagte knapp, sie müssten sich treffen. Die Polizei sei bei DARBA Italia aufgetaucht. Die Lage werde brenzlig.

Lorenzo Mura zögerte. Daniele Bruno insistierte. Schließlich verabredeten sie ein Treffen an dem Ort, den Salvatore ausgesucht hatte, weil er leicht zu beobachten war und Gespräche leicht abzuhören waren. In einer Stunde im Parco Fluviale, auf dem Bolzplatz, wo Mura die Kinder trainierte. Mura versprach, er werde da sein. Er klang ein bisschen genervt, aber nicht misstrauisch.

Rocco Garibaldi begleitete sie. Er fuhr zusammen mit Salvatore in dem weißen Transporter, den sie, wie Salvatore ihm erklärte, vor dem Café in der Nähe des Bolzplatzes parken würden. Um diese Jahreszeit werde das Café gut gefüllt sein, ebenso der Parkplatz. Der Transporter werde also niemandem auffallen.

Daniele Bruno sollte natürlich in seinem eigenen Wagen fahren und ihn auf dem kleinen Parkplatz vor dem Bolzplatz abstellen. Er sollte aussteigen und bei einem der Picknicktische unter den Bäumen warten. Er hatte Anweisung, für Salvatore jederzeit gut sichtbar zu bleiben und zu dem Parkplatz zu gehen, sobald Lorenzo Mura eintraf. Salvatore werde ihn mit einem Fernglas beobachten für den Fall, dass er auf die Idee kommen sollte, Mura mit irgendwelchen Gesten zu verstehen zu geben, dass er ein verstecktes Mikro am Körper trug.

Eine Viertelstunde später trafen Salvatore und Garibaldi beim Café ein. Bruno war bereits auf dem Parkplatz. Sie parkten den Transporter so, dass sie Bruno im Blick behalten konnten, überprüften noch einmal, ob das Mikrofon funktionierte, und warteten.

Mura tauchte nicht zur verabredeten Uhrzeit auf. Zehn Minuten vergingen. Bruno begann, auf und ab zu gehen. In seinem Kopfhörer hörte Salvatore ihn deutlich »*merda, merda*« murmeln.

Nachdem weitere zehn Minuten verstrichen waren, erklärte Bruno, Mura werde wohl nicht mehr kommen. Salvatore rief ihn auf dem Handy an und erklärte, sie würden noch warten. Mit halbstündiger Verspätung traf Lorenzo Mura ein.

Er sprang aus seinem Wagen und fragte: »Was ist so geheim, dass du nicht am Telefon mit mir darüber reden kannst?« Er wirkte verärgert. Bisher jedoch hatte er noch keinen Argwohn geschöpft.

Bruno antwortete seinen Anweisungen gemäß: »Wir müssen über Angelinas Tod reden, Lorenzo.«

»Wovon redest du?«

»Von den E.coli-Bakterien und von dem, was du damit vorhattest. Oder was du angeblich damit vorhattest. Ich glaube, du hast mich belogen, Lorenzo. Es ging gar nicht um irgendein Experiment auf deinen Weinbergen, wie du behauptet hast.«

»Und deswegen bestellst du mich hierher?«, fragte Lorenzo. »Was denkst du dir dabei? Und warum bist du überhaupt so nervös? Du schwitzt ja wie ein Affe.« Er schaute sich um, und einen Augenblick lang schien er direkt in Salvatores Fernglas zu blicken. Aber von dort, wo er stand, konnte er nur einen weißen Transporter zwischen lauter anderen Fahrzeugen erkennen.

»Die Polizei war bei DARBA Italia«, sagte Bruno.

Lorenzo sah ihn mit schmalen Augen an. »Ja, das hast du mir gesagt. Und?«

Jetzt kam die Lüge, auf die sie sich geeinigt hatten. Salvatore betete, dass Bruno sie überzeugend vorbringen konnte. »Jemand hat mich dabei beobachtet, wie ich die Bakterien aus dem Behälter genommen habe«, sagte er. »Anfangs hat er sich nichts dabei gedacht. Er war sich nicht einmal sicher, was genau er gesehen hatte. Erst als die Geschichte über Angelinas Tod in der *Prima Voce* erschien, ist es ihm wieder eingefallen. Und auch da hat er sich noch nichts dabei gedacht. Bis die Polizei kam.«

Lorenzo schwieg. Salvatore beobachtete sein Gesicht durchs Fernglas. Lorenzo zündete sich eine Zigarette an, kniff die Augen zusammen gegen den Rauch. Klaubte sich einen Krümel Tabak von der Zungenspitze. Dann sagte er: »Wovon redest du, Daniele?«

»Du weißt genau, wovon ich rede. Die E.coli-Bakterien, der spezielle Stamm... Die Polizei stellt Fragen. Wenn Angelina an einer E.coli-Vergiftung gestorben ist... Wenn man das Zeug in ihrem Körper nachgewiesen hat... Lorenzo, was hast du mit den Bakterien gemacht, die ich dir gegeben habe?«

Salvatore hielt den Atem an. Jetzt kam alles auf Muras Antwort an. Schließlich sagte Mura: »Und deswegen musste ich den ganzen Weg von der Fattoria hierherfahren, um mich mit dir zu treffen? Um dir zu sagen, was ich mit den Bakterien gemacht habe? Ich hab sie ins Klo geschüttet, Daniele. Sie waren nämlich für den Zweck, für den ich sie gedacht hatte, nicht zu gebrauchen.«

»Und wieso hat man dann in Angelinas Körper E.coli-Bakterien gefunden, Lorenzo? Das will die Polizei nämlich jetzt von mir wissen. Denn Angelina ist an einer E.coli-Vergiftung gestorben. Die Polizei hält die Information noch geheim. Der Mörder soll nicht erfahren, dass sie das wissen.«

»Was sagst du da?«, fragte Lorenzo. »Ich hab sie nicht umgebracht! Sie war schwanger von mir! Ich wollte sie heiraten. Wenn sie an einer E.coli-Vergiftung gestorben ist... Du weißt genauso gut wie ich, dass diese Bakterien überall vorkommen, Daniele.«

»Manche E.coli-Bakterien ja. Aber nicht diese, Lorenzo. Die Polizei war bei DARBA Italia...«

»Das hast du mir schon gesagt.«

»Die haben mit Antonio und mit Alessandro gesprochen. Die haben einen Zusammenhang hergestellt, und die wollen auch mit mir reden, aber ich weiß nicht, was ich denen sagen soll, Lorenzo. Wenn ich denen erzähle, dass *ich* dir diese E.coli-Bakterien gegeben habe...«

»Das darfst du nicht!«

»Aber ich *habe* sie dir gegeben, und wenn ich für dich lügen soll, dann muss ich wissen…«

»Du brauchst überhaupt nichts zu wissen! Die können nichts beweisen. Wer hat gesehen, wie du mir das Zeug gegeben hast? Niemand. Wer hat gesehen, was ich damit gemacht habe? Niemand.«

»Ich will nicht ins Gefängnis wandern. Ich habe Frau und Kinder. Meine Familie bedeutet mir alles.«

»So wie meine mir alles hätte bedeuten können, wenn er nicht aufgekreuzt wäre. Du redest von deiner Familie, während mir meine genommen wurde, genau wie er es geplant hatte.«

»Wer?«

»Dieser Muslim. Der Vater von Angelinas Tochter. Er ist nach Italien gekommen, um sie sich zurückzuholen. Ich habe alles genau vor mir gesehen: Wie sie mich verlassen würde, so wie sie andere vor mir verlassen hat, wie sie mir mein Kind wegnehmen würde, und das ist…« Ihm versagte die Stimme.

»Es war für ihn gedacht, nicht wahr?«, sagte Daniele Bruno. »Das E.coli? Es war für den Muslim gedacht. Was hattest du vor? Wolltest du ihn krank machen? Ihn umbringen? Oder was?«

»Ich weiß es nicht.« Lorenzo brach in Tränen aus. »Ich wollte ihn einfach loswerden, damit sie ihn nicht mehr so ansah. Ich konnte es nicht ertragen, wie sie ihn mit einem Kosenamen anredete, wie sie es zuließ, dass er sie anfasste, während ich danebenstand und mit ansehen musste, wie… wie nah sie sich standen.« Er stolperte zu den Picknicktischen, ließ sich auf eine Bank sinken, schlug sich die Hände vors Gesicht und begann zu schluchzen.

»*Va bene*«, sagte Salvatore und nahm die Kopfhörer ab. Per Funk verständigte er die Kollegen, die ein Stück die Straße hinunter und im Park auf seinen Befehl warteten. »*Adesso andiamo*«, sagte er. Sie hatten genug. Es war Zeit, Lorenzo Mura den Prozess zu machen.

LUCCA
TOSKANA

Er hob den Kopf, als er das Knirschen von Autoreifen auf dem Kies hörte. Er wusste sofort, was die Stunde geschlagen hatte und ergriff die Flucht.

Und Lorenzo Mura war schnell. Als Fußballspieler war er gut trainiert und ausdauernd. Er rannte über den Bolzplatz und hatte ihn, verfolgt von vier uniformierten Polizisten, schon überquert, noch ehe Salvatore aus dem Transporter gestiegen war.

Salvatore sah ihn zwischen den Bäumen verschwinden. Hinter den Bäumen, das wusste er, erhob sich eine steile, um diese Jahreszeit mit dichtem Gras bewachsene Böschung, Teil eines Walls, über den ein schmaler Fußweg führte.

Die Polizisten konnten mit Muras Tempo nicht mithalten. Sie würden ihn schon bald verlieren. Aber das beunruhigte Salvatore nicht. Er hatte gesehen, welche Richtung Mura eingeschlagen hatte, und konnte sich gut vorstellen, wohin er wollte.

»*Basta*«, murmelte er vor sich hin. Er wandte sich ab, nickte Daniele Bruno zu, um sich bei ihm zu bedanken. Bruno saß mit seinem Anwalt und den Polizisten, die das Gespräch mit Mura aufgenommen hatten, in dem weißen Transporter. Die Kollegen würden ihn gleich in die Questura bringen und auf freien Fuß setzen. In der Zwischenzeit würde Salvatore sich um Mura kümmern.

Er nahm einen Streifenwagen und fuhr über die Via della Scogliera am Serchio entlang. Der Fluss glitzerte in der Nachmittagssonne. Salvatore kurbelte das Seitenfenster herunter und genoss den Fahrtwind.

Nach einer Weile bog er in Richtung Zentrum ab. Er nahm jedoch nicht den Weg entlang der Stadtmauer, sondern umfuhr das Viertel Borgo Giannotti auf einer Straße, wo hinter hohen Mauern dichte Baumkronen vornehmen Wohnhäusern Schatten spendeten. Unterwegs wurde er zwei Minuten lang von einem Möbelwagen aufgehalten, dessen Fahrer Mühe hatte, rückwärts in eine Einfahrt einzubiegen, um seine Fracht abzuliefern. Hinter ihm brach ein Hupkonzert aus, doch Salvatore blieb gelassen. Er fuhr am Palazzetto dello Sport und dem großen Stadion Campo CONI vorbei und gelangte schließlich ans Ziel, zum Cimitero Urbano.

Auf dem Parkplatz standen Autos und Fahrräder, aber nichts deutete darauf hin, dass an diesem Tag hinter den Friedhofsmauern eine Beerdigung stattfand. Das Tor war wie immer offen. Salvatore betrat den Friedhof. Er bekreuzigte sich, als er an der verwitterten, mit Taubendreck bedeckten Statue von Jesus und Maria vorbeiging.

Seine Schuhe knirschten auf dem Kiesweg, Blumenduft lag in der Luft, und die marmornen Grabsteine leuchteten in der Sonne. In dem großen Geviert, das er durchquerte, erhoben sich die Grabsteine wie schweigende Zeugen auf seinem Weg zu Lorenzo Mura.

Er fand Mura, wo er ihn vermutet hatte: am frischen Grab von Angelina Upman. Mura hatte sich auf den Grabhügel geworfen, der noch durch eine Marmortafel gekennzeichnet werden musste, und weinte.

Salvatore ließ ihm ein paar Minuten Zeit zu trauern. Muras Schmerz war für Salvatore schwer auszuhalten. Er erinnerte ihn an den Preis der Liebe, und er fragte sich, ob er jemals eine so tiefe Verbindung mit einer Frau eingehen wollte.

Als Muras Schluchzen schließlich nachließ, näherte Salvatore sich ihm. Er beugte sich zu ihm hinunter und packte ihn fest, aber nicht aggressiv am Arm.

»*Venga, signore*«, sagte er, und Lorenzo Mura erhob sich widerstandslos.

Salvatore führte ihn aus dem Friedhof und setzte ihn in den Streifenwagen für die kurze Fahrt zur Questura.

LUCCA
TOSKANA

Zuerst schlug sie mit den Fäusten gegen die Tür wie eine schlechte Schauspielerin in einem noch schlechteren Film. Ottavia Schwartz kam, um nachzusehen, ob sie in Gefahr war oder dringend etwas brauchte, und Barbara versuchte zu erklären, versuchte, sich an der Polizistin vorbeizuschieben, bettelte, flehte. Aber Ottavia sprach kein Englisch, und selbst wenn doch, hatte sie offenbar klare Anweisungen von Salvatore.

Alles, was sie brauchte, war ein Handy. Das versuchte sie Ottavia zu erklären, indem sie gestikulierte, *telefonino* sagte, weil sie sich erinnerte, das Wort mehrmals gehört zu haben... Doch alle Mühe war vergebens.

Ihr blieb nichts anderes übrig, als zuzusehen, wie die Zeit verging. Sie sah sie an einer Wanduhr. Sie sah sie an ihrer billigen Armbanduhr. Als das Ultimatum verstrich, das Mitchell Corsico ihr gesetzt hatte, versuchte sie sich einzureden, dass der Journalist nur geblufft hatte. Aber die Story, die er in petto hatte, war einfach zu groß. Das war Titelseitenmaterial, und Mitchell war entschlossen, sich den Platz auf der ersten Seite zurückzuerobern. Es war der Traum jedes Boulevardjournalisten, der etwas auf sich hielt: ein Aufmacher unter seinem Namen, der jeden zittern ließ, der etwas zu verbergen hatte und dessen Ruf die *Source* auf ihre unnachahmliche Weise ruinieren würde. Das hatte sie gewusst, als sie sich auf Corsico eingelassen hatte.

Sie ging auf und ab. Sie rauchte. Jemand brachte ihr ein *panino*, das sie nicht aß, und eine Flasche Wasser, das sie nicht trank. Einmal kam eine Polizistin und begleitete sie zur Toilette. Das war alles.

Stunden vergingen. Schließlich kam Salvatore und erlöste sie. In den vergangenen Stunden war viel passiert. Lorenzo Mura war ins Präsidium gebracht worden, er war gündlich verhört worden, er war über das weitere Vorgehen aufgeklärt worden, und man hatte alles fein säuberlich protokolliert.

»*Mi dispiace*«, sagte Salvatore. Seine Augen waren unbeschreiblich traurig.

»Ja, mir tut's auch leid«, sagte Barbara. Und als er ihr ihr Handy zurückgab, fragte sie: »Darf ich …?«

»*Vada, Barbara, vada*«, sagte er.

Er ließ sie allein. Beim Hinausgehen schloss er die Tür, verriegelte sie jedoch nicht. Sie fragte sich, ob in dem Zimmer ein Mikro angebracht war, kam zu dem Schluss, dass das wahrscheinlich der Fall war, und trat auf den Korridor hinaus. Dann rief sie Mitchell Corsico an.

Es war natürlich zu spät. »Sorry, Barb«, sagte Corsico. »Ein Mann muss tun, was ein Mann …«

Sie legte auf. Sie ging zu Salvatores Büro. Er telefonierte gerade mit jemandem namens Magistrato, doch als er sie sah, beendete er das Gespräch. Er stand auf.

Mit zugeschnürter Kehle sagte sie: »Ich wünschte, ich könnte Ihnen alles erklären. Ich hatte einfach keine andere Wahl, verstehen Sie? Wegen Hadiyyah. Und jetzt … wird alles nur noch schlimmer, und ich habe immer noch keine Wahl. Eigentlich nicht. Nicht in Bezug auf das, was wichtig ist. Und Sie werden nicht verstehen, wie es jetzt weitergeht, Salvatore. Sie werden wieder denken, dass ich Sie verrate, und irgendwie haben Sie sogar recht damit, aber was soll ich denn machen? Eine Story – eine richtig große – wird morgen in einer führenden Boulevardzeitung erscheinen. Sie handelt von Azhar, von mir, von einem Plan. Es wird drinstehen, wer sich den Plan ausgedacht hat, wer bestimmte Leute angeheuert hat, um Hadiyyah zu entführen. Es geht um Geld, das den Besitzer gewechselt hat, um manipulierte Daten. Es ist alles in allem eine ganz schlimme Geschichte. Ihre Boulevardblätter hier werden die Geschichte aufgreifen, und selbst wenn nicht, wird Inspector Lynley Sie anrufen und Ihnen die Wahrheit erzählen. Sie sehen also, ich kann nicht zulassen, dass das alles passiert, obwohl ich es schon einmal nicht geschafft habe zu verhindern, dass die Geschichte abgeschickt wird.« Sie räusperte sich und sagte: »Und das alles tut mir wirklich schrecklich leid, weil Sie so ein unglaublich anständiger Kerl sind.«

Salvatore hörte ihr aufmerksam zu. Sie sah ihm an, wie sehr er sich bemühte, etwas von dem zu verstehen, was sie ihm sagte. Aber sie hatte das Gefühl, dass die einzigen Wörter, die er erkannte, Namen waren: Azhar und Hadiyyah. Er sprach seinerseits von Lorenzo Mura, von Azhar, von Angelina. Anscheinend erzählte er ihr, dass Mura gestanden hatte, was sie die ganze Zeit vermutet hatte: dass der Wein mit den E.coli-Bakterien für Azhar gedacht gewesen war. Sie nickte, als er sagte: »*Aveva ragione, Barbara Havers. Aveva proprio ragione.*«

Sie glaubte zu verstehen, dass er ihr sagte, sie habe von Anfang an recht gehabt. Es verschaffte ihr nicht die geringste Genugtuung.

19. Mai

LUCCA
TOSKANA

Barbara stand um halb sechs auf. Sie zog sich an und setzte sich
auf die Bettkante. Hadiyyah schlief noch, sie ahnte noch nichts
davon, wie sehr sich ihr Leben ändern würde. Man konnte
nicht hoffen, eine Entführung über Landesgrenzen hinweg zu
organisieren und unbeschadet davonzukommen. In wenigen
Stunden würde es Azhar freistehen, mit seiner Tochter nach
England zurückzukehren, aber wenn die ganze Geschichte erst
einmal ans Licht kam, würde ihn die Hölle, die dann losbre-
chen würde, finanziell, privat und beruflich ruinieren. Dafür
würde Interpol sorgen. Dafür würde eine von New Scotland
Yard durchgeführte Ermittlung sorgen. Dafür würden die Upmans sorgen.

Barbara musste das Problem in Angriff nehmen, und zwar
schnell. Sie hatte nur wenig Zeit, und sie brauchte Aldo Grecos Hilfe.

Sie hatte den Anwalt am Abend zuvor angerufen und ihm
gesagt, was sie brauchte. Er war bereits darüber informiert gewesen, dass man Lorenzo Mura festgenommen hatte und dass
Azhar von dem Verdacht freigesprochen worden war, irgendetwas mit Angelina Upmans Tod zu tun zu haben, und als Barbara ihm verdeutlichte, dass es für Hadiyyahs seelisches Wohl
von größter Bedeutung war, so schnell wie möglich wieder mit
ihrem Vater vereint zu werden, war er sofort bereit gewesen, ihr
seine Unterstützung zuzusichern.

Bedauerlicherweise, so hatte er ihr erklärt, habe er am Morgen einen Gerichtstermin. Er werde jedoch umgehend bei Commissario Lo Bianco anrufen und die nötigen Schritte in die Wege leiten.

»Können Sie ihn bitten…«, sagte sie. »Ich würde gern… Also, wir sind ein bisschen aneinandergeraten.«

»Aneinander?«

»Na ja, wir hatten eine Meinungsverschiedenheit. Es ist das Sprachproblem. Ich wusste einfach nicht, wie ich mich verständlich machen sollte. Aber ich würde gern mit Azhar reden, bevor er mit Hadiyyah zusammentrifft. Nach allem, was passiert ist, ist sie ziemlich durch den Wind, und ich will ihn ein bisschen darauf vorbereiten. Da er auch kein Italienisch spricht, kann Commissario Lo Bianco ihn nicht ins Bild setzen, und da Sie zum Gericht müssen…«

»Ah, verstehe. Ich werde mich darum kümmern.«

Und das hatte er umgehend getan. Innerhalb einer halben Stunde war alles geregelt. Azhar würde am frühen Morgen aus dem Gefängnis entlassen werden, Salvatore würde ihn abholen, er würde Barbara mitnehmen, und Barbara würde Gelegenheit bekommen, unter vier Augen mit Azhar zu sprechen, um ihn auf den seelischen Zustand seiner Tochter vorzubereiten.

Natürlich ging es Hadiyyah ausgezeichnet. Vieles von dem, was geschehen war, verstand sie noch gar nicht, das alles zu verarbeiten stand ihr noch bevor. Aber wie die meisten Kinder lebte sie im Hier und Jetzt. Salvatores Mutter kümmerte sich rührend um sie. Solange Hadiyyah Spaß daran hatte, hausgemachte Nudeln herzustellen und die Namen der katholischen Heiligen auf Signora Lo Biancos Heiligenbildchen auswendig zu lernen, war alles in Ordnung.

Barbara verließ das Haus, um einen Spaziergang zu machen. Sie rief Mitchell Corsico an in der Hoffnung, er könnte es sich noch einmal anders überlegt und einen Artikel mit der Überschrift *Vater und entführte Tochter endlich wiedervereint!* ge-

schrieben haben, anstatt den abzuschicken, der auf Dwayne
Doughtys Informationen basierte. Doch im Grunde ihres Herzens wusste sie, dass sie vergebens hoffte. Ein internationaler
Entführungsskandal war zweifellos interessanter als die tränenreiche Wiedervereinigung von Vätern und Töchtern. Wenn
man dann auch noch Barbaras Mithilfe bedachte... Sie brauchte
sich wirklich keine Hoffnungen zu machen.

»Sorry, Barb«, sagte Mitchell auch diesmal. »Was sollte ich
tun? Sie sollten den Artikel trotz allem lesen. Hier in Lucca
kriegen Sie die Zeitung wahrscheinlich nicht, aber im Internet...«

Auch diesmal legte sie einfach auf. Sie hatte erfahren, was sie
wissen wollte. Jetzt musste sie mit Azhar reden.

Sie spürte, dass Salvatore ihr nicht mehr vertraute, doch als
Vater einer Tochter in Hadiyyahs Alter war er bereit zu tun, was
für das Mädchen gut war. Barbara wusste nicht, was Aldo Greco
dem Commissario gesagt hatte, aber was auch immer es gewesen war, es hatte funktioniert. Vor dem Zubettgehen am Vorabend hatte Salvatore ihr gesagt, um wie viel Uhr er losfahren
würde, um Azhar nach Lucca zu holen, und ihr versprochen,
sie mitzunehmen.

Sie verbrachten die Fahrt schweigend. Was blieb ihnen auch
anderes übrig, da sie einander nicht verständlich machen konnten. Barbara wusste, dass sie Salvatore tief getroffen hatte, und
sie wünschte sich nichts mehr, als ihm erklären zu können,
warum sie getan hatte, was sie getan hatte.

Selbstredend glaubte er, dass sie Schmiergeld annahm. Das
würde jeder denken. Polizisten auf der ganzen Welt hielten gern
die Hand auf – natürlich nicht alle, aber es gab genug davon –,
und er hatte kaum einen Grund zu bezweifeln, dass sie eine Informantin des schlimmsten Boulevardblatts von ganz London
war. Dass das keineswegs der Fall war... Wie sollte sie ihm das
erklären? Wer würde ihr glauben, egal in welcher Sprache? Sie
sagte: »Ich wünschte wirklich, Sie würden Englisch sprechen,

Salvatore. Sie glauben, ich hätte Sie hintergangen, aber es war kein Verrat und erst recht nicht persönlich gemeint. Ehrlich gesagt… Ich mag Sie echt, Kumpel. Und jetzt… was ich jetzt vorhabe… Das ist nicht gegen Sie persönlich gerichtet, auch wenn es so aussieht. Es wird verflucht noch mal so aussehen, als wollte ich Sie erneut hintergehen. Aber so ist es nicht gemeint. Glauben Sie mir, so ist es wirklich nicht gemeint. Gott, ich hoffe, Sie können mich irgendwann verstehen. Ich meine, mir ist klar, dass ich Ihr Vertrauen verloren hab und dass die gute Meinung, die Sie vielleicht mal von mir hatten, zum Teufel ist. Ich seh's Ihnen an, glauben Sie mir. Und das tut mir schrecklich leid, aber ich hatte keine andere Wahl.«

Er warf ihr von der Seite einen Blick zu. Sie fuhren über die *autostrada*, auf der starker Verkehr herrschte – Pendler, Lastwagen und Reisebusse mit Touristen auf dem Weg zu ihrem nächsten Ziel in der Toskana. Er sagte ihren Namen in sehr freundlichem Ton, der sie einen Moment lang glauben ließ, er hätte ihr vergeben, doch dann fuhr er fort: »*Mi dispiace, ma non capisco. E comunque… parla inglese troppo velocemente.*«

Sie hatte inzwischen genug Italienisch gehört, um das zu verstehen, und er hatte es oft genug wiederholt. »*Mi dispiace* auch, Kumpel«, sagte sie. Sie schaute aus dem Fenster auf die vorbeifliegende Landschaft: grüne Weinberge, malerische alte Bauernhöfe, Olivenhaine, Bergdörfer in der Ferne und darüber ein strahlendblauer Himmel. Das Paradies, dachte sie wehmütig. Das verlorene Paradies.

Azhar erwartete sie bereits, als sie im Gefängnis eintrafen. Diesmal nicht als Häftling in Gefangenenkleidung, sondern als englischer Gentleman in weißem Hemd und Bundfaltenhose. Er wurde abgeholt von dem Polizisten, der gegen ihn ermittelt hatte, und von der Polizistin, die seine treueste Freundin war. Commissario Lo Bianco hielt sich respektvoll auf Distanz, als Azhar und Barbara einander begrüßten, und ließ sie voraus zum Auto gehen.

Barbara hatte sich bei dem Professor untergehakt wie eine alte Freundin und sprach leise mit ihm. »Hören Sie zu, Azhar«, sagte sie. »Es ist nicht, wie es aussieht. Ich meine Ihre Entlassung. Die Situation ist nicht ganz so einfach.«

Er sah sie mit seinen dunklen Augen verwirrt an.

»Es ist noch nicht vorbei«, sagte sie. Dann berichtete sie ihm hastig von Corsicos Artikel, der am selben Morgen in der *Source* erscheinen würde. Doughty, sagte sie, habe Corsico alles erzählt, um seinen eigenen Hals zu retten. Namen, Daten, Orte, der Geldfluss, die manipulierten Bankdaten, die ganze Geschichte. Sie habe versucht, den verfluchten Journalisten aufzuhalten, sagte sie, sie habe auf ihn eingeredet, ihn angefleht. Aber es sei alles zwecklos gewesen.

»Was bedeutet das?«, wollte Azhar wissen.

»Das wissen Sie doch, Azhar. Die italienischen Journalisten werden die Geschichte heute lesen und sich darauf stürzen. Und dann bricht die Hölle los. Irgendeiner wird der Sache auf den Grund gehen, wenn nicht Salvatore, dann irgendeiner von seinen Kollegen. Dann wird man Sie wieder verhaften. Und ich hab's mir mit Salvatore so gründlich verdorben, dass ich Ihnen nicht mehr helfen kann.«

»Aber die werden doch einsehen, dass ich keine andere Wahl hatte, nachdem Angelina aus London verschwunden war und Hadiyyah vor mir versteckt hielt. Man wird Mitgefühl mit mir haben. Man wird ...«

»Hören Sie mir zu«, sagte sie. »Die Upmans sind hier in Lucca. Sie waren gestern in der Questura, und sie werden heute wieder hingehen. Sie wollen Hadiyyah mit nach England nehmen. Salvatore hat sie abgewimmelt, aber wenn die Sache mit der Entführung erst mal in den Zeitungen steht ... Wer weiß, vielleicht haben die Upmans ja längst einen Anruf von Bathsheba erhalten, die ihnen von dem Artikel in der *Source* erzählt hat. Dann werden sie das Sorgerecht für Hadiyyah fordern, glauben Sie mir. Denn welcher Vater entführt seine einzige

Tochter und bringt sie in einem Kloster bei einer Verrückten unter, die sich für eine Nonne hält?«

»Ich wollte doch nicht …«

»Glauben Sie etwa, irgendeiner interessiert sich dafür, was Sie wollten und was nicht? Die Upmans hassen Sie, das wissen wir beide. Die werden das Sorgerecht für Hadiyyah beantragen, nur um Ihnen eins auszuwischen, und sie werden es auch bekommen. Wen kümmert es schon, dass ihre Enkeltochter ihnen nichts bedeutet? Dass die das nur machen, um Ihnen das Leben zur Hölle zu machen?«

Er schwieg. Barbara schaute zu Salvatore hinüber, der, immer noch in respektvollem Abstand, in sein Handy sprach. Sie hatten verdammt wenig Zeit. Ihr Gespräch dauerte schon viel zu lange, wenn man bedachte, dass sie Azhar eigentlich nur über den seelischen Zustand seiner Tochter aufklären wollte.

»Sie können nicht nach London zurück«, sagte sie. »Und hier können Sie auch nicht bleiben. Italien und England sind für Sie verbrannte Erde.«

Seine Lippen bewegten sich kaum, als er fragte: »Aber was soll ich denn tun?«

»Ich glaube, das wissen Sie, Azhar. Sie haben keine Wahl.« Sie wartete. Dann hatte er endlich begriffen, denn er blinzelte, und sie meinte, den Schimmer einer unvergossenen Träne in seinen Wimpern zu sehen. Obwohl es ihr das Herz brach, sagte sie: »Sie haben dort immer noch Angehörige, Azhar. Die werden Sie und Hadiyyah mit offenen Armen empfangen. Sie spricht die Sprache. Oder zumindest ist sie dabei, sie zu lernen. Das war Ihnen ja immer wichtig.«

»Sie wird es nicht verstehen«, sagte er gequält. »Wie kann ich ihr das antun, nach allem, was sie durchgemacht hat?«

»Sie haben keine andere Wahl. Und Sie werden ja für sie da sein. Sie werden dafür sorgen, dass sie ein schönes Leben hat. Und sie wird sich eingewöhnen, Azhar. Sie wird Onkel und Tanten haben, Vettern und Kusinen. Es wird bestimmt alles gut.«

»Wie soll ich…«

Barbara fiel ihm ins Wort, da sie seine Frage bereits zu kennen glaubte. »Salvatore hat Ihre Pässe. Wahrscheinlich werden die irgendwo in der Questura sicher aufbewahrt. Er wird sie Ihnen aushändigen, anschließend werden Sie, Hadiyyah und ich zum Flughafen fahren. Wir werden uns von Salvatore verabschieden. Vielleicht fährt er uns auch hin, aber er wird nicht dableiben, um sich zu vergewissern, dass wir auch in denselben Flieger steigen. Ich fliege nach London. Sie und Hadiyyah fliegen… wohin auch immer, wo Sie einen Flug nach Lahore kriegen können. Auf jeden Fall raus aus Italien. Paris? Frankfurt? Stockholm? Egal, Hauptsache, es ist nicht London. Sie müssen das tun, Azhar, denn es bleibt Ihnen nichts anderes übrig. Und Sie wissen es, Azhar. Sie wissen es, verdammt noch mal.«

Er schaute sie an. Sie sah, wie seine dunklen Augen sich mit Tränen füllten. »Und Sie, Barbara?«, fragte er. »Was werden Sie tun?«

»Ich?« Sie bemühte sich, unbeschwert zu klingen. »Ach, ich fliege nach London und höre mir die Gardinenpredigt an, die mich erwartet. Es ist nicht das erste Mal, ich werd's überleben. Darin hab ich Übung.«

LUCCA
TOSKANA

Zuerst fuhren sie zum Torre Lo Bianco, wo Hadiyyah ihrem Vater in die Arme flog und ihr Gesicht an seinem Hals vergrub. »Barbara hat mir erzählt, dass du Salvatore geholfen hast«, sagte sie. »Hast du ihm viel geholfen? Was hast du getan?«

Azhar räusperte sich. Er strich ihr ein paar Strähnen aus dem Gesicht und sagte lächelnd: »Ich habe viele, viele Dinge getan. Aber jetzt müssen wir aufbrechen, *Khushi*. Bedankst du dich bei der Signora und bei Commissario Lo Bianco dafür, dass sie dich so gut versorgt haben?«

Sie umarmte Salvatores Mutter, die ihr einen Kuss auf die Stirn drückte und sie unter Tränen *bella bambina* nannte, und sie umarmte Salvatore, der »*niente, niente*« sagte, als sie sich überschwänglich bei ihm bedankte. Sie bat die beiden, Bianca und Marco von ihr zu grüßen, und sie fragte Barbara: »Kommst du mit nach Hause?«

Barbara bejahte, dann packten sie ihre Sachen in Salvatores Auto und fuhren ins Präsidium. Auf dem ganzen Weg um die Stadtmauer herum sah Barbara sich nach Anzeichen dafür um, dass Mitch Corsicos Sensationsnachricht irgendwie in Italien publik geworden war, und rechnete jeden Moment damit, dass die Upmans hinter einer Gebäudeecke oder einem Strauch hervorgesprungen kamen.

In der Questura verlief alles schnell und reibungslos, wofür Barbara unendlich dankbar war. Man gab Azhar die Reisepässe zurück, und während Ottavia Schwartz sich um Hadiyyah kümmerte, wurde eine Dolmetscherin geholt, damit Salvatore Azhar berichten konnte, auf welche Weise Angelina Upman ums Leben gekommen war. Er hörte mit gequältem Blick zu, eine Hand vor den Mund geschlagen. Er sagte, wenn er den vergifteten Wein getrunken hätte, wäre er wahrscheinlich nicht gestorben. Aber da Angelina bereits wegen Komplikationen mit ihrer Schwangerschaft in Behandlung gewesen sei, hätten die Ärzte die Symptome falsch gedeutet, bis es zu spät war. »Ich habe ihr nichts Böses gewünscht«, sagte er. »Das sollen Sie wissen, Commissario.«

»*Ihnen* wurde viel Böses gewünscht, Azhar«, bemerkte Barbara. »Und ich wette, Sie wären nicht ins Krankenhaus gefahren, wenn Sie von dem Wein krank geworden wären. Wahrscheinlich hätten Sie die Übelkeit auf einen Insektenstich geschoben. Den ersten Anschlag mit dem Zeug hätten Sie vielleicht überlebt, aber der nächste hätte Sie umgehauen, dann hätten Ihre Nieren versagt, und Sie wären garantiert gestorben. Vielleicht hat Lorenzo Mura das alles nicht so genau gewusst, aber das war ihm auch nicht wichtig. Sie sollten leiden, das war es, was er wollte, Sie sollten aus Angelinas Leben verschwinden.«

Salvatore hörte sich die Übersetzung mit ernster Miene an, doch Barbara sah auch die Güte in seinen Augen. Eine Sache musste noch gesagt werden, bevor Corsicos verfluchter Artikel es in Italien auf die Titelseiten brachte.

Barbara fragte Azhar: »Kann ich kurz mit ihm allein…?«, und machte eine Kopfbewegung in Richtung Salvatore.

Selbstverständlich, sagte Azhar, er werde Hadiyyah holen, und sie würden auf Barbara warten. Als sie allein waren, sagte Barbara zu der Dolmetscherin: »Bitte sagen Sie Salvatore, dass es mir schrecklich leidtut. Sagen Sie ihm, egal, was ich getan habe, es war nichts Persönliches. Ich wollte ihn nicht verraten oder benutzen oder sonst irgendwas, auch wenn ich weiß, dass es danach aussieht. Sagen Sie ihm… Mir sitzt dieser Londoner Journalist im Nacken – der Cowboy, den Salvatore gesehen hat. Der ist hergekommen, um mir dabei zu helfen, Azhar zu retten. Azhar ist mein Nachbar in London, und als Angelina ihm Hadiyyah weggenommen hat, war er… Salvatore, es hat ihm das Herz gebrochen. Und ich konnte das einfach nicht mit ansehen und nichts tun. Hadiyyah ist sein Ein und Alles, und ich musste ihm helfen. Und alles… alles, was passiert ist… können Sie ihm sagen, dass ich alles nur getan hab, um Azhar zu helfen? Das ist eigentlich alles. Dieser Journalist hat nämlich schon wieder einen Artikel geschrieben und… mehr kann ich im Moment nicht sagen. Das ist alles. Ich hoffe, dass er es versteht.«

Salvatore hörte zu, während die Dolmetscherin simultan übersetzte. Aber er schaute nicht die Dolmetscherin, sondern Barbara an.

Am Ende schwieg er. Barbara konnte es ihm nicht verdenken,

und in Wirklichkeit wollte sie gar keine Antwort von ihm. Denn wenn er später erfuhr, was sie als Nächstes getan hatte, würde er sie garantiert erwürgen wollen.

Sie sagte: »Vielen Dank für alles, Salvatore, und auf Wiedersehen. Wir können uns ein Taxi zum Flughafen nehmen, oder...«

Salvatore unterbrach sie. Er sagte leise etwas zu der Dolmetscherin, in einem Ton, der Güte oder Resignation ausdrücken konnte. Nachdem er geendet hatte, sagte Barbara zu der Dolmetscherin: »Was ist?«

»Der Commissario sagt, es hat ihn gefreut, Sie kennenzulernen.«

»Er hat noch mehr gesagt. Er hat doch länger geredet. Was hat er gesagt?«

»Er hat gesagt, er lässt Sie zum Flughafen bringen.«

Sie nickte. Dann fragte sie: »Das war's dann?«

Die Dolmetscherin schaute erst Salvatore, dann Barbara an. Ein sanftes Lächeln umspielte ihre Lippen. »Nein. Commissario Lo Bianco sagt, jeder, der eine Freundin hat wie Sie, kann sich glücklich schätzen.«

Damit hatte Barbara nicht gerechnet. Es schnürte ihr die Kehle zu. Mühsam brachte sie heraus: »Danke. *Grazie*, Salvatore. *Grazie* und *ciao*.«

»*Niente*«, sagte Salvatore. »*Arrividerci, Barbara Havers.*«

LUCCA
TOSKANA

Salvatore wartete wie immer geduldig in Piero Fanuccis Vorzimmer. Diesmal jedoch lag es nicht daran, dass Fanucci ihn absichtlich warten ließ oder gerade dabei war, irgendein armes Schwein zusammenzustauchen. Diesmal lag es daran, dass Fanucci noch nicht vom Mittagessen zurückgekehrt war. Er hatte seine Mittagspause später als üblich angetreten, wie Salvatore erfahren hatte, weil ein Gespräch mit drei Anwälten, die Carlo Casparia vertraten, sich erheblich in die Länge gezogen hatte. Es ging um widerrechtliche Festnahme, widerrechtliche Inhaftierung, Verhöre ohne Anwesenheit eines Anwalts, erzwungene Geständnisse und das Beschmutzen des Familiennamens. Wenn all dies nicht zur Zufriedenheit der Familie Casparia gelöst werde, müsse der Pubblico Ministero mit einer Ermittlung gegen seine Ermittlungsmethoden rechnen.

Fanucci hatte offenbar wie üblich auf diese Drohung mit einem Tobsuchtsanfall reagiert und den ungerührten Anwälten etwas von vertraulichen Informationen um die Ohren gebrüllt. Er sei nicht verpflichtet, ihnen irgendetwas über die Ermittlung zu offenbaren, hatte er erklärt. Amtsverschwiegenheit habe Priorität, nicht ihre kläglichen Behauptungen zugunsten der Casparias.

Die Anwälte zeigten sich unbeeindruckt. Wenn das sein Standpunkt sei, bitte sehr. Mehr sagten sie nicht dazu. Man werde von sich hören lassen.

All das hatte Salvatore von Fanuccis Sekretärin erfahren. Sie war bei dem Gespräch anwesend gewesen, um Protokoll zu führen, und sie war mehr als bereit gewesen, Salvatore über alles zu informieren, was besprochen worden war. Schließlich hatte sie vor, Fanucci als Sekretärin zu überleben. Sie träumte schon lange davon, dass Fanucci seines Amtes enthoben wurde, und nun sah es so aus, als könnte dieser Traum in Erfüllung gehen.

Während Salvatore wartete, dachte er über alles nach, was die Sekretärin ihm berichtet hatte, und legte es zusammen mit all den Dingen, über die er grübelte, seit Barbara Havers und ihre Londoner Nachbarn abgereist waren, in eine Waagschale. Der Abschied von der zerzausten Engländerin hatte ihn aus unerfindlichen Gründen tieftraurig gemacht. Eigentlich müsste er wütend auf sie sein, aber er empfand keine Wut. Im Gegenteil,

835

er hatte sich instinktiv auf ihre Seite geschlagen. Und so hatte er die Upmans, als sie später in der Questura erschienen waren, einfach abblitzen lassen. Ihre Enkelin sei bei ihrem Vater, hatte er ihnen knapp erklärt. Soweit er wisse, seien die beiden bereits aus Italien abgereist, und er könne ihnen nicht weiterhelfen, *mi dispiace.* Wenn sie Genaueres erfahren wollten – vor allem in Bezug auf den Tod ihrer Tochter Angelina –, könnten sie sich mit Aldo Greco in Verbindung setzen, der hervorragend Englisch spreche. Oder, falls sie kein Interesse daran hatten, könnten sie ebenfalls nach London zurückkehren. Dort könnten sie dann klären, wem das Sorgerecht für Hadiyyah zustehe.

Die Hasstirade, die Signor Upman daraufhin vom Stapel gelassen hatte, hatte Salvatore nicht im Geringsten interessiert. Er hatte die Upmans einfach im Empfangsbereich stehen lassen.

Dann war der Anruf des Reporters gekommen, der für Barbara Havers und den Cowboy den Film besorgt hatte. Der Mann berichtete ihm von einem »Knaller«, der an diesem Morgen in London veröffentlicht werde. Er habe die Informationen aus erster Hand von dem Journalisten, der den Artikel in der *Source* geschrieben habe. Aus dem Artikel gehe hervor, dass Hadiyyahs Entführung von ihrem eigenen Vater sorgfältig geplant und in die Wege geleitet worden sei. Namen, genaue Daten, Geldfluss, falsche Alibis, Strohmänner ... Ob Commissario Lo Bianco vorhabe, dem nachzugehen, wollte der Reporter wissen.

Leider nein, hatte Salvatore geantwortet. Der Reporter wisse doch sicherlich, dass die Leitung der Ermittlung im Entführungsfall Hadiyyah Upman vor wenigen Wochen an Nicodemo Triglia übertragen worden war? Er, Salvatore, habe nichts mehr mit dem Fall zu tun.

Ob er denn wisse, wo sich Taymullah Azhar und seine Tochter aufhielten? Der Reporter hatte erfahren, dass Azhar aus dem Gefängnis entlassen worden war und dass Lo Bianco und eine englische Polizistin namens Barbara Havers ihn abgeholt hatten. Wohin sie die beiden gebracht hätten, erkundigte sich der Reporter.

In die Questura natürlich, sagte Salvatore. Der Professor habe sich seinen Reisepass aushändigen lassen und sei dann abgereist, was sein Recht sei.

Abgereist? Wohin?

»Keine Ahnung«, hatte Salvatore geantwortet. Er hatte dafür gesorgt, dass er keine Ahnung hatte. Er wollte nicht wissen, wohin Azhar und seine Tochter unterwegs waren. Das Schicksal der beiden lag nicht mehr in seiner Hand, und so sollte es bleiben.

Als Piero Fanucci endlich aus der Mittagspause zurückkehrte, wirkte er vollkommen entspannt. Falls die drei Anwälte der Familie Casparia ihn eingeschüchtert hatten, war davon jetzt nichts mehr zu bemerken. Wahrscheinlich hatte ein halber Liter Wein Fanuccis Sorgen weggespült, dachte Salvatore, als der Mann ihn überschwänglich begrüßte und in sein Zimmer führte.

Salvatore war gekommen, um über den Tod von Angelina Upman und die Schuld von Lorenzo Mura zu sprechen. Im Verhörzimmer der Questura hatte der vollkommen gebrochene Mura ein umfassendes Geständnis abgelegt. Zudem hatte Daniele Bruno sich bereit erklärt, in dem bevorstehenden Prozess als Zeuge auszusagen. Der Fall sei also damit abgeschlossen, sagte Salvatore. Mura habe nicht die Absicht gehabt, seine Frau zu töten, erklärte er Fanucci. Der vergiftete Wein sei gar nicht für sie bestimmt gewesen, sondern für den Pakistani. Mura habe nicht gewusst, dass Taymullah Azhar als Muslim keinen Alkohol trinke.

Nachdem Salvatore geendet hatte, sagte Fanucci: »Sie haben nichts weiter als Indizienbeweise für mich, nicht wahr?«

Damit hatte der Staatsanwalt natürlich recht. Die Indizien seien jedoch erdrückend, sagte Salvatore. »Aber ich überlasse es Ihrer weisen Entscheidung, *magistrato*, ob Sie gegen Signor

Mura Anklage erheben wollen oder nicht. Sie haben in so vielen Punkten recht behalten, und ich vertraue darauf, dass Sie, nachdem Sie alle Berichte gelesen haben, die richtige Entscheidung treffen werden.« Die Berichte hatte Salvatore mitgebracht. Er überreichte Fanucci die Mappe, die dieser auf den Stapel legte, der auf seinem Schreibtisch der Bearbeitung harrte. Salvatore sagte: »Die Familie Mura ...«

»Ja?«

»Die Familie hat einen Anwalt aus Rom angeheuert. Ich habe gehört, dass er versuchen wird, mit Ihnen einen Handel abzuschließen.«

»Pah«, schnaubte Fanucci verächtlich. »Römer.«

Salvatore nickte höflich, ein kaum merkliches Neigen des Kopfes, mit dem er Fanuccis Meinung über Anwälte aus Rom, der Brutstätte politischer Skandale, zustimmte. Dann verabschiedete er sich und wandte sich zum Gehen. »Salvatore«, sagte Fanucci. Er wartete geduldig, während sein Chef seine Gedanken ordnete, und war nicht überrascht, als dieser schließlich sagte: »Unser kleiner Streit im Botanischen Garten ... Es tut mir aufrichtig leid, dass ich die Kontrolle verloren habe.«

»Solche Dinge geschehen, wenn Gefühle hochkochen«, antwortete Salvatore. »Für mich ist die Sache längst vergessen.«

»Dann will ich sie auch vergessen. *Ci vediamo?*«

»Ja, man sieht sich«, sagte Salvatore und verließ das Zimmer.

Er brauchte einen kleinen Spaziergang, dachte er, und entschloss sich, auf einem kleinen Umweg zur Questura zurückzugehen. Die Bewegung würde ihm guttun. Dass sein Spaziergang ihn über die Piazza Cocomeri führte, war nicht wichtig. Dass es auf der Piazza einen großen Zeitungskiosk gab, war purer Zufall. Dass man dort auch Zeitungen aus England, Frankreich und Deutschland kaufen konnte, war ihm neu. Die neueste Ausgabe der *Source* sei jedoch noch nicht eingetroffen, erklärte ihm der Zeitungsverkäufer. Die englischen Zeitungen würden immer erst nachmittags aus Pisa geliefert, nachdem sie am Flughafen eingetroffen waren. Er könne dem Commissario aber gern ein Exemplar beiseitelegen, fügte der Mann hinzu.

Salvatore sagte, ja, das freundliche Angebot wolle er gern annehmen. Er bezahlte die Zeitung im Voraus, verabschiedete sich und setzte seinen Spaziergang fort. Natürlich hätte er die Morgenausgabe der *Source* im Internet lesen können, aber er mochte es, das Papier in den Händen zu fühlen. Und wenn sein Englisch nicht ausreichte, um zu verstehen, was in der Zeitung stand? Dann würde er sich eben jemanden suchen, der es ihm übersetzte.

VICTORIA
LONDON

Isabelle Arderys dritte Besprechung mit dem Assistant Commissioner fand um drei Uhr statt. Lynley erfuhr auf dem üblichen Weg davon. Vor der Besprechung berichtete Dorothea Harriman ihm leise, es habe jede Menge Anrufe vom CIB1 gegeben, gefolgt von einem längeren Gespräch in Arderys Zimmer mit einem der Vertreter von Hillier. Auf Lynleys Frage hin, wer genau mit Ardery gesprochen habe, flüsterte Harriman, es sei der Personalchef gewesen. Sie habe versucht, Genaueres zu erfahren, jedoch nur mitbekommen, dass Detective Superintendent Ardery am vergangenen Nachmittag um ein Exemplar des britischen Polizeigesetzes gebeten habe.

All diese Informationen bedrückten Lynley. Einen Polizisten oder eine Polizistin zu entlassen war eine hochkomplizierte Angelegenheit. Es reichte nicht aus zu sagen: »Okay, das war's, Sie sind gefeuert«, denn damit handelte man sich nur einen Prozess vor dem Arbeitsgericht ein. Deswegen hatte Isabelle natürlich mit großer Sorgfalt die Liste der Verstöße dokumentiert, und obwohl ihn das schmerzte, konnte er es ihr auch nicht verübeln.

Er rief Barbara auf dem Handy an. Wenn er auch nicht viel für sie tun konnte, so konnte er sie zumindest vorwarnen, damit sie wusste, was sie bei ihrer Rückkehr nach London erwartete. Aber sie nahm nicht ab, und er hinterließ eine knappe Nachricht auf ihrer Mailbox mit der Bitte, ihn so bald wie möglich zurückzurufen. Nachdem er fünf Minuten gewartet hatte, rief er Salvatore Lo Bianco an.

Er versuche, Sergeant Havers zu erreichen, sagte er dem Italiener. Ob sie bei ihm sei? Ob er wisse, wo sie stecke? Sie gehe nicht an ihr Handy und…

»Ich nehme an, sie sitzt im Flugzeug«, sagte Salvatore. »Sie ist gegen Mittag zusammen mit dem Professor und der kleinen Hadiyyah aus Lucca abgereist.«

»Nach London?«

»Wohin sonst, mein Freund?«, sagte Salvatore. »Wir haben den Fall abgeschlossen. Ich habe dem Staatsanwalt heute Nachmittag meinen Bericht vorgelegt.«

»Wie wird die Anklage lauten, Salvatore?«

»Das, muss ich gestehen, weiß ich nicht. Für den Mord an Signora Upman wird Signor Mura sich vor Gericht verantworten müssen. Was die Entführung der kleinen Hadiyyah angeht… Der Fall wurde mir schon vor Wochen aus der Hand genommen, wie Sie ja wissen. Auch dieser Fall liegt jetzt in der Hand des *magistrato*. Und Fanucci? Der geht gern seine eigenen Wege. Ich habe mit der Zeit gelernt, mich da nicht einzumischen.«

Mehr bekam er aus Salvatore nicht heraus. Doch Lynley wurde das Gefühl nicht los, dass da noch mehr im Busch war, worüber Salvatore jedoch nicht am Telefon sprechen wollte. Was auch immer es sein mochte, er würde es erst erfahren, wenn er wieder mal nach Italien reiste.

Kaum hatte er das Gespräch mit Salvatore beendet, rief Dorothea Harriman ihn an. DI John Stewart sei jetzt bei Detective Superintendent Ardery. Er habe eine Zeitung mitgebracht, sagte Harriman. Sie sei sich nicht ganz sicher, meine aber gesehen zu haben, dass es sich um die neueste Ausgabe der *Source* handelte.

Lynley wählte noch einmal Barbaras Handynummer. Auch diesmal erreichte er nur ihre Mailbox: »Havers hier. Hinterlassen Sie eine Nachricht.« Er bat sie noch einmal, ihn so bald wie möglich zurückzurufen. »Salvatore sagte mir, Sie seien auf dem Rückweg nach London. Wir müssen reden, bevor Sie ins Büro kommen, Barbara«, sagte er. Mehr sagte er nicht, aber er hoffte, sie spürte die Dringlichkeit seines Anrufs.

Eine Stunde lang war ihm ganz flau im Magen. Das war nicht nur untypisch für ihn, es zeigte ihm auch, wie wenig er tun konnte, um die einmal in Gang gesetzte Maschinerie aufzuhalten. Als endlich das Telefon auf seinem Schreibtisch klingelte, nahm er hastig ab.

»Barbara«, sagte er.

»Ich bin's«, antwortete Dorothea. »Die Luft ist rein. DI Stewart ist gerade aus ihrem Zimmer gekommen. Mit grimmiger Miene.«

»Siegessicher?«

»Schwer zu sagen, Detective Inspector Lynley. Ein, zwei Minuten waren da drinnen laute Stimmen zu hören, und das war's. Sie ist jetzt allein. Ich dachte, Sie würden es vielleicht gern wissen.«

Er suchte Isabelle sofort auf. Im Korridor, auf dem Weg zu ihrem Zimmer, begegnete er John Stewart, der eine Zeitung in der Hand trug. Lynley nickte zum Gruß und wollte weitergehen, doch Stewart hielt ihn auf, indem er ihm die zusammengerollte Zeitung vor die Brust schlug. Er kam so dicht heran, dass Lynley seinen scharfen Mundgeruch roch, als er zum Sprechen ansetzte. Am liebsten hätte Lynley den Mann am Hals gepackt und gegen die Wand gedrückt, doch er fragte nur: »Gibt es ein Problem, John?«

»Sie dachten, Sie wären diskret vorgegangen, Sie beide«,

zischte er. »Sie glauben, keiner hätte was davon mitbekommen, dass Sie sie flachgelegt haben, stimmt's? Wir werden ja sehen. Das Thema ist noch längst nicht erledigt, Tommy.«

Lynley musste sich beherrschen, um Stewart nicht zu Boden zu werfen und zu erwürgen. Aber es stand zu viel auf dem Spiel. Außerdem hatte er nicht die geringste Ahnung, um was es eigentlich ging. Also sagte er: »Wie bitte?«

»Ganz recht, Kumpel«, schnaubte Stewart. »Lassen Sie nur den Aristokraten raushängen. Was anderes hätte ich sowieso nicht von Ihnen erwartet. Und jetzt gehen Sie mir aus dem Weg oder...«

»John, ich glaube, Sie stehen *mir* im Weg«, erwiderte Lynley ruhig. Er nahm Stewart die *Source* aus der Hand, die dieser ihm noch gegen die Brust gedrückt hielt. »Danke für die Zeitung. Ein bisschen leichte Lektüre beim Abendessen kann nie schaden.«

»Sie sind doch ein Stück Scheiße. Sie beide. Sie alle drei. Sie alle bis in die oberste Etage«, fauchte Stewart und schob sich an Lynley vorbei.

Auf dem Weg zu Ardery schlug Lynley die Zeitung auf. Es überraschte ihn nicht, einen Artikel von Mitchell Corsico auf der Titelseite vorzufinden. Auch die Schlagzeile – *Vater steckt hinter der Entführung* – überraschte ihn nicht. Er brauchte den Artikel nicht zu lesen, um zu begreifen, dass Dwayne Doughty ihn ausgetrickst hatte. Der Privatdetektiv war gewieft darin, seinen Hals rechtzeitig aus der Schlinge zu ziehen.

An Dorothea Harrimans Schreibtisch blieb er kurz stehen und deutete mit einer Kopfbewegung auf Isabelles Tür. Sie nickte und rief bei ihrer Chefin an. Ob sie einen Moment Zeit habe für Detective Inspector Lynley? Sie lauschte einen Moment lang, dann sagte sie Lynley, in fünf Minuten werde Ardery ihn empfangen.

Aus den fünf Minuten wurden zehn und dann fünfzehn Minuten, bis Isabelle ihre Tür öffnete, um ihn eintreten zu lassen. Kaum hatte er die Tür hinter sich geschlossen, stieß sie einen tiefen Seufzer aus. Sie zeigte auf ihr Handy und sagte: »So schwer kann das doch nicht sein, einen Urlaub in den Highlands zu planen. Bob behauptet, die Highlands liegen im Ausland, und da er schließlich das Sorgerecht hat und so weiter und so fort. Ist es ein Wunder, dass ich irgendwann angefangen habe zu trinken?« Als Lynley ihr einen finsteren Blick zuwarf, sagte sie: »Das sollte ein Scherz sein, Tommy.«

Sie ging um ihren Schreibtisch herum und ließ sich in ihren Stuhl fallen. Dann nahm sie ihre Halskette ab und rieb sich den Nacken. »Ich hab mir einen Nerv eingeklemmt«, sagte sie. »Das kommt von dem ganzen Stress und der Aufregung in letzter Zeit.«

»Ich bin John auf dem Korridor begegnet.«

»Ah. Tja. Er war ziemlich konsterniert. Was verständlich ist. Er wusste nicht, dass intern gegen ihn ermittelt wurde. Aber was hat der Mann denn erwartet?«

Lynley musterte Isabelles Gesicht. An ihrer Miene ließ sich nichts ablesen. »Ich verstehe nicht recht«, sagte er.

Sie rieb sich immer noch den steifen Nacken. »Ich konnte natürlich im Voraus nicht wissen, wie es ausgehen würde, als ich sie seinem Team zugeordnet und dann wieder an eine andere Aufgabe gesetzt habe, aber bei seiner ausgeprägten Antipathie gegen uns beide war damit zu rechnen, dass er sich um Kopf und Kragen bringt, was er ja dann auch getan hat. Sie hat ihn auf eine Schnitzeljagd quer durch London geschickt, und er hat den Köder angenommen und ist hinter ihr hergerannt. Für so was gibt es in deinen Kreisen bestimmt irgendeine passende Fuchsjagdmetapher ...«

»Ich jage nicht«, sagte Lynley. »Ich hab's einmal probiert, und das hat mir gereicht.«

»Hmm. Ja. Das passt zu dir. Du hast deine Klasse schon immer verraten, nicht wahr?« Sie lächelte. »Wie geht es dir, Tommy?«, fragte sie. »Du wirkst neuerdings ... beschwingter. Hast du dich verliebt?«

843

»Isabelle, sag mir, was hier gespielt wird. Hillier, CIB1, der Personalchef...«

»John Stewart wurde versetzt, Tommy«, sagte sie. »Ich dachte, du wüsstest, wovon ich rede.« Sie hängte sich die Halskette wieder um und schloss den obersten Knopf ihrer Bluse. »Barbara hatte Anweisung, ihm auf den Zahn zu fühlen. Sie sollte sich bei jeder Gelegenheit unerlaubt entfernen, dann sollte sich zeigen, ob er seine Befugnisse überschreitet, um eine nicht genehmigte Ermittlung gegen sie durchzuführen. Erwartungsgemäß hat er genau das getan, wie seine Berichte an mich belegen. Natürlich ist es so gut wie unmöglich, den Mann ganz aus dem Polizeidienst zu entfernen, aber der CIB1, Hillier und der Personalchef sind der Meinung, dass John in Sheffield ganz gut aufgehoben wäre. Da kann er lernen, sich effektiv in die Grenzen einer Hierarchie einzuordnen.«

Lynley war zutiefst erleichtert. Und dankbar. Er sagte: »Isabelle...«

»Jedenfalls«, fuhr sie fort, »hat Barbara ihre Rolle gut gespielt. Man hätte fast meinen können, sie wäre ernsthaft gestört. Meinst du nicht?«

»Warum?«, fragte er ruhig. »Warum tust du das, Isabelle? Wo so viel für dich auf dem Spiel steht?«

Sie sah ihn fragend an. »Ich verstehe nicht recht, Tommy. Ich habe keine Ahnung, wovon du redest. Aber das ist auch nicht so wichtig. Hauptsache, wir haben John vom Hals. Die Luft ist rein für Barbaras Rückkehr. Wir werden auf ihren Erfolg anstoßen.«

Er spürte, dass sie ihm nicht entgegenkommen würde. Sie würde die Sache auf ihre Weise regeln und damit basta. »Ich weiß nicht, wie ich dir...«, sagte er. »Danke, Isabelle. Am liebsten würde ich dir versichern, dass du es nicht bereuen wirst, aber der Himmel weiß, dass das ziemlich unwahrscheinlich ist.«

Sie schaute ihn lange an. Einen Moment lang sah er wieder die Frau vor sich, deren Körper er so sehr begehrt hatte. Dann war diese Frau wieder verschwunden, und das wahrscheinlich für immer, dachte er. Ihre nächsten Worte machten das deutlich.

»Ich möchte, dass Sie mich in Zukunft mit Chefin anreden, Thomas«, sagte sie. »Oder mit Ma'am. Oder mit Superintendent. Aber nicht mit Isabelle. Ich hoffe, wir haben uns verstanden.«

20. Mai

CHALK FARM
LONDON

Sie hatte Lynley nicht ein einziges Mal zurückgerufen. Mit den Konsequenzen ihres Handelns wollte sie sich jetzt noch nicht auseinandersetzen. Nach ihrer Rückkehr war sie in ihren Bungalow gekrochen, hatte ihre Reisetasche auf den Fußboden geleert, hatte alles in Tüten verstaut und war in einen Waschsalon gegangen. Sie hatte den Nachmittag in dem Laden verbracht, wo es so heiß war wie in einer Sauna und modrig roch, hatte ihre Sachen erst in eine Waschmaschine, dann in einen Trockner gestopft und zum Schluss gefaltet. Als es sich schließlich nicht länger vermeiden ließ, war sie nach Hause gegangen.

Das Alleinsein ging ihr unter die Haut. Sicher, sie lebte seit Jahren allein, aber dieses Alleinsein hatte sie verdrängen können durch ihre Arbeit, ihre obligatorischen Besuche bei ihrer Mutter, die im Pflegeheim allmählich den Verstand verlor, und durch den regen Kontakt mit ihren Nachbarn. An diese Nachbarn wollte sie im Moment lieber nicht denken.

Es war kein tränenreicher Abschied gewesen am Flughafen von Pisa. So was gab es nur im Kino. Azhar hatte in aller Eile für sich und Hadiyyah Tickets nach Zürich gebucht, von wo aus sie versuchen würden, nach Pakistan zu gelangen. Es blieb nicht mehr viel Zeit bis zum Abflug. Zuerst hatte Barbara befürchtet, man würde ihm kein Ticket verkaufen, weil er Muslim war und dunkelhäutig und nur einfache Flüge buchte. Aber vielleicht war es die Anwesenheit seiner bezaubernden Tochter, die offensichtlich ganz begeistert war von der Idee, mit ihrem Vater einen Urlaub in der Schweiz zu verbringen, die verhinderte, dass man Azhar weitere Fragen stellte. Die Papiere der beiden waren in Ordnung, mehr wurde offenbar nicht verlangt. In der Zwischenzeit besorgte Barbara sich ein Flugticket nach London, und kurz darauf – viel zu kurz darauf – mussten sie die Passkontrolle passieren und Abschied nehmen.

»Okay«, sagte Barbara. »Das war's dann also.« Sie umarmte Hadiyyah und fügte so gutgelaunt, wie sie konnte, hinzu: »Bring mir auf jeden Fall ein Kilo Schweizer Schokolade mit, meine Kleine. Und ein Schweizer Armeemesser – oder was gibt's da sonst noch?«

»Uhren!«, rief Hadiyyah. »Willst du auch eine Uhr?«

»Aber nur eine richtig teure.« Dann schaute sie Azhar an. Es gab nichts zu sagen, erst recht nichts, was man vor Hadiyyah hätte sagen können. Also rang sie sich ein Lächeln ab und bemerkte: »Heiliger Strohsack, war das ein Abenteuer.«

»Vielen Dank, Barbara«, erwiderte Azhar. »Für alles, was geschehen ist, und für alles, was noch kommt.«

Mit zugeschnürter Kehle salutierte sie scherzhaft und brachte gerade noch ein »Bis bald« heraus. Er nickte, und das war's.

Sie hatte den Schlüssel zu seiner Wohnung. Nachdem sie ihre Wäsche auf dem Schlafsofa in ihrem Bungalow abgelegt hatte, überquerte sie den Rasen und schloss die Tür im Erdgeschoss der Villa auf. Kein Azhar, keine Hadiyyah, und doch meinte sie deren Gegenwart immer noch zu spüren. Sie ging von Zimmer zu Zimmer, bis sie in dem Schlafzimmer stand, das Azhar mit Angelina Upman geteilt hatte. Ihre Sachen waren fort, aber seine natürlich nicht. Im Kleiderschrank hingen Hosen, Hemden, Jacketts und Krawatten ordentlich auf Bügeln. Auf dem Boden des Schranks standen Schuhe in Reih und Glied. In den Fächern lagen Schals und Handschuhe. Sie befühlte die Jacketts und rieb ihre Wange an dem Stoff. Sie rochen nach ihm.

Sie verbrachte eine Stunde in dem Wohnzimmer, das Angelina so hübsch renoviert hatte. Sie berührte die Möbel, betrachtete die Bilder an den Wänden, las die Titel auf den Buchrücken. Schließlich setzte sie sich und starrte ins Leere.

Irgendwann war sie in ihren Bungalow zurückgekehrt. Lynley hatte achtmal auf ihrem Handy und zweimal auf ihrem Festnetzapparat angerufen. Sie löschte jede Nachricht, sobald sie seine wohlklingende Baritonstimme hörte. Schon bald würde sie sich den Konsequenzen ihres Handelns stellen müssen. Aber noch nicht.

Sie legte sich ins Bett und schlief besser als erwartet. Sie verwandte mehr Sorgfalt als gewöhnlich auf ihre Morgentoilette. Es gelang ihr sogar, etwas zusammenzustellen, was ein gnädiger Modekenner als Ensemble durchgehen lassen könnte. Zumindest hatte sie keine Hose mit Gummizug an, sondern eine mit Reißverschluss und Gürtelschlaufen, auch wenn sie gar keinen Gürtel besaß. Außerdem hatte sie auf ein T-Shirt mit Slogan verzichtet. Zwar hatte sie kurz eins in der Hand gehabt mit der Aufschrift *This is my clone. I'm actually elsewhere having a much better time*, war jedoch zu dem Schluss gekommen, dass der Spruch – auch wenn er zutraf – für die Arbeit eher unpassend war.

Als es sich nicht länger vermeiden ließ, machte sie sich bei herrlichem Maiwetter auf den Weg zur Victoria Street. Während sie unter den prächtig blühenden Kirschbäumen entlangging, entschloss sie sich, statt mit dem Auto mit der U-Bahn zu fahren, und bog ab in die Chalk Farm Road. Auf diese Weise würde sie auf dem Weg zum U-Bahnhof am örtlichen Zeitungsladen vorbeikommen. Sie wollte die schlimmsten Stellen in dem Artikel lesen, bevor sie sich mit der Reaktion ihrer Vorgesetzten darüber auseinandersetzen musste.

Wie üblich war es heiß und stickig in dem Laden, der kaum breiter war als ein Flur. An einer Wand lagen sämtliche Zeitschriften, Zeitungen und Boulevardblätter dicht an dicht in Regalen, und an der anderen alle erdenklichen Sorten von

Süßigkeiten. Aber was Barbara suchte, würde sie an dem Morgen nicht finden. Sie schob sich an drei Mädchen in Schuluniform vorbei, die darüber diskutierten, ob Salzbrezeln gesünder waren als Kartoffelchips, dann an einer Frau mit Kinderwagen, deren Kleinkind gerade versuchte, aus dem Wagen zu entkommen. An der Kasse fragte sie Mr Mudali, ob er noch eine Ausgabe der *Source* von gestern habe. Er nickte und wuchtete einen zusammengeschnürten Packen Zeitungen auf den Tresen, die am Vortag nicht verkauft worden waren. Er gab ihr die *Source* – sie habe Glück, sagte er, es sei nur ein Exemplar davon übrig geblieben –, und sie drückte ihm, obwohl er protestierte, er nehme kein Geld für eine alte Zeitung, ein paar Münzen in die Hand. Dann kaufte sie sich noch eine Schachtel Zigaretten und ein Päckchen Juicy Fruit und machte sich auf den Weg.

Erst als sie in der U-Bahn saß, schlug sie die Zeitung auf. Ausnahmsweise hatte sie zwischen den vielen Pendlern, die um diese Zeit ins Zentrum fuhren, tatsächlich einen Sitzplatz ergattert. Einen Moment lang gab sie sich der sinnlosen Hoffnung hin, Mitchell Corsico hätte seine Drohung nicht wahrgemacht, aber ein Blick auf die Schlagzeile – *Vater steckt hinter der Entführung* – belehrte sie eines Besseren.

Ihr wurde das Herz schwer. Sie faltete die Zeitung wieder zusammen, ohne den Artikel zu lesen. Dann, nach zwei weiteren Haltestellen, sagte sie sich, dass es besser wäre, wenigstens ein bisschen vorbereitet zu sein. Die vielen Anrufe von Lynley, die sie ignoriert hatte, ließen darauf schließen, dass man im Yard Bescheid wusste über die Rolle, die sie im Zusammenhang mit Hadiyyahs Entführung gespielt hatte. Da war es nicht von Belang, dass sie von Azhars Plan nichts gewusst hatte. Seit sie Mitchell Corsico in die Sache hineingezogen hatte, um New Scotland Yard zum Handeln zu zwingen und Lynley nach Italien zu schicken, hatte sie sich mitschuldig gemacht. Vielleicht, dachte sie, würde ihr etwas einfallen, was sie zu ihrer Verteidigung vorbringen konnte. Aber dazu musste sie Mitchells Artikel lesen.

Also faltete sie die Zeitung auf und las. Natürlich war der Artikel vernichtend. Er enthielt alle Namen, Daten, Orte, Informationen über die Geldtransfers… die ganze schmutzige Geschichte. Nur eins fehlte. Nirgendwo wurde Barbaras Name erwähnt.

Offenbar hatte Mitchell, bevor er den Artikel an seinen Chefredakteur geschickt hatte, sämtliche Hinweise auf sie gelöscht. Sie hatte keine Ahnung, ob das ein Gnadengeschenk war oder nur die Vorbereitung auf etwas, das sich als noch schlimmer erweisen würde. Es gab zwei Möglichkeiten, das herauszufinden. Sie konnte einfach abwarten, was geschehen würde, oder sie konnte Corsico anrufen. Als sie an der Station St. James's Park ausstieg, entschied sie sich für Letzteres. Auf dem Weg über den Broadway zum schwer bewachten Haupteingang der Met rief sie Mitchell Corsico auf dem Handy an.

Wie sich herausstellte, war er noch in Italien und auf der Jagd nach Einzelheiten hinsichtlich der Verhaftung von Lorenzo Mura. Ob Barbara schon seinen neuesten Artikel gelesen habe, wollte er wissen. Er sei wieder vorne auf der Titelseite gelandet und genieße jetzt die Hochachtung seiner Vasallen in Italien, die leider nicht über so gute Quellen verfügten wie er. Womit er natürlich Barbara meinte.

Sie sagte: »Sie haben den Artikel geändert.«

»Hä?«

»Der Artikel, den Sie mir gezeigt haben. Mit dem Sie mich unter Druck gesetzt haben. Sie… Mitchell, Sie haben meinen Namen rausgenommen.«

»Ach so. Ja. Was soll ich sagen? Aus alter Freundschaft, Barb. Und, Sie wissen ja, man schlachtet nicht die Gans und so weiter.«

»Ich lege keine goldenen Eier, Mitchell, und wir sind auch keine alten Freunde.«

Er lachte. »Aber wir werden es sein, Barb. Glauben Sie mir, wir werden es sein.«

Sie legte auf. Unterwegs stopfte sie die *Source* in einen Mülleimer. Sie reihte sich in die Schlange der Leute vor der Sicherheitsschleuse der Met ein. Mitchell hatte sie noch einmal verschont, sie konnte allerdings nicht damit rechnen, dass andere sie auch verschonen würden.

Sie erfuhr es von Winston Nkata. Seltsam, dachte sie später, wo Winston eigentlich nichts mit Klatsch am Hut hatte. Aber dass etwas Bedeutsames im Busch war, merkte sie gleich, als sie aus dem Aufzug stieg. Drei Detective Constables unterhielten sich mit ernster Miene mit Winston, und das allgemeine Geraune deutete darauf hin, dass Veränderungen in der Luft lagen, die nichts zu tun hatten mit einem neuen Fall, den ein Team übernommen hatte. Das war etwas anderes. Barbara ging zu Winston und sprach ihn an. Von ihm erfuhr sie, dass John Stewart versetzt worden war und jemand anders seinen Posten übernehmen würde. Entweder würde jemand aus den eigenen Reihen befördert, oder es würde ein DI von außerhalb kommen. Die Detective Constables, die sich mit Winston im Korridor versammelt hatten, waren davon überzeugt, dass er der Mann der Stunde sein würde. Schließlich gab es in der Abteilung noch keinen schwarzen Detective Inspector. »Viel Glück, Kumpel«, meinte einer von ihnen.

Nkata, ganz der Gentleman wie sein Mentor Lynley, würde jedoch nichts unternehmen ohne Barbaras Segen. Er fragte: »Hast du einen Moment Zeit, Barb?« Schließlich bekleidete sie schon viel länger als er den Rang eines Detective Sergeant, und unter Isabelle Ardery gab es weder einen schwarzen Detective Inspector noch einen weiblichen.

Winston und Barbara zogen sich ins Treppenhaus zurück, um ungestört reden zu können. Er ging zwei Stufen nach unten, um sie nicht um Haupteslänge zu überragen. Was er ihr zu sagen hatte, sollte von gleich zu gleich geschehen, und das wollte er wohl unterstreichen, dachte sie.

»Ich hab die Prüfung schon vor einer ganzen Weile abgelegt«, sagte er. »Ich hab dir nichts davon erzählt, weil … Na ja, wie hätte es ausgesehen, wenn ich durchgerasselt wäre? Ich hab bestanden, aber du bist dienstälter als ich, Barb. Wenn du den Posten willst, halte ich mich zurück.«

Barbara fand es rührend, dass Winston ihr anbot, ihr den Vortritt zu lassen, ausgerechnet zu einem Zeitpunkt, wo es in den Sternen stand, ob sie ihren Job überhaupt behalten würde. Außerdem musste sie zugeben, dass Winston Nkata wesentlich besser geeignet war als sie, ein Team zu leiten. Er hielt sich an die Vorschriften. Sie nicht. Und das war letztlich der entscheidende Unterschied.

»Bewirb dich«, sagte sie.

»Sicher, Barb?«

»Absolut.«

Er strahlte.

Dann machte sie sich auf den Weg zum Chefzimmer, um sich ihrem Schicksal zu stellen. Mitchell Corsico hatte sie verschont, aber ihre Sünden wogen schwer. Unerlaubtes Entfernen aus dem Dienst gehörte zu den schlimmsten. Das hatte seinen Preis, und sie war bereit, ihn zu zahlen.

BELSIZE PARK
LONDON

Lynley fand einen Parkplatz kurz vor dem Ende der von Reihenhäusern gesäumten Straße. Das Viertel war im Prozess der Gentrifizierung begriffen, nur ein Haus war noch unberührt von dieser besonderen Art architektonischer Magie. Wie immer, wenn er in solche im Umbruch begriffenen Gegenden kam, fragte er sich, wie es dort mit der Sicherheit bestellt war. Eine müßige Frage, sagte er sich dann, war doch seine Frau direkt vor seiner Haustür erschossen worden, in einer noblen

Gegend, wo das einzige störende Geräusch hin und wieder von einer Alarmanlage kam, die losging, weil ein Hausbesitzer mit betrunkenem Kopf vergessen hatte, sie bei seiner Heimkehr zu deaktivieren.

Er nahm die Flasche Champagner und die beiden langstieligen Sektflöten, die er mitgebracht hatte, vom Beifahrersitz, stieg aus, schloss den Wagen ab und hoffte auf das Beste, wie immer, wenn er den Healey Elliott am Straßenrand parken musste. Dann stieg er die Stufen zu einer niedrigen Veranda hoch, deren viktorianische Fliesen erfreulicherweise noch intakt waren.

Er war ein bisschen spät dran, denn er hatte Barbara Havers nach einem längeren Gespräch nach Hause gefahren. Es hatte sich angeboten, da er sowieso in die Gegend musste, in der sie wohnte. Aber die Straßen waren ziemlich verstopft gewesen.

Barbara war anderthalb Stunden lang in Isabelle Arderys Zimmer gewesen. Als sie herauskam, war sie laut Lynleys stets zuverlässiger Quelle Dorothea Harriman blass gewesen und hatte… verschüchtert? ergeben? gedemütigt? überrascht gewirkt? Oder vielleicht verblüfft über die glückliche Wendung ihres Schicksals? Dee konnte es nicht sagen. Aber sie hatte ihm versichert, dass während des Gesprächs zwischen Detective Superintendent Ardery und Detective Sergeant Havers keine lauten Stimmen zu hören gewesen waren. Als Havers das Zimmer betreten hatte, hatte sie nur gehört, wie Ardery gesagt hatte »Nehmen Sie Platz, Barbara, das wird eine längere Sitzung«, dann hatte die Chefin die Tür geschlossen.

Barbara hatte sich ihm gegenüber auf einen einzigen Kommentar beschränkt – »Das hat sie für Sie getan« –, hatte aber ansonsten nicht darüber reden wollen. Er hatte ihr ausdrücklich widersprochen – »Ich versichere Ihnen, dass das nicht der Fall ist« – und sie dann doch in ein Gespräch verwickelt, denn er hatte unbedingt wissen wollen, warum sie ihn nicht zurückgerufen hatte, wo es doch seine Absicht gewesen war, sie auf das vorzubereiten, was sie im Yard erwartete.

»Ich glaub, ich wollte es einfach nicht wissen. Ich glaub, ich hab Ihnen nicht vertraut. Eigentlich vertrau ich niemandem mehr, nicht mal mir selbst.«

Dann hatte sie eine Weile geschwiegen, und er kannte sie gut genug, um zu wissen, dass sie danach lechzte, eine Zigarette zu rauchen. Aber er wusste auch, dass sie das in seinem Healey Elliott nicht tun würde. Er nutzte die Gelegenheit, um etwas klarzustellen. »Sie sind auf mehr als eine Weise noch einmal davongekommen. Ich habe Corsicos Artikel über die Entführung gelesen.«

»Tja«, sagte sie. »So ist Corsico nun mal. Der macht, was er will.«

»Aber das hat seinen Preis. Was schulden Sie ihm, Barbara?«

Sie schaute ihn an. Ihm fiel auf, wie abgespannt sie aussah … Sie wirkte regelrecht gebrochen, dachte er, und das hatte nur mit Taymullah Azhar zu tun. Sie behauptete, sie hätten sich am Flughafen von Pisa voneinander verabschiedet. Er wolle ein paar unbeschwerte Tage mit Hadiyyah verbringen, habe er gesagt. Nur sie beide. Um sich von allem zu erholen, was in Italien geschehen war. Mehr wisse sie nicht.

Was Mitchell Corsico angehe, sagte sie, der werde sicher wieder auftauchen, sobald er irgendeine Information brauche. Und er werde sich an sie wenden, keine Frage. Aber sie werde ihn abwimmeln. Was bleibe ihr auch anderes übrig? Natürlich könne sie um eine Versetzung bitten. Mitchell werde sie kaum als Informationsquelle nutzen wollen, wenn sie in … Berwick-upon-Tweed arbeitete. Wenn nötig, würde sie ihm ankündigen, dass sie diesen Schritt in Erwägung ziehe. Isabelle Ardery wisse das. Ja, der Versetzungsantrag sei bereits ausgefüllt und unterschrieben und liege im Schreibtisch der Chefin bereit.

»Sie hat mich also am Schlaffittchen, und ich weiß, dass ich's verdient habe«, sagte Barbara.

Lynley konnte nicht leugnen, dass diese Einschätzung der Wahrheit entsprach. Doch als er ihr nachgeschaut hatte, wie sie mit hängenden Schultern zu ihrem Bungalow ging, hatte sie ihm leidgetan. Er wünschte ihr ein anderes Leben. Aber er konnte sich nicht vorstellen, wie sie dahin kommen sollte.

Er drückte auf die Klingel mit der Aufschrift »App. 1«. Daidre öffnete die Tür. Apartment 1 lag im Erdgeschoss rechts. »Viel Verkehr?«, fragte sie lächelnd. »London«, seufzte er und küsste sie.

Sie führte ihn in ihre Wohnung und machte die Tür zu. Das Klicken des Schlosses beruhigte ihn. Dann sagte er sich, dass Daidre Trahair durchaus auf sich selbst aufpassen konnte. Doch als er seinen Blick durch die Wohnung schweifen ließ, kamen ihm Zweifel.

Von einem schmalen Flur gingen nacheinander mehrere Zimmer ab, eins geschmackloser gestaltet als das nächste. Sie begannen mit dem Wohnzimmer mit schweinchenrosa Wänden und Heizkörpern in Himmelblau. Der Dielenboden war irgendwann einmal lavendelfarben gestrichen gewesen. In dem Zimmer standen keine Möbel, und das war wahrscheinlich auch besser so, dachte er.

Im Schlafzimmer klebte eine knallbunt gestreifte Tapete an den Wänden, die an die sechziger Jahre und psychedelische Drogen erinnerte. Vorhänge waren hier nicht nötig, denn irgendjemand hatte die Fensterscheiben mit Farbe bestrichen. In knallrot.

Das Bad war mit einer Toilette, einem Waschbecken und einer Badewanne ausgestattet. Die Badewanne sah aus, als hätte jemand versucht, darin Bakterienkulturen zu züchten. Die Fensterscheibe war blau angemalt.

In der Küche war gerade genug Platz für einen Tisch und zwei Stühle, aber es gab weder einen Herd noch einen Kühlschrank. Dass es sich um die Küche handelte, erkannte man an der großen Spüle, über der allerdings kein Wasserhahn angebracht war.

Hinter der Küche, erklärte ihm Daidre, befand sich das Beste und der Hauptgrund, warum sie die Wohnung unbedingt hatte haben wollen, nämlich ein Garten, der nur von ihrer Küche aus zugänglich war. Wenn sie den Garten erst einmal von all dem Gerümpel – ein Herd und ein Kühlschrank rosteten draußen vor sich hin – und von dem wuchernden Unkraut befreit habe, schwärmte Daidre, würde er ein richtiges Juwel sein, oder nicht?

Er sah sie an. »Daidre … Liebling …« Er verstummte. Doch dann brach es aus ihm heraus: »Was in aller Welt hast du dir bloß dabei gedacht? Hier kannst du doch unmöglich wohnen.«

Sie lachte. »Ich bin praktisch veranlagt, Tommy. Ich muss nur ein paar Verschönerungsarbeiten vornehmen. Na ja, bis auf das Wasser in der Küche, da muss jemand ran, der sich mit so was besser auskennt als ich. Aber abgesehen davon – man muss die Substanz sehen.«

»Ich sehe nur Verfall.«

Wieder musste sie lachen. »Ich mag Herausforderungen. Das weißt du doch.«

»Du hast die Wohnung doch nicht etwa gekauft, oder?«, fragte er hoffnungsvoll.

»Nein, ich kann mir keine Wohnung kaufen. Jedenfalls nicht, solange mein Haus in Bristol nicht verkauft ist. Aber ich habe mir eine Kaufoption gesichert. Und das ist doch nicht schlecht, oder?«

»Hm«, machte er.

»Du wirkst ja nicht gerade begeistert«, sagte sie. »Du solltest einfach die Vorteile sehen.«

»Du machst mich neugierig.«

»Also.« Sie hakte sich bei ihm unter, und sie gingen nebeneinander zurück zum Wohnzimmer, was in dem engen Flur nicht ganz einfach war. »Erstens ist es nicht weit bis zum Zoo. Eine Viertelstunde mit dem Fahrrad. Ich brauche also nicht mit dem Bus zu fahren. Ich könnte sogar mein Auto verkaufen. Was ich natürlich nicht tun werde, aber auf jeden Fall brauche ich nie zu befürchten, dass ich auf dem Weg zur Arbeit im Verkehr stecken bleibe. Außerdem werde ich viel Bewegung haben. Das ist doch einfach … himmlisch, Tommy.«

»Ich wusste gar nicht, dass du Fahrrad fährst«, sagte Lynley. »Roller Derby, Darts, Fahrradfahren … Du bist voller Überraschungen. Gibt es noch mehr, was ich wissen sollte?«

»Yoga, Joggen, Skilaufen«, sagte sie. »Und Wandern, aber nicht so oft, wie ich es mir wünschen würde.«

»Ich bin beeindruckt«, sagte er. »Ich gehe zu Fuß bis zur Straßenecke, um mir die Zeitung zu kaufen – und komme mir schon sportlich vor.«

»Du lügst«, sagte sie. »Ich sehe es dir an.«

Er lächelte. Dann hielt er die Flasche Champagner hoch, die er mitgebracht hatte, und sagte: »Ich dachte … Also, ich muss gestehen, dass ich etwas anderes erwartet hatte. Mit dir auf dem Sofa zu sitzen zum Beispiel. Oder auf einem geschmackvollen Perserteppich zu liegen. Ich hatte gehofft, wir könnten die Wohnung einweihen und danach … was auch immer …«

Sie grinste. »Ich wüsste nicht, was dagegen sprechen sollte. Du weißt doch, im Grunde meines Herzens bin ich ein einfaches Mädchen.«

»Und was wünschst du dir?«, fragte er. »Ich meine, für die Wohnungseinweihung?«

»Nur dich.«

BELGRAVIA
LONDON

Kurz nach Mitternacht kam er nach Hause, erfüllt von Gefühlen, die er erst einmal sacken lassen musste. Zum ersten Mal seit Langem fühlte er sich im Reinen mit seinem Leben. Etwas in ihm, das zerbrochen war, fügte sich ganz allmählich wieder zu einem Ganzen zusammen.

Im Haus war es dunkel. Denton hatte wie immer eine einzelne Lampe am Fuß der Treppe brennen lassen. Lynley schaltete sie aus und ging im Dunkeln nach oben. In seinem Schlafzimmer tastete er nach dem Lichtschalter und betätigte ihn. Er ließ seinen Blick langsam durch das Zimmer wandern, über das große Bett aus Mahagoni, die Kommode, die beiden großen Kleiderschränke. Er ging zu dem Schminktisch zwischen den Fenstern, auf dem noch immer die Parfüms und Schminkutensilien standen, wie Helen sie am letzten Tag ihres Lebens hinterlassen hatte.

Er nahm ihre Haarbürste in die Hand. Ein paar von ihren kastanienbraunen Haaren hingen noch darin. Weniger als ein Jahr lang hatte er Abend für Abend zugesehen, wie sie ihr Haar bürstete und dabei mit ihm plauderte. *Tommy, Liebling, wir haben eine Einladung zu einem Dinner, das – darf ich ganz offen sein? – das wundersame Schlafmittel zu werden verspricht, nach dem seit Jahren geforscht wird. Können wir uns eine zündende Ausrede ausdenken? Oder wollen wir uns der Tortur aussetzen? Ich richte mich ganz nach dir. Du kennst ja meine Fähigkeit, fasziniert dreinzublicken, während mein Gehirn sich abschaltet. Aber ich bezweifle, dass du das genauso gut hinkriegst. Also ... was soll ich tun?* Dann stand sie auf, kam zu ihm ins Bett und erlaubte ihm, das Haar zu zerzausen, das sie gerade erst so sorgfältig gebürstet hatte. Ob sie an dem Dinner teilnahmen oder nicht, war ihm eigentlich ziemlich egal, Hauptsache, sie war an seiner Seite.

»Ach Helen«, flüsterte er. »Helen.«

Er ging zur Kommode, öffnete die oberste Schublade und legte die Bürste ganz hinten hinein wie eine Reliquie. Dann schob er die Schublade vorsichtig zu.

Er ging in den zweiten Stock. Wie erwartet, schlief Charlie Denton schon. Lynley hätte bis zum nächsten Morgen warten können, aber er hatte das Gefühl, dass jetzt der richtige Augenblick war, der vielleicht nicht wiederkommen würde. Er trat an

Dentons Bett, berührte den jungen Mann an der Schulter und sagte seinen Namen. Charlie Denton war sofort hellwach.

»Ihr Bruder...?«, stieß er hervor. Peter Lynley und seine Drogensucht war ein Thema, über das sie normalerweise nicht sprachen. Aber was sollte Denton davon halten, mitten in der Nacht geweckt zu werden? Er dachte natürlich sofort, dass irgendeinem Familienmitglied etwas Schlimmes zugestoßen war.

»Nein, nein«, sagte Lynley. »Alles in Ordnung, Charlie. Ich wollte nur...« Er suchte nach den richtigen Worten.

Denton setzte sich auf, schaltete seine Nachttischlampe an und nahm seine Brille. Wieder ganz der Butler sagte er: »Benötigen Sie etwas, Sir? Ich habe Ihnen ein Abendessen zubereitet, es steht im Kühlschrank zum Aufwärmen bereit und...«

Lynley lächelte. »Seine Lordschaft benötigt nichts«, sagte er. »Nur morgen früh Ihre Hilfe. Ich möchte morgen Helens Sachen einpacken. Könnten Sie überlegen, was wir dazu brauchen?«

»Selbstverständlich, Sir«, sagte Denton. Als Lynley sich bedankte und zum Gehen wandte, fragte er: »Sind Sie sich ganz sicher, Sir?«

Lynley drehte sich noch einmal um und dachte über die Frage nach. »Nein«, musste er zugeben. »Sicher bin ich mir ganz und gar nicht. Aber ganz sicher kann man sich nie bei irgendetwas sein, oder?«

Danksagung

Ich stehe in der Schuld einiger wunderbarer Menschen, die mich beim Schreiben dieses Romans unterstützt haben, nicht nur in den Vereinigten Staaten und Großbritannien, sondern auch in Italien.

Im Vereinigten Königreich war es Detective Superintendent John Sweeney von New Scotland Yard, der mich genauestens darüber aufgeklärt hat, was passiert, wenn ein Brite im Ausland entführt wird, ebenso, was geschieht, wenn ein britischer Staatsbürger im Ausland ermordet wird. Es ist ein komplizierter Prozess, der im Fall dieser Geschichte die britische Botschaft, die italienischen Behörden, die Polizei am Wohnort des Opfers in England und New Scotland Yard einbezieht. Ich habe mich bemüht, dem Leser diesen Prozess leicht nachvollziehbar zu machen, und ich hoffe, es ist mir halbwegs gelungen. Die unermüdliche und findige Swati Gamble hat mir dabei geholfen. Sie hat mir Türen geöffnet und Informationen beschafft und diese so aufbereitet, dass ich sie verwenden konnte. Der Privatdetektiv Jason Woodcock hat entscheidend zu meinem Verständnis dessen beigetragen, was Privatdetektive in Großbritannien dürfen und was nicht. Er war auch fantastisch, als es um die Kunst der Verstellung ging, und ich möchte hier klarstellen, dass er absolut keine Ähnlichkeit mit Dwayne Doughty in diesem Roman hat. Mein Schriftstellerkollege John Follain hat sich per E-Mail mit Informationen über die labyrinthische Natur der Polizeiarbeit in Italien dazugeschaltet, und auch sein Buch *Death in Perugia: The Definitive Account of the Meredith Kercher Case* war mir von großem Nutzen. Das außergewöhnliche Buch *Die Bestie von Florenz* von Douglas Preston und Mario Spezi hat mir sehr dabei geholfen, die Rolle der Staatsanwaltschaft bei Verbrechensermittlungen in Italien zu verstehen; und ebenso hilfreich waren *Murder in Italy* von Candace Dempsey und *The Fatal Gift of Beauty* von Nina Burleigh.

Mit diesem Roman verabschiede ich mich herzlichst von meiner langjährigen britischen Lektorin bei Hodder, Sue Fletcher, die im Dezember 2012 in den Ruhestand gegangen ist, und ich will mit meiner Danksagung bei meinem neuen Lektor Nick Sayers beginnen in der Hoffnung auf eine ebenfalls jahrelange Zusammenarbeit. Es ist auch höchste Zeit, mich bei Karen Geary, Martin Nield und Tim Hely-Hutchinson zu bedanken, die meine Bücher in Großbritannien beworben haben.

In Italien begann meine Reise in Lucca mit Maria Lucrezia Felice, die mit mir Kirchen, Plätze, Parks und Geschäfte besucht hat, um mich mit dem mittelalterlichen Zentrum der Stadt vertraut zu machen. Sie war ebenfalls mit mir in Pisa auf der Piazza dei Miracoli, und gemeinsam haben wir uns durch die unterschiedlichen Kompetenzen der Polizei bei Verbrechensermittlungen gekämpft: *Polizia de Stato, Arma dei Carabinieri, Polizia Penitenziaria, Polizia Municipale* und *Vigili Urbani*. Giovanna Troncis Haus in den Hügeln über Lucca – die Fabricca di San Martino – stand Modell für meine Fattoria di Santa Zita, und ich bin überaus dankbar für die Führung durch Haus und Anwesen, die sie gemeinsam mit ihrem Partner veranstaltet hat. Eine Zufallsbegegnung mit Don Whitley im Zug von Mailand nach Padua lieferte mir das, wonach ich noch verzweifelt suchte – die Herkunft von E.coli –, und ich bin sehr froh darüber, dass er während dieser Fahrt auf dem Platz neben mir saß und bereit war, sich über seine Arbeit in West Yorkshire von mir mit Fragen löchern zu lassen. Und nicht zuletzt bedanke ich mich bei Fiorella Marchitelli, meiner liebenswerten und wunderbaren Italienischlehrerin in Florenz, bei der ich einen Sprachkurs in der Scuola Michelangelo belegt hatte.

In den USA war Dr. Shannon Manning von der Michigan

State University meine unerschöpfliche Wissensquelle für alles, was mit E.coli-Bakterien zu tun hat, die sie in ihrem Labor erforscht. Sie hat mich immer wieder angerufen und mir Fotos geschickt, und ich muss sagen, dass es ohne Shannons Mithilfe dieses Buch nicht geben würde. Josette Hendrix und die Northwest Language Academy haben mich von Anfang an auf meinem langen und immer noch andauernden Weg, Italienisch zu lernen, begleitet, und Judith Dankanics übt diese Sprache jetzt schon seit mehreren Jahren mit mir. Für diesen Roman hat sich die Muttersprachlerin Fiorella Coleman freundlicherweise jedes Wort und jeden Satz angesehen, um sicherzustellen, dass ich nicht die entsetzlichsten Fehler mache. Die gleiche Arbeit haben auch zwei herausragende Korrektoren gemacht: Mary Beth Constant und Anna Jardine. Falls noch linguistische Irrtümer vorhanden sind, gehen sie allein auf mein Konto.

Ebenfalls in den USA möchte ich mich bedanken bei meiner Assistentin Charlene Coe, die ständig ihre gute Laune behält und sehr gnädig auf all meine Ansinnen reagiert; bei meinem Mann Tom McCabe, der sich damit abfindet, wenn ich wieder einmal stundenlang in meinem Arbeitszimmer verschwinde; und meiner Patentochter Audra Bardsley, die meine anfängliche Arm-in-Arm-Begleiterin in Lucca war und die immer für eine Mädels-Reise zu haben ist, egal, wohin sie uns führt; und ich bedanke mich bei meinen hilfreichen Freunden und Kollegen hier auf Whidbey Island und sonst wo. Sie sind immer davon überzeugt, dass ich das schon hinkriege, und sie werden nicht müde, mir das zu sagen: Gay Hartell, Ira Toibin, Don McQuinn, Mona Reardon, Lynn Willeford, Nancy Horan, Jane Hamilton, Karen Joy Fowler und Gail Tsukiyama. Wahrscheinlich habe ich schon wieder andere vergessen, aber das geschieht ohne jede Absicht.

Schlussendlich muss ich mich bei meinem Agenten Robert Gottlieb bedanken, der mein Schiff gelenkt hat; bei meinem außergewöhnlichen Dutton-Team, Brian Tart, Christine Ball, Jamie McDonald und Liza Cassidy; und ganz besonderen Dank schulde ich Susan Berner, die meine Texte seit – unglaublich! – fünfundzwanzig Jahren liest. Dieses Buch ist ihr gewidmet, aus diesem Grund und noch aus vielen anderen Gründen.

Elizabeth George
Whidbey Island, Washington

Inspector Lynley und Barbara Havers auf der Spur eines mysteriösen Giftmords …

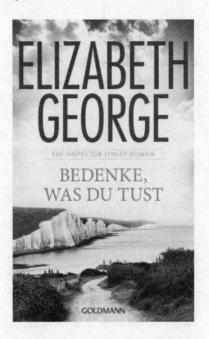

Der neue Bestseller von Elizabeth George

Auf den folgenden Seiten finden Sie Ihre **Leseprobe** aus BEDENKE, WAS DU TUST.

Barbara Havers folgt am liebsten ihrem Instinkt, Regeln und Vorschriften interessieren sie wenig. Nach ihren letzten Alleingängen hat sie aber keinen guten Stand bei ihrer Chefin Isabelle Ardery. Ein falscher Schritt und sie könnte strafversetzt werden. Mit Unterstützung von DI Thomas Lynley will sie ihrer Chefin beweisen, dass sie ein guter Detective ist. Da kommt es ihr gerade gelegen, dass sich in Cambridge ein mysteriöser Todesfall ereignet hat: Die Bestsellerautorin Clare Abbott wurde tot in ihrem Hotelzimmer aufgefunden. Aber war es überhaupt ein Mord? Clares Freundin und Lektorin Rory Statham glaubt jedenfalls nicht an einen natürlichen Tod. Auch Barbara hat das Gefühl, dass es im Verborgenen einen Gegenspieler gibt, der einem perfiden Plan folgt – ein Gefühl, das bestätigt wird, als sie Rory kurz darauf mit dem Tod ringend in ihrer Wohnung auffindet …

»Kaum jemand schreibt solch fesselnde
wie spannende Krimis wie Elizabeth George.«
www.literaturmarkt.info

DREI JAHRE UND DREI MONATE ZUVOR

8. Dezember

SPITALFIELDS, LONDON

Da es nur ein Wochenendtrip nach Marrakesch war, würden ein Koffer und eine kleine Reisetasche ausreichen, dachte Lily Foster. Was würden sie schon groß brauchen? In London war es seit Mitte November eiskalt, grau und nass, aber in Nordafrika würde es ganz anders sein. Die meiste Zeit würden sie sich sowieso am Swimmingpool in der Sonne aalen. Oder sie würden auf ihrem Zimmer bleiben und sich lieben, und dafür brauchten sie dann auch keine Kleider.

Das Packen dauerte nicht einmal zehn Minuten. Sandalen, Sommerhosen, ein T-Shirt für William. Sandalen, ein hautenges Kleid und ein Halstuch für sie selbst. Badehose, Bikini, Sonnenmilch und Kosmetika, das war's. Dann begann das Warten, das – nach einem Blick auf die Wanduhr über dem Herd – eigentlich keine halbe Stunde dauern dürfte. Aber es wurden mehr als zwei Stunden daraus, in deren Verlauf sie ihm mehrere SMS schrieb, auf die sie keine Antwort erhielt. Als sie seine Nummer wählte, meldete sich nur seine angenehme Stimme: »Will hier. Hinterlasst mir eine Nachricht, ich rufe zurück«, worauf sie antwortete: »Wo steckst du, William? Ich dachte, du hättest nur kurz in Shoreditch zu tun. Warum bist du immer noch dort, noch dazu bei dem Mistwetter? Ruf mich an, sobald du das abhörst, okay?«

Lily trat ans Fenster. Draußen regnete es in Strömen, am Himmel ballten sich düstere Wolken. Selbst bei schönem Wetter war diese Wohnsiedlung ziemlich trostlos: eine Handvoll heruntergekommener Backsteingebäude, deren Bewohner lieber über die kümmerlichen Rasenflächen stapften als über die unebenen Wege mit aufgeplatztem Asphalt. Bei solch einem Wetter wirkte die ganze Anlage wie eine Todesfalle, wie ein Ort, an dem jede Hoffnung verloren ging. Sie beide gehörten nicht hierher, das stand fest. Diese Umgebung tat ihr nicht gut, und William noch weniger. Aber etwas Besseres konnten sie sich vorerst nicht leisten, und deswegen würden sie hierbleiben, bis Lily ihr Geschäft ausweiten konnte und Williams Unternehmen Fuß gefasst hatte.

Das war der schwierige Teil: Williams Unternehmen. Er legte sich ständig mit seinen Kunden an, und die hatten keine Lust, sich mit jemandem zu streiten, den sie für seine Arbeit bezahlten.

»Du musst auf die Wünsche der Leute eingehen«, sagte sie ihm immer wieder.

»Die Leute«, konterte er dann, »sollen mich in Ruhe lassen. Außerdem kann ich mich nicht konzentrieren, wenn sie mir die Ohren volljammern. Warum kapieren die das nicht? Schließlich sag ich es ihnen von vornherein.«

Genau, dachte Lily. Dass er den Leuten ins Gesicht sagte, was er dachte, war Teil des Problems. Er musste das sein lassen.

Lily blickte stirnrunzelnd auf die Straße hinunter. Kein Mensch war da unten zu sehen, erst recht kein William mit hochgeschlagenem Kragen, der aus dem Wagen stieg und zum Fahrstuhlturm ihres Hauses rannte. In dem Wohnblock schräg gegenüber entdeckte sie auf einem der Balkons eine Frau, die in einem leuchtendgelben, im Wind flatternden Sari Wäsche abnahm. Überall sonst hingen schlaffe Wäschestücke auf den Leinen, die wie die Spielsachen, die paar schäbigen Pflanzen und die üblichen Satellitenschüsseln hilflos dem scheußlichen Wetter ausgesetzt waren.

Durch das Fenster hörte Lily den endlosen Lärm der Großstadt: das Reifenquietschen auf nassem Asphalt, als ein Auto zu schnell um die Ecke bog, das metallische Dröhnen von einer Baustelle, wo irgendwo wieder ein Wohnblock hochgezogen wurde, das Lalülala eines Notarztwagens auf dem Weg zum Krankenhaus, und irgendwo im Gebäude das viel zu laute Wummern von Bässen, die irgendjemandes musikalische Vorliebe untermalten.

Sie schrieb William die nächste SMS. Als nach zwei Minuten immer noch keine Antwort kam, rief sie ihn noch einmal an. Sie sagte: »William, du *musst* doch meine SMS kriegen! Gott, nein … du hast doch nicht etwa schon wieder dein Handy auf stumm gestellt? Du weißt genau, dass ich das nicht ausstehen kann! Es ist wichtig! Eigentlich wollte ich es dir nicht sagen, aber … ach, verflixt und zugenäht. Hör zu. Ich habe für unseren ersten Jahrestag eine Überraschung geplant. Okay, du sagst jetzt bestimmt, nach zehn Monaten kann man keinen Jahrestag haben, aber du weißt schon, was ich meine, also stell dich nicht so an. Jedenfalls müssen wir wegen dieser Überraschung zu einer bestimmten Uhrzeit irgendwo sein, also wenn du nur deswegen nicht antwortest, weil du mich aus irgendeinem Grund ärgern willst, dann hör auf damit und ruf mich zurück.«

Es blieb ihr nichts anderes übrig als zu warten. Sie schaute zu, wie der Minutenzeiger vorrückte, und redete sich ein, dass sie noch genug Zeit hatten, um pünktlich in Stansted zu sein. William brauchte nur nach Hause zu kommen, beide Reisepässe steckten bereits in ihrer Handtasche, die Tickets waren ausgedruckt, und alles, was man für eine Reise ins Ausland bedenken musste, auch wenn es nur ein Wochenendtrip war, hatte sie erledigt.

Sie hätte es ihm sagen sollen, bevor er am Morgen zur Arbeit gefahren war, dachte sie. Aber er war frustriert darüber gewesen, wie der Auftrag in Shoreditch lief, und sie hatte ihn nicht in seinen Grübeleien stören wollen. Manchmal musste noch auf Kundenwünsche eingegangen werden, auch wenn William einen fantastischen Entwurf gemacht hatte, der genau zum Grundstück passte. Die Leute wollten unbedingt mitreden, obwohl sie einen Experten angeheuert hatten, was man mit Sicherheit von William Goldacre behaupten konnte. Er war Experte, Visionär, Künstler und Handwerker. Ließ man ihm freie Hand, verwandelte er jeden von Unkraut überwucherten Garten in ein Paradies.

Als sie seinen alten Fiesta endlich aus der Heneage Street um die Ecke biegen sah, waren vier Stunden vergangen, und Marrakesch konnte sie in den Wind schreiben. Das Geld war zum Teufel, sie saßen fest, und Lily brauchte einen Schuldigen.

Wo war er gewesen? *Was* hatte er getrieben? *Wieso* war er nicht an sein verdammtes Handy gegangen? Wenn er nur einen ihrer ersten Anrufe entgegengenommen hätte – was hätte es dich gekostet, William? -, hätte sie ihm von ihren Plänen erzählen und ihn bitten können, sie am Flughafen zu treffen. In diesem Augenblick könnten sie glücklich und zufrieden nebeneinander in diesem verdammten Flugzeug sitzen, das sie in die warme Sonne und zu einem vergnüglichen Wochenende bringen würde.

Lily steigerte sich in ihre Wut hinein, als sie ihn aus dem Auto steigen sah. Sie legte sich ihre Worte zurecht. *Rücksichtslos* und *gedankenlos* standen ganz oben auf der Liste. Doch dann sah sie sein Gesicht im Licht einer Straßenlaterne. Sie sah seine hängenden Schultern und seinen schweren Gang, als er näher kam. Er hatte den Kunden in Shoreditch verloren. Das war der zweite Kunde, den er innerhalb von nur drei Monaten verlor, wieder ein Projekt, das in Verbitterung, Wut und Vorwürfen enden würde. Zumindest auf Williams Seite. Der Kunde würde die Rückzahlung eines saftigen Vorschusses verlangen, obwohl das meiste von dem Geld bereits für Material ausgegeben worden war.

Lily beobachtete, wie William von Lichtinsel zu Lichtinsel ging und dann aus ihrem Blickfeld verschwand. Sie trug die Reisetasche ins Schlafzimmer und schob sie unters Bett. Als sie ins Wohnzimmer zurückkehrte, hörte sie Williams Schlüssel im Schloss. Bis die Tür aufging, saß sie auf dem abgewetzten Sofa, in der Hand ihr Smartphone, und rief ihre Mails ab. »Gute Reise!«, schrieb ihre Mutter, was nicht gerade dazu beitrug, dass ihre Laune sich besserte.

William sah sie sofort, als er durch die Tür kam – was unvermeidlich war in der kleinen Wohnung – und wandte sich ab. Als er sich zu ihr umdrehte, fiel sein Blick auf ihr Handy. »Sorry.«

Sie sagte: »Ich habe dir mehrere SMS geschrieben und dich mehrmals angerufen, William.«

»Ich weiß.«

»Warum hast du nicht geantwortet?«

»Ich hab mein Handy kaputt gemacht.«

Er hatte einen Rucksack dabei. Wie um ihr zu beweisen, dass er die Wahrheit sagte, öffnete er ihn und leerte den Inhalt auf den Boden aus. Sein Handy fiel heraus, und er gab es ihr. Es war ruiniert.

»Bist du mit dem Auto darübergefahren, oder was?«, fragte sie.

»Ich habe es mit einem Spaten zertrümmert.«

»Aber …«

»Du hast die ganze Zeit … Ich weiß nicht, Lily. Ich konnte dir nicht antworten, aber du hast einfach nicht aufgehört … Das dauernde Klingeln und Summen, während da alles drunter und drüber ging. Ich hatte das Gefühl, als würde mir gleich der Schädel explodieren, und ich wusste mir nicht anders zu helfen, als das Handy mit dem Spaten zu zertrümmern, damit das endlich aufhörte.«

»Was ist denn eigentlich los?«

William ließ den Inhalt seines Rucksacks auf dem Boden liegen und warf sich in einen Sessel. Jetzt konnte sie sein Gesicht deutlich sehen. Er blinzelte auf die ihm eigene Art, wie er es immer tat, wenn eine unangenehme Situation sich zuspitzte.

»Es ist zwecklos«, sagte er.

»Was?«

»Ich. Das hier. Alles. Ich bin ein Versager. Es hat alles keinen Zweck. Ende, aus.«

»Du hast den Kunden in Shoreditch also verloren?«

»Was glaubst du denn wohl? Ich verliere doch alles. Meine Autoschlüssel, meinen Laptop, meinen Rucksack, meine Kunden. Und dich auch, Lily, du brauchst es gar nicht abzustreiten. Ich bin dabei, dich zu verlieren. Und genau das – seien wir ehrlich – wolltest du mir doch sagen, oder? Du hast mich angerufen und mir SMS geschrieben, weil du unbedingt wolltest, dass ich dich zurückrufe, damit du genau das tun konntest, was alle mit mir machen. Weil du Schluss machen willst, stimmt's?«

Er hörte gar nicht mehr auf zu blinzeln. Er musste sich beruhigen. Aus Erfahrung wusste Lily, dass es kaum noch etwas gab, das ihn beruhigen konnte, wenn er sich noch weiter in diesen Zustand hineinsteigerte, deshalb sagte sie: »Ich wollte eigentlich mit dir nach Marrakesch fliegen. Ich hatte ein superbilliges Angebot gefunden für einen Wochenendtrip, mit Hotel, Swimmingpool und allem Drum und Dran. Ich wollte dich damit überraschen, und ich hätte es dir schon heute Morgen sagen sollen – wenigstens, dass ich eine Überraschung geplant hatte –, aber das hätte bedeutet … Ach, ich weiß nicht.« Entmutigt fügte sie hinzu: »Ich dachte, es würde uns Spaß machen.«

»Für so was haben wir kein Geld.«

»Meine Mutter hat es mir geliehen.«

»Dann wissen deine Eltern also jetzt, wie schlecht es uns geht, ja? Was ich für ein Versager bin. Was hast du ihnen erzählt?«

»Ich hab nur mit meiner Mutter gesprochen. Aber ich hab ihr nichts Konkretes erzählt. Und sie hat auch nicht gefragt. So ist sie nicht, William. Sie mischt sich nicht ein.« *Nicht wie deine Mutter*, dachte sie, behielt es jedoch für sich.

Aber er hatte es trotzdem kapiert, denn er bekam diesen säuerlichen Gesichtsausdruck so wie jedes Mal, wenn es um seine Mutter ging. Er sprang jedoch nicht darauf an, sondern sagte stattdessen: »Ich hätte von Anfang an merken müssen, dass diese Leute Idioten sind, aber ich habe es nicht geschnallt. Wieso kriege ich nie mit, wie die Leute drauf sind? Sie sagen, sie wollen was Besonderes, und ich kann ihnen was Besonderes bieten, und es würde ihnen bestimmt gefallen, wenn sie mich nur machen ließen. Aber nein, sie verlangen Zeichnungen und Entwürfe und Abnahmen und tägliche Abrechnungen. So kann ich nicht arbeiten.«

Er stand auf. Trat an das Fenster, an dem sie die ganze Zeit auf ihn gewartet hatte. Sie wusste nicht, was sie zu ihm sagen sollte, aber was sie ihm gern gesagt hätte, war: wenn er nicht unter der Federführung von jemand anderem arbeiten konnte, wenn er nur allein arbeiten konnte, dann würde er lernen müssen, auf Menschen zuzugehen, denn wenn er das nicht lernte, würde er immer und immer wieder Fehlschläge erleben. Sie hätte ihm gern gesagt, dass es ein Unding war, wie er mit den Leuten umsprang, dass er nicht von ihnen erwarten konnte, dass sie ihm ihren Garten oder auch nur einen Teil ihres Gartens einfach überließen, damit er sich dort nach Herzenslust austoben konnte. Und wenn es ihnen nicht gefällt, was du dir ausgedacht hast?, hätte sie ihn gern gefragt. Aber sie hatte das alles schon oft genug gesagt und gefragt, und es endete jedes Mal so wie jetzt.

»Es liegt an London«, sagte er abrupt zur Fensterscheibe.

»Was ist mit London?«

»Das hier. Alles. Es liegt an London. Die Leute hier ... sind anders. Sie verstehen mich nicht, und ich verstehe sie nicht. Ich muss hier weg. Es ist der einzige Ausweg, ich werde mich auf keinen Fall von dir aushalten lassen.«

Er fuhr zu ihr herum. Seine Miene war dieselbe, die er aufsetzte, wenn seine Kunden ihm Fragen stellten, die er für überflüssig hielt. Sie drückte aus, dass er nicht mit sich verhandeln ließ. Als Nächstes, dachte sie, würde er ihr seinen Entschluss mitteilen.

Und das tat er. »Dorset.«

»Dorset?«

»Ich muss nach Hause.«

»Das hier ist dein Zuhause.«

»Du weißt, was ich meine. Ich habe den ganzen Tag gegrübelt, und das ist die Lösung. Ich gehe nach Dorset zurück. Ich fange noch mal ganz von vorne an.«

SPITALFIELDS, LONDON

Sie bugsierte ihn aus dem Haus, Regen hin oder her. Sie schlug das Pride of Spitalfields vor. Das Pub lag ganz in der Nähe, es war vielleicht ein bisschen schickimicki mit seinem cremeweißen Außenanstrich und den dunkelblauen Markisen, von denen der Regen tropfte, aber dort bekam man immer noch einen guten Cider und meistens waren noch ein oder zwei Tische in der Ecke frei. Er sträubte sich. »Das kann ich mir nicht leisten, Lily, und ich lasse nicht zu, dass du bezahlst.«

Sie erklärte ihm, es sei Geld von ihrer Mutter, das für Marokko vorgesehen gewesen war, und was spielte es überhaupt für eine Rolle, wer bezahlte, wo sie doch im selben Boot saßen.

»Das … das gehört sich einfach nicht«, entgegnete er. Seine Wortwahl ließ vermuten, dass seine Mutter hinter jeder Entscheidung stand, die er getroffen hatte, seit er sich mit seinen Kunden überworfen hatte, angefangen bei der Zertrümmerung seines Handys bis hin zu dem Entschluss, nach Dorset zurückzukehren.

Ohne innezuhalten und sich zur Geduld zu ermahnen fuhr sie ihn an: »Du hast es ihr erzählt, stimmt's? Und zwar bevor du mit mir darüber gesprochen hast. Warum hast du das getan?«

»Das hat nichts mit meiner Mutter zu tun«, sagte er.

»O doch! Alles hat immer mit deiner Mutter zu tun!«, gab sie zurück.

Sie betrat das Pride of Spitalfields. Sie war so wütend, dass es ihr fast egal war, ob er mitkam. Doch er folgte ihr, und sie setzten sich an den einzigen freien Tisch, direkt neben der Damentoilette, aus der ihnen jedes Mal grelles Neonlicht ins Gesicht fiel, wenn die Tür aufging. Irgendwo lief Musik. Sie kam anscheinend aus einem iPod oder einem iPhone mit einer Radio-App, denn es war eine Mischung aus Country & Western-Oldies, hauptsächlich Johnny Cash und hin und wieder auch was von Willie Nelson, Patsy Cline, Garth Brooks, Randa Travis und den Judds.

Lily sagte: »Du hast mir immer noch keine Antwort gegeben, William.«

Er schaute sich im Pub um, ehe er sie ansah. »Das stimmt nicht. Ich habe dir gesagt, dass …«

»Du hast versucht, mich abzulenken, mehr nicht. Also noch mal: Du hast mit deiner Mutter gesprochen. Du hast ihr erzählt, was passiert ist, bevor du es mir gesagt hast.«

»Ich habe gesagt, das hat nichts mit meiner Mutter zu tun.«

»Lass mich raten. Sie hat gemeint, du sollst nach Dorset zurückkommen. Weil du da noch mal ganz von vorne anfangen kannst. Sie hat dir ihre Unterstützung angeboten, und nicht nur ihre, sondern auch die deines Stiefvaters. Wann wirst du dich endlich von den beiden lösen?«

»Ich habe nicht vor, wieder zu meiner Mutter zu ziehen. Zumindest nicht auf Dauer. Nur, bis ich mir etwas aufgebaut habe. Es ist das Beste.«

»Gott, ich kann direkt ihre Stimme aus dir hören«, schäumte Lily.

»Ich hab an Sherborne gedacht«, sagte er. »Oder Yeovil. Wahrscheinlich eher Yeovil, das ist erschwinglicher, wobei Sherborne geschäftlich interessanter wäre. Da wohnen Leute mit Geld. Sogar Mum sagt …«

»Mich interessiert nicht, was ›Mum‹ sagt.«

»Es liegt an London, Lily. In London Geld zu verdienen ist schwer, egal, womit.«

»Ich habe auch ein Geschäft hier. Und es läuft gut.«

»Tattoos, ja. Dafür ist London ideal. Aber in meiner Branche … In dem Metier, in dem ich wirklich gut bin … Hier in London lassen die Leute sich nicht so auf mich ein, wie ich das brauche. Du hast es selbst gesagt: London ist perfekt, wenn man anonym bleiben will, aber wenn man mehr will, kann man es vergessen. Genau das hast du selbst gesagt. Ich hab hier keine Chance. Nur dir zuliebe hab ich es hier so lange ausgehalten.«

Sie schaute zum Tresen hinüber. Sie dachte daran, wie hip Spitalfields neuerdings geworden war, während die scheußlichen Stahl-und-Glastürme des Londoner Zentrums immer näher rückten. Selbst hier – gar nicht weit entfernt von Whitechapel, wo Jack the Ripper in den engen Gassen sein Unwesen getrieben hatte – flirteten junge Frauen in schicken, knapp sitzenden Kostümen mit jungen Männern in Anzügen und tranken Weißwein. Weißwein! Im East End! All das bewies einmal mehr, dass nichts blieb, wie es war, dass der Fortschritt unaufhaltsam war und dass »Fortschritte machen« sich nicht nur auf die Gesellschaft und die Wirtschaft und die Wissenschaft und alles andere bezog, sondern auch auf Menschen. Lily fand das schrecklich – allein die Vorstellung von permanenter Veränderung, an die man sich gewöhnen musste. Aber sie wusste auch, wann es zwecklos war, dagegen anzukämpfen.

Sie sagte: »Ich nehme an, das war's dann wohl.«

»Was?«

»Das mit uns. Was sonst?«

Er langte über den Tisch und nahm ihre Hand. Seine Handfläche, die sich über ihre geballte Faust legte, fühlte sich feucht an. Er sagte: »Du kannst doch mit nach Dorset kommen. Du kannst da ein Tattoo-Studio aufmachen. Ich hab schon mit …«

»Mit deiner Mutter gesprochen. Alles klar. Und sie hat dir versichert, dass in Dorset ein großer Bedarf an Tattoos herrscht.«

»Na ja … also, das müsste sich zeigen. Aber du verstehst sie falsch, Lil. Sie wünscht sich ebenso sehr wie ich, dass du mitkommst.«

14. Dezember

SPITALFIELDS, LONDON

Will hatte nicht damit gerechnet, dass Lily als Erste aus der Wohnung ausziehen würde. Er hatte sich mehr oder weniger darauf verlassen, dass sie noch bleiben würde – eine Konstante in seinem Leben –, bis er seine Sachen gepackt hatte und den Umzug in die Wege leitete. Aber zwei Tage später war sie gegangen, und so blieben ihm vier Tage, in denen er allein zurechtkommen musste, vier Tage, bis seine Mutter und sein Stiefvater mit dem

Bäckereilieferwagen kamen, um alles nach Dorset zu transportieren, was nicht in seinen Fiesta passte.

Vier Tage allein, das bedeutete, dass er dazu verdammt war, vier Tage lang mit seinem Kopf allein zu sein. In seinem Kopf waren Stimmen zu hören. Sie sagten ihm Dinge, die er bereits wusste: Er konnte die Hoffnung auf ein gemeinsames Leben mit Lily begraben; er hatte einmal mehr bewiesen, was für ein Versager er war; er war seit dem Tag, an dem er das Licht der Welt erblickt hatte, ein verdammter Spinner, *du brauchst nur in den Spiegel zu sehen, Will, dann weißt du Bescheid.* Und genau das tat er. Er ging ins Bad und schaute in den Spiegel und sah alles, was er an sich verabscheute. Seine lächerliche Größe. *Was bist du, ein Zwerg?* Das deformierte rechte Ohr. *Dein Vater ist Schönheitschirurg und war nicht bereit, dich zu operieren?* Dichte Brauen, die sich über seinen Augen wölbten. *Ist unter deinen Vorfahren ein Gorilla, du Affengesicht?* Ein Schmollmund wie bei einer Puppe.

Du bist so hässlich wie die Nacht, mein Junge. Sie konnte dich nicht ansehen. Wer kann das schon? Du hast sie von der Leine gelassen, und sie ist natürlich abgehauen. Kann man es ihr verdenken? Wie lange wird sie wohl brauchen, bis sie für einen anderen die Beine breitmacht? Für einen, der weiß, was er tut. Keine Ausreden, keine Pillen, kein Gerammel, kein tut mir leid, aber du machst mich ganz heiß. Jetzt hat sie einen, der es ihr richtig gut besorgt, was du – seien wir ehrlich – nie gebracht hast.

Er rief seine Großmutter an. Um sich von dem abzulenken, was sich in seinem Kopf abspielte. Aber als er ihr erzählte, dass er nach Dorset zurückgehen würde, sagte sie mit ihrer rauen kolumbianischen Raucherstimme: »Sei nicht verrückt, Guillermo. Verrückte Idee. Du machst einen Fehler. Rede mit Carlos, *sí*? Er wird dir dasselbe sagen.«

Aber es hatte keinen Zweck, mit Charlie zu reden. Wills Bruder führte ein Traumleben, in jeder Hinsicht das krasse Gegenteil zu Wills mickriger Existenz.

LESEPROBE

»Dorset?«, würde er sagen. »Scheiße, Will, was willst du in Dorset? Wie kannst du ausgerechnet *sie* als Lösung betrachten, wo sie seit fünfundzwanzig Jahren dein Problem ist?«

Charlie würde nicht glauben, was seine Großmutter und Lily auch nicht glaubten, nämlich, dass es nur eine Übergangslösung war. Denn Caroline Goldacre wollte ihren Sohn ebenso wenig für immer und ewig bei sich aufnehmen, wie er für immer und ewig bei ihr wohnen wollte. Sie selbst hatte gesagt: »Du kannst nur für kurze Zeit hier bleiben, Will, das verstehst du doch?«, und sie hatte sich auf nichts eingelassen, eher er eben dies ihr versprochen hatte: Ein paar Wochen, um sich einzuleben und einen neuen Kundenkreis aufzubauen. Sherborne, dachte er. Er würde sich in Sherborne umsehen müssen.

Sie hatte ihm erklärt, er müsse in London warten, bis sie und sein Stiefvater sich loseisen konnten. Da die Bäckerei sonntags geschlossen war, würden sie am Sonntag nach London rauffahren. Das sei doch kein Problem, oder? Überhaupt nicht, hatte er geantwortet. Aber dann war Lily fortgegangen.

Kurz darauf hatten die Stimmen in seinem Kopf sich gemeldet und wollten nicht mehr verstummen. Nach vierundzwanzig Stunden rief er seine Mutter an und fragte, ob er nicht schon vor Sonntag nach Dorset kommen könne. Er würde einen Teil seiner Sachen in seinem Fiesta transportieren, und am Sonntag könnten sie dann alle zusammen noch einmal nach London fahren, um den Rest abzuholen.

»Was soll der Unsinn?«, erwiderte seine Mutter liebevoll. »Bis Sonntag wirst du es doch wohl aushalten können, oder?« Dann fragte sie vorsichtig: »Will, du nimmst doch regelmäßig deine Medikamente, nicht wahr?«

Er bejahte ihre Frage. Er erzählte ihr nicht, dass Lily gegangen war. Er wollte nicht, dass sie das eine mit dem anderen in Verbindung brachte: Lily und seine Medikamente. Es hatte keinen Zweck.

Die vier Tage zogen sich hin wie eine Ewigkeit. Nichts konnte ihn davon ablenken, darüber nachzugrübeln, wer er war. Nach zwei Tagen begann er, in der Wohnung auf und ab zu gehen und sich gegen die Stirn zu schlagen. Am Sonntag stellte er sich ans Fenster und verbrachte die zähen Stunden des Wartens wie ein ausgesetzter Hund.

Und so sah er, wie der Lieferwagen in die Straße einbog. Er sah, wie seine Mutter ausstieg und wie immer seinen Stiefvater in die Parklücke einwies. Sie wedelte mit den Armen und trat ans Fahrerfenster, um ihm etwas zu sagen. Dann fuchtelte sie wieder mit den Armen, bis der arme Alastair es geschafft hatte, den Wagen zu parken, ohne ein anderes Fahrzeug zu rammen.

Will spürte, wie das Böse in ihm aufstieg, während er das alles beobachtete. Er versuchte, es zu unterdrücken. Aber er begann unwillkürlich zu blinzeln, und aus den Tiefen seines Inneren, über das er keine Kontrolle hatte, sprudelten die Worte hervor. »Hier kommt die schwanzlutschende Sturmtruppe.« Er schlug sich eine Hand vor den Mund, und seine Lider flatterten. »Ficker Ficker Ficker Drecksau Regen Eis.« Er wich vom Fenster zurück und versuchte, die Stimmen zu ersticken. Aber sie drangen heraus wie der faulige Gestank aus einem defekten Abwasserrohr. »Hure Schlampe Hurensohn Loddel.«

Es klingelte. Er stolperte zur Tür und drückte auf den Knopf, der den Aufzug freigab. Er schlug sich heftig, spürte jedoch keinen Schmerz. »Ficken poppen blasen wichsen alles Schweine.«

Er riss die Wohnungstür auf und zog sich dann ans hintere Ende des Zimmers zurück. Er hob die Hand und biss sich fest ins Handgelenk.

Er hörte ihre Stimmen näher kommen, die seiner Mutter klang weich, Alastairs rau. Er hörte seine Mutter sagen: »Es wird schon alles gutgehen.« Und dann kamen sie in seine Wohnung.

LESEPROBE

Elizabeth George

Akribische Recherche, präziser Spannungsaufbau und höchste psychologische Raffinesse zeichnen die Bücher der Amerikanerin Elizabeth George aus. Ihre Fälle sind stets detailgenaue Porträts unserer Zeit und Gesellschaft. Elizabeth George, die lange an der Universität »Creative Writing« lehrte, lebt heute auf Whidbey Island im Bundesstaat Washington, USA. Ihre Bücher sind allesamt internationale Bestseller, die sofort nach Erscheinen nicht nur die Spitzenplätze der deutschen Verkaufscharts erklimmen. Ihre Lynley-Havers-Romane wurden von der BBC verfilmt und auch im deutschen Fernsehen mit großem Erfolg ausgestrahlt. Weitere Informationen unter www.elizabeth-george.de.

Die Inspector-Lynley-Romane in chronologischer Reihenfolge:

Mein ist die Rache (auch als E-Book erhältlich)
Gott schütze dieses Haus (auch als E-Book erhältlich)
Keiner werfe den ersten Stein (auch als E-Book erhältlich)
Auf Ehre und Gewissen (auch als E-Book erhältlich)
Denn bitter ist der Tod (auch als E-Book erhältlich)
Denn keiner ist ohne Schuld (auch als E-Book erhältlich)
Asche zu Asche (auch als E-Book erhältlich)
Im Angesicht des Feindes (auch als E-Book erhältlich)
Denn sie betrügt man nicht (auch als E-Book erhältlich)
Undank ist der Väter Lohn (auch als E-Book erhältlich)
Nie sollst du vergessen (auch als E-Book erhältlich)
Wer die Wahrheit sucht
Wo kein Zeuge ist
Am Ende war die Tat
Doch die Sünde ist scharlachrot
Wer dem Tode geweiht
Glaube der Lüge (auch als E-Book erhältlich)
Nur eine böse Tat (auch als E-Book erhältlich)
Bedenke, was du tust (auch als E-Book erhältlich)

www.goldmann-verlag.de